ZWIELICHT

Dieses Buch ist
Tim und Serena Powers
und Jim und Viki Blaylock gewidmet,
weil sie sich ebenfalls in den
Weinbergen abmühen, und weil es irgendwie
passend ist, eine so seltsame Geschichte
seltsamen Menschen zu widmen.

*Ich dachte, die Menschen wären das
Werk einiger nicht besonders fähiger
Gesellen der Natur, weil sie Mensch-
lichkeit so abscheulich imitierten.*

> *Shakespeare*

*Hoffnung ist der Pfeiler,
der die Welt trägt.
Hoffnung ist der Traum
eines wachen Menschen.*

> *Plinius der Ältere*

*Ich stehe auf der Seite jener sündhaf-
ten Menschen, die darauf beharren,
daß das Leben als solches einen Wert
darstellt.*

> *Oliver Wendell Holmes, Jr.*

Teil I

ZWIELICHT-AUGEN

*...die leise traurige Musik
der Menschlichkeit...*
William Wordsworth

Menschlichkeit hat nichts mit gutem Aussehen zu tun. Einige der schlimmsten Killer sehen fantastisch aus. Menschlichkeit ist auch nicht unbedingt das, was sich nett anhört und den Ohren schmeichelt, denn jeder Zauberkünstler kann eine Schlange betören, aber manche Schlangenbeschwörer sind nicht allzu human. Ein Mensch erweist sich als human, wenn er zur Stelle ist, falls du ihn brauchst, wenn er dich aufnimmt, wenn er ein freundliches Wort für dich hat, wenn er dir das Gefühl gibt, nicht allein zu sein, wenn er deinen Kampf zu seinem eigenen macht. Das ist wahre Menschlichkeit, finde ich. Und wenn es davon ein bißchen mehr auf der Welt gäbe, könnten wir uns vielleicht aus dem Netz befreien, in dem wir zappeln... oder zumindest würden wir dieses Netz dann nicht weiter geradewegs zur Hölle tragen, wie wir das nun schon so lange tun.

– ein anonymer Schausteller

1

Der Rummelplatz

Es war das Jahr, in dem unser Präsident in Dallas ermordet wurde. Es war das Ende der Unschuld, das Ende einer bestimmten Denk- und Lebensweise, und manche Menschen verzagten und sagten, es wäre auch der Tod aller Hoffnung. Doch obwohl fallendes Herbstlaub skelettartige Äste enthüllt, kleidet der Frühling die Bäume neu ein. Eine geliebte Großmutter stirbt, aber dieser Verlust wird dadurch wettgemacht, daß ihr Enkelkind stark und neugierig die Welt betritt. Wenn sich ein Tag dem Ende zuneigt, bricht der nächste an, denn in diesem unendlichen Universum gibt es für nichts ein endgültiges Ende, ganz gewiß jedenfalls nicht für die Hoffnung. Aus der Asche der alten Zeit wird eine neue geboren, und Geburt ist gleichbedeutend mit Hoffnung. Das Jahr nach dem Mord von Dallas brachte uns die Beatles, es brachte uns neue Richtungen in der modernen Kunst, die unsere Betrachtungsweisen veränderten, und es brachte uns den Anbruch eines erfrischenden Mißtrauens gegenüber der Regierung. Wenn es zugleich auch die keimende Saat des Krieges in sich barg, so sollte uns das nur als eine wertvolle Lehre dienen, daß Schrecken und Schmerz und Verzweiflung – genauso wie die Hoffnung – in diesem Leben unsere ständigen Begleiter sind.

Ich kam sechs Monate nach meinem siebzehnten Geburtstag auf den Rummelplatz, in den dunkelsten Stunden der Nacht, an einem Donnerstag im August, mehr als drei Monate vor jenem Tod in Dallas. Was mir in der darauffolgenden Woche zustieß, sollte mein Leben genauso grundlegend verändern, wie Attentate die Zukunft einer Nation verändern können, obwohl der wie ausgestorbene Rummelplatz bei meiner Ankunft zunächst keineswegs wie ein schicksalhafter Ort auf mich wirkte.

Um vier Uhr morgens war der Jahrmarkt seit fast vier Stunden geschlossen. Die Schausteller hatten das Riesenrad, die

Achterbahn und all die anderen Fahrgeschäfte und Karussells abgestellt. Sie hatten ihre Wurf- und Schießbuden, ihre Imbißstände und Kasperltheater verriegelt, die Lichter gelöscht, die Musik zum Schweigen gebracht. Nach dem Aufbruch der Besucher hatten sich die Schausteller in ihre Wohnwagen zurückgezogen, die auf einer großen Wiese südlich des Rummelplatzes abgestellt waren. Der tätowierte Mann, die Liliputaner, Zwerge, Ausrufer, die Mädchen und Frauen aus den Schaubuden, die fliegenden Händler, der Mann, der Zuckerwatte herstellte, die Frau, die Äpfel in Karamelsauce tunkte, die bärtige Dame, der dreiäugige Mann und all die anderen – sie schliefen jetzt oder wälzten sich schlaflos von einer Seite auf die andere oder gaben sich der Wollust hin, ganz so, als wären sie normale Bürger – was in dieser kleinen Welt auch tatsächlich der Fall war.

Der Dreiviertelmond stand noch hoch genug am Himmel, um ein bleiches winterartiges Licht zu verbreiten, das in den heißen, feuchten Stunden einer Augustnacht in Pennsylvania irgendwie deplaziert wirkte. Während ich über das Gelände schlenderte und mich ein bißchen umschaute, bemerkte ich plötzlich, daß meine Hände in dem kalten Mondlicht seltsam weiß aussahen, wie die Hände eines Toten oder eines Gespenstes. In diesem Augenblick wurde mir auch zum erstenmal bewußt, daß zwischen den Karussells und Buden der Tod lauerte, und ich hatte die bestürzende Vorahnung, daß dieser Rummelplatz bald eine Stätte des Blutvergießens sein würde.

Die langen Wimpelketten hingen in der schwülen Luft regungslos herunter; die bunten kleinen Dreiecke boten bei Sonnenlicht oder im Schein unzähliger Lampen ein fröhliches, farbenprächtiges Bild, doch im Dunkeln erinnerten sie mich an schlafende Fledermäuse. Auf dem Kinderkarussell schien die ganze Pferdeherde – schwarze Hengste, weiße Stuten, Schecken, Rotfüchse, Mustangs – mitten im Galopp zu Salzsäulen erstarrt zu sein, so als wäre die Zeit plötzlich stehengeblieben. Die Messingstangen, an denen die Pferde befestigt waren, hatten im gespenstischen Mondschein den kalten Glanz von Silber.

Ich war über den hohen Zaun geklettert, der das Jahrmarktgelände umgab, denn die Tore waren bereits geschlossen gewesen. Und nun hatte ich ein schlechtes Gewissen, wie ein Dieb auf der Suche nach Beute, was völlig absurd war, denn ich war kein Dieb, und es waren keine kriminellen Absichten, die mich in diesen Vergnügungspark geführt hatten.

Gewiß, ich *war* ein Mörder, und ich wurde in Oregon von der Polizei gesucht, aber ich hegte nicht die geringsten Schuldgefühle wegen des Blutes, das ich dort, am anderen Ende des Kontinents, vergossen hatte. Ich hatte meinen Onkel Denton mit einer Axt erschlagen, weil ich nicht die nötige Körperkraft besaß, um ihn mit bloßen Händen umzubringen. Ich wurde weder von Schuldbewußtsein noch von Gewissensbissen gequält, denn Onkel Denton war einer von *denen* gewesen.

Trotzdem – die Polizei fahndete nach mir, und ich konnte mich auch fast fünftausend Kilometer vom Tatort entfernt nicht völlig in Sicherheit wiegen. Ich benutzte meinen richtigen Namen – Carl Stanfeuss – nicht mehr. Anfangs hatte ich mich auf der Flucht Dan Jones genannt, dann Joe Dann, dann Harry Murphy. Jetzt war ich Slim MacKenzie, und ich nahm an, daß ich eine Zeitlang dabei bleiben würde. Mir gefiel der Klang dieses Namens. Slim MacKenzie... So könnte John Waynes bester Kumpel in einem spannenden Western heißen. Ich hatte mir die Haare länger wachsen lassen, aber sie waren noch immer braun. Ich konnte nicht viel machen, um mein Äußeres zu verändern. Ich konnte nur versuchen, mich solange nicht erwischen zu lassen, bis die Zeit mein Aussehen ganz von allein verändern würde.

Auf dem Jahrmarkt hoffte ich Zuflucht zu finden, Anonymität, einen Platz zum Schlafen, drei anständige Mahlzeiten am Tag und etwas Taschengeld, und das alles wollte ich mir redlich verdienen. Obwohl ich ein Mörder war, hatte es gewiß nie einen ungefährlicheren Desperado als mich gegeben.

Nichtsdestotrotz fühlte ich mich in jener ersten Nacht wie ein Dieb, und ich rechnete ständig damit, daß jemand Alarm schlagen würde, daß irgendwelche Leute durch das Labyrinth von Fahrgeschäften, Imbißbuden und Zuckerwatte-ständen angerannt kämen. Einige Nachtwächter mußten auf dem Gelände ihre Autorunden drehen, aber sie waren nir-gends zu sehen gewesen, als ich über den Zaun stieg. Ich horchte die ganze Zeit über auf Motorgeräusche, während ich meine nächtliche Besichtigung des berühmten *Sombra Brothers Carnival* – des Vergnügungsparks der Gebrüder Sombra – fortsetzte, des zweitgrößten Wanderunterneh-mens dieser Art im ganzen Land.

Schließlich blieb ich vor dem gewaltigen Riesenrad stehen, das in der Dunkelheit eine unheimliche Verwandlung durch-gemacht hatte: Im Mondschein sah es zu dieser Nachtstunde nicht wie eine Maschine aus, schon gar nicht wie eine Ma-schine zum Vergnügen der Menschen, sondern erweckte den Eindruck eines Skeletts, des Skeletts eines riesigen prähi-storischen Tieres. Die Konstruktion schien nicht aus Holz und Metall zu bestehen, sondern aus Ablagerungen von Cal-cium und anderen Mineralien, den letzten Überresten eines verwesten Leviathans, angeschwemmt an die einsame Küste eines uralten Meeres.

Und während ich inmitten der komplizierten Schattenfigu-ren dieses paläolithischen Fossils stand und zu den zweisitzi-gen Gondeln emporblickte, die schwarz und regungslos da-hingen, wußte ich plötzlich, daß dieses Riesenrad in meinem Leben eine entscheidende Rolle spielen würde. Ich wußte nicht, auf welche Art und Weise oder warum und wann, aber ich wußte mit absoluter Sicherheit, daß hier etwas Folgen-schweres und Schreckliches geschehen würde. Ich *wußte* es einfach.

Verläßliche Vorahnungen sind ein Teil meiner besonderen Gabe. Nicht der wichtigste Teil. Auch nicht der nützlichste, bestürzendste oder erschreckendste Teil. Ich verfüge über andere Talente, derer ich mich bediene, die ich aber nicht ver-stehe. Es sind Talente, die mein Leben geformt haben, die ich aber nicht kontrollieren oder geplant einsetzen kann. Ich habe sogenannte Zwielicht-Augen.

Als ich zu dem Riesenrad emporschaute, sah ich keine Ein-zelheiten des schrecklichen zukünftigen Ereignisses, aber ich wurde von einer mächtigen Welle schauriger Empfindungen überflutet, die Grauen, Schmerz und Tod ankündigten. Ich taumelte und wäre um ein Haar auf die Knie gefallen. Ich konnte nicht atmen, ich hatte wildes Herzklopfen, meine Hoden wurden hart, und einen Augenblick lang hatte ich das Gefühl, als wäre ich von einem Blitz getroffen worden.

Dann legte sich der Sturm in meinem Innern, die psychischen Kräfte verließen mich, und zurück blieben nur kaum wahrnehmbare Vibrationen, ominöse Vibrationen, die von dem Riesenrad ausgingen, so als strahlte es vereinzelte Partikel der in ihm gespeicherten Todesenergie aus, ähnlich einem Himmel voller Gewitterwolken, der noch vor dem ersten Blitz und Donner ein Gefühl von Unbehagen und Beklemmung hervorruft.

Ich konnte wieder atmen, und mein Puls normalisierte sich. Die stickige Augustnacht hatte meine Haut schon vor Stunden mit einem Schweißfilm überzogen, nun aber war ich regelrecht schweißgebadet. Ich zog mein T-Shirt hoch und wischte mir damit das Gesicht ab.

Teilweise in der Hoffnung, daß es mir gelingen würde, meine vagen Vorahnungen von drohender Gefahr irgendwie zu konkretisieren und zu erkennen, welcher Art das Verhängnis sein würde, teilweise aber auch, weil ich fest entschlossen war, mich von der düsteren Ausstrahlung der gewaltigen Maschine nicht einschüchtern zu lassen, legte ich meinen Rucksack ab und breitete meinen Schlafsack aus, um die letzten Nachtstunden dort zwischen den blassen Mustern aus schwarzen Schatten und aschgrauem Mondlicht zu verbringen. Die Luft war noch immer so warm, daß ich den Schlafsack nur als Matratze benutzte. Auf dem Rücken liegend, starrte ich intensiv zum Riesenrad empor, aber so sehr ich mich auch bemühte – ein weiterer Blick in die Zukunft blieb mir versagt. Statt dessen sah ich zwischen den Verstrebungen funkelnde Sterne, sann über die unvorstellbaren Ausmaße des Universums nach und fühlte mich einsamer denn je.

Nach etwa einer Viertelstunde wurde ich schläfrig, doch gerade als mir die Augen zufallen wollten, hörte ich ein Geräusch – ein Knistern, so als sei jemand auf eine weggeworfene Bonbontüte oder etwas Ähnliches getreten. Plötzlich wieder hellwach, setzte ich mich auf und lauschte angespannt. Das Knistern wiederholte sich nicht, doch ich hörte nun das Dröhnen schwerer Schritte auf harter Erde.

Gleich darauf huschte ein Schatten über den freien Platz vor dem Riesenrad, verschwand dahinter im Dunkeln, kaum sechs Meter von mir entfernt, und tauchte im nächsten Moment neben dem Kettenkarussell wieder auf. Ein sehr großer Mann – oder ließen ihn nur die Schatten, voluminösen Mänteln gleich, so riesig erscheinen? Er eilte davon, ohne mich bemerkt zu haben. Ich hatte nur einen flüchtigen Blick auf ihn werfen können und sein Gesicht überhaupt nicht gesehen, aber ich sprang wie von der Tarantel gestochen auf, zitterte am ganzen Leibe und fror plötzlich trotz der Augusthitze, denn das wenige, das ich von ihm gesehen hatte, genügte vollauf, um mir einen Schauder über den Rücken zu jagen.

Es war einer von *denen*.

Ich zog mein Messer aus dem Stiefel. Funkelnde Mondstrahlen züngelten über die Schneide.

Ich zögerte. Ich sagte mir, daß es am vernünftigsten wäre, meinen Schlafsack zusammenzurollen, von hier zu verschwinden und irgendwo anders unterzuschlüpfen.

Oh, aber ich hatte es so satt, ständig auf der Flucht zu sein. Ich brauchte einen Platz, wo ich mich zu Hause fühlen konnte. Ich war des Wanderlebens überdrüssig, und ich war schon ganz wirr im Kopf von zu vielen Autobahnen, zu vielen Städten, zu vielen fremden Menschen, zu vielen Veränderungen. Während der vergangenen Monate hatte ich auf sechs verschiedenen Jahrmärkten gearbeitet, aber das waren unbedeutende Volksfeste und Kleinmessen gewesen, sozusagen die Unterschicht des Schaustellergewerbes, und überall hatte ich gehört, daß man ein viel besseres Leben hätte, wenn man bei einer großen Organisation wie E. James Strates, den Vivona Brothers, Royal American oder den Sombra Brothers fest engagiert wäre. Und nachdem ich jetzt im Dunkeln durch diesen Vergnügungspark geschlendert war und sowohl physische als auch psychische Eindrücke aufgenommen hatte, wollte ich hierbleiben. Trotz der finsteren Aura in der unmittelbaren Umgebung des Riesenrades, trotz meiner Vorahnungen, daß hier in den nächsten Tagen Blut fließen würde, sagte mir die Gesamtatmosphäre dieses Rummelplatzes zu, und ich spürte, daß ich hier auch Glück finden könnte. Nie hatte ich mir etwas so sehr gewünscht wie hierbleiben zu können.

Ich brauchte ein Zuhause und Freunde.

Ich war erst siebzehn.

Aber wenn ich hierbleiben wollte, mußte *er* sterben. Ich konnte nicht in dieser Gemeinschaft leben, solange einer von *denen* hier hauste.

Ich behielt das Messer in der Hand.

Ich folgte ihm, vorbei am Kettenkarussell und an der Schiffschaukel, wobei ich mir größte Mühe gab, nicht auf irgendwelche Abfälle zu treten oder über die dicken Stromkabel zu stolpern. Wir bewegten uns leise auf das dunkle, stille Zentrum des Rummelplatzes zu.

2

Der Troll

Er führte nichts Gutes im Schilde, aber das ist bei seinesgleichen immer so. Er eilte durch den nächtlichen Archipel, brachte die Inseln aus Mondlicht hastig hinter sich und fühlte sich unverkennbar wohler in den tiefen Teichen der Dunkelheit. Geduckt huschte er von einer Deckung zur anderen und schaute sich häufig um, ohne mich jedoch zu erspähen oder meine Nähe zu spüren.

Ich folgte ihm geräuschlos auf der Rückseite von Fahrgeschäften, Spielbuden und Erfrischungsständen, beobachtete ihn im Schutz von Generatoren, Lastwagen und sonstigem sperrigem Zubehör. Sein Ziel war der Autoskooter. Dort machte er halt, warf einen letzten forschenden Blick in die Runde, stieg die beiden Holzstufen hinauf, öffnete das Sperrgitter und bewegte sich geschickt zwischen den Kleinautos hindurch, die kreuz und quer herumstanden, so wie die letzten Fahrgäste sie verlassen hatten.

Vielleicht hätte ich mich in der Nähe verstecken und ihn eine Zeitlang beschatten sollen, um zu wissen, was er vorhatte. Das wäre vermutlich die klügste Vorgehensweise gewesen, denn damals wußte ich vom Feind viel weniger als heute und hätte selbst die kleinste zusätzliche Erkenntnis gut gebrauchen können. Aber mein Haß gegen die Trolle – das war die einzige Bezeichnung, die mir für diese Wesen einfiel – wurde von meiner Angst noch übertroffen, und ich befürchtete, daß mein Mut dahinschwinden könnte, wenn ich die Konfrontation hinausschob. Daß es mir gelang, den Autoskooter-Pavillon lautlos zu erreichen und mich unbemerkt hineinzuschleichen, hatte nichts mit meinen übersinnlichen Gaben zu tun, sondern lag einfach daran, daß ich siebzehn war, ein geschmeidiger Bursche in ausgezeichneter körperlicher Verfassung.

Die Zweisitzer waren klein, kaum höher als meine Knie. Eine Stange führte vom hinteren Teil jedes Wagens zur

Decke, wo ein elektrisch geladenes Gitter den Strom für die Fortbewegung der von Hand gesteuerten Fahrzeuge lieferte. Wenn sich unzählige Besucher auf dem Rummelplatz tummelten, ging es bei den Autoskootern immer besonders laut zu, weil der Reiz der Sache darin bestand, heftige Zusammenstöße zu inszenieren. Jetzt aber herrschte hier eine genauso unnatürliche Stille wie drüben bei den mitten im Sprung erstarrten Karussellpferden. Sich auf den Holzplanken zu bewegen, ohne daß die Schritte dumpf widerhallten, war alles andere als einfach, und die niedrigen Kleinautos boten keinerlei Sichtschutz.

Erleichtert wurde dieses schwierige Unterfangen zum Glück allerdings dadurch, daß mein Feind sich völlig auf seine Arbeit konzentrierte, worin diese nun auch immer bestehen mochte. Offenbar wähnte er sich in Sicherheit, seit er sein Ziel ungestört erreicht hatte. Er kniete etwa in der Mitte des langen rechteckigen Pavillons hinter einem der Autos und machte sich im Schein einer Taschenlampe daran zu schaffen.

Diese Lichtquelle bestätigte mir beim Näherkommen, daß es sich wirklich um einen sehr großen Mann mit Stiernacken und breiten Schultern handelte. Unter dem gelb-braunkarierten Hemd zeichneten sich eindrucksvolle Muskelpakete ab.

Außer der Taschenlampe hatte er eine Werkzeugtasche aus Stoff mitgebracht, die jetzt geöffnet neben ihm auf dem Boden lag. Er arbeitete flink und machte dabei nur wenig Lärm, aber das leise Kratzen und Quietschen von Metall auf Metall ermöglichte es mir doch, den Abstand zwischen uns langsam aber sicher zu verkleinern.

Ich wollte mich bis auf zwei Meter an ihn heranschleichen, mich sodann auf ihn stürzen und ihm das Messer in den Nacken rammen, um seine Halsschlagader zu durchtrennen, bevor er überhaupt wußte, wie ihm geschah. Doch ich war noch vier oder fünf Meter von ihm entfernt, als er plötzlich gespürt haben mußte, daß er beobachtet wurde. Er blickte von seiner geheimnisvollen Arbeit auf, wandte den Kopf und starrte mich entgeistert an.

Die Taschenlampe, die auf der dicken Gummistoßstange des Autos lag, beleuchtete sein Gesicht unregelmäßig von unten her, wodurch die Züge gespenstisch verzerrt wurden. Die Partie über den hervortretenden Backenknochen lag mehr oder weniger im Schatten, wodurch seine leuchtenden Augen tief in die Höhlen eingesunken wirkten. Doch sogar ohne diese grotesken Lichteffekte hätte er mit seiner knochigen Stirn, den zusammengewachsenen Brauen über einer breiten Nase, dem vorspringenden Kinn und dem schlitzartig schmalen Mund hart und grausam ausgesehen.

Zum Glück stand ich gerade so, daß das Messer in meiner an die Hüfte gepreßten Hand seinen Blicken verborgen blieb. Er begriff deshalb noch immer nicht, in welcher Gefahr er schwebte, und versuchte mich kühn zu bluffen, wobei ihm das allen Trollen eigene blasierte Überlegenheitsgefühl zugute kam.

»He, was soll denn das?« knurrte er. »Was machst du hier? Arbeitest du auf dem Rummelplatz? Ich hab' dich noch nie gesehen. Was hast du hier verloren?«

Mich würgten Angst und Abscheu, und mein Herz klopfte rasend, während ich auf ihn hinabschaute, denn ich sah, was andere Menschen nicht sehen konnten. Ich sah einen als Mensch getarnten Troll.

Diese Fähigkeit, den Unhold wahrzunehmen, ist extrem schwer zu erklären, denn es ist nicht so, als schälte meine psychische Sehkraft die menschliche Hülle einfach ab und entblößte dadurch das darunter verborgene Monster. Es ist nicht so, als verschwände die menschliche Gestalt, als könnte ich ausschließlich das bösartige Zauberwesen sehen, das mich mit seiner Maskerade zu täuschen glaubt. Vielmehr sehe ich beide gleichzeitig – den Menschen und den Troll. Vielleicht kann ich es am ehesten mit Hilfe einer Analogie aus der Töpferkunst begreiflich machen. In einer Galerie in Carmel, Kalifornien, habe ich einmal eine Vase mit herrlich transparenter roter Glasur von unglaublicher Leuchtkraft gesehen, die fantastische Tiefe, magische dreidimensionale Königreiche und unfaßbare Wirklichkeiten vorgaukelte. So ähnlich geht es mir, wenn ich einen Troll betrachte. Die menschliche Gestaltist kompakt und wirkt überaus echt, aber ich vermag auch den unter dieser Glasur verborgenen Ton zu erkennen.

»Los, nun mach schon den Mund auf!« brummte der Troll ungeduldig. Er machte sich nicht einmal die Mühe aufzustehen. Er fürchtete sich nicht vor gewöhnlichen Menschen, denn er wußte aus Erfahrung, daß sie ihn nicht durchschauen konnten. Und er ahnte natürlich nicht, daß ich kein gewöhnlicher Mensch war, sondern über besondere Gaben verfügte. »Gehörst du hierher? Arbeitest du hier? Oder bist du nur ein dummer neugieriger Lausbub, der seine Nase in anderer Leute Angelegenheiten steckt?«

Die unter der Menschenhülle verborgene Kreatur schien eine Kreuzung zwischen Schwein und Hund zu sein, mit einer dicken, dunklen, fleckigen Haut von der Farbe alten Messings. Die Schädelform erinnerte an einen deutschen Schäferhund, das Maul war voller spitzer Zähne, wobei die gebogenen Eckzähne jedoch reptilartig wirkten. Die Schnauze hatte mehr von einem Schwein als von einem Hund an sich, mit bebenden fleischigen Nüstern. Um die bösartigen runden roten Schweinsäuglein herum wurde die gelbliche Haut etwas dunkler und schillerte grünlich wie die Flügel von Käfern. Beim Sprechen entrollte sich in seinem Maul eine lange Zunge. Die menschenähnlichen Hände waren mit jeweils einem zusätzlichen Gelenk ausgestattet, die Knöchel waren dicker und kräftiger, und statt Fingernägel besaß dieses dämonische Wesen lange, scharfe, gebogene schwarze Krallen. Es hatte den Körper eines Hundes – aber eines Hundes, der aufrecht gehen konnte wie ein Mensch. Im großen und ganzen wirkte es durchaus graziös; nur die überaus knochigen Schultern und Arme schienen etwas mißgestaltet und verhinderten fließende Bewegungen.

Ich blieb einige Sekunden lang stumm, sowohl aus Angst als auch aus Abscheu vor dem blutigen Werk, das ich ausführen mußte. Der Troll legte mein Schweigen wohl als schuldbewußte Verwirrung aus und rechnete damit, daß ich wegrennen oder irgendeine unbeholfene Entschuldigung stammeln würde. Deshalb war er völlig perplex, als ich mich plötzlich auf ihn stürzte.

»Monster! Dämon! Ich weiß, was du bist«, zischte ich zwischen den Zähnen hindurch, während ich mit dem Messer zustach.

Ich verfehlte die pulsierende Halsschlagader, und die Klinge bohrte sich nur tief in seine Schulter.

Er grunzte vor Schmerz auf, schrie und heulte aber nicht. Meine Worte mußten für ihn ein schwerer Schlag gewesen sein. Ihm war an einer Störung genausowenig gelegen wie mir.

Ich riß das Messer aus ihm heraus und nutzte seinen momentanen Schock aus, um erneut heftig zuzustechen.

Wenn er ein gewöhnlicher Mensch gewesen wäre, so hätte das sein sicheres Ende bedeutet, war er doch vor Schrecken und Überraschung wie gelähmt. Ich hatte es jedoch mit einem Troll zu tun, und obwohl er durch sein Menschenkostüm behindert wurde, stand ihm nicht nur das sehr begrenzte menschliche Reaktionsvermögen zu Gebote. Mit übermenschlich schnellen Reflexbewegungen warf er schützend einen Arm hoch, beugte die Schultern und zog den Kopf ein, so als wäre er eine Taube. Dieses Abwehrmanöver hatte denn auch Erfolg: Meine Klinge streifte an seinem Arm entlang und schrammte seinen Schädel, ohne aber großen Schaden anzurichten.

Den Bruchteil einer Sekunde später ging er von der Defensive zur Offensive über, und ich begriff, daß ich in Schwierigkeiten war. Zwar lag ich noch auf ihm und drückte ihn auf das Kleinauto hinab, doch er vereitelte geschickt meinen Versuch, ihm mit dem Knie in den Unterleib zu treten, und packte mich gleichzeitig an meinem T-Shirt. Ich *wußte*, daß seine andere Hand es auf meine Augen abgesehen hatte, deshalb warf ich mich zurück, wobei ich mich mit einem Fuß auf seiner Brust abstemmte. Das T-Shirt zerriß der ganzen Länge nach, aber ich war frei, taumelte rückwärts und landete zwischen zwei Wagen auf dem Boden.

Ich habe in der großen genetischen Lotterie, die offenbar Gottes Vorstellung von einem effektiven Management entspricht, nicht nur meine übersinnlichen Kräfte gewonnen, sondern auch eine natürliche sportliche Begabung, und ich war von jeher flink und geschickt. Andernfalls hätte ich meinen ersten Kampf mit einem Troll – meinem Onkel Denton – niemals überlebt, geschweige denn diese alptraumhafte Konfrontation zwischen den elektrischen Autos.

Die Taschenlampe war während unseres Kampfes auf den Holzboden gefallen und ausgegangen, so daß wir uns jetzt nur noch im schwachen milchigen Schein des verblassenden Mondes vage erkennen konnten. Ich war noch nicht wieder auf den Beinen, als er schon auf mich zustürzte. Mein verzweifelter, in weitem Bogen von unten nach oben geführter Messerstoß verfehlte ihn knapp, weil er sich in letzter Sekunde zurückwarf. Als die Klinge wenige Millimeter vor seiner Nasenspitze die Luft durchschnitt, packte er mich am Handgelenk. Dank seiner imposanten Statur war er viel stärker als ich und konnte meinen rechten Arm mit eisernem Griff über meinem Kopf festhalten.

Er holte mit seiner geballten Rechten zum Schlag gegen meinen Hals aus, zu einem mörderischen Schlag, der meine Luftröhre eingedrückt hätte, wenn ich nicht blitzschnell den Kopf gesenkt und mich zur Seite gedreht hätte. Seine Faust landete deshalb etwas oberhalb meines Nackens. Das war schlimm genug. Ich konnte nicht atmen, Tränen schossen mir in die Augen, und ich fühlte mich einer Ohnmacht nahe.

Wie durch einen dunklen Schleier hindurch sah ich ihn zum nächsten Boxhieb ausholen. In meiner Panik und Verzweiflung tat ich instinktiv das einzig Richtige: Ich warf mich ihm entgegen, umklammerte ihn mit meiner freien Hand und preßte mich so fest an ihn, daß er nicht mehr kraftvoll zuschlagen konnte. Und nachdem ich inzwischen auch wieder Luft bekam, schöpfte ich neue Hoffnung.

Wir stolperten eng umschlungen zwischen den Autos umher oder drehten uns keuchend im Kreis, und da er noch immer mit der linken Hand mein rechtes Handgelenk hoch über unseren Köpfen festhielt, muß es fast so ausgesehen haben, als führten wir ohne Musik einen unbeholfenen Apachentanz auf.

Als wir in die Nähe der hölzernen Umzäunung kamen, wo das silbriggraue Mondlicht am hellsten war, blickte ich plötzlich mit ungewöhnlicher und bestürzender Klarheit durch die menschliche Hülle meines Gegners hindurch, nicht etwa wegen des Lichts, sondern weil meine psychischen Kräfte für einen Moment zuzunehmen schienen. Seine menschlichen Gesichtszüge verblaßten, bis sie einer kaum wahrnehmbaren Glasmaske glichen. Unter der nunmehr völlig transparenten Kostümierung traten die scheußlichen Einzelheiten des dämonischen Hund-Schwein-Wesens so deutlich und *real* zutage, wie ich es nie zuvor erlebt hatte – und auch gar nicht erleben wollte. Seine lange Zunge, gespalten wie die einer Schlange, voller Warzen, fettig und dunkel, hechelte zwischen den spitzen Zähnen. Zwischen der oberen Lefze und der Schnauze schien verkrusteter Schleim zu kleben, der sich bei näherem Hinsehen jedoch als Ansammlung von schuppigen Muttermalen, kleinen Blasen und borstigen Warzen entpuppte. Die fleischigen Nüstern waren gebläht und zitterten heftig. Die fleckige Haut wirkte ungesund, schlimmer noch, verfault.

Und die Augen!

Die *Augen*!

Sie fixierten mich, diese roten Augen mit ihrer schwarzen Iris wie aus gesplittertem Glas, und während wir dort an der Umzäunung des Pavillons kämpften, hatte ich einen Moment lang das schreckliche Gefühl, in diesen Augen zu versinken, so als wären es bodenlose, mit Feuer gefüllte Brunnen. Ich entdeckte darin einen sengenden Haß, aber sie spiegelten noch viel mehr wider als diesen tiefen Abscheu und rasenden Zorn. Sie zeugten von einer Bösartigkeit, weitaus älter als das Menschengeschlecht, verzehrend wie eine Gasflamme, vernichtend wie der Blick der Medusa, der die tapfersten Krieger versteinerte. Doch noch schlimmer als diese Bösartigkeit war die unübersehbare Verrücktheit, ein unbeschreiblicher Wahnsinn, der jedes menschliche Fassungsvermögen überstieg und zu den schlimmsten Befürchtungen Anlaß gab. Denn diese Augen vermittelten mir die Erkenntnis, daß der Haß dieses Wesens auf die Menschheit nicht nur eine von vielen Facetten seiner Geisteskrankheit, sondern der Kern seines Wahnsinns war, daß das ganze Trachten und

Handeln dieses krankhaften Hirnes einer einzigen Intention diente: so viele Männer, Frauen und Kinder wie nur irgend möglich leiden zu lassen und zu vernichten.

Was ich in diesen Augen las, erfüllte mich mit Angst und Abscheu, und mich ekelte vor dem engen physischen Kontakt mit dem Troll, aber ich wagte nicht, ihn loszulassen, denn das hätte unweigerlich meinen Tod zur Folge gehabt. Statt dessen schmiegte ich mich sogar noch enger an ihn, wir stießen heftig gegen das Geländer und taumelten einige Schritte zurück.

Er hatte aus seiner linken Hand eine Art Schraubstock gemacht und versuchte, die Knochen meines rechten Handgelenks zu zermalmen – zumindest aber wollte er mich zwingen, das Messer fallen zu lassen. Der Schmerz war grausam, aber ich hielt die Waffe fest, und schließlich überwand ich meinen Widerwillen und biß ihn ins Gesicht, in die Wange. Dann fand ich sein Ohr und biß es ab.

Er schnappte nach Luft, verkniff sich aber stoisch jeden Schmerzenslaut, weil er offenbar sogar noch mehr als ich jedes Aufsehen vermeiden wollte. Doch obwohl er einen Schrei unterdrückte, war er nicht derart immun gegen Schmerz und Furcht, daß er den Kampf völlig ungerührt hätte fortsetzen können. Er schwankte, stolperte rückwärts, stieß gegen einen Stützbalken, griff sich an die blutende Wange und tastete verstört jene Stelle ab, wo soeben noch sein Ohr gewesen war, das ich inzwischen ausgespuckt hatte. Noch immer hielt er meinen rechten Arm über meinem Kopf fest, aber sein Griff hatte sich vor Schmerz unwillkürlich gelockert, und es gelang mir, mich loszureißen.

Das wäre wohl der günstigste Moment gewesen, um ihm das Messer in den Bauch zu stoßen, aber meine Hand war infolge der abgeschnürten Blutzirkulation fast taub, und ich konnte die Waffe nur mit größter Mühe überhaupt halten. Ein Angriff wäre tollkühn gewesen, denn möglicherweise wäre das Messer meinen gefühllosen Fingern im entscheidenden Augenblick entglitten.

Ich unterdrückte den heftigen Würgereiz, der vom Blutgeschmack in meinem Mund herrührte, und wich hastig zurück, die Waffe nunmehr in der linken Hand, während ich die rechte kraftvoll öffnete und schloß, um die Taubheit der Finger möglichst schnell zu überwinden. Als die Hand zu prickeln begann, wußte ich, daß sie in einigen Minuten wieder gebrauchsfähig sein würde.

Selbstverständlich räumte er mir diese wenigen erforderlichen Minuten nicht freiwillig ein. In rasender Wut stürzte er auf mich zu und zwang mich, zwischen zwei Kleinautos auszuweichen und über ein drittes zu springen. Er verfolgte mich quer durch den Pavillon, und verglichen mit der Ausgangssituation, als ich mich unbemerkt an ihn herangeschlichen hatte, waren jetzt die Rollen vertauscht. Er war die Katze, die nicht einmal der Verlust eines Ohres abzuschrekken vermochte, ich war die Maus mit einer tauben Pfote. Und obwohl ich mich angesichts der tödlichen Bedrohung besonders schnell und geschickt bewegte und immer wieder Haken schlug, tat er, was Katzen stets bei Mäusen tun: Er verkürzte den Abstand trotz all meiner Tricks und Manöver.

Diese langsame Verfolgungsjagd ging in unheimlicher Stille vor sich. Nur das dumpfe Dröhnen von Schritten auf dem Bretterboden, das knochentrockene Kratzen von Schuhsohlen auf Holz, das leise Rattern oder Quietschen der Autos, wenn wir an ihnen einen Halt suchten oder über sie hinwegkletterten, sowie unsere schweren Atemzüge waren zu hören. Keine Drohungen, keine Beschimpfungen, keine Appelle an die Vernunft, kein Flehen um Gnade, keine Hilferufe. Und keiner von uns wollte dem anderen die Genugtuung auch nur eines Wimmerns geben.

Allmählich normalisierte sich die Blutzirkulation in meiner rechten Hand, und obwohl das Gelenk geschwollen war und schmerzte, glaubte ich mich genügend erholt zu haben, um eine Fertigkeit zu erproben, die ich von einem Mann namens Nerves MacPhearson gelernt hatte, auf einem kleinen Jahrmarkt in Michigan, wo ich mich nach meiner Flucht vor der Polizei von Oregon einige Wochen aufgehalten hatte. Nerves MacPhearson, ein kluger Mann, der mir viele nützliche Ratschläge gegeben hatte und den ich oft sehr vermißte, war ein hervorragender Messerwerfer.

Während ich mir sehnlichst wünschte, daß Nerves jetzt bei mir wäre, ließ ich das Messer – ein spezielles Wurfmesser – von der linken Hand in die rechte gleiten. Ich hatte es ganz am Anfang, als der Troll sich kniend am Auto zu schaffen machte, nicht geworfen, weil meine Position keinen sicheren tödlichen Treffer erlaubte. Und später, als ich mich zum erstenmal von ihm losreißen konnte, hatte ich das Messer nicht geworfen, weil ich meinen Künsten – ehrlich gesagt – nicht allzu sehr vertraute.

Nerves hatte mir eine ganze Menge über die Theorie und Praxis des Messerwerfens beigebracht, während wir zusammen von Ort zu Ort gezogen waren, und nach unserer Trennung hatte ich mich auf eigene Faust weiter intensiv mit der Waffe beschäftigt und Hunderte von Stunden trainiert. Trotzdem beherrschte ich diese Kunst bei weitem nicht gut genug, um mich ihrer im Kampf mit dem Troll leichtfertig zu bedienen, denn wenn ich ihn nur leicht verwundete oder gar total verfehlte, wäre ich in Anbetracht der kräftemäßigen Überlegenheit meines Feindes völlig wehrlos.

Nachdem ich mich inzwischen aber im Nahkampf mit ihm gemessen hatte, wußte ich, daß ein gut gezielter Wurf meine einzige Überlebenschance war. Ihm schien nicht aufgefallen zu sein, daß ich das Messer jetzt nicht mehr beim Griff, sondern an der Klinge hielt, und als ich mich umdrehte und auf einem langen Abschnitt ohne hinderliche Autos losrannte, glaubte er, ich hätte es mit der Angst zu tun bekommen und die Flucht ergriffen. Er verfolgte mich triumphierend, ohne auch nur noch einen Gedanken an seine eigene Sicherheit zu verlieren. Als ich seine schweren Laufschritte auf den Brettern hinter mir hörte, wirbelte ich auf dem Absatz herum, taxierte blitzschnell Position, Winkel und Geschwindigkeit und ließ die Klinge durch die Luft wirbeln.

Selbst Ivanhoe hätte mit Pfeil und Bogen keine bessere Arbeit leisten können als ich mit dem Wurfmesser, das sich nach mehrmaliger Drehung in die Kehle meines Gegners bohrte und bis zum Heft eindrang. Die Spitze muß hinten am Hals wieder hervorgetreten sein, denn die Klinge war gut 15 cm lang. Der Troll blieb abrupt stehen, torkelte und riß den

Mund weit auf. Trotz des schwachen Lichts konnte ich den überraschten Ausdruck sowohl seiner menschlichen Augen als auch der roten dämonischen Augen erkennen. Eine Blutfontäne, die im Halbdunkel wie ebenholzfarbenes Öl aussah, ergoß sich aus seinem Mund, und er gab krächzende Laute von sich.

Sein Atem ging rasselnd und stoßweise.

Er wirkte bestürzt.

Er umklammerte den Messergriff mit beiden Händen.

Er fiel auf die Knie.

Aber er starb nicht.

Mit einer enormen Anstrengung begann der Troll seine menschliche Hülle abzustreifen, wobei das eigentlich der falsche Ausdruck ist, denn er häutete sich ja nicht. Vielmehr löste sich die menschliche Gestalt einfach auf. Die Gesichtszüge schmolzen, und auch der Körper veränderte sich. Diese Verwandlung von einer Erscheinungsform zur anderen kostete ihn sichtlich sehr viel Kraft und ging nicht ganz problemlos vonstatten. Als er schon auf allen vieren stand, überwog die menschliche Maske für kurze Zeit wieder, und jene scheußliche Schweineschnauze verblaßte noch mehrmals, bevor sie endgültig Gestalt annahm. Auch der zutage getretene Hundeschädel mußte noch einmal vorübergehend menschlichen Formen weichen, bevor er die Oberhand gewann, ausgestattet mit mörderischen Zähnen.

Ich wich zurück, erreichte das Geländer und blieb dort abwartend stehen, bereit, sofort über den Bretterzaun zu springen, falls die grausige Metamorphose dem Unhold wie durch Zauberei neue Kräfte verleihen sollte und ihn gegen die tödliche Wunde immun machte. Vielleicht konnte er sich in seiner wahren Erscheinungsform irgendwie selbst heilen, während er dazu nicht imstande war, solange er in Menschengestalt auftrat. Das schien mir zwar unwahrscheinlich, ja es kam mir geradezu fantastisch vor – aber war nicht andererseits die bloße Tatsache der Existenz eines solchen Wesens genauso fantastisch?

Schließlich war die Verwandlung so gut wie abgeschlossen, die Kleider hingen grotesk an dem dämonischen Wesen herab, die langen Krallen hatten die Lederschuhe durchstoßen, und es schleppte sich mit bedrohlich gebleckten Zähnen in meine Richtung. Die mißgebildeten Schultern, Arme und Hüften mit ihren scheinbar überflüssigen Knochenauswüchsen erschwerten ihm die Fortbewegung, obwohl ich das Gefühl hatte, als würde es mit unerklärlicher Anmut und Geschwindigkeit vorankommen, wenn es nicht verwundet und geschwächt wäre. Nun, da der Filter der Menschenmaske verschwunden war, konnte man sehen, daß die roten Augen unheimlich glühten. Nicht etwa, daß sie durch Lichtreflexion geleuchtet hätten wie Katzenaugen im Dunkeln; nein, sie strahlten selbst ein blutfarbenes Licht aus, das in der Luft schimmerte und rote Streifen auf den dunklen Boden zauberte.

Ich war einen Moment lang davon überzeugt, daß die Metamorphose den Feind tatsächlich zu heilen vermochte, und ich glaube noch immer, daß er sich aus diesem Grunde verwandelte. In Menschengestalt saß er sozusagen in der Falle und war zu einem schnellen Tod verurteilt, aber in seiner eigentlichen Identität verfügte der Troll über geheimnisvolle Kräfte, die ihn zwar vielleicht nicht retten konnten, ihn aber befähigten, mich zu verfolgen und umzubringen. Weil wir ganz allein waren, weil es keine Zeugen gab, riskierte der Troll diese Offenbarung seiner wahren Natur. Ich hatte etwas Derartiges schon einmal miterlebt, unter ähnlichen Umständen, bei einem Troll in einer Kleinstadt südlich von Milwaukee. Doch es war beim zweitenmal nicht minder schrecklich. Die Kreatur blähte sich in neuer Vitalität auf. Sie packte den Messergriff mit einer Krallenhand, riß die Klinge aus ihrem Hals heraus und schleuderte die Waffe beiseite. Geifernd, mit blutigem Schaum vor dem Maul, aber grinsend wie ein der Hölle entstiegener Teufel, kroch dieses furchterregende Wesen auf allen vieren auf mich zu.

Ich schwang mich auf die Umzäunung und wollte gerade auf die Erde hinabspringen, als ich auf der breiten Straße, die am Autoskooter vorbeiführte, Motorgeräusche hörte. Das mußten die Nachtwächter sein, die ihre übliche Runde drehten.

Das keuchende Ungeheuer hatte die Umzäunung fast erreicht. Sein kurzer, dicker Schwanz klopfte gegen die Bretter, und es starrte mit irrer Mordlust zu mir empor.

Der Wagen näherte sich, aber ich rannte ihm nicht entgegen. Ich konnte mich unmöglich hilfesuchend an die Männer wenden, denn ich wußte genau, daß der Troll mir nicht den Gefallen tun würde, seine wahre Gestalt beizubehalten. Vielmehr würde er sich hastig wieder tarnen, und ich würde die Wächter zu einem toten oder sterbenden Mann führen – meinem Mordopfer. Deshalb sprang ich, als das Scheinwerferlicht in Sicht kam, in den Pavillon zurück, über den Troll hinweg, der sich auf die Hinterbeine stellte und mich zu packen versuchte. Zum Glück verfehlte er mich knapp.

Ich landete auf beiden Füßen, fiel auf Hände und Knie, rollte zur Seite, kam wieder auf alle viere und kroch durch den ganzen Pavillon, bevor ich mich umzudrehen und einen Blick zurückzuwerfen wagte. Die rubinroten glühenden Augen waren auf mich gerichtet. Der Unhold war durch die schwere Verletzung ohne jeden Zweifel sehr geschwächt und konnte nur noch auf dem Bauch kriechen, sehr langsam, wie eine tropische Eidechse in kaltem Klima. Doch obwohl ihm jede Bewegung sichtlich Qualen bereitete, schleppte er sich unter Aufbietung aller Kräfte auf mich zu. Er war noch etwa sechs Meter von mir entfernt.

Die Scheinwerfer wurden immer heller, und dann tauchte die Fordlimousine auf. Sie fuhr sehr langsam, der Motor war leise, und auch die Reifen machten auf dem Sägemehl nur wenig Lärm. Die Lichter fielen auf die Straße, nicht auf den Autoskooter, aber einer der Wächter richtete jetzt den Strahl eines grellen Suchscheinwerfers auf den Pavillon.

Ich preßte mich auf den Boden. Der Troll war viereinhalb Meter entfernt und rückte langsam aber sicher weiter vor.

Das taillenhohe Geländer war sehr stabil, mit schmalen Zwischenräumen zwischen den dicken Brettern. Das war für mich äußerst günstig, denn obwohl das Licht des Scheinwerfers durch die Ritzen fiel, konnten die Wächter vom Wagen aus kaum etwas erkennen, zumindest nicht, solange die Limousine sich bewegte, wenn auch nur im Schrittempo.

Der sterbende Troll stemmte sich mit seinen kräftigen Beinen ab und schob sich ruckartig ein Stück vorwärts, auf eine mondbeschienene Stelle. Ich sah, daß er aus dem Hundemaul und aus der Schweineschnauze blutete. Dreieinhalb Meter. Er biß die Zähne zusammen, erschauderte und schleppte sich weiter. Sein Kopf war jetzt wieder im Schatten. Drei Meter.

Ich rutschte auf dem Bauch rückwärts, um den Abstand zwischen mir und diesem lebendigen Wasserspeier zu vergrößern, erstarrte aber schon nach einem knappen Meter mitten in der Bewegung, denn der Wagen war plötzlich stehengeblieben, direkt neben dem Autoskooter. Ich versuchte mir einzureden, daß es einfach zur Routine der Nachtwächter gehörte, auf ihrer Route hin und wieder anzuhalten, daß sie bestimmt nichts Auffälliges im Pavillon gesehen haben konnten. Ich betete inbrünstig, daß dem tatsächlich so sein mochte. In einer warmen und schwülen Nacht wie dieser würden sie jedoch zweifellos mit geöffneten Fenstern unterwegs sein, und bei stehendem Fahrzeug könnten sie eventuell jedes Geräusch wahrnehmen, das ich oder der Troll verursachte. Ich traute mich deshalb nicht mehr, weiter vor meinem Feind zurückzuweichen, sondern blieb eng an die Bretter gedrückt regungslos liegen, während ich dieses verdammte Pech verfluchte.

Die verwundete Kreatur zog scharf Luft ein und schob sich mit leisem Grunzen näher an mich heran. Jetzt war sie wieder nur drei Meter entfernt. Ihre roten Augen waren trüb und verschleiert, und in der Höllentiefe dieser schrecklichen Augen glomm nur noch ein schwaches Licht, geheimnisumwoben und unheilvoll wie die Laternen eines fernen Geisterschiffs bei Nebel auf sturmgepeitschter See.

Die Wächter leuchteten vom Wagen aus mit dem Suchscheinwerfer die geschlossenen Buden auf der anderen Straßenseite ab. Dann schwenkte das Licht jedoch in weitem Bogen herum und erfaßte eine Seite des Pavillons. Helle Strahlen drangen durch die Spalte zwischen den Brettern und zauberten bewegliche Muster auf den Boden. Obwohl es unwahrscheinlich war, daß die Männer mich oder den Troll zwischen den vielen Kleinautos entdecken würden, war es *keineswegs* unwahrscheinlich, daß sie trotz des surrenden Motors das Keuchen des Unholds oder das dumpfe Dröhnen seines Schwanzes auf dem hohlen Boden hören würden.

Ich hätte um ein Haar laut gekreischt: Krepier doch endlich, verdammt noch mal!

Statt dessen zog er wieder die Beine an und stemmte sich kraftvoller denn je ab, so daß er gut anderhalb Meter auf einmal vorwärtskam und nur einen knappen Meter von mir entfernt auf dem Bauch landete.

Der Scheinwerfer bewegte sich plötzlich nicht mehr.

Die Wächter hatten etwas gehört.

Ein greller Lichtstrahl fiel auf den Pavillonboden, zweieinhalb oder drei Meter zu meiner Linken. Ich konnte jede Einzelheit der Holzplanken bestürzend gut erkennen – die Maserung, die rauhe Oberfläche, die vielen Kratzer und Flekken. Ein winziger hochstehender Splitter kam mir wie ein riesiger Baum vor – so als würde der Scheinwerfer alles magisch vergrößern.

Der Troll stieß zischend die Luft aus – und atmete nicht wieder ein. Zu meiner großen Erleichterung erlosch die Glut in seinen Augen nach einem letzten Aufflackern.

Der Strahl des Scheinwerfers glitt in diese Richtung, hielt keine zwei Meter vom sterbenden Troll entfernt erneut inne.

Und nun machte das dämonische Wesen eine weitere erstaunliche Verwandlung durch, ähnlich einem mit einer Silberkugel erschossenen Werwolf im Kino. Es tarnte sich, indem es wieder Menschengestalt annahm. Es verbrauchte seine letzte Energie, damit die Existenz von seinesgleichen unter normalen Menschen ein streng gehütetes Geheimnis bleiben konnte. Die dämonische Fratze eines Wasserspeiers war verschwunden. Ein toter Mann lag im Halbdunkel vor mir. Ein Toter, den ich auf dem Gewissen hatte.

Ich konnte den Troll in ihm nicht mehr sehen.

Die menschliche Hülle war nun keine transparente Glasur mehr, sondern ein dicker Farbanstrich, der nichts Geheimnisvolles in sich zu bergen schien.

Der Ford fuhr auf der Straße einige Meter weiter und blieb

wieder stehen. Der Suchscheinwerfer glitt von neuem an der Umzäunung entlang, entdeckte eine Lücke, huschte über den Boden des Pavillons und beleuchtete kurz den Absatz eines Schuhs des Toten.

Ich hielt den Atem an.

Ich konnte den Staub auf dem Absatz sehen, die abgetretene Gummisohle und einen winzigen Papierfetzen, der daran klebte. Natürlich war ich wesentlich näher an diesem Schuh als der Nachtwächter, der außerdem vermutlich im grellen Lichtstrahl etwas die Augen zusammenkniff, aber wenn ich so vieles so deutlich sehen konnte, mußte er bestimmt wenigstens ein klein wenig erkennen können – und dieses wenige würde schon genügen, um meinen Untergang herbeizuführen.

Zwei oder drei Sekunden vergingen.

Dann noch zwei oder drei.

Das Licht glitt zu einer anderen Lücke weiter, diesmal zu meiner Rechten, gut zehn Zentimeter vom anderen Fuß der Leiche entfernt.

Grenzenlos erleichtert, holte ich tief Luft, hielt aber den Atem an, als der Scheinwerfer sich plötzlich zurückbewegte, bestimmt in der Absicht, die verdächtige Stelle noch einmal etwas genauer in Augenschein zu nehmen.

In wilder Panik schob ich mich so leise wie nur möglich vorwärts, packte die Leiche bei den Armen und zog sie näher an mich heran, wenn auch nur um einige Zentimeter, um jedes laute Geräusch zu vermeiden.

Wieder drang ein Lichtstrahl durch den Spalt, genau in Richtung des Schuhabsatzes des Toten. Ich hatte jedoch schnell genug gehandelt. Der Absatz befand sich jetzt zwei Zentimeter außer Reichweite des Lichts.

Mein Herz klopfte zum Zerspringen, denn die Ereignisse der letzten Viertelstunde hatten meine Nerven stark strapaziert. Zwei Schläge pro Sekunde. Nach acht Schlägen – vier Sekunden – schwenkte der Scheinwerfer ab, und der Ford fuhr langsam die Straße entlang, auf den hinteren Teil des Geländes zu. Ich war in Sicherheit.

Nein, nicht in Sicherheit. Nur in relativer Sicherheit.

Ich mußte noch die Leiche wegschaffen und die Blutspuren beseitigen, bevor es hell wurde und die ersten Schausteller auftauchten. Als ich aufstand, schmerzten beide Knie, denn bei meinem Sprung vom Zaun, über den Troll hinweg, war ich höchst unsanft auf Händen und Knien gelandet – nicht gerade ein Beweis für die Geschmeidigkeit, derer ich mich zuvor gerühmt habe. Auch meine Handflächen waren aufgeschürft, aber ich durfte mich von diesen Lappalien ebensowenig behindern lassen wie von meinem geschwollenen Handgelenk und der schmerzenden Nacken- und Halspartie.

Während ich auf die sterbliche Hülle meines Feindes hinabstarrte und überlegte, wie ich diese schwere Leiche transportieren könnte, fiel mir plötzlich mit Schrecken mein Gepäck ein, das ich beim Riesenrad liegengelassen hatte. Gewiß, Rucksack und Schlafsack waren kleine Gegenstände, die den Nachtwächtern im schwachen milchigen Mondschein wahrscheinlich gar nicht auffallen würden. Doch andererseits machten diese Männer so oft die Runde auf dem Rummelplatz, daß sie ihn wie ihre Westentasche kannten und genau wußten, was sie an jeder beliebigen Stelle eigentlich sehen müßten und was nicht. Ich konnte mir leicht vorstellen, daß ihre Blicke zunächst achtlos über den Rucksack und den Schlafsack hinweggleiten würden – nur um gleich darauf beunruhigt zurückzuschweifen, genauso, wie der Suchscheinwerfer unerwartet zurückgeschwenkt war, nur wegen des an sich so unauffälligen und doch verdächtigen Schuhabsatzes. Und wenn sie mein Gepäck fanden, wenn sie Beweise dafür hatten, daß irgendein Landstreicher nachts über den Zaun geklettert war, würden sie bestimmt schleunigst wieder zum Autoskooter fahren, um sich dort noch einmal gründlich umzuschauen. Und dann würden sie das Blut entdecken. Und die Leiche.

O Gott!

Ich mußte vor ihnen am Riesenrad sein.

Ich schwang mich über das Geländer und rannte über den dunklen Rummelplatz, so als würde ich von Furien gehetzt.

Der wandelnde Leichnam

Manchmal habe ich den Eindruck, als sei alles im Leben subjektiv, als könne im gesamten Universum nichts objektiv definiert und eingeordnet werden, als seien Physiker und Zimmerleute ausgesprochene Narren, wenn sie im Brustton der Überzeugung behaupten, mit Hilfe von Instrumenten und Berechnungen zu unumstößlichen Resultaten gelangen zu können. Zugegeben, ich vertrete diese Meinung hauptsächlich, wenn ich so deprimiert bin, daß mir die Fähigkeit zu logischem Denken abhanden kommt, und ich nur zweierlei tun kann: mich betrinken oder ins Bett gehen. Trotzdem möchte ich als schwachen Beweis für diese philosophische Konzeption die Wahrnehmungen und Empfindungen jener Nacht anführen, als ich vom Autoskooter zum Riesenrad hetzte, um den Nachtwächtern zuvorzukommen.

Vor diesem Wettrennen war es mir so vorgekommen, als würde die Nacht vom Mond nur schwach erhellt. Nun aber empfand ich das Mondlicht nicht als gedämpft, sondern als grell; es war auch nicht mehr asch- oder perlfarben, sondern weiß und intensiv. Noch vor wenigen Minuten war der menschenleere Rummelplatz ein riesiges dunkles Meer mit vereinzelten kleinen Lichtinseln gewesen; nun hatte er sich plötzlich in einen Gefängnishof verwandelt, der von einem Dutzend starker Bogenlampen bis in den letzten Winkel hinein gnadenlos ausgeleuchtet wurde. Bei jedem Schritt rechnete ich in meiner Panik damit, entdeckt zu werden, und ich verwünschte den Mond. Zudem stand vorhin, als ich dem Troll zum Autoskooter gefolgt war, jede Menge Zeug herum, große Gegenstände, die genügend Deckung boten. Nun aber war der Vergnügungspark so aufgeräumt, so leergefegt wie besagter Gefängnishof. Ich kam mir schutzlos vor, ausgeliefert, entlarvt – nackt und bloß. Zwischen den Fahrgeschäften und Buden tauchte der im Schrittempo fahrende Ford immer wieder flüchtig auf, und ich war überzeugt davon, daß die

Wächter mich ebenfalls sehen mußten, obwohl mich weder ein surrender Motor noch helle Scheinwerfer kenntlich machten.

Erstaunlicherweise erreichte ich das Riesenrad vor den Wachmännern. Sie waren die erste lange Straße entlanggefahren und nach rechts abgebogen, auf die kürzere Querstraße am Rand des Rummelplatzes. Jetzt rollte der Wagen langsam auf die nächste Ecke zu, wo er wieder nach rechts abbiegen würde, in die zweite lange Schaustellerstraße. Das Riesenrad war nur zehn Meter von dieser Ecke entfernt, und die Männer würden mich entdecken, sobald sie in die Kurve einbogen. Ich kletterte über die Umzäunung des Riesenrades, stolperte über ein Kabel, schlug schmerzhaft der Länge nach hin und kroch mit der Anmut einer verkrüppelten Krabbe auf mein Gepäck zu.

In zwei Sekunden hatte ich mir den Rucksack und den Schlafsack geschnappt und machte drei Schritte auf den niedrigen Zaun zu, aber einige Sachen fielen aus dem offenen Rucksack heraus, und ich mußte sie aufsammeln. Ich sah, daß der Ford um die Ecke bog. Die Scheinwerfer schwenkten auf mich zu, und ich mußte jeden Gedanken an einen unauffälligen Rückzug aufgeben. Die Wächter würden mich unweigerlich sehen, wenn ich jetzt über die Umzäunung stieg, und damit wäre die Jagd eröffnet. Ich stand unschlüssig da wie ein Vollidiot, gelähmt von zentnerschweren Schuldgefühlen.

In letzter Sekunde riß ich mich zusammen und rannte geduckt auf die Kartenverkaufsbude des Riesenrades zu. Sie war näher als der Zaun, *viel* näher als die zweifelhafte Dekkung hinter dem Zaun, aber – allmächtiger Himmel! – sie war winzig. Eine Kabine, in der eine Person gerade Platz haben mußte, höchstens ein Meter zwanzig im Quadrat, mit pagodenförmigem Dach. Ich drückte mich an eine Außenwand und preßte mein Gepäck an mich, überzeugt davon, daß ein Fuß, ein Knie oder eine Hüfte ein wenig hervorragte und im grellen Licht des Suchscheinwerfers deutlich zu erkennen war.

Während der Ford langsam am Riesenrad vorbeifuhr,

huschte ich von einer Wand zur anderen, so daß die Bude immer zwischen mir und den Wachmännern blieb. Das Scheinwerferlicht flutete dicht an mir vorbei . . . und dann setzten sie ihren Weg fort, ohne Alarm ausgelöst zu haben. Im Schatten einer Ecke des pagodenförmigen Dachs kauernd, beobachtete ich, wie der Wagen sich gemächlich auf der Straße entfernte. Dreimal blieb er stehen, und der Suchscheinwerfer strahlte dieses oder jenes an. Sie brauchten fünf Minuten für die Strecke bis zum vorderen Ende des Rummelplatzes, und ich befürchtete, daß sie nach rechts abbiegen würden, was bedeutet hätte, daß sie zur ersten Schaustellerstraße zurückfuhren, um eine weitere Runde zu drehen. Aber sie bogen nach links ab, in Richtung der Tribüne, der Rennbahn und der Ställe – dem Gelände der Landwirtschaftsausstellung mit ihren Viehprämierungen und Pferderennen.

Meine Zähne klapperten trotz der Augusthitze. Mein Herz hämmerte so schnell und so laut, daß es meinem Gefühl nach eigentlich sogar den Motor hätte übertönen müssen. Und beim Atmen gab ich Geräusche wie ein Blasebalg von mir. Ich war eine regelrechte Ein-Mann-Kapelle, die sich nur auf Rhythmus, nicht auf Melodie spezialisiert hatte.

Ich lehnte mich an die Budenwand und wartete darauf, daß das heftige Zittern verging und ich mir wieder zutraute, mich mit der Leiche im Autoskooter zu beschäftigen. Sie irgendwie verschwinden zu lassen, würde gute Nerven, Ruhe und die Vorsicht einer Maus in einer Katzenshow erfordern.

Als ich mich schließlich voll unter Kontrolle hatte, rollte ich meinen Schlafsack klein zusammen und trug das Gepäck zu einer besonders dunklen Stelle neben der Schiffsschaukel, wo ich es mühelos wiederfinden würde, ohne daß es von der Straße aus entdeckt werden konnte.

Ich kehrte zum Autoskooter zurück.

Alles war ruhig.

Das Sperrgitter quietschte leise, als ich es aufdrückte.

Meine Schritte hallten auf dem Holzboden.

Das war mir egal. Diesmal wollte ich ja niemanden überraschen.

Mondlicht schimmerte außerhalb des Pavillons.

Im Innern des überdachten Raums ballten sich dunkle Schatten.

Schatten und feuchte Hitze.

Die Kleinautos scharten sich zusammen wie Schafe auf einer dunklen Weide.

Die Leiche war verschwunden.

Mein erster Gedanke war, daß ich einfach vergessen hatte, wo sie lag. Vielleicht hinter jenen zwei *anderen* Autos oder dort drüben in dem *anderen* schwarzen Teich, wo kein Mondstrahl hinfiel. Dann kam mir die Idee, daß der Troll vielleicht doch nicht tot gewesen war, als ich ihn verlassen hatte. Er war zweifellos tödlich verwundet gewesen, aber vielleicht hatte er sich mit letzter Kraft in irgendeinen anderen Winkel des Pavillons geschleppt, bevor er gestorben war. Ich begann, zwischen den Autos nach ihm zu suchen. Ich ließ keine einzige dunkle Stelle aus – völlig erfolglos. Meine Erregung nahm immer mehr zu.

Ich blieb stehen und lauschte.

Stille.

Ich versuchte, irgendwelche psychischen Vibrationen aufzufangen.

Nichts.

Mir fiel ein, unter welches Auto die Taschenlampe des Trolls gerollt war. Ich fand sie – eine Bestätigung dafür, daß ich den ganzen Kampf mit dem Unhold nicht nur geträumt hatte. Ich knipste die Lampe an, schirmte das Licht mit einer Hand ab und leuchtete den Boden ab. Ich entdeckte weitere Beweise, daß die mörderische Konfrontation kein Alptraum gewesen war. Blut. Viel Blut, teilweise schon ins Holz eingesickert, dickflüssig oder geronnen, rotbraun, an den getrockneten Rändern rostfarben – aber es war unverkennbar Blut, und anhand der kleinen und großen Flecken ließ sich der Kampf, den ich in Erinnerung hatte, genau rekonstruieren.

Ich fand auch mein Messer, und es war mit getrocknetem Blut befleckt. Ich wollte es in die Scheide schieben, die im rechten Stiefel steckte, besann mich aber in Anbetracht der unheimlichen Ereignisse eines Besseren und behielt die Waffe in der Hand.

Das Blut, das Messer... Aber der Leichnam war verschwunden.

Und auch die Werkzeugtasche fehlte.

Ich wäre am liebsten Hals über Kopf geflüchtet, ohne auch nur mein Gepäck zu holen. Einfach die Straße entlangrennen und bei jedem Schritt Wolken von Sägemehl aufwirbeln, zum Haupteingang des Jahrmarktsgeländes rennen, über das Tor klettern und weiterrennen, stundenlang, ohne anzuhalten, in den Morgen hinein, weiter und immer weiter, durchs Gebirge, in die Wildnis... bis ich einen Fluß finden würde, wo ich das Blut und den Gestank meines Feindes abwaschen könnte, wo ich ein Mooslager finden und mich im Schutz von hohem Farn ausstrecken könnte, wo ich friedlich schlafen könnte, ohne Angst, von jemandem gesehen zu werden – ob nun von einem Menschen oder von einer der verhaßten Kreaturen.

Ich war schließlich nur ein siebzehnjähriger Junge.

Aber die fantastischen und erschreckenden Ereignisse und Erfahrungen der vergangenen Monate hatten mich abgehärtet. Ich war gezwungen gewesen, schnell erwachsen zu werden. Wenn der Junge überleben wollte, mußte er ein Mann sein – zudem noch ein Mann mit stählernen Nerven und eisernem Willen.

Anstatt zu flüchten ging ich deshalb um den ganzen Pavillon herum und suchte im Schein der Taschenlampe auf der staubigen Erde vergeblich nach Blutspuren, die der Troll mit Sicherheit hinterlassen hätte, selbst wenn es ihm gelungen wäre wegzukriechen. Ich wußte aus Erfahrung, daß diese Kreaturen gegen den Tod genausowenig immun waren wie ich. Sie konnten keine Wunder vollbringen, sich nicht selbst heilen, nicht auferstehen. Onkel Denton war nicht unbesiegbar gewesen; nachdem er tot war, blieb er es auch. Und dasselbe traf zweifellos auch auf den Troll zu, der tot auf dem Boden des Pavillons gelegen hatte. Er *war* tot gewesen, und er war *noch immer* tot. Für sein Verschwinden gab es demnach nur eine einzige Erklärung: Jemand hatte die Leiche gefunden und weggeschafft.

Aber warum? Warum hatte dieser Jemand nicht die Polizei

verständigt? Wer auch immer den Toten gefunden haben mochte, konnte ja nicht wissen, daß diese sterbliche Hülle ein dämonisches Wesen mit Höllenfratze beherbergt hatte. Mein unbekannter Helfer hätte nur einen toten Mann gesehen, weiter nichts. Warum sollte jemand einem Fremden bei der Vertuschung eines Mordes behilflich sein?

Ich vermutete, daß ich beobachtet wurde.

Ich zitterte wie Espenlaub und konnte mich nur mit größter Mühe zur Ruhe zwingen.

Mir blieb noch einiges zu tun.

Ich kehrte in den Pavillon zurück und beugte mich über das Kleinauto, an dem sich der Troll zu schaffen gemacht hatte, als ich ihn ertappte. Hinten war die Rückwand hochgestellt, so daß Motor und Stromleitungen zu sehen waren. Ich betrachtete diese mechanischen Eingeweide ein Weilchen, konnte aber nicht erkennen, was er vorgehabt hatte; ich hätte nicht einmal sagen können, ob er schon etwas verändert hatte, als ich ihn bei seiner Arbeit überraschte.

Die Kartenverkaufsbude des Autoskooters war nicht verschlossen, und in einer Ecke des winzigen Raumes fand ich einen Besen, eine Kehrschaufel und einen Eimer, in dem einige schmutzige Lumpen lagen. Ich wischte das Blut auf. Danach holte ich von draußen mehrere Handvoll pulverigen Drecks, streute ihn auf die feuchten rötlichen Flecken, rieb ihn mit den Stiefelsohlen ein und kehrte den Rest sorgfältig zusammen. Die Blutflecken waren zwar noch immer zu erkennen, sahen aber nicht mehr frisch aus und glichen den unzähligen Ölflecken auf der gesamten Fahrbahn. Ich brachte Besen und Kehrschaufel in die Bude zurück. Die blutigen Lumpen trug ich zu einem Mülleimer am Straßenrand und begrub sie zusammen mit der Taschenlampe des Toten unter leeren Popcornschachteln, zerknülltem Papier und anderen Abfällen.

Ich spürte immer noch, daß ich beobachtet wurde, und das verursachte mir eine Gänsehaut.

Ich drehte mich in der Straßenmitte langsam im Kreis, ließ meine Blicke aufmerksam über den Rummelplatz schweifen, wo die Wimpel noch immer schlafenden Fledermäusen gli-

chen, wo die verrammelten Imbißstände und Schaubuden
trist und abweisend wirkten. Es herrschte Grabesstille. Ich
konnte kein Lebenszeichen entdecken. Der untergehende
Mond stand jetzt dicht über der Gebirgskette am Horizont,
und gegen diesen Hintergrund hoben sich die Silhouetten
des Riesenrades, der Achterbahn und des Sturzbombers ab,
die mich plötzlich an die riesenhaften futuristischen Kampfmaschinen der Marsianer in Wells' *Krieg der Welten* erinnerten.

Ich war nicht allein. Daran zweifelte ich jetzt nicht mehr.
Ich *spürte*, daß jemand in der Nähe war, aber ich hatte keine
Ahnung, wer das sein könnte, welche Absichten er verfolgte
und wo er sich versteckt hielt.

Unbekannte Augen beobachteten mich.

Unbekannte Ohren lauschten.

Und nun verwandelte sich der Rummelplatz wieder. Er
hatte nichts mehr von einem Gefängnishof an sich, wo man
sich im unbarmherzig grellen Licht von Bogenlampen völlig
schutzlos und nackt vorkommt. Ganz im Gegenteil, die
Nacht war mir plötzlich bei weitem nicht hell genug, und sie
wurde rasch immer dunkler, Finsternis machte sich breit,
eine so tiefe und bedrohliche Finsternis, wie ich sie nie zuvor
erlebt hatte. Ich verfluchte den Verrat des untergehenden
Mondes. Trotz der Dunkelheit schwand das Gefühl der
Schutzlosigkeit nicht. Hinzu kam jetzt aber noch wachsende
Klaustrophobie. Der Rummelplatz wurde zu einer Ansammlung fremdartiger Formen, erschreckend wie eine Reihe seltsamer, von einer unbekannten Rasse errichteter Grabsteine
auf einem anderen Stern. Ich sah nichts Vertrautes mehr um
mich herum; Bauten, Maschinen und alle anderen Gegenstände waren unheimlich. Ich hatte das Gefühl, umzingelt zu
sein, in der Falle zu sitzen, und einen Moment lang hatte ich
Angst, mich zu bewegen, weil ich überzeugt davon war, daß
in jeder Richtung etwas Feindliches lauerte, das mich verschlingen würde.

»Wer ist dort?« fragte ich.

Keine Antwort.

»Was hast du mit der Leiche gemacht?«

Der dunkle Vergnügungspark war ein perfekter akustischer Schwamm; er saugte meine Stimme auf, und sofort herrschte wieder Grabesstille, so als hätte ich überhaupt nichts gesagt.

»Was willst du von mir?« fragte ich den unbekannten Beobachter. »Bist du ein Freund oder ein Feind?«

Vielleicht wußte er das selbst nicht, denn er gab keine Antwort, obwohl ich spürte, daß einmal die Zeit kommen würde, da er sich zu erkennen geben und seine Handlungsweise erklären würde.

In diesem Augenblick begriff ich mit hellseherischer Gewißheit, daß ich von diesem Rummelplatz nicht hätte wegrennen können, selbst wenn ich es versucht hätte. Weder eine bloße Laune noch die Verzweiflung eines Flüchtlings hatte mich hierhergeführt. Es war mir vorherbestimmt, auf diesem Rummelplatz etwas Bedeutsames zu erleben. Das Schicksal war mein Führer gewesen, und erst wenn ich die mir zugeteilte Rolle gespielt hatte, würde das Schicksal mich freigeben und mir erlauben, meine Zukunft selbst zu gestalten.

Träume von Trollen

Auf den meisten größeren Jahrmärkten gibt es außer Vieh-
ausstellungen und Rummelplätzen auch Pferderennen, und
deshalb sind unter den Tribünen fast überall Duschräume
und Garderoben für die Jockeys und Sulkyfahrer eingebaut.
Dieses Gelände bildete in dieser Hinsicht keine Ausnahme.
Die Tür war verschlossen, aber das konnte mich nicht aufhalten. Ich war kein unbedarfter Junge vom Lande mehr, so sehr
ich mir auch wünschen mochte, meine verlorene Unschuld
zurückzuerlangen. Statt dessen war ich ein junger Mann, der
auf der Wanderschaft gewisse Erfahrungen gesammelt hatte.
Ich trug immer einen dünnen, steifen Plastikstreifen bei mir,
und damit knackte ich das primitive Schloß in weniger als einer Minute. Ich trat ein, schaltete die Beleuchtung an und
verschloß die Tür von innen.

Auf der linken Seite waren einige Toilettenkabinen aus
grünem Metall, auf der rechten Seite schäbige Waschbecken
und gelb verfärbte Wandspiegel, dahinter die Duschen. In
der Mitte des großen Raumes standen in einer langen Dop-
pelreihe – Rückwand an Rückwand – zerkratzte und ver-
beulte Schränke; davor gab es zerschrammte Bänke. Nackter
Zementboden. Betonwände. Leuchtstoffröhren an der
Decke. Schwacher Gestank nach Schweiß, Urin, Salben und
Schimmelpilzen wurde von einem durchdringenden Desinfektionsmittel mit Tannenduft überlagert. Diese Geruchs-
mischung war nicht gerade nach meinem Geschmack, aber
immerhin war sie nicht direkt übelkeiterregend – nur *fast*.
Kein eleganter Ort, zugegeben. Ein Ort, wo man mit größter
Wahrscheinlichkeit keinen der Kennedys treffen würde,
auch nicht Cary Grant. Aber da der Raum fensterlos war,
konnte ich hier unbesorgt Licht machen, und außerdem war
es viel kühler – wenngleich nicht minder feucht – als draußen
auf dem staubigen Gelände.

Zuallererst spülte ich mir gründlich den Mund, um endlich

den metallischen Blutgeschmack loszuwerden, und putzte die Zähne. Meine Augen starrten mich aus dem trüben Spiegel so wild und verstört an, daß ich rasch wegschaute.

Mein T-Shirt war zerrissen und blutbefleckt. Auch die Jeans hatten Blutflecken. Nachdem ich geduscht und den Trollgestank aus meinen Haaren gewaschen hatte, trocknete ich mich mit Papierhandtüchern ab und zog ein frisches T-Shirt und saubere Jeans an. In einem der Waschbecken wusch ich, so gut es ging, die blutigen Klamotten aus und versteckte sie sodann in einem fast vollen Abfalleimer neben der Tür. Ich durfte es nicht riskieren, daß in meinem Rucksack Kleidungsstücke mit Blutspuren gefunden wurden. Meine gesamte Garderobe bestand jetzt nur noch aus den Jeans und dem T-Shirt, die ich trug, einem weiteren T-Shirt, drei Slips, Socken und einer dünnen Kordjacke.

Man reist mit leichtem Gepäck, wenn man wegen Mordes gesucht wird. Die einzigen schweren Dinge, die man mit sich führt, sind Erinnerungen, Ängste und Einsamkeit.

Es schien mir am sichersten, die restlichen Nachtstunden in diesem Umkleideraum unter der Tribüne zu verbringen. Ich breitete meinen Schlafsack dicht vor der Tür aus und legte mich hin. Sobald sich jemand am Schloß zu schaffen machte, würde ich es hören, und mein Körper bildete eine stabilen Türstopper.

Ich ließ die Beleuchtung an.

Ich hatte keine Angst vor der Dunkelheit; ich zog es einfach vor, ihr nicht ausgesetzt zu sein.

Ich schloß die Augen und dachte an Oregon...

Ich hatte Heimweh nach der Farm, nach den grünen Wiesen, wo ich als Kind gespielt hatte, im Schatten der mächtigen Siskiyou-Gebirgskette, mit der es meiner Meinung nach kein Gebirge im Osten des Landes an imposanter Schönheit aufnehmen konnte. In meiner Erinnerung sah ich die bewaldeten Berghänge – riesige Wälder mit gewaltigen Rottannen, mit Zypressenfichten, Kiefern, Weißtannen, deren aromatischer Duft nur noch von den Zedern übertroffen wurde, mit Hartriegel, der zwar nicht duftete, aber dafür besonders glänzende Blätter hatte, mit großblättrigem Ahorn und dunkelgrünen Eichen. Beim Gedanken an diese atemberaubende Szenerie schnürte sich mir das Herz zusammen.

Mein Vetter Kerry Harkenfield, Onkel Dentons Stiefsohn, starb inmitten dieser Schönheit einen besonders schrecklichen Tod. Er wurde ermordet. Er war mein Lieblingsvetter und mein bester Freund gewesen. Auch Monate nach seinem Tod hatte ich diesen Verlust noch nicht verschmerzt.

Ich öffnete die Augen, starrte zur wasserfleckigen Decke aus Styroporplatten empor und zwang mich, das grausige Bild von Kerrys verstümmelter Leiche zu verdrängen. Es gab bessere Erinnerungen an Oregon...

Im Hof vor unserem Haus wuchs eine große Rottanne mit tief herabhängenden Ästen, die im Sommer im Sonnenlicht funkelten, als wären sie mit Gold und Edelsteinen behängt. Im Winter senkten sich die Äste unter der Schneelast noch mehr; wenn es ein sonniger Tag war, glänzte die Tanne wie ein geschmückter Weihnachtsbaum – doch an grauen Tagen stimmte ihr Anblick schwermütig, erinnerte sie doch an einen leidgebeugten Menschen am offenen Grab.

Diese Trauerkleidung trug die Fichte auch an jenem Tag, als ich meinen Onkel Denton tötete. Ich hatte eine Axt. Er hatte nur seine bloßen Hände. Trotzdem war es nicht leicht, sich seiner zu entledigen.

Schon wieder eine schlimme Erinnerung! Ich drehte mich auf die Seite und schloß die Augen wieder. Wenn ich die Hoffnung auf einige Stunden Schlaf nicht aufgeben wollte, durfte ich nur an die schönen Zeiten denken, an Mutter und Vater, an meine Schwestern.

Ich war in dem weißen Farmhaus hinter der Rottanne zur Welt gekommen, ein Wunschkind, dem es an Liebe wahrlich nicht mangelte, einziger Sohn von Cynthia und Kurt Stanfeuss. Meine beiden Schwestern waren temperamentvoll genug, um gute Spielgefährtinnen abzugeben; doch es fehlte ihnen auch nicht an weiblicher Anmut und Sensibilität, so daß ich von ihnen ein halbwegs kultiviertes Benehmen lernte, was in der rustikalen Welt meiner heimatlichen Gebirgstäler sonst vielleicht nicht möglich gewesen wäre.

Sarah Louise, blond und hellhäutig wie unser Vater, war

zwei Jahre älter als ich. Von Kindheit an konnte sie so großartig zeichnen und malen, als wäre sie in einem früheren Leben eine berühmte Künstlerin gewesen, und sie träumte davon, ihren Lebensunterhalt mit Pinsel und Palette zu verdienen. Außerdem hatte sie ein besonderes Geschick im Umgang mit Tieren. Sie kam mühelos mit jedem Pferd zurecht, lockte jede Katze aus ihrem Schmollwinkel hervor, beruhigte eine aufgescheuchte Hühnerschar einfach durch ihre Anwesenheit und verwandelte den bissigsten Hund in ein lammfrommes schwanzwedelndes Geschöpf.

Jennifer Ruth, brünett und mandelhäutig wie unsere Mutter, war drei Jahre älter als ich. Sie verschlang Fantasy- und Abenteuergeschichten und hatte zwar keine nennenswerte künstlerische Begabung, dafür aber einen erstaunlichen Sinn für Zahlen. Über ihre Vorliebe für alle Gebiete der Mathematik wunderte sich die übrige Familie stets aufs neue, denn wenn man einen von uns vor die Wahl gestellt hätte, entweder eine lange Zahlenkolonne zu addieren oder einem Stachelschwein ein Halsband anzulegen, so hätten wir uns jederzeit für das Stachelschwein entschieden. Jenny besaß auch ein fotografisches Gedächtnis. Sie konnte aus Büchern, die sie vor Jahren gelesen hatte, wortwörtlich zitieren, und Sarah und ich beneideten sie um die hervorragenden Noten, die ihr sozusagen in den Schoß fielen.

Die Gene meiner Mutter und meines Vaters müssen eine äußerst günstige Kombination abgegeben haben, denn es grenzt fast an biologische Magie, daß keines ihrer drei Kinder der Bürde eines außergewöhnlichen Talents entging. Ich muß allerdings hinzufügen, daß die beiden Elternteile auf ihre Weise ebenfalls hochbegabt waren.

Mein Vater war ein musikalisches Genie, und ich benutze das Wort *Genie* in seiner ursprünglichen Bedeutung, die nichts mit dem Intelligenzquotienten zu tun hat, sondern besagt, daß jemand eine seltene natürliche Begabung auf irgendeinem Gebiet besitzt. Im Falle meines Vaters war das die Musik. Es gab kein Instrument, das er nicht schon nach einem Tag spielen konnte, und nach einer Woche beherrschte er die schwierigsten und anspruchsvollsten Stücke, die andere sich in jahrelanger harter Arbeit aneignen mußten. In unserem Wohnzimmer stand ein Klavier, und Vater spielte darauf oft aus dem Gedächtnis irgendwelche Melodien, die er morgens im Radio gehört hatte, während er mit dem Lieferwagen in die Stadt gefahren war.

Nach seiner Ermordung verstummte für Monate jede Musik in unserem Haus, sowohl im wörtlichen als auch im übertragenen Sinn.

Ich war fünfzehn, als mein Vater starb, und damals glaubte ich wie alle anderen, er sei einem Unfall zum Opfer gefallen. Die meisten glauben das bis heute. Ich weiß inzwischen aber, daß Onkel Denton ihn kaltblütig ermordete.

Aber ich hatte dafür Denton ermordet. Warum konnte ich trotzdem nicht einschlafen? Ich hatte Rache genommen, hatte der Gerechtigkeit Genüge getan. Warum konnte ich nicht wenigstens für ein oder zwei Stunden Ruhe finden? Warum war jede Nacht eine Qual? Ich konnte nur noch im Zustand totaler Erschöpfung einschlafen.

Ich wälzte mich von einer Seite auf die andere.

Ich dachte an meine Mutter, die genauso ungewöhnlich war wie mein Vater. Sie konnte fantastisch mit Pflanzen umgehen, so wie ihre jüngere Tochter mit Tieren und ihre ältere Tochter mit Zahlen. Jede Pflanze gedieh bei ihr prächtig. Ein kurzer Blick oder eine flüchtige Berührung von Blatt oder Stengel, und schon wußte sie genau, welche Nährstoffe oder welche Spezialpflege ihr grüner Freund benötigte. Ihr Gemüsegarten brachte stets die größten und schmackhaftesten Tomaten weit und breit hervor, den süßesten Mais, die besten Zwiebeln. Außerdem war Mutter eine Heilerin. Nein, keine Gesundbeterin, keine Quacksalberin; sie heilte weder durch Handauflegung noch durch übersinnliche Kräfte. Sie war vielmehr das, was im Volksmund als ›Kräuterweiblein‹ bezeichnet wird. Sie stellte Breiumschläge, Salben und sonstige Heilmittel selbst her und konnte köstliche Kräutertees zubereiten. Schwere Erkältungen kamen in der Familie Stanfeuss nicht vor; schlimmstenfalls hatten wir einen Tag lang Schnupfen. Wir bekamen weder Influenza noch Bronchitis, weder ansteckende Augenentzündung noch eine der sonstigen Krankheiten, die Kinder im allgemeinen von der Schule mit nach Hause bringen, wo dann auch die Eltern angesteckt werden. Nachbarn und Verwandte holten sich oft bei meiner Mutter irgendwelche Kräuterheilmittel, und obwohl ihr häufig Geld dafür angeboten wurde, nahm sie niemals auch nur einen Penny an; sie hatte das Gefühl, daß es blasphemisch wäre, für ihre besondere Gabe einen anderen Lohn zu empfangen als die Freude, diese Gabe zum Wohle ihrer Familie und anderer Menschen anwenden zu können.

Und selbstverständlich verfüge auch ich über besondere Gaben, obwohl sie sich von den viel rationaleren Talenten meiner Eltern und Schwestern beträchtlich unterscheiden und mir selbst oft unheimlich sind.

Großmutter Stanfeuss zufolge, die wahre Schätze an geheimen Volksweisheiten ihr eigen nannte, habe ich Zwielicht-Augen. Sie haben die Farbe von Zwielicht, eine seltsame Farbe, eher purpurn als blau; sie sind zudem besonders klar und reflektieren das Licht derart, daß sie immer etwas zu leuchten scheinen. Diese eigenartigen Augen sollen ungewöhnlich schön sein. Großmutter behauptete, von einer halben Million Menschen hätte noch nicht einmal einer solche Augen, und ich muß zugeben, daß ich sie bei keinem anderen Menschen je gesehen habe. Als Großmutter mich zum erstenmal zu Gesicht bekam, auf den Armen meiner Mutter, in eine Decke gehüllt, erklärte sie meinen Eltern, daß Zwielicht-Augen bei einem Neugeborenen auf besondere psychische Gaben hindeuteten; falls die Augenfarbe sich bis zum zweiten Geburtstag des Kindes nicht ändere, würden diese übersinnlichen Kräfte – laut den Volkssagen – ungewöhnlich stark sein und auf verschiedene Weise zutage treten.

Großmutter hatte recht.

Und als ich an Großmutters runzeliges und freundliches Gesicht dachte und mir ihre warmen meergrünen Augen vorstellte, fand ich zwar keinen Frieden, aber immerhin stellte sich so etwas wie Waffenruhe ein, und in diesem Zustand konnte der Schlaf endlich zu mir kommen – wie eine Krankenschwester, die Betäubungsmittel auf ein Schlachtfeld bringt, während die Waffen vorübergehend schweigen.

Ich träumte – wie so oft – von Trollen.

Im letzten Traum schrie mein Onkel Denton, während ich die Axt schwang: *Nein! Ich bin kein Troll! Ich bin genauso ein Mensch wie du, Carl. Wovon redest du eigentlich? Bist du verrückt? Es gibt keine Trolle. Nichts Derartiges. Du bist verrückt, Carl. O mein Gott! O mein Gott! Wahnsinnig! Du bist wahnsinnig! Wahnsinnig!*

Im wirklichen Leben hatte er weder geschrien noch geleugnet. Im wirklichen Leben hatten wir nur einen erbitterten Kampf geführt. Aber als ich nach drei Stunden Schlaf aufwachte, dröhnte mir Dentons Stimme aus dem Traum noch in den Ohren – *Wahnsinnig! Du bist wahnsinnig, Carl! O mein Gott, du bist wahnsinnig!* –, und ich war schweißgebadet, zitterte heftig und wußte im ersten Moment nicht, wo ich war.

Keuchend und wimmernd taumelte ich zum nächsten Waschbecken und schüttete mir kaltes Wasser ins Gesicht, bis die Traumbilder verblaßten und schließlich ganz verschwanden.

Widerstrebend hob ich den Kopf und schaute in den Spiegel. Manchmal fällt mir das schwer, weil ich befürchte, *tatsächlich* Wahnsinn in meinen seltsamen Augen zu entdecken. So auch nach diesem Alptraum.

Ich konnte die Möglichkeit nicht ganz ausschließen, daß die Trolle nur eine Ausgeburt meiner krankhaften Fantasie waren. Weiß der Himmel, ich *wollte* diese Möglichkeit ausschließen, aber von Zeit zu Zeit überfiel mich der Gedanke, ich sei geisteskrank und bilde mir alles nur ein, und diese schreckliche Vorstellung raubte mir vorübergehend jeden Lebensmut und jede Willenskraft.

Ich starrte in meine verstörten Augen, und sie waren so außergewöhnlich, daß ihr Spiegelbild nicht flach und zweidimensional wirkte wie das aller anderen Menschen, sondern genauso tief und real und lebendig wie die Augen selbst. Ich suchte gründlich nach irgendwelchen Anzeichen von Irrsinn, konnte aber nichts Derartiges erkennen.

Ich sagte mir, daß meine Fähigkeit, die Verkleidungen der Trolle zu durchschauen, genauso unbestreitbar war wie meine anderen psychischen Talente. Ich *wußte*, daß jene anderen übersinnlichen Kräfte real und verläßlich waren, weil zahlreiche Personen von meiner hellseherischen Gabe profitiert hatten und darüber staunten. Meine Großmutter Stanfeuss nannte mich ›der kleine Seher‹, weil ich manchmal in die Zukunft zu sehen vermochte und manchmal Momente aus der Vergangenheit anderer Menschen sehen konnte. Und, verdammt noch mal, ich konnte auch Trolle sehen, und die Tatsache, daß ich sie als *einziger* sah, war noch lange kein Grund, diesen Visionen nicht zu trauen.

Aber ein leiser Zweifel blieb.

»Eines Tages«, sagte ich zu meinem düsteren Spiegelbild, »wird dich dieser Zweifel im falschen Augenblick überfallen. Er wird dich überwältigen, während du mit einem Troll um dein Leben kämpfst. Und das wird dann dein Tod sein.«

Abnorme Wesen

Es war halb zehn, als ich die Tür aufschloß und den Umkleideraum verließ. Der Tag war heiß, der Himmel wolkenlos, die Luft nicht mehr so feucht wie in der Nacht. Eine erfrischende Brise gab mir das Gefühl, ausgeruht und sauber zu sein, und sie wehte die Zweifel in tiefere Schichten meines Innern zurück, auf ähnliche Weise wie sie Abfälle und welke Blätter in die Ecken wirbelte, wodurch der Müll zwar nicht beseitigt, aber doch fürs erste aus dem Weg geräumt wurde. Ich war glücklich, am Leben zu sein.

Ich kehrte zum Rummelplatz zurück und sah mich angenehm überrascht. Nachts waren meine letzten Eindrücke sehr negativ gewesen – drohende Gefahr, Kälte, Elend. Doch bei Tageslicht wirkte dieser Ort harmlos, ja sogar heiter. Die unzähligen Wimpel, die mich in der Dunkelheit so fatal an schlafende Fledermäuse erinnert hatten, waren jetzt rot wie Christbaumkugeln, gelb wie Dotterblumen, smaragdgrün, weiß, stahlblau und orangefarben, und sie flatterten fröhlich im Wind. Die Fahrgeschäfte glänzten und funkelten in der grellen Augustsonne und sahen sogar aus der Nähe betrachtet nicht nur viel neuer und schmucker aus, als sie in Wirklichkeit waren, sondern schienen versilbert und vergoldet zu sein, wie irgendwelche von Elfen angefertigte Geräte in einem Märchen.

Um halb zehn war der Rummelplatz noch geschlossen, und nur wenige Schausteller machten sich schon an ihren Attraktionen zu schaffen.

Auf der Straße spießten zwei Männer mit spitzen Stangen Abfall auf, den sie in große Umhängebeutel stopften. Wir grüßten einander mit »Hi« und »Hallo«.

Ein stämmiger Mann mit dunklem Haar und großem Schnurrbart stand auf der Ausruferplattform des Lachkabinetts, etwa anderthalb Meter über dem Boden, und starrte – die Hände in die Hüften gestemmt – zu dem riesigen Clownsgesicht empor, das die ganze Front einnahm. Er muß mich wohl aus dem Augenwinkel heraus gesehen haben, denn er wandte sich mir zu und fragte mich, ob die Clownsnase meiner Meinung nach angemalt werden müßte.

»Ich finde, sie sieht gut aus«, antwortete ich, »fast so, als wäre sie erst letzte Woche angemalt worden. Ein hübsches leuchtendes Rot.«

»Sie wurde wirklich erst letzte Woche angemalt«, berichtete er. »Sie war nämlich immer gelb, vierzehn Jahre lang, und dann hab' ich vor einem Monat geheiratet, und meine Frau Giselle meint, ein Clown müßte 'ne rote Nase haben, und weil ich Giselle verdammt gern habe, hab' ich die Nase eben rot angepinselt. Aber jetzt glaub' ich, daß das 'n Riesenfehler war, denn früher hat sie Charakter gehabt, weißt du, und jetzt ist es so 'ne Allerwelts-Clownsnase, von denen's jede Menge gibt, und wozu soll das gut sein?« Er legte auf eine Antwort offenbar keinen Wert, denn er sprang von der Plattform herunter und entfernte sich brummelnd.

Ich schlenderte weiter. Beim Kettenkarussell war ein drahtiger kleiner Mann damit beschäftigt, den Generator zu reparieren. Sein Haar hatte jenen orangefarbenen Ton, der weder kastanienbraun noch rot ist, aber von allen als rot bezeichnet wird, und sein Gesicht war mit leuchtenden Sommersprossen dermaßen übersät, daß es fast unnatürlich wirkte, so als hätte jemand sie ihm auf Wangen und Nase getupft. Ich stellte mich ihm als Slim MacKenzie vor, aber er sagte mir nicht, wie er hieß. Ich spürte sein Mißtrauen, jene Schaustellern eigene Zurückhaltung und Verschlossenheit gegenüber der Außenwelt, und deshalb erzählte ich ein Weilchen von den kleinen Jahrmärkten, auf denen ich drüben im Mittelwesten, in Ohio, gearbeitet hatte. Er blieb zunächst stumm, doch schließlich schien er mich als Insider zu akzeptieren, denn er wischte seine schmutzigen Hände an einem Lappen ab, stellte sich als Rudy Morton vor, der aber von allen nur ›Roter‹ genannt würde, nickte mir freundlich zu und fragte: »Suchst du Arbeit?« Ich bejahte, und er meinte: »Da mußt du dich an Jelly Jordan wenden. Der ist hier Personalchef und überhaupt die rechte Hand von Arturo Sombra. Du findest ihn wahrscheinlich drüben in der Verwaltung.« Er erklärte mir den Weg dorthin, und ich bedankte mich und spürte, daß er mir lange nachschaute, obwohl ich mich kein einziges Mal umdrehte.

Ich ging quer über den sonnigen Rummelplatz, und der nächste Schausteller, den ich traf, war ein riesiger Mann, der mir mit gesenktem Kopf und gebeugten Schultern entgegenkam – eine deprimierte Haltung, die an diesem herrlichen Tag deplaziert wirkte. Er hatte die Hände in den Hosentaschen, mußte knapp 1,95 m groß und 270 Pfund schwer sein – eine imposante, muskelstrotzende Gestalt. Zwischen den herkulischen Schultern hing der Kopf so tief herab, daß ich sein Gesicht nicht sehen konnte, und ich wußte, daß er mich noch nicht bemerkt hatte, denn er war so tief in Gedanken versunken, daß er weder Stromkabel noch Abfälle unter seinen Füßen registrierte. Um ihn nicht zu erschrecken, wenn ich plötzlich dicht vor ihm auftauchte, rief ich, als ich noch ein Stückchen entfernt war: »Schöner Morgen, nicht wahr?« Er machte zwei weitere Schritte, bevor ihm aufging, daß mein Gruß ihm gegolten hatte. Dann schaute er auf. Der Abstand zwischen uns betrug nur noch etwa zweieinhalb Meter, und sein Gesicht jagte mir einen eiskalten Schauder über den Rücken.

Ein Troll! schoß es mir durch den Kopf.

Ich wollte schon nach meinem Stiefelmesser greifen.

Oh Gott, nein, noch ein Troll!

»Hast du etwas gesagt?« fragte er.

Nach dem ersten Schock sah ich, daß er doch kein Troll war – zumindest kein Troll wie die anderen. Er hatte ein alptraumhaftes Gesicht, aber es war weder schweins- noch hundeartig. Keine fleischige Schnauze, keine Fangzähne, keine gespaltene hechelnde Zunge. Er war ein Mensch, aber eine Abnormität, mit einem derart verunstalteten Kopf, daß er mir wie ein lebendes Beispiel für Gottes eigenartige, makabre Stimmungen vorkam.

Stellen Sie sich einmal vor, Sie wären ein göttlicher Bildhauer mit einem schlimmen Kater und einem ausgefallenen Sinn für Humor – ein Bildhauer, der mit den Materialien

Fleisch, Blut und Knochen arbeitet. Als erstes formen Sie jetzt einen riesigen grobschlächtigen Kiefer, der auf die Ohren zu nicht allmählich zurücktritt, wie das bei normalen Gesichtern der Fall ist, sondern plötzlich in häßlichen knotigen Knochenklumpen endet. Genau darüber geben Sie Ihrer unglücklichen Skulptur zwei Ohren, die Ähnlichkeit mit krausen Kohlblättern haben, sowie einen Mund, bei dem Sie sich vom Greifer eines Baggers inspirieren lassen. Werfen Sie nun große eckige Zähne hinein, viel zuviele, die Sie mehr schlecht als recht auf dem begrenzten Platz unterbringen, schief und übereinander, wie es sich gerade ergibt, und färben Sie diese Zähne zusätzlich noch so gelb, daß das Werk Ihrer Hände sich schämen wird, den Mund aufzumachen. Genug der Grausamkeiten, mit denen Sie Ihren göttlichen Zorn abreagieren konnten? Falsch. Weit gefehlt. Sie sind offenbar in einer wahrhaft kosmischen Rage, Sie schäumen derart vor Wut, daß das ganze Universum bebt, und in dieser Stimmung meißeln Sie eine Stirn von der Dicke einer Panzerplatte, die über die Augen hinausragt wie ein Dachvorsprung, so daß diese in tiefen, finsteren Höhlen zu liegen scheinen. Und in Ihrem bösartigen Schöpfungsfieber schlagen Sie in diese Stirn ein Loch, über dem rechten Auge, aber etwas mehr zur Schläfe hin, und setzen ein drittes Auge ohne Iris und Pupille ein, ein Oval aus homogenem rötlichgelbem Gewebe. Und zuletzt beweisen Sie Ihre böswillige Genialität durch zwei Glanzstücke: Sie meißeln in diese abscheuliche Fratze eine edle, perfekt geformte Nase, um Ihrer Schöpfung eine kleine Vorstellung davon zu geben, was möglich gewesen wäre; und Sie legen in die beiden tiefen Höhlen klare braune Augäpfel, warme, intelligente, schöne Augen, *normale* Augen, außergewöhnlich ausdrucksvoll, so daß jeder, der sie sieht, hastig wegschauen oder aber weinen muß, aus Mitleid mit der empfindsamen Seele, die in dieser abstoßenden Hülle gefangen ist. Hören Sie noch zu? Höchstwahrscheinlich wollen Sie nicht mehr Gott spielen. Was kommt manchmal nur über Ihn? Fragen Sie sich das nicht auch? Wenn Er aus einer bloßen schlechten Laune oder Wut heraus ein solches Geschöpf erschaffen kann – dann versuchen Sie sich doch einmal vorzustellen, in welchem Zustand Er gewesen sein muß, als Er ernstlich verstört war, als Er die Hölle erschuf und die rebellischen Engel dort hineinstieß.

Dieser üble Streich Gottes sprach wieder, und seine Stimme war weich und freundlich: »Entschuldigung. Hast du etwas gesagt? Ich war leider in Gedanken.«

»Äh... äh... ich sagte nur, es sei ein schöner Morgen.«

»Ja, da hast du recht. Du bist neu hier, nicht wahr?«

»Äh... ja... ich bin Carl... Slim.«

»Carl Slim?«

»Nein... äh... Slim MacKenzie«, stammelte ich, den Kopf tief in den Nacken geworfen, weil er mich beträchtlich überragte.

»Joel Tuck«, stellte er sich seinerseits vor.

Ich konnte es noch immer nicht fassen, daß seine Stimme ein so schönes weiches Timbre hatte. Bei seinem Aussehen hätte ich eher eine durch Mark und Bein gehende Stimme von kalter Feindseligkeit erwartet.

Er streckte mir seine Hand hin. Ich schüttelte sie. Es war eine ganz normale Hand, allerdings eine Riesenpranke.

»Ich bin der Inhaber der Abnormitätenschau«, sagte er.

»Ah«, murmelte ich und gab mir alle Mühe, nicht auf sein blickloses drittes Auge zu starren. Es gelang mir nicht.

In einer Abnormitätenschau sind meistens mindestens zehn ›Menschenwunder‹ unter einem Zeltdach versammelt – mißgestaltete Personen aller Art.

»Ich bin nicht nur der Inhaber«, fuhr Joel Tuck fort, »sondern auch die Hauptattraktion.«

»Zweifellos«, entfuhr es mir.

Er lachte, und ich bekam vor Verlegenheit einen hochroten Kopf und wollte eine Entschuldigung stammeln, aber er fiel mir ins Wort, legte mir eine Hand auf die Schulter und versicherte grinsend, daß er durchaus nicht beleidigt sei.

»Im Gegenteil«, sagte er und wurde plötzlich überraschend gesprächig. »Es ist direkt erfrischend, einen Schausteller zu treffen, der bei der ersten Begegnung seinen Schock *zeigt*. Weißt du, die meisten Besucher, die für die Abnormitätenschau Geld ausgeben, deuten entsetzt auf mich und machen ungeniert ihre dummen Bemerkungen. Nur sehr wenige besitzen den Anstand oder die Intelligenz, die Ausstellung ein klein wenig geläutert zu verlassen, dankbar zu sein, daß sie selbst Glück gehabt haben. Rohes, hirnloses Volk... na, du weißt ja selbst, wie Besucher sind. Aber Schausteller... manchmal können sie auf ihre Weise genauso schlimm sein.«

Ich nickte, so als wüßte ich, wovon er sprach. Ich hatte es endlich geschafft, meinen Blick von seinem dritten Auge abzuwenden, doch dafür starrte ich jetzt auf seinen greiferartigen Mund. Er klappte auf und zu, und die knotigen Kinnladen knirschten und knarrten, und mir fiel plötzlich Disneyland ein. Ein Jahr vor seinem Tod hatte mein Vater mit uns einen Ausflug nach Kalifornien gemacht, nach Disneyland, das damals neu war. Zu den Attraktionen jener Anfangszeit gehörten die sogenannten ›audio-animatronischen Roboter‹ mit lebensechten Gesichtern und Bewegungen. Sie waren durchaus überzeugend, bis auf die Münder, denen die geschmeidigen, fließenden Bewegungen richtiger Münder völlig abgingen. Joel Tuck hätte ein solcher Roboter sein können, ein makabrer Scherz der Konstrukteure von Disneyland, um Onkel Walt einen Schrecken einzujagen.

Gott möge mir meine Unsensibilität verzeihen, aber ich ging gedankenlos davon aus, daß diese groteske Gestalt auch in ihrem Denken und in ihren Worten grotesk sein müßte.

Statt dessen hörte ich: »Schausteller sind sich ihrer Tradition von Toleranz und Brüderlichkeit stets bewußt, aber manchmal kann einem ihre Diplomatie auch auf die Nerven gehen. Du hingegen hast genau richtig reagiert. Nicht mit morbider Neugier, blasierter Überlegenheit oder falschen Mitleidsbekundungen wie die allermeisten Besucher. Aber auch nicht mit übertriebenem Gleichmut wie die meisten Schausteller, die so tun, als sähe ich wie jedermann aus. Du warst verständlicherweise ziemlich schockiert und hast dich deiner natürlichen Reaktionen nicht geschämt: ein wohlerzogener Junge, der sich aber eine gesunde Neugier und einen sympathischen Freimut bewahrt hat – so sehe ich dich, Slim MacKenzie, und ich freue mich, deine Bekanntschaft gemacht zu haben.«

»Ich ebenfalls.«

Daß er meine Reaktionen und Motive so großmütig beurteilte, trieb mir nur noch mehr die Schamröte ins Gesicht, aber er tat so, als bemerkte er das nicht.

»Na, ich muß jetzt weiter«, sagte er. »Wir öffnen um elf, und vorher muß ich noch ein bißchen nach dem Rechten sehen. Übrigens verlasse ich das Zelt nie, ohne mein Gesicht zu verhüllen, wenn die Besucher sich hier tummeln. Es wäre nicht richtig, jemandem meine Fratze zuzumuten, der sie nicht sehen will. Außerdem habe ich keine Lust, mich von dem Pack gratis anstarren zu lassen.«

»Dann also bis später«, erwiderte ich und betrachtete unwillkürlich wieder sein drittes Auge, das plötzlich zuckte, fast so, als zwinkere es mir zu.

Er machte zwei Schritte, wobei er mit seinen riesigen Schuhen kleine weiße Staubwolken aufwirbelte. Dann drehte er sich noch einmal nach mir um und fragte nach kurzem Zögern: »Was erwartest du vom Rummelplatz, Slim MacKenzie?«

»Äh... von diesem Rummelplatz im besonderen?«

»Vom Leben im allgemeinen.«

»Nun... einen Platz zum Schlafen.«

»Den bekommst du hier.«

»Drei anständige Mahlzeiten am Tag.«

»Auch das.«

»Taschengeld.«

»Es wird bald mehr als nur ein Taschengeld sein. Du bist jung, flink und intelligent, das sehe ich. Du wirst gute Arbeit leisten. Was noch?«

»Was ich mir sonst noch wünsche?«

»Genau.«

Ich seufzte. »Anonymität.«

»Aha.« Sein Gesicht verzog sich zu einem verschwörerischen Lächeln oder zu einer Grimasse; was diese mißgestalteten Züge auszudrücken versuchten, war nicht immer leicht zu entscheiden. Sein Mund war leicht geöffnet und entblößte die schiefen Zähne, die wie Pfähle eines verwitterten alten Zaunes aussahen. Er betrachtete mich aufmerksam, so als überlegte er, ob er weiter in mich dringen oder mir seinen Rat anbieten sollte, aber er war ein viel zu taktvoller Schausteller, um jemanden durch indiskrete Fragen in Verlegenheit zu bringen. Deshalb murmelte er nur noch einmal: »Aha.«

»Einen Zufluchtsort«, fuhr ich unaufgefordert fort, weil ich plötzlich direkt *hoffte*, daß er in mich dringen würde, weil ich mit einem Male das verrückte Bedürfnis verspürte, mich ihm anzuvertrauen und ihm von den Trollen zu erzählen, speziell von Onkel Denton. In den zurückliegenden Monaten, seit jenem ersten Mord an einem Unhold, hatte ich unter ständiger Anspannung gelebt und meiner ganzen Willenskraft und Nervenstärke bedurft, um mich durchzuschlagen. Während dieser ganzen Zeit hatte ich keinen einzigen Menschen getroffen, der in einer so heißen Glut wie ich gestählt zu sein schien. Doch nun spürte ich, daß ich in Joel Tuck einen Mann gefunden hatte, dessen Leiden, dessen Seelenpein und Einsamkeit viel größer waren als die meinigen. Er mußte zeit seines Lebens Schreckliches durchgemacht haben, aber er war ein Mensch, der das Unakzeptable mit ungewöhnlicher Kraft und Würde akzeptiert hatte. Hier war jemand, der verstehen könnte, was es bedeutete, ständig in einem Alptraum zu leben. Trotz seines grauenvollen Gesichts hatte er etwas Väterliches an sich, und ich verspürte den Wunsch, mich ihm an die Brust zu werfen, mich endlich einmal richtig auszuweinen und ihm sodann von den dämonischen Wesen zu berichten, die sich ungesehen auf der Erde herumtrieben. Aber Selbstbeherrschung war mein kostbarster Besitz, Mißtrauen war eine unabdingbare Voraussetzung im Kampf ums Überleben, und deshalb brachte ich es doch nicht über mich zu reden und wiederholte nur leise: »Einen Zufluchtsort.«

»Einen Zufluchtsort«, sagte er. »Ich glaube, auch den wirst du hier finden. Zumindest hoffe ich es, denn ich glaube, daß du ihn brauchst, Slim MacKenzie. Ich glaube, daß du ihn verdammt nötig hast.«

Diese Bemerkung, die so gar nicht zu unserer übrigen kurzen Unterhaltung paßte, versetzte mir einen gewaltigen Schock.

Wir starrten einander schweigend an.

Diesmal schaute ich in seine beiden normalen Augen, und ich glaubte, Mitgefühl darin zu lesen.

Doch obwohl dieser Mann unverkennbar Wärme ausstrahlte, verrieten meine empfindlichen psychischen Antennen mir gleichzeitig, daß er nicht leicht zu durchschauen war, und ich hatte das unangenehme Gefühl, daß hinter ihm viel mehr steckte, als man zunächst glaubte – daß er vielleicht sogar irgendwie gefährlich sein könnte.

Ein kalter Schauder lief mir über den Rücken, aber mir war nicht klar, ob ich mich nun vor ihm oder vor etwas, das ihm zustoßen würde, fürchten mußte.

Unser stummer Kontakt zerriß wie ein dünner Faden – abrupt, aber völlig undramatisch.

»Bis später«, sagte er.

»Ja«, murmelte ich mit trockenem Mund. Meine Kehle war wie zugeschnürt, und mehr als dieses Wörtchen hätte ich nicht hervorgebracht.

Er entfernte sich, und ich blickte ihm nach, bis er nicht mehr zu sehen war – so wie der Mechaniker Rudy Morton mir vorhin nachgeschaut hatte.

Wieder überlegte ich, ob ich diesen Rummelplatz verlassen und nach einem anderen – weniger verwirrenden und weniger ominösen – Aufenthaltsort suchen sollte. Aber ich war völlig abgebrannt, ich brauchte ein Zuhause – und dank meiner hellseherischen Fähigkeiten wußte ich auch, daß man seinem Schicksal nicht entrinnen kann, so sehr man es sich auch wünschen mag.

Außerdem konnte man es beim *Sombra Brothers Carnival* als abnormes Wesen offenbar recht gut aushalten. Joel Tuck und ich... Abnorm alle beide.

6

Tochter der Sonne

Die Verwaltung war in drei farbenprächtigen Wohnwagen untergebracht – weiß mit leuchtenden Regenbogenmustern. Sie waren quadratisch angeordnet, wobei die Vorderseite des Quadrats fehlte. Ein transportabler Pfahlzaun umgab diesen Bezirk. Mr. Timothy ›Jelly‹ Jordan hatte sein Büro im linken langen Wagen, wo auch der Buchhalter und die Frau, die allmorgendlich Rollen mit Eintrittskarten verteilte, arbeiteten.

Ich wartete eine halbe Stunde in dem schlichten Raum mit Linoleumboden, wo der kahlköpfige Buchhalter, Mr. Dooley, einen Stapel Papiere sortierte. Zwischendurch bediente er sich immer wieder aus einer Schüssel mit Rettichscheiben, Pepperoni und schwarzen Oliven. Würzige Atemgerüche erfüllten das Zimmer, was allerdings niemanden, der hereinkam, zu stören schien – offenbar bemerkten sie es nicht einmal.

Ich rechnete fast damit, daß jemand hereinstürzen und aufgeregt berichten würde, daß ein Schausteller vermißt werde oder gar in der Nähe des Autoskooters tot aufgefunden worden sei, und dann würden sich alle Blicke auf mich richten, weil ich ein Außenseiter war, ein Neuankömmling, was mich von vornherein verdächtig machte. Sie würden mir die Schuld bestimmt am Gesicht ablesen können... Aber niemand schlug Alarm.

Schließlich wurde mir mitgeteilt, daß Mr. Jordan mich jetzt empfangen könne, und als ich sein Büro im hinteren Teil des Wohnwagens betrat, sah ich sofort, woher er seinen Spitznamen Jelly – Gelee – hatte. Er war höchstens 1,77 m groß, fast 20 cm kleiner als Joel Tuck, aber er mußte genausoviel wie dieser wiegen, mindestens 270 Pfund.

Er hatte ein Puddingsgesicht, eine runde Nase, die Ähnlichkeit mit einer hellen Pflaume hatte, und ein wabbeliges Kinn.

Als ich ins Zimmer trat, fuhr auf der Schreibtischplatte ein

Spielzeugauto im Kreis, ein kleines Kabriolett mit vier winzigen Clowns als Insassen, die abwechselnd aufsprangen und wieder Platz nahmen.

Mr. Jordan zog ein weiteres Spielzeug auf. »Schauen Sie sich das einmal an! Ich hab's erst gestern bekommen. Es ist fantastisch. Einfach fantastisch.«

Er stellte es auf den Schreibtisch, und nun konnte ich sehen, daß es ein Metallhund war, der auf der Platte langsam Purzelbäume schlug. Mr. Jordan beobachtete ihn mit begeistert leuchtenden Augen.

Ich schaute mich in dem Büro um: überall Spielzeug. Ein großes Wandregal enthielt keine Bücher, sondern eine bunte Sammlung kleiner aufziehbarer Fahrzeuge und Figuren sowie eine winzige Windmühle, deren Flügel wahrscheinlich in Bewegung versetzt werden konnten. In einer Ecke hingen zwei Marionetten, in einer anderen Ecke saß auf einem Hokker die Puppe eines Bauchredners.

Als ich wieder zum Schreibtisch hinüberschaute, machte der Hund gerade einen letzten, besonders langsamen Purzelbaum. Dann blieb er auf den Schenkeln sitzen und hob die Vorderpfoten, so als bettle er um Beifall für seine Kunststücke.

Jelly Jordan grinste mir zu. »Ist das nicht wirklich einmalig?«

Ich mochte ihn auf Anhieb.

»Phänomenal«, stimmte ich zu.

»Sie wollen sich also den Sombra Brothers anschließen?« erkundigte er sich und lehnte sich bequem in seinem Sessel zurück, sobald ich Platz genommen hatte.

»Ja, Sir.«

»Ich gehe doch recht in der Annahme, daß Sie kein Konzessionär mit eigenem Geschäft sind, der für das Privileg eines Standplatzes in unserem Vergnügungspark bezahlen kann?«

»Ja, Sir. Ich bin erst siebzehn.«

»Oh, das Alter hat dabei überhaupt nichts zu besagen. Ich kenne Konzessionäre, die genauso jung wie Sie sind. Ein Mädchen hat hier beispielsweise mit fünfzehn ganz klein angefangen, mit einem Stand zum Gewichteraten. Es machte seine Sache wirklich gut und gefiel den Leuten. Bald vergrößerte es sein Imperium um ein paar andere Spiele, und etwa in Ihrem Alter konnte es sich schon eine Schießbude mit beweglichen Entenattrappen leisten, und die sind nicht gerade billig. Fünfunddreißig Riesen muß man dafür allemal hinblättern.«

»Na ja, im Vergleich zu dieser Geschäftsfrau bin ich wahrscheinlich wirklich ein totaler Versager im Leben.«

Jelly Jordan grinste. Er hatte ein sehr sympathisches Grinsen. »Dann wollen Sie also ein Angestellter der Sombra Brothers werden?«

»Ja, Sir. Oder falls einer der Konzessionäre Hilfe irgendwelcher Art benötigt...«

»Ich nehme fast an, daß Sie außer Ihren Muskeln und Ihrem Schweiß nichts zu bieten haben, daß Sie nur zum Auf- und Abbau von Fahrgeschäften, zum Beladen von LKWs und zum Lastenschleppen zu gebrauchen sind, stimmt's?«

Ich beugte mich in meinem Sessel vor. »Ich kenne mich mit sämtlichen Arten von Spielbuden aus, kann bei Zaubertricks und sonstigen Vorführungen assistieren und bin kein schlechter Ausrufer. Jedenfalls bin ich besser als zwei Drittel der Kerle, die sich auf den kleinen Jahrmärkten die Kehlen heiser brüllen, obwohl ich nicht behaupte, es mit den geborenen Entertainern aufnehmen zu können, die wahrscheinlich in den erstklassigen Unternehmen wie diesem hier arbeiten. Glauben Sie mir bitte, ich bin zu sehr vielem zu gebrauchen.«

»So, so«, schmunzelte Jelly Jordan. »Offensichtlich sind die Götter den Sombra Brothers heute besonders gewogen, daß sie uns einen solchen Hansdampf in allen Gassen gesandt haben. Großartig. Einfach umwerfend.«

»Ziehen Sie mich auf, soviel Sie wollen, Mr. Jordan, aber finden Sie bitte irgendeine Arbeit für mich. Ich schwöre, daß ich Sie nicht enttäuschen werde.«

Er stand auf und streckte sich, wobei sein Bauch hin und her wackelte. »Also, Slim, ich glaube, ich werde Rya Raines von dir erzählen.« Er duzte mich plötzlich. »Sie ist eine Konzessionärin und braucht jemanden für ihren ›Lukas‹. Hast du so was schon mal gemacht?«

»Klar.«

»In Ordnung. Wenn du ihr gefällst, und wenn du mit ihr auskommen kannst, bist du gut untergebracht. Wenn nicht, komm wieder zu mir, dann suche ich was anderes für dich oder setze dich auf die Lohnliste der Sombra Brothers.«

Ich erhob mich ebenfalls. »Diese Mrs. Raines...«

»Miß.«

»Weil Sie es extra erwähnt haben... Ist es schwer, mit ihr auszukommen?«

Er lächelte. »Das wirst du bald merken. Und nun zur Unterkunft. Ich nehme an, daß du nicht mit deinem eigenen Wohnwagen angefahren kommst, folglich brauchst du einen Platz zum Schlafen. Ich werde mich erkundigen, in welchem unserer Wagen noch ein Bett frei ist, und du kannst die Miete für die erste Woche gleich bei Buchhalter Dooley bezahlen.«

Ich wurde etwas nervös. »Äh... ich habe einen Schlafsack, und ich möchte viel lieber unter freiem Himmel schlafen. Das ist gesünder.«

»So etwas ist hier nicht erlaubt«, sagte er. »Wenn wir es nämlich erlauben würden, hätten wir bald einen richtigen Saustall beieinander. Manche Primitivlinge würden nämlich im Freien nicht nur pennen, sondern auch saufen und bumsen, und das würde einen verheerenden Eindruck machen. Wir sind schließlich kein dritt- oder viertklassiges Unternehmen.«

»Oh...«

Er betrachtete mich mit schiefgelegtem Kopf. »Ebbe in der Kasse?«

»Na ja...«

»Kannst du die Unterkunft nicht bezahlen?«

Ich zuckte mit den Schultern.

»Für die ersten zwei Wochen übernehmen wir die Kosten. Danach mußt du dann bezahlen wie alle anderen auch.«

»Oh... danke, Mr. Jordan.«

»Nenn mich ruhig Jelly, nachdem du jetzt zu uns gehörst.«

»Danke, Jelly, aber Sie brauchen nur die Kosten für *eine* Woche zu übernehmen. Danach werde ich schon klarkommen. Soll ich von hier aus direkt zum ›Lukas‹ gehen? Ich

weiß, wo das ist, und ich weiß auch, daß die Tore um elf geöffnet werden, das heißt, in zehn Minuten.«

Er ließ mich noch immer nicht aus den Augen und zog die
Nase kraus, so daß sie nunmehr wie eine Dörrpflaume aussah. »Hast du schon gefrühstückt?«

»Nein, Sir. Ich hatte keinen Hunger.«

»Es ist doch schon fast Mittag.«

»Ich habe noch immer keinen Hunger.«

»Ich habe *immer* Hunger«, sagte er. »Hast du gestern abend
etwas gegessen?«

»Ich?«

»Du.«

»Na klar.«

Er runzelte skeptisch die Stirn, wühlte in seiner Hosentasche, zog zwei Dollarscheine heraus und kam mit ausge-
streckter Hand um den Schreibtisch herum auf mich zu.

»O nein, Mr. Jordan...«

»Jelly!«

»Nein, Jelly, das kann ich nicht annehmen.«

»Nur ein Darlehen«, meinte er, während er mir die Scheine
in die Hand drückte. »Du wirst es mir zurückzahlen, das
weiß ich.«

»Aber ich bin nicht *so* abgebrannt. Ein bißchen Geld habe
ich noch.«

»Wieviel?«

»Na ja... zehn Dollar.«

Er grinste wieder. »Zeig sie mir.«

»Häh?«

»Lügner! Wieviel hast du in Wirklichkeit?«

Ich starrte verlegen auf meine Schuhspitzen hinab.

»Na? Sag die Wahrheit.«

»Äh... zwölf Cents.«

»Na so was, da bist du ja ein richtiger Rockefeller. Wie
konnte ich mich nur erdreisten, dir Geld leihen zu wollen?
Schon mit siebzehn ein reicher Mann, ein Erbe des Vander-
bilt-Vermögens!« Er gab mir zwei weitere Dollarscheine.
»Hör mir zu, Mr. Krösus, du gehst jetzt zu Sam Trizers Stehimbiß neben dem Kinderkarussell. Er hat so ziemlich das

beste Essen auf dem Platz, und er öffnet früh, um Schausteller bedienen zu können. Iß ordentlich zu Mittag, bevor du dich Rya Raines an ihrem ›Lukas‹ präsentierst.«

Ich nickte verlegen. Meine Armut war mir äußerst peinlich, denn ein Stanfeuss verließ sich auf niemanden, außer auf einen anderen Stanfeuss. Trotzdem war ich dankbar für die Großzügigkeit des fetten Mannes.

Ich hatte die Türklinke schon in der Hand, als er rief: »Wart einen Moment.«

Ich drehte mich um und sah, daß er mich anders als bisher musterte. Er hatte mich die ganze Zeit über forschend betrachtet, um meinen Charakter, meine Fähigkeiten und mein Verantwortungsgefühl einzuschätzen, doch jetzt begutachtete er mich so, als wäre ich ein Pferd, auf das sich eventuell zu setzen lohnte.

»Du bist ein kräftiger Bursche«, sagte er. »Guter Bizeps, breite Schultern, geschmeidige Bewegungen. Du siehst so aus, als könntest du dich in einer schwierigen Situation deiner Haut wehren.«

Da er eine Antwort zu erwarten schien, murmelte ich: »Na ja… das stimmt.«

Ich überlegte, wie er reagieren würde, wenn ich ihm erzählte, daß ich schon vier Trolle umgebracht hatte – vier dämonische Hunde-Schweine-Wesen mit Schlangenzungen, mörderischen roten Augen und rasiermesserscharfen Krallen.

Er betrachtete mich schweigend und erklärte schließlich: »Hör zu, wenn du mit Rya zurechtkommst, sollst du für sie arbeiten. Aber morgen hätte ich selbst einen Spezialjob für dich. Wahrscheinlich wird es dabei keine Schwierigkeiten geben, aber möglich wäre das immerhin. Schlimmstenfalls wirst du deine Fäuste gebrauchen müssen. Aber ich nehme an, daß du nur herumstehen und einschüchternd dreinschauen mußt.«

»Ich stehe ganz zu Ihren Diensten«, sagte ich.

»Willst du gar nicht wissen, worum es geht?«

»Das können Sie mir ja auch morgen noch erklären.«

»Möchtest du denn nicht wenigstens die Möglichkeit haben abzulehnen?«

»Nein.«

»Die Sache ist nicht ganz risikolos.«

Ich hielt die vier Dollar hoch. »Sie haben einen Mann für riskante Jobs engagiert.«

»Du bist aber billig.«

»Es waren nicht die vier Dollar, Jelly, sondern die Freundlichkeit.«

Das Kompliment machte ihn sichtlich verlegen. »Verdammt, mach, daß du hier rauskommst, iß etwas – und dann nichts wie an die Arbeit! Wir haben für Schmarotzer nichts übrig.«

Ich fühlte mich so wohl wie schon seit Monaten nicht mehr, als ich ins vordere Büro hinüberging. Dooley sagte, ich könne mein Gepäck bei ihm stehenlassen, bis eine Unterkunft für mich gefunden würde, und gleich darauf schlenderte ich zu Sam Trizers Stehimbiß, wo ich mir zwei perfekte Hot dogs mit Chili, eine große Portion Pommes frites und einen Vanilleshake einverleibte. Dann machte ich mich auf den Weg zu meinem neuen Arbeitsplatz.

Für Provinzverhältnisse war dies ein ziemlich großer Jahrmarkt, obwohl er sich natürlich nicht mit den wirklich bedeutenden Jahrmärkten in Orten wie Milwaukee, St. Paul, Topeka, Pittsburgh und Little Rock vergleichen ließ, wo an einem guten Tag Eintrittskarten im Wert von über einer Viertelmillion Dollar verkauft wurden. Doch es war Donnerstag, es ging also auf das Wochenende zu, und außerdem war es Sommer, die Kinder hatten Schulferien, und viele Erwachsene hatten Urlaub. Außerdem war im ländlichen Pennsylvania der Jahrmarkt immer eine aufregende Sache, die Leute nahmen Anfahrten von 80 oder 100 km gern in Kauf, und so tummelten sich kurz nach Öffnung der Tore schon gut tausend Besucher auf dem Rummelplatz. Die Ausrufer begannen allmählich, mit flotten Sprüchen Leute anzulocken. Viele Fahrgeschäfte waren schon in Betrieb. Es roch nach Popcorn, Dieselkraftstoff und Bratfett. Die komplizierte Maschinerie dieser glitzernden Traumwelt kam langsam in Gang und würde in einigen Stunden auf vollen Touren laufen – tausend exotische Geräusche, eine unendliche Vielfalt von Farben

63

und Bewegungen, ein Kaleidoskop, das die Menschen magisch anzog und sie förmlich berauschte, bis die gesamte Außenwelt für sie nicht mehr existierte und der Rummelplatz zum Universum wurde.

Als ich am Autoskooter vorbeikam, rechnete ich halb damit, Polizei und eine entsetzte Menschenmenge zu sehen, aber der Kartenschalter war geöffnet, die Autos sausten kreuz und quer durch den Pavillon, und die Besucher schrien und kreischten zwar – aber nur aus Vergnügen, während sie absichtlich heftige Zusammenstöße inszenierten. Wenn die frischen Flecken auf dem Holzboden überhaupt jemandem aufgefallen waren, so hatte jedenfalls niemand bemerkt, daß es sich um Blut handelte.

Ich fragte mich, wohin mein unbekannter Helfer wohl die Leiche gebracht haben mochte, fragte mich, wann er sich wohl zu erkennen geben und was er für sein Schweigen verlangen würde.

Der ›Lukas‹ hatte seinen Platz an der ersten Straße, ziemlich am Rand des Rummelplatzes, zwischen einem Ballonspiel und dem kleinen gestreiften Zelt einer Wahrsagerin. Das einfache Gerät bestand aus einem auf Federn montierten quadratischen Block und einer etwa sechs Meter hohen thermometerförmigen Stange mit einer Glocke am oberen Ende. Burschen, die ihren Freundinnen imponieren wollten, brauchten nur 50 Cents zu bezahlen, zum Holzhammer zu greifen und diesen möglichst kraftvoll auf den Block niedersausen zu lassen. Das jagte einen kleinen Holzklotz am Thermometer hoch, das in fünf Kategorien unterteilt war: OMA, OPA, BRAVER JUNGE, ZÄHER BURSCHE und KRAFTMEIER. Wenn der Kraftmeier den Holzklotz bis zur Spitze hochtreiben und dadurch die Glocke ertönen lassen konnte, stiegen nicht nur seine Chancen, mit der beeindruckten Freundin noch in dieser Nacht zu schlafen, sondern er gewann auch noch ein billiges Stofftier.

Neben Rya Raines' ›Lukas‹ stand allerdings ein Gestell mit Plüschteddybären, die nicht so billig aussahen wie die üblichen Gewinne bei Spielen dieser Art, und auf einem Hocker neben den Teddys saß das schönste Mädchen, das ich je gesehen hatte. Dieses hinreißende Geschöpf trug braune Kordjeans und eine braun-rot karierte Bluse. Ich registrierte zwar, daß sie einen schlanken und aufregend proportionierten Körper hatte, verwandte aber nicht viel Aufmerksamkeit darauf – *noch* nicht, erst etwas später –, weil ich total fasziniert von ihrem Gesicht und ihren Haaren war. Dichtes, weiches, seidiges, glänzendes Haar, zu blond, um als kastanienbraun bezeichnet zu werden, zu kastanienbraun, um blond zu sein. Es war auf einer Seite tief ins Gesicht gekämmt, so daß es ein Auge halb verdeckte. An ihrem bezaubernden Gesicht hätte man höchstens bemängeln können, daß seine absolute Perfektion ihr einen leicht kühlen, distanzierten und entrückten Ausdruck verlieh. Ihre Augen waren groß, blau und durchscheinend. Die heiße Augustsonne tauchte sie in strahlendes Licht, so als säße sie auf einer Bühne und nicht auf einem schäbigen Holzhocker. Die Strahlen beleuchteten sie nicht wie alle anderen Menschen, sondern schienen ihr eine bevorzugte Behandlung zukommen zu lassen, etwa so wie ein Vater seiner Lieblingstochter. Sie betonten den natürlichen Glanz ihrer Haare, stellten stolz ihre ebenmäßig glatte Haut zur Schau, umschmeichelten ihre fein modellierten Backenknochen und die zarte Nase, deuteten die geheimnisvolle Tiefe ihrer herrlichen Augen an.

Ich stand wie vom Donner gerührt da und beobachtete, wie sie einen jungen Mann zum Spiel verlockte, ihm 50 Cents abnahm, tröstende Worte fand, als er nur BRAVER JUNGE schaffte, und ihn geschickt dazu brachte, für einen Dollar drei weitere Versuche zu machen. Sie hielt sich an keine der üblichen Regeln, wie eine Attraktion sich am besten verkaufen läßt. Weder forderte sie die Umstehenden durch spöttische Bemerkungen heraus noch brüllte sie laut; sie hob kaum einmal die Stimme, und trotzdem vermochte sie sich wie durch Zauberei gegen die Musik aus dem Zelt der Wahrsagerin, gegen den Ausrufer vom Ballonspiel und den ständig anschwellenden Lärm der Fahrgeschäfte durchzusetzen. Am ungewöhnlichsten war aber, daß sie überhaupt nicht aufstand, daß sie keinen Versuch machte, durch dramatische Gesten, komische Tanzschritte, laute Späße, sexuelle Anspielungen oder sonstige Standardtechniken das Publikum anzulocken. Sie plauderte amüsantes Zeug daher, und sie sah hinreißend aus. Das genügte, und sie war klug genug, um sich dessen bewußt zu sein. Sie raubte mir den Verstand.

Ich ging betont lässigen Schrittes auf sie zu – eine Taktik, die ich bei hübschen Mädchen manchmal anwandte, um selbstbewußtes Auftreten zu demonstrieren. Sie hielt mich für einen Besucher, der den Hammer schwingen wollte, aber ich erklärte: »Nein, ich suche Miß Raines.«

»Wozu?«

»Jelly Jordan hat mich hergeschickt.«

»Bist du Slim? Ich bin Rya Raines.«

»Oh«, murmelte ich bestürzt, denn dieses Mädchen, das nur wenig älter sein konnte als ich, entsprach keineswegs den Vorstellungen, die ich mir von einer gerissenen und aggressiven Konzessionärin gemacht hatte.

Sie runzelte leicht die Stirn, was ihre Schönheit jedoch nicht beeinträchtigte. »Wie alt bist du?«

»Siebzehn.«

»Du siehst jünger aus.«

»Ich gehe auf achtzehn zu«, erwiderte ich.

»Das ist der übliche Lauf der Welt.«

»Was?«

»Danach wirst du neunzehn sein, dann zwanzig, und so weiter und so fort«, sagte sie sarkastisch.

Ich spürte, daß sie ein Typ war, der auf Herausforderung besser ansprach als auf Unterwürfigkeit, und entgegnete lächelnd: »Bei dir dürfte die Sache aber nicht so abgelaufen sein. Ich habe den Eindruck, als wärest du von zwölf direkt auf neunzig gesprungen.«

Sie erwiderte mein Lächeln nicht und blieb weiterhin kühl, aber immerhin glättete sich ihre Stirn. »Kannst du reden?«

»Tu ich das nicht schon?«

»Du weißt genau, was ich meine.«

Statt einer Antwort nahm ich den Holzhammer zur Hand und schlug so kräftig zu, daß die Glocke läutete und einige Leute interessiert stehenblieben. Mit lockeren Sprüchen gelang es mir, in wenigen Minuten drei Dollar einzunehmen.

»Okay, ich probier's mit dir«, sagte Rya Raines. Sie blickte mir beim Sprechen direkt in die Augen, und mir wurde ganz heiß. »Laß dir folgendes gesagt sein: Bei diesem Spiel geht es ehrlich zu, wie du ja schon selbst feststellen konntest. Es ist nicht irgendwie präpariert. So was ist bei den Sombra Brothers streng verboten, aber selbst wenn's erlaubt wäre, würde ich nicht mit so üblen Tricks arbeiten. Und ebenso lehne ich es ab, daß man den Leuten mit irgendwelchen unwahren Behauptungen ihre Gewinne vorenthält. Es ist nicht einfach, die Glocke zum Läuten zu bringen. Es ist sogar verdammt schwer. Aber der Spieler hat eine faire Chance, und wenn er es schafft, bekommt er seinen Preis, verstanden?«

»Verstanden.«

Sie übergab mir ihre Geldschürze und den Wechselgeldkasten, während sie mit dem energischen und scharfen Ton einer Juniorchefin von General Motors fortfuhr: »Um fünf schicke ich jemanden her, der dich bis acht ablöst, damit du zu Abend essen und ein Nickerchen machen kannst. Um acht mußt du wieder zur Stelle sein, und dann arbeitest du, bis der Rummelplatz schließt. Anschließend bringst du mir die Einnahmen in meinen Wohnwagen. Es ist ein Airstream, das größte Modell. Du wirst ihn leicht finden, denn er ist der einzige, der an einem brandneuen roten Eintonner-Chevrolet angekoppelt ist. Wenn du keine krummen Touren machst, wirst du es nicht bereuen, für mich zu arbeiten. Ich besitze noch ein paar andere Konzessionen, und ich bin immer auf der Suche nach ehrlichen, verantwortungsbewußten Leuten. Ich entlohne dich am Ende eines jeden Arbeitstages, und falls du ein geschickter Ausrufer bist und mehr als sonst üblich einnimmst, bekommst du einen Anteil von diesen zusätzlichen Einnahmen. Wenn du zuverlässig arbeitest, wirst du nirgends bessere Bedingungen finden als bei mir. Aber – hör bitte gut zu und laß es dir als Warnung dienen – falls du mich übers Ohr zu hauen versuchst, wirst du es bitter bereuen, das schwöre ich dir. Verstehen wir uns?«

»Ja.«

»Ausgezeichnet.«

Mir war während ihrer strengen Rede jenes Mädchen eingefallen, das – Jelly Jordan zufolge – mit siebzehn bereits eine große Konzession erworben hatte. Deshalb fragte ich: »Äh … gehört dir zufällig auch eine Schießbude?«

»Eine Schießbude, ein Stand zum Gewichteraten, eine Wurfbude, ein Stehimbiß, der auf Pizza spezialisiert ist, und 70% einer Schaubude namens ›Wunderliche Tiere‹«, gab sie schroff Auskunft. »Nebenbei gesagt – ich bin weder zwölf noch neunzig, sondern einundzwanzig, und ich habe mich in verdammt kurzer Zeit aus dem Nichts hochgearbeitet. Das schafft man nicht, wenn man naiv, weich oder ungeschickt ist. Ich bin alles andere als eine leichtgläubige, verträumte dumme Pute, und solange du das nicht vergißt, Slim, werden wir ausgezeichnet miteinander auskommen.«

Sie entfernte sich, ohne zu fragen, ob ich noch irgendwelche Fragen hätte. Bei jedem energischen Schritt zeichnete sich ihr kleiner, fester Hintern prächtig unter den engen Jeans ab.

Ich blickte ihr nach, bis sie in der Menschenmenge untertauchte. Dann bemerkte ich plötzlich meinen Zustand, griff hastig nach dem Holzhammer und ließ ihn siebenmal hintereinander auf den Block niedersausen, wobei sechsmal die Glocke ertönte. Danach konnte ich mich den Besuchern wieder zuwenden, ohne mich wegen einer starken Erektion genieren zu müssen.

Nachmittags machte es mir richtig Spaß, Reklame für den ›Lukas‹ zu machen. Die Besucherströme schwollen immer mehr an, ergossen sich im warmen Sommerlicht über die Straße, und ich nahm den Leuten Münzen und Scheine fast so erfolgreich ab, als hätte ich mich direkt aus ihren Taschen bedient.

Sogar als ich den ersten Troll sah, einige Minuten nach zwei, beeinträchtigte das meine gute Laune und meine Arbeitsfreude nicht. Ich war daran gewöhnt, sieben oder acht Trolle pro Woche zu sehen, und es waren noch wesentlich mehr, wenn ich mich irgendwo aufhielt, wo besonders viele Menschen versammelt waren, sei es nun auf Jahrmärkten oder in Großstädten. Meiner Schätzung nach war unter vierbis fünfhundert Personen ein als Mensch getarnter Troll zu finden, was bedeutete, daß es allein in den USA mindestens eine halbe Million solcher Kreaturen gab. Wenn ich mich also nicht damit abgefunden hätte, ihnen überall zu begegnen, wäre ich verrückt geworden, lange bevor ich zu den Sombra Brothers kam. Ich wußte inzwischen, daß die Unholde sich der außerordentlichen Gefahr, die ich für sie darstellte, nicht bewußt waren; sie ahnten nicht, daß ich ihre Maskerade durchschaute, und hatten deshalb an mir kein spezielles Interesse. Am liebsten hätte ich freilich jeden Troll getötet, den ich irgendwo sah, denn ich wußte aus Erfahrung, daß sie Feinde der Menschen waren, daß ihr einziger Lebenszweck darin bestand, auf der Erde Schmerz und Not zu verursachen. Ich begegnete ihnen jedoch nur selten an einsamen Orten, die einen Angriff ermöglichten, und wenn ich nicht ein Gefängnis von innen kennenlernen wollte, durfte ich keine der verhaßten Kreaturen in Anwesenheit von Zeugen umbringen, die den Teufel unter dem Menschenkostüm ja nicht sehen konnten.

Der Troll, der kurz nach zwei am ›Lukas‹ vorbeischlenderte, verbarg sich im Körper eines Bauernjungen, eines großen, flachshaarigen achtzehn- oder neunzehnjährigen Burschen mit offenem, gutmütigem Gesicht. Er war in Begleitung von zwei anderen Jungen seines Alters, die keine Trolle waren, und er machte einen völlig unschuldigen Eindruck, wie er so seine dummen Späße machte, ein bißchen aufschnitt und sich bestens amüsierte. Aber unter dem lachenden Menschengesicht lauerte ein Troll mit Feueraugen.

Der Bauernjunge blieb am ›Lukas‹ nicht stehen, doch keine zehn Minuten später sah ich ein zweites Monster. Dieses war als stämmiger grauhaariger Mann von etwa 55 Jahren getarnt, aber auch in ihm erkannte ich mühelos den Feind.

Ich glaube, daß das, was ich sehe, nicht der physische Troll als solcher ist. Sein menschlicher Körper ist durchaus real. Was ich wahrnehmen kann, ist vermutlich entweder der Geist dieses Wesens oder aber das biologische Potential seines verwandlungsfähigen Fleisches.

Um Viertel nach drei sah ich zwei weitere Unholde. Nach

außen hin waren sie zwei attraktive Teenager, schüchterne junge Mädchen aus der Kleinstadt, für die dieser Rummelplatzbummel ein Abstecher in die große, weite Welt war. Doch in ihrem Innern hausten Ungeheuer mit wabbeligen rosa Schnauzen.

Gegen vier waren vierzig Trolle am ›Lukas‹ vorbeigekommen, und einige waren sogar stehengeblieben, um ihre Kraft zu testen. Um diese Zeit war meine gute Laune längst dahin. Auf dem Vergnügungsgelände tummelten sich höchstens sechs- bis achttausend Besucher. Der Prozentsatz an Monstern war demnach überdurchschnittlich hoch.

Etwas Besonderes mußte im Gange sein. Auf dem Rummelplatz der Sombra Brothers würde an diesem Nachmittag etwas passieren, denn diese ungewöhnliche Ansammlung von Trollen hatte nur einen einzigen Zweck: Sie wollten aus nächster Nähe menschliches Leid miterleben. Als Spezies schienen sie unseren Schmerz nicht nur zu genießen, sondern sich geradezu davon zu verkösten, so als wären unsere Qualen ihre wichtigste – oder einzige – Nahrung. Ich hatte sie in größeren Gruppen *nur* an Schauplätzen von Tragödien gesehen: anläßlich der Beerdigung von vier High-School-Footballspielern, die vor einigen Jahren in meiner Heimatstadt bei einem Busunfall ums Leben gekommen waren; bei einer schrecklichen Massenkarambolage in Colorado; bei einem Brand in Chicago. Und je mehr Trolle ich nun auf dem Rummelplatz sah, desto mehr fröstelte ich trotz der Augusthitze.

Ich wurde so nervös, daß ich ernsthaft in Erwägung zog, wenigstens einen oder zwei mit meinem Messer zu erstechen und dann um mein Leben zu rennen. Doch bevor ich diesen absurden Plan in die Tat umsetzen konnte, begriff ich zum Glück, was geschehen sein mußte. Sie waren hergekommen, um einen Unfall im Autoskooter zu sehen. Sie rechneten mit einem verstümmelten oder toten Fahrer. Natürlich! So mußte es sein. Der Troll, den ich in der vergangenen Nacht überrascht und getötet hatte, sollte einen ›Unfall‹ inszenieren. Und als ich jetzt darüber nachdachte, wurde mir auch klar, was er vorgehabt hatte, denn er hatte sich an der Stromzuführung zum Motor zu schaffen gemacht. Indem ich ihn umbrachte, hatte ich unwissentlich irgendeinen armen Besucher vor einem wahrscheinlich tödlichen Stromschlag bewahrt.

Offenbar hatten die Trolle unter ihresgleichen die Kunde verbreitet: *Tod, Schmerzen, schreckliche Verstümmelung und Massenhysterie – morgen auf dem Rummelplatz! Versäumt diese grandiose Show nicht! Bringt Frau und Kinder mit! Blut und brennendes Fleisch! Beste Unterhaltung für die ganze Familie!* Und viele waren aufgrund dieser Ankündigung hergekommen, aber der versprochene Hochgenuß menschlichen Leidens war ausgeblieben, und deshalb wanderten sie jetzt enttäuscht umher und versuchten festzustellen, was geschehen war. Vielleicht suchten sie sogar nach dem Troll, den ich ermordet hatte.

Zwischen vier und fünf besserte sich meine Laune zusehens wieder, denn ich sah keine Monster mehr. Als ich dann abgelöst wurde, verbrachte ich die erste halbe Stunde meiner Freizeit damit, in der Menge nach dem Feind Ausschau zu halten, aber alle Trolle schienen frustriert nach Hause gegangen zu sein.

Ich begab mich zu Sam Trizers Stehimbiß, und nachdem ich etwas gegessen hatte, fühlte ich mich viel besser. Ich pfiff sogar vor mich hin, während ich zu den Verwaltungswohnwagen schlenderte, um mich zu erkundigen, wo man mich untergebracht hatte. Beim Karussell traf ich Jelly Jordan.

»Na, wie geht's?« rief er laut, um die Musik zu übertönen.

»Großartig.«

Wir stellten uns neben die Kartenbude, um dem Gedränge und Geschiebe zu entgehen.

Er aß einen mit Schokoladencreme gefüllten Krapfen, leckte sich die Lippen und stellte fest: »Rya hat dir offenbar kein Ohr und keinen Finger abgebissen.«

»Sie ist nett«, sagte ich.

Er hob die Augenbrauen.

»Doch, das ist sie«, beharrte ich. »Vielleicht ein bißchen barsch und zweifellos sehr freimütig. Aber unter dieser rauhen Schale verbirgt sich ein anständiger, sensibler Charakter, ein liebenswerter Mensch.«

»Oh, du hast völlig recht. Mich überrascht nicht deine Einschätzung, sondern nur die Tatsache, daß du ihre hartgesottene Fassade so schnell durchschaut hast. Die meisten Leute nehmen sich nicht die Zeit, ihre sympathischen Seiten zu entdecken, weil sie vorher durch ihre schroffe Art abgeschreckt werden.«

Ich freute mich, daß er meine vagen psychischen Eindrücke bestätigte. Sie *sollte* nett sein. Unter der Eisschicht *sollte* sich ein guter Mensch verbergen, ein Mensch, dessen Bekanntschaft erstrebenswert war. Verdammt, ich begehrte sie, und ich wollte kein *Luder* begehren.

»Dooley hat eine Unterkunft für dich gefunden«, berichtete Jelly. »Du solltest gleich einziehen, solange du noch frei hast.«

»Das tu' ich.«

Ich fühlte mich noch großartig, während ich mich von ihm abwandte, doch dann sah ich aus dem Augenwinkel heraus etwas, das mich mit Entsetzen erfüllte. Ich drehte mich hastig um, in der Hoffnung, mir nur eingebildet zu haben, was ich soeben zu sehen geglaubt hatte, aber es war keine Einbildung gewesen; es war noch da. Blut. Jelly Jordans ganzes Gesicht war blutüberströmt. Kein richtiges Blut, verstehen Sie? Er schob sich gerade das letzte Stück Krapfen in den Mund, er war unverletzt und hatte keine Schmerzen. Was ich sah, war eine Vision, eine Vorahnung zukünftiger Gewaltanwendung. Nein, nicht nur eine Schlägerei oder dergleichen. Jellys lebendiges Gesicht war überlagert von einer Vision seines toten Gesichtes, mit weit aufgerissenen gebrochenen Augen und blutbeschmierten Wangen. Er steuerte im Zeitstrom nicht nur auf eine Verletzung zu, sondern auf einen gewaltsamen Tod.

Er blinzelte. »Ist was?«

»Äh...«

Die Vision verblaßte.

»Fehlt dir was, Slim?«

Die Vision verschwand.

Ich konnte es ihm nicht erzählen. Er würde mir höchstwahrscheinlich keinen Glauben schenken. Und selbst wenn es mir gelänge, ihn zu überzeugen – ich konnte die Zukunft nicht ändern.

»Slim?«

»Nein«, murmelte ich. »Mir fehlt nichts. Es ist nur...«

»Na?«

»Ich wollte mich nur noch einmal bedanken.«

»Verdammt, Junge, du bist viel zu dankbar. Ich kann sabbernde Hündchen nicht ausstehen.« Er setzte eine finstere Miene auf. »Und jetzt sieh zu, daß du mir aus den Augen kommst!«

Ich zögerte. Um meine Verwirrung und Angst zu überspielen, sagte ich keck: »Ist das Ihre Imitation von Rya Raines?«

Er grinste mir zu. »Ja. Wie war's?«

»Hörte sich bei weitem nicht unfreundlich genug an.«

Er lachte herzhaft, als ich ihn verließ. Ich versuchte mir einzureden, daß meine Vorahnungen sich nicht immer als wahr erwiesen – obwohl das der Fall war –, daß er jedenfalls auf keinen Fall bald sterben würde – obwohl ich spürte, daß er *sehr* bald sterben würde –, und daß ich, falls ihm *doch* bald Gefahr drohte, bestimmt etwas tun konnte, um seinen Tod zu verhindern.

Irgend etwas.

Bestimmt...

Nächtlicher Besucher

Gegen Mitternacht war auf dem Rummelplatz nicht mehr all-
zuviel Betrieb, und manche Schausteller schlossen schon ihre
Buden oder Fahrgeschäfte. Ich ließ den ›Lukas‹ aber bis halb
eins geöffnet und konnte noch ein paar letzte Dollar ergat-
tern, denn mir lag viel daran, an meinem ersten Arbeitstag
hohe Einnahmen vorweisen zu können. Als ich mich schließlich auf den Weg zu der Wiese hinter dem Jahrmarktgelände
machte, wo die Wohnwagen standen, war es einige Minuten
nach eins.

Hinter mir gingen die letzten Lichter im Vergnügungspark
aus, fast so, als wäre der ganze Aufwand nur für mich betrieben worden.

Fast dreihundert Wohnwagen waren in ordentlichen Reihen auf der weiten Fläche aufgestellt, die an Wälder grenzte.
Die meisten dieser Wagen gehörten den Konzessionären und
ihren Familien, aber einige Dutzend waren Eigentum der
Sombra Brothers und wurden an Schausteller wie mich ver-
mietet, die keine andere Unterkunft hatten. Diese Wagen-
burg hieß bei manchen Insidern ›Gibtown-auf-Rädern‹. Im
Winter, wenn es keine Jahrmärkte gab, zogen die meisten
Schausteller in den Süden, nach Gibsonton in Florida – liebevoll Gibtown genannt –, wo ausschließlich fahrendes Volk
lebte. Gibtown war ihr Hafen, ihr sicherer Zufluchtsort, der
einzige Platz auf der Welt, wo sie sich wirklich zu Hause fühlten. Von Mitte Oktober bis Ende November strömten sie aus
allen Landesteilen herbei. Dort unten im sonnigen Florida
besaßen sie entweder hübsch gelegene Grundstücke für ihre
Wohnwagen oder aber größere Wohnwagen mit festen Be-
tonfundamenten, und sie lebten in diesem Refugium, bis im
Frühjahr eine neue Saison begann. Sie blieben eben am liebsten unter sich, hielten sich abseits von der ›normalen‹ Welt,
die sie als langweilig, unfreundlich und beschränkt empfanden und in der sie sich durch allzu viele überflüssige Gesetze

eingeengt fühlten. Und wohin ihr Wanderberuf sie während der Saison auch führen mochte – sie blieben dem Ideal von Gibsonton treu und kehrten allabendlich an einen vertrauten Ort zurück, in ihr ›Gibtown-auf-Rädern‹.

Das ganze übrige moderne Amerika weist immer stärkere Tendenzen einer totalen Zersplitterung auf. Jahr für Jahr nimmt das Zusammengehörigkeitsgefühl in allen ethnischen Gruppen ab; Kirchen und sonstige Institutionen, die einst eine Gemeinschaft zusammenschweißten, werden heute oft als wertlos bezeichnet oder sogar als ›Unterdrückungsmechanismen‹ angeprangert, so als übte das scheinbare Chaos im Universum auf unsere Landsleute eine derartige perverse Anziehungskraft aus, daß sie es auf der Erde unbedingt nachahmen wollen, selbst wenn das zur Vernichtung führen sollte. Im Gegensatz dazu besitzen Schausteller ein stark ausgeprägtes und stolz bewahrtes Gemeinschaftsgefühl, dem der anarchistische Zeitgeist nichts anhaben kann.

Auf dem Rummelplatz waren inzwischen alle Geräusche verstummt, und während ich den Hügelpfad zur Wiese hinablief, hörte ich im Dunkeln Grillen zirpen. Aus unzähligen Wohnwagenfenstern fiel bernsteinfarbenes Licht, das in der feuchten Luft schimmerte und den seltsamen Eindruck erweckte, als würden dort unten in einer primitiven Siedlung Lagerfeuer und Öllampen brennen. Überhaupt mutete Gibtown-auf-Rädern in der Dunkelheit, die alle modernen Einzelheiten verhüllte, wie ein großes Zigeunerlager an, das gegen den Willen der einheimischen Bevölkerung irgendwo im Europa des 19. Jahrhunderts errichtet wurde. Als ich die ersten Wohnwagen erreichte, gingen hier und da schon die ersten Lichter aus. Müde Schausteller begaben sich zur wohlverdienten Ruhe.

Auf dem Gelände herrschte eine Stille, die beredtes Zeugnis von der Rücksichtnahme unter Fahrensleuten ablegte. Hier gab es keine dröhnenden Radios und Fernseher, keine alleingelassenen schreienden Babys, kein Gebrüll, keine bellenden Hunde – Dinge, die in sogenannten respektablen Wohngegenden der bürgerlichen Gesellschaft durchaus keine Seltenheit sind. Und bei Tageslicht konnte man auch feststellen, daß auf den Wegen zwischen den Wohnwagen keine Abfälle herumlagen.

Während meiner dreistündigen Pause hatte ich nicht nur mein Gepäck in den Wohnwagen gebracht, den ich mit drei anderen Burschen teilen sollte, sondern auch gleich festgestellt, wo Rya Raines' Airstream stand, so daß ich jetzt, beladen mit Münzen und einem dicken Bündel Dollarscheinen, auf direktem Wege hingehen konnte.

Die Tür war geöffnet, und im Schein einer Leselampe sah ich Rya, die in einem Lehnstuhl saß und sich mit einer Zwergin unterhielt.

Ich klopfte an die offene Tür, und sie rief: »Komm herein, Slim.«

Ich ging die drei Metallstufen hinauf und betrat den Wohnwagen. Die Zwergin drehte sich nach mir um. Sie war etwa einen Meter groß und hatte einen normalen Rumpf, viel zu kurze Arme und Beine und einen großen Kopf. Ihr Alter war sehr schwer zu schätzen – sie konnte zwanzig oder auch fünfzig sein. Rya stellte uns gegenseitig vor. Die kleine Frau hieß Irma Lorus und war in Ryas Wurfbude tätig. Sie trug Kinder-Tennisschuhe, eine schwarze Hose und eine weite pfirsichfarbene Bluse mit kurzen Ärmeln. Ihr schwarzes Haar war dick und glänzend, und es schimmerte dunkelblau wie Rabenflügel. Offenbar war sie stolz auf dieses prächtige Haar, denn es hatte einen perfekten Schnitt und umrahmte ihr übergroßes Gesicht auf vorteilhafte Weise.

»Ach ja«, sagte Irma, während sie mir ihre kleine Hand reichte, »ich habe schon viel von dir gehört, Slim MacKenzie. Mrs. Frazelli – ihr und ihrem Mann Tony gehört das Bingo Palace – meint, du seist noch viel zu jung, um auf eigenen Füßen zu stehen. Du bräuchtest unbedingt mütterliche Zuwendung und gute Hausmannskost. Harv Seveen, dem eine der Tanzshows gehört, glaubt, daß du dich entweder vor dem Militärdienst drücken willst oder aber wegen irgendeines kleinen Deliktes vor den Bullen auf der Flucht bist; jedenfalls findet er dich ganz in Ordnung. Die Ausrufer sagen, du wüßtest, wie man Leute anlockt, und könntest in ein paar Jahren vielleicht sogar der beste Entertainer der ganzen Truppe werden. Bob Weyland, der Inhaber des Karussells, ist ein biß-chen besorgt, weil seine Tochter dich einfach himmlisch fin-det und schon erklärt hat, daß sie stirbt, wenn du keine Notiz von ihr nimmst. Sie ist sechzehn, heißt Tina und ist durchaus sehenswert. Und Madame Zena – alias Mrs. Pearl Yarnell aus der Bronx –, unsere Zigeuner-Wahrsagerin, behauptet, du seist im Zeichen des Stiers geboren und fünf Jahre älter als du aussiehst. Sie meint außerdem, daß du eine tragische Liebes-geschichte zu vergessen versuchst.«

Es überraschte mich nicht, daß eine ganze Anzahl von Schaustellern mich am ›Lukas‹ in Augenschein genommen hatte. Dies war eine enge Gemeinschaft, und ich war ein Neuer, den man erst ein bißchen beschnüffeln mußte. Etwas unangenehm war mir nur Tina Weylands Schwärmerei, wo-hingegen mich Madame Zenas Erkenntnisse sehr amüsier-ten.

»Nun, Irma«, sagte ich, »mein Sternzeichen ist tatsächlich Stier, aber bisher hat mir noch kein Mädchen das Herz gebro-chen – und wenn Mrs. Frazelli eine halbwegs gute Köchin ist, kannst du ihr gern erzählen, daß ich mich jede Nacht in den Schlaf weine, wenn ich nur an hausgemachtes Essen denke.«

»Du bist auch bei mir herzlich willkommen«, meinte Irma lächelnd. »Dann kannst du auch Paulie, meinen Mann, ken-nenlernen. Komm doch am Sonntagabend so gegen acht. Bis dahin sind wir bei der nächsten Station auf unserer Tour mit Aufbauen bestimmt fertig. Ich mache dir ein Chilihähnchen und zum Nachtisch meine berühmte Schwarzwälder Torte.«

»Ich komme sehr gern«, sagte ich wahrheitsgetreu.

Meiner Erfahrung nach sind von allen Schaustellern die Zwerge am schnellsten bereit, einen Fremden zu akzeptie-ren, ihn mit offenen Armen aufzunehmen, ihm zu vertrauen und ein warmes Lächeln zu schenken. Anfangs hatte ich ver-mutet, daß ihre Freundlichkeit gegen jedermann mit ihrer Kleinwüchsigkeit zusammenhing, daß sie freundlich sein *mußten*, um nach Möglichkeit alle Kämpfe mit Rowdies und Trunkenbolden zu vermeiden, bei denen sie von vornherein keine Chance hätten. Doch als ich mit der Zeit einige der klei-nen Leute besser kennenlernte, wurde mir allmählich klar,

77

daß meine allzu einfache Erklärung ihres extravertierten Charakters ihnen nicht gerecht wurde. Als Gruppe – und oft auch als Einzelperson – sind Zwerge durchaus selbstsicher, besitzen Selbstvertrauen und einen starken Willen. Sie fürchten sich vor dem Leben auch nicht mehr als Menschen normaler Größe. Ihre Weltoffenheit hat andere Ursachen, nicht zuletzt ihr durch Leiden erworbenes Mitgefühl. Aber damals, in Ryas Wohnwagen, war ich noch sehr jung und hatte von der Psychologie der Zwerge wenig Ahnung.

Damals verstand ich auch Rya nicht, aber die grundverschiedenen Temperamente der beiden Frauen fielen mir doch ins Auge. Irma war warm und kontaktfreudig, während Rya kühl und introvertiert blieb. Irma hatte ein sehr sympathisches Lächeln, das sie oft einsetzte, während Rya mich aus ihren kristallblauen Augen, denen nichts entging, nüchtern musterte, ohne die Miene zu verziehen.

Wie sie so im Lehnstuhl saß, ein Bein ausgestreckt, das andere angewinkelt, war Rya der Inbegriff aller Träume eines jungen Mannes. Sie trug weiße Shorts und ein hellgelbes T-Shirt. Ihre sonnengebräunten Beine waren perfekt geformt – schmale Knöchel, geschwungene Waden, glatte Knie und straffe Oberschenkel. Ich hätte am liebsten meine Hände an diesen Beinen entlanggleiten lassen, bis zur festen Muskulatur der Oberschenkel. Statt dessen schob ich die Hände hastig in die Geldschürze, damit Rya nicht sah, daß sie zitterten. Ihr von der Augusthitze etwas feuchtes T-Shirt klebte verführerisch an den vollen Brüsten, und ich konnte durch die dünne Baumwolle hindurch sogar ihre Brustwarzen sehen.

Der Kontrast zwischen Rya und Irma war beklemmend – hier genetischer Triumph, dort genetisches Chaos. Entgegengesetzte Endsprossen an der Leiter der biologischen Fantasie. Rya Raines hätte als Modell für die vollkommene Frau dienen können – Perfektion der Linien und Formen, realisierter Traum, erfüllte Verheißung der Natur. Irma hingegen erinnerte daran, daß der Natur trotz kompliziertester Mechanismen und jahrtausendelanger Praxis nur selten die Aufgabe gelang, die Gott ihr gestellt hatte: *Erschaffe sie als Meine*

Ebenbilder. Wenn die Natur eine Erfindung Gottes war, ein von Gott inspirierter Mechanismus, wie meine Großmutter zu sagen pflegte, warum kam Er dann nicht zurück, warum reparierte Er das verdammte Ding nicht endlich? Offenbar war es doch eine Maschine mit großem Potential, wie man an Rya Raines sehen konnte.

»Du siehst zwar wie siebzehn aus«, sagte die Zwergin, »aber du benimmst dich nicht wie ein Siebzehnjähriger.«

Ich wußte nicht, was ich dazu sagen sollte, und murmelte deshalb nur: »Na ja...«

»Du magst siebzehn sein, aber du bist schon ein Mann. Ich glaube, ich werde Bob Weyland sagen, du seist für Tina ein paar Nummern zu groß. Du hast etwas Hartes an dir.«

»Etwas... Düsteres«, warf Rya ein.

»Ja«, stimmte Irma zu. »Auch das.«

Sie waren neugierig, aber sie gehörten zur Gilde der Schausteller, und obwohl sie mir ohne weiteres erzählten, wie sie mich sahen, hätten sie es nie über sich gebracht, mich *auszufragen*.

Irma ging, und ich rechnete auf dem Küchentisch mit Rya ab. Sie sagte, die Einnahmen lägen 20% über dem Durchschnitt, zahlte mir meinen Tageslohn aus und gab mir außerdem 30% von den zusätzlichen Einnahmen, was ich sehr anständig fand, weil ich angenommen hatte, daß sie mich erst nach einigen Wochen beteiligen würde.

Als wir mit der Abrechnung fertig waren, konnte ich die Schürze ungeniert ablegen, denn meine Erektion war vorüber. Rya stand zwar direkt neben mir am Tisch, ich konnte nach wie vor die Konturen ihrer herrlichen Brüste sehen, und ihr Gesicht raubte mir noch immer den Atem, aber ihr geschäftsmäßiges Verhalten und ihre unveränderte Kühle hatten den rasenden Motor meiner Libido zu einem trägen Leerlauf gedrosselt.

Ich berichtete ihr, daß Jelly Jordan mich gebeten hätte, am nächsten Tag etwas für ihn zu erledigen, und daß ich deshalb nicht wüßte, wann ich am ›Lukas‹ einsatzfähig sein würde, aber Jelly hatte ihr schon selbst Bescheid gesagt.

»Wenn du den Job für ihn erledigt hast«, meinte sie,

»kannst du Marco ja am ›Lukas‹ ablösen. Marco ist der Bursche, der dich heute während deiner Pause vertreten hat.«

Ich bedankte mich für den Lohn und für die Chance, die sie mir gegeben hatte, und als von ihr keinerlei Reaktion kam, drehte ich mich um und ging unbeholfen auf die Tür zu.

Dann hörte ich: »Slim?«

Ich blieb stehen und wandte mich ihr wieder zu. »Ja?«

Sie hatte die Hände in die Hüften gestemmt und eine so finstere Miene aufgesetzt – gerunzelte Stirn, schmale Augen –, daß ich dachte, sie wollte mich wegen irgend etwas zur Schnecke machen, aber sie sagte: »Willkommen an Bord!« Ich glaube, ihr war selbst überhaupt nicht bewußt, wie abweisend sie aussah – und wahrscheinlich hätte sie auch gar nicht gewußt, wie man freundlicher dreinschaute.

»Danke«, erwiderte ich. »Es ist ein angenehmes Gefühl, Schiffsplanken unter den Füßen zu haben.«

Ich spürte deutlich eine verhaltene Zärtlichkeit und besondere Verletzlichkeit unter dem Panzer, den sie sich als Schutz vor der Welt zugelegt hatte. Was ich Jelly gesagt hatte, stimmte: Ich fühlte tatsächlich, daß unter der hartgesottenen Amazone, die sie spielte, eine sensible Frau verborgen war. Aber während ich auf der Schwelle stand und sie betrachtete, entdeckte ich noch etwas anderes, eine Traurigkeit, die mir bis dahin nicht aufgefallen war, eine gut versteckte tiefe Melancholie, die sie nie verließ. Diese Aura von Schwermut erschütterte mich, und am liebsten hätte ich sie in meine Arme genommen, nicht mit sexuellen Absichten, sondern nur, um sie zu trösten und ihren geheimnisvollen Seelenschmerz wenn möglich etwas zu lindern.

Natürlich schloß ich sie nicht in die Arme, denn ich wußte, daß sie meine Motive mißdeuten würde. Verdammt, höchstwahrscheinlich würde sie mir ein Knie in den Unterleib rammen, mich die Metallstufen hinabstoßen und mich feuern, noch während ich mich hochrappelte.

»Wenn du dich am ›Lukas‹ weiterhin so gut bewährst«, sagte sie, »wirst du dort nicht lange bleiben; dann bekommst du von mir bald einen besseren Job.«

»Ich werde mein Bestes geben.«

Sie ging zu dem Lehnstuhl, während sie fortfuhr: »Nächstes Jahr möchte ich noch ein oder zwei Konzessionen kaufen. Große Konzessionen, für die ich zuverlässige Leute brauchen werde.«

Ich begriff, daß sie mich nicht fortlassen wollte. Nicht, daß sie sich zu mir hingezogen fühlte; nicht, daß ich unwiderstehlich oder so was war. Rya Raines wollte im Augenblick einfach nicht allein sein. Normalerweise machte es ihr nichts aus. Aber jetzt hätte sie jeden x-beliebigen Gast zurückgehalten. Gleichzeitig spürte ich jedoch, daß sie sich nicht bewußt war, wie einsam und verloren sie wirkte, und daß mir dadurch die Hände gebunden waren. Wenn sie nämlich merkte, daß ihre Maske einer kaltschnäuzigen Emanze zeitweilig transparent war, würde sie verlegen werden. Und wütend. Und selbstverständlich würde sie ihren Zorn an mir abreagieren.

Deshalb sagte ich nur: »Nun, ich hoffe, daß ich dich nie enttäusche.« Ich lächelte ihr zu. »Dann also bis morgen.« Und ich ging.

Sie rief mich nicht zurück. Im tiefsten Innern meines jugendlich unreifen, hoffnungslos romantischen Herzens hatte ich das gehofft, hatte mir ausgemalt, daß ich mich dann umdrehen und sie auf der Schwelle stehen sehen würde, atemberaubend schön im Gegenlicht, daß sie – ganz leise – etwas unvorstellbar Verführerisches sagen würde, und daß wir daraufhin eine Nacht ungezügelter Leidenschaft erleben würden. Aber im wirklichen Leben passiert so etwas nie.

Ich drehte mich trotzdem noch einmal um und schaute zurück, und sie blickte mir tatsächlich nach, allerdings von ihrem Lehnstuhl aus. Sie bot einen derart erotischen Anblick, daß ich mich einen Augenblick lang nicht von der Stelle rühren konnte. Selbst wenn ein Troll mit mordlustig funkelnden Augen in diesem Moment auf mich zugestürzt wäre, hätte ich mich nicht von der Stelle bewegen können. Sie hatte ihre nackten Beine nach vorne ausgestreckt und ein wenig gespreizt, und das Licht der Leselampe verlieh ihrer zarten Haut einen weichen Schimmer. Dieses Licht zauberte auch Schatten unter ihre Brüste, wodurch deren herrliche Form noch unterstrichen wurde. Ihre schlanken Arme, der zarte Hals, das makellose Gesicht, die kastanienbraun-blonden Haare – alles leuchtete goldfarben. Sie wurde vom Licht nicht einfach bestrahlt und liebkost, nein, sie selbst schien die Lichtquelle zu sein, sie selbst schien zu strahlen. Es war zwar Nacht, aber die Sonne hatte sie nicht verlassen.

Ich wandte mich ab und lief mit rasendem Herzklopfen in die Dunkelheit hinein, blieb aber schon nach wenigen Schritten entsetzt stehen, als Rya Raines plötzlich vor mir auftauchte. *Diese* Rya trug Jeans und eine schmutzige Bluse. Zuerst war sie nur ein verschwommenes, wäßriges, farbloses Bild, wie wenn ein Film auf eine wellige schwarze Leinwand projiziert wird. Doch innerhalb von Sekunden gewann sie feste Konturen und wirkte völlig real, obwohl sie natürlich *nicht* real war. *Diese* Rya war auch nicht erotisch; ihr Gesicht war gespenstisch bleich, und aus einem Winkel ihres sinnlichen Mundes sickerte Blut. Ich konnte nun auch erkennen, daß ihre Bluse nicht schmutzig, sondern blutdurchtränkt war. Ihr Hals, ihre Schultern, ihre Brust und ihr Bauch – überall Blut. Und mit blutfeuchten Lippen flüsterte sie kaum vernehmbar: *Sterben, sterben ... laß mich nicht sterben ...*

»Nein«, flüsterte ich noch leiser als die Erscheinung und lief zu ihr hin, um sie mit einer Selbstverständlichkeit zu umarmen und zu trösten, die ich bei der *realen* Rya nie aufgebracht hätte. »Nein, ich lasse dich nicht sterben ...«

Sie löste sich urplötzlich auf. Die Nacht war wieder leer.

Ich stolperte durch feuchte Luft an jener Stelle, wo sie soeben noch gestanden hatte.

Ich fiel auf die Knie und ließ den Kopf hängen.

Ich blieb ein Weilchen in dieser Position.

Ich wollte die Botschaft dieser Vision nicht akzeptieren. Aber ich mußte mich ihr stellen.

Hatte ich fünftausend Kilometer zurückgelegt, hatte ich dem Schicksal entgegenkommenderweise erlaubt, ein neues Zuhause für mich auszuwählen, hatte ich begonnen, neue Freundschaften zu schließen, nur um mit ansehen zu müssen, daß all diese Menschen irgendeiner Katastrophe zum Opfer fielen?

Wenn ich wenigstens wüßte, welche Gefahr ihnen drohte, dann könnte ich Rya und Jelly und eventuelle weitere Opfer warnen; und wenn es mir gelänge, sie von meinen hellseherischen Fähigkeiten zu überzeugen, dann könnten sie irgendwelche Maßnahmen ergreifen, um dem Tod zu entgehen. Aber ich vermochte nicht zu erkennen, welcher Art das Unheil sein würde.

Ich wußte nur, daß die Trolle darin verwickelt waren.

Beim Gedanken an die mir bevorstehenden Verluste mußte ich gegen heftige Übelkeit ankämpfen.

Ich weiß nicht, wie lange ich so im Staub und trockenen Gras kniete, bevor ich mich mühsam hochrappelte. Niemand hatte mich gesehen oder gehört. Rya war nicht auf die Schwelle ihres Wohnwagens getreten, hatte nicht hinausgeschaut. Ich war allein im Mondlicht. Die Grillen zirpten. Ich konnte vor Magenkrämpfen nicht aufrecht stehen. Während ich bei Rya gewesen war, waren viele Lichter ausgegangen, und einige weitere erloschen jetzt. Jemand briet Eier mit Speck, und normalerweise hätten diese Essensdüfte mich hungrig gemacht, aber in meinem gegenwärtigen Zustand verstärkten sie nur noch meine Übelkeit. Mit weichen Knien stolperte ich auf den Wohnwagen zu, der mein neues Zuhause sein sollte.

Morgens, beim Verlassen des Umkleideraums, hatte ich Hoffnung geschöpft, und der Rummelplatz war mir heiter und vielversprechend vorgekommen. Aber so wie sich die Dunkelheit dort vor kurzem breitgemacht hatte, so brach sie jetzt auch über mich herein, überflutete mich wie eine riesige Welle.

Als ich den Wohnwagen fast erreicht hatte, spürte ich, daß ich beobachtet wurde, obwohl niemand zu sehen war. Es schien mir ziemlich wahrscheinlich, daß es derselbe Mann war, der die Leiche des Trolls vom Autoskooter weggeschafft und mich später aus irgendeinem Versteck hervor bespitzelt hatte. Ich war aber viel zu benommen und verzweifelt, um mir jetzt auch noch darüber den Kopf zu zerbrechen. Ich wollte nur noch ins Bett.

Der Wohnwagen bestand aus einer kleinen Küche, einem

Wohnzimmer, einem Bad und zwei Schlafzimmern mit je zwei Betten. Mein Zimmergefährte war ein Bursche namens Barney Quadlow, ein sehr großer und ziemlich beschränkter Hilfsarbeiter, der glücklich in den Tag hinein lebte und sich keine Gedanken darüber machte, was er im Alter tun würde, wenn er als Träger beim Auf- und Abbau nicht mehr zu gebrauchen war. Er vertraute darauf, daß die Gemeinschaft der Schausteller irgendwie für ihn sorgen würde – und mit dieser Annahme hatte er völlig recht. Ich hatte ihn am Spätnachmittag kennengelernt, und wir hatten uns ein wenig unterhalten. Natürlich kannte ich ihn nicht gut, aber er schien ein gutmütiger Kerl zu sein, und als ich ihn mit meinem sechsten Sinn sondiert hatte, war ich auf ein denkbar sanftmütiges Wesen gestoßen.

Ich vermutete, daß der Troll, den ich im Autoskooter umgebracht hatte, ebenfalls ein Hilfsarbeiter gewesen war, denn das würde erklären, warum sein Verschwinden kein Aufsehen erregt hatte. Auf solche Hilfskräfte war oft kein Verlaß. Wenn ihr Wandertrieb übermächtig wurde, machten sie sich einfach bei Nacht und Nebel aus dem Staub.

Barney schlief fest und wachte auch nicht auf, als ich mich leise bis auf die Unterwäsche auszog, meine Kleider sorgfältig über einen Stuhl hängte und mich auf dem Bett ausstreckte. Das Fenster war geöffnet, so daß eine milde Brise ins Zimmer drang, doch die Nacht war so warm, daß ich mich nicht einmal mit einem Laken zudecken mochte.

Ich hatte befürchtet, wieder nicht einschlafen zu können. Manchmal hat Verzweiflung jedoch die gleiche Wirkung wie Erschöpfung – sie zieht den Geist wie ein Mühlstein in die Tiefe. Und so fand ich nach kürzester Zeit – schätzungsweise schon nach einer Minute – willkommene Zuflucht im Vergessen.

In der friedhofstillen, grabesdunklen Mitte der Nacht wurde ich halb wach und glaubte, auf der Schwelle eine massige Gestalt stehen zu sehen. Da aber nirgends Licht brannte, war der Wohnwagen nur mit allen möglichen Schattierungen von Schwarz gefüllt, und ich konnte die Person nicht erkennen. Ich sagte mir schlaftrunken, daß es Barney sein müsse, auf dem Weg zur Toilette oder auf dem Rückweg von dort, aber die Gestalt bewegte sich nicht, sondern stand regungslos da. Außerdem hörte ich vom Nebenbett Barneys regelmäßige Atemzüge. Einer der Männer aus dem zweiten Schlafzimmer konnte es auch nicht sein, da beide nicht so groß waren wie der geheimnisvolle Besucher. In meiner Benommenheit entschied ich schließlich, daß es der Tod sein müsse, der grimme Schnitter höchstpersönlich, der mich holen wollte. Anstatt bei diesem Gedanken entsetzt aufzuspringen, schloß ich die Augen und schlief wieder ein. Meine Weltuntergangsstimmung beim Zubettgehen hatte auch meine Träume beeinflußt, und so hatte ich gegen einen Besuch des Todes gar nicht viel einzuwenden.

Ich kehrte nach Oregon zurück. Nur auf diese Weise konnte ich es wagen, nach Hause zu kommen. Nur im Traum.

Nach viereinhalb Stunden Schlaf – für mich eine lange Zeit – war ich um Viertel nach sechs am Freitagmorgen hellwach. Barney schlief noch, ebenso die beiden Burschen im Nebenraum. Graues Licht fiel durchs Fenster ein. Die Gestalt im Türrahmen war verschwunden – wenn sie überhaupt jemals existiert hatte.

Ich stand auf, holte leise ein frisches T-Shirt, saubere Unterhosen und Socken aus meinem Rucksack, den ich am Vortag im Wandschrank verstaut hatte, und legte die Sachen in einen meiner Stiefel. Ich fühlte mich verschwitzt und freute mich auf eine Dusche. Mit den Stiefeln in der einen Hand wollte ich nun noch meine Jeans vom Stuhl nehmen, als ich zwei Stückchen weißes Papier auf dem Baumwollstoff entdeckte. Ich konnte mich nicht daran erinnern, sie hingelegt zu haben, und ich konnte sie im schwachen Licht nicht lesen, deshalb nahm ich sie mit ins Bad. Dort machte ich Licht, stellte meine Stiefel ab und hängte die Jeans über einen Handtuchhalter.

Ich betrachtete das eine Stück Papier. Dann das zweite.

Die geheimnisvolle Gestalt auf der Schwelle war keine Einbildung gewesen, kein Fantasiegespinst. Der Besucher hatte zwei Dinge hinterlassen, die seiner Meinung nach für mich interessant sein mußten.

Es waren Freikarten, wie sie in jeder Stadt in großen Mengen an die Vertreter der Behörden und sonstigen VIPs verteilt wurden.

Eine Freikarte für den Autoskooter.

Und eine für das Riesenrad.

8

Dunkelheit am Mittag

Yontsdown im gebirgigen Yontsdown County, Pennsylvania, hatte – wie auf dem Schild am Ortseingang zu lesen stand – 22 450 Einwohner und sollte die nächste Station auf der Route des *Sombra Brothers Carnival* sein. In der Nacht von Samstag auf Sonntag würde der Rummelplatz am gegenwärtigen Standort abgebrochen werden, um in 150 km Entfernung auf dem Jahrmarktsgelände von Yontsdown neu zu erstehen. Die Stadt lag in einem Kohlerevier, das inzwischen aber fast stillgelegt war; der langsame Niedergang schien unausweichlich, doch das wollten die Bewohner offenbar nicht wahrhaben. Vorerst sorgten ein Stahlwerk und ein regionaler Rangierbahnhof noch für Arbeitsplätze. Den Bergleuten, Stahlarbeitern und Bahnangestellten standen für die Gestaltung ihrer Abende und Wochenenden im allgemeinen außer dem Fernsehen und einigen Kneipen nur die Veranstaltungen der drei katholischen Pfarrgemeinden – geselliges Beisammensein, Tanz oder kaltes Bufett – zur Verfügung, und deshalb würde der Rummelplatz ihnen eine hochwillkommene Abwechslung bieten.

Am Freitagmorgen begleitete ich Jelly Jordan und einen Mann namens Luke Bendingo nach Yontsdown. Luke saß am Steuer, ich auf dem Beifahrersitz, und unser stattlicher Boß hatte den ganzen Fond für sich. Er trug eine schwarze Hose, ein leichtes braunes Hemd und ein Sakko mit Fischgrätenmuster und sah in dieser korrekten Kleidung nicht wie ein Schausteller, sondern wie ein wohlgenährter Landjunker aus. Aus Jellys luxuriösem gelbem Cadillac mit Klimaanlage genossen wir die grüne Hügellandschaft, die an uns vorbeiflog.

Wir fuhren nach Yontsdown, um sozusagen die Weichen für unseren Zug zu stellen, der am Sonntag in den frühen Morgenstunden ankommen würde. Im Klartext: Wir mußten die Vertreter der Lokalbehörden schmieren.

Jelly hatte als Generaldirektor des *Sombra Brothers Carnival* einen anspruchsvollen und wichtigen Posten. Aber er war zugleich auch der ›Flickschneider‹, und mitunter leistete er dem Unternehmen in dieser Eigenschaft noch wertvollere Dienste als in seiner verantwortlichen Position. Jedes Wanderunternehmen beschäftigt einen Mann, dessen Aufgabe darin besteht, Staatsbeamte zu bestechen, und er wird ›Flickschneider‹ genannt, weil er Verbindungen zu Polizisten, Stadträten und sonstigen wichtigen Persönlichkeiten einzufädeln und zu pflegen – sozusagen immer wieder zusammenzuflicken – hat, indem er sie mit Banknoten und mit Freikarten für ihre Familien und Freunde versorgt. Falls ein Wanderunternehmen ohne solchen ›Flickschneider‹ auszukommen versucht, nimmt die Polizei aus Rache Razzien auf dem Rummelplatz vor, schließt die Spielbuden, selbst wenn sie völlig korrekt arbeiten, verbietet die harmlosesten Tanzshows, erklärt die saubersten Imbißstände für gesundheitsgefährdend, die sichersten Fahrgeschäfte für lebensbedrohlich und zwingt mit diesen Gaunermethoden jedes Unternehmen schnell und wirkungsvoll in die Knie. Jellys Aufgabe bestand darin, eine derartige Katastrophe in Yontsdown zu verhindern.

Er eignete sich hervorragend für diesen Job. Ein ›Flickschneider‹ muß charmant, amüsant und sympathisch sein, und Jelly war das alles. Er muß auch ein gewandter Redner sein, um seine Schmiergelder so an den Mann zu bringen, daß es nicht nach Bestechung *aussieht*. Um die Illusion aufrechterhalten zu können, daß es sich nur um Geschenke eines Freundes handelt – schließlich sind die korrupten Beamten sehr darauf bedacht, daß ihre Selbstachtung und Würde nicht angetastet wird –, muß sich der ›Flickschneider‹ alle möglichen Einzelheiten über die Polizeichefs, Sheriffs, Bürgermeister und sonstigen Personen merken, mit denen er es Jahr für Jahr zu tun hat. Er muß die besonderen Vorlieben ihrer Frauen genauso im Kopf haben wie die Namen ihrer Kinder. Er muß interessiert wirken und sich den Anschein geben, als freute er sich, sie wiederzusehen. Gleichzeitig darf er aber nie allzu freundschaftlich auftreten, denn schließlich ist er ja nur ein Schausteller und somit in den Augen vieler Normalbürger so etwas wie ein Untermensch. Manchmal muß er auch hart sein und unverschämte Forderungen diplomatisch ablehnen können. Kurz gesagt, er muß ständig einen Hochseilakt ohne Netz vollführen, über einer Grube voll hungriger Bären und Löwen.

Während der Fahrt unterhielt Jelly Luke Bendingo und mich mit einem unerschöpflichen Vorrat an Witzen, Limericks, Wortspielen und Anekdoten aus dem Leben der Fahrensleute, und er hatte daran sichtlich selbst einen Riesenspaß. Ich begriff bald, daß dieser Zeitvertreib ihm die Spielsachen ersetzte, die überall in seinem Büro herumstanden. Obwohl er ein sehr fähiger Generaldirektor des Millionenunternehmens und ein gewiefter ›Flickschneider‹ war, hatte er sich doch in mancher Hinsicht ein kindliches Gemüt bewahrt. Unter den dicken Fettschichten hatte – allen schlechten Erfahrungen aus 45 Jahren zum Trotz – ein glückliches Kind überlebt, das die Welt als Wunder betrachtete.

Ich versuchte mich zu entspannen, und es gelang mir auch einigermaßen, aber ich konnte die Vision vom Vortag nicht vergessen – Jellys blutüberströmtes Gesicht mit den gebrochenen Augen. Ich hatte meine Mutter einmal vor schweren Verletzungen oder vor dem Tod bewahrt, weil es mir gelungen war, sie von der Zuverlässigkeit meiner hellseherischen Gabe zu überzeugen und zu überreden, ein anderes Flugzeug als ursprünglich geplant zu nehmen. Vielleicht würde ich auch Jelly überzeugen und retten können, wenn ich nur wüßte, wann und von welcher Seite ihm Gefahr drohte. Ich versuchte mir einzureden, daß ich bestimmt noch rechtzeitig genauere Visionen haben würde, daß ich imstande sein würde, meine neuen Freunde zu beschützen. Und obwohl ich nicht so ganz daran glauben konnte, klammerte ich mich an diese Hoffnung, um nicht völlig zu verzweifeln. Ich trug sogar selbst zur Unterhaltung bei, indem ich ein paar amüsante Schausteller-Geschichten zum besten gab, und Jelly belohnte mich mit schallendem Gelächter.

Luke, ein vierzigjähriger schlanker Mann mit falkenartigen Gesichtszügen, war während der ganzen Fahrt sehr einsilbig. Sein Vokabular schien nur aus *Ja, Nein* und *O Gott* zu bestehen. Anfangs hielt ich ihn für mürrisch oder unfreundlich. Aber er lachte genausoviel wie ich und benahm sich insgesamt keineswegs kalt und distanziert, und als er schließlich doch einige Sätze von sich gab, stellte ich fest, daß er schweigsam war, weil er stotterte.

Zwischen den Witzen und Limericks erzählte Jelly einiges über Lisle Kelsko, den Polizeichef von Yontsdown, mit dem wir es in erster Linie zu tun haben würden. Obwohl er diese Informationen ganz beiläufig von sich gab, so als wären sie nicht weiter wichtig und interessant, entwarf er allmählich ein sehr negatives Bild dieses Mannes. Jelly zufolge war Kelsko ein Ignorant, aber alles andere als dumm. Er war ein Speichellekker, aber er hatte seinen Stolz. Er war ein abgefeimter Lügner, fiel aber auf die Lügen anderer nicht herein, wie es den meisten Lügnern passierte, denn er hatte sich die Fähigkeit bewahrt, zwischen Wahrheit und Täuschung zu unterscheiden, auch wenn er selbst beides willkürlich mischte. Kelsko war bösartig, sadistisch, arrogant, stur und bei weitem der schwierigste Mann, mit dem Jelly es in den elf Bundesstaaten zu tun hatte, die der *Sombra Brothers Carnival* bereiste.

»Rechnen Sie mit Schwierigkeiten?« fragte ich.

»Kelsko nimmt die Zuckerchen an, stellt aber nie übertriebene Forderungen«, erwiderte Jelly. »Aber manchmal läßt er uns eine Art Warnung zukommen.«

»Was für eine Warnung?« wollte ich wissen.

»Es macht ihm Spaß, uns von einigen seiner Leute verprügeln zu lassen.«

»Was?« rief ich ungläubig.

»Du hast völlig richtig gehört, mein Junge.«

»Passiert das regelmäßig?«

»Wir kommen jedes Jahr hierher, und seit Kelsko vor neun Jahren Polizeichef wurde, ist es uns sechsmal passiert.«

Luke Bendingo nahm eine Hand vom Lenkrad und deutete auf eine etwa drei Zentimeter lange weiße Narbe, die von seinem rechten Augenwinkel nach unten führte.

»Hast du die bei einem Kampf mit Kelskos Männern abbekommen?« fragte ich.

»Ja«, sagte Luke. »Diese verd-d-d-dammten D-D-Dreck-sch-schweine!«

Ich wandte mich wieder an Jelly. »Sie sagten, das sei als Warnung gedacht. Was soll dieser Blödsinn?«

»Kelsko will uns damit zu verstehen geben, daß er zwar unsere Bestechungsgelder annimmt, daß man mit ihm aber trotzdem kein Schindluder treiben kann.«

»Und warum *sagt* er uns das nicht einfach?«

Jelly schüttelte mit düsterer Miene den Kopf. »Junge, dies ist ein Kohlerevier, obwohl sie heutzutage nicht mehr viel aus den Minen rausholen, und es wird immer ein Kohlerevier bleiben, weil die Bergleute noch hier leben, und dieser Menschenschlag ändert sich nie. Nie, verstehst du? Bergarbeiter führen ein hartes und gefährliches Leben, und dadurch werden sie selbst hart und gefährlich, eigensinnig bis zur Sturheit. Im Bergbau arbeitet nur, wer entweder in einer verzweifelten Situation oder schlichtweg dumm ist – oder aber ein Macho, der beweisen will, daß er sich nicht einmal von den Zechen unterkriegen läßt. Selbst junge Burschen, die noch nie einen Fuß in die Minen gesetzt haben, spielen sich als superharte Männer auf, weil sie ihre Väter nachahmen. Die Leute hier oben *lieben* Prügeleien, einfach so, aus Spaß. Wenn Kelsko uns nur verbal warnen würde, brächte er sich um ein großes Vergnügen.«

Wahrscheinlich bildete ich es mir in meiner Angst vor Gummiknüppeln und ähnlichen Dingen nur ein, aber als wir ins Gebirge kamen, schien der Tag nicht mehr so strahlend, so warm, so vielversprechend zu sein wie bei unserer Abfahrt. Die Bäume waren in meinen Augen bei weitem nicht so schön wie die Tannen und Kiefern meiner Heimat, und die Wälle dieser östlichen Berge, die geologisch wesentlich älter als die Siskiyous sind, dünkten mich düster und reizlos, dekadent und bösartig aus Überdruß. Ich war mir allerdings bewußt, daß meine Eindrücke stark von Emotionen geprägt waren. Dieser Teil der Welt hatte – genau wie Oregon – seine ureigene, einzigartige Schönheit. Ich wußte, daß es unvernünftig war, einer Landschaft menschliche Gefühle und Intentionen zu unterstellen, aber ich wurde trotzdem den Eindruck nicht los, daß die anmaßenden Berge uns scharf beobachteten und für immer zu schlucken beabsichtigten.

»Aber wenn Kelskos Männer uns überfallen«, sagte ich, »können wir uns doch nicht wehren. Nicht gegen Bullen. Nicht auf einer Polizeistation, um Gottes willen. Sonst landen wir garantiert wegen tätlichen Angriffs im Kittchen.«

»Oh, es passiert nicht auf dem Polizeirevier«, erwiderte Jelly. »Auch nicht in der Umgebung des Amtsgerichts, wo wir die Taschen der Stadträte füllen müssen. Innerhalb der Stadtgrenzen passiert nicht das geringste, dafür garantiere ich. Und obwohl es immer Kelskos sogenannte Gesetzeshüter sind, werden sie keine Uniformen tragen. Er schickt sie in Zivilkleidung los, und sie warten gewöhnlich kurz hinter dem Ortsausgang auf uns, versperren uns auf einem ruhigen Straßenabschnitt den Weg. Dreimal haben sie uns sogar von der Straße gedrängt, damit wir anhielten.«

»Und dann beginnen sie eine Schlägerei?« fragte ich.

»Ja.«

»Und Sie schlagen zurück?«

»So ist es.«

»Einmal hat J-J-Jelly einem K-Kerl den Arm geb-b-b-brochen«, berichtete Luke.

»Das hätte ich nicht tun sollen«, sagte Jelly. »Es ging entschieden zu weit und hätte leicht zu großem Ärger führen können.«

Ich drehte mich um und betrachtete den fetten Mann mit neuem Respekt. »Aber wenn Sie von den Bullen nicht nur Prügel einstecken müssen, sondern auch zurückschlagen dürfen – verdammt, warum nehmen Sie dann nicht ein paar von den wirklich *starken* Schaustellern mit, die diese Dreckschweine zu Brei schlagen könnten? Warum Leute wie Luke und mich?«

»Oh«, meinte Jelly, »das würde ihnen nun gar nicht gefallen. Sie wollen uns ein bißchen verprügeln und selbst ein paar Hiebe einstecken, weil das beweist, daß es ein richtiger Kampf war. Sie wollen sich doch beweisen, daß sie genauso hartgesottene Burschen wie ihre Väter sind, aber sie haben natürlich nicht die geringste Lust, sich zusammenschlagen zu lassen. Wenn ich mit Leuten wie Barney Quadlow oder Deke Feeny, dem starken Mann aus Tom Catshanks Schaubude, anrücken würde... nun, dann würden Kelskos Jungs schleunigst verduften und überhaupt nicht kämpfen.«

»Und was wäre daran so schlecht? Machen Ihnen diese Kämpfe etwa Spaß?«

»Um Himmels willen, nein!« erwiderte Jelly, »aber wenn wir sie um ihre Prügelei bringen, wenn sie uns Kelskos Warnung nicht übermitteln können, werden sie uns Schwierigkeiten machen, sobald wir den Rummelplatz aufgebaut haben.«

»Und nach überstandenem Kampf lassen sie uns in Frieden?«

»Ganz recht, du hast's erfaßt.«

»Dieser Kampf ist also so 'ne Art Tribut.«

»So könnte man es nennen.«

»Das ist doch verrückt«, murmelte ich.

»Stimmt genau.«

»Kindisch.«

»Wie gesagt, dies ist ein Kohlerevier.«

Einige Minuten herrschte Schweigen.

Ich fragte mich, ob *dies* die Gefahr für Jelly sein könnte. Vielleicht würde der Kampf diesmal außer Kontrolle geraten. Vielleicht würde es sich bei einem von Kelskos Männern um einen Psychopathen handeln, der einfach nicht mehr aufhören konnte, auf Jelly einzuschlagen, und vielleicht würde er so stark sein, daß keiner von uns ihn wegziehen konnte, bevor es zu spät war.

Ich machte mir große Sorgen.

Ich atmete tief durch und versuchte, meine übersinnlichen Kräfte einzusetzen. Ich versuchte nach einer Bestätigung meiner schlimmsten Befürchtungen, nach irgendeinem – selbst dem kleinsten – Hinweis darauf, daß Jelly Jordans Rendezvous mit dem Tod in Yontsdown stattfinden würde. Aber ich spürte nichts Auffälliges. Vielleicht war das ein positives Zeichen, denn wenn die kritische Situation für Jelly sich hier zusammenbrauen würde, hätte ich doch bestimmt irgendein Signal empfangen. Ganz bestimmt...

Seufzend sagte ich: »Ich nehme an, daß ich genau die Art von Leibwächter bin, den Sie brauchen. Kräftig genug, um nicht allzu schlimm verletzt zu werden... aber nicht so kräftig, daß ich den Kampf ohne blutige Schrammen überstehen könnte.«

»Die Burschen wollen Blut sehen«, bestätigte Jelly seelenruhig. »Das ist für sie äußerst befriedigend.«

»Mein Gott!«

»Ich habe dich gestern gewarnt«, sagte Jelly.

»Ich weiß.«

»Ich habe dich gefragt, ob du nicht wissen wolltest, um was für einen Job es sich handelt.«

»Ich weiß.«

»Aber du warst ja so dankbar für jede Arbeit, daß du völlig unüberlegt zum Sprung angesetzt hast, ohne zu wissen, worüber du eigentlich springen mußt, und jetzt, mitten im Sprung, schaust du hinunter und siehst einen Tiger, der dich packen und dir die Eier abbeißen möchte.«

Luke Bendingo lachte.

»Ich glaube, ich habe eine nützliche Lektion gelernt«, murmelte ich.

»In der Tat«, stimmte Jelly mir grinsend zu. »Es ist sogar eine so verdammt nützliche Lektion, daß es eigentlich viel zu großzügig von mir ist, dir für diesen Job auch noch Geld zu bezahlen.«

Am blauen Himmel zogen Wolken auf.

Bewaldete Hügel rückten auf beiden Seiten immer näher an die Straße heran. Hauptsächlich waren es Tannenwälder, aber dazwischen wuchsen auch einzelne verkrüppelte Eichen mit knorrigen schwarzen Stämmen, auf denen große häßliche Pilzansammlungen wucherten.

Wir fuhren an einem längst nicht mehr benutzten Zecheneingang vorbei, an einer halb zerstörten Kipphalde neben einem unkrautüberwucherten Bahngleis, sodann an einer Reihe von Häusern mit abgeblättertem Verputz. Rostige Autowracks schienen hier die verbreitetste Rasendekoration zu sein, so wie in anderen Wohngegenden Vogelbäder und Stuckflamingos.

»Ich würde vorschlagen«, sagte ich, »daß Sie nächstes Jahr Joel Tuck zu Kelsko mitnehmen.«

»Mann, das w-w-wär' was!« Luke schlug vor Begeisterung mit einer Hand aufs Armaturenbrett.

»Joel bräuchte nur neben Ihnen zu stehen«, fuhr ich fort, »schweigend, ohne irgendwelche Drohgebärden, sogar lächelnd, ganz freundlich lächelnd, während er Kelsko mit seinem dritten Auge, jenem leeren orangefarbenen Auge, fixiert. Ich wette, daß niemand Ihnen dann beim Verlassen der Stadt auflauern würde.«

»Selbstverständlich würde uns niemand auflauern«, sagte Jelly. »Sie wären auf der Polizeistation alle vollauf damit beschäftigt, ihre vollgeschissenen Hosen zu säubern.«

Wir lachten und entspannten uns ein wenig, aber für Witze und Limericks blieb jetzt keine Zeit mehr, denn gleich darauf passierten wir das Ortsschild von Yontsdown.

Trotz seiner aus dem 19. Jahrhundert stammenden Industrieanlagen – der Stahlhütte, aus der in der Ferne grauer Rauch und weißer Dampf aufstieg, sowie dem geschäftigen Rangierbahnhof – sah Yontsdown irgendwie mittelalterlich aus. Unter einem Sommerhimmel, der sich rasch mit eisenfarbenen Wolken verhängte, fuhren wir durch enge Straßen, von denen einige tatsächlich noch Kopfsteinpflaster hatten. Obwohl es hier überall genügend freies Land gab, standen die Häuser dicht neben- und hintereinander. Fast alle waren mit einer dicken graugelben Staubschicht überzogen, und mindestens ein Drittel hätte dringend einen frischen Verputz, ein neues Dach oder neue Dielen für die Holzveranda benötigt. Die Läden, Warenlager und Büroräume waren trist, und es gab kaum Anzeichen von Wohlstand. Eine schwarze Eisenbrücke aus der Zeit der Weltwirtschaftskrise verband die Ufer des schmutzigen Flusses, der die Stadt in zwei Hälften teilte, und die Reifen des Cadillacs sangen eine trostlose eintönige Melodie, während wir diese Metallbrücke überquerten. Die wenigen großen Gebäude waren maximal sechs bis acht Stockwerke hoch; diese Bauten aus Ziegelsteinen und Granit trugen zu der mittelalterlichen Atmosphäre bei, weil sie – zumindest in meinen Augen – kleinen Burgen glichen: Fenster, schmal wie Schießscharten, ausladende Eingänge mit unverhältnismäßig großen und massiven Seitenpfosten aus Granit. Diese Tore wirkten so düster und abschreckend, daß es mich nicht gewundert hätte, wenn über einem davon die scharfen Spitzen eines hochgezogenen Fallgitters zu sehen gewesen wären. Manche der flachen Dächer hatten sogar zinnenartige Vorsprünge.

Der Ort gefiel mir nicht.

Wir fuhren an einem zweistöckigen Gebäude vorüber, von dem ein Flügel durch Feuer verwüstet worden war. Teile des Schieferdachs waren eingebrochen, die meisten Fensterscheiben durch die Hitze explodiert, und die Ziegel, deren ursprüngliche Farbe unter dem in vielen Jahren abgelagerten Kohlenstaub kaum noch zu erkennen war, hatten über den gähnenden Fensteröffnungen anthrazitfarbene Rußfächer. Renovierungsarbeiten waren offenbar im Gange, denn wir sahen im Vorbeifahren einige Bauarbeiter.

»Das hier ist die einzige Grundschule der Stadt«, erklärte Jelly. »Letzten April ist der Heizöltank explodiert, obwohl es ein warmer Tag war, an dem die Heizung überhaupt nicht eingeschaltet war. Ich weiß nicht, ob man inzwischen ermittelt hat, wie das passieren konnte. Eine schreckliche Sache... Ich habe in den Zeitungen darüber gelesen. Die Geschichte ging durch die gesamte nationale Presse. Sieben kleine Kinder sind verbrannt, und es hätte noch viel mehr Todesopfer gegeben, wenn nicht einige der Lehrer sich geradezu heldenhaft gezeigt hätten. Es ist ein echtes Wunder, daß nicht vierzig oder fünfzig Kinder ums Leben gekommen sind – oder sogar hundert.«

»O Gott, wie g-g-g-grauenhaft«, stotterte Luke. »K-Kleine Kinder.« Er schüttelte den Kopf. »Die W-Welt kann w-w-wirklich g-grausam sein.«

»Stimmt«, bestätigte Jelly.

Ich drehte mich um und blickte zur Schule zurück. Von dem ausgebrannten Gebäude gingen sehr negative Vibrationen aus, und ich hatte das sichere Gefühl, daß es der Schauplatz einer weiteren Tragödie werden würde.

Wir hielten an einer roten Ampel, neben einem Café, vor

dem ein Zeitungsautomat stand. Ich konnte vom Auto aus die Schlagzeile des *Yontsdown Register* lesen: VIER TOTE DURCH FLEISCHVERGIFTUNG BEI KIRCHENPICKNICK.

Offenbar hatte auch Jelly die Schlagzeile gelesen, denn er murmelte: »Diese verdammte Stadt braucht einen Vergnügungspark diesmal noch mehr als sonst.«

Wir fuhren noch zwei Blocks weiter und stellten den Cadillac sodann auf dem Parkplatz hinter dem Rathaus ab, neben mehreren schwarzweißen Streifenwagen. Der vierstöckige Bau aus Sandstein und Granit, in dem sowohl die Stadtverwaltung als auch die Polizei untergebracht war, mutete noch mittelalterlicher als der übrige Ort an. Vor den schmalen Fenstern waren Eisengitter angebracht. Das flache Dach war von einer niedrigen Mauer umgeben, die eine geradezu frappierende Ähnlichkeit mit Burgzinnen hatte.

Dieses Rathaus war nicht nur eine architektonische Mißgeburt, sondern strahlte so etwas wie bösartiges *Leben* aus. Ich hatte das unangenehme Gefühl, als hätte diese Konstruktion aus Stein, Mörtel und Stahl auf irgendeine Weise ein Bewußtsein erlangt, als beobachtete sie uns beim Aussteigen, als würden wir nicht ein Gebäude betreten, sondern leichtsinnig in das weit aufgerissene Maul eines Drachens hineinspazieren.

Ich wußte nicht, ob dieser düstere Eindruck durch meine übersinnlichen Kräfte entstand, oder ob einfach meine Fantasie mit mir durchging; manchmal ist das nur schwer auseinanderzuhalten. Vielleicht wurde ich nur von Wahnvorstellungen heimgesucht. Vielleicht sah ich Gefahr, Schmerz und Tod, wo sie gar nicht existierten. Ich leide manchmal unter Wahnvorstellungen, das gebe ich zu. Ihnen würde es genauso ergehen, wenn Sie sehen könnten, was ich sehe – jene dämonischen Kreaturen, die verkleidet unter uns wandeln...

»Slim?« hörte ich Jellys Stimme. »Was ist los?«

»Äh... nichts.«

»Du siehst ziemlich käsig aus.«

»Mir fehlt nichts.«

»Hier wird uns nichts passieren«, beruhigte er mich.

»Darüber habe ich mir keine Sorgen gemacht.«

»Wie gesagt – in der Stadt gibt es nie Ärger.«

»Ich weiß. Ich habe keine Angst vor dem Kampf. Machen Sie sich bitte keine Sorgen. Ich habe noch nie im Leben vor einem Kampf Reißaus genommen und werde es auch diesmal bestimmt nicht tun.«

Jelly runzelte die Stirn. »Das habe ich auch keine Sekunde befürchtet.«

»Gehen wir zu Kelsko«, sagte ich.

Wir betraten das Gebäude durch den Hintereingang, denn wenn es um Bestechung geht, spaziert man nicht durch den Haupteingang, um sich am Empfang anzumelden und sein Begehr vorzutragen. Jelly ging voraus, Luke war direkt hinter ihm, ich bildete die Nachhut und warf von der Türschwelle aus noch einen Blick zurück auf den gelben Cadillac, der in dieser tristen Stadt der leuchtendste Gegenstand weit und breit war. Für meine Begriffe stach er hier sogar zu sehr ins Auge. Ich mußte an farbenprächtige Schmetterlinge denken, die ein Blickfang für Vögel sind und deshalb nach einem letzten verzweifelten Flattern ihrer bunten Flügel verschlungen werden. Der Cadillac kam mir plötzlich wie ein Symbol unserer Naivität, Hilflosigkeit und Verwundbarkeit vor.

Es war zwei Minuten nach zwölf, und wir waren um die Mittagszeit mit Kelsko verabredet, allerdings nicht zum Mittagessen, denn wir waren ja schließlich Schausteller, und die meisten Normalbürger wollten sich mit uns nicht an einen Tisch setzen. Am allerwenigsten jene, deren Taschen wir heimlich füllten.

Das Gefängnis und das Polizeirevier befanden sich im Erdgeschoß, aber Kelskos Büro war separat untergebracht. Wir folgten Jelly mehrere Betontreppen hinauf und gelangten durch eine Feuertür in den Korridor des dritten Stockwerks, ohne jemandem zu begegnen. Der Boden war mit dunkelgrünen Vinylfliesen ausgelegt, die auf Hochglanz poliert waren. Es roch ein klein wenig nach einem scharfen Desinfektionsmittel. Die dritte Tür führte ins Privatbüro des Polizeichefs. Sie war geöffnet, und wir traten ein.

Ich hatte feuchte Hände.

Mein Herz raste.

Ich wußte nicht, warum.

Trotz Jellys beruhigender Worte schloß ich einen Hinterhalt nicht aus, aber das war es nicht, was mir jetzt angst machte.

Etwas anderes. Etwas... schwer zu Fassendes.

Im Vorzimmer brannte kein Licht, und es gab nur ein vergittertes Fenster neben einem Wasserbehälter. Da der blaue Sommerhimmel inzwischen vor der Armada dunkler Wolken fast kapituliert hatte und zudem die Jalousielamellen schräg gestellt waren, konnte man die Einrichtung nur undeutlich erkennen: metallene Aktenschränke, ein Tischchen mit Heizplatte und Kaffeekanne, leere Garderobenhaken, eine riesige Wandkarte des Kreises und drei Holzstühle entlang der Wand. Der Schreibtisch der Sekretärin war ordentlich aufgeräumt und nicht besetzt.

Lisle Kelsko hatte sie wahrscheinlich zum Essen geschickt, damit sie nichts Verfängliches aufschnappen konnte.

Die Tür zum Büro selbst war nur angelehnt. Durch den Spalt schimmerte Licht. Jelly ging darauf zu, Luke und ich folgten ihm.

Mir schnürte sich das Herz zusammen.

Mein Mund war so trocken, als hätte ich Staub geschluckt.

Jelly klopfte leise an die Tür.

Von innen rief eine Stimme: »Herein, nur herein.« Es war ein kräftiger Bariton, und der Tonfall verriet gelassene Autorität und blasierte Herablassung.

Jelly trat ein, und ich hörte ihn sagen: »Hallo, Herr Polizeichef Kelsko, welche Freude, Sie wiederzusehen.« Als ich als letzter eintrat, sah ich einen überraschend schlichten Raum – graue Wände ohne Fotos oder Gemälde, weiße Jalousien, rein funktionale Möbel –, und dann sah ich Kelsko hinter einem großen Metallschreibtisch. Er betrachtete uns mit unverhohlener Verachtung, und mir stockte der Atem, denn unter seiner menschlichen Hülle verbarg sich ein Troll – der bösartigste Troll, den ich je gesehen hatte.

Vielleicht hätte mir schon eher der Gedanke kommen müssen, daß eine Stadt wie Yontsdown von Trollen regiert würde. Aber die Vorstellung, daß Menschen unter dem Schreckensregiment dieser Kreaturen leben mußten, war so fürchterlich, daß ich sie gar nicht erst in Erwägung gezogen hatte.

Ich weiß bis heute nicht, wie es mir gelungen ist, meinen Schock, meinen Abscheu und mein Wissen um Kelskos Geheimnis zu verbergen. Meine Hände hatten sich unwillkürlich zu Fäusten geballt, während ich wie vom Blitz getroffen neben Luke stand. Ich hatte das Gefühl, mich genausowenig verstellen zu können wie eine Katze mit angelegten Ohren, Buckel und aufgestellten Haaren, und ich war überzeugt davon, daß Kelsko meinen Widerwillen bemerken und sofort den Grund dafür erkennen würde. Aber das war nicht der Fall. Er beachtete mich und Luke kaum. Seine Aufmerksamkeit konzentrierte sich ausschließlich auf Jelly.

Kelsko war Anfang Fünfzig, etwa 1,80 m groß und korpulent, mit mindestens vierzig Pfund Übergewicht. Er trug eine khakifarbene Uniform, aber keinen Revolver. Er hatte einen stahlgrauen Bürstenhaarschnitt, und das kantige Gesicht zeugte von Härte und Rücksichtslosigkeit. Die buschigen Brauen wuchsen über der breiten Nase zusammen, und der Mund war extrem schmallippig.

Der in Kelsko verborgene Troll war ebenfalls keine Augenweide. Mir ist freilich nie einer dieser Unholde begegnet, der nicht scheußlich ausgesehen hätte, aber manche sind doch weniger abstoßend als andere. Manche haben nicht ganz so wilde Augen, nicht ganz so scharfe Zähne, nicht ganz so raubtierhafte Fratzen wie ihre furchterregenderen Artgenossen. (Diese feinen Unterschiede im Aussehen der Trolle bewiesen meiner Meinung nach, daß sie tatsächlich existierten, daß sie nicht nur Ausgeburten meines kranken Hirns waren; denn wenn ich sie mir nur einbildete, würden sie doch wohl alle gleich aussehen. Oder etwa nicht?) Das dämonische Wesen in Kelsko hatte rote Augen, die nicht einfach nur vor Haß sprühten, sondern sozusagen blanker Haß in Reinkultur *waren*, verzehrender und blindwütiger, als ich es je zuvor gesehen hatte. Die käfergrüne Haut um die Augen herum war rissig und durch Narbengewebe verdickt. Die wabbelige Schweineschnauze wirkte noch abstoßender durch faltige Hautlappen an den Nasenlöchern, die bei jedem Atemzug flatterten und möglicherweise eine Alterserscheinung waren. Und tatsächlich ging von diesem Monster eine Aura unglaublichen Alters aus, eines Alters, gegen das selbst die Pyramiden modern waren; und untrennbar damit verbunden war eine Aura des Bösen – intensive Haßgefühle und mörderische Absichten, in Jahrtausenden zur Weißglut entflammt, so daß auch die geringste Möglichkeit eines mitleidigen oder unschuldigen Gedankens sich schon vor langer Zeit verflüchtigt hatte.

Jelly spielte die Rolle eines schmeichelnden ›Flickschneiders‹ mit Begeisterung und enormem Geschick, und Lisle Kelsko tat so, als wäre er nichts weiter als ein hoffnungslos engstirniger, korrupter, kaltschnäuziger, autoritärer Bulle im Kohlerevier. Jelly war sehr überzeugend, aber das Kelsko verkörpernde Wesen hätte einen Oscar verdient. Manchmal war seine Vorstellung so perfekt, daß seine menschliche Glasur sogar für mich fast undurchsichtig wurde, daß der Troll unterhalb des menschlichen Fleisches zu einem amorphen Schatten verblaßte und ich mich anstrengen mußte, um ihn wieder scharf ins Blickfeld zu bekommen.

Unsere Situation wurde in meinen Augen noch unerträglicher, als eine Minute nach uns ein Polizist in Uniform den Raum betrat und die Tür schloß. Auch er war ein Troll, der sich als etwa dreißigjähriger großer, schlanker Mann mit dichtem braunem Haar und attraktivem, italienisch anmutendem Gesicht tarnte. Dieser Unhold war zwar ebenfalls furchterregend, aber doch bei weitem nicht so abstoßend wie das Monster in Kelsko.

Als die Tür laut ins Schloß fiel, zuckte ich unwillkürlich zusammen, und Polizeichef Kelsko, der sich nicht die Mühe gemacht hatte, zu unserer Begrüßung aufzustehen, und der auf Jellys liebenswürdiges Geplauder mit kalten Blicken und knappen unfreundlichen Bemerkungen reagierte, warf mir hinter dem Schreibtisch hervor einen forschenden Blick zu.

Offenbar war mir meine Verstörung einen Moment lang deutlich anzusehen, denn Luke gab mir rasch durch ein Zwinkern zu verstehen, daß alles in bester Ordnung wäre. Als der junge Polizist sich mit verschränkten Armen in einer Ecke postierte, wo ich ihn im Auge behalten konnte, entspannte ich mich ein wenig, obwohl ich mich alles andere als wohl in meiner Haut fühlte.

Nie zuvor war ich mit zwei Trollen in einem Raum gewesen, geschweige denn mit zwei als Bullen getarnten Trollen, von denen einer auch noch eine geladene Pistole hatte. Ich wollte mich auf sie stürzen; ich wollte in die verhaßten Gesichter schlagen; ich wollte wegrennen; ich wollte mein Stiefelmesser zücken und in Kelskos Kehle stoßen; ich wollte schreien; ich wollte mich übergeben; ich wollte mir den Revolver des jungen Polizisten schnappen, ihm das Hirn wegpusten und Kelsko ein paar Schüsse in die Brust jagen. Doch mir blieb nichts anderes übrig als neben Luke zu stehen, meine Furcht zu verbergen und möglichst einschüchternd dreinzuschauen.

Das Treffen dauerte nicht einmal zehn Minuten und war bei weitem nicht so schlimm, wie Jelly mich glauben gemacht hatte. Kelsko provozierte uns nicht besonders, und er demütigte und verhöhnte uns auch nicht in dem von mir erwarteten Ausmaß. Er war nicht so sarkastisch, grob, streitsüchtig, beleidigend und bedrohlich wie der Kelsko in Jellys farbigen Schilderungen. Gewiß, er war eisig und arrogant, und er zeigte unverhohlen seinen Widerwillen gegen uns. Gewiß, er strahlte enorme Gewalttätigkeit aus, wie eine Hochspannungsleitung, und wenn wir die Isolierung durch geringsten Widerspruch oder irgendeine beleidigende Äußerung durchbrochen hätten, wäre ein verheerender Stromschlag die sichere Folge gewesen. Aber wir blieben demütig und unterwürfig, Jelly legte den Geldumschlag auf den Schreibtisch und überreichte die Hüllen mit den Freikarten, während er sich nach der Familie des Polizeichefs erkundigte und Witze zum besten gab; in kürzester Zeit war alles erledigt, und wir wurden entlassen.

Wir gingen wieder den Korridor entlang, stiegen in den

vierten Stock hinauf, der jetzt um die Mittagszeit wie ausgestorben war, und begaben uns in den Flügel, wo das Büro des Bürgermeisters untergebracht war. Zu meiner Verwunderung machte Jelly unterwegs eine immer besorgtere Miene.

Ich hingegen war so erleichtert, den Trollen entronnen zu sein, daß ich sagte: »Nun, das war doch gar nicht so schlimm.«

»Ja, und genau das macht mir Sorgen«, erwiderte Jelly.

»Mir auch«, meinte Luke.

»Was meinen Sie damit?« fragte ich.

»Es ging viel zu glatt«, erklärte Jelly. »In all den Jahren, seit ich Kelsko kenne, habe ich ihn noch nie so mild erlebt. Da stimmt etwas nicht.«

»Was denn?« erkundigte ich mich.

»Wenn ich das nur wüßte!«

»Er f-f-f-führt etwas im Sch-Schilde.«

»So ist es«, bestätigte Jelly.

Das Büro des Bürgermeisters war nicht so schlicht wie das des Polizeichefs. Der elegante Schreibtisch war aus Mahagoni, und die übrigen geschmackvollen und teuren Möbelstücke – im englischen Stil eines erstklassigen Klubs, mit jagdgrünem Leder bezogen – standen auf einem goldfarbenen Teppich. Die Wände waren mit Urkunden und mit Fotos Seiner Ehren bei allen möglichen Wohltätigkeitsveranstaltungen geziert.

Albert Spectorsky, gewähltes Oberhaupt von Yontsdown, war eine massige Erscheinung. Er trug einen konservativen blauen Anzug mit weißem Hemd und blauer Krawatte und hatte weichliche Gesichtszüge. Sein Vollmondgesicht und das Dreifachkinn unter dem breitlippigen Mund legten beredtes Zeugnis von seiner Vorliebe für reichliches Essen ab; und die geplatzten Äderchen, die seinen vollen Wangen und der Knollennase roten Glanz verliehen, deuteten darauf hin, daß er guten Whisky zu schätzen wußte. Irgendwie konnte man ihm auch ansehen – obwohl ich das nicht begründen konnte –, daß er ein Lüstling mit einer Vorliebe für Huren und sexuelle Perversionen war. Was ihm bei Wahlen zweifellos zugute kam, war sein herrlich warmes Lachen, ein joviales Auftreten und die Fähigkeit, so intensiv und teilnahmsvoll auf den Gesprächspartner einzugehen, daß dieser das Gefühl hatte, die wichtigste Person auf der Welt zu sein. Er war ein Typ, der gern Witze erzählte, Leuten auf die Schulter klopfte und Optimismus ausstrahlte. Und das alles war nur Blendwerk. Denn in Wirklichkeit war auch er ein Troll.

Bürgermeister Spectorsky ignorierte Luke und mich nicht, wie Kelsko es getan hatte. Er gab uns sogar die Hand.

Ich schüttelte sie.

Ich *berührte* ihn, und es gelang mir unter Aufbietung aller Willenskraft, mich zu beherrschen. Ihn zu berühren war noch schlimmer, als jene vier Trolle zu berühren, die ich in den vergangenen Monaten umgebracht hatte. Ihn berühren zu müssen, kam mir fast so pervers vor, als träfe man Satan und wäre gezwungen, *ihm* die Hand zu schütteln. Während des flüchtigen Körperkontakts spürte ich seine Bösartigkeit wie einen schmerzhaften, übelkeitserregenden Stromstoß, und sein maßloser wilder Haß ließ meinen Puls auf mindestens 150 hochschnellen.

»Ich freue mich, Sie zu sehen«, erklärte er mit breitem Lächeln. »Ich freue mich wirklich sehr. Die ganze Stadt freut sich immer auf den Vergnügungspark.«

Dieser Troll spielte seine Rolle genauso perfekt wie Kelsko; und wie Kelsko, so war auch er ein besonders abstoßendes Exemplar seiner Spezies, mit welker, pockennarbiger, warziger Haut, die auf ein hohes Alter hindeutete. Die glühenden karmesinroten Augen schienen ihre Farbe aus einem Meer von Menschenblut gesogen zu haben, aus rotglühender menschlicher Qual, die dieser Troll unserer gepeinigten Rasse zugefügt hatte.

Jelly und Luke fühlten sich nach der Begegnung mit Bürgermeister Spectorsky etwas besser, weil er – wie sie sagten – wie immer gewesen sei. Ich hingegen fühlte mich noch schlechter.

Jelly hatte mit seiner Vermutung recht gehabt, daß sie irgend etwas im Schilde führten.

Ich hatte das Gefühl, als wäre das Blut in meinen Adern gefroren, als wären sogar die Knochen völlig vereist.

Etwas braute sich zusammen.

Etwas Schlimmes.

Gott steh uns bei, dachte ich verzweifelt.

Das Amtsgericht von Yontsdown lag gleich gegenüber dem Rathaus, auf der anderen Straßenseite. In den Büros neben dem Gerichtssaal gingen verschiedene Beamte ihren Geschäften nach. In einem dieser Räume wartete Mary Vanaletto, die Vorsitzende des Kreisrates, auf uns.

Auch sie war ein Troll.

Jelly behandelte sie anders als Kelsko und Spectorsky, nicht etwa, weil er gespürt hätte, daß sie kein Mensch war, sondern ganz einfach, weil er es mit einer Frau zu tun hatte, noch dazu mit einer attraktiven Frau. Sie mußte etwa vierzig sein, eine schlanke Brünette mit großen Augen und sinnlichem Mund, und als Jelly seinen Charme spielen ließ, kicherte sie errötend über seine Komplimente, klimperte mit den Augen und flirtete insgesamt so geschickt, daß sein Interesse bald nicht mehr nur gespielt war. Er glaubte zweifellos, sie gewaltig zu beeindrucken, aber ich konnte sehen, daß sie eine viel perfektere Vorstellung gab als er. Der Troll unter der Menschenhülle – bei weitem nicht so alt und dekadent wie Kelsko und Spectorsky – hätte Jelly am liebsten umgebracht, hätte uns alle mit wahrer Wonne umgebracht. Meiner Erfahrung nach war es das, was jeder Troll wollte, was ihm den höchsten Genuß bereitete – Menschen hinzumorden, aber nicht in einem Anfall wilder Raserei, nicht möglichst viele bei einem einzigen Blutbad. Nein, sie wollten sich die Morde einteilen, um das Blut und die Qualen jedes einzelnen richtig auskosten zu können. Auch Mary Vanaletto hatte dieses sadistische Bedürfnis, und als ich sah, wie Jelly ihre Hand hielt, ihr die Schulter tätschelte und ihr schöne Augen machte, mußte ich an mich halten, um ihn nicht von ihr loszureißen und zu schreien: »Nichts wie weg hier!«

Was mir eine Gänsehaut verursachte, war nicht einfach die Tatsache, daß auch Mary Vanaletto ein Troll war, sondern etwas, das ich noch nie gesehen hatte und mir nicht einmal in meinen schlimmsten Alpträumen hätte vorstellen können.

Durch die durchsichtige Menschenhülle sah ich nicht *einen* Troll, sondern *vier* – eine voll ausgewachsene Kreatur in jener Art, an die ich gewöhnt war, und drei regungslose kleine Wesen mit geschlossenen Augen und unfertigen Gesichtszügen. Die drei schienen sich *in* dem großen Troll zu befinden, in seinem Unterleib, und sie nahmen unverkennbar fötale Positionen ein. Dieses schreckliche dämonische Wesen war *schwanger*.

Mir war nie in den Sinn gekommen, daß die Trolle sich fortpflanzen könnten. Die bloße Tatsache ihrer Existenz war grauenhaft genug. Undenkbar, sich da auch noch Generationen ungeborener Trolle vorzustellen, für die wir Menschen wiederum nichts anderes als Schlachtvieh sein würden. Statt dessen hatte ich immer angenommen, sie wären der Hölle entstiegen oder aus einer anderen Welt gekommen. Ich hatte geglaubt, nur eine begrenzte konstante Anzahl von ihnen machte die Erde unsicher, und ich hatte ihnen eine irgendwie übernatürliche Erscheinung zugeschrieben.

Jetzt mußte ich meine Vorstellung von Grund auf revidieren.

Während Jelly mit Mary Vanaletto schäkerte, und Luke das Getändel von seinem Stuhl neben mir grinsend beobachtete, hatte ich das abscheuliche Bild eines hundsmäuligen Trolls vor Augen, der seinen gräßlich deformierten Penis in die kalte Vagina eines rotäugigen, schweineschnäuzigen weiblichen Trolls rammte, beide keuchend, grunzend und sabbernd, die grotesken Leiber in Ekstase verkrampft, die langen warzigen Zungen hechelnd. Und kaum war es mir gelungen, dieses unerträgliche Bild aus meinem Kopf zu verdrängen, da tauchte ein noch schlimmeres auf: neugeborene Trolle, klein, larvenfarben, glatt und glänzend und feucht, mit glühenden roten Augen, winzigen scharfen Krallen und spitzen Zähnen, die noch nicht zu mörderischen Hauern ausgewachsen waren. Drei kleine Trolle, die aus dem stinkenden Schoß ihrer Mutter herausglitten und das Licht der Welt erblickten...

Nein!

O Gott, bitte, nein! Wenn ich diese Vorstellung nicht sofort

verdrängte, würde ich mein Messer zücken und diese Rats-
vorsitzende vor Jellys und Lukes Augen erstechen, und dann
würde keiner von uns diese Stadt lebend verlassen.

Irgendwie hielt ich durch.

Irgendwie schaffte ich es, aus diesem Büro herauszukommen, ohne den Verstand oder die Beherrschung verloren zu
haben.

Unsere Schritte hallten auf dem Marmorboden des Foyers,
von dem der große Gerichtssaal abging. Einem Impuls zufolge ging ich auf die schweren, mit Messingklinken versehenen Eichentüren zu, öffnete eine davon einen Spalt breit und
spähte hinein. Offenbar wurden gerade die Schlußplädoyers
in einem Prozeß gehalten. Der Richter war ein Troll. Der
Staatsanwalt war ein Troll. Die beiden uniformierten Justiz-
wachtmeister und der Gerichtsstenograph waren richtige
Menschen, aber drei der Geschworenen waren Trolle.

»Was machst du da, Slim?« fragte Jelly.

Ich schloß leise die Tür und holte Jelly und Luke ein, wobei
ich nur hoffen konnte, daß meine Erschütterung mir nicht
anzumerken war. »Nichts«, antwortete ich. »Ich war nur
neugierig.«

An der Ecke überquerten wir die Straße, und ich schaute
mir die Fußgänger und die Autofahrer an der roten Ampel
genau an. Von den schätzungsweise vierzig Personen identi-
fizierte ich zwei als Trolle – das waren zwanzigmal so viele
wie an anderen Orten.

Wir hatten unsere Bestechungsmission beendet und gingen auf den Parkplatz hinter dem Rathaus zu. Als wir nur
noch etwa sechs Meter von dem gelben Cadillac entfernt waren, murmelte ich: »Einen Augenblick bitte. Ich muß mir
noch schnell was anschauen.« Ich machte kehrt und eilte zurück.

»Wohin willst du denn?« rief Jelly mir nach.

»Ich bin sofort wieder da«, erwiderte ich und fing zu rennen an.

Mit rasendem Herzklopfen und trockener Kehle lief ich
zum Haupteingang, hastete eine Granittreppe hinauf, stieß

die Glastür auf und stürzte in eine Vorhalle, die nicht so imposant wie die im Gerichtsgebäude war. Rechts ging es zu verschiedenen Abteilungen der Stadtverwaltung, links zur Polizeiwache. Ich betrat ein Vorzimmer, das mit einer Holztheke in zwei Bereiche unterteilt war.

Der diensthabende Polizist arbeitete auf einem etwas erhöhten Podest. Er war ein Troll.

Den Kugelschreiber in einer Hand, blickte er von irgendwelchen Papieren auf und fragte: »Kann ich Ihnen helfen?«

Weiter hinten im Raum standen Schreibtische, Aktenschränke, ein Fotokopiergerät und andere Büromaschinen. In einer Ecke klapperte ein Fernschreiber. Drei der acht Stenotypistinnen waren Trolle. Unter den vier Männern, die etwas abseits arbeiteten und Polizeibeamte in Zivil zu sein schienen, waren zwei Trolle. Drei uniformierte Polizisten hielten sich zur Zeit im Zimmer auf, und alle drei waren Trolle.

In Yontsdown mischten sich die Trolle nicht einfach unter die normalen Menschen. Hier waren sie hervorragend organisiert, hier hatten sie die Macht unerkannt an sich gerissen, hier machten sie die Gesetze, und gnade Gott dem armen Menschen, der sich auch nur das geringste zuschulden kommen ließ.

»Was wünschen Sie?« erkundigte sich der Polizist wieder.

»Äh... ich suche das Gesundheitsamt.«

»Das befindet sich auf der anderen Seite der Halle«, sagte er ungeduldig.

»Ach so.« Ich stellte mich dumm. »Das hier muß wohl die Polizeiwache sein.«

»Eine Ballettschule ist es bestimmt nicht«, erwiderte er.

Im Hinausgehen hatte ich das Gefühl, als würden seine roten Augen mir Löcher in den Rücken brennen. Ich kehrte zum Cadillac zurück, wo Jelly Jordan und Luke Bendingo neugierig auf mich warteten.

»Was war denn los?« wollte Jelly wissen.

»Ach, ich wollte mir nur den Haupteingang dieses Gebäudes etwas genauer anschauen.«

»Warum?«

»Ich bin ganz versessen auf Architektur.«

»Tatsächlich?«

»Ja.«

»Seit wann?«

»Seit meiner Kindheit.«

»Du bist immer noch ein halbes Kind.«

»Das kann man von Ihnen auch sagen, denn Sie sind ganz versessen auf Spielzeug, und das ist noch viel ausgefallener als mein Interesse an Architektur.«

Er starrte mich einen Augenblick an und zuckte dann lächelnd die Schultern. »Du hast vermutlich recht. Aber Spielzeug macht mehr Spaß.«

Während wir einstiegen, widersprach ich: »Oh, das würde ich nicht sagen. Architektur kann faszinierend sein. Und in dieser Stadt gibt es jede Menge herrlicher Bauten im gotischen und mittelalterlichen Stil.«

»Mittelalterlich?« fragte Jelly, während Luke den Motor anließ.

»Ja.«

»Nun, in dieser Hinsicht hast du bestimmt recht. Dieser Ort könnte wirklich aus dem finstersten Mittelalter stammen.«

Auf der Rückfahrt kamen wir wieder an der ausgebrannten Grundschule vorbei, wo im April sieben Kinder verbrannt waren. Ich starrte die gähnenden Fensterhöhlen und die rußigen Mauern an, und diesmal gaben sie nicht nur leichte Vibrationen ab, die auf eine künftige Tragödie hindeuteten. Vielmehr brandete eine riesige Welle verschiedener Visionen mir entgegen. Für meinen sechsten Sinn war diese Welle genauso real wie eine Meereswoge, und sie beinhaltete unvorstellbares menschliches Leid. Sie brauste mit hoher Geschwindigkeit und wahnwitziger Kraft auf mich zu, schwarz und unheilvoll, nichts vergleichbar, was ich bisher in dieser Hinsicht erlebt hatte, und mich packte plötzlich ein gewaltiger Schrecken. Einzelne Tropfen flogen der schäumenden Welle voraus, und als mein sensibler Geist sie auffing, ›hörte‹ ich Kinder vor Schmerz und Entsetzen schreien... Feuer knistern und zischen und prasseln... Alarmglocken läuten... eine Wand mit ohrenbetäubendem Lärm zusammenstürzen... Schreie... ferne Sirenen... Und ich ›sah‹ unsagbare Greuel: ein apokalyptisches Feuer... eine Lehrerin mit brennenden Haaren... blindlings durch Rauchwolken taumelnde Kinder... andere Kinder, die in ihrer Verzweiflung vergeblich unter Pulten Schutz suchten, während schwelende Deckenplatten auf sie herabstürzten...

Teilweise sah und hörte ich Szenen von dem Brand im vergangenen April, teilweise waren es aber auch Szenen von einem noch nicht ausgebrochenen Feuer, Bilder und Geräusche der Zukunft, und in beiden Fällen spürte ich deutlich, daß es sich bei der Brandursache weder um einen Maschinenschaden noch um menschliches Versagen handelte, sondern um das Werk von Trollen. Ich begann nun auch den Schmerz der Kinder und die sengende Glut zu fühlen und empfand ihre Todesängste. Die Welle kam immer näher, wurde immer höher, immer dunkler, ein schwarzer Brecher, so gewaltig, daß er mich zerschmettern würde, so kalt, daß er alle Lebenswärme in mir auszulöschen drohte. Ich schloß die Augen, um die halb zerstörte Schule nicht mehr sehen zu müssen, und versuchte verzweifelt, meinen sechsten Sinn mit dem geistigen Äquivalent eines Bleischilds zu umgeben, die unerwünschten Visionen abzublocken. Um mich abzulenken, dachte ich an meine Mutter und meine Schwestern, dachte an Oregon und die Siskiyous... dachte an Rya Raines' perfekt geformtes Gesicht und an ihr in der Sonne funkelndes Haar. Diese Erinnerungen an Rya waren es, die mich gegen den Aufprall des psychischen Brechers wappneten, der mich jetzt überrollte, ohne mich aber zu zermalmen oder mitzureißen.

Ich wartete eine halbe Minute, bis ich nichts Übernatürliches mehr wahrnahm. Dann erst öffnete ich die Augen. Die Schule lag hinter uns. Wir näherten uns der alten Eisenbrücke, die so aussah, als wäre sie aus versteinerten schwarzen Knochen konstruiert worden.

Weil Jelly wieder auf dem Rücksitz saß, und weil Luke sich völlig auf den Verkehr konzentrierte (vielleicht befürchtete er, daß einer von Kelskos Männern die kleinste Übertretung einer Vorschrift zum Vorwand für eine Riesenaktion machen würde), hatte keiner von beiden etwas von dem eigenartigen Anfall bemerkt, der mich eine Minute lang völlig außer Gefecht gesetzt hatte wie einen Epileptiker. Ich war heilfroh, keine Erklärung erfinden zu müssen, denn höchstwahrscheinlich hätte meine Stimme meinen inneren Aufruhr verraten und meine verharmlosenden Worte Lügen gestraft.

Ich verspürte überwältigendes Mitleid mit den Menschen in dieser gottverlassenen Stadt. Mir war klar, was ich entdecken würde, wenn ich mich bei der Feuerwehr umschaute: Trolle. Ich dachte an die Schlagzeile in der Lokalzeitung – VIER TOTE DURCH FLEISCHVERGIFTUNG BEI KIRCHENPICKNICK – und wußte, was ich vorfinden würde, wenn ich dem Priester im Pfarrhaus einen Besuch abstattete: ein dämonisches Wesen mit Priesterkragen, das den Segen spendete und Trostworte sprach, während es sich insgeheim an der Trauer jener Menschen weidete, deren Angehörige es skrupellos vergiftet hatte. Welche Menge von Trollen mußte sich an jenem Apriltag vor der Grundschule versammelt haben, sobald der Alarm ausgelöst wurde, um die Katastrophe mit gespieltem Entsetzen zu verfolgen und sich in Wirklichkeit an den Qualen zu ergötzen. In ihrer perfekten Tarnung als Repräsentanten der Stadt hatten sich Kelsko, Spectorsky und Co. bestimmt in der Leichenhalle eingefunden, angeblich, um ihrer tiefen Betroffenheit über den schweren Verlust Ausdruck zu verleihen, in Wirklichkeit aber, um die Väter hungrig zu begaffen, die gezwungen waren, die verkohlten Leichen ihrer geliebten Kinder zu identifizieren. In der Pose teilnahmsvoller Freunde und Nachbarn hatten Trolle die Häuser der gramgebeugten Eltern aufgesucht und heuchlerisch Trost gespendet, während sie insgeheim gierig den süßen Pudding von Leid und Trauer verschlangen – so wie sie zweifellos auch jetzt wieder die Familien der beim Picknick Vergifteten umsorgten, um sich nur ja kein Quentchen Schmerz entgehen zu lassen. Ich war auch überzeugt davon, daß in Yontsdown kein Begräbnis jemals nur von wenigen Trauergästen begleitet wurde, ganz egal, wieviel – oder wie wenig – Ansehen der Verstorbene genossen hatte. Für die Schlangenbrut von Trollen, die hier ihr Unwesen trieb, war jede Beerdigung ein köstliches Labsal. Und wenn das Schicksal für ihren Geschmack nicht genügend Opfer produzierte, halfen sie eben ein wenig nach – setzten eine Schule in Brand, inszenierten einen schweren Verkehrsunfall, planten sorgfältig eine tödliche Panne in der Stahlhütte oder auf dem Güterbahnhof... Dem Erfindungsreichtum waren hier keine Grenzen gesetzt.

So bestürzend allein schon die Tatsache der auffälligen Konzentration von Trollen in Yontsdown war, so gab es doch einen noch erschreckenderen Aspekt: ihre Fähigkeit, sich zu organisieren und die Kontrolle über menschliche Institutionen zu übernehmen. Bisher hatte ich die Trolle immer für eine Art umherstreifende Raubtiere gehalten, die ihre Opfer mehr oder weniger zufällig aussuchten, wenn sich irgendwo eine günstige Gelegenheit bot. Aber sie hatten in Yontsdown die Zügel der Macht in die Hand genommen und sowohl die Stadt als auch den ganzen Kreis in ihr privates Jagdrevier verwandelt.

Und sie pflanzten sich hier im Gebirge fort, in diesem abgelegenen Kohlerevier, für das sich die übrige Welt so gut wie nie interessierte.

Sie vermehrten sich...

O Gott!

Ich fragte mich, wie viele solcher Brutstätten von Vampiren es wohl in anderen verlassenen Winkeln der Welt geben mochte. Denn die Trolle *waren* eine Abart der Vampire. Ich spürte, daß sie sich nicht von dem Blut als solchem ernährten, sondern von den psychischen Ausdünstungen schmerzgepeinigter, angsterfüllter oder verzweifelter Menschen. Aber dieser Unterschied war im Grunde bedeutungslos. Für das Vieh, das zur Schlachtbank geführt wird, spielt es keine Rolle, welche Teile seiner Anatomie beim Festessen am begehrtesten sind.

Wir waren jetzt wesentlich schweigsamer als auf der Hinfahrt. Jelly und Luke fürchteten sich vor einem Überfall durch Kelskos Männer, und mir hatte es vor Schrecken über alles, was ich gesehen hatte, und über die grausige Zukunft der Schulkinder von Yontsdown völlig die Sprache verschlagen.

Wir passierten die Stadtgrenze.

Wir fuhren an den knorrigen, mit Pilzen bewachsenen Eichen vorbei.

Niemand stoppte uns.

Niemand versuchte uns von der Straße zu drängen.

»Bald«, sagte Jelly.

Die Stadt lag einen Kilometer hinter uns.

Wir fuhren an den Häusern vorbei, deren Vorgärten mit Autowracks dekoriert waren.

Nichts.

Jelly und Luke wurden immer nervöser.

»Er hat uns viel zu ungeschoren davonkommen lassen«, murmelte Jelly, wobei er natürlich Kelsko im Sinn hatte. »Irgendwo auf dem nächsten Kilometer...«

Wir hatten die Stadt nun schon zwei Kilometer hinter uns gelassen.

»Er wollte uns in Sicherheit wiegen«, meinte Jelly, »nur um dann mit besonderer Wucht loszuschlagen. Sie werden uns total zur Schnecke machen. Diese Jungs vom Kohlerevier müssen schließlich ihren Spaß haben.«

Drei Kilometer.

»Es würde ihnen so gar nicht ähnlich sehen, sich ihren Spaß entgehen zu lassen. Paßt auf, jetzt ist's bestimmt gleich soweit...«

Vier Kilometer.

Jetzt vermutete Jelly, daß sie uns bei der verlassenen Zeche auflauerten, wo die Reste der Kipphalde in den grauen Himmel emporragten.

Aber wir passierten auch diese Stelle ohne jeden Zwischenfall.

Fünf Kilometer.

Sechs.

Fünfzehn Kilometer hinter der Stadtgrenze entspannte sich Jelly endlich. »Sie lassen uns diesmal in Ruhe«, seufzte er erleichtert.

113

»Warum?« fragte Luke mißtrauisch.

»Na ja, in früheren Jahren ist es ja hin und wieder auch schon ohne Prügelei abgegangen«, erwiderte Jelly. »Einen Grund dafür haben sie uns nie genannt. Und dieses Jahr... vielleicht liegt es an dem Brand in der Schule und an der Tragödie beim gestrigen Picknick. Vielleicht hat sogar Kelsko in diesem Jahr schon genug Schlimmes gesehen und will nicht riskieren, uns zu vergraulen. Wie gesagt, diese armen geplagten Menschen brauchen den Rummelplatz diesmal noch mehr als je zuvor.«

Wir beschlossen, an der nächsten Raststätte ein verspätetes Mittagessen einzunehmen. Jelly und Luke wurden zusehends fröhlicher. Ich nicht. Ich wußte, warum Kelsko uns die übliche Prügelei erspart hatte. Er plante für die nächste Woche, wenn wir alle auf dem Jahrmarktgelände versammelt sein würden, etwas viel Schlimmeres. Das Riesenrad... Ich wußte nicht genau, wann es geschehen würde, und ich wußte auch nicht genau, was sie im Schilde führten, aber ich wußte, daß die Trolle einen Sabotageakt am Riesenrad ausführen wollten, daß meine bestürzenden Visionen von Blut auf dem Rummelplatz bald grausige Realität werden würden.

9

Kontraste

Es wollte mir einfach nicht gelingen, die deprimierenden Erinnerungen an Yontsdown abzuschütteln; und es fiel mir immer schwerer, über Jellys amüsante Geschichten zu lachen, weshalb ich mich während der letzten anderthalb Stunden Fahrt schließlich schlafend stellte.

Fieberige Gedanken schwirrten mir durch den Kopf...

Was sind Trolle? Woher kommen sie?

Ist jeder Troll so etwas wie ein Puppenspieler, der an den Fäden seiner menschlichen Marionette zieht? Ist er ein Parasit, der sich im Menschen einnistet, die Kontrolle über den Geist seines Wirtes an sich reißt und den usurpierten Körper so benutzt, als wäre er sein eigener? Oder sind die menschlichen Körper nur perfekte Imitationen, Kostüme, in die ein Troll genausoleicht schlüpfen kann wie wir in einen neuen Anzug?

Diese Fragen – und tausend andere – hatte ich mir über die Jahre hinweg schon unzählige Male gestellt. Das Problem bestand darin, daß es zu viele mögliche Antworten gab. Jede konnte im Prinzip die richtige sein, aber keine ließ sich wissenschaftlich nachprüfen – und keine dieser Erklärungen stellte mich auch nur halbwegs zufrieden.

Ich hatte mir genügend Filme über fliegende Untertassen angeschaut, um die fantastischsten Ideen in Betracht zu ziehen. Und seit ich zum erstenmal einen Troll gesehen hatte, verschlang ich gierig jeden Science-fiction-Roman, der mir in die Hände fiel, in der Hoffnung, daß irgendein Autor sich etwas Derartiges schon ausgedacht und eine einleuchtende Erklärung dieser Erscheinung geliefert haben könnte. Aus diesen Geschichten schöpfte ich viele Theorien. Möglicherweise waren die Trolle fremdartige Wesen von einem fernen Stern, deren Raumschiff bei der Landung auf der Erde zerschellt war. Vielleicht waren die Außerirdischen aber auch hier gelandet, um uns zu unterwerfen oder um unsere Fähigkeit zur vollen Partnerschaft in der galaktischen Regierung zu testen oder um unser Uran zu stehlen, das sie zum Antrieb ihrer Raumschiffe benötigten, oder ganz einfach, um uns in Plastikröhren zu verpacken, als eine Art schmackhafte Tiefkühlkost auf ausgedehnten, eintönigen Reisen durch die Milchstraße. Ich zog all diese – und viele andere – Möglichkeiten in Erwägung, verwarf keine einzige von vornherein, so absurd oder albern sie mir auch vorkommen mochte, konnte mich aber mit keiner so recht anfreunden. Es fiel mir schwer zu glauben, daß das Raumschiff einer Rasse, die unvorstellbare Entfernungen zu bewältigen vermochte, bei einer Landung zerschellen würde. Solche Wesen hätten doch mit Sicherheit perfekt funktionierende Maschinen, und ihren Computern würden keine Fehler unterlaufen. Und falls eine so weit entwickelte Rasse uns unterwerfen wollte, wäre der Krieg an einem einzigen Nachmittag vorüber. Deshalb boten mir die Science-fiction-Geschichten zwar spannende Unterhaltung, lieferten mir aber keinen Rettungsring, an den ich mich in schlechten Zeiten hätte klammern können. Die Lektüre dieser Bücher brachte mir keine Erleuchtung in bezug auf die Trolle, geschweige denn, daß ich daraus hätte lernen können, wie die Unholde zu besiegen waren.

Die andere naheliegende Theorie war die, daß es sich um Dämonen handelte, die geradewegs der Hölle entstiegen waren und denen Satan die Fähigkeit verliehen hatte, den Geist der Menschen so zu manipulieren, daß wir in ihnen ebenfalls Menschen sehen sollten. Ich glaubte an Gott (oder redete es mir zumindest ein), und meine Beziehung zu Ihm war zeitweilig so zwiespältig (jedenfalls von meiner Seite aus), daß mir die Vorstellung, Er könnte die Existenz eines derart grausamen Ortes zulassen, keine Mühe bereitete. Meine Eltern waren Lutheraner. Sie hatten mich, Sarah und Jenny fast jeden Sonntag in die Kirche geführt, und manchmal wäre ich am liebsten von meinem Platz aufgesprungen und hätte den Pfarrer angeschrien: »Wenn Gott gut ist – warum läßt Er dann Menschen sterben? Warum hat Er der netten Mrs. Hurley Krebs geschickt? Warum hat Er den Sohn der Thompsons drüben in Korea sterben lassen, wenn Er doch so gütig ist?«

Diese Neigung, mit Gott zu hadern, war mir auch später geblieben, und ich konnte mich nie mit dem Widerspruch zwischen der Doktrin von Gottes unendlicher Gnade und den Grausamkeiten des Kosmos, den Er für uns erschaffen hatte, abfinden. Deshalb schienen mir Hölle, ewige Verdammnis und Dämonen nicht nur vorstellbar, sondern sogar wahrscheinlich in einem Universum, das von einem göttlichen Architekten mit offenbar etwas perversem Geschmack entworfen und erbaut worden war.

Doch obwohl ich an die Hölle und an Dämonen glaubte, konnte ich *nicht* glauben, daß diese Mythologie die Existenz der Trolle erklärte. Wenn sie der Hölle entsprungen waren, hätten sie etwas... nun ja, etwas *Kosmisches* an sich gehabt – eine ehrfurchtgebietende Ausstrahlung jenseitiger Kraft und Wissens um die letzten Dinge; aber davon war in ihrem Verhalten und in ihrem Handeln nichts zu spüren. Außerdem würden Luzifers Leutnants über unbegrenzte Macht verfügen, aber die Trolle waren in mancher Hinsicht sogar weniger mächtig als ich, denn ihnen fehlten meine besonderen Gaben. Dämonen wären auch nicht so leicht umzubringen gewesen. Keine Axt, kein Messer, keine Pistole hätte einen Sendboten Satans zu töten vermocht.

Wenn sie etwas mehr von Hunden und etwas weniger von Schweinen an sich gehabt hätten, wäre ich vielleicht zu der Ansicht gelangt, daß sie Werwölfe waren, obwohl sie ständig umherstreiften und nicht nur bei Vollmond. Wie der Werwolf der Gruselgeschichten, so konnte auch ein Troll seine Erscheinungsform verändern – sich einerseits mit großem Geschick als Mensch tarnen und andererseits seine wahre gräßliche Gestalt offenbaren, wenn das erforderlich war. Und wenn die Trolle sich im *buchstäblichen* Sinne von Blut ernährt hätten, hätte ich der Legende von Vampiren Glauben geschenkt, mich Dr. van Helsing genannt und schon vor langer Zeit mit Wonne begonnen, einen regelrechten Wald von Holzpfählen zuzuspitzen. Aber keine dieser Erklärungen paßte so richtig, obwohl ich davon überzeugt war, daß andere Menschen mit übersinnlichen Kräften schon vor Jahrhunderten Trolle gesehen hatten – daß das der Ursprung der ersten Erzählungen über die Verwandlung von Menschen in blutrünstige fledermaus- und wolfartige Wesen war. Ja, Vlad der Pfähler, jener historisch verbürgte transsilvanische Herrscher, dessen Vorliebe für fantasievolle Massenhinrichtungen zur Erfindung der Romanfigur Dracula führte, könnte durchaus ein Troll gewesen sein. Schließlich war Vlad offenbar ein Mann, der sich am menschlichen Leiden ergötzte, und das ist die grundlegende Eigenschaft aller Trolle, denen zu begegnen ich je das Unglück hatte.

Auf der Rückfahrt von Yontsdown, an jenem Nachmittag im gelben Cadillac, stellte ich mir also wieder einmal all jene Fragen und suchte verzweifelt nach Antworten – vergeblich. Ich hätte mir diese Mühe freilich sparen können, wenn mir ein Blick in die nächste Zukunft vergönnt gewesen wäre, denn ich sollte schon sehr bald die Wahrheit über die Trolle erfahren. Ich ahnte noch nichts von den Enthüllungen, die mir in der vorletzten Nacht unseres Aufenthalts in Yontsdown zuteil werden würden. Und als ich dann schließlich alles über den Ursprung und die Motive der Trolle erfuhr, als ich endlich über jene hundertprozentig einleuchtende Erklärung verfügte, nach der ich jahrelang gesucht hatte – da wünschte ich mir genauso glühend wie Adam, als das Tor zum Paradies hinter ihm zufiel, ich hätte dieses Wissen nie erlangt.

Doch soweit war es an jenem Nachmittag noch nicht, als ich mich mit offenem Mund und schlaffem Körper schlafend stellte und mir den Kopf über die Trolle zerbrach.

Es war halb sechs am Freitag nachmittag, als wir das Jahrmarktsgelände erreichten. Der Rummelplatz war noch in die Sommersonne getaucht, erstrahlte aber auch schon im künstlichen Lichterglanz. Es wimmelte nur so von Menschen. Ich ging sofort zum ›Lukas‹, löste Marco ab und machte mich daran, den Passanten Münzen und Scheine abzunehmen.

Den ganzen Abend über sah ich keinen einzigen Troll, doch das vermochte mich nicht aufzuheitern. Nächste Woche in Yontsdown würden sich auf dem Rummelplatz um so mehr Unholde tummeln, besonders in der Nähe des Riesenrades, wo ihre Gesichter in sadistischer Vorfreude strahlen würden.

Um acht übernahm Marco wieder für eine Stunde meine Tätigkeit, damit ich zu Abend essen konnte. Da ich aber nicht besonders hungrig war, schlenderte ich einfach ein bißchen umher und stand nach einigen Minuten vor ›Shockville‹, Joel Tucks Abnormitätenschau.

Ein riesiges illustriertes Werbeplakat schmückte die ganze Front der Attraktion: MENSCHENWUNDER AUS ALLER HERREN LÄNDER. Die kühnen farbenprächtigen Abbildungen von Jack-Vier-Hand (einem Indianer mit zwei zusätzlichen Armen), Lila, der Tätowierten Dame, der 750 Pfund schweren Gloria Neames (›die fetteste Dame der Welt‹) und anderen grotesken Gestalten waren unverkennbar das Werk von David C. ›Snap‹ Wyatt, dem letzten großen Zirkus- und Rummelplatzmaler, dessen Plakate die Zelte all jener Konzessionäre schmückten, die sich das leisten konnten. Joel Tuck konnte sich diesen Künstler offenbar leisten, und nur ein Mann mit Wyatts ungewöhnlichem Talent vermochte den in diesem Zelt versammelten Menschenwundern einigermaßen gerecht zu werden.

In der hereinbrechenden Dämmerung hatte sich eine große Menschenmenge vor Shockville versammelt, starrte zu Wyatts herrlich monströsen Bildern empor und lauschte den Sprüchen des Ausrufers. Die meisten Männer wollten sich diese Attraktion auf keinen Fall entgehen lassen, auch wenn manche zunächst entrüstet äußerten, sie fänden es schrecklich und menschenunwürdig, arme Krüppel zur Schau zu stellen. Viele Frauen zierten sich anfangs und ließen sich scheinbar nur widerwillig zu einer derart gewagten Expedition überreden, doch beide Geschlechter bewegten sich letztendlich auf die Kasse zu.

Auch mich zog etwas nach Shockville. Nicht die morbide Neugier, die den Durchschnittsbürger plagte.

Etwas... Dunkleres. Etwas im Zelt wollte, daß ich es sah... und ich spürte, daß ich darüber Bescheid wissen mußte, wenn ich die nächste Woche überleben und den *Sombra Brothers Carnival* zu meinem Zuhause machen wollte.

Eine düstere Vorahnung saß mir im Nacken wie eine blutsaugende Fledermaus und jagte mir kalte Schauder über den Rücken, so als würde ich meiner ganzen Körperwärme beraubt.

Obwohl ich auch gratis eingelassen worden wäre, kaufte ich eine Karte für zwei Dollar, was für die damalige Zeit ein stolzer Preis war.

Ich betrat das Zelt, das aus vier langen Kammern bestand, durch die ein Gang führte. Jeder der vier Räume war in drei Boxen unterteilt; in jeder Box befand sich eine Plattform, auf jeder Plattform stand ein Stuhl, und auf jedem Stuhl saß ein Menschenwunder. In den meisten Abnormitätenausstellungen gab es nur zehn Attraktionen. Joel Tuck bot den Besuchern jedoch mehr für ihr Geld – zwei zusätzliche Attraktionen, zwei Gründe mehr, an Gottes Güte zu zweifeln. Ein großes, farbenprächtig illustriertes Plakat an der Rückwand jeder Box schilderte die Lebensgeschichte und die medizinische Ursache des Gebrechens dieser lebendigen Exponate.

Mich bestürzte zutiefst der krasse Unterschied im Benehmen der Leute, je nachdem, ob sie sich vor dem Zelt oder im Innern befanden. Draußen auf der Schaustellerstraße hatten sie noch moralische Bedenken gegen eine Abnormitätenschau gehabt oder zumindest einen leichten Widerwillen verspürt, auch wenn sie letztlich ihrer Neugier nicht widerstehen konnten. Im Zelt hingegen war von dieser zivilisierten Einstellung nichts mehr zu spüren. Vielleicht hatten sie draußen nicht ehrliche Überzeugungen geäußert, sondern nur leere Phrasen gedroschen. Jedenfalls deuteten sie jetzt – nachdem sie bezahlt hatten – lachend und kreischend mit Fingern auf die mißgestalteten Menschen, so als wären diese auch noch taub oder viel zu einfältig, um die Schmähungen verstehen zu können. Manche Burschen rissen geschmacklose Witze; und sogar die anständigsten, die betreten schwiegen, brachten nicht den Mut auf, ihren rohen Gefährten den Mund zu verbieten. Ich selbst nahte mich diesen ›Exponaten‹ mit ähnlicher Ehrfurcht wie den Kunstwerken alter Meister in einem Museum, denn sie illustrieren den Sinn des Lebens mindestens genausogut wie die Gemälde eines Rembrandt,

Matisse oder van Gogh. Diese verunstalteten Menschen können ebenso wie große Kunstschöpfungen an unser Herz rühren, uns an unsere Urängste erinnern, eine demütige Bejahung unserer eigenen Lebensbedingungen bewirken und unseren vagen Zorn über die kalte Gleichgültigkeit dieses unvollkommenen Universums in konkrete Bahnen lenken. Keine dieser Empfindungen war den Besuchern anzumerken, obwohl mein Urteil über sie zu hart sein mag. Jedenfalls hatte ich nach kaum zwei Minuten im Zelt den Eindruck, als wären die wahren Mißgeburten jene Leute, die für diese makabre Ausstellung bezahlt hatten.

Nun, sie bekamen für ihr Geld wirklich etwas geboten. In der ersten Box saß der Indianer Jack mit nacktem Oberkörper, damit man seine beiden zusätzlichen Arme besser sehen konnte, die etwas unterhalb und schräg hinter den normalen kräftigen Armen aus seinem Körper herausgewachsen waren. Sie waren etwas verkrümmt und schwach, aber immerhin hielt er mit diesem Händepaar eine Zeitung, während er seine normalen Hände benutzte, um Erdnüsse zu essen und ein Glas zum Mund zu führen.

In der nächsten Box war ›Lila, die Tätowierte Dame‹ zu bewundern, die nicht von Geburt an irgendwie abnorm war, sondern sich aus eigenem Entschluß in ein ›Menschenwunder‹ verwandelt hatte. Es folgten ›Flippo, der Robben-Junge‹, Mr. Sechs (sechs Zehen an jedem Fuß, sechs Finger an jeder Hand), der ›Alligator-Mann‹, ›Roberta, die Gummi-Frau‹, ein Albino, der einfach ›Gespenst‹ hieß, und andere Menschen, die – wie der Ausrufer es ausgedrückt hatte – ›zur Erziehung und zum Staunen all jener präsentiert werden, die über einen forschenden Geist und eine gesunde Neugier hinsichtlich der Geheimnisse des Lebens verfügen‹.

Ich ging langsam von einer Box zur anderen und blieb nur so lange stehen, bis ich entscheiden konnte, ob *dies* der psychische Magnet war, der mich magisch angezogen und hergeführt hatte.

Er zerrte noch immer an mir.

Ich ging weiter durch Shockville.

Das nächste Menschenwunder rief bei den Besuchern besonders große Resonanz hervor: Miss Gloria Neames, die 750 Pfund wog und als ›fetteste Dame der Welt‹ angepriesen wurde, eine Behauptung, die ich in keiner Hinsicht in Frage stellte, weder in bezug auf ihren Umfang noch in bezug auf das Wörtchen ›Dame‹, denn mein sechster Sinn sagte mir, daß sich unter dem unförmigen Äußeren ein wertvoller und sensibler Mensch verbarg. Sie saß auf einem speziell für sie angefertigten stabilen Stuhl. Es mußte ihr Schwierigkeiten bereiten aufzustehen, geschweige denn zu gehen; den Geräuschen nach zu schließen, mußte sogar das Atmen mühsam sein. Sie war ein Koloß von einer Frau: Der riesige Bauch reichte bis zu den Hängebrüsten hinauf, die ihrerseits so gewaltig waren, daß sie keinem erkennbaren anatomischen Zweck mehr dienten. Ihre Arme wirkten wie halb komische, halb heroische Skulpturen aus riesigen Mengen Schweineschmalz, und das Vier- oder Fünffachkinn reichte fast bis zum Brustbein. Besonders bemerkenswert war jedoch ihr Vollmondgesicht; es strahlte nicht nur die heitere Ruhe einer Buddhastatue aus, sondern war auch unerwartet schön; in den aufgeschwemmten Gesichtszügen war auf erschütternde Weise zu erkennen, wie reizvoll eine schlanke Gloria hätte aussehen können.

Manche Besucher mochten Gloria, weil sie vor dieser Box ihre Freundinnen und Frauen aufziehen konnten – »Falls du jemals so fett wirst, Baby, solltest du dich beizeiten nach einem Job in einer Abnormitätenschau umschauen, denn bei mir ist dann mit Sicherheit kein Platz mehr für dich« –, wobei sich unter den scherzenden Worten durchaus eine ernste Warnung verbarg. Und die Ehefrauen und Freundinnen – besonders jene, die etwas Übergewicht hatten – mochten Gloria, weil sie sich verglichen mit ihr gertenschlank und attraktiv vorkamen. Neben ihr hätte ja sogar Jelly wie eines jener halb verhungerten asiatischen Kinder ausgesehen, die in den Aufrufen zu Hilfsaktionen abgebildet sind. Und fast allen gefiel es, daß Gloria sich im Gegensatz zu vielen anderen ›Exponaten‹ mit ihnen unterhielt. Sie beantwortete geduldig ihre Fragen, wobei sie impertinente oder indiskrete Fragen einfach überging, ohne selbst verlegen zu werden und ohne die Dummköpfe in Verlegenheit zu bringen.

Während ich vor der Box der fetten Dame stand, spürte ich deutlich, daß sie eine wichtige Rolle in meinem Leben spielen würde, aber ich wußte auch, daß es nicht Gloria war, die mich nach Shockville gelockt hatte. Jener geheimnisvolle unwiderstehliche Magnetismus war nach wie vor wirksam, und ich ließ mich von ihm noch tiefer ins Zelt ziehen.

In der zwölften und letzten Box saß Joel Tuck, der Mann mit den Kohlblatt-Ohren, dem Greifer-Mund und den gallengelben Zähnen, das Monster mit der Frankenstein-Stirn und dem dritten Auge, der Riese, der gewiefte Geschäftsmann und Philosoph. Er war in ein Buch vertieft und ignorierte seine Umgebung total, hatte sich aber so plaziert, daß jede scheußliche Einzelheit seines Gesichts deutlich zu sehen war.

Hier war der Ursprung jener magnetischen Kraft, der ich gefolgt war. Im ersten Moment dachte ich, sie ginge von Joel Tuck selbst aus, und teilweise war das vielleicht tatsächlich der Fall. Doch das war bei weitem nicht alles. In erster Linie ging das Magnetfeld von diesem *Ort* aus, vom Boden der Box. Zwischen der Seilabsperrung und der Plattform befand sich eine etwa zwei Meter breite freie Fläche, die mit Sägespänen bestreut war. Ich starrte wie gebannt auf diese Stelle, von der eine unheilvolle Hitze ausstrahlte, die nichts mit dem stickigen Augusttag zu tun hatte. *Diese* Hitze konnte nur ich wahrnehmen. Obwohl sie keinen Geruch verströmte, glich sie irgendwie jenem Dampf, der auf unserer Farm von frisch gedüngten Beeten aufstieg. Sie ließ mich an den Tod denken, an jene Wärme, die durch Verwesung entsteht. Ich wußte nicht, was das zu bedeuten hatte, aber ich fragte mich unwillkürlich, ob ich möglicherweise spürte, daß sich auf dieser Stelle bald ein Grab befinden würde – vielleicht sogar mein eigenes. Und je länger ich diese schaurige Möglichkeit in Betracht zog, desto sicherer war ich mir, daß ich am Rande eines Grabes stand, das sich in naher Zukunft bei finsterer Nacht öffnen würde, um eine blutige Leiche aufzunehmen, und daß...

»Na, wenn das nicht Carl Slim ist!« rief Joel, der mich endlich bemerkt hatte. »Ach nein, tut mir leid. Nur Slim, so war es doch, nicht wahr? Slim MacKenzie.«

Ich reagierte mit einem Lächeln auf seine freundliche Nekkerei; die okkulte Ausstrahlung vom Boden ließ schnell nach und war gleich darauf überhaupt nicht mehr wahrzunehmen.

Der Besucherstrom hatte sich vorübergehend verlaufen, und ich war allein mit Joel. »Wie läuft das Geschäft?« erkundigte ich mich.

»Gut. Es läuft fast immer gut«, erwiderte er, und ich staunte wieder über sein weiches, volles Timbre, das einem Rundfunksprecher, der klassische Musik ansagte, alle Ehre gemacht hätte. »Und wie steht's mit dir? Bekommst du auf dem Rummelplatz all das, was du dir erhofft hast?«

»Einen Platz zum Schlafen, drei anständige Mahlzeiten pro Tag, mehr als nur ein Taschengeld – ja, das klappt alles bestens.«

»Anonymität?« fragte er.

»Auch das, glaube ich.«

»Zufluchtsort?« gab er mir das nächste Stichwort.

»Bis jetzt – ja.«

Wie schon bei unserer ersten Begegnung spürte ich auch jetzt das väterliche Wesen dieses seltsamen Mannes, seine Fähigkeit und Bereitschaft, anderen Trost, Rat und Freundschaft zu schenken. Doch wie zuvor spürte ich auch, daß er eine Gefahr, eine Bedrohung für mich darstellte, und ich fragte mich, wie beides zugleich möglich sein konnte. Er war entweder ein potentieller väterlicher Freund oder aber ein Feind. Doch wider alle Vernunft glaubte ich beides wahrzunehmen, und deshalb öffnete ich mich ihm nicht so, wie ich es andernfalls vielleicht getan hätte.

»Was hältst du von dem Mädchen?« wollte er von mir wissen.

»Von welchem Mädchen?«

»Gibt es denn ein anderes?«

»Du meinst... Rya Raines?«

»Magst du sie?«

»Na klar. Sie ist in Ordnung.«

»Ist das alles?«

»Was denn sonst?«

»Frag mal so gut wie jeden Mann auf diesem Rummelplatz, was er von Miß Rya Raines hält, und er wird eine halbe Stunde von ihrem Gesicht und Körper schwärmen, eine weitere halbe Stunde über ihr Wesen meckern und dann wieder ins Schwärmen geraten. Aber keiner wird einfach sagen: ›Sie ist in Ordnung‹ und Punktum.«

»Sie ist nett.«

»Du bist in sie verknallt«, stellte er trocken fest.

»Oh... nein... Nein. Ich doch nicht«, protestierte ich.

»Blödsinn!«

Ich zuckte mit den Schultern.

Sein orangefarbenes Auge fixierte mich mit blindem, aber nichtsdestotrotz durchdringendem Blick, während er mit den beiden normalen Augen rollte. »Ach, nun komm schon, natürlich bist du verknallt. Vielleicht steht es sogar noch schlimmer, vielleicht schwebst du in Gefahr, dein Herz an sie zu verlieren.«

»Sie ist doch älter als ich«, murmelte ich verlegen.

»Nur um einige Jahre.«

»Aber immerhin ist sie älter.«

»Und was Erfahrung, Geist und Intelligenz betrifft, bist du deinen Lebensjahren weit voraus und kannst es ohne weiteres mit ihr aufnehmen. Versuch nicht, es zu leugnen, Slim MacKenzie. Du bist verknallt. Gib es zu.«

»Na ja, sie ist sehr schön.«

»Und darunter?«

»Häh?«

»Und darunter?« wiederholte er.

»Willst du wissen, ob sie auch unter der Hautoberfläche schön ist?«

»Ist sie es?«

Überrascht über sein Talent, mich auszufragen, sagte ich: »Nun, sie will, daß man sie für kalt und hartgesotten hält... aber in Wirklichkeit... in Wirklichkeit hat sie Eigenschaften, die genauso anziehend sind wie ihr Gesicht.«

Er nickte. »Da stimme ich dir völlig zu.«

Eine Gruppe lachender Besucher näherte sich langsam.

Joel beugte sich auf seinem Stuhl vor und redete etwas

schneller, um die letzten Augenblicke unseres Alleinseins auszunutzen. »Aber weißt du... sie ist auch schwermütig.«

Ich dachte an die düstere Stimmung, der ich sie in der vergangenen Nacht überlassen hatte, an die herzzerreißende Einsamkeit und Verzweiflung, die sie in die Tiefe zu ziehen schienen. »Ja, dessen bin ich mir bewußt. Ich weiß nicht, woher diese Schwermut kommt oder was sie zu bedeuten hat, aber ich spüre sie deutlich.«

»Denk mal über etwas nach«, sagte er, zögerte dann aber weiterzureden.

»Worüber denn?« hakte ich nach.

Er starrte mich so intensiv an, daß ich geneigt war zu glauben, er versuchte bis auf den Grund meiner Seele zu schauen. Dann sagte er seufzend: »Ihre Oberfläche ist so unglaublich schön, und auch darunter verbirgt sich Schönheit, da stimmen wir beide völlig überein... aber ist es möglich, daß unter dem ›Darunter‹, das du sehen kannst, eine weitere Schicht verborgen ist?«

Ich schüttelte den Kopf. »Ich glaube nicht, daß sie sich verstellt.«

»Oh, das tun wir alle, mein junger Freund! Manche von uns täuschen die ganze Welt, jeden einzelnen Mitmenschen, dem sie begegnen. Andere täuschen nur bestimmte Personen – Ehefrauen, Geliebte, Mütter und Väter. Und wieder andere täuschen nur sich selbst. Aber keiner von uns ist jemals in allen Dingen total ehrlich. Verdammt, die Notwendigkeit, sich zu verstellen, gehört zu den Flüchen, mit denen unsere erbärmliche Spezies nun einmal leben muß.«

»Was versuchst du mir über Rya zu erzählen?« fragte ich.

»Nichts«, antwortete er. Die Anspannung wich plötzlich von ihm, und er lehnte sich auf seinem Stuhl zurück. »Nichts.«

»Warum sprichst du immer in Rätseln?«

»Ich?«

»Ja.«

»Ich wüßte nicht, daß ich das täte«, sagte er mit der unergründlichsten Miene, die ich je bei einem Menschen gesehen hatte.

Die Besucher waren jetzt bei der zwölften Box angelangt –
zwei Pärchen Anfang Zwanzig, die Mädchen mit hochtou-
pierten Haaren und zuviel Make-up, die Burschen in karier-
ten Hosen und schreiend bunten Hemden, ein Quartett von
aufgetakelten Provinzlern. Eines der Mädchen – ein ziemlich
plumpes Ding – kreischte erschrocken, als es Joel Tuck sah.
Das andere Mädchen quiekte, um nicht hinter der Freundin
zurückzustehen, und die Männer legten schützend einen
Arm um die Frauen, so als bestünde die Gefahr, daß Joel
Tuck sich auf sie stürzen würde, Vergewaltigung oder Kanni-
balismus im Sinn.

Während die jungen Leute ihre Kommentare abgaben,
vertiefte sich Joel wieder in sein Buch und ignorierte ihre Fragen. Seine Haltung strahlte soviel Würde aus, daß sogar die
Besucher dies spürten und eingeschüchtert verstummten.

Eine weitere Gruppe näherte sich. Ich blieb noch einen Moment stehen, beobachtete Joel und atmete die Gerüche von
sonnenerhitzter Leinwand, Sägemehl und Staub ein. Dann
glitt mein Blick wieder zu jenem Stück Erde zwischen Seil
und Plattform, und wieder empfing ich Eindrücke von Verwesung und Tod, aber ich konnte beim besten Willen nicht
präzisieren, was diese düsteren Vibrationen zu bedeuten
hatten. Nur hatte ich noch immer das wenig angenehme Gefühl, daß diese Erde mit einem Spaten umgegraben werden
würde, um mir als Grab zu dienen.

Ich wußte, daß ich zurückkommen würde, wenn der Rummelplatz geschlossen war, wenn alle Besucher fort waren,
wenn das Zelt leer war. Ich würde mich hierherschleichen,
um diese ominöse Stelle näher in Augenschein zu nehmen,
um meine Hände auf den Boden zu pressen, in der Hoffnung, der hier konzentrierten psychischen Energie eine kon-
kretere Warnung entlocken zu können. Ich mußte mich gegen die drohende Gefahr wappnen, und das war nur möglich, wenn ich wußte, worin diese Gefahr bestand.

Als ich das Zelt verließ und auf die Straße hinaustrat, hatte
das Zwielicht genau die Farbe meiner Augen.

Da es der vorletzte Abend des Jahrmarktes und zudem ein Freitag war, blieben die Besucher länger, und der Rummelplatz schloß später als in der Nacht zuvor. Es war fast halb zwei, als ich die Teddybären endlich wegräumte und mich auf den Weg zu Ryas Wohnwagen machte, beladen mit Münzen, die bei jedem Schritt klirrten.

Dünne zerzauste Wolken wurden vom Mond angestrahlt, so daß ihre Spitzenränder wie reinstes Silber glänzten. Der Nachthimmel glich dadurch einer kunstvollen Filigranarbeit.

Rya hatte mit ihrem übrigen Personal schon abgerechnet und wartete auf mich. Sie war ähnlich wie am Vorabend gekleidet: hellgrüne Shorts, weißes T-Shirt, kein Schmuck. Sie brauchte auch keinen Schmuck, denn ihre Schönheit blendete mehr als jedes Diamantkollier.

Sie war in einer wenig mitteilsamen Stimmung, öffnete den Mund nur, wenn sie angesprochen wurde, und gab auch dann einsilbige Antworten. Sie legte das Geld in einen Wandsafe und zahlte mir einen halben Tageslohn aus, den ich in meine Jeanstasche schob.

Während der Abrechnung hatte ich sie aufmerksam betrachtet, nicht nur, weil sie hinreißend aussah, sondern auch, weil ich die Vision der letzten Nacht nicht vergessen konnte, als mir eine blutige Rya erschienen war und mich angefleht hatte, sie nicht sterben zu lassen. Ich hoffte, daß meine hellseherischen Fähigkeiten durch die Gegenwart der realen Rya stimuliert würden, daß ich detailliertere Vorahnungen haben würde, die mich befähigten, sie vor einer ganz speziellen Gefahr zu warnen. Aber das einzige, was ich in ihrer Nähe spürte, war die Aura ihrer tiefen Schwermut – und sexuelle Erregung.

Ich hätte meinen Aufbruch liebend gern unter irgendeinem Vorwand noch ein wenig hinausgezögert, aber mir fiel beim besten Willen nichts ein, und so wandte ich mich mit einem »Gute Nacht« zur Tür.

»Morgen wird viel los sein«, sagte sie, als ich auf der Schwelle stand.

Ich drehte mich um. »Samstags ist immer viel los.«

»Und morgen abend ist Kehraus – alles wird abgebaut.«

Und am Sonntag würden wir in Yontsdown alles wieder aufbauen, doch daran wollte ich jetzt lieber nicht denken.

»Samstags gibt es immer soviel zu tun, daß ich freitags sehr schlecht einschlafe.«

Ich vermutete, daß sie – wie ich – *meistens* Probleme mit dem Einschlafen hatte und oft unausgeruht aufwachte, selbst wenn sie einige Stunden Schlaf fand.

»Ich weiß, was du meinst«, murmelte ich unbeholfen.

»Spazierengehen hilft ein wenig«, fuhr sie fort. »Manchmal gehe ich in der Nacht von Freitag auf Samstag hinüber zum dunklen Rummelplatz und drehe dort meine Runden, um die überschüssige Energie loszuwerden und die Stille auf mich wirken zu lassen. Es ist ein friedlicher Ort, wenn alles geschlossen ist, wenn die Besucher fort sind und keine Lichter mehr brennen. Aber es gibt noch etwas Besseres: Wenn das Jahrmarktsgelände sich wie hier auf freiem Feld befindet, laufe ich durch die Wiesen und sogar durch Wälder, sofern es einen Weg oder einen guten Pfad gibt – und sofern der Mond scheint.«

Abgesehen von ihrem strengen Vortrag über die Arbeit am ›Lukas‹ war das die längste Rede, die ich bisher von ihr gehört hatte, und sie bemühte sich offenbar, einen Kontakt zu mir herzustellen, aber ihre Stimme blieb dabei so unpersönlich und geschäftsmäßig wie während der Arbeitszeit. Ja, sie war sogar eher noch kühler als zuvor, denn jetzt fehlte ihr das Stimulans des Geldverdienens. Es war eine ausdruckslose, gleichgültige Stimme, so als verlöre Rya jedes Interesse am Leben, sobald der Rummelplatz schloß, und erlangte es erst am nächsten Vormittag bei Öffnung der Tore wieder. Ohne das besondere Gespür, das ich meinem sechsten Sinn verdankte, hätte ich vielleicht gar nicht bemerkt, daß sie menschlichen Kontakt benötigte und mich zu erreichen versuchte. Ich wußte, daß sie sich bemühte, freundlich zu sein, aber das fiel ihr denkbar schwer.

»Heute nacht scheint der Mond«, sagte ich.

»Ja.«

»Und es gibt Wiesen in der Nähe.«

»Ja.«

»Und Wälder.« Sie starrte ihre nackten Füße an.

»Ich wollte selbst einen kleinen Spaziergang machen«, murmelte ich.

Ohne mich anzusehen, ging sie zum Lehnstuhl, wo ihre Tennisschuhe standen, schlüpfte hinein und kam auf mich zu.

Wir ließen Gibtown-auf-Rädern hinter uns und gingen durch die Wiesen, wo das wilde Gras im Mondschein silbrig schimmerte. Es war kniehoch und mußte ihre nackten Beine kitzeln, aber sie beklagte sich nicht. Wir liefen schweigend dahin, anfangs, weil wir beide zu unbeholfen waren, um ein Gespräch zu beginnen, dann aber, weil es plötzlich unwichtig schien, ob wir uns unterhielten oder nicht.

Am Ende der Wiese wandten wir uns nach Nordwesten und schlenderten am Waldrand entlang. Hier spürten wir eine willkommene Brise im Rücken. Der nächtliche Wald schien nicht aus einzelnen Tannen, Birken und Ahornen zu bestehen, sondern aus einer unüberwindlichen stabilen Festungsmauer. Nach etwa einem halben Kilometer tauchte zwischen den Bäumen aber ein schmaler Weg auf, der in den finsteren Wald hineinführte.

Ohne uns abzusprechen, bogen wir auf diesen Weg ein. Nach 200 Metern fragte sie unvermittelt: »Träumst du?«

»Manchmal«, antwortete ich.

»Wovon?«

»Von Trollen«, sagte ich wahrheitsgemäß, obwohl ich wußte, daß ich lügen würde, falls sie Näheres wissen wollte.

»Alpträume«, stellte sie nüchtern fest.

»Ja.«

»Hast du meistens Alpträume?«

»Ja.«

Obwohl die Berge von Pennsylvania meiner Ansicht nach bei weitem nicht so eindrucksvoll waren wie die Siskiyous, herrschte hier doch eine ehrfurchtgebietende Stille, wie sie nur in der Wildnis zu finden ist, majestätischer als in einer Kathedrale, und wir dämpften unwillkürlich unsere Stimmen und unterhielten uns fast im Flüsterton, obwohl niemand uns hören konnte.

»Ich auch«, sagte sie. »Alpträume. Nicht nur meistens. Immer.«

»Trolle?« fragte ich.

»Nein.«

Sie verstummte wieder, und ich wußte, daß es sinnlos wäre, in sie zu dringen. Sie würde mir nur dann mehr erzählen, wenn ihr selbst danach zumute war.

Wir liefen nebeneinander her. Auf beiden Seiten umgab uns dichter Wald. Der Weg hatte im Mondschein einen grauen Schimmer, so als wäre Gottes Thronwagen mit Feuerrädern hier durchgebraust und hätte eine Aschenspur hinterlassen.

Nach einer Weile sagte Rya: »Friedhöfe.«

»In deinen Träumen?«

Ihre Stimme wurde noch leiser. »Ja. Es ist nicht immer derselbe Friedhof. Manchmal erstreckt er sich auf ebenem Gelände bis zum Horizont, ein Grabstein hinter dem anderen, und alle sehen genau gleich aus.« Sie hauchte jetzt nur noch. »Und manchmal ist es ein verschneiter Friedhof auf einem Hügel, mit kahlen schwarzen Bäumen und mit terrassenförmig angeordneten Grabsteinen verschiedenster Art – Marmorobelisken und niedrige Granittafeln und verwitterte Statuen... und ich gehe den Hügel hinab... in Richtung der Straße, die aus dem Friedhof hinausführt... ich bin sicher, daß es dort irgendwo eine Straße geben muß... aber ich kann sie einfach nicht finden.« Ihre Stimme klang jetzt so trostlos, daß mir ein kalter Schauder über den Rücken lief, so als hätte man mir eine eisige Klinge auf die Haut gelegt. »Zuerst bewege ich mich langsam zwischen den Grabmälern hindurch, weil ich Angst habe auszurutschen und in den Schnee zu fallen; aber wenn ich schon ein ganzes Stück hinabgestiegen bin und unten noch immer keine Straße sehe, gehe ich allmählich schneller... und immer schneller... und bald renne ich, stolpere, stürze, stehe auf und renne weiter den Hügel hinunter...« Sie holte zitternd Luft und stieß mit einem leisen angsterfüllten Seufzer hervor: »Und weißt du, was ich dann finde?«

Ich glaubte es zu wissen. Während wir einen niedrigen

Hügel hinaufgingen, sagte ich: »Du siehst einen Namen auf einem der Grabsteine, und es ist dein eigener Name.«

Sie erschauderte. »Auf einem *steht* mein Name, das spüre ich in jedem Traum. Aber ich finde diesen Grabstein nie. Ich wünschte fast, ich fände ihn endlich. Ich glaube nämlich... wenn ich ihn fände... wenn ich mein eigenes Grab fände... dann würde ich aufhören, solche Dinge zu träumen...«

Weil du nicht mehr aufwachen würdest, dachte ich. Weil du dann wirklich tot wärest. Zumindest sagt man, daß das passiert, wenn jemand nicht aufwacht, bevor er in einem Traum stirbt. Im Traum sterben – und tatsächlich nie mehr aufwachen...

»Was ich finde, wenn ich den Hügel weit genug hinabgehe«, fuhr sie stockend fort, »ist die Straße, nach der ich gesucht habe... Aber es ist keine Straße mehr. Man hat dort Menschen begraben. Überall ragen Grabsteine aus dem Asphalt... so als hätte man nicht mehr gewußt, wohin mit all den vielen Leichen, und hätte sie einfach dort beerdigt, wo noch Platz war. Hunderte von Grabsteinen, jeweils vier nebeneinander, eine Reihe hinter der anderen, die ganze Straße entlang. Du verstehst... diese Straße ist kein Ausweg mehr. Sie ist zu einem Teil des Friedhofs geworden. Und unterhalb dieser ehemaligen Straße befinden sich weitere kahle Bäume und Grabmäler, so weit das Auge reicht. Und das Schlimmste ist... irgendwie weiß ich, daß all diese Menschen tot sind... weil...«

»Weil?«

»Weil ich sie umgebracht habe.«

»Das klingt fast so, als hieltest du dich wirklich für schuldig«, stellte ich fest.

»Das tu' ich auch.«

»Aber es ist doch nur ein Traum.«

»Wenn ich aufwache, verblassen die Bilder nicht... sie sind für einen Traum viel zu real... sie haben mehr Bedeutung als ein normaler Traum. Vielleicht... vielleicht sind sie ein Omen.«

»Aber du bist doch keine Mörderin.«

»Nein.«

»Was könnte es dann zu bedeuten haben?«

»Das weiß ich nicht.«

»Es ist bestimmt nur ein blödsinniger Traum«, beharrte ich.

»Nein.«

»Dann sag mir, welchen Sinn er haben könnte.«

»Ich weiß es nicht.«

Ich hatte jedoch das beunruhigende Gefühl, daß sie genau wußte, was der Traum bedeutete, daß sie mich jetzt belog, so wie ich sie belogen hätte, wenn sie mich über die Trolle meiner Alpträume ausgefragt hätte.

Wir waren den Hügel inzwischen hinabgegangen und hatten hinter einer Wegbiegung einen kleinen Eichenhain durchquert, der weniger Mondlicht durchließ als der übrige Wald. Insgesamt hatten wir vielleicht anderthalb Kilometer zurückgelegt, als der Weg am Ufer eines kleinen Waldsees endete.

Das sanft abfallende Ufer war mit üppigem weichem Gras bewachsen. Der See sah in der Dunkelheit wie eine riesige Ölpfütze aus. Der Mond und vereinzelte frostweiße Sterne spiegelten sich in der leicht gekräuselten Wasseroberfläche. Das wispernde Gras war schwarz wie auf der Wiese hinter der Wohnwagenstadt, doch auch hier hatte jeder Halm eine dünne Silberkante.

Rya setzte sich ins Gras, und ich nahm neben ihr Platz.

Sie hüllte sich jetzt wieder in Schweigen.

Ich respektierte ihren Wunsch nach Stille.

Ich blickte zum nächtlichen Himmelsgewölbe empor, hörte in der Ferne Grillen zirpen, hörte leises Platschen, wenn Fische sich an der Wasseroberfläche Insekten schnappten, und verspürte ebenfalls kein Bedürfnis nach einer Unterhaltung. Mir genügte es, neben ihr zu sitzen, kaum eine Armeslänge von ihr entfernt.

Dieser friedvolle Ort übte nach dem deprimierenden Tag eine befreiende Wirkung auf mich aus. Zuerst Yontsdown mit seinen Schornsteinen und mittelalterlich anmutenden Gebäuden, eine Stadt, über der das Unheil lastete wie schwarze Gewitterwolken. Dann der Rummelplatz mit sei-

nem ohrenbetäubenden Lärm, dem verwirrenden Lichter-
meer und den Menschenmassen. Es war herrlich erholsam,
jetzt ein Weilchen an einem Ort zu sein, wo nichts auf die Existenz von Menschen hindeutete, abgesehen von dem Weg,
dem wir jedoch den Rücken zukehrten und den ich deshalb
leicht vergessen konnte. Im allgemeinen war ich ein geselli-
ger Typ, aber hin und wieder hatte ich die Menschen fast genauso satt wie die Trolle. Und manchmal, wenn ich sah, wie
grausam Männer und Frauen zu ihren Mitmenschen sein
konnten – wie die Besucher der Abnormitätenschau –,
glaubte ich, daß wir die Trolle *verdienten*, daß wir einer verderbten Rasse angehörten, die das Wunder ihrer Existenz
nicht genügend zu schätzen wußte, daß wir für unser ab-
scheuliches Verhalten gegenüber unserem Nächsten mit der
Bösartigkeit der Unholde bestraft wurden. Viele der Götter,
die wir verehrten, stellten schließlich hohe Anforderungen,
traten als Richter auf und waren zu unvorstellbaren Grausamkeiten imstande. Warum sollten sie uns nicht als Strafe
für unsere Sünden von Trollen heimsuchen lassen? Doch die
Stille des Waldes wirkte reinigend auf mich, und allmählich
fühlte ich mich wohler, trotz unseres vorangegangenen Ge-
sprächs über Friedhöfe und Alpträume.

Kurz darauf bemerkte ich, daß Rya weinte. Sie gab keinen
Laut von sich, und ihr Körper bebte auch nicht von heimli-
chem Schluchzen. Erst als ich mit meinem sechsten Sinn Signale ihrer schrecklichen Melancholie auffing und einen
Blick zu ihr hinüberwarf, sah ich, daß eine im Mondlicht
schimmernde Träne über ihre glatte Wange rollte.

»Was ist?« fragte ich.

Sie schüttelte den Kopf.

»Willst du nicht darüber sprechen?«

Sie schüttelte wieder den Kopf.

Ich wußte, daß sie Trost benötigte, daß sie ihn bei mir
suchte, aber ich wußte nicht, *wie* ich sie trösten sollte. Ich
wandte mich von ihr ab und starrte auf die ölige Schwärze
des Sees hinaus. Verdammt, sie verursachte Kurzschlüsse in
meinem logischen Denkvermögen. Sie war anders als alle
Menschen, die ich je gekannt hatte, voll schwindelerregen-

der Abgründe und dunkler Geheimnisse, und ich traute mich einfach nicht, auf sie so ungezwungen einzugehen wie auf jeden anderen. Ich kam mir wie ein Astronaut vor, der zum erstenmal Kontakt mit einem Außerirdischen aufnehmen soll und aufgrund ihrer Verschiedenheit gravierende Mißverständnisse befürchtet. Deshalb fühlte ich mich außerstande, irgend etwas zu tun, irgendwie zu reagieren. Ich sagte mir, daß es töricht gewesen war zu glauben, die kühle Atmosphäre zwischen uns ließe sich erwärmen, daß es idiotisch gewesen war, mir einzubilden, ich könnte eine enge Beziehung zu ihr herstellen, daß ich mit dieser Sache völlig überfordert wäre, daß diese Gewässer für mich viel zu dunkel und fremdartig wären, daß ich Rya nie verstehen würde und...

Und dann küßte sie mich.

Sie preßte ihre weichen Lippen auf die meinigen, ihr Mund öffnete sich mir, und ich erwiderte ihren Kuß mit nie gekannter Leidenschaft. Unsere Zungen schienen miteinander zu verschmelzen. Ich grub meine Hände in ihre herrlichen Haare, ließ sie durch meine Finger gleiten. Sie fühlten sich an wie Mondlicht, das man zu einem kühlen Seidenfaden gesponnen hat. Ich berührte ihr Gesicht, und ihre Haut elektrisierte mich förmlich. Meine Hände wanderten tiefer, strichen über ihren Hals, legten sich auf ihre Schultern, als unsere Küsse immer leidenschaftlicher wurden, wölbten sich schließlich um ihre vollen Brüste.

Sie zitterte am ganzen Leibe, seit sie sich zu mir herübergebeugt hatte, um mich zu küssen. Ich spürte, daß das kein Beben erotischen Verlangens war, sondern Ausdruck ihrer Unsicherheit und Scheu, ihrer Angst, zurückgestoßen zu werden – Gefühle, die meinen eigenen sehr ähnlich waren. Plötzlich durchlief sie jedoch ein stärkerer Schauer. Sie löste sich von mir und murmelte: »Oh, verdammt!«

»Was ist?« fragte ich atemlos.

»Warum können...«

»Ja?«

»...zwei Menschen nicht...«

»Ja?«

Tränen liefen ihr jetzt über die Wangen, und ihre Stimme zitterte. »...einfach aufeinander zugehen...«

»Das haben wir beide doch getan.«

»...und jene Barriere beiseite schieben...«

»Da ist keine Barriere. Jetzt nicht mehr.«

Ich spürte ihre unsagbare Traurigkeit, ihre Einsamkeit, die einem Brunnen von unermeßlicher Tiefe vergleichbar war, ihre Absonderung, und ich befürchtete, daß diese Gefühle wieder überhandnehmen und zwischen uns jene Entfremdung bewirken würde, vor der ihr so graute.

»Sie ist da... sie ist immer da... es ist immer so schwer, wirklich Kontakt zu finden... richtigen Kontakt...«

»Es ist ganz einfach«, widersprach ich.

»Nein.«

»Wir haben schon mehr als die Hälfte des Weges zurückgelegt.«

»...eine Schlucht... ein Abgrund...«

»Sei still«, sagte ich zärtlich, zog sie wieder an mich und küßte sie.

Wir küßten und liebkosten einander mit rasch zunehmender Leidenschaft, überstürzten aber nichts, sondern kosteten jede Berührung voll aus. Obwohl wir bestimmt nicht länger als fünf oder zehn Minuten dort im Gras saßen, kam es mir so vor, als hielten wir uns schon tagelang in den Armen. Als sie sich mir wieder entzog, wollte ich protestieren, aber ihr »Schscht!« brachte mich sofort zum Schweigen. Sie sprang auf, schlüpfte ohne jenes enervierende Herumfummeln an Knöpfen, Haken und Reißverschlüssen, das sich so störend auf die Liebesglut auswirken kann, aus ihren Kleidern und stand völlig nackt vor mir.

Sogar bei Nacht in diesem dunklen Wald kam sie mir wie die Tochter der Sonne vor, denn Mondschein war nichts anderes als Reflexion des Sonnenlichts; und jeder Strahl dieses Sonnenlichts aus zweiter Hand fand nun seinen Weg zu ihr, verlieh ihrer Haut einen weichen Schimmer und zeichnete die Konturen ihres vollkommenen Körpers nach. Eros in einem fließenden Gewand aus Schwarz und Silber.

Sie schien wie ein himmliches Wesen aus der Höhe zu mir

herabzuschweben, als sie anmutig niederkniete und sich sodann ins dichte, weiche Gras legte.

Ich zog mich aus.

Ich liebkoste sie mit Händen, Lippen und Zunge und brachte sie zweimal zum Höhepunkt, noch bevor ich mich mit ihr vereinigte. Ich war kein großartiger Liebhaber – weit davon entfernt; meine sexuellen Erfahrungen waren beschränkt auf zwei Frauen von anderen Rummelplätzen. Aber mit Hilfe meines sechsten Sinnes schien ich immer zu wissen, was heimlich ersehnt wurde, was größte Lust bereitete.

Schließlich spreizte ich ihre schlanken Schenkel und drang in sie ein. Dieser Augenblick der Penetration war wie sonst auch, ein Akt anatomischer Mechanik, doch sobald wir vereint waren, war nichts mehr wie sonst; die Mechanik verwandelte sich in Mystizismus, und wir verschmolzen zu einem einzigen Organismus, strebten instinktiv eine geheimnisvolle, aber verzweifelt ersehnte Apotheose von Leib *und* Seele an. Unser wechselseitiges Einfühlungsvermögen grenzte ans Wunderbare. Keine störende Bewegung, kein falsches Wort – nichts störte den erstaunlich abwechslungsreichen Rhythmus unserer Leidenschaft, bis wir die vollkommene Harmonie erreichten und dann sogar übertrafen. Die Welt versank. Wir waren eins. Wir waren alles. Wir waren einzig.

In diesem erhabenen, fast heiligen Zustand kam mir die Ejakulation nicht wie ein natürlicher Schlußpunkt unserer Vereinigung vor, sondern wie ein Affront, wie ein roher Einfall primitiver Biologie. Aber sie war unvermeidbar. Und sie ließ sich nicht einmal lange hinauszögern. Ich war höchstens vier oder fünf Minuten in ihr, als sich die bevorstehende Eruption ankündigte. Verlegen wollte ich mich zurückziehen, aber sie umschlang mich nur noch enger mit Armen und Beinen. Ich keuchte eine Warnung, worauf sie flüsterte: »Das macht nichts, Slim, das macht nichts... ich kann sowieso keine Kinder bekommen... keine Kinder... bleib bei mir, Liebling, bleib in mir... füll mich ganz aus...« Bei den letzten Worten kam sie wieder zum Höhepunkt, wölbte sich mir entgegen, preßte ihre Brüste an meine Brust, wurde von lustvollen Schauern geschüttelt, und plötzlich schossen Spermaströme aus mir hervor und ergossen sich in ihren Leib.

Es dauerte lange, bis wir die Welt um uns herum wieder wahrnahmen, und wir trennten uns nur widerwillig voneinander. Doch schließlich lagen wir Seite an Seite da, hielten uns bei den Händen und blickten zum Nachthimmel empor. Wir schwiegen, denn alles, was gesagt werden mußte, hatten wir bereits gesagt, ohne Zuflucht zu Worten nehmen zu müssen.

Mindestens fünf lange Minuten vergingen, bevor sie fragte: »Wer *bist* du, Slim MacKenzie?«

»Einfach ich.«

»Etwas ganz Besonderes.«

»Machst du Witze? Etwas Besonderes? Ich konnte mich ja nicht einmal beherrschen. Bin explodiert wie ein Feuerwerkskörper! Mein Gott! Aber ich verspreche dir, daß ich mich beim nächstenmal mehr unter Kontrolle haben werde. Ich bin kein großartiger Liebhaber, kein Casanova, soviel steht fest, aber normalerweise bin ich doch ausdauernder als...«

»Nicht«, unterbrach sie mich leise. »Red nicht abfällig darüber. Tu nicht so, als wäre es nicht das natürlichste, erregendste Erlebnis deines Lebens gewesen. Denn das war es. Jedenfalls für mich. Es war vollkommen.«

»Aber ich...«

»Es hat lange genug gedauert, glaub mir. Und jetzt sei still.«

Ich war still.

Die filigranartigen Wolken waren verschwunden. Der Himmel war kristallklar, der Mond eine leuchtende Scheibe.

Dieser ungewöhnliche Tag scharfer Kontraste hatte gräßliche Eindrücke und Erfahrungen für mich bereitgehalten, mir aber zugleich ein geradezu schwindelerregendes Glück beschert. Die bösartigen Trolle in Yontsdown. Und zur Kompensation: Rya Raines. Die graue Trostlosigkeit jener unglückseligen Stadt. Und zum Ausgleich diese herrliche Leinwand mit Mond und Sternen, unter der ich jetzt lag. Die Visionen von Feuer und Tod bei der Grundschule. Und andererseits: die Erinnerung an Ryas in Mondlicht getauchten nackten Körper. Ohne Rya wäre es ein Tag unvorstellbarer Verzweiflung gewesen. Aber dort, am Seeufer, kam sie mir wie die Verkörperung von allem vor, was bei den Plänen des göttlichen Architekten für das Universum *geklappt* hatte, und wenn ich Gott in diesem Augenblick hätte ausfindig machen können, hätte ich beharrlich am Saum Seines Gewandes gezerrt, Ihn ans Schienbein getreten und so lange belästigt, bis Er eingewilligt hätte, jenen großen Teil Seiner Schöpfung, den Er beim erstenmal verhunzt hatte, neu zu erschaffen und sich bei diesem gewagten Unternehmen Ryas zu bedienen – als ein leuchtendes Beispiel dafür, was möglich war, wenn Er sich dem Projekt nur mit ganzer Kraft und voller Konzentration widmete.

Joel Tuck irrte sich. Ich war nicht in sie verknallt.

Ich liebte sie.

Ich liebte sie, und obwohl ich es damals noch nicht wußte, rückte die Zeit rasch näher, da ich wegen meiner Liebe zu ihr Gottes Beistand verzweifelt nötig haben würde, um zu überleben.

Nach einer Weile ließ sie meine Hand los, setzte sich auf, schlang ihre Arme um die hochgezogenen Knie und starrte auf den dunklen See hinaus. Auch ich setzte mich auf, und noch immer hatten wir nicht das Bedürfnis, gesprächiger als die Fische im See zu sein.

Ein leises Platschen.

Rascheln von Schilf am Wasserrand.

Zirpende Grillen.

Klagende Lockrufe einsamer Frösche.

Ich bemerkte, daß Rya wieder weinte.

Mein Finger zerdrückte eine Träne, als ich ihr zart über die Wange strich.

»Was ist?« fragte ich.

Sie schwieg.

»Sag es mir«, bat ich.

»Nicht.«

»Was?«

»Nicht sprechen.«

Ich schwieg.

Sie schwieg.

Schließlich schwiegen auch die Frösche.

Nach längerer Zeit murmelte sie: »Das Wasser sieht einladend aus.«

»Nur naß, weiter nichts.«

»Verlockend.«

»Wahrscheinlich wimmelt es von Algen, und der Grund ist bestimmt schlammig.«

»In Gibtown, in Florida, gehe ich im Winter oft lange am Strand spazieren, und manchmal stelle ich mir vor, wie schön es wäre, aufs Meer hinauszuschwimmen, weiter und immer weiter, und nie zurückzukommen.«

Ich fragte mich, ob ihr bestürzender Lebensüberdruß und ihre tiefe Schwermut damit zusammenhingen, daß sie keine Kinder bekommen konnte. Aber Unfruchtbarkeit schien mir kein ausreichender Grund für eine derartige Verzagtheit zu sein. Sie hatte sich soeben angehört wie eine Frau, deren Herz von einem jede Vorstellungskraft übersteigenden, ätzenden Schmerz zerfressen war.

Mir war unbegreiflich, wie sie so schnell von der Ekstase in die Verzweiflung stürzen konnte. Erst vor wenigen Minuten hatte sie mir gesagt, daß unsere Vereinigung absolut vollkommen gewesen war. Und jetzt ließ sie sich fast *freudig* in eine hoffnungslose, verzehrende Melancholie zurückfallen, die mich wahnsinnig ängstigte.

»Wäre es nicht schön«, fuhr sie versonnen fort, »hinauszuschwimmen, soweit man kann, und dann immer noch weiterzuschwimmen, bis Arme und Beine zu Blei werden und...«

»Nein«, fiel ich ihr scharf ins Wort, während ich ihr Gesicht mit beiden Händen umschloß und sie zwang, mich anzusehen. »Nein, es wäre nicht schön. Es wäre alles andere als schön. Was redest du da? Was ist los mit dir? Warum bist du so depressiv?«

Sie gab keine Antwort, und in ihren Augen vermochte ich nicht einmal mit Hilfe meines sechsten Sinns zu lesen. Ich sah darin nur eine Einsamkeit, gegen die ich nicht anzukämpfen vermochte. Das Gefühl meiner völligen Ohnmacht erfüllte mich mit solcher Angst, daß nun auch mir Tränen in die Augen schossen.

Verzweifelt drückte ich sie ins Gras, küßte und streichelte sie, begann ein neues Liebesspiel. Anfangs versuchte sie mich abzuwehren, doch schon bald reagierte sie auf meine Liebkosungen, und kurz darauf waren wir wieder vereint, und trotz ihres Selbstmordgeredes und trotz der Tatsache, daß sie mir die Ursache ihrer Verzweiflung nicht mitteilen wollte, war es sogar noch vollkommener als beim erstenmal. Wenn Leidenschaft die einzige Rettungsleine war, die ich ihr zuwerfen konnte, wenn nur Leidenschaft sie aus dem geistigen Treibsand zu befreien vermochte, der sie in die Tiefe zu ziehen drohte, dann war es wenigstens beruhigend zu wissen, daß meine Leidenschaft für sie eine Rettungsleine von unendlicher Länge darstellte.

Erschöpft lagen wir ein Weilchen eng umschlungen da, und unser Schweigen hatte nichts Bedrückendes an sich. Schließlich zogen wir uns an und machten uns auf den Rückweg zum Jahrmarktsgelände.

Ich frohlockte über den Anfang, den wir in dieser Nacht gemacht hatten, und ich war so hoffnungsfroh, wie ich es nicht einmal vor dem Tag, an dem ich zum erstenmal einen Troll gesehen hatte, gewesen war. Ich wollte jubeln, den Kopf zurückwerfen und dem Mond zulachen, aber ich tat nichts Derartiges, denn bei jedem Schritt auf dem Waldweg befürchtete ich, daß sie erneut in Verzweiflung geraten würde. Außerdem ängstigte mich noch immer jene Vision ihres blutigen Gesichts. Das war eine wilde Mixtur gegensätzlicher Gefühle, eine ziemlich schwer verdauliche Mixtur, speziell für einen siebzehnjährigen Jungen, der fern von zu Hause und von seiner Familie völlig getrennt war und ein verzweifeltes Bedürfnis nach Zuneigung, Stabilität und irgendeinem Ziel hatte. Zum Glück hielt Ryas gute Laune aber auf dem ganzen Weg bis zur Tür ihres Wohnwagens an, was in mir die leise Zuversicht weckte, daß es mir vielleicht doch gelingen würde, sie für immer von jenen düsteren Gedanken an ein selbstmörderisches Hinausschwimmen aufs Meer abzubringen.

Und was die Vision betraf... nun, ich mußte ihr eben irgendwie helfen, die Gefahr zu meiden. Im Gegensatz zur Vergangenheit konnte die Zukunft manchmal verändert werden.

Wir küßten uns vor ihrer Tür.

»Ich fühle dich noch immer in mir, deinen heißen Samen, der in mir brennt. Ich werde ihn mit ins Bett nehmen, und er wird wie ein Lagerfeuer in der Nacht sein und Alpträume von mir fernhalten. Keine Friedhöfe, Slim. Nein, heute nacht keine Friedhöfe...«

Sie ging hinein und schloß hinter sich die Tür.

Dank der Trolle, die mich im Wachen zu ständiger Nervenanspannung zwangen und mich in Form von Alpträumen sogar bis in den Schlaf verfolgten, hatte ich mich an Schlaflosigkeit gewöhnt. Ich kam nun schon seit Jahren mit sehr wenig Schlaf aus – meistens mit einigen Stunden. Manchmal fand ich auch überhaupt keinen Schlaf, und allmählich hatte sich mein Organismus darauf eingestellt. In jener Nacht war ich wieder einmal hellwach, obwohl es inzwischen vier Uhr morgens war – doch ausnahmsweise war es nicht kaltes Entsetzen, sondern ein überwältigendes Glücksgefühl, das mich am Schlafen hinderte.

Ich schlenderte zum Rummelplatz hinauf.

Ich ging die Schaustellerstraße entlang, tief in Gedanken an Rya versunken, lebendige Bilder von Rya vor Augen. Ich war so von ihr erfüllt, daß ich keinen Raum für irgendwelche anderen Gedanken zu haben glaubte. Und doch stellte ich mit einemmal fest, daß mich fror, daß ich mit geballten Fäusten vor Joel Tucks Shockville stand und daß ich mit einer ganz bestimmten Absicht hergekommen war. Ich starrte Wyatts Werbeplakate an, die jetzt im schwachen Mondschein viel unheimlicher wirkten als bei hellem Tageslicht, denn die menschliche Fantasie vermag noch viel schlimmere Greuel heraufzubeschwören als Gottes Meißel. Während mein Bewußtsein sich ausschließlich mit Rya beschäftigt hatte, war ich von meinem Unterbewußtsein hergeführt worden, um jene ominöse Stelle in der zwölften Box zu untersuchen.

Ich wollte nicht hineingehen.

Ich wollte weggehen.

Ich wollte weg*rennen*.

Aber in diesem Zelt lag ein Schlüssel zu meiner Zukunft. Ich mußte wissen, welcher psychische Magnet mich am vergangenen Nachmittag dorthin gezogen hatte. Um meine Überlebenschancen zu vergrößern, mußte ich wissen, warum der Boden vor Joel Tucks Plattform Todesenergie ausstrahlte, warum ich das Gefühl gehabt hatte, daß dieser Fleck Erde mein eigenes Grab werden könnte.

Ich sagte mir, daß es im Zelt nichts gab, wovor ich mich fürchten müßte. Die ›Menschenwunder‹ schliefen jetzt alle in ihren Wohnwagen. Doch selbst wenn sie noch im Zelt gewesen wären, hätten sie mir nichts zuleide getan. Und das Zelt selbst war weder gefährlich noch böse, nur eine riesige Leinwand, weiter nichts; und wenn ihm überhaupt etwas anhaftete, so schlimmstenfalls die Dummheit und Gedankenlosigkeit von zehntausend Besuchern.

Trotzdem fürchtete ich mich.

Ich ging zum Eingang, wo die Zeltbahnen für die Nacht heruntergelassen und befestigt waren.

Zitternd entknotete ich eine Schnur.

Zitternd betrat ich das Zelt.

10

Das Grab

Feuchte Dunkelheit.

Ein Geruch von leicht moderiger Leinwand.

Sägespäne.

Ich stand ganz still und lauschte angespannt. In dem gro-ßen, in Boxen unterteilten Zelt herrschte Grabesstille; aber das Zelt hatte die besondere Resonanz einer riesigen Mu-schel, so daß ich die Blutzirkulation in meinen Ohren wie Meeresrauschen hören konnte.

Trotz der Stille und trotz der nachtschlafenden Stunde hatte ich das unangenehme Gefühl, nicht allein zu sein.

Ich bückte mich und zog das Messer aus meinem Stiefel.

Dadurch fühlte ich mich aber auch nicht sicherer. Das Mes-ser würde mir nur wenig nützen, wenn ich in der undurch-dringlichen Finsternis nicht sehen konnte, aus welcher Rich-tung der Angriff erfolgte.

Die Abnormitätenschau hatte ihren Standplatz am Rande des Rummelplatzes, in der Nähe der öffentlichen Stromlei-tungen des Jahrmarktsgeländes; deshalb war die Beleuch-tung nicht von Generatoren abhängig, und ich brauchte kei-nen Dieselmotor einzuschalten, um Licht zu machen. Ich ta-stete links und rechts vom Eingang nach einem Schalter oder einem von der Decke herabhängenden Kabel.

Das Gefühl einer drohenden Gefahr wurde stärker.

Jede Sekunde konnte der Angriff erfolgen.

Wo, zum Teufel, war dieser verdammte Lichtschalter?

Endlich fand ich einen dicken Holzpfahl, um den sich ein flexibles, segmentiertes Stromkabel ringelte.

Ich hörte keuchende Atemzüge.

Ich erstarrte.

Lauschte.

Nichts.

Dann wurde mir klar, daß es meine eigenen Atemzüge ge-wesen waren, und ich kam mir so töricht vor wie ein Kind, das stundenlang wachgelegen hat, weil es sich vor dem Ungeheuer unter dem Bett fürchtet, dann endlich allen Mut zusammennimmt, nachschaut und feststellen muß, daß dort kein Monster lauert oder, schlimmstenfalls, daß es sich bei dem Monster um ein Paar alte eingestaubte Turnschuhe handelt.

Trotzdem wurden meine hellseherischen Vorahnungen einer drohenden Gefahr nicht schwächer, ganz im Gegenteil. In der feuchten, muffigen Luft schien sich die Bedrohung zu verdichten.

Ich tastete mit zittrigen Fingern am Stromkabel entlang, stieß auf eine Anschlußdose, fand den Lichtschalter. Über dem Gang für die Besucher und in den Boxen leuchteten nackte Glühbirnen auf.

Mit dem Messer in der Hand ging ich vorsichtig von einem Raum zum anderen, bis ich vor der zwölften Box stand, wo Joel Tuck seinen Platz hatte. Es fehlte nicht viel, und mir hätten die Haare zu Berge gestanden, so stark war die Luft hier mit tödlicher Gefahr aufgeladen.

Ich trat bis ans Absperrseil heran.

Das mit Sägespänen bestreute Stück Erde vor der Plattform strahlte ähnlich wie Plutonium, obwohl es sich hier nicht um radioaktive Gammastrahlung handelte. Vielmehr wurde ich von Todesbildern, Todesgerüchen und -geräuschen überflutet, die mit den normalen fünf Sinnen aller Menschen nicht wahrnehmbar sind, die aber der Geigerzähler meines sechsten Sinnes genau registrierte. Was dieses unerklärliche, hochsensible Gerät in meinem Innern aufzeichnete, waren: offene dunkle Gräber; ausgebleichte Knochenberge mit Spinnweben in den leeren Schädelhöhlen; ein Geruch von feuchter, frisch umgegrabener Erde; das schrille Geräusch eines Steindeckels, der von einem Sarkophag gehoben wird; Leichen auf Bahren in einem nach Formaldehyd stinkenden Raum; der süßliche Geruch von Rosen und Nelken, die zu verwesen beginnen; die Dunkelheit eines unterirdischen Grabes; das Dröhnen eines zufallenden hölzernen Sargdeckels; eine kalte Hand, die tote Finger auf mein Gesicht preßte...

»Mein Gott!« flüsterte ich mit zittriger Stimme.

Die blitzartigen Impressionen – die größtenteils keine realen Szenen aus meiner Zukunft vorwegnahmen, sondern einfach Todessymbole waren – brachen jetzt mit ungleich größerer Kraft über mich herein als am Nachmittag.

Ich wischte mir mit der Hand den kalten Schweiß von der Stirn.

Ich schwang zuerst ein Bein, dann auch das andere über das Seil und betrat die Box, verzweifelt bemüht, mich von dem Sturm hellseherischer Warnungen nicht überwältigen zu lassen. Ich hatte Angst, das Bewußtsein zu verlieren. Das war zwar unwahrscheinlich, aber immerhin war es mir schon einige Male passiert, wenn ich besonders starken Strömen okkulter Energie ausgesetzt war, und jedesmal war ich Stunden später mit heftigen Kopfschmerzen aufgewacht. An einem Ort wie diesem, der soviel Böses ausstrahlte, durfte ich keine Ohnmacht riskieren. Wenn ich in Shockville das Bewußtsein verlöre, würde ich an Ort und Stelle umgebracht werden, dessen war ich mir ganz sicher.

Ich kniete auf dem Boden vor der Plattform nieder.

Nichts wie weg hier! Flieh, so schnell du kannst! warnte mich eine innere Stimme.

Ich hielt das Messer mit der rechten Hand so fest umklammert, daß meine Knöchel weiß hervortraten. Mit der linken Hand fegte ich von einer etwa quadratmetergroßen Fläche die Sägespäne beiseite. Die darunter zum Vorschein kommende Erde war festgetreten, aber nicht hart. Ich konnte mit bloßen Händen mühelos darin wühlen. Die ersten Zentimeter waren klumpig, doch etwas tiefer stieß ich auf lockeren Boden. Normalerweise hätte es genau umgekehrt sein müssen. Jemand mußte hier in den letzten Tagen ein Loch gegraben haben.

Nein. Kein Loch. Nicht einfach ein Loch. Ein *Grab*.

Aber wessen Grab war dies? Wessen Leiche lag unter mir? Ich wollte es eigentlich gar nicht wissen.

Aber ich *mußte* es wissen.

Ich scharrte weiterhin Erde beiseite.

Die Todesimpressionen wurden noch stärker.

Und auch das Gefühl, daß dies *mein* Grab werden könnte, wurde immer stärker, obwohl das ja eigentlich unmöglich war, nachdem offenbar schon eine andere Leiche hier verscharrt war. Vielleicht interpretierte ich die übersinnliche Ausstrahlung falsch. Das war nicht ausgeschlossen, denn manchmal wurde ich aus den Vibrationen, die ich mit meinem sechsten Sinn auffing, nicht so recht schlau.

Ich legte mein Messer beiseite, um die Erde mit beiden Händen wegschaufeln zu können, und in wenigen Minuten hatte ich ein Loch von etwa einem Meter Länge, 60 cm Breite und 18 bis 20 cm Tiefe ausgebuddelt. Natürlich hätte ich auch nach einer Schaufel suchen können, aber die Erde war ganz locker, und außerdem konnte ich einfach nicht aufhören; ich mußte pausenlos weitergraben, angetrieben von der absurden und morbiden Gewißheit, daß ich auf meine eigene Leiche stoßen würde, daß ich die Erde von meinem eigenen Gesicht wegschieben würde. Die Bilder, mit denen ich nach wie vor überflutet wurde, versetzten mich in solchen Schrecken, daß ich jetzt wie ein Wahnsinniger in der Erde wühlte, keuchend, mit schmerzenden Lungen, in kalten Schweiß gebadet, grunzend wie ein Tier. Ich grub tiefer, und ein ekelerregender Todesgestank ließ mich die Nase rümpfen, obwohl ihn außer mir niemand wahrnehmen konnte – *tiefer* –, denn im Zelt roch es kein bißchen nach Verwesung, nur in meinen Visionen. *Tiefer.* Die Leiche mußte noch ganz frisch sein, sich erst im allerersten Stadium der Zersetzung befinden. *Tiefer.* Meine Hände waren schmutzig, meine Fingernägel schwarz, als ich immer hektischer buddelte. Ein losgelöster Teil von mir betrachtete von oben das wilde Tier, in das ich mich verwandelt hatte, und fragte sich verwundert, ob ich verrückt geworden war.

Eine Hand.

Weiß.

Leicht bläulich.

Sie lag entspannt vor mir, so als wäre die Erde um sie herum eine Sterbedecke, auf die man sie behutsam gelegt hatte. Verkrustetes Blut klebte an den Fingernägeln und Knöcheln.

Die psychischen Todesbilder verblaßten nun, da ich mit dem Toten, von dem sie ausgegangen waren, direkten Kontakt hatte.

Ich hatte bisher etwa 50 cm tief gegraben, und jetzt arbeitete ich behutsam weiter, bis ich auf die zweite Hand stieß, die halb auf der anderen lag. Dann legte ich die Handgelenke frei... und die Unterarme... bis ich bestätigt sah, daß der Verstorbene in der traditionellen Position zur letzten Ruhe gebettet worden war, nämlich mit auf der Brust gefalteten Armen. Dann begann ich keuchend und zähneklappernd etwas oberhalb der Hände zu graben.

Eine Nase.

Eine breite Stirn.

Ein kalter Schauder überlief mich.

Noch bevor ich das ganze Gesicht freigelegt hatte, wußte ich, daß es der Mann – der *Troll* – war, den ich in der vorletzten Nacht im Autoskooter umgebracht hatte. Seine Lider waren geschlossen und blaugrün verfärbt, so als hätte man der Leiche perverserweise Lidschatten aufgetragen. Seine Oberlippe war auf einer Seite geschürzt, und zwischen den gebleckten Zähnen klebte Erde.

Aus den Augenwinkeln heraus sah ich in einem anderen Teil des Zeltes eine Bewegung.

Ich warf erschrocken den Kopf herum, aber niemand war zu sehen. Trotzdem war ich überzeugt davon, daß sich irgendwo etwas bewegt hatte, und noch bevor ich aus dem Grab steigen konnte, um nachzuschauen, sah ich es wieder – zuckende Schatten, die vom Boden an die Zeltwand und wieder zurück auf den Boden sprangen. Gleichzeitig war ein leises Stöhnen zu hören, so als hätte eine Gruppe von Gespenstern die erste Kammer betreten und käme langsam, aber sicher auf mich zu.

Joel Tuck?

Ich wußte jetzt, daß *er* den toten Troll weggeschafft und hier beerdigt hatte. Aber ich hatte nicht die leiseste Ahnung, was ihn dazu bewogen hatte. Wollte er mir helfen, mich verwirren, mir Angst einjagen? Das konnte ich nicht entscheiden. Er konnte ein Freund oder auch ein Feind sein.

Ich tastete blindlings nach dem Messer, das ich beiseite gelegt hatte.

Wieder huschten die Schatten vom Boden an die Wand, und wieder waren jene leisen Klagelaute zu hören, doch ich begriff plötzlich, daß draußen ein Wind aufgekommen war, der meiner überreizten Fantasie einen Streich spielte, indem er sausend ins Zelt eindrang und die herabhängenden Glühbirnen tanzen ließ.

Erleichtert hörte ich auf, nach dem Messer zu suchen, und wandte mich wieder der Leiche zu.

Ihre Augen waren geöffnet.

Ich fuhr zusammen, doch dann sah ich, daß es tote Augen waren, die nichts wahrnahmen, überzogen mit einem transparenten milchigen Film, in dem sich das Licht von oben spiegelte. Die Haut des Toten war nach wie vor schlaff, und zwischen den gebleckten Zähnen klebte nach wie vor Erde. Am Hals klaffte die tödliche Messerwunde – obwohl sie nicht so schlimm aussah, wie ich sie in Erinnerung hatte –, und er atmete weder ein noch aus. Er lebte nicht, das stand fest. Das Öffnen der Lider war nichts anderes als ein Muskelkrampf nach dem Tode; so etwas passierte oft und jagte dann jungen Medizinstudenten und unerfahrenen Leichenbestattern einen Mordsschrecken ein. Selbstverständlich, so war es. Aber... andererseits... konnten solche Nervenreaktionen und Muskelkrämpfe auch fast zwei Tage nach dem Tod auftreten? Oder waren diese wunderlichen Reaktionen nur auf die ersten Stunden nach dem Ableben beschränkt? Nun gut, dann waren die Lider vielleicht nur durch das Gewicht der Erde geschlossen geblieben und deshalb jetzt aufgesprungen.

Die Toten kehren nicht ins Leben zurück.

Nur Verrückte behaupteten, wandelnde Leichname gesehen zu haben.

Ich war nicht verrückt.

Ich *war* nicht verrückt.

Ich starrte auf den Toten hinab, und allmählich normalisierte sich mein Puls, und ich konnte auch wieder ruhig atmen.

So. Das war schon viel besser.

Ich fragte mich wieder, warum Joel Tuck die Leiche für mich beerdigt hatte und warum er mich mit seinem Wissen nicht zu erpressen versuchte. Aus welchen Gründen hatte er einem Wildfremden geholfen und sich zum Komplicen eines Mörders gemacht? Wußte Joel Tuck etwa, daß ich keinen *Menschen* ermordet hatte? War es möglich, daß auch er – vielleicht mit seinem dritten Auge – die Trolle sah und deshalb volles Verständnis für meine Tat hatte?

Wie dem auch immer sein mochte – jetzt war nicht der richtige Zeitpunkt, um darüber nachzudenken. Die Nachtwächter konnten auf ihrer Runde jeden Augenblick an Shockville vorbeifahren. Sie würden sehen, daß im Zelt Licht brannte, und obwohl ich jetzt kein unbefugter Eindringling mehr war wie in der vorletzten Nacht, so würden sie doch wissen wollen, was ich in einem Zelt zu suchen hatte, das mir nicht gehörte, in dem ich nicht einmal arbeitete. Und wenn sie gar das Grab oder, noch schlimmer, die Leiche entdeckten, würde die Tatsache, daß ich Schausteller war, mich nicht vor Verhaftung, Prozeß und lebenslänglicher Haft bewahren.

Ich begann das Grab mit beiden Händen wieder zuzuschütten. Als Erde auf die Hände des Toten rieselte, bewegte sich die eine Hand plötzlich und schleuderte mir einige Erdbrocken ins Gesicht, und die andere Hand zuckte krampfhaft wie eine verwundete Krabbe. Die trüben Augen blinzelten, während ich hinfiel und entsetzt rückwärts kroch, und dann hob die Leiche den Kopf und begann sich aus ihrer offenbar doch nicht letzten Ruhestätte herauszuziehen.

Das war keine Vision.

Das war Realität.

Ich schrie. Kein Laut drang aus meiner Kehle.

Ich schüttelte heftig den Kopf, leugnete entschieden dieses unmögliche Geschehen. Mir schien, als wäre die Leiche nur deshalb auferstanden, weil ich mir kurz zuvor diese makabre Entwicklung vorgestellt hatte. Irgendwie hatten meine absurden Gedanken bewirkt, daß aus dem Alptraum Realität wurde, so als wäre meine Fantasie ein Geist, der meine schlimmsten Ängste für Wünsche gehalten und diese erfüllt hatte. Und wenn dem so war, dann brauchte ich diesen Geist nur in seine Lampe zurückzustoßen – das heißt, diese gräßliche Erscheinung *wegz*uwünschen –, um gerettet zu sein.

Aber so kräftig ich den Kopf auch schüttelte, so verzweifelt ich auch leugnete, was ich vor mir sah – der Leichnam legte sich nicht wieder tot hin. Mit madenweißen Händen hielt er sich an den Rändern des Grabes fest und setzte sich auf, ohne mich aus den Augen zu lassen. Aus den Falten seines Hemdes rieselte Erde, und sein schmutziges Haar war zerzaust und verfilzt.

Ich war im Krebsgang bis zur seitlichen Trennwand der Box gekrochen. Ich wollte aufstehen, über die Seilabsperrung springen und das Weite suchen. Aber ich fühlte mich völlig außerstande, auch nur einen Schritt zu machen.

Der Leichnam grinste, und kleine feuchte Erdklümpchen fielen aus seinem offenen Mund, während die Erde zwischen seinen Zähnen weiterhin haften blieb. Das schaurige Grinsen von Totenschädeln war weit weniger grausig als diese grotesk verzogenen, blutleeren Lippen und diese schmutzigen Zähne.

Es gelang mir, auf die Knie zu kommen.

Der Leichnam schob mit seiner Zunge weitere feuchte Erde aus seinem Mund und gab einen schwachen Laut von sich, eine Art Krächzen oder Schnauben, das sich eher erschöpft als bedrohlich anhörte.

Ich holte tief Luft und richtete mich langsam auf.

Ich wischte mir den salzigen Schweiß aus einem Augenwinkel und nahm instinktiv eine geduckte, affenartige Haltung ein – gekrümmter Rücken, gebeugte Schultern, eingezogener Kopf.

Aber ich wußte nicht, was ich als nächstes tun sollte. Ich wußte nur, daß ich nicht wegrennen konnte, nicht wegrennen *durfte*. Irgendwie mußte ich mich dieses verhaßten Wesens entledigen, mußte es noch einmal töten und diesmal ganze Arbeit leisten, denn wenn ich das nicht tat, würde es sich vielleicht hinausschleppen, andere Trolle aufsuchen und ihnen erzählen, was ich ihm angetan hatte. Dann würden sie wissen, daß ich ihre Tarnung durchschauen konnte, und sie würden es weiteren Trollen berichten, und bald würden *alle* Trolle über mich Bescheid wissen, und dann würden sie sich organisieren und eine Treibjagd auf mich veranstalten, weil ich für sie eine größere Bedrohung darstellte als jeder andere Mensch.

Ich sah jetzt hinter den trüben Augen einen schwachen roten Schimmer – das blutfarbene Licht *anderer* Augen, der Trollaugen. Einen winzigen Punkt. Ein matt flackerndes Höllenfeuer. Nicht das blendende Licht von ehedem. Nur ein ferner pulsierender Funken in jedem Augapfel. Von dem Troll war sonst nichts mehr zu sehen, keine Schnauze, keine Fangzähne, nur diese Andeutung der gräßlichen Augen. Vielleicht hatte sich der Unhold auf der Straße des Todes schon viel zu weit entfernt, um seine ganze Präsenz in diese menschliche Hülle zurückprojizieren zu können. Aber sogar dieses wenige war unmöglich. Verdammt, ich hatte ihm eine tödliche Halswunde beigebracht, und sein Herz hatte vorletzte Nacht im Autoskooter-Pavillon aufgehört zu schlagen, und er hatte aufgehört zu atmen. Allmächtiger Himmel, er hatte zwei volle Tage nicht geatmet, während er begraben gewesen war – er atmete auch jetzt nicht, soviel ich feststellen konnte –, und er hatte soviel Blut verloren, daß einfach nicht mehr genügend übrig sein konnte, um den Kreislauf aufrechtzuerhalten.

Der Leichnam bemühte sich mit irrem Grinsen, aus dem halb offenen Grab herauszukommen. Aber sein Unterkörper steckte noch immer unter einem halben Meter Erde fest, und es fiel ihm alles andere als leicht, sich zu befreien. Doch er strengte sich mit diabolischer Entschlossenheit und mit den abgehackten Bewegungen einer beschädigten Maschine nach Kräften an.

Obwohl ich ihn dort im Autoskooter für tot gehalten hatte, hatte offenbar noch ein winziger Lebensfunke in ihm geglommen. Anscheinend konnten Trolle einen Rückzug vor dem Tod antreten, wenn uns Menschen nichts anderes übrigblieb, als uns zu ergeben. Suchten sie Zuflucht in einem Scheintod? Irgend so etwas mußte es wohl sein. Und dann hüteten sie diesen schwachen Lebensfunken wie einen Goldschatz, ließen ihn nicht erlöschen... Aber was dann? Konnte ein *fast* toter Troll den Lebensfunken allmählich neu entfachen, zu einer kleinen Flamme, die sich ihrerseits wieder in ein loderndes Feuer verwandelte? Konnte ein Troll seinen beschädigten Körper irgendwie reparieren, sich neu beleben und aus dem Grab zurückkehren? Wenn ich diesen hier nicht ausgegraben hätte – wäre seine Halswunde dann verheilt, hätte sein Blut sich auf magische Weise vermehrt? Hätte er in einigen Wochen, wenn das Jahrmarktsgelände menschenleer sein würde, eine grausige Version der Auferstehung des Lazarus inszeniert und sein eigenes Grab von innen geöffnet?

Ich spürte, daß ich am Rand eines psychischen Abgrunds dahinwankte. Wenn ich nicht schon wahnsinnig war, hatte ich mich diesem Zustand noch nie so sehr genähert wie jetzt.

Vor Frustration grunzend, begann der nicht atmende und doch lebende Leichnam, der allem Anschein nach nicht sehr kräftig war, mit langsamen unkontrollierten Bewegungen seinen Unterkörper auszugraben. Er ließ mich keinen Moment aus den schillernden Augen, beobachtete mich intensiv unter der niedrigen erdbeschmierten Stirn hervor. Er war noch nicht kräftig, nein, aber er wurde zusehends kräftiger, während ich noch immer geduckt dastand, vor Schrecken wie gelähmt. Er schob die Erde immer eifriger beiseite, und die rote Glut in seinen Augen nahm an Intensität deutlich zu.

Das Messer.

Die Waffe lag neben dem Grab. Die Glühbirne über der Box schwankte im Wind an ihrem Kabel hin und her, und die Stahlklinge reflektierte dieses Licht. Es sah fast so aus, als züngelten Flammen über das Metall, das sich dadurch in ein mächtiges Zauberschwert zu verwandeln schien. Und tatsächlich war das einfache Wurfmesser in diesem düsteren Augenblick für mich genauso wertvoll wie König Artus' Excalibur. Aber um an das Messer heranzukommen, mußte ich mich in Reichweite des halbtoten Wesens begeben.

Tief in seiner zerfetzten Kehle stieß der Leichnam schrille, gackernde Laute aus, die sich wie Gelächter anhörten – wie das Gelächter von Irrenhausinsassen oder von Verdammten.

Er hatte ein Bein schon fast freigelegt.

Einem plötzlichen Entschluß folgend, machte ich einen Satz auf das Messer zu.

Das Wesen kam mir jedoch zuvor, schwenkte hölzern einen Arm und schlug mit der Handkante gegen die Waffe, die funkelnd durch die Sägespäne flog und mit einem leisen Klirren in der Dunkelheit unter einer Ecke der Plattform verschwand.

Einen unbewaffneten Nahkampf zog ich nicht einmal in Erwägung. Ich wußte, daß ich dabei gegen einen Zombie nicht die geringste Chance hätte. Es wäre genauso hoffnungslos wie der Versuch, sich aus Treibsand zu befreien.

So langsam und schwach die Kreatur auch zu sein schien – sie würde sich rein defensiv verhalten, bis ich völlig erschöpft wäre, und dann würde sie mich mit harten Schlägen umbringen.

Das Messer war meine einzige Chance.

Ich stürzte an dem flachen Grab vorbei, und das tote Ding packte mein Bein mit einer eisigen Hand, deren Kälte sofort durch meine Jeans bis auf die Haut drang, aber ich trat nach seinem Kopf, riß mich los und taumelte auf die andere Seite der etwa dreieinhalb Meter langen Box. An der Stelle, wo das Messer unter der Plattform verschwunden war, legte ich mich flach auf den Bauch und schob meinen Arm in den Zwischenraum. Ich tastete umher, fand Erde und Sägespäne und Kieselsteine und einen alten krummen Nagel, aber kein Messer. Ich hörte den lebenden Leichnam hinter mir keuchen, schnaufen und grunzen, während er die Erde beiseite warf und seine Glieder befreite. Ich rückte noch näher an die Plattform heran, bis die Ecke eines Brettes sich mir schmerzhaft in die Schulter bohrte, und versuchte einige Zentimeter tiefer vorzudringen, versuchte mit den Fingerspitzen nicht nur zu tasten, sondern gleichsam zu *sehen*, stieß aber nur auf ein kleines Stück Holz und ein knisterndes Zellophanpapier. Mich quälte der Gedanke, daß ich den heißersehnten Gegenstand vielleicht nur um Haaresbreite verfehlte, und irgendwie schaffte ich es, mich weitere fünf Zentimeter vorzuschieben, aber es nutzte noch immer nichts, kein Messer, auch nicht etwas weiter rechts und links, nur Luft und Schmutz und ein trockenes Grasbüschel, und jetzt waren hinter mir babbelnde und kichernde Laute und schwere Schritte zu vernehmen, und ich wimmerte, hörte mich selbst wimmern und konnte doch nicht aufhören – *noch ein Zentimeter*! –, und etwas stach mich in den Daumen, endlich, die scharfe Messerspitze, und ich packte sie mit Daumen und Zeigefinger, zog sie unter der Plattform hervor und umklammerte den Griff – doch bevor ich aufstehen oder mich auch nur auf den Rücken rollen konnte, beugte sich der Leichnam über mich, packte mich am Kragen und bei den Jeans, hob mich mit weit mehr Kraft, als ich ihm zugetraut hätte, vom Boden hoch und schleuderte mich wie einen Sack von sich. Ich landete mit dem Gesicht nach unten im Grab, hatte den Mund voll Erde und spürte einen Regenwurm an meiner Nase.

Ich würgte, schluckte etwas Erde, spuckte den größten Teil aus und drehte mich gerade noch rechtzeitig auf den Rücken, um zu sehen, wie der Troll die beschädigte Apparatur seines Körpers schwerfällig an den Rand des Grabes heranschob. Er starrte auf mich herab. Augen wie Eis und Feuer. Sein Schatten huschte unruhig über mich hinweg, weil die Glühbirne sich im Luftzug bewegte.

Der Abstand zwischen uns war nicht groß genug, um das Messer erfolgreich werfen zu können. Doch ich erkannte schlagartig die Absicht des Wesens, packte den Messergriff mit beiden Händen, stählte meine Schultern, Ellbogen und Handgelenke und richtete die Klinge genau in jenem Moment auf die Kreatur, da sie sich mit ausgebreiteten Armen und irrem Grinsen auf mich fallen ließ. Sie spießte sich selbst auf dem Messer auf und drückte mir mit ihrem Gewicht die Luft aus den Lungen.

Obwohl die Klinge bis zum Heft in die Brust eingedrungen war, hatte diese Ausgeburt der Hölle noch immer Leben in sich. Ihr Kinn lag auf meiner Schulter, und sie preßte eine ihrer kalten Wangen an die meinige und murmelte mir unverständliches Zeug ins Ohr, und ihre Arme und Beine zuckten mit spinnenartiger Geschwindigkeit, und ihre Hände zitterten und verkrampften sich.

Grenzenloser Ekel und unermeßliches Entsetzen verliehen mir neue Kraft, und ich schaffte es mit Stößen, Schlägen, Tritten und Verrenkungen, mich von dem Leichnam zu befreien, bis unsere Positionen schließlich vertauscht waren. Ich kniete über ihm, ein Knie auf seiner Leiste, das andere auf der Erde. Ich stieß Flüche aus, die aus halben Wörtern und einzelnen Silben bestanden und genausowenig Sinn ergaben wie das Gemurmel meines toten Gegners, dessen Lippen sich noch immer bewegten. Ich riß das Messer aus seiner Brust heraus und stach erneut zu, einmal, zweimal, dreimal, in Hals, Brust und Bauch, und dann noch ein weiteres Mal. Er schwang blindlings seine riesigen Fäuste, aber sogar in meiner Raserei konnte ich den meisten Schlägen mühelos ausweichen, obwohl die wenigen, die meine Arme und Schultern trafen, sehr schmerzhaft waren. Schließlich erzielte mein Messer den gewünschten Effekt, beseitigte das Krebsgeschwür unnatürlichen Lebens aus diesem kalten Fleisch, bis die krampfhaften Zuckungen der Beine aufhörten, die Arme sich immer langsamer und unsicherer bewegten und das Ding sich in die eigene Zunge biß. Zuletzt fielen die Arme kraftlos herunter, der Mund erschlaffte, und das schwache rote Licht erlosch in seinen Augen.

Ich hatte das satanische Wesen umgebracht.

Zum zweitenmal.

Aber das reichte noch nicht. Ich mußte sicherstellen, daß das Wesen diesmal auch tot *blieb*. Ich konnte jetzt sehen, daß die tödliche Halswunde, die ich ihm im Autoskooter beigebracht hatte, teilweise verheilt war. Bis zu dieser Nacht hatte ich nicht gewußt, daß Trolle – wie die Vampire des europäischen Volksglaubens – manchmal auferstehen konnten, wenn sie nicht gründlich genug getötet worden waren. Nachdem mir diese düstere Wahrheit nun aber bekannt war, würde ich kein Risiko mehr eingehen. Solange der Adrenalinstoß noch wirksam war und ich weder von Verzweiflung noch von Übelkeit überwältigt wurde, schnitt ich der Kreatur den Kopf ab. Es war keine leichte Arbeit, aber das Messer war scharf, die Klinge aus gehärtetem Stahl, und mein Entsetzen und meine Wut verliehen mir noch immer zusätzliche Kräfte.

Wenigstens floß bei dieser grausigen Tat kein Blut, denn ausgeblutet war die Leiche schon vor zwei Tagen.

Draußen heulte und brauste der heiße Sommerwind um das Zelt. Die wogende Leinwand knatterte und zerrte an den Seilen, die sie an den Boden fesselten, so als wäre sie ein riesiger dunkler Vogel, der vergeblich wegzufliegen versuchte.

Große schwärzliche Motten schwirrten um die Glühbirnen herum und trugen das ihre zum Kaleidoskop von Licht und Schatten bei. Diese ständig wechselnden, umherhuschenden Phantomgebilde machten mich in meiner ohnehin überreizten Verfassung ganz verrückt und verstärkten das unangenehme Schwindelgefühl, das mich zu überwältigen drohte.

Nach vollendeter Enthauptung wollte ich den Kopf zunächst einfach zwischen die Beine des Leichnams legen und das Grab zuschütten, doch das war mir dann doch noch nicht sicher genug. Ich konnte mir lebhaft vorstellen, daß der Troll unter der Erdschicht die Arme bewegte, nach seinem Kopf griff und sich diesen aufsetzte wie einen Hut, daß die Wirbel sich nahtlos zusammenfügten, daß die Haut sich schloß, daß in seinen Augen jenes rote Licht neu erglühte... Deshalb legte ich den Kopf beiseite und begrub nur den Körper. Ich stampfte die Erde mit den Füßen fest, so gut ich konnte, und streute dann Sägespäne darüber.

Den Kopf meines Feindes bei den Haaren zu tragen, verlieh mir das Gefühl, ein wilder Kannibale zu sein, und ich ekelte mich vor mir selbst, während ich zum Eingang eilte und das Licht ausschaltete.

Die Zeltbahn, die ich losgebunden hatte, flatterte im Wind. Ich schaute vorsichtig hinaus. Der Rummelplatz lag im bleichen Licht des untergehenden Mondes wie ausgestorben da.

Ich schlüpfte ins Freie, legte den Kopf ab, befestigte die Leinwand, nahm den Kopf wieder zur Hand und sah zu, daß ich rasch von der Straße wegkam. Vorbei an Generatoren und Lastwagen, erreichte ich ein brachliegendes Feld und gleich dahinter den nächstgelegenen Teil des Waldes, der das Jahrmarktsgelände auf drei Seiten umgab. Mit jedem Schritt wuchs meine Angst, daß der Kopf zu neuem Leben erwachen würde – daß die Augen aufglühen und die Lippen sich zu einem höhnischen Grinsen verziehen würden –, und ich hielt ihn auf Armeslänge von mir weg, damit er mich nicht in den Schenkel beißen konnte.

Natürlich war er tot. Jede Spur von Leben war für immer aus ihm gewichen. Das Zähneknirschen und -klappern, das haßerfüllte Gemurmel – all das bildete ich mir natürlich nur ein. Meine Fantasie ging mit mir durch, sie raste in wildem Galopp durch eine alptraumhafte Landschaft schauriger Möglichkeiten.

Als ich mich schließlich durchs Unterholz vorarbeitete, eine kleine Lichtung neben einem Bach fand und den Kopf auf einem Stein ablegte, reichte das gespenstische Mondlicht aus, um mir zu beweisen, daß meine Befürchtungen grundlos waren, daß kein Funke Leben mehr in ihm war.

Im weichen feuchten Lehmboden am Wasser ein Loch zu graben, war sogar mit bloßen Händen ganz einfach. Die Bäume, deren nachtschwarzes Geäst wie Hexenröcke und Mäntel von Zauberern aussah, hielten am Rand der Lichtung Wache, während ich den Kopf begrub, die Erde feststampfte und mit welkem Laub und Tannennadeln bedeckte.

Um jetzt die Rolle eines Lazarus zu spielen, würde der kopflose Leichnam sich aus seinem Grab befreien, blindlings zum Wald kriechen oder stolpern, die Lichtung ausfindig machen und seinen Kopf ausbuddeln müssen. Obwohl die Ereignisse der letzten Stunde mir einen noch größeren Respekt vor den bösen Kräften der Trolle eingeflößt hatten, war ich doch überzeugt davon, daß sie derart mächtige Hindernisse nicht überwinden konnten. Der Unhold war tot, und er würde jetzt auch für immer tot bleiben.

Bis jetzt war meine panische Angst mir durchaus zustatten gekommen, denn sie allein hatte mich befähigt, alles Notwendige zu tun. Doch jetzt blieb ich noch ein Weilchen auf der Lichtung stehen und versuchte mich zu beruhigen. Das war nicht einfach.

Ich mußte immer wieder an Onkel Denton drüben in Oregon denken. Waren seine schrecklichen Wunden im Sarg vielleicht verheilt, hatte er sich einige Wochen nach meiner

Flucht vielleicht aus seinem Grab befreien können? Hatte er der Farm, wo meine Mutter und meine Schwestern noch immer lebten, einen Besuch abgestattet, um sich an der Familie Stanfeuss zu rächen? Waren sie durch meine Schuld die Opfer eines Trolls geworden? Nein! Das war undenkbar. Mit solcher Schuld beladen, hätte ich nicht weiterleben können. Onkel Denton war nicht zurückgekehrt. Zum einen hatte er sich an jenem Tag, als ich ihn stellte, mit solcher Kraft gewehrt, daß ich schließlich in einen Zustand wilder Raserei geraten war und die Axt immer und immer wieder geschwungen hatte, auch als er bereits tot war. Ich hatte ihn dermaßen zerhackt, daß sogar eine übernatürliche Heilung im Grab völlig ausgeschlossen schien. Doch falls er dennoch auferstanden sein sollte, so hatte er mit Sicherheit das Haus der Stanfeuss und das gesamte Gebirgstal gemieden, wo jeder ihn kannte und wo das Wunder seiner Rückkehr aus dem Grabe sich sofort herumgesprochen und kolossales Aufsehen erregt hätte. Ich war mir sicher, daß er langsam in seinem Sarg verweste, aber falls er *nicht* in seinem Grab lag, war er jedenfalls weit von Oregon entfernt, lebte irgendwo unter einem anderen Namen und quälte andere Unschuldige, nicht aber meine Familie.

Ich verließ die Lichtung, zwängte mich wieder durchs Unterholz und gelangte aufs freie Feld. Es duftete nach Goldrute. Auf halbem Wege zum Jahrmarktsgelände merkte ich, daß ich noch immer einen unangenehmen Erdgeschmack im Mund verspürte. Und plötzlich brach der Damm jener segensreichen Betäubung, die mich in der letzten Stunde vor dem Zusammenbruch bewahrt hatte; die schrecklichen Ereignisse brachen in allen Einzelheiten über mich herein, und ich fiel auf Hände und Knie und übergab mich ins Gras.

Als die Übelkeit vorbei war, kroch ich ein Stück beiseite, legte mich auf den Rücken, starrte zum Sternenhimmel empor, atmete tief durch und versuchte, Kräfte zum Weitergehen zu sammeln.

Es war inzwischen vier Uhr fünfzig. In einer Stunde würde die orangefarbene Morgensonne aufgehen.

Mir kam das blicklose orangefarbene Auge auf Joel Tucks

Stirn in den Sinn. Joel Tuck... er hatte die Leiche begraben, und das deutete darauf hin, daß er über die Trolle Bescheid wußte und mir helfen wollte.

Und mit größter Wahrscheinlichkeit war er es auch gewesen, der nachts die beiden Freikarten – eine für den Autoskooter, eine für das Riesenrad – auf meine Jeans gelegt hatte. Er hatte mir auf diese Weise mitzuteilen versucht, daß er wußte, was im Autoskooter geschehen war; und offenbar wußte er ebenso wie ich, daß sich am Riesenrad etwas zusammenbraute.

Er konnte die Trolle sehen, und er spürte die düstere Ausstrahlung des Riesenrades, auch wenn seine übersinnlichen Kräfte vermutlich nicht so stark ausgeprägt waren wie die meinigen.

Er war der erste Mensch mit übersinnlichen Kräften, der je meinen Weg gekreuzt hatte, und daß ich einmal jemandem begegnen würde, der wie ich die Tarnung der Trolle durchschauen konnte, hätte ich überhaupt nie zu hoffen gewagt. Ich wurde von einem Gefühl der Brüderlichkeit überwältigt, das mir Freudentränen in die Augen trieb. Ich hatte den so verzweifelt ersehnten Kameraden gefunden. Ich war nicht mehr allein.

Doch warum gab Joel sich nicht deutlich zu erkennen, warum bediente er sich so seltsamer indirekter Methoden? Offenbar sollte ich nicht wissen, wer er war. Aber warum nicht?

Ganz einfach... weil er nicht mein Freund war. Ich begriff plötzlich, daß Joel Tuck in dem Kampf zwischen Menschen und Trollen möglicherweise nur ein neutraler Beobachter war. Schließlich hatten Menschen ihn schlimmer behandelt als Trolle, wenn auch vielleicht nur deshalb, weil er mit Menschen tagtäglich zusammenkam, mit Trollen hingegen nur gelegentlich.

Von der Gesellschaft ausgestoßen, geächtet wie ein Aussätziger, konnte er nur innerhalb der Freistatt des Rummelplatzes in Würde leben. Wäre es da nicht verständlich, wenn er keinerlei Grund sähe, sich in diesem Krieg auf die Seite der Menschen zu schlagen? Wenn dem so war, hatte er mir nur deshalb geholfen und meine Aufmerksamkeit nur deshalb auf das Riesenrad gelenkt, weil bei *diesen* Anschlägen der Trolle auch Schausteller in Mitleidenschaft gezogen wurden – die einzigen Menschen, mit denen er sich solidarisch fühlte.

Und er wollte sich mir nicht zu erkennen geben, weil er spürte, daß *mein* Rachefeldzug gegen die Dämonen sich nicht nur innerhalb des Jahrmarktsgeländes abspielte. Er wollte nicht in einen größeren Konflikt verwickelt werden. Er wollte nur kämpfen, wenn sein eigenes kleines Territorium vom Feind bedroht war.

Er hatte mir einmal geholfen, aber er würde mir nicht immer helfen.

Im Grunde genommen war ich nach wie vor allein.

Der Mond war untergegangen. Die Nacht war sehr finster.

Müde stand ich auf und begab mich zu dem Umkleideraum unter der Tribüne, wo ich mir zunächst gründlich die Hände wusch und meine Fingernägel säuberte, was eine gute Viertelstunde Zeit in Anspruch nahm. Dann duschte ich ausgiebig, bevor ich todmüde zu meinem Wohnwagen wankte.

Mein Zimmergefährte, Barney Quadlow, schnarchte laut.

Ich zog mich aus und legte mich ins Bett, physisch und psychisch total erschöpft.

Das Glück, das ich beim Zusammensein mit Rya Raines empfunden hatte, war nur noch eine schwache Erinnerung, obwohl wir uns vor weniger als zwei Stunden getrennt hatten.

Der danach erlebte Schrecken war lebendiger und überdeckte die Freude. Jetzt fiel mir beim Gedanken an Rya vor allem ihre Schwermut ein, ihre tiefe und mir unbegreifliche Traurigkeit, denn ich wußte, daß Rya früher oder später die Ursache einer weiteren kritischen Situation für mich sein würde.

Soviel Verantwortung ruhte auf meinen Schultern.

Diese Last war viel zu groß.

Ich war erst siebzehn.

Ich weinte lautlos um Oregon, um die Schwestern, die für

mich verloren waren, um die Liebe meiner Mutter, die ich nun nie mehr erfahren würde.

Ich sehnte mich nach Schlaf.

Ich mußte mich unbedingt etwas erholen.

Yontsdown stand in zwei Tagen als nächste Station auf dem Programm.

11

Kehraus

Am Samstag morgen schreckte ich um halb neun – nach kaum mehr als zwei Stunden Schlaf – auf. Ich hatte einen Alptraum gehabt, der mit meinen sonstigen keinerlei Ähnlichkeit hatte.

Ich war auf einem Friedhof gewesen, der sich einen Hügel hinabzog und kein Ende zu haben schien. Unzählige Reihen von Grabsteinen aller Größen und Formen, aus Marmor und Granit, manche davon beschädigt oder umgestürzt – unverkennbar der Friedhof aus Ryas Träumen. Rya war ebenfalls dort; sie rannte vor mir davon, durch den Schnee, unter den schwarzen Ästen kahler Bäume. Ich verfolgte sie, und das Eigenartige war, daß ich sie sowohl liebte als auch haßte, und ich wußte nicht genau, was ich tun würde, wenn ich sie finge. Ein Teil von mir wollte ihr Gesicht mit Küssen bedecken und mit ihr schlafen, aber ein anderer Teil von mir wollte sie würgen, bis ihr Gesicht sich schwarz verfärben, bis ihre herrlichen blauen Augen aus den Höhlen hervortreten und schließlich erlöschen würden. Diese wilde Wut, die sich gegen einen geliebten Menschen richtete, machte mir Angst und veranlaßte mich einige Male stehenzubleiben. Aber jedesmal, wenn ich das tat, blieb auch sie stehen, wartete weiter unten zwischen den Grabsteinen, so als wollte sie von mir gefangen werden. Ich versuchte sie zu warnen, daß dies kein Spiel war, daß etwas mit mir nicht stimmte, daß ich die Kontrolle über mich verlieren könnte, wenn ich sie einholte, aber ich brachte kein Wort über die Lippen. Jedesmal, wenn ich stehenblieb, winkte sie mir auffordernd, und dann nahm ich die Verfolgung wieder auf. Und dann begriff ich, was mit mir nicht stimmte. In mir mußte ein Troll stecken! Eines dieser dämonischen Wesen hatte sich in mir eingenistet, und die Kontrolle an sich gerissen, hatte sich meines Geistes und meiner Seele bemächtigt und bediente sich meines Körpers, der jetzt *sein* Körper war; aber Rya wußte nichts davon, sie sah noch immer nur Slim, ihren liebenden Slim MacKenzie; sie begriff nicht, in welch schrecklicher Gefahr sie schwebte, sie begriff nicht, daß ihr Slim tot und verschwunden war, daß sein Körper jetzt einer nichtmenschlichen Kreatur als Wohnstatt diente, daß diese Kreatur ihr nach dem Leben trachtete. Der Troll holte jetzt auf, und sie drehte sich lachend nach ihm – nach mir – um, sie sah so bezaubernd aus, bezaubernd und zum Tode verurteilt, und jetzt war er – ich – nur noch drei Meter von ihr entfernt, nur noch zwei, nur noch einen... und dann packte ich sie, wirbelte sie herum –

– und als ich aufwachte, spürte ich noch immer, wie ich mit eisernen Händen ihre Kehle zusammenpreßte.

Ich setzte mich im Bett auf, hörte mich keuchen, spürte mein rasendes Herzklopfen und versuchte den Alptraum zu vergessen. Ich blinzelte im Morgenlicht und redete mir verzweifelt ein, daß es nur ein Traum gewesen war, keine Vision.

Keine Vision.

Bitte!

Der Rummelplatz öffnete um elf. Vor mir lagen also noch einige freie Stunden, und wenn ich nicht irgendeine Beschäftigung fand, käme ich möglicherweise ins Grübeln über das Blut, das an meinen Händen klebte. Das mußte unbedingt vermieden werden. Das Jahrmarktsgelände lag am Rand einer Kleinstadt mit sieben- oder achttausend Einwohnern, und ich machte einen Spaziergang dorthin und frühstückte in einem Café. Dann kaufte ich in der Nähe zwei Paar Jeans und einige T-Shirts. Ich sah in der Stadt keinen einzigen Troll, und es war ein so herrlicher Augusttag, daß ich allmählich optimistischer wurde und zu glauben begann, daß alles – die Geschichte mit mir und Rya, die Woche in Yontsdown – eine gute Wendung nehmen würde, wenn ich meinen Verstand gebrauchte und nicht die Hoffnung verlor.

Um halb elf kam ich zurück, deponierte meine neuen Kleidungsstücke im Wohnwagen und war um Viertel vor elf auf dem Rummelplatz. Noch bevor die Tore geöffnet wurden, war der ›Lukas‹ betriebsfertig, und ich hatte mich gerade auf dem Hocker niedergelassen, um auf die ersten Besucher zu warten, als Rya auftauchte.

Das goldene Mädchen. Braungebrannte nackte Beine. Gelbe Shorts. Vier verschiedene Gelbtöne auf einem quergestreiften T-Shirt. Sie trug einen BH, denn wir befanden uns im Jahre 1963, und die Besucher hätten sich über eine Frau ohne BH entrüstet, obwohl die Schausteller einen solchen Aufzug schon damals ohne weiteres akzeptierten. Sie hatte ein leuchtendgelbes Band im Haar. Tochter der Sonne...

Ich sprang auf und versuchte, ihr die Hände auf die Schulter zu legen und sie auf die Wange zu küssen, wurde von ihr aber daran gehindert, indem sie eine Hand gegen meine Brust stemmte. »Ich will keine Mißverständnisse«, sagte sie.

»In welcher Hinsicht?«

»Bezüglich der Ereignisse der letzten Nacht.«

»Was könnte ich da mißverstehen?«

»Was sie bedeuten.«

»Und was bedeuten sie nun?«

Sie runzelte die Stirn. »Sie bedeuten, daß ich dich mag...«

»Gut!«

»Und sie bedeuten, daß wir einander Genuß schenken können...«

»Das ist dir aufgefallen!«

»...aber sie bedeuten nicht, daß ich dein Mädchen bin oder so was Ähnliches.«

»Du siehst aber schon wie ein Mädchen aus, finde ich.«

»Auf dem Rummelplatz bin ich nach wie vor dein Boß.«

»Ah.«

»Und du bist mein Angestellter.«

»Ah.«

O Gott, dachte ich insgeheim.

»Und ich wünsche keine... keine übermäßigen Vertraulichkeiten auf dem Rummelplatz.«

»Gott bewahre! Aber abseits vom Rummelplatz können wir schon noch vertrauten Umgang pflegen?«

Sie war sich ihrer verletzenden Art gar nicht bewußt und begriff nicht, wie demütigend ihre Worte für mich waren. Deshalb konnte sie meine Spöttelei auch nicht richtig einordnen. Trotzdem riskierte sie ein Lächeln. »Richtig. Außerhalb des Rummelplatzes erwarte ich von dir ein gänzlich unkonventionelles Benehmen.«

»Das hört sich fast so an, als hätte ich zwei Jobs. Hast du mich nun wegen meiner Talente als Ausrufer eingestellt – oder auch wegen der Vorzüge meines Körpers.«

Ihr Lächeln erstarb auf den Lippen. »Selbstverständlich als Ausrufer.«

»Ausgezeichnet, Boß. Ich würde nämlich nur ungern glauben müssen, daß du diesen armen, schlecht bezahlten Mann ausnutzt.«

»Ich meine es ernst, Slim.«

»Das ist mir klar.«

»Warum machst du dann Witze?«

»Es ist eine gesellschaftlich akzeptable Alternative.«

»Wozu?«

»Zu lautem Gebrüll und vorschnellen Beleidigungen.«

»Du bist wütend auf mich.«

»Ah, du bist nicht nur schön, sondern auch schnell von Begriff, Boß.«

»Du hast keinen Grund, wütend zu sein.«

»Nein. Wahrscheinlich bin ich einfach ein Hitzkopf.«

»Ich versuche doch nur, klare Verhältnisse zwischen uns zu schaffen.«

»Sehr geschäftstüchtig. Das bewundere ich.«

»Sieh mal, Slim, ich will doch nur sagen, daß alles, was zwischen uns privat passiert, *eine* Sache ist – und was hier auf dem Rummelplatz passiert, eine andere.«

»Allmächtiger Himmel, ich würde nie vorschlagen, daß wir gleich hier miteinander schlafen sollen«, sagte ich.

»Du bist wirklich schwierig.«

»Während du die geborene Diplomatin bist!«

»Sieh mal, manche Männer wären der Ansicht, daß sie sich bei der Arbeit nicht mehr anzustrengen brauchen, sobald sie ihre Chefin rumgekriegt haben.«

»Bin ich denn in deinen Augen ein so mieser Kerl?« fragte ich.

»Hoffentlich nicht.«

»Das hört sich nun nicht gerade wie ein Vertrauensvotum an.«

»Ich will nicht, daß du mir böse bist«, sagte sie.

»Ich bin dir nicht böse«, schwindelte ich.

Ich wußte, daß sie im Umgang mit Menschen große Probleme hatte. Aufgrund meines sechsten Sinnes hatte ich ein besonderes Gespür für ihre Schwermut, Einsamkeit und Unsicherheit – und die daraus resultierende provozierende Schroffheit –, und mein Mitleid war genausogroß wie meine Wut.

»Doch«, widersprach sie. »Du bist mir böse.«

»Schon gut«, meinte ich. »Und jetzt muß ich mich an die Arbeit machen. Da hinten rücken schon die ersten Besucher an.«

»Ist zwischen uns alles in Ordnung?«

»Ja.«

»Bestimmt?«

»Ja.«

»Bis später.«

Ich blickte ihr nach, und ich liebte und haßte sie, aber hauptsächlich liebte ich sie, diese rührend zerbrechliche Amazone. Es war sinnlos, auf sie wütend zu sein; sie hatte etwas von einem Naturelement an sich. Dem Wind oder der Winterkälte oder der Sommerhitze konnte man schließlich auch nicht grollen – man vermochte durch Zorn nichts an ihnen zu ändern, und das gleiche traf auf Rya Raines zu.

Um eins löste Marco mich für 30 Minuten ab, um fünf für drei Stunden. Beide Male dachte ich daran, Shockville einen Besuch abzustatten und mit dem rätselhaften Joel Tuck zu sprechen, aber dann entschied ich mich doch gegen ein übereiltes Vorgehen. Auf dem Rummelplatz ging es an diesem letzten Tag besonders turbulent zu; drei- bis viermal soviel Menschen wie sonst drängten sich auf dem Gelände. Und was ich Joel zu sagen hatte, eignete sich nicht für die Ohren der Besucher. Außerdem befürchtete ich – oder war sogar fast sicher –, daß er sich wie eine Auster verschließen würde, wenn ich ihn allzusehr bedrängte. Möglicherweise würde er behaupten, von Trollen und heimlichen Beerdigungen bei Nacht überhaupt nichts zu wissen, und ich würde vergeblich gegen eine Mauer anrennen. Ich sah in Joel einen wertvollen potentiellen Verbündeten – einen Verbündeten und Freund und seltsamerweise auch eine Vaterfigur –, und ich wollte ihn nicht vergraulen. Ich spürte, daß ich ihm Zeit lassen mußte, mich besser kennenzulernen, sich eine feste Meinung über mich zu bilden. Wahrscheinlich hatte er vor mir nie einen Menschen getroffen, der wie er selbst die Trolle sehen konnte, so wie umgekehrt auch ich nie zuvor jemandem begegnet war, der diese undankbare Gabe besaß, und irgendwann würde seine Neugier bestimmt über seine Zurückhaltung siegen. Bis dahin mußte ich mich eben gedulden!

Deshalb ging ich nach einem Abendessen im Imbißstand zum Wohnwagen und schlief zwei Stunden. Diesmal hatte ich keine Alpträume. Ich war viel zu müde, um überhaupt etwas zu träumen.

Kurz vor acht nahm ich wieder meinen Platz am ›Lukas‹ ein. Die letzten fünf Stunden vergingen schnell und waren sehr einträglich. Der gewaltige Menschenstrom führte eine Menge Banknoten und Münzen mit sich, und einige davon angelte ich für Rya Raines heraus. Erst gegen ein Uhr nachts leerte sich der Rummelplatz allmählich.

Im Schaustellerjargon wird der Kehraus oft auch als ›Häutungsnacht‹ bezeichnet, auf die jeder sich freut, denn dieses Völkchen hat nun einmal etwas Zigeunerhaftes im Blut. Der Abbruch der Vergnügungsstadt entspricht der Häutung einer Schlange, und so wie diese sich dadurch stets erneuert, so fühlen sich auch die Fahrensleute durch die Aussicht auf neue Orte wie neugeboren.

Marco holte die Tageseinnahmen ab, damit ich sofort mit dem Abbau des Lukas beginnen konnte. Hunderte anderer Schausteller – Konzessionäre und Hilfsarbeiter, Ausrufer und Clowns, Zwerge und Kraftmenschen, Köche und Tänzerinnen, alle außer den Kindern und ihren Babysittern – waren ebenfalls damit beschäftigt, Fahrgeschäfte, Buden und Stände abzubauen und zu verladen. Die kleine Berg- und Talbahn, eine Rarität bei Wanderunternehmen, wurde unter endlosem Kling-Päng-Klirr-Bumm zerlegt, ein Geräusch, das anfangs nervte, an das man sich aber nach einer Weile gewöhnte wie an atonale Musik und das man schließlich überhaupt nicht mehr wahrnahm. Das große Clownsgesicht am Lachkabinett bestand aus vier Teilen, die nacheinander abgenommen wurden, wobei die gelbe Nase zuletzt an die Reihe kam, was mich an das bizarre Verschwinden der Lachkatze aus ›Alice im Wunderland‹ erinnerte, von der bekanntlich das Grinsen am längsten zu sehen war. Ein gefräßiges Ungeheuer von den Ausmaßen der Dinosaurier mußte wohl ein Stück des Riesenrads verschlungen haben. In Shockville wurden die fünf Meter hohe Leinwände eingeholt, auf denen die ›Menschenwunder‹ abgebildet waren, und für kurze Zeit schienen die zweidimensionalen Abbildungen zu dreidimensionalem Leben zu erwachen, die mißgestalteten Gesichter und Körper schienen zu winken, zu lachen, zu schielen, zu tanzen und zu grinsen, bevor sie aufgerollt wurden. Das unsichtbare Monster hatte sich inzwischen schon den zweiten großen Bissen vom Riesenrad einverleibt. Ich half mit, Ryas andere Stände abzubauen, und machte mich danach überall nützlich, wo noch ein Handlanger benötigt wurde. Wir zerlegten Holzwände, falteten Zelte zusammen, nahmen Verstrebungen auseinander, erzählten uns bei der Arbeit Witze, schürften Knöchel auf, spannten Muskeln an, schnitten uns in die Finger, nagelten Kisten zu, wuchteten Kisten in Lastwagen, keuchten, schwitzten, fluchten, lachten, tranken Mineralwasser und kaltes Bier, sangen Lieder, lockerten Schrauben, lösten Knoten, rollten Kabel auf... und als ich wieder zum Riesenrad hinüberschaute, war es bis auf den letzten Knochen aufgefressen.

Rudy Morton, der ›Rote‹, dem ich gleich am ersten Morgen begegnet war, gab als Chefmechaniker wichtige Anweisungen und befolgte seinerseits die Anweisungen Gordon Alweins, unseres kahlköpfigen, bärtigen Transportleiters. Gordy war für die Verladung des riesigen Vergnügungsunternehmens verantwortlich, und da der ›Sombra Brothers Carnival‹ mit 46 Güterwaggons und 90 schweren Lastwagen reiste, hatte er eine wahrlich nicht leichte Aufgabe.

Der Rummelplatz verschwand, so als hätte es ihn nie gegeben.

Müde, aber erfüllt von einem herrlich befriedigenden Zugehörigkeitsgefühl, begab ich mich zur Wagenstadt auf der Wiese. Viele Schausteller hatten sich schon auf den Weg nach Yontsdown gemacht; die anderen würden morgen aufbrechen.

Ich ging nicht zu meinem Wohnwagen.

Ich zog Ryas Airstream vor.

Sie hatte auf mich gewartet.

»Ich habe gehofft, daß du kommen würdest«, sagte sie.

»Du hast gewußt, daß ich kommen würde.«

»Ich wollte mich bei dir...«

»Nicht nötig.«

»...entschuldigen.«

»Ich bin schmutzig.«

»Möchtest du duschen?«

Ich duschte, und danach stand ein Bier für mich bereit.

Obwohl ich eigentlich gedacht hatte, daß ich vor Müdigkeit sofort einschlafen würde, liebten wir uns in ihrem Bett, und es war ein köstliches langsames Liebesspiel: Seufzer und Flüstern im Dunkeln, zarte Liebkosungen, Bewegungen wie in Zeitlupe. Einmal vereinigt, verschmolzen wir immer mehr miteinander, und ich hatte das Gefühl, als bewegten wir uns auf eine vollkommene dauerhafte Bindung zu, als seien wir nahe daran, eine Einheit zu bilden, in der unsere Einzelpersönlichkeiten sich zu einem neuen untrennbaren Ganzen verbinden würden, was für mich eine sehr verlockende Vorstellung war, weil ich auf diese Weise all die vielen schlimmen Erinnerungen, den schmerzlichen Verlust meiner Heimat und die auf mir lastende Verantwortung vergessen könnte. Und dieses segensreiche Aufgehen ineinander schien in greifbare Nähe gerückt und würde uns beschieden sein, wenn es mir nur gelänge, den Rhythmus des Aktes genau ihrem Herzschlag anzupassen – und einen Augenblick später war diese Synchronisation erreicht, und durch mein Sperma übertrug sich mein Herzschlag auf sie, unsere Herzen verschmolzen sozusagen zu einem einzigen, und mit einem köstlichen Schauer und erlösenden Seufzer hörte ich auf zu existieren.

Ich träumte von dem Friedhof. Verwitterte Sandsteinplatten. Beschädigte Marmorfiguren. Verblichene Granitobelisken, -quader und -kugeln, auf denen Amseln mit bösartig krummen Schnäbeln saßen. Rya rannte durch den Friedhof, und ich verfolgte sie. Ich würde sie umbringen. Ich wollte sie nicht töten, aber aus irgendeinem unverständlichen Grund hatte ich keine andere Wahl, als ihr das Leben zu nehmen. Ihre Fußspuren im Schnee waren mit Blut gefüllt. Sie war nicht verletzt, sie blutete nicht, deshalb war das Blut wahrscheinlich nur ein Omen, ein Hinweis auf den bevorstehenden Mord, ein Beweis für unsere festgelegten Rollen – Opfer und Mörder, Beute und Jäger. Ich hatte sie fast eingeholt, ihr Haar wehte im Wind, und ich packte sie bei den Haaren, und ihr rutschte der Boden unter den Füßen weg, und wir stürzten beide zwischen die Grabsteine, und dann warf ich mich knurrend auf sie und fletschte die Zähne wie ein wildes Tier und schnappte nach ihrer Kehle, und das Blut spritzte hervor, warme rote Fontänen...

Ich erwachte.

Ich setzte mich auf.

Ich hatte einen Blutgeschmack im Mund.

Ich schüttelte den Kopf, blinzelte, wurde vollends wach.

Ich hatte noch immer einen Blutgeschmack im Mund.

O Gott!

Das mußte Einbildung sein. Ein Relikt aus dem Traum.

Aber dieser schreckliche Geschmack wollte und wollte nicht vergehen. Ich tastete nach der Nachttischlampe, schaltete sie ein, und das Licht kam mir grell und anklagend vor. Schatten flohen in die Ecken des kleinen Zimmers.

Ich führte eine Hand zum Mund. Preßte zitternde Finger auf meine Lippen. Betrachtete meine Finger. Sah Blut.

Neben mir lag Rya zusammengerollt unter einem Laken, wie eine von aufmerksamen Polizisten zugedeckte Leiche. Ich konnte nur ihre Haare auf dem Kopfkissen sehen. Sie bewegte sich nicht. Wenn sie überhaupt atmete, dann so leise, daß es nicht zu hören war.

Ich schluckte.

Dieser Blutgeschmack. Wie Kupfer. So als saugte man an einem alten Penny.

Nein! Ich hatte ihr nicht die Kehle zugedrückt, während ich den Alptraum hatte. O Gott, nein. Unmöglich. Ich war doch nicht verrückt. Ich war doch kein wahnsinniger Mörder. Ich war doch nicht fähig, jemanden zu töten, den ich liebte.

Doch trotz meines verzweifelten Leugnens flatterte in meiner Brust ein wildes Entsetzen, wie ein Vogel im Käfig; und ich brachte es einfach nicht über mich, das Leintuch wegzuziehen und Rya anzuschauen. Ich lehnte mich an das Kopfende und vergrub mein Gesicht in den Händen.

In den letzten Tagen hatte ich überzeugende Beweise erhalten, daß die Trolle real waren, keine Ausgeburt meiner krankhaften Fantasie. Tief im Herzen hatte ich immer gewußt, daß sie real waren, daß ich nicht unschuldige Menschen umbrachte, nur weil ich unter der Wahnvorstellung litt, daß sich in ihnen Trolle verbargen. Und doch waren mir immer Zweifel geblieben, und ich hatte hin und wieder befürchtet, wahnsinnig zu sein. Nun aber wußte ich, daß auch Joel Tuck die dämonischen Wesen sah. Und ich hatte mit einem Leichnam gekämpft, der sich durch einen winzigen Funken trollischer Lebenskraft neu belebt hatte; wenn es die Leiche eines normalen Menschen gewesen wäre, eines unschuldigen Opfers meiner Wahnvorstellungen, hätte sie nie zu neuem Leben erwachen können. Diese Fakten waren doch bestimmt gewichtige Einwände gegen die Anklage, geisteskrank zu sein, die ich oft gegen mich selbst erhoben hatte.

Trotzdem vergrub ich jetzt mein Gesicht in den Händen, und brachte es einfach nicht über mich, Rya zu berühren, aus Angst vor dem, was ich möglicherweise getan hatte.

Der Blutgeschmack im Mund rief einen Würgereiz hervor. Ich atmete tief durch, aber dadurch hatte ich nun auch noch einen Blutgeruch in der Nase.

In den letzten Jahren hatte ich immer wieder einmal düstere Augenblicke durchlebt, in denen ich unter dem Ein-

druck litt, daß die Welt nichts weiter als ein riesiger Schlacht-
hof sei, aus dem einzigen Grund erschaffen und in Umlauf
gesetzt, um die Bühne für ein kosmisches Kasperltheater abzugeben – und dies war einer jener Momente. Wenn ich einen solchen Anfall von Depression hatte, kam es mir immer
so vor, als sei der Mensch nur Schlachtvieh: Entweder wir
brachten einander um, oder wir fielen den Trollen zum Opfer, oder aber uns traf eine jener Launen des Schicksals –
Krebs, Erdbeben, Flutkatastrophen, Hirntumore, Blitzschläge –, die Gottes fantasievolle Beiträge zur Handlung waren. Unser aller Leben schien mit Blut geschrieben zu sein.
Doch bisher hatte ich mich immer von diesen Depressionen
befreien können, indem ich mich an den Glauben klammerte, daß mein Kreuzzug gegen die Trolle Leben rettete und
daß ich eines Tages eine Möglichkeit entdecken würde, andere Männer und Frauen von der Existenz der Monster zu
überzeugen, die getarnt unter uns lebten. In meinem Szenarium der Hoffnung würden die Menschen dann aufhören,
gegeneinander zu kämpfen und einander zu verletzen. Sie
würden sich zusammenschließen und den wirklichen Feind
bekämpfen. Doch wenn ich Rya in einem Anfall angegriffen
und umgebracht hatte, wenn ich einen geliebten Menschen
töten konnte, dann war ich wahnsinnig, und jede Hoffnung
für mich selbst und für die Zukunft der Menschheit war...

Rya wimmerte im Schlaf.

Ich schnappte nach Luft.

Sie schlug um sich, warf den Kopf von einer Seite auf die
andere, riß an dem Laken, bis ihr Gesicht und ihr Hals zu sehen waren – ohne jeden Zweifel hatte auch sie einen Alptraum. Ihr Gesicht war so schön wie zuvor – unverletzt, ohne
Bißwunden –, obwohl sie die Stirn runzelte und den Mund
zur Grimasse verzog. Auch ihr Hals war unverletzt. Kein Blut
war zu sehen.

Mir wurde schwach vor Erleichterung, und ich dankte Gott
überschwenglich. Vorübergehend war mein üblicher Zorn
auf Seine Werke vergessen.

Verwirrt stieg ich aus dem Bett, ging ins Bad, schloß die
Tür und machte Licht. Ich betrachtete zuerst jene Hand, mit

der ich meine Lippen berührt hatte, und das Blut war immer noch an meinen Fingern. Dann schaute ich in den Spiegel und sah das Blut auf meinem Kinn. Es glänzte auch auf meinen Lippen, und selbst meine Zähne waren blutig.

Ich wusch mir Hände und Gesicht, spülte meinen Mund aus, fand im Badschrank ein Mundwasser und konnte damit endlich den Kupfergeschmack loswerden. Ich vermutete, daß ich mir im Schlaf auf die Zunge gebissen hatte, aber das Mundwasser brannte nicht, und trotz sorgfältiger Untersuchung konnte ich an meiner Zunge keine Wunde feststellen.

Irgendwie mußte das Blut aus meinem Traum sich materialisiert und mich in die reale Welt der Lebenden begleitet haben. Was selbstverständlich völlig unmöglich war.

Ich betrachtete meine Zwielicht-Augen im Spiegel.

»Was bedeutet das?« fragte ich mich.

Das Spiegelbild gab keine Antwort.

»Was, zum Teufel, steht uns bevor?« wollte ich wissen.

Mein Gefährte im Spiegel wußte es entweder nicht oder wollte seine Geheimnisse nicht preisgeben.

Ich kehrte ins Schlafzimmer zurück.

Rya war ihrem Alptraum noch nicht entronnen. Sie hatte sich halb aufgedeckt, ihre Beine bewegten sich, so als würde sie rennen, und sie murmelte »Bitte, bitte« und rief »Oh!«, und sie umklammerte mit geballten Fäusten das Leintuch und schüttelte heftig den Kopf.

Ich kroch ins Bett.

Ärzte, die sich mit Schlafstörungen befassen, sagen, daß unsere Träume überraschend kurz sind. So lange ein Alptraum auch zu dauern scheint, in Wirklichkeit dauert er höchstens einige Minuten, meistens sogar nur 20 bis 60 Sekunden. Rya hatte diese Aussagen der Spezialisten offenbar nicht gelesen, denn sie verbrachte die zweite Hälfte der Nacht damit, diese Aussagen ad absurdum zu führen. Ihr Schlaf wurde durch eine ganze Reihe von Phantomfeinden, eingebildeten Kämpfen und Verfolgungsjagden gestört.

Ich beobachtete sie im bernsteinfarbenen Licht der Nachttischlampe eine halbe Stunde lang. Dann schaltete ich die Lampe aus und lauschte im Dunkeln eine weitere halbe

Stunde. Mir wurde klar, daß sie sich im Schlaf genausowenig richtig erholen konnte, wie es bei mir der Fall war. Schließlich streckte ich mich aus, und die Matratze übermittelte mir jedes krampfhafte Zucken, das von Ryas schrecklichen Erlebnissen im Traum zeugte.

Ich fragte mich, ob sie auf einem ihrer Friedhöfe war.

Ich fragte mich, ob es der Friedhof auf dem Hügel war.

Ich fragte mich, wer oder was sie zwischen den Grabsteinen verfolgte.

Ich fragte mich, ob ich das war.

12

Erinnerungen an einen Oktober

Aus weit geöffneten Lastwagen und Kisten wurde der Rummelplatz auf dem Jahrmarktsgelände von Yontsdown hervorgezaubert, so als gäbe es dafür irgendeinen märchenhaften Mechanismus, konstruiert von jenen geschickten Schweizer Handwerkern, die für ihre ungemein komplizierten Glockenspiele mit lebensgroßen Figuren berühmt sind. Am Sonntag abend um sieben Uhr hätte man glauben können, es hätte nie eine ›Häutungsnacht‹ gegeben, so als blieben wir die ganze Saison über an einem Ort, während eine Stadt nach der anderen zu uns kam. Schausteller sagen, daß sie gerne herumreisen, Schausteller sagen auch, daß sie nicht leben könnten, wenn sie nicht mindestens einmal wöchentlich ihren Aufenthaltsort wechseln würden, und Schausteller vertreten ganz ernsthaft die Philosophie der Landstreicher – Zigeuner – und Ausgestoßenen, Schausteller sind sentimentale Fans von Geschichten und Legenden über das Leben am – manchmal gefährlichen – Rand der Gesellschaft, aber wohin sie auch immer gehen, sie haben stets ihr Dorf im Gepäck. Ihre LKWs, Wohnwagen, PKWs, Koffer und Taschen sind vollgestopft mit tröstlich vertrauten Dingen, und ihr Respekt vor der Tradition ist sogar noch ausgeprägter, als man ihn in den Kleinstädten von Kansas antreffen kann, wo sich in Generationen nichts verändert. Schausteller freuen sich auf den Kehraus, weil er ein Beweis für ihre Freiheit ist, im Gegensatz zur tristen Gefangenschaft der Besucher, die immer zurückbleiben müssen. Aber schon nach einem Tag auf den Straßen werden Schausteller nervös und unsicher, denn obwohl die Romantik des ständigen Wanderlebens Bestandteil der Zigeunerphilosophie ist, so sind die Straßen als solche doch das Werk und das Eigentum der ›normalen‹ Gesellschaft, und Fahrensleute müssen sich an die von der Gesellschaft vorgegebenen Regeln halten. Und weil Schausteller zumindest im Unterbewußtsein genau wissen, wie schutzlos

176

sie unterwegs sind, bereitet ihnen die Ankunft an einem neuen Ort sogar noch mehr Freude als der Aufbruch. Der Rummelplatz ist immer viel schneller auf- als abgebaut, und keine Nacht der Woche kann es auch nur entfernt mit der ersten Nacht an einem neuen Ort aufnehmen, wenn einerseits die Wanderlust gerade befriedigt wurde und man sich andererseits wieder in einer Gemeinschaft geborgen fühlen kann. Sobald die Zelte errichtet und die hölzernen Einzelteile der verschiedenen Attraktionen zusammengefügt sind, sobald die Fantasiewelt mit Hilfe von Messing, Chrom, Plastik und elektrischem Licht neu erstanden ist und gegen alle Angriffe der Realität Schutz bietet, verspüren Schausteller einen tieferen Frieden als zu jeder anderen Zeit.

Im Wohnwagen von Irma und Paulie Lorus, wohin Rya und ich zum Abendessen eingeladen waren, hatten am Sonntag abend alle beste Laune, und ich konnte fast vergessen, daß dies nicht irgendein x-beliebiger Ort war, sondern eine von Trollen regierte Stadt, ein Nest, wo die Dämonen brüteten. Paulie, ein kleiner Mann, aber kein Zwerg wie seine schwarzhaarige Frau, war ein begnadeter Mime, der alle möglichen Filmstars und Politiker großartig imitieren konnte und uns damit ständig zum Lachen brachte. Sein Meisterstück war ein köstlicher Dialog zwischen John F. Kennedy und Nikita Chruschtschow. Paulie war ein Schwarzer, und es war einfach verblüffend, wie sehr sich sein gummiartiges Gesicht von einer Sekunde zur anderen verändern und jeden Prominenten hervorragend darstellen konnte, völlig unabhängig von der Rasse.

Paulie war außerdem ein guter Zauberkünstler, der in Tom Catshanks Show auftrat. Für einen Mann seiner Statur – er war höchstens 1,57 m groß – hatte er ziemlich große Hände mit langen schmalen Fingern, und seine Gestik war ungemein ausdrucksvoll. Ich mochte ihn auf Anhieb. Selbst Rya taute ein bißchen auf und beteiligte sich sogar an den Späßen; obwohl sie die kühle Pose und das distanzierte Auftreten, die ihre Markenzeichen waren, nicht völlig ablegte (schließlich war sie bei einer ihrer *Angestellten* zu Besuch), war sie an diesem Abend doch in keinster Weise eine Spielverderberin.

Dann, als wir uns in der Eßnische schon Kaffee und Schwarzwälder Torte schmecken ließen, sagte Irma plötzlich: »Arme Gloria Neames!«

»Warum? Was ist passiert?« fragte Rya.

Irma schaute mich an. »Kennst du sie, Slim?«

»Die... dicke Dame«, erwiderte ich.

»Fett«, korrigierte Paulie und zeichnete mit den Händen eine Kugel in die Luft. »Gloria ist nicht beleidigt, wenn man sie als fett bezeichnet. Sie ist nicht gern so fett, das arme Ding, aber sie macht sich keinerlei Illusionen, hält sich nicht für die Monroe oder die Hepburn oder so jemanden.«

»Nun, sie kann schließlich nichts dafür, daß sie so aussieht«, sagte Irma und fügte, an mich gewandt, hinzu: »Schlechte Drüsen.«

»Tatsächlich?«

»Oh, ich weiß schon«, meinte Irma. »Du glaubst bestimmt, daß sie wie ein Schwein frißt und nur behauptet, die Drüsen wären an ihrer Fettleibigkeit schuld. Aber das ist bei Gloria nicht der Fall. Peg Seeton wohnt bei Gloria, kümmert sich um sie, kocht für sie und so weiter, und Peg sagt, daß die arme Gloria nicht viel mehr ißt als du und ich, bestimmt nicht soviel, daß sie davon auf ein Gewicht von 750 Pfund käme. Und Peg wüßte Bescheid, wenn Gloria heimlich naschen würde, denn Peg erledigt alle Einkäufe, und Gloria geht ohne sie kaum irgendwohin.«

»Kann sie allein nicht gehen?« fragte ich.

»Doch«, antwortete Paulie, »aber das ist nicht einfach für sie, und sie hat wahnsinnige Angst hinzufallen. Das ist bei jedem so, der mehr als fünf- oder sechshundert Pfund wiegt. Wenn Glorie stürzt, kommt sie allein nicht wieder auf die Beine.«

»Ja, das Aufstehen ist für sie überhaupt ein Riesenproblem«, fuhr Irma fort. »Gewiß, von einem Stuhl kann sie sich hochhieven, aber nicht, wenn sie auf den Boden fällt oder auf dem Rücken landet. Beim letzten Mal schafften es nicht einmal mehrere kräftige Hilfsarbeiter, sie wieder aufzurichten.«

»750 Pfund sind eben keine Kleinigkeit«, meinte Paulie. »Sie ist zu gut gepolstert, um sich irgendwelche Knochen zu brechen, aber es ist schrecklich demütigend für sie, sogar wenn es nur vor uns Schaustellern passiert.«

»Schrecklich«, bestätigte Irma und schüttelte traurig den Kopf.

»Letztesmal blieb nichts anderes übrig, als einen LKW zu holen und daran eine Winde zu befestigen«, berichtete Rya. »Und selbst damit war es nicht so einfach, sie auf die Beine zu bekommen und sicherzustellen, daß sie auch wirklich stehenblieb.«

»Das hört sich vielleicht komisch an, aber es war alles andere als komisch«, versicherte mir Irma.

»Du siehst mich nicht lächeln«, erwiderte ich, bestürzt über diesen flüchtigen Einblick in die Leiden der fetten Frau.

Ich fügte meiner langen Liste von Späßen, die Gott sich auf unsere Kosten erlaubt, einen neuen Punkt hinzu: Krebs, Erdbeben, Flutkatastrophen, Hirntumore, Blitzschläge... *schlecht arbeitende Drüsen...*

»Aber das alles ist nichts Neues«, sagte Rya, »höchstens vielleicht für Slim. Warum hast du also vorhin ›arme Gloria‹ gesagt und damit das Gespräch auf sie gebracht?«

»Sie ist heute abend ganz verstört«, berichtete Irma.

»Sie hat ein Strafmandat für zu schnelles Fahren bekommen«, erklärte Paulie.

»Das ist doch keine Tragödie«, kommentierte Rya.

»Sie ist ja auch nicht wegen des Strafmandats verstört«, erwiderte Paulie.

»Es geht darum, wie der Bulle sie behandelt hat«, sagte Irma und fuhr, an mich gewandt, fort: »Gloria hat einen speziell für sie angefertigten Cadillac. Mehr Stahl im Rahmen. Keine Rücksitze und dafür ein nach hinten versetzter Fahrersitz. Bremsen und Gasgeben per Handbedienung. Breitere Türen, damit sie problemlos ein- und aussteigen kann. Das beste Autoradio, das auf dem Markt ist, und unter dem Armaturenbrett ist sogar ein kleiner Kühlschrank eingebaut, so daß sie immer kalte Getränke mitnehmen kann. Sie liebt diesen Wagen.«

»Hört sich ganz schön teuer an«, sagte ich.

»Teuer war er, das stimmt, aber Gloria ist wohlhabend«,

erzählte Paulie. »Wenn wir einen guten Standort haben, wie beispielsweise den Jahrmarkt im Staat New York Ende dieses Monats, werden in nur sechs Tagen etwa sieben- bis achthunderttausend Eintrittskarten für den Rummelplatz verkauft, und von diesen Besuchern statten schätzungsweise 150000 auch Shockville einen Besuch ab.«

»Das macht bei zwei Dollar Eintritt pro Nase doch...« murmelte ich überrascht.

»Dreihunderttausend in einer Woche«, beendete Rya meinen Satz, während sie sich eine weitere Tasse Kaffee eingoß. »Joel Tuck behält die Hälfte für sich, aber dafür bezahlt er auch sämtliche Unkosten, beispielsweise die gesalzene Standgebühr der Sombra Brothers; die andere Hälfte wird gleichmäßig unter seinen elf Attraktionen aufgeteilt.«

»Das heißt, daß Gloria in einer Woche über 13000 verdient«, ergänzte Paulie, und seine ausdrucksvollen Hände zählten unsichtbare Bündel von Banknoten. »Da könnte sie sich sogar zwei spezialgefertigte Cadillacs leisten. Natürlich ist nicht jede Woche so lukrativ; manchmal bringt sie's nur auf zweitausend, aber im Schnitt dürfte sie so um die fünftausend pro Woche verdienen, und das von Mitte April bis Mitte Oktober.«

»Wichtig ist aber nicht, wieviel Gloria für den Cadillac blechen muß, sondern wieviel *Freiheit* er ihr schenkt. Nur in diesem Wagen ist sie beweglich, und du weißt ja, wie wichtig es für Schausteller ist, frei und beweglich zu sein.«

»Nein«, widersprach Rya, »auch die Freiheit, die der Wagen ihr schenkt, ist nicht so wichtig. Wirklich wichtig ist jetzt nur diese Geschichte vom Strafmandat, die wir endlich hören wollen.«

»Na ja, das war so«, kam Irma endlich zur Sache. »Gloria fuhr heute morgen mit dem Cadillac nach Yontsdown, während Peg den Kombi steuerte, an den der Wohnwagen angehängt ist. Einen knappen Kilometer nach der Kreisgrenze hat einer der Leute des Sheriffs sie wegen angeblicher Geschwindigkeitsüberschreitung angehalten. Nun, Gloria fährt seit 22 Jahren Auto und hat noch nie einen Unfall verursacht oder auch nur ein Strafmandat erhalten.«

»Sie ist eine ausgezeichnete Fahrerin«, bestätigte Paulie, »und sie fährt vorsichtig, weil sie genau weiß, was für eine Katastrophe es wäre, wenn sie mit diesem Wagen einen Unfall baute. Die Männer vom Notdienst bekämen sie aus dem Auto nie heraus. Deshalb ist sie vorsichtig und fährt nie zu schnell.«

»Wie dieser Typ sie also zwingt anzuhalten«, fuhr Irma fort, »hält sie das Ganze entweder für einen Irrtum oder für einen Schwindel, um Fremde zur Kasse zu bitten, und da sie letzteres für wahrscheinlicher hält, erklärt sie sich sofort bereit, die Strafe zu bezahlen. Aber damit ist der Kerl nicht zufrieden. Er wird beleidigend und will, daß sie aussteigt, aber sie hat Angst hinzufallen, und daraufhin verlangt er, daß sie vor ihm herfährt, zum Büro des Sheriffs in Yontsdown, und sobald sie dort sind, zwingt er sie auszusteigen und bringt sie ins Büro, und dann fängt für die arme Gloria eine regelrechte Tortur an. Man droht ihr, sie einzusperren, wegen Widerstands gegen die Staatsgewalt oder so was Ähnliches. Bockmist jedenfalls!«

Paulie gestikulierte diesmal mit seiner Kuchengabel in der Hand. »Sie haben die Ärmste im ganzen Gebäude hin und her laufen lassen, von Pontius zu Pilatus, ohne ihr die Möglichkeit zu geben, sich zwischendurch irgendwo zu setzen; deshalb hat sie sich an die Wände gelehnt oder an Geländern und Schreibtischen festgehalten. Für sie steht fest, daß die Typen *hofften*, sie würde hinfallen, weil sie genau wußten, daß es für Gloria ein Alptraum sein würde, wieder auf die Beine zu kommen. Alle haben sich über sie lustig gemacht. Sie ließen sie nicht einmal auf die Toilette gehen, mit der Begründung, daß sie den Abortdeckel zerbrechen würde. Ihr Herz ist verständlicherweise nicht das beste, und sie sagt, sie hätte befürchtet, es würde zerspringen. Sie war am Weinen, als man ihr endlich erlaubt hat zu telefonieren, und sie hat wirklich nicht nahe am Wasser gebaut und neigt auch nicht zu Selbstmitleid.«

»Dann«, beendete Irma den Bericht, »ruft sie bei der Jahrmarktverwaltung an, und Jelly wird ans Telefon geholt, und er fährt in die Stadt und holt sie da heraus, aber sie hat, sage und schreibe, *drei* Stunden dort zubringen müssen!«

»Ich habe Jelly immer für einen guten Flickschneider gehalten«, sagte Rya. »Wie konnte ihm so was passieren?«

Ich erzählte ihnen ein bißchen über unseren Ausflug nach Yontsdown am Freitag. »Jelly hat seine Sache wirklich gut gemacht. Alle wurden geschmiert. Eine Frau, Mary Vanaletto, die Vorsitzende des Kreisrates, hat von Jelly die Mäuse und Freikarten für alle Kreisräte und für den Sheriff und seine Leute bekommen.«

»Vielleicht hat sie alles für sich behalten und den anderen weisgemacht, daß wir dieses Jahr nicht bezahlen wollten«, meinte Rya, »und deshalb macht der Sheriff uns jetzt Schwierigkeiten.«

»Das glaube ich nicht«, sagte ich. »Ich glaube vielmehr... aus irgendwelchen Gründen wollen sie es zu einer Auseinandersetzung kommen lassen...«

»Aber warum?« fragte Rya.

»Ich weiß nicht... aber ich hatte am Freitag diesen Eindruck«, antwortete ich ausweichend.

Irma nickte, und Paulie sagte: »Jelly verbreitet es schon überall. Wir müssen uns diese Woche von unserer Schokoladenseite zeigen, denn er glaubt, daß ihnen jeder Vorwand recht sein wird, um uns Steine in den Weg zu legen und alle möglichen Attraktionen zu schließen. Sie wollen wohl noch mehr Zuckerchen von uns erpressen.«

Ich wußte, daß sie es nicht auf unser Geld abgesehen hatten; sie wollten Blut sehen und sich an unserem Leid weiden. Aber ich konnte Irma, Paulie und Rya nicht von den Trollen erzählen. Sogar Schausteller, die tolerantesten Menschen der Welt, würden meine Geschichten nicht nur für exzentrisch, sondern für verrückt halten. Und obwohl sie Exzentrizität durchaus in Ehren halten, haben sie für gefährliche Psychopathen auch nicht mehr übrig als die sogenannten normalen Bürger. Deshalb behielt ich die düstere Wahrheit über die Repräsentanten von Yontsdown für mich.

Ich wußte aber genau, daß die Quälereien, denen man Gloria Neames ausgesetzt hatte, nur der Auftakt des Krieges gewesen waren. Viel Schlimmeres stand uns noch bevor. Weit Schlimmeres als die Schließung von Attraktionen. Viel

Schlimmeres als alles, was meine neuen Freunde sich vorstellen konnten. Von diesem Augenblick an war es mir nicht mehr möglich, die Trolle aus meinen Gedanken zu verbannen, und der Abend war für mich jetzt nicht mehr so vergnüglich wie anfangs. Ich lächelte und lachte und beteiligte mich weiterhin an der Unterhaltung, aber ein Mann, der mitten in einem Nest von Vipern steht, fühlt sich wahrscheinlich auch nicht besonders wohl.

Wir verließen den Wohnwagen der Lorus kurz nach elf, und Rya fragte mich: »Müde?«

»Nein.«

»Ich auch nicht.«

»Willst du einen Spaziergang machen?«

»Nein, ich möchte etwas anderes«, erwiderte sie.

»O ja«, stimmte ich enthusiastisch zu. »Das möchte ich auch.«

»Nicht *das*«, lachte sie.

»Oh...«

»Noch nicht.«

»Das klingt schon besser.«

Sie führte mich zum Rummelplatz.

Im Laufe des Tages waren dicke stahlgraue Wolken aufgezogen; sie hingen noch immer am Himmel und verdeckten den Mond und die Sterne. Der ganze Vergnügungspark bestand nur aus Schatten: dunkle Pfeiler und Bretter, schwarze Dächer, tintenfarbene Öffnungen, einander überlappende Farbschichten der Nacht in feinsten Abstufungen: Ebenholz, Kohle, Schwarzdorn, Ruß, Schwefel-Schwarz, Anilin-Schwarz, Alizarin-Zyanin, Lack-Schwarz, Holzkohle, Raben-Schwarz – Schwarz; dunkle Türen in noch dunkleren Wänden.

Am Riesenrad blieb Rya stehen. Es hob sich als Netzwerk geometrischer Formen von dem etwas weniger schwarzen mondlosen Himmel ab.

Wieder spürte ich die bedrohlichen Vibrationen, die davon ausgingen. Ich konnte noch immer nicht erkennen, welcher Art die Tragödie sein würde, aber ich wußte, daß in dieser

Maschine zukünftiges Unheil gespeichert war, wie Elektrizität in den Zellen einer Batterie.

Zu meiner Überraschung öffnete Rya die Pforte im Eisenzaun und näherte sich dem Riesenrad. »Komm«, rief sie mir zu.

»Wohin denn?«

»Hinauf.«

»Was?«

»Hinauf.«

»Wie?«

»Wir stammen doch angeblich von Affen ab.«

»Ich nicht.«

»Wir alle.«

»Ich stamme aber von Murmeltieren ab.«

»Es wird dir gefallen.«

»Viel zu gefährlich.«

»Kinderleicht«, meinte sie und begann hinaufzuklettern.

Sie sah aus wie ein großes Kind am Kletterbaum eines Spielplatzes für Erwachsene, und ich fühlte mich denkbar unbehaglich.

Ich mußte an meine Vision einer blutüberströmten Rya denken, obwohl ich ziemlich sicher war, daß derzeit noch keine Todesgefahr für sie bestand, daß ihr Leben in dieser Nacht noch nicht bedroht war. Trotzdem hatte ich rasendes Herzklopfen.

»Komm zurück«, rief ich.

Sie blickte aus etwa fünf Meter Höhe zu mir herab. »Komm rauf!«

»Das ist verrückt.«

»Es wird dir bestimmt gefallen.«

»Aber...«

»Bitte, Slim.«

»O Gott!«

»Enttäusch mich nicht«, sagte sie, bevor sie weiterkletterte.

Ich hatte nicht das Gefühl, als stellte das Riesenrad für uns in dieser Nacht eine Gefahr dar. Seine bedrohliche Ausstrahlung galt der Zukunft; im Augenblick war es nur eine Maschine aus Holz und Stahl und Hunderten von Lichtern, die jetzt natürlich nicht eingeschaltet waren.

Widerwillig folgte ich Rya, wobei ich rasch feststellte, daß die Streben Händen und Füßen mehr Halt boten, als ich gedacht hatte. Das abgestellte Rad bewegte sich nicht, nur einige der zweisitzigen Gondeln schwankten leicht, wenn der Wind zunahm, oder wenn unsere Bewegungen das Metallgerüst in Vibrationen versetzten. Entgegen meiner Behauptung, von Murmeltieren abzustammen, bewies ich bald, daß meine Vorfahren doch Affen gewesen waren.

Zum Glück kletterte Rya nicht bis zur obersten Gondel, sondern begnügte sich mit der dritthöchsten. Sie hatte die Sicherheitsstange für mich offenstehen lassen, saß gelassen da und lächelte mir zu, als ich schwitzend und zitternd das Ziel erreichte. Ich schwang mich auf den Sitz neben sie und fand, daß die Kletterpartie sich fast gelohnt hatte, nur um dieses so seltene Lächeln zu erleben.

Bei meinem unbedacht schwungvollen Einstieg begann die Gondel heftig zu schaukeln, und einen atemberaubenden Moment lang dachte ich, ich würde hinausfallen, durch den gefrorenen Wasserfall aus Metall und Holz in die Tiefe sausen, gegen jede Gondel prallen und schließlich mit voller Wucht auf dem Boden aufschlagen und mir alle Knochen brechen. Doch ich umklammerte mit einer Hand die verzierte Seitenwand der Gondel, mit der anderen die Rückwand und balancierte die Gondel aus. Rya war so tollkühn, sich nur mit einer Hand festzuhalten, und während der stärksten Schaukelei beugte sie sich hinaus, ergriff die Sicherheitsstange und klinkte sie ein.

»So«, sagte sie, »jetzt haben wir's herrlich gemütlich.« Sie schmiegte sich an mich. »Ich habe dir doch gesagt, daß es schön sein würde. Es gibt nichts Schöneres, als hier im dunklen Riesenrad zu sitzen, wenn der Motor abgestellt ist und ringsum tiefe Stille herrscht.«

»Kommst du oft hierher?«

»Ja.«

»Allein.«

»Ja.«

Wir verstummten für einige Minuten, saßen einfach dicht nebeneinander, schaukelten leicht hin und her und betrachteten die nächtliche Szene von unserem dunklen Thron aus. Und als dann doch eine Unterhaltung in Gang kam, drehte sich unser Gespräch erstmals um Dinge wie Bücher, Gedichte, Filme, Lieblingsblumen und Musik, und erst jetzt kam mir zu Bewußtsein, daß unsere bisherigen Gesprächsthemen fast ausschließlich düster und makaber gewesen waren. Es schien fast, als hätte Rya irgendeine schwere Last abgeworfen, um den Aufstieg zu schaffen, und diese unbeschwerte Rya zeigte einen unerwarteten Sinn für Humor und konnte sogar richtig mädchenhaft kichern. Ausnahmsweise war jene geheimnisvolle Melancholie nicht zu spüren.

Doch dann, etwas später, spürte ich sie wieder, obwohl ich nicht sagen kann, wann diese mächtige Welle der Melancholie sie erfaßte. Wir sprachen unter anderem über Buddy Holly, dessen Lieder wir beim Kehraus geschmettert hatten, und sangen im Duett ein Potpourri unserer Lieblingsmelodien. Wahrscheinlich mußte auch Rya dabei an Hollys viel zu frühen Tod vor viereinhalb Jahren denken, und vielleicht betrat sie damit die erste Stufe der Kellertreppe, die ins Dunkel hinabführte, denn kurze Zeit später unterhielten wir uns über James Dean, dessen Leben durch einen Autounfall auf einer kalifornischen Straße vor mehr als sieben Jahren abrupt geendet hatte. Dann begann sich Rya über die Ungerechtigkeit früher Tode auszulassen, kaute beharrlich darauf herum, bis ich spürte, daß ihre Schwermut sie wieder eingeholt hatte. Ich versuchte dem Gespräch schnell eine erfreulichere Wendung zu geben, hatte damit aber wenig Erfolg, denn sie schien plötzlich nicht nur fasziniert von morbiden Themen zu sein, sondern regelrecht Gefallen daran zu finden.

Als schließlich auch die letzte Spur von Freude aus ihrer Stimme verschwunden war, rückte sie etwas von mir ab und fragte: »Was hast du letzten Oktober empfunden? Wie hast du dich gefühlt?«

Im ersten Augenblick wußte ich nicht, was sie meinte.

»Kuba. Im Oktober«, erklärte sie. »Die Blockade, die Raketen, die Machtprobe. Es heißt, wir hätten uns am Rande eines Atomkriegs befunden. Harmageddon. Wie hast du dich gefühlt?«

Jener Oktober war ein Wendepunkt für mich gewesen, wie vermutlich für alle, die alt genug waren, um die Bedeutung dieser Krise zu verstehen. Mir persönlich war plötzlich bewußt geworden, daß die Menschheit nun imstande war, sich selbst vollständig auszulöschen. Ich begriff auch, daß die Trolle – die ich damals schon seit einigen Jahren beobachtete – über die Spirale technologischer Errungenschaften und über die zunehmende Kompliziertheit unserer Gesellschaft entzückt sein mußten, lieferten diese Entwicklungen ihnen doch die Möglichkeit, die Menschheit auf immer spektakulärere Weise zu martern. Was würde geschehen, wenn ein Troll entweder in den USA oder in der UdSSR in eine hohe Machtposition aufsteigen würde und die Möglichkeit hatte, auf DEN KNOPF zu drücken? Natürlich wären sie sich darüber im klaren, daß ihre Spezies zusammen mit unserer vernichtet würde; und die Apokalypse würde sie der Möglichkeit berauben, uns langsam zu quälen, was ihnen offenbar besonderen Genuß bereitete. Das schien auf den ersten Blick die Wahrscheinlichkeit zu verringern, daß sie einen Atomkrieg entfesseln würden. Aber welches Festmahl von Leiden gäbe es in jenen letzten Tagen und Stunden! Die gewaltigen Explosionen, die ganze Städte einebneten, die Feuerstürme, die radioaktiven Aschenregen: Wenn die Trolle uns so intensiv und geradezu besessen haßten, wie ich glaubte, war dies das Szenarium, das sie sich letztendlich wünschen würden, ungeachtet der Konsequenzen für ihr eigenes Überleben. Die Kubakrise machte mir klar, daß ich früher oder später gezwungen sein würde, gegen die Trolle zu kämpfen, so hoffnungslos und absurd mein Ein-Mann-Krieg auch sein mochte.

Die Krise – der Wendepunkt. Im August 1962 hatte die Sowjetunion heimlich mit dem Bau von Abschußrampen für Mittelstreckenraketen begonnen. Präsident Kennedy verlangte im Oktober den Abbau dieser provozierenden Rampen und den Rücktransport bereits gelieferter Raketen.

Nachdem die Russen sich geweigert hatten, diese Forderung zu erfüllen, verhängte Kennedy am 22. Oktober eine Blockade über Kuba. Am Samstag, dem 27. Oktober, wurde eines unserer U-2-Flugzeuge von einer sowjetischen Rakete abgeschossen, und für Montag, den 29. Oktober wurde – wie wir später erfuhren – eine Invasion in Kuba durch US-Truppen angeordnet. Der Ausbruch des Dritten Weltkriegs schien unmittelbar bevorzustehen. Am 28. Oktober erklärte sich Chruschtschow aber bereit, die Raketen abzuziehen. Während jener kritischen Oktoberwoche wurden in allen amerikanischen Schulen Luftalarm-Übungen durchgeführt; Luftschutzbunker wurden mit zusätzlichen Lebensmittel-Vorräten ausgestattet; die Streitkräfte wurden in Alarmbereitschaft versetzt; in den Kirchen wurden Bittgottesdienste abgehalten, die von ungleich mehr Menschen als gewöhnlich besucht wurden. Und falls die Trolle bis dahin die totale Zerstörung der Zivilisation noch nicht erwogen hatten, so begannen sie mit Sicherheit während der Kubakrise darüber nachzudenken, denn in jenen Tagen bekamen sie einen kleinen Vorgeschmack auf die unvorstellbaren Genüsse, die ihrer im Ernstfall harrten, waren doch schon unsere *Ängste* in Erwartung der Katastrophe ein Leckerbissen.

»Wie hast du dich gefühlt?« fragte Rya wieder, während wir dort auf dem Riesenrad saßen.

Erst einige Tage später verstand ich, wie bedeutsam diese Unterhaltung gewesen war. Damals kam es mir noch so vor, als wären wir rein zufällig auf dieses morbide Thema zu sprechen gekommen. Nicht einmal mein sechster Sinn ließ mich erkennen, wie wichtig es für sie war – und weshalb.

Wie hast du dich gefühlt?

»Ich war beunruhigt.«

»Wo warst du in jener Woche?«

»In Oregon, auf der High School.«

»Hast du geglaubt, daß es zum Krieg kommen würde.«

»Ich weiß nicht.«

»Hast du gedacht, daß du sterben würdest?«

»Wir befanden uns nicht direkt in einer kriegswichtigen Zone.«

»Aber der Atomregen wäre doch fast überall niedergegangen.«

»Ich nehme es an.«

»Hast du also geglaubt, daß du sterben würdest?«

»Vielleicht. Es ist mir zumindest durch den Kopf gegangen.«

»Welches Gefühl hattest du dabei?« beharrte sie.

»Kein gutes.«

»Ist das alles?«

»Ich hatte Angst um meine Mutter und um meine Schwestern. Mein Vater war einige Zeit zuvor gestorben; ich war der einzige Mann in der Familie und hatte das Gefühl, sie irgendwie beschützen und ihr Überleben sichern zu müssen, weißt du, aber mir fiel nichts ein, was ich tun könnte, und ich fühlte mich verdammt hilflos... diese Hilflosigkeit machte mich richtig krank.«

Sie schien enttäuscht, so als hätte sie auf eine andere Antwort gehofft, auf irgend etwas Dramatischeres... oder Dunkleres.

»Wo warst *du* denn in jener Woche?« fragte ich.

»In Gibtown. Nicht weit davon entfernt gibt es Militäreinrichtungen. Es ist ein Zielgebiet erster Ordnung.«

»Du hast also damit gerechnet zu sterben?«

»Ja.«

»Und wie hast du dich bei diesem Gedanken gefühlt?«

Sie schwieg.

»Nun?« drang ich in sie. »Wie hast du dich gefühlt, als das Ende der Welt bevorzustehen schien?«

»Eigenartig«, antwortete sie.

Das war eine bestürzende Antwort, aber bevor ich sie um eine Erklärung bitten konnte, wurde ich von fernen Blitzen im Westen abgelenkt. »Wir sollten lieber hinunterklettern.«

»Noch nicht.«

»Ein Gewitter zieht auf.«

»Wir haben noch jede Menge Zeit.« Sie setzte die Gondel in Bewegung wie eine Hollywoodschaukel, so daß die Scharniere quietschten. Mit einer Stimme, die mir einen kalten Schauder über den Rücken jagte, berichtete sie: »Als es nicht

189

zum Krieg kam, lieh ich mir aus der Bücherei alle Bücher über Atomwaffen aus. Ich wollte wissen, wie es gewesen wäre, wenn es dazu gekommen wäre, und ich beschäftigte mich den ganzen letzten Winter über damit, unten in Gibtown. Ich konnte gar nicht genug davon bekommen. Es ist *faszinierend*, Slim.«

Am Horizont zuckte wieder ein Blitz.

Gleich darauf krachte ein Donnerschlag, so als wäre der tiefhängende Himmel mit den Bergspitzen zusammengestoßen. Das Echo dieses Zusammenpralls rollte dumpf durch die Wolken über dem Rummelplatz.

»Wir müssen hinunter«, sagte ich wieder.

Sie ignorierte diese Mahnung. Ihre leise Stimme hatte einen andächtigen Klang. »Die atomare Vernichtung wäre von eigenartiger Schönheit, weißt du, von schrecklicher Schönheit. Unsere schäbigen, schmutzigen Großstädte würden zu Staub zerfallen, der dann in riesigen pilzförmigen Wolken emporsteigen würde – genauso, wie richtige Pilze auf Dünger wachsen und daraus ihre Kraft schöpfen. Und stell dir nur einmal den Himmel vor! Karmesinrot und orange, grün vom sauren Nebel, gelb vom Schwefel, aufgewühlt, trüb, mit Farben gesprenkelt, wie wir sie nie zuvor am Himmel gesehen haben, mit seltsamen Lichtspielen…«

Wie ein aus dem Paradies verstoßener Engel stolperte ein greller Blitz die Himmelstreppe hinab, verlor an Intensität, je tiefer er kam und verschwand in der Finsternis. Er war viel näher als der vorangegangene Blitz. Auch der Donner war viel lauter. Die Luft roch nach Ozon.

»Es ist gefährlich hier oben«, sagte ich und wollte die Sicherheitsstange öffnen. Sie hielt meine Hand fest und fuhr verträumt fort: »Nach dem Krieg würde es monatelang die unglaublichsten Sonnenuntergänge geben, wegen der Aschenzirkulation hoch oben in der Atmosphäre. Und wenn die Asche anfinge sich zu setzen, hätte auch das eine bestimmte Schönheit, etwa so wie ein schwerer Schneesturm, obwohl es der längste Blizzard aller Zeiten wäre. Er würde monatelang anhalten, und sogar die Dschungel, wo niemals Schnee fällt, würden von *diesem* Sturm heimgesucht…«

Die Luft war feucht und schwül.

Riesige Kriegsmaschinen donnerten über himmlische Schlachtfelder.

Sie hinderte mich daran, die Sicherung zu öffnen.

»Und schließlich, nach einigen Jahre, würde die Radioaktivität nachlassen, bis sie nicht mehr lebensgefährlich wäre. Der Himmel wäre wieder klar und blau, und die dicken Aschenschichten würden einen prächtigen Nährboden für grüneres und dichteres Gras abgeben, als wir es je gesehen haben, und die Luft wäre unvorstellbar rein. Und Insekten würden auf der Erde regieren, und auch das wäre von eigenartiger Schönheit.«

Keine anderthalb Kilometer entfernt brannte ein Blitz eine lange zackige Narbe in die Haut der Nacht.

»Was ist nur los mit dir?« fragte ich, und mein Herz klopfte plötzlich schnell und unregelmäßig.

»Glaubst du nicht, daß die Insektenwelt von großer Schönheit ist?«

»Rya, um Gottes willen, dieser Sitz ist aus Metall. Das ganze Riesenrad besteht hauptsächlich aus Metall.«

»Die bunten Farben von Schmetterlingen, das schillernde Grün von Käferflügeln...«

»Das Rad ist weit und breit der höchste Gegenstand, und Blitze werden von hohen Gegenständen angezogen...«

»...das Rot und Schwarz des Rückenschilds eines Marienkäfers...«

»Rya, wenn ein Blitz einschlägt, werden wir bei lebendigem Leibe geröstet!«

»Uns wird nichts passieren.«

»Wir müssen schleunigst runter.«

»Noch nicht, noch nicht«, flüsterte sie und hinderte mich weiter daran, die Stange zu öffnen.

»Wenn es nur Insekten und vielleicht noch ein paar kleine Tiere gäbe – wie rein wäre dann alles wieder, wie frisch und neu! Ohne Menschen, die alles beschmutzen und...«

Sie wurde von einem wilden, zornigen Blitz unterbrochen. direkt über unseren Köpfen zeigte sich ein weißer Riß im Himmelsgewölbe. Der begleitende Donner war so mächtig, daß das Riesenrad vibrierte. Und ein weiterer Donnerschlag ließ meine Knochen trotz ihrer Fleischpolsterung klappern wie Spielwürfel in einem Filzbeutel.

»Rya, *jetzt*, verdammt!« schrie ich.

»Jetzt«, stimmte sie zu, während die ersten dicken Regentropfen fielen. Ihr Lächeln schwankte im stroboskopischen Licht zwischen kindlicher Aufregung und makabrer Fröhlichkeit. Sie schwang die Sicherheitsstange weit auf. »Jetzt! Los! Mal sehen, wer gewinnt – wir oder das Gewitter!«

Weil ich als zweiter eingestiegen war, mußte ich als erster aussteigen, das Spiel als erster wagen. Ich packte einen der Träger, aus denen das Gerüst des Riesenrads bestand, schlang meine Beine um einen zweiten Träger und glitt etwa einen Meter schräg hinab, bis mir einer der Querbalken den Weg versperrte. Mir wurde plötzlich schwindelig, und ich klammerte mich verzweifelt an die Streben. Manche der riesigen Regentropfen zerschnitten die Luft dicht vor meinem Gesicht, andere trafen meine Haut mit der Wucht kleiner Kieselsteine, wieder andere knallten auf das Riesenrad mit hörbarem *Plopp-plopp-plopp*. Das Schwindelgefühl verging nicht ganz, aber Rya wartete ein Stück über mir darauf, daß ich ihr den Weg freimachte, und ein neuer Blitz erinnerte mich lebhaft an die Gefahr eines elektrischen Schlages, deshalb setzte ich den Abstieg fort, der sich wesentlich schwieriger gestaltete als der Aufstieg, weil ich mich jetzt *rückwärts* bewegen mußte. Der Regen wurde stärker, ein Wind kam auf, und der nasse Stahl wurde zusehends rutschiger. Mehrere Male glitt ich aus und suchte verzweifelt Halt an dicken, straff gespannten Kabeln, dicken Trägern oder dünnen Speichen, was gerade in Reichweite war, und ich riß mir einen Fingernagel ein und schürfte mir eine Handfläche auf. Bisweilen kam mir das Rad wie ein riesiges Netz vor, durch das gleich eine vielbeinige Blitz-Spinne auf mich zueilen würde, mit der Absicht, mich zu verschlingen. Dann wieder schien es eine Roulettescheibe zu sein; der wirbelnde Regen, der scharfe Wind und das chaotische Gewitterlicht erzeugten – zusammen mit meinem anhaltenden Schwindel – die Illusion einer kreisenden Bewegung, und wenn ich emporblickte, kam es mir so vor, als wären Rya und ich zwei unglückliche Elfenbeinkugeln, die auf verschiedene Schicksale zurollten. Der Regen kämmte mir das nasse Haar in die Augen. Meine tropfnassen Jeans zogen mich in die Tiefe wie eine Ritterrüstung. Etwa drei Meter über dem Boden rutschte ich aus, fand diesmal nirgends Halt und schoß in den Regen hinaus, die Arme wie nutzlose Flügel ausgebreitet. Ich stieß einen schrillen Vogelschrei aus, überzeugt davon, daß etwas Spitzes mich aufspießen würde. Statt dessen landete ich auf der nassen Erde und blieb völlig unverletzt, obwohl der heftige Aufprall mir im ersten Moment den Atem nahm.

Ich rollte auf den Rücken, schaute nach oben und sah Rya im Netzwerk des Riesenrads, vom Wind gepeitscht, mit wild flatternden Haaren. Ihre Füße glitten plötzlich aus, und sie hing nur noch an den Händen; ihr ganzes Gewicht hing an den zarten Armen, während sie verzweifelt strampelte, um den Träger wiederzufinden, der ihr als Fußstütze gedient hatte.

Ich sprang wie von der Tarantel gestochen auf, hielt den Atem an und starrte mit zurückgeworfenem Kopf in die Höhe, das Gesicht voll dem prasselnden Regen ausgesetzt.

Ich war verrückt gewesen, ihr diese Kletterpartie zu erlauben.

Hier würde sie sterben.

Das war es, wovor meine Vision mich gewarnt hatte. Ich hätte es ihr sagen sollen. Ich hätte sie zurückhalten müssen.

Trotz ihrer prekären Situation, obwohl ihre Arme wahnsinnig schmerzen mußten und aus den Schultergelenken gerissen zu werden drohten, glaubte ich sie dort oben lachen zu hören. Im nächsten Moment redete ich mir ein, es wäre nur der Wind gewesen, der durch das Metallgerüst heulte. Es mußte der Wind gewesen sein. Bestimmt...

Ein neuer Blitz tauchte den Rummelplatz in blendendes Licht und ließ das Riesenrad in allen Einzelheiten erstrahlen. Ich war im ersten Moment davon überzeugt, daß er in die Metallkonstruktion eingeschlagen hatte, daß eine Billion Volt Ryas Fleisch bis auf die Knochen versengt hatte, doch dann sah ich, daß sie nicht nur lebte, sondern auch wieder Halt unter den Füßen hatte und den Abstieg fortsetzte.

Ich wölbte meine Hand vor dem Mund und schrie ihr zu:
»Beeil dich!«

Mein rasendes Herzklopfen ließ auch nicht nach, als die Gefahr eines tödlichen Absturzes sich stetig verringerte, je tiefer sie kam. Jeden Moment konnte das Gewitter sie mit dem glühenden, verzehrenden Kuß des Blitzes doch noch besiegen.

Schließlich war sie nur noch etwa zweieinhalb Meter vom Boden entfernt und drehte sich gerade nach außen, in der Absicht hinabzuspringen, als dicht hinter dem Jahrmarktgelände, kaum 50 Meter entfernt, ein Blitz in die Erde fuhr wie ein Flammenspeer. Das ohrenbetäubende Krachen schien sie vom Rad zu schleudern. Sie landete auf den Füßen, taumelte und wäre gestürzt, wenn ich sie nicht aufgefangen hätte. Sie schlang ihre Arme um mich, und wir hielten einander umklammert, zitternd, außerstande, uns zu bewegen und zu sprechen, kaum fähig zu atmen.

Wieder schoß eine Feuerzunge vom Himmel zur Erde hinab, und diesmal wurde das Riesenrad endlich getroffen, die ganze Metallkonstruktion schien für Sekunden in Flammen zu stehen und mit Juwelen geschmückt zu sein, bis die mörderische Kraft in die Erde abgeleitet wurde.

Der Regen wurde zu einem Wolkenbruch, zur regelrechten Sintflut. Er trommelte auf die Zeltwände, erzeugte auf verschiedenen Metallen eine Vielfalt von Tönen, die der Wind mit seinem Heulen und Brausen untermalte.

Wir rannten durch den Morast auf die Wohnwagenstadt zu, verfolgt von einem Monster mit schnellen Spinnenbeinen und Krebszangen, einem Monster namens Elektrizität, das uns dicht auf den Fersen zu sein schien. Erst als die Tür von Ryas Airstream hinter uns ins Schloß fiel, fühlten wir uns in Sicherheit.

»Das war verrückt!« sagte ich.

»Schscht.«

»Warum wolltest du unbedingt oben bleiben, als das Gewitter immer näher kam?«

»Schscht«, flüsterte sie wieder.

»Hältst du das für einen *Spaß*? Ist das deine Vorstellung von Spaß?«

Sie hatte zwei Gläser und eine Flasche Brandy aus einem Küchenschrank geholt und ging lächelnd ins Schlafzimmer, Pfützen auf dem Boden hinterlassend.

Ich folgte ihr. »Macht dir so etwas Spaß?«

Sie schenkte den Brandy ein und reichte mir ein Glas.

Es schlug klirrend gegen meine Zähne. Der Brandy rann mir heiß durch die Kehle und brannte in meinem Magen.

Rya zog ihre durchweichten Turnschuhe und Socken aus und schlüpfte aus dem nassen T-Shirt. Wassertropfen schimmerten auf ihren nackten Armen, Schultern und Brüsten.

»Du könntest jetzt tot sein«, sagte ich.

Sie legte ihre Shorts und ihren Slip ab, trank einen Schluck Brandy und kam auf mich zu.

»Verdammt, hast du vielleicht *gehofft*, getötet zu werden?«

»Schscht«, sagte sie wieder.

Ich zitterte wie Espenlaub.

Sie wirkte ganz ruhig. Falls sie während des Abstiegs Angst gehabt hatte, war die Furcht von ihr gewichen, sobald sie festen Boden unter den Füßen spürte.

»Was ist nur mit dir los?« fragte ich.

Sie begann mich zu entkleiden.

»Nicht jetzt«, sagte ich. »Dies ist kein geeigneter Zeitpunkt...«

»Es ist der perfekte Zeitpunkt«, widersprach sie.

»Ich bin nicht in der Stimmung...«

»Doch.«

»Ich kann nicht...«

»Du kannst.«

»Nein.«

»Doch.«

»Nein.«

Später lagen wir zufrieden auf den feuchten Laken, und das bernsteinfarbene Licht der Nachttischlampe vergoldete unsere Körper. Das Geräusch des Regens, der aufs abgerundete Dach trommelte und an den Metallwänden unseres Kokons hinabrann, war herrlich beruhigend.

Doch ich hatte das Riesenrad und den schrecklichen Abstieg im Sturm nicht vergessen, und nach einer Weile brach ich das Schweigen. »Man könnte fast meinen, du hättest gewollt, daß der Blitz einschlug, während du dort oben hingst.«

Sie sagte nichts.

Meine Finger glitten über ihr Kinn, streichelten sanft ihren zarten Hals und ihren verführerischen Brustansatz. »Du bist schön, intelligent, erfolgreich. Warum gehst du solche Risiken ein?«

Keine Antwort.

»Du hast doch alles, wofür es sich zu leben lohnt.«

Sie schwieg.

Es wäre – zumindest für die Begriffe von Schaustellern – indiskret und taktlos gewesen, sie geradeheraus zu fragen, warum sie Todeswünsche hatte. Aber dieser Benimm-Kodex ließ es durchaus zu, beobachtete Tatsachen zu kommentieren, und ihre selbstmörderischen Neigungen standen für mich inzwischen völlig außer Zweifel. Deshalb fragte ich: »Glaubst du wirklich, daß der Tod etwas... etwas Attraktives an sich hat?« Ohne mich von ihrem anhaltenden Schweigen entmutigen zu lassen, sagte ich: »Ich glaube, ich liebe dich.« Und als auch darauf keine Antwort erfolgte, murmelte ich: »Ich will nicht, daß dir etwas passiert. Ich werde nicht *zulassen*, daß dir etwas passiert.«

Sie wandte sich mir zu, umarmte mich, vergrub ihr Gesicht in meiner Halsgrube und flüsterte: »Halt mich fest«, was in Anbetracht der Umstände so ziemlich die beste Antwort war, die sie mir überhaupt hätte geben können.

Am Montag morgen regnete es noch immer sehr stark. Dunkle Wolken jagten über den tiefhängenden Himmel, der – wie mir schien – von einer kleinen Trittleiter aus leicht zu berühren gewesen wäre. Der Wetterbericht sagte erst für den Dienstag ein Aufklaren voraus. Um neun Uhr wurde die Eröffnung des Jahrmarkts um 24 Stunden verschoben. Um halb zehn waren überall in Gibtown-auf-Rädern Kartenspiele im Gange; es wurde gestrickt, gelesen, palavert und lamentiert. Um Viertel vor zehn beliefen sich die angeblichen Verluste schon auf astronomische Summen, so daß man fast glauben konnte, jeder Konzessionär und Angestellte hätte es an diesem Tag zum Millionär gebracht, wenn das verräterische Wetter ihn nicht statt dessen völlig ruiniert hätte. Und wenige Minuten vor zehn wurde Jelly Jordan im Kinderkarussell tot aufgefunden.

13

Eine Eidechse an der Fensterscheibe

Als ich auf dem Rummelplatz ankam, scharten sich etwa hundert Schausteller, von denen ich die meisten noch nicht kannte, um das Karussell. Manche trugen gelbe Regenmäntel mit passenden Mützen, manche trugen schwarze Vinylmäntel und dünne Plastikhauben, Stiefel oder Sandalen, Galoschen oder Straßenschuhe; manche waren barfuß und manche noch in Schlafanzügen, über die sie hastig die erstbesten Mäntel gezogen hatten. Etwa die Hälfte stand unter Regenschirmen, deren Farbenvielfalt dieser Menschenansammlung aber nicht einmal einen Hauch von Fröhlichkeit verleihen konnte. Manche waren, als sie die schreckliche Nachricht erfahren hatten, auch einfach hinausgestürzt, ohne sich irgendwie vor dem Regen zu schützen, und jetzt waren sie naß bis auf die Haut, Elendsgestalten wie aus einem Flüchtlingstreck, der durch ein vom Kriege verwüstetes Land zog.

Ich selbst trug Jeans, ein T-Shirt und Schuhe, die seit dem nächtlichen Abenteuer noch nicht getrocknet waren, und als ich mich der Menge am Karussell näherte, beeindruckte und erschütterte mich am meisten ihr Schweigen. Niemand sprach. Kein einziger. Kein einziges Wort. Der Regen vermischte sich mit ihren Tränen, und in den aschfahlen Gesichtern und eingesunkenen Augen stand tiefer Schmerz geschrieben, aber sie weinten völlig lautlos. Diese Stille bewies, wie sehr sie Jelly Jordan geliebt hatten, wie unausdenkbar sein Tod allen erschien; sie waren wie betäubt, konnten nur stumm dastehen und vergeblich versuchen, sich eine Welt ohne ihn vorzustellen. Später, wenn der erste Schock vorüber sein würde, gäbe es laute Klagen, unkontrolliertes Schluchzen, Hysterie, Gebete und vielleicht auch zornige Fragen an Gott, doch im Augenblick war ihre intensive Trauer ein völliges Vakuum, in dem Schallwellen sich nicht ausbreiten konnten.

Sie hatten Jelly viel besser gekannt als ich, aber ich konnte einfach nicht diskret am Rand der Menge stehenbleiben. Ich bahnte mir langsam einen Weg durch die Trauernden, flüsterte »Entschuldigung« und »Verzeihung«, bis ich vor der erhöhten Plattform des Karussells stand. Regen peitschte unter das rotweiß gestreifte Dach, rann an den Messingstangen hinab und wusch die hölzernen Pferde mitsamt ihren festmontierten Sätteln und Steigbügeln. An einigen von diesen mitten im Sprung erstarrten Tieren vorbei, deren Hufe erhoben und deren emaillierte Zähne gebleckt waren, gelangte ich zu der Stelle, wo Jelly Jordans Leben ein jähes Ende gefunden hatte.

Jelly lag auf dem Rücken, auf dem Karussellboden, zwischen einem schwarzen Hengst und einer weißen Stute. Seine Augen waren weit aufgerissen, ganz so, als könnte er es nicht fassen, von den galoppierenden Pferden zertrampelt zu werden. Auch sein Mund war geöffnet, die Lippen waren aufgeschlagen, zumindest ein Zahn fehlte. Es sah fast so aus, als bedecke ein rotes Cowboy-Halstuch seine untere Gesichtshälfte, aber es war kein Halstuch, es war eine Blutkruste.

Er trug einen nicht zugeknöpften Regenmantel, ein weißes Hemd und dunkelgraue Hosen. Das rechte Hosenbein war bis zum Knie hochgeschoben und entblößte seine dicke weiße Wade. Am rechten Fuß fehlte der Schuh – er war im Steigbügel des schwarzen Hengstes eingeklemmt.

Drei Menschen waren in der Nähe des Leichnams. Luke Bendingo, der uns am Freitag nach Yontsdown und zurück chauffiert hatte, stand neben den Hinterbeinen der weißen Stute. Sein Gesicht war weiß wie das Pferd, und der Blick, den er mir zuwarf – blinzelnde Augen, zitternder Mund –, war ein wortloses Stottern von Kummer und Zorn, im Augenblick noch etwas gedämpft durch den schweren Schock. Auf dem Boden kniete ein Mann, den ich noch nie gesehen hatte – Anfang oder Mitte Sechzig, gepflegt, grauhaarig, mit sorgfältig gestutztem grauem Schnurrbart. Er hielt den Kopf des Toten und wurde von lautlosem Schluchzen geschüttelt, während Tränen über sein Gesicht rannen. Der dritte Mann war Joel Tuck. Er stand eine Pferdelänge entfernt, mit dem Rücken an einen Schecken gelehnt, und umklammerte mit seiner Riesenpranke die Messingstange. Ausnahmsweise war es nicht schwer, in diesem Gesicht zu lesen, das eine Mischung zwischen einem kubistischen Porträt von Picasso und einem alptraumhaften Fantasiewesen von Mary Shelley war. Joel war vom Verlust Jelly Jordans völlig niedergeschmettert.

Sirenen heulten in der Ferne, wurden immer lauter, erstarben mit einem letzten Aufstöhnen. Gleich darauf tauchten zwei Polizeilimousinen mit Blaulicht auf der Schaustellerstraße auf. Sie hielten vor dem Karussell, und als die Türen zugeworfen wurden, blickte ich zu ihnen hinüber und stellte fest, daß drei der vier Polizeibeamten Trolle waren.

Ich spürte, daß Joels Augen auf mir ruhten, und als ich ihn ansah, erschrak ich über das unerwartete Mißtrauen, das sowohl in seinem verunstalteten Gesicht geschrieben stand als auch – mit meinem sechsten Sinn deutlich wahrnehmbar – von seiner ganzen Person ausstrahlte. Ich hatte geglaubt, daß er sich ebenso wie ich für die Troll-Polizisten interessieren würde, aber er streifte sie nur mit einem müden Blick und konzentrierte seine Aufmerksamkeit weiterhin auf mich. Sein unverkennbares Mißtrauen zusammen mit der Ankunft der Trolle und zusammen mit den schrecklichen übersinnlichen Erkenntnissen, die ich von dem Leichnam empfing – das alles war einfach zuviel für mich, und ich entfernte mich rasch.

Ich lief auf der Rückseite der Fahrgeschäfte und Buden durch den Regen, der zwischen Nieseln und Wolkenbruch abwechselte. Mich quälten schwere Schuldgefühle. Joel hatte meinen Mord an dem Mann im Autoskooter beobachtet und vermutet, daß ich diesen Mord begangen hatte, weil ich – wie er selbst – den Troll unter der menschlichen Hülle sah. Doch nun war Jelly tot, und in dem armen Timothy Jordan hatte kein Troll gehaust. Joel fragte sich jetzt wahrscheinlich, ob er vielleicht einen falschen Schluß gezogen hatte, ob ich vielleicht doch keine Trolle sehen konnte, sondern einfach ein wahnsinniger pathologischer Mörder war, der jetzt ein zweites Mal zugeschlagen und diesmal einen Unschuldigen getötet hatte. Aber ich hatte Jelly nichts zuleide getan, und es war nicht Joel Tucks Verdacht, der in mir Schuldgefühle hervorrief. Nein, ich fühlte mich schuldig, weil ich gewußt hatte, daß Jelly in Gefahr war, und weil ich ihn trotzdem nicht gewarnt hatte.

Ich hätte den genauen Zeitpunkt der Gefahr vorhersehen müssen, den genauen Ort und die Art der Bedrohung, und ich hätte zur Stelle sein müssen, um das Geschehen zu verhindern. Es spielte keine Rolle, daß meine übersinnlichen Kräfte begrenzt sind, daß die hellseherischen Bilder und Impressionen oft vage oder verwirrend sind und daß ich nur wenig – häufig auch gar keine – Kontrolle über sie habe. Es spielte auch keine Rolle, daß er mir nicht geglaubt hätte, selbst wenn ich versucht hätte, ihn vor der namenlosen Gefahr zu warnen. Es spielte auch keine Rolle, daß ich nicht der Retter der ganzen verdammten Welt und jeder verdammten armen Seele bin – und sein kann. Das alles war keine Entschuldigung. Ich hätte trotzdem imstande sein müssen, diesen Tod irgendwie zu verhindern. Ich hätte ihn retten müssen.

Ich hätte...

Ich hätte...

Die Schausteller versuchten einander zu helfen, Jellys Tod zu akzeptieren. Einige von ihnen weinten noch immer, und einige beteten. Doch die meisten gaben Geschichten über Jelly zum besten, weil Erinnerungen die Möglichkeit boten, ihn lebendig zu erhalten. Kleine Gruppen hatten sich in den Wohnzimmern der Wohnwagen zusammengefunden, und sobald eine Anekdote über den dicken Spielzeugfan zu Ende erzählt war, leistete der nächste in der Runde seinen Beitrag, und so ging es immer weiter. Es wurde sogar gelacht, denn Jelly Jordan war ein amüsanter und ungewöhnlicher Mensch gewesen, und allmählich machte die schreckliche Leere und Betäubung einer bittersüßen Traurigkeit Platz, die leichter zu ertragen war. Dieser hintersinnige Brauch und das gleichsam unbewußt vollzogene Trauerritual erinnerten stark an die jüdische Tradition der *Schiwa*. Wenn man mich beim Betreten des Raumes aufgefordert hätte, meine Hände über eine Schüssel zu halten, damit sie mit Wasser begossen werden könnten, und wenn man mir eine *Jarmulke* zum Bedecken des Hauptes gegeben hätte, und wenn die Anwesenden nicht auf Sofas und Stühlen, sondern auf niedrigen Schemeln oder auf Fußboden gesessen hätten, so wäre ich keineswegs überrascht gewesen.

Ich lief mehrere Stunden durch den Regen, und hin und wieder betrat ich den einen oder anderen Wohnwagen und nahm an der einen oder anderen *Schiwa* teil, und überall erfuhr ich etwas Neues. Der gepflegte grauhaarige Mann, der über Jellys Leichnam geweint hatte, war Arturo Sombra, der einzige Überlebende der Gebrüder Sombra, der Besitzer des Wanderunternehmens. Jelly Jordan war so etwas wie ein ›Sohnersatz‹ für ihn gewesen, und nach dem Tod des alten Mannes hätte Jelly den ganzen Vergnügungspark geerbt. Die Bullen machten es Mr. Sombra noch schwerer, indem sie unterstellten, daß an der ganzen Geschichte etwas faul sei, daß Jelly von einem Schausteller ermordet worden sei. Zur großen Verwunderung aller äußerten die Bullen sogar den Verdacht, daß Jelly umgebracht worden sei, weil er Gelder unterschlagen habe, wozu seine Vertrauensstellung ihm Gelegenheit gegeben hatte. Sie deuteten an, daß sogar Mr. Sombra selbst der Mörder sein könnte, obwohl es keinerlei Anzeichen für einen derartigen Verdacht gab – dafür um so mehr Gründe, die dagegen sprachen. Sie quetschten den alten Mann und Buchhalter Dooley und jeden anderen, dem eventuelle Unterschlagungen Jellys hätten auffallen können, gründlich aus und führten sich bei diesen Verhören denkbar grob und niederträchtig auf. Sämtliche Schausteller waren darüber zutiefst empört.

Mich wunderte das Benehmen der Bullen kein bißchen. Ich war davon überzeugt, daß sie nicht ernsthaft daran dachten, jemanden des Mordes zu verdächtigen. Aber drei von ihnen waren Trolle. Sie hatten den dumpfen Schmerz der trauernden Menge am Karussell gesehen; dieser Kummer hatte ihre Herzen nicht nur höher schlagen lassen, sondern auch ihren

Appetit auf weiteres menschliches Leid angeregt. Sie würden alles tun, um unseren Schmerz zu vergrößern, ihn gleichsam zu melken, um sich ja keinen einzigen Tropfen des Grames von Arturo Sombra und uns anderen entgehen zu lassen.

Später machte die Nachricht die Runde, daß der Gerichtsmediziner die Leiche an Ort und Stelle untersucht, Arturo Sombra einige Fragen gestellt und die Möglichkeit eines Mordes verworfen hatte. Zur allgemeinen großen Erleichterung lautete die offizielle Todesursache: ›Tod durch Unfall‹. Alle wußten, daß Jelly manchmal, wenn er nachts keinen Schlaf fand, auf den Rummelplatz ging, das Karussell in Gang setzte (allerdings ohne die Musik) und ganz allein damit fuhr. Er liebte das Kinderkarussell. Es war das größte aufziehbare Spielzeug, das er kannte, viel zu groß, um auf einem Regal in seinem Büro zu stehen. Normalerweise saß er wegen seines Umfangs auf einer der kunstvoll geschnitzten und bunt bemalten Bänke mit Armlehnen in Form von Seejungfrauen oder Seepferden. Doch hin und wieder stieg er auch auf eines der Pferde, und das mußte er in der vergangenen Nacht auch getan haben. Vielleicht hatte er sich Sorgen über die Verluste wegen des schlechten Wetters gemacht oder an die Schwierigkeiten gedacht, die Polizeichef Kelsko dem Unternehmen möglicherweise bereiten würde. Jedenfalls hatte er sich, um seine Nerven zu beruhigen, in den Sattel des schwarzen Hengstes geschwungen, während das Karussell sich schon langsam im Kreis drehte. Der Wind hatte seine Haare zerzaust, nur Donner und Regen waren zu hören gewesen, und höchstwahrscheinlich hatte er übers ganze Gesicht gestrahlt und vielleicht auch leise gepfiffen, ein glückliches Kind an Bord einer magischen Zentrifuge, die Jahre und Sorgen hinausschleuderte und Träume auffing; und nach einiger Zeit hatte er sich wohler gefühlt und beschlossen, wieder in sein Bett zurückzukehren. Doch als er vom Hengst stieg, war sein rechter Schuh im Steigbügel hängengeblieben, und obwohl er seinen Fuß aus dem Schuh befreien konnte, war er gestürzt. Bei diesem Sturz hatte er sich trotz der geringen Höhe die Lippen aufgeschlagen, zwei Zähne ausgeschlagen und das Genick gebrochen.

Tod durch Unfall.

Eine dumme, lächerliche, sinnlose Todesart, aber nichts weiter als ein tragischer Unfall.

Blödsinn!

Ich wußte nicht genau, was Jelly Jordan zugestoßen war, aber ich *wußte*, daß ein Troll ihn kaltblütig ermordet hatte. An seinem Leichnam stehend, hatte ich den kaleidoskopartigen Bildern und Gefühlen, die über mich hereingebrochen waren, drei Tatsachen entnehmen können: erstens, daß Jelly nicht auf dem Karussell gestorben war, sondern im Schatten des Riesenrades; zweitens, daß ein Troll mindestens dreimal zugeschlagen, ihm das Genick gebrochen und ihn mit Hilfe anderer Trolle zum Karussell getragen hatte, wo der angebliche Unfall in Szene gesetzt worden war.

Gewisse Vermutungen lagen auf der Hand. Jelly hatte nicht einschlafen können und einen Nachtspaziergang im Regen unternommen; und dabei hatte er etwas gesehen, das er nicht hätte sehen dürfen. Was? Wahrscheinlich hatte er Fremde, keine Schausteller, überrascht, die sich in verdächtiger Weise am Riesenrad zu schaffen machten. Ohne zu ahnen, daß er keine Menschen vor sich hatte, dürfte er sie energisch angerufen haben. Anstatt wegzurennen, hatten ihn die Trolle angegriffen.

Ich sagte eben, ich hätte *dreierlei* deutlich wahrgenommen, als ich im Karussell auf die sterblichen Überreste des fetten Mannes hinabgeblickt hatte. Das dritte war am schwersten zu bewältigen, denn dabei handelte es sich um einen Moment unglaublich intensiven persönlichen Kontakts mit Jelly, um einen tiefen Einblick in sein Wesen, der seinen Verlust noch schmerzlicher machte. *Ich hatte hellseherisch seinen letzten Gedanken im Augenblick des Todes aufgefangen.* So als hätte dieser Gedanke darauf gewartet, von jemandem wie mir gelesen zu werden, hatte er bei dem Leichnam ausgeharrt, ein Rest psychischer Energie, vergleichbar einem Stofffetzen, der am Stacheldrahtzaun zwischen dem Diesseits und der Ewigkeit hängengeblieben war. Als Jellys Leben ausgelöscht wurde, hatte sein letzter Gedanke einem Trio kleiner aufziehbarer Bären mit weichem Fell gegolten – Papa, Mama, Baby –, die seine Mutter ihm zum siebenten Geburtstag geschenkt hatte. Er hatte diese Spielzeuge so sehr geliebt. Sie waren etwas ganz Besonderes gewesen, das genau richtige Geschenk zur richtigen Zeit, denn zwei Monate vor diesem Geburtstag war sein Vater vor seinen Augen ums Leben gekommen – ein zu schnell fahrender Stadtbus in Baltimore hatte ihn überrollt –, und die Spielzeugbären hatten ihm eine Fantasiewelt eröffnet, in der er zeitweilig Zuflucht vor einer Realität suchen konnte, die schlagartig unerträglich kalt, grausam und unberechenbar geworden war. Und im Augenblick seines eigenen Todes hatte Jelly sich gefragt, ob er selbst das Bärenbaby sei, und wenn ja, ob er dort, wohin er jetzt ging, mit Mama und Papa vereint sein würde. Und er hatte schreckliche Angst gehabt, sich statt dessen allein an einem dunklen leeren Ort wiederzufinden.

Ich habe keine Kontrolle über meine psychischen Kräfte, ich kann meine Zwielicht-Augen vor solchen Bildern nicht verschließen. Wenn ich das könnte, hätte ich meinen sechsten Sinn niemals auf jene grauenvolle Angst vor der Einsamkeit eingestellt, die Jelly beim Sturz in den bodenlosen Abgrund überwältigt hatte. Sie verfolgte mich den ganzen Tag über, während ich durch den Regen lief, während ich in Wohnwagen den Gesprächen über unseren ›Flickschneider‹ lauschte, während ich am Riesenrad stand und die Dämonen verfluchte. Jellys Ängste in der Todessekunde verfolgten mich auch noch Jahre später. Bis zum heutigen Tage überfallen sie mich manchmal, wenn der Schlaf mich flieht und ich besonders deprimiert bin, und sie sind so lebendig, daß es ohne weiteres meine eigenen Empfindungen und Ängste sein könnten. Inzwischen kann ich damit fertig werden. Nach allem, was ich erlebt und gesehen habe, gibt es heute nicht viel, womit ich nicht fertig werden könnte. Aber an jenem Tag auf dem Jahrmarktgelände von Yontsdown war ich erst siebzehn.

Gegen drei Uhr nachmittags wurde in den Wohnwagen die Nachricht verbreitet, daß Jellys Leiche nach Yontsdown gebracht worden war, um dort eingeäschert zu werden. Die Urne würde Arturo Sombra entweder am Dienstag oder am Mittwoch übergeben werden, und in der Nacht zum Donnerstag, nach der Schließung des Rummelplatzes am Mittwoch, würde eine Trauerfeier stattfinden, am Karussell, weil Jelly es so sehr geliebt hatte und weil er von dort aus – wie alle glaubten – diese Welt verlassen hatte.

An jenem Abend aßen Rya Raines und ich zusammen in ihrem Wohnwagen. Ich machte einen knackigen grünen Salat, sie machte uns ausgezeichnete Käseomelettes, aber keiner von uns aß viel. Wir waren nicht sehr hungrig.

Wir verbrachten den Abend im Bett, aber wir schliefen nicht miteinander. Statt dessen saßen wir da, Kissen im Rücken, hielten uns bei den Händen, tranken ein bißchen, küßten uns ein bißchen, unterhielten uns ein bißchen.

Mehr als einmal weinte Rya um Jelly Jordan, und ihre Tränen überraschten mich. Obwohl ich nie bezweifelt hatte, daß sie fähig war zu trauern, hatte ich sie bisher doch nur weinen sehen, wenn sie an ihre eigene geheimnisvolle Bürde dachte, und auch dann hatte sie die Tränen sichtlich gegen ihren Willen vergossen, sozusagen unter dem Zwang eines enormen inneren Druckes. Ansonsten verbarg sie ihre Gefühle stets – ausgenommen in Augenblicken höchster Leidenschaft – unter der Maske einer kühlen und hartgesottenen Person, der die Welt nichts anzuhaben vermochte. Ich hatte gespürt, daß ihre Bindungen an andere Schausteller viel stärker und tiefer waren, als sie sich eingestehen wollte. Ihr Kummer über Jellys Tod schien die Richtigkeit meiner Wahrnehmungen zu beweisen.

Früher am Tag hatte auch ich geweint, aber jetzt waren meine Augen trocken, und ein kalter Zorn hatte sich meiner bemächtigt. Ich trauerte nach wie vor um Jelly, aber in erster Linie wollte ich ihn rächen. Das hatte ich mir geschworen. Früher oder später würde ich einige Trolle umbringen, nur um die Partie auszugleichen, und wenn ich Glück hatte, würde ich vielleicht jene Kreaturen erwischen, die Jelly das Genick gebrochen hatten.

Meine größte Sorge galt jetzt aber den Lebenden, denn mir war überdeutlich bewußt, daß meine Vision von Ryas Tod plötzlich ebenfalls Wirklichkeit werden könnte. Und diese Möglichkeit war unerträglich. Ich konnte – würde, durfte – nicht zulassen, daß ihr etwas zustieß. Unsere Verbindung ging über eine normale Liebesbeziehung weit hinaus, und ich konnte mir nicht vorstellen, daß mir etwas Derartiges noch einmal mit einem anderen Menschen beschieden sein würde. Wenn Rya Raines starb, würde auch ein Teil von mir sterben, und dann würde es in meinem Inneren ausgebrannte Räume geben, zu denen nie mehr jemand Zutritt hätte.

Dagegen mußten vorbeugende Maßnahmen getroffen werden. Wenn ich nicht in ihrem Wohnwagen übernachtete, würde ich ohne ihr Wissen vor der Tür Wache halten. Ob ich nun dort oder anderswo unter meiner Schlaflosigkeit litt, war schließlich gleichgültig. Außerdem würde ich mit meinem sechsten Sinn so angestrengt wie nie zuvor die Zukunft zu ergründen versuchen. Wenn ich den genauen Zeitpunkt und die Ursache der Gefahr erkennen könnte, wäre ich imstande, sie zu beschützen. Ich durfte bei ihr nicht so versagen wie bei Jelly Jordan.

Vielleicht spürte Rya intuitiv, daß sie Schutz benötigte, und vielleicht spürte sie auch, daß ich ihr helfen wollte, denn am späten Abend begann sie mir einiges über sich zu erzählen, und ich ahnte, daß sie mir Dinge erzählte, die sie keinem anderen Menschen je anvertraut hatte. Sie trank mehr als gewöhnlich, und obwohl sie weit davon entfernt war, betrunken zu sein, vermutete ich, daß sie eine Ausrede für den nächsten Morgen brauchte, wenn sie es bedauern würde, mir soviel über ihre Vergangenheit erzählt zu haben.

»Meine Eltern waren keine Schausteller«, sagte sie in einem Ton, der deutlich machte, daß sie ermutigt werden wollte, mit ihren Enthüllungen fortzufahren.

»Woher kommst du?« fragte ich.

»Aus West Virginia. Meine Eltern waren Bergbewohner in

West Virginia. Wir lebten in einer elenden Bruchbude in einer Bergschlucht, einen knappen Kilometer von der nächsten Bruchbude entfernt. Weißt du etwas über die Bewohner abgelegener Gebirgsgegenden?«

»Sehr wenig.«

»Sie sind arm«, sagte sie scharf.

»Das ist keine Schande.«

»Arm, ungebildet, ohne jeden Wunsch nach Bildung, borniert. Verschlossen, mißtrauisch, geheimnistuerisch. Eigensinnig, stur, engstirnig. Und es gibt viel zuviel Inzucht. Eheschließungen zwischen Vetter und Kusine kommen sehr häufig vor. Und Schlimmeres. Viel Schlimmeres.«

Sie erzählte mir von ihrer Mutter, Maralee Sween, und allmählich brauchte ich sie kaum noch zum Weiterreden zu animieren. Maralee war das vierte von sieben Kindern eines Elternpaars, das miteinander verwandt war – Vetter und Kusine. Der Ehebund war weder von einem Geistlichen noch vom Staat legitimiert, war vielmehr lediglich Gewohnheitsrecht. Alle Sween-Kinder sahen gut aus, aber eines war geistig behindert, und fünf weitere waren geistig sehr schwerfällig. Maralee war nicht jenes eine Kind, das aufgeweckt war, aber sie war am hübschesten von den sieben – eine bezaubernde Blondine mit leuchtenden grünen Augen und einer üppigen Figur, weswegen alle Jungen hinter ihr her waren, kaum daß sie ihren dreizehnten Geburtstag gefeiert hatte. Sie sammelte eine Menge sexueller – wenn auch keineswegs romantischer – Erfahrungen, und in einem Alter, da die meisten Mädchen ihre ersten Rendezvous haben und noch nicht einmal genau wissen, was der Ausdruck ›bis zum letzten gehen‹ bedeutet, hatte Maralee schon aufgehört zu zählen, wie viele Bergburschen ihr die Beine gespreizt hatten, im Gras, auf Lagern aus welken Blättern, in alten Heuschobern, auf einer schimmeligen Matratze am Rand der behelfsmäßigen Müllhalde, die in Marmon's Mollow angelegt worden war, und auf den Rücksitzen verschiedener altersschwacher Gebrauchtwagen, auf die diese Hinterwäldler sehr stolz waren. Manchmal war sie scharf auf Sex, manchmal mußte sie vergewaltigt werden, und meistens ließ sie alles gleichgültig über sich ergehen. Im Gebirge war es durchaus nicht unüblich, daß ein Mädchen die Unschuld in so jungen Jahren verlor. Ungewöhnlich war höchstens, daß sie es schaffte, bis nach ihrem vierzehnten Geburtstag nicht schwanger zu werden.

In jener Region der Appalachen hatten die Hinterwäldler die Gesetze und Moralvorstellungen der bürgerlichen Gesellschaft verworfen, doch im Gegensatz zu den Schaustellern hatten diese Bergbewohner keinen eigenen Sittenkodex entwickelt, der diese alten Regeln hätte ersetzen können. In der amerikanischen Literatur gibt es eine Tradition der idealisierten Darstellung des ›edlen Wilden‹, und in unserer Kultur wird oft die Meinung laut, daß ein naturverbundenes Leben fern aller Übel der Zivilisation irgendwie gesünder und vernünftiger sei als das Leben, das die meisten von uns führen. In Wirklichkeit ist häufig genau das Gegenteil der Fall. Wenn Menschen sich von der Zivilisation entfernen, werfen sie das unwichtige Zubehör der modernen Gesellschaft – Luxusautos, elegante Häuser, Designer-Kleidung, Theaterbesuche, Konzertkarten – rasch ab, und vielleicht spricht tatsächlich manches für ein einfacheres Leben, doch wenn diese Menschen sich weit genug und für lange Zeit entfernen, legen sie auch zu viele Hemmungen ab. Durch Religion und Gesellschaft anerzogenes Schamgefühl ist keineswegs töricht, sinnlos oder engstirnig, wie heute gern behauptet wird; viele dieser Hemmungen sind überaus wünschenswerte Errungenschaften, die auf lange Sicht entscheidend zur Erhöhung des Bildungsniveaus und des Lebensstandards der Bevölkerung beitragen. Die Wildnis ist nun einmal wild und fördert Wildheit; sie ist die Brutstätte der Barbarei.

Mit vierzehn war Maralee schwanger, völlig ungebildet und bildungsunfähig; sie hatte keinerlei Zukunftschancen, aber zuwenig Fantasie, um sich deswegen Sorgen zu machen; sie war geistig einfach zu beschränkt, um zu erkennen, daß ihr ganzes restliches Leben ein langes, grausames Abgleiten in einen schrecklichen Sumpf sein würde. Mit ochsenartiger Ruhe verließ sie sich darauf, daß jemand sich ihrer und des Kindes annehmen würde. Das Kind war Rya, und noch vor Ryas Geburt fand sich tatsächlich jemand, der bereit war, aus Maralee Sween eine ehrbare Frau zu machen, was vielleicht beweist, daß Gott über schwangere Mädchen in abgelegenen Gebirgstälern genauso seine Hand hält wie über Betrunkene. Der Ritter, der um Maralees Hand anhielt, hieß Abner Kady, war 38 Jahre alt – 24 Jahre älter als sie –, 1,95 Meter groß, wog 240 Pfund und hatte einen gewaltigen Stiernacken. Er war der gefürchtetste Mann in einer Gegend, wo gefährliche Burschen alles andere als Mangelware sind.

Abner Kady bestritt seinen Lebensunterhalt mit Schwarzbrennerei und Hundezucht, vor allem aber mit kleinen und gelegentlich auch großen Diebstählen. Ein- oder zweimal im Jahr verübte er mit einigen Kumpanen einen bewaffneten Raubüberfall auf Transportlastwagen, die Zigaretten, Whisky oder sonstige begehrte Artikel transportierten, die sich für teures Geld verkaufen ließen. Die Beute wurde in ein Hehlernest in Clarksburg geschafft, und die Ganoven hätten es entweder zu einigem Wohlstand gebracht oder wären im Gefängnis gelandet, wenn sie dieser Beschäftigung intensiver nachgegangen wären; aber ihr Ehrgeiz war nicht größer als ihre Skrupel. Kady war nicht nur ein Schwarzbrenner, Raufbold und Dieb, sondern liebte es auch, hin und wieder Frauen zu vergewaltigen, um den Sex mit etwas Gefahr zu würzen. Er mußte sich dafür aber nie vor Gericht verantworten, weil niemand den Mut aufbrachte, gegen ihn auszusagen.

In Maralees Augen war Abner Kady ein wirklich guter Fang. Er besaß ein Haus mit vier Zimmern – eine Bruchbude, aber mit Innenklosett –, und in seiner Familie würde es keinem je an Whisky, Essen und Kleidung mangeln. Abner stahl alles, was benötigt wurde, irgendwo zusammen, und im Gebirge galt er damit als guter Versorger.

Er war auch gut zu Maralee, das heißt, er behandelte sie nicht schlechter als alle anderen Menschen seiner Bekanntschaft. Er liebte sie nicht. Zur Liebe war er überhaupt nicht fähig. Doch obwohl er sie gern mit Gebrüll und Drohgebärden einschüchterte, schlug er sie nie, weil er stolz auf ihre Schönheit war und ihr Körper ihn stets aufs neue erregte. Und auf eine beschädigte Ware hätte er nicht so stolz sein können.

»Außerdem«, fuhr Rya in gepeinigtem Flüsterton fort, »wollte er seine kleine Spaßmaschine nicht beschädigen. So nannte er sie – seine ›kleine Spaßmaschine‹.«

Ich spürte, daß Abner Kady mit der Bezeichnung ›kleine Spaßmaschine‹ nicht ausdrücken wollte, daß ihm der Sex mit Maralee viel Spaß machte. Es ging um etwas anderes, um etwas Düsteres, und Rya war außerstande, ohne Ermutigung darüber zu sprechen, obwohl ich wußte, daß sie nichts sehnlicher wünschte als sich diese Last von der Seele zu reden. Deshalb füllte ich ihr Glas, hielt ihre Hand und führte sie mit sanften Worten durch dieses Minenfeld der Erinnerungen.

In ihren Augen standen Tränen, und diesmal galten sie nicht Jelly, sondern ihrem eigenen Schicksal. Doch sie war sich selbst gegenüber strenger als zu allen anderen Menschen, sie erlaubte sich keine normalen menschlichen Schwächen wie Selbstmitleid, und deshalb hielt sie diese Tränen mit eisernem Willen zurück, obwohl es ihr zweifellos gut getan hätte, sich einmal richtig auszuweinen. Zögernd und abgehackt, mit schwankender Stimme, sagte sie: »Er meinte damit, daß... daß sie seine... Babymaschine war... und daß man... an Babys... viel Spaß... haben konnte. Besonders... besonders an kleinen *Mädchen*.«

Ich begriff plötzlich, daß sie mich nicht nur in den unheimlichen Hexenwald führte, in dem Hänsel und Gretel umherirrten, sondern an einen viel schrecklicheren Ort, wo all ihre grauenhaften Kindheitserinnerungen lauerten, und ich war mir nicht sicher, ob ich sie dorthin begleiten wollte. Ich liebte sie. Ich wußte, daß Jellys Tod sie nicht nur traurig machte, sondern auch ängstigte, weil er sie an ihre eigene Sterblichkeit erinnerte. Das hatte in ihr das starke Bedürfnis nach engem menschlichem Kontakt geweckt, nach einem Kontakt, der jedoch nur dann zustande kommen konnte, wenn sie die Barriere niederriß, die sie zwischen sich und der übrigen Welt errichtet hatte. Sie brauchte mich zum Zuhören, und sie benötigte mein Verständnis. Ich wollte für sie da sein. Aber ich befürchtete, daß ihre Geheimnisse irgendwie... nun ja, lebendig und hungrig wären, und daß sie ein Stück meiner eigenen Seele verschlingen würden.

»O Gott... nein...« murmelte ich.

»An kleinen Mädchen«, wiederholte sie. Sie schaute weder mich noch sonst etwas im Raum an; ihr Blick war mit unverkennbarem Abscheu und Schrecken auf die Vergangenheit gerichtet. »Nicht daß er meine Halbbrüder ignoriert hätte. Er fand auch für sie Verwendung. Aber er bevorzugte Mädchen. Als ich elf war, hatte meine Mutter ihm schon vier Kinder geschenkt, zwei Mädchen und zwei Jungen. Und solange ich mich überhaupt zurückerinnern kann... ich glaube, seit ich etwa drei Jahre alt war... hat er... hat er...«

»Dich begrapscht«, sagte ich leise.

»Mich *mißbraucht*«, korrigierte sie.

Mit ausdrucksloser Stimme berichtete sie von jenen Jahren der Angst, der Gewalt und des schlimmsten Mißbrauchs. Ihre Geschichte ließ mich frösteln.

»Ich kannte nichts anderes, seit ich ein Kleinkind war... bei ihm zu sein... zu tun, was er wollte... ihn zu berühren... mit den beiden im Bett zu sein... mit meiner Mutter und ihm... wenn sie es miteinander trieben. Ich hätte es eigentlich für ganz normal halten müssen, weißt du? Ich hätte denken müssen, daß es in jeder Familie so zuging... aber das war nicht der Fall. Ich wußte, daß es falsch war... pervers krankhaft... und ich *haßte* es. Ich haßte es!«

Ich hielt sie fest.

Ich wiegte sie in meinen Armen.

Sie erlaubte sich noch immer nicht zu weinen.

»Ich haßte Abner. O Gott... du kannst dir gar nicht vorstellen, wie sehr ich ihn haßte, mit jedem Atemzug, jeden Moment, ohne Unterlaß. Du kannst dir nicht vorstellen, wie es ist, derart intensiv zu hassen.«

Ich dachte an meine eigenen Gefühle gegenüber den Trollen und fragte mich, ob das sich vielleicht mit ihrem in jener Hölle von Bruchbude genährten Haß vergleichen ließ, aber ich mußte zugeben, daß sie wahrscheinlich recht hatte: Einen derart glühenden Haß wie sie konnte ich nicht kennen, denn sie war ein schwaches Kind gewesen, das sich nicht wehren, das nicht zurückschlagen konnte; und außerdem hatte ihr Haß sich über eine viel längere Zeit hinweg entwickelt.

»Aber dann... nachdem ich dort rausgekommen war...
nachdem genügend Zeit vergangen war... begann ich meine
Mutter noch mehr zu hassen als ihn. Sie war meine *Mutter*.
Warum beschützte sie mich nicht? Wie konnte sie nur... zulassen, daß ich so *mißbraucht* wurde?«

Ich hatte darauf keine Antwort.

Dafür konnte ich Gott nicht verantwortlich machen. Meistens brauchen wir weder Ihn noch die Trolle; wir können
einander ohne göttliche oder dämonische Assistenz verletzen und zerstören.

»Weißt du, sie war so hübsch, und zwar nicht auf eine
blendende Art. Sie sah sehr süß aus, und ich dachte als Kind,
daß sie ein Engel sein müsse, weil Engel immer so dargestellt
werden, und sie hatte etwas so... Strahlendes an sich...
Aber schließlich erkannte ich, wie *böse* sie war. Gewiß, teilweise lag es an ihrer Ignoranz und niedrigen Intelligenz. Sie
war dumm, Slim, das Produkt einer Ehe zwischen Vetter und
Kusine ersten Grades, die ihrerseits wahrscheinlich ebenfalls
von Eltern abstammten, die miteinander verwandt waren.
Eigentlich ist es ein Wunder, daß ich nicht geistig oder körperlich behindert bin. Und ich habe auch keine Kinder in die
Welt gesetzt, die Abner dann bestimmt ebenfalls... belästigt
hätte. Zum einen kann ich... kann ich wegen der Dinge, die
er mir antat... niemals Kinder bekommen. Und zum anderen kam ich mit elf Jahren endlich dort raus.«

»Mit elf? Wie denn?«

»Ich habe ihn umgebracht.«

»Gut«, sagte ich leise.

»Während er schlief.«

»Gut.«

»Ich habe ihm ein Fleischmesser in die Kehle gestoßen.«

Fast zehn Minuten hielt ich sie in meinen Armen, ohne daß
ein Wort fiel oder einer von uns nach seinem Glas griff.

Schließlich murmelte ich: »Es tut mir ja so leid.«

»Du kannst nichts dafür.«

»Ich komme mir so hilflos vor.«

»An der Vergangenheit läßt sich nichts ändern.«

Ja, das stimmt, dachte ich, aber an der Zukunft vermag ich

manchmal etwas zu ändern, indem ich Gefahren vorhersehen und sie meiden kann. Und ich hoffe bei Gott, daß ich für
dich da sein kann, wenn du mich brauchst.

Sie flüsterte: »Ich habe das alles nie...«

»Jemandem erzählt?«

»Nie.«

»Bei mir ist dieses Geheimnis gut aufgehoben.«

»Das weiß ich. Aber... warum habe ich es ausgerechnet
dir erzählt?«

»Ich war zur richtigen Zeit hier«, sagte ich.

»Nein. Es ist mehr als nur das.«

»Was denn?«

»Ich weiß nicht«, erwiderte sie, lehnte sich etwas zurück
und schaute mir in die Augen. »Du bist irgendwie anders...
du hast etwas Besonderes an dir.«

»Ich doch nicht«, murmelte ich unbehaglich.

»Deine Augen sind so schön und ungewöhnlich. Sie geben
mir ein Gefühl der Sicherheit. Du strahlst solche Ruhe aus...
Nein, Ruhe ist nicht das richtige Wort... ganz ruhig bist auch
du nicht. Aber stark. Du hast soviel innere Kraft. Und du bist
so verständnisvoll. Aber es ist mehr als nur Kraft und Verständnis und Mitgefühl. Es ist etwas... etwas ganz Besonderes... etwas Undefinierbares.«

»Du machst mich ganz verlegen«, sagte ich.

»Wie alt bist du, Slim MacKenzie?«

»Das weißt du doch... siebzehn.«

»Nein.«

»Nein?«

»Älter.«

»Sag mir die Wahrheit.«

»Also gut. Siebzehneinhalb.«

»Wenn wir uns der Wahrheit mit winzigen Schritten von
halben Jahren nähern, brauchen wir dazu die ganze Nacht.
Deshalb sage ich dir jetzt, wie alt du bist. Ich weiß es nämlich.
Deiner Stärke, deiner Ruhe und deinen Augen nach zu
schließen würde ich sagen... du bist hundert und hast eine
hundertjährige Erfahrung.«

»Im September werde ich huberteins«, lächelte ich.

»Verrat mir ein Geheimnis.«

»Ich habe keins.«

»Komm, erzähl's mir.«

»Ich bin ein Vagabund, weiter nichts. Du willst nur deshalb mehr in mir sehen, weil wir uns die Dinge immer besser und edler und interessanter wünschen, als sie in Wirklichkeit sind. Aber ich bin nur ich.«

»Slim MacKenzie.«

»Stimmt genau«, log ich. Ich konnte mir selbst nicht erklären, warum ich mich ihr nicht anvertrauen wollte, so wie sie sich umgekehrt mir anvertraut hatte. Ich war tatsächlich verlegen, aber nicht wegen ihrer hohen Meinung von mir, sondern weil ich sie täuschte. »Slim MacKenzie. Keine dunklen Geheimnisse. Ein langweiliger Kerl, um ganz ehrlich zu sein. Aber du hast noch nicht zu Ende erzählt. Was geschah, nachdem du ihn umgebracht hattest?«

Schweigen. Sie wollte sich nicht wieder jenen schrecklichen Erinnerungen zuwenden. Doch dann fuhr sie fort: »Ich war erst elf, deshalb kam ich nicht ins Gefängnis. Als die Polizei erfuhr, was sich in unserem Haus abgespielt hatte, sagten sie sogar, ich sei das Opfer.«

»Das warst du ja auch.«

»Sie nahmen meiner Mutter alle Kinder weg und brachten uns an verschiedenen Orten unter. Ich habe keines meiner Halbgeschwister jemals wiedergesehen. Ich selbst kam in ein staatliches Waisenhaus.«

Plötzlich spürte ich, daß es ein weiteres schreckliches Geheimnis in ihrem Leben gab, und ich wußte mit hellseherischer Gewißheit, daß im Waisenhaus etwas mindestens so Grauenvolles geschehen war wie in ihrem sogenannten Elternhaus. »Und?« fragte ich.

Sie schaute zur Seite und griff nach ihrem Glas. »Ich bin von dort weggerannt, als ich vierzehn war. Ich sah älter aus. Ich war frühreif, wie meine Mutter. Deshalb hatte ich keine Schwierigkeiten, auf dem Rummelplatz unterzukommen. Ich nahm den Namen ›Raines‹ an, weil... na ja, ich habe Regen immer geliebt, ihn gern gesehen und gehört... Seitdem bin ich immer hier gewesen.«

»Und versuchst ein Imperium aufzubauen.«

»Ja. Um mir zu beweisen, daß ich etwas wert bin.«

»Das bist du«, versicherte ich ihr.

»Ich meine das nicht nur in bezug auf Geld.«

»Ich auch nicht.«

»Obwohl das Geld auch eine wichtige Rolle spielt. Denn seit ich auf eigenen Beinen stehe, habe ich mir geschworen, nie wieder arm zu sein... nie wieder ganz unten zu landen. Ich werde mir mein kleines Imperium aufbauen, wie du sagst, und ich werde immer *jemand* sein.«

Es war leicht zu verstehen, daß ein jahrelang mißbrauchtes Kind mit dem Gefühl heranwuchs, wertlos zu sein, und daß es deshalb von Erfolg und Vorankommen geradezu besessen war. Ich konnte das gut verstehen, und ich konnte ihr keinen Vorwurf daraus machen, daß sie sich zu einer harten Geschäftsfrau entwickelt hatte. Wenn sie ihren ohnmächtigen Zorn nicht in diese Kanäle geleitet hätte, wäre sie früher oder später unter dem enormen Druck zerbrochen.

Ich bewunderte ihre Kraft.

Aber sie verbot sich nach wie vor, aus Selbstmitleid zu weinen.

Und sie verheimlichte mir die Wahrheit über das Waisenhaus, indem sie diese Zeit als ereignislos einfach überging.

Ich drang jedoch nicht weiter in sie. Zum einen wußte ich, daß sie mir den Rest früher oder später auch noch erzählen würde. Einmal geöffnet, würde sie die Tür nicht wieder verriegeln können. Außerdem hatte ich für einen Tag genug gehört, mehr als genug. Dieses neu erlangte Wissen machte mich ohnehin fast krank.

Wir tranken.

Wir sprachen über andere Dinge. Wir tranken noch ein wenig.

Wir machten das Licht aus und lagen schlaflos im Dunkeln.

Dann schliefen wir eine Zeitlang.

Und träumten.

Der Friedhof...

Mitten in der Nacht weckte sie mich, und wir liebten uns.

Es war so schön wie immer, und als wir entspannt nebeneinander lagen, verlieh ich unwillkürlich meiner Verwunderung Ausdruck, daß sie den Liebesakt genießen konnte, nachdem sie jahrelang sexuell mißbraucht worden war.

»Andere wären vielleicht frigid geworden... oder würden es mit jedem x-beliebigen Mann treiben. Ich weiß nicht, warum beides bei mir nicht der Fall ist. Außer... vielleicht... na ja... wenn ich einen dieser beiden Wege gegangen wäre, so hätte das bedeutet, daß Abner Kady gewonnen hatte, daß es ihm gelungen war, mich zu zerbrechen. Verstehst du? Aber ich lasse mich von niemandem zerbrechen. Niemals. Ich lasse mich lieber biegen als brechen. Ich werde überleben. Ich werde weitermachen. Ich werde die reichste Konzessionärin in diesem Unternehmen sein, und eines Tages wird es mir *gehören*. Bei Gott, ich werde es schaffen. Das ist mein Ziel, aber laß dir nur nicht einfallen, jemandem etwas davon zu erzählen. Ich werde alles tun, was dafür notwendig ist – hart arbeiten, Risiken eingehen usw. –, und eines Tages wird mir das ganze Ding gehören, und dann bin ich jemand, und dann wird es keine Rolle mehr spielen, von wem ich abstamme und was mir widerfahren ist, als ich ein kleines Mädchen war. Es wird keine Rolle mehr spielen, daß ich meinen Vater nie gekannt habe, oder daß meine Mutter mich nie geliebt hat. Das alles werde ich dann vergessen haben, so wie ich meinen hinterwäldlerischen Dialekt vergessen habe. Du wirst schon sehen, daß ich es schaffe. Wart nur ab. Du wirst es schon sehen.«

Ganz am Anfang dieser Geschichte sprach ich davon, daß die Hoffnung unsere ständige Begleiterin in diesem Leben ist. Sie ist das einzige, was weder die grausame Natur noch Gott noch ein anderer Mensch uns rauben kann. Gesundheit, Reichtum, Eltern, geliebte Geschwister, Kinder, Freunde, die Vergangenheit, die Zukunft – alles kann uns so leicht genommen werden wie eine unbewachte Tasche. Aber unser größter Schatz bleibt – die Hoffnung. Sie ist wie ein eigensinniger kleiner Motor, der uns antreibt, wenn die Vernunft uns nahelegt aufzugeben. Sie ist das Erschütterndste und Edelste, was wir besitzen, das Absurdeste und Bewundernswerteste, denn solange wir Hoffnung haben, können wir auch lieben und uns bemühen, anständig zu sein.

Kurz darauf schlief Rya wieder ein.

Ich nicht.

Jelly war tot. Mein Vater war tot. Bald würde vielleicht auch Rya tot sein, wenn es mir nicht gelänge, die ihr drohende Gefahr zu erkennen und von ihr abzuwenden.

Ich stand im Dunkeln auf, ging zum Fenster und schob den Vorhang zur Seite, gerade als draußen mehrere Blitze zuckten, die das Glas in einen Spiegel verwandelten. Mein schwaches Spiegelbild flackerte wie eine Flamme, ähnlich wie in manchen alten Filmen, wenn der Regisseur das Vergehen der Zeit andeuten wollte. Bei jeder Verdunklung und Aufhellung meines Spiegelbilds hatte ich das Gefühl, als würden mir Jahre entrissen, aber ich wußte nicht, ob es sich nun um Jahre aus meiner Vergangenheit oder aus meiner Zukunft handelte.

Während die Blitze mir den Blick nach draußen versperrten und ich nur mein Spiegelbild sehen konnte, überfielen mich solipsistische Ängste, hervorgerufen durch Müdigkeit und Traurigkeit. Ich hatte das Gefühl, als existierte nur ich allein, als wäre mein Ich das einzig wirkliche, während alles andere sowie alle anderen nur Schöpfungen meiner Fantasie wären. Doch dann, als die Blitze vorüber waren und das Glas wieder durchsichtig wurde, sah ich an der nassen Außenfläche des Fensters etwas, das meine ichbezogenen Vorstellungen schlagartig zum Verschwinden brachte. Eine kleine Eidechse, ein Chamäleon, haftete an der Scheibe, den Bauch mir zugewandt, den langen, schmalen Schwanz zum Fragezeichen gekrümmt. Sie war die ganze Zeit über dort gewesen, während ich nur mein eigenes Spiegelbild gesehen hatte, und das rief mir plötzlich ins Gedächtnis, daß wir eigentlich von allem, was wir betrachten, sehr wenig wirklich sehen, daß wir uns meistens mit der einfachen Oberfläche begnügen, vielleicht weil tiefere Einblicke oft von verwirrender und erschreckender Vielfalt sind. Hinter dem Chamäleon sah ich jetzt den strömenden Regen, klirrende Vorhänge aus Billionen silbrig schimmernder Tropfen. Und hinter dem Regenvorhang stand der nächste Wohnwagen, und dahinter kamen weitere Wohnwagen, dann der Rummelplatz, und dahinter die Stadt Yontsdown und hinter Yontsdown... die Ewigkeit.

Rya murmelte im Schlaf.

Ich kehrte zum Bett zurück.

Sie hob sich als Schattenriß vom weißen Laken ab.

Ich blickte auf sie hinab.

Mir fiel ein, was Joel Tuck mich am vergangenen Freitag bei unserem Gespräch über Rya gefragt hatte: »Ihre Oberfläche ist so unglaublich schön, und auch darunter verbirgt sich Schönheit, da stimmen wir beide überein... Aber ist es möglich, daß unter dem ›Darunter‹, das du sehen kannst, eine weitere Schicht verborgen ist?«

Bis zu dieser Nacht, als sie mich ins Vertrauen gezogen und den Alptraum ihrer Kindheit mit mir geteilt hatte, hatte ich eine Rya gesehen, die das Äquivalent meines von Blitzen erzeugten Spiegelbilds in der Fensterscheibe war. Jetzt blickte ich tiefer und war versucht zu glauben, daß ich jetzt die wirkliche, vollständige Frau in allen Dimensionen kannte, doch in Wirklichkeit kannte ich nur einen etwas deutlicheren Schatten der ganzen Wirklichkeit. Zumindest hatte ich jetzt durch die Oberfläche hindurch bis zur nächsten Schicht gesehen, sozusagen bis zur Eidechse auf der Fensterscheibe, doch dahinter verbargen sich unzählige weitere Schichten, und ich spürte, daß ich Rya Raines nicht würde retten können, wenn es mir nicht gelang, in kürzester Zeit möglichst viele dieser Schichten abzutragen.

Sie murmelte wieder.

Sie schlug um sich.

»Gräber«, murmelte sie. »So viele... Gräber.«

Sie wimmerte.

Sie flüsterte: »Slim... oh... Slim... nein...«

Sie bewegte die Beine, so als würde sie rennen.

»...nein... nein...«

Ihr Traum, mein Traum.

Wie konnten wir nur denselben Traum haben?

Und warum? Was hatte das zu bedeuten?

Ich stand neben dem Bett, und wenn ich die Augen schloß, konnte ich den Friedhof sehen und den Alptraum vor meinem geistigen Auge ablaufen lassen, während sie ihn im Schlaf sah. Ich wartete gespannt, ob sie mit einem erstickten Schrei aufwachen würde. Ich wollte wissen, ob ich sie in ihrem Traum einholte und umbrachte, wie ich es in meiner eigenen Version des Alptraums getan hatte; denn wenn auch diese Szene übereinstimmte, war es mehr als nur ein Zufall, dann bedeutete es etwas. Wenn sowohl ihr Traum als auch meiner damit endete, daß ich meine Zähne in ihre Kehle grub und ihr Blut emporspritzte, dann mußte ich sie um ihretwillen sofort verlassen, weit weggehen und sie niemals wiedersehen.

Aber sie schrie nicht auf. Ihre Traum-Panik ließ nach, sie hörte auf zu rennen und um sich zu schlagen und atmete wieder leise und regelmäßig.

Draußen sangen Wind und Regen ein Klagelied für die Toten und die Lebenden, die sich in einer Friedhofswelt an die Hoffnung klammern.

14

Kurz vor Einbruch der Dunkelheit
ist es immer am hellsten

Am Dienstagmorgen war die Sonne unter grauen Wolken verborgen, der Sturm hatte sich gelegt, aber es regnete noch in Strömen. Der Regen fiel senkrecht, so als wäre er für Umwege zu müde und zu schwer, drückte das Gras zu Boden, seufzte auf den Dächern der Wohnwagen, glitt matt an Zeltwänden hinab und schlief in Pfützen auf der Erde ein, tropfte vom Riesenrad, rann in Bächen vom Sturzbomber hinab.

Die Eröffnung des Jahrmarkts wurde um weitere 24 Stunden verschoben.

Rya bedauerte die Enthüllungen der vergangenen Nacht nicht so sehr, wie ich befürchtet hatte. Beim Frühstück lächelte sie sogar viel häufiger als die Rya, die ich bisher gekannt hatte, und sie zeigte mir ihre Zuneigung durch kleine Gesten so offen, daß ihr Ruf als hartgesottenes, hochnäsiges Luder für immer dahin gewesen wäre, wenn jemand sie beobachtet hätte.

Als wir später andere Schausteller besuchten, um zu sehen, wie sie sich die Zeit vertrieben, war sie wieder die alte Rya: kühl und distanziert. Doch selbst wenn sie in Gegenwart anderer so verändert gewesen wäre, wie sie es war, wenn wir allein waren, wäre es ihnen vermutlich nicht aufgefallen. Ein Leichentuch schien über Gibtown-auf-Rädern zu liegen, ein düsteres, erstickendes Tuch der Verzagtheit, gewebt aus der Monotonie des Regens, aus den finanziellen Einbußen durch das schlechte Wetter, hauptsächlich aber aus der Tatsache, daß Jelly Jordan erst seit einem Tag tot war. Die Tragödie seines Todes stand ihnen noch immer deutlich vor Augen.

Nachdem wir den Lorus, den Frazellis und den Catshanks Besuche abgestattet hatten, beschlossen wir, den Tag gemeinsam zu verbringen, nur wir beide, und auf dem Rückweg zu Ryas Airstream faßten wir einen noch wichtigeren Entschluß. Sie blieb plötzlich stehen und packte mich mit beiden regenkalten Händen so fest am Arm, daß der Schirm schwankte. »Slim!« rief sie mit leuchtenden Augen. Ich fragte: »Was gibt's?« Sie sagte: »Komm, wir gehen zu dem Wohnwagen, wo du deinen Schlafplatz hast, packen deine Sachen zusammen und bringen sie zu mir.« Und ich sagte: »Das ist doch nicht dein Ernst«, während ich zu Gott betete, es möge doch ihr Ernst sein. Und sie sagte: »Sag nur nicht, daß du keine Lust hast.« Ich sagte: »Okay, ich werd's nicht sagen.« Mit gerunzelter Stirn sagte sie: »Ich spreche jetzt nicht als dein Boß zu dir.« Und ich sagte: »Das dachte ich mir fast.« Sie sagte: »Ich spreche als dein Mädchen.« Ich sagte: »Ich möchte nur sicher sein, daß du dir das gut überlegt hast.« Sie sagte: »Das habe ich.« Ich sagte: »Mir kam es eher wie ein plötzlicher Einfall vor.« Und sie sagte: »Ich wollte es als plötzlichen Einfall hinstellen, Dummchen. Ich wollte nicht, daß du mich für eine berechnende Frau hältst.« Ich sagte: »Ich möchte sicher sein, daß du nichts Überstürztes tust.« Sie sagte: »Rya Raines tut niemals etwas Überstürztes.« Ich sagte: »Das stimmt vermutlich.« So einfach war das. Eine Viertelstunde später schon lebten wir zusammen.

Wir verbrachten den Nachmittag mit Plätzchenbacken in der winzigen Küche ihres Wohnwagens, vier Dutzend mit Erdnußbutter und sechs Dutzend mit Schokoladesplittern. Es wurde einer der schönsten Tage meines Lebens. Die Düfte, die mir das Wasser im Munde zusammenlaufen ließen, das zeremonielle Ablecken des Löffels nach jedem vollen Blech, die Späße und Neckereien, die gemeinsame Arbeit – das alles rief mir ähnliche Nachmittage in der Küche meines Elternhauses in Erinnerung, mit meiner Mutter und meinen Schwestern. Aber dies hier war sogar noch schöner. Jene Nachmittage in Oregon hatte ich genossen, aber nicht richtig zu schätzen gewußt, denn damals war ich noch zu jung gewesen, um zu begreifen, daß ich goldene Stunden erlebte, zu jung auch, um zu begreifen, daß alles einmal ein Ende hat. Nun aber befand ich mich nicht mehr in dem kindlichen Irrtum von Beständigkeit und Unsterblichkeit, und außerdem hatte ich in den vergangenen Monaten geglaubt, daß mir die einfachen Freuden eines normalen häuslichen Lebens nie wieder vergönnt sein würden. Deshalb kamen mir diese Stunden in Ryas Küche so herrlich vor, daß ich eine unbeschreibliche Freude im Herzen verspürte.

Auch das Abendessen bereiteten wir gemeinsam zu, und nach dem Essen hörten wir Musik im Radio: den WBZ in Boston, den KDKA in Pittsburgh, Dick Biondi, der in Chicago alberne Sprüche von sich gab. Es wurden die Hits jener Zeit gespielt: ›He's so Fine‹ von den Chiffons; ›Surfin' USA‹ von den Beach Boys; ›Rhythm of the Rain‹ von den Cascades; ›Up on the Roof‹ von den Drifters; ›Blowin' in the Wind‹ und ›Puff, the Magic Dragon‹ von Peter, Paul and Mary; ›Limbo Rock‹ und ›Sugar Shack‹ und ›Rock Around the Clock‹ und ›My Boyfriend's Back‹; Lieder von Leslie Gore, von den Four Seasons, von Bobby Darin, von den Chantays, von Ray Charles, Little Eva, Dion, Chubby Checker, von den Shirelles, Roy Orbison, Sam Cooke, Bobby Lewis und Elvis, immer wieder Elvis. Und wenn Sie nicht glauben, daß dies ein gutes Musikjahr war, haben Sie es mit absoluter Sicherheit nicht miterlebt.

An jenem ersten Abend unseres Zusammenlebens schliefen wir nicht miteinander, aber er hätte nicht schöner sein können, wenn wir es getan hätten. Es war ein vollkommener, gelungener Abend. Noch nie waren wir uns so nahe gewesen, nicht einmal während der körperlichen Vereinigung. Obwohl sie mir keine weiteren Geheimnisse anvertraute, und obwohl ich vorgab, nur ein einfacher Vagabund zu sein, der dankbar und verwundert war, daß er ein Heim und einen Menschen zum Liebhaben gefunden hatte, bestand zwischen uns eine ungewöhnliche Vertrautheit, vielleicht weil wir nur in unseren Köpfen, nicht aber in unseren Herzen Geheimnisse voreinander hatten.

Um elf Uhr abends hörte es auf zu regnen. Das Prasseln ging plötzlich in Plätschern über, dann in vereinzeltes Plopp dicker Regentropfen, und dann störte überhaupt nichts mehr die Stille der Nacht. Während ich am Fenster stand und in die Dunkelheit hinausblickte, kam es mir so vor, als hätte das

Unwetter nicht nur die Welt gereinigt, sondern auch aus mir etwas herausgeschwemmt. In Wirklichkeit war es natürlich Rya Raines, die meine Einsamkeit hinweggeschwemmt hatte.

In einer Totenstadt am Hügel, zwischen Alabastergrabsteinen, packte ich sie und schwenkte sie zu mir herum, und in ihren Augen stand wilde Angst geschrieben, und ich war erfüllt von Schmerz und Bedauern, aber trotz dieses Bedauerns schnappte ich nach ihrem bloßen Hals, spürte die zarte Haut unter meinen gefletschten Zähnen...

Ich riß mich aus dem Schlaf, bevor mein Mund sich mit ihrem Blut füllen konnte. Ich setzte mich aufrecht hin und versteckte mein Gesicht hinter den Händen, so als könnte sie aufwachen und sogar im Dunkeln irgendwie an meinem Gesicht ablesen, was ich ihr in meinem Traum hatte antun wollen.

Dann spürte ich, daß jemand neben dem Bett stand. Der schreckliche Alptraum hielt mich noch so sehr in seinem Bann, daß ich den Atem anhielt, mir die Hände vom Gesicht riß und sie abwehrend ausstreckte, während ich ans Kopfende zurückwich.

»Slim?«

Es war Rya. Sie stand neben dem Bett und blickte auf mich herab, obwohl sie mich im Dunkeln genausowenig sehen konnte wie ich sie. Sie mußte mich beobachtet haben, während ich von ihrem Alptraum heimgesucht wurde – so, wie ich in der Nacht zuvor sie beobachtet hatte.

»Ach, Rya, du bist's«, sagte ich aufatmend.

»Was war denn los?« fragte sie.

»Ein Traum.«

»Aber was für ein Traum?«

»Ein schlechter.«

»Deine Trolle?«

»Nein.«

»War es... mein Friedhof?«

Ich schwieg.

Sie setzte sich auf die Bettkante.

Sie wiederholte: »War es der Friedhof?«

»Ja. Wie bist du darauf gekommen?«

»Du hast im Schlaf gesprochen.«

Ich warf einen Blick auf das Leuchtzifferblatt des Weckers. Halb vier.

»Kam ich in deinem Traum vor?« fragte sie.

»Ja.«

Sie gab einen Laut von sich, den ich nicht deuten konnte.

»Ich verfolgte...«

»Nein!« fiel sie mir rasch ins Wort. »Erzähl es mir nicht. Ich will nichts weiter davon hören. Es ist völlig bedeutungslos.«

Doch mir kam es so vor, als verstünde sie diesen gemeinsamen Alptraum viel besser als ich, als wüßte sie genau, was diese unheimliche Übereinstimmung zu bedeuten hatte.

Ich hielt es allerdings für möglich, daß ich – schlaftrunken und von dem Alptraum mitgenommen, dessen schreckliche Bilder mich noch immer verfolgten – ein Geheimnis wahrzunehmen glaubte, wo überhaupt keins existierte. Sie wollte vielleicht nur deshalb nicht über diese Sache sprechen, weil sie ihr Angst machte – und nicht deshalb, weil ihr die Bedeutung klar wurde.

Als ich wieder zum Sprechen ansetzte, verschloß sie mir den Mund mit einem Kuß und warf sich in meine Arme. Sie war nie leidenschaftlicher, zärtlicher, hingebungsvoller und einfühlsamer gewesen, doch ich glaubte, daneben etwas Neues zu spüren – eine stille Verzweiflung, so als suchte sie im Liebesakt nicht nur Genuß und Nähe, sondern auch Vergessen, Befreiung von einem ihr unerträglichen Wissen.

Am Mittwochmorgen wurden die Wolken vom Wind auseinandergetrieben, am blauen Himmel schwirrten Krähen, Rotkehlchen, Raben und Blaukehlchen umher, und die Erde dampfte, so als wäre unter der dünnen Kruste des Planeten eine riesige Maschine heißgelaufen. Auf dem Rummelplatz trockneten die Sägespäne in der strahlenden Augustsonne. Überall waren Schausteller am Werk, suchten nach Sturmschäden, polierten Chrom und Messing, befestigten lose Zeltbahnen und unterhielten sich über das ›Geldwetter‹.

Eine Stunde vor der Öffnung erspähte ich Joel Tuck hinter dem Zelt, das Shockville beherbergte. Er trug Holzfällerstiefel, in die er die Hosenbeine hineingesteckt hatte, und ein kariertes rotes Hemd mit aufgekrempelten Ärmeln. Er war damit beschäftigt, die Zeltpflöcke tief in die feuchte Erde zu treiben, und obwohl er einen Hammer anstatt einer Axt schwang, erinnerte er mich an Paul Bunyon.

»Ich muß mit dir reden«, sagte ich.

»Ich habe gehört, daß du eine neue Unterkunft gefunden hast«, sagte er trocken, während er den Vorschlaghammer aus der Hand legte.

Ich blinzelte. »Hat sich das so schnell herumgesprochen?«

»Worüber willst du mit mir sprechen?« fragte er – nicht direkt feindselig, aber mit unverkennbarer Kühle.

»Beispielsweise über den Autoscooter.«

»Was ist damit?«

»Ich weiß, daß du gesehen hast, was dort geschehen ist.«

»Ich kann dir nicht folgen.«

»In jener Nacht konntest du mir ausgezeichnet folgen.«

Sein unergründliches Gesicht glich einer Keramikmaske, die zerbrochen worden und von einem Betrunkenen im Vollrausch zusammengeklebt worden war.

Als er schwieg, fuhr ich fort: »Du hast ihn unter deinem Zelt begraben.«

»Wen?«

»Den Troll.«

»Troll?«

»So nenne ich sie. Du bezeichnest sie vielleicht anders. Im Wörterbuch wird ›Troll‹ mit ›dämonisches Wesen‹, ›Unhold‹ übersetzt, mit ›groteske mythologische Gestalt, die den Menschen feindlich gesinnt ist‹. Ich finde, das trifft die Sache nicht schlecht. Du kannst sie natürlich nennen, wie du willst. Aber ich weiß, daß du sie siehst.«

»So? Ich sehe Trolle?«

»Ich möchte, daß du dreierlei verstehst. Erstens: Ich hasse sie und bringe sie um, wann immer ich die Möglichkeit dazu habe – das heißt, wenn ich hoffen kann, nicht erwischt zu werden. Zweitens: Sie haben Jelly Jordan ermordet, weil er sie überrascht hat, als sie sich am Riesenrad zu schaffen machen wollten. Und drittens: Sie werden nicht aufgeben; sie werden zurückkommen, um ihr Werk am Riesenrad zu vollenden, und wenn wir sie nicht daran hindern, wird sich hier in den nächsten Tagen etwas Schreckliches ereignen.«

»Tatsächlich?«

»Du weißt genau, daß es so ist. Du hast die Freikarte für das Riesenrad in mein Schlafzimmer gelegt.«

»Tatsächlich?«

»Um Himmels willen, sei doch nicht so übervorsichtig«, rief ich ungeduldig. »Wir verfügen beide über außergewöhnliche Gaben. Wir sollten Verbündete sein.«

Er hob eine Braue und mußte dazu das orangefarbene Auge zusammenkneifen.

»Ich habe auf anderen Rummelplätzen viele sogenannte Wahrsager und Hellseher kennengelernt, aber du bist der erste Mensch mit echten übersinnlichen Kräften, der mir je begegnet ist.«

»Tatsächlich?«

»Und du bist der einzige Mensch, den ich kenne, der wie ich die Trolle sehen kann.«

»Tatsächlich?«

»Du mußt sie sehen?«

»So?«

»O Gott, du kannst einen auf die Palme bringen!«

»Kann ich das?«

»Ich habe lange darüber nachgedacht. Ich weiß, daß du gesehen hast, was im Autoscooter geschah, und daß du die Leiche weggeschafft hast...«

»Die Leiche?«

»...und daß du mich in bezug auf das Riesenrad warnen wolltest, für den Fall, daß ich das bevorstehende Unheil nicht spüre. Als dann Jelly tot aufgefunden wurde, kamen dir Zweifel. Du hast dich gefragt, ob ich vielleicht nur ein Psychopath bin, denn du wußtest ja, daß Jelly kein Troll war. Aber du hast mich der Tat nicht beschuldigt; du hast beschlossen abzuwarten und mich im Auge zu behalten. Deshalb bin ich zu dir gekommen. Um zwischen uns alles klarzustellen. Ich wollte dir mitteilen, daß ich sie sehe, daß ich sie hasse und daß wir zusammenarbeiten sollten, um sie an ihrem Vorhaben zu hindern. Ich war heute morgen beim Riesenrad, um seine Ausstrahlung zu prüfen, und ich bin sicher, daß heute nichts passieren wird. Aber morgen oder am Freitag...«

Er starrte mich wortlos an.

»Verdammt«, sagte ich, »warum bist du nur so wahnsinnig geheimniskrämerisch?«

»Ich bin nicht geheimniskrämerisch.«

»Doch.«

»Nein. Ich bin nur wie vom Donner gerührt.«

»Was?«

»Wie vom Donner gerührt. Dies ist nämlich das erstaunlichste Gespräch, das ich je in meinem Leben geführt habe, und ich verstehe kein Wort von all dem, was du da erzählst.«

Ich spürte, daß er aufgewühlt war, und vielleicht war dieser innere Aufruhr zum größten Teil tatsächlich auf Verwirrung zurückzuführen; aber ich konnte beim besten Willen nicht glauben, daß meine Worte ihn total verblüfften.

Ich starrte ihn an.

Er starrte mich an.

»Es ist wirklich zum Verrücktwerden«, murmelte ich.

»Oh, jetzt verstehe ich«, sagte er.

»Was?«

»Das sollte ein Scherz sein.«

»O Gott!«

»Irgendein besonders geistreicher Scherz.«

»Warum hast du mir dann geholfen, die Leiche zu beseitigen?«

»Nun, zum einen ist das mein Hobby.«

»Wovon redest du?«

»Leichen loszuwerden, ist ein Hobby von mir«, erklärte er. »Manche Leute sammeln Briefmarken, andere bauen Modellflugzeuge, und ich beseitige Leichen, wo immer ich sie finde.«

Ich schüttelte bestürzt den Kopf.

»Und zum anderen«, fuhr er fort, »hängt es damit zusammen, daß ich ein sehr ordnungsliebender Mensch bin. Ich kann Abfälle nicht ertragen, und es gibt keinen schlimmeren Abfall als eine verwesende Leiche. Besonders die Leiche eines Trolls. Deshalb räume ich sie weg, sobald ich eine finde, und...«

»Es ist kein Scherz!« rief ich, am Ende meiner Geduld.

Er zwinkerte mit allen drei Augen. »Nun, entweder ist es ein Scherz, oder aber du bist ein sehr kranker junger Mann, Carl Slim. Ich hatte dich bisher gern, viel zu gern, um glauben zu wollen, daß du verrückt bist. Deshalb halte ich es lieber für einen Scherz, wenn es dir recht ist.«

Ich wandte mich von ihm ab und entfernte mich.

Verdammt, welches Spiel spielte er nur?

Die Gewitter hatten der Luft den größten Teil der Feuchtigkeit entzogen, und trotz des blauen Himmels kehrte die schwüle Augusthitze nicht zurück. Es war ein warmer, trockener Tag, und von den Bergen, die das Jahrmarktgelände umgaben, brachte eine leichte klare Brise die Düfte des Waldes. Als um zwölf die Tore geöffnet wurden, strömten die Besucher in großen Scharen herbei, womit wir erst am Wochenende gerechnet hatten.

Der Rummelplatz, ein fantastischer Webstuhl, stellte mit Hilfe exotischer Bilder, Gerüche und Klänge einen schillernden Stoff her, der die Besucher in seinen Bann zog, und auch wir Schausteller hüllten uns nach zwei Tagen Regen und nach dem Tod unseres ›Flickschneiders‹ mit Wonne in dieses vertraute Gewebe. Die Klangfäden setzten sich zusammen aus Leierkastenmusik, Schlagern, dem Dröhnen des Motorrads auf der ›hölzernen Todeswand‹, dem Rattern und Kreischen und Quietschen der Fahrgeschäfte, dröhnenden Dieselmotoren, dem Gebrüll der Ausrufer, aus Gelächter von Männern und Frauen, aus Kreischen und Jauchzen von Kindern. Starke Geruchsfäden glitten durch das Weberschiffchen: heißes Fett von den Imbißständen, frisch geröstetes Popcorn, gebrannte Mandeln, Dieseltreibstoff, Sägemehl, Zuckerwatte, geschmolzenes Karamel. Doch erst die unzähligen schillernden Farben der kaleidoskopartigen Bilder verliehen dem Gewebe aus Klang und Gerüchen die Einmaligkeit des fertigen Stoffes: der blanke glänzende Stahl der eiförmigen Kapseln des Sturzbombers, die vom Sonnenlicht mit einem dünnen Silberfilm versehen wurden; die umherwirbelnden roten Gondeln des ›Tip Top‹; die funkelnden Spangen, schimmernden Perlen und glitzernden Pailletten auf den Kostümen der Tänzerinnen, die auf den Plattformen nur eine kleine Kostprobe der im Zelt gebotenen Attraktionen gaben; die roten, blauen, orangefarbenen, gelben, weißen und grünen Wimpel, die in der Brise flatterten wie Tausende von Papageienflügeln; das riesige lachende Gesicht des Clowns mit der gelben Nase am Lachkabinett; die glänzenden Messingstangen des Karussells. Aus diesem unverwechselbaren Stoff entstand ein Zaubermantel mit vielen geheimnisvollen Taschen, von auffallendem Schnitt und Design; wenn man in dieses Gewand schlüpfte, fühlte man sich unsterblich, und alle Sorgen der realen Welt fielen von einem ab.

Doch im Gegensatz zu den Besuchern und vielen Schaustellern konnte ich meine Probleme an jenem Mittwoch auch auf dem Rummelplatz nicht vergessen, denn ich wartete ständig auf das Auftauchen der ersten Trolle. Doch der Nachmittag ging in den Abend über, und der Abend machte der Nacht Platz, und kein einziger Dämon ließ sich blicken. Ich war über ihre Abwesenheit weder erleichtert noch erfreut. Yontsdown war ein Nest von Trollen, eine Brutstätte, und eigentlich hätte man sie hier viel zahlreicher sehen müssen als anderswo. Ich wußte, warum sie weggeblieben waren. Sie warteten auf das richtige Vergnügen irgendwann in den nächsten Tagen. An diesem Mittwoch stand keine Tragödie auf dem Programm, kein Festmahl aus Blut und Tod, und deshalb warteten sie bis morgen oder übermorgen. Dann würden sie in Scharen kommen und sich vorzugsweise in der Nähe des Riesenrads tummeln. Wenn es nach ihnen ging, würde das Rad wahrscheinlich durch ein ›technisches Versagen‹ entweder umstürzen oder in sich zusammenbrechen, und erst wenn dieses Ereignis auf der Tagesordnung stand, würden sie sich zu einem Jahrmarktbummel einfinden.

Nach Schließung des Rummelplatzes wurden alle Lichter gelöscht; nur die Lämpchen am Kinderkarussell blieben eingeschaltet. Dort versammelten sich die Schausteller, um Jelly Jordan die letzte Ehre zu erweisen. Hunderte von uns scharten sich um das Karussell, die Menschen in den vordersten Reihen waren in gelbes und rotes Licht getaucht, das eine ähnliche Stimmung erzeugte wie Kerzenschein und die farbigen Fenstergläser in einer Kathedrale. Jene, die in diesem Freiluft-Kirchenschiff weiter hinten standen, waren von andächtigem Halbdunkel oder Trauerschwarz umgeben. Manche standen auf den Plattformen anderer Fahrgeschäfte, und andere waren auf Lastwagen geklettert. Alle schwiegen wie am Montagmorgen, als die Leiche aufgefunden worden war.

Die Aschenurne wurde auf eine der Bänke gestellt; Seejungfrauen bildeten auf beiden Seiten die Ehrenwache, und stolze Pferde bildeten den Leichenzug. Arturo Sombra ließ das Karussell fahren, allerdings ohne Musik.

Während es sich stumm drehte, las Buchhalter Dooley ausgewählte Abschnitte aus einem Kapitel des Kinderbuchs ›The Wind in the Willows‹* von Kenneth Grahame vor, wie Jelly es in seinem Letzten Willen verfügt hatte.

Dann wurde der Karussellmotor abgestellt.

Die Pferde blieben langsam stehen.

Die Lichter erloschen.

Wir gingen nach Hause, und auch Jelly Jordan war heimgegangen.

Rya schlief sofort ein. Ich lag wach, wunderte mich über Joel Tucks Verhalten, machte mir Sorgen wegen des Riesenrads und wegen der Vision von Ryas blutigem Gesicht, fragte mich beunruhigt, welche Ränke die Trolle wohl gerade in diesem Moment schmieden mochten.

Die Zeit schleppte sich dahin, und ich verfluchte meine Zwielicht-Augen. Manchmal wünschte ich, ich besäße keine übersinnlichen Kräfte, besäße nicht die Fähigkeit, Trolle zu sehen. Manchmal beneide ich andere Menschen um ihre Ahnungslosigkeit, um ihre völlige Unbefangenheit im Umgang

* dt. Titel: ›Die Leutchen um Meister Dachs‹; Anm. d. Übers.

mit den Dämonen. Vielleicht ist es wirklich besser, nicht zu wissen, daß die Trolle unter uns sind. Besser, als sie zu *sehen* und sich hilflos, verfolgt und der Übermacht ausgeliefert zu fühlen. Zumindest wäre Unwissenheit eine gute Medizin gegen Schlaflosigkeit.

Allerdings wäre ich, wenn ich die Trolle nicht sehen könnte, wahrscheinlich nicht mehr am Leben, wäre den sadistischen Spielen meines Onkels Denton zum Opfer gefallen.

Onkel Denton...

Es ist nun an der Zeit, von jenem Troll zu sprechen, der sich damals in meiner eigenen Familie eingenistet hatte, so perfekt getarnt, daß nicht einmal die scharfe Schneide einer Axt die Verkleidung zu durchdringen und das darunter verborgene Monster zu enthüllen vermochte.

Die Schwester meines Vaters, Tante Paula, war in erster Ehe mit Charlie Forster verheiratet gewesen, und sie hatten einen Sohn, Kerry, der im gleichen Jahr und Monat wie ich geboren wurde. Doch Charlie starb an Krebs, als Kerry und ich drei Jahre alt waren. Tante Paula blieb zehn Jahre allein, und Kerry wuchs ohne Vater auf. Dann trat Denton Harkenfield in ihr Leben, und sie beschloß, ihrem Witwenstand ein Ende zu bereiten.

Denton war ein Fremder in unserem Tal. Er stammte nicht einmal aus Oregon, sondern aus Oklahoma (das behauptete er zumindest), aber alle akzeptierten ihn mit erstaunlicher Bereitwilligkeit, wenn man bedenkt, daß Menschen, die schon in der dritten Generation im Tal wohnten, von der Mehrheit, die ihre Abstammung bis zur Besiedlung des Nordwestens zurückverfolgen konnte, oft als ›Neue‹ bezeichnet wurden. Denton hatte ein ansprechendes Äußeres, war höflich und bescheiden, lachte gern und verfügte über einen schier unerschöpflichen Vorrat an amüsanten Anekdoten und interessanten Erlebnissen. Er war der geborene Geschichtenerzähler. Obwohl er Geld zu haben schien, lebte er einfach, stellte keine hohen Ansprüche und war kein Angeber. Alle mochten ihn.

Alle außer mir.

Als Kind hatte ich die Trolle nicht deutlich sehen können.

Hin und wieder – im ländlichen Oregon allerdings nicht oft – traf ich jemanden, der etwas eigenartig Verschwommenes an sich hatte und in dessen Innern ich dunkle rauchartige Schattengebilde wahrzunehmen glaubte. Ich spürte, daß ich bei diesen Menschen vorsichtig sein mußte, auch wenn ich nicht wußte warum. Doch als die Pubertät meinen Hormonhaushalt und Stoffwechsel veränderte, begann ich die Dämonen deutlicher zu sehen, zunächst noch in vagen Konturen, dann aber in allen grausigen Einzelheiten.

Als Denton Harkenfield aus Oklahoma – oder aus der Hölle – in unser Tal kam, konnte ich bereits erkennen, daß jener rauchförmige Geist nicht nur eine geheimnisvolle neue Form psychischer Energie war, sondern ein eigenständiges Wesen, ein Dämon oder Puppenspieler oder Gott-weiß-was. In den Monaten, als Denton meiner Tante Paula den Hof machte, nahm meine Fähigkeit, den verborgenen Troll wahrzunehmen, stetig zu, und in der Woche vor der Trauung geriet ich bei dem Gedanken, daß sie völlig ahnungslos ein solches Ungeheuer heiraten würde, in wilde Panik. Aber ich konnte nichts tun, um diese Heirat zu verhindern.

Alle anderen waren der Meinung, daß Tante Paula sich glücklich schätzen konnte, einen so beliebten und bewunderten Mann wie Denton Harkenfield gefunden zu haben. Sogar Kerry, mein Lieblingsvetter und bester Freund, ließ auf seinen zukünftigen Vater nichts kommen, der sein Herz im Fluge erobert und versprochen hatte, ihn zu adoptieren.

Meine Familie wußte um meine hellseherischen Gaben, und meine Vorahnungen und psychischen Einblicke wurden ernst genommen. Einmal, als Mutter zum Begräbnis ihrer Schwester nach Indiana fliegen mußte, hatte ihr Flugticket eine derart ominöse Ausstrahlung, daß ich einen Flugzeugabsturz prophezeite. Ich machte einen solchen Wirbel, daß sie in letzter Minute einen anderen Flug buchte. Jenes Flugzeug stürzte zwar nicht ab, aber unterwegs brach an Bord ein Brand aus; viele Passagiere erlitten Rauchvergiftungen, und drei erstickten, bevor der Pilot notlanden konnte. Ich habe natürlich keinen Beweis dafür, daß meine Mutter ein viertes Todesopfer gewesen wäre, aber als ich ihr Ticket berührt hatte, hatte ich statt Papier das kalte, harte Messing eines Sarggriffs unter meinen Fingern gespürt.

Ich hatte aber nie jemandem erzählt, daß ich in einigen Menschen rauchförmige Schatten sehen konnte. Zum einen wußte ich ja nicht, was sie zu bedeuten hatten. Und ich spürte von Anfang an, daß ich in schrecklicher Gefahr schweben würde, falls eine dieser Personen gewahr wurde, daß ich in ihr einen Unterschied zu anderen Menschen wahrnahm. Deshalb behielt ich dieses Geheimnis für mich.

Und als ich in der letzten Woche vor Tante Paulas Hochzeit den Troll in Denton Harkenfield endlich in all seinen ekelerregenden Einzelheiten zu sehen vermochte, konnte ich unmöglich plötzlich anfangen, von Monstern zu erzählen, die sich als Menschen tarnten. Niemand hätte mir geglaubt. Sie müssen nämlich wissen, daß die Verläßlichkeit meiner gelegentlichen Visionen zwar nicht bezweifelt wurde, daß es aber viele Leute gab, die meine ungewöhnlichen Gaben nicht als einen Segen betrachteten. Obwohl nur selten erwähnt und angewandt, stempelten meine übersinnlichen Fähigkeiten mich als ›seltsam‹ ab, und manch einer der Talbewohner glaubte, daß Seher zwangsläufig geistig labile Menschen seien. Nicht wenige Leute haben meinen Eltern gesagt, sie müßten mich genau beobachten, um die ersten Anzeichen von Autismus oder Wahn nicht zu übersehen, und obwohl meine Eltern für solches Gerede nichts übrig hatten, war ich überzeugt davon, daß auch sie gelegentlich befürchteten, meine Gabe könnte sich als Fluch erweisen. Die Verknüpfung von seherischen Fähigkeiten und geistige Labilität ist in der Volksüberlieferung so stark ausgeprägt, daß sogar meine Großmutter, die in meinen Zwielicht-Augen einen Grund zur Freude und einen Segen sah, manchmal befürchtete, ich könnte irgendwie die Kontrolle über meine Gaben verlieren, die sich dann sozusagen gegen mich richten und mich vernichten würden. Hätte ich damals, wenige Tage vor Tante Paulas Hochzeit, plötzlich etwas von Trollen erzählt, die sich in menschlichen Körpern verbargen, so hätte das die Ängste all jener verstärkt, die sicher waren, daß ich eines Tages in einer Gummizelle landen würde.

Ich zweifelte mitunter sogar selbst an meiner geistigen Gesundheit. Der Volksglaube war mir bekannt, und ich hatte auch einige der Warnungen an meine Eltern gehört, und als ich anfing, die Trolle zu sehen, fragte ich mich, ob ich allmählich den Verstand verlor.

Hinzu kam noch, daß ich mich zwar intuitiv vor dem Troll in Denton Harkenfield fürchtete und den intensiven Haß spürte, der diese Kreatur motivierte, aber keine konkreten Beweise dafür hatte, daß sie Tante Paula, Kerry oder sonst jemandem etwas zuleide tun wollte! Denton Harkenfield benahm sich beispielhaft.

Und schließlich schwieg ich auch deshalb, weil ich – falls man mir nicht glaubte, und daran bestand für mich nicht der geringste Zweifel – nichts anderes bewirkt hätte, als Onkel Denton über die Gefahr aufzuklären, die ich für ihn und seinesgleichen darstellte. Wenn ich *nicht* unter Halluzinationen litt, wenn er *tatsächlich* ein mörderischer Unhold war, durfte ich ihn auf gar keinen Fall auf mich aufmerksam machen. Ich durfte mich nicht in eine Lage bringen, in der ich seiner Mordlust völlig schutzlos ausgeliefert wäre.

Die Hochzeit wurde gefeiert, Denton adoptierte Kerry, und Paula und Kerry waren monatelang glücklicher, als man sie je gesehen hatte. Der Troll hauste nach wie vor in Denton, aber allmählich fragte ich mich, ob dieses Wesen wirklich von Grund auf böse oder vielleicht nur *anders* als wir war.

Während die Familie Harkenfield glückliche Zeiten erlebte, ereigneten sich bei ihren Nachbarn ungewöhnlich viele Tragödien und Unglücksfälle, aber es dauerte sehr lange, bis ich erkannte, daß Onkel Denton die Ursache dieser langen Pechsträhne war. Das Haus der Familie Whitborn, die anderthalb Kilometer von den Harkenfields und einen knappen Kilometer von uns entfernt lebte, brannte nieder als der Öltank explodierte; drei ihrer sechs Kinder kamen in den Flammen ums Leben. Einige Monate später starben auf der Goshawkan Lane vier der insgesamt fünf Mitglieder der Familie Jenerette an Kohlenmonoxidvergiftung, weil ihre Heizung unerklärlicherweise verstopft gewesen war und die tödlichen Gase sich mitten in der Nacht im ganzen Haus ausgebreitet hatten. Und Rebecca Norfron, die dreizehnjährige Tochter von Miles und Hannah Norfron, kehrte von einem Spaziergang mit ihrem kleinen Hund Hoppy nicht zurück; eine Woche später wurde sie in der 30 km entfernten Kreisstadt in einem leerstehenden Haus tot aufgefunden. Vor ihrer Ermordung war sie grausam gefoltert worden. Hoppy wurde nie gefunden.

Dann traf das Unheil auch unsere Familie. Meine Großmutter stürzte in ihrem Haus die Treppe hinab, brach sich das Genick und wurde erst einen Tag später gefunden. Ich ging nach ihrem Tod leider nicht in ihr Haus; wenn ich jene Kellertreppe hinabgestiegen und an der Stelle, wo Großmutter gefunden worden war, niedergekniet wäre, hätte ich gespürt, daß Onkel Denton sie auf dem Gewissen hatte, und vielleicht hätte ich ihn auf irgendeine Weise daran hindern können, weitere Verbrechen zu begehen. Bei Großmutters Begräbnis – drei Tage nach ihrem Tod, als die dem Leichnam verbliebene psychische Energie schon beträchtlich abgenommen hatte – empfing ich trotzdem noch derart starke Signale von Gewaltanwendung, daß ich das Bewußtsein verlor und nach Hause gebracht werden mußte. Alle glaubten, ich wäre vor Schmerz und Trauer zusammengebrochen, aber in Wirklichkeit war es das schreckliche Wissen gewesen, daß Großmutter ermordet worden war. Aber ich wußte nicht, wer sie umgebracht hatte, ich hatte nicht den geringsten Beweis, daß ein Mord begangen worden war, ich war erst vierzehn, ein Alter, da *niemand* einem zuhört, und ich galt ohnehin schon als ›seltsam‹. Deshalb hielt ich den Mund.

Ich wußte, daß Onkel Denton kein Mensch war, aber ich verdächtigte ihn nicht gleich des Mordes. Nach wie vor war ich mir über ihn nicht im klaren, weil Tante Paula und Kerry ihn so liebten, und auch, weil er nett zu mir war, immer Späße mit mir machte und sich für meine Fortschritte in der Schule und beim Ringkampf interessierte, wo ich der Juniormannschaft angehörte. Von ihm und Tante Paula bekam ich herrliche Weihnachtsgeschenke, und an meinem Geburtstag schenkte er mir mehrere Romane von Robert Heinlein und A. E. van Vogt sowie einen neuen Fünfdollarschein. Ich hatte ihn nur Gutes tun sehen, und obwohl ich spürte, daß er vor Haß buchstäblich kochte, fragte ich mich, ob dieser wilde Haß vielleicht nur in meiner Einbildung existierte. Wenn ein normaler Mensch Massenmorde begangen hätte, wäre seine bösartige Ausstrahlung meinem sechsten Sinn früher oder später aufgefallen, aber Trolle strahlen nichts als Haß aus, und weil ich in Onkel Dentons Aura kein Schuldbewußtsein entdecken konnte, hielt ich ihn nicht für den Mörder meiner Großmutter.

Mir fiel allerdings auf, daß Denton in einem Trauerhaus mehr Zeit verbrachte als jeder andere Freund der Familie. Immer war er besorgt und mitfühlend. An seiner Schulter konnten Leidtragende sich ausweinen, er machte für sie Besorgungen und half auf jede erdenkliche Weise. Auch nach dem Begräbnis stattete er den Trauernden häufig Besuche ab, und erkundigte sich, wie sie zurechtkamen und ob sie Beistand benötigten. Er wurde für sein Einfühlungsvermögen, seine Menschlichkeit und Nächstenliebe über den grünen Klee gelobt, wehrte solche Elogen aber stets bescheiden ab. Das verwirrte mich nur noch mehr. Besonders verwirrend war es, wenn ich den Troll in ihm sehen konnte, der bei traurigen Ereignissen unweigerlich bösartig grinste und sich am Leid der Hinterbliebenen sogar zu weiden schien. Welches war nun der wahre Onkel Denton: das Monster in ihm oder der gute Nachbar und fürsorgliche Freund?

Ich hatte darauf noch keine Antwort gefunden, als acht Monate nach dem Tod meiner Großmutter mein Vater unter seinem Traktor zerquetscht wurde. Er hatte damit große Steine von dem neuen Feld geschleppt, das er zur Aussaat vorbereitete, eine Parzelle von zwanzig Morgen, die von unserem Haus aus nicht zu sehen war, weil ein Ausläufer des Bergwaldes dazwischen lag. Meine Schwestern fanden ihn, als sie nachschauten, warum er nicht zum Essen nach Hause gekommen war, und ich erfuhr es erst, als ich einige Stunden später von einem Ringkampf in der Schule zurückkehrte. (»O Carl«, hatte meine Schwester Jenny geschluchzt, während sie mich fest umarmte, »sein armes Gesicht, sein armes Gesicht, ganz schwarz und tot, sein armes Gesicht!«) Tante

Paula und Onkel Denton waren schon zu uns herübergekommen, und er war der Felsen, an den meine Mutter und meine Schwestern sich klammerten. Er versuchte auch mich zu trösten, und sowohl seine Trauer als auch sein Mitgefühl schienen aufrichtig zu sein; doch ich konnte den Troll in ihm sehen, der mich mit glühenden roten Augen anstarrte. Obwohl ich halb glaubte, daß der verborgene Dämon nur eine Ausgeburt meiner Fantasie war und vielleicht sogar meinen Wahnsinn bewies, zog ich mich von Denton zurück und ging ihm nach Möglichkeit aus dem Weg.

Anfangs war der Sheriff mißtrauisch, denn mein Vater hatte Verletzungen, die nicht durch den umgestürzten Traktor verursacht sein konnten. Doch da niemand ein Motiv gehabt hatte, meinen Vater zu ermorden, und da nichts anderes auf eine Gewalttat hindeutete, kam der Sheriff schließlich zu dem Schluß, daß Vater nicht sofort tot gewesen war, als der Traktor umstürzte und ihn unter sich begrub, daß er sich vielmehr verzweifelt bemüht hatte, unter dem Fahrzeug hervorzukommen und sich dabei weitere Verletzungen zugezogen hatte. Bei seinem Begräbnis wurde ich ohnmächtig, wie schon beim Begräbnis meiner Großmutter und aus dem gleichen Grund: Eine mächtige Welle psychischer Energie überrollte mich, eine regelrechte Flut von Gewalt, und ich begriff, daß auch mein Vater ermordet worden war, aber ich wußte nicht, warum und von wem.

Zwei Monate später brachte ich endlich den Mut auf, jenes Feld aufzusuchen, auf dem sich der Unfall ereignet hatte. Okkulte Kräfte zogen mich zu der Stelle hin, wo Vater gestorben war, und als ich auf der Erde niederkniete, in die sein Blut gesickert war, hatte ich eine Vision: Onkel Denton schlägt Vater mit einem Bleirohr seitlich an den Kopf, schlägt ihn bewußtlos und kippt dann den Traktor auf ihn. Mein Vater kommt wieder zu sich und lebt noch fünf Minuten, in denen er sich mit allen Kräften gegen das Gewicht des Traktors stemmt, während Denton Harkenfield danebensteht und sich an seinen Qualen weidet. Diese entsetzliche Vision ließ mich wieder ohnmächtig werden. Als ich einige Minuten später das Bewußtsein wiedererlangte, hatte ich starke Kopfschmerzen, und meine Hände krampften sich um feuchte Erdklumpen.

In den nächsten Monaten betätigte ich mich heimlich als Detektiv. Das Haus meiner Großmutter war nach ihrem Tod verkauft worden, aber ich ging hin, als die neuen Besitzer nicht zu Hause waren, und stieg durch ein Kellerfenster ein, das – wie ich von früher wußte – nicht verriegelt werden konnte. Am unteren und oberen Ende der Kellertreppe empfing ich vage, aber doch unmißverständlich psychische Eindrücke, die mich davon überzeugten, daß Denton meine Großmutter gestoßen hatte, und als sie sich bei diesem Sturz nicht wie erwartet das Genick gebrochen hatte, war er die Treppe hinabgestiegen und hatte das Werk vollendet. Ich begann über die vielen Katastrophen der letzten Jahre in unserem Tal nachzudenken. Ich suchte die Ruine des niedergebrannten Hauses der Whitborns auf, in dem drei Kinder in den Flammen umgekommen waren. In Abwesenheit der neuen Besitzer betrat ich das Haus der Jenerettes und legte meine Hände auf den Ofen, aus dem die tödlichen Gase entwichen waren. In beiden Fällen empfing ich starke Impressionen von Denton Harkenfields Schuld. Als Mutter an einem Samstag zum Einkaufen in die Kreisstadt fuhr, begleitete ich sie und begab mich in jenes leerstehende Haus, wo Rebecca Norfrons verstümmelte Leiche gefunden worden war. Auch dort hatte Denton Harkenfield Spuren hinterlassen, die allerdings nur mit meinem sechsten Sinn wahrzunehmen waren.

Für all seine Verbrechen gab es nicht den geringsten Beweis. Mein Gerede über Trolle wäre noch genauso unglaubwürdig gewesen wie vor mehr als zwei Jahren, als ich Denton Harkenfields wahre Identität zum erstenmal erkannt hatte. Wenn ich ihn öffentlich beschuldigte, ohne daß seine Verhaftung gewährleistet war, würde ich mit absoluter Sicherheit das nächste ›Unfallopfer‹ in unserem Tal sein. Ich brauchte Beweise, und ich hoffte sie zu finden, wenn es mir gelänge, sein nächstes Verbrechen vorherzusehen. Wenn ich wüßte, wo er zuschlagen würde, könnte ich ihn auf irgendeine dramatische Weise daran hindern, wonach sein – nur durch mein Eingreifen verschontes – Opfer gegen ihn aussagen und ihn ins Gefängnis bringen würde. Ich hatte Angst vor einer derartigen Konfrontation, weil ich befürchtete, alles zu verpatzen, und Gefahr liefe, selbst ermordet zu werden. Aber ich sah keine andere Möglichkeit, Harkenfield zu überführen und hinter Gitter zu bringen.

Obwohl seine Doppelidentität mich frösteln machte, verbrachte ich von nun an mehr Zeit in seiner Nähe, denn es schien mir am wahrscheinlichsten, daß ich die blitzartige hellseherische Erleuchtung über seine Absichten in seiner Gegenwart haben würde. Zu meiner Überraschung verging jedoch ein Jahr, ohne daß etwas geschah. Ich spürte zwar mehrere Male ein Ansteigen seiner Aggressivität, aber ich empfing keine Visionen eines bevorstehenden Mordes; und jedesmal, wenn seine Wut und sein Haß ein derartiges Ausmaß annahmen, daß ich glaubte, er müsse jetzt zuschlagen, um den Druck in seinem Innern abzulassen, unternahm er eine Geschäftsreise oder einen Kurzurlaub mit Tante Paula, und jedesmal kehrte er in ruhigerer Verfassung zurück. Ich vermutete, daß er seinen Haß und seine Rage abreagierte, indem er auf diesen Reisen Schandtaten beging, um in der nächsten Umgebung nicht durch ein Übermaß an Katastrophen Verdacht zu erregen. Daß ich von diesen Verbrechen vorher in seiner Gegenwart keine Visionen empfing, lag daran, daß er sie nicht plante, sondern zuschlug, wo sich zufällig eine Gelegenheit dazu bot.

Nachdem unserem Tal ein friedliches Jahr beschieden gewesen war, spürte ich immer stärker, daß Denton seinen Kampf nun wieder auf das ursprüngliche Schlachtfeld zurückzuverlegen gedachte. Was aber noch viel schlimmer war – ich spürte, daß er Kerry, seinen Adoptivsohn, dem er seinen Namen gegeben hatte, umbringen wollte. Falls der Troll in ihm sich von menschlichen Leiden ernährte, was ich damals bereits vermutete, würde ihn nach Kerrys Tod freilich ein unvergleichliches Festmahl erwarten. Tante Paula, die ihren Sohn sehr liebte, würde völlig verzweifelt sein, und der Troll müßte sich dann nicht mit kurzen Besuchen in Trauerhäusern begnügen, sondern könnte 24 Stunden am Tag, sieben Tage pro Woche ihr Leid genießen. Als der Haß des Trolls von Tag zu Tag intensiver wurde, als mein sechster Sinn einer drohenden Gefahr immer stärker wurde, war ich einer Panik nahe, denn ich konnte Ort, Zeit und Art des bevorstehenden Mordes nicht erkennen.

Eines Nachts Ende April fuhr ich aus dem Schlaf. Ich hatte einen Alptraum gehabt, in dem Kerry in den Wäldern gestorben war, unter hohen Rottannen und Kiefern. Er war in meinem Traum im Kreis herumgeirrt, dem Tod durch Erfrieren nahe, und ich war mit einer Decke und einer Thermosflasche voll heißer Schokolade hinter ihm hergerannt, aber aus irgendeinem Grund sah und hörte er mich nicht, und obwohl er schon sehr schwach war, konnte ich ihn nicht einholen.

Übersinnliche Einsichten hinsichtlich der Art der Bedrohung blieben mir versagt, aber am Morgen ging ich sofort zu den Harkenfields, um Kerry zu warnen. Ich wußte nicht so recht, wie ich ihm die Sache überzeugend beibringen könnte, aber ich wußte, daß ich schnell handeln mußte. Doch als ich hinkam, war niemand zu Hause. Ich wartete einige Stunden, dann ging ich nach Hause, mit der Absicht, gegen Abend wiederzukommen. Ich habe Kerry nie mehr gesehen – jedenfalls nicht lebend.

Am Spätnachmittag hörten wir, daß Onkel Denton und Tante Paula sich Sorgen um Kerry machten. Tante Paula war morgens in die Kreisstadt gefahren, wo sie verschiedenes zu erledigen hatte, und Kerry hatte Denton gesagt, daß er einen Ausflug ins Gebirge, in die Wälder unweit ihres Hauses, machen wollte, um außerhalb der Saison ein bißchen zu jagen. Spätestens um zwei wäre er wieder zurück. Das behauptete jedenfalls Denton. Um fünf war Kerry noch immer nicht nach Hause gekommen. Ich befürchtete das Schlimmste, denn es sah meinem Vetter einfach nicht ähnlich, außerhalb der Saison auf die Jagd zu gehen. Ich glaubte Denton kein Wort, und ich glaubte auch nicht, daß Kerry allein ins Gebirge losgezogen war. Denton hatte ihn unter irgendeinem Vorwand hingelockt und ihn dann... umgebracht.

Suchmannschaften durchkämmten nachts erfolglos das Vorgebirge. Am frühen Morgen machten sie sich in größerer

Zahl wieder auf den Weg, mit Bluthunden und mit mir. Ich hatte meine hellseherischen Gaben bis dahin nie bei derartigen Suchaktionen eingesetzt, und ich sagte den anderen nichts von meiner Absicht; denn nachdem ich mich dieser Fähigkeiten nicht nach Bedarf bedienen konnte, glaubte ich eigentlich nicht, daß sie mir in diesem Fall etwas nützen würden. Zu meiner eigenen Überraschung funktionierte mein sechster Sinn jedoch sogar noch besser als der Geruchssinn der Hunde, und nach kaum zwei Stunden entdeckte ich die Leiche am Fuße eines Felsabhangs.

Kerry war so schlimm zugerichtet, daß es schwerfiel zu glauben, er hätte sich all diese Verletzungen beim Sturz in die Schlucht zugezogen. Unter normalen Umständen hätte der Leichenbeschauer wahrscheinlich genügend Hinweise auf einen Tod durch Gewaltanwendung gefunden, aber der Landarzt war über den Zustand des Leichnams so entsetzt, daß er nur eine flüchtige Untersuchung vornahm. In der Nacht hatten sich nämlich Tiere über den Leichnam hergemacht – Waschbären oder Füchse oder Waldratten oder Wiesel. Etwas hatte die Augen gefressen, etwas hatte sich in Kerrys Eingeweide gewühlt, sein Gesicht war zerkratzt, und die Spitzen mehrerer Finger war abgeknabbert.

Einige Tage später ging ich mit einer Axt auf Onkel Denton los. Ich erinnere mich noch daran, wie wild er kämpfte, und ich erinnere mich an meine quälenden Zweifel. Trotzdem schwang ich die Axt mit aller Kraft, denn mein Instinkt sagte mir, daß es um mich geschehen sein würde, wenn ich auch nur die geringste Schwäche zeigte oder auch nur eine Sekunde zögerte. Am deutlichsten erinnerte ich mich daran, wie sich die Waffe in meiner Hand anfühlte: Sie verkörperte die Gerechtigkeit.

Hingegen habe ich *keine* Erinnerung an den Rückweg von den Harkenfields zu uns. Eben hatte ich mich noch über Dentons Leiche gebeugt, und im nächsten Moment stand ich schon im Schatten der Trauerfichte vor unserem Haus und putzte die blutige Schneide mit einem alten Lappen. Doch dann erwachte ich aus dieser Trance, ließ Axt und Lappen fallen, und blitzartig durchfuhr mich die Erkenntnis, daß die

Felder bald bestellt werden mußten, daß die Hügel bald ihre frischen grünen Frühlingsgewänder anziehen würden, daß die Siskiyou-Gebirgskette majestätischer als gewöhnlich aussah, und daß der Himmel über mir noch strahlend blau war, doch vom Westen her dunkle, bedrohliche Gewitterwolken aufzogen. Während ich dort in der Sonne stand, wußte ich – auch ohne meine hellseherischen Kräfte –, daß ich diese geliebte Landschaft wahrscheinlich zum letzten Mal sah. Die düsteren Wolken waren ein Omen für die stürmische, lichtlose Zukunft, die ich gewählt hatte, als ich Denton Harkenfield erschlug.

Und während ich jetzt, vier Monate und Tausende von Kilometern von jenen Ereignissen entfernt, neben Rya Raines in ihrem dunklen Schlafzimmer lag, wußte ich, daß ich vom Erinnerungszug nicht einfach abspringen konnte, daß ich vielmehr die Fahrt bis zur Endstation durchstehen mußte. Schaudernd und in kalten Schweiß gebadet, durchlebte ich noch einmal die letzte Stunde in meinem Elternhaus: das hastige Packen des Rucksacks, die ängstlichen Fragen meiner Mutter, meine Weigerung, ihr zu sagen, wodurch ich mich in Schwierigkeiten gebracht hatte, die Mischung von Liebe und Furcht in den Augen meiner Schwestern, die mich in den Arm nehmen und trösten wollten, aber beim Anblick des Blutes an meinen Händen und auf meiner Kleidung erschrocken zurückwichen. Ich wußte, daß es keinen Sinn hatte, ihnen von den Trollen zu erzählen. Selbst wenn sie mir glauben würden, könnten sie nichts tun, und ich wollte sie nicht mit meinem Kreuzzug gegen die Dämonen belasten; denn daß ich eine Art Kreuzzug führen mußte, war mir bereits klargeworden. Stunden, bevor man Denton Harkenfields Leiche finden würde, ging ich fort, und später schickte ich meiner Mutter und meinen Schwestern einen Brief mit vagen Andeutungen über Dentons Schuld am Todes meines Vaters und meines Vetters Kerry. Die letzte Station des Erinnerungszuges war in gewisser Weise am schlimmsten: Mutter, Jenny und Sarah, die auf der Terrasse stehen und mir nachschauen, verwirrt, verängstigt – Angst *um mich* und Angst *vor mir* –, alleingelassen in einer Welt, die ihnen plötzlich kalt und öde vorkommen mußte. Endstation. Gott-sei-Dank! Erschöpft von dieser Reise, doch auch irgendwie befreit, drehte ich mich auf die Seite, Rya zu, und fiel in tiefen Schlaf. Zum erstenmal seit Tagen hatte ich keine Alpträume.

Beim Frühstück am nächsten Morgen erzählte ich Rya von meinen Zwielicht-Augen, zum einen, weil ich mich schämte, soviel Geheimnisse vor ihr zu haben, zum anderen, weil ich nach einer Möglichkeit suchte, sie vor der unbekannten Gefahr zu warnen. Ich erwähnte nichts von meiner Fähigkeit, die Trolle zu sehen, sondern sprach nur von meinen anderen Gaben, besonders von dem hellseherischen Gespür für drohende Gefahren. Ich erzählte ihr vom Flugticket meiner Mutter, das sich nicht wie Papier, sondern wie ein Sarggriff aus Messing angefühlt hatte, und ich führte weitere – weniger dramatische – Beispiele von Vorahnungen an, denen tatsächlich die Ereignisse folgten. Das genügte für den Anfang. Wenn ich auch noch von Trollen geredet hätte, die sich als Menschen tarnten, wäre es einfach zuviel auf einmal gewesen; ich hätte ihr Fassungsvermögen überstrapaziert und riskiert, daß sie mir gar nichts glaubte.

Zu meinem großen Erstaunen akzeptierte sie meine Enthüllungen viel leichter, als ich zu hoffen gewagt hatte. Anfangs legte sie ihre Hände immer wieder um ihren Kaffeebecher und trank nervös, so als bräuchte sie die Wärme und die leichte Bitterkeit, um zu prüfen, ob sie träumte oder wach war. Doch nach kurzer Zeit zog mein Bericht sie sichtlich in seinen Bann, und ich spürte, daß sie mir Glauben schenkte.

»Ich wußte, daß du etwas Besonderes an dir hast«, sagte sie schließlich. »Habe ich dir das nicht gesagt? Das war kein sentimentales Liebesgeschwätz. Ich habe wirklich etwas Besonderes... etwas Ungewöhnliches und Einmaliges in dir gespürt. Und ich hatte recht!«

Sie hatte jede Menge Fragen, die ich beantwortete, so gut ich konnte, ohne die Trolle oder Denton Harkenfields Morde zu erwähnen. Sie reagierte mit Staunen und mit einer Art dunkler Furcht. Das Staunen brachte sie ganz offen zum Ausdruck, während sie ihre Scheu vor mir zu verbergen suchte, was ihr auch tatsächlich so gut gelang, daß ich mir trotz meines übersinnlichen Gespürs nicht sicher war, ob diese zweite Empfindung nur in meiner Einbildung existierte.

Schließlich nahm ich ihre Hände in die meinigen und sagte: »Ich habe dir das alles aus einem bestimmten Grund erzählt.«

»Welchem?«

»Aber vorher muß ich wissen, ob du wirklich...«

»Was?«

»Ob du wirklich leben willst«, sagte ich leise. »Letzte Woche hast du mir erzählt, daß du es dir in Florida manchmal schön vorstellst, ins Meer hinauszuschwimmen, bis deine Kräfte erlahmen...«

»Das war nur dummes Gerede«, meinte sie, aber es klang wenig überzeugend.

»Und vor vier Nächten, als wir auf das Riesenrad kletterten, kam es mir fast so vor, als *wolltest* du vom Blitz erschlagen werden.«

Sie wandte ihren Blick von mir ab und starrte schweigend auf ihren mit Toastkrumen übersäten und mit Eigelb beschmierten Teller.

Ich versuchte meine ganze Liebe in meine Stimme zu legen. »Rya, du bist manchmal so... so eigenartig.«

»Und?« fragte sie leise ohne aufzuschauen.

»Seit du mir von Abner Kady und deiner Mutter erzählt hast, verstehe ich, *warum* du manchmal Depressionen hast. Aber ich mache mir deshalb nicht weniger Sorgen um dich.«

»Das brauchst du nicht.«

»Schau mir in die Augen und dann sag das noch einmal.«

Es dauerte lange, bis sie ihren Blick vom Teller löste, doch dann schaute sie mir offen in die Augen. »Ich habe diese... Anfälle... diese Depressionen... und manchmal scheint es über meine Kräfte zu gehen weiterzumachen. Aber ich werde solchen Stimmungen nie nachgeben. Ich werde mir nie... etwas antun. Du brauchst dir keine Sorgen zu machen. Ich werde mich immer wieder aus diesem Sumpf befreien, bevor ich völlig in Schwermut versinke. Ich habe zwei verdammt gute Gründe, nicht aufzugeben. Wenn ich es täte, hätte Abner Kady gewonnen, stimmt's? Und das lasse ich niemals zu. Ich muß weitermachen, mein kleines Imperium aufbauen und etwas aus mir machen, denn jeder Tag, den ich lebe, und jeder Erfolg sind Triumphe über ihn. Habe ich recht?«

»Ja. Und was ist dein zweiter Grund?«

»Du«, erwiderte sie.

Ich hatte gehofft, daß sie das sagen würde.

»Seit du in mein Leben getreten bist«, fuhr sie fort, »habe ich einen zweiten Grund weiterzumachen.«

Ich griff nach ihren Händen und küßte sie.

Obwohl sie nach außen hin ziemlich ruhig wirkte, spürte ich, daß sie bis ins Innerste aufgewühlt war, was ich mir nicht so recht erklären konnte.

»Gut«, sagte ich. »Wir haben etwas gefunden, wofür es sich zu leben lohnt, und uns könnte jetzt nichts Schlimmeres widerfahren, als einander zu verlieren. Deshalb... ich will dich nicht beunruhigen... aber ich hatte eine... eine Art Vorahnung... die mir Sorgen macht.«

»Betrifft es mich?«

»Ja.«

Ihr schönes Gesicht verdüsterte sich. »Ist es... sehr schlimm?«

»Nein, nein«, log ich. »Nur... ich spüre vage, daß du in irgendwelche Schwierigkeiten geraten könntest, und deshalb möchte ich, daß du vorsichtig bist, wenn ich nicht bei dir bin. Geh bitte keine Risiken ein...«

»Was für Risiken?«

»Ich weiß nicht so recht«, erwiderte ich. »Klettere nicht wieder irgendwo herum, speziell nicht auf dem Riesenrad, bis ich spüre, daß die Krise vorüber ist. Fahr nicht zu schnell Auto. Sei vorsichtig. Sei wachsam. Wahrscheinlich besteht überhaupt kein Grund zur Sorge. Wahrscheinlich bin ich einfach übernervös, weil du mir soviel bedeutest. Aber es kann nicht schaden, wenn du dich etwas vorsiehst, bis ich entweder eine klarere Vorstellung von der Bedrohung habe oder aber spüre, daß keine Gefahr mehr besteht. Okay?«

»Okay.«

Ich erzählte ihr nichts von der schrecklichen Vision, denn ich wollte sie nicht ängstigen. Das könnte die Gefahr, in der sie schwebte, nur noch vergrößern, denn wenn sie in ständiger Angst lebte, würde sie die Fähigkeit verlieren, instinktiv das Richtige zu tun. Ich wollte, daß sie vorsichtig war, aber ich wollte sie gewiß nicht in Panik versetzen, und als wir kurze Zeit später zusammen zum Rummelplatz gingen und uns dort nach einem Kuß trennten, hatte ich das Gefühl, daß sie in der von mir gewünschten Verfassung war.

Die Augustsonne strahlte auf das Jahrmarktsgelände herab, und Vögel segelten am klaren blauen Himmel dahin. Während ich den ›Lukas‹ einsatzbereit machte, wurde ich immer vergnügter, bis mir Flügel zu wachsen schienen. Ich glaubte, mich den Vögeln zugesellen zu können, wenn ich wollte. Rya hatte mir die Schrecken ihrer Kindheit in den Appalachen anvertraut, und ich hatte ihr das Geheimnis meiner Zwielicht-Augen anvertraut, und dadurch hatten wir die Bande zwischen uns noch fester geknüpft. Wir waren nicht mehr allein. Ich war zuversichtlich, daß sie mir schließlich auch ihr zweites Geheimnis, das irgendwie mit dem Waisenhaus zusammenhing, anvertrauen würde, und danach würde ich ihr vielleicht erste Andeutungen über die Trolle machen. Ich vermutete, daß sie eines Tages meine Geschichten über Trolle für wahr halten würde, obwohl sie selbst diese Wesen ja nicht sehen und deshalb meine Behauptungen nicht überprüfen konnte. Gewiß, es gab noch immer Probleme: den rätselhaften Joel Tuck; den geplanten Sabotageakt der Trolle am Riesenrad, der vielleicht in Verbindung mit der Gefahr für Rya stand, vielleicht aber auch nicht; unsere Anwesenheit in Yontsdown, wo Trolle Machtpositionen innehatten, die es ihnen ermöglichen würden, uns nicht nur zu schikanieren, sondern uns viel schlimmere Dinge anzutun. Nichtsdestotrotz war ich plötzlich optimistisch, daß ich letztlich triumphieren würde, daß es mir gelingen würde, die Katastrophe am Riesenrad abzuwenden und Rya zu retten, daß meine Lebensbahn endlich wieder aufwärts führte.

Kurz vor Einbruch der Dunkelheit ist es immer am hellsten.

15

Tod

Am Nachmittag und frühen Abend war der Donnerstag wie eine Garnsträhne, die sich ohne einen einzigen Knoten abrollen läßt: angenehm warm, aber nicht schweißtreibend heiß, geringe Feuchtigkeit, eine leichte Brise, die Kühlung brachte, aber nicht stark genug war, um Probleme mit den Zelten zu schaffen, Tausende von Besuchern, denen das Geld locker in der Tasche saß – und keine Trolle.

Bei Einbruch der Dunkelheit änderte sich das alles.

Es begann damit, daß ich Trolle auf der Schaustellerstraße entdeckte. Nicht viele, nur ein halbes Dutzend, aber sie sahen noch schlimmer aus als gewöhnlich. Ihre Schnauzen wabbelten noch ekelerregender, und ihre roten Augen glühten in fieberhaftem Haß, der weit über das normale Maß ihrer bösartigen Blicke hinausging. Ich spürte, daß sie den Siedepunkt überschritten hatten und darauf brannten, einen mörderischen Auftrag auszuführen, um den unerträglichen Druck in ihrem Innern etwas zu verringern.

Dann erregte das Riesenrad meine Aufmerksamkeit. Es machte Veränderungen durch, die nur meine Augen wahrnehmen konnten. Zunächst wurde die riesige Maschine immer größer, so als richtete sich irgendein lebendiges Wesen auf, das bis dahin eine geduckte Haltung eingenommen hatte, um seine tatsächliche Größe geheimzuhalten. In meiner Vision wurde es immer höher und breiter, bis es nicht nur alle anderen Attraktionen überragte – das tat es von jeher –, sondern ein wahrhaft gewaltiger Mechanismus war, eine turmartige Konstruktion, die unvorstellbares Unheil anrichten würde, falls sie umstürzte. Gegen zehn begann die strahlende Beleuchtung des Rades immer schwächer zu werden, bis es um elf völlig dunkel war. Ein Teil von mir sah, daß die Lichter weiterhin hell erstrahlten, speziell, wenn ich das Riesenrad nur aus dem Augenwinkel heraus betrachtete; sobald ich mich ihm aber direkt zuwandte, sah ich nur ein kolossales, unheilvoll dunkles Rad, das sich vor einem schwarzen Himmel schwerfällig drehte, so als wäre es eines der Mühlräder des Schicksals – jenes, das erbarmungslos das Mehl der Trübsal und des grausamen Unglücks erzeugt.

Ich wußte, was diese Vision bedeutete. Die Katastrophe am Riesenrad würde sich nicht an diesem Abend ereignen. Doch die Voraussetzung für die Tragödie würde bald geschaffen werden, in den Stunden nach Schließung des Rummelplatzes. Das halbe Dutzend Trolle, das ich gesehen hatte, war ein Kommandotrupp, der sich auf dem Gelände verstecken würde. Ich spürte es, *wußte* es. Wenn alle Schausteller zu Bett gegangen waren, würden die dämonischen Kreaturen aus ihren diversen Schlupflöchern kriechen, sich am Riesenrad treffen und den Sabotageakt ausführen, wie sie es schon in der Nacht zum Montag vorgehabt hatten, als Jelly Jordan sie überrascht hatte. Und morgen würden dann irgendwelche Unschuldigen, die sich auf eine Fahrt mit dem Riesenrad freuten, auf schreckliche Weise ums Leben kommen.

Gegen Mitternacht war das Mammut-Rad – durch meine Zwielicht-Augen gesehen – nicht nur seiner Lichter beraubt, sondern eine große Maschine, die selbst tiefe Dunkelheit zu erzeugen vermochte. Ähnlich kalt und beunruhigend hatte es auf mich gewirkt, als ich es vergangene Woche nachts in einer anderen Stadt zum erstenmal gesehen hatte, doch jetzt war dieser Eindruck noch ungleich stärker und erschreckender.

Ausnahmsweise gehörte ich an diesem Abend zu den ersten, die kurz vor eins ihre Attraktionen schlossen, und als ich Marco zufällig vorbeigehen sah, rief ich ihn herbei und überredete ihn, Rya die Tageseinnahmen zu bringen und ihr auszurichten, ich hätte noch etwas Wichtiges zu erledigen und käme erst später.

Während auf dem ganzen Rummelplatz allmählich die Lichter ausgingen und die Schausteller einzeln oder in kleinen Gruppen davoneilten, schlenderte ich möglichst harmlos und unauffällig auf die Mitte der Anlage zu, wo ich mich für die nächsten zehn Minuten unter einem Lastwagen versteckte. Die trocknenden Finger der Sonne hatten diesen

Fleck in den letzten drei Tagen nicht erreichen können; die Feuchtigkeit drang durch meine Kleidung und verstärkte noch das Frösteln, das ich nicht mehr los wurde, seit ich die Veränderungen am Riesenrad bemerkt hatte.

Die letzten Lichter erloschen.

Die letzten Generatoren wurden abgestellt.

Die letzten Stimmen verhallten.

Ich wartete noch ein bis zwei Minuten, dann kroch ich unter dem LKW hervor und lauschte angespannt.

Nach dem ohrenbetäubenden Lärm wirkte die plötzliche Stille direkt unheimlich. Nichts. Kein einziger Laut. Kein Tikken. Kein Kratzen. Kein Knistern.

Auf dunklen Schleichpfaden schlich ich geduckt zur Achterbahn und erklomm die etwa drei Meter hohe Plattform. Dieser Beobachtungsposten hatte den Vorteil, daß ich sowohl den unteren Teil des Riesenrades als auch die ganze nähere Umgebung überblicken konnte, während ich selbst so gut wie unsichtbar war.

Die Nacht hatte seit letzter Woche ein Stück des Mondes verschlungen; nun war er nicht mehr so hilfreich wie damals, als ich dem Troll zum Autoscooter gefolgt war. Andererseits bot die Dunkelheit mir mehr Schutz, so daß Vor- und Nachteile sich in etwa die Waage hielten.

Vierzig nervenaufreibende ereignislose Minuten vergingen, bevor ich hörte, wie der erste Eindringling sein Versteck verließ. Ich hatte Glück, denn das Geräusch – ein Kratzen von Metall auf Metall und ein leises Quietschen ungeölter Türangeln – kam ganz aus der Nähe. Hinter der Achterbahn standen Lastwagen, Generatoren und anderes Zubehör herum, und dem Quietschen folgte im nächsten Moment eine Bewegung. Eine der Doppeltüren im Ladebereich eines LKW öffnete sich, und ein Mann kam vorsichtig heraus, nur etwa sechs Meter von mir entfernt. Jeder andere hätte in ihm nur einen ganz normalen Mann gesehen, doch für mich war er ein Troll, und mir saß plötzlich die Angst im Nacken. Im schwachen Mondlicht konnte ich von dem Dämon unter der menschlichen Hülle nicht viel erkennen, aber die rotglühenden Augen waren deutlich zu sehen.

Die Kreatur spähte umher, glaubte sich unbeobachtet und schloß die Lastwagentür. Sie schob den Riegel so leise wie nur irgend möglich vor, aber dieses Geräusch überdeckte meinen katzenhaften Sprung auf den Boden.

Der Troll eilte, ohne sich noch einmal umzuschauen, auf das etwa 150 Meter entfernte Riesenrad zu.

Ich zog mein Messer aus dem Stiefel und folgte ihm.

Er bewegte sich mit größter Vorsicht.

Ich ebenfalls.

Er bewegte sich fast lautlos.

Ich bewegte mich *völlig* lautlos.

Neben einem anderen Lastwagen holte ich ihn ein. Er bemerkte mich erst, als ich ihn ansprang, einen Arm um seinen Hals schlang, seinen Kopf zurückriß und ihm die Kehle durchschnitt. Als das Blut hervorschoß, ließ ich ihn los und sprang beiseite. Er sackte schlaff in sich zusammen, wie eine Marionette, deren Fäden abgeschnitten worden waren. Auf dem Boden zuckte er noch einige Sekunden und griff sich mit beiden Händen an die klaffende Kehle. Er konnte keinen Laut hervorbringen, und es dauerte nicht einmal eine halbe Minute, bis auch die letzten Bewegungen aufhörten. Die roten Augen, die mich haßerfüllt fixiert hatten, erloschen.

Jetzt war er nur noch ein Mann mittleren Alters mit dichten Koteletten und einem Dickbauch.

Ich schob die Leiche unter den Lastwagen, um zu verhindern, daß einer der anderen Trolle darüber stolperte und so auf die drohende Gefahr aufmerksam werden konnte. Später würde ich zurückkommen, den Leichnam enthaupten und zwei weit voneinander entfernte Gräber schaufeln müssen. Doch im Moment hatte ich andere Sorgen.

Meine Chancen standen jetzt etwas besser. Fünf zu eins statt sechs zu eins. Aber ermutigend war auch das nicht gerade.

Ich versuchte mir einzureden, daß nicht alle sechs Trolle, die ich gesehen hatte, zurückgeblieben waren, aber es half nichts. Ich *wußte*, daß sie alle in der Nähe waren.

Ich hatte rasendes Herzklopfen, aber mir war weder schwindelig, noch war ich benommen. Im Gegenteil, ich registrierte die feinsten Nuancen der Nacht; so ähnlich muß sich ein Fuchs fühlen, wenn er eine Beute jagt und gleichzeitig auf der Hut vor seinen Feinden ist.

Ich schlich mich von einer Deckung zur nächsten, lauschte, spähte nach allen Seiten.

Ich rannte geduckt.

Ich kroch.

Die dünnen Beine eines Moskitos kitzelten mich am Hals, und ich war schon drauf und dran, nach ihm zu schlagen, als mir in letzter Sekunde einfiel, daß das klatschende Geräusch mich verraten könnte. Als er mich stach, zerquetschte ich ihn lautlos.

Ich glaubte, am Lachkabinett etwas gehört zu haben, aber wahrscheinlich war es mein sechster Sinn, der mich dorthin führte. Das riesige Clownsgesicht schien mir im Halbdunkel zuzuzuwinkern, aber keineswegs vergnügt, sondern so, wie der Tod einem vielleicht zublinzelt, während er seine Sense schwingt.

Ein Troll stieg gerade aus dem großen offenen Mund des Clowns hervor, um zu seinem Rendezvous mit den fünf anderen zu eilen. Dieser hier war als junger Mann Mitte Zwanzig getarnt, der in Haarschnitt und Kleidung Elvis imitierte. Ich beobachtete ihn im Schutz der Kartenbude – und als er daran vorbeiging, stach ich zu.

Diesmal war ich jedoch nicht so schnell und geschickt wie zuvor, und es gelang dem Unhold, einen Arm hochzureißen und schützend vor seine Kehle zu halten. Der rasiermesserscharfe Stahl riß ihm den Unterarm und den Handrücken auf, und die Spitze blieb zwischen zwei Fingerknöcheln stecken. Der Dämon stieß einen dünnen, leisen Schrei aus, unterdrückte ihn aber sofort wieder, weil er begriff, daß er nicht nur die anderen Trolle alarmieren würde, sondern möglicherweise auch Schausteller.

Er riß sich von mir los und holte taumelnd zum Schlag gegen mich aus. Die roten Augen funkelten in mörderischem Haß.

Bevor er das Gleichgewicht zurückerlangte, trat ich ihn in den Unterleib. In seiner menschlichen Tarnung hatte er auch die Schwachpunkte der menschlichen Physiologie und krümmte sich deshalb vor Schmerz. Ich kickte noch einmal und zielte jetzt etwas höher. In dieser Sekunde senkte er den Kopf, ganz so, als wollte er mir einen Gefallen erweisen, und mein Fuß traf ihn unter dem Kinn. Er fiel rückwärts auf den mit Sägemehl bestreuten Weg, und ich stürzte mich auf ihn und rammte ihm die Klinge tief in den Hals. Einige Fausthiebe trafen mich an Kopf und Schultern, als er versuchte, mich abzuwehren, doch es gelang mir, das Leben aus ihm herauszulassen wie Luft aus einem durchstochenen Ballon.

Ich richtete mich auf – und erhielt von hinten einen Schlag über den Hinterkopf und Nacken. Der rasende Schmerz raubte mir den Atem, und ich war nahe daran, das Bewußtsein zu verlieren. Ich stürzte zu Boden, rollte zur Seite und sah einen mit einem Knüppel bewaffneten Troll auf mich zustürzen.

Der Schlag hatte mich so betäubt, daß ich mein Messer fallen gelassen hatte. Ich sah es etwa drei Meter entfernt im Mondlicht schimmern, konnte es aber nicht rechtzeitig erreichen.

Mit bedrohlich gebleckten Zähnen schwang mein dritter Gegner den Knüppel wie eine Axt. Ich hielt die Arme vor meinen Kopf, damit er mir nicht den Schädel einschlagen konnte, und das schwere Holzscheit traf meine Arme dreimal hintereinander. Dann änderte der Troll seine Taktik und schlug nach meinen ungeschützten Rippen. Ich zog die Knie an, machte einen Ball aus mir und versuchte wegzurollen, in der Hoffnung, irgendeinen Gegenstand zwischen uns bringen zu können. Doch der Unhold folgte mir und ließ Hiebe auf meine Beine und Arme, auf mein Gesäß und meinen Rücken herabprasseln. Keiner traf mich hart genug, um Knochen zu brechen, weil ich ständig in Bewegung blieb, aber ich wußte, daß ich das nicht viel länger durchhalten würde, und hielt mich fast schon für einen toten Mann. Verzweifelt versuchte ich, den Knüppel zu erwischen, aber der Troll entriß ihn mühelos meinen Händen, und mir blieben nur einige Splitter in den Fingern. Er schwang die Waffe hoch über seinem Kopf wie ein Samurai im Kampfrausch oder wie ein Berserker. Der Knüppel sauste auf mich zu und kam mir so groß wie ein umstürzender Baum vor. Ich wußte, daß dieser Schlag mir bestenfalls nur das Bewußtsein und schlimmstenfalls gleich das Leben rauben würde – doch statt dessen entglitt die Waffe plötzlich den Händen des Trolls, schlug rechts von mir auf dem Boden auf und schlitterte über das Sägemehl. Mit einem leisen Grunzen fiel mein Angreifer in sich zusammen, wie durch Zauberei gefällt. Um ein Haar hätte er mich unter sich begraben, und während ich in letzter Sekunde wegrollte, sah ich, was mich gerettet hatte. Joel Tuck stand über dem Troll, den Vorschlaghammer in der Hand, mit dem er am Mittwochmorgen Zeltpflöcke in den Boden gerammt hatte. Er schlug noch einmal zu und zertrümmerte den Schädel des Trolls.

Der ganze Kampf war unglaublich leise vonstatten gegangen. Das lauteste Geräusch – die Schläge mit dem Holzscheit auf meine diversen Körperteile – konnte höchstens 30 Meter weit zu hören gewesen sein.

Der Schmerz beeinträchtigte noch immer mein Denk- und Reaktionsvermögen, und ich beobachtete halb betäubt, wie Joel Tuck den Hammer hinlegte, den toten Troll bei den Füßen packte und in die Nische zwischen Plattform und Kartenbude des Lachkabinetts schleppte. Während er sich der zweiten Leiche – der des Elvis-Imitats – annahm, schaffte ich es, auf die Knie zu kommen, und rieb meine schmerzenden Glieder.

Joel legte den zweiten Leichnam auf den ersten, und ein fantastisches Bild tauchte plötzlich vor meinem geistigen Auge auf: Joel in einem bequemen Schaukelstuhl neben einem riesigen Steinkamin, in ein gutes Buch vertieft und an Brandy nippend – und zwischendurch stand er auf, nahm eine Leiche von dem großen Stapel und warf sie ins Feuer, zu den anderen Männern und Frauen, die von den Flammen schon halb verzehrt waren. Abgesehen von der Tatsache, daß Leichen anstelle von Holzscheiten verwendet wurden, war es eine anheimelnde Szene, und Joel pfiff sogar glücklich vor sich hin, während er mit dem Feuerhaken in dem brennenden Fleisch herumstocherte. Ich konnte nur mit größter

Mühe ein wildes Lachen unterdrücken, und die Erkenntnis, daß ich einem hysterischen Anfall nahe war, erschreckte mich zutiefst. Ich schüttelte heftig den Kopf und verbannte dieses makabre Bild aus meinem Hirn.

Als ich mich soweit erholt hatte, daß ich aufzustehen versuchte, war Joel mir dabei behilflich. Im gespenstischen Mondlicht sah sein Gesicht nicht etwa, wie man hätte glauben können, noch alptraumhafter aus, sondern weicher, weniger erschreckend, wie eine unbeholfene Kinderzeichnung. Ich lehnte mich einen Augenblick lang an ihn, und dabei kam mir wieder zu Bewußtsein, wie riesig er war. »Ich bin okay«, flüsterte ich schließlich.

Wir kamen weder auf sein plötzliches Auftauchen noch auf seine Bereitschaft zu sprechen, einen Mord zu begehen, obwohl er ja angeblich nie im Leben einen Troll gesehen hatte. Darüber konnten wir uns später unterhalten. Falls wir überlebten.

Ich hinkte zu meinem Messer. Als ich mich danach bückte, wurde mir schwarz vor Augen, aber ich überwand dieses Schwächegefühl und kehrte in der unnatürlich steifen Haltung eines Betrunkenen, der einen Alkoholtest zu bestehen hofft, zu Joel zurück.

Er ließ sich durch mein Manöver jedoch nicht täuschen, nahm mich beim Arm und stützte mich auf dem Weg zu einer dunklen Stelle etwas abseits von der Straße.

»Gebrochene Knochen?« erkundigte er sich.

»Ich glaube nicht.«

»Schlimme Wunden?«

»Nein«, sagte ich, während ich die größten Holzsplitter aus meinen Händen herauszog. Schwere Verletzungen hatte ich zum Glück nicht erlitten, aber mir würden morgen sämtliche Knochen weh tun. Falls ich den nächsten Morgen erlebte ...

»Hier treiben sich noch mehr Trolle herum«, berichtete ich.

Er schwieg.

Wir lauschten.

Irgendwo in der Ferne pfiff ein Zug. Ganz in der Nähe verursachten Motten mit ihren Flügeln kaum hörbare Geräusche.

Atemzüge. Unsere eigenen.

Schließlich flüsterte er: »Was glaubst du, wie viele es sind?«

»Sechs.«

»Zwei habe ich umgebracht.«

»Einschließlich des Kerls, der mir den Garaus machen wollte?«

»Nein. Also insgesamt drei.«

Wie ich, so hatte auch er gewußt, daß die Trolle in dieser Nacht das Riesenrad für einen ›Unfall‹ präparieren wollten. Wie ich, so hatte auch er sie daran hindern wollen. Ich hätte ihn am liebsten umarmt.

»Ich habe zwei erledigt«, flüsterte ich.

»Dann ist also noch einer übrig?«

»Wahrscheinlich.«

»Sollen wir ihn zur Strecke bringen?«

»Nein.«

»Oh?«

»Wir *müssen* ihn zur Strecke bringen.«

»Richtig.«

»Das Riesenrad«, zischte ich.

Wir schlichen uns in die Nähe der gewaltigen Konstruktion. Trotz seiner mächtigen Statur bewegte sich Joel mit athletischer Anmut und völlig lautlos. Ich spähte vorsichtig hinter einem Generator hervor und sah den sechsten Troll neben dem Eingang zum Riesenrad stehen.

Er war als großer, muskulöser Mann Mitte Dreißig mit blondem Lockenkopf getarnt. Doch da er im bleichen Mondlicht stand, das ihn mit Talkumpuder zu bestäuben schien, konnte ich den Troll in ihm sogar aus einer Entfernung von etwa zehn Metern deutlich erkennen.

»Er ist nervös«, flüsterte Joel.

»Fragt sich bestimmt, wo die anderen bleiben. Wir müssen ihn bald erledigen – bevor er es mit der Angst zu tun bekommt und verduftet.«

Wir schlichen uns anderthalb Meter näher an den Dämon heran und verharrten an der einzigen Stelle, die noch etwas Deckung bot. Um den Troll zu erreichen, mußten wir etwa dreieinhalb Meter freie helle Fläche hinter uns bringen, über den niedrigen Zaun springen und weitere vier bis fünf Meter zurücklegen, behindert durch die Kabel, die dort überall herumlagen.

Natürlich würde unser Feind uns sehen und um sein Leben rennen, und wenn wir ihn nicht einholten, würde er nach Yontsdown zurückrasen, um die anderen zu warnen: *Auf dem Rummelplatz gibt es Leute, die offenbar unsere Tarnung durchschauen können!* Dann würde Polizeichef Kelsko unter irgendeinem Vorwand eine Razzia durchführen. Er würde Durchsuchungsbefehle und Schießwaffen bei sich haben, und er würde seine Nase nicht nur in Schaubuden, Zelte und Fahrgeschäfte stecken, sondern auch in unsere Wohnwagen, und er würde nicht ruhen, bis er die Troll-Mörder unter den Schaustellern ausfindig machen und auf irgendeine Weise liquidieren konnte.

Wenn es uns hingegen gelang, auch den sechsten Troll umzubringen und mit seinen Gefährten zu begraben, würde Kelsko zwar vielleicht vermuten, daß ein Schausteller für ihr Verschwinden verantwortlich war, aber er hätte keinerlei Beweise und käme wahrscheinlich nicht auf die Idee, daß die Saboteure als Trolle entlarvt worden waren. Wenn dieser sechste Unhold also daran gehindert werden konnte, Alarm zu schlagen und eine genaue Beschreibung von Joel und mir zu geben, bestand zumindest eine Hoffnung, daß uns nichts geschehen würde.

Meine rechte Hand war schweißnaß. Ich wischte sie an meinen Jeans ab und packte mein Wurfmesser an der Klinge. Meine Arme schmerzten von den Prügeln, die ich bezogen hatte, aber ich glaubte, trotzdem einigermaßen genau zielen zu können. Ich informierte Joel flüsternd über meine Absicht, und als der Troll in einer anderen Richtung nach seinen dämonischen Gefährten Ausschau hielt, lief ich einige Schritte vor, blieb stehen, als er den Kopf wieder in meine Richtung wandte, und schleuderte das Messer mit aller Kraft und Konzentration, die ich aufbringen konnte.

Ich hatte es eine Sekunde zu früh geworfen und etwas zu tief gezielt. Die Klinge bohrte sich nicht, wie beabsichtigt, in seine Kehle, sondern nur in seine Schulter. Der Unhold taumelte rückwärts und prallte gegen die Kartenverkaufsbude. Ich rannte auf ihn zu, stolperte über die Kabel und fiel zu Boden.

Bis Joel den Troll erreichte, hatte dieser das Messer aus seiner Schulter herausgezogen, konnte sich aber nur mit Mühe auf den Beinen halten. Mit einem Knurren und schlangenartigen Zischen, die nichts Menschliches an sich hatten, wollte er Joel erstechen, aber der Riese wich geschickt aus, schlug der Kreatur das Messer aus der Hand, stieß sie zu Boden, warf sich auf sie und erwürgte sie.

Ich nahm mein Messer an mich, wischte die Klinge an einem Hosenbein ab und steckte es in die Scheide in meinem Stiefel.

Sogar wenn es mir gelungen wäre, alle sechs Trolle ohne Joels Hilfe zu töten, hätte mir die Kraft gefehlt, sie allein zu beerdigen. Joel war bärenstark und konnte zwei Leichen auf einmal ziehen, während ich nur eine schaffte. Ich hätte den Weg zum Wald hinter dem Jahrmarktsgelände sechsmal gehen müssen, aber zu zweit brauchten wir die Strecke nur zweimal zurückzulegen.

Außerdem brauchten wir dank Joel keine Gräber zu schaufeln. Wir schleppten die Leichen nur wenige Meter durch den Wald, zu einer kleinen Lichtung, wo ein Kalksteinschacht sich hervorragend als Ruhestätte eignete.

Während ich neben dem Loch niederkniete und mit Joels Taschenlampe in die scheinbar unendliche Tiefe leuchtete, fragte ich: »Woher wußtest du, daß es hier so was gibt?«

»Ich erkunde die Gegend überall, wo wir hinkommen. Es ist beruhigend zu wissen, daß man im Bedarfsfall einen Friedhof zur Verfügung hat.«

»Auch du führst Krieg gegen die Trolle«, stellte ich fest.

»Nein. Jedenfalls nicht so wie du. Ich bringe sie nur um, wenn ich keine andere Wahl habe, wenn sie die Absicht haben, Schausteller zu ermorden oder aber Besucher auf dem Rummelplatz bei inszenierten Überfällen zu verletzen oder zu töten und die Schuld daran uns in die Schuhe zu schieben.

Gegen das Unheil, das diese Kreaturen draußen in der Welt anrichten, bin ich machtlos. Es ist nicht so, daß mir das Schicksal aller Menschen außer den Schaustellern gleichgültig wäre. Aber ich bin nun einmal nur ein einzelner Mann und kann bestenfalls meine eigene kleine Welt beschützen.«

Die Bäume, die wie schwarzgekleidete heidnische Priester die Lichtung umgaben, raschelten mit ihren Blattgewändern.

Aus dem Schacht stank es nach Tod und Verwesung.

»Hast du hier schon früher Trolle hineingeworfen?«

»Nur zwei. In Yontsdown lassen sie uns meistens in Ruhe, weil sie vollauf damit beschäftigt sind, Schulen in Brand zu stecken, Leute bei Kirchenpicknicks zu vergiften und dergleichen mehr.«

»Du weißt also, was für ein Schlangennest diese Stadt ist!«

»Ja.«

»Wann hast du die beiden anderen hier begraben?« fragte ich, während ich wieder in die Tiefe spähte.

»Vor zwei Jahren. Sie wollten in der vorletzten Nacht des Jahrmarkts auf dem Rummelplatz Feuer legen. Zu ihrer großen Überraschung habe ich sie daran gehindert.«

Er zog die erste Leiche an den Rand der Grube.

»Halt«, fiel ich ihm in den Arm. »Wir müssen ihnen vorher die Köpfe abschneiden. Die Körper können wir in den Schacht werfen, aber die Köpfe müssen getrennt begraben werden... für alle Fälle.«

»Häh? Was soll das heißen?«

Ich berichtete ihm von meinen Erlebnissen mit dem Troll, den er unter dem Boden von Shockville beerdigt hatte.

»Ich habe sie bisher nie enthauptet«, murmelte er.

»Dann sind einige von ihnen vielleicht aus ihren Gräbern zurückgekehrt.«

Er ließ die Leiche los und dachte schweigend über diese bestürzende Möglichkeit nach. In Anbetracht seiner Statur und seiner furchterregenden Gesichtszüge hätte man glauben können, daß er zwar anderen Angst einflößte, selbst aber vor nichts Angst hatte. Doch dem war nicht so. Trotz des schwachen Lichts sah ich die Furcht in seinem Gesicht und in seinen beiden normalen Augen, und als er wieder sprach, war sie auch seiner Stimme anzuhören. »Du meinst – irgendwo könnten ein paar von ihnen herumlaufen, die wissen, daß ich sie durchschaue... die vielleicht nach mir suchen... vielleicht seit langer Zeit nach mir suchen und mir dicht auf der Spur sind?«

»Möglich wäre es«, sagte ich. »Ich nehme an, daß die meisten tot bleiben, sobald wir sie umgebracht haben. Wahrscheinlich ist der verbliebene Lebensfunke nur bei wenigen so stark, daß sie sich heilen und schließlich auferstehen können.«

»Sogar wenige sind zuviel«, murmelte er unbehaglich und starrte auf die gähnende Schachtöffnung hinab, als rechnete er damit, daß Trollhände sich aus der Dunkelheit emporrecken würden, als glaubte er, daß seine Opfer schon vor langer Zeit zu neuem Leben erwacht, aber dort unten geblieben waren, nur um auf seine Rückkehr zu warten.

»Ich glaube nicht, daß die beiden, die ich hier reingeworfen habe, auferstehen konnten«, meinte er schließlich. »Ich habe sie zwar nicht enthauptet, aber ansonsten verdammt gründliche Arbeit geleistet; und selbst wenn wider Erwarten doch noch ein Lebensfunke in ihnen geglommen haben sollte, als ich sie herbrachte, muß der Sturz in die Tiefe ihnen vollends den Garaus gemacht haben. Außerdem hätten sie, wenn sie zu neuem Leben erwacht wären, die anderen in Yontsdown gewarnt, und dann hätte die Gruppe, die heute den Sabotageakt am Riesenrad verüben wollte, bestimmt mehr Vorsicht walten lassen.«

Obwohl der Schacht sehr tief war und Joel höchstwahrscheinlich mit seiner Vermutung recht hatte, daß kein Troll aus diesem kalten bodenlosen Grab zurückkehren konnte, schnitten wir allen sechs Dämonen, die wir in dieser Nacht liquidiert hatten, die Köpfe ab. Ihre Körper warfen wir in den Schacht, aber die Köpfe begruben wir viel tiefer im Wald.

Auf dem Rückweg nach Gibtown-auf-Rädern war ich so müde, daß ich glaubte, meine Knochen würden jeden Moment aus den Scharnieren fallen. Auch Joel Tuck schien erschöpft zu sein, und wir brachten nicht die Energie auf, einander all jene Fragen zu stellen, auf die wir Antworten wünschten. *Eine* Frage brannte mir allerdings so auf der Seele, daß ich nicht bis zum nächsten Tag warten konnte: Ich wollte wissen, warum er sich am Mittwochmorgen dumm gestellt hatte.

»Nun, Carl Slim, damals war ich mir noch nicht sicher, ob ich das Darunter unter deinem Darunter gesehen hatte«, paraphrasierte er jene Frage, die er mir einmal in bezug auf Rya gestellt hatte, zur Antwort um. »Ich wußte, daß ein Troll-Killer in dir steckte, aber ich wußte nicht, ob das dein tiefstes Geheimnis war. Du schienst ein Freund zu sein. Ein Troll-Killer muß das Herz auf dem rechten Fleck haben, sagte ich mir. Aber ich bin nun einmal sehr vorsichtig. Weißt du, als Kind war ich nicht so mißtrauisch, aber ich habe aus Erfahrungen gelernt. O ja! Als kleiner Junge war ich verzweifelt über mein abstoßendes Gesicht, und ich wünschte mir sehnlichst, trotzdem akzeptiert und geliebt zu werden. Ich war so liebesbedürftig, daß ich jedem, der ein freundliches Wort für mich hatte, vertraute. Aber einer nach dem anderen enttäuschte mich. Manche lachten hinter meinem Rücken über mich, und bei anderen spürte ich irgendwann ein widerliches Mitleid. Einige Erwachsene, denen ich besonders vertraut hatte, versuchten mich in eine geschlossene Anstalt zu bringen, angeblich *zu meinem eigenen Besten!* Damals war ich elf Jahre alt, und ich begriff, daß Menschen genauso viele Schichten haben wie Zwiebeln, und daß man gut daran tut zu überprüfen, ob alle Schichten so unverdorben und gut sind wie die oberste, bevor man mit jemandem Freundschaft schließt. Verstehst du?«

»Ja. Aber welches Geheimnis hätte ich denn deiner Meinung nach *unter* dem Geheimnis, daß ich Trolle sah und umbrachte, verbergen können?«

»Ich wußte es nicht, aber ich hielt alles für möglich und behielt dich deshalb im Auge. Und vorhin, als es so aussah, als würde die Kreatur mit dem Knüppel dich erledigen, hatte ich mir noch immer keine endgültige Meinung über dich gebildet.«

»Allmächtiger Himmel!«

»Aber mir war klar, daß ich schnell handeln mußte, wenn ich einen potentiellen Verbündeten und Freund nicht verlieren wollte. Und Freunde und Verbündete deiner Kategorie sind auf dieser Welt nicht leicht zu finden.«

Als wir uns der Rückseite des großen Zeltes näherten, das ›Sabrinas Geheimnisse des Nils‹ beherbergte, eine ägyptisch angehauchte Tanzshow, blieb Joel stehen und legte mir eine große Hand auf die Schulter. »Es könnte heute nacht noch Ärger geben, falls die sechs zu einer bestimmten Zeit in Yontsdown zurückerwartet wurden. Vielleicht solltest du lieber in meinem Wohnwagen schlafen. Meine Frau hätte bestimmt nichts dagegen. Wir haben nämlich so eine Art Gästezimmer.«

Ich hatte bisher nicht gewußt, daß er verheiratet war, und mußte beschämt feststellen, daß es mit meiner vorurteilsfreien Einstellung gegenüber Menschen mit irgendwelchen Abnormitäten doch noch nicht allzuweit her war, denn diese Neuigkeit bestürzte mich unwillkürlich.

»Was hältst du davon?« fragte er.

»Ich glaube nicht, daß heute nacht noch irgendwas passiert. Aber falls es doch der Fall sein sollte, muß ich Rya beistehen.«

Nach kurzem Schweigen fragte er: »Ich hatte recht, nicht wahr?«

»In welcher Hinsicht?«

»Daß du in sie verliebt bist.«

»Es ist mehr als bloße Verliebtheit.«

»Du ... liebst sie?«

»Ja.«

»Bist du sicher?«

»Ja.«

»Und bist du auch sicher, daß du den Unterschied zwischen Liebe und Verliebtheit kennst?«

»Verdammt, was soll diese Frage?« erwiderte ich, nicht direkt verärgert, aber doch etwas frustriert.

»Entschuldigung«, lenkte er ein. »Du bist kein normaler Siebzehnjähriger. Du bist kein Junge mehr. Mit solchen Erfahrungen, wie du sie schon gemacht hast, ist man kein

Junge mehr. Das darf ich nicht vergessen. Ich nehme an, du weißt, was Liebe ist. Du bist ein Mann.«

»Ich bin ein Greis«, murmelte ich müde.

»Liebt sie dich?«

»Ja.«

Er schwieg längere Zeit, ließ seine Hand aber auf meiner Schulter liegen, so als wollte er mich zurückhalten, bis er die richtigen Worte für eine wichtige Mitteilung finden würde.

»Was ist los?« erkundigte ich mich. »Was macht dir Sorgen?«

»Wenn du sagst, daß sie dich liebt... ich nehme an, daß du nicht einfach ihren Worten glaubst, sondern es mit deinem sechsten Sinn – oder wie man deine Gaben auch immer nennen soll – spüren kannst?«

»Ganz recht«, antwortete ich, ohne mir erklären zu können, warum meine Beziehung zu Rya ihn so interessierte. Irgendwie spürte ich, daß mehr dahintersteckte als Neugier und Indiskretion. Außerdem hatte er mir schließlich das Leben gerettet. Deshalb bemühte ich mich, eine leichte Gereiztheit sofort im Keime zu ersticken. »Mein sechster Sinn sagt mir tatsächlich, daß sie mich liebt. Zufrieden? Aber ich wäre mir ihrer Gefühle auch ohne diesen sechsten Sinn sicher.«

»Wenn du sicher bist...«

»Das sagte ich doch soeben.«

Er seufzte. »Ich entschuldige mich noch einmal. Es ist nur... Mir ist an Rya Raines immer eine... wie soll ich sagen... eine Andersartigkeit aufgefallen. Ich habe das Gefühl, als wäre das Darunter ihres Darunters nicht... nicht *gut*.«

»Sie verbirgt ein düsteres Geheimnis«, sagte ich. »Aber nicht sie hat etwas getan, sondern ihr *wurde* etwas Schlimmes angetan.«

»Hat sie dir alles erzählt?«

»Ja.«

Er nickte nachdenklich und mahlte mit seinem greiferartigen Kiefer. »Gut. Freut mich, das zu hören. Den guten, wertvollen Teil von Rya habe ich immer gespürt, aber da war immer auch dieses andere Gefühl, daß sie etwas verheimlichte, und das machte mich mißtrauisch.«

»Wie gesagt, sie war das Opfer und nicht die Täterin.«

Er klopfte mir auf die Schulter, und wir setzten unseren Weg fort. Ich beschleunigte meine Schritte, als wir uns Gibtown-auf-Rädern näherten. Das Gespräch über Rya hatte mich daran erinnert, daß sie in Gefahr schwebte. Obwohl ich sie gebeten hatte, vorsichtig zu sein, und obwohl sie wahrscheinlich ganz gut allein auf sich aufpassen konnte, speziell nachdem sie jetzt vorgewarnt war, und obwohl mein sechster Sinn mich nicht alarmierte, daß ihr im Augenblick Unheil drohte, quälte mich Unruhe, und ich wollte mit eigenen Augen sehen, daß sie wohlauf war.

Joel und ich trennten uns mit dem Versprechen, am nächsten Tag unsere Neugier über die übersinnlichen Fähigkeiten des jeweils anderen zu befriedigen und unser Wissen über die Trolle auszutauschen.

Dann eilte ich auf Ryas Airstream zu. Ich legte mir eine Geschichte zurecht, die das Blut auf meinen Kleidern erklären würde, falls Rya noch wach sein sollte. Mit etwas Glück würde sie aber schon schlafen, und ich würde in Ruhe duschen und meine Sachen auswaschen können, bevor sie sie zu sehen bekam.

Ich fühlte mich fast wie der Grimme Schnitter höchstpersönlich, der müde von der Arbeit heimkommt.

Ich wußte nicht, daß dieser Schnitter noch vor Morgengrauen gezwungen sein würde, seine Sense wiederum zu schwingen.

16

Eine totale Herzfinsternis

Rya saß im Wohnzimmer in einem Lehnstuhl. Sie trug noch immer die braune Hose und die smaragdgrüne Bluse, die sie auf dem Rummelplatz angehabt hatte. Sie hielt ein Glas Scotch in der Hand, und als ich ihr Gesicht sah, blieb mir die Geschichte, die ich zur Erklärung der Blutflecken erfunden hatte, nach den ersten Worten im Hals stecken. Etwas war passiert, das las ich in ihren Augen, und ich sah es an ihren zitternden Lippen, an den dunklen Augenringen und an ihrer Blässe, die sie älter erscheinen ließen.

»Was ist los?« fragte ich.

Sie deutete stumm auf den Stuhl ihr gegenüber, und als ich meine schmutzige Jeans erwähnte – die Flecken sahen im Licht allerdings nicht so schlimm aus, wie ich befürchtet hatte –, murmelte sie, das spiele keine Rolle, und forderte mich wieder auf, Platz zu nehmen, diesmal schon leicht ungeduldig. Ich setzte mich und bemerkte erst jetzt die Erde und das Blut an meinen Händen. Wahrscheinlich war auch mein Gesicht mit Blut beschmiert. Mein Aussehen schien sie jedoch weder zu schockieren noch neugierig zu machen, und sie fragte mich auch nicht, wo ich in den vergangenen drei Stunden gewesen war. Was sie mir zu sagen hatte, mußte demnach sehr ernster Natur sein.

Während ich mich auf die Stuhlkante setzte, trank sie einen großen Schluck Scotch, wobei das Glas klirrend gegen ihre Zähne schlug.

Erschaudernd sagte sie: »Als ich elf Jahre alt war, brachte ich Abner Kady um und wurde meiner Mutter weggenommen. Das habe ich dir ja schon erzählt. Man brachte mich in einem staatlichen Waisenhaus unter. Auch das habe ich dir schon erzählt. Was du aber noch nicht weißt, ist ... dort im Waisenhaus ... habe ich sie zum erstenmal gesehen.«

Ich starrte sie völlig verständnislos an.

»*Sie*«, wiederholte Rya. »Sie hatten die Leitung des Waisenhauses. Der Direktor, der stellvertretende Direktor, die Oberschwester, der Arzt – der zwar nicht im Haus wohnte, aber rund um die Uhr zu erreichen war –, der Anwalt, die meisten Lehrer – fast alle Erwachsenen gehörten *ihrer* Rasse an, und ich war das einzige Kind, das sie sehen konnte.«

Ich war völlig perplex, wollte aufspringen.

Sie bedeutete mir mit einer Geste, ich solle bleiben, wo ich war. »Laß mich weitererzählen.«

»Du siehst sie *ebenfalls!* Aber das ist ja kaum zu glauben!«

»So unglaublich ist es gar nicht«, entgegnete sie. »Für gesellschaftliche Außenseiter gibt es auf der Welt nun einmal keine bessere Heimat als den Rummelplatz, und wer könnte ein größerer Außenseiter sein als wir, die wir *sie* sehen... die *anderen?*«

»Trolle«, sagte ich. »Ich nenne sie Trolle.«

»Ich weiß. Aber ist es nicht logisch, daß unsereiner beim fahrenden Volk landet... oder in Irrenanstalten... häufiger als sonstwo?«

»Joel Tuck«, murmelte ich.

Sie zwinkerte überrascht. »*Er* sieht sie auch?«

»Ja. Und ich glaube, er weiß, daß du die Trolle siehst.«

»Aber er hat mir nie etwas davon erzählt.«

»Weil er – wie er sagt – etwas Dunkles in dir spürt und ein äußerst vorsichtiger Mann ist.«

Sie trank ihren Scotch aus und starrte mit völlig ausdrucksloser Miene die Eiswürfel in ihrem Glas an. Als ich erneut aufstehen wollte, sagte sie: »Nein, bleib sitzen. Komm nicht zu mir, Slim. Ich will nicht, daß du mich zu trösten versuchst. Ich will nicht, daß du mich in die Arme nimmst. Nicht jetzt. Ich muß das alles erst hinter mich bringen.«

»Okay. Erzähl weiter.«

»In Virginia hatte ich diese *anderen*, diese... Trolle nie gesehen. Wir wohnten ja in einer abgelegenen Gegend, kamen kaum herum und sahen keine Fremden. Es ist deshalb nicht verwunderlich, daß ich ihnen nicht begegnete. Als ich sie dann im Waisenhaus zum erstenmal sah, bin ich zu Tode erschrocken, aber ich spürte, daß sie mich... eliminieren würden, wenn ich mir anmerken ließ, daß ich ihre Tarnung durchschauen konnte. Durch vorsichtige Andeutungen und Fragen bekam ich bald heraus, daß keines der anderen Kinder die Monster in unseren Erziehern sehen konnte.« Sie hob ihr Glas, erinnerte sich daran, daß es leer war, ließ es sinken und hielt es auf ihrem Schoß mit beiden Händen fest, damit sie nicht zitterten. »Kannst du dir vorstellen, was es bedeutete, als hilfloses Kind diesen Kreaturen auf Gedeih und Verderb ausgeliefert zu sein? Oh, sie fügten uns keinen allzu großen physischen Schaden zu, denn viele tote oder schlimm mißhandelte Kinder hätten Ermittlungen zur Folge gehabt. Aber die strenge Hausordnung ließ genügend Spielraum für strenge körperliche Züchtigungen und alle möglichen anderen Strafen. Sie waren auch Meister in *psychischer* Folter, und sie hielten uns in einem konstanten Zustand der Angst und Verzweiflung. Sie schienen nach unserer Verstörung zu lechzen.«

Ich hatte das Gefühl, als wäre mein Blut in den Adern gefroren.

Ich wollte sie in den Arm nehmen, ihr übers Haar streichen und versichern, daß die Trolle ihre schmutzigen Hände nie wieder an sie legen würden, aber ich spürte, daß sie noch nicht fertig war und eine Unterbrechung nicht schätzen würde.

Ihre Stimme war jetzt kaum mehr als ein Flüstern. »Aber es gab ein viel schlimmeres Schicksal als das Waisenhaus – eine Adoption. Weißt du, ich merkte bald, daß es sich bei den Ehepaaren, die herkamen, weil sie ein Kind adoptieren wollten, manchmal um *zwei* Trolle handelte, und keine Familie bekam je ein Kind, wenn nicht wenigstens *ein* Elternteil... ihresgleichen war. Verstehst du, worauf ich hinauswill? Kannst du dir vorstellen, was mit jenen Kindern geschah? Im Waisenhaus mußten die Trolle wegen möglicher staatlicher Kontrollen noch eine gewisse Vorsicht walten lassen, doch in einer Familie bleiben schlimme Geheimnisse meistens unentdeckt, weil die Privatsphäre ja nicht verletzt werden darf. In ihren neuen Familien konnten die Kinder deshalb nach Belieben gefoltert werden. Sie dienten den Trollen, denen sie völlig ausgeliefert waren, als *Spielzeuge*. Deshalb mochte das Waisenhaus zwar die Hölle sein, aber ein Troll-Elternpaar zu bekommen, war noch weitaus schlimmer.«

Das Eis dehnte sich von meinem Blut auf die Knochen aus, wo das Mark zu gefrieren schien.

»Ich vermied es, adoptiert zu werden, indem ich mich dumm stellte, indem ich so tat, als hätte ich einen derart niedrigen IQ, daß es keinen Spaß machen würde, mich zu quälen. Weißt du, sie wollen *Reaktionen* sehen. Das ist es, was sie am meisten befriedigt. Und ich meine nicht einmal die physischen Reaktionen auf den Schmerz, den sie uns zufügen. Die sind zweitrangig. Was sie wollen, ist unsere Angst, unsere Pein, und bei einem geistig beschränkten, fantasielosen Menschen kann man genauso wenig wie bei einem Tier einen wirklich befriedigenden, aus vielen Schichten und Elementen zusammengesetzten Schrecken erzeugen. Auf diese Weise entging ich also einer Adoption, und als ich alt und zäh genug war, um auf eigenen Füßen stehen zu können, lief ich weg und schloß mich dem *Sombra Brothers Carnival* an.«

»Mit vierzehn Jahren?«

»Ja.«

»Alt und zäh genug«, murmelte ich mit bitterer Ironie.

»Nach elf Jahren mit Abner Kady und nach drei Jahren unter der Fuchtel von Trollen war ich so zäh, wie man überhaupt nur werden kann.«

Hatten ihre Tapferkeit, Leidensfähigkeit, Beharrlichkeit und Stärke mir schon nach den Enthüllungen über ihre schrecklichen Kindheitserlebnisse mächtig imponiert, so war ich jetzt völlig überwältigt von Staunen über ihr geradezu übermenschliches Durchhaltevermögen. Ich hatte wirklich eine außergewöhnliche Frau gefunden, eine Frau, deren Überlebenswillen einem Wunder gleichkam.

Ihr Bericht hatte mich so erschüttert, daß ich mich kraftlos zurücklehnte, einen bitteren Geschmack im trockenen Mund hatte und eine große Leere in mir spürte.

»Verdammt, was *sind* sie?« rief ich. »Woher *kommen* sie? Und warum verfolgen sie das Menschengeschlecht?«

»Ich weiß es«, sagte sie.

Im ersten Moment ging mir die volle Bedeutung ihrer

Worte nicht auf, doch als ich dann begriff, daß sie gesagt hatte, sie wüßte die Antwort auf meine drei Fragen, war ich wie elektrisiert. Atemlos rutschte ich auf dem Stuhl nach vorne. »Woher weißt du es? Wie hast du es herausgefunden?«

Sie starrte schweigend auf ihre Hände hinab.

»Rya?«

»Sie sind unsere Schöpfung«, murmelte sie.

»Wie könnte das möglich sein?« fragte ich bestürzt.

»Nun ja, weißt du... es gibt schon viel länger Menschen auf dieser Welt, als die Wissenschaft annimmt. Tausende von Jahren vor unserer Zivilisation gab es bereits eine andere – vor der schriftlich bezeugten Geschichte –, und sie war sogar fortgeschrittener als unsere.«

»Du meinst... eine vergessene Zivilisation?«

Sie nickte. »Vergessen... zerstört. Krieg und Kriegsgefahr waren für die Menschen jener Zivilisation ein genauso großes Problem wie für uns. Jene Nationen entwickelten Atomwaffen und kamen schließlich zu einer Pattsituation, die unserer heutigen nicht unähnlich war. Aber jenes Kräftegleichgewicht führte nicht zu einem erzwungenen Waffenstillstand oder zum Frieden aus Notwendigkeit. Nein, in dieser Sackgasse wurde verzweifelt nach neuen Methoden der Kriegsführung gesucht.«

Ein Teil von mir fragte sich, woher sie diese Dinge wußte, aber ich zweifelte keinen Augenblick an der Wahrheit dessen, was sie sagte, denn mein sechster Sinn – und vielleicht auch irgendwelche tief im Unterbewußtsein vergrabenen Rassenerinnerungen – sagten mir, daß das, was andere Zuhörer möglicherweise als verrücktes Fantasiegespinst oder Märchen abgetan hätten, schreckliche Realität war. Ich brachte es nicht über mich, sie zu unterbrechen und noch einmal nach ihrer Informationsquelle zu fragen. Zum einen war sie offenbar noch nicht bereit, mir das zu verraten. Und zum anderen war ich fasziniert und konnte es kaum erwarten, diese erstaunliche Geschichte zu hören – und sie schien genauso begierig, sie zu erzählen. Kein Kind hat jemals einer Gutenachtgeschichte so aufmerksam gelauscht, kein Angeklagter hat den Urteilsspruch des Richters jemals mit so großer Spannung vernommen wie ich in jener Nacht die Worte von Rya Raines.

»Mit der Zeit gelang es ihnen, die genetische Struktur von Pflanzen und Tieren zu verändern. Sie konnten sogar Verbesserungen vornehmen, ein Gen mit dem anderen verbinden, nach Belieben irgendwelche Eigenschaften hinzufügen oder weglassen.«

»Das ist doch Science-fiction.«

»Für uns, ja. Für sie war es Realität. Dieser Durchbruch verbesserte die Lebensbedingungen der Menschen erheblich, denn es waren bessere Ernten gewährleistet... und die Lebensmittelvorräte waren von größerer Haltbarkeit... und es gab eine Menge neuer Arzneimittel. Aber dieser enorme Fortschritt barg auch große Gefahren in sich. Man konnte ihn nämlich zu bösen Manipulationen mißbrauchen.«

»Und das wurde bald gemacht«, stellte ich trocken fest, nicht aufgrund irgendwelcher hellseherischer Erkenntnisse, sondern aus der zynischen Überzeugung heraus, daß die menschliche Natur vor Zehntausenden von Jahren nicht anders – oder besser – gewesen war als in unserem Zeitalter.

»Der erste Troll wurde ausschließlich für militärische Zwecke gezüchtet, als unübertrefflicher Krieger in einer Sklavenarmee.«

»Aber welches Tier haben sie denn manipuliert, um dieses... dieses Ding zu züchten?«

»Das weiß ich nicht genau, aber ich glaube, es ist keine abgeänderte Version von etwas bereits Vorhandenem, sondern... eine völlig *neue* Spezies auf der Erde, eine von Menschen erschaffene Rasse mit einer uns ebenbürtigen Intelligenz. Wenn ich richtig verstanden habe, ist der Troll ein Wesen mit *zwei* genetischen Kodes für jedes Detail seiner körperlichen Erscheinung – einem menschlichen Kode und jenem anderen. Von entscheidender Bedeutung ist außerdem ein Verbindungsgen, das die Metamorphose ermöglicht, so daß diese Kreatur nach Belieben entscheiden kann, ob sie in ihrer menschlichen Identität in Erscheinung treten will oder aber als Troll – je nachdem, was günstiger ist.«

»Aber es ist kein wirkliches menschliches Wesen, auch wenn es uns äußerlich gleicht«, warf ich ein.

Dann fiel mir Abner Kady ein, und ich dachte insgeheim, daß auch wirkliche Menschen mitunter keine menschlichen Wesen sind.

»Stimmt«, bestätigte Rya meine Worte. »Obwohl dieses Geschöpf mühelos die genauesten medizinischen Gewebeuntersuchungen bestehen kann, ist es immer ein Troll. Das ist seine wahre Natur, egal welches äußere Erscheinungsbild es wählt. Seine Standpunkte, seine Denkweise, sein Urteilsvermögen – das alles ist so fremdartig, daß es unser Begriffsvermögen total übersteigt. Wie gesagt, die Trolle wurden als Kampfmaschinen konzipiert und gezüchtet. Sie sollten imstande sein, sich in einem fremden Land unter die Menschen zu mischen und selbst als Menschen angesehen zu werden, um sich dann plötzlich im geeigneten Moment in furchterregende Monster zu verwandeln. Man schleust beispielsweise fünftausend Trolle als geheimes Terrorkommando auf feindliches Territorium ein. Mit gezielten Einzelaktionen an verschiedenen Orten und in verschiedenen Bereichen bringen sie allmählich alles zum Erliegen, einfach indem sie eine Atmosphäre von Paranoia erzeugen...«

Ich konnte mir das Chaos lebhaft vorstellen. Ein Nachbar würde den anderen verdächtigen. Man würde keinem Menschen mehr vertrauen, außer den nächsten Familienangehörigen. In einer solchen Atmosphäre paranoiden Mißtrauens könnte eine Gesellschaft, wie wir sie kennen, nicht mehr fortbestehen. Die betroffene Nation würde bald unterworfen werden.

»Oder man könnte die fünftausend so programmieren, daß sie gleichzeitig losschlagen«, fuhr Rya fort, »in einem einzigen mörderischen Gewaltstreich, dem in einer Nacht zweihunderttausend Menschen zum Opfer fallen könnten.«

Diese Kreatur mit ihrem grauenvollen Äußeren, mit ihren Hauern und Krallen, war ersonnen worden, um als Kampfmaschine nicht nur zu morden, sondern gleichzeitig auch zu demoralisieren.

Die Effektivität einer solchen Armee von Trollen verschlug

mir völlig die Sprache. Meine Muskeln waren angespannt, meine Kehle war wie zugeschnürt, und meine Brust schmerzte. Während ich Rya zuhörte, bekam ich eine immer stärkere Gänsehaut.

Aber es war nicht nur die Geschichte der Trolle, die mir solche Angst einjagte. Da war noch etwas anderes.

Eine unbestimmte Vorahnung.

Etwas würde passieren... Etwas Schlimmes.

Ich hatte das Gefühl, als würde ich mich inmitten eines unvorstellbaren Horrors wiederfinden, sobald ich alle Einzelheiten über die Ursprünge der Trolle kannte.

Rya saß mit hängenden Schultern und gesenktem Kopf da und starrte auf den Boden. »Dieser Krieger... dieser Troll wurde eigens so konzipiert, daß er zu Mitleid, Schuld, Scham, Liebe, Erbarmen und zu den meisten anderen menschlichen Empfindungen nicht fähig war, obwohl er sie perfekt imitieren konnte, wenn er sich als Mann oder Frau ausgab. Man erschuf ihn so, daß er auch Akte äußerster Grausamkeit ohne Gewissensbisse verüben konnte. Wenn ich die Informationen, die ich über Jahre hinweg gesammelt habe, richtig verstanden habe... wenn ich alles, was ich gesehen habe, richtig interpretiere... ist es sogar so, daß er darauf programmiert wurde, beim Töten einen Genuß zu verspüren. Man stattete ihn mit nur drei Emotionen aus: Furcht in sehr begrenztem Umfang – von den Genetikern und Psychogenetikern als Überlebensmechanismus für unabdingbar erklärt –, Haß und Blutdurst. Verständlicherweise wollte das derart reduzierte Wesen jedes dieser drei Gefühle bis zur Neige auskosten.«

In all den Jahrtausenden verschollener oder aufgezeichneter Geschichte hatte es zweifellos kein menschlicher Massenmörder – weder in der damaligen Zivilisation noch in der unsrigen – jemals auch nur annähernd mit diesen im Labor gezüchteten Soldaten aufnehmen können, was den obsessiven psychopathischen Mordtrieb betraf. Kein religiöser Fanatiker, dem für seinen angeblich gottgefälligen Kampf ein Platz im Himmel garantiert wurde, hatte jemals mit solchem Eifer morden können.

Meine schmutzigen Hände hatten sich zu Fäusten geballt und dermaßen verkrampft, daß die Fingernägel sich schmerzhaft in die Haut gruben. Es kam mir fast so vor, als wäre ich ein eifriger Büßer, der durch Erleiden von Schmerz die Absolution zu erlangen hofft. Doch Absolution für wen? Für wessen Sünden glaubte ich büßen zu müssen?

»Aber, um Gottes willen«, rief ich, »die Züchtung dieses Kriegers... das war doch glatter Wahnsinn! So ein Wesen konnte doch niemals unter Kontrolle gehalten werden!«

»Sie glaubten offenbar, sie könnten es«, erwiderte Rya. »Wenn ich richtig verstanden habe, hatte man jedem Troll, der diese Laboratorien verließ, einen Kontrollmechanismus ins Gehirn eingepflanzt, der hin und wieder lähmende Stromstöße aussenden und auf diese Weise die Furcht der Kreatur wachhalten sollte. Mit Hilfe dieser Vorrichtung konnte ein ungehorsamer Krieger in jedem Winkel der Welt, wo auch immer er sich verstecken mochte, empfindlich bestraft werden.«

»Aber irgend etwas ging schief«, sagte ich.

»Irgend etwas geht immer schief«, meinte sie.

»Woher weißt du das alles?« fragte ich wieder.

»Laß mir Zeit. Ich werde dir alles erklären.«

»Darauf werde ich auch bestehen.«

Ihre Stimme war tonlos und wurde immer tonloser, während sie von anderen Schutzvorrichtungen berichtete, die in die Trolle eingebaut worden waren, um Rebellionen und unerwünschtes Blutvergießen zu verhindern. Selbstverständlich waren Trolle unfruchtbar. Sie konnten sich nicht vermehren. Nur in Laboratorien konnten weitere Trolle erzeugt werden. Außerdem durchlief jeder Troll eine intensive Konditionierung, die seinen Haß und seine Mordgelüste auf eine genau definierte ethnische oder rassische Gruppe richtete, so daß er gegen irgendeinen spezifischen Feind eingesetzt werden konnte, ohne daß die Gefahr bestand, daß er die Verbündeten seines Herrn umbrachte.«

»Und was ist dann schiefgegangen?« fragte ich.

»Ich brauche noch einen Scotch«, sagte sie, stand auf und ging in die Küche.

»Schenk mir auch einen ein«, rief ich ihr nach.

Mir tat alles weh, und meine Hände brannten und juckten, weil ich noch nicht alle Holzsplitter entfernt hatte. Der Scotch würde eine betäubende Wirkung haben.

Aber das Gefühl einer drohenden Gefahr würde auch der Alkohol nicht betäuben können. Diese Vorahnung wurde immer stärker.

Ich warf einen Blick zur Tür hinüber.

Ich hatte vorhin nicht abgeschlossen. Weder in Gibtown, Florida, noch in Gibtown-auf-Rädern wurden die Türen verschlossen, denn Schausteller bestehlen einander nie – oder jedenfalls sehr selten.

Ich stand auf, ging zur Tür, schloß ab und schob zusätzlich den Riegel vor.

Eigentlich hätte ich mich danach sicherer fühlen müssen. Aber das war nicht der Fall.

Rya kam aus der Küche zurück und gab mir ein Glas Scotch on the rocks.

Ich widerstand dem Verlangen, sie zu berühren, weil ich spürte, daß sie noch immer keine Nähe wünschte. Nicht, bis sie mir alles erzählt haben würde.

Ich setzte mich wieder und schluckte die Hälfte des Drinks auf einmal.

Der neue Whisky änderte nichts an Ryas tonloser Stimme. Ich spürte, daß nicht nur die schreckliche Geschichte, die sie zu berichten hatte, sie dermaßen verstörte, sondern auch irgendein innerer Aufruhr. *Was* aber an ihr nagte, vermochte ich nicht zu erkennen.

Sie erzählte mir, daß die Züchtung der Trolle nicht lange geheimgehalten werden konnte, weil Wissen sich eben damals wie heute rasch ausbreitet, und schon bald besaß ein halbes Dutzend Nationen eigene Labor-Soldaten, modifizierte und weiterentwickelte Variationen der ersten Trolle. Sie wurden zu Tausenden gezüchtet, und die möglichen Auswirkungen eines Einsatzes dieser Kreaturen im Kriegsfall wurden allmählich als fast genauso katastrophal wie eine atomare Auseinandersetzung eingestuft.

»Vergiß nicht«, sagte Rya, »ursprünglich sollten die Trolle

eine *Alternative* zum Nuklearkrieg sein, eine weitaus weniger zerstörerische Methode zur Erlangung der Weltherrschaft.«

»Eine schöne Alternative!«

»Nun, wenn es der Nation, die als erste Trolle züchtete, gelungen wäre, das Geheimnis zu hüten, *hätte* sie die Welt in wenigen Jahren erobert, ohne Atomwaffen einzusetzen. Als aber alle großen Nationen solche Troll-Soldaten besaßen, erkannte man bald, daß der Einsatz dieser Krieger ebenfalls zur gegenseitigen Vernichtung führen würde. Deshalb wurde ein Abkommen erzielt, die Troll-Armeen zurückzurufen und zu vernichten.«

»Aber irgend jemand hielt sich nicht daran.«

»Nein, so war es nicht«, sagte sie. »Wenn ich nichts mißverstanden habe, ließen sich einige der Soldaten nicht zurückrufen.«

»O Gott!«

»Aus Gründen, die nie aufgedeckt wurden, oder zumindest aus Gründen, die ich nicht begreifen kann, hatten sich manche Trolle, sobald sie nicht mehr unter Laborbedingungen standen, grundlegend verändert.«

Ich hatte mich während meiner ganzen Schulzeit brennend für Naturwissenschaften interessiert und stellte sofort Überlegungen an. »Vielleicht haben sie sich verändert, weil ihre künstlichen Chromosomketten und manipulierten Gene nicht stabil genug zusammengefügt waren.«

Sie zuckte mit den Schultern. »Mag sein. Was für Gründe auch immer zu dieser Mutation geführt haben mögen, jedenfalls war ein Resultat davon die Entwicklung eines Ego, ein Bewußtsein von Unabhängigkeit.«

»Verdammt gefährlich bei einem biologisch erzeugten psychopathischen Killer«, kommentierte ich schaudernd.

»Es wurden Versuche unternommen, sie durch Aktivierung der ins Gehirn eingepflanzten Schmerzreize zur Vernunft zu bringen. Manche gaben auf. Andere wurden enttarnt, weil sie sich in unerklärlichen Qualen wanden. Aber wieder andere machten eine weitere Veränderung durch – entweder sie entwickelten eine unglaubliche Schmerztoleranz... oder sie lernten es, Schmerz zu genießen.«

Ich konnte mir in etwa vorstellen, wie es von da aus weiter-gegangen war. »In ihren perfekten Verkleidungen als Men-schen, mit gleicher Intelligenz wie wir begabt, nur von Haß, Furcht und Blutdurst motiviert, konnten sie nie gefunden werden... es sei denn, man hätte jeden Mann und jede Frau auf der ganzen Welt einer Gehirnkontrolle unterzogen, auf der Suche nach jenen wirkungslos gewordenen Sicherungs-mechanismen. Aber es gäbe natürlich genügend Möglichkei-ten, eine solche Überprüfung zu vermeiden. Manche wür-den wahrscheinlich gefälschte Atteste vorlegen. Andere würden sich in abgelegenen Gegenden verstecken und Ort-schaften nur aufsuchen, um Lebensmittelvorräte zu steh-len... oder um die Mordlust zu befriedigen. Letztlich wür-den die meisten Trolle einer Entdeckung entgehen. Habe ich recht? Ist es so gewesen?«

»Ich weiß es nicht genau. Aber so ähnlich muß es sich abge-spielt haben. Und schließlich, während das weltweite Ge-hirnüberprüfungsprogramm im Gange war, stellte man fest, daß einige der rebellischen Trolle eine weitere wesentliche Mutation durchgemacht hatten...«

»Sie waren nicht mehr unfruchtbar.«

Rya blinzelte. »Woher weißt du das?«

Ich erzählte ihr von dem schwangeren weiblichen Troll in Yontsdown.

»Die meisten blieben unfruchtbar«, sagte sie, »aber es gab doch sehr viele, die fruchtbar wurden. Der Legende zu-folge...«

»Welcher Legende denn?« Ich konnte meine Neugier nicht länger bezähmen. »Wo hast du diese Dinge gehört? Was sind das für Legenden?«

Sie ignorierte meine Frage, war nach wie vor nicht bereit, ihre Informationsquellen preiszugeben. »Den Legenden zu-folge wurde eine Frau bei der Gehirnkontrolle als Troll ent-larvt und gezwungen, ihre wahre Gestalt zu offenbaren. Als sie erschossen wurde, brachte sie im Todeskampf einen Wurf Troll-Babys zur Welt. Danach nahm sie in den letzten Sekun-den ihres Lebens wieder menschliche Gestalt an, entspre-chend der ursprünglichen genetischen Programmierung, die

dazu dienen sollte, Leichenbeschauer und Gerichtsmediziner zu täuschen. Und als ihre Nachkommenschaft ebenfalls
liquidiert wurde, verwandelten sich auch die Kleinen in
menschliche Babys.«

»Und da erkannten die Menschen, daß sie den Krieg mit
den Trollen verloren hatten.«

Rya nickte.

Sie hatten den Krieg verloren, weil Troll-Kinder, die nicht
im Labor gezüchtet, sondern durch Paarung gezeugt worden
waren, keine Kontrollmechanismen hatten, die man bei Ge-
hirnüberprüfungen entdecken konnte. Es gab keine Möglichkeit, sie zu entlarven. Von diesem Zeitpunkt an mußte
sich der Mensch die Erde mit einer Spezies teilen, die ihm in-
tellektuell ebenbürtig war und nur ein einziges Ziel hatte: ihn
und all seine Werke zu vernichten.

Rya leerte ihr Glas.

Ich hätte liebend gern einen zweiten Scotch getrunken,
verzichtete aber darauf, denn in meiner gegenwärtigen Geistesverfassung würde ein zweiter zu einem dritten, ein dritter zu einem vierten führen usw. bis hin zum völligen Black-
out. Und das konnte ich mir nicht leisten, denn die düstere
Vorahnung drohender Gefahr wurde immer stärker – das
psychische Äquivalent schwarzer Gewitterwolken an einem
Sommertag. Ich warf einen Blick zur Tür hinüber. Sie war
noch verschlossen und verriegelt.

Ich betrachtete die Fenster.

Sie waren geöffnet.

Aber die Jalousien waren heruntergelassen, und es würde
auch einem Troll schwerfallen, auf diese Weise einzudringen.

»Wir waren also nicht zufrieden mit der Erde, die Gott uns
gegeben hatte«, sagte Rya leise. »Offenbar hatten wir auch in
jener Zeit schon von der Hölle gehört und diese Vorstellung
faszinierend gefunden. Wir fanden sie so interessant und
sympathisch, daß wir Dämonen nach eigenem Entwurf er-
schufen und die Hölle auf Erden nachbildeten.«

Falls es einen Gott gab, konnte ich jetzt fast verstehen – so
gut wie nie zuvor –, warum Er uns Schmerz und Leid

schickte. Ich stellte mir vor, daß Er mit Abscheu auf die Erde hinabblickte und sich über den Mißbrauch empörte, den wir mit der Erde und dem Leben, das Er uns geschenkt hatte, trieben. Ich hörte förmlich Seine Stimme: »Also gut, ihr undankbaren Geschöpfe, also gut! Ihr liebt es, alles zu zerstören? Ihr liebt es, einander zu verletzen? Das macht euch soviel Spaß, daß ihr eure eigenen Teufel erschafft und aufeinander losláßt? Nun gut! Sei es darum! Der Herr wird euch Freude bereiten. Hier! Nehmt diese Gaben! Da habt ihr Hirntumor und Kinderlähmung und multiple Sklerose! Da habt ihr Erdbeben und Flutkatastrophen! Da habt ihr... schlechte Drüsen! Gefällt es euch? Hmmm?«

Laut äußerte ich: »Irgendwie haben die Trolle jene frühere Zivilisation zerstört, sie total ausgelöscht.«

Sie nickte. »Es brauchte seine Zeit. Einige Jahrzehnte. Aber den Legenden zufolge stiegen einige Trolle schließlich in die obersten Gesellschaftsschichten auf und erlangten so große politische Macht, daß sie einen Atomkrieg entfesseln konnten.«

Und das taten sie – jenen mysteriösen ›Legenden‹ zufolge – auch tatsächlich. Es war ihnen egal, daß die meisten von ihnen zusammen mit den Menschen umkommen würden. Sie hatten keinen anderen Lebenszweck als unsere Vernichtung, und sogar, wenn es ihren eigenen schnellen Tod bedeutete, stand es nicht in ihrer Macht, ihr Schicksal zu wenden. Die Raketen flogen. Keine einzige wurde zurückgehalten. Städte verglühten. Tausende und Abertausende unglaublich starker Atombomben detonierten und entfesselten derartige Kräfte, daß mit der Erdkruste etwas geschah oder aber das Magnetfeld sich veränderte und eine Umpolung stattfand. Jedenfalls kam es weltweit zu Katastrophen ungeheuren Ausmaßes. Unvorstellbare Erdbeben. Riesige Landmassen stürzten in die Meere. Vulkane brachen überall aus. Jener Weltenbrand und die nachfolgende Eiszeit hatten alle Spuren einer Zivilisation ausgelöscht, deren strahlendes Licht einst alle Kontinente erhellt hatte. Mehr Trolle als Menschen hatten die Katastrophe überlebt, weil sie abgehärteter waren, die geborenen Kämpfer. Die wenigen überlebenden Menschen kehrten in Höhlen zurück und verwilderten, und ihr Erbe geriet im grausamen Alltag allmählich völlig in Vergessenheit. Obwohl die Trolle uns nicht vergaßen – und nie vergessen würden –, vergaßen *wir* die Trolle zusammen mit allem übrigen, und in späteren Zeiten führten unsere seltenen Begegnungen mit den Trollen in ihrer wahren Monstergestalt zu allen möglichen abergläubischen Vorstellungen, zu den verschiedensten Märchen und Legenden über verwandlungsfähige übernatürliche Wesen.

»Jetzt haben wir uns wieder aus dem Dreck herausgerobbt«, sagte Rya traurig, »wir haben eine neue Zivilisation geschaffen, und wir verfügen wieder über die Mittel, die Erde zu vernichten...«

»...und eines Tages werden die Trolle auf den Knopf drücken, falls sie eine Möglichkeit dazu haben«, vollendete ich ihren Gedankengang.

»Ja«, sagte sie. »Ich glaube, daß sie es tun werden. Zwar sind sie nicht mehr so fantastische Kämpfer wie in jener früheren Zivilisation. Man kann sie im Nahkampf jetzt leichter besiegen, und sie sind auch leichter hinters Licht zu führen. Sie haben sich verändert und weiterentwickelt, speziell durch den Atomregen, aber auch auf natürliche Weise, durch das Verstreichen enormer Zeiträume. Die radioaktive Verseuchung raubte vielen wieder die Fruchtbarkeit, die sie bei der ursprünglichen Mutation erlangt hatten, und nur deshalb haben sie die Erde noch nicht völlig überflutet. Auch ihre Vernichtungswut hat etwas nachgelassen. Viele von ihnen verabscheuen den Gedanken an einen weiteren Atomkrieg weltweiten Ausmaßes. Weißt du, sie sind sehr langlebig; manche von ihnen werden 1500 Jahre alt, und deshalb sind sie nicht durch so viele Generationen wie wir von jenem Weltenbrand entfernt. In ihrer von den Vorfahren ererbten Überlieferung ist die Katastrophe lebendig geblieben. Aber obwohl die meisten von ihnen sich mit dem gegenwärtigen Arrangement wahrscheinlich zufriedengeben würden – uns zu jagen und zu töten, so als wären wir nichts anderes als Tiere in ihrem privaten Wildrevier –, gibt es doch einige, denen das nicht genügt, die es für ihr Schicksal halten, uns für immer von der Erde zu tilgen. In zehn oder zwanzig oder vierzig Jahren wird einer aus dieser Minderheit bestimmt seine Chance erhalten, glaubst du nicht auch?«

Die große Wahrscheinlichkeit eines Harmageddon war unsagbar schrecklich und deprimierend, aber noch immer überwog bei mir die Furcht vor einem *baldigen* Tod. Das Bewußtsein einer unmittelbar bevorstehenden Gefahr hatte sich zu einem ständigen unangenehmen Druck im Schädelinnern verdichtet, obwohl ich nach wie vor nicht wußte, was sich ereignen würde.

Mir war vor Angst leicht übel.

Mich fröstelte. Kalter Schweiß lief mir über den Rücken.

Rya holte sich in der Küche einen weiteren Scotch.

Ich stand auf. Trat ans Fenster. Schaute hinaus. Sah nichts. Kehrte zum Lehnstuhl zurück. Setzte mich auf die Kante. Hätte am liebsten geschrien.

Etwas kam immer näher...

Als sie mit dem gefüllten Glas in der Hand zurückkam und sich auf ihren Stuhl fallen ließ, nach wie vor distanziert und niedergeschlagen, fragte ich: »Wie hast du das alles herausbekommen? Du mußt es mir sagen. Kannst du etwa ihre Gedanken lesen oder so was Ähnliches?«

»Ja.«

»Tatsächlich?«

»Ein bißchen.«

»Ich nehme nur ihre Ausstrahlung von Rage und Haß wahr.«

»Ich kann ein wenig in sie hineinsehen«, berichtete Rya. »Nicht daß ich buchstäblich ihre Gedanken lesen könnte. Aber wenn ich sie anpeile, empfange ich Bilder... Visionen... Ich glaube, das meiste von dem, was ich sehe, sind... gespeicherte Erinnerungen ihrer Rasse... Dinge, die manche von ihnen *bewußt* nicht mehr wissen. Aber ehrlich gesagt – es ist mehr als nur das.«

»Was? Mehr – auf welche Weise? Und was ist mit den Legenden, die du erwähnt hast?«

Anstelle einer Antwort sagte sie unvermittelt: »Ich weiß, was du heute nacht gemacht hast.«

»Was? Wovon redest du? Wie kannst du das wissen?«

»Ich weiß es.«

»Aber...«

»Es ist ein vergebliches Unterfangen, Slim.«

»Glaubst du?«

»Sie sind unbesiegbar.«

»Ich habe meinen Onkel Denton besiegt. Ich habe ihn umgebracht, bevor er meiner Familie noch mehr Leid zufügen konnte. Joel und ich haben heute nacht sechs von ihnen an einem Sabotageakt gehindert. Sie wollten das Riesenrad beschädigen, so daß es morgen eingestürzt wäre. Wir haben wahrscheinlich vielen Fahrgästen das Leben gerettet.«

»Was spielt das schon für eine Rolle?« fragte sie. In ihrer Stimme schwang jetzt etwas Neues mit – glühender Eifer, ein düsterer Enthusiasmus. »Andere Trolle werden andere Menschen umbringen. Du kannst die Welt nicht retten. Du riskierst dein Leben, dein Glück, deine Gesundheit – und du kannst das Geschehen bestenfalls ein klein wenig hinauszögern. Du wirst den Krieg nicht gewinnen. Letzten Endes müssen unsere Dämonen uns besiegen. Es ist unvermeidlich. Es *ist* unser Schicksal – ein Schicksal, für das wir vor langer, langer Zeit die Weichen gestellt haben.«

Ich begriff nicht, worauf sie hinauswollte. »Welche Alternative haben wir denn? Wenn wir nicht kämpfen, uns nicht schützen, ist unser Leben sinnlos. Du und ich können jederzeit vernichtet werden, wenn es *ihnen* so gefällt.«

Sie stellte ihr Glas ab und rutschte bis zur Stuhlkante vor. »Es gibt eine andere Möglichkeit.«

»Wovon sprichst du?«

Ihre herrlichen Augen glänzten wie im Fieber, als sie meinen Blick erwiderte. »Slim, die meisten Menschen sind keinen Heller wert.«

Ich blinzelte.

»Die meisten Menschen sind Lügner, Betrüger, Ehebrecher, Diebe, Heuchler, Frömmler, Mörder usw. Sie gebrauchen und mißbrauchen einander genauso begierig, wie die Trolle uns mißbrauchen. Sie sind Dreckschweine, die es nicht *wert* sind, gerettet zu werden.«

»Nein, nein, nein«, widersprach ich. »Nicht die *meisten*. Viele sind nichts wert, das stimmt, aber nicht die meisten, Rya.«

»Meinen Erfahrungen nach ist kaum einer der Menschen besser als die Trolle.«

»Um Gottes willen, deine Erfahrungen waren nicht typisch. Die Abner Kadys und Maralee Sweens dieser Welt sind eine kleine Minderheit. Ich kann verstehen, daß du einen anderen Eindruck hast, aber du hast eben nie meinen Vater oder meine Mutter, meine Schwestern und meine Großmutter kennengelernt. Es gibt mehr Anständigkeit als Grausamkeit auf der Welt. Vielleicht hätte ich das vor einer Woche oder auch gestern noch nicht gesagt, aber wenn ich dich jetzt so reden höre, wenn ich dich sagen höre, alles sei sinnlos, dann zweifle ich nicht daran, daß mehr Gutes als Böses in den Menschen steckt. Weil... weil... na ja, es *muß* einfach so sein.«

»Hör zu«, sagte sie, und ihre betörenden Augen waren strahlend blau, wild und flehend, »wir können nur auf ein wenig Glück im kleinen Freundeskreis hoffen, mit einigen wenigen Menschen, die wir lieben – und die ganze übrige Welt mag zur Hölle fahren! Bitte, bitte, Slim, denk darüber nach! Es ist erstaunlich, daß wir einander gefunden haben. Es ist ein Wunder. Ich hätte nie geglaubt, daß mir so etwas je widerfahren würde. Wir sind uns so ähnlich, daß sich, wenn wir schlafen, sogar bestimmte Gehirnwellen überlappen... eine psychische Übereinstimmung, ob wir uns nun lieben oder ob wir schlafen... Deshalb schenkt der Sex uns vollkommene Erfüllung, und deshalb haben wir sogar dieselben Träume! Wir sind füreinander *bestimmt*, und das Wichtigste, das Allerwichtigste auf der Welt ist jetzt, daß wir unser ganzes Leben zusammen verbringen können.«

»Ja«, sagte ich. »Das sind auch meine Gefühle.«

»Dann mußt du deinen Kreuzzug aufgeben. Hör auf, die Welt retten zu wollen. Hör auf, diese wahnsinnigen Risiken einzugehen. Laß die Trolle tun, was sie tun *müssen*, und wir werden einfach friedlich unser eigenes Leben leben.«

»Aber das ist es ja gerade! Wir *können* nicht in Frieden leben. Es wird uns nicht retten, wenn wir sie ignorieren. Früher oder später werden sie uns umschnüffeln und uns zu Leibe rücken, weil sie unser Leid genießen, weil sie unseren Schmerz gierig schlürfen...«

»Slim, warte, warte, hör zu.« Sie strotzte jetzt von nervöser Energie, sprang auf, ging zum Fenster, atmete die erfrischende Nachtluft ein, wandte sich wieder mir zu und sagte: »Du stimmst mir zu, daß unser gemeinsames Leben an erster Stelle steht, wichtiger als alles andere ist. Was würdest du dazu sagen, wenn ich dir... eine Möglichkeit zur Koexistenz mit den Trollen zeigen könnte, eine Möglichkeit, deinen Kreuzzug zu beenden, ohne befürchten zu müssen, daß sie dir und mir jemals etwas zuleide tun?«

»Wie?«

Sie zögerte.

»Rya?«

»Es ist der einzige Ausweg, Slim.«

»Was?«

»Es ist der einzige *vernünftige* Weg.«

»Um Himmels willen, so sag mir doch endlich, was du meinst!«

Sie runzelte die Stirn, mied meinen Blick, setzte zum Sprechen an, zögerte wieder, murmelte ›Scheiße!‹ und schleuderte plötzlich ihr Glas quer durchs Zimmer. Eiswürfel flogen heraus und zerbarsten an Möbeln und auf dem Teppich. Das Glas zersplitterte an der Wand.

Bestürzt sprang ich auf und blieb auch dann noch stehen, als sie sich wieder setzte und mir bedeutete, ebenfalls Platz zu nehmen.

Sie holte tief Luft.

»Ich will, daß du mir zuhörst, ohne mich zu unterbrechen«, sagte sie. »Hör mich an und versuch zu verstehen. Ich habe eine Möglichkeit zur Koexistenz mit ihnen gefunden. Sie lassen mich in Ruhe. Weißt du, im Waisenhaus und auch später wurde mir klar, daß wir gegen sie nicht gewinnen können. Sie haben alle Vorteile auf ihrer Seite. Ich bin weggerannt, aber es gibt überall Trolle, nicht nur im Waisenhaus, und man kann ihnen nicht entrinnen, wohin man auch gehen mag. Es ist sinnlos. Deshalb bin ich ein kalkuliertes Risiko eingegangen, habe Kontakt mit ihnen aufgenommen und ihnen gesagt, daß ich sie sehen...«

»Was?«

»Unterbrich mich nicht!« sagte sie scharf. »Das ist... das ist sehr schwer... es wird verdammt schwer sein... und ich will es so schnell wie möglich hinter mich bringen; also halt den Mund und laß mich reden. Ich habe einem der Trolle von meiner Fähigkeit erzählt, die eine Mutation deiner Gabe ist, eine Folge jenes Atomkrieges, denn den Trollen zufolge gab es in der früheren Zivilisation keine Menschen mit irgendwelchen übersinnlichen Kräften – Hellseherei, Telekinese, nichts davon. Es gibt ja auch heute nicht viele, aber damals gab es gar keine. Nachdem jener Krieg ja von den Trollen entfacht wurde... nachdem sie die Bomben und den radioaktiven Niederschlag über uns gebracht haben... könnte man fast sagen, daß sie Menschen wie dich und mich *erschaffen* haben. Wir haben unsere besonderen Gaben *ihnen* zu verdanken. Aber wie dem auch immer sein mag, ich erzählte ihnen jedenfalls, daß ich durch ihre menschliche Hülle hindurchsehen kann, zu dem... ich weiß nicht so recht... zu dem Troll-Potential in ihnen...«

»Du hast mit ihnen gesprochen, und sie haben dir ihre... ihre Legenden erzählt. Ist es so gewesen?«

»Nicht ganz. Sie haben mir nicht viel erzählt. Aber sie brauchen mir nur ein wenig zu erzählen, und alles übrige sehe ich dann in einer Art Vision. Man könnte es vielleicht folgendermaßen erklären: Wenn sie die Tür einen Spalt weit öffnen, kann ich sie weit aufstoßen und sogar Dinge sehen, die sie vor mir zu verstecken versuchen. Aber das ist im Augenblick unwichtig, und ich wünschte bei Gott, du würdest mich nicht ständig unterbrechen. Wichtig ist, daß ich ihnen klargemacht habe, daß es mir völlig egal ist, was sie tun, wen sie verletzen oder umbringen, solange sie nicht *mich* verletzen oder umbringen. Und wir haben eine Art Waffenstillstand geschlossen.«

Ich ließ mich völlig perplex wieder auf meinen Stuhl fallen und brachte es beim besten Willen nicht fertig, den Mund zu

halten, wie sie es von mir verlangte. »Was? Einen Waffenstillstand? Einfach so? Wozu sollten sie das wollen? Warum haben sie dich nicht einfach umgebracht? Selbst wenn sie deinen Beteuerungen geglaubt haben, daß du ihr Geheimnis
wahren würdest, stelltest du eine Bedrohung für sie dar. Ich
verstehe das nicht. Sie konnten doch bei diesem... diesem
Waffenstillstand nichts gewinnen.«

Ihre Stimmung schlug wieder um. In stiller Verzweiflung
sackte sie in ihrem Stuhl zusammen. Ihre Stimme war kaum
noch zu hören. »Doch, sie *konnten* etwas gewinnen. Ich *hatte*
ihnen etwas zu bieten. Weißt du, eine meiner übersinnlichen
Fähigkeiten scheinst du nicht zu besitzen, jedenfalls nicht so
stark ausgeprägt wie ich. Ich nehme parapsychologische Gaben an anderen Menschen wahr, speziell wenn sie die Trolle
sehen können, auch wenn sie sich bemühen, diese Gabe vor
mir geheimzuhalten. Ich spüre das nicht unbedingt gleich bei
der ersten Begegnung. Manchmal dauert es eine Weile, aber
allmählich werde ich mir ihrer verborgenen Kräfte bewußt.
Bis heute nacht dachte ich, mein Gespür wäre... nun ja, un-
fehlbar. Aber du hast gesagt, daß Joel Tuck die Trolle sieht,
und ihn hatte ich nie in Verdacht. Trotzdem glaube ich, daß
ich solche Dinge in den allermeisten Fällen rasch bemerke.
Ich wußte ganz von Anfang an, daß du etwas Besonderes an
dir hast, obwohl ich damals nicht vermutet hätte, *wie* besonders du in vieler Hinsicht bist.« Sie hauchte jetzt nur noch.
»Ich möchte dich behalten. Ich hätte nie geglaubt, daß ich jemanden finden würde... jemanden, den ich brauche... den
ich liebe... Doch dann bist du gekommen, und jetzt will ich
dich behalten, aber das ist nur möglich, wenn du mit den
Trollen den gleichen Vertrag schließt wie ich.«

Ich saß wie versteinert da und hörte mein Granitherz pochen – ein hartes, kaltes Geräusch, klagend und dumpf, so
als träfe ein Meißel auf Marmor. Meine Liebe und mein Verlangen waren unverändert in meinem versteinerten Herzen
vorhanden, aber sie schienen plötzlich unerreichbar, ebenso
wie herrliche Skulpturen in jedem groben Steinblock potenti-
ell schon vorhanden sind, aber für Menschen ohne schöpferi-
sches Talent unerreichbar bleiben. Ich wollte nicht glauben,

was sie gesagt hatte, und ich konnte den Gedanken an das, was ich als nächstes erfahren würde, nicht ertragen, aber ich *mußte* zuhören, mußte auch das Schlimmste zur Kenntnis nehmen.

Mit Tränen in den Augen berichtete sie: »Wenn ich jemanden treffe, der die Trolle sehen kann... melde ich es. Ich warne einen von ihnen vor dem Seher. Weißt du, sie wollen keinen offenen Kriegszustand wie beim letztenmal. Sie wirken lieber im geheimen. Sie wollen nicht, daß wir uns gegen sie organisieren, obwohl das sowieso ein hoffnungsloses Unterfangen wäre. Ich mache sie also auf Leute aufmerksam, die über sie Bescheid wissen und sie umbringen oder aber eine Aufklärungskampagne starten könnten. Und die Trolle... nun... sie eliminieren diese Gefahr... Dafür revanchieren sie sich, indem sie mir Sicherheit vor ihresgleichen garantieren. Eine Art Immunität. Sie lassen mich in Ruhe. Das ist alles, was ich je gewollt habe, Slim. In Ruhe gelassen werden. Und wenn du mit ihnen die gleiche Abmachung triffst, werden sie uns beide in Ruhe lassen... und wir können zusammenbleiben... zusammen leben... glücklich sein...«

»*Glücklich?*« Ich spuckte dieses Wort förmlich aus. »Glücklich? Glaubst du, wir können glücklich sein, wenn wir wissen, daß wir nur überleben, indem wir andere verraten?«

»Die Trolle würden einige dieser Leute ohnehin töten.«

Mit großer Mühe hob ich meine kalten Steinhände ans Gesicht und versteckte mich hinter meinen Fingern, so als könnte ich dadurch den schrecklichen Enthüllungen entfliehen. Aber das war nur ein kindlicher Wunschtraum. An der häßlichen Wirklichkeit war nicht zu rütteln. »O Gott...«

»Wir hätten ein Leben vor uns«, flüsterte sie weinend. Sie spürte mein Entsetzen, und sie wußte genau, daß ich zu einem Friedensvertrag, wie sie ihn mit dem Feind geschlossen hatte, nie bereit sein würde. »Ein gemeinsames Leben... wie in den letzten Tagen... noch schöner... viel schöner... wir gegen die Welt... in völliger Sicherheit. Und die Trolle garantieren nicht nur meine Sicherheit, sondern auch meinen Erfolg, denn ich bin für sie eine sehr wertvolle Verbündete.

Wie gesagt, viele der Menschen, die Trolle sehen können, landen entweder im Irrenhaus oder auf einem Jahrmarkt. Deshalb bin ich hier in einer idealen Position, um Seher zu entdecken. Und im Gegenzug helfen die Trolle mir, beruflich weiterzukommen. Beispielsweise... sie planten einen Unfall im Autoscooter...«

»Und ich habe ihn verhindert«, sagte ich kalt.

Sie war überrascht. »Oh... Na ja, das hätte ich mir eigentlich denken können. Jedenfalls – wenn dieser Unfall sich ereignet hätte, hätte der verletzte Fahrgast höchstwahrscheinlich den Inhaber des Autoscooters – Hal Dorsey – verklagt, und Dorsey wäre in finanzielle Schwierigkeiten geraten, und ich hätte ihm das Fahrgeschäft zu einem Schleuderpreis abkaufen und somit günstig zu einer neuen Konzession kommen können. Oh, Scheiße! Bitte, bitte hör mir zu! Ich weiß, was du jetzt denkst. Ich höre mich so... so kalt an.« Das stimmte. Trotz ihrer Tränen wirkte sie kalt, eiskalt. »Aber, Slim, du mußt wissen, daß Hal Dorsey ein Schwein ist, ein gemeines Dreckschwein. Niemand kann ihn leiden, denn er nutzt andere nur aus, und deshalb hätte ich nicht die geringsten Gewissensbisse, *ihn* zu ruinieren.«

Obwohl ich sie nicht ansehen wollte, tat ich es. Obwohl ich nicht mit ihr sprechen wollte, tat ich es. »Wo ist der Unterschied zwischen dem Unheil, das die Trolle anrichten, und dem Unheil, zu dem du sie anstiftest?«

»Ich habe dir doch gesagt, daß Hal Dorsey ein...«

Ich hob die Stimme. »Wo ist der Unterschied zwischen dem Verhalten eines Mannes wie Abner Kady und *deinem* Verhalten gegenüber anderen Menschen? Du verrätst deinesgleichen...«

Sie schluchzte jetzt. »Ich wollte doch nur... *sicher* sein. Wenigstens einmal in meinem Leben wollte ich sicher sein.«

Ich liebte und haßte sie, bemitleidete und verabscheute sie. Ich wollte mein Leben mit ihr teilen, daran hatte sich nicht das geringste geändert, aber ich wußte, daß ich nicht einmal ihretwegen mein Gewissen betäuben konnte. Wenn ich an Abner Kady und an ihre geistig beschränkte Mutter dachte, an all die Schrecken ihrer Kindheit, mußte ich zugeben, daß ihre verächtliche Einstellung den Menschen gegenüber berechtigt war, daß sie der Gesellschaft wahrlich keinen Dank schuldete, und ich konnte verstehen, wie sie dazu gekommen war, mit den Trollen zu kollaborieren. Ich konnte es verstehen, ja fast verzeihen, aber ich konnte ihr Verhalten nicht *billigen*. In diesem schrecklichen Augenblick waren meine Gefühle für sie so kompliziert, so sehr verworren, daß der Gedanken an Selbstmord mir plötzlich seltsam tröstlich und erlösend vorkam, und ich wußte, daß ich jetzt zum erstenmal in meinem Leben selbst jenen Todeswunsch verspürte, der sie tagtäglich verfolgte. Jetzt begriff ich auch, warum sie auf dem Riesenrad mit solchem Enthusiasmus vom Atomkrieg gesprochen hatte. In Anbetracht der schier unerträglichen Last, die sie mit sich herumtrug, mußte ihr eine Welt ohne Abner Kadys, ohne Trolle und ohne den ganzen schmutzigen Schlamassel der menschlichen Zivilisation bisweilen als wundervoll befreiende, reinigende Möglichkeit vorkommen.

»Du hast einen Handel mit dem Teufel gemacht«, sagte ich.

»Wenn sie Teufel sind, müssen wir Götter sein, denn wir haben sie erschaffen.«

»Das sind doch Spitzfindigkeiten!« schnauzte ich sie an. »Verdammt, wir führen hier doch keine akademische Diskussion.«

Sie erwiderte darauf nichts, rollte sich nur wie ein Igel ein und schluchzte verzweifelt.

Ich wollte aufspringen, die Tür öffnen, in die reine Nachtluft hinausrennen, rennen und nichts als rennen... Aber meine Seele schien sich nun wie mein Fleisch in Stein verwandelt zu haben, und dieses zusätzliche Gewicht machte es mir unmöglich aufzustehen.

Nach einigen Minuten durchbrach ich das lähmende Schweigen. »Verdammt, und wie soll es jetzt mit uns weitergehen?«

»Du willst keinem... Waffenstillstand zustimmen«, stellte sie fest.

Ich machte mir nicht einmal die Mühe zu antworten.

»Ich habe dich also... verloren«, murmelte sie.

Auch ich weinte jetzt. Sie hatte mich verloren, und ich hatte *sie* verloren.

Schließlich sagte ich: »In Anbetracht des Schicksals anderer Seher, die noch hierherkommen werden... müßte ich dir eigentlich auf der Stelle das Genick brechen. Aber... Gott steh mir bei... ich kann es nicht. Ich kann das nicht tun. Deshalb werde ich... meine Sachen packen und verschwinden. Auf einem anderen Rummelplatz einen neuen Anfang machen. Wir werden... vergessen.«

»Nein«, flüsterte sie. »Dafür ist es jetzt schon zu spät.«

Ich wischte mir mit dem Handrücken die Tränen aus den Augen. »Schon zu spät?«

»Du bist bereits aufgefallen. Deine einzige Hoffnung bestand darin, dich meiner Sicht der Dinge anzuschließen und mit ihnen ein Abkommen zu treffen, so wie ich es getan habe.«

»Du willst mich wirklich verraten?«

»ich wollte ihnen nichts von dir erzählen... nicht, nachdem ich dich näher kennengelernt hatte.«

»Dann tu es nicht.«

»Du verstehst nicht.« Sie erschauderte. »An dem Tag, als ich dich zum erstenmal sah und noch nicht wußte, was du mir bedeuten würdest, da... da habe ich gegenüber einem von ihnen eine Andeutung gemacht, daß ich einem weiteren Seher auf der Spur sei. Und jetzt wartet er auf meinen Bericht.«

»Wer?«

»Er hat hier in Yontsdown das Sagen.«

»Das Sagen? Du meinst – bei den Trollen?«

»Er ist besonders schlau, sogar für ihresgleichen. Er hat gesehen, daß zwischen dir und mir etwas Besonderes vorging, und er vermutet, daß du jener Seher bist, den ich erwähnt habe. Er wollte, daß ich ihm das bestätige. Ich versuchte ihn anzulügen. Aber er ist nicht dumm und läßt sich nicht so leicht hinters Licht führen. Er hat mich bedrängt. ›Erzähl mir alles über ihn‹, hat er gesagt. ›Erzähl mir alles, andernfalls wirst du nicht länger Immunität genießen.‹ Slim, kannst du das nicht verstehen? Ich... hatte... keine... Wahl.«

Ich hörte hinter mir ein Geräusch.

Ich drehte mich um.

Vom schmalen Flur aus, der in den hinteren Teil des Wohnwagens führte, betrat Polizeichef Lisle Kelsko das Wohnzimmer.

17

Der Alptraum wird Wirklichkeit

Kelsko hielt seinen Smith & Wesson Revolver Kaliber 45 in der Hand, aber er zielte nicht auf mich, weil er auf den Überraschungseffekt und auf seine Polizeiautorität vertraute. Die Mündung war auf den Boden gerichtet, aber natürlich würde er beim geringsten Anzeichen von Komplikationen in Sekundenschnelle feuern.

Unter dem kantigen, harten, brutalen Menschengesicht sah ich die Fratze des Trolls. Unterhalb der buschigen Brauen der Menschenmaske stierten mich die dämonischen Augen an, umgeben von rissiger, verhornter Haut. Unter dem grausamen schmallippigen Menschenmund geiferte der Troll und bleckte die gefährlich scharfen Zähne. Als ich Kelsko in seinem Yontsdowner Büro zum erstenmal gesehen hatte, war mir besonders seine sogar für die Unholde außergewöhnliche Bösartigkeit und Wildheit aufgefallen – und sein extrem abstoßendes Äußeres, dessen Einzelheiten auf hohes Alter hinzudeuten schienen. Rya hatte vorhin berichtet, daß manche Trolle eine Lebensdauer von 1500 Jahren hatten, und es fiel mir nicht schwer zu glauben, daß dieses Wesen, das sich Lisle Kelsko nannte, so alt war. Es hatte wahrscheinlich dreißig oder vierzig Menschenleben hinter sich, wechselte seine Identität immer wieder, tötete im Laufe der Jahrhunderte Tausende von uns, quälte Zehntausende – und war jetzt hier, um auch mich zu quälen und zu töten.

»Slim MacKenzie«, sagte der verkleidete Troll, »ich verhafte Sie in Zusammenhang mit der Untersuchung mehrerer Mordfälle...«

Ich hatte nicht die Absicht, in *ihrem* Streifenwagen Platz zu nehmen und mich in irgendeine geheime Folterkammer bringen zu lassen. Ein schneller Tod, hier und jetzt, war viel angenehmer als Unterwerfung, und deshalb griff ich – noch bevor die Kreatur ihre kurze Rede beendet hatte – in meinen Stiefel und packte mein Messer. Ich saß mit dem Rücken zu

Kelsko und hatte bei seinem Eintritt nur den Kopf nach ihm umgedreht. Deshalb konnte er weder den Stiefel noch meine Hand sehen. Aus irgendeinem Grund – jetzt glaubte ich ihn zu kennen – hatte ich Rya nie etwas von dem Messer erzählt, und bevor sie überhaupt richtig registrierte, was vorging, zückte ich die Waffe, sprang auf und warf das Messer.

Ich war so schnell, daß Kelsko nicht dazu kam, den Revolver auf mich zu richten und abzudrücken, obwohl er in den Boden feuerte, während er mit durchbohrter Kehle nach hinten fiel. In dem kleinen Raum dröhnte der Schuß wie Kanonendonner.

Rya schrie entsetzt auf, aber da war Kelsko schon tot.

Mit einem Satz war ich bei dem Ungeheuer, drehte das Messer vorsichtshalber in der Wunde und riß es dann heraus. Als ich mich wieder umdrehte, sah ich, daß Rya die Tür aufgeschlossen hatte und einen Polizisten hereinließ. Es war derselbe Beamte, der sich bei unserem Besuch in Kelskos Büro in der Ecke postiert hatte – ein Troll wie sein Chef. Er trat gerade von der obersten Stufe über die Schwelle, sein Blick fiel auf Kelskos Leiche, und ihn durchzuckte die Erkenntnis, daß er in Todesgefahr schwebte, doch inzwischen hatte ich das Messer bereits bei der Klinge gepackt und durch die Luft wirbeln lassen. Es durchbohrte den Adamsapfel des Unholds, und im gleichen Moment drückte er auf den Abzug seines Smith & Wesson, aber er konnte nicht mehr genau zielen, und die Kugel traf eine Lampe links von mir. Der Troll fiel rückwärts die Treppe hinab, in die Dunkelheit hinein.

Ryas Gesicht war schreckensstarr. Sie glaubte zweifellos, daß sie mein nächstes Opfer sein würde.

Sie stürzte aus dem Wohnwagen und rannte um ihr Leben.

Einen Augenblick lang stand ich keuchend da, außerstande mich zu bewegen, wie gelähmt. Es war nicht das Töten, das mich betäubte – ich hatte ja schon oft getötet. Es war auch nicht eine Reaktion auf die Todesgefahr, in der ich geschwebt hatte, die mir weiche Knie verursachte – ich hatte mich schon oft in ähnlich kritischen Situationen befunden. Was mich am Boden festzunageln schien, war der Schock darüber, wie total sich unser Verhältnis verändert hatte, der

Schock über den nie wiedergutzumachenden Verlust, den ich erlitten hatte. Die Liebe kam mir jetzt wie ein Kreuz vor, an das Rya mich geschlagen hatte.

Dann löste sich meine Erstarrung.

Ich taumelte zur Tür.

Die Metallstufen hinab.

Um den toten Polizisten herum.

Ich sah, daß mehrere Schausteller, die die Schüsse gehört hatten, aus ihren Wohnwagen gestürzt waren, darunter auch Joel Tuck.

Rya war etwa dreißig Meter entfernt. Sie rannte die Straße zwischen den Wohnwagen entlang, tauchte in Teichen aus Dunkelheit unter und durchquerte im nächsten Moment kleine Inseln von Licht, das aus Fenstern und Türen fiel. Es war eine unwirkliche Szene – so als huschte ein Gespenst durch eine Traumlandschaft.

Ich wollte sie nicht verfolgen.

Wenn ich sie einholte, würde ich sie vielleicht töten müssen.

Ich wollte sie nicht töten.

Es wäre besser, einfach fortzugehen. Nie zurückzuschauen. Zu vergessen.

Ich verfolgte sie.

Wie in einem Alptraum schienen wir zu rennen, ohne von der Stelle zu kommen, vorbei an unendlichen Reihen von Wohnwagen, zehn Minuten lang, zwanzig Minuten... Aber ich wußte, daß Gibtown-auf-Rädern nicht so groß war, daß mein Zeitgefühl durch Hysterie stark beeinträchtigt war, und in Wirklichkeit dauerte es wohl höchstens eine Minute, bis wir aufs freie Feld gelangten. Hohes Gras peitschte meine Beine, Frösche sprangen mir hastig aus dem Weg, und einige Leuchtkäfer prallten gegen mein Gesicht. Ich rannte, so schnell ich konnte, machte riesige Sätze, obwohl mir von den Prügeln mit dem Holzknüppel noch immer alle Knochen im Leibe weh taten. Rya wurde von ihrer Furcht angetrieben, doch ich verringerte den Abstand zwischen uns langsam aber sicher, und als sie den Waldrand erreichte, war ich nur noch etwa zwölf Meter von ihr entfernt.

Sie drehte sich kein einziges Mal um.

Sie *wußte*, daß ich da war.

Die Morgendämmerung war nicht mehr fern, aber noch war die Nacht sehr dunkel, und unter dem Baldachin aus Tannennadeln und Blättern waren wir so gut wie blind, aber wir wurden auch im Wald nicht viel langsamer. In unserem Zustand äußerster Erregung schienen sich unsere übersinnlichen Kräfte besonders zu bewähren, denn intuitiv fanden wir den leichtesten Weg durch den Wald, so als wären wir irgendwelche Tiere, die auf nächtliche Jagd spezialisiert sind. Sie war noch immer mehr als sechs Meter vor mir, als wir aus dem Wald hinausstürzten und einen langen Hügel hinabzurennen begannen.

Ein Friedhof...

Ich kam schlitternd zum Stehen, suchte an einem großen Grabmal Halt und starrte entsetzt auf den Friedhof unter mir. Er war sehr groß, allerdings nicht endlos wie in Ryas Traum. Hunderte von Rechtecken, Quadraten und Dreiecken aus Granit und Marmor, angestrahlt von Bogenlampen entlang einer Straße am Fuße des Hügels. Der untere Teil des Friedhofs war in helles Licht getaucht, und von diesem Hintergrund hoben sich die Grabsteine auf den oberen Terrassen silhouettenhaft ab. Anders als im Alptraum war der Friedhof nicht verschneit, aber die Quecksilberdampflampen erzeugten ein weißliches Licht mit einem leichten blauen Schimmer, und dadurch wirkte das Gras wie mit Rauhreif überzogen. Die Grabsteine schienen Mäntel aus Eis zu tragen, eine Brise wehte Samen von den Bäumen, und diese mit weißen Membranen ausgestatteten Samen wirbelten wie Schneeflocken durch die Luft, so daß der Gesamteindruck der jener Winterszene im Traum sehr ähnelte.

Rya war nicht stehengeblieben. Sie rannte einen gewundenen Pfad zwischen den Grabsteinen hinab und hatte den Abstand zwischen uns wieder etwas vergrößert.

Ich fragte mich, ob sie gewußt hatte, daß es diesen Friedhof gab, oder ob er für sie ein ebensogroßer Schock wie für mich gewesen war. Sie war schon mehrere Male in Yontsdown gewesen, und es war durchaus möglich, daß sie einen Waldspaziergang gemacht hatte und dabei auch den Hügel hinaufgestiegen war.

Aber wenn sie von diesem Friedhof gewußt hatte – warum war sie dann nicht in eine andere Richtung gerannt, warum hatte sie nicht wenigstens versucht, dem Schicksal, das wir beide in unseren Träumen vorhergesehen hatten, in den Arm zu fallen?

Ich kannte die Antwort. Sie wollte nicht sterben... und gleichzeitig *wollte* sie sterben.

Sie wollte nicht, daß ich sie einholte.

Und doch *wollte* sie, daß ich sie einholte.

Ich wußte nicht, was passieren würde, wenn sie mir in die Hände fiel. Aber ich konnte nicht einfach kehrtmachen, und ich konnte auch nicht stehenbleiben, so als wäre ich eines der steinernen Grabmäler.

Ich folgte ihr.

Auf der Wiese und im Wald hatte sie sich kein einziges Mal nach mir umgedreht, doch jetzt tat sie es, so als wollte sie sich vergewissern, daß ich ihr noch folgte. Sie rannte weiter, drehte sich wieder um, rannte langsamer. Auf dem letzten Stück des Hügels bemerkte ich, daß sie ein langgezogenes Heulen ausstieß, ein schauriges eintöniges Klagelied ohne Worte. Und dann holte ich sie ein, packte sie, riß sie zu mir herum.

Sie schluchzte, und ihre Augen hatten den Ausdruck eines gehetzten Kaninchens. Sie suchte flüchtig meinen Blick, dann preßte sie sich an mich, und im ersten Moment dachte ich, sie hätte in meinen Augen etwas gelesen, was ihr neue Hoffnung gab, aber in Wirklichkeit hatte sie im Gegenteil etwas gesehen, das ihre Furcht noch vergrößerte. Und sie hatte sich nicht trostsuchend an mich geschmiegt, sondern als meine erbitterte Feindin. Sie hatte mich umarmt, um den tödlichen Stich leichter führen zu können. Ich fühlte anfangs keinen Schmerz, nur Wärme, und als ich dann das Messer sah, war ich zunächst überzeugt davon, daß das nur ein weiterer Alptraum war.

Mein eigenes Messer!

Sie hatte es offenbar aus der Kehle des toten Polizisten gerissen. Ich packte die Hand, die das Messer hielt, und hinderte sie sowohl daran, es tiefer in mich zu bohren, als auch es herauszuziehen und abermals zuzustechen. Die Klinge war etwa sieben Zentimeter eingedrungen, links von meinem Bauchnabel, was immerhin besser war, als wenn sie meinen Magen und Dickdarm durchbohrt hätte, was den sicheren Tod bedeutet hätte. Es war auch so schlimm genug. Zwar verspürte ich noch immer keinen Schmerz, aber die Wärme breitete sich aus und verwandelte sich in Hitze. Sie versuchte mir das Messer zu entwinden, und ich sah in meiner Verzweiflung nur einen einzigen Ausweg.

Wie im Traum senkte ich den Kopf, näherte meinen Mund ihrem Hals und... und brachte es nicht fertig.

Ich konnte sie nicht totbeißen, so als wäre ich ein wildes Tier. Ich konnte ihre Halsschlagader nicht durchbeißen, konnte nicht einmal den Gedanken ertragen, daß ihr Blut in meinen Mund spritzen würde. Sie war kein Troll. Sie war ein Mensch.

Sie war meinesgleichen. Sie gehörte zu unserer armen, kranken, erbärmlichen, mit Schuld beladenen Rasse. Sie hatte Leid erdulden müssen, sie hatte schreckliche Zeiten erlebt, und wenn sie Fehler gemacht hatte, sogar riesige Fehler, so hatte sie doch ihre Gründe dafür gehabt. Und wenn ich ihr Verhalten auch nicht gutheißen konnte, so konnte ich es doch verstehen, und Verständnis ist der erste Schritt zur Vergebung, und Vergebung bedeutet Hoffnung.

Ein Beweis für wahre Menschlichkeit ist die Unfähigkeit, kaltblütig einen Mitmenschen umzubringen. Es muß so sein. Denn andernfalls gibt es so etwas wie wahre Menschlichkeit überhaupt nicht, und dann sind wir *alle* im Grunde genommen auch Trolle.

Ich hob den Kopf.

Ich ließ ihre Hand los.

Sie zog die Klinge aus mir heraus.

Ich ließ meine Arme seitlich hinabhängen und blieb schutzlos stehen.

Sie holte weit aus.

Ich schloß meine Augen.

Eine Sekunde verging.
Zwei Sekunden.
Drei.
Ich öffnete meine Augen.
Sie ließ das Messer fallen.
Ein Beweis.

18

Erster Epilog

Wir entkamen aus Yontsdown, aber nur, weil alle Schausteller enorme Risiken eingingen, um Rya und mich zu beschützen. Die meisten wußten nicht, warum zwei Bullen in Ryas Wohnwagen umgebracht worden waren, aber sie wollten es auch gar nicht so genau wissen. Joel Tuck erfand irgendeine Geschichte, die zwar niemand glaubte, mit der sich aber alle zufriedengaben. Mit bewundernswerter Kameradschaft schlossen sie die Reihen um uns, obwohl sie natürlich nicht wußten, daß sie sich damit gegen einen viel mächtigeren Feind als nur die Außenwelt und die Yontsdowner Polizei verbündeten.

Joel lud die Leichen der beiden Trolle, von denen einer es zum Polizeichef gebracht hatte, in den Streifenwagen, fuhr damit an einen ruhigen Ort, enthauptete beide Leichen und begrub die Köpfe. Dann brachte er den Streifenwagen mit den beiden enthaupteten Leichen nach Yontsdown und parkte ihn bei Tagesanbruch in einer Sackgasse hinter einem Lagerhaus. Luke Bendingo holte ihn dort ab und brachte ihn nach Gibtown-auf-Rädern zurück, ohne etwas von der Verstümmelung der beiden Polizeibeamten zu ahnen.

Die anderen Trolle in Yontsdown würden vielleicht glauben, irgendein Psychopath hätte Kelsko und dessen Assistenten ermordet, noch bevor die beiden zum Jahrmarktsgelände gefahren waren. Aber selbst wenn sie uns verdächtigten, konnten sie uns nichts beweisen.

Ich versteckte mich im Wohnwagen der fetten Dame, Gloria Neames, die so gütig war wie nur wenige Menschen, die ich kannte. Auch sie besaß gewisse übersinnliche Kräfte. Sie konnte, wenn sie sich darauf konzentrierte, kleine Gegenstände anheben, ohne sie zu berühren, und sie konnte verlorene Dinge mit Hilfe einer Wünschelrute auffinden. Die Trolle konnte sie nicht sehen, aber als wir ihr erzählten, daß Joel Tuck, Rya und ich dämonische Wesen, als Menschen getarnt, sehen konnten, glaubte sie uns bereitwillig, aufgrund ihrer eigenen besonderen Gaben, über die Joel übrigens Bescheid gewußt hatte.

Wir waren in mancher Hinsicht wesensverwandt. Gloria drückte es folgendermaßen aus: »Gott wirft jenen von uns, die Er verunstaltet, manchmal einen Knochen zu. Ich glaube, daß abnorme Personen prozentual gesehen viel häufiger übersinnliche Fähigkeiten besitzen als die sogenannten normalen Menschen, und ich glaube, daß es uns bestimmt ist zusammenzuhalten. Aber ganz unter uns gesagt, mein Lieber: Ich würde liebend gern auf alle besonderen Gaben verzichten, wenn ich dafür schlank und schön sein könnte!«

Der Schaustellerarzt, ein ehemaliger Alkoholiker namens Winston Pennington, kam zwei- bis dreimal täglich in Glorias Wohnwagen, um meine Wunde zu behandeln. Es waren keine Arterien und auch keine lebenswichtigen Organe verletzt worden. Aber ich bekam Fieber, litt unter ständiger Übelkeit, die mich auszutrocknen drohte, und fantasierte. An die ersten sechs Tage nach meinem Kampf mit Rya auf dem Friedhof erinnere ich mich kaum.

Rya...

Sie mußte verschwinden. Schließlich war sie vielen Trollen als Kollaborateurin bekannt, und sie würden sie auch in Zukunft aufsuchen und erwarten, daß sie jeden verriet, der ihre Maskerade durchschaute. Doch dazu war sie nicht länger bereit. Sie war ziemlich sicher, daß nur Kelsko und sein Assistent über mich Bescheid gewußt hatten, und da beide tot waren, bestand für mich keine Gefahr. Aber sie selbst mußte untertauchen. Arturo Sombra meldete sie bei der Yontsdowner Polizei als vermißt. Die Polizei fand natürlich keinerlei Spuren. In den nächsten zwei Monaten führte der *Sombra Brothers Carnival* Ryas Konzessionen in ihrem Namen weiter, doch schließlich gingen ihre Attraktionen vertragsgemäß in den Besitz der Gesellschaft über. Finanziert von Joel Tuck, kaufte ich sie. Am Ende der Saison brachte ich Ryas Airstream nach Gibsontown in Florida und stellte ihn neben ihrem größeren Wohnwagen ab, der dort seinen festen Standplatz hatte. Auch Ryas Besitz in Gibsontown ging durch geschickte Manipulationen und Umschreibung der Papiere in meinen Besitz über, und dort lebte ich allein von Mitte Oktober bis eine Woche vor Weihnachten, als eine bezaubernde junge Frau bei mir einzog. Sie hatte Ryas strahlend blaue Augen und Ryas perfekte Figur, aber ihre Haare waren rabenschwarz, und sie hatte etwas andere Gesichtszüge als Rya. Sie sagte, ihr Name sei Cara MacKenzie, sie sei meine verschollene Kusine aus Detroit, und sie wäre der Meinung, wir hätten eine ganze Menge zu besprechen.

Trotz meiner Vorsätze, verständnisvoll und menschlich zu sein und ihr zu verzeihen, konnte ich meine Mißbilligung und meinen Groll nicht so leicht vergessen. Bis zum ersten Weihnachtstag waren wir beide viel zu gehemmt, um viel miteinander zu sprechen. Doch dann fanden wir kein Ende. In den nächsten Wochen tasteten wir uns behutsam vor, knüpften zerrissene Bande neu; erst am 15. Januar gingen wir wieder miteinander ins Bett, und anfangs klappte es nicht so gut wie früher. Doch schon Anfang Februar beschlossen wir, daß Cara MacKenzie nicht meine Kusine aus Detroit, sondern meine Frau sein sollte, und in jenem Winter wurde in Gibsontown eine Riesenhochzeit gefeiert.

Vielleicht war sie mit schwarzen Haaren nicht so hinreißend wie mit blond-brünetten, und vielleicht hatte die plastische Chirurgie die Schönheit ihres Gesichts leicht beeinträchtigt, aber für mich war sie noch immer die schönste Frau der Welt. Was aber noch wichtiger war – aus ihrem Wesen verschwand allmählich jene seelisch verkrüppelte Rya, die wie ein Troll besonderer Art in ihr gehaust hatte.

Die Welt drehte sich weiter, so wie immer.

Im nun zu Ende gegangenen Jahr war unser Präsident in Dallas ermordet worden. Es war das Ende der Unschuld, das Ende einer bestimmten Denk- und Lebensweise, und manche Menschen verzagten und sagten, es wäre auch der Tod aller Hoffnung. Doch obwohl fallendes Herbstlaub skelettartige Äste enthüllt, kleidet der Frühling die Bäume neu ein.

In jenem Jahr hatten die Beatles ihre erste Schallplatte in den USA veröffentlicht, Skeeter Davis' Song ›The End of the

World‹ war der größte Hit gewesen, und die Ronettes hatten ›Be My Baby‹ aufgenommen.

Und gegen Ende des Winters – das neue Jahr war noch keine drei Monate alt – kehrten Rya und ich nach Yontsdown, Pennsylvania, zurück und verbrachten dort einige Märztage, um den Feind auf seinem eigenen Territorium zu bekämpfen.

Doch das ist eine neue Geschichte.

Teil II

DUNKLER BLITZ

Unzählige verschlungene Nachtpfade
zweigen vom Zwielicht ab.

★

Etwas bewegt sich inmitten der Nacht,
das nicht gut und nicht richtig ist.

★

Das Flüstern der Dämmerung entsteht,
wenn sich die Nacht häutet.

The Book of Counted Sorrows

19

Das erste Jahr des neuen Krieges

John F. Kennedy war tot und bestattet, aber das Echo seines Trauermarsches wollte und wollte nicht verklingen. In jenem grauen Winter schien die Welt hauptsächlich Totengesänge anzustimmen, und der Himmel hing tiefer als je zuvor. Sogar in Florida, wo Wolken eine Seltenheit sind, fühlten wir jenes Grau, das wir nicht sahen, und sogar im Glück unserer Ehe konnten Rya und ich unsere Augen nicht völlig vor der düsteren Stimmung der übrigen Welt und vor den Erinnerungen an unsere schrecklichen Erlebnisse des Vorjahres verschließen.

Am 29. Dezember 1963 wurde die Beatles-Schallplatte ›I Want to Hold Your Hand‹ zum erstenmal von einem amerikanischen Rundfunksender gespielt, und Anfang Februar 1964 stand sie in sämtlichen Hitparaden des Landes an erster Stelle. Wir brauchten diese Musik. Durch dieses Lied und die vielen anderen, die sich daran anschlossen, entdeckten wir wieder, was Freude ist. Die vier Pilzköpfe aus Großbritannien wurden zu Symbolen von Leben, Hoffnung, Wandel und Neuanfang. Jenem ersten Song folgten im selben Jahr ›She Loves You‹, ›Can't Buy Me Love‹, ›Please Please Me‹, ›I saw Her Standing There‹, ›I Feel Fine‹ und mehr als zwanzig weitere Titel, optimistische Musik in einer solchen Fülle, wie sie uns seitdem nie wieder beschert wurde.

Und wir brauchten diese optimistische Musik dringend, nicht nur, um jenen November-Mord von Dallas vergessen zu können, sondern auch, um ein wenig von den am Horizont heraufziehenden schwarzen Wolken des Todes und der Vernichtung abgelenkt zu werden. Dies war das Jahr des Seegefechts im Golf von Tongking, als der Vietnamkonflikt sich zu einem regelrechten Krieg ausweitete – obwohl sich noch niemand vorstellen konnte, welche Ausmaße er annehmen würde. Und die Realität der nuklearen Bedrohung, die jederzeit mögliche totale Auslöschung, schien in jenem Jahr stärker als je zuvor das nationale Bewußtsein zu erschüttern. Denn plötzlich beschäftigte dieses Thema sämtliche Kunstrichtungen, und Filme wie ›Dr. Seltsam‹ und ›Sieben Tage im Mai‹ waren das Tagesgespräch. Wir spürten, daß wir am Rand eines schrecklichen Abgrunds dahintaumelten, und die Musik der Beatles spendete uns in dieser Situation Trost – etwa so, wie wenn man auf einem Friedhof pfeift, um beklemmende Gedanken an verwesende Leichen zu verdrängen.

Am 16. März, einem Montag, zwei Wochen nach unserer Hochzeit, lagen Rya und ich nachmittags am Strand, unterhielten uns leise und hörten Musik im Transistorradio, das zu einem guten Drittel Songs der Beatles und ihrer Imitatoren brachte. Am Sonntag war der Strand überfüllt gewesen, doch jetzt hatten wir ihn fast für uns allein. Das Meer leuchtete in der Sonne, so als würden Millionen von Goldmünzen aus einer versunkenen spanischen Galeone plötzlich von der Flut angeschwemmt. Der weiße Sand wurde von dieser grellen subtropischen Sonne immer stärker ausgebleicht, und wir wurden täglich – ja stündlich – brauner. Meine Haut hatte schon die Farbe von Kakao, während Ryas Bräune einen weichen goldenen Schimmer aufwies. Dieser honigfarbene Glanz wirkte so erotisch, daß ich der Versuchung nicht widerstehen konnte, sie von Zeit zu Zeit zu berühren. Obwohl sie jetzt rabenschwarze Haare hatte, war sie nach wie vor ein goldenes Mädchen, jene Tochter der Sonne, in die ich mich vergangenen Sommer auf den ersten Blick verliebt hatte.

Eine leichte Melancholie überschattete damals unsere Tage, wie die fernen Klänge einer nur halb gehörten schwermütigen Melodie. Überschattet ist eigentlich nicht das richtige Wort, denn wir waren nicht traurig, und man konnte auch nicht sagen, daß wir zuviel Düsteres gesehen und erlebt hatten, um glücklich zu sein. Wir waren oft – sogar meistens – glücklich. In kleinen Portionen kann Melancholie etwas Bittersüßes und fast Tröstliches an sich haben; durch den Kontrast wird Glück noch stärker wahrgenommen, speziell die sinnlichen Genüsse. Auch an jenem Montagnachmittag hüllte uns jene nicht unangenehme Melancholie ein; wir wußten, daß wir uns später, zu Hause im Wohnwagen, auf unbeschreiblich intensive Art lieben würden.

Zu jeder vollen Stunde hörten wir in den Rundfunknachrichten über Kitty Genovese, die zwei Tage zuvor in New York ermordet worden war. 38 ihrer Nachbarn in Kew Gardens hatten ihre entsetzten Hilferufe gehört und von ihren Fenstern aus beobachtet, wie ein Angreifer wiederholt mit einem Messer auf sie einstach, sich einige Schritte entfernte, zurückkam und erneut auf sie einstach, bis sie vor ihrer Haustür tot liegenblieb. Keiner der Nachbarn war ihr zu Hilfe geeilt. Erst eine halbe Stunde nach Kittys Tod hatte jemand die Polizei gerufen. Zwei Tage später machte dieser Mord noch immer Schlagzeilen, und das ganze Land versuchte zu verstehen, was die alptraumhaften Ereignisse in Kew Gardens über die Unmenschlichkeit, Gefühllosigkeit und Isolation moderner Stadtbewohner – Männer und Frauen – aussagte. »Wir wollten einfach in nichts hineingezogen werden«, sagten die 38 Zuschauer, so als sei sogar ein Mitmensch in Not kein ausreichender Grund, die Haltung eines unbeteiligten Zuschauers aufzugeben und Nächstenliebe walten zu lassen. Rya und ich wußten natürlich, daß einige dieser 38 wahrscheinlich keine Menschen, sondern Trolle waren, die sich an den Qualen der sterbenden Frau und am Schuldbewußtsein der feigen Zuschauer weideten.

Nach den Nachrichten schaltete Rya das Radio aus und stellte leise fest: »Nicht alles Böse auf der Welt geht nur von den Trollen aus.«

»Nein.«

»Wir sind selbst imstande, Greueltaten zu begehen.«

»Durchaus«, stimmte ich zu.

Sie schwieg einen Augenblick und lauschte den fernen Schreien der Möwen und dem sanften Rauschen der Wellen.

Schließlich meinte sie: »Mit jedem Jahr drängen die Trolle Güte, Ehrlichkeit und Wahrheit immer mehr ins Abseits, durch ihre Grausamkeit, durch das von ihnen verursachte Leid, durch ihr Morden. Unsere Welt wird immer kälter und gemeiner, hauptsächlich ihretwegen, auch wenn sie nicht an *allem* schuld sind. Die jüngeren Generationen haben immer schlechtere Beispiele vor Augen, und auf diese Weise wird jede neue Generation weniger Mitgefühl und Verantwortungsbewußtsein haben als die vorangegangene. Mit jeder Generation wird die Toleranz für Lüge, Mord und Grausamkeit zunehmen. Seit Hitlers Massenmorden sind noch keine zwanzig Jahre vergangen, aber kommt es dir etwa so vor, als erinnerten sich die meisten Menschen überhaupt noch daran, geschweige denn, daß sie erschüttert wären? Stalin hat mindestens dreimal soviel Menschen wie Hitler umgebracht, aber keiner spricht davon. Und jetzt bringt Mao in China Millionen um und läßt weitere Millionen in Arbeitslagern dahinvegetieren. Aber hörst du etwa viele Schreie der Empörung? Und dieser Trend wird sich fortsetzen, bis...«

»Bis wir etwas gegen die Trolle unternehmen.«

»Wir?«

»Ja.«

»Du und ich?«

»Ja, du und ich.«

Ich blieb mit geschlossenen Augen auf dem Rücken liegen.

Bis vor wenigen Minuten hatte ich das Gefühl gehabt, als strömte die Sonne durch mich hindurch in die Erde, als wäre ich völlig durchlässig.

Diese Vorstellung von Durchlässigkeit verschaffte mir Entspannung, befreite mich von Verantwortung und half mir, die düsteren Realitäten der Rundfunknachrichten zu verdrängen.

Plötzlich aber, während ich über Ryas Worte nachdachte, fühlte ich mich von den Sonnenstrahlen aufgespießt, kam mir bewegungsunfähig und gefangen vor.

»Wir können nichts tun«, sagte ich unbehaglich. »Zumindest nichts, was ins Gewicht fallen würde. Wir können versuchen, die Trolle, denen wir begegnen, zu isolieren und zu töten, aber wahrscheinlich gibt es Millionen von ihnen. Ein paar Dutzend oder sogar einige hundert von ihnen umzubringen, wird im Prinzip nichts an der Situation ändern.«

»Wir können mehr tun, als nur jene töten, denen wir begegnen«, sagte sie. »Wir können etwas anderes tun.«

Ich schwieg.

Zweihundert Meter nördlich suchten Möwen den Strand nach eßbaren Dingen ab. Ihre soeben noch schrillen und gierigen Schreie kamen mir plötzlich kalt, traurig und einsam vor.

»Wir können zu *ihnen* gehen«, sagte Rya.

Ich flehte sie innerlich an, nicht weiterzusprechen, ich versuchte, sie durch Telepathie oder was auch immer zum Schweigen zu bringen, aber sie hatte einen viel stärkeren Willen als ich, und mein stilles Flehen wurde nicht erhört.

»Sie sind in Yontsdown konzentriert«, fuhr sie fort. »Dort haben sie ein Nest, ein gräßliches stinkendes Nest. Und es muß weitere Orte wie Yontsdown geben. Sie führen Krieg gegen uns, und die Initiative liegt ausschließlich bei ihnen. Sie legen die Schlachtfelder und die Strategien fest. Wir könnten das ändern, Slim. Wir könnten sie auf ihrem eigenen Territorium bekämpfen.«

Ich öffnete die Augen.

Sie bewegte sich über mich und blickte auf mich herab. Sie war unglaublich schön und sinnlich, aber ich spürte die wilde Entschlossenheit und den eisernen Willen unter dieser verführerisch weiblichen Oberfläche, so als wäre sie eine antike Kriegsgöttin.

Das leise Rauschen der Wellen hörte sich plötzlich wie ferner Kanonendonner an, und das Wispern der Palmen in der warmen Brise verwandelte sich in eine klagende Totenlitanei.

»Wir könnten sie auf ihrem eigenen Territorium bekämpfen«, wiederholte sie.

Ich dachte an meine Mutter und an meine Schwestern, die für mich verloren waren, weil ich mich nicht aus dem Krieg herausgehalten hatte, weil ich Onkel Denton aktiv bekämpft hatte, anstatt den Kopf in den Sand zu stecken.

Ich streckte die Hand aus und berührte Ryas glatte Stirn, ihre Schläfe und Wange, ihre Lippen.

Sie küßte meine Hand.

Sie schaute mir tief in die Augen.

»Wir haben einander gefunden«, sagte sie, »und das gibt unserem Leben einen Sinn und schenkt uns Glück. Deshalb ist die Versuchung so groß, jetzt unsere Köpfe im Gefieder zu verstecken wie Tauben und die ganze Welt einfach zu ignorieren. Wir sind versucht, unser gemeinsames Glück zu genießen und auf alle anderen zu pfeifen. Und eine Zeitlang könnten wir vielleicht mit dieser Einstellung glücklich sein. Aber eben nur eine Zeitlang. Früher oder später würden wir uns unserer Feigheit und Selbstsucht schämen und Schuldgefühle bekommen. Ich weiß, wovon ich spreche, Slim. Vergiß nicht, bis vor kurzem habe ich so gelebt: nur an mir selbst interessiert, nur an meinem eigenen Überleben. Und Tag für Tag nagten die Schuldgefühle nicht nur an mir, sondern fraßen mich regelrecht bei lebendigem Leibe auf. Du bist nie so gewesen; du hattest immer Verantwortungsbewußtsein, und du wirst es nie abschütteln können, auch wenn du das heute vielleicht glaubst. Und nachdem in mir jetzt ein Verantwortungsgefühl erwacht ist, werde ich es ebenfalls nicht mehr abschütteln können. Wir sind nicht wie jene Menschen, die tatenlos zuschauten, als Kitty Genovese ermordet wurde. Wir sind nicht so schlimm, Slim! Und wenn wir versuchen, so wie sie zu sein, werden wir uns selbst schließlich verachten; dann werden wir uns gegenseitig für unsere Feigheit verantwortlich machen, und wir werden bitter werden, und schließlich werden wir einander nicht mehr lieben, jedenfalls nicht so, wie wir einander jetzt lieben. Wir können nur miteinander glücklich sein, wenn wir uns engagieren, wenn wir unsere Fähigkeit, die Trolle zu sehen, nutzen, wenn wir uns der Verantwortung stellen.«

Ich legte meine Hand auf ihr Knie. So warm... es war so warm.

Schließlich murmelte ich: »Und wenn wir sterben?«

»Es wäre wenigstens kein nutzloser Tod.«

»Und wenn nur einer von uns stirbt?«

»Dann nimmt der andere Rache.«

»Ein kalter Trost«, kommentierte ich.

»Aber wir werden nicht sterben«, sagte sie.

»Du klingst so sicher.«

»Das bin ich auch.«

»Ich wünschte, ich könnte auch so sicher sein.«

»Das kannst du.«

»Wie?« fragte ich.

»Glaub!«

»Ist das alles?«

»Ja. Glaub einfach an den Sieg des Guten über das Böse.«

»Das ist so, als wollte man an Tinkerbell glauben.«

»Nein«, widersprach Rya. »Tinkerbell war ein Fantasiewesen, das nur durch den Glauben existierte. Aber wir sprechen hier über Güte, Erbarmen und Gerechtigkeit – und das sind keine Fantasien. Es gibt sie, ob du nun an sie glaubst oder nicht. Doch wenn du an sie glaubst, wirst du deine Überzeugungen auch in die Tat umsetzen, und indem du handelst, trägst du dazu bei, daß das Böse nicht triumphiert. Aber nur, wenn du handelst.«

»Reden kannst du jedenfalls«, sagte ich.

Sie schwieg.

»Du könntest Kühlschränke an Eskimos verkaufen.«

Sie schaute mich nur an.

»Pelzmäntel an Hawaiianer.«

Sie wartete.

»Leselampen an Blinde.«

Sie lächelte nicht.

»Sogar Gebrauchtwagen«, sagte ich.

Ihre Augen waren tiefer als das Meer.

Später, im Wohnwagen, schliefen wir miteinander.

Im bernsteinfarbenen Licht der Nachttischlampe schien ihr Körper aus honig- und zimtfarbenem Samt zu bestehen, mit Ausnahme jener Stellen, die durch den knappen zweiteiligen Badeanzug von der Sonne geschützt waren.

Als ich mich schließlich in sie ergoß, schienen die Samenfäden uns zusammenzuschweißen, Körper an Körper und Seele an Seele.

»Wann werden wir nach Yontsdown aufbrechen?« fragte ich sie etwas später.

»Morgen?« flüsterte sie.

»Okay«, sagte ich.

Draußen war mit der Abenddämmerung ein heißer Westwind aufgekommen, der die Palmen peitschte, den Bambus rasseln ließ und in den australischen Tannen heulte. Der Metallwohnwagen knarrte. Rya machte das Licht aus, und wir lagen hintereinander im Halbdunkel, ihr Rücken an meinem Bauch, und lauschten dem Wind, erfreut über unseren Entschluß und über unseren Mut, stolz auf uns – aber auch voller Furcht.

Nach Norden

Joel Tuck war dagegen. Gegen unsere edle Einstellung, die er ›hirnlosen Idealismus‹ nannte. Gegen unsere Reise nach Yontsdown. »Eher tollkühn als mutig«, lautete sein Kommentar. Gegen die Eskalation des Krieges, die wir planten. »Zum Scheitern verurteilt«, meinte er.

Wir aßen an jenem Abend bei Joel und seiner Frau Laura in ihrem großen, fest im Boden verankerten Wohnwagen auf einem der schönsten Grundstücke von Gibtown, wo Bananenpalmen, Farne, Bougainvillea und Jasmin, sorgfältig gestutzte Hecken und gepflegte Blumenbeete in üppiger Pracht gediehen. Dieser Überfluß an Pflanzen ließ einen erwarten, daß das Heim der Tucks im Innern mit irgendwelchen schweren europäischen Stilmöbeln vollgepropft sein würde. Doch in Wirklichkeit war das Wohnwagen-Haus modern eingerichtet: schlichte Möbel mit klaren Linien; zwei kühne abstrakte Gemälde, einige künstlerisch wertvolle Gegenstände, aber keine Nippes, keine unnützen Staubfänger. Erdtöne dominierten – Beige, Sandweiß und Braun –, mit Türkis als einzigem Farbtupfer.

Ich vermutete, daß diese betont nüchterne Einrichtung einen bewußten Versuch darstellte, Joels mißgestaltetes Gesicht möglichst wenig auffallen zu lassen. Ein Haus voll herrlich geschnitzter und verzierter europäischer Möbel – ob nun französisch, italienisch oder englisch – wäre durch Joels mächtige Statur und sein alptraumhaftes Gesicht gespenstisch verändert worden, hätte nicht elegant, sondern unheimlich gewirkt und an die düsteren alten Häuser und Spukschlösser in unzähligen Filmen erinnert. Doch in diesem zeitgenössischen Ambiente fielen seine Verunstaltungen viel weniger auf als sonst; man hatte fast den Eindruck, als wäre er eine ultramoderne surrealistische Skulptur, die in solche klaren Räume wie diesen *gehörte*.

Trotzdem war die Wohnung der Tucks alles andere als kalt

oder unpersönlich. Eine Längswand des großen Wohnzimmers wurde von weißen Holzregalen eingenommen, die mit gebundenen Büchern gefüllt waren, wodurch der Raum Wärme ausstrahlte. In erster Linie waren es aber Joel und Laura selbst, die eine warme und gemütliche Atmosphäre erzeugten, in der sich jeder Gast sofort wohl fühlte. Fast alle Schausteller, die ich je kennengelernt habe, hatten mich freundlich aufgenommen und vorurteilsfrei als einen der ihren akzeptiert. Doch sogar unter Schaustellern zeichneten sich Joel und Laura besonders aus.

Im vergangenen August, in jener blutigen Nacht, als Joel und ich sechs Trolle getötet, enthauptet und begraben hatten, war ich sehr erstaunt gewesen, als er seine Frau erwähnte, denn ich hatte mir bis dahin nicht vorstellen können, daß er verheiratet war. Danach war ich dann sehr neugierig gewesen, was für eine Frau das wohl sein mochte. Ich hatte mir alle möglichen Gefährtinnen für einen Mann wie Joel ausgemalt, aber meine Fantasiegestalten hatten mit Laura, die ich bald kennenlernte, wenig Ähnlichkeit.

Erstens war sie sehr hübsch, schlank und anmutig. Nicht atemberaubend wie Rya, keine Frau, bei deren Anblick Männer sofort schwach wurden, aber entschieden hübsch und begehrenswert: kastanienbraune Haare, klare graue Augen, ein offenes wohlproportioniertes Gesicht, ein herrliches Lächeln. Sie besaß die Selbstsicherheit einer Frau von vierzig, sah aber nicht älter als dreißig aus; ich schätzte sie deshalb auf Mitte Dreißig. Zweitens hatte sie nichts von einem verletzten Vogel an sich, war weder gehemmt noch schüchtern, so daß man nicht sagen konnte, daß sie Mühe gehabt hätte, einen attraktiveren und gesellschaftlich angeseheneren Mann als Joel zu finden. Und sie machte auch absolut keinen frigiden Eindruck. Nichts deutete darauf hin, daß sie Joel nur geheiratet hatte, weil er ihr dankbar sein und deshalb seltener auf sexuellen Kontakten bestehen würde als andere Männer. Im Gegenteil, sie war von Natur aus ein sehr zärtlicher Mensch – sie begrüßte gute Freunde mit Küssen auf die Wange, umarmte sie, drückte ihre Hände usw. –, und alles deutete darauf hin, daß sie im Ehebett zu großer Leidenschaft fähig war.

An einem Abend in der Woche vor Weihnachten, als Rya und Laura zusammen Einkäufe machten, hatten Joel und ich gemütlich Karten gespielt, Popcorn mit Käsegeschmack gegessen und Bier getrunken. Nachdem er etliche Flaschen ›Pabst Blue Ribbon‹ intus hatte, war er sentimental geworden und hatte nur noch von seiner heißgeliebten Frau gesprochen. Laura sei so sanft, sagte er, so freundlich und liebevoll und großmütig, und sie sei auch klug und geistreich, und mit ihrem Charme könne sie eine Kerze entflammen, ohne ein Streichholz zu benutzen. Vielleicht sei sie keine Heilige, meinte er, aber sie sei verdammt nahe daran. Er erklärte mir, um Laura zu verstehen – und um zu verstehen, warum sie ihn geheiratet hatte –, müsse man erkennen, daß sie zu jenen seltenen Menschen gehörte, die sich nie durch Äußerlichkeiten beeindrucken lassen und nicht nach dem ersten Eindruck urteilen. Sie schaute tief in die Menschen hinein – nicht mit Hilfe irgendwelcher übersinnlicher Kräfte, sondern einfach mit gutem altmodischem Scharfblick. In Joel hatte sie einen Menschen erkannt, der sie fast grenzenlos liebte und achtete und der trotz seines grauenvollen Gesichts gütiger und zu tieferer Zuneigung fähig war als die meisten anderen Männer.

Jedenfalls, als Rya und ich an jenem 16. März unsere Absicht kundtaten, den Krieg auf das Territorium der Trolle zu verlagern, reagierten Joel und Laura erwartungsgemäß. Sie runzelte die Stirn, ihre Augen verdunkelten sich vor Sorge, und sie streichelte und umarmte uns häufiger als sonst, so als sei jeder Körperkontakt ein Faden in einem Gewebe von Zuneigung, das uns an Gibtown binden und von unserer gefährlichen Mission abhalten sollte. Joel lief nervös auf und ab, ließ sich auf die Couch fallen, konnte aber keinen Moment still sitzen und durchmaß das Zimmer wieder mit großen Schritten, wobei er unaufhörlich versuchte, uns zur Vernunft zu bringen. Aber wir ließen uns weder von Lauras Wärme noch von Joels Logik beirren, denn wir waren jung und kühn und wollten der Gerechtigkeit zum Durchbruch verhelfen.

Als sich beim Abendessen das Gespräch schließlich anderen Themen zuwandte und wir glaubten, daß die Tucks sich widerwillig mit unserem Kreuzzug abgefunden hatten, warf Joel plötzlich Messer und Gabel klirrend auf seinen Teller und entfachte die Diskussion von neuem. »Es ist ein verdammtes Selbstmordkommando, nichts anderes! Wenn ihr euch mit der Absicht, ein Nest von Trollen auszuheben, nach Yontsdown begebt, so ist das glatter Selbstmord!« Sein mächtiger Kiefer mahlte, so als hätte er noch einiges auf Lager, doch schließlich wiederholte er nur: »Selbstmord!«

»Und nachdem ihr jetzt einander gefunden habt«, unterstützte Laura ihren Mann, wobei sie zärtlich Ryas Hand tätschelte, »habt ihr doch allen Grund zu leben.«

»Wir werden ja nicht mit Pauken und Trompeten in die Stadt einmarschieren und ihnen den Krieg erklären«, versicherte Rya. »Wir werden sehr vorsichtig sein. Als erstes müssen wir möglichst viel über sie herausfinden, speziell, warum sie dort eine Art Zentrum geschaffen haben.«

»Und wir werden gut bewaffnet sein«, fügte ich hinzu.

»Vergeßt nicht, wir haben einen enormen Vorteil«, fuhr Rya fort. »Wir können sie sehen, aber sie *wissen* nicht, daß wir sie sehen können. Wir werden sozusagen Phantome sein und einen Guerillakrieg führen.«

»Aber sie kennen dich«, entgegnete Joel.

»Nein.« Rya schüttelte den Kopf. »Sie kannten mein altes Ich, eine Blondine mit etwas anderen Gesichtszügen. Sie halten diese Frau für tot. Und in gewisser Weise ist sie das auch.«

Joel starrte uns frustriert an. Sein drittes Auge war von unbeschreiblichem verschleiertem Orange und schien ihm geheime Visionen apokalyptischer Art zu vermitteln. Das Lid schloß sich. Dann schloß er auch seine beiden normalen Augen und stieß einen tiefen Seufzer aus, resigniert und traurig. »Warum nur? Verdammt, warum? Warum habt ihr das Bedürfnis, etwas derart Verrücktes zu tun?«

»Ich will Rache für meine Jahre im Waisenhaus, als ich ihnen hilflos ausgeliefert war«, sagte Rya.

»Und Rache für meinen Vetter Kerry«, sagte ich.

»Für Jelly Jordan«, sagte Rya.

Joel öffnete seine Augen nicht. Er faltete seine riesigen Hände auf dem Tisch, und es sah fast so aus, als betete er.

»Und für meinen Vater«, sagte ich. »Einer von ihnen hat meinen Vater ermordet. Und meine Großmutter. Und meiner Tante Paula das Herz gebrochen.«

»Für jene Kinder, die beim Brand der Schule in Yontsdown ums Leben gekommen sind«, fügte Rya leise hinzu.

»Und für all jene, die sterben werden, wenn wir nichts unternehmen«, sagte ich.

»Als eine Art Buße«, sagte Rya. »Für all die Jahre, die ich auf *ihrer* Seite gearbeitet habe.«

»Wenn wir es nicht tun«, erklärte ich, »werden wir uns nicht besser fühlen als all jene Leute, die von ihren Fensterplätzen aus zuschauten, wie Kitty Genovese zerstückelt wurde.«

Wir hingen ein Weilchen schweigend unseren Gedanken nach.

Die Nachtluft strömte mit leisem Zischen durch die schräggestellten Jalousielamellen ein, so als atmete jemand mit zusammengebissenen Zähnen aus.

Draußen bewegte sich ein stärkerer Wind durch die Nacht, gleichsam eine Kreatur von gewaltigen Ausmaßen, die sich in der Dunkelheit an irgend etwas heranpirschte.

Schließlich murmelte Joel: »Aber, mein Gott, nur ihr beide gegen so viele von ihnen...«

»Es ist besser, wenn wir nur zu zweit sind«, sagte ich. »Zwei Fremde werden nicht weiter auffallen. Vielleicht gelingt es uns herauszufinden, warum sich so viele von ihnen dort zusammengefunden haben. Und falls wir dann beschließen sollten zuzuschlagen, können wir auch das heimlich tun.«

Joels braune Augen in den tiefen Höhlen unter seiner mißgestalteten Stirn öffneten sich; sie waren unglaublich ausdrucksvoll – Verständnis, Kummer, Bedauern und vielleicht auch Mitleid standen darin geschrieben.

Laura legte eine Hand auf Ryas Hand, die andere auf meinen Arm. »Wenn ihr in Schwierigkeiten geraten solltet, mit denen ihr allein nicht fertigwerden könnt, werden wir kommen.«

»Ja«, bestätigte Joel mit nicht ganz echtem Verdruß. »Ich

befürchte, daß wir so bescheuert und sentimental wären, euch tatsächlich zu Hilfe zu eilen.«

»Und wir werden andere Schausteller mitbringen«, versicherte Laura.

Joel schüttelte den Kopf. »Da bin ich mir nicht so sicher. Schausteller kommen zwar mit der Außenwelt meistens nicht gerade glänzend zurecht, aber das bedeutet noch lange nicht, daß sie nur Stroh im Kopf haben. Die Erfolgschancen werden ihnen nicht zusagen.«

»Das macht nichts«, beteuerte Rya. »Die Sache wird uns bestimmt nicht über den Kopf wachsen.«

»Wir werden so vorsichtig sein wie zwei Mäuse in einem Haus mit hundert Katzen«, meinte ich.

»Alles wird gutgehen«, sagte Rya.

»Ihr braucht euch um uns keine Sorgen zu machen«, versicherte ich.

Ich meinte wirklich, was ich sagte. Ich glaube, ich fühlte mich tatsächlich so selbstsicher. Meine unbegründete Zuversicht läßt sich nicht einmal mit Trunkenheit entschuldigen, denn ich war völlig nüchtern.

In den frühen Morgenstunden wurde ich von fernem Donner irgendwo draußen im Golf geweckt. Ich lag eine Weile schlaftrunken da und lauschte Ryas regelmäßigen Atemzügen und dem grollenden Himmel.

Als die Nebelschwaden des Schlafs sich allmählich auflösten und ich einigermaßen klar denken konnte, fiel mir ein, daß ich direkt vor dem Aufwachen einen schlimmen Traum gehabt hatte, in dem ebenfalls Donner vorgekommen war. Nachdem frühere Träume sich als prophetisch erwiesen hatten, versuchte ich mir diesen Alptraum in Erinnerung zu rufen, aber die vagen Bilder verflogen wie Rauch im Wind, bevor ich sie zu einem sinnvollen Puzzle zusammenfügen konnte. Obwohl ich mich lange darauf konzentrierte, erinnerte ich mich nur an einen seltsamen einengenden Ort, einen langen schmalen Flur oder vielleicht auch Tunnel, wo tintige Schwärze aus den Wänden zu sickern schien und die einzigen Lichtquellen – schwach und senfgelb – durch bedrohliche Schatten weit voneinander getrennt waren. Ich wußte weder, um welchen Ort es sich handelte, noch, welche schrecklichen Ereignisse dort stattgefunden hatten; doch sogar diese vagen Erinnerungen ließen mich frösteln und verursachten mir lautes Herzklopfen.

Draußen im Golf donnerte es stärker.

Dicke Regentropfen fielen aufs Dach.

Der Alptraum verflog immer mehr, und mit ihm meine Angst.

Das rhythmische Trommeln des Regens wirkte einschläfernd.

Neben mir murmelte Rya im Traum.

Ich dachte daran, daß ich in nur zweieinhalb Tagen die sommerliche Wärme Floridas gegen die Winterkälte des weiter nördlich gelegenen Yontsdown eintauschen müßte, und flüchtete mich rasch in den Schlaf. Doch morgens erwachte ich wieder angsterfüllt, ohne mich an den Alptraum erinnern zu können – was mich zwar störte, aber dennoch nicht direkt beunruhigte.

Gibtown ist die Winterheimat für Schausteller aus allen möglichen Wanderunternehmen der östlichen Landeshälfte. Im Gegensatz zu den Sombra Brothers stellen manche Gesellschaften neue Arbeitskräfte ein oder schließen Verträge mit neuen Konzessionären ab, ohne irgendwelche Fragen zu stellen, und auf diese Weise geraten hin und wieder – wenn auch sehr selten – einige Kriminelle unter die Schausteller. Deshalb kann man in Gibtown fast alles bekommen, was man will, sofern man als vertrauenswürdiges Mitglied der Gemeinschaft gilt.

Ich wollte zwei gute Revolver, zwei Pistolen mit illegalen Schalldämpfern, eine abgesägte Schrotflinte, eine Maschinenpistole, mindestens 100 Pfund irgendeines Plastiksprengstoffs, Sprengkapseln mit eingebautem Zeitzünder, ein Dutzend Ampullen mit Natriumpentothal, eine Packung Spritzen und einige andere Dinge, die man nicht einfach im Kaufhaus erwerben kann. An jenem Dienstagmorgen brauchte ich kaum eine halbe Stunde vorsichtig herumzufragen, bis ich wußte, daß ich mich an Norland ›Slick Eddy‹ Beckwurt zu wenden hatte, einen Konzessionär bei einem großen Unternehmen, das während der Saison hauptsächlich den Mittelwesten bereiste.

›Slick Eddy‹ – der ›flotte Eddy‹ – sah alles andere als flott aus. Er wirkte vertrocknet, hatte sprödes sandfarbenes Haar und war trotz der Sonne von Florida so bleich wie der Staub in einem antiken Grab. Seine Haut war pergamentartig, mit feinen Falten durchzogen, und seine Lippen waren rissig. Seine Augen hatten die eigenartige Farbe von blassem Bernstein oder vergilbtem Papier. Er trug Khakihosen und ein Khakihemd, das bei jeder Bewegung knisterte. Seine tiefe, aber rauhe Stimme hörte sich wie ein heißer Wüstenwind an, der durch ausgedörrte Büsche pfeift. Offenbar war er Kettenraucher, denn überall lagen Camel-Packungen herum.

Sein Wohnzimmer stank nach abgestandenem Zigarettenrauch. Nur eine der drei Lampen war eingeschaltet. Alle Vorhänge waren geschlossen. Gegen Morgen hatte es aufgehört zu regnen, doch während ich bei Slick Eddy war, setzte der Regen wieder ein, hörte sich in diesem Wohnwagen aber seltsam gedämpft an, so als wäre das ganze Gefährt mit schwerem Vorhangstoff umhüllt.

In einem Kunstledersessel bequem zurückgelehnt, hörte Slick Eddy sich meine lange, ungewöhnliche Einkaufsliste an, ohne auch nur eine Miene zu verziehen. Zwischen seinen dünnen nikotinverfärbten Fingern hielt er eine Zigarette, an der er hin und wieder zog. Als ich ihm alles aufgezählt hatte, stellte er keine einzige Frage, nicht einmal mit seinen blaßgelben Augen. Er nannte mir einfach den Preis, und als ich ihm die Hälfte der geforderten Summe als Anzahlung gab, sagte er: »Komm um drei wieder.«

»Heute?«

»Ja.«

»Du kannst das ganze Zeug in ein paar Stunden besorgen?«

»Ja.«

»Ich lege Wert auf Qualität.«

»Selbstverständlich.«

320

»Der Plastiksprengstoff muß ungefährlich zu handhaben sein.«

»Ich handle nicht mit Schund.«

»Und das Pentothal...«

Er stieß eine dichte Rauchwolke aus. »Je länger wir hier herumreden, desto schwieriger wird es für mich sein, um drei alles parat zu haben.«

Ich nickte, erhob mich und ging zur Tür, wo ich mich noch einmal umdrehte. »Bist du nicht neugierig?«

»Inwiefern?«

»Was ich mit dem Zeug vorhabe.«

»Nein.«

»Aber du mußt dich doch fragen...«

»Nein.«

»Wenn ich du wäre, würde ich wissen wollen, wozu jemand solche Sachen benötigt. Ich würde wissen wollen, an welchen Aktivitäten ich mich indirekt beteilige.«

»Deshalb bist du auch nicht ich«, erwiderte er.

Als es wieder aufhörte zu regnen, versickerten die Pfützen rasch in der Erde, die Blätter trockneten, und das Gras richtete sich langsam aus der geduckten Haltung auf, in die es der Wolkenbruch gezwungen hatte. Der Himmel klarte aber nicht auf, sondern hing weiterhin tief über der flachen Küste. Die nach Osten ziehenden dunklen Wolkenmassen sahen irgendwie niederträchtig aus, und auch die Luft war nicht so rein, wie sie nach einem starken Regen eigentlich hätte sein müssen; ein dumpfer, modriger Geruch haftete dem feuchten Tag an, so als hätte der Sturm irgendeinen Giftstoff vom Golf herangeweht.

Rya und ich packten drei Koffer und luden sie in unseren beigen Kombi, dessen Lackierung Holz vortäuschen sollte. Sogar in jenen Jahren wurden in Detroit keine echten Holzkarosserien mehr produziert – ein frühes Anzeichen dafür, daß das Zeitalter solider Qualitätsarbeit unaufhaltsam zu Ende ging und bald dem neuen Zeitalter von hastig zusammengeschustertem Schund und geschickten Imitationen Platz machen würde.

Wir verabschiedeten uns ernst und manchmal tränenreich von unseren Freunden und Bekannten – Joel und Laura Tuck, Gloria Neames, Red Morton, Bob Weyland, Madame Zena, Irma und Paulie Lorus und anderen –, wobei wir manchen erzählten, daß wir nur eine kurze Vergnügungsreise machten, anderen hingegen die Wahrheit sagten. Sie wünschten uns alles Gute und versuchten uns zu ermutigen, aber in den Augen all jener, die unser Ziel kannten, lasen wir Zweifel, Furcht, Mitleid und Bestürzung. Sie glaubten nicht, daß wir zurückkehren würden – oder daß wir in Yontsdown lang genug überleben würden, um etwas Wichtiges über dieses Trollzentrum in Erfahrung zu bringen, geschweige denn, um dem Feind irgendeinen Schaden zufügen zu können. Niemand sprach es aus, aber jeder hatte nur einen Gedanken: *Wir werden euch nie wiedersehen.*

Als wir um drei Uhr zu Slick Eddys Wohnwagen am Rand von Gibtown fuhren, wartete er schon auf uns. Er hatte alles besorgt, was ich bestellt hatte. Das ganze Zeug war in mehreren verschnürten Stoffbeuteln verstaut, die wir unbekümmert in unseren Wagen luden, so als wären es nur Säcke mit schmutziger Wäsche, die wir in den Waschsalon bringen wollten.

Wir hatten vereinbart, daß Rya auf der ersten Etappe unserer Fahrt nach Norden das Steuer übernehmen würde, während meine Aufgabe darin bestand, im Autoradio Sender mit guter Rock-and-Roll-Musik zu finden.

Wir hatten Slick Eddys Auffahrt noch nicht verlassen, als er sein Gesicht auf meiner Seite durchs offene Fenster schob. Sein Atem stank nach Zigaretten, als er erklärte: »Falls ihr irgendwo mit dem Gesetz in Konflikt geraten solltet und die Bullen wissen wollen, wo ihr alles herhabt, dann hoffe ich, daß ihr euch wie ehrenhafte Schausteller benehmen und mich völlig aus dem Spiel lassen werdet.«

»Selbstverständlich«, sagte Rya scharf. Es war unübersehbar, daß sie Slick Eddy nicht leiden konnte. »Warum beleidigst du uns, indem du so was überhaupt zur Sprache bringst? Sehen wir etwa wie Typen aus, die andere Leute in die Pfanne hauen? Auf uns kann man sich verlassen.«

»Das glaub' ich gern«, meinte Slick Eddy.

»Na, dann ist ja wohl alles klar«, sagte sie verdrossen.

Slick Eddy war aber noch nicht zufriedengestellt. Er schien zu spüren, daß Rya tatsächlich eine Verräterin gewesen war. Und vielleicht rührte ihre barsche Reaktion weniger von ihrer Abneigung her als von dem Schuldbewußtsein, das sie mitunter noch quälte.

»Wenn alles glatt läuft – was auch immer ihr vorhaben mögt – und wenn ihr eines Tages weitere Einkäufe bei mir machen wollt, werdet ihr mir herzlich willkommen sein. Wenn aber irgendwas schiefgeht, will ich euch nie wiedersehen.«

»Wenn irgendwas schiefgeht«, sagte Rya scharf, »*wirst* du uns nie wiedersehen.«

Er schaute blinzelnd von Rya zu mir, stieß pfeifend den Atem aus und murmelte: »Ja... Ja... Ich vermute fast, daß ich euch wirklich nie wiedersehen werde.«

Er blickte uns nach, während Rya im Rückwärtsgang die Auffahrt hinabfuhr.

»Wie sieht er deiner Meinung nach aus?« fragte sie mich.

»Wie eine Wüstenratte.«

»Nein.«

»Nein?«

»Wie der Tod.«

Ich schaute zu dem allmählich kleiner werdenden Mann zurück.

Er lächelte plötzlich und winkte uns zu, vielleicht weil es ihm leid tat, Rya und mich verärgert zu haben, und weil er einen versöhnlicheren Abschied vorzog. Das war jedoch das Schlimmste, was er hätte tun können, denn sein knochentrockenes und madenbleiches Gesicht war nicht zum Lächeln geschaffen. In diesem totenkopfartigen Grinsen konnte ich weder Freundschaft noch Wärme noch Freude erkennen – nur den Hunger des Grimmen Schnitters.

Dieses makabre Bild war unser letzter Eindruck von Gibtown, was unsere Stimmung nicht gerade hob. Deprimiert fuhren wir in nordöstliche Richtung, und nicht einmal die Musik der Beach Boys, der Beatles, der Dixie Cups und der

Four Seasons vermochte uns diesmal aufzuheitern. Der wolkenverhangene Himmel lastete wie ein Schieferdach auf der Welt und drohte über uns einzustürzen. Manchmal peitschte silbrig schimmernder Regen die Luft und das Straßenpflaster. Wenn es nicht regnete, hüllte feiner aschfarbener Dunst die Zypressen und Pinien ein, wodurch das sonnige Florida in eine trostlose britische Moorlandschaft verwandelt schien. Nach Einbruch der Dunkelheit wurde der Nebel dichter. Wir redeten nur wenig, so als hätten wir Angst, etwas zu sagen, was uns noch mehr deprimieren würde.

Wir aßen in einer tristen Raststätte, in einer Nische vor den mit Fliegendreck beschmutzten, regennassen Fenstern. Auf der Speisekarte gab es nur aufgetaute und in viel Fett gebratene Tiefkühlkost.

Einer der Lastwagenfahrer, die auf Hockern an der Theke saßen, war ein Troll. Mit meinen Zwielicht-Augen nahm ich wahr, daß er auf Seitenstraßen mit seinem riesigen Fahrzeug schon oft PKWs gerammt und in Kanäle oder Sümpfe gestoßen hatte, wo die Insassen elendig ums Leben gekommen waren. Ich spürte auch, daß er sich in Zukunft viele weitere unschuldige Opfer suchen würde, die nächsten vielleicht schon in der kommenden Nacht. Aber ich hatte nicht das Gefühl, daß er für Rya und mich eine Gefahr darstellte; und obwohl ich ihm am liebsten mit meinem Messer die Kehle aufgeschlitzt hätte, beherrschte ich mich in Anbetracht der vor uns liegenden wichtigen Mission.

Irgendwo in Georgia verbrachten wir die Nacht in einem Motel an der Autobahn, nicht etwa, weil es einladend ausgesehen hätte, sondern weil uns die Müdigkeit plötzlich in einer trostlosen, abgelegenen Gegend überwältigt hatte. Die Matratze war klumpig, die Sprungfedern waren ausgeleiert. Sobald wir das Licht ausgeschaltet hatten, hörten wir große Kakerlaken über den rissigen Linoleumboden huschen. Wir waren aber viel zu müde – und hatten zuviel Angst vor der Zukunft –, um uns etwas daraus zu machen. Nach einem süßen Gutenachtkuß schliefen wir sofort ein.

Wieder träumte ich von einem langen dunklen Tunnel, der nur in großen Abständen durch schwache Lampen beleuchtet war. Die Decke war niedrig. Die Wände waren rauh, aber ich konnte das Material nicht genau identifizieren. Wieder fuhr ich entsetzt aus dem Schlaf, und wieder konnte ich mich nicht daran erinnern, was sich in dem Alptraum ereignet hatte, warum mein Herz zum Zerspringen klopfte.

Das Leuchtzifferblatt meiner Armbanduhr sagte mir, daß es zehn Minuten nach drei war. Ich hatte nur zweieinhalb Stunden geschlafen, aber ich wußte, daß das schon alles war, was diese Nacht mir an Ruhe bescheren konnte.

Neben mir stöhnte, keuchte und schauderte Rya im Schlaf.

Ich fragte mich, ob sie wohl durch den Tunnel aus meinem eigenen Alptraum rannte.

Ich dachte an jenen verhängnisvollen Traum, den wir beide im vergangenen Sommer mehrfach gehabt hatten: an den Friedhof mit seinen unzähligen Grabsteinen. Jener Traum war ein Omen gewesen. Und falls wir nun wieder beide ein und denselben Alptraum hatten, so konnten wir sicher sein, daß er auf eine Gefahr hindeutete.

Ich nahm mir vor, Rya am Morgen zu fragen, warum sie im Schlaf gestöhnt und gekeucht hatte. Vielleicht würde sich ja zum Glück herausstellen, daß die Ursache für ihren schlechten Traum ganz prosaisch war: das fette Essen in der Raststätte.

Vorläufig lag ich im Dunkeln auf dem Rücken und lauschte meinen leisen Atemzügen, Ryas Gemurmel im Schlaf und der Betriebsamkeit der vielbeinigen Kakerlaken.

Am Mittwochmorgen, dem 18. März, fuhren wir weiter, bis wir eine gemütliche Raststätte entdeckten. Bei einem ausgezeichneten Frühstück – Speck, Eier, Haferflocken, Waffeln und Kaffee – fragte ich Rya nach ihrem Traum.

»Letzte Nacht?« fragte sie stirnrunzelnd, während sie mit einem Stück Toast etwas Eigelb auftunkte. »Ich habe wie ein Stein geschlafen und überhaupt nicht geträumt.«

»Doch.«

»Tatsächlich?«

»Ständig.«

»Ich erinnere mich aber nicht daran.«

»Du hast sehr oft gestöhnt und nach den Laken getreten. Nicht nur letzte Nacht, sondern auch schon die Nacht davor.«

Sie blinzelte und vergaß, daß Stück Toast zum Mund zu führen. »Ach so, ich verstehe. Du meinst... du bist aus einem Alptraum aufgewacht und hast festgestellt, daß ich ebenfalls einen hatte?«

»Stimmt.«

»Und jetzt fragst du mich, ob...«

»Ob wir wieder ein und denselben Traum gehabt haben.« Ich erzählte ihr von dem seltsamen Tunnel, von den schwachen, flackernden Lampen. »Ich erwache mit dem Gefühl, von etwas verfolgt worden zu sein.«

»Von wem – oder von was?«

»Etwas... etwas... ich weiß es nicht.«

»Na ja, falls ich etwas Derartiges geträumt haben sollte, erinnere ich mich jedenfalls nicht daran.« Sie schob sich den Bissen Toast in den Mund, kaute und schluckte. »Wir haben also beide schlechte Träume. Aber sie müssen nicht zwangsläufig prophetisch sein. Gott weiß, wir haben Gründe genug, nicht gut zu schlafen. Nervosität. Furcht. In Anbetracht unseres Zielortes wäre es ein Wunder, wenn wir keine schlimmen Träume hätten. Das hat bestimmt überhaupt nichts zu bedeuten.«

Nach dem Frühstück verbrachten wir einen langen Tag auf den Autobahnen und aßen nicht einmal zu Mittag, sondern kauften uns nur in einer Tankstelle Kekse und Schokoriegel.

Allmählich ließen wir die subtropische Hitze hinter uns, und das Wetter wurde besser. In South Carolina wurde der Himmel sogar wolkenlos.

Seltsamerweise – oder vielleicht auch nicht – kam mir dieser sonnige Tag auch nicht freundlicher vor als der vorangegangene stürmische Nachmittag. In den Nadelwäldern, die sich rechts und links in einiger Entfernung der Straße dahinzogen, lauerte die Dunkelheit, eine lebendige, wachsame Dunkelheit, die nur auf eine günstige Gelegenheit wartete, um sich auf uns zu stürzen und uns zu verschlingen. Sogar in der grellen Sonne war ich mir der Unausweichlichkeit der herannahenden Nacht bewußt. Nein, ich war wirklich nicht in bester Stimmung.

Am späten Mittwochabend fanden wir in Maryland ein besseres Motel als am Vortag: ein bequemes Bett, einen Teppich auf dem Boden, keine umherhuschenden Kakerlaken.

Wir waren noch müder als am Abend zuvor, doch zu unserer eigenen Überraschung schliefen wir nicht sofort ein, sondern liebten uns statt dessen. Noch überraschender: Wir waren schier unersättlich. Es begann mit langsamen Bewegungen, so als würden Liebende in einem Film in Zeitlupe gezeigt, und jede Berührung hatte etwas unvorstellbares Süßes an sich, etwas Scheues, so als wären wir zum erstenmal vereint. Doch nach einer Weile entwickelten wir eine Leidenschaft, die nach der langen ermüdenden Fahrt zunächst unerklärlich schien. Nie zuvor hatte sich Ryas Körper so warm und geschmeidig angefühlt, so seidig, so sinnlich – so kostbar. Ihr beschleunigter Atem, ihre leisen Lustschreie, ihr plötzliches Keuchen und Stöhnen, die Begierde, mit der sie meinen Körper erforschte und mich an sich zog – das alles steigerte meine eigene Erregung. Lustvolle Schauer durchliefen mich und übertrugen sich auf sie. Ihr Genuß steigerte sich von einer Klimax zur nächsten, und auch nach einer mächtigen Ejakulation erschlaffte mein Penis nicht; ich blieb mit ihr vereint und schwebte auf einem nie zuvor gekannten Gipfel erotischen und emotionalen Genusses.

Wie schon früher – obwohl noch nie mit solcher Intensität und Kraft – liebten wir uns so leidenschaftlich, um die Existenz des sensenschwingenden Todes zu vergessen, zu leugnen. Wir versuchten, die vor uns liegenden Gefahren und die Ängste, die uns quälten, zu verdrängen. Wir suchten Trost, zeitweiligen Frieden und neue Kraft im Liebesakt. Vielleicht hofften wir auch, daß wir hinterher viel zu erschöpft sein würden, um zu träumen.

Doch wir träumten trotzdem.

Ich war wieder in jenem schwach beleuchteten Tunnel, rannte entsetzt vor etwas davon, das ich nicht sehen konnte. Das harte, dumpfe Echo meiner Schritte auf dem Steinboden schien meine Panik wiederzugeben.

Auch Rya träumte und fuhr kurz vor Tagesanbruch, als ich schon stundenlang wachgelegen hatte, aus dem Schlaf. Ich hielt sie fest. Sie schauderte, aber diesmal nicht vor Lust. Sie erinnerte sich nur an Bruchstücke des Traumes: trübes, flackerndes bernsteinfarbenes Licht, Teiche undurchdringlicher Finsternis, ein Tunnel...

Etwas sehr Schlimmes würde uns in einem Tunnel zustoßen. Wann, wo, wie, warum – das konnten wir noch nicht erkennen.

Am Donnerstag erreichten wir Pennsylvania. Diesmal saß ich am Steuer, während Rya sich um das Radio kümmerte. Der blaue Himmel verschwand wieder hinter stahlgrauen Wolken.

Offiziell war in wenigen Tagen Frühlingsanfang, aber hier im Gebirge kümmerte sich die Natur wenig um den Kalender. Der Winter war noch unangefochtener König und würde mindestens bis zum Ende des Monats, vielleicht auch länger, auf seinen Thron sitzen.

Die verschneite Landschaft wurde immer felsiger, die Staatsstraße wand sich in Serpentinen ins Gebirge empor, und die Schneewälle entlang dieser Straße wurden immer höher.

Meine Gedanken schweiften unwillkürlich zu jenem Tag zurück, als ich mit Jelly Jordan und Luke Bendingo nach Yontsdown gefahren war, um mit Hilfe von Bestechungsgeldern die Wege für den Sombra Brothers Carnival zu ebnen.

Die Landschaft wirkte auf mich diesmal nicht minder bedrohlich als an jenem Sommertag. Es mochte noch so irrational sein, aber ich wurde den Eindruck einfach nicht los, als wären hier sogar die Berge bösartig, als könnten Erde, Steine und Wälder böse Absichten verfolgen. Verwitterte Felsformationen, die hier und da aus Schneedecken herausragten, ähnelten den halb verfaulten Zähnen eines Leviathans, der in der Erde schwamm, anstatt im Meer. An anderen Stellen erinnerten mich längere Formationen an ausgezackte Wirbelsäulen riesiger Reptilien.

Das trübe graue Tageslicht erzeugte keine klaren Schatten, färbte aber jeden Gegenstand aschfahl ein, so daß man fast glauben konnte, wir hätten eine andere Welt betreten, wo Farben – außer grau, schwarz und weiß – nicht existierten. Die kahlen Ahorne und Birken sahen nicht wie Bäume aus, sondern eher wie versteinerte Skelette einer vormenschlichen Rasse. Ungewöhnlich viele Eichen waren verkrüppelt und mit häßlichen Pilzen bewachsen.

»Noch können wir umkehren«, sagte Rya leise.

»Möchtest du das?«

Sie seufzte.

»Nein.«

»Und... könnten wir wirklich umkehren?«

»Nein.«

Nicht einmal der Schnee vermochte diesem bösartigen Gebirge Glanz zu verleihen. Der Schnee schien anders zu sein als in freundlicheren Gegenden. Es war nicht der Schnee für Ski- und Schlittenfahrten, für Schneeballschlachten und Schneemänner. Die Schneekruste auf den kahlen Bäumen unterstrich deren düsteren, skelettartigen Eindruck nur noch mehr. Dieser Schnee ließ mich an weißgekachelte Leichenschauhäuser denken, wo kalte, erstarrte Körper seziert wurden.

Wir passierten die verlassene Mine, an die ich mich vom Vorjahr erinnerte, die Reste der Kipphalde, die rostigen Autowracks in den Vorgärten... Obwohl sie zum Teil unter Schnee verborgen waren, verstärkten sie die allgemeine Atmosphäre von Verzweiflung, Düsterkeit und Altersschwäche.

Die dreispurige Straße war völlig schnee- und eisfrei, so daß das Fahren keine Probleme bereitete.

Als wir am Ortsschild vorbeikamen, das die Stadtgrenze von Yontsdown markierte, sagte Rya: »Slim, du solltest jetzt lieber langsamer fahren.«

Ich warf einen Blick auf das Tachometer und stellte fest, daß ich die zulässige Höchstgeschwindigkeit um mehr als 30 km/h überschritt, so als wollte ich unbewußt auf kürzestem Wege durch die Stadt rasen und sie so schnell wie möglich hinter mir lassen.

Ich nahm den Fuß vom Gaspedal, und als ich gleich darauf

in eine Kurve fuhr, sah ich am Straßenrand einen Streifenwagen stehen, aus dessen Fenster ein Radargerät heraushing.

Der Kombi war noch immer einige Stundenkilometer
schneller als erlaubt, als wir die Kontrolle passierten. Im Vorbeifahren erkannte ich, daß der Polizist am Steuer ein Troll
war.

21

Winter in der Hölle

Ich fluchte laut, denn obwohl ich die zulässige Geschwindigkeit nur um vier bis fünf Stundenkilometer überschritten hatte, war ich mir sicher, daß in dieser von den Dämonen regierten Stadt sogar eine kleine Gesetzesübertretung fatale Folgen haben konnte. Ich warf einen besorgten Blick in den Rückspiegel. Auf dem Dach des Streifenwagens blinkte plötzlich das Rotlicht. Der Polizist wollte unsere Verfolgung aufnehmen, was nicht gerade ein vielversprechender Beginn unserer heimlichen Mission war.

»Verdammt!« rief Rya, die sich auf dem Beifahrersitz umgedreht hatte, um durch die Heckscheibe zu schauen.

Aber noch bevor der Streifenwagen starten konnte, bog ein anderes Auto – ein verschmutzter gelber Buick – um die Kurve, das schneller fuhr als ich. Die Aufmerksamkeit des Troll-Polizisten wandte sich diesem Übeltäter zu, und wir fuhren unbehelligt weiter, während der Buick gestoppt wurde.

Ein plötzlicher Windstoß wirbelte eine Million Schneeflokken vom Boden auf, verwob sie im Handumdrehen zu einem silbergrauen Vorhang und peitschte diesen hinter uns über die Straße, so daß der Buick, sein unglückseliger Fahrer und der Troll-Polizist nicht mehr zu sehen waren.

»Das war knapp«, sagte ich.

Rya schwieg. Yontsdown lag vor uns. Sie biß sich auf die Unterlippe, während sie die Stadt betrachtete, zu der hin sich die Straße leicht senkte.

Im vergangenen Sommer war Yontsdown mir düster und mittelalterlich vorgekommen. Jetzt, im kalten Würgegriff des Winters, war es noch beklemmender als an jenem Augusttag. Die Rauch- und Dampfwolken aus dem Stahlwerk waren noch dunkler und schmutziger als damals. In 60 bis 100 Meter Höhe wurde der graue Dampf vom Winterwind zerfetzt, aber der Schwefelrauch breitete sich von einem Berggipfel zum anderen aus. Die Kombination aus dunklen Wolken und gelblichen Rauchschwaden ließ den Himmel verwundet aussehen. Und wenn schon der Himmel verwundet schien, so war die Stadt selbst tödlich getroffen. Sie kam mir nicht nur wie eine sterbende Gemeinde vor, sondern wie eine Gemeinde von Toten, ein einziger riesiger Friedhof. Die Reihenhäuser – viele waren schäbig und alle mit einer grauen Staubschicht überzogen – und die größeren Gebäude aus Ziegeln und Granit hatten mich im Vorjahr an mittelalterliche Bauten erinnert. Das taten sie auch jetzt noch, aber mit dem rußfarbenen Schnee auf den Dächern, mit den schmutzigen Eiszapfen an den Regenrinnen und den Eisblumen an vielen Fenstern ließen sie mich unwillkürlich auch an Grabsteine auf einem Friedhof für Riesen denken. Die Eisenbahnwaggons auf dem Güterbahnhof hätten – aus der Ferne betrachtet – ohne weiteres riesige Särge sein können.

Ich hatte das Gefühl, von psychischen Ausstrahlungen umspült zu werden, und fast alle Strömungen in diesem höllischen Meer waren dunkel, kalt und beängstigend.

Wir überquerten die Brücke über den gefrorenen Fluß. Die schwerfällige Metallverstrebung war völlig vereist. Diesmal sangen die Reifen nicht einmal eine eintönige Melodie, sondern stießen nur schrille Schreie aus.

Auf der anderen Seite der Brücke hielt ich am Bordstein an.

»Was machst du?« fragte Rya und betrachtete verwundert die schäbige Imbißstube, vor der ich geparkt hatte.

Es war ein giftgrün gestrichenes Gebäude aus Zementblöcken. Von der Tür blätterte die rote Farbe ab, und die Fenster waren zwar frostfrei, aber stark verschmutzt.

»Was willst du hier?«

»Nichts«, erwiderte ich. »Ich ... ich möchte nur mit dir den Platz tauschen. Diese Ausstrahlungen ... überall um mich herum ... Wohin ich auch schaue, sehe ich ... seltsame und schreckliche Schatten, die nicht real sind, Schatten künftigen Todes, zukünftiger Zerstörung ... Ich glaube, ich sollte in diesem Zustand nicht am Steuer sitzen.«

»Die Stadt hat doch früher nicht so auf dich gewirkt.«

»Doch. Als ich das erstemal herkam, mit Luke und Jelly.

Allerdings nicht so schlimm wie jetzt. Und ich bekam mich schnell wieder unter Kontrolle. Ich werde mich zweifellos auch diesmal bald daran gewöhnen. Aber im Augenblick fühle ich mich... sehr mitgenommen.«

Rya rutschte ans Steuer, und ich stieg aus und ging mit weichen Knien um den Wagen herum. Die Luft war bitterkalt; es roch nach Öl, Kohlenstaub, Benzindämpfen, gebratenem Fleisch aus der Imbißstube und – darauf hätte ich schwören können – nach Schwefel. Ich nahm auf dem Beifahrersitz Platz, und Rya ordnete sich geschickt wieder in den Verkehr ein.

»Wohin?« fragte sie.

»Fahr durch die Stadtmitte zu den Außenbezirken.«

»Und dann?«

»Such ein ruhiges Motel.«

Ich konnte mir nicht so recht erklären, warum die Stadt mich jetzt viel stärker erschütterte als im Vorjahr, obwohl mir einige mögliche Gründe einfielen. Vielleicht hatten meine übersinnlichen Kräfte zugenommen, und meine parapsychologischen Wahrnehmungen wurden dadurch intensiviert. Oder vielleicht hatten Leid und Schrecken in dieser Stadt seit meinem letzten Besuch um ein Vielfaches zugenommen. Oder vielleicht hatte ich mehr Angst, an diesen dämonischen Ort zurückzukehren, als mir bewußt war, und vielleicht war ich in diesem überreizten Zustand besonders empfänglich für die dunkle Energie und die vagen, aber nichtsdestotrotz gräßlichen Signale, die von Gebäuden, Autos, Menschen und Gegenständen aller Art ausgingen. Oder vielleicht spürte ich mit den Spezialantennen meiner Zwielicht-Augen, daß entweder Rya oder ich – oder beide – hier sterben würde; falls diese hellseherische Botschaft aber in mein Bewußtsein zu dringen versuchte, so war ich offenbar emotional außerstande, sie zu lesen und zu akzeptieren. Ich konnte sie mir vorstellen, aber ich brachte es nicht über mich, die Einzelheiten eines so sinnlosen und entsetzlichen Schicksals zu ›sehen‹.

Als wir uns dem zweistöckigen Ziegelgebäude näherten, in dem bei dem Feuer sieben Schulkinder verbrannt waren, sah ich, daß der beschädigte Flügel seit vorigem Sommer wieder aufgebaut worden war. Der normale Schulbetrieb war offenbar wieder im Gange, denn ich konnte an einigen Fenstern Kinder sehen.

Wie im Vorjahr, so löste sich auch jetzt eine riesige Welle hellseherischer Impressionen von den Mauern des Gebäudes und rollte mit vernichtender Wucht auf mich zu – eine ›nur‹ okkulte Substanz, die für mich jedoch genauso real war wie eine mörderische Sturzwelle. Hier konnte man menschliches Leiden, menschliche Qualen und Todesängste fast wie die Meerestiefe messen: zehn Faden, hundert, tausend, viele tausend... Eine feine kalte Gischt eilte der mörderischen Welle voraus: Unzusammenhängende Bildfetzen trafen meinen Geist. Ich sah Wände und Decken in Flammen stehen... Fenster zu zehntausend tödlichen Splittern explodieren... entsetzte Kinder in brennenden Kleidern... eine schreiende Lehrerin mit brennenden Haaren... die in eine Ecke zusammengesackte Leiche eines Lehrers...

Als ich die Schule zuletzt gesehen hatte, waren Visionen sowohl des bereits erloschenen Feuers als auch des zukünftigen, noch schlimmeren Brandes über mich hereingebrochen. Aber diesmal sah ich nur dieses zukünftige Feuer, vielleicht weil es jetzt zeitlich näher lag als das vergangene. Die übersinnlichen Bilder waren viel klarer und lebendiger als alle andere Visionen, die ich je gehabt hatte; sie brannten sich wie Säure in mein Gedächtnis und meine Seele ein: Kinder in Todesangst; grinsende Totenschädel; gähnende schwarze Augenhöhlen, die Augen von hungrigen Flammen verzehrt.

»Was ist los?« fragte Rya besorgt.

Ich bemerkte, daß ich keuchte und wie Espenlaub zitterte.

»Slim?«

Sie verlangsamte das Tempo.

»Fahr weiter«, zischte ich mit zusammengebissenen Zähnen. Dann spürte ich die Schmerzen der sterbenden Kinder und schrie auf.

»Was fehlt dir?« fragte Rya.

»Visionen.«

»Welcher Art?«

»Um Gottes willen... fahr... weiter...«

»Aber...«

»Schnell... weg von der Schule!«

Um diese Worte auszustoßen, hatte ich aus der Säuregischt psychischer Strahlung auftauchen müssen, was fast so schwierig war, wie sich durch reale erstickende Giftdämpfe durchzukämpfen. Jetzt wurde ich in jenen Strudel unerwünschter Bilder zurückgerissen, die mir die unvorstellbar grausame und tragische Zukunft der Yontsdowner Schule in blutigen Einzelheiten zeigten.

Ich schloß die Augen, aber dadurch nahm die Anzahl der Visionen nur unwesentlich ab, und ihre Intensität blieb völlig unverändert. Die Hauptwelle der psychischen Strahlung türmte sich jetzt über mir und drohte über mir zusammenzuschlagen; ich war das Ufer, an dem diese gigantische Welle sich brechen würde, und danach würde die Küstenlinie vielleicht nicht wiederzuerkennen sein. Ich hatte wahnsinnige Angst, daß ein völliges Untertauchen in diesen alptraumhaften Visionen mich emotional und geistig zerschmettern, ja mich in den Wahnsinn treiben könnte. Deshalb schützte ich mich auf die gleiche Weise wie im vergangenen Sommer. Ich ballte die Hände zu Fäusten, biß die Zähne zusammen, senkte den Kopf und zwang mich mit ungeheurem Willensaufwand, an schöne Erinnerungen zu denken: Ryas Liebe zu mir, die ich in ihren klaren Augen lesen konnte; Ryas herrliche Gesichtszüge; ihr perfekter Körper; unsere unvergleichlichen Liebesakte; der Genuß, den es mir bereitete, auch nur ihre Hand zu halten oder neben ihr zu sitzen und stundenlang fernzusehen...

Die Welle stürzte auf mich nieder.

Ich klammerte mich an den Gedanken an Rya fest.

Die Welle traf mich – O Gott! – mit verheerender Wucht.

Ich schrie auf.

»Slim!« rief eine ferne Stimme angsterfüllt.

Ich war auf dem Sitz zusammengesunken. Ich war zerschmettert, zertrümmert, zermalmt.

»Slim!«

Rya... Rya... meine einzige Rettung...

Ich war dort, in der brennenden Schule, zwischen den sterbenden Kindern, überwältigt von Visionen entsetzter Augen, in denen sich flackernde Flammen spiegelten... Rauch, dichte Rauchschwaden, die durch den heißen, einbrechenden Fußboden drangen... ich roch ihre brennenden Haare, ich wich herabstürzenden Deckenteilen aus... ich hörte die grauenhaften gellenden Schreie, die sich zu einer höllischen Musik verwoben, einer Musik, die mir trotz der Feuerglut das Blut in den Adern gefrieren ließ... und diese armen Seelen taumelten an mir vorbei – Lehrer und Kinder in panischer Angst –, den Ausgängen zu, aber unerklärlicherweise waren die Türen verschlossen, und jetzt, lieber Gott, jetzt standen Dutzende von Kindern schlagartig in hellen Flammen. Ich rannte zu einem hin, versuchte die Flammen zu ersticken und es irgendwie aus diesem Inferno hinauszuschaffen, aber ich war wie ein Geist an diesem Ort, das Feuer vermochte mir nichts anzuhaben, aber ich konnte auch nicht ins Geschehen eingreifen, und meine Geisterhände griffen durch den brennenden Jungen hindurch, ins Leere, und ebenso erging es mir bei dem Mädchen, das ich als nächstes zu retten versuchte, und als seine Schreie noch lauter wurden, begann auch ich zu schreien, ich quiekte und bellte vor Zorn und Schmerz, ich weinte und fluchte, und schließlich stürzte ich aus dem Inferno in die Dunkelheit, in unendliche Tiefe und in Grabesstille...

Empor.
Langsam empor. Ins Licht.
Grau, verschwommen. Mysteriöse Schatten.
Dann klärte sich mein Blick.
Ich lehnte zusammengesunken auf dem Beifahrersitz, von kaltem Schweiß bedeckt. Der Kombiwagen stand.
Ryas kühle Hand lag auf meiner Stirn, und sie beugte sich über mich. In ihren Augen spiegelten sich verschiedene Gefühle: Furcht, Neugier, Mitgefühl, Liebe.
Ich richtete mich etwas auf, und sie nahm die Hand von meiner Stirn. Ich fühlte mich schwach und ziemlich durcheinander.

Rya hatte auf dem Parkplatz eines Acme-Supermarkts angehalten. Einige Kunden schlurften oder trippelten vorsichtig über das stellenweise glatte Pflaster. Ihre Haare, Mäntel und Schals flatterten im Wind, der während meiner Ohnmacht stärker geworden war. Einige schoben Einkaufswagen vor sich her, nicht nur um ihre Waren zum PKW zu transportieren, sondern auch, um sich daran festzuhalten.

»Erzähl mir alles«, sagte Rya.

Mein Mund war trocken, und ich hatte das Gefühl, als wäre er voll bitterer Asche von dem katastrophalen Brand, der noch gar nicht stattgefunden hatte. Meine Zunge fühlte sich dick an und klebte am Gaumen. Trotzdem berichtete ich Rya – leicht nuschelnd und mit tonloser Stimme – von dem Inferno, dem eines Tages so viele Yontsdowner Schulkinder zum Opfer fallen würden.

Rya war vor Sorge um mich schon bleich gewesen, doch nun erbleichte sie noch mehr, und als ich meinen Bericht beendet hatte, war sie blasser als der schmutzige Schnee und hatte dunkle Ringe unter den Augen. Ihr unverkennbares Entsetzen erinnerte mich daran, daß sie ja im Waisenhaus persönliche Erfahrungen gesammelt hatte, was Trolle wehrlosen Kindern anzutun vermochten.

»Was können wir tun?« fragte sie.

»Ich weiß es nicht.«

»Können wir diesen Brand verhindern?«

»Das glaube ich nicht. Dieses Gebäude strahlt eine ungeheure Todesenergie aus. Das Feuer scheint unvermeidlich zu sein. Ich glaube nicht, daß wir etwas dagegen tun können.«

»Wir können es jedenfalls versuchen«, sagte sie leidenschaftlich.

Ich nickte ohne viel Überzeugung.

»Wir müssen es versuchen.«

»Ja, du hast recht«, stimmte ich müde zu. »Aber zunächst einmal brauchen wir ein Motel... ich muß mich irgendwo verkriechen können, um diese gräßliche Stadt ein Weilchen nicht mehr zu sehen.«

Sie fand eine passende Unterkunft etwa drei Kilometer vom Supermarkt entfernt, an einer nicht allzu belebten Kreuzung. Das Traveler's Rest Motel. Einstöckig, etwa zwanzig Zimmer, U-förmig angelegt, in der Mitte ein Parkplatz. Es war schon so dämmerig, daß das große grüne und orangefarbene Neonschild eingeschaltet war; die drei letzten Buchstaben des Wortes MOTEL leuchteten nicht mehr, ebensowenig wie die Nase der Neonkonturen eines gähnenden Gesichts. Das Motel war noch etwas schäbiger als das Gros der Häuser von Yontsdown, aber wir suchen ja kein luxuriöses Quartier; in erster Linie ging es uns um Anonymität, sogar noch mehr als um eine zuverlässige Heizung und Sauberkeit, und das Traveler's Rest sah so aus, als könnte es uns diese Anonymität bieten.

Ich war von den schrecklichen Visionen noch immer so mitgenommen, daß ich Mühe hatte, mich aus dem Wagen zu hieven. Der Wind kam mir noch kälter vor, als er in Wirklichkeit war, denn er stand in krassem Gegensatz zu dem Feuer, das nach wie vor in mir zischte und flackerte und mir Herz und Seele versengte. Ich lehnte mich an die offene Tür und atmete die feuchte Märzluft in tiefen Zügen ein. Doch auch das half nicht viel. Als ich die Tür zuschlug, fiel ich fast nach hinten, schwankte und konnte nur mit Mühe das Gleichgewicht zurückerlangen. Ich lehnte mich rasch wieder an den Wagen. Mir war schwindelig, und grauer Nebel in den Augenwinkeln raubte mir die klare Sicht.

Rya trat neben mich. »Weitere Visionen?«

»Nein. Es sind nur die... die Nachwirkungen der anderen, von denen ich dir schon erzählt habe.«

»Nachwirkungen? Aber so habe ich dich ja noch nie erlebt.«

»Ich habe so etwas selbst noch nie erlebt.«

»Waren jene Visionen derart schlimm?«

»Ja. Ich fühle mich... niedergeschmettert, ausgelaugt – so als wäre ein Teil von mir in jenem Schulhaus zurückgeblieben.«

Sie legte einen Arm stützend um mich und schob ihre andere Hand unter meinen Arm. Es war tröstlich, ihre Nähe und Stärke zu spüren.

Ich kam mir töricht und melodramatisch vor, aber meine

schlaffen Glieder und meine tiefe Erschöpfung waren völlig real.

Wenn ich nicht einen totalen Zusammenbruch riskieren wollte, mußte ich mich in Zukunft von der Schule fernhalten und die Stadt auf Umwegen durchqueren. Meine hellseherischen Fähigkeiten waren in diesem Fall wesentlich stärker als mein Vermögen, den künftigen Schmerz anderer zu ertragen. Falls es sich jemals als notwendig erweisen sollte, die Schule zu betreten, um die Katastrophe abzuwenden, würde Rya vielleicht allein hineingehen müssen.

Eine unerträgliche Vorstellung.

Während wir auf das Empfangsbüro zugingen, kehrten meine Kräfte langsam zurück.

Wir waren nur noch ein oder zwei Meter vom Eingang entfernt, als plötzlich ein lautes Poltern auf der Straße hinter uns zu hören war. Ein schwerer Lastwagen – ein schlammbrauner Peterbilt, dessen langer offener Anhänger mit Kohle beladen war – bog um die Ecke. Wir hatten uns beide umgedreht, und obwohl Rya nichts Ungewöhnliches aufzufallen schien, starrte ich wie gebannt auf die Tür mit dem aufgemalten Namen und Symbol der Firma: ein schwarzer Blitz in einem weißen Kreis, der von einem schwarzen Rechteck umgeben war, und die Wörter KOHLEN-HANDELSGESELLSCHAFT BLITZ.

Meine Zwielicht-Augen registrierten eine Strahlung ganz besonderer, beunruhigender Art. Ich wurde nicht von Todesvisionen überwältigt wie bei der Schule, ich empfing überhaupt keine klaren Bilder, aber die Strahlung machte mich frösteln, und ich hatte das Gefühl, als bildeten sich an den Wänden meiner Venen und Arterien nadelfeine Eiszapfen aus Blut. Von jenem Firmenzeichen ging eine Kälte aus, die ungleich schlimmer war als der eisige Wind dieses Märztages.

Ich spürte, daß hier eine Antwort auf die Frage zu finden war, warum Yontsdown ein Zentrum der Trolle war.

»Slim?«

»Wart mal...«

»Was ist los?«

»Ich weiß es nicht.«

»Du zitterst.«

»Etwas... etwas...«

Der Lastwagen schimmerte, wurde zuerst halb durchsichtig, dann fast völlig transparent, und dahinter erblickte ich eine eigenartige Leere, eine schreckliche lichtlose Öde. Ich konnte den LKW nach wie vor deutlich sehen, aber gleichzeitig starrte ich durch ihn hindurch in eine unendliche Finsternis, schwärzer als die Nacht und leerer als die gewaltigen Räume zwischen fernen Sternen. Mir wurde immer kälter.

Zuerst die unerträgliche Hitze der Feuersbrunst in der Schule, jetzt die arktische Kälte, die der LKW ausstrahlte – Yontsdown hieß mich wirklich mit Pauken und Trompeten willkommen, wenngleich die Kapelle nur düstere Weisen spielte.

Obwohl ich nicht begreifen konnte, warum diese ›Kohlen-Handelsgesellschaft Blitz‹ mich derart erschütterte, lähmte mich ein unvorstellbares Entsetzen.

Zwei als Menschen getarnte Trolle saßen in der Fahrerkabine. Einer von ihnen bemerkte mich und erwiderte meinen Blick, so als hätte er meine unnatürliche Erregung gespürt. Er drehte sich im Vorbeifahren sogar nach mir um und starrte mich mit seinen haßerfüllten roten Augen an. Am Ende des Blocks passierte der LKW eine Ampel, verlangsamte dann aber das Tempo und fuhr an den Straßenrand heran.

Ich schüttelte heftig den Kopf, um die lähmende Angst zu überwinden. »Schnell«, sagte ich. »Machen wir, daß wir hier wegkommen.«

»Warum?«

»Die dort«, erwiderte ich und deutete auf den LKW, der am Straßenrand angehalten hatte. »Nicht rennen... sie dürfen nicht merken, daß wir uns vor ihnen fürchten... aber schnell!«

Ohne weitere Fragen kehrte sie mit mir zum Wagen zurück und setzte sich ans Steuer, während ich auf dem Beifahrersitz Platz nahm.

Der LKW wendete schwerfällig, obwohl das streng verboten war. Er blockierte den Verkehr in beiden Richtungen.

»Verdammt, die drehen tatsächlich um und wollen uns näher in Augenschein nehmen«, murmelte ich.

Rya ließ den Motor an und fuhr im Rückwärtsgang aus der Parklücke heraus.

Ich versuchte, mir meine Furcht nicht anmerken zu lassen. »Fahr nicht zu schnell, solange sie uns sehen können. Sie sollen nicht glauben, daß wir vor ihnen die Flucht ergreifen.«

Sie fuhr um das Motel herum, zu einer Ausfahrt, die in eine Seitenstraße führte.

Als wir um die Ecke bogen, sah ich gerade noch, daß der LKW sein kompliziertes Wendemanöver auf der Hauptstraße beendet hatte.

Sobald ich ihn nicht mehr sehen konnte, ließ jene schreckliche innere Kälte nach, und die Vision einer unendlichen Leere löste sich auf.

Aber was hatte sie zu bedeuten? Was war das für eine totale Finsternis?

Was trieben die Trolle in dieser Kohlen-Handelsgesellschaft?

»Okay«, sagte ich mit einer nicht ganz sicheren Stimme. »Fahr nur auf Nebenstraßen und bieg möglichst oft ab. Sie dürfen uns nicht noch einmal sehen. Unseren Wagen konnten sie vorhin wahrscheinlich nicht deutlich sehen; jedenfalls bin ich sicher, daß sie sich das Kennzeichen nicht notiert haben.«

Sie befolgte meine Anweisungen und fuhr im Zickzack durch die Randgebiete von Yontsdown, wobei sie immer wieder nervös in den Rückspiegel schaute.

»Slim, glaubst du . . . glaubst du, sie haben gemerkt, daß du ihre Maskerade durchschauen kannst?«

»Nein. Ich nehme an, ihnen ist nur aufgefallen, wie intensiv ich sie angestarrt habe . . . wie mitgenommen ich war. Das ist ihnen verdächtig vorgekommen, und deshalb wollten sie mich etwas genauer unter die Lupe nehmen. Trolle sind von Natur aus mißtrauisch. Dieses Mißtrauen grenzt schon an Verfolgungswahn.«

Ich hoffte, daß dem tatsächlich so war. Ich war noch nie einem Troll begegnet, der meine übersinnlichen Kräfte erkennen konnte. Falls manche von ihnen die Fähigkeit besaßen, Seher aufzuspüren, dann stand es um unsere Chancen noch viel schlechter, als ich bisher angenommen hatte, denn damit würden wir unseren einzigen Trumpf einbüßen.

»Was hast du diesmal gesehen?« erkundigte sich Rya.

Ich erzählte ihr von der grenzenlosen Leere, die ich durch den LKW hindurch vor mir gesehen hatte.

»Was hat das zu bedeuten, Slim?«

Ich antwortete nicht sofort, sondern nahm mir Zeit zum Überlegen, doch dieses Nachdenken führte zu nichts, und schließlich gab ich seufzend zu: »Ich weiß es nicht. Die Ausstrahlung dieses Lastwagens... sie hat mich nicht völlig k. o. geschlagen, aber in gewisser Weise war sie noch schrecklicher als die Vision des zukünftigen Infernos in der Schule. Aber ich weiß nicht, was ich gesehen habe. Nur... ich glaube, daß wir durch diese Kohlen-Gesellschaft erfahren werden, warum in dieser verfluchten Stadt so viele Trolle hausen.«

»Ist das sozusagen der Brennpunkt?«

»Ja.«

Natürlich würde ich vor dem nächsten Morgen keine Erkundigungen über die Kohlen-Gesellschaft Blitz einziehen können. Dazu war ich viel zu erschöpft. Ich brauchte Zeit, um mich zu erholen, neue Kräfte zu sammeln und zu lernen, zumindest die ständig auf mich einströmenden Bilder, die von Häusern, Straßen und Menschen ausstrahlten, zu ignorieren.

Zwanzig Minuten später wurde es dunkel. Man hätte meinen sollen, daß die Nacht einen Schutzmantel über die Schäbigkeit und Gemeinheit dieser widerlichen Stadt breiten und ihr ein halbwegs respektables Aussehen verleihen würde, aber dem war nicht so. In Yontsdown hatte die Nacht nicht wie anderswo die Wirkung von Bühnen-Make-up. Irgendwie betonte sie noch die schmutzigen, schmierigen, verrauchten und verkommenen Einzelheiten der Straßen und verstärkte den düsteren, mittelalterlichen Charakter der Architektur.

Als wir sicher waren, daß wir die Trolle im LKW abgehängt

hatten, hielten wir in einem anderen Motel an – dem Van Winkle Motor Inn, einem zweistöckigen Gebäude, das etwa viermal so groß war wie das Traveler's Rest. Wir gaben vor, nach unserer langen Fahrt sehr müde und ruhebedürftig zu sein, und verlangten Zimmer im rückwärtigen Teil des Motels, wo vom Verkehrslärm nichts zu hören wäre. Auf diese Weise konnten wir unseren Kombi auf dem hinteren Parkplatz abstellen, so daß er von der Straße aus nicht zu sehen war – eine Sicherheitsvorkehrung für den zwar nicht sehr wahrscheinlichen, aber doch immerhin möglichen Fall, daß die beiden Trolle aus dem LKW noch nach uns Ausschau hielten.

Unser Zimmer hatte beige gestrichene Wände und war mit billigen, stabilen Möbeln eingerichtet. Zwei billige Drucke von Schnellseglern in voller Fahrt bildeten die einzige Dekoration. Die Kommode und die Nachttische waren mit Brandflecken von Zigaretten verunziert, der Badspiegel war fast blind, und die Dusche war nicht so heiß, wie wir sie uns gewünscht hätten; aber wir wollten hier ja ohnehin nur eine Nacht verbringen und am nächsten Morgen ein kleines Haus mieten, wo wir ungestört unser Komplott gegen die Trolle schmieden konnten.

Nach einer Dusche fühlte ich mich entspannt genug, um mich wieder in die Stadt zu wagen – mit Rya dicht an meiner Seite, und nur bis zum nächsten Restaurant, wo wir ein gutes, wenn auch nicht gerade erlesenes Abendessen bekamen. Unter den Gästen waren neun Trolle. Ich bemühte mich, nur Rya anzusehen, denn der Anblick der Schweineschnauzen, der blutfarbenen Augen und der hechelnden Reptilzunge hätte mir gründlich den Appetit verdorben.

Doch obwohl ich sie nicht anschaute, spürte ich ihre Bösartigkeit. Sie war für mich so deutlich wahrzunehmen wie kalter Dampf, der von Blöcken Trockeneis aufsteigt. Während ich diese kalten Strahlen unmenschlichen Hasses mühsam ertrug, lernte ich allmählich, die Hintergrundgeräusche von Yontsdown – die ständig vorhandene negative Ausstrahlung – zu filtern, und als wir das Restaurant verließen, fühlte ich mich besser als irgendwann seit unserer Ankunft in dieser Stadt der Verdammten.

Im Motel brachten wir die Säcke mit Waffen und anderen illegalen Gegenständen in unser Zimmer, weil wir befürchteten, daß nachts Gepäck aus dem Kofferraum gestohlen werden könnte.

Im Bett hielten wir einander im Dunkeln fest, ohne zu sprechen und ohne jeden Gedanken an Sex. Wir wollten nur die Nähe und Wärme des anderen spüren, weil das ein wirksames Abwehrmittel gegen Angst und Verzweiflung ist.

Rya schlief schließlich ein.

Ich lauschte den nächtlichen Geräuschen.

Der Wind hörte sich hier in Yontsdown nicht an wie anderswo, sondern bösartig... räuberisch. Von Zeit zu Zeit hörte ich das ferne Dröhnen schwerer Lastwagen, und ich fragte mich, ob die Kohle auch nachts aus den Minen abtransportiert wurde. Und wenn – warum? Es kam mir auch vor, als schrillten in Yontsdown die Sirenen von Streifen- und Rettungswagen viel häufiger als in anderen Städten.

Irgendwann schlief auch ich ein und träumte. Wieder jener beängstigende Tunnel. Flackernde Lichter. Ölige Teiche aus Dunkelheit. Eine niedrige, unregelmäßige Decke. Seltsame Gerüche. Der Widerhall schneller Schritte. Ein Schrei, ein Kreischen. Plötzlich das ohrenbetäubende Geräusch eines Alarms. Die schreckliche Gewißheit, daß ich verfolgt wurde...

Ich fuhr mit einem Schrei in der Kehle aus dem Schlaf hoch. Gleichzeitig erwachte auch Rya, keuchend und um sich schlagend, so als wollte sie sich aus den Händen irgendwelcher Feinde befreien.

»Slim!«

»Hier.«

»O Gott!«

»Nur ein Traum.«

Wir hielten uns wieder fest umarmt.

»Der Tunnel«, murmelte sie.

»Ich auch.«

»Und jetzt weiß ich, was es war.«

»Ich auch.«

»Eine Mine.«

»Ja.«

»Eine Kohlenmine.«

»Ja.«

»Die Kohlen-Gesellschaft Blitz.«

»Ja.«

»Wir waren dort.«

»Tief unter der Erde«, sagte ich.

»Und sie wußten, daß wir dort waren.«

»Sie verfolgten uns.«

»Und wir suchten und fanden keinen Ausweg«, sagte sie schaudernd.

Wir verstummten.

In der Ferne: ein heulender Hund. Und gelegentlich trug der Wind uns andere Geräusche zu, die sich wie das Schluchzen einer zu Tode geängstigten Frau anhörten.

Irgendwann flüsterte Rya: »Ich habe Angst.«

»Ich weiß«, murmelte ich und drückte sie noch fester an mich. »Ich auch. Ich auch.«

22

Das Studium des Teufelswerks

Am nächsten Morgen – einem Freitag – mieteten wir ein Haus an der Apple Lane am äußersten Stadtrand, fast schon im Vorgebirge, unweit der bedeutendsten Kohlenminen der ganzen Gegend. Das Haus stand gut sechzig Meter von der Straße entfernt am Ende einer Kiesauffahrt, die jetzt eisverkrustet und verschneit war. Der Immobilienmakler riet uns zu Schneeketten, wie er sie an seinem Auto montiert hatte. Der Wald an den steilen Hügeln – hauptsächlich Tannen und Kiefern, aber auch vereinzelte Birken, Ahorn- und Lorbeerbäume – reichte auf drei Seiten fast bis zum Haus. An diesem düster-grauen Tag konnte kein Sonnenlicht die Wälder erhellen; beunruhigend tiefe Dunkelheit hüllte sie ein, so als hätte die Nacht dort bei Einbruch der Morgendämmerung Zuflucht gesucht. Das möblierte Haus hatte drei kleine Schlafzimmer, ein Bad, ein Wohnzimmer, ein Eßzimmer und eine Küche, verteilt auf zwei Stockwerke, unter einem Schindeldach – und über einem feuchten, niedrigen Keller, wo der Heizöltank untergebracht war.

In diesem unterirdischen Raum hatten sich unvorstellbare Greuel ereignet. Sobald der Immobilienmakler Jim Garwood die Kellertür öffnete, stürmten Impressionen von Folter, Schmerz, Mord, Wahnsinn und Raserei auf mich ein. Das Böse quoll empor wie Blut aus einer Wunde. Ich hatte nicht die geringste Lust, zu diesem grausigen Ort hinabzusteigen.

Doch Jim Garwood, ein eifriger Mann mittleren Alters mit gelblichem Teint und sanfter Stimme, wollte uns unbedingt Instruktionen für die Heizung geben, und ich konnte mich schlecht weigern mitzugehen, ohne seine Neugier zu wecken. Widerwillig folgte ich deshalb ihm und Rya in diese Grube menschlichen Leidens, hielt mich am Geländer fest und versuchte verzweifelt, den Würgereiz zu unterdrücken, den die nur für mich wahrnehmbaren Gerüche von ehedem auslösten. Unten angelangt, stapfte ich bewußt schwerfällig umher, weil mir von den Greueln schwindlig zu werden drohte, die sich direkt vor meinen Augen abzuspielen schienen.

Ohne den okkulten Todesgestank bemerken zu können, der mir Übelkeit verursachte, und ohne die tatsächlich vorhandenen unangenehmen Kellergerüche – schwarzer Schimmel, Pilze, Moder – zu erwähnen, deutete Garwood auf die Schränke und Regale, die eine ganze Wand einnahmen. »Jede Menge Platz zum Abstellen.«

»Sehr schön«, würdigte Rya.

Ich konnte überhaupt nichts würdigen. Ich sah nämlich eine Frau in Todesangst vor einem Kohleofen, der hier gestanden hatte, bevor die Ölheizung installiert worden war. Ihr Körper war mit Wunden übersät, ein Auge zugeschwollen. Ich empfing die übersinnliche Botschaft, daß ihr Name Dora Penfield war und daß sie befürchtete, der Mann ihrer Schwägerin, Klaus Orkenwold, würde sie zerstückeln. Genau das war auch tatsächlich passiert, obwohl es mir zum Glück gelang, die Visionen von ihrem schrecklichen Tod abzublocken.

»Die Firma Thompson liefert im Winter alle drei Wochen Heizöl«, berichtete Garwood, »und im Herbst in größeren Zeitabständen.«

»Wieviel kostet eine Tankfüllung?« erkundigte sich Rya, die in der Rolle der kostenbewußten jungen Hausfrau sehr überzeugend wirkte.

Ich sah einen sechsjährigen Jungen und ein siebenjähriges Mädchen in verschiedenen Stadien der Mißhandlung. Obwohl diese herzzerreißend wehrlose Opfer schon lange tot waren, hallten ihre Schmerzensschreie, ihr Wimmern und Flehen in den Korridoren der Zeit wider und wurden von meinem sechsten Sinn wahrgenommen. Ich hatte Mühe, nicht in Tränen auszubrechen.

Ich sah auch einen besonders bösartigen Troll – Klaus Orkenwold höchstpersönlich. So als wäre er zur Hälfte ein Dämon und zur anderen Hälfte ein Gestapo-Schlächter, wechselte er in seinem behelfsmäßigen Kerker nach Lust und Laune seine Erscheinungsform, war einmal Mensch, dann wieder – um das Entsetzen seiner Opfer zu steigern – Troll; und in beiden Gestalten verlieh ihm der flackernde orange-farbene Feuerschein aus dem offenen Ofen zusätzliche Un-heimlichkeit.

Irgendwie brachte ich es fertig zu lächeln, zu nicken und sogar einige Fragen zu stellen. Irgendwie kam ich auch wie-der aus diesem Keller heraus, ohne mir meine maßlose Ver-störung anmerken zu lassen, obwohl ich bis heute nicht weiß, wie es mir gelingen konnte, den Gleichmütigen zu spielen, während jene düstere Strahlung auf mich einwirkte.

Wieder im Erdgeschoß, bei geschlossener Kellertür, spürte ich nichts mehr von der mörderischen Vergangenheit des feuchten unterirdischen Raums. Ich atmete tief aus, um meine Lungen von der mit Blut und Galle durchtränkten Luft zu befreien. Da das Haus für unsere Zwecke ideal gelegen war und sowohl Bequemlichkeit als auch Anonymität bot, beschloß ich, daß wir es mieten würden und ich einfach mei-nen Fuß nie wieder auch nur auf die Kellertreppe setzen würde.

Wir hatten Garwood falsche Namen angegeben – Bob und Helen Barnwell aus Philadelphia. Und wir hatten ihm eine sorgfältig ausgedachte Geschichte erzählt, derzufolge wir Geologiestudenten waren. Angeblich hatten wir unsere Ma-gisterexamen bestanden und wollten jetzt für unsere Disser-tationen, die gewisse Besonderheiten der Felsschichten in den Appalachen zum Thema haben sollten, ein halbes Jahr praktisches Material sammeln. Auf diese Weise würden wir für etwaige Ausflüge ins Gebirge zur Erkundung der Minen-eingänge und Werkanlagen einen harmlosen Vorwand ha-ben.

Ich war mit meinen knapp achtzehn Jahren erfahrener als viele doppelt so alte Männer, aber natürlich war ich nicht alt genug, um bereits meinen Magister in der Tasche zu haben und eine Dissertation anzustreben. Immerhin sah ich aber um Jahre älter aus, als ich tatsächlich war. Die Gründe sind Ihnen bekannt.

Rya, die ja älter war als ich, machte einen so reifen Ein-druck, daß man ihr das abgeschlossene Studium durchaus glauben konnte. Ihr schwieriges, von so vielen Tragödien überschattetes Leben hatte Spuren von Schmerz in ihrem schönen Gesicht hinterlassen.

Jim Garwood schien keinen Verdacht zu schöpfen.

Slick Eddy hatte uns in Gibtown auch gefälschte Papiere auf den Namen Barnwell besorgt. Für unser angebliches Studium an der Temple University von Philadelphia hatten wir allerdings keine Unterlagen. Wir konnten nur hoffen, daß Garwood über uns keine Erkundigungen einziehen würde, aber zum einen mieteten wir das Haus nur für sechs Monate, und zum anderen bezahlten wir die Gesamtmiete und eine gesalzene Kaution sofort in bar, was uns zu angenehmen und seriösen Mietern machte.

Heutzutage, da in jedem Büro Computer stehen und man in wenigen Stunden eine Personenauskunft einholen kann, in der vom Arbeitsplatz bis zu Lebensgewohnheiten alles aufgeführt ist, hätte man unsere Geschichte ganz automatisch überprüft. Aber damals, im Jahre 1964, hatte die Microchip-Revolution noch nicht stattgefunden; Datenverarbeitung und Informationstechnik steckten noch in den Kinderschuhen, und Menschen wurden häufig nur nach ihren Aussagen und nach ihrem Gesamteindruck beurteilt.

Glücklicherweise verstand Garwood auch nichts von Geologie und konnte uns deshalb keine unangenehmen Fragen stellen.

In seinem Büro unterzeichneten wir den Mietvertrag, gaben ihm das Geld und bekamen die Schlüssel.

Jetzt hatten wir eine Operationsbasis.

Wir brachten unser Gepäck in die Apple Lane. Obwohl mir das Haus vor kurzer Zeit noch zugesagt hatte, fühlte ich mich nun als rechtmäßiger Mieter irgendwie unbehaglich. Dieses Haus schien sich unserer Gegenwart bewußt zu sein; eine feindselige Intelligenz schien in den Wänden zu wohnen, mit Lampen als allgegenwärtigen Augen, und sie schien uns willkommen zu heißen, aber nicht mit freundlichen Absichten, sondern mit einem schrecklichen Hunger.

Wir fuhren in die Innenstadt, um mit unseren Nachforschungen zu beginnen.

Die Bibliothek war ein imposantes neugotisches Gebäude neben dem Gericht. Die Granitmauern waren mit Schmutz überzogen. Ein mit Zinnen versehenes Dach, schmale vergitterte Fenster und eine massive Holztür vermittelten den Eindruck einer Stahlkammer, in der etwas aufbewahrt wurde, das einen viel höheren materiellen Wert als Bücher hatte.

Im Innern gab es einfache stabile Eichentische und -stühle, wo Besucher lesen konnten, wenn sie keine großen Ansprüche an Bequemlichkeit stellten. Hinter den Tischen war das Büchermagazin: zweieinhalb Meter hohe Eichenregale, dazwischen lange schmale Gänge mit blauen kegelförmigen Deckenlampen.

Rya und ich gingen diese von Büchern gesäumten Korridore entlang. Es roch nach vergilbtem Papier und staubigen Stoffeinbänden. Ich hatte das Gefühl, als könnte man Dickens' London oder Burtons arabische Welt hier einfach einatmen, ohne die Bücher lesen zu müssen, so als wären sie eine besondere Pilzart, deren Pollen beim Inhalieren Geist und Fantasie düngten. Am liebsten hätte ich irgendeinen Band zur Hand genommen und mich in seine Seiten geflüchtet, denn selbst die grausigen Welten von Lovecraft, Poe oder Bram Stoker wären angenehmer gewesen als die Realität, mit der wir uns beschäftigen mußten.

Wir waren hergekommen, um den *Yontsdown Register* zu studieren, der in der Zeitschriftenabteilung im Hintergrund des riesigen Raumes archiviert war. Relativ neue Exemplare der Zeitung lagen – nach Erscheinungsdaten geordnet – in großen Schubfächern, während ältere Ausgaben auf Mikrofilmrollen zugänglich waren. Wir verbrachten einige Stunden damit, uns über die Ereignisse der vergangenen sieben Monate zu informieren, und wir erfuhren eine ganze Menge.

Die enthaupteten Leichen von Polizeichef Kelsko und seinem Assistenten waren in dem Streifenwagen aufgefunden worden, in der Sackgasse, wo Joel Tuck das Fahrzeug in jener Nacht der Gewalt abgestellt hatte. Ich hatte damit gerechnet, daß die Polizei die Morde einem durchreisenden Psychopathen zuschreiben würde, und das war tatsächlich der Fall gewesen. Doch zu meinem Entsetzen las ich, daß ein Mann verhaftet worden war: ein junger Vagabund namens Walter Dembrow, der angeblich in seiner Gefängniszelle Selbstmord begangen hatte, zwei Tage nach seinem Geständnis und einer Anklage wegen zweifachen Mordes. Er hatte sich erhängt. Mit einem Strick aus seinem in Streifen gerissenen Hemd.

Ich bekam unerträgliche Gewissensbisse.

Rya und ich schauten gleichzeitig vom Bildschirm des Mikrofilm-Lesegeräts auf. Unsere Blicke trafen sich.

Einen Moment lang brachten wir kein Wort hervor. Dann flüsterte Rya: »Mein Gott!« – obwohl niemand in der Nähe war, der uns hätte belauschen können.

Mir war übel. Ich war froh, daß ich saß, denn mir war plötzlich ganz schwach zumute. »Er hat sich nicht erhängt«, murmelte ich.

»Nein. Diese Mühe haben sie ihm abgenommen.«

»Nach grausamen Folterungen.«

Sie biß sich stumm auf die Lippe.

Drüben im Büchermagazin waren gedämpfte Stimmen und leise Schritte zu hören.

Ich erschauderte. »In gewisser Weise habe ich Dembrow umgebracht. Er ist stellvertretend für mich gestorben.«

Sie schüttelte den Kopf. »Nein.«

»Doch. Ich habe Kelsko und seinen Assistenten ermordet und den Trollen dadurch einen Vorwand geliefert, Dembrow unter Anklage zu stellen.«

»Er war ein Vagabund, Slim«, fiel sie mir scharf ins Wort, während sie meine Hand nahm. »Glaubst du, daß viele Vagabunden, die sich in diese Stadt verirren, sie lebendig verlassen? Die Trolle dürstet es nach unserem Schmerz, unserem Leiden. Sie sind immer auf der Suche nach Opfern. Und die geeignetsten Opfer sind Vagabunden, Landstreicher, Beatniks auf der Suche nach ihrer wahren Identität. Die Trolle brauchen sich so jemanden nur auf der Straße zu schnappen und können ihn dann nach Herzenslust schlagen, quälen und schließlich ermorden. Dann verscharren sie die Leiche irgendwo, und niemand wird je erfahren, was ihm zugestoßen ist – niemand wird überhaupt Fragen stellen. Es ist viel ungefährlicher, als Einheimische umzubringen – und genauso befriedigend. Deshalb bezweifle ich, daß sie sich je eine Gelegenheit entgehen lassen, einen Vagabunden zu foltern und abzuschlachten. Auch wenn du Kelsko und den anderen Troll nicht umgebracht hättest, wäre dieser Dembrow mit größter Wahrscheinlichkeit auf dem Weg durch Yontsdown verschwunden, und sein Ende hätte kaum anders ausgesehen. Der einzige Unterschied besteht darin, daß er auch noch als Sündenbock diente, daß man auf diese Weise bequem die Akte eines Falles schließen konnte, mit dem die Bullen überfordert waren. Du bist nicht verantwortlich.«

»Wer denn dann?« fragte ich jämmerlich.

»Die Trolle«, erwiderte sie entschieden. »Diese Teufel. Und, bei Gott, wir werden sie auch für Dembrow büßen lassen, wie für alles andere!«

Ich fühlte mich nach ihren Worten etwas besser – wenn auch nicht allzu sehr.

Wir vertieften uns wieder in die Lektüre des *Yontsdown Register* und erfuhren, wer Kelskos Nachfolge als Polizeichef angetreten hatte. Der Name war uns erschreckend vertraut: Orkenwold, Klaus Orkenwold. Jener Troll, der im Keller des Hauses an der Apple Lane aus purem Sadismus seine Schwägerin gefoltert und getötet hatte, ebenso wie ihre beiden Kinder. Ich hatte Rya von den grausigen Verbrechen erzählt, die ich mit meinem sechsten Sinn wahrgenommen hatte. Jetzt starrten wir einander bestürzt an und fragten uns, was dieser Zufall zu bedeuten haben mochte.

Wie bereits erwähnt, glaube ich manchmal – in deprimierter Stimmung –, daß die Welt ein einziges wildes Chaos ist, daß es so etwas wie den Sinn des Lebens überhaupt nicht gibt, daß alles nur Leere und Asche und Grausamkeit ist. In solcher Geistesverfassung bin ich ein geistiger Bruder des Predigers Salomo.

Das war in der Bibliothek aber nicht der Fall.

Bei manchen Gelegenheiten entwickle ich nämlich spirituelle Neigungen. Dann sehe ich in unserer Existenz ein kompliziertes Muster, das ich zwar nicht verstehen kann, das mich aber zu der ermutigenden Überzeugung führt, es gebe ein geordnetes Universum, in dem nichts Zufälliges geschieht. Mit meinen Zwielicht-Augen nehme ich verschwommen eine ordnende Kraft wahr, eine höhere Macht, der wir zu dienen haben – die in uns vielleicht sogar hohe Erwartungen setzt. Ich spüre einen *Plan*, obwohl seine Bedeutung mir völlig verborgen bleibt.

Dies war eine solche Gelegenheit.

Wir waren nicht einfach aus eigenem Antrieb nach Yontsdown zurückgekehrt. Es war uns bestimmt gewesen zurückzukehren, um mit Orkenwold abzurechnen – oder mit dem System, das er repräsentierte.

In einer Kurzbiographie wurde die Tapferkeit gerühmt, mit der Orkenwold zahlreiche persönliche Schicksalsschläge überwunden hatte. Er hatte eine Witwe mit drei Kindern geheiratet – Maggie Walsh, geborene Penfield –, und nach zweijähriger, angeblich außerordentlich glücklicher Ehe hatte er Frau und Adoptivkinder bei einem Brand verloren, der eines Nachts sein Haus verwüstete, während er im Dienst war. Das Feuer wütete derart, daß nur Knochen übrigblieben.

Ohne auch nur ein Wort darüber verlieren zu müssen, stand für Rya und mich fest, daß der Brand nicht versehentlich ausgebrochen war und daß ein ehrlicher Leichenbeschauer – wenn es außer Knochen etwas zu beschauen gegeben hätte – auf Spuren schwerer Verletzungen gestoßen wäre, die nichts mit dem Feuer zu tun hatten.

Einen Monat später geschah die nächste Tragödie. Orkenwolds Partner beim Streifendienst – sein Schwager Tim Penfield – wurde bei dem Versuch, einen Einbrecher in einem Warenlager zu stellen, von diesem erschossen. Dem heldenhaften Orkenwold gelang es, den Täter zu erschießen.

Auch darüber brauchte man kein Wort zu verlieren. Alles war sonnenklar. Orkenwolds Schwager war kein Troll gewesen und hatte aus irgendwelchen Gründen Orkenwold des Mordes an Maggie und den drei Kindern verdächtigt. Daraufhin hatte Orkenwold sich des Mannes geschickt entledigt.

Der *Register* zitierte Orkenwold, der damals gesagt hatte: »Ich weiß wirklich nicht, ob ich die Polizeiarbeit weiterhin verkraften kann. Er war nicht nur mein Schwager, sondern auch mein Partner und mein bester Freund – der beste Freund, den ich je hatte. Ich wünschte, der tödliche Schuß hätte mich und nicht ihn getroffen.« Eine glänzende Vorstellung, in Anbetracht der Tatsache, daß er seinen Kollegen *und* irgendeinen Unschuldigen, dem er das Verbrechen in die Schuhe schob, umgebracht hatte. Seine rasche Wiederaufnahme der Arbeit nach dieser Tragödie wurde als Beweis für seine Tapferkeit und für sein Verantwortungsbewußtsein gewertet.

Rya schauderte und versuchte sich zu wärmen, indem sie ihre Arme vor der Brust kreuzte.

Ich brauchte sie nicht nach der Ursache ihres Fröstelns zu fragen.

Ich rieb mir die eiskalten Hände.

Ein Winterwind brüllte und fauchte wie ein Löwe vor den hohen, schmalen Fenstern der Bibliothek, aber unsere Kälte rührte nicht von diesem Geräusch her.

Ich hatte das Gefühl, als würden wir keinen Zeitungsartikel lesen, sondern hätten uns in das verbotene *Buch der Verdammten* vertieft, in dem die Greueltaten der Dämonen von irgendeinem der Hölle entsprossenen Schreiber peinlich genau aufgezeichnet worden waren.

Sechzehn Monate lang ließ Klaus Orkenwold seiner verwitweten Schwägerin Dora Penfield und ihren beiden Kindern finanzielle Unterstützung zukommen. Dann wurde er von einem neuen Schicksalsschlag getroffen: Mutter und Kinder verschwanden spurlos.

Ich wußte, was mit ihnen geschehen war. Ich hatte ihre entsetzlichen Qualen im Keller des Hauses an der Apple Lane gesehen – und gehört und gefühlt.

Damit hatte Orkenwold auch die letzten Mitglieder der Familie Penfield ausgelöscht.

Die Trolle sind die Jäger.

Wir sind die Beute.

Sie verfolgen uns gnadenlos in einer Welt, die für sie nichts anderes als ein riesiges Jagdrevier ist.

Ich brauchte nicht weiterzulesen, aber ich tat es trotzdem –

so als könnte ich durch die Lektüre der Zeitungslügen auf irgendeine Weise Zeugnis ablegen von der Wahrheit über die Todesfälle, so als machte ich es mir dadurch auf eine mir selbst unverständliche Art und Weise zur heiligen Pflicht, für die Ermordung der Penfields Vergeltung zu üben.

Nach dem Verschwinden Doras und der Kinder waren Ermittlungen eingeleitet worden, und zwei Monate später war Winston Yarbridge verhaftet worden, ein Junggeselle, Vorarbeiter im Bergwerk, der allein in einem Haus an der Apple Lane lebte, das nur einen halben Kilometer vom Haus der Penfields entfernt war. Yarbridge beteuerte seine Unschuld, und sein guter Ruf – er galt als ruhiger Bürger und eifriger Kirchgänger – schien zunächst für ihn zu sprechen. Doch das Beweismaterial der Polizei war erdrückend. Yarbridge war offenbar ein sexueller Psychopath; er hatte sich ins Haus der Penfields geschlichten, die Frau und die beiden Kinder mißbraucht, ermordet und kaltblütig zerhackt. Danach hatte er sich der Überreste seiner Opfer in einem mit ölgetränkten Kohlen geheizten Ofen entledigt. Blutbefleckte Unterwäsche der Kinder und der Frau wurden in Yarbridges Haus gefunden, in einem Koffer ganz hinten im Schrank. Wie von einem geistesgestörten Mörder ja durchaus zu erwarten war, hatte er von jedem seiner Opfer einen Finger aufgehoben, in kleinen Gläsern mit Alkohol, sorgfältig etikettiert mit dem jeweiligen Namen des Opfers. Auch die Mordwaffen wurden in seinem Haus gefunden, außerdem eine Sammlung pornographischer Zeitschriften für Sadisten. Yarbridge behauptete, all diese Gegenstände seien vorsätzlich in seinem Haus versteckt worden, um ihm die Morde anzuhängen – und selbstverständlich verhielt es sich in Wirklichkeit auch so. Als am Ofen im Keller des Penfield-Hauses zwei Fingerabdrücke von ihm entdeckt wurden, bezichtigte er die Polizei der Lüge – und er hatte selbstverständlich völlig recht damit, daß diese Fingerabdrücke *nicht* von dem Heizkörper stammten. Beim Prozeß gab es an der Schuld des Angeklagten nicht den geringsten Zweifel, und der Schurke wurde erwartungsgemäß auf dem elektrischen Stuhl hingerichtet.

Orkenwold selbst hatte entscheidend zur Aufklärung des

spektakulären Mordfalls beigetragen. Auch in der Folgezeit hatte er sich – dem *Register* zufolge – durch besonders häufige Festnahmen und Überführungen von Straftätern um die Aufrechterhaltung von Recht und Ordnung außerordentlich verdient gemacht, so daß seine Beförderung zum Polizeichef durchaus gerechtfertigt war. Die Schnelligkeit, mit der er den Vagabunden Walter Dembrow des Mordes an Kelsko überführte, war eine Bestätigung seiner hervorragenden Eignung für diesen Posten.

Durch Kelskos Ermordung hatte ich den leidgeprüften Menschen von Yontsdown nicht einmal eine kurze Verschnaufpause geben können. Die Trolle waren hier offenbar so hervorragend organisiert, daß das Machtmonopol ausschließlich in ihren Händen lag; und so war ein Folterknecht nahtlos durch den nächsten ersetzt worden.

Rya starrte zu einem der hohen Fenster empor. Durch die Milchglasscheiben fiel nur wenig schwaches Licht ein. Schließlich murmelte sie verstört: »Man sollte doch eigentlich meinen, daß irgend jemand einmal auf den Gedanken hätte kommen müssen, bei den endlosen Tragödien in Orkenwolds Umgebung ginge nicht alles mit rechten Dingen zu.«

»In einer normalen Stadt wäre diese Häufung von Katastrophen wahrscheinlich tatsächlich jemandem suspekt erschienen, und vielleicht hätte irgendein anderer Polizist oder ein Reporter oder sonst wer beschlossen, Orkenwold genau im Auge zu behalten. Aber hier in Yontsdown sind die Trolle an der Macht. Sie *sind* die Polizei. Sie haben die Kontrolle über das Gericht und den Stadtrat, sie stellen den Bürgermeister. Höchstwahrscheinlich gehört auch die Zeitung ihnen. Sie haben jede Institution, die unangenehme Fragen stellen könnte, völlig in der Hand, und deshalb kommt die Wahrheit hier nie ans Licht.«

Der weiteren Lektüre älterer und neuerer Zeitungsexemplare verdankten wir eine Menge aufschlußreicher Informationen. Unter anderem erfuhren wir, daß die Kohlen-Gesellschaft Blitz zu einem Drittel Jensen Orkenwold gehörte – Klaus Orkenwolds Bruder. Die beiden anderen Mitinhaber waren Anson Corday, Inhaber und Herausgeber der einzigen Yontsdowner Zeitung, und Bürgermeister Albert Spectorsky, der joviale Politiker, den ich im vergangenen Sommer kurz kennengelernt hatte. Die Trolle verfügten hier wirklich über ein perfekt gesponnenes Netz, und – wie ich bereits vermutet hatte – schien die Kohlen-Gesellschaft Blitz das Zentrum dieses dichten Netzes zu sein.

Als wir mit unseren Nachforschungen in der Bibliothek endlich fertig waren, statteten wir dem Grundbuchamt im Untergeschoß des Gerichtsgebäudes einen kurzen Besuch ab. Dort wimmelte es nur so von Trollen, obwohl die Angestellten, die keine einflußreichen Positionen hatten, normale Menschen waren. Unsere Vermutung bestätigte sich: Das Haus an der Apple Lane, in dem die Penfields gestorben waren und das wir gemietet hatten, gehörte Klaus Orkenwold, Yontsdowns neuem Polizeichef. Er hatte es von Dora Penfield geerbt... nachdem er sie und ihre Kinder bestialisch ermordet hatte!

Unser Vermieter war einer jener Unholde, gegen die wir Krieg führen wollten.

Wieder schien mir, als könnte ich einen winzigen Ausschnitt aus dem riesigen, komplizierten Weltenplan erkennen. Offenbar war es uns vom Schicksal vorherbestimmt, den Kampf mit der Troll-Elite von Yontsdown aufzunehmen, und wir konnten diesem Schicksal nicht entrinnen, selbst wenn es den Tod für uns bedeuten würde.

Wir aßen in der Innenstadt früh zu Abend, kauften einige Lebensmittel und andere notwendige Dinge ein und machten uns kurz nach Einbruch der Dunkelheit auf den Rückweg zur Apple Lane. Rya saß am Steuer.

Während des Essens hatten wir überlegt, ob wir uns ein Quartier suchen sollten, das keinem Troll gehörte, waren aber zu dem Schluß gelangt, daß es viel zu auffällig wäre umzuziehen, nachdem wir die Miete für ein halbes Jahr im voraus bezahlt hatten. An diesem verpesteten Ort zu leben, mit dem Troll-Polizeichef als Vermieter, würde vielleicht etwas mehr Vorsicht erfordern, aber wir glaubten uns dort in Sicherheit – sofern in dieser verfluchten Stadt von Sicherheit überhaupt die Rede sein konnte.

Ich erinnerte mich zwar noch an das Unbehagen, das ich in dem Haus verspürt hatte, als wir unser Gepäck hineingebracht hatten, führte es aber auf überreizte Nerven zurück. Obwohl ich mich dort nicht wohl fühlte, hatte ich keinerlei hellseherische Vorahnungen, daß wir uns in Gefahr brächten, indem wir dort wohnten.

Wir befanden uns auf der East Duncannon Road, etwa drei Kilometer von der Abzweigung zur Apple Lane entfernt, und als wir bei grüner Ampel über eine Kreuzung fuhren, sah ich rechts einen Streifenwagen, der bei Rot warten mußte. Im Schein einer Straßenlampe konnte ich durch die schmutzige Windschutzscheibe hindurch wahrnehmen, daß der Polizist am Steuer ein Troll war. Die dämonische Fratze war unter der menschlichen Maske verschwommen zu erkennen.

Mit meinen Zwielicht-Augen konnte ich aber noch etwas anderes erkennen, das mir einen Moment lang die Sprache raubte. Rya war schon einen halben Block weitergefahren, als ich endlich mühsam hervorbrachte: »Fahr rechts ran.«

»Was?«

»Schnell. Fahr rechts ran und halt an. Schalt die Scheinwerfer aus.«

Sie befolgte meine Anweisungen. »Was ist denn los?«

»Der Bulle an der Kreuzung«, sagte ich.

»Ja, den habe ich gesehen«, meinte Rya. »Ein Troll.«

Ich konnte im Rückspiegel sehen, daß die Ampel noch nicht umgeschaltet hatte, daß der Streifenwagen noch an der Ecke wartete.

»Wir müssen ihn daran hindern.«

»Den Bullen? Woran willst du ihn denn hindern?«

»Er will jemanden umbringen.«

»Alle Trolle wollen jemanden umbringen«, sagte sie. »Das ist doch ihre Lieblingsbeschäftigung.«

»Nein. Ich meine ... heute abend. Er wird noch heute abend jemanden umbringen.«

»Bist du sicher?«

»Bald. Sehr bald.«

»Wen?«

»Das weiß ich nicht. Ich glaube, er weiß es selbst noch nicht. Aber innerhalb der nächsten Stunde wird sich ihm eine Gelegenheit bieten. Und er wird sie sich nicht entgehen lassen.«

Die Ampel schaltete um, und der Troll fuhr in unsere Richtung.

»Folg ihm«, sagte ich. »Aber fahr nicht zu dicht an ihn ran. Er darf nicht merken, daß er beobachtet wird.«

»Slim, wir haben eine wichtigere Mission, als ein einzelnes Leben zu retten. Wir dürfen nicht alles aufs Spiel setzen, nur um...«

»Wir müssen! Wenn wir ihn wegfahren lassen, obwohl wir wissen, daß er heute abend einen unschuldigen Menschen ermorden wird...«

Der Streifenwagen fuhr an uns vorbei, in Richtung Duncannon.

Rya gab noch nicht klein bei. »Hör mal, einen einzigen Mord zu verhindern, kommt mir fast so vor, als wollte man mit einem Kaugummi ein riesiges Loch in einem Damm ausbessern. Wir sollten uns lieber ruhig verhalten und weitere Nachforschungen anstellen, um dann gegen das *ganze* hiesige Trollnest losschlagen zu...«

»Kitty Genovese«, sagte ich nachdrücklich.

Rya starrte mich an.

»Denk an Kitty Genovese«, wiederholte ich.

Sie blinzelte. Erschauderte. Seufzte. Folgte widerwillig dem Streifenwagen.

23

Das Schlachthaus

Der Polizist fuhr durch eine heruntergekommene Vorstadtgegend: kaputte Gehwege, ausgetretene Stufen, zerbrochene Terrassengeländer, verwitterte Mauern, abbröckelnder Verputz. Hätten diese Häuser Stimmen gehabt, so hätten sie bestimmt geseufzt und gestöhnt, gejammert und gehustet, geklagt und sich bitter über die Ungerechtigkeit ihres würdelosen Alterungsprozesses beschwert.

Wir folgten dem Streifenwagen.

Gleich nach Unterzeichnung des Mietvertrags hatten wir Schneeketten gekauft, die jetzt klirrten, rasselten und bei höheren Geschwindigkeiten schrill sangen. Hin und wieder hörte man unter ihnen den verwundeten Schnee protestierend knirschen.

Der Polizist fuhr langsam an einer Reihe geschlossener Geschäfte vorbei – einer Reifenhandlung, einer geschlossenen Tankstelle, einem schäbigen Bücherantiquariat – und leuchtete mit seinem grellen Suchscheinwerfer die Seiten der Gebäude ab, in der vergeblichen Hoffnung, irgendeinen Einbrecher ertappen und festnehmen zu können.

Wir ließen ihm mindestens einen Block Vorsprung und riskierten es sogar, ihn für lange Sekunden aus den Augen zu verlieren, wenn er um eine Ecke bog, nur damit er nicht bemerkte, daß er verfolgt wurde.

Schließlich stieß er auf ein defektes Fahrzeug, das am Straßenrand abgestellt war, kurz vor der Kreuzung East Duncannon Road und Apple Lane. Es war ein vier Jahre alter grüner Pontiac, schmutzig von einer langen Fahrt durch Schnee und Matsch, mit kleinen Eiszapfen an der hinteren Stoßstange. Das Auto trug ein Nummernschild des Staates New York, was mich in dem Gefühl bestärkte, daß der Troll-Polizist *hier* sein Opfer finden würde. Schließlich gab ein Ortsfremder, der sich nur auf der Durchreise in Yontsdown befand, die ideale Beute ab, denn niemand würde beweisen können, daß er ausgerechnet in dieser Stadt und nicht anderswo auf seiner lange Route verschwunden war.

Der Streifenwagen hielt hinter dem Pontiac am Straßenrand an.

»Fahr vorbei«, sagte ich zu Rya.

Eine attraktive rothaarige Frau um die Dreißig, in kniehohen Stiefeln, Jeans und grauer Jacke, stand vor dem Auto. Ihr Atem war in der kalten Luft deutlich zu sehen. Sie hatte die Motorhaube geöffnet und einen Handschuh ausgezogen, schien aber nicht zu wissen, was sie tun sollte, und schaute hilfesuchend zu uns hinüber, als wir vor der Kreuzung etwas abbremsten.

Für den Bruchteil einer Sekunde sah ich anstelle ihres Gesichts einen Totenschädel mit gähnenden Augenhöhlen.

Die Vision verschwand, als wir die Frau hinter uns ließen.

Sie würde noch an diesem Abend sterben – wenn wir ihr nicht halfen.

An der Ecke des nächsten Blockes befand sich ein Wirtshaus, und gleich danach führte die Duncannon Road ins düstere, bewaldete Vorgebirge empor, von dem Yontsdown auf drei Seiten eingeschlossen war. Rya fuhr auf den Parkplatz der Wirtschaft, parkte unseren Kombi neben einem Lieferwagen und schaltete die Scheinwerfer aus. Von dieser Position aus hatten wir die Kreuzung Duncannon Road und Apple Lane im Blickfeld, wo der Troll-Polizist jetzt neben der rothaarigen Frau stand, der er wie ein Retter aus höchster Not vorkommen mußte.

»Wir haben die Schußwaffen zu Hause gelassen«, sagte Rya.

»Wir dachten ja auch nicht, daß der Krieg schon jetzt beginnen würde. Ab jetzt werden wir immer unsere Pistolen mitnehmen«, erwiderte ich nervös. Die Vision des Totenschädels hatte mich ziemlich mitgenommen.

»Aber im Moment sind wir unbewaffnet«, beharrte Rya.

»Ich habe mein Messer«, meinte ich und klopfte an meinen Stiefel.

»Das ist nicht viel.«

»Es reicht.«

»Vielleicht.«

An der Kreuzung stieg der Rotschopf in den Streifenwagen, zweifellos erleichtert, daß ein lächelnder und höflicher Gesetzeshüter ihr aus der Patsche half.

Einige wenige Autos waren in der Zwischenzeit vorbeigekommen, doch um diese Zeit herrschte hier am Stadtrand kaum Verkehr, und als der Streifenwagen jetzt losfuhr, war weit und breit kein anderes Fahrzeug zu sehen.

Rya war startbereit, hatte die Scheinwerfer aber noch nicht eingeschaltet.

Wir duckten uns auf den Sitzen, so daß unsere Köpfe kaum über das Armaturenbrett hinausragten. Als der Streifenwagen mit klirrenden Schneeketten an uns vorbeifuhr, sahen wir den uniformierten Troll am Steuer. Von der Rothaarigen war nichts zu sehen. Sie hatte auf dem Beifahrersitz Platz genommen, das hatten wir beobachtet. Doch jetzt war sie verschwunden.

»Wo ist sie denn abgeblieben?« wunderte sich Rya.

»Als sie eingestiegen ist, war die Straße leer. Ich wette, daß das Schwein diese Chance sofort genutzt hat. Wahrscheinlich hat er sie mit Handschellen gefesselt und sie gezwungen, auf den Boden zu rutschen. Vielleicht hat er sie aber auch bewußtlos geschlagen.«

»Sie könnte sogar schon tot sein«, murmelte Rya.

»Nein«, widersprach ich. »Los. Folg dem Wagen. Er bringt sie bestimmt an irgendeinen abgelegenen Ort, wo er sie in aller Ruhe langsam töten kann. Das ist es doch, was ihnen am meisten Genuß verschafft – ein qualvoll in die Länge gezogener Tod ihres Opfers. Einen schnellen Schlag führen sie nur im Notfall.«

Als Rya vom Parkplatz auf die Duncannon Road einbog, waren von dem Streifenwagen nur noch die roten Rücklichter zu sehen, die höher und höher stiegen, bis sie über uns in der Luft zu schweben schienen, um sodann hinter einem Hügel zu verschwinden. Hinter uns war kein Fahrzeug zu sehen. Rya beschleunigte, und wir folgten dem Streifenwagen mit größtmöglicher Geschwindigkeit.

Bald verengte sich die Duncannon Road zur zweispurigen

Landstraße. Auf beiden Seiten rückten Kiefern und Rottannen immer dichter an die Fahrbahn heran. In ihren Kapuzenmänteln aus immergrünen Nadeln wirkten sie unnahbar und geradezu bedrohlich.

Obwohl wir den Abstand zum Streifenwagen bald auf weniger als 400 Meter verringerten, brauchten wir nicht zu befürchten, daß der Troll uns entdecken würde. Die Straße wand sich in Serpentinen ins Gebirge empor, so daß wir ihn nie länger als einige Sekunden hintereinander im Blickfeld hatten, und das bedeutete, daß wir für ihn nur ferne Scheinwerfer waren, in denen er keine Bedrohung sehen würde. Immer wieder bogen Wege von der Straße ab – es mußte sich wohl um Auffahrten handeln, denn an diesen Abzweigungen waren Briefkästen auf Pfosten montiert; die Häuser lagen hinter eisverkrusteten Bäumen versteckt. Nach sieben oder acht Kilometern sahen wir von einer Anhöhe aus, daß der Streifenwagen weiter unten abbremste und in eine solche Auffahrt abbog. Wir passierten diese Abzweigung, ohne das Tempo zu verringern, um keinen Verdacht zu erregen. Auf dem grauen Briefkasten stand der Name HAVENDAHL. Die Rücklichter des Streifenwagens tauchten zwischen den Bäumen in einer so undurchdringlichen Dunkelheit unter, daß mein Orientierungssinn – und mein Gleichgewicht – kurz außer Kraft gesetzt wurden: Es kam mir tatsächlich so vor, als hinge ich in der Luft, während der Streifenwagen sich nicht über die Erdoberfläche bewegte, sondern den Mittelpunkt des Planeten – oder vielleicht die Hölle? – zum Ziel zu haben schien.

Rya parkte etwa 100 Meter hinter der Abzweigung am Straßenrand, an einer Stelle, wo der Schneeräumtrupp auch die Böschung geräumt hatte, um Platz zum Wenden zu schaffen.

Als wir ausstiegen, stellten wir fest, daß es viel kälter geworden war, seit wir im Supermarkt unsere Einkäufe erledigt hatten. Ein feuchter Wind fegte vom Gebirge herab, kam aber offenbar ursprünglich aus dem fernen Norden, aus der öden kanadischen Tundra und dem arktischen Eis, denn diese reine, ozonhaltige Luft war unverkennbar polaren Ursprungs. Rya und ich trugen mit Pelzimitat gefütterte Wildledermäntel, Handschuhe und warme Stiefel. Trotzdem froren wir.

Rya öffnete den Kofferraum des Kombi und holte ein Eisenwerkzeug hervor, das als Brecheisen und als Schraubenschlüssel zu verwenden war. Sie wog das Ding prüfend in der Hand und erklärte, als sie meinen verständnislosen Blick sah: »Du hast dein Messer, und ich habe jetzt das hier.«

Wir gingen zur Abzweigung zurück. Die Auffahrt war ein schwarzer Tunnel mit Wänden und einer Decke aus Bäumen. Ich hoffte, daß meine Augen sich bald auf diese tiefe Dunkelheit einstellen würden, um einen eventuellen Angreifer rechtzeitig sehen zu können. Vorsichtig folgten wir dem schmalen ungepflasterten Weg, Rya dicht an meiner Seite.

Gefrorene Erde und dünnes Eis knirschten unter unseren Stiefeln.

Der Wind heulte in den Baumwipfeln. Die unteren Äste rauschten und knarrten leise. Der Wald wirkte gespenstisch lebendig.

Der Motor des Streifenwagens war nicht zu hören. Offenbar hatte er irgendwo angehalten.

Nach einigen hundert Metern beschleunigte ich mein Tempo immer mehr, bis ich schließlich rannte, nicht etwa, weil ich jetzt besser sehen konnte – obwohl das der Fall war –, sondern weil ich plötzlich das Gefühl hatte, daß der jungen rothaarigen Frau nicht mehr viel Zeit blieb. Ohne mir Fragen zu stellen, rannte Rya neben mir her.

Die Auffahrt war etwa einen halben Kilometer lang, und als wir schließlich aus dem Baumtunnel auf eine verschneite Lichtung hinaustraten, sahen wir etwa 50 Meter entfernt ein zweistöckiges weißes Holzhaus. Die meisten Fenster im Erdgeschoß waren beleuchtet. Es machte – zumindest bei Nacht – einen gepflegten Eindruck. Auch auf der vorderen Terrasse brannte Licht, so daß man das kunstvoll geschnitzte Geländer mit rokokoartigen Verzierungen deutlich erkennen konnte. Die dunklen Fensterläden waren nicht geschlossen. Eine Rauchwolke stieg aus dem Ziegelkamin und wurde vom Wind westwärts getrieben.

Der Streifenwagen stand vor dem Haus.

Von dem Polizisten und dem Rotschopf war nichts zu sehen.

Keuchend blieben wir am Rand der Lichtung stehen, wo die schwarze Kulisse des Waldes uns unsichtbar machte, falls drüben jemand aus dem Fenster schaute.

Etwa 50 Meter rechts vom Haus war eine große Scheune, die hier im Vorgebirge fehl am Platz wirkte, denn in dieser steilen, felsigen Gegend konnte man unmöglich lohnende Landwirtschaft betreiben. Dann erspähte ich ein großes Schild über dem breiten Scheunentor: KELLYS APFELKELTEREI. Und auf dem verschneiten Hügel hinter dem Haus standen Bäume in ordentlichen Reihen, wie Soldaten bei einer Militärparade: ein Obstgarten.

Ich bückte mich und zog das Messer aus meinem Stiefel.

»Vielleicht solltest du hier warten«, sagte ich zu Rya.

»Blödsinn!«

Ich hatte gewußt, daß sie das sagen würde, und fühlte mich bestärkt durch ihren Mut und ihren Wunsch, auch in gefährlichen Situationen bei mir zu bleiben.

Flink und leise wie Mäuse huschten wir geduckt am Rand der Auffahrt entlang, wo die Wälle aus altem schmutzigem Schnee etwas Sichtschutz boten. In wenigen Sekunden erreichten wir das Haus. Auf dem Rasen mußten wir uns langsamer bewegen, denn die Schneekruste knirschte laut unter unseren Füßen; wenn wir langsam auftraten, ließ sich das Geräusch allerdings auf ein gedämpftes Maß reduzieren, das im Haus höchstwahrscheinlich nicht zu hören war. Jetzt war der grimmig heulende Wind eher unser Verbündeter als unser Feind.

Wir schlichen an der Mauer entlang.

Durch das erste Fenster, wo nur durchsichtige Stores vorgezogen waren, nicht aber die schweren Vorhänge, blickte ich in einen Wohnraum: ein Ziegelkamin, eine Kaminuhr, Möbel im Kolonialstil, polierter Holzboden, Fleckerlteppiche, gestreifte Tapete, Drucke von Grandma Moses an den Wänden.

Durch das nächste Fenster schaute man ebenfalls ins Wohnzimmer.

Ich sah niemanden.

Ich hörte niemanden. Nur den vielstimmigen Wind.

Das dritte Fenster gehörte zum Eßzimmer. Es war leer.

Im Haus schrie eine Frau. Etwas dröhnte und krachte.

Aus dem Augenwinkel sah ich, daß Rya ihre Waffe hob.

Durch das vierte und letzte Fenster auf dieser Seite des Hauses blickte ich in ein etwa dreieinhalb Meter langes und genauso breites Zimmer, das so gut wie leer war; keine Dekorationen, keine Bilder; die beigen Wände und die beige Decke waren mit rostbraunen Flecken übersät; ebenso der graue Linoleumboden. Dieser Raum paßte überhaupt nicht zu dem Haus mit dem gepflegten Wohn- und Eßzimmer.

An diesem Fenster waren die Vorhänge fast zugezogen, doch wenn ich mein Gesicht an die Scheibe preßte, konnte ich durch den Spalt zwischen den Brokatvorhängen immerhin etwa 70 Prozent des Zimmers überblicken – einschließlich der rothaarigen Frau, die nackt auf einem ungepolsterten Holzstuhl saß, die Hände hinter der Rückenlehne gefesselt. Sie war mir so nahe, daß ich sogar die blauen Venen in ihrer hellen Haut erkennen konnte – und ihre Gänsehaut. Mit schreckensweit aufgerissenen Augen starrte sie auf etwas, das sich außerhalb meines Blickfeldes befand.

Ein weiteres Dröhnen. Die Hauswand bebte, so als wäre von innen etwas Schweres dagegen geschleudert worden.

Ein unheimliches Quieken. Ich erkannte es sofort – der schrille Schrei eines Trolls in höchster Erregung.

Auch Rya hatte das Geräusch offenbar identifiziert, denn sie stieß mit angeekeltem Zischen die Luft aus.

In dem unmöblierten Raum geriet ein Troll in mein Blickfeld. Er hatte sein menschliches Kostüm abgelegt, aber ich wußte, daß ich den Polizisten vor mir hatte. Er bewegte sich auf allen vieren mit jener für Trolle typischen Anmut, die man ihnen bei den verformten Schulter- und Hüftknochen niemals zugetraut hätte. Er hatte den bösartigen Hundekopf gesenkt und bleckte seine messerscharfen Reptilzähne. Die gespaltene, fleckige Zunge hechelte. Die schweineartigen Augen, rot und glühend und haßerfüllt, fixierten die hilflose Frau, die dem Wahnsinn nahe schien.

Plötzlich wirbelte der Unhold jedoch herum und raste auf allen vieren durchs Zimmer, so als wollte er mit dem Kopf die Wand durchstoßen. Statt dessen *kletterte* er zu meiner großen Überraschung an der Wand hoch, brachte dicht unter der Decke mit der Geschwindigkeit einer Kakerlake die Längsseite des Raumes hinter sich, sodann auch noch die Hälfte der Querwand, bevor er auf den Boden zurückkehrte, vor der gefesselten Frau anhielt und sich auf die Hinterbeine stellte.

Mir gefror das Blut in den Adern.

Ich hatte gewußt, daß die Trolle flinker und beweglicher als die meisten Menschen waren, aber eine Vorstellung wie diese hatte ich noch nie erlebt, vielleicht, weil ich sie sehr selten in der Privatatmosphäre ihrer Wohnungen erlebt hatte. Und wenn ich Trolle umbrachte, tötete ich sie im allgemeinen so schnell, daß sie keine Möglichkeit hatten, über Wände und Decken zu entkommen.

Ich hatte geglaubt, alles über sie zu wissen, doch nun hatte ich wieder eine Überraschung erlebt. Das deprimierte mich und steigerte meine Nervosität, denn ich fragte mich unwillkürlich, ob sie noch mehr solcher Talente besaßen, von denen ich nichts ahnte. Wenn ich im falschen Moment mit etwas Derartigem konfrontiert wurde, konnte das meinen Tod zur Folge haben.

Ich hatte Angst.

Was mir Angst einjagte, war aber nicht nur die bestürzende Fähigkeit des Trolls, wie eine Eidechse an Wänden hochzuklettern. Ich hatte auch Angst um die gefesselte Frau. Als der Unhold sich auf die Hinterbeine aufrichtete, enthüllte er etwas, das ich ebenfalls noch nie gesehen hatte: einen etwa 30 cm langen Phallus, der normalerweise, wenn er nicht erigiert war, in einem schuppigen Sack verborgen war. Das scheußliche Glied hatte die Form eines Säbels, war dick und gefurcht.

Das dämonische Wesen wollte die Frau offenbar vergewaltigen, bevor es sie mit Krallen und Zähnen zerfetzen würde. Und es bevorzugte für diese Notzucht seine Monstergestalt, weil das Entsetzen des Opfers dadurch noch um ein Vielfaches gesteigert würde.

Ich zweifelte keine Sekunde daran, daß ein bestialischer Mord den krönenden Abschluß des Geschehens für den Unhold bilden würde. Und schlagartig wurde mir klar, warum dieser Raum unmöbliert war, warum Wände und Fußboden mit rostbraunen Flecken übersät waren. Dies war ein Schlachthaus. Hierher waren schon andere Frauen gebracht worden, und man hatte sie verhöhnt, in Todesangst versetzt, gedemütigt, gequält und getötet.

Nicht nur Frauen. Auch Männer. Und Kinder.

Ich empfing plötzlich widerliche psychische Impressionen von früheren Verbrechen. Die Wände strahlten grauenhafte Bilder aus, die sich auf der Scheibe zu projizieren schienen, so als wäre das Fenster eine Filmleinwand.

Mit enormer Willenskraft verbannte ich diese Visionen rasch. Ich durfte mich jetzt nicht von ihnen überwältigen lassen, denn sie würden mich derart schwächen, daß ich dann außerstande wäre, der Frau zu helfen.

Ich wandte mich vom Fenster ab und schlich auf die Hausecke zu, ohne auch nur eine Sekunde daran zu zweifeln, daß Rya mir folgen würde. Beim Gehen zog ich meine Handschuhe aus und stopfte sie in die Manteltaschen, denn sie hätten mich beim Messerwerfen behindert.

Auf der Rückseite des Hauses traf uns der Wind mit voller Wucht – eine regelrechte Windlawine, die vom Berg hinabrollte. Innerhalb weniger Sekunden hatte ich eiskalte Hände, und ich wußte, daß ich schnell ins warme Haus gelangen mußte, wenn ich nicht mit klammen Fingern einen Fehlwurf riskieren wollte.

Die Stufen zur hinteren Veranda waren vereist; sie knarrten unter unseren Stiefeln.

Am Geländer hingen Eiszapfen.

Auch der Verandaboden protestierte gegen unser Gewicht.

Der Hintereingang war etwas links von der Hausmitte. Ich öffnete behutsam die Sturmtür aus Glas und Aluminium. Ihre mit Federn versehenen Angeln quietschten leise.

Auch die eigentliche Hintertür war nicht verschlossen. Trolle haben für Schlösser wenig Verwendung, denn bei ihrer ursprünglichen Züchtung im Labor wurden sie als weitgehend furchtlose Krieger konzipiert, und vor uns fürchten sie sich kaum. Der Jäger fürchtet sich nicht vor dem Hasen.

Rya und ich betraten eine ganz normale Küche, die direkt aus *Good Housekeeping* hätte stammen können. Die warme Luft duftete nach Schokolade, Bratäpfeln und Zimt. Gerade diese Normalität ließ den Raum um so unheimlicher erscheinen.

Auf einer Arbeitsplatte rechts von der Tür stand eine hausgemachte Pastete, daneben ein großer Teller mit Plätzchen. Ich hatte Trolle – in menschlicher Tarnung – unzählige Male in Restaurants essen sehen. Ich wußte natürlich, daß sie sich wie alle Lebewesen ernähren mußten, aber ich hatte sie mir nie bei so prosaischen Tätigkeiten wie Kochen und Backen vorgestellt. Schließlich waren sie so etwas wie Vampire, die sich von unserem physischen und psychischen Schmerz ernährten, und in Anbetracht des reichhaltigen Menüs menschlicher Qualen, das ihnen ständig zur Verfügung stand, hatte ich geglaubt, sie bräuchten keine andere Nahrung. Und nicht einmal im Traum hätte ich es für möglich gehalten, daß sie sich abends zu Hause gemütlich an einen gedeckten Tisch setzten und von ihrem Tagwerk ausruhten – von Quälereien und Blutvergießen. Diese Vorstellung drehte mir fast den Magen um.

Aus dem unmöblierten Raum, der an die Küche grenzte, war weiteres Dröhnen und Plumpsen und Kratzen zu hören.

Die unglückselige Frau war offensichtlich über das Stadium des Schreiens hinaus, denn ich hörte sie jetzt mit zitternder Stimme inbrünstig beten.

Ich öffnete den Reißverschluß meines Mantels, schlüpfte aus den Ärmeln und ließ ihn leise zu Boden gleiten, weil er mich beim Werfen behindert hätte.

Außer der Hintertür zur Veranda gab es in der großen Küche einen offenen Durchgang zur Eingangshalle sowie drei geschlossene Türen. Ich nahm an, daß eine der Türen in den Keller führte, die zweite in eine Speisekammer. Die dritte war möglicherweise ein Eingang zu dem Schlachthaus, wo der Dämon sich mit einem wehrlosen Opfer amüsierte. Das

Risiko, aufs Geratewohl Türen zu öffnen und dabei Lärm zu machen, war mir jedoch zu groß; ich mußte den richtigen Raum auf Anhieb finden. Deshalb durchquerten wir leise die Küche und schlichen durch den Durchgang in die Halle. Die erste Tür zur Linken war halb geöffnet; sie führte ins Schlachthaus.

Ich befürchtete, daß die Frau mich sehen würde, wenn ich von der Schwelle aus vorsichtig ins Zimmer spähte, und daß ihre Reaktion den Troll alarmieren würde. Deshalb stürzte ich ins Zimmer, ohne zu wissen, wo der Troll gerade war. Die Tür krachte gegen die Wand, als ich sie mit Wucht aufstieß.

Der Troll, der sich über die Frau gebeugt hatte, wirbelte zu mir herum und stieß vor Überraschung zischend die Luft aus.

Das Messer an der Klinge haltend, holte ich zum Wurf aus.

Der Troll machte einen Satz auf mich zu.

Gleichzeitig schoß mein Arm nach vorne, und das Messer flog durch die Luft.

Mitten im Sprung wurde der Unhold in die Kehle getroffen. Die Klinge drang tief ein, aber leider nicht an der idealen Stelle, sondern etwas daneben. Die glänzenden, wabbeligen schweineartigen Nasenflügel bebten vor Schmerz und Wut, und heißes Blut schoß aus seiner Schnauze hervor.

Er prallte mit aller Kraft gegen mich.

Ich flog rückwärts an die Wand. Mein Rücken berührte das getrocknete Blut von all den unschuldigen Opfern, und einen Moment lang – bevor ich die Visionen energisch abblockte – spürte ich den Schmerz und das Entsetzen dieser Menschen während ihres Todeskampfes.

Unsere Gesichter waren nur wenige Zentimeter voneinander entfernt. Der Atem der Kreatur stank widerlich. Sie bleckte sabbernd ihre großen gebogenen Zähne dicht vor meinen Augen. Die dunkle ölige Zunge schoß auf mich zu.

Der Unhold umschlang mich mit seinen knochigen Armen, so als wollte er versuchen, mich an seiner Brust zu zermalmen. Vielleicht würde er aber auch seine schrecklichen Krallen tief in mich bohren und mir die Haut zerfetzen.

Mein rasendes Herzklopfen löste einen plötzlichen Adrenalinstoß aus, und diese chemische Flut verlieh mir das Gefühl, ein Gott zu sein, wenn auch – zugegebenermaßen – ein verängstigter Gott.

Ich ballte die Hände zu Fäusten und rammte meine Ellbogen mit aller Kraft in die starken Arme des Trolls, um seinen eisernen Griff zu lockern. Die Krallen rissen an meinem Hemd, dann flog einer seiner Arme hoch, und ich hörte, wie die Knöchel gegen die Wand schlugen.

Das Ungeheuer stieß einen Wutschrei aus. Ich stemmte mich von der Wand ab und stieß den Unhold zurück. Wir taumelten und stürzten zu Boden. Ich landete auf meinem Feind, packte sofort den Griff des Messers, das in seiner Kehle steckte, riß die Klinge heraus, stach wieder zu... immer und immer wieder. Ich konnte einfach nicht mehr aufhören, obwohl das Zinnoberrot der glühenden Augen sich rasch trübte und matter wurde. Seine Füße trommelten schwach auf dem Linoleum. Die Arme zuckten krampfhaft, und die langen Hornkrallen kratzten über den Boden.

Keuchend kniete ich über dem sterbenden Troll, der seine letzte schwache Lebensenergie auf die Metamorphose zur Menschengestalt verwandte. Knochen knirschten, Knochen barsten, Knochen schmolzen und sprudelten und fügten sich neu zusammen; Sehnen und Knorpel zerrissen, gingen aber sofort andere Verbindungen ein; die weicheren Gewebe lösten sich mit nassen, schmatzenden Lauten auf und bildeten neue Formen.

Die gefesselte Frau, Rya und ich beobachteten wie gebannt diese fantastische Verwandlung und bemerkten den zweiten Troll deshalb erst, als er ins Zimmer stürzte und uns genauso überraschte, wie wir den ersten Unhold überrascht hatten.

Rya reagierte diesmal schneller als ich. Sie schwang schon ihr Brecheisen, während ich noch nicht einmal auf den Beinen war, und sie führte den Schlag mit solcher Wucht und Präzision, daß sie beim Aufprall Mühe hatte, die Waffe festzuhalten. Der Angreifer heulte vor Schmerz und taumelte rückwärts, war aber doch nicht so schwer verletzt, daß er zu Boden gegangen wäre.

Er fauchte und spuckte, so als könnte er uns mit seinem

Speichel vergiften. Dann stürzte er mit erschreckender Geschwindigkeit auf Rya zu, packte sie mit seinen riesigen Pranken, fuhr alle zehn Krallen aus, die aber zum Glück keinen Schaden anrichteten, weil sie sich im dicken Wintermantel verfingen.

Bevor er sich befreien und ihr mit den Krallen das Gesicht zerfetzen konnte, sprang ich auf ihn zu und rammte das Messer in seinen schuppigen Rücken, zwischen die mißgebildeten Schultern. Es drang tief ein, bis zum Heft, steckte im Knorpel fest, und ich konnte es nicht mehr herausziehen.

Plötzlich schüttelte sich das Ungeheuer und schlug nach vorne und hinten aus wie ein Rodeo-Pferd, mit so ungeheurer Kraft, daß ich zu Boden geschleudert wurde und mit dem Kopf gegen die Wand schlug.

Sterne tanzten mir vor den Augen.

Ich war viel zu benommen, um sofort wieder aufspringen zu können.

Ich sah verschwommen, daß mein Messer noch immer im Rücken des Trolls steckte.

Er wollte sich jetzt wieder auf Rya stürzen, aber sie hatte sich inzwischen gefaßt, und anstatt vor dem Angreifer zurückzuweichen, machte sie einen Schritt auf ihn zu und setzte wieder ihre Waffe ein, diesmal allerdings nicht als Knüppel; vielmehr trieb sie das dicke Eisenwerkzeug wie einen Speer in den Bauch des Trolls, der diesmal vor Schmerz ein rasselndes Schnauben ausstieß.

Er packte den Speer mit beiden Pranken, und Rya ließ ihre Waffe los. Während der Unhold rückwärts stolperte und vergeblich versuchte, den Schaft aus seinen Eingeweiden herauszuziehen, kam ich wieder auf die Beine und stürzte auf das verhaßte Wesen zu.

Ich umklammerte das andere Ende des Werkzeugs. Dem alten Feind war sein Alter jetzt wirklich anzusehen. Er stierte mich aus mörderischen Augen an, die sich langsam trübten, und versuchte mit seinen Krallen nach meinen Händen zu schlagen. Bevor er mir die Haut zerfetzen konnte, riß ich den Behelfsspeer aus seinem Leib heraus und prügelte methodisch auf ihn ein, bis er in die Knie ging und dann mit dem

Gesicht nach unten zusammenbrach. Ich schlug weiter zu, bis ich keine Kraft mehr hattte, die Waffe zu schwingen.

Mein Keuchen hallte von den Wänden wider.

Rya versuchte mit einigen Papiertaschentüchern das Blut des Trolls von ihren Händen abzuwischen.

Die Metamorphose des ersten Trolls war fast abgeschlossen gewesen, als der Kampf mit dem zweiten begonnen hatte. Jetzt sah ich, daß es tatsächlich der Polizist war, den wir verfolgt hatten.

Der zweite Troll erwies sich in Menschengestalt als Frau, war etwa im gleichen Alter wie der Bulle.

Vielleicht seine Ehefrau. Oder sein Weibchen.

Dachten sie wirklich in Kategorien von Mann und Frau – oder auch nur von Männchen und Weibchen? Was für Empfindungen hatten sie, wenn sie sich nachts in kalter, reptilartiger Leidenschaft paarten? War es üblich, daß sie zu zweit durchs Leben gingen – und wenn ja, aus welchen Gründen? Gefiel es ihnen, oder diente es nur als Tarnung?

Rya würgte und schien nahe daran, sich zu übergeben, kämpfte aber erfolgreich gegen die Übelkeit an und warf die blutdurchtränkten Papiertücher auf den Boden.

Ich stellte mich auf den Rücken des zweiten toten Trolls – der Frau –, packte mein Messer mit beiden Händen und zog es mühsam heraus.

Ich wischte die Klinge an meiner Jeans ab.

Die nackte Frau auf dem Stuhl zitterte wie Espenlaub. In ihren Augen las ich Entsetzen, Verwirrung und Furcht – Furcht nicht nur vor den toten Trollen, sondern auch vor Rya und mir. Verständlicherweise.

»Wir sind Freunde«, krächzte ich. »Wir sind nicht... wie sie.«

Sie starrte mich an, brachte aber keinen Laut hervor.

»Kümmere dich um sie«, trug ich Rya auf.

Ich wandte mich zur Tür. »Wohin...«

»Ich will nachschauen, ob noch mehr von ihnen im Haus sind.«

»Bestimmt nicht«, sagte Rya. »Andernfalls wären sie inzwischen schon hier.«

»Ich muß trotzdem nachschauen.«

Ich hoffte, daß Rya verstanden hatte, warum ich den Raum verlassen wollte. Sie sollte in meiner Abwesenheit die rothaarige Frau beruhigen und ihr beim Ankleiden helfen, damit die Ärmste sich wenigstens ein wenig fassen konnte und sich vor mir nicht mehr wegen ihrer Blöße zu schämen brauchte, wenn ich ihr einige Erklärungen über die Trolle geben würde.

Im Eßzimmer flüsterte der Wind verschwörerisch, nur um im nächsten Moment am Fenster klagend zu stöhnen.

Im ersten Stock fand ich drei Schlafzimmer und ein Bad. In jedem Raum hörte ich das arthritische Knarren der Dachsparren, wenn der Wind an den Giebeln rüttelte und an den Traufen schnüffelte.

Keine weiteren Trolle.

Im kalten Bad zog ich meine blutdurchtränkten Kleider aus und wusch mich schnell am Waschbecken, wobei ich es vermied, in den Spiegel zu schauen. Trolle zu töten war gerechtfertigt. Ich war mir sicher, daß ich damit keine Sünde beging, und ich befürchtete nicht etwa, Schuld in meinen Augen zu entdecken, wenn ich in den Spiegel schaute. Doch es kam mir so vor, als wären die Dämonen immer schwerer umzubringen, als müßte ich immer mehr Gewalt anwenden, immer brutaler vorgehen. Und nach jeder Bluttat glaubte ich in meinem Blick eine neue Kälte zu sehen, eine Härte, die mich bestürzte und erschreckte.

Der Polizist hatte etwa meine Größe gehabt, und ich holte aus seinem Kleiderschrank ein Hemd und eine Levis. Sie paßten mir wie angegossen.

Als ich wieder ins Erdgeschoß kam, warteten Rya und der Rotschopf im Wohnzimmer auf mich. Sie saßen in Fensternähe in bequemen Sesseln, aber die nervliche Anspannung war ihnen deutlich anzusehen. Von ihrer Position aus überblickten sie die Auffahrt, so daß kein Auto sich ungesehen nähern konnte.

Draußen scheuchte der Wind Schneegespenster vom Boden auf, die in die Dunkelheit enteilten, so als hätte man sie mir irgendwelchen geheimen Missionen betraut.

374

Die Frau hatte sich angezogen. Ihre schreckliche Erfahrung hatte sie offenbar nicht um den Verstand gebracht, obwohl sie mit gebeugten Schultern dasaß und nervös die Hände in ihrem Schoß bewegte.

Ich zog einen Polsterstuhl mit Petit-Point-Stickerei heran, setzte mich neben Rya und griff nach ihrer Hand. Sie zitterte.

»Was hast du ihr erzählt?« fragte ich.

»Einiges über die Trolle... wer sie sind, woher sie stammen. Aber sie weiß nicht, wer wir sind, warum wir die Trolle sehen können, während sie selbst dazu nicht imstande ist. Das kannst du ihr jetzt erklären.«

Die rothaarige Frau hieß Cathy Osborn. Sie war 31, außerordentliche Professorin für Literatur an der Barnard Universität in New York City. Aufgewachsen war sie in einer Kleinstadt 120 km westlich von Yontsdown. Kürzlich war ihr Vater nach einem leichten Herzinfarkt ins Krankenhaus eingeliefert worden, und Cathy hatte sich an der Universität beurlauben lassen, um ihn zu besuchen. Inzwischen war er auf dem Wege der Besserung, und Cathy wollte nach New York zurückkehren. Trotz der mitunter katastrophalen winterlichen Straßenverhältnisse im Gebirge war sie sehr gut vorangekommen – bis zum östlichen Stadtrand von Yontsdown. Als Literaturfan besaß sie viel Fantasie – sagte sie –, war aufgeschlossen und hatte einiges an Fantasy- und Horrorgeschichten gelesen: *Dracula*, *Frankenstein*, einige Romane von Algernon Blackwood und H. P. Lovecraft, eine Erzählung von jemandem namens Sturgeon über einen blutsaugenden Teddybären. Sie war also – wie sie sagte – nicht gänzlich unvorbereitet auf fantastische und makabre Geschehnisse. Doch obwohl ihr Monster aus der Literatur hinreichend bekannt waren und sie vorhin die grauenhaften Unholde mit eigenen Augen gesehen hatte, sträubte sich ihr Verstand, Ryas Erklärung zu akzeptieren, daß es sich bei den Monstern um genetisch gezüchtete Soldaten einer vergessenen Zivilisation handelte. »Ich weiß, daß ich nicht verrückt bin«, sagte sie, »aber ich frage mich dennoch, ob ich es vielleicht doch bin; und ich weiß genau, daß ich gesehen habe, wie diese Wesen ihre Erscheinungsform veränderten. Aber ich frage mich trotzdem, ob ich mir das alles nur eingebildet habe, ob ich vielleicht unter Halluzinationen leide, obwohl ich mir sicher bin, daß das nicht der Fall ist. Und dann auch noch diese Geschichte über eine frühere Zivilisation, die bei einem Atomkrieg vernichtet wurde... Das alles ist einfach zuviel für mich, und jetzt schwafle ich dummes Zeug daher – so ist es doch? –, aber ich habe einfach das Gefühl, als stünde mein Gehirn vor einem Kurzschluß...«

Ich machte die Sache für sie nicht gerade leichter, indem ich ihr auch noch von Zwielicht-Augen, von Ryas schwächeren übersinnlichen Kräften und von dem Krieg erzählte, den wir gegen die Trolle führen wollten.

Ihre grünen Augen wurden glasig, aber nicht etwa, weil sie einfach abschaltete oder die Informationen nicht mehr aufnehmen konnte. Im Gegenteil, sie hatte einen Punkt erreicht, an dem ihr unkompliziertes rationales Weltbild so total – und mit solcher Kraft – auf den Kopf gestellt und umgestülpt wurde, daß ihr Widerstand gegen einen Glauben an ›Unmögliches‹ in sich zusammenbrach. Sie war dermaßen überwältigt, daß sie nichts mehr für ausgeschlossen hielt. Und ihre glasigen Augen waren nur ein Anzeichen dafür, wie blitzartig ihr geschulter Geist arbeitete, um all die neuen Erkenntnisse in ihr drastisch verändertes Realitätsverständnis einzufügen.

Als ich geendet hatte, blinzelte sie und schüttelte fassungslos den Kopf. »Aber jetzt...«

»Wie soll ich jetzt weiterhin Literatur unterrichten? Wie soll ich ein normales Leben führen können, nachdem ich das alles jetzt weiß?«

Ich schaute Rya hilfesuchend an, in der Hoffnung, daß sie eine Antwort darauf wüßte. »Das wird wahrscheinlich nicht möglich sein«, mußte sie zugeben.

Cathy runzelte die Stirn und wollte etwas sagen, kam aber nicht mehr dazu, denn die Stille des gemütlichen Wohnzimmers wurde plötzlich von einem schrillen Schrei durchbrochen. Er hörte sich teils wie das Weinen eines Kindes an, teils wie das Quieken eines Schweines, teils wie das Zirpen eines Insekts. Es war kein Geräusch, das ich mit Trollen assoziierte, aber es war auch weder der Schrei eines Menschen noch irgendeines mir bekannten Tieres.

Ich wußte, daß diese Leute nicht von den beiden Trollen stammen konnten, die wir gerade umgebracht hatten. Sie waren tot, daran bestand überhaupt kein Zweifel – zumindest jetzt waren sie tot. Vielleicht würden sie – wenn wir sie nicht enthaupteten – schließlich ihren Weg ins Reich der Lebenden zurückfinden, aber das würde Wochen oder Monate in Anspruch nehmen.

Rya sprang auf und griff nach etwas, das nicht da war – ihrem Brecheisen, nehme ich an. »Was ist das für ein Lärm?«

Auch ich war aufgesprungen und hatte mein Messer gezückt.

Das unheimliche vielstimmige Geheul vermochte Blut in Eiswasser zu verwandeln. Falls es das personifizierte Böse gab, in Gestalt Satans oder eines anderen Teufels, so würde seine Stimme so klingen – wortlos aber bösartig, die Stimme von all dem, was nicht gut und nicht richtig war.

Ich war mir zunächst nicht klar darüber, aus welchem Raum oder auch nur aus welcher Etage das gräßliche Geräusch kam.

Cathy Osborn erhob sich langsam, so als wollte sie nicht mit einem weiteren Horror konfrontiert werden. »Ich... habe dieses Geräusch vorhin schon einmal gehört«, stammelte sie, »als ich gefesselt in jenem Zimmer saß und die beiden anfingen, mich zu quälen. Aber dann ist soviel passiert, daß ich es... ganz vergessen habe.«

Rya starrte auf den Boden.

Ich ebenfalls, denn inzwischen hatte ich begriffen, daß diese schrillen Töne – sie hatten Ähnlichkeit mit elektronischen Schwingungen, waren aber viel fremdartiger – aus dem Keller kamen.

24

Der Käfig und der Altar

Der Polizist, der jetzt tot in seinem eigenen blutbefleckten Schlachthaus lag, hatte einen Dienstrevolver getragen – einen Smith & Wesson .357 Magnum. Ich nahm die Waffe an mich, bevor ich in die Küche ging und die Tür zum Keller öffnete.

Das gespenstische trillernde Winseln hallte von den Wänden wider und enthielt eine unmißverständliche Botschaft: Not, Zorn – *Hunger*. Es war ein unvorstellbar übles Geräusch, das seine Fühler nach mir ausstreckte, und ich bildete mir sogar ein, daß dieser Schrei mit feuchten Geisterhänden nach mir griff, daß klamme Finger über mein Gesicht und meinen Körper glitten.

Der unterirdische Raum war nicht völlig dunkel. Weiches, züngelndes Licht – vielleicht von Kerzen – flackerte in einer Ecke, die von oben nicht einzusehen war.

Cathy Osborn und Rya bestanden darauf, mich zu begleiten. Rya war nicht willens zuzulassen, daß ich mich der unbekannten Gefahr allein aussetzte, und Cathy hatte Angst, allein im Wohnzimmer zu bleiben.

Ich drückte auf den Lichtschalter, und unten im Keller wurde der Kerzenschein von hellem elektrischem Licht verdrängt.

Das Geheul hörte auf.

Ich erinnerte mich an die psychischen Dämpfe längst vergangenen menschlichen Leidens, die noch immer von den Kellerwänden des Hauses in der Apple Lane ausgingen, und versuchte die Antennen meines sechsten Sinnes auf Empfang zu stellen, um eine eventuell auch hier vorhandene Strahlung ähnlicher Art wahrnehmen zu können. Doch obwohl ich tatsächlich Bilder und Gefühle hellseherischer Natur registrierte, glichen sie keiner der Visionen, die ich bisher je gehabt hatte. Sie ergaben für mich keinen Sinn: vage bizarre Schatten, die ich nicht identifizieren konnte, alle nur in

Schwarz und Weiß und verschiedenen Grautönen. Sie sprangen in hektischem Rhythmus umher, um im nächsten Moment langsame wellenförmige Bewegungen auszuführen; dazwischen plötzliche Explosionen von buntem Licht in ominösen Farben, dessen Quelle ich nicht zu erkennen vermochte.

Ich begriff nur, daß ich ungewöhnlich starke Emotionen auffing, die einem völlig verwirrten Geist entströmten – wie Abwasser aus einem kaputten Rohr. Es waren keine menschlichen Emotionen; sie waren noch viel düsterer als die perversesten Wünsche und Träume der allerschlimmsten Menschen. Aber es war auch nicht die typische Ausstrahlung eines Trolls. Vielmehr handelte es sich um so etwas wie das emotionale Äquivalent zu verwesendem Fleisch. Ich spürte, daß ich in den Pfuhl der chaotischen Innenwelt eines mörderischen Irren geriet. Der Wahnsinn – und die darunter verborgene Blutrünstigkeit – war so abstoßend, daß ich hastig versuchte, meinen sechsten Sinn wie einen Radioapparat auszuschalten, um mich vor den unwillkommenen Wellen zu schützen.

Ich mußte auf der Treppe ein wenig geschwankt haben, denn Rya legte mir von hinten eine Hand auf die Schulter und flüsterte: »Ist alles in Ordnung?«

»Ja.«

Die Treppe war steil, und von dem Keller war von oben nur ein kleines Stück grauen Betonbodens zu sehen.

Ich stieg vorsichtig die Treppe hinab.

Rya und Cathy folgten mir, und unsere Stiefel dröhnten auf den Holzstufen.

Üble Gerüche stiegen mir in die Nase. Urin, Kot, alter Schweiß.

Der große Raum enthielt nichts von all dem, was man normalerweise in Kellern findet – keine Werkzeuge, kein Holz für irgendwelche Arbeiten eines leidenschaftlichen Hobbybastlers, keine Farbtöpfe, kein eingemachtes Obst oder Gemüse. Statt dessen gab es hier einen Altar und einen großen stabilen Käfig mit Eisenstangen vom Boden bis zur Decke.

Obwohl sie jetzt still waren, zweifelte ich keinen Augenblick daran, daß die gräßlichen Insassen des Käfigs jenen Lärm verursacht hatten, der uns an diesen gottverlassenen Ort geführt hatte. Es waren drei junge Trolle, jeder etwa 1,20 Meter groß. Trollkinder. Sie gehörten unverkennbar jener dämonischen Spezies an – und waren doch anders. Unbekleidet, von Licht und Schatten gestreift, spähten sie zwischen den Gitterstäben hervor, während ihre Gesichter und Körper sich ständig veränderten. Ihre Fähigkeit zur Metamorphose war offenbar völlig außer Kontrolle geraten. Sie befanden sich ständig in einem fließenden Zwischenstadium, halb Trolle, halb Menschen. Fleisch und Knochen verwandelten sich unablässig, ohne eine der beiden Erscheinungsformen komplett zustandezubringen. Einer hatte einen menschlichen Fuß an einem trollartigen Bein und Hände mit zum Teil menschlichen, zum Teil trollartigen Fingern. Während ich hinschaute, formten sich einige Menschenfinger in viergliedrige Finger mit langen Krallen um, und umgekehrt wurden aus einigen Trollfingern allmählich Finger eines Menschenkindes. Eine der beiden anderen Kreaturen starrte uns aus harten, bösartigen, aber menschlichen Augen an, während ihr übriges Gesicht dämonisch war; doch im nächsten Augenblick entstand bereits eine neue Kombination menschlicher und trollartiger Züge.

»Was sind das für Wesen?« fragte Rya schaudernd.

»Ich glaube... mißgestaltete Trollkinder«, sagte ich und trat etwas näher an den Käfig heran, blieb aber außer Reichweite der grausigen Geschöpfe, die uns aufmerksam beobachteten.

»Mißgeburten«, fuhr ich fort. »Alle Trolle haben ein Gen, das ihnen die Verwandlung vom Mensch zum Troll und zurück ermöglicht. Aber diese Kreaturen wurden offenbar mit unvollkommenen metamorphen Genen geboren... ein ganzer Wurf von Mißgeburten. Sie können keine der beiden Erscheinungsformen beibehalten. Ihr Gewebe befindet sich ständig in Bewegung. Deshalb haben ihre Eltern sie hier unten eingesperrt, so wie Menschen früher ihre geisteskranken Kinder in Kellern und Dachkammern versteckten.«

Eine der Mißgeburten fauchte mich an, und die beiden anderen stimmten sofort begeistert ein – ein bedrohliches Zischen.

»Allmächtiger Gott«, flüsterte Cathy Osborn.

»Es ist nicht nur eine körperliche Mißbildung«, sagte ich. »Sie sind auch wahnsinnig – sowohl nach menschlichen Maßstäben als auch nach denen der Trolle. Wahnsinnig und äußerst gefährlich.«

»Sagt dir das dein sechster Sinn?« fragte Rya.

Ich nickte.

Während ich von ihrem Wahnsinn sprach, war ich wieder empfänglich für die Ausstrahlung ihrer geisteskranken Hirne geworden, wie zuvor auf der Kellertreppe. Ich spürte in ihnen Wünsche und Triebe, die ich zwar nicht richtig verstehen konnte, weil sie zu fremdartig waren, die aber unverkennbar durch und durch pervers, blutrünstig und abstoßend waren. Düstere Lüste und Bedürfnisse, beängstigender Hunger... Wieder reduzierte ich meinen sechsten Sinn, so als drosselte ich die Luftzufuhr in einem Ofen, und die lodernde Glut psychotischer Strahlung wurde langsam schwächer, bis nur noch eine kaum wahrnehmbare Flamme übrigblieb.

Sie hörten auf zu fauchen und zu zischen.

Ihre menschlichen Augen warfen plötzlich Blasen, schmolzen dahin, glühten rot auf und wurden zu haßerfüllt funkelnden Trollaugen.

Eine der Kreaturen stieß tief in der Kehle abgehackte Geräusche aus, die vermutlich eine Art Lachen darstellten – ein böses Lachen, das mich frösteln ließ.

Hier sprangen Hauer aus menschlichen Mündern hervor.

Da begann sich ein schwerer wilder Hundekiefer herauszubilden.

Und dort verwandelte sich ein perfekter menschlicher Daumen in ein viergliedriges Stilett.

Unablässige Verwandlung, nie zu Ende geführt. Genetischer Wahnsinn.

Eines der drei alptraumhaften Geschöpfe schob einen grotesk knotigen Arm zwischen den Gitterstäben hindurch, so weit wie irgend möglich, öffnete die geballte Faust und begann mit gespreizten Menschen- und Trollfingern die Luft zu kämmen oder – besser gesagt – auszuwringen. Mit spinnenartiger Geschwindigkeit krümmten und wanden sich die Finger: seltsame Bewegungen ohne jeden Sinn.

»Ich bekomme eine Gänsehaut bei ihrem Anblick«, sagte Rya. »Glaubst du, daß so etwas oft passiert – ein Wurf solcher Mißgeburten? Glaubst du, daß das ein Problem für die Trolle ist?«

»Vielleicht. Ich weiß es nicht.«

»Möglicherweise verschlechtert sich ihr genetisches Material von Generation zu Generation. Vielleicht gibt es in jeder neuen Generation mehr solcher Mißgeburten. Schließlich fehlte ihnen ursprünglich die Fähigkeit, sich zu vermehren. Vielleicht verlieren sie diese Fähigkeit sich fortzupflanzen allmählich wieder... durch eine neue Mutation. Ist so etwas möglich? Oder ist das, was wir hier sehen, eine seltene Ausnahme?«

»Ich weiß es nicht«, wiederholte ich. »Vielleicht hast du recht. Es wäre schön, wenn wir glauben könnten, daß sie langsam aussterben, daß es in einigen hundert Jahren nur noch eine Handvoll Trolle geben wird.«

»Aber einige hundert Jahre nützen uns nichts«, sagte Cathy Osborn jämmerlich.

»Genau darin besteht das Problem«, stimmte ich ihr zu. »Es würde Hunderte von Jahren dauern, bis sie aufhören zu existieren. Und ich kann mir nicht vorstellen, daß sie einfach resignieren. Sie haben soviel Zeit, Pläne zu schmieden, daß sie bestimmt eine Möglichkeit finden werden, die ganze Menschheit mit sich ins Grab zu reißen.«

Plötzlich zog das kühnste Trolljunge seinen Arm in den Käfig zurück und begann zusammen mit seinen Geschwistern zu heulen. Es war jenes schreckliche Geheul, das wir oben gehört hatten. Die schrillen Töne hallten von den Betonmauern wider, Musik zur Untermalung von Alpträumen, ein monotones Lied des Wahnsinns, wie man es vielleicht auch in Korridoren eines Irrenhauses zu hören bekommt.

In Verbindung mit dem Gestank nach Fäkalien war dieser

Lärm schier unerträglich. Aber ich konnte den Keller nicht verlassen, ohne vorher den Altar betrachtet zu haben.

Natürlich wußte ich nicht genau, ob es sich tatsächlich um einen Altar handelte; jedenfalls sah das Gebilde so aus. In einer Ecke des Kellers, möglichst weit entfernt von dem Käfig und von der Treppe, stand ein stabiler Tisch mit einer blauen Samtdecke. Zwei ungewöhnliche Öllampen – kupferfarben getönte Glaskugeln mit Dochten, die auf dem Öl schwammen – flankierten eine Art Ikone, die auf einem etwa acht cm hohen, jeweils 30 cm langen und breiten, polierten Steinpodest ruhte. Die Ikone selbst bestand aus gebranntem Ton – ein Rechteck, 20 cm lang, 15 cm breit, zehn cm dick –, und ihre glänzende schwarze Glasur täuschte geheimnisvolle Tiefe vor. In der Mitte des schwarzen Rechtecks befand sich ein weißer Kreis von etwa zehn cm Durchmesser, und dieser Kreis wurde von einem stilisierten schwarzen Blitz in zwei Teile unterteilt.

Es war das Firmenzeichen der Kohlen-Gesellschaft Blitz, das wir schon auf dem Lastwagen gesehen hatten. Aber daß es hier wie zur Anbetung aufgestellt war, beleuchtet von Ewigen Lichtern, deutete darauf hin, daß es etwas viel Bedeutsameres war als nur ein Firmenzeichen. Es schien eine Art heiliges Symbol zu sein.

Weißer Himmel, dunkler Blitz.

Was symbolisierte es?

Weißer Himmel, dunkler Blitz.

Die Mißgeburten im Käfig vollführten nach wie vor einen Höllenlärm, aber die Ikone auf dem Altar beschäftigte mich derart, daß ich das schrille Geheul kaum noch wahrnahm.

Ich konnte mir beim besten Willen nicht vorstellen, daß eine Spezies wie die Trolle – von Menschenhand und nicht von Gott erschaffen, ihren Schöpfer *hassend*, ohne jede Ehrfurcht vor ihm – eine Religion entwickelt haben könnten. Falls dies tatsächlich ein Altar war – was beteten sie hier an? Welchen seltsamen Göttern huldigten sie? Und wie? Und weshalb?

Rya streckte die Hand aus und wollte die Ikone berühren.

Ich fiel ihr in den Arm.

»Nicht«, sagte ich.

»Warum nicht?«

»Ich weiß auch nicht. Aber... lieber nicht berühren.«

Weißer Himmel, dunkler Blitz.

Das Bedürfnis der Trolle nach Göttern, Altären und Ikonen, die spirituelle Glaubensformen bildhaft zum Ausdruck brachten, hatte etwas überraschend Rührendes an sich. Das Vorhandensein einer Religion setzt Zweifel, Demut, die Erkenntnis von Gut und Böse, Sehnsucht nach unabänderlichen Werten und nach einem Sinn des Lebens voraus. Zum erstenmal sah ich etwas, das auf eine eventuelle Gemeinsamkeit zwischen Menschen und Trollen hindeutete.

Aber, verdammt, ich wußte doch aus bitterer Erfahrung, daß diese dämonischen Wesen keine Zweifel und keine Demut kannten. Ihre Unterscheidung von Gut und Böse war so einfach, daß dazu keine philosophische Grundlage notwendig war: Gut war alles, was ihnen nützte oder uns schadete; schlecht war alles, was ihnen schadete oder uns half. Sie hatten die Wertmaßstäbe von Haien. Ihr einziger Lebenssinn bestand darin, uns zu vernichten, und dazu benötigten sie keine komplizierte theologische Doktrin oder göttliche Rechtfertigung.

Weißer Himmel, dunkler Blitz.

Während ich dieses Symbol betrachtete, gelangte ich allmählich zu der Überzeugung, daß ihre Religion – falls es denn eine war – nichts an ihrer Fremdartigkeit änderte und auch nichts Rührendes an sich hatte. Ich spürte nämlich, daß ihr unbekannter Glaube etwas unendlich Böses an sich hatte. Der Gott, den sie anbeteten, war so unsagbar böse, daß, verglichen mit dieser Religion, sogar der Satanismus – trotz seiner Menschenopfer – geradezu harmlos war.

Mit meinen Zwielicht-Augen sah ich den schwarzen Blitz auf dem weißen Kreis dunkel zucken, und ich nahm wahr, daß dieses ominöse Symbol Todesenergie ausstrahlte. Was auch immer die Trolle anbeten mochten – Zerstörung, Schmerz und Tod waren jedenfalls wesentliche Bestandteile.

Ich erinnerte mich an die weite, kalte, lichtlose Leere, die ich vor mir gesehen hatte, als jener Lastwagen der Kohlen-

Gesellschaft Blitz vorbeigefahren war, und als ich jetzt die Ikone anstarrte, hatte ich die gleiche Vision. Unendliche Dunkelheit. Unendliche Stille. Unendliche Kälte. Unendliche Leere. Das totale Nichts. Was mochte diese Leere zu bedeuten haben?

Die Flammen in den Öllampen flackerten.

Im Käfig kreischten die irren Mißgeburten ein Lied ohnmächtiger Wut.

Der Gestank wurde immer schlimmer.

Die Keramikikone, die zuerst meine Neugier erregt und mich fasziniert hatte, und über der ich dann ins Grübeln geraten war, flößte mir plötzlich Angst ein. Während ich sie wie hypnotisiert betrachtete, spürte ich, daß in ihr das Geheimnis der Konzentration so vieler Trolle in Yontsdown begründet war. Aber ich spürte auch, daß das Schicksal der Menschheit von der Philosophie abhing, die diese Ikone symbolisierte.

»Gehen wir«, schlug Cathy Osborn vor.

»Ja«, stimmte Rya zu. »Gehen wir, Slim. Gehen wir.«

Weißer Himmel.

Dunkler Blitz.

Rya und Cathy gingen in die Scheune, um nach Eimern und einem Gummischlauch zu suchen – Gegenstände, die in einer Kelterei eigentlich sogar außerhalb der Keltersaison zu finden sein müßten. Dann sollten sie zwei Eimer Benzin aus dem Tank des Streifenwagens abzapfen und ins Haus bringen.

Cathy Osborn war etwas wackelig auf den Beinen und sah aus, als würde sie sich jeden Moment übergeben; aber sie biß tapfer die Zähne zusammen und tat alles, was man von ihr verlangte. Sie bewies erheblich mehr Mut, Anpassungsvermögen und Zähigkeit, als ich jemandem zugetraut hätte, der sein ganzes Leben in den behüteten Enklaven der akademischen Welt – sozusagen außerhalb der Realität – verbracht hatte.

Währenddessen mußte ich mich wieder als Grimmer Schnitter betätigen.

Ich vermied es nach Möglichkeit, meine beiden übel zugerichteten Opfer zu betrachten, während ich sie nacheinander aus dem Schlachthaus in die Küche schleifte, die noch immer nach frischer Pastete duftete, und die Kellertreppe hinabschob.

Das unheimliche Trio im Käfig verstummte wieder, als ich die nackten Leichen in die Mitte des Raumes zog. Sechs Augen – einige menschliche und einige dämonische – beobachteten mich interessiert. Die Mißgeburten waren beim Anblick ihrer ermordeten Eltern weder verstört noch traurig; offenbar waren sie solcher Gefühle überhaupt nicht fähig, und sie konnten auch nicht begreifen, welche Konsequenzen das Geschehen für sie selbst haben würde. Sie waren auch nicht zornig oder verängstigt, nur neugierig wie Affen.

Bald würde ich mich mit ihnen beschäftigen müssen.

Noch nicht. Ich mußte mich darauf erst noch vorbereiten, mußte meinen sechsten Sinn weitgehend abblocken und mich für die unangenehme Aufgabe einer gnadenlosen Exekution stählen.

Ich beugte mich über eine der oben offenen Kugellampen auf dem Altar und blies die Flamme aus. Ich trug die Lampe zu den toten Trollen und goß das Öl über die Leichen.

Das reine Öl ließ ihre blasse Haut erglänzen.

Ihre Haare wurden dunkler.

Öltropfen hingen an ihren Wimpern.

Der Fäkaliengestank wurde von dem scharfen Geruch der brennbaren Flüssigkeit überlagert.

Die Käfiginsassen verfolgten das Geschehen schweigend.

Ich konnte die Sache nicht länger hinausschieben. Ich hatte den Revolver in meinen Gürtel geschoben. Jetzt nahm ich ihn zur Hand.

Als ich mich dem Käfig näherte, schweiften ihre Blicke von den Leichen zu der Waffe, die ihre Neugier nicht minder fesselte.

Ich tötete die Trolljungen mit Kopfschüssen und war mir bewußt – sie zu erschießen war deshalb eine Handlung, die eher einem Troll als einem Menschen zuzutrauen und eines Mannes eigentlich unwürdig war, obwohl ich keine andere Wahl hatte.

Rya und Cathy kamen zurück. Jede trug einen Eimer, der zu zwei Dritteln mit Benzin gefüllt war, und sie gingen die Treppe übertrieben vorsichtig hinab, um nur ja keinen Tropfen auf ihre Kleidung zu verschütten.

Sie warfen einen Blick auf die drei toten Mißgeburten im Käfig – und schauten hastig wieder weg.

Mich überkam plötzlich das Gefühl, daß wir uns schon viel zu lange im Haus aufhielten, daß die Gefahr, von anderen Trollen hier entdeckt zu werden, von Minute zu Minute zunahm.

»Bringen wir's vollends hinter uns«, flüsterte Rya, und ihr Flüstern – für das eigentlich kein Grund bestand – verriet mir, daß auch ihre Befürchtungen wuchsen.

Ich nahm Cathys Eimer und schüttete den Inhalt in den Käfig, über die Leichen.

Rya holte die noch brennende Öllampe vom Altar und folgte Cathy die Treppe hinauf. Ich goß den zweiten Eimer Benzin über den Kellerboden und rannte, nach Luft schnappend, in die Küche, wo die beiden Frauen warteten.

Rya streckte mir die Öllampe hin.

»Ich habe Benzin an den Händen«, sagte ich und wusch sie mir hastig an der Spüle.

Gleich darauf nahm ich Rya die Lampe ab und kehrte zur Kellertreppe zurück. Die Benzindämpfe waren erstickend. Ich schleuderte die Lampe auf den Boden hinab.

Die Glaskugel zerschellte auf dem Beton. Die Dochtflamme setzte das verspritzte Öl in Brand, und das brennende Öl entzündete das Benzin. Ein schreckliches Prasseln ertönte, und eine Hitzewelle überflutete die Treppe, so daß ich einen Moment lang glaubte, mein Haar hätte Feuer gefangen.

Rya und Cathy hatten sich schon auf die hintere Veranda zurückgezogen. Ich folgte ihnen rasch. Wir rannten um das Haus herum, vorbei an dem Streifenwagen, der in der Nähe der vorderen Veranda geparkt war, die Auffahrt hinab.

Noch bevor wir den Waldrand erreichten, sahen wir den Widerschein des Feuers auf dem Schnee. Als wir zurückblickten, hatten die Flammen bereits auf das Erdgeschoß übergegriffen. Die Fenster leuchteten wie Irrlichter. Dann explodierten die Scheiben mit lautem Klirren, das in der kalten Nachtluft deutlich zu hören war.

Jetzt würde der Wind die Flammen rasch bis zur Dachspitze tragen. Von den Leichen im Keller würden nur Knochen und Asche übrigbleiben. Wenn wir etwas Glück hatten, würden die Behördenvertreter – allesamt Trolle – den Brand auf einen Unfall zurückführen. Doch selbst wenn sie Verdacht schöpften und eine gründliche Untersuchung einleiteten, bei der Projektilspuren in den Knochen und andere Beweise auf ein Verbrechen hindeuteten, hatten wir auf jeden Fall ein bis zwei Tage Zeit, bevor die Fahndung nach den Trollmördern beginnen würde.

Die erste Schlacht des neuen Krieges. Und wir hatten sie gewonnen.

Wir wandten uns von dem brennenden Haus ab, rannten durch den dunklen Baumtunnel zur Hauptstraße und weiter zu unserem Kombi. Rya setzte sich ans Steuer, Cathy auf den Beifahrersitz. Ich nahm im Fond Platz, den Polizeirevolver auf dem Schoß. Falls Trolle auftauchten und uns aufzuhalten versuchten, würde ich sie ohne zu zögern über den Haufen schießen.

Das Haus lag schon kilometerweit hinter uns, als mir noch immer die unheimlichen Schreie der drei Mißgeburten in den Ohren gellten.

Wir brachten Cathy zu einer Tankstelle, begleiteten sie und einen Automechaniker dann zu ihrem Auto. Der Mann stellte fest, daß die Batterie leer war, und tauschte sie an Ort und Stelle aus.

Als der Pontiac wieder fahrtüchtig war, der Mechaniker seinen Lohn erhalten hatte und weggefahren war, schaute Cathy gehetzt von Rya zu mir und starrte sodann den gefrorenen Boden an. »Verdammt, und was jetzt?« murmelte sie ängstlich zitternd.

»Du warst unterwegs nach New York«, sagte ich.

Sie lachte freudlos. »Ich hätte genausogut zum Mond unterwegs sein können.«

Ein Transporter und ein funkelnder, neuer Cadillac fuhren vorbei. Die Fahrer schauten zu uns herüber.

»Steigen wir lieber in den Wagen«, schlug Rya fröstelnd vor. »Dort ist es warm.«

Im Auto würden wir außerdem weniger auffallen.

Cathy setzte sich ans Steuer, drehte sich aber seitwärts, so daß ich sie vom Rücksitz aus im Profil sehen konnte. Rya nahm neben ihr Platz.

»Ich kann doch nicht einfach so weiterleben, als wäre nichts geschehen«, sagte Cathy.

»Das mußt du aber«, erwiderte Rya sanft, aber doch nachdrücklich. »Darin besteht das ganze Leben – weiterzumachen, so als wäre nichts geschehen. Und es wäre völlig sinnlos, wenn du versuchen wolltest, die Welt zu retten, indem du eine Aufklärungskampagne startest und überall verkündest, daß als Menschen getarnte Dämonen uns bedrohen. Alle würden glauben, du hättest den Verstand verloren. Alle – außer den Trollen.«

»Und die würden blitzschnell reagieren und dich liquidieren«, fügte ich hinzu.

Cathy nickte. »Ich weiß... ich weiß.« Nach kurzem Schweigen fuhr sie fort: »Aber... wie kann ich nach New York und an die Uni zurückkehren, wenn ich nicht weiß, welche meiner Bekannten eventuell Trolle sind? Wie soll ich jemals wieder jemandem vertrauen? Wie kann ich es jemals wagen zu heiraten? Vielleicht will der Mann – der Troll – mich nur heiraten, um mich als Spielzeug zu benutzen und zu quälen. Du weißt, was ich meine, Slim – so wie dein Onkel deine Tante heiratete und dann Unheil über deine ganze Familie brachte. Wie soll ich Freunde finden, wahre Freunde, bei denen ich mich nicht zu verstellen brauche? Versteht ihr? Ich bin in einer schlimmeren Situation als ihr, denn ich kann die Trolle ja nicht sehen. Mir bleibt nichts anderes übrig, als *jeden* zu verdächtigen; das ist das einzig Sichere. Ihr könnt sie sehen, sie von Menschen unterscheiden, und deshalb seid ihr nicht allein; aber ich werde immer allein sein müssen, völlig allein und einsam, denn jemandem zu vertrauen, könnte tödliche Folgen haben. Allein... Was für ein Leben wird das sein?«

Erst jetzt wurde mir klar, in welch schreckliche Situation sie geraten war. Und soweit ich es beurteilen konnte, gab es keinen Ausweg aus dieser Zwickmühle.

Rya schaute mich fragend an.

Ich zuckte mit den Schultern, nicht etwa teilnahmslos, sondern frustriert und niedergeschlagen.

Cathy Osborn seufzte und erschauderte, hin und her gerissen zwischen Verzweiflung und Angst – zwei sehr gegensätzlichen Gefühlen, denn letzteres setzt eine gewisse Hoffnung voraus, während ersteres jede Hoffnung auslöscht.

»Eigentlich kann ich genausogut versuchen, die Welt zu retten«, fuhr Cathy dort, »indem ich eine Aufklärungskampagne starte und durch ein Megaphon verkünde, was los ist, sogar wenn man mich ins Irrenhaus sperrt, denn dort lande ich sowieso eines Tages. Ich meine... wenn ich ständig auf der Hut sein muß, wenn ich dauernd überlegen muß, wer einer von *ihnen* sein könnte – das wird mich verrückt machen. Und es wird nicht einmal lange dauern, bis ich völlig durchdrehe, denn ich bin von Natur aus ein extrovertierter Typ; ich brauche Kontakt mit anderen Menschen. Ich werde bald regelrecht unter Verfolgungswahn leiden und schließlich in eine geschlossene Anstalt eingeliefert werden. Und glaubt ihr nicht auch, daß sich in einer solchen Institution, wo die Menschen eingesperrt und hilflos sind, besonders viele Trolle tummeln... ich meine, unter dem Personal?«

»Doch«, sagte Rya, die zweifellos an ihre schrecklichen Erfahrungen im Waisenhaus dachte. »Du hast recht.«

»Ich kann nicht zurück. Ich kann nicht so leben, wie ich leben müßte.«

»Es gibt eine andere Möglichkeit«, sagte ich.

Cathy warf mir einen ungläubigen Blick zu.

»Es gibt einen sicheren Ort«, fuhr ich fort.

»Natürlich!« rief Rya.

»Sombra Brothers«, sagte ich.

»Der Rummelplatz«, erklärte Rya.

»Schaustellerin werden?« fragte Cathy bestürzt.

Ihre Stimme verriet einen leichten Abscheu, an dem ich keinen Anstoß nahm – und den, wie ich wußte, auch Rya verstehen konnte. Die ›normale‹ Welt ist ängstlich bemüht, die Illusion aufrechtzuerhalten, die von ihr geschaffene Gesellschaft sei die einzig richtige; deshalb werden Fahrensleute als Landstreicher, soziale Außenseiter und Gesindel abgestempelt, oft auch als Diebe und sonstige Verbrecher eingestuft. Wie die echten Zigeuner mit Roma-Blut, so genießen auch wir weltweit ein sehr niedriges soziales Ansehen. Man erwirbt einfach nicht zwei oder drei anspruchsvolle Universitätsdiplome, nur um dann eine glänzende akademische Karriere an den Nagel zu hängen und Schausteller zu werden.

Ich beschönigte die Zukunft nicht, die Cathy auf dem Rummelplatz erwarten würde. Ich wollte, daß sie sich über alle Folgen im klaren war, bevor sie einen Entschluß faßte. »Du müßtest das Unterrichten aufgeben, das dir Spaß macht, das akademische Leben, die Karriere, für die du hart gearbeitet hast. Du würdest dich in eine Welt begeben, die dir zunächst fast so exotisch vorkäme wie das alte China. Du würdest bei den Schaustellern durch dein Benehmen und deine Redeweise ständig anecken, und es würde vielleicht ein Jahr oder noch länger dauern, bis du ihr Vertrauen gewinnst. Deine Freunde und Verwandten würden dich nie verstehen und deine Entscheidung nie akzeptieren. Du würdest ein schwarzes Schaf sein. Möglicherweise würde dein gesellschaftlicher Abstieg deinen Eltern sogar das Herz brechen.«

»Ja«, fuhr Rya fort, »aber beim Sombra Brothers Carnival kannst du sicher sein, daß sich unter deinen Nachbarn und Freunden keine Trolle befinden. Viele von uns sind Außenseiter, weil wir die Trolle sehen können, und der Rummelplatz ist unser Zufluchtsort. Wenn einer der Unholde sich bei uns einzuschleichen versucht, machen wir kurzen Prozeß mit ihm. Du wärst also in Sicherheit. Und anfangs könntest du deinen Lebensunterhalt verdienen, indem du für mich und Slim arbeitest.«

»Und mit der Zeit«, sagte ich, »hättest du genügend Ersparnisse, um eine eigene Konzession erwerben zu können.«

»Ja«, ergriff Rya wieder das Wort. »Du würdest auf jeden

Fall wesentlich mehr verdienen als mit deinem Unterrichten. Und mit der Zeit... Weißt du, du wirst die bürgerliche Welt, aus der du kommst, vergessen. Sie wird dir allmählich wie ein Traum vorkommen, aber wie ein schlechter Traum.« Sie legte eine Hand auf Cathys Arm, beruhigend, von Frau zu Frau.

»Ich verspreche dir, sobald du dich richtig eingelebt hast, wird dir die Außenwelt furchtbar öde vorkommen, und du wirst dich fragen, wie du dich da draußen jemals wohl fühlen und glauben konntest, dieses Leben wäre der Welt des fahrenden Volkes vorzuziehen.«

Cathy nagte an ihrer Unterlippe. »O Gott...« murmelte sie.

Ihr altes Leben konnten wir ihr nicht zurückgeben; deshalb gaben wir ihr das einzige, was uns zur Verfügung stand: Zeit. Zeit zum Nachdenken.

Einige Autos fuhren an uns vorbei. Nicht viele. Es war spät. Die Nacht war dunkel – und kalt.

Die meisten Leute saßen zu Hause an der warmen Heizung oder lagen schon im Bett.

»O Gott, ich weiß einfach nicht, was ich tun soll«, flüsterte Cathy verstört und unschlüssig.

Die Auspuffgase trieben am Fenster des Autos entlang. Einen Augenblick konnte ich nur diesen wirbelnden silbrigen Nebel sehen, aus dem mich ständig wechselnde, gespenstische Gesichter hungrig anzustarren schienen.

Gibtown, Joel und Laura Tuck und meine anderen Schaustellerfreunde schienen plötzlich sehr weit entfernt zu sein, viel weiter als Florida, weiter noch als die dunkle Seite des Mondes.

»Ich bin völlig durcheinander«, sagte Cathy. »Verwirrt und verängstigt. Ich weiß einfach nicht, was ich tun soll.«

In Anbetracht der Tatsache, daß sie nach den schrecklichen Ereignissen dieses Abends nicht zusammengebrochen war, sondern sich schnell von dem Schock erholt hatte, war ich der Ansicht, daß sie zu uns auf den Rummelplatz gehörte. Sie war keine lebensfremde Professorin. Sie besaß ungewöhnliche Kraft und ungewöhnlichen Mut, und starke Menschen konnten wir gut gebrauchen – besonders dann, falls wir den Krieg gegen die Trolle eines Tages ausweiten würden. Ich spürte, daß Rya ebenfalls dieser Meinung war, daß sie hoffte, Cathy Osborn würde sich uns anschließen.

»Ich ... weiß ... es nicht ...«

Zwei der drei Schlafzimmer in unserem gemieteten Haus waren möbliert, und Cathy übernachtete in einem davon. Sie war noch außerstande, eine Entscheidung zu treffen. Die Vorstellung, ihre Karriere und ihr vertrautes Leben aufzugeben, auch wenn noch so einleuchtende Gründe dafür sprachen, war ihr schier unerträglich.

»Morgen früh werde ich mich entscheiden können«, versprach sie.

Ihr Zimmer war ein Stück von unserem entfernt. Sie bestand darauf, daß beide Türen offen blieben, damit wir einander hören konnten, falls jemand von uns nachts um Hilfe rief.

Ich versicherte ihr, daß die Trolle nichts von unseren Taten und Plänen ahnten.

»Sie haben keinen Grund, heute nacht herzukommen«, sagte auch Rya beruhigend.

Wir erzählten Cathy nicht, daß dieses Haus Klaus Orkenwold gehörte, daß er der neue Polizeichef von Yontsdown und ein Troll war, und daß er im Keller drei Menschen gefoltert und ermordet hatte.

Trotzdem blieb Cathy sehr nervös, und weil sie Angst vor der Dunkelheit hatte, stellten wir eine Nachtbeleuchtung her, indem wir eine Nachttischlampe mit einer ihrer dunklen Blusen umhüllten.

Als wir sie verließen, fühlte ich mich hundsmiserabel – so als würden wir ein Kind dem Monster unter dem Bett oder dem Ungeheuer im Schrank ausliefern.

Rya schlief schließlich ein.

Ich hingegen fand sehr lange keinen Schlaf.

Dunkler Blitz.

Dieser schwarze Blitz ging mir einfach nicht aus dem Sinn. Was mochte er nur bedeuten?

Hin und wieder stieg aus dem Keller, wo Orkenwald eine Frau und zwei Kinder bestialisch umgebracht hatte, eine vage Welle psychischer Strahlung zu mir empor – etwa so, als würde einem ab und zu der Verwesungsgeruch unter dem Haus begrabener Leichen in die Nase steigen.

Wieder war ich überzeugt davon, daß ich uns unbewußt an diesen Ort geführt hatte, daß meine hellseherische Begabung ausgerechnet dieses Haus ausgesucht hatte, weil es mir bestimmt war, mit Klaus Orkenwold abzurechnen – wie mit seinem Vorgänger Lisle Kelsko.

Aus dem unablässigen Heulen des Windes glaubte ich die schrillen Schreie der Troll-Mißgeburten herauszuhören; ich mußte gegen die absurde Vorstellung ankämpfen, sie hätten sich – von Kugeln durchbohrt und bis auf die Knochen verkohlt – aus den rauchenden Ruinen des Hauses befreit und suchten winselnd in der Nacht nach mir, mit dem untrüglichen Spürsinn von Höllenhunden, die verdammte Seelen gnadenlos ausfindig machen.

Jedesmal, wenn irgendwo im Haus etwas knarrte oder knisterte, was bei der grimmigen Kälte und dem starken Wind ganz natürlich war, glaubte ich, knisternde Flammen zu hören, die das Erdgeschoß verzehrten – ein verheerender Brand, gelegt von Kreaturen, die ich im Eisenkäfig erschossen und verbrannt hatte. Jedesmal, wenn sich die Heizung einschaltete, zuckte ich erschrocken zusammen.

Neben mir stöhnte Rya im Traum. Zweifellos war es wieder jener Alptraum.

Gibtown, Joel und Laura Tuck und meine anderen Schaustellerfreunde waren so weit entfernt – und ich sehnte mich nach ihnen. Ich dachte an sie, rief mir das Gesicht jedes einzelnen in Erinnerung und fühlte mich dadurch etwas besser.

Mir kam plötzlich zu Bewußtsein, daß ich mich nach ihnen sehnte und aus ihrer Liebe neuen Mut schöpfte, so wie mich einst die Liebe meiner Mutter und meiner Schwestern getröstet und gestärkt hatte. Und das bedeutete wahrscheinlich, daß meine alte Welt, die Welt der Familie Stanfeuss, für mich endgültig verloren war.

Mein Unterbewußtsein hatte sich mit dieser schrecklichen

Tatsache offenbar bereits abgefunden, aber bewußt hatte ich das bisher nicht verarbeitet. Die Schausteller waren jetzt meine Familie, und es war eine gute Familie, die beste Familie, die man sich nur wünschen konnte. Trotzdem erfüllte es mich mit tiefer Trauer, daß ich höchstwahrscheinlich nie wieder nach Hause zurückkehren konnte, daß meine Mutter und meine Schwestern für mich gewissermaßen gestorben waren, obwohl sie noch lebten.

25

Vor dem Sturm

Am Samstagmorgen waren die Wolken von bedrohlicherem Grau als am Freitag, und der Himmel hing noch tiefer, so als wäre die dunklere Farbe auch mit einem größeren Gewicht verbunden. Dem heulenden und pfeifenden Wind war die Puste ausgegangen, doch die eingetretene Stille wirkte nicht beruhigend. Eine unheimliche Spannung schien über der verschneiten Landschaft zu liegen. Die Silhouetten der Nadelbäume vor dem Hintergrund des schieferfarbenen Himmels glichen Wachposten, die ängstlich den Vormarsch mächtiger feindlicher Armeen erwarteten. Die anderen Bäume reckten ihre schwarzen skelettartigen Arme empor, so als wollten sie vor einer herannahenden Gefahr warnen.

Nach dem Frühstück brachte Cathy Osborn ihr Gepäck ins Auto zurück. Sie wollte die Fahrt nach New York fortsetzen, aber sie würde sich dort nur drei Tage aufhalten, um ihre Wohnung zu kündigen, ihr Entlassungsgesuch bei der Universität einzureichen (unter dem Vorwand einer gesundheitlichen Krise), ihre Bücher und ihr sonstiges Hab und Gut zu verpacken und sich von einigen Freunden zu verabschieden. Vor diesen Abschiedsszenen fürchtete sie sich, weil sie ihre Freunde sehr vermissen würde, weil alle glauben würden, sie hätte den Verstand verloren, und versuchen würden, sie umzustimmen, aber auch, weil sie sich bei jedem ihrer Freunde unwillkürlich fragen würde, ob es sich nicht vielleicht um einen getarnten Troll handelte.

Rya und ich begleiteten sie zu ihrem Wagen. Die Morgenluft war eiskalt. Wir wünschten ihr alles erdenklich Gute und bemühten uns, nicht zu zeigen, welch große Sorgen wir uns ihretwegen machten. Jeder von uns umarmte sie, und plötzlich umarmten wir uns zu dritt, denn wir waren durch die schrecklichen Ereignisse des Vorabends untrennbar miteinander verknüpft, verbunden durch die schreckliche Wahrheit, die so wenige Menschen kannten.

Für jene, die um die Existenz der Trolle wissen, sind die Unholde nicht nur eine Bedrohung, sondern gewissermaßen auch ein Katalysator der Einheit. Es ist eine Ironie des Schicksals, daß die Dämonen erheblich dazu beitragen, in den Menschen Gefühle von Brüderlichkeit, gegenseitiger Verantwortung und gemeinsamen Zielen zu wecken. Und falls es uns jemals gelingen sollte, sie vom Antlitz der Erde zu tilgen, so nur deshalb, weil ihre Existenz uns einig – und damit stark – gemacht haben wird.

»Am Sonntagmorgen rufe ich Joel Tuck unten in Gibtown an«, sagte ich. »Er wird dich erwarten; er und Laura werden dir eine Unterkunft besorgen und sich auch sonst um dich kümmern.«

Wir hatten ihr Joel schon beschrieben, damit sie keinen allzu großen Schock bekam, wenn sie ihn zum erstenmal sah.

»Joel liebt Bücher«, sagte Rya, »er ist ein richtiger Bücherwurm. Ihr werdet deshalb mehr gemeinsam haben, als du dir jetzt vorstellen kannst. Und Laura ist ein Goldschatz.«

Unsere Stimmen klangen in der Kälte und Stille dieses Morgens tonlos und hart, und jedes Wort wurde von einer weißen Atemwolke begleitet.

Cathys Furcht war genauso deutlich zu sehen wie diese Atemwolken. Sie fürchtete sich nicht nur vor den Trollen, sondern auch vor dem neuen Leben, das sie erwartete, und vor dem Verlust ihres alten gemütlichen Lebens.

»Bis bald«, murmelte sie zittrig.

»Ja, bis bald – in Florida.« Rya versuchte optimistisch zu wirken. »Im sonnigen Florida.«

Schließlich stieg Cathy Osborn ins Auto und fuhr davon. Wir blickten ihr nach, bis sie von der Auffahrt in die Apple Lane einbog und gleich darauf hinter einer Kurve verschwand.

So werden aus Literaturprofessoren Schausteller. So kann der Glauben an eine heile Welt urplötzlich zusammenbrechen.

Er hieß Horton Bluett und bezeichnete sich selbst als alten Sonderling. Er war ein großer, knochiger Mann, und die Ha-

gerkeit war ihm sogar in der schweren wattierten Holzfäller
jacke anzusehen, in der wir ihn zum erstenmal zu Gesicht bekamen. Er war kräftig und vital, und nur die leicht gebeugten
Schultern verrieten, daß er ein erhebliches Gewicht an Jahren
mit sich herumtrug. Sein breites Gesicht war weniger von der
Zeit verwittert als von Wind und Wetter gegerbt: feine Fält-
chen um die Augen herum, ansonsten tiefe Furchen. Er hatte
eine große rote Nase, ein kräftiges Kinn und einen breiten
Mund, der sich oft zu einem sehr sympathischen Lächeln
verzog. Seine dunklen Augen waren wachsam, aber nicht
unfreundlich und so klar wie die eines jungen Mannes. Er
trug eine rote Jagdmütze mit heruntergeklappten Ohren-
schützern, aber einige stahlgraue Haarsträhnen hingen ihm
in die Stirn.

Wir fuhren die Apple Lane entlang, als wir ihn sahen. Der
Wind der vergangenen Nacht hatte mehrere Zentimeter Pul-
verschnee über seine Auffahrt geweht, und er schwang eine
Schaufel, so als hätte er noch nie etwas von den Statistiken
über die Ursachen von Herzinfarkten gehört. Seine Auffahrt
war nicht so lang wie unsere, aber trotzdem mutete er sich
mit dieser Arbeit einiges zu.

Wir beabsichtigten, nicht nur aus Zeitungen und anderen
offiziellen Quellen Informationen über die Kohlen-Gesellschaft zu beziehen, sondern auch Einheimische zu befragen,
die uns vielleicht zuverlässigere und interessantere Aus-
künfte geben würden als die von Trollen kontrollierten Me-
dien. Gerüchte können manchmal mehr Wahrheiten enthal-
ten als die offizielle Version. Deshalb bogen wir in seine Auffahrt ein, hielten an, stiegen aus und stellten uns als die
neuen Mieter von Orkenwolds Haus vor.

Anfangs war er freundlich, aber ziemlich verschlossen und
etwas mißtrauisch, wie die Menschen auf dem Lande es gegenüber Fremden sehr oft sind. Um das Eis zu brechen, tat ich
intuitiv, was man bei mir zu Hause in Oregon tut, wenn man
einen Nachbarn bei einer schwierigen Arbeit antrifft: Ich bot
ihm Hilfe an. Er lehnte höflich ab, aber ich war hartnäckig.

»Unsinn«, sagte ich, »wenn ein Mann nicht mal die Kraft
hat, eine Schaufel zur Hand zu nehmen, wie soll er dann je-

mals am Jüngsten Tag die Energie aufbringen, in den Himmel zu kommen?«

Das gefiel Horton Bluett, und er erlaubte mir, eine zweite Schaufel aus seiner Garage zu holen. Wir arbeiteten einträchtig nebeneinander, und manchmal löste Rya mich oder Mr. Bluett für kurze Zeit ab.

Wir unterhielten uns über das Wetter und über Winterkleidung. Horton Bluett war der Meinung, daß altmodische Mäntel mit Vliesfutter um hundert Prozent wärmer seien als die wattierte Kleidung, die in den letzten zehn Jahren den Markt erobert hatte. Wenn Sie mir nicht glauben, daß man sich länger als zehn Minuten über die Vorzüge von Vlies unterhalten kann, dann verstehen Sie weder das gemächliche Tempo des Landlebens noch den Reiz solcher Gespräche.

In den ersten Minuten unseres Besuchs bemerkte ich, daß Horton Bluett ständig laut schnüffelte und schniefte und sich mit dem behandschuhten Handrücken die große Nase rieb. Obwohl er sich kein einziges Mal schneuzte, dachte ich, er hätte eine leichte Erkältung. Dann hörte er plötzlich damit auf, und erst viel später erfuhr ich, daß seine Schnüffelei einen ganz bestimmten Grund gehabt hatte.

Bald war die Arbeit getan. Rya und ich wollten uns verabschieden, aber er bestand darauf, daß wir ins Haus mitkommen und uns mit heißem Kaffee und selbstgemachten Walnußkuchen stärken müßten.

Sein einstöckiges Haus war kleiner als unsere gegenwärtige Bleibe, aber es war wesentlich gepflegter. Man hatte das Gefühl, als wäre alles erst vor einer Stunde frisch gestrichen, lackiert oder poliert worden. Der Winter konnte Horton nichts anhaben, denn er hatte Sturmfenster und Sturmtüren und riesige Holzvorräte für den Steinkamin im Wohnzimmer, der die Kohleheizung ergänzte.

Wir erfuhren, daß er seit fast dreißig Jahren Witwer war und in dieser langen Zeit gelernt hatte, einen Haushalt perfekt zu führen. Besonders stolz schien er auf seine Kochkünste zu sein, und sowohl sein starker Kaffee als auch der köstliche Kuchen deuteten darauf hin, daß er wirklich ein ausgezeichneter Koch war.

Er hatte auf dem Rangierbahnhof gearbeitet, war aber seit neun Jahren Rentner. Und obwohl er Etta, seine Frau, seit ihrem frühen Tod im Jahre 1934 immer schmerzlich vermißt hatte, war er sich der Lücke, die sie in seinem Leben hinterlassen hatte, besonders stark bewußt geworden, seit er im Ruhestand war; denn seitdem verbrachte er viel mehr Zeit in diesem Haus, das sie zusammen vor dem Ersten Weltkrieg gebaut hatten. Er war 74, aber man hätte ihn ohne weiteres für zwanzig Jahre jünger halten können. Nur die verarbeiteten, leicht arthritischen Hände verrieten sein wahres Alter... und jene Aura der Einsamkeit, die jeden Mann umgibt, dessen Leben sich hauptsächlich um seinen Beruf drehte, den er nun nicht mehr ausüben kann.

Ich hatte mein Stück Kuchen zur Hälfte aufgegessen, als ich scheinbar so nebenbei sagte: »Ich bin überrascht, daß hier noch soviel Kohle gefördert wird.«

»O ja«, erwiderte er, »sie wird aus großer Tiefe rausgeholt; ich nehme an, weil sehr viele Leute es sich einfach nicht leisten könnten, ihre Heizungen auf Öl umzustellen.«

»Ich dachte immer, die Kohlevorräte in diesem Teil des Landes wären ziemlich erschöpft. Außerdem wird Kohle heutzutage doch meistens auf flacherem Terrain abgebaut, speziell im Westen, wo man sie im Tagebau fördert, anstatt Schächte zu graben. Tagebau kommt erheblich billiger.«

»Hier werden noch Schächte gegraben«, sagte Horton.

»Dann muß die Geschäftsleitung aber ganz schön clever sein«, meinte Rya. »Irgendwie müssen sie die Unkosten niedrig halten. Uns ist nämlich aufgefallen, wie neu die LKWs der Kohlen-Gesellschaft aussehen.«

»Sie meint die LKWs dieser Gesellschaft namens ›Blitz‹«, fuhr ich fort. »Peterbilts. Wirklich modern und ganz neu.«

»Nun, das ist in der ganzen Gegend das einzige Bergwerk, das noch Kohle fördert, und wahrscheinlich machen sie ganz gute Gewinne, nachdem ja keine Konkurrenz da ist.«

Über die Kohlen-Gesellschaft zu sprechen, schien ihn nervös zu machen. Möglicherweise bildete ich mir das aber auch nur ein, weil ich mich selbst unbehaglich fühlte.

Ich wollte das Thema weiter verfolgen, aber Horton rief

seinen Hund, der Growler hieß, und gab ihm ein Stück Walnußkuchen, und wir kamen auf die Vorzüge von Mischlingen gegenüber reinrassigen Hunden zu sprechen. Growler war ein Mischling, ein mittelgroßer schwarzer Hund mit braunen Flecken an den Flanken und um die Augen herum. Seine Abstammung war nicht festzustellen. Er hieß Growler – ›Knurrer‹ –, weil er ein besonders wohlerzogener und stiller Hund war, der so gut wie nie bellte; Ärger und Unruhe drückte er durch ein tiefes bedrohliches Knurren aus, Freude durch ein viel weicheres Knurren, begleitet von eifrigem Schwanzwedeln.

Growler hatte Rya und mich ausgiebig beschnuppert, als wir hereingekommen waren, und schließlich hatte er uns akzeptiert. Das war ein ganz normales Hundeverhalten. Ungewöhnlich war hingegen, wie aufmerksam Horton seinen Hund beobachtete, während dieser uns inspizierte. Er schien größten Wert auf Growlers Meinung zu legen, und ich hatte das Gefühl, daß wir ihm erst willkommen waren, nachdem der Mischling mit dem Clownsgesicht uns ein gutes Zeugnis ausgestellt hatte.

Jetzt aß Growler seinen Kuchen auf, leckte sich das Maul und trottete zu Rya, um sich streicheln zu lassen. Danach kam er auch zu mir. Er schien zu wissen, daß die Unterhaltung sich um ihn drehte und alle Anwesenden sich darin einig waren, er wäre allen Rassehunden mit Stammbaum haushoch überlegen.

Später bot sich mir eine Gelegenheit, noch einmal auf die Kohlen-Gesellschaft zu sprechen zu kommen, und ich erwähnte, daß ich den Firmennamen und das Firmenzeichen seltsam fände.

»Seltsam?« wiederholte Horton stirnrunzelnd. »Mir kommt es überhaupt nicht seltsam vor. Sowohl Kohle als auch Blitze sind Energieformen. Und Kohle ist schwarz – also eine Art schwarzer Blitz. Das ergibt doch einen Sinn, oder etwa nicht?«

Unter diesem Gesichtspunkt hatte ich die Sache noch nicht betrachtet. So gesehen, ergab sie tatsächlich einen Sinn. Trotzdem wußte ich, daß das Symbol – weißer Himmel, dunkler Blitz – eine tiefere Bedeutung haben mußte, denn schließlich hatte ich es ja als Ikone auf einem Altar gesehen. Die Dämonen maßen diesem Zeichen offenbar mystische Kräfte zu. Aber woher sollte Horton wissen, daß es viel mehr als nur ein einfaches Firmenzeichen war?

Wieder spürte ich, daß dieses Thema ihn nervös machte. Er gab dem Gespräch rasch eine neue Wendung, so als wollte er weiteren Fragen ausweichen. Und als er seine Kaffeetasse zum Mund führte, zitterten seine Hände so stark, daß die Flüssigkeit über den Rand schwappte. Vielleicht war das nur ein kurzer Schwächeanfall – in seinem Alter nichts Ungewöhnliches. Vielleicht.

Als Rya und ich eine halbe Stunde später wegfuhren, während Horton und Growler uns von der Terrasse aus nachblickten, sagte sie: »Er ist ein netter Mann.«

»Ja.«

»Ein *guter* Mann.«

»Ja.«

»Aber...«

»Ja?«

»Er hat Geheimnisse.«

»Was für Geheimnisse?« fragte ich.

»Das weiß ich nicht. Aber er ist nicht einfach ein offener, gastfreundlicher alter Mann. Er verheimlicht etwas. Und... nun ja... ich glaube, er hat Angst vor dieser Kohlen-Gesellschaft.«

Gespenster.

Wir glichen Gespenstern, die im Gebirge spukten, und wir versuchten, uns wirklich so lautlos wie Geister zu bewegen. Unsere Tarnkleidung bestand aus weißen Skijacken mit Kapuzen, weißen Skihosen und weißen Handschuhen. Wir kämpften uns durch kniehohen Schnee auf offenen Hügeln, so als wollten wir mühsam dem Land der Toten entfliehen; wir gingen an einer schmalen Schlucht entlang, in deren Tiefe ein gefrorener Bach glitzerte; wir huschten durch die kalten Schatten des Waldes. Doch obwohl wir uns bemühten, so unauffällig wie körperlose Wesen zu sein, hinterließen wir Fußspuren im Schnee und streiften gelegentlich die Äste von ausladenden Nadelbäumen.

Wir hatten unser Auto an der Landstraße geparkt und waren etwa vier Kilometer zu Fuß gegangen, bis wir auf Umwegen den Zaun erreichten, der das Grundstück der Kohlen-Gesellschaft umgab. An diesem Nachmittag wollten wir uns nur einen Überblick verschaffen – die Verwaltungsgebäude aus der Ferne betrachten, feststellen, wie viele Fahrzeuge ankamen und wegfuhren, und eine Stelle im Zaun finden, wo wir am nächsten Tag leicht eindringen konnten.

Doch als ich den Zaun auf einem breiten Bergkamm namens Old Broadtop dann vor mir sah, bezweifelte ich, daß man ihn überhaupt überwinden konnte, geschweige denn leicht. Das zweieinhalb Meter hohe Bollwerk bestand aus stabilem Maschendraht zwischen einbetonierten Eisenpfosten im Abstand von drei Metern. Oben war der Zaun außerdem mit einem Stacheldrahtverhau versehen; obwohl die Spitzen zum Teil vereist waren, würde man unweigerlich an hundert verschiedenen Stellen hängenbleiben und könnte sich erheblich verletzen, wenn man versuchen wollte, ihn zu übersteigen. Es hingen auch keine Äste über den Zaun – sie waren abgesägt worden. Sich unter dem Zaun durchzugraben, war um diese Jahreszeit ausgeschlossen, denn der Boden war steinhart gefroren. Ich vermutete aber, daß man auch im Sommer mit Graben nicht weit kommen würde, weil bestimmt auch eine unterirdische Barriere errichtet worden war.

»Das ist doch kein normaler Zaun«, flüsterte Rya. »Das ist ja die reinste Befestigungsanlage.«

»Ja.« Ich sprach genauso leise wie sie. »Und wenn er das ganze Riesengrundstück umgibt, muß er mehrere Kilometer lang sein. So etwas kostet eine ganz schöne Stange Geld.«

»Dieses Ding dient bestimmt nicht nur dazu, Unbefugten den Zutritt zum Gelände zu verwehren.«

»Nein. Sie treiben dort etwas anderes als Bergbau – etwas, das um jeden Preis geheimgehalten werden muß.«

Wir hatten uns dem Zaun durch den Wald genähert, aber dahinter erstreckte sich eine Lichtung, und auf der weißen Schneedecke sahen wir entlang der Barriere viele Fußspuren.

Ich senkte meine Stimme noch mehr. »Sieht so aus, als würden hier auch noch regelmäßige Patrouillen durchgeführt. Und zweifellos sind die Wachen bewaffnet. Wir müssen sehr vorsichtig sein und unsere Augen und Ohren offenhalten.«

Wir huschten wieder wie Gespenster durch den Wald, in südlicher Richtung, in Sichtweite des Zauns, aber doch weit genug davon entfernt, um von eventuellen Patrouillen nicht erspäht zu werden. Unser Ziel war der südliche Teil des Old Broadtop, von wo aus es möglich sein mußte, auf die Verwaltungsgebäude hinabzublicken. Wir hatten uns den Weg anhand einer Landkarte, die wir in einem Geschäft für Sportartikel erstanden hatten, genau eingeprägt.

Als wir vorhin auf der Landstraße am Eingang zum Werksgelände vorbeigefahren waren, hatten wir keine Gebäude gesehen. Sie waren hinter Hügeln und Bäumen verborgen. Von der Straße aus war nur ein Tor und ein kleines Wächterhaus zu sehen, wo alle Fahrzeuge anhalten und sich einer Kontrolle unterziehen mußten, bevor sie weiterfahren durften. Diese strengen Sicherheitsvorkehrungen kamen mir für ein Bergwerk geradezu lächerlich vor, und ich fragte mich, welche Gründe sie für diese Abschottung anführen mochten.

Wir hatten zwei Autos am Tor gesehen, und beide Fahrer waren Trolle gewesen. Auch der Wächter war ein Troll.

Der Nadelwald wurde nach Süden zu immer dichter; die Äste waren so ineinander verwoben und hingen so tief herab, daß uns mehrmals nichts anderes übrigblieb, als auf allen vieren unter ihnen durchzukriechen, was große Vorsicht erforderte, weil der Boden mit abgebrochenen Zweigen gespickt war. Und überall, wo zwischen den Bäumen etwas Licht einfallen konnte, wuchs Unterholz, das mindestens zur Hälfte aus Brombeersträuchern bestand, deren rasiermesserscharfe Dornen geradezu versessen darauf waren, uns die Kleider zu zerreißen.

Schließlich erreichten wir jedoch den südlichsten Punkt des Bergkamms, der hier plötzlich ganz schmal wurde. Wir schlichen uns wieder an den Zaun heran und konnten jetzt in ein kleines Tal hinabblicken, das etwa 350 Meter breit und

zwei Kilometer lang war. Dort unten wuchsen keine Nadelbäume. Kahle Laubbäume ragten himmelwärts – ein Durcheinander riesiger versteinerter Spinnen, die auf dem Rücken
zu liegen und ihre schwarzen Beine in die Luft zu strecken
schienen. Vom Haupteingang führte eine zweispurige Straße
zwischen den Bäumen hindurch auf eine große Lichtung, wo
die Verwaltungsgebäude, Garagen und Reparaturwerkstät-
ten der Kohlen-Gesellschaft standen. Auf der anderen Seite
der Lichtung verschwand die Straße wieder zwischen Bäumen und kam erst am nördlichen Talende beim Mineneingang
gang zum Vorschein, den wir jedoch nicht sehen konnten.

Die ein- und zweistöckigen Gebäude stammten aus dem
19. Jahrhundert und waren aus Stein, auf dem sich im Laufe
der Jahre soviel Kohlenstaub abgesetzt hatte, daß man auf
den ersten Blick glauben konnte, es wären Konstruktionen
aus Kohle. Die Fenster waren schmal und teilweise vergit-
tert, und die Leuchtstoffröhren hinter den schmutzigen
Scheiben spendeten ein kaltes Licht, das der Szenerie nichts
Anheimelndes zu verleihen vermochte. Die Schieferdächer
und die übertrieben schweren Balken über Fenstern und Türen – sogar über den breiten Garagentüren – trugen noch das
ihre zur düsteren Gesamtatmosphäre bei.

Dicht nebeneinander, so daß unsere Atemwolken sich in
der unnatürlich stillen Luft vermischten, starrten Rya und ich
mit wachsendem Unbehagen auf die Anlage hinab. Männer
und Frauen kamen aus den Garagen und aus den lärmenden
Maschinenfabriken oder gingen hinein, und alle wirkten sehr
geschäftig, so als wollten sie für ihren Lohn hundertzehnpro-
zentige Arbeit leisten. Niemand bummelte herum, niemand
rauchte gemütlich eine Zigarette an der frischen Luft. Sogar
jene Männer, die Anzüge, weiße Hemden und Krawatten trugen – Leute in höheren Positionen, die sich anderswo oft nicht
gerade ein Bein ausrissen –, eilten zwischen ihren Autos und
den Verwaltungsgebäuden hin und her, als könnten sie es gar
nicht erwarten, wieder an ihre Arbeit zu kommen.

Jeder dort unten war ein Troll. Sogar auf diese Entfernung
hatte ich keinerlei Zweifel an ihrer Zugehörigkeit zu jener dämonischen Bruderschaft.

Auch Rya durchschaute ihre Tarnung, denn sie flüsterte mir zu: »Wenn Yontsdown eine Brutstätte von ihnen ist, dann ist dies hier die Brutstätte innerhalb der Brutstätte.«

»Ein verdammter Bienenstock ist das«, knurrte ich. »Die sausen da unten herum wie emsige Bienen.«

Mit Kohle beladene Lastwagen rumpelten von Norden her durch das Tal auf das Haupttor zu. Leere Lastwagen fuhren in der Gegenrichtung, zur Mine, um neu beladen zu werden. Alle Fahrer und Beifahrer waren Trolle.

»Was treiben sie hier nur?« fragte Rya.

»Etwas Wichtiges.«

»Aber was?«

»Etwas verdammt Ungutes. Und ich glaube nicht, daß es in diesen Gebäuden geschieht.«

»Wo dann? In der Mine?«

»Ja.«

Das trübe, durch Wolken gefilterte Tageslicht wurde noch schwächer. Die frühe Winterdämmerung war nicht mehr fern.

Den ganzen Tag über war es windstill gewesen, doch während dieser Zeit schien der Wind sich so gut erholt zu haben, daß er jetzt mit neuer Kraft durch den Maschenzaun zu pfeifen und in den Bäumen zu heulen begann.

»Wir werden morgen früh zurückkommen müssen«, sagte ich, »um in nördlicher Richtung am Zaun entlangzugehen, bis wir den Mineneingang sehen können.«

»Du weißt, was dann passieren wird«, murmelte Rya tonlos.

»Ja.«

»Wir werden nicht genug sehen, und deshalb werden wir hineingehen.«

»Wahrscheinlich.«

»Unter die Erde.«

»Ich nehme es an.«

»In die Schächte.«

»Nun ja...«

»Wie in dem Traum.«

Ich schwieg.

»Und wie in unserem Traum werden sie uns entdecken und verfolgen.«

Um nicht auf dem Bergrücken von der Nacht überrascht zu werden, machten wir uns auf den Rückweg zur Landstraße. Dunkelheit schien aus dem Waldboden aufzusteigen, von den schweren Ästen der Tannen und Kiefern zu tropfen, aus dem Unterholz zu sickern. Als wir unbewaldete Abhänge erreichten, war die Schneedecke heller als der Himmel. Wir entdeckten unsere alten Fußspuren, die auf dieser Alabasterhaut wie Wunden aussahen.

Wir saßen kaum in unserem Kombi, als es zu schneien begann. Anfangs nur leicht. Die Flocken rieselten vom fast schon dunklen Himmel herab. Doch wir spürten, obwohl wir es nicht hätten erklären können, daß ein schwerer Sturm drohte.

Es schneite während der ganzen Rückfahrt zur Apple Lane; dicke Schneeflocken, die auf der Straße undurchsichtige Schleier bildeten, so daß sich mir absurderweise der Gedanke aufdrängte, das schwarze Pflaster wäre in Wirklickeit eine dicke Glasplatte und die Schneeschleier wären Vorhänge. Wir fuhren über ein riesiges Fenster, zerrissen mit unseren Reifen die Vorhänge, belasteten das Glas übermäßig. Vielleicht war es ein Fenster, das diese Welt von der nächsten trennte. Und wenn es zerbrach, würden wir vielleicht in die Hölle hinabstürzen.

Wir parkten in der Garage und betraten das Haus durch die Küchentür. Alles war dunkel und still. Wir machten im Vorbeigehen in allen Räumen Licht und stiegen in den ersten Stock hinauf, um uns umzuziehen, bevor wir uns an die Zubereitung eines frühen Abendessens machen würden.

Doch in unserem Schlafzimmer saß auf einem Stuhl, den er in eine besonders dunkle Ecke gestellt hatte, unser Nachbar Horton Bluett.

Growler war bei ihm. Ich sah die leuchtenden Hundeaugen den Bruchteil einer Sekunde zu spät, sonst hätte ich nicht auf den Lichtschalter gedrückt.

Rya schnappte nach Luft.

Wir trugen Pistolen mit Schalldämpfern in unseren Skijakken, und ich hatte außerdem wie immer mein Messer im Stiefel; aber jeder Versuch, diese Waffen zu benutzen, hätte unseren sofortigen Tod zur Folge gehabt.

Horton zielte nämlich mit der Schrotflinte auf uns, die Slick Eddy mir in Gibtown besorgt hatte.

Horton hatte auch die meisten anderen Gegenstände gefunden, die wir sorgfältig versteckt hatten, was darauf hindeutete, daß er den größten Teil des Nachmittags mit der Durchsuchung des Hauses beschäftigt gewesen war. Vor ihm auf dem Boden lagen Schachteln mit Muniton, die Maschinenpistole, der Plastiksprengstoff, Zeitzünder, Spritzen und Ampullen.

Hortons Gesicht sah jetzt älter aus als bei unserer ersten Begegnung am Vormittag. Er räusperte sich und fragte: »Wer zum Teufel seid ihr eigentlich?«

26

Lebenslängliche Tarnung

Mit seinen 74 Jahren war Horton Bluett vom Alter nicht gebeugt; er fürchtete sich auch nicht vor dem nahen Grab. Wie
er so in der Ecke saß, seinen treuen Hund neben sich, wirkte
er direkt furchterregend. Er war ein zäher Bursche, der über
Schicksalsschläge nicht klagte, sondern damit fertig zu werden versuchte, der alles annahm, was das Leben ihm zuwarf,
dann ausspuckte, was ihm nicht schmeckte, und den Rest
verwertete, um stärker zu werden. Seine Stimme schwankte
nicht, die Hand, die auf dem Abzug der Schrotflinte lag, zitterte nicht, und er zwinkerte nicht nervös mit den Augen. Ich
hätte es viel lieber mit den meisten Zwanzigjährigen zu tun
gehabt als mit ihm.

»Wer?« wiederholte er. »Wer seid ihr? Jedenfalls keine
Geologiestudenten auf Materialsuche für ihre Dissertatio-
nen. Das sind Märchen. Wer seid ihr *wirklich*, und was macht
ihr hier? Setzt euch beide auf die Bettkante, laßt eure Hände
ganz ruhig im Schoß liegen und seht mich an. So ist's gut.
Und unterlaßt hastige Bewegungen, verstanden? So, und
jetzt erzählt mir alles, was ihr zu berichten habt.«

Trotz seines offenbar starken Verdachts, der ihn sogar veranlaßt hatte, heimlich ins Haus einzudringen, und trotz all
der versteckten Sachen, die er gefunden hatte, mochte Horton uns noch immer. Er war äußerst mißtrauisch, aber er hielt
eine freundschaftliche Beziehung noch nicht für ausgeschlossen, das spürte ich. In Anbetracht der Umstände wunderte mich diese relativ wohlwollende Einstellung, aber ich
fand sie im Verhalten des Hundes bestätigt. Growler saß
wachsam da, war jedoch nicht feindselig und knurrte uns
nicht an. Gewiß, Horton würde uns erschießen, wenn wir
ihn anzugreifen versuchten. Aber er würde es nur höchst ungern tun.

Rya und ich erzählten ihm buchstäblich alles über uns und
die Gründe, die uns nach Yontsdown geführt hatten. Als wir

ihm von den als Menschen getarnten Trollen berichteten, die in einer früheren Zivilisation als Krieger genetisch gezüchtet worden waren, blinzelte Horton und murmelte ein ums andere Mal: »Du lieber Himmel!« Fast genauso oft rief er »Mich laust der Affe!« Er stellte gezielte Fragen zu den unwahrscheinlichsten Teilen unserer Geschichte – aber er schien weder an unseren Worten zu zweifeln noch uns für verrückt zu halten.

Seine Unerschütterlichkeit war ziemlich entnervend. Die Leute auf dem Land rühmen sich oft ihrer Ruhe und Beherrschung, die den meisten Städtern abgeht. Aber das hier war schon ein ziemlich krasser Fall von Gleichmut.

Eine Stunde später, als wir nichts mehr zu berichten hatten, seufzte Horton und legte die Schrotflinte neben seinem Stuhl auf den Boden.

Sofort ließ auch Growlers Wachsamkeit nach.

Rya und ich entspannten uns ebenfalls. Sie war nervöser als ich gewesen, vielleicht weil sie die Aura von Wohlwollen, die Horton umgab, nicht wahrnehmen konnte. Vorsichtiges Wohlwollen, aber immerhin Wohlwollen.

»Als ihr euch heute morgen vorgestellt und mir eure Hilfe angeboten habt, wußte ich sofort, daß ihr irgendwie anders seid als andere Menschen.«

»Woher?« fragte Rya.

»Ich habe es gerochen«, antwortete er.

Mir war klar, daß er das nicht im übertragenen Sinn meinte, sondern den Unterschied zwischen uns und anderen Menschen tatsächlich *gerochen* hatte. Ich erinnerte mich daran, wie er anfangs geschnüffelt hatte, so als wäre er erkältet, ohne sich aber auch nur ein einziges Mal zu schneuzen.

»Ich kann sie nicht wie ihr klar und deutlich sehen«, sagte Horton, »aber ich habe schon als kleiner Knirps gemerkt, daß manche Leute irgendwie falsch riechen. Ich kann das schlecht erklären. Es ist ein bißchen wie der Geruch uralter Sachen, versteht ihr ... wie Staub, der sich in Jahrhunderten ungestört in einem tiefen Grabgewölbe ansammeln konnte ... aber doch nicht ganz wie Staub. Wie etwas Schales ... aber nicht ganz.« Mit gerunzelter Stirn suchte er nach den richtigen Worten. »Außerdem riechen sie *bitter*, aber nicht nach Schweiß oder sonstigen Körperausdünstungen. Vielleicht ein bißchen wie Essig, aber nicht ganz. Vielleicht nach Ammoniak... nein, auch nicht. Manche von ihnen haben nur einen ganz schwachen Geruch an sich, andere hingegen... stinken bestialisch. Und dieser Geruch sagt mir von jeher, seit meiner frühen Kindheit, so etwas wie: ›Halt dich von dem da fern, Horton, das ist ein unguter Kerl, ein übler Bursche. Beobachte ihn und sei vorsichtig, sei vor ihm auf der Hut.‹«

»Unglaublich!« rief Rya.

»So ist es aber«, sagte Horton.

»Ich zweifle nicht daran«, beruhigte sie ihn.

Ich wußte jetzt, warum er uns nicht für verrückt gehalten hatte, weshalb er unsere fantastische Geschichte ohne weiteres akzeptiert hatte. Seine Nase sagte ihm das gleiche wie uns unsere Augen.

»Das hört sich so an, als besäßen Sie einen übernatürlichen Geruchssinn«, konstatierte ich.

Growler gab ein zustimmendes »Wuff« von sich, legte sich hin und ließ den Kopf auf die Vorderpfoten sinken.

»Ich weiß nicht, wie man es nennen soll«, sagte Horton. »Ich weiß nur, daß ich es mein Leben lang hatte. Und ich wußte schon früh, daß ich mich auf meinen Riecher verlassen konnte. Wenn meine Nase mir sagte, daß jemand ein elender Lump sei, auch wenn er noch so nett aussah und sich noch so freundlich gebärdete, dann stellte ich alsbald fest, daß die meisten Menschen seiner Umgebung – Nachbarn, Ehemänner, Ehefrauen, Kinder, Freunde – immer ein ungewöhnlich schweres Leben hatten. Ich meine... jene Typen, die schlecht rochen... irgendwie brachten sie ihren Mitmenschen immer Elend und Not. Viele ihrer Freunde und Verwandten starben zu früh und auf unnatürliche Weise. Aber natürlich konnte man nie mit dem Finger auf sie zeigen und sie für irgend etwas verantwortlich machen.«

Rya zweifelte nicht daran, daß sie sich jetzt frei bewegen durfte. Sie öffnete den Reißverschluß ihrer Skijacke und zog sie aus.

»Aber Sie sagten vorhin, Sie hätten an uns etwas Besonderes gerochen. Folglich können Sie außer Trollen auch andere Dinge mit Ihrem Geruchssinn wahrnehmen.«

Horton schüttelte seinen grauen Kopf. »Ich habe das bei euch beiden zum allerersten Mal erlebt. Mir ist sofort ein besonderer Geruch in die Nase gestiegen, ein bisher ungekannter Geruch, der fast genauso sonderbar war wie die Gerüche jener, die ihr Trolle nennt... aber doch ganz anders. Schwer zu beschreiben. Ein bißchen wie der scharfe, reine Geruch von Ozon. Ihr wißt doch, was ich meine... Ozon, wie nach einem starken Gewitter, jener frische Geruch, der einem das Gefühl gibt, daß die Luft noch elektrisch geladen ist, und daß diese Elektrizität einen durchströmt, einem neue Energie zuführt und Müdigkeit und Überdruß vertreibt.«

Während nun auch ich meine Jacke auszog, fragte ich: »Nehmen Sie diesen Geruch an uns auch jetzt wahr?«

»Na klar.« Er rieb seine rote Nase mit Daumen und Zeigefinger einer Hand. »Ich hab' ihn sofort wahrgenommen, als ihr vorhin das Haus betreten habt.« Er grinste plötzlich, sichtlich stolz auf seine besondere Gabe.

»Und ich hab' mir von Anfang an gesagt: ›Horton, diese Kinder sind anders als andere Menschen, aber es ist kein *negativer* Unterschied.‹ Die Nase weiß das.«

Growler brummte tief in der Kehle, und sein Schwanz schlug auf den Teppich.

Mir fiel plötzlich ein, daß die ungewöhnliche Affinität zwischen Herr und Hund vielleicht von der Tatsache herrührte, daß bei beiden der Geruchssinn am stärksten von den fünf Sinnen ausgeprägt war. Während ich das dachte, sah ich, daß der Mann seine Hand ausstreckte, um den Hund zu streicheln, und gleichzeitig hob der Hund seinen schweren Kopf, um sich streicheln zu lassen, genau im *selben* Moment, als die Hand sich zu bewegen begann. Es war fast so, als bewirke sowohl das Bedürfnis des Hundes nach Zärtlichkeit als auch das Bedürfnis des Menschen, Zuneigung zu schenken, irgendwelche Gerüche, die der andere wahrnehmen konnte und auf die er reagierte. Sie verständigen sich mit Hilfe einer besonderen Art von Telepathie, die nicht auf Gedankenübertragung basierte, sondern auf der Erzeugung und Wahrnehmung komplizierter Gerüche.

»Euer Geruch«, fuhr Horton fort, »schien nichts Böses zu bedeuten, im Gegensatz zum Gestank dieser... Trolle. Aber er beunruhigte mich, weil ich nie zuvor etwas Derartiges gerochen hatte. Und dann habt ihr versucht, mich über die Kohlen-Gesellschaft auszuquetschen, und das hat mir einen Mordsschrecken eingejagt.«

»Warum?« fragte Rya.

»Seit das Bergwerk Mitte der 50er Jahre von neuen Leuten aufgekauft und der Name geändert wurde, stinkt jeder, der dort beschäftigt ist – ausnahmslos jeder, dem ich begegnet bin. In den letzten sieben oder acht Jahren reifte in mir immer stärker die Erkenntnis, daß diese Gesellschaft etwas Übles im Schilde führt, und ich habe mich oft gefragt, was sie dort im geheimen treiben mögen.«

»Das fragen wir uns auch«, sagte Rya.

»Und wir werden es herausfinden«, fügte ich hinzu.

»Nun ja«, sagte Horton, »jedenfalls machte ich mir Sorgen, daß ihr eine Gefahr für mich darstellen könntet, daß ihr vielleicht etwas Übles gegen mich im Schilde führen könntet, und deshalb war es der reinste Selbstschutz, herzukommen und hier herumzuspionieren.«

Wir bereiteten in der Küche zu dritt aus unseren bescheidenen Vorräten das Abendessen zu: Rühreier, Würstchen, Bratkartoffeln und Toast. Rya machte sich Sorgen, womit sie Growler füttern sollte, der sich das Maul leckte, als köstliche Düfte die Küche erfüllten.

Horton beruhigte sie. »Oh, er bekommt einfach das gleiche wie wir. Manche Leute behaupten zwar, das wäre für einen Hund ungesund, aber ich hab's bei ihm immer so gehalten, und es scheint ihm nicht geschadet zu haben. Schaut ihn euch nur mal an – ist doch ein Prachtkerl, oder? Gib ihm Eier, Wurst und Kartoffeln – nur Toast ist ihm zu trocken. Was er allerdings für sein Leben gern ißt, sind Brötchen mit Fruchtfüllung – mit Brombeeren, Äpfeln, am liebsten aber mit Blaubeeren. Sie müssen nur schön saftig sein.«

»Bedaure« lachte Rya. »So was haben wir leider nicht in der Speisekammer.«

»Macht nichts, er kommt auch mit dem anderen Zeug aus, und später gebe ich ihm zu Hause noch ein paar Plätzchen.«

Wir stellten Growlers Teller in die Ecke neben der Hintertür und setzten uns an den Küchentisch.

Flaumige Schneeflocken wirbelten vor den Fenstern vorbei. Es schneite zwar noch nicht stark, aber der Wind nahm immer mehr zu und imitierte Wölfe, Züge und Kanonen.

Während des Essens erfuhren wir mehr über Horton Bluett. Durch seine seltene Gabe, die Trolle zu riechen – man könnte das vielleicht ›Olfaktopathie‹ nennen –, hatte er ein relativ sicheres Leben geführt. Er war den Unholden nach Möglichkeit aus dem Wege gegangen und hatte sie mit größter Vorsicht behandelt, wenn ein Umgang sich nicht vermeiden ließ. Seine Frau Etta war 1934 an Krebs gestorben, im Alter von vierzig Jahren. Horton war damals vierundvierzig gewesen. Sie hatten nie Kinder gehabt, weil er – wie er unumwunden zugab – unfruchtbar war. Seine Ehe war so glücklich, so harmonisch gewesen, daß er nie eine andere Frau fand, die seiner verstorbenen Etta hätte das Wasser reichen können. Seit drei Jahrzehnten teilte er sein Leben mit Hunden – Growler war der dritte.

Horton betrachtete liebevoll den Mischling, der seinen Teller säuberlich abschleckte. »Einerseits hoffe ich, vor ihm zu sterben, denn es würde mir verdammt schwerfallen, ihn beerdigen zu müssen. Es war bei den beiden anderen – Jeepers und Romper – schon schlimm genug, aber bei Growler wäre es noch schlimmer, denn er ist der beste Hund, der je gelebt hat.« Growler schaute von seinem Teller auf und legte den Kopf schief, so als wüßte er genau, welches Kompliment ihm sein Herr gemacht hatte. »Andererseits will ich nicht vor ihm sterben, weil ich ihn nicht allein lassen möchte. Er soll nicht auf die Gnade irgendwelcher Leute angewiesen sein. Er verdient es, einen schönen Lebensabend zu haben.«

Rya und ich tauschten einen Blick, und ich wußte, daß sie in etwa das gleiche wie ich dachte: daß Horton Bluett nicht nur liebenswert war, sondern auch einen ungewöhnlich starken Charakter hatte. Sein Leben lang war er sich bewußt gewesen, daß die Welt voll von Menschen war, die anderen Leid zufügen wollten, sein Leben lang hatte er gewußt, daß das Böse in sehr realen Formen existierte und die Welt verseuchte – und trotzdem war er weder verrückt geworden noch hatte er sich in einen griesgrämigen Einsiedler verwandelt. Ein grausamer Streich der Natur hatte seine geliebte Frau hinweggerafft, und trotzdem war er nicht verbittert. Er hatte in den letzten dreißig Jahren nur mit seinen Hunden gelebt, und trotzdem war er nicht exzentrisch wie die meisten Menschen, die sich ausschließlich mit ihren Haustieren beschäftigen.

Er war ein ermutigendes Beispiel für die Kraft und Beständigkeit der Menschheit. Obwohl wir seit Jahrtausenden unter den Trollen zu leiden hatten, konnte unsere Spezies noch immer bewundernswerte Persönlichkeiten wie Horton Bluett hervorbringen. Leute wie er waren ein gutes Argument für den Wert unserer Rasse.

Er wandte seine Aufmerksamkeit wieder uns zu. »Und was wird jetzt euer nächster Schritt sein?«

»Wir wollen morgen am Zaun der Kohlen-Gesellschaft entlanggehen, bis wir eine Stelle finden, von wo aus man den Mineneingang sehen kann.«

»Diese Mühe könnt ihr euch sparen. Einen solchen Aussichtspunkt gibt es nicht«, erklärte Horton, während er die letzten Eireste mit einem Stückchen Toast aufnahm. »Jedenfalls nicht entlang des Zauns. Und das ist meiner Meinung nach kein Zufall. Ich nehme an, sie wollten verhindern, daß ein Außenstehender die Mineneingänge sehen kann.«

»Das hört sich so an, als hätten Sie selbst nachgeschaut«, sagte ich.

»Das habe ich auch.«

»Wann war das?«

»So etwa anderthalb Jahre, nachdem die neuen Eigentümer – die Trolle, wie ihr sie nennt – die Gesellschaft übernommen, den Namen geändert und diesen verrückten Zaun errichtet hatten. Mir war aufgefallen, daß viele gute Leute, die ihr Leben lang dort gearbeitet hatten, allmählich vorzeitig in den Ruhestand versetzt wurden. Sie bekamen allerdings großzügige Pensionen, damit die Gewerkschaften keinen Ärger machten. Und jeder, der neu eingestellt wurde – bis hin zu den Hilfsarbeitern –, gehörte zu der Kategorie, die stinkt. Das hat mich beunruhigt, denn es deutete ja darauf hin, daß sie einander erkennen konnten, daß sie über ihr Anders-Sein Bescheid wußten und manchmal zusammenkamen, um ihre teuflischen Pläne zu schmieden. Nachdem ich hier lebe, wollte ich verständlicherweise herausbringen, welches Teufelswerk sie im Bergwerk planten. Deshalb habe ich mich dort oben umgesehen. Ich bin den ganzen verdammten Zaun entlanggelaufen, aber es gab nichts zu sehen, und ich wollte nicht riskieren, über den Zaun zu klettern und auf der anderen Seite herumzuschnüffeln. Wie gesagt, ich wollte nie etwas mit ihnen zu tun haben. Ich wollte immer möglichst großen Abstand zu ihnen halten, und deshalb wäre es alles andere als klug gewesen, unbefugt ihr Grundstück zu betreten.«

Rya legte verwirrt ihre Gabel auf den Teller. »Und was haben Sie dann gemacht? Ihre Neugier einfach unterdrückt?«

»Genau. Es ist mir nicht leichtgefallen, aber wir wissen ja, warum die Katze ums Leben gekommen ist, nicht wahr?«

»Ein solches Geheimnis einfach auf sich beruhen zu lassen – das muß enorme Willenskraft erfordert haben«, meinte ich.

»Nichts dergleichen«, widersprach er. »Es war Angst, weiter nichts. Ich hatte Schiß, um es ganz deutlich zu sagen.«

»Sie sind aber kein Mann, der es leicht oder oft mit der Angst zu tun bekommt.«

«Idealisiere mich nur nicht, junger Mann. Ich bin kein Held. Ich sage euch ganz ehrlich – ich habe mich mein Leben lang vor ihnen gefürchtet. Deshalb habe ich mich stets bemüht, sie in keiner Weise auf mich aufmerksam zu machen. Man könnte sagen, ich habe mich lebenslang getarnt, habe mich unsichtbar zu machen versucht. Ich bin vorsichtig, und nur deshalb habe ich so lange gelebt, daß ich jetzt ein verdrießlicher alter Sonderling bin, der seinen Verstand noch besitzt.«

Growler hatte sich nach dem Essen gemütlich in die Ecke

gelegt, offenbar mit der Absicht, ein Nickerchen zu machen. Plötzlich erhob er sich aber und trottete zu einem Fenster. Er stellte seine Vorderpfoten auf den Sims, preßte seine schwarze Nase ans kalte Glas und schaute hinaus. Vielleicht überlegte er nur, welche Vor- und Nachteile es hätte, in die Kälte und Dunkelheit hinauszugehen und die Blase zu entleeren. Vielleicht hatte aber auch etwas seine Aufmerksamkeit erregt.

Obwohl ich keine Vorahnungen drohender Gefahr hatte, beschloß ich, vorsichtshalber auf ungewöhnliche Geräusche zu achten, die nicht vom Wind herrührten – und mich auf schnelles Handeln einzustellen.

Rya schob ihren Teller weg, trank einen Schluck Bier und fragte: »Horton, wie um alles in der Welt haben die neuen Eigentümer denn diesen enormen Zaun und die anderen Sicherheitsvorkehrungen erklärt?«

Er legte seine schwieligen Hände um die Bierflasche. »Na ja, bevor die ursprünglichen Eigentümer die Gesellschaft verkaufen mußten, hatte es in einem einzigen Jahr drei Todesfälle gegeben. Viele tausend Morgen Land gehören der Gesellschaft, und an manchen Stellen wurden Stollen zu dicht unter der Erdoberfläche angelegt. Das bringt gewisse Probleme mit sich. Die oberen Erdschichten können langsam – manchmal aber auch schnell – in die Schächte absinken. Und dann gibt es auch noch alte verrottete Schächte, die einbrechen können, wenn jemand nur einen Fuß darauf setzt. Der Boden tut sich auf und verschluckt die betreffende Person, so wie eine Forelle die Fliege.«

Growler kehrte in die Ecke zurück und rollte sich wieder zusammen.

Der Wind sang an den Fenstern, pfiff in den Regenrinnen, tanzte auf dem Dach. Nichts Bedrohliches.

Trotzdem blieb ich wachsam.

Horton rutschte auf dem Küchenstuhl hin und her. »Nun ja, ein Mann namens MacFarland, der auf dem Bergwerksgelände Rotwild jagte, hatte das Pech, durch die Decke eines alten verlassenen Tunnels zu fallen. Er brach sich bei dem Sturz beide Beine, hieß es später. Er rief natürlich um Hilfe, muß sich die Kehle heiser geschrien haben, aber niemand hörte ihn. Als die Suchmannschaft ihn endlich fand, war er schon zwei Tage tot. Einige Monate später wollten zwei Jungen, beide etwa vierzehn, das Gelände erkunden, neugierig, wie Jungs nun einmal sind. Ihnen passierte das gleiche wie MacFarland. Sie stürzten durch die Decke eines alten Schachts. Einer brach sich den Arm, der andere den Knöchel, und obwohl sie offenbar versucht haben, an die Oberfläche zu kriechen, haben sie's nicht geschafft. Die Suchtrupps fanden auch sie erst, als sie schon tot waren. Danach haben die Eltern und auch die Frau des Jägers die Gesellschaft verklagt, und es stand von vornherein fest, daß sie einen Prozeß haushoch gewinnen würden. Die Eigentümer zogen es deshalb vor, sich mit den Leuten außergerichtlich zu einigen; aber um die Forderungen erfüllen zu können, mußten sie die Firma verkaufen.«

»Und sie verkauften an drei Partner – Jensen Orkenwold, Anson Corday – dem die Zeitung gehört – und Bürgermeister Spectorsky«, konstatierte Rya.

»Na ja, er war damals noch nicht Bürgermeister«, sagte Horton. »Das wurde er erst etwas später. Aber alle drei stinken zum Himmel.«

»Was bei den ursprünglichen Eigentümern nicht der Fall war«, warf ich ein.

»Ganz recht«, bestätigte Horton. »Die ursprünglichen Eigentümer – na ja, sie waren Menschen, weder besser noch schlechter als die meisten. Stinkende Trolle waren sie jedenfalls nicht. Was ich aber eigentlich sagen wollte – deshalb wurde der Zaun errichtet. Die neuen Eigentümer sagten, sie wollten keine Prozesse dieser Art riskieren. Und obwohl manche Leute finden, daß dieser Zaun maßlos übertrieben ist, sehen die meisten darin ein positives Zeichen von Verantwortungsbewußtsein.«

Rya schaute mich an, und in ihren blauen Augen las ich sowohl Zorn als auch Mitleid. »Der Jäger… die beiden Jungen… das waren keine Unfälle.«

»Höchstwahrscheinlich«, stimmte ich zu.

»Sie wurden ermordet«, fuhr sie fort. »Auf diese Weise

sollten die Eigentümer zum Verkauf gezwungen werden, damit die Trolle das Bergwerk übernehmen und für ihre Zwecke mißbrauchen konnten.«

»Höchstwahrscheinlich«, sagte ich wieder.

Horton Bluett starrte Rya an, dann mich, dann Growler, dann seine Bierflasche. Er erschauderte heftig. »Ich habe nie daran gedacht, daß die Jungen und der Jäger ... Verdammt, ich kannte den Jäger, und mir ist nie in den Sinn gekommen, daß er *ermordet* worden ist. Nicht einmal später, als ich feststellte, daß die neuen Leute – sowohl die Eigentümer als auch die Beschäftigten – alle stanken. Aber jetzt, wo ihr es sagt, ist es ganz logisch. Warum bin ich nur nicht von selbst darauf gekommen? Hat bei mir die Verkalkung schon eingesetzt?«

»Nein«, beruhigte Rya ihn. »Keineswegs. Sie sind nicht darauf gekommen, weil Sie zwar ein äußerst vorsichtiger Mann sind, aber auch ein Mensch mit moralischen Wertvorstellungen. Wenn Sie geglaubt hätten, daß es sich um Morde handelte, hätten Sie sich verpflichtet gefühlt, etwas zu unternehmen. Wahrscheinlich haben Sie die Wahrheit geahnt, aber nur tief im Unterbewußtsein. In Ihr Bewußtsein ließen Sie diesen Gedanken gar nicht erst eindringen, denn dann hätten Sie handeln müssen, und das hätte die Toten auch nicht wieder lebendig gemacht. Es hätte nur bewirkt, daß auch Sie ermordet worden wären.«

»Vielleicht haben Sie aber auch deshalb keinen Verdacht geschöpft«, entwickelte ich eine weitere Theorie, »weil Sie die Bösartigkeit dieser Kreaturen nicht *sehen* können. Sie spüren ihre Fremdartigkeit, aber Sie sind nicht ständig augenfällig damit konfrontiert wie wir. Sie konnten nicht wissen, wie hervorragend die Trolle organisiert sind, wie gezielt und erbarmungslos sie vorgehen.«

»Trotzdem hätte ich Verdacht schöpfen müssen«, murmelte er. »Es macht mich verdammt nervös, daß ich so naiv war.«

Ich holte weiteres Bier aus dem Kühlschrank, öffnete die Flaschen und stellte sie auf den Tisch. Obwohl es draußen nach wie vor schneite und der Wind ein unheimliches Potpourri sang, waren wir alle dankbar für das kalte Bier.

Eine Zeitlang herrschte Schweigen.

Jeder von uns hing seinen Gedanken nach.

Growler nieste, schüttelte sich und legte sich wieder hin. Obwohl er ruhig dalag, war er noch immer sehr wachsam.

Nach einer ganzen Weile fragte Horton Bluett: »Ihr seid fest entschlossen, das Bergwerk unter die Lupe zu nehmen?«

»Ja«, sagten ich und Rya.

»Ich kann es euch nicht ausreden?«

»Nein«, sagten Rya und ich.

»Es ist wohl vergeblich, junge Leute wie euch zur Vorsicht bekehren zu wollen.«

Wir stimmten ihm zu, daß wir törichte junge Leute seien.

»Nun, wenn dem so ist, kann ich euch ein bißchen helfen. Ich glaube sogar, ich *muß* euch helfen, denn andernfalls schnappen sie euch auf ihrem Gelände, und dann habt ihr bestimmt nichts zu lachen.«

»Helfen?« fragte ich erstaunt. »Wie denn?«

Er holte tief Luft, und seine klaren dunklen Augen schienen noch klarer zu werden, nachdem er seinen Entschluß gefaßt hatte. »Ihr braucht gar nicht erst zu versuchen, einen Blick auf den Mineneingang oder auf die Anlage zu werfen. Das könnt ihr vergessen. Höchstwahrscheinlich würdet ihr sowieso nichts Interessantes sehen. Ich nehme an, daß die wichtigen Dinge tief unter der Erde versteckt sind.«

»Das glaube ich auch«, sagte ich, »aber...«

Er brachte mich mit einer Handbewegung zum Schweigen.- »Ich kann euch zeigen, wie ihr alle Sicherheitsvorkehrungen umgeht und bis ins Herz der Anlage vordringt. Dann könnt ihr euch aus nächster Nähe anschauen, was dort vorgeht. Ich rate es euch allerdings nicht – schließlich würde ich euch auch nicht raten, eure Hände auf eine Kreissäge zu legen. Ich glaube, ihr seid beide wagemutiger, als es gut für euch ist. Ihr seid romantisch und wollt euch unbedingt für eine gute Sache einsetzen. Ihr habt viel zu voreilig entschieden, daß ihr nicht glücklich zusammen leben könntet, wenn ihr den Kopf in den Sand steckt. Ihr seid so töricht, nicht auf euren Selbsterhaltungstrieb hören zu wollen, der euch dringend eingibt, die Finger von dieser Sache zu lassen.«

Rya und ich setzten gleichzeitig zum Sprechen an.

Wieder gebot er uns mit seiner großen Hand Schweigen.

»Versteht mich nicht falsch. Ich *bewundere* euch – etwa so, wie man einen verdammten Narren bewundert, der in einem Faß die Niagarafälle hinabtreiben will. Man weiß genau, daß die Wirkung auf die Niagarafälle gleich Null sein wird, während die Folgen für ihn wahrscheinlich katastrophal sein werden, aber er kann der Herausforderung einfach nicht widerstehen. Und das gehört zu den Dingen, die uns von den Tieren unterscheiden: Wir lieben Herausforderungen, wir wollen nichts unversucht lassen, auch wenn unsere Erfolgschancen verschwindend gering sind, auch wenn unser Einsatz überhaupt nichts bewirkt. Es ist so ähnlich, wie wenn man die Fäuste gen Himmel erhebt und Drohungen gegen Gott ausstößt, für den Fall, daß Er nicht bald einige Änderungen an der Schöpfung vornimmt und uns eine bessere Chance gibt. Das mag dumm und sinnlos sein – aber es ist mutig und irgendwie befriedigend.«

Horton wollte uns nicht verraten, wie er uns ins Bergwerk bringen würde. Er sagte, es wäre Zeitverschwendung, uns jetzt alles lang und breit zu erklären, denn er würde es uns morgen sowieso zeigen müssen. Er sagte nur, wir sollten im Morgengrauen aufbruchbereit sein, weil er uns um diese Zeit abholen würde.

»Wir wollen aber nicht, daß auch Sie in den Treibsand geraten und zusammen mit uns untergehen«, sagte ich.

»Das hört sich so an, als seist du dir ziemlich sicher, daß ihr scheitern werdet.«

»Na ja, *falls* das passieren sollte, will ich wenigstens nicht dafür verantwortlich sein, daß auch Sie in diesen Strudel geraten.«

»Mach dir keine Sorgen, Slim«, erwiderte er. »Wie oft muß ich es dir denn noch sagen? Vorsicht ist sozusagen zu meiner zweiten Natur geworden.«

Um zwanzig vor zehn verabschiedete er sich. Unser wiederholtes Angebot, ihn nach Hause zu fahren, lehnte er ab. Er war zu Fuß hergekommen, um sein Auto nicht vor uns verstecken zu müssen, und jetzt würde er auch zu Fuß zurückgehen. Und er behauptete stur, daß er sich auf den ›kleinen Spaziergang‹ freue.

»Es ist mehr als ein kleiner Spaziergang«, widersprach ich. »Es ist ein ganz schönes Stück Weg, und bei Nacht und in dieser Kälte...«

»Aber Growler freut sich darauf«, sagte Horton, »und ich will ihn nicht enttäuschen.«

Der Hund schien es tatsächlich kaum abwarten zu können, in die kalte Nacht hinauszukommen. Sobald Horton aufgestanden war, war auch Growler aufgesprungen und zur Tür gelaufen. Er wedelte mit dem Schwanz und brummte vor Freude. Vielleicht war es nicht einmal so sehr der Spaziergang, auf den er sich freute; nachdem er seinen geliebten Herrn einen Abend lang mit uns geteilt hatte, wollte er möglicherweise wieder mit ihm allein sein.

Während Horton auf der Schwelle seine Handschuhe anzog, spähte er in die Nacht hinaus. »Es wird einen Schneesturm geben«, stellte er fest.

»Wann?« fragte ich.

Er zögerte, als wollte er erst die Meinung seiner alten Knochen einholen. »Bald, aber *so* bald auch wieder nicht. Heute nacht wird es zwar weiterschneien, doch morgen früh werden wir noch nicht einmal ein paar Zentimeter Neuschnee haben. Aber später... irgendwann am Vormittag... wird ein schwerer Sturm aufziehen.«

Er bedankte sich für das Abendessen und für das Bier, so als hätten wir einfach wie gute Nachbarn zusammen einen gemütlichen Abend verbracht. Dann tauchte er mit Growler in der Finsternis unter.

Während ich die Tür schloß, meinte Rya: »Das ist eine Persönlichkeit, was?«

»Eine starke Persönlichkeit«, stimmte ich zu.

Später, als wir im Dunkeln nebeneinander im Bett lagen, sagte sie: »Er wird Wirklichkeit. Ich meine... der Traum.«

»Ja.«

»Wir gehen morgen in die Mine.«

»Noch können wir alles abblasen und einfach nach Gibtown zurückfahren«, schlug ich vor.

»Möchtest du das?« fragte sie.

Nach kurzem Zögern sagte ich: »Nein.«

»Ich auch nicht.«

»Bist du ganz sicher?«

»Ja. Nur... halt mich fest«, flüsterte sie.

Ich hielt sie fest.

Sie hielt mich fest.

Das Schicksal hielt uns beide mit eisernem Griff umklammert.

27

Das Tor zur Hölle

Kurz vor der Morgendämmerung schneite es nur flaumige Flocken, und der herannahende Sturm war noch im tiefhängenden Himmel eingesperrt.

Der Tag brach nur widerwillig an. Ein dünner Faden schwachen grauen Lichts tauchte entlang der hohen Gebirgskette im Osten auf. Langsam wurden weitere Fäden hinzugewebt, in öden Farben, kaum heller als die Schwärze, die sie doch ablösen sollten. Als Horton Bluett in seinem Dodge Transporter mit Vierradantrieb vorfuhr, war das Gewebe des neuen Tages noch so dünn, daß es so aussah, als könnte es jederzeit zerreißen, vom Winde verweht werden und die Welt in ewiger Finsternis zurücklassen.

Horton hatte Growler nicht bei sich. Ich vermißte den Hund. Horton auch. Ohne den Mischling war der alte Mann irgendwie... unvollständig.

Wir paßten zu dritt bequem auf die Sitzbank des Transporters. Rya saß zwischen Horton und mir. Vor unseren Füßen hatten unsere Rucksäcke Platz, in denen unter anderem vierzig der insgesamt achtzig Kilo Plastiksprengstoff verstaut waren.

Ich wußte nicht, ob wir tatsächlich in die Minen gelangen würden, wie Horton uns versicherte. Und selbst wenn wir das schafften, würden wir dort vermutlich Dinge entdecken, die einen heimlichen Rückzug nahelegten, um in aller Ruhe die nächsten Schritte planen zu können. Die Wahrscheinlichkeit, daß wir den Sprengstoff an diesem Tag benötigen würden, war demnach sehr gering. Doch frühere Erfahrungen mit den Trollen hatten mich gelehrt, immer auf das Schlimmste gefaßt zu sein.

Die Scheinwerfer strahlten durch die störrische Nacht, die nicht weichen wollte. Wir fuhren über Landstraßen in schmale Gebirgstäler empor, wo von der Dämmerung noch keine Spur zu sehen war.

»Ich habe mein ganzes Leben hier verbracht«, erzählte Horton während der Fahrt. »Meine Eltern hatten hier auf diesen Hügeln ein Häuschen, und hier erblickte ich mit Hilfe einer Hebamme das Licht der Welt. Das war 1890. Für euch junges Gemüse ist das natürlich so unvorstellbar lang her, daß ihr euch vielleicht fragt, ob es damals noch Dinosaurier gegeben hat. Na, jedenfalls bin ich hier aufgewachsen, und ich kenne diese Hügel, Felder, Wälder, Grate und Schluchten so gut wie meine Westentasche. Hier wurde seit den 30er Jahren des 19. Jahrhunderts Kohle abgebaut, und es gibt jede Menge stillgelegter Schächte. Zwischen den Minen gibt es oft Verbindungen, und auf diese Weise ist so etwas wie ein unterirdisches Labyrinth entstanden. Als Junge war ich ein begeisterter Höhlenforscher. Ich liebte Höhlen und alte Stollen und war gänzlich unerschrocken. Vielleicht nicht zuletzt deshalb, weil meine Nase mich schon gelehrt hatte, daß es viele böse Menschen – Trolle – gab, weil ich schon wußte, daß ich draußen in der Welt vorsichtig sein mußte und sich daran mein Leben lang nichts ändern würde. Ich war deshalb gezwungen, die normale Abenteuerlust eines Jungen irgendwie auf eigene Faust zu befriedigen, weil ich mich nur auf mich selbst verlassen wollte. Natürlich ist es ausgesprochen dumm, allein loszuziehen, um Höhlen zu erforschen. Dabei kann zuviel schiefgehen. Ein vernünftiger Bursche unternimmt so was nur zusammen mit guten Freunden. Aber als Kind fehlte es mir total an gesundem Menschenverstand, und deshalb trieb ich mich ständig unter der Erde herum. Ich war eine regelrechte Minenratte. Jetzt könnt ihr von meiner damaligen Torheit profitieren. Ich weiß, wie ihr in das Berginnere gelangen könnt. Es gibt einen Weg durch die uralten Minen aus den 40er Jahren des 19. Jahrhunderts, die mit Minen aus dem Anfang dieses Jahrhunderts verbunden sind, und diese führen wiederum in neuere Minen, bis hin zu einigen schmaleren Seitentunnels aus neuester Zeit. Die Sache ist natürlich verdammt gefährlich. Ein tollkühnes Unternehmen, das ich keinem vernünftigen Menschen empfehlen würde. Aber ihr zwei seid ja verrückt. Ihr dürstet nach Rache und Gerechtigkeit, ihr seid ganz versessen darauf, etwas zu tun.«

Horton bog von der Landstraße auf einen vom Schnee geräumten Feldweg ab, wenig später auf einen anderen, der gerade noch passierbar war, und schließlich fuhren wir querfeldein einen Hügel hinauf, der sogar mit Vierradantrieb nicht zu bewältigen gewesen wäre, wenn der Wind nicht entgegenkommenderweise den größten Teil des Schnees weggefegt und am Waldrand aufgetürmt hätte.

Oben auf dem Hügel, dicht bei den Bäumen, hielt Horton an. »Von hier aus müssen wir zu Fuß gehen.«

Ich nahm den schwereren Rucksack, Rya den anderen, der auch nicht gerade leicht war. Jeder von uns hatte einen geladenen Revolver und eine Pistole mit aufgesetztem Schalldämpfer bei sich; die Revolver befanden sich in Schulterhalftern unter unseren Skijacken, die Pistolen waren in den tiefen, offenen Taschen der weißen Skihosen verstaut. Ich trug außerdem die Schrotflinte, Rya die Maschinenpistole.

Obwohl wir wirklich gut bewaffnet waren, fühlte ich mich wie David, der mit einer jämmerlichen kleinen Schleuder in der Hand nervös im Schatten des riesigen Goliath steht.

Die Nacht hatte sich nun doch ergeben, und der Morgen brachte den Mut auf, sich zu zeigen. Trotzdem trieben sich überall noch tiefe Schatten herum, und der Himmel war bei Tag nicht viel heller als bei Nacht. Es war ein Sonntag.

Mir fiel plötzlich ein, daß ich Joel Tuck noch nicht angerufen hatte, um ihn zu informieren, daß Cathy Osborn, Ex-Professorin für Literatur an der Barnard-Universität, möglicherweise schon am Dienstag oder Mittwoch an seine Tür klopfen würde und dringend seiner Hilfe und Freundschaft bedurfte. Ich ärgerte mich über meine Vergeßlichkeit, sagte mir dann aber, daß ich noch viel Zeit für diesen Anruf hatte – falls uns in den Minen nichts zustoßen würde.

Horton Bluett holte einen Stoffsack aus seinem Wagen und zog ihn hinter sich her, während er durch die Schneeverwehungen am Waldrand stapfte. Etwas klapperte leise in dem Sack. Hinter den ersten Bäumen blieb er stehen, schob einen Arm in den Sack und brachte eine rote Bandrolle zum Vorschein. Mit einem scharfen Taschenmesser schnitt er ein Stück davon ab und band es in Augenhöhe an einen Baum.

»Damit ihr allein zurückfindet«, erklärte er und führte uns auf einem Wildpfad bergabwärts, wobei er alle dreißig bis vierzig Meter stehenblieb und Bäume mit roten Bändern schmückte. Ich bemerkte, daß man von der jeweils letzten Markierung aus die vorletzte gut sehen konnte.

Nach einer Weile stießen wir auf einen Weg und gingen ihn entlang. Wir hatten einen vierzigminütigen Fußmarsch hinter uns, als wir am Fuße einer breiten Schlucht zu einer weiten freien Fläche gelangten.

Die Felswand sah pockennarbig aus, weil große Stücke aus der Oberfläche herausgeschlagen waren. Ein horizontaler Stollen hatte einst das Herz des Berges durchbohrt. Der Eingang war zur Hälfte bei einem Erdrutsch verschüttet worden, was aber lange zurückliegen mußte, denn inzwischen wuchsen dort schon Bäume.

Horton ging zwischen diesen verkrüppelten und knorrigen Bäumen hindurch und betrat den Schacht. Wir folgten ihm. Er holte drei sehr starke Taschenlampen aus seinem Sack, behielt eine davon und überreichte die anderen Rya und mir. Dann leuchtete er Decke, Wände und Boden des Tunnels ab, in dem wir standen.

Die Decke war nur 30 cm von meinem Kopf entfernt, und die unebenen Felswände – im vorigen Jahrhundert durch Pickel, Meißel, Schaufeln, Sprengstoff und Meere von Schweiß entstanden – schienen immer näher zu rücken, so als wollten sie uns zerquetschen. Sie waren mit Kohleadern durchzogen, und stellenweise glänzte etwas milchig-hell – vielleicht Quartz. Die massiven, geteerten Stützbalken an beiden Wänden und an der Decke erinnerten mich an das Skelett eines Wales.

Allerdings befanden sie sich in einem erbärmlichen Zustand, hingen durch, hatten tiefe Risse, waren im Innern sehr wahrscheinlich durch Fäulnis halb hohl und stellenweise mit Pilzen bewachsen. Auch fehlten vielfach die Metallstreben. Ich hatte das unangenehme Gefühl, daß die Decke sofort einbrechen würde, wenn ich mich nur irgendwo anlehnte.

»Dies hier dürfte eine der ersten Minen in der ganzen Gegend gewesen sein«, berichtete Horton. »Sie wurde zum größten Teil von Hand ausgebeutet, und die Loren wurden damals von Eseln gezogen. Die Gleise wurden später herausgerissen und in einen anderen Schacht gebracht, aber hier und dort stolpert man noch über die Reste von Schwellen, die teilweise in den Boden eingesunken sind.«

Rya betrachtete die morschen Balken sehr skeptisch. »Ist dieser Tunnel sicher?«

»Was ist schon sicher?« fragte Horton, musterte abschätzend das verwitterte Holz und die feuchten Felswände und meinte dann: »Schlimmer kommt es jedenfalls nicht, denn euer Weg führt ja von älteren zu neueren Minen, obwohl ich euch dringend rate, auch dort vorsichtig zu sein und euch nirgends an Balken anzulehnen. Sogar die verhältnismäßig neuen Schächte – jene, die erst zehn oder zwanzig Jahre alt sind – können es in sich haben. Eine Mine ist schließlich nichts anderes als eine Leere, und man sagt nicht umsonst, daß die Natur bestrebt ist, eine Leere auszufüllen.«

Er holte zwei Metallhelme aus seinem Sack und gab sie uns mit der eindringlichen Ermahnung, sie ständig aufzubehalten.

»Und Sie?« fragte ich, während ich meinen Helm aufsetzte.

»Ich hatte nur zwei zur Hand«, sagte er. »Und da ich euch nur ein kurzes Stück begleite, komme ich auch ohne einen aus. Also, auf geht's.«

Wir folgten ihm tiefer in die Erde hinein.

Auf den ersten Metern klebten an den Wänden jede Menge Blätter, die an trockenen Herbsttagen hereingeweht worden waren. Die Feuchtigkeit im Schacht hatte sie allmählich zu einer festen Masse verkleistert. In unmittelbarer Nähe des Eingangs waren diese vermoderten Blätter und die Pilze auf den Balken gefroren und deshalb geruchlos. Doch weiter drinnen herrschten Temperaturen über dem Nullpunkt, und uns stiegen hin und wieder üble Gerüche in die Nasen.

Horton führte uns um eine Ecke herum, in einen wesentlich geräumigeren Tunnel, wo sich offenbar einmal eine reiche Kohlenader befunden hatte. Er blieb stehen, holte eine Spraydose mit weißer Farbe aus seinem Sack, schüttelte sie und sprühte einen weißen Pfeil, der in Richtung Ausgang wies, auf die Felswand, obwohl wir uns hier eigentlich noch nicht verirren konnten.

Er war eben ein vorsichtiger Mann.

Innerhalb der nächsten hundert Meter machte er zwei weitere Pfeile, dann bogen wir in einen kürzeren, aber noch breiteren Tunnel ab (vierter Pfeil) und legten weitere fünfzig Meter zurück, bevor wir vor einem vertikalen Schacht stehenblieben (fünfter Pfeil), der in tiefere Bergschichten hinabführte. Die quadratische Öffnung war vom schwarzen Boden kaum zu unterscheiden, und ich hatte sie nicht gesehen, bis Horton in die Tiefe leuchtete. Ohne ihn hätte ich möglicherweise einen Schritt ins Leere gemacht und mir den Hals gebrochen.

Er richtete den Strahl seiner Taschenlampe jetzt auf das Ende des Tunnels, der sich zu einem großen, von Menschenhand geschaffenen Raum erweiterte. »Hier endete die Kohleader plötzlich«, berichtete er, »aber sie hatten vermutlich Grund zu der Annahme, daß sie sich schräg nach unten fortsetzte und von einer tieferen Ebene aus abgebaut werden konnte. Jedenfalls trieben sie diesen etwa zwölf Meter tiefen, vertikalen Schacht in die Erde und arbeiteten sich dann wieder in horizontaler Richtung vor. Jetzt überlasse ich euch bald eurem Schicksal.«

Nachdem er uns gewarnt hatte, daß die Sprossen der Eisenleiter alt und unzuverlässig wären, schaltete er seine Taschenlampe aus und stieg in die Dunkelheit hinab. Rya warf sich die Maschinenpistole über die Schulter und folgte ihm. Ich bildete die Nachhut.

Unten im horizontalen Tunnel warteten sie auf mich, gespenstisch beleuchtet von ihren Taschenlampen, die sie auf den Boden gelegt hatten.

In diesen tieferen Bereichen der Mine waren die schweren Stützbalken genauso alt wie oben, aber sie befanden sich in einem etwas besseren Zustand, wenn auch keineswegs in einem guten. Doch zumindest war das Holz nicht so vermodert und mit Pilzen bewachsen, und die Wände waren nicht ganz so feucht.

Mir fiel plötzlich auf, wie still es hier war. Wie in einer Kirche. Wie auf einem Friedhof. Wie in einer Gruft.

Es war mir sehr willkommen, daß Horton diese Stille durchbrach, indem er uns zeigte, was er noch alles für uns in dem großen Sack hatte. Außer dem roten Band, das wir jetzt nicht mehr benötigten, befanden sich darin zwei weitere Spraydosen mit weißer Farbe, eine vierte Taschenlampe, in Plastik gehüllte Ersatzbatterien, mehrere Kerzen und zwei Schachteln Zündhölzer.

»Wenn ihr jemals aus diesem Labyrinth zurückfinden wollt, dann verwendet die Farbe, wie ich es euch gezeigt habe.« Er sprühte zur Demonstration einen weiteren Pfeil an die Wand, der nach oben wies, auf den vertikalen Schacht, den wir hinabgestiegen waren.

Rya nahm ihm die Spraydose ab. »Das wird meine Aufgabe sein.«

»Vielleicht glaubt ihr, daß die Kerzen als Ersatz für die Taschenlampen gedacht sind«, fuhr Horton fort. »Das ist aber nicht der Fall. Ihr habt genügend Ersatzbatterien bei euch. Aber falls ihr euch verirrt oder – was Gott verhindern möge – ein Stollen einbricht und euch den Weg abschneidet, dann müßt ihr eine Kerze anzünden und Flamme und Rauch beobachten. Daran könnt ihr erkennen, ob es irgendwo einen schwachen Luftzug gibt. Wenn das der Fall ist, gibt es eine Verbindung zur Oberfläche, und vielleicht ist diese Öffnung so groß, daß ihr euch durchzwängen könnt. Verstanden?«

»Verstanden«, sagte ich.

Er hatte auch an unser leibliches Wohl gedacht und zwei Thermosflaschen mit Orangensaft, mehrere Sandwiches und ein halbes Dutzend Schokoriegel mitgenommen.

»Selbst wenn ihr euch in den neuen Schächten der Kohlen-Gesellschaft Blitz nur ganz kurz umschaut und euch dann sofort auf den Rückweg macht, werdet ihr für diese Expedition den ganzen Tag benötigen. Aber ich vermute, daß ihr mehr als nur einen flüchtigen Blick auf die Anlagen werfen wollt, und deshalb werdet ihr wahrscheinlich, wenn alles gut geht, erst irgendwann im Laufe des morgigen Tages zurückkommen. Deshalb braucht ihr unbedingt etwas zu essen.«

»Sie sind ein Goldschatz«, sagte Rya. »Dieses ganze Zeug haben Sie letzte Nacht zusammengesucht... ich wette, daß Ihnen da zum Schlafen nicht viel Zeit blieb.«

»Mit vierundsiebzig«, erwiderte er, »schläft man ohnehin nicht mehr so viel, weil Schlafen einem als schreckliche Vergeudung der ohnehin knapp werdenden Zeit erscheint.« Ryas liebevoller Ton machte ihn sichtlich verlegen. »Verdammt, ich werde in einer Stunde zu Hause sein, und wenn ich Lust habe, kann ich dann schlafen, soviel ich will.«

»Sie haben gesagt, wir sollten diese Kerzen verwenden, falls es irgendwo einen Stolleneinbruch gibt oder falls wir uns verirren. Aber ohne Ihre Führung werden wir uns in höchstens einer Minute hoffnungslos verirrt haben.«

»Nein, nicht, wenn ihr dies hier bei euch habt.« Er zog eine Karte aus seiner Manteltasche. »Ich habe sie aus dem Gedächtnis gezeichnet, aber mein Gedächtnis funktioniert hervorragend, und ich glaube nicht, daß mir irgendwelche Fehler unterlaufen sind.«

Er ging in die Hocke, und wir folgten seinem Beispiel. Er breitete die Karte zwischen uns auf dem Boden aus und strahlte sie mit der Taschenlampe an. Sie sah aus wie ein Suchrätsel. Und – noch schlimmer – sie hatte ihre Fortsetzung auf der Rückseite des Blattes, und dort sah das Labyrinth sogar noch komplizierter aus.

»Gut die Hälfte des Weges«, sagte Horton, »könnt ihr euch in normaler Lautstärke unterhalten, so wie wir es jetzt tun, ohne befürchten zu müssen, daß die Trolle euch hören könnten. Aber ab dieser roten Markierung hier solltet ihr lieber still sein oder aber flüstern, wenn es etwas zu besprechen gibt. Der Schall pflanzt sich in diesen Tunnels sehr gut fort.«

Ich betrachtete das aufgezeichnete Labyrinth und meinte: »Na ja, eines steht fest... wir werden viel Farbe benötigen.«

»Horton, sind Sie sicher, daß diese Karte in allen Einzelheiten stimmt?« fragte Rya.

»Ja.«

»Ich meine nur... na ja, Sie mögen als Junge sehr viel Zeit in diesen alten Schächten verbracht haben, aber das ist immerhin lange her – etwa sechzig Jahre, stimmt's?«

Er räusperte sich und wurde wieder verlegen. »Nein, so lange ist es nicht her.« Er hielt seinen Blick auf die Karte gerichtet. »Wißt ihr, nachdem meine Etta an Krebs gestorben war, fühlte ich mich ziemlich einsam und verloren, und ich war wahnsinnig nervös und angespannt, weil ich nicht wußte, wie es jetzt weitergehen sollte. Es wurde immer schlimmer, und schließlich sagte ich mir: ›Horton, wenn du nicht bald etwas findest, womit du die leeren Stunden füllen kannst, landest du noch in der Gummizelle.‹ Und dann fiel mir ein, wie befriedigend es gewesen war, als Kind den Höhlenforscher zu spielen. Deshalb habe ich dieses Hobby wieder aufgenommen. Das war im Jahre 1934, und in den folgenden achtzehn Monaten habe ich jedes Wochenende in diesen Minen oder in natürlichen Höhlen verbracht. Als ich dann vor neun Jahren in Rente ging, stand ich vor einer ähnlichen Situation, und wieder habe ich mir mit dieser Beschäftigung die Zeit vertrieben. Eine verrückte Sache für einen Fünfundsechzigjährigen, aber ich habe sie anderthalb Jahre lang betrieben, bis der Ruhestand für mich seine Schrecken verlor. Na ja, was ich damit sagen wollte, war eigentlich nur, daß diese Karte auf Erinnerungen beruht, die höchstens so an die sieben Jahre alt sind.«

Rya legte eine Hand auf seinen Arm.

Er schaute sie an.

Sie lächelte, und er lächelte, und dann legte er seine Hand auf die ihrige und drückte sie.

Auch für jene unter uns, die nicht von Trollen geplagt werden, ist das Leben alles andere als einfach. Aber die unzähligen Methoden, die wir anwenden, um schwierige Wegstrecken bewältigen zu können, legen ein beredtes Zeugnis von unserem Lebenswillen ab.

»Nun, wenn ihr euch nicht bald auf die Socken macht, werdet ihr so alt und verknöchert wie ich sein, bevor ihr hier wieder rauskommt.«

Er hatte recht, aber ich wollte nicht, daß er wegging. Wir kannten ihn erst einen Tag und hatten das Potential unserer Freundschaft noch kaum erkunden können.

Das Leben ist – vielleicht habe ich es bereits erwähnt – eine

lange Fahrt, bei der Freunde und geliebte Menschen plötzlich
unerwartet aussteigen, und dann müssen wir die Reise in immer größerer Einsamkeit fortsetzen. Eine solche Bahnstation
war jetzt wieder erreicht.

Horton überließ uns den Sack und nahm nur die Taschenlampe mit. Er kletterte den vertikalen Schacht hinauf, und
die rostigen Eisensprossen klirrten und quietschten. Als er
oben war, schaute er zu uns herab und schien uns noch vieles
sagen zu wollen, beschränkte sich dann aber auf ein leises:
»Gott beschütze euch.«

Wir starrten nach oben.

Er entfernte sich, und das Licht seiner Taschenlampe
wurde immer schwächer.

Dann wurde es oben ganz dunkel.

Seine Schritte verhallten.

Er war fort.

In nachdenklichem Schweigen packten wir alle Gegenstände vorsichtig wieder in den Sack.

Dann begaben wir uns noch tiefer unter die Erde.

Ich spürte keine unmittelbare Gefahr, trotzdem hatte ich
starkes Herzklopfen. Obwohl ich fest entschlossen war,
nicht zu fliehen, hatte ich das beklemmende Gefühl, das Tor
zur Hölle durchschritten zu haben.

28

Reise nach Abaddon

Immer tiefer hinab...

Irgendwo weit oben wölbte sich ein unfreundlicher Himmel über die Welt; Amseln segelten durch ein Meer von Luft, und irgendwo rauschten Bäume im Wind, Schneeflocken breiteten eine weiße Decke über die Erde – aber all diese Farben und Bewegungen waren durch so viele Meter Felsgestein von mir entfernt, daß ich immer stärker den Eindruck hatte, jene Welt dort oben wäre nicht real, sondern existierte nur in meiner Fantasie – ein imaginäres Königreich. Das einzige, was mir noch real zu sein schien, waren Stein, Staub, flache Wasserpfützen, morsche Balken mit verrosteten Eisenträgern, Kohle und Dunkelheit.

Wir wirbelten Kohlenstaub auf, der so fein wie Talkumpuder war. Kleine Klümpchen, hin und wieder auch größere Brocken Kohle, lagen entlang der Wände, kleine Inseln aus Kohle bildeten Archipele in den Pfützen, und in den Wänden funkelten kleine Überreste erschöpfter Kohlenadern im frostig-weißen Licht der Taschenlampen wie schwarzes Gold.

Manche der unterirdischen Wege waren fast so breit wie Autobahnen, andere schmaler als Hausflure, denn neben den eigentlichen Minenschächten gab es auch Erkundungstunnels. Manchmal waren die Decken mehrere Meter von unseren Köpfen entfernt, dann wieder waren sie so niedrig, daß wir uns ducken mußten. Stellenweise waren die Wände so präzise behauen worden, daß sie direkt aus Beton hätten sein können, stellenweise waren sie aber sehr uneben. Wir sahen auch mehrere teilweise eingebrochene Wände oder Decken und waren einige Male gezwungen, uns mühsam durch den schmalen verbliebenen Raum hindurchzuzwängen.

Ich mußte gegen eine Klaustrophobie ankämpfen, die sich immer stärker bemerkbar machte, je tiefer wir ins Minenlabyrinth vordrangen. Es gelang mir jedoch, diese Ängste nicht überhand nehmen zu lassen, indem ich an jene schöne, abwechslungsreiche Welt dort oben dachte – und mir ständig vorsagte, daß Rya ja bei mir war. Ihre Gegenwart verlieh mir wie immer Kraft und Mut.

Wir sahen seltsame Dinge im Schoß der Erde. Dreimal stießen wir auf Haufen kaputten Zubehörs – Werkzeuge und andere offenbar beim Bergbau benötigten Gegenstände, die für uns ein Buch mit sieben Siegeln waren. Von Rost und Korrosion zusammengeschweißt, wirkten sie fast wie moderne Plastiken, so als hätte sich der von Menschen mißhandelte Berg als Künstler betätigt, um seiner eigenen Leidensfähigkeit ein Denkmal zu setzen. Eine dieser Skulpturen sah wie eine große Figur aus, halb menschlich, halb dämonisch; absurderweise rechnete ich fast damit, daß diese mit Streben und Widerhaken geschmückte Kreatur sich mit einem Klirren und Rasseln ihrer Metallknochen bewegen würde, daß sie ihr Glasauge – eine zersplitterte Öllampe, wie Bergleute sie im vergangenen Jahrhundert verwendeten – öffnen und mich anstarren würde, daß sie ihren Eisenmund zu einem Grinsen verziehen und dabei verfaulte Zähne aus verbogenen Schrauben und Nägeln entblößen würde. Wir sahen auch Schimmel und Pilze in verschiedensten Farben – gelb, gallengrün, giftig rot, braun, schwarz –, hauptsächlich aber in schmutzigen Weißtönen. Manche waren so trocken, daß sie bei der geringsten Berührung zu Staub zerfielen. Andere waren feucht und glänzten abstoßend wie die Eingeweide irgendeiner fremdartigen außerirdischen Lebensform. Manche Wände waren mit Kristallen irgendwelcher aus dem Felsen gesickerter Substanzen überzogen, und einmal sahen wir unsere verzerrten Gesichter, die über diese Millionen dunkler Facetten huschten.

Etwa auf halbem Wege in den Hades stießen wir auf das schimmernde weiße Skelett eines großen Hundes. Der Schädel lag mit klaffendem Kiefer in einer Lache schwarzen Wassers, in der sich die Strahlen unserer Taschenlampen widerspiegelten, so daß die leeren Augenhöhlen gespenstisch leuchteten. Wie ein Hund in diese Tiefe geraten war, was er hier gesucht hatte und wie er gestorben war – das waren unlösbare Rätsel. Aber das Vorhandensein dieses Skeletts hatte etwas so gänzlich Deplaziertes an sich, daß wir darin unwillkürlich eine Art Omen sahen, obwohl wir lieber nicht darüber nachdenken wollten, *was* es bedeuten könnte.

Mittags – fast sechs Stunden, nachdem wir das Labyrinth mit Horton Bluett betreten hatten – legten wir eine kurze Pause ein, teilten uns eines der Sandwiches und tranken etwas Orangensaft. Wir nahmen dieses karge Mahl schweigend ein, denn inzwischen waren wir so dicht an den neuesten Schächten, daß irgendwelche Trolle uns möglicherweise hätten hören können – auch wenn wir bisher nichts von ihnen hörten.

Nach dem Mittagessen legten wir noch eine ordentliche Wegstrecke zurück, bis wir um zwanzig nach eins um eine Ecke bogen und Licht vor uns sahen. Senfgelbes Licht, etwas trüb. Ominös. Wie das Licht in unserem gemeinsamen Alptraum.

Wir schlichen durch den schmalen, feuchten, dunklen Tunnel, der zur Kreuzung mit den beleuchteten Schacht führte. Obwohl wir uns übertrieben vorsichtig bewegten, kam es uns so vor, als dröhnten unsere Schritte so laut wie Donner, als wäre unser Atem so laut wie das Zischen eines riesigen Blasebalgs.

An der Ecke blieb ich stehen und lehnte mich mit dem Rükken an die Wand.

Horchte.

Wartete.

Wenn ein Minotaurus in diesem Labyrinth hauste, trug er offenbar Schuhe mit Kreppsohlen, denn es herrschte eine Totenstille. Abgesehen von dem Licht schienen wir hier unten noch immer so allein zu sein wie in den letzten sieben Stunden.

Ich beugte mich vor und spähte vorsichtig in den beleuchteten Tunnel, zuerst nach links, dann nach rechts. Kein Troll war zu sehen.

Wir traten aus der Dunkelheit ins Licht, das unseren Gesichtern und Augen eine ungesunde gelbe Farbe verlieh.

Zur Rechten verengte sich der Tunnel und endete nach

kaum sechs Metern. Zur Linken war er jedoch sechs Meter breit und wurde über eine Länge von knapp fünfzig Metern immer breiter. An der breitesten Stelle – etwa 15 Meter – wurde er offenbar von einem anderen horizontalen Schacht gekreuzt. An der Decke waren in regelmäßigen Abständen von zehn Metern kegelförmige Lampen mit mittelstarken Glühbirnen angebracht, so daß auf dem Boden zwischen den Lichtkegeln jeweils einige Meter völlig im Dunkeln lagen.

Genau wie im Traum.

Die einzigen Unterschiede zwischen Realität und Traum bestanden darin, daß die Lampen nicht flackerten und wir nicht – noch nicht? – verfolgt wurden.

Hier endete Horton Bluetts Karte. Nun waren wir ganz auf uns gestellt.

Ich schaute Rya an und wünschte plötzlich, ich hätte sie nicht an diesen Ort gebracht. Aber ein Zurück gab es jetzt nicht mehr.

Ich deutete auf das Ende des Tunnels.

Sie nickte.

Wir holten unsere mit Schalldämpfern versehenen Pistolen aus den tiefen Taschen unserer Skihosen und entsicherten sie.

Seite an Seite gingen wir so leise wie nur irgend möglich auf das breite Schachtende zu, durch Licht und Schatten, Licht und Schatten...

An der Kreuzung spähte ich wieder vorsichtig um die Ecke. Der Quertunnel war etwa 18 Meter breit und noch etwas länger als der erste – gut 60 Meter. Die Balken waren alt, aber doch bei weitem nicht so alt wie alle, die wir bisher gesehen hatten. Eigentlich war das schon kein Tunnel mehr, sondern ein riesiger, von zwei Reihen Lampen beleuchteter Raum, dessen Boden ein Schachbrettmuster aus Licht und Dunkelheit aufwies.

Ich hielt diesen Raum für leer und wollte schon um die Ecke biegen, als ich ein Kratzen, ein Klicken und noch ein Kratzen vernahm.

Rechts von mir, etwa 20 Meter entfernt, tauchte ein Troll aus einem dunklen Quadrat des Schachbretts auf. Er war in jeder Hinsicht unbekleidet: sowohl nackt als auch ohne die menschliche Tarnung. Er hatte in jeder Hand ein Werkzeug; beide waren mir unbekannt. Er hob mehrmals erst das eine, dann das andere an seine Augen und betrachtete Decke, Boden und Wände, so als nehme er Maß oder studiere die Beschaffenheit des Gesteins.

Ich drehte mich nach Rya um und legte einen Finger auf meine Lippen.

Ihre blauen Augen waren sehr groß, und das Weiße darin war genauso gelb verfärbt wie ihre Haut. Das gespenstische Licht fiel auch auf den weißen Skianzug und schimmerte auf dem Helm. Sie sah wie die goldene Statue einer unglaublich schönen Kriegsgöttin aus, mit kostbaren Saphiren als Augen.

Mit Daumen, Zeige- und Mittelfinger machte ich mehrmals eine Bewegung, so als drücke ich auf eine Spritze.

Sie nickte, öffnete ganz langsam – um nur ja kein Geräusch zu verursachen – den Reißverschluß ihrer Jacke und griff in eine Innentasche, wo sie eine in Plastik gehüllte Spritze und eine Ampulle Pentothal verstaut hatte.

Ich warf wieder einen Blick um die Ecke und stellte fest, daß der Troll mit seinen Meßinstrumenten beschäftigt war und mir den Rücken zuwandte. Er stand etwas nach vorne gebeugt da und betrachtete den Boden. Dabei murmelte er entweder etwas vor sich hin oder er summte eine eigenartige Melodie; jedenfalls machte er genügend Lärm, um mein Anschleichen zu übertönen.

Ich näherte mich ihm so schnell und lautlos wie nur irgend möglich. Falls der Unhold auf mich aufmerksam wurde, würde er bestimmt einen Schrei ausstoßen und damit andere alarmieren. Ich hatte nicht das geringste Verlangen danach, durch das unterirdische Labyrinth zu hetzen, die Dämonen dicht auf den Fersen, ohne durch das riskante Eindringen ins Herz des Berges irgend etwas erreicht zu haben.

Ich huschte von Schatten ins Licht und wieder in Schatten.

Der Troll trällerte weiter vor sich hin.

25 Meter.

20 Meter.

Mein Herz schien so laut zu dröhnen wie die Bohrmaschi-

438

nen und Preßlufthämmer, die hier einst eingesetzt worden waren.

18 Meter.

Schatten, Licht, Schatten...

Ich wollte meinen Feind nicht erschießen, obwohl ich die Pistole zur Hand hatte, sondern ihn überraschend von hinten anspringen und ihm die Kehle zuschnüren, bis Rya mit dem Pentothal zur Stelle sein würde. Dann könnten wir den Troll befragen, denn obwohl Pentothal in erster Linie ein Beruhigungsmittel war, wurde es manchmal auch als ›Wahrheitsserum‹ bezeichnet, weil man unter seiner Einwirkung kaum mehr lügen konnte.

15 Meter.

Ich konnte natürlich nicht sicher sein, daß Pentothal bei Trollen genauso wirken würde wie bei Menschen. Die Chancen standen aber nicht schlecht, denn abgesehen von ihrer Fähigkeit zur Metamorphose schienen sie einen ähnlichen Stoffwechsel wie wir zu haben.

12 Meter.

Ich glaube nicht, daß die Kreatur mich hörte. Ich glaube auch nicht, daß sie mich roch oder sonstwie bemerkte. Aber sie hörte auf zu summen, drehte sich um, ließ das Meßinstrument sinken und hob den scheußlichen Kopf. Sie sah mich sofort, denn ich befand mich gerade auf einem hellen Quadrat des Schachbretts.

Die glühenden roten Augen sprühten bei meinem Anblick Blitze.

Ich war noch zu weit von dem Unhold entfernt, als daß ich mich auf ihn hätte stürzen können, bevor es ihm gelänge, um Hilfe zu schreien. Deshalb tat ich das einzig mögliche: Ich gab zwei Schüsse ab, und der Schalldämpfer sorgte dafür, daß nur ein leises Fauchen zu hören war. Der Troll taumelte rückwärts und stürzte tot zu Boden, eine Kugel in der Kehle, die andere zwischen den Augen.

Die Messingpatronenhülsen rollten klirrend über den Boden, und ich hob sie hastig auf, weil sie den Trollen unsere Anwesenheit verraten könnten.

Rya kniete schon neben dem toten Troll und fühlte seinen

Puls, registrierte jedoch keinen mehr. Seine Verwandlung in die Menschengestalt war fast abgeschlossen, und ich sah, daß er sich als junger Mann Ende Zwanzig getarnt hatte.

Weil der Tod sehr schnell eingetreten war, hatte er nicht stark geblutet. Das wenige Blut, das auf den Boden getropft war, wischte ich rasch mit einem Taschentuch auf.

Rya packte den Troll bei den Füßen, ich packte ihn bei den Armen, und wir trugen ihn ans äußerste Ende des Raums, wo zwischen den letzten Lampen und der Rückwand gut sechs Meter Dunkelheit lag. Wir versteckten die Leiche, ihre Werkzeuge und das blutige Taschentuch in der hintersten Ecke.

Würde der Dämon vermißt werden? Würde er schon *bald* vermißt werden?

Was würden sie machen, wenn sie ihn vermißten? Die Minen durchsuchen? Wie gründlich? Und wann?

Rya und ich flüsterten so leise miteinander, daß es mehr aufs Lippenlesen als aufs Hören ankam.

»Was jetzt?« fragte sie.

»Jetzt tickt eine Zeitbombe.«

»Das ist mir klar.«

»Wenn er vermißt wird...«

»Wahrscheinlich erst in ein bis zwei Stunden.«

»Wahrscheinlich«, stimmte ich zu.

»Vielleicht noch später.«

»Wenn sie ihn finden...«

»Das wird noch länger dauern.«

»Dann gehen wir also weiter.«

»Wenigstens noch ein kleines Stück.«

Wir eilten durch den breiten Korridor. Er führte in eine riesige, runde unterirdische Halle mit einem Durchmesser von mindestens 60 Metern und einer kuppelförmigen Decke von etwa zehn Metern Höhe. Leuchtstoffröhren tauchten alles in helles Licht. Eine Hälfte des Raums war mit einer unglaublichen Anzahl verschiedener Maschinen angefüllt: große und kleine Bohrmaschinen, elektrisch betriebene Fließbänder, Gabelstapler, Maschinen zum Zerkleinern von Felsgestein und vieles andere mehr. In der anderen Hälfte der Halle lagerten aufgestapelte Balken, sorgsam aufgeschichtete Pyramiden aus kurzen Stahlträgern, riesige Bündel Stahlruten, Hunderte – vielleicht sogar Tausende – Säcke Beton, große Haufen Sand und Kies, große Rollen dicker Kabel, kleinere Rollen Kupferdraht, Aluminiumrohre und ... und ... und ...

Der Raum schien leer zu sein. Jedenfalls sahen wir keine Trolle, und außer unseren eigenen leisen Schritten war nichts zu hören.

Alle Maschinen mußten erst vor kurzem gewaschen und gewartet worden sein, denn sie glänzten im Licht, und es roch nach Öl und Schmierfett. Offenbar sollten sie in Kürze bei einem neuen Projekt eingesetzt werden. Der Troll, den ich soeben erschossen hatte, war vermutlich mit letzten Berechnungen beschäftigt gewesen.

Ich zog Rya dicht zu mir heran und flüsterte ihr ins Ohr: »Laß uns noch einmal in den Tunnel zurückgehen.«

Auf den ersten Metern des breiten Korridors, in dem ich den Troll getötet hatte, stellte ich meinen schweren Rucksack ab, öffnete ihn und holte zwei Kilo Plastiksprengstoff und zwei Sprengkapseln heraus. Ich packte den Sprengstoff aus und legte einen Block in eine hohe Wandnische an einer dunklen Stelle, wo ihn höchstwahrscheinlich niemand entdecken würde, selbst wenn Suchtrupps nach dem vermißten Troll ausgesandt würden. Das zweite Kilo brachte ich in einer anderen dunklen Nische an der gegenüberliegenden Wand unter, damit die beiden Detonationen den Durchgang mit Felsbrocken versperren sollten.

Die Sprengkapseln wurden mit Batterien betrieben und waren mit Zeitzündern versehen. Ich drückte sie tief in die Plastikblöcke, stellte die Zeituhren aber nicht ein. Das würde ich nur tun, wenn unsere Feinde uns entdeckten und verfolgten.

Wir kehrten in die Kuppelhalle zurück und durchquerten sie leise, wobei wir anhand der Maschinen und des Zubehörs zu erraten versuchten, um welche Art von Projekt es sich handeln könnte. Wir wurden aber nicht recht schlau daraus.

Am anderen Ende des riesigen Raums gab es drei Aufzüge – zwei Personenfahrstühle und einen Frachtaufzug, auf dessen enormer Stahlplattform auch die größten Maschinen, die wir gesehen hatten, bestimmt mühelos befördert werden konnten.

Ich überlegte kurz. Dann konstruierte ich mit Ryas Hilfe aus acht kurzen Balken, die wir vorsichtig von einem großen Stapel nahmen, eine behelfsmäßige Trittleiter, holte zwei Kilo Sprengstoff aus Ryas Rucksack, teilte sie in drei Teile auf, stieg auf die Leiter und deponierte den Sprengstoff in Felsvertiefungen direkt über den Aufzügen. Von unten waren nur die Sprengkapseln zu sehen, und ich hoffte, daß eventuell hier vorbeikommende Trolle nicht hochschauen würden. Außerdem schien diese Ebene der Mine derzeit nicht stark frequentiert zu sein.

Auch hier stellte ich die Zeitzünder nicht ein.

Rya und ich trugen die Balken an Ort und Stelle zurück.

»Und was jetzt?« fragte sie. Sie flüsterte, obwohl wir hier unten allein waren. Wir konnten aber nicht wissen, ob unsere Stimmen durch die Aufzugschächte nach oben dringen würden. »Willst du rauffahren?«

»Ja«, sagte ich.

»Werden sie den Aufzug nicht hören?«

»Doch, aber sie werden vermutlich annehmen, es wäre der Kerl, den wir umgebracht haben.«

»Und falls wir ihnen nun direkt in die Arme laufen, in dem Moment, da wir den Fahrstuhl verlassen?«

»Wir stecken unsere Pistolen weg und nehmen statt dessen Schrotflinte und Maschinenpistole zur Hand. Damit können wir eine ganze Anzahl erledigen, falls sich welche in unmittelbarer Nähe des Fahrstuhls aufhalten sollten. Dann springen wir rasch in den Aufzug zurück, fahren hierher, stellen die Zeitzünder ein und verduften auf demselben Weg, auf dem wir hergekommen sind. Falls wir da oben aber niemandem begegnen, schauen wir uns ein bißchen um.«

»Hast du schon eine Vermutung, was sie hier treiben?«

»Nein«, mußte ich zugeben. »Ich weiß nur, daß sie hier keine Kohle fördern.«

»Sieht fast so aus, als bauten sie eine Art Festung«, sagte Rya.

»Ja.«

Wir befanden uns hier in Abaddon, im tiefsten Pfuhl der Hölle. Nun mußten wir in höhere Kreise des Infernos emporsteigen. Wir konnten nur hoffen, daß wir dabei weder Luzifer persönlich noch einem seiner dämonischen Mitstreiter begegnen würden.

29

Das Jüngste Gericht

Der Fahrstuhlmotor summte laut. Die vorne offene Kabine bewegte sich unter enervierendem Quietschen und Rattern nach oben. Obwohl es schwierig zu schätzen war, nahm ich an, daß wir etwa 20 bis 25 Meter zurücklegten, bevor der Aufzug auf der nächsten Ebene der Anlage hielt.

Ich sah keinen Sinn mehr darin, diesen enormen unterirdischen Komplex als Mine zu bezeichnen. Die Kohlen-Gesellschaft Blitz förderte zweifellos große Mengen Kohle – aber in anderen Teilen des Berges. Hier verfolgten sie ganz andere Ziele, und der Bergbau diente ihnen lediglich als Deckmantel.

Als wir aus dem Fahrstuhl traten, standen wir am Ende eines 60 Meter langen Tunnels mit glatten Betonwänden. Er war sechs Meter breit und etwa dreieinhalb Meter hoch. An der Decke waren Leuchtstoffröhren angebracht. Durch Ventilatoren im oberen Teil der Wände strömte warme, trockene Luft ein, während andere Ventilatoren in Bodennähe die kühlere Luft absaugten. Große rote Feuerlöscher waren neben den glänzenden Stahltüren montiert, die im Abstand von 15 Metern auf beiden Seiten des Korridors zu sehen waren. Neben den Feuerlöschern waren Sprechanlagen angebracht. Dieser Ort strahlte eine ungeheure – und zutiefst erschreckende – Zweckmäßigkeit aus.

Der Steinboden vibrierte, so als seien in einiger Entfernung riesige Maschinen in Betrieb.

An der Wand gegenüber den Aufzügen sah ich das mir inzwischen vertraute, aber nichtsdestotrotz rätselhafte Symbol: ein schwarzes Keramikrechteck, 1,20 Meter lang und 90 cm breit, war in den Beton eingelassen; in der Mitte ein weißer Keramikkreis mit einem Durchmesser von 60 cm; und dieser Kreis wurde von einem gezackten schwarzen Blitz unterteilt.

Durch das Symbol hindurch erblickte ich jene seltsame,

kalte, beängstigende unermeßliche Leere, die ich zum erstenmal wahrgenommen hatte, als vor einigen Tagen der LKW der Kohlen-Gesellschaft an mir vorbeigefahren war. Ein ewiges schweigendes Nichts, dessen Tiefe sich mit Worten nicht beschreiben ließ. Es zog mich wie ein Magnet an; ich hatte das Gefühl, als würde ich in dieses schreckliche Vakuum fallen und von einem Strudel in die Tiefe gerissen werden.

Ich wandte mich hastig von dem Symbol ab und ging zur ersten Stahltür auf der linken Seite des Korridors. Keine Klinke, kein Knauf. Ich drückte auf den weißen Knopf im Türrahmen, und sofort glitten die schweren Türflügel auseinander.

Rya und ich traten rasch ein, darauf eingestellt, Schrotflinte und Maschinenpistole zu benutzen, aber die Kammer war dunkel. Offenbar hielt sich niemand darin auf. Ich fand den Lichtschalter, und gleich darauf flackerten Leuchtstoffröhren auf. Wir befanden uns in einem riesigen Lagerraum. Holzkisten waren fast bis zur Decke sorgfältig aufeinander gestapelt, in ordentlichen Reihen und deutlich beschriftet, so daß wir innerhalb weniger Minuten feststellen konnten, daß es hier Ersatzteile für alle erdenklichen Geräte gab – für Drehbänke und Fräsmaschinen ebenso wie für Gabelstapler und Transistorradios.

Wir schalteten das Licht aus, schlossen hinter uns die Tür und gingen leise weiter den Tunnel entlang, von einem Raum zum anderen.

Überall fanden wir Vorräte: Tausende von Glühbirnen in stabilen Kartons; Hunderte von Kisten mit Tausenden kleiner Schachteln, die Millionen von Schrauben und Nägeln in allen Größen und Stärken enthielten; Hunderte von Hammern, Schraubenschlüsseln, Schraubenziehern, Zangen, Bohrmaschinen, Sägen und anderen Werkzeugen. Ein Raum von den Ausmaßen einer Kathedrale war mit mottenabweisendem Zedernholz getäfelt und enthielt auf hohen Regalen unzählige Stoffrollen – Seide, Baumwolle, Wolle, Leinen. In einer anderen Kammer wurden medizinische Geräte und Arzneimittel aufbewahrt: Apparaturen für EKG und EEG,

Einwegspritzen, Verbandszeug, Desinfektionsmittel, Antibiotika, Betäubungspräparate und vieles andere mehr. Auch vom nächsten Tunnel gingen Türen ab, und dahinter befanden sich weitere Lagerräume. Es gab Fässer mit Korn – Weizen, Reis, Hafer, Roggen. Der Inhalt war – den Etiketten zufolge – getrocknet, tiefgekühlt und vakuumverpackt, mit einer Frischegarantie für mindestens 30 Jahre. Hunderte – nein, Tausende – ähnlich versiegelter Fässer enthielten Mehl, Zucker, Trockenmilch, Trockeneier, Vitamin- und Mineraltabletten; in kleineren Behältern gab es Gewürze wie Zimt, Muskatnuß, Oregano und Lorbeerblätter.

Die Anlage kam mir wie ein Pharaonengrab vor, wie das größte Grab der Welt, ausgestattet mit allem, was der König und seine Diener im Jenseits zu einem bequemen Leben benötigen würden. In stillen Räumen, die wir noch nicht erforscht hatten, mußte es auch Tempelhunde und heilige Katzen geben, die getötet und liebevoll mumifiziert worden waren, um die Reise in den Tod zusammen mit ihrem königlichen Herrn anzutreten; irgendwo lagen unermeßliche Schätze an Gold und Edelsteinen; irgendwo ruhten einige Dienerinnen, die in der kommenden Welt sexuelle Freuden sicherstellen sollten – und irgendwo schlummerte der mumifizierte König selbst auf einem goldenen Katafalk.

Ein riesiges Zeughaus war mit Feuerwaffen angefüllt: Pistolen, Revolver, Schrotflinten, Gewehre und Maschinenpistolen – genügend Waffen, um mehrere Abteilungen auszustatten. Ich sah keine Munition, war aber überzeugt davon, daß in irgendeinem anderen Raum Millionen von Patronen lagerten. Und ich hätte wetten können, daß irgendwo noch gefährlichere Kriegswaffen aufbewahrt wurden.

Im letzten Raum, der vom zweiten Tunnel abging, befand sich eine Bibliothek mit mindestens 50000 Bänden. Auch hier hielt sich niemand auf. Während wir an den langen Regalen entlanggingen, mußte ich an die Yontsdowner Stadtbücherei denken, denn diese beiden Stätten waren wie Inseln der Normalität in einem Meer von Fremdartigkeit. Ihnen war eine Atmosphäre von Frieden und Ruhe gemeinsam, und die Luft roch nach Papier und Stoffeinbänden.

Und doch gab es einen gewaltigen Unterschied zur Stadtbücherei. Rya fiel auf, daß die Belletristik fehlte: Dickens, Do-
stojewskij, Stevenson und Poe waren verschwunden. Ich
fand auch keine Geschichtsabteilung; verbannt waren Gib-
bon, Herodot und Plutarch. Es gab auch keine einzige Biogra-
phie berühmter Männer und Frauen, keine Lyrik, keine Hu-
moristik, keine Reisebeschreibungen, weder Theologie noch
Philosophie. Nur trockene Fachbücher über Algebra, Geo-
metrie, Trigonometrie, Physik, Geologie, Biologie, Physiologie, Astronomie, Genetik, Chemie, Biochemie, Elektronik,
Landwirtschaft, Tierzucht, Ingenieurtechnik, Metallurgie,
Architektur...

Mit Hilfe dieser Bibliothek konnte ein intelligentes Wesen
unter gelegentlicher Anleitung eines Fachmannes lernen,
wie man eine Farm wirtschaftlich führt, wie man ein Auto re-
pariert oder sogar baut (oder ein Flugzeug oder einen Fernseher), wie man eine Brücke entwirft und konstruiert, wie man
Fabriken zur Herstellung von Transistoren einrichtet... Es
war eine Bibliothek, die alles an Wissen enthielt, was zur
Aufrechterhaltung sämtlicher praktischer Aspekte der modernen Zivilisation notwendig war; über geistige und emotionale Werte, auf denen diese Zivilisation basierte, war hier
nichts zu erfahren: nichts über Liebe, Glauben, Tapferkeit,
Hoffnung, Brüderlichkeit, Wahrheit oder den Sinn des Lebens.

»Eine gründliche Sammlung«, flüsterte Rya. Was sie eigentlich meinte, war ›eine furchterregende Sammlung‹.

Ich wiederholte: »Gründlich«, meinte aber eigentlich
»grauenvoll«.

Obwohl uns inzwischen dämmerte, wozu diese gigantische unterirdische Anlage dienen sollte, waren wir beide
nicht bereit, unsere Vermutungen in Worte zu fassen. Gewisse primitive Stämme haben einen Namen für den Teufel,
weigern sich aber, ihn auszusprechen, weil sie glauben, daß
er sonst erscheint. Genauso widerstrebte es Rya und mir, die
Ziele der Trolle zu diskutieren, weil wir befürchteten, daß
ihre schrecklichen Absichten sich andernfalls in unabänderli-
ches Schicksal verwandeln würden.

Vom zweiten Tunnel aus betraten wir vorsichtig einen dritten, wo wir bald unsere schlimmsten Befürchtungen bestätigt sahen. In drei großen Räumen entdeckten wir unermeßliche Vorräte an Obst- und Gemüsesamen; eine Spezialbeleuchtung sollte wahrscheinlich die Photosynthese und schnelles Wachstum fördern. Es gab große Stahlbehälter mit flüssigem Dünger, allen Chemikalien und Mineralen, die für Wasserkultur benötigt wurden. Große flache Tröge waren vorläufig noch leer, warteten jedoch darauf, mit Wasser, Nährlösungen und Sämlingen gefüllt und auf diese Weise in das hydroponische Äquivalent fruchtbarer Felder verwandelt zu werden. In Anbetracht der gewaltigen Lebensmittelvorräte wie der geplanten Pflanzungen und in Anbetracht dessen, daß wir höchstwahrscheinlich nur einen Bruchteil ihrer landwirtschaftlichen Vorbereitungen gesehen hatten, zweifelte ich nicht daran, daß sie darauf eingestellt waren, Tausende ihrer Spezies jahrzehntelang zu ernähren, falls es erforderlich werden sollte, lange Zeit hier unten Zuflucht zu suchen.

Während wir von einem Raum in den anderen, von einem Tunnel in den anderen gingen, sahen wir häufig ihr geheiligtes Symbol: weißer Himmel, dunkler Blitz. Jedesmal mußte ich hastig meinen Blick abwenden, denn meine Visionen von der kalten, stillen, ewigen Nacht wurden immer beklemmender. Am liebsten hätte ich diese Keramik-Ikonen in die Luft gejagt – aber ich wollte den kostbaren Sprengstoff nicht verschwenden.

Von Zeit zu Zeit sahen wir auch Rohre, die aus Löchern in den Betonwänden auftauchten, einen Raum oder Korridor durchquerten und in gegenüberliegenden Wänden verschwanden. Manchmal war es ein einzelnes Rohr, manchmal sechs parallel verlaufende Rohre mit verschiedenen Durchmessern. Alle waren weiß und für die Wartungsexperten mit Symbolen versehen, die auch uns ohne weiteres verständlich waren: Wasser, Strom, Gas, Dampf... Das waren Schwachpunkte im Zentrum der Festung; viermal hob ich Rya hoch, und sie legte hastig Sprengstoff zwischen die Rohre und versah ihn mit einer Sprengkapsel. Wie zuvor, so stellten wir auch hier die Zeitzünder nicht ein. Das wollten wir erst auf dem Rückweg tun.

Wir bogen in den vierten Tunnel ein und hatten erst wenige Meter zurückgelegt, als plötzlich dicht vor uns eine Tür aufglitt. Ein Troll kam heraus, höchstens zwei Meter von uns entfernt. Er riß seine Schweineaugen weit auf, seine nassen fleischigen Nasenflügel bebten, und er schnappte überrascht nach Luft. Ich wartete natürlich nicht ab, bis er diese Schrecksekunde überwand, sondern sprang vor und schlug ihm den Lauf der Maschinenpistole über den Schädel. Er stürzte zu Boden. Ich drehte die Waffe rasch um und schlug abermals zu, diesmal mit dem schwereren Kolben. Ich traf ihn an der Stirn und wunderte mich, daß sein Schädel nicht zertrümmert wurde. Ich holte wieder zum Schlag aus, aber Rya fiel mir in den Arm. Die glühenden Augen des Trolls wurden trüber, und mit dem vertrauten ekelerregenden Knirschen von Knochen und dem nassen Geräusch zerreißender weicher Gewebe begann er menschliche Gestalt anzunehmen, was bedeutete, daß er entweder tot oder bewußtlos war.

Rya drückte rasch auf den Knopf im Türrahmen, und die Tür schloß sich.

Falls sich im Raum dahinter andere Trolle aufhielten, so hatten sie offenbar nicht bemerkt, was ihrem Artgenossen zugestoßen war, denn niemand kam herausgestürzt, niemand löste Alarm aus.

»Schnell!« flüsterte Rya.

Ich verstand sofort. Das war die Chance, auf die wir gehofft hatten, und eine zweite würde sich uns vielleicht nicht bieten.

Ich schulterte die Maschinenpistole, packte den Unhold bei den Füßen und zog ihn rückwärts in den Tunnel, aus dem wir soeben gekommen waren. Rya öffnete eine Tür, und ich schleppte unser Opfer in eine der Kammern mit Zubehör für hydroponische Kulturen.

Ich tastete nach seinem Puls. »Er lebt«, flüsterte ich.

Das Wesen hatte sich in einen untersetzten Mann mittleren Alters mit Knollennase, dicht zusammenstehenden Augen und buschigem Schnurrbart verwandelt, aber natürlich sah ich unter dieser Tarnung seine wahre Gestalt. Er war nackt, was hier im Hades anscheinend üblich war.

Seine Lider flatterten. Er zuckte.

Rya holte die Spritze hervor, die sie vorhin auf der unteren Ebene für den anderen Troll präpariert hatte. Mit einem Gummischlauch, wie er auch in Krankenhäusern zu diesem Zweck benutzt wird, band ich ihm den Arm ab, bis die Vene über dem Ellbogen hervortrat.

Im messingfarbenen Licht der künstlichen Sonnen, die über den leeren hydroponischen Trögen hingen, sahen wir, daß unser Gefangener die Augen aufschlug, und obwohl sie noch trübe waren, erlangte er sichtlich rasch sein volles Bewußtsein zurück.

»Beeil dich!« flüsterte ich.

Rya injizierte die Droge.

Unser Gefangener wurde steif. Alle Muskeln spannten sich, er riß die Augen weit auf und bleckte die Zähne. Ich befürchtete, daß das Pentothal auf Trolle doch anders wirkte als auf Menschen.

Trotzdem beugte ich mich über ihn, blickte ihm in die Augen, die durch mich hindurchzustarren schienen, und versuchte ihn zu verhören.

»Kannst du mich hören?«

Ein Zischen, das möglicherweise eine Bejahung bedeutete.

»Wie heißt du?«

Der Unhold stieß zwischen zusammengebissenen Zähnen ein gurgelndes Geräusch aus.

»Wie heißt du?« wiederholte ich.

Diesmal öffnete sich sein Mund, und er gab unverständliche Laute von sich.

»Wie heißt du?« fragte ich noch einmal.

Weitere unverständliche Laute.

»Wie heißt du?«

Diesmal registrierte ich, daß er die gleichen Laute wie eben ausstieß – ein Wort mit vielen Silben. Ich spürte, daß das sein Name war, nicht der Name, den er in der Menschenwelt trug, sondern der Name, unter dem er in der geheimen Welt seiner eigenen Rasse bekannt war.

»Wie lautet dein Menschenname?« fragte ich.

»Tom Tarkenson.«

»Wo wohnst du?«

»Eighth Avenue.«

»In Yontsdown?«

»Ja.«

Die Droge wirkte auf Trolle offensichtlich nicht beruhigend, sondern rief diesen Zustand der Starre hervor, förderte wahrheitsgemäße Antworten aber noch mehr, als dies beim Menschen der Fall war.

»Wo arbeitest du, Tom Tarkenson?«

»In der Kohlen-Gesellschaft Blitz.«

»Welchen Beruf übst du hier aus?«

»Bergbauingenieur.«

»Aber in Wirklichkeit hast du eine andere Aufgabe.«

»Ja.«

»Welche Ziele verfolgt ihr hier?«

»Wir planen...«

Er zögerte.

»Was plant ihr?«

»Euren Tod«, antwortete er, und für einen Moment klärte sich sein Blick, und er schaute mir direkt in die Augen. Dann fiel er in jenen tranceartigen Zustand zurück.

Ich erschauderte. »Welchem Zweck dient diese Anlage?«

Er antwortete nicht.

Ich wiederholte meine Frage.

Er stieß wieder seltsame Laute aus, die für mich keinerlei Sinn ergaben, aber zweifellos einen Sinn *hatten*.

Ich hatte mir nie vorgestellt, daß die Trolle eine eigene Sprache haben könnten, die sie untereinander benutzten, wenn nicht die Gefahr bestand, daß wir sie hören würden. Diese Entdeckung erstaunte mich aber nicht besonders. Höchstwahrscheinlich handelte es sich um eine menschliche Sprache, die in jener früheren Zivilisation gesprochen worden war. Die wenigen menschlichen Überlebenden des apokalyptischen Atomkriegs waren völlig verwildert und hatten zusammen mit soviel anderem auch ihre Sprache vergessen; aber die Trolle, von denen eine größere Anzahl überlebt hatte, hatten diese Sprache über die Jahrtausende hinweg als internes Verständigungsmittel lebendig erhalten.

In Anbetracht ihres Instinkts, uns auszulöschen, war es schon eine Ironie des Schicksals, daß sie etwas bewahrt hatten, was menschlichen Ursprungs war.

»Welchem Zweck dient diese Anlage?« beharrte ich.

»... ein Zufluchtsort...«

»Wovor?«

»... dem dunklen...«

»Vor der Dunkelheit?«

»Nein... vor dem dunklen Blitz...«

Bevor ich die nächste Frage stellen konnte, begann der Troll mit den Fersen auf den Steinboden zu hämmern, und er zuckte, zischte und versuchte mich mit einer Hand zu pakken. Doch seine Muskeln gehorchten ihm noch nicht, und der Arm fiel auf den Boden zurück. Die Finger zitterten krampfhaft, so als würde Strom durch sie geleitet. Die Wirkung des Pentothals verflog rasch.

Rya hatte eine weitere Injektion vorbereitet, die sie dem Gefangenen jetzt verabreichte. Seine Augen trübten sich erneut, und sein Körper versteifte sich.

»Du sagst, dies sei ein Zufluchtsort?«

»Ja.«

»Ein Zufluchtsort vor dem dunklen Blitz?«

»Ja.«

»Was *ist* der dunkle Blitz?« stellte ich die entscheidende Frage.

Er erschauderte selig und stieß unheimliche Laute aus. Ich spürte, daß allein schon der Gedanke an den dunklen Blitz in dem Unhold wollüstige Gefühle auslöste.

Auch ich erschauderte, aber vor Angst.

»Was ist der dunkle Blitz?« wiederholte ich.

Er starrte durch mich hindurch und hatte offenbar eine Vision unvorstellbarer Vernichtung, während er mit leiser, andächtiger Stimme erklärte: »Der weiße-ach-so-weiße Himmel ist ein von zehntausend mächtigen Explosionen ausgeblichener Himmel, blendend weiß von Horizont zu Horizont. Der dunkle Blitz ist die schwarze Todesenergie, der nukleare

Tod, der aus den Himmeln herabfährt, um die Menschheit auszulöschen.«

Ich sah Rya an.

Rya sah mich an.

Was wir vermutet, aber nicht auszusprechen gewagt hatten, stimmte tatsächlich. Hier wurde eine unterirdische Festung errichtet, ein riesiger Bunker, in dem die Trolle einen weiteren verheerenden Weltenbrand zu überleben gedachten.

»Wann wird dieser Krieg beginnen?« fragte ich unseren Gefangenen.

»Vielleicht... in zehn Jahren...«

»In zehn Jahren?«

»...oder in zwanzig...«

»Zwanzig?«

»...oder in dreißig...«

»Wann nun, verdammt! *Wann*?«

Unter den menschlichen Augen begannen die glühenden Trollaugen zu funkeln, in wahnsinnigem Haß und wahnsinnigem Hunger. »Das Datum steht noch nicht fest«, sagte er. »Zeit... wir benötigen Zeit... Zeit, um die Arsenale zu bauen... und die Raketen müssen noch vervollkommnet werden... noch präziser sein... Das Vernichtungspotential muß so gewaltig sein, daß die Menschheit total ausgelöscht wird. Diesmal darf niemand dem Brand entkommen. Sie müssen ausgerottet werden... alle... die Erde muß von ihnen und all ihren Werken gereinigt werden...«

Er lachte tief in der Kehle, ein furchterregendes Kichern reiner Wonne, und seine Vorfreude auf das versprochene Harmageddon war so intensiv, daß sich für einen Moment sogar die durch die Droge bewirkte Starre löste. Er zuckte geradezu wollüstig, wand sich, wölbte den Rücken, bis nur noch Kopf und Fersen den Boden berührten, und murmelte in seiner alten Sprache verzückt vor sich hin.

Mir klapperten die Zähne.

Die Vision vom Jüngsten Gericht bereitete dem Troll unverkennbar höchsten Genuß, und nur die Wirkung der Droge hinderte ihn daran, regelrecht in Ekstase zu geraten.

So als wäre ein Damm von Emotionen gebrochen, stieß er plötzlich ein langgezogenes »Ahhhhhhhhh« aus und entleerte seine Blase.

Rya hatte eine dritte Injektion vorbereitet.

Ich hielt den Troll fest.

Sie führte die Nadel ein und drückte auf die Spritze.

»Nicht alles auf einmal«, sagte ich.

Der Uringestank verursachte mir Übelkeit.

»Warum?«

»Ich will nicht, daß er an einer Überdosis stirbt. Ich habe noch viele Fragen an ihn.«

»Ich werde ihm das Zeug nach und nach injizieren«, sagte sie.

Sie verabreichte ihm nur ein Viertel der Menge, gerade genug, um ihn erneut in den Zustand der Starre zu versetzen. Die Nadel ließ sie in seiner Vene, um ihm weiteres Pentothal zuführen zu können, sobald die Wirkung nachließ.

»Vor sehr langer Zeit«, sagte ich zu dem Gefangenen, »in jener Ära, die wir Menschen vergessen haben, in jener Ära, als ihr erschaffen wurdet... damals gab es schon einmal einen Atomkrieg...«

»Der KRIEG«, murmelte er andächtig, so als spreche er von einem heiligen Ereignis. »Der KRIEG... der KRIEG...«

»Habt ihr vor jenem Krieg auch solche Bunker unter der Erde gebaut?«

»Nein. Wir starben... wie die Menschen, denn wir waren Geschöpfe der Menschen und verdienten deshalb den Tod.«

»Aber warum baut ihr dann diesmal diese Bunker?«

»Weil... wir versagt haben... versagt... versagt...« Er blinzelte und versuchte sich aufzurichten. »Versagt...«

Ich nickte Rya zu.

Sie drückte wieder ein wenig Drogenflüssigkeit in die Vene.

»Inwiefern habt ihr versagt?«

»...versagt... nicht geschafft, die ganze Menschheit auszurotten... und dann... nach dem Krieg... hatten von uns zu wenige überlebt, um alle menschlichen Überlebenden aufzuspüren und zu erlegen... Aber diesmal... diesmal...

wenn der Krieg vorüber ist... wenn die Brände erloschen sind... wenn die Himmel die kalte Asche wieder ausgespien haben... wenn die Strahlung erträglich ist...«

»Ja?« drängte ich.

»Dann«, fuhr er flüsternd fort, mit der Ehrfurcht eines religiösen Fanatikers, der eine wunderbare Prophezeiung ausspricht, »dann werden von Zeit zu Zeit Jagdtrupps unsere Zufluchtsorte verlassen und zur Erde emporsteigen... und sie werden jeden Mann und jede Frau und jedes Kind liquidieren, die überlebt haben... *alle*... Unsere Jäger werden nach Überlebenden suchen und sie töten... töten und töten, bis ihre Vorräte an Lebensmitteln und Wasser erschöpft sind oder aber die radioaktive Dauerbestrahlung sie tötet... Diesmal werden wir nicht versagen... Diesmal wird es bei uns genügend Überlebende geben, um hundert oder zweihundert Jahre lang Liquidierungstrupps aussenden zu können... und dann... wenn die Erde öde und leer ist... wenn von Pol zu Pol vollkommene Stille herrscht... wenn nicht der geringste Zweifel mehr daran besteht, daß die Menschheit mit Stumpf und Stiel ausgerottet ist... dann werden wir das letzte verbliebene Werk des Menschen auslöschen – uns selbst. Und dann wird alles dunkel sein, finster und kalt und still, und die vollkommene Reinheit des Nichts wird ewig herrschen.«

Jetzt brauchte ich mir nicht mehr den Kopf zu zerbrechen, was die schreckliche Leere bedeutete, die ich visionär wahrnahm, wenn ich das Symbol des dunklen Blitzes betrachtete. Jetzt kannte ich seine Bedeutung: brutales Ende jeden Lebens, Tod einer ganzen Welt, Hoffnungslosigkeit, Auslöschung.

»Ist dir eigentlich klar, was du da sagst?« fragte ich den Troll. »Das würde doch bedeuten, daß das letzte Ziel eurer Spezies die Selbstvernichtung ist.«

»So ist es. Nach *eurer* Vernichtung.«

»Aber das ist doch sinnlos.«

»Es ist Schicksal.«

»Ein derart extremer Haß ist doch Wahnsinn!«

»*Euer* Wahnsinn.« Er grinste plötzlich. »*Ihr* habt ihn uns eingepflanzt.«

Rya injizierte wieder etwas von der Droge.

Das Grinsen verschwand aus dem Gesicht der Kreatur, aber sie fuhr fort:»Ihr... euresgleichen... ihr seid die unvergleichlichen Meister des Hasses, der Vernichtung... ihr seid die Herren des Chaos. Wir sind nur, wie *ihr* uns erschaffen habt. Wir verfügen über keine Fähigkeiten, die ihr nicht hättet vorhersehen müssen. Wir besitzen keine einzige Fähigkeit, die ihr nicht gebilligt habt.«

So als würde ich in der Hölle mit einem Dämon konfrontiert, in dessen Klauenhänden das Schicksal der ganzen Menschheit lag und der mit einleuchtenden Argumenten vielleicht zur Gnade bewogen werden konnte, setzte ich mich für meine Spezies ein. »Nicht alle Menschen sind Meister des Hasses, wie du behauptest.«

»Alle«, beharrte der Troll.

»Manche Menschen sind gut.«

»Keiner.«

»Die *meisten* von uns sind gut.«

»Verstellung«, erklärte der Unhold mit jener unerschütterlichen Sicherheit, die – wie die Bibel uns lehrt – ein Kennzeichen der bösen Mächte ist, ein Instrument, mit dessen Hilfe diese Mächte Zweifel in den Gott der Sterblichen säen können.

»Manche Menschen lieben.«

»Es gibt keine Liebe«, widersprach das dämonische Wesen.

»Du irrst dich. Es gibt sie.«

»Nichts als eine Illusion.«

»Manche von uns lieben«, beharrte ich.

»Du lügst.«

»Manche von uns kümmern sich um ihre Mitmenschen.«

»Alles Lügen.«

»Wir haben Mut, und wir sind fähig, uns für andere zu opfern. Wir lieben den Frieden und hassen den Krieg. Wir heilen die Kranken und trauern um die Toten. Verdammt, wir sind keine Ungeheuer! Wir ziehen Kinder auf und versuchen, für sie eine bessere Welt zu schaffen.«

»Ihr seid eine verabscheuungswürdige Brut.«

»Nein, wir…«

»Lügen!« zischte er. »Lügen und Selbstbetrug.«

»Slim, bitte, das ist doch sinnlos«, unterbrach Rya unsere Debatte. »Du kannst ihn nicht überzeugen. Keinen von ihnen. Was sie von uns glauben, ist ja nicht einfach ihre Meinung. *Es ist in ihre Gene einprogrammiert.* Daran kannst du nichts ändern. Niemand vermag etwas daran zu ändern.«

Sie hatte selbstverständlich recht.

Ich seufzte. Ich nickte. »Wir lieben!« wiederholte ich eigensinnig, obwohl ich wußte, daß es sinnlos war.

Während Rya langsam weiteres Pentothal injizierte, setzte ich das Verhör fort. Ich erfuhr, daß diese Festung, in der die Trolle das Jüngste Gericht zu überleben hofften, aus fünf treppenartig angeordneten Ebenen bestand. Eine sechste – jene, durch die wir die Anlage betreten hatten – war im Bau. Bisher waren 64 Räume fertiggestellt und mit verschiedenen Vorräten ausgestattet. Diese Zahl überraschte mich, war aber nicht unglaubhaft. Sie waren fleißig wie Bienen, und sie wurden nicht durch die Individualität behindert, die ein großartiges – doch manchmal auch frustrierendes – Element der menschlichen Spezies ist. *Ein* Ziel, *eine* Methode, dieses Ziel zu erreichen. Keine Debatten. Keine Ketzer, keine Splitterfraktionen. Sie marschierten unaufhaltsam auf ihren Traum einer in Ewigkeit stillen, öden, dunklen Erde zu. Der Gefangene berichtete, daß sie diesem Bunker noch mindestens hundert Räume hinzufügen würden, bevor der Tag X käme, und in den Monaten vor Kriegsausbruch würden Tausende von Trollen aus allen Teilen Pennsylvanias und aus einigen anderen östlichen Bundesstaaten im Bunker eintreffen.

»Und es gibt andere Zentren wie Yontsdown, wo solche Zufluchtsorte unter der Erde entstehen.«

Ich versuchte von ihm zu erfahren, wo diese anderen Festungen errichtet wurden, aber das wußte er nicht.

Auf jedem Kontinent sollten solche Bunker fertiggestellt sein, wenn der technische Stand der atomaren Vernichtungswaffen so hoch wie in jener früheren Zivilisation sein würde – und dann würden die Trolle auf die Knöpfe drücken und den Weltenbrand auslösen.

Während ich diesem Wahnsinn lauschte, brach mir der kalte Schweiß aus. Ich öffnete den Reißverschluß meiner Skijacke, um mich etwas abzukühlen, und der Geruch von Angst und Verzweiflung, der meinen Körper entströmte, stieg mir in die Nase.

Mir fielen die Troll-Mißgeburten in jenem Käfig ein, und ich fragte den Gefangenen, ob solche Abnormitäten häufig vorkämen. Unsere Vermutungen waren richtig gewesen. Die Trolle, die als unfruchtbare Wesen gezüchtet worden waren und die Fähigkeit zur Fortpflanzung durch eine Mutation erworben hatten, durchliefen jetzt den umgekehrten Prozeß; in den vergangenen Jahrzehnten hatte er sich beschleunigt, und dabei kam es auch immer häufiger zu Mißgeburten. Die weltweite Troll-Bevölkerung nahm seit langem ab. Die Geburtenrate gesunder Nachkommen war zu gering, um die Alten zu ersetzen, deren unglaublich langes Leben zu Ende ging, oder jene, die vorzeitig durch Unfälle starben oder von Menschen wie mir ermordet wurden. Und weil sie wußten, daß sie allmählich aussterben würden, hatten sie beschlossen, den nächsten Krieg noch vor der Jahrhundertwende zu inszenieren. Später würde ihre schwindende Anzahl es zunehmend schwierig machen, die wenigen menschlichen Überlebenden der Katastrophe zur Strecke zu bringen.

Rya hatte noch eine Ampulle Pentothal. Sie hielt sie hoch und warf mir einen fragenden Blick zu.

Ich schüttelte den Kopf. Ich hatte keine weiteren Fragen. Wir hatten ohnehin schon zuviel gehört.

Sie steckte die Ampulle wieder ein. Ihre Hände zitterten.

Verzweiflung hüllte mich wie ein Leichentuch ein.

Ryas bleiches Gesicht war ein Abbild meiner eigenen Gefühle.

»Wir lieben«, erklärte ich dem Dämon, der sich wieder zu rühren begann, weil die Wirkung der Droge nachließ. »Wir lieben! Verdammt, wir lieben!«

Ich zückte mein Messer und schnitt ihm die Kehle durch. Blut floß.

Der Anblick des Blutes bereitete mir keinen Genuß, bestenfalls eine grimmige Befriedigung.

Der Troll hatte ja schon vorhin seine Menschengestalt angenommen, deshalb brauchte er es nicht in seiner Todessekunde zu tun. Seine Menschenaugen brachen, und darunter erloschen auch die roten Trollaugen.

Als ich mich aufrichtete, ertönte plötzlich eine Alarmsirene, die von den kalten Betonwänden widerhallte.

Wie in unserem Alptraum.

»Slim!«

»Verdammte Scheiße!« murmelte ich mit stockendem Herzschlag.

Hatten sie den toten Troll auf der untersten Ebene ihrer Festung entdeckt? Oder hatten sie den Unhold vermißt, dem ich soeben den Garaus gemacht hatte, und deshalb Verdacht geschöpft?

Wir eilten zur Tür, doch dann hörten wir, daß auf dem Korridor Trolle umherrannten und in jener alten Sprache herumbrüllten.

Wir wußten jetzt, daß es 64 Kammern gab. Der Feind konnte nicht wissen, wie weit wir vorgedrungen waren, wo wir uns aufhielten. Es war deshalb unwahrscheinlich, daß sie ausgerechnet dieses Zimmer als erstes durchsuchen würden. Uns blieb also ein wenig Zeit, um einen Ausweg aus dieser verzweifelten Situation zu finden. Einige kostbare Minuten...

Die Sirene heulte.

Wir rannten durch das Zimmer und hielten Ausschau nach irgendeinem Versteck. Wir konnten nichts finden – bis mein Blick auf das Gitter der Belüftungsanlage fiel. Es war etwa einen Quadratmeter groß und befand sich wie ein Mauseloch unten an einer Wand. Zum Glück war es nicht angeschraubt, sondern wurde mit einem einfachen Magnetknopf geschlossen. Als ich daran zog, schwang das Gitter auf. Der Schacht maß einen Meter im Quadrat und hatte Metallwände. Die abgesaugte Luft verursachte ein leises Säuseln.

Ich preßte meine Lippen an Ryas Ohr, um die Sirene zu übertönen. »Nimm deinen Rucksack ab und schieb ihn vor dir her«, sagte ich. »Die Schrotflinte auch. Solange die Sirene heult, brauchen wir uns keine Sorgen zu machen, daß man uns hören könnte. Danach müssen wir uns möglichst lautlos fortbewegen.«

»Es ist dunkel da drin. Können wir unsere Taschenlampen verwenden?«

»Ja. Aber schalt sie sofort aus, sobald du siehst, daß von draußen durch ein anderes Gitter Licht einfällt. Wir dürfen nicht riskieren, daß auch nur ein Strahl unserer Lampen auf einen Korridor fällt.«

Sie schob ihren Rucksack und die Schrotflinte in den Schacht, kroch auf dem Bauch hinein und verschwand im Dunkeln.

Auch ich beförderte mein Gepäck ins Innere und folgte hastig. Um das Gitter zu schließen, mußte ich mich in dem engen Raum schmerzhaft verrenken.

Zwischen den Metallwänden hallte die Sirene noch schriller wider als in dem Zimmer, das wir soeben verlassen hatten.

Die Klaustrophobie, gegen die ich schon in den Bergwerksminen anzukämpfen gehabt hatte, überfiel mich nun noch stärker. Ich rechnete fast damit, in dem Belüftungsschacht steckenzubleiben und zu ersticken. Mein Brustkorb war zwischen meinem hämmernden Herzen und dem kalten Metallboden eingezwängt. Nur mit Mühe gelang es mir, einen Schrei zu unterdrücken. Am liebsten hätte ich kehrtgemacht. Aber ich kroch weiter. Mir blieb gar keine andere Wahl. Hinter uns wartete der sichere Tod, und obwohl auch vor uns die Chancen, entkommen zu können, gering waren, galt es jetzt, auch die kleinste Chance zu nutzen.

30

Fern vom Rummelplatz

Das Heulen der Sirene erinnerte mich an die Todeswand auf dem Rummelplatz. Dort wurden ähnliche Geräusche eingesetzt, um die waghalsigen Kunststücke der Motorradfahrer akustisch zu untermalen. Und das dunkle Labyrinth des Ventilationssystems hatte etwas von einer Geisterbahn an sich. In der Tat war die geheime Gemeinschaft der Trolle, in der alles anders war als in der ›normalen‹ Welt, in mancher Hinsicht eine düstere Version der verschworenen Gemeinschaft der Schausteller. Während Rya und ich durch die Schächte krochen, kam ich mir vor wie ein junger Rummelplatzbesucher, der seinen Mut beweisen möchte, indem er nachts – wenn alles dunkel ist und niemand seine Schreie hören könnte – das Zelt der Abnormitätenschau aufsucht.

Rya kam zu einem vertikalen Schacht, der von der Decke unseres horizontalen Kanals abging, und leuchtete mit ihrer Taschenlampe hinauf. Zu meiner großen Überraschung begann sie hochzuklettern und zog ihren Rucksack an den Tragegurten hinter sich her. Als ich ihr folgte, stellte ich fest, daß an einer Wand schmale Sprossen angebracht waren, um die Wartung zu erleichtern. Sogar die Trolle, die ja über Wände und Decken laufen konnten, hätten vermutlich Mühe, ohne Hilfsmittel an glattem Metall hochzusteigen.

Es war eine gute Idee, jene Ebene zu verlassen, wo der zweite tote Troll lag, denn wenn die Leiche entdeckt wurde, würde die Suche sich vor allem auf jenes Stockwerk konzentrieren. Etwa fünfzehn oder zwanzig Meter über unserem Ausgangspunkt gelangten wir wieder in einen horizontalen Schacht und krochen auf dieser neuen Ebene weiter.

Die Sirene erstarb endlich.

In meinen Ohren dröhnte sie noch lange.

An jedem Belüftungsgitter spähte Rya vorsichtig hinaus. Wenn sie dann ihren Weg fortsetzte, schaute auch ich durch die Metallschlitze. Manche Räume waren leer, dunkel und still. Aber in den meisten Kammern suchten bewaffnete Trolle nach uns. Obwohl ich von ihnen nur Beine und Füße sehen konnte, entnahm ich ihren schrillen, aufgeregten Stimmen und ihren hastigen, wenngleich vorsichtigen Bewegungen, daß die Jagd auf uns in vollem Gange war.

Seit wir mit dem Aufzug von der sechsten, noch unvollständigen Ebene zur fünften hochgefahren waren, hatten wir in den Korridoren und Zimmern Vibrationen der Wände und Böden wahrgenommen. Es hörte sich so an, als zerkleinerten riesige Maschinen irgendwo Felsbrocken in Kieselsteine, und wir hatten vermutet, daß es sich um Geräusche aus jenen fernen Schächten handelte, wo tatsächlich Kohle gefördert wurde. Doch als die Sirene verstummte, stellte ich fest, daß das Dröhnen immer lauter wurde, je weiter wir uns vorarbeiteten, und auch die Vibrationen wurden immer stärker und übertrugen sich von den Metallwänden auf meine Knochen.

An einer Ansaugöffnung erspähte Rya etwas, das sie offenbar interessierte. Gelenkiger als ich, brachte sie es fertig, sich auf dem engen Raum fast geräuschlos umzudrehen, so daß unsere Gesichter sich am Gitter berührten.

Auch ohne hinauszuschauen, wußte ich, daß sich dort draußen die Quelle des unablässigen Dröhnens befinden mußte, denn sowohl der Lärm als auch die Vibrationen hatten stark zugenommen. Als ich dann durch die Schlitze blickte, sah ich gußeiserne Sockel irgendwelcher riesiger Maschinen, obwohl ich nichts Genaueres erkennen konnte.

Genau erkennen konnte ich hingegen die mit scharfen Krallen versehenen Füße von Trollen. Manche waren gar nicht weit von uns entfernt. Viel zu nahe für meine Begriffe. Sie suchten zwischen den Maschinen nach uns.

Auf keinen Fall dienten diese Maschinen zum Kohleabbau, denn es roch nicht nach Kohle, und es flog auch kein Kohlestaub umher. Außerdem war das Dröhnen für irgendwelche Bohr- oder Schleifmaschinen viel zu gleichmäßig.

Ich begriff nicht, warum Rya hier angehalten hatte. Aber sie war sehr gewitzt, und ich kannte sie gut genug, um zu wissen, daß sie das nicht aus reiner Neugier getan hatte. Offenbar war ihr eine Idee gekommen. Vielleicht hatte sie sogar einen Plan. Ich war durchaus bereit, mich ihrer Führung anzuvertrauen, denn ihr Plan war mit Sicherheit besser als der meinige. Es konnte gar nicht anders sein. Ich hatte nämlich überhaupt keinen.

In wenigen Minuten hatte die Suchmannschaft alle möglichen Verstecke in dem Raum jenseits des Gitters unter die Lupe genommen. Die Trolle zogen weiter, ihre unangenehmen Stimmen verklangen.

An den Belüftungsschacht hatten sie zum Glück nicht gedacht. Aber dieses Versäumnis würden sie bestimmt bald nachholen.

Vielleicht suchten sie diese Schächte sogar schon nach uns ab – vielleicht waren sie uns schon dicht auf den Fersen...

Offenbar war auch Rya der Meinung, daß es an der Zeit war, die Ventilationsanlage zu verlassen, denn sie stemmte sich mit der Schulter gegen das Gitter, das sich nach außen hin öffnete.

Es war ein riskanter Schritt. Wenn auch nur ein einziger Teilnehmer des Suchtrupps zurückgeblieben war oder Trolle hier in der Nähe arbeiteten, könnte der Feind uns aus der Wand kriechen sehen.

Wir hatten Glück.

Um das Dröhnen der Maschinen zu übertönen, hätten wir laut brüllen müssen. Deshalb verzichteten wir darauf, uns bezüglich der nächsten Schritte abzusprechen. Es war auch nicht nötig, denn wir handelten in völligem Einklang und gingen zunächst hinter einer riesigen Maschine in Deckung.

Ich begriff bald, wo wir gelandet waren: im Kraftwerk. Hier wurde die Elektrizität für die gesamte Anlage erzeugt. Das Dröhnen mußte von gewaltigen Turbinen herrühren, die sich mit Hilfe von Wasser oder Dampf drehten.

Der Raum war eindrucksvoll – mehr als 150 Meter lang und mindestens 60 Meter breit, mit einer sechs bis acht Stockwerke hohen Decke. Fünf gewaltige Generatoren nahmen die Mitte der Halle ein, umgeben von allem möglichen Zubehör.

Wir eilten von einem Versteck zum nächsten, quer durch

den Raum – von Kistenstapeln mit Ersatzteilen zu Elektrokarren und weiter zu irgendwelchen Apparaturen.

In ziemlicher Höhe waren entlang der Wände Laufstege aus Stahl angebracht, vermutlich zum Zwecke der Wartung und Inspektion.

Momentan hielt sich glücklicherweise kein Troll dort oben auf. Unten sahen wir einige wenige, aber sie waren 50 Meter und mehr von uns entfernt und so in ihre Arbeit vertieft, daß sie uns nicht bemerkten, während wir wie Ratten von Schatten zu Schatten huschten.

Ziemlich in der Mitte des Kraftwerks gelangten wir zu einem zehn Meter tiefen und zehn Meter breiten Kanal, der an den Generatoren entlangführte und mit einem Sicherheitsgeländer versehen war. Durch diesen Kanal führte eine Rohrleitung von etwa acht Metern Durchmesser, in die sogar ein LKW hineingepaßt hätte. Tatsächlich schien das Dröhnen darauf hinzudeuten, daß endlose Kolonnen von Peterbilts, Macks und anderen Schwertransportern dort hindurchdonnerten.

Ich war einen Moment lang verwirrt, begriff dann aber, daß die Elektrizität für die gesamte Anlage von einem unterirdischen Fluß erzeugt wurde, der durch diese Rohre geleitet wurde und eine Reihe von Turbinen antrieb. Was wir hörten, waren Millionen Liter Wasser, die in die Tiefe brausten. Ich fragte mich, wozu die Trolle eigentlich soviel Energie benötigten. Sie erzeugten genügend Elektrizität, um eine hundertmal größere Anlage als diese hier mit Strom zu versorgen.

Brücken spannten sich über den Kanal. Eine war nur etwa zehn Meter von uns entfernt, aber wir wären beim Überqueren viel zu ungeschützt gewesen. Rya war offenbar derselben Meinung, denn wir wandten dem Kanal gleichzeitig den Rücken zu und eilten durch die Mitte des Kraftwerks, wobei wir nicht nur nach Trollen Ausschau hielten, sondern auch nach einem guten Versteck.

Wir wußten beide, daß unsere einzige Chance, diesen sogenannten Zufluchtsort lebend zu verlassen, darin bestand, uns irgendwo so lange zu verkriechen, bis die Trolle glauben würden, wir wären längst über alle Berge. Dann würden sie die Suche nach uns hier einstellen und statt dessen versuchen, uns oben auf der Erde zu erwischen. Außerdem würden sie bestimmt sofort Präventivmaßnahmen ergreifen, um das Eindringen weiterer Personen zu verhindern.

Wir fanden ein geeignetes Versteck.

Der Betonboden neigte sich leicht auf einige runde Abflüsse von einem Meter Durchmesser zu, die in regelmäßigen Abständen in der Halle angeordnet waren. Vermutlich wurde der Boden von Zeit zu Zeit zur Reinigung gründlich mit Schläuchen abgespritzt, und das schmutzige Wasser verschwand in diesen Abflüssen. An einer geschützten, dunklen Stelle zwischen Maschinen hatten wir einen solchen Abfluß entdeckt. Ich leuchtete mit meiner Taschenlampe durch das glänzende Stahlgitter in die Tiefe. Das vertikale Rohr war höchstens 1,80 Meter lang. Von ihm gingen zwei horizontale Rohre in entgegengesetzte Richtungen ab.

Gut genug.

Ich hatte das Gefühl, daß uns nicht mehr viel Zeit blieb. Eine Suchmannschaft hatte dieses Kraftwerk zwar erst vor kurzem verlassen, aber sie konnte jederzeit zurückkehren, um die Halle gründlicher zu durchkämmen, falls wir in den Belüftungsschächten irgendwelche Spuren hinterlassen hatten. Und auch wenn der Suchtrupp nicht zurückkam, würde uns früher oder später einer der Arbeiter des Kraftwerks erspähen, so sehr wir uns auch vorsehen mochten.

Wir hoben zu zweit das Stahlgitter hoch und legten es leise wieder ab, so daß es noch zu einem Drittel die Öffnung bedeckte, damit ich es später von unten packen und wieder an Ort und Stelle hieven konnte.

Wir beförderten unser Gepäck hinunter. Rya folgte und schob einen Rucksack und die Schrotflinte in eines der horizontalen Rohre, den zweiten Rucksack und die Maschinenpistole in das gegenüberliegende Rohr. Dann glitt sie rückwärts in das rechte Rohr und zog den Stoffsack hinein.

Ich sprang hinunter und versuchte sodann, das Gitter anzuheben und lautlos über die Öffnung zu legen. Das mißlang mir jedoch. Es entglitt im letzten Moment meinen Händen und landete geräuschvoll an der richtigen Stelle. Nun konnte ich nur noch hoffen, daß jeder der Trolle, die hier arbeiteten, annehmen würde, daß einer der anderen das Geräusch verursacht hatte.

Ich kroch rückwärts in das linke Rohr und stellte fest, daß es nicht ganz horizontal war, sondern sich leicht nach unten neigte, damit das Wasser besser abfließen konnte. Es war trocken. Der Boden war in letzter Zeit nicht gesäubert worden.

Rya war nur einen Meter von mir entfernt, aber hier unten war es so dunkel, daß ich sie nicht sehen konnte. Mir genügte es jedoch zu wissen, daß sie in meiner Nähe war.

Offenbar hatte niemand dem Geräusch beim Einrasten des Gitters Beachtung geschenkt.

Der Lärm der Generatoren und das unablässige Dröhnen des unterirdischen Flusses machten jede Unterhaltung unmöglich. Wir hätten laut brüllen müssen, und das konnten wir natürlich nicht riskieren.

Ich verspürte plötzlich das unwiderstehliche Verlangen, Rya zu berühren. Als ich meine Hand ausstreckte, stellte ich fest, daß sie mir ein in Butterbrotpapier eingewickeltes Sandwich und eine Thermosflasche entgegenstreckte. Sie schien nicht überrascht zu sein, als unsere Hände sich berührten. Obwohl wir gleichsam blind, taub und stumm waren, stellte die Liebe, die wir füreinander empfanden, eine fast hellseherische Verbindung zwischen uns her, und das Bewußtsein dieser psychischen und emotionalen Nähe tröstete und beruhigte uns beide.

Das Leuchtzifferblatt meiner Armbanduhr verriet mir, daß es einige Minuten nach fünf war. Sonntagnachmittag.

Warten in der Dunkelheit.

Ich ließ meine Gedanken nach Oregon wandern. Aber der Verlust meiner Familie war viel zu deprimierend.

Deshalb dachte ich an Rya, stellte mir vor, wie wir in besseren Zeiten zusammen gelacht hatten, rief mit in Erinnerung, wie sehr ich sie liebte, brauchte, begehrte. Doch diese Gedanken erregten mich, was in meiner derzeitigen unbequemen Position sehr unangenehm war.

Deshalb konzentrierte ich mich schließlich auf Erinnerungen an den Rummelplatz und meine dortigen Freunde. Der Sombra Brothers Carnival war *mein* Zufluchtsort, meine Familie, mein Zuhause. Aber, verdammt, wir waren von Gibtown weit entfernt, und es bestand wenig Hoffnung, daß wir unsere Freunde jemals wiedersehen würden. Dieser Gedanke war *noch* deprimierender als die Erinnerungen an Oregon.

Ich schlief ein.

In den letzten Nächten hatte ich wenig Schlaf gefunden, und außerdem war ich müde von diesem anstrengenden und ereignisreichen Tag. Ich schlief neun Stunden durch. Um zwei Uhr morgens schreckte ich aus einem Traum auf und war sofort hellwach.

Im ersten Moment dachte ich, daß ein Alptraum mich geweckt hätte. Doch dann hörte ich Stimmen: Über mir unterhielten sich Trolle in ihrer alten Sprache.

Ich streckte im Dunkeln den Arm aus und fand Ryas ausgestreckten Arm. Wir faßten uns bei den Händen und lauschten angespannt.

Die Stimmen entfernten sich.

Oben im Kraftwerk waren Geräusche zu hören, die gewiß nichts mit der üblichen Arbeit zu tun hatten: Klirren von Metall, lautes Poltern.

Offenbar war eine zweite Durchsuchung im Gange. In den vergangenen neun Stunden hatten sie vermutlich die ganze Anlage auf den Kopf gestellt und dabei die Leiche des Trolls, den wir verhört hatten, und neben ihm die leeren Ampullen und die Injektionsnadeln gefunden. Vielleicht hatten sie sogar irgendwelche Spuren im Belüftungsschacht entdeckt und wußten, daß wir diese Kanäle im Kraftwerk verlassen hatten. Nun wollten sie es noch einmal gründlich unter die Lupe nehmen.

Vierzig Minuten vergingen. Die Geräusche über uns ließen nicht nach.

Rya und ich zogen unsere Hände mehrmals zurück, nur um sie schon nach wenigen Minuten wieder zusammenzufügen.

Dann hörte ich zu meinem großen Schrecken, daß sich Schritte unserem Abfluß näherten. Wieder versammelten sich mehrere Trolle um das Stahlgitter.

Rya und ich rissen unsere Hände zurück.

Der Strahl einer Taschenlampe fiel durch das Gitter.

Wir zogen uns tiefer in die Rohre zurück.

Das Gitter warf zuckende Schatten auf den Boden zwischen unseren Verstecken.

Die Lampe wurde ausgeschaltet.

Ich hatte unwillkürlich die Luft angehalten. Nun atmete ich leise aus und dann ebenso leise ein.

Die Stimmen entfernten sich nicht.

Ein schabendes Geräusch, ein Klirren und Poltern...

Sie hatten das Gitter entfernt.

Die Taschenlampe wurde eingeschaltet. Ihr Strahl kam mir so grell wie ein Bühnenscheinwerfer vor.

Direkt vor mir, nur wenige Zentimeter entfernt, war der Boden in helles Licht getaucht. Jede Einzelheit war zu sehen – jeder Kratzer, jede Verfärbung.

Ich konnte meinen Blick nicht von dem wandernden Lichtstrahl abwenden. Ich befürchtete, daß er etwas erfassen würde, das Rya oder ich fallengelassen hatten. Vielleicht eine Brotkrume von dem Sandwich, das sie mir herübergereicht hatte. Ein einziger weißer Krümel, der sich vom grauen Rohr abhob, würde unser Verderben bedeuten.

Jenseits des Lichtstrahls sah ich Ryas Gesicht; wir tauschten einen flüchtigen Blick, dann starrten wir beide wieder wie hypnotisiert auf den Lichtstrahl.

Er bewegte sich plötzlich nicht mehr.

Ich versuchte zu erkennen, welche Entdeckung den Troll, der die Taschenlampe handhabte, veranlaßt hatte, an einer bestimmten Stelle zu verweilen, aber ich sah nichts Verdächtiges. Der Lichtstrahl rührte sich nicht von der Stelle.

Die Unterhaltung der Trolle wurde lauter, erregter.

Ich wünschte sehnlichst, ich könnte ihre Sprache verstehen.

Ich glaubte jedoch zu wissen, worüber sie diskutierten: Sie wollten hinabsteigen und einen Blick in die abzweigenden

Rohre werfen. Irgend etwas mußte ihnen aufgefallen sein, irgend etwas Ungewöhnliches.

Es überlief mich eiskalt.

Ich konnte mir lebhaft vorstellen, wie ich verzweifelt rückwärts kroch, während ein Troll mich verfolgte. Die Ungeheuer waren so schnell und so gewandt, daß er den Abstand genügend verkleinert haben würde, um mit seiner Hand nach mir zu schlagen und mir mit den spitzen Krallen das Gesicht zu zerfetzen – oder meine Augen aus den Höhlen zu reißen oder meine Kehle aufzuschlitzen –, während ich auf den Abzug meiner Maschinenpistole drückte. Ich würde ihn höchstwahrscheinlich töten, aber gleichzeitig würde ich selbst eines gräßlichen Todes sterben.

Die Gewißheit des eigenen Todes würde den Troll nicht davon abhalten, mich zu verfolgen. Ihre Gesellschaft funktionierte wie ein Bienenvolk. Ich wußte, daß keiner von ihnen zögern würde, sich zum Wohle der Gemeinschaft zu opfern. Und selbst wenn es mir gelingen würde, einen oder fünf oder zehn zu erschießen, bevor sie mich verletzen konnten, so würden doch immer neue nachrücken und mich immer tiefer in das Rohr hineintreiben, bis mein Gewehr dann eine Ladehemmung haben würde – und dann würde der letzte von ihnen mich zur Strecke bringen.

Der Strahl der Taschenlampe bewegte sich wieder.

Hielt wieder inne.

Nun kommt doch schon, ihr Schweine, dachte ich verzweifelt. Kommt runter, damit wir's hinter uns bringen.

Die Taschenlampe wurde ausgeschaltet.

Meine Muskeln verkrampften sich noch mehr.

Würden sie im Dunkeln kommen? Warum sollten sie?

Das Gitter wurde über die Öffnung geschoben.

Sie stiegen nicht herunter. Sie entfernten sich, überzeugt davon, daß wir nicht hier waren.

Ich konnte es kaum glauben. Ich streckte meine Hand nach Rya aus. Sie streckte ihre Hand nach mir aus.

Unsere Hände trafen sich in der Mitte des jetzt wieder dunklen vertikalen Rohres. Ihre Hand war eiskalt, erwärmte sich aber langsam, während ich sie festhielt.

Ich war plötzlich in Hochstimmung. Mich ruhig zu verhalten, fiel mir sehr schwer. Ich hätte am liebsten gelacht, gesungen und geschrien. Zum erstenmal, seit wir Gibtown verlassen hatten, lichtete sich der Nebel der Verzweiflung ein wenig und ließ Hoffnung durchschimmern.

Sie hatten ihren Bunker zweimal durchsucht und uns nicht gefunden. Jetzt würden sie uns wahrscheinlich nie finden, denn sie glaubten bestimmt, daß wir entkommen waren. In einigen Stunden würden wir unser Versteck verlassen und fliehen können – doch zuvor würden wir noch die Zeitzünder an den Sprengladungen einstellen.

Wir würden Yontsdown bald verlassen können, mit dem befriedigenden Gefühl, unser Ziel erreicht zu haben. Wir wußten jetzt, warum hier so viele Trolle lebten. Und wir hatten etwas *getan* – vielleicht nicht genug, aber immerhin etwas.

Ich wußte, daß wir unverletzt und unbehelligt aus dem Berg herauskommen würden.

Ich wußte es. Ich wußte es. Ich *wußte* es.

Manchmal lassen mich meine hellseherischen Fähigkeiten im Stich. Manchmal kann ich eine drohende Gefahr nicht erkennen. Manchmal sehe ich die hereinbrechende Dunkelheit nicht.

31

Der Tod geliebter Menschen

Die Trolle hatten sich am Montagmorgen um 2 Uhr 09 entfernt. Ich hielt es für vernünftiger, noch vier Stunden in unserem Versteck zu warten. Das würde bedeuten, daß wir den Rückzug 24 Stunden nach Beginn unserer Exkursion antreten würden.

Ich fragte mich, ob der Schneesturm tatsächlich getobt hatte, ob die Erdoberfläche jetzt weiß und rein war.

Ich fragte mich, ob Horton Bluett und Growler zur Stunde in ihrem kleinen gepflegten Haus schliefen – oder ob sie wach waren und an Rya und mich dachten.

Ich war in besserer Stimmung als seit Tagen und stellte fest, daß meine übliche Schlaflosigkeit überwunden war. Obwohl ich schon neun Stunden tief geschlafen hatte, döste ich zeitweise und schlief manchmal sogar fest, so als wollte ich den versäumten Schlaf von Jahren auf einmal nachholen.

Ich träumte nicht und hielt das für einen Beweis dafür, daß unsere Zukunft sich zum Besseren gewendet hatte. Ich war optimistisch. Ich war töricht.

Als ich ein dringendes Bedürfnis verspürt hatte, war ich ein Stück nach hinten gekrochen, um eine Ecke herum. Zum größten Teil verflog der Uringestank, denn ein leichter Luftzug war im Rohr spürbar. Und obwohl ein Rest des unangenehmen Geruchs mir in die Nase stieg, störte mich das nicht. Ich war so frohgemut, daß nur eine gewaltige Katastrophe meine Stimmung hätte trüben können.

Ich genoß es, traumlos zu dösen und zwischendurch schlaftrunken die Hand auszustrecken und Rya zu berühren. Erst um halb acht am Montagmorgen wurde ich richtig wach, anderthalb Stunden nach dem Zeitpunkt, den ich eigentlich für unseren Aufbruch vorgesehen hatte. Dann lag ich noch eine halbe Stunde ruhig da und lauschte, ob irgend etwas darauf hindeutete, daß das Kraftwerk noch einmal durchsucht wurde. Ich hörte nichts Beunruhigendes.

Um acht streckte ich die Hand aus, fand Ryas Hand und drückte sie fest. Dann kroch ich aus dem horizontalen Rohr hinaus und kauerte auf dem Boden des 1,80 Meter langen vertikalen Rohres, bis ich meine mit Schalldämpfer versehene Pistole entsichert hatte.

Ich glaubte, Rya flüstern zu hören: »Sei vorsichtig, Slim«, aber das Dröhnen des unterirdischen Flusses und der Lärm der Generatoren ließen es mir unwahrscheinlich vorkommen, daß ich ihre Warnung gehört hatte. Vielleicht hatte ich ihre Gedanken ›gehört‹: *Sei vorsichtig, Slim.* Wir hatten gemeinsam soviel durchgemacht und standen uns so nahe, daß es mich gar nicht überrascht hätte, wenn wir imstande gewesen wären, die Gedanken des anderen zu lesen.

Ich stand auf, preßte mein Gesicht von unten gegen das Gitter und spähte hindurch. Mein Blickfeld war sehr beschränkt. Falls Trolle nur 30 cm vom Rand entfernt um den Abfluß herum saßen und ihn bewachten, würde ich sie nicht sehen können. Aber ich spürte, daß der Weg frei war. Ich vertraute meinem sechsten Sinn, hob das Gitter mit beiden Händen an und schob es zur Seite. Dabei machte ich wesentlich weniger Lärm als vor 15 Stunden, als ich es geschlossen hatte.

Ich zog mich hoch. Oben war es zwischen den großen Maschinen ziemlich dunkel, und es waren keine Trolle zu sehen.

Rya reichte mir unser Gepäck. Ich half ihr herauszukommen.

Wir umarmten uns zärtlich, dann verstauten wir rasch die wenigen Gegenstände, die wir aus Hortons Sack eventuell noch benötigen würden – Kerzen, Streichhölzer, eine Thermosflasche Saft – in unseren diversen Taschen, und ich schob den Sack mit Hilfe des Gewehrlaufs in das horizontale Rohr, das mir Schutz gewährt hatte. Wir schoben das Gitter über die Öffnung, schnallten unsere Rucksäcke um, setzten unsere Helme auf und nahmen Schrotflinte und Maschinenpistole zur Hand.

Wir hatten noch 32 Kilo Sprengstoff, und hier im Herzen der Anlage würde er wahrscheinlich am meisten Schaden anrichten. Deshalb huschten wir wie Ratten von einer Deckung zur anderen und verteilten ihn überall. Wir waren *böse* Ratten – Ratten jener Kategorie, die Löcher in einen Schiffsrumpf nagen und das sinkende Schiff dann rasch verlassen würden. Nur daß keine Ratte ihre destruktive Tätigkeit so genießen könnte wie wir.

Wir stellten die Zeitzünder an jeder Sprengkapsel ein, bevor wir sie in den Sprengstoff drückten: den ersten auf eine Stunde, den zweiten auf 59 Minuten, die beiden nächsten auf 58 Minuten, den nächsten auf 56, weil wir etwas länger gebraucht hatten, um ein günstiges Versteck zu finden. Wir wollten sicherstellen, daß die Detonationen gleichzeitig – oder dicht hintereinander – erfolgen würden.

Innerhalb von 25 Minuten verteilten wir 28 Kilo und stellten die Zeitzünder entsprechend unserem Plan ein. Als uns nur noch vier Kilo übrigblieben, krochen wir in den Belüftungsschacht, dem wir am Vortag entstiegen waren, und traten rasch den Rückzug an.

Uns blieben nur 35 Minuten, um auf die fünfte Ebene hinabzugelangen, dort die Zeitzünder der Sprengkapseln, die wir gestern versteckt hatten, einzustellen, mit dem Aufzug zur unvollendeten sechsten Ebene hinabzufahren, auch die dort deponierten Zeitzünder einzustellen und dann den weißen Pfeilen an den Schachtwänden zu folgen und zu versuchen, möglichst weit zu kommen, bevor die Detonationen möglicherweise zu einer Kettenreaktion von Mineneinstürzen führen würden.

Wir mußten uns leise und vorsichtig bewegen – und trotzdem sehr schnell. Die Zeit war knapp bemessen, aber ich glaubte, daß wir es schaffen könnten.

Und wir schafften es tatsächlich.

Unsere Glückssträhne hielt an. Wir begegneten keinem einzigen Troll. Offenbar glaubten sie wirklich, wir wären ihnen schon längst irgendwie entwischt. Vielleicht suchten sie in der Umgebung der Minen oder in Yontsdown nach uns. Sie mußten sich doch fragen, wer wir waren, was wir in ihrem Zufluchtsort zu suchen gehabt hatten und ob wir das, was wir gesehen hatten, irgendwie publik machen wollten.

Doch obwohl sie wußten, daß jemand eingedrungen war, rechneten sie anscheinend nicht mit Sabotage, denn andernfalls hätten sie vorsichtshalber auch nach Sprengstoff suchen müssen, und das hatten sie nicht getan: Unsere am Vortag deponierten Blöcke lagen alle noch an Ort und Stelle. Offenbar glaubten sie sich gegen einen wirklich folgenschweren Angriff gefeit. Jahrtausendelang hatten sie allen Grund gehabt, sich uns überlegen zu fühlen. Ihre Meinung über uns steht ein für allemal fest: Sie sehen in uns so etwas wie Spielzeug, sie halten uns für erbärmliche Narren und noch Schlimmeres. Ihre Überzeugung, daß wir eine leichte Beute abgeben... nun, das ist einer unserer Vorteile beim Krieg mit ihnen.

Als wir die Halle mit der kuppelförmigen Decke auf der im Bau befindlichen Ebene erreichten, blieben uns noch siebzehn Minuten bis zur Stunde Null. 1020 Sekunden. 2040 Herzschläge.

Wir verteilten die letzten vier Kilo Sprengstoff zwischen den Maschinen und hasteten weiter.

Noch vierzehn Minuten. 840 Sekunden.

In dem breiten Tunnel, wo ich den Troll erschossen hatte, stellten wir die Zeitzünder auf den beiden Blöcken ein, die ich in hohen Wandnischen versteckt hatte.

Der nächste Tunnel war der letzte, in dem Licht brannte. Wir rannten ihn entlang und bogen nach rechts ab, in den ersten Schacht auf Hortons Karte – wenn man sie rückwärts las.

Unsere Taschenlampen leuchteten bei weitem nicht mehr so hell wie anfangs, aber das beunruhigte uns nicht. Schließlich hatten wir Ersatzbatterien in den Taschen – und für den äußersten Notfall auch noch Kerzen.

Wir ließen unsere Rucksäcke zurück. Sie enthielten nichts Wichtiges mehr, und ab jetzt kam es nur noch auf Tempo an.

Ich hängte mir die Maschinenpistole über die Schulter. Rya tat das gleiche mit der Schrotflinte. Die Pistolen verstauten wir in unseren Hosentaschen. Jeder von uns hatte jetzt nur noch eine Taschenlampe in der Hand, ich außerdem Hortons Karte, Rya die Thermosflasche.

Noch neuneinhalb Minuten, bis hier unten die Hölle losbrechen würde.

Höchste Zeit zu verschwinden.

Ich hatte das Gefühl, als wären wir in eine von Vampiren bewohnte Burg eingedrungen, hätten uns in die Verliese geschlichen, wo die Monster in mit Erde gefüllten Särgen schliefen, hätten aber nur einige von ihnen pfählen können und wären jetzt gezwungen, um unser Leben zu rennen, weil die Sonne jeden Moment untergehen würde und die Blutsauger dann zu neuen Taten erwachen würden.

Von der genauestens entworfenen, präzise konstruierten und tadellos in Schuß gehaltenen Unterwelt der Trolle gelangten wir nun in das von Menschen und Natur geschaffene Chaos, in die alten Minen, die der Mensch angelegt hatte, die aber die Natur eigensinnig zu zerstören versuchte. Wir rannten, unseren weißen Pfeilen folgend, zwischen teilweise eingebrochenen Wänden. Wir kletterten einen engen vertikalen Schacht mit wackeligen Eisensprossen empor.

Ein widerlicher Pilz wuchs an einer Wand. Er zerbarst, als wir ihn streiften, verbreitete einen Gestank wie verdorbene Eier und beschmierte unsere Skianzüge mit Schleim.

Drei Minuten.

Während unsere Taschenlampen immer schwächer wurden, hetzten wir durch einen anderen Tunnel, bogen rechts ab und platschten durch eine schmutzige Pfütze.

Zwei Minuten. 360 Herzschläge.

Wir hatten für den Hinweg sieben Stunden benötigt; den größten Teil des Rückwegs würden wir also nach den Detonationen bewältigen müssen, aber jeder Meter, um den wir uns vom Bunker der Trolle entfernten, vergrößerte – so hoffte ich zumindest – unsere Chancen, der besonders einsturzgefährdeten Zone zu entrinnen. Schließlich waren wir keine Maulwürfe, die sich zur Oberfläche durchwühlen konnten.

Die Strahlen der Taschenlampen, die in unseren Händen beim Rennen wild hüpften, warfen gespenstische Schatten über Wände und Decken – eine Geisterschar schien uns zu verfolgen, holte uns ein, überholte uns, fiel wieder zurück, blieb uns aber dicht auf den Fersen.

Anderthalb Minuten.

Bedrohliche schwarze Gestalten, manche überlebensgroß,

sprangen vom Boden auf, obwohl keine von ihnen uns zu packen versuchte; durch einige rasten wir wie durch Rauchwolken hindurch, andere schmolzen dahin, wenn wir auf sie zujagten, wieder andere flohen zur Decke, so als hätten sie sich in Fledermäuse verwandelt.

Eine Minute.

Die sonstige Grabesstille im Erdinneren war jetzt mit verschiedenen rhythmischen Geräuschen erfüllt: unseren dröhnenden Schritten, Ryas lautem Atem, meinem Keuchen. Das Echo hallte zwischen den Felswänden laut wider: eine synkopische Kakophonie.

Ich dachte, wir hätten noch gut eine halbe Minute Zeit, aber die erste Explosion beendete meinen Countdown. Ein fernes Dröhnen, das ich mehr fühlte als hörte; aber ich wußte, was es war.

Wir erreichten einen weiteren vertikalen Schacht. Rya steckte ihre Taschenlampe in den Gürtel und kletterte in die Dunkelheit empor. Ich folgte ihr.

Ein weiteres Grollen, gleich darauf ein drittes.

Eine der verrosteten Eisensprossen zerbrach in meiner Hand. Ich verlor den Halt und stürzte über drei Meter in die Tiefe.

»Slim!«

»Nichts passiert«, rief ich, obwohl ich mir das Steißbein schmerzhaft angeschlagen hatte.

Zum Glück hatte ich mir kein Bein gebrochen.

Schnell und geschickt wie ein Affe kletterte ich den Schacht wieder hinauf, was mir in Anbetracht meines schmerzenden Rückens nicht leichtfiel. Aber ich wollte Rya nicht beunruhigen. Sie sollte nur *einen* Gedanken haben: aus diesen Tunnels herauszukommen.

Die vierte, fünfte und sechste Detonation erschütterte die unterirdische Anlage, die wir erst vor kurzem verlassen hatten, und die sechste war viel lauter und stärker als alle vorangegangenen. Die Wände des Schachts bebten, und der Boden schwankte unter unseren Füßen, so daß wir fast das Gleichgewicht verloren. Staub, Erde und ein Regen von Steinsplittern ging um uns herum nieder.

Meine Taschenlampe war endgültig ausgegangen. Ich wollte aber nicht stehenbleiben, um die Batterien zu wechseln – noch nicht. Ich nahm Ryas Lampe an mich und wies uns beiden den Weg, als eine Kette von Explosionen – mindestens sechs oder acht – das Labyrinth erschütterte.

Ich sah, wie sich in einem alten, morschen Deckenbalken ein Riß zeigte, und tatsächlich stürzte er dicht hinter mir herab. Mit einem Schreckensschrei wirbelte ich auf dem Absatz herum und rechnete mit dem Schlimmsten, aber auch Rya war wohlbehalten davongekommen. Mein Gefühl, daß unsere Glückssträhne anhalten würde, verstärkte sich, und ich *wußte*, daß wir es schaffen würden, ohne ernsthaft verletzt zu werden. Obwohl ich schon einmal die bittere Erfahrung gemacht hatte, daß es kurz vor Einbruch der Dunkelheit am hellsten ist, hatte ich diese Binsenwahrheit vorübergehend total vergessen. Wenig später würde ich das zutiefst bedauern.

Dem heruntergestürzten Balken war jede Menge Felsgestein gefolgt, und man sah, daß jeden Moment weiteres folgen würde. Hinter uns schwoll der Lärm immer lauter an, bis ich befürchtete, daß der ganze Korridor zusammenbrechen würde.

Der restliche Sprengstoff explodierte in einer Art Sperrfeuer, das wir zwar immer schwächer hörten, aber um so gewaltiger spürten. Verdammt, der ganze Berg schien zu beben. Seine Fundamente wurden von heftigen Schaudern geschüttelt, die nicht nur von dem Sprengstoff herrühren konnten.

Natürlich war der ganze Berg von über einem Jahrhundert eifriger Kohleförderung völlig durchlöchert und dadurch geschwächt. Und vielleicht hatte der Sprengstoff im Bunker der Trolle auch noch zu Gas- und Heizölexplosionen geführt. Meine Zuversicht, mit heiler Haut davonzukommen, wurde mit jedem mächtigen Beben stark erschüttert.

Wir husteten, denn die Luft war mit Staub gesättigt. Teilweise rieselte er von den Decken, aber der größte Teil – dicke Wolken – wurde von den Stolleneinbrüchen hinter uns herangetrieben. Wenn wir dem Ring, innerhalb dessen der Zusammenbruch der unterirdischen Troll-Stadt sich besonders stark bemerkbar machte, nicht bald entkamen, wenn wir nicht innerhalb weniger Minuten in unbeschädigte Tunnels mit sauberer Luft gelangten, würden wir am Staub ersticken – eine Todesart, die ich bei meinen Erwägungen nie in Betracht gezogen hatte.

Das immer schwächer werdende Licht der Taschenlampe vermochte die Staubwolken kaum noch zu durchdringen. Mehr als einmal verlor ich die Orientierung und wäre um ein Haar gegen eine Wand gerannt.

Die letzte Detonation war vorüber, aber ein dynamischer Prozeß war in Gang gekommen, und der Berg suchte jetzt nach einer neuen Ordnung, die lang aufgestaute Spannungen lösen und alle unnatürlichen Höhlen füllen würde. Der mächtige Fels begann auf frappierende Weise zu ächzen und zu stöhnen, nicht etwa eintönig zu rumpeln, sondern eine unharmonische Sinfonie seltsamer Geräusche zu vollführen, so als würden Luftballons zum Platzen gebracht, Walnüsse geknackt, Töpferware zerschlagen, Knochen zersplittert, Schädel gebrochen; er dröhnte und schepperte wie Kegel, die von der Kugel getroffen werden, er knisterte wie Zellophan, er donnerte und hallte, so als würden hundert kräftige Schmiede hundert Hämmer auf hundert Ambosse niedersausen lassen – und dazwischen gab es häufig sogar reine süße Klänge, so als läutete eine helle Glocke, gefolgt von einem fast schon melodischen Klirren wie von zersplitterndem feinem Porzellan.

Anfangs regnete er nur zarte Steinflocken auf unsere Köpfe und Schultern herab, doch bald schon hagelte es Kiesel. Rya schrie auf. Ich packte sie bei der Hand und zog sie hinter mir her.

Größere Brocken begannen von der Decke zu stürzen und schlugen krachend auf dem Boden auf. Ein faustgroßer Stein traf meine rechte Schulter, ein anderer meinen rechten Arm, und fast hätte ich die Taschenlampe fallengelassen. Auch Rya wurde von einige Geschossen getroffen. Gewiß, dies war ziemlich schmerzhaft, aber wir rannten weiter. Was blieb uns auch anderes übrig? Ich segnete Horton für die Helme, obwohl uns dieser Schutz nichts nützen würde, wenn die gesamte Decke einbrach.

Plötzlich endete das Beben, und das war eine derart willkommene Abwechslung, daß ich zunächst dachte, ich bildete sie mir nur ein. Aber nach weiteren zehn Schritten konnte kein Zweifel mehr daran bestehen, daß das Schlimmste hinter uns lag.

Wir stürzten aus der letzten dichten Staubwolke in verhältnismäßig reine Luft hinaus und schnaubten und spuckten, um unsere Lungen zu säubern.

Meine Augen tränten vom Staub, und ich rannte etwas langsamer, um durch Blinzeln meine Sicht zu verbessern. Der gelbe Strahl der Taschenlampe flackerte unruhig, während die allerletzte Energie der Batterien verbraucht wurde, aber ich sah dennoch einen unserer weißen Pfeile vor uns.

Wir bogen um die Ecke, Rya neben mir, und plötzlich sprang einer der Unholde von der Wand, an der er gelauert hatte. Mit einem schrillen Triumphschrei riß er Rya zu Boden. Ich hörte, wie seine scharfen Krallen das Material des Skianzugs zerrissen.

Ich ließ die Taschenlampe fallen, die blinkte, aber nicht ausging, und warf mich auf Ryas Angreifer, wobei ich instinktiv mein Messer und nicht die Pistole zog. Ich stieß ihm die Klinge in den Rücken und zerrte ihn von Rya weg, während er vor Schmerz und Wut quiekte.

Er schlug nach mir, und die gefährlichen Raubtierkrallen zerfetzten eines meiner Hosenbeine. Ein rasender Schmerz in der rechten Wade verriet mir, daß er mich verletzt hatte.

Ich schlang einen Arm um seinen Hals, drückte sein Kinn hoch, riß mein Messer aus seinem Rücken heraus und schlitzte ihm die Kehle auf – eine Reihe schneller Handlungen, geschmeidig wie Ballettbewegungen, die nicht länger als zwei Sekunden gedauert hatten.

Während das Blut aus seinem Hals hervorschoß und das tödlich verwundete Wesen seine menschliche Gestalt anzunehmen begann, hörte – nein, spürte – ich, daß hinter mir ein weiterer Troll von der Wand oder Decke sprang. Ich rollte zur Seite, während ich dem sterbenden Troll das Messer aus dem

Hals zog, und das zweite Ungeheuer landete nicht auf mir, sondern auf seinem Artgenossen.

Die Pistole war mir aus der Tasche gerutscht, und ich konnte sie mit einer einzigen Bewegung nicht erreichen.

Die Kreatur drehte sich wutschnaubend nach mir um – funkelnde rote Augen, gefletschte Zähne, haßerfüllte Fratze. Ich sah, wie sie zum Sprung ansetzte, und hatte gerade noch Zeit, das Messer zu werfen, bevor sie sich auf mich stürzte. Die Klinge drehte sich nur zweimal und bohrte sich in ihre Kehle. Aus Maul und Schnauze blutend, fiel sie auf mich. Obwohl das Messer dadurch nur noch tiefer eindrang, gelang es dem Troll, seine Krallen über meine Jacke hindurch in meine Seiten zu graben, dicht über den Hüften, nicht sehr tief, aber doch tief genug.

Ich stieß das sterbende Wesen von mir, wobei ich aufschrie, als die Krallen in meinem Fleisch hängenblieben.

Die Taschenlampe brannte kaum noch, aber in ihrem ersterbenden mondbleichen Strahl sah ich einen dritten Troll auf mich zurasen. Er war weiter entfernt gewesen, wahrscheinlich fast am Ende des Tunnels, und deshalb blieb mir gerade noch Zeit, meine Pistole zu schnappen und zwei Schüsse abzugeben. Der erste verfehlte ihn, aber der zweite traf die gräßliche Hund-Schweine-Fratze in eines der roten Augen. Er taumelte zur Seite, prallte gegen die Wand und zuckte krampfhaft im Todeskampf.

Gerade als die Taschenlampe mit einem letzten Aufflakkern erlosch, glaubte ich, einen weiteren Troll gesehen zu haben, der wie eine Kakerlake über die Wand lief. Doch bevor ich sicher sein konnte, umgab mich tiefe Finsternis.

Mein Bein und die Seiten schmerzten derart, daß ich mich nicht geschmeidig bewegen konnte. Ich wagte es aber auch nicht zu verharren, wo ich gewesen war, als das Licht ausging; denn falls tatsächlich noch ein vierter Troll hier war, würde er sich auf jene Stelle zubewegen, wo er mich zuletzt gesehen hatte.

Ich kletterte über eine Leiche, dann über eine zweite und fand schließlich Rya. Sie lag mit dem Gesicht nach unten auf dem Boden. Regungslos.

Soviel ich wußte, hatte sie sich nicht bewegt und keinen Laut von sich gegeben, seit der Troll sich auf sie gestürzt und zu Boden gerissen hatte. Ich wollte sie behutsam auf den Rücken drehen, nach ihrem Puls tasten, ihren Namen rufen, sie reagieren hören.

Das alles konnte ich jedoch nicht tun, solange ich keine Gewißheit bezüglich des vierten Trolls hatte.

Schützend über Rya kauernd, lauschte ich mit schiefgelegtem Kopf.

Der Berg war zur Ruhe gekommen und hatte offenbar aufgehört, seine alten Wunden zu schließen. Wenn irgendwo hinter uns noch Teile von Wänden oder Decken einstürzten, so waren es kleinere Vorgänge, von denen hier nichts zu hören war.

Die Dunkelheit war undurchdringlicher als hinter geschlossenen Lidern. Eine totale Finsternis, in der nicht einmal vage Umrisse auszumachen waren.

Ich führte ungewollt einen Dialog mit mir, Pessimist kontra Optimist:
– Ist sie tot?
– So etwas darfst du nicht einmal *denken*.
– Hörst du sie etwa atmen?
– Mein Gott, wenn sie bewußtlos ist, atmet sie flach. Sie ist einfach bewußtlos, weiter nichts, und deshalb kann man ihren Atem nicht hören. Kapiert? *Kapiert?*
– Ist sie tot?
– Verdammt, konzentrier dich lieber auf deinen Feind!

Wenn ein weiterer Troll sich hier im Tunnel aufhielt, konnte er mich aus jeder Richtung angreifen. Seine Fähigkeit, über Wände zu laufen, verschaffte ihm einen großen Vorteil. Er konnte sich sogar von der Decke auf meinen Kopf und meine Schultern fallenlassen.
– Ist sie tot?
– Schweig!
– Wenn sie nämlich tot ist – welche Rolle spielt es dann überhaupt noch, ob du den vierten Troll tötest? Was spielt es dann noch für eine Rolle, ob du jemals hier herauskommst?
– Wir werden *beide* hier herauskommen.

– Wenn du allein nach Hause zurückkehren mußt – wozu dann überhaupt zurückkehren? Wenn dies ihr Grab ist, kann es auch das deinige werden.

– Sei still. Spitz lieber deine Ohren.

Stille.

Die Dunkelheit war so dick, so schwer, daß sie eine Substanz zu haben schien. Während ich horchte, ob irgendwo leises Kratzen und Schaben von Trollkrallen zu hören war, fragte ich mich, was die vier Unholde hier zu suchen gehabt hatten. Vielleicht waren sie unseren weißen Pfeilen gefolgt, um festzustellen, wie wir in ihren Bunker gelangt waren. Erst jetzt wurde mir bewußt, daß unsere Wegweiser für sie genauso praktisch waren wie für uns. Ja, so könnte es gewesen sein. Sie hatten jeden Zentimeter ihrer Anlage mehrmals durchsucht und waren zu dem Schluß gekommen, daß es uns gelungen war zu entkommen. Und nun wollten sie herausfinden, *wie* uns das gelungen war. Vielleicht waren die Trolle unseren Zeichen bis zur Erdoberfläche gefolgt und hatten sich schon auf dem Rückweg befunden. Vielleicht hatten sie sich aber auch erst kurz vor uns auf den Weg gemacht. Zwar hatten sie uns völlig überrascht, doch schienen sie selbst auch erst einige Sekunden zuvor bemerkt zu haben, daß jemand sich näherte. Wenn sie mehr Zeit für Vorbereitungen gehabt hätten, hätten sie uns beide getötet – oder gefangengenommen.

– Ist sie tot?

– Nein.

– Sie ist so still.

– Bewußtlos.

– So still.

– Halt die Klappe.

Da! Ein Kratzen! Ein Schaben!

Ich wandte den Kopf zur Seite.

Nichts mehr.

Hatte ich mir das leise Geräusch nur eingebildet?

Ich versuchte mich zu erinnern, wieviel Patronen noch in der Pistole sein mußten. Wenn sie voll geladen war, hatte sie zehn Schuß. Zwei hatte ich verbraucht, als ich am Sonntag den Troll im Tunnel der untersten Ebene erschossen hatte. Zwei weitere soeben. Sechs mußten also noch übrig sein. Mehr als genug. Vielleicht würde es mir nicht gelingen, den Feind – falls noch einer da war – mit sechs Schüssen zu erledigen, aber falls ich ihn nicht traf, würde ich bestimmt ohnehin keine Gelegenheit haben, mehr als sechsmal zu schießen, denn die verdammte Kreatur würde sich schon vorher auf mich stürzen.

Ein leises Gleiten.

Etwas zu sehen, war unmöglich. Trotzdem strengte ich meine Augen an.

Stille.

Aber... *dort*. Ein Kratzen.

Und ein eigenartiger Geruch. Der saure Atemgeruch eines Trolls.

Kratz!

Wo?

Kratz!

Über mir.

Ich warf mich über Rya auf den Rücken und schoß dreimal in die Decke. Ich hörte eine Kugel von Stein abprallen, hörte einen unmenschlichen Schrei und hatte keine Zeit mehr, die restlichen drei Schüsse abzugeben, denn der schwer verwundete Troll stürzte heulend neben mich auf den Boden, umschlang mit einem Arm meinen Kopf, zog mich zu sich heran und grub seine Zähne in meine Schulter. Wahrscheinlich hatte er es auf meine Kehle abgesehen gehabt, aber in seinem Schmerz und im Dunkeln die falsche Stelle erwischt. Als er seinen Irrtum bemerkte und seine Zähne aus mir herausriß, wobei er gleichzeitig ein Stück Fleisch entfernte, hatte ich gerade noch soviel Kraft und Geistesgegenwart, um ihm die Pistole unter das Kinn zu drücken und die drei letzten Schüsse abzufeuern.

Der dunkle Tunnel begann sich um mich zu drehen.

Ich war einer Ohnmacht nahe.

Das durfte nicht sein. Möglicherweise war noch ein fünfter Troll in der Nähe. Wenn ich jetzt ohnmächtig wurde, würde ich vielleicht nie wieder zu mir kommen.

Und ich mußte mich doch um Rya kümmern. Sie war verletzt. Sie brauchte mich.

Ich schüttelte den Kopf.

Ich biß mir auf die Zunge.

Ich atmete tief durch und drückte die Augen fest zu, damit der Tunnel aufhörte, sich zu drehen.

Ich sagte laut: »Ich werde *nicht* in Ohnmacht fallen.«

Dann fiel ich in Ohnmacht.

Obwohl ich natürlich nicht auf die Uhr geschaut hatte, bevor ich ohnmächtig geworden war, hatte ich – als ich wieder zu mir kam – nicht das Gefühl, lange bewußtlos gewesen zu sein. Höchstens eine oder zwei Minuten.

Ich blieb einen Moment lang ruhig liegen und lauschte angespannt, bis ich begriff, daß sogar eine Ohnmacht von einer Minute mein Ende bedeutet hätte, falls ein weiterer Troll im Tunnel gewesen wäre.

Ich kroch über den Steinboden und tastete mit beiden Händen nach einer der beiden Taschenlampen, beschmierte aber nur meine Hände mit warmem Blut.

Ein Stromausfall in der Hölle ist etwas verdammt Unangenehmes, schoß es mir absurderweise durch den Kopf.

Ich hätte fast gelacht. Aber es wäre ein schrilles hysterisches Lachen geworden, und deshalb unterdrückte ich es.

Dann fielen mir die Kerzen und die Streichhölzer in einer der Innentaschen meiner Jacke ein, und ich holte sie mit zittrigen Fingern hervor.

Die flackernde Kerzenflamme vertrieb die Dunkelheit ein wenig, allerdings nicht genug, als daß ich Rya hätte gründlich untersuchen können. Mit Hilfe der Kerze fand ich jedoch beide Taschenlampen und setzte neue Batterien ein.

Nachdem ich die Kerze ausgeblasen und wieder in der Tasche verstaut hatte, kniete ich neben Rya nieder. Die Taschenlampen legte ich so auf den Boden, daß sie angestrahlt wurde.

»Rya?«

Keine Antwort.

»Rya, bitte!«

Sie lag regungslos da.

Sie war sehr blaß.

Ihr Gesicht fühlte sich kalt an. Viel zu kalt.

Ich entdeckte eine Prellung, die sich gerade zu verfärben begann und von der rechten Stirnhälfte über die Schläfe bis zum Backenknochen verlief. In einem Mundwinkel schimmerte Blut.

Weinend hob ich ein Augenlid an, hatte aber keine Ahnung, was ich daran zu erkennen hoffte. Ich hielt eine Hand vor ihre Nase, um ihren Atem zu spüren, aber meine Hand zitterte so heftig, daß ich nicht feststellen konnte, ob sie atmete. Schließlich tat ich, wovor mir graute: Ich fühlte ihren Puls, registrierte aber keinen. Kein Puls! Mein Gott, kein Puls! Dann *sah* ich ihren Puls. Ein kaum wahrnehmbares Pochen an ihren Schläfen, und als ich behutsam ihren Kopf zur Seite drehte, sah ich auch den Puls an der Halsschlagader. Sie lebte! Vielleicht würde sie nicht lange leben. Aber *noch* lebte sie.

Mit neuer Hoffnung untersuchte ich sie, hielt Ausschau nach Verletzungen. Ihr Skianzug war zerrissen, und die Krallen des Trolls hatten ihre linke Hüfte zerkratzt, wenn auch nicht allzu tief. Es kostete mich große Überwindung nachzuschauen, was die Ursache für das Blut im Mundwinkel war. Ich befürchtete, es könnte von inneren Verletzungen herrühren. Vielleicht hatte sie den ganzen Mund voll Blut. Aber das war nicht der Fall. Sie hatte sich die Lippe aufgeschlagen, weiter nichts. Abgesehen von den Prellungen im Gesicht schien sie überhaupt unverletzt zu sein.

»Rya?«

Nichts.

Ich mußte sie an die Erdoberfläche bringen, bevor weitere Schächte einstürzten, eine weitere Suchmannschaft Trolle auftauchte – oder bevor sie starb, weil sie nicht medizinisch versorgt wurde.

Ich schaltete eine Taschenlampe aus und schob sie in die tiefe Hosentasche, wo ich bisher die Pistole aufbewahrt hatte. Die Waffe würde ich nun nicht mehr benötigen, denn falls ich weiteren Trollen über den Weg lief, würde es um mich bestimmt geschehen sein, bevor ich sie alle liquidieren könnte, ganz egal, wie viele Pistolen ich bei mir hatte.

Ich trug Rya, da sie ja nicht laufen konnte. Meine rechte Wade war von den Krallen eines Trolls gezeichnet, ebenso meine Seiten. Aus den Wunden sickerte Blut. Mir taten alle Glieder weh, aber irgendwie trug ich Rya.

Schicksalsschläge verleihen uns durchaus nicht immer Kraft und Mut; manchmal zerbrechen wir an ihnen. Wir verspüren auch nicht in jeder Krisensituation einen Adrenalinstoß, der uns übermenschliche Kräfte verleiht, aber immerhin geschieht das so oft, daß es schon fast sprichwörtlich geworden ist.

Auch mir widerfuhr dies in jenen Minenschächten. Es war allerdings kein plötzlicher Adrenalinstoß jener Art, der einen Mann befähigt, nach einem Unfall ein Auto hochzustemmen, um seine eingeklemmte Frau zu befreien; es war auch nicht jener Adrenalin*sturm*, der einer Mutter die Kraft verleiht, eine verschlossene Tür aus den Angeln zu reißen und durch einen brennenden Raum zu rennen, um ihr Kind zu retten, ohne die Hitze auch nur zu spüren. Vielmehr war es so eine Art Tropfinfusion von Adrenalin, ein lang anhaltender Zustrom von Energie, der mich in die Lage versetzte, immer weiterzugehen.

Wenn man es richtig durchdenkt und sein eigenes Herz erforscht, ist es nicht die Gefahr des eigenen Todes, die uns am meisten ängstigt. Nein, keineswegs. Denken Sie doch selbst einmal darüber nach. Was uns am meisten ängstigt, was uns maßlos entsetzt, ist vielmehr der Tod geliebter Menschen. Der Gedanke an den eigenen Tod ist zwar nicht angenehm, nicht willkommen, aber er ist immerhin erträglich, denn mit dem Eintritt des Todes haben Schmerzen und Leiden ein Ende. Wenn man hingegen einen geliebten Menschen verliert, hält das Leiden an, bis man selbst zu Grabe getragen wird. Mütter, Väter, Ehemänner, Ehefrauen, Söhne und Töchter, Freunde – man verwindet ihren Verlust nie ganz, und das Gefühl der Einsamkeit nach ihrem Hinscheiden ist schwerer zu ertragen als der kurze Schmerz und die Angst vor dem Unbekannten, die den eigenen Tod begleiten.

Die Furcht, Rya zu verlieren, war beim Weg durch die Minen meine stärkste Antriebskraft. Wäre es mir nur um das eigene Überleben gegangen, hätte ich viel eher aufgegeben, hätte ich vielleicht von Anfang an nicht die Energie aufgebracht loszugehen. In den nächsten Stunden spürte ich weder Schmerzen noch Erschöpfung. Trotz des seelischen Aufruhrs, in dem ich mich befand, war mein Körper ein kühler Roboter, der sich unermüdlich vorwärtsbewegte, manchmal wie gut gewartet, manchmal ruckartig und mühsam, aber stets ohne zu klagen. Ich trug Rya auf meinen Armen wie ein kleines Kind, und sie schien weniger zu wiegen als eine Puppe.

Als ich an einen vertikalen Schacht kam, zerbrach ich mir nicht lange den Kopf darüber, wie ich sie hinaufbringen sollte. Ich riß einfach unsere Skijacken in Streifen. Das hört sich einfach an, erforderte bei dem stabilen, wetterfesten Material aber im Grunde einen enormen Kraftaufwand – nur daß mir dies überhaupt nicht bewußt wurde. Ich knotete die Streifen zusammen und stellte einen stabilen Tragegurt her, der unter ihren Armen und unter ihrem Becken durchführte und an dem ich einen zweiten befestigte, den ich über meiner Brust kreuzte. Als ich den Schacht dann hochkletterte und sie mit mir zog, achtete ich sogar noch darauf, daß sie nirgends mit dem Kopf anschlug. Rückblickend ist es mir völlig unverständlich, wie ich das schaffte, aber damals fiel es mir überhaupt nicht schwer.

Wir hatten für den Hinweg sieben Stunden benötigt, aber da waren wir beide völlig fit gewesen. Ich rechnete damit, daß ich jetzt einen Tag oder länger brauchen würde, vielleicht sogar zwei Tage.

Wir hatten nichts zu essen, aber das war nicht schlimm. Wir konnten einen oder zwei Tage ohne Essen leben.

Ich verschwendete keinen Gedanken darauf, wie ich bei Kräften bleiben wollte, ohne etwas zu essen. Diese Sorglosigkeit rührte nicht davon her, daß ich überzeugt gewesen wäre, mein Adrenalinspiegel würde wie durch ein Wunder konstant bleiben. Nein, ich *konnte* einfach an nichts Derartiges denken, denn mein Geist war mit ganz anderen Dingen beschäftigt – Angst, Liebe – und konnte sich nicht auch noch um praktische Dinge kümmern. Dafür war der Roboter-Körper zuständig, der seinen Pflichten nachkam, ohne überlegen zu müssen.

Woran ich dann allerdings doch dachte, war Wasser, denn der Körper kann ohne Flüssigkeit nicht so lange auskommen wie ohne Nahrung. Wasser ist das Öl der Maschine Mensch. Die Thermosflasche mit Orangensaft war Rya entfallen, als der Troll sie angesprungen hatte, und später hatte ich durch Schütteln festgestellt, daß sie zerbrochen war. Jetzt konnten wir nur noch das Wasser aus den Pfützen trinken. Es war mit Schaum bedeckt und schmeckte vermutlich nach Kohle, Schimmel und Schlimmerem, aber mein Geschmackssinn war genauso ausgeschaltet wie mein Schmerzempfinden. Von Zeit zu Zeit legte ich Rya behutsam ab, schöpfte mit beiden Händen Wasser aus einer Pfütze und trank es. Danach hob ich Ryas Oberkörper an, öffnete ihren Mund und ließ Wasser aus meiner gewölbten Hand in ihren Mund tropfen. Sie bewegte sich nicht, aber es ermutigte mich zu sehen, daß ihre Halsmuskeln sich zusammenzogen und entspannten, wenn sie gezwungenermaßen schluckte.

Ein Wunder ist normalerweise ein sehr kurzes Ereignis: ein flüchtiger Blick auf Gott, manifestiert in irgendeinem Aspekt der physischen Welt, einige Tropfen Blut aus den Stigmen einer Christusstatue, einige Tränen aus den gemalten Augen einer Ikone der Jungfrau Maria, das Sonnenwunder von Fatima. *Mein* Wunder – die Kraft, die mich vorantrieb – hielt *stundenlang* an, aber ewig konnte es natürlich nicht dauern. Ich erinnerte mich, auf die Knie gefallen, aufgestanden, weitergegangen und wieder gestürzt zu sein, wobei ich Rya um ein Haar fallengelassen hätte. Daraufhin beschloß ich, schon um ihretwegen ein wenig auszuruhen, neue Kräfte zu sammeln – und dann schlief ich ein.

Als ich erwachte, hatte ich Fieber.

Und Rya war so regungslos und still wie zuvor.

Sie atmete noch. Ihr Herz schlug noch, obwohl ich das Gefühl hatte, als wäre ihr Puls schwächer geworden.

Ich hatte vergessen, vor dem Einschlafen die Taschenlampe auszuschalten, und nun brannte sie nur noch ganz schwach.

Ich verfluchte meine Dummheit und holte die zweite Taschenlampe aus meiner Tasche.

Auf meiner Uhr war es sieben, und ich vermutete, daß es Montag 19 Uhr war, möglicherweise aber auch schon Dienstagmorgen. Ich hatte keine Ahnung, wie lange ich mit Rya durch die Minen gestolpert war und wie lange ich geschlafen hatte.

Ich fand Wasser für uns.

Ich nahm Rya wieder auf meine Arme. Jetzt setzte ich meine ganze Willenskraft ein, damit das Wunder fortdauerte – und es dauerte an. Aber die Kraft, die mich durchflutete, war um soviel geringer als anfangs, daß ich dachte, Gott hätte bestimmt anderweitige Verpflichtungen und hätte deshalb einen Seiner unbedeutenderen Engel beauftragt, mir zur Seite zu stehen – einen Engel, der bei weitem nicht über solche Kräfte wie sein Herr verfügte. Meine Fähigkeit, Schmerz und Müdigkeit abzublocken, hatte erheblich nachgelassen. Von Zeit zu Zeit verspürte ich so starke Schmerzen, daß ich wimmerte und einige Male sogar aufschrie. Hin und wieder wurde ich mir meiner gemarterten Muskeln und Knochen bewußt und mußte dies rasch wieder verdrängen. Rya kam mir auch nicht mehr so leicht wie eine Puppe vor, und manchmal hätte ich direkt schwören können, daß sie tausend Pfund wog.

Ich kam an dem Hundeskelett vorbei und drehte mich noch lange danach um, weil mein fiebriges Hirn sich einbildete, ich würde von diesem Knochengerippe verfolgt.

Mitunter war ich kaum noch bei Bewußtsein, und wenn ich dann wieder zu mir kam, erschrak ich über meine eigenen Handlungen. Mehr als einmal stellte ich fest, daß ich über Rya kniete und wild schluchzte. Jedesmal hatte ich sie für tot gehalten, aber jedesmal registrierte ich dann doch wieder einen Puls, wenngleich einen sehr schwachen. Einmal kam ich zu mir und bekam keine Luft, weil ich mit dem Gesicht in einer Pfütze lag, aus der ich getrunken hatte. Manchmal stellte ich fest, daß ich mit Rya auf den Armen einfach weitergelaufen war, aber ohne auf die weißen Pfeile zu achten, und dann mußte ich umkehren und nach dem richtigen Weg suchen.

Mir war heiß. Ich glühte. Es war eine trockene, ausdörrende Hitze, und ich fühlte mich so, wie Slick Eddy in Gibtown ausgesehen hatte: wie altes Pergament, wie ägyptischer Sand.

Eine Weile schaute ich noch regelmäßig auf die Uhr, doch schließlich sparte ich mir diese Mühe, denn es war völlig sinnlos. Ich wußte ja nicht, auf welchen Abschnitt von Tag und Nacht die Uhr sich bezog. Ich wußte nicht, ob es Morgen, Mittag oder Nachmittag war. Ich wußte auch nicht, welcher Tag es war, obwohl ich glaubte, es müßte Montagnacht oder Dienstagmorgen sein.

Ich stolperte an den liegengebliebenen Werkzeugen vorbei, die wie eine moderne Skulptur aussahen, wie eine Figur, und ich war halb überzeugt davon, daß sie den Kopf nach mir umgedreht hatte, daß sie den Mund noch weiter aufgerissen hatte, daß eine Hand sich bewegt hatte. Viel später, in anderen Schächten, bildete ich mir ein, von ihr verfolgt zu werden; ich glaubte, das Klirren und Klappern ihrer Metallknochen zu hören, und ich wußte, daß sie mich letztlich einholen würde, weil ich immer langsamer vorankam.

Ich war mir manchmal nicht ganz sicher, wann ich wachte und wann ich träumte. Zeitweilig glaubte ich, nur einen Alptraum zu erleben, aus dem ich bald erleichtert aufwachen würde. Aber natürlich war ich wach und *durchlebte* den Alptraum.

Jedesmal, wenn ich aus dem gnädigen Zustand des Vergessens zu mir kam, fühlte ich mich schwächer, verwirrter und fiebriger. Ich erwachte und saß an der Felswand eines Tunnels, Rya in meinen Armen. Ich war schweißgebadet, meine Haare klebten am Kopf, meine Augen brannten von der salzigen Flüssigkeit, die mir von Stirn und Schläfen rann, von Nase, Ohren, Kinn und Wangen. Ich war so naß, als wäre ich in Kleidern schwimmen gegangen. Nicht einmal am Strand von Florida war mir jemals so heiß gewesen, aber diese Hitze kam ausschließlich aus meinem Inneren, so als hätte ich einen Ofen in mir, eine grelle Sonne, die mich verbrannte.

Als ich das nächstemal zu mir kam, war mir noch immer wahnsinnig heiß, doch gleichzeitig schauderte ich unkontrolliert. Der Schweiß war nahe am Siedepunkt, wenn er aus meinem Körper austrat, doch auf meiner Haut gefror er sofort zu Eis.

Ich bemühte mich, nicht an meinen eigenen jämmerlichen Zustand zu denken, mich vielmehr ausschließlich auf Rya zu konzentrieren und irgendwie jene wundersamen Kräfte zurückzuerlangen. Doch als ich sie betrachtete, sah und fühlte ich keinen Puls mehr an ihren Schläfen, ihrem Hals und Handgelenk. Ihre Haut kam mir kälter vor. Als ich schließlich eines ihrer Lider anhob, glaubte ich, eine Veränderung an ihrem Auge wahrnehmen zu können, eine schreckliche Leere. »O nein«, murmelte ich und fühlte ihr wieder den Puls – »Nein, nein, Rya, bitte, nein« –, aber ich konnte noch immer keinen Herzschlag feststellen. »Verdammt, *nein*!« Ich drückte sie verzweifelt an mich, so als könnte ich den Tod daran hindern, sie meinen Armen zu entreißen. Ich wiegte sie wie ein Kleinkind, ich summte ihr Lieder vor, und ich versicherte ihr, daß es ihr bald wieder gutgehen würde, daß wir uns an Stränden sonnen würden, daß wir miteinander lachen und uns lieben würden, daß wir noch sehr, sehr lange zusammen leben würden.

Ich dachte an die Gabe meiner Mutter, aus verschiedenen Kräutern Heilsalben und -tees zuzubereiten. Wenn andere das versuchten, blieb die Wirkung aus. Die Heilkraft wohnte meiner Mutter inne, nicht den pulverisierten Blättern, Wurzeln und Blumen, derer sie sich bediente. In der Familie Stanfeuss hatte ja jeder seine besondere Gabe. Und wenn meine Mutter heilen konnte – verdammt, warum nicht auch ich? Weshalb war ich mit Zwielicht-Augen gestraft, wo Gott mich doch ohne weiteres mit heilenden Händen hätte ausstatten können? Warum war ich verurteilt, nur Trolle und drohende Gefahren zu sehen? Warum konnte ich kein Heiler sein? Warum konnte ich die Kranken nicht sogar noch besser heilen als meine Mutter, nachdem ich fraglos von der ganzen Familie Stanfeuss die größten übersinnlichen Fähigkeiten hatte?

Während ich Rya fest an mich drückte und sie wie ein Baby wiegte, versuchte ich sie mit meinem Willen am Leben zu erhalten. Ich beharrte darauf, daß der Tod sich unverrichteter Dinge zurückziehen müsse. Ich diskutierte und verhandelte mit dem Grimmen Schnitter, versuchte ihn mit logischen Argumenten zur Aufgabe zu bewegen, sodann mit flehentlichen Bitten; und schließlich drohte ich ihm sogar, so als gäbe es etwas, womit man dem Tod drohen könnte.

Verrückt. Ich war total verrückt, nicht nur wegen des Fiebers, sondern auch vor Kummer. Mit meinen Händen und Armen hielt ich sie an mich gepreßt und versuchte, etwas von meiner Lebenskraft auf sie zu übertragen, etwas davon für sie abzufüllen, so wie man ein Glas aus einem Krug Wasser füllen kann. Ich stellte sie mir lebendig und lachend vor, ganz intensiv, und dann hielt ich zähneknirschend den Atem an und hoffte, diese Wunschvorstellung würde Realität. Ich versuchte das so verzweifelt, unter Aufbietung all meiner Kräfte, daß ich schließlich wieder das Bewußtsein verlor.

Danach trugen mich Fieber, Trauer und Erschöpfung immer tiefer ins Reich des Wahns davon. Ich versuchte sie zu heilen, ich sang ihr Lieder von Buddy Holly vor, ich wiederholte irgendwelche Sätze, die wir in Momenten der Zärtlichkeit und Liebe zueinander gesagt hatten. Ich haderte mit Gott, nur um Ihn im nächsten Augenblick zu lobpreisen, ich beschuldigte Ihn des kosmischen Sadismus und erinnerte Ihn Sekunden später weinend an Seinen Ruf als Gott der Liebe und des Erbarmens. Ich wütete und fantasierte, ich klagte und heulte, ich betete und fluchte, schwitzte und fror, aber meistens weinte ich. Ich weiß noch, daß ich dachte, meine Tränen könnten sie vielleicht heilen und wieder lebendig machen. Wahnsinn.

In Anbetracht des Stroms von Tränen und Schweiß schien es nur noch eine Frage der Zeit zu sein, bis ich völlig verdorrte, zu Staub zerfiel und vom Wind verweht wurde. Dieses Ende erschien mir unglaublich verführerisch. Mich aufzulösen, so als hätte es mich nie gegeben...

Ich konnte nicht mehr aufstehen und weitergehen, aber in meinen Fieberträumen reiste ich von Ort zu Ort. In Oregon saß ich in der Küche unseres Hauses und aß ein Stück von Mutters selbstgebackenem Apfelkuchen, während sie mir zulächelte und meine Schwestern mir versicherten, wie schön es sei, mich zurückzuhaben, und wie glücklich ich erst sein würde, wenn ich mit meinem Vater vereint sein würde – sehr bald schon.

Auf einem Rummelplatz ging ich unter strahlend blauem Himmel zum ›Lukas‹, um mich Miss Rya Raines vorzustellen und sie um Arbeit zu bitten, aber der ›Lukas‹ gehörte einer ganz anderen Frau, die ich noch nie gesehen hatte. Sie behauptete, nie etwas von einer Rya Raines gehört zu haben. In Panik rannte ich von einer Attraktion zur anderen und suchte nach Rya, aber niemand hatte je von ihr gehört, niemand, kein Mensch.

Und in Gibtown saß ich in einer Küche und trank Tee mit Joel und Laura Tuck, und andere Schausteller scharten sich um uns, und plötzlich sah ich unter ihnen auch Jelly Jordan, der nicht mehr tot war, und als ich aufsprang und ihn vor Freude fest umarmte, sagte mir der fette Mann, ich solle nicht überrascht sein, sterben sei nicht das Ende, ich solle einmal zur Spüle hinüberschauen, und als ich es tat, sah ich meinen Vater und meinen Vetter Kerry, die Most tranken und mir zugrinsten, und beide riefen: »Hallo, Carl, du siehst gut aus, Junge«, und Joel Tuck sagte –

»Allmächtiger Himmel, Junge, wie bist du nur so weit gekommen? Schaut euch nur mal diese Wunde an der Schulter an.«

»Sieht wie ein Biß aus«, stellte Horton Bluett im Schein einer Taschenlampe fest.

»Blut an den Seiten«, berichtete Joel besorgt.

»Sein Hosenbein ist auch blutdurchtränkt«, fügte Horton hinzu.

Irgendwie hatte sich der Traum in den Schacht verlagert, wo ich mit Rya in den Armen saß. Außer Joel und Horton waren alle Traumgestalten verschwunden.

Dafür tauchte Luke Bendingo zwischen Joel und Horton

auf. »D-D-Durchhalten, S-Slim. Wir b-b-b-bringen dich nach Hause. Du m-mußt nur durchhalten.«

Sie versuchten mir Rya zu entreißen, und das war unerträglich, sogar im Traum, und deshalb wehrte ich mich. Aber ich hatte nicht mehr viel Kraft und konnte nicht lange Widerstand leisten. Sie nahmen mir Rya, und ohne diese süße Last sackte ich weinend in mich zusammen.

»Schon gut, Slim«, beruhigte mich Horton, »jetzt brauchst du dich um nichts mehr zu kümmern. Wir übernehmen das Kommando.«

»Scheißkerle!« murmelte ich erbittert.

Joel Tuck rief lachend: »So ist's recht, mein Junge. Aus solchem Holz sind Leute geschnitzt, die *überleben*.«

An viel mehr kann ich mich nicht erinnern. Nur an Fragmente. Ich weiß, daß ich durch dunkle Tunnels getragen wurde, wo Strahlen von Taschenlampen hin und her huschten und sich in Suchscheinwerfer zu verwandeln schienen, die den Nachthimmel zerschnitten. Der letzte vertikale Schacht. Die beiden letzten Tunnels. Jemand hob mein Lid an... Joel Tuck betrachtete mich besorgt... und ich freute mich, sein alptraumhaftes Gesicht zu sehen.

Dann war ich draußen, an der frischen Luft, wo die harten grauen Wolken, die immer über Yontsdown zu hängen schienen, auch jetzt den Himmel verhüllten, düster und bedrohlich. Es lag viel Neuschnee, mindestens 60 cm, vielleicht noch mehr. Ich dachte an den Sturm, der sich am Sonntagmorgen über der Gegend zusammengebraut hatte, und ich glaube, es war in diesem Moment, als ich begriff, daß ich nicht träumte. Der Sturm hatte stattgefunden, und die Berge waren unter einer dicken Schneedecke begraben.

Schlitten! Sie hatten zwei lange Schlitten bei sich, mit breiten Kufen und Sitzen. Und Decken. Jede Menge Decken. Sie banden mich an einen der Schlitten und hüllten mich in mehrere warme Wolldecken. Ryas Leiche legten sie auf den anderen Schlitten.

Joel kauerte neben mir nieder. »Ich glaube nicht, daß du bei vollem Bewußtsein bist, Carl Slim, aber ich hoffe, daß du einiges von dem, was ich dir sage, doch verstehen wirst. Wir sind auf Umwegen und Schleichpfaden hergekommen, weil die Trolle alle Bergstraßen und Feldwege scharf kontrollieren, seit ihr das Bergwerk in die Luft gejagt habt. Wir haben einen langen anstrengenden Weg vor uns, und wir müssen möglichst leise sein. Verstehst du mich?«

»Ich habe unten in der Hölle ein Hundeskelett gesehen«, berichtete ich ihm, selbst erstaunt über meine Worte, »und ich glaube, daß Luzifer hydroponische Tomaten züchten will, weil er dann die gebratenen Seelen appetitlich garnieren kann.«

»Er fantasiert«, sagte Horton Bluett.

Joel legte seine Pranke an mein Gesicht, so als könnte er auf diese Weise zu mir durchdringen. »Hör gut zu, mein junger Freund. Wenn du wieder Klagegesänge anstimmst wie unter der Erde, wenn du jammerst und schluchzt, werden wir dich knebeln müssen, und das täte ich nur sehr ungern, weil du ohnehin Probleme mit dem Atmen hast. Aber wir dürfen nicht riskieren, Aufmerksamkeit zu erregen. Hörst du mich?«

»Wir werden wieder das Rattenspiel spielen«, murmelte ich, »wie im Kraftwerk... Wir werden schnell und geräuschlos durch Abflüsse huschen...«

Das mußte sich für ihn natürlich auch nach Fieberfantasien anhören, aber ich schien außerstande, ihm mit simplen Worten zu sagen, daß ich alles verstanden hatte.

Fragmente... Ich erinnere mich daran, daß Joel meinen Schlitten zog. Luke Bendingo zog den Schlitten mit Ryas Leiche. Hin und wieder löste der unverwüstliche Horton einen der beiden ab. Wildpfade im Wald. Ein Baldachin aus grünen Tannenzweigen, zum Teil schneebedeckt. Ein gefrorener Bach, der als Weg benutzt wurde. Ein offenes Feld. Sie hielten sich dicht am Waldrand. Eine kurze Rast. Heiße Bouillon, die mir aus einer Thermosflasche eingeflößt wurde. Abenddämmerung. Wind. Nacht.

Bei Einbruch der Dunkelheit wußte ich, daß ich weiterleben würde, daß ich nach Hause zurückkehren würde. Aber ohne Rya würde es kein Zuhause sein. Und welchen Sinn sollte ein Leben ohne sie haben?

32

Zweiter Epilog

Träume.

Träume von Tod und Einsamkeit.

Träume von Verlust und Trauer.

Ich schlief sehr viel. Und wenn mein Schlaf unterbrochen wurde, so war meistens Doktor Pennington der Störenfried, der ehemalige Alkoholiker und allseits beliebte Arzt des *Sombra Brothers Carnival*, der mich schon einmal betreut hatte – damals, als ich mich in Gloria Neames' Wohnwagen verstecken mußte, nachdem ich Kelsko und dessen Assistenten ermordet hatte. Auch diesmal kümmerte er sich rührend um mich, legte mir Eisbeutel auf die Stirn, verabreichte mir Spritzen, überwachte streng meinen Puls und ermahnte mich immer wieder, soviel Wasser – und später Saft – zu trinken, wie ich nur konnte.

Ich befand mich an einem eigenartigen Ort: einer kleinen Kammer mit rohen Holzwänden, die auf zwei Seiten nicht ganz bis zur Decke reichten. Festgestampfte Erde als Boden. Die obere Hälfte der Holztür fehlte, so als wären die Zimmerleute ihrer Arbeit plötzlich überdrüssig geworden. Ein altes Bett. Eine Lampe auf einer Apfelkiste, die als Nachttisch diente. In der Ecke ein Heizlüfter.

»Schrecklich trockene Hitze«, meinte der Arzt. »Das ist nicht gut. Alles andere als gut. Aber wir müssen uns im Moment damit begnügen. Wir wollten dich nicht in Hortons Haus unterbringen. Keiner von uns kann dort herumlungern. Den Nachbarn würde auffallen, daß er plötzlich soviel Gäste hat, und sie würden darüber reden. Hier hinten fallen wir niemandem auf. Die Fenster sind geschwärzt worden, damit kein Licht nach draußen fällt. Nach dem Grubenunglück suchen die Trolle unermüdlich nach Ortsfremden. Es wäre sehr töricht, sie auf uns aufmerksam zu machen. Deshalb wirst du die trockene Hitze weiter ertragen müssen, obwohl sie für deinen Hals nicht gerade nützlich ist.«

Allmählich hörten die Fieberfantasien auf.

Ich hätte nun wieder vernünftig reden können, war aber zu schwach, um Worte zu bilden, und als dann die Schwäche verging, war ich viel zu deprimiert zum Sprechen. Doch schließlich konnte ich meine Neugier nicht mehr bezwingen. »Wo bin ich?« flüsterte ich heiser.

»Im Stall hinter Hortons Haus, am Ende seines Grundstücks. Seine verstorbene Frau liebte Pferde«, berichtete der Arzt. »Damals, bevor sie starb, hatten sie Pferde. Dies ist ein Stall mit drei Boxen, und in einer davon liegst du.«

»Als ich Sie gesehen habe«, murmelte ich, »da habe ich mich gefragt, ob ich in Florida bin. Sind Sie extra von Gibtown hergekommen?«

»Joel meinte, daß vielleicht ein Arzt benötigt würde, der die Schnauze halten kann, was soviel bedeutete wie ein Schaustellerarzt, und das wiederum bedeutete – ich.«

»Wie viele von euch sind hergekommen?«

»Nur Joel, Luke und ich.«

Ich wollte ihm sagen, daß ich ihnen zwar dankbar sei, daß es mir aber lieber gewesen wäre, man hätte mich dort im Schacht sterben lassen. Dann wäre ich mit Rya wieder vereint gewesen. Aber meine Gedanken verwirrten sich wieder, und ich schlief ein.

Ich träumte.

Träume von Tod und Einsamkeit.

Als ich wieder erwachte, heulte der Wind um die Stallwände.

Auf dem Stuhl neben meinem Bett saß Joel Tuck. Er beobachtete mich aufmerksam. Der riesige Mann mit dem verunstalteten Gesicht, dem dritten Auge und dem greiferartigen Kiefer hätte ohne weiteres eine Erscheinung aus meinen Fieberträumen sein können, irgendein mächtiger Geist.

»Wie fühlst du dich?« fragte er.

»Mies«, flüsterte ich heiser.

»Hast du einen klaren Kopf?«

»Einen viel zu klaren.«

»Dann werde ich dir ein bißchen erzählen, was so alles passiert ist. Ein schreckliches Grubenunglück hat sich ereignet.

Mindestens 500 Tote, vielleicht noch mehr. Vielleicht die schlimmste Grubenkatastrophe aller Zeiten. Staatliche Inspekteure sind eingetroffen, und die Rettungsmannschaften arbeiten noch immer, aber es sieht nicht gut aus.« Er grinste. »Selbstverständlich sind alle Inspekteure Trolle, und auch für die Rettungsmaßnahmen wurden nur Trolle eingesetzt. Dafür haben sie gesorgt. Sie werden ihr Geheimnis wahren können, was sie dort im Berg in Wirklichkeit trieben. Ich nehme an, daß du mir alles erzählen wirst, sobald du wieder bei Kräften bist.«

Ich nickte.

»Ausgezeichnet«, sagte er. »Das gibt unten in Gibtown einen langen Abend mit viel Bier.«

Er berichtete weiter. Am Montagmorgen, sofort nach den Explosionen im Bergwerk, hatte sich Horton Bluett in das Haus an der Apple Lane begeben und Ryas und meine Sachen ausgeräumt, einschließlich des Sprengstoffs, den wir nicht hatten mitnehmen können. Er dachte, daß möglicherweise etwas schiefgegangen sei und wir eine Weile brauchen würden, um aus dem Berg herauszukommen. Und er wußte, daß die Troll-Polizisten schon bald auf der Suche nach den Saboteuren alle Ortsfremden unter die Lupe nehmen würden, darunter natürlich auch die Mieter von Polizeichef Klaus Orkenwold. Horton hielt es für vorteilhaft, wenn die Trolle im Haus keine Spur mehr von uns fanden. Orkenwold würde daraufhin bestimmt bei der Universität Erkundigungen einziehen, würde feststellen, daß die angeblichen Geologiestudenten dem Immobilienmakler einen Bären aufgebunden hatten, und würde glauben, sie seien die Saboteure gewesen. Was aber viel wichtiger war – er würde glauben, wir hätten Yontsdown bereits verlassen.

»Wenn die größte Aufregung sich erst einmal gelegt hat, werden wir leichter aus dieser Stadt herauskommen.«

»Wie bist du...« Ich bekam einen Hustenanfall. »Woher hast du...«

»Versuchst du mich zu fragen, woher ich wissen konnte, daß du Hilfe benötigtest?«

Ich nickte.

»Diese Professorin, Cathy Osborn, hat mich aus New York angerufen«, berichtete er. »Das war früh am Montagmorgen. Sie sagte, sie beabsichtige am Dienstagabend in Gibtown einzutreffen. Aber ich hatte noch nie etwas von ihr gehört. Sie sagte, du hättest mich am Sonntag anrufen und informieren wollen. Na ja, du hattest nicht angerufen, und deshalb wußte ich, daß etwas schiefgegangen sein mußte.«

Rya und ich waren am Sonntagmorgen mit Horton Bluett so früh aufgebrochen, daß ich ganz vergessen hatte anzurufen.

»Ich sagte Cathy, sie solle ruhig nach Gibtown kommen. Laura würde sich ihrer annehmen. Dann erzählte ich Doc und Luke, daß du und Rya wahrscheinlich Hilfe von Schaustellern dringend nötig hättest. Mit dem Auto zu fahren, hätte viel zu lange gedauert, deshalb gingen wir zu Arturo Sombra höchstpersönlich. Weißt du, er besitzt ein Privatflugzeug, das er selbst steuert. Er hat uns nach Altoona gebracht. Dort haben wir einen Wagen mit Vierradantrieb gemietet und sind nach Yontsdown gefahren – Luke und Doc vorne, ich hinten, wegen meines Gesichts, das viel zu auffallend ist, wie du ja weißt. Mr. Sombra wollte uns begleiten, aber er ist selbst eine auffällige Erscheinung, und wir dachten, ohne ihn könnten wir leichter jedes Aufsehen vermeiden. Er wartet in Martinsburg, in der Nähe von Altoona, um uns mit dem Flugzeug nach Hause zu bringen.«

Cathy Osborn – so berichtete Joel – hatte ihm erzählt, wo Rya und ich ein Haus gemietet hatten, und nach der Ankunft in Yontsdown am Montagabend waren Doc, Luke und er sofort zur Apple Lane gefahren, hatten aber ein völlig leeres Haus vorgefunden. Joel hatte inzwischen schon von dem Grubenunglück erfahren, und da er von Cathy gehört hatte, daß Rya und ich im Bergwerk das Zentrum der Troll-Aktivitäten vermuteten, wußte er, daß wir für die Katastrophe verantwortlich waren. Aber er wußte nicht, daß alle Ortsfremden unter Beobachtung standen und manche sogar schon verhört worden waren. Er und die beiden anderen hatten wahnsinniges Glück gehabt, daß sie auf dem Weg durch die Stadt keinem Troll-Polizisten aufgefallen waren.

»Wir Unschuldslämmer haben deshalb beschlossen, eure Nachbarn in der Apple Lane nach euch zu fragen. Wir dachten, ihr hättet bestimmt Kontakt mit einigen aufgenommen, um Informationen zu sammeln. Auf diese Weise lernten wir Horton Bluett kennen. Ich blieb zunächst im Wagen, während Doc und Luke sich mit ihm unterhielten. Nach einer Weile kam Doc raus und meinte, Bluett wisse etwas und würde vielleicht mit der Sprache herausrücken, wenn er ganz sicher sein könne, daß wir eure Freunde sind. Davon konnten wir ihn nur überzeugen, wenn wir ihn überzeugten, daß wir Schausteller sind. Und es gibt kein überzeugenderes Beweismittel als mein Gesicht. Was könnte ich denn anderes als ein Schausteller sein? Aber dieser Horton ist einfach sagenhaft. Weißt du, was er gesagt hat, nachdem er mich ein Weilchen betrachtet hat? Ich bin ja nun an alle möglichen Reaktionen und Kommentare gewöhnt, aber weißt du, was er gesagt hat?«

Ich schüttelte schwach den Kopf.

Grinsend berichtete Joel: »Horton schaute mich an und meinte nur trocken: ›Ich vermute, daß Sie beim Hutkauf Probleme haben.‹ Und dann bot er mir Kaffee an.«

Joel lachte begeistert, aber ich brachte nicht einmal ein Lächeln zustande. Mir würde nie mehr etwas amüsant vorkommen.

Joel fragte besorgt: »Ermüde ich dich?«

»Nein.«

»Wenn du ausruhen möchtest, kann ich später wiederkommen.«

»Bitte, bleib«, murmelte ich, denn der Gedanke, allein zu sein, war mir plötzlich unerträglich.

Das Stalldach wurde von einem heftigen Windstoß erschüttert.

Der Heizlüfter schaltete sich wieder ein.

»Bleib«, wiederholte ich.

Joel legte eine Hand auf meinen Arm. »Okay. Aber du solltest dich entspannen. Na ja, Horton hat uns dann akzeptiert und alles erzählt. Wir überlegten gemeinsam, ob wir noch am selben Abend ins Gebirge rauffahren sollten, aber am Sonntag hatte ein schwerer Schneesturm gewütet, und ein weiterer war für diese Nacht angesagt, und Horton meinte, wir würden unsere Todesurteile unterschreiben, wenn wir bei diesem Wetter rauffahren würden. ›Warten wir ab, bis der Sturm vorbei ist‹, sagte er. ›Wahrscheinlich sind Rya und Slim nur deshalb noch nicht zurückgekommen. Wahrscheinlich warten sie am Mineneingang auf besseres Wetter für den Rückweg.‹ Das hörte sich vernünftig an. In jener Nacht haben wir diesen alten Stall für uns hergerichtet, die Fenster verdunkelt und auch unseren Mietwagen hier untergebracht. Und dann haben wir gewartet.«

(Um diese Zeit hatte ich Rya schon stundenlang durch die Tunnels getragen und das ursprüngliche Wunder der Adrenalin-Infusion war wahrscheinlich schon fast erschöpft.)

Der zweite Schneesturm hatte in der Montagnacht eingesetzt und den 30 cm Neuschnee vom Sonntag weitere 35 cm hinzugefügt. Am Dienstagmorgen war die Wetterfront gen Osten abgezogen. Sowohl Hortons Transporter als auch Joels Mietwagen hatten Vierradantrieb, und sie beschlossen, ins Gebirge zu fahren, um uns zu suchen. Horton wollte sich vorher nur kurz vergewissern, daß die Luft rein war. Er kehrte mit der schlechten Nachricht zurück, daß es auf allen Straßen im weiten Umkreis des Bergwerks von ›der stinkenden Rasse‹ in Jeeps nur so wimmelte.

»Wir wußten nicht, was wir tun sollten«, erzählte Joel, »und diskutierten die Situation deshalb ein paar Stunden lang durch. Gegen ein Uhr mittags am Dienstag entschieden wir, daß uns nichts anderes übrigblieb, als zu Fuß loszugehen. Horton schlug vor, Schlitten mitzunehmen, für den Fall, daß ihr verletzt wärt. Wir brauchten ein paar Stunden, um alles zu besorgen, und machten uns gegen Mitternacht auf den Weg. Wir mußten kilometerlange Umwege machen, um Straßen und Häuser zu meiden, und erreichten diesen alten Mineneingang erst kurz vor Mitternacht am Mittwoch. Und als vorsichtiger Mann bestand Horton dann darauf, daß wir die Mine bis zum Morgengrauen von draußen im Auge behielten, um sicher zu sein, daß sich dort keine Trolle herumtrieben.«

Ich schüttelte ungläubig den Kopf. »Wart mal. Soll das...
soll das heißen, daß es Donnerstagmorgen war, als ihr mich
gefunden habt?«

»Stimmt.«

Ich war total perplex. Ich hatte gedacht, es wäre spätestens
Dienstag gewesen, als sie mir wie Traumgestalten erschienen
waren. Statt dessen hatte ich Rya drei volle Tage durch die
Schächte getragen, bevor ich gerettet worden war. Und wie
lange mochte sie tot in meinen Armen gelegen haben? Mindestens einen Tag.

»Was für ein Tag... ist denn heute?« fragte ich so leise, daß
es kaum zu hören war.

»Wir sind am Freitag kurz vor Morgengrauen zurückgekommen, und jetzt ist Sonntagabend. In den vergangenen
drei Tagen warst du sehr viel bewußtlos, aber jetzt bist du
schon auf dem Wege der Besserung. Du bist selbstverständlich noch schwach, aber du wirst es schaffen. Bei Gott, Carl
Slim, ich hatte unrecht, dich von dieser Mission abhalten zu
wollen. Du hast viel fantasiert, und daraus habe ich mir so einigermaßen zusammengereimt, was ihr im Berg gefunden
habt. Es war etwas, das nicht toleriert werden durfte,
stimmt's? Etwas, das für uns alle den Tod bedeutet hätte. Du
hast deine Sache gut gemacht. Du kannst sehr stolz auf dich
sein. Du hast deine Sache wirklich gut gemacht.«

Ich hatte geglaubt, mein Tränenreservoir für das ganze Leben erschöpft zu haben, aber plötzlich weinte ich wieder.
»Wie... wie kannst du... so etwas sagen? Du hattest
recht... völlig recht. Wir hätten nicht herkommen sollen.«

Er betrachtete mich verwirrt.

»Ich war ein Narr«, fuhr ich bitter fort. »Die Welt... auf
meine Schultern laden zu wollen. Ganz egal, wie viele Trolle
ums Leben gekommen sind... ganz egal, wie stark ich ihren
Bunker beschädigt habe... nichts von all dem war es wert,
Rya zu verlieren.«

»Rya zu verlieren?«

»Ich würde den Trollen bereitwillig die ganze Welt überlassen... wenn nur Rya noch am Leben wäre.«

»Aber, mein lieber Junge, sie *ist* am Leben«, sagte Joel.

»Trotz deiner Verletzungen und deines Fiebers hast du es irgendwie geschafft, neunzig Prozent des Rückwegs durch die Schächte zurückzulegen und auch noch Rya zu tragen, und du hast ihr offenbar auch genug zu trinken gegeben und sie am Leben erhalten, bis wir euch beide fanden. Sie war bis gestern bewußtlos. Es geht ihr noch nicht besonders, und sie wird bestimmt einen Monat brauchen, um sich richtig zu erholen, aber sie ist nicht tot, und sie wird nicht sterben. Sie liegt in der übernächsten Box.«

Ich behauptete, ohne weiteres so weit laufen zu können. Was war schon eine Boxlänge? Schließlich hatte ich den Weg aus der *Hölle* geschafft. Doch als ich aufzustehen versuchte, kippte ich sofort auf die Seite und erlaubte Joel schließlich, mich zu tragen, so wie ich Rya getragen hatte.

Doc Pennington war bei ihr. Er sprang von seinem Stuhl auf, damit Joel mich hinsetzen konnte.

Rya war in schlechterer Verfassung als ich. Die Prellungen auf der rechten Gesichtshälfte waren blauschwarz verfärbt und sahen noch schlimmer aus, als ich sie in Erinnerung gehabt hatte. Ihr rechtes Auge war blau und blutunterlaufen. Beide Augen schienen tief in die Höhlen gesunken zu sein. Sie war weiß wie Wachs. Ein leichter Schweißfilm überzog ihre Stirn. Aber sie lebte, und sie erkannte mich, und sie lächelte.

Sie lächelte.

Schluchzend griff ich nach ihrer Hand.

Ich war so schwach, daß Joel mich festhalten mußte, damit ich nicht nach vorne kippte.

Ryas Haut war warm, weich und wundervoll. Sie drückte mir kaum merklich die Hand.

Wir waren beide aus der Hölle zurückgekehrt, aber Rya war sogar von einem noch ferneren Ort zurückgekehrt.

Nachts wachte ich auf, hörte den Wind um den Stall heulen und fragte mich, ob sie wirklich tot gewesen war. Ich war mir dessen so sicher gewesen. Kein Puls. Kein Atem. Dort unten in den Minen hatte ich mich an die Heilkräfte meiner Mutter erinnert und mit Gott gehadert, weil meine eigene Gabe – die Zwielicht-Augen – Rya in der Not nichts nützte. Ich hatte Gott zur Rede gestellt, hatte von Ihm wissen wollen, warum ich nicht so gut wie meine Mutter oder sogar noch besser heilen konnte. Entsetzt über die Vorstellung eines Lebens ohne Rya, hatte ich sie an meine Brust gedrückt und Leben in sie hineingezwungen, hatte einen Teil meiner Lebenskraft auf sie übertragen, so als füllte man Wasser aus einem Krug in ein Glas ab. Außer mir vor Kummer, wahnsinnig vor Gram, hatte ich meine übersinnlichen Fähigkeiten bis zum Äußersten angespannt und versucht, ein Wunder zu vollbringen, jenes größte aller Wunder, das Gott allein vorbehalten ist: den Lebensfunken zu entfachen. Hatte es geklappt? Hatte Gott zugehört, hatte er mich erhört? Ich würde es nie erfahren. Aber tief im Herzen glaubte ich, daß ich sie zurückgebracht hatte. Denn ich hatte nicht nur meine übersinnlichen Kräfte anzuwenden versucht. Nein, nein. Viel wichtiger war die Liebe gewesen. Ein unendliches Meer von Liebe. Und was magische Kräfte allein nicht zu bewirken vermögen, das schaffen vielleicht magische Kräfte und Liebe zusammen.

Dienstagnacht, mehr als neun Tage nach unserem Aufbruch ins Bergwerk, wurde es Zeit, nach Hause zurückzukehren.

Meine Biß- und Kratzwunden schmerzten noch immer, und ich war alles andere als kräftig. Aber immerhin konnte ich schon wieder am Stock gehen, und meine Stimme war fast normal, so daß ich mich stundenlang mit Rya unterhalten konnte.

Sie hatte noch kurze Schwindelanfälle, erholte sich aber ansonsten sogar schneller als ich. Sie konnte besser laufen und war mir auch kräftemäßig überlegen.

»Der Strand«, sagte sie. »Ich möchte am warmen Strand liegen und diesen Winter von der Sonne ausbrennen lassen. Ich möchte sehen, wie die Wasserläufer sich in der Brandung ihr Mittagessen zusammensuchen.«

Horton Bluett und Growler kamen in den Stall, um sich zu verabschieden. Er war eingeladen worden, uns nach Gibtown zu begleiten und sich der Gemeinschaft der Schausteller anzuschließen, so wie Cathy Osborn es inzwischen getan hatte, aber er hatte dankend abgelehnt. Er sagte, er sei ein alter Sonderling mit festen Gewohnheiten, und obwohl er sich manchmal einsam fühlte, sei er doch an diese Einsamkeit gewöhnt. Er machte sich noch immer Sorgen, was aus Growler werden würde, falls er vor dem Hund starb, und deshalb hatte er beschlossen, ein neues Testament aufzusetzen und den Hund Rya und mir zu vermachen, zusammen mit dem Erlös aus dem Verkauf seines Häuschens. »Ihr werdet das Geld brauchen können«, sagte er, »denn dieses Ungetüm frißt einem den Kitt von den Fenstern.«

Growler knurrte zustimmend.

»Wir werden Growler gern nehmen«, meinte Rya, »aber Ihr Geld wollen wir nicht, Horton.«

»Wenn ihr es nicht nehmt, kassiert es der Staat, und in allen möglichen Staatsämtern wimmelt es bestimmt von Trollen.«

»Die beiden werden das Geld annehmen«, beruhigte Joel ihn. »Aber die ganze Diskussion ist völlig überflüssig, denn Sie werden zwei weitere Hunde und wahrscheinlich auch uns alle überleben.«

Horton wünschte uns Glück in unserem geheimen Krieg gegen die Trolle, aber ich schwor, ich hätte vom Kämpfen endgültig die Nase voll.

»Ich habe meinen Anteil geleistet«, erklärte ich. »Mehr kann ich nicht tun. Ich wünsche mir nur noch ein friedliches Privatleben, die Geborgenheit des Rummelplatzes – und Rya.«

Horton schüttelte mir die Hand und küßte Rya.

Abschied zu nehmen, war nicht leicht. Es ist niemals leicht.

Auf der Fahrt durch die Stadt sah ich einen LKW der Kohlen-Gesellschaft Blitz mit jenem verhaßten Symbol.

Weißer Himmel.

Dunkler Blitz.

Wieder spürte ich jene schreckliche Leere: das stille, dunkle, kalte Nichts der postnuklearen Welt.

Doch diesmal war die Leere nicht *ganz* still, nicht *völlig* dunkel, sondern mit fernen Lichtern gesprenkelt, und sie war nicht ganz so kalt, nicht ganz so leer. Offenbar hatten wir durch die Zerstörung des Bunkers die Zukunft ein wenig verändert und das Jüngste Gericht etwas hinausgeschoben. Wir hatten es nicht endgültig verhindert. Die Bedrohung blieb bestehen. Aber sie war jetzt ein Stückchen weiter entfernt.

Hoffnung ist nicht töricht. Hoffnung ist der Traum eines wachen Menschen.

Zehn Blocks weiter fuhren wir an der Grundschule vorbei, wo ich den Tod so vieler Kinder bei einem von den Trollen inszenierten Brand in schrecklichen Visionen vorhergesehen hatte. Ich betrachtete das Gebäude intensiv. Es strahlte keine verheerende Todesenergie mehr aus. Ich empfing keine Impressionen eines zukünftigen Feuers, nur einige blasse Bilder vom ersten Brand.

Irgendwie hatten wir auch die Zukunft von Yontsdown verändert. Die Kinder würden vielleicht bei anderen Sabotageakten der Trolle ums Leben kommen, aber sie würden nicht in ihren Klassenzimmern verbrennen.

In Altoona gaben wir den Mietwagen zurück und verkauften Ryas Kombi an einen Gebrauchtwarenhändler. Am Mittwoch flog Arturo Sombra uns nach Florida.

Die Erde wirkte vom Himmel aus frisch und heiter.

Wir erwähnten die Trolle kaum. Dies war nicht der richtige Zeitpunkt für ein so deprimierendes Thema. Statt dessen unterhielten wir uns über die nächste Saison, die in drei Wochen in Orlando beginnen würde.

Mr. Sombra erzählte uns, daß er den Vertrag mit Yontsdown gekündigt und für diese Woche mit einem anderen Ort eine Absprache getroffen hatte.

»Sehr weise«, kommentierte Joel Tuck, und alle lachten.

Während wir am Donnerstag am Strand den Wasserläufern bei ihrer Nahrungssuche zuschauten, fragte Rya plötzlich: »War das eigentlich dein Ernst?«

»Was?«

»Was du Horton erklärt hast – daß du den Kampf aufgibst?«

»Ja. Ich werde nicht noch einmal riskieren, dich zu verlieren. Von nun an ziehen wir die Köpfe ein. Unsere Welt – das sind nur wir beide und unsere Freunde in Gibtown. Es kann eine schöne Welt sein. Klein, aber schön.«

Der Himmel war blau.

Die Sonne war heiß.

Die Brise vom Golf war erfrischend.

Nach längerem Schweigen sagte Rya: »Und was ist mit Kitty Genovese, die in New York sterben mußte, weil niemand ihr half?«

Ohne zu zögern, erwiderte ich kalt: »Kitty Genovese ist tot.«

Mir gefiel weder der Klang dieser Worte noch die Resignation, die aus ihnen sprach, aber ich widerrief sie nicht.

Weit draußen auf hoher See fuhr ein Tanker in nördliche Richtung.

Palmen rauschten hinter uns.

Zwei kleine Jungen in Badehosen rannten lachend vorbei.

Obwohl Rya nicht mehr auf dieses Thema zurückgekommen war, wiederholte ich etwas später: »Kitty Genovese ist tot.«

In dieser Nacht lag ich schlaflos neben Rya im Bett und dachte über einige mir unbegreifliche Dinge nach.

Erstens: die Mißgeburten in jenem Keller.

Warum ließen die Trolle ihre abnormen Kinder leben? In Anbetracht ihrer sonstigen gewalttätigen Neigungen wäre es doch nur natürlich gewesen, wenn sie ihre behinderten Kinder gleich nach der Geburt umgebracht hätten. Schließlich waren sie ja so gezüchtet worden, daß sie zu allen Gefühlen außer Haß und beschränkter Furcht nicht fähig waren. Verdammt, ihr Schöpfer – der Mensch – hatte ihnen die Fähigkeit verwehrt, Liebe, Mitleid und elterliche Verantwortung zu empfinden. Ihre Bemühungen, ihre Mißgeburten – wenn auch in einem Käfig – am Leben zu erhalten, war mir unerklärlich.

Und zweitens: Warum war das Kraftwerk in der unterirdischen Anlage so gewaltig? Wozu wurde dort hundertmal mehr Energie erzeugt als notwendig?

Vielleicht hatte der Troll, den wir verhört hatten, uns trotz des Pentothals nicht die *ganze* Wahrheit über den Zweck des Bunkers gesagt und uns auch die wahren Langzeitpläne der Trolle verschwiegen. Gewiß, sie legten riesige Vorräte von allem an, was sie brauchen würden, um einen Atomkrieg zu überleben. Aber vielleicht wollten sie nicht nur in den Ruinen nach menschlichen Überlebenden suchen und diese liquidieren. Vielleicht wollten sie ihre eigene Spezies anschließend doch nicht auslöschen, sondern träumten insgeheim davon, uns vom Angesicht der Erde zu tilgen und dann an unsere Stelle zu treten. Vielleicht verfolgten sie aber auch irgendwelche Intentionen, die uns so fremd und unverständlich wären wie ihre gesamte Denkweise.

Ich wälzte mich stundenlang schlaflos von einer Seite auf die andere.

Zwei Tage später hörten wir am Strand zwischen der Rock 'n' Roll-Musik die Nachrichten mit den üblichen Schreckensmeldungen. In Sansibar behauptete die neue kommunistische Regierung, etwa tausend politische Gefangene nicht gefoltert und ermordet, sondern ganz im Gegenteil freigelassen zu haben. Die Leute hätten gehen können, wohin sie wollten. Eigenartigerweise waren alle tausend auf dem Heimweg spurlos verschwunden. Die Krise in Vietnam wurde immer schlimmer, und es mehrten sich die Stimmen, die einen amerikanischen Truppentransport ins Krisengebiet befürworteten, weil das angeblich die Lage stabilisieren würde. Irgendwo in Iowa hatte ein Mann seine Frau, seine drei Kinder und zwei Nachbarn erschossen; die Polizei fahndete im ganzen Mittelwesten nach ihm. In New York hatte es bei einer Bandenschlägerei wieder einmal Tote gegeben. In Philadelphia – oder war es Baltimore – waren zwölf Personen bei einem Wohnungsbrand ums Leben gekommen.

Schließlich waren die Nachrichten zu Ende, und das Radio spielte uns wieder die Songs der Beatles, der Supremes, der

Beach Boys und all der vielen anderen – genau die richtige Art von Musik, *magische* Musik. Aber irgendwie riß diese Musik mich diesmal nicht somit wie sonst. Ich hörte immer wieder die Stimme des Nachrichtensprechers, der eine Litanei von Mord und Krieg und Katastrophen verlas.

Der Himmel war so blau wie eh und je. Die Sonne war nie wärmer gewesen, die Brise nie erfrischender. Und doch hatte ich keine Freude an diesem herrlichen Tag.

Die Stimme dieses verdammten Nachrichtensprechers dröhnte in meinem Kopf, und ich konnte sie einfach nicht abstellen.

An jenem Abend aßen wir in einem ausgezeichneten kleinen italienischen Restaurant und tranken zuviel guten Wein.

Später liebten wir uns und kamen mühelos zum Höhepunkt. Es hätte sehr befriedigend sein müssen.

Am nächsten Morgen war der Himmel wieder blau, die Sonne warm, die Brise erfrischend – und trotzdem hatte das alles für mich keinen Reiz.

Während wir mittags am Strand unseren Picknickkorb leerten, sagte ich: »Sie mag tot sein, aber sie sollte wenigstens nicht vergessen werden.«

Rya stellte sich dumm. »Wer?«

»Du weißt, wer.«

»Kitty Genovese«, sagte sie.

»Verdammt«, murmelte ich. »Ich will wirklich nur meine Hörner einziehen und mit dir in der Geborgenheit unserer kleinen Welt leben.«

»Aber wir können nicht?«

Ich schüttelte den Kopf. »Weißt du, wir sind schon eine komische Brut. Die meiste Zeit über sind wir alles andere als bewundernswert. Überhaupt nicht das, was Gott sich vorstellte, als Er uns erschuf. Aber wir besitzen immerhin zwei große Tugenden. Zum einen natürlich die Liebe, die auch Mitgefühl und Einfühlungsvermögen einschließt. Aber, verdammt, die zweite Tugend kann genausogut ein Fluch wie ein Segen sein. Nennen wir sie das Gewissen.«

Rya lächelte, beugte sich über dem Picknickkorb zu mir herüber und küßte mich. »Ich liebe dich, Slim.«

»Ich liebe dich auch.«
Die Sonne fühlte sich wieder angenehm an.

Dies war das Jahr, in dem der unvergleichliche Louis Armstrong ›Hello, Dolly‹ aufnahm. Der Beatles-Song ›I Want to Hold Your Hand‹ war der größte Hit des Jahres, und Barbra Streisand spielte am Broadway zum erstenmal ›Funny Girl‹. Thomas Berger veröffentlichte ›Little Big Man‹, und Audrey Hepburn und Rex Harrison drehten den Film ›My Fair Lady‹. Martin Luther King und die Bürgerrechtsbewegung wirbelten viel Staub auf. Eine Bar in San Francisco ließ zum erstenmal eine Tänzerin ›oben ohne‹ auftreten. Dies war auch das Jahr, in dem der Würger von Boston festgenommen wurde, und das Jahr, in dem die Ford Motor Company den ersten Mustang verkaufte. Dies war das Jahr, als die St. Louis Cardinals die Yankees besiegten, und es war das Jahr, als Colonel Sanders seine Restaurantkette verkaufte.

Aber dies war *nicht* das Jahr, in dem unser geheimer Krieg gegen die Trolle endete.

WENN DIE
DUNKELHEIT KOMMT

Widmung

Da der eigentliche Preis zu schwer zu erringen war, widme ich dieses Buch Freunden – Oliviero und Becky Migneco und Jeff und Bonnie Paymar –, in der aufrichtigen Hoffnung, daß eine solche Widmung ein annehmbarer Ersatz ist.
(Auf diese Weise ist wenigstens die Gefahr eines Prozesses viel geringer.)

Besonderen Dank schulde ich Mr. Owen West dafür, daß er mir die Möglichkeit gab, diese Variation über ein Thema unter meinem Pseudonym zu veröffentlichen.

Prolog

1

Penny Dawson schreckte auf und hörte, wie sich etwas durch das dunkle Schlafzimmer bewegte.

Zuerst dachte sie, das Geräusch gehöre noch zu ihrem Traum. Sie hatte von Pferden geträumt und von langen Geländeritten, und es war der herrlichste, schönste, aufregendste Traum gewesen, den sie in den elfeinhalb traumerfüllten Jahren ihres Lebens jemals gehabt hatte. Als sie allmählich aufwachte, wehrte sie sich dagegen, versuchte, den Schlaf festzuhalten, damit der wundervolle Traum nicht verschwand. Aber sie hörte einen ungewohnten Laut, und das machte ihr Angst. Sie sagte sich, es sei nichts als ein Pferd, was sie da hörte, oder das Rascheln des Strohs im Stall in ihrem Traum. Nichts, worüber man erschrecken müßte. Aber sie konnte sich selbst nicht davon überzeugen; sie konnte den fremden Laut nicht in ihren Traum einordnen, und so wurde sie schließlich ganz wach.

Das sonderbare Geräusch kam von der anderen Seite des Zimmers her, von Daveys Bett.

Was machte er da? Was heckte er jetzt wieder für einen Streich aus?

Penny setzte sich im Bett auf. Sie blinzelte in die undurchdringlichen Schatten, sah nichts, legte den Kopf schief und lauschte gespannt.

Ein Rascheln und Seufzen durchbrach die Stille.

Dann herrschte wieder Ruhe.

Sie hielt den Atem an und lauschte noch angespannter.

Ein Zischen. Dann ein unbestimmtes Geräusch, schlurfend und kratzend.

Es war stockfinster. Die Tür war angelehnt.

Sie ließen sie immer ein paar Zentimeter weit offen, wenn sie schliefen, damit Daddy sie besser hören konnte, wenn sie in der Nacht nach ihm riefen. Aber in der übrigen Wohnung brannte nirgends Licht, und durch die angelehnte Tür drang keine Helligkeit herein.

Penny sagte leise: »Davey?«

Er antwortete nicht.

»Davey, bist du das?«

Raschel-raschel-raschel.

»Davey, hör auf damit.«

Keine Antwort.

Siebenjährige Jungens waren manchmal wirklich eine Plage. Sie konnten einem gewaltig auf den Wecker gehen.

Sie sagte: »Wenn das so ein blödes Spielchen ist, dann wird dir das noch sehr leid tun.«

Ein trockenes Geräusch. Wie ein altes, verdorrtes Blatt, das knisterte und knackte, weil jemand mit dem Fuß darauf trat. Es war jetzt näher als vorher.

»Davey, laß den Unsinn.«

Noch näher. Etwas kam durch den Raum auf das Bett zu.

Davey war das nicht. Er mußte immer lachen; er hätte inzwischen bestimmt nicht mehr an sich halten können und sich verraten.

Ihre Augen tränten, weil sie so angestrengt ins Dunkel starrte. Sie tastete nach dem Schalter der kegelförmigen Leselampe, die am Kopfende ihres Bettes befestigt war. Sie konnte ihn schrecklich lange nicht finden. Verzweifelt fummelte sie im Dunkeln herum.

Die unheimlichen Geräusche kamen jetzt aus der Schwärze neben ihrem Bett. Das Ding hatte sie erreicht.

Plötzlich fanden ihre tastenden Finger den metallenen Lampenschirm und dann den Schalter. Ein Lichtkegel fiel über das Bett und auf den Fußboden.

In der Nähe war nichts zu sehen, vor dem sie sich hätte fürchten müssen.

Davey lag in seinem Bett auf der anderen Seite des Zimmers, er schlief in einem Durcheinander von Decken, unter großen Postern von Chewbacca, dem Wookie, aus dem ›Krieg der Sterne‹ und E.T.

Penny hörte das seltsame Geräusch nicht mehr. Sie wußte, daß sie es sich nicht eingebildet hatte, und sie war auch kein Mädchen, das einfach das Licht ausschalten, sich die Decken über den Kopf ziehen und die ganze Sache vergessen konnte.

Daddy behauptete, sie sei neugieriger als tausend Katzen. Sie warf die Decke zurück, stieg aus dem Bett, stand im Schlafanzug mit bloßen Füßen reglos da und lauschte.

Kein Laut.

Schließlich ging sie zu Davey hinüber und sah ihn sich genauer an. Das Licht ihrer Lampe reichte nicht so weit; er lag größtenteils im Schatten, schien aber fest zu schlafen. Sie beugte sich dicht über ihn, beobachtete seine Augenlider und entschied schließlich, daß er nicht simulierte.

Das Geräusch begann wieder. Hinter ihr.

Sie wirbelte herum.

Jetzt war es unter dem Bett. Ein zischendes, kratzendes, leise rasselndes Geräusch, nicht besonders laut, aber auch nicht mehr verstohlen.

Das Ding unter dem Bett wußte, daß sie es hörte. Es machte absichtlich Lärm, wollte sie reizen, versuchte, sie zu ängstigen.

Nein! dachte sie. Das ist ja albern.

Das war nur ein ... eine Maus. Ja! Das war es. Nur eine Maus, die wahrscheinlich viel mehr Angst hatte als sie.

Sie fühlte sich ein wenig erleichtert. Sie mochte zwar keine Mäuse und wollte sie ganz bestimmt nicht unter ihrem Bett haben, aber wenigstens war eine einfache kleine Maus nicht allzu beängstigend.

Sie stand da, die kleinen Hände an den Seiten zu Fäusten geballt, und versuchte zu entscheiden, was sie als nächstes tun sollte.

Da wäre noch Daddy.

Penny wollte ihren Vater erst aufwecken, wenn sie absolut und hundertprozentig sicher war, daß da tatsächlich eine Maus war. Wenn Daddy kam, um nach einer Maus zu suchen, das Zimmer auf den Kopf stellte und dann keine fand, würde er sie behandeln, als wäre sie ein *Kind*, du meine Güte. Bis zu ihrem zwölften Geburtstag waren es nur noch zwei Monate, und sie haßte nichts mehr, als wie ein Kind behandelt zu werden.

Sie konnte nicht unter das Bett sehen, weil es darunter sehr dunkel war und die Decken seitlich heruntergerutscht waren; sie hingen fast bis auf den Boden und versperrten die Sicht.

Das Ding unter dem Bett – die *Maus* unter dem Bett! zischte und machte ein gurgelnd-kratzendes Geräusch. Es klang fast wie eine Stimme. Eine kratzige, kalte, böse kleine Stimme, die in einer fremden Sprache etwas zu ihr sagte.

Konnte eine Maus so ein Geräusch machen?

Sie warf einen Blick auf Davey. Er schlief immer noch.

An der Wand, neben dem Bett ihres Bruders, lehnte ein Baseballschläger aus Plastik. Sie packte ihn am Griff.

Sie machte ein paar Schritte auf ihr Bett zu und ließ sich auf Händen und Knien auf den Fußboden nieder. Sie nahm den Plastikschläger in die rechte Hand, streckte sie aus, schob das andere Ende unter die herabhängenden Decken, hob sie hoch und stieß sie auf das Bett zurück, wo sie hingehörten.

Sie konnte da unten immer noch nichts sehen. Der niedrige Raum war schwarz wie eine Höhle.

Die Geräusche hatten aufgehört.

Penny hatte das unheimliche Gefühl, daß aus diesen ölig-schwarzen Schatten etwas zu ihr herausspähte ... etwas, das mehr war als nur eine Maus ... schlimmer als nur eine Maus... etwas, das wußte, daß sie nur ein schwaches, kleines Mädchen war... etwas mit Köpfchen, nicht nur ein dummes Tier, etwas, das mindestens so schlau war wie sie, etwas, das wußte, daß es herausstürmen und sie bei lebendigem Leibe verschlingen konnte, wenn es das wirklich wollte.

Himmel. Nein. Kinderkram. Blödsinn.

Sie biß sich auf die Unterlippe, nahm sich vor, sich nicht wie ein hilfloses Kind zu benehmen, und stieß mit dem dicken Ende des Baseballschlägers unter das Bett. Sie fuhr damit hin und her, um die Maus entweder zum Quieken zu bringen oder herauszutreiben.

Plötzlich wurde das andere Ende des Plastikschlägers gepackt und festgehalten. Penny wollte ihn wegziehen. Es ging nicht. Sie ruckte und drehte daran – vergeblich.

Dann wurde er ihr aus der Hand gerissen. Er verschwand mit einem dumpfen Rasseln unter dem Bett.

Penny fuhr wie der Blitz zurück und rutschte über den Fußboden – bis sie gegen Daveys Bett prallte. Sie wußte nicht einmal mehr, daß sie sich bewegt hatte. Vor einer Sekunde hatte sie noch auf Händen und Knien neben ihrem eigenen Bett gelegen; in der nächsten stieß sie mit dem Kopf gegen Daveys Matratze.

Ihr kleiner Bruder ächzte, schnaubte, prustete und schlief dann einfach weiter.

Unter Pennys Bett bewegte sich nichts.

Jetzt hätte sie gerne nach ihrem Vater geschrien, wäre mit Freuden das Risiko eingegangen, für ein Kind gehalten zu werden, wirklich mit Freuden, und sie schrie tatsächlich, aber die Worte hallten nur in ihrem Kopf: ›Daddy, Daddy, Daddy!‹ Von ihren Lippen kam kein Laut. Sie hatte plötzlich die Sprache verloren.

Das Licht flackerte. Das Kabel führte nach unten zu einer Steckdose in der Wand hinter dem Bett. Das Ding unter dem Bett versuchte, den Stecker herauszuziehen.

»Daddy!«

Diesmal brachte sie zwar einen Laut zustande, aber viel war nicht zu hören; die Worte kamen nur als heiseres Flüstern heraus.

Und die Lampe erlosch.

Sie hörte eine Bewegung in dem lichtlosen Raum. Etwas kam unter dem Bett hervor und wollte über den Fußboden.

»Daddy!«

Es war immer noch nicht mehr als ein Flüstern. Sie schluckte, merkte, daß es ihr schwerfiel, schluckte noch einmal und versuchte, ihre halb gelähmte Kehle wieder unter Kontrolle zu bringen.

Etwas knarrte.

Penny spähte schaudernd ins Dunkel.

Dann merkte sie, daß das Knarren ihr vertraut war. Die Tür zum Schlafzimmer. Sie mußte unbedingt mal geölt werden.

In der Dunkelheit bemerkte sie, daß die Tür aufschwang; sie spürte es mehr, als daß sie es sah. Die Angeln hörten auf zu quietschen.

Das unheimliche Kratzen und Zischen entfernte sich immer weiter. Das Ding wollte sie doch nicht angreifen. Es ging fort.

Jetzt war es in der Türöffnung, an der Schwelle.

Jetzt war es im Korridor.

Jetzt mindestens zehn Fuß von der Tür weg.

Und jetzt... fort.

Was war das gewesen?

Keine Maus. Kein Traum.

Was dann?

Irgendwann stand Penny auf. Ihre Beine waren wie aus Gummi.

Sie tastete um sich und fand die Lampe an Daveys Kopfende. Der Schalter klickte, Licht ergoß sich über den schlafenden Jungen. Schnell drehte sie den kegelförmigen Schirm von ihm weg.

Sie ging zur Tür, blieb auf der Schwelle stehen und horchte in die Wohnung hinein. Stille. Immer noch zitternd schloß sie die Tür. Das Schloß schnappte leise ein.

Ihre Hände waren feucht. Sie wischte sie am Schlafanzug ab.

Nun fiel genügend Licht auf ihr Bett, und sie ging zurück und schaute darunter. Da unten hockte nichts Bedrohliches.

Sie holte den Baseballschläger hervor, der hohl und sehr leicht war. Das dicke Ende, das sie unter das Bett geschoben hatte, war an drei Stellen eingedellt. In zwei der Dellen waren kleine Löcher. Das Plastik war durchbohrt worden. Aber... wovon? Von Klauen?

Was war das gewesen?

Je länger sie darüber nachdachte, desto unwirklicher kam ihr das Ganze vor. Vielleicht hatte sich der Baseballschläger nur irgendwie im Bettrahmen verfangen; vielleicht waren die Löcher durch Schrauben oder Nägel entstanden, die aus dem Rahmen hervorragten. Vielleicht war die Tür zum Korridor von nichts Unheimlicherem als einem Luftzug geöffnet worden.

Vielleicht...

Endlich stand sie, ganz kribbelig vor Neugier, auf, ging in die Diele, knipste das Licht an, sah, daß sie alleine war, und schloß sorgfältig die Schlafzimmertür hinter sich.

Stille.

Die Tür zum Zimmer ihres Vaters war wie üblich angelehnt. Sie stellte sich daneben, legte das Ohr an den Spalt und lauschte. Er schnarchte. Davon abgesehen konnte sie nichts, keine fremden, raschelnden Geräusche hören.

Wieder überlegte sie, ob sie Daddy wecken sollte. Er war Kriminalbeamter, Lieutenant Jack Dawson. Er hatte eine Pistole. Wenn wirklich etwas in der Wohnung war, konnte er es in tausend Stücke schießen. Andererseits, wenn sie ihn aufweckte und sie fanden nichts, würde er sie necken und mit ihr sprechen wie mit einem Kind, Gott, noch schlimmer, wie mit einem *Säugling*. Sie zögerte, dann seufzte sie. Nein. Es lohnte sich einfach nicht, eine solche Demütigung zu riskieren.

Mit pochendem Herzen schlich sie durch die Diele zur Eingangstür und probierte sie. Sie war immer noch fest verschlossen.

An der Wand neben der Tür war ein Garderobenständer befestigt. Sie nahm einen zusammengerollten Schirm von einem der Haken. Die Metallzwinge war spitz genug, um als einigermaßen gute Waffe zu dienen.

Sie hielt den Schirm vor sich und schlich ins Wohnzimmer, schaltete alle Lichter an und sah überall nach. Sie durchsuchte die Eßnische und auch die kleine, L-förmige Küche.

Nichts.

Bis auf das Fenster.

Das Küchenfenster über der Spüle war offen. Kalte Dezemberluft strömte durch den zehn Zoll breiten Spalt.

Penny war sicher, daß es noch nicht offen gewesen war, als sie zu Bett ging. Und wenn Daddy es aufgemacht hatte, um frische Luft hereinzulassen, hätte er es später wieder geschlossen; er war in solchen Dingen sehr gewissenhaft.

Sie trug den Küchenhocker zur Spüle, stieg hinauf und schob das Fenster weiter hoch, so weit, daß sie sich hinausbeugen und einen Blick nach unten werfen konnte. Vier Stockwerke tiefer war der Durchgang an den dunkelsten Stellen schwärzer als schwarz, an den hellsten aschgrau. Nur das Rauschen des Windes in der Betonschlucht war zu hören. Sonst regte sich nichts.

Ein Stück weiter, in der Nähe des Schlafzimmerfensters, führte eine Feuertreppe zum Durchgang hinunter. Aber hier, am Küchenfenster, gab es keine Feuertreppe, kein Sims, keine Möglichkeit für jemanden, der einbrechen wollte, das Fenster zu erreichen, keine Stelle, wo

er stehen oder sich hätte festhalten können, um sich Zu
gang zu verschaffen.

Ein Einbrecher war es jedenfalls nicht gewesen. Einbre
cher waren nicht klein genug, um sich unter dem Bett ei
ner jungen Dame zu verstecken.

Sie schloß das Fenster und stellte den Hocker an seinen
Platz zurück. Den Schirm hängte sie wieder an den Garde
robenständer im Gang, obwohl es ihr ein wenig wider
strebte, sich von der Waffe zu trennen. Unterwegs schal
tete sie die Lichter aus, schaute aber nicht zurück in die
Dunkelheit und kehrte in ihr Zimmer zurück, ging wieder
ins Bett und zog sich die Decke bis zum Kinn.

Davey schlief immer noch fest.

Der Nachtwind drückte gegen das Fenster.

Weit weg, auf der anderen Seite der Stadt, sang eine Sa
nitäts- oder Polizeisirene ihr trauriges Lied.

Penny blieb eine Weile im Bett sitzen, gegen die Kissen
gelehnt; die Leselampe warf einen schützenden Lichtkreis
um sie. Sie war müde und wollte schlafen, aber sie fürch
tete sich davor, das Licht auszuschalten. Sie ärgerte sich
über ihre Angst. War sie nicht fast zwölf Jahre alt? Und
war sie mit zwölf nicht zu groß, um sich vor der Dunkel
heit zu fürchten? War sie jetzt nicht die Hausherrin, war
sie nicht schon seit mehr als anderthalb Jahren die Haus
herrin, seit ihre Mutter gestorben war? Nach etwa zehn
Minuten hatte sie sich wieder soweit unter Kontrolle, daß
sie die Lampe ausschaltete und sich hinlegte.

Ihre Gedanken konnte sie nicht so einfach ausschalten.

Was war es gewesen?

Nichts. Ein Überbleibsel aus einem Traum. Oder ein
Luftzug. Nur das, weiter nichts.

Dunkelheit.

Sie horchte.

Nichts.

Sie schlief ein.

2

Vince Vastagliano war auf halbem Wege die Treppe hinunter, als er erst einen Schrei und dann ein heiseres Kreischen hörte. Es war nicht schrill. Es war nicht durchdringend. Es war ein erschrockener, gutturaler Schrei, den er
vielleicht gar nicht gehört hätte, wenn er oben gewesen
wäre; trotzdem drückte er nacktes Entsetzen aus. Vince
blieb stehen, eine Hand am Treppengeländer, ganz still,
den Kopf zur Seite geneigt, und horchte angespannt; sein
Herz hämmerte plötzlich, und er war vorübergehend in
Unschlüssigkeit erstarrt.

Noch ein Schrei.

Ross Morrant, Vinces Leibwächter, war in der Küche
und richtete für sie beide einen späten Imbiß her, und es
war Morrant, der geschrien hatte. Die Stimme war unverkennbar.

Vince hörte auch Geräusche eines Kampfes. Ein Krachen und Klirren, als etwas umgeworfen wurde. Einen
harten Schlag. Das scharfe, dissonante Klirren zerbre-
chenden Glases.

Ross Morrants verzweifelte, von Angst verzerrte
Stimme hallte im unteren Korridor von der Küche her wider, zwischen Stöhnen, Keuchen und entnervenden
Schmerzenslauten waren Worte zu hören: »Nein...
nein... bitte... Jesus, nein... Hilfe.... zu Hilfe... O
mein Gott, mein Gott, bitte... nein!«

Vince trat der Schweiß auf die Stirn.

Morrant war ein großer, starker, gemeiner Scheißkerl.
Seit vierzehn Monaten arbeitete er für Vince als Einpeit-
scher, Geldeintreiber und Leibwächter; in dieser Zeit
hatte Vince nie erlebt, daß er Angst hatte. Er konnte sich
nicht vorstellen, daß Morrant sich vor irgend jemand oder
irgend etwas fürchtete. Und daß Morrant um Gnade bet-

telte… nein, das war einfach undenkbar; selbst jetzt, als Vince den Leibwächter wimmern und flehen hörte, konnte er es nicht fassen; es schien einfach nicht wirklich zu sein.

Etwas kreischte schrill. Das war nicht Morrant. Es war ein gräßlicher, unmenschlicher Laut. Ein schneidender, durchdringender Ausbruch von Wut, Haß und einem fremden Wollen, der in einen Science-fiction-Film gehörte, der entsetzliche Schrei eines Wesens aus einer anderen Welt.

Vince stieg schnell zwei weitere Stufen hinunter und schaute den Korridor entlang zur Eingangstür. Der Weg war frei. Er konnte wahrscheinlich die letzten Stufen hinunterspringen, durch den Gang rennen, die Eingangstür aufschließen und das Haus verlassen, ehe die Eindringlinge aus der Küche kamen und ihn sahen. Aber ein kleiner Rest von Zweifel blieb, und wegen dieser Unschlüssigkeit zögerte er ein paar Sekunden zu lange.

In der Küche kreischte Morrant noch entsetzlicher, ein letzter Aufschrei trostloser Verzweiflung und Todesqual, der abrupt abriß.

Vince wußte, was Morrants plötzliches Schweigen zu bedeuten hatte. Der Leibwächter war tot.

Dann gingen überall im Haus die Lichter aus. Offenbar hatte jemand im Sicherungskasten unten im Keller die Hauptsicherung ausgeschaltet.

Vince wagte nicht, noch länger zu zögern, und wollte im Dunkeln die Treppe hinunter, aber er hörte, wie sich im unbeleuchteten Korridor hinten bei der Küche etwas bewegte und in seine Richtung kam, und blieb wieder stehen. Es war nichts so Normales wie sich nähernde Schritte, was er da hörte, es war vielmehr ein fremdartiges, unheimliches Zischen-Rascheln-Klirren-Brummen, das ihn frösteln ließ und ihm eine Gänsehaut über den Rücken jagte. Er spürte, daß etwas Gräßliches, etwas mit bleichen, toten Augen und kalten, klammen Händen auf ihn zukam. Eine solch phantastische Vorstellung war für Vince Vastagliano, der die Phantasie eines Baumstumpfs hatte, völlig untypisch, aber er konnte die abergläubische Furcht, die ihn überfallen hatte, nicht abschütteln.

Er drehte sich um und kletterte die Treppe hinauf. Einmal stolperte er im Dunkeln, wäre fast gestürzt, fand aber das Gleichgewicht wieder. Als er das große Schlafzimmer erreichte, klangen die Geräusche hinter ihm wilder, näher, lauter – und hungriger.

Zerfließende schwache Lichtfinger krochen durch die Schlafzimmerfenster, verirrte Strahlen von den Straßenlaternen draußen, die einen leichten Schimmer auf das italienische Baldachinbett aus dem achtzehnten Jahrhundert und die anderen Antiquitäten warfen und auf den schräggeschliffenen Kanten der Kristallbriefbeschwerer glitzerten, die auf dem Schreibtisch zwischen den beiden Fenstern aufgereiht waren. Wenn Vince sich umgedreht und nach hinten geschaut hätte, hätte er wenigstens einen Umriß seines Verfolgers erkennen können. Aber er sah nicht hin. Er hatte Angst davor.

Ein übler Geruch stieg ihm in die Nase. Schwefel? Nicht ganz. Aber etwas Ähnliches.

Er eilte durch die Schatten in das große Bad, das sich an das Schlafzimmer anschloß. In der klebrigen Dunkelheit prallte er unsanft gegen die halbgeschlossene Badezimmertür. Mit einem Krachen flog sie ganz auf. Etwas betäubt von dem Stoß taumelte er in den großen Raum, tastete nach der Tür, warf sie zu und verschloß sie hinter sich.

In jenem letzten, ungeschützten Augenblick, als die Tür zuschwang, hatte er alptraumhafte, silbrige Augen in der Dunkelheit glühen sehen. Nicht nur zwei Augen. Ein ganzes Dutzend. Vielleicht auch mehr.

Jetzt schlug etwas gegen die andere Seite der Tür. Wieder und wieder. Das waren mehrere da draußen, nicht nur einer. Die Tür bebte, und das Schloß klirrte, aber es hielt.

Die Wesen im Schlafzimmer kreischten und zischten jetzt beträchtlich lauter. Obwohl ihre eisigen Schreie völlig fremdartig klangen, anders als alles, was Vince je gehört hatte, war klar, was sie bedeuteten; es war offensichtlich ein Jaulen des Zorns und der Enttäuschung. Die Wesen, die ihn verfolgten, waren sicher gewesen, ihn in der Falle zu haben, und sie waren nicht bereit, es wie sportliche Verlierer hinzunehmen, daß er ihnen entkommen war.

Die Geschöpfe scharrten an der anderen Seite der Tür, bohrten und kratzten am Holz und rissen Splitter heraus. Dem Geräusch nach zu urteilen hatten sie scharfe Klauen. Verdammt scharf.

Was zum Teufel waren das für Wesen?

Vince war immer auf Gewalttätigkeit gefaßt, denn Gewalttätigkeit war ein wesentlicher Bestandteil der Welt, in der er sich bewegte. Man konnte nicht erwarten, als Drogenhändler das beschauliche Leben eines Oberschullehrers zu führen. Aber mit einem solchen Angriff hatte er nie gerechnet. Ein Mann mit einer Pistole – das ja. Ein Mann mit einem Messer – auch damit konnte er fertig werden. Eine an die Zündung seines Wagens angeschlossene Bombe – das lag sicherlich im Bereich des Möglichen. Aber das hier war schierer Wahnsinn.

Während die Wesen draußen versuchten, sich mit Zähnen, Klauen und Schlägen durch die Tür zu arbeiten, suchte Vince in der Dunkelheit herum, bis er die Toilette fand. Er klappte den Deckel herunter, setzte sich und griff nach dem Telefon.

Als er zwölf Jahre alt gewesen war, hatte er zum erstenmal das Telefon im Bad seines Onkels Gennaro Carramazza gesehen, und von diesem Augenblick an war ein Telefon auf dem Klo für ihn *das* Symbol für die Bedeutung eines Menschen, der Beweis, daß er unentbehrlich und reich war. Sobald Vince alt genug gewesen war, um sich eine eigene Wohnung zuzulegen, hatte er in jedem Raum einschließlich des Lokus ein Telefon anschließen lassen. Jetzt war er froh, daß er den Apparat griffbereit hatte, um Hilfe herbeizurufen.

Aber es kam kein Freizeichen.

Er rüttelte im Dunkeln an der Gabel, wollte dem Apparat befehlen zu funktionieren.

Die Leitung war tot.

Die unbekannten Wesen im Schlafzimmer kratzten, drückten und hämmerten weiter gegen die Tür.

Vince sah zu dem einzigen Fenster hinauf. Es war viel zu klein, um als Fluchtweg zu dienen. Das Glas war undurchsichtig und ließ fast kein Licht ein.

Sie werden nicht durch die Tür kommen, redete er sich verzweifelt ein. Irgendwann werden sie es satt haben, sie werden aufgeben, und dann werden sie weggehen. Bestimmt werden sie das. Natürlich.

Ein metallisches Quietschen und Klirren ließ ihn aufschrecken. Das kam von innerhalb des Badezimmers. Von diesseits der Tür.

Er stand auf, die Hände zu Fäusten geballt, verkrampft, und spähte nach rechts und nach links in die Dunkelheit.

Irgendein Metallgegenstand krachte auf den Fliesenboden, und Vince fuhr zusammen und schrie überrascht auf.

Der Türknopf. O Gott. Irgendwie hatten sie den Knauf und das Schloß abmontiert!

Er warf sich gegen die Tür, fest entschlossen, sie zuzuhalten, stellte aber fest, daß sie immer noch standhielt; der Knopf war noch dran; das Schloß war eingerastet. Mit zitternden Händen tastete er hektisch im Dunkeln umher und suchte nach den Türangeln; auch sie waren noch da und unbeschädigt.

Aber was war dann auf den Boden geklirrt?

Keuchend drehte er sich um, stemmte sich mit dem

Rücken gegen die Tür, blinzelte in den pechschwarzen Raum und versuchte, das, was er gehört hatte, zu deuten.

Er spürte, daß er im Bad nicht länger alleine und in Sicherheit war. Angst kroch ihm wie ein Tausendfüßler den Rücken hinauf.

Das Gitter vor dem Auslaß des Heizungsrohrs – *das* war es, was heruntergefallen war.

Er drehte sich um und schaute hinauf zu der Wand oberhalb der Tür. Zwei strahlende Silberaugen funkelten ihn aus der Schachtöffnung an. Mehr konnte er von dem Geschöpf nicht sehen. Augen ohne Unterscheidung zwischen Weiß, Iris und Pupille. Augen, die schimmerten und flackerten, als bestünden sie aus Feuer. Augen ohne eine Spur von Erbarmen.

Eine Ratte?

Nein. Eine Ratte hätte das Gitter nicht entfernen können. Außerdem hatten Ratten doch rote Augen – oder nicht?

Es zischte ihn an.

»Nein«, sagte Vince leise.

Er konnte nirgendwohin.

Das Ding stieß sich von der Wand ab und segelte auf ihn herunter. Es traf sein Gesicht. Klauen durchbohrten seine Backen, drangen in seinen Mund, kratzten an seinen Zähnen und gruben sich in seinen Gaumen. Der Schmerz überfiel ihn plötzlich und heftig.

Zähne rissen an seiner Kopfhaut.

Sein Schrei wurde von dem namenlosen Wesen erstickt, das sich an seinen Kopf krallte, und er bekam keine Luft mehr. Er griff nach der Bestie. Sie war kalt und schmierig wie ein Meerestier, das aus den Tiefen des Wassers emporgestiegen war. Er riß es sich vom Gesicht und hielt sie auf Armeslänge von sich weg. Das Ding kreischte, zischte und schnatterte unartikuliert, es wand und drehte sich, zappelte und zuckte und biß ihn in die Hand, aber er ließ nicht los, weil er fürchtete, es würde ihn sofort wieder anspringen und diesmal auf seine Kehle oder auf seine Augen losgehen.

Was *war* das? Wo kam es her?

Etwas biß ihn in den linken Knöchel.

Etwas anderes begann an seinem rechten Bein hinaufzuklettern und riß ihm dabei die Hose auf.

Noch mehr solche Kreaturen waren aus dem Rohr in der Wand gekommen. Als ihm das Blut aus den Schädelwunden die Stirn herunterlief und ihm den Blick trübte, begriff er, daß viele Silberaugen im Raum waren. Dutzende.

Die Eindringlinge krochen voller Gier seine Brust, seinen Rücken hinauf auf seine Schultern, alle waren so groß wie Ratten, aber es waren keine Ratten, und alle kratzten und bissen. Sie waren überall, zogen ihn zu Boden. Er fiel auf die Knie. Er ließ die Bestie los, die er in den Händen hielt, und schlug mit den Fäusten auf die anderen ein.

Er hörte sich selbst genauso erbärmlich flehen wie vorher Ross Morrant, dann wurde die Dunkelheit noch dichter, und ewiges Schweigen senkte sich über ihn.

TEIL EINS

Mittwoch,
7.35 Uhr bis 15.30 Uhr

Heilige Männer sagen, ein Geheimnis sei das Leben.
Und sie wollen sich diesem Gedanken gerne ergeben.
Doch manches Geheimnis bellt und beißt,
Es kommt aus dem Dunkel und fasset dich dreist.

THE BOOK OF COUNTED SORROWS

Ein Regen von Schatten, ein Sturm, ein Orkan!
Des Tages Licht weicht; die Nacht jagt heran.
Strahlt hell alles Gute, scheut das Böse das Licht,
Nehmen Mauern des Bösen der Welt alle Sicht.
Nun nahet das Ende, die Öde, Finsternis.

THE BOOK OF COUNTED SORROWS

Kapitel eins

1

Als erstes sagte Rebecca am nächsten Morgen zu Jack Dawson: »Zwei Leichen.«

»Hm?«

»Der Anruf kam grade rein.«

»Hast du zwei Leichen bestellt?«

»Sei doch mal ernst.«

»*Ich* habe keine zwei Leichen bestellt.«

»Die Uniformierten sind schon am Tatort«, sagte sie.

»Unsere Schicht fängt erst in sieben Minuten an.«

»Soll ich wirklich sagen, wir fahren nicht raus, weil die zwei so rücksichtslos waren, so früh am Morgen zu sterben?«

»Haben wir denn nicht mal mehr Zeit für den Austausch von Höflichkeiten?« fragte er zurück.

»Nein.«

»Paß auf, es sollte eigentlich so sein... du müßtest sagen: ›Guten Morgen, Lieutenant Dawson.‹ Und dann sage ich: ›Guten Morgen, Lieutenant Chandler.‹ Dann sagst du: ›Wie geht es Ihnen heute morgen?‹ Und ich zwinkere und sage...«

Sie runzelte die Stirn. »Es ist genauso wie bei den beiden anderen, Jack. Blutig und – sonderbar. Genau wie der Fall am Sonntag und der gestern. Aber diesmal sind es *zwei* Männer. Beide mit Beziehungen zu kriminellen Familienclans, wie es scheint.«

Jack Dawson stand in dem schmuddeligen Bereitschaftsraum des Polizeidezernats; er hatte seinen schweren grauen Mantel halb ausgezogen und ein schiefes Lächeln aufgesetzt und starrte sie nun ungläubig an. Es überraschte ihn nicht, daß es wieder ein oder zwei Morde gegeben hatte. Er war Beamter beim Morddezernat; es gab *immer* noch einen Mord. Oder zwei. Es überraschte ihn nicht einmal, daß es sich wieder um einen *sonderbaren* Mord handelte; schließlich waren sie in New York City. Was er nicht glauben konnte, war ihre Haltung, die Art, wie sie ihn behandelte – ausgerechnet an diesem Morgen.

»Zieh deinen Mantel lieber wieder an«, sagte sie.

»Rebecca...«

»Sie erwarten uns.«

»Rebecca, gestern nacht...«

»Noch so ein Verrückter«, sagte sie und schnappte sich ihre Handtasche von einem etwas ramponierten Schreibtisch.

»Haben wir nicht...«

»Diesmal haben wir es wirklich mit einem Kranken zu tun«, sagte sie und ging zur Tür. »Wirklich krank.«

»Rebecca...«

Sie blieb in der Tür stehen und schüttelte den Kopf. »Weißt du, was ich mir manchmal wünsche?«

Er starrte sie an.

Sie sagte: »Manchmal wünsche ich mir, ich hätte Tiny Taylor geheiratet. Dann säße ich jetzt da oben in Connecticut gemütlich in meiner voll automatisierten Küche, hätte Kaffee und Hörnchen zum Frühstück, die Kinder wären in der Schule, die Zugehfrau würde sich um den Haushalt kümmern, und ich könnte mich auf das Mittagessen im Country Club mit den anderen Mädels freuen...«

Warum tut sie mir das an? fragte er sich.

Sie bemerkte, daß er seinen Mantel immer noch halb ausgezogen hatte und sagte: »Hast du nicht gehört, Jack? Wir haben einen Anruf bekommen.«

»Ja. Ich...«

»Wieder zwei Leichen.«

Sie verließ den Bereitschaftsraum, der danach noch kälter und schäbiger wirkte.

Er seufzte.

Er schlüpfte wieder in seinen Mantel.

Er folgte ihr.

2

Jack fühlte sich grau und ausgelaugt, teilweise, weil Rebecca sich so seltsam benahm, aber auch, weil der Tag selbst grau war und er immer sehr empfindlich auf das Wetter reagierte.

Er stieg einen halben Block vor der Park Avenue aus dem Zivilwagen, und ein kalter Windstoß fuhr ihm ins Gesicht. Die Dezemberluft roch schwach nach Friedhof. Er steckte die Hände in die tiefen Taschen seines Mantels.

Rebecca Chandler stieg auf der Fahrerseite aus und schlug die Tür zu. Ihr langes blondes Haar flatterte im Wind. Sie hatte ihren Mantel nicht zugeknöpft; er schlug ihr um die Beine. Die Kälte und das allgegenwärtige Grau, das sich wie Asche über die ganze Stadt gesenkt hatte, schienen sie nicht zu stören.

Eine Wikingerfrau, dachte Jack. Stoisch. Resolut. Man sehe sich nur dieses Profil an!

Widerwillig wandte er den Blick von Rebecca und schaute zu den drei Streifenwagen hinüber, die schräg am Randstein parkten. Auf einem blinkten die roten Warnlichter, der einzige Farbfleck an diesem öden Tag.

Harry Ulbeck, ein Polizist in Uniform, den Jack kannte, stand auf der Treppe vor dem hübschen Ziegelhaus im georgianischen Stil, in dem die Morde passiert waren. Er trug einen dunkelblauen Dienstmantel, einen Wollschal und Handschuhe, aber trotzdem zitterte er.

Dem Ausdruck auf seinem Gesicht konnte Jack entnehmen, daß das nicht von der Kälte kam. Harry Ulbeck fröstelte wegen der Dinge, die er im Haus gesehen hatte.

»Schlimm?« fragte Rebecca.

Harry nickte. »Ganz schlimm, Lieutenant.«

Er war erst dreiundzwanzig oder vierundzwanzig, aber im Augenblick schien er Jahre älter; sein Gesicht wirkte abgespannt und verfroren.

»Wer sind die Verstorbenen?« fragte Jack.

»Ein Kerl namens Vincent Vastagliano und sein Leibwächter Ross Morrant.«

Jack zog die Schultern hoch und neigte den Kopf nach vorne, als ein heftiger Windstoß durch die Straßen fegte. »Wohlhabende Gegend«, meinte er.

»Warten Sie mal ab, bis Sie es von innen sehen«, sagte Harry. »Da drin sieht es aus wie in einem Antiquitätenladen an der Fifth Avenue.«

»Wer hat die Leichen gefunden?« erkundigte sich Rebecca.

»Eine Frau namens Shelly Parker. Sieht klasse aus. Vastaglianos Freundin, glaube ich.«

»Ist sie jetzt hier?«

»Drin. Aber ich bezweifle, daß sie Ihnen eine große Hilfe sein wird. Wahrscheinlich kriegen Sie aus Nevetski und Blaine mehr raus.«

Rebecca stand mit immer noch offenem Mantel in dem ständig umspringenden Wind und fragte: »Nevetski und Blaine? Wer ist das?«

»Drogendezernat«, erklärte Harry. »Sie haben diesen Vastagliano überwacht.«

»Und dann wurde er vor ihrer Nase umgebracht?« fragte Rebecca.

»Das sollten Sie lieber nicht so ausdrücken, wenn Sie mit ihnen reden«, warnte Harry. »Da sind sie furchtbar empfindlich. Ich meine, sie waren nicht nur zu zweit. Sie leiteten ein Sechs-Mann-Team, das alle Eingänge des Hauses beobachtete. Hatten alles abgeriegelt. Aber jemand ist trotzdem irgendwie reingekommen, hat Vastagliano *und* seinen Leibwächter getötet und ist wieder rausgekommen, ohne gesehen zu werden. Nevetski und Blaine, die Ärmsten, stehen jetzt da, als hätten sie geschlafen.«

Jack taten sie leid.

Rebecca nicht. Sie sagte: »Tja, von mir haben sie, verdammt noch mal, kein Mitgefühl zu erwarten. Hört sich so an, als hätten sie tatsächlich gepennt.«

»Glaub' ich nicht«, sagte Harry Ulbeck. »Sie waren wirklich schockiert. Sie schwören, daß sie das Haus nicht aus den Augen gelassen haben.«

»Was sollten sie denn sonst sagen?« fragte Rebecca mürrisch.

»Man sollte im Zweifelsfall immer zu einem Kollegen halten«, mahnte Jack.

»Ach ja?« gab sie zurück. »Den Teufel werd' ich tun. Ich halte nichts von blinder Loyalität. Ich erwarte sie nicht, und ich gebe sie nicht. Ich habe gute Polizisten kennengelernt, und wenn ich *weiß*, daß sie gut sind, dann tue ich alles, um ihnen zu helfen. Aber ich habe auch ein paar richtige Blödmänner erlebt, bei denen man sich nicht mal drauf verlassen konnte, daß sie ihre Hosen richtig rum anziehen.«

Jack seufzte.

Harry starrte Rebecca entgeistert an.

Ein dunkler Zivilkombi fuhr am Randstein vor. Drei Männer stiegen aus, einer trug eine Kameratasche, die beiden anderen kleine Koffer.

»Die Laborleute sind da«, sagte Harry.

Jack Dawson schauderte.

Der Wind pfiff wieder durch den Tag. Am Straßenrand schlugen die nackten Äste der entlaubten Bäume gegeneinander. Bei dem Geräusch kam einem ein gespenstisches Bild lebender Skelette in den Sinn, die einen Totentanz aufführen.

3

Der Leichenbeschauer und zwei weitere Männer aus der Pathologie waren in der Küche, wo Ross Morrant, der Leibwächter, in einem Durcheinander aus Blut, Mayonnaise, Senf und Salami lag. Er hatte offensichtlich gerade einen Mitternachtsimbiß hergerichtet, als man ihn angegriffen und getötet hatte.

Im zweiten Stock, im großen Badezimmer, war auch noch der letzte Winkel mit Blut verziert: Spritzer, Flecken und Tropfen; blutige Handabdrücke an den Wänden und auf dem Rand der Wanne.

Jack und Rebecca standen in der Tür und spähten hinein, ohne etwas anzufassen. Nichts durfte verändert werden, bis die Spurensicherung fertig war.

Vincent Vastagliano lag, vollständig bekleidet, zwischen Badewanne und Waschbecken eingeklemmt, sein Kopf lehnte am Fuß der Toilette. Er war groß und etwas aufgedunsen gewesen, mit dunklem Haar und buschigen Augenbrauen. Seine Hosen und sein Hemd waren blutdurchtränkt. Ein Auge war aus der Höhle gerissen. Das andere war weit geöffnet und starrte blicklos ins Leere. Eine Hand war geballt. Die andere war offen und entspannt. Gesicht, Hals und Hände waren von Dutzenden von kleinen Wunden übersät. Seine Kleider waren an mindestens fünfzig oder sechzig Stellen zerrissen, und durch die schmalen Schlitze im Gewebe konnte man weitere dunkle, blutige Verletzungen erkennen.

»Schlimmer als die drei anderen«, sagte Rebecca.

»Viel schlimmer.«

Das war die vierte, gräßlich zerfleischte Leiche, die sie in den vergangenen vier Tagen gesehen hatte. Rebecca hatte wahrscheinlich recht: Da wütete ein Psychopath.

Aber hier war nicht bloß ein wahnsinniger Killer am Werk, der in einem Tobsuchtsanfall oder in geistiger Umnachtung Menschen abschlachtete. Dieser Irre war noch schrecklicher, er schien nämlich ein Psychopath zu sein, der ein Ziel hatte, vielleicht sogar einen heiligen Kreuzzug führte: Alle vier Opfer hatten auf die eine oder andere Weise mit illegalem Rauschgifthandel zu tun gehabt.

Es gingen Gerüchte um, daß sich ein Bandenkrieg anbahnte, ein Streit um Einflußbereiche, aber Jack hielt nicht viel von dieser Erklärung. Zum einen waren die Gerüchte... sonderbar. Außerdem sahen diese Fälle nicht wie Bandenmorde aus. Das Werk eines professionellen Killers waren sie sicher nicht; nichts an ihnen war sauber, effizient oder professionell. Es war ein wüstes Abschlachten, das Produkt einer bösen, abgründigen, verkorksten Persönlichkeit.

»Die Anzahl der Wunden paßt in das Schema«, stellte Jack fest.

»Aber es sind nicht die gleichen Verletzungen, wie wir sie vorher gesehen haben. Damals waren es Stichwunden. Das hier sind eindeutig keine Stichverletzungen. Dafür sind die Wundränder zu zerfetzt. Vielleicht ist der Mord doch nicht von derselben Hand ausgeführt worden.«

»Doch«, sagte er.

»Das kann man noch nicht sagen.«

»Es ist derselbe Fall«, beharrte er.

»Das klingt so sicher.«

»Ich *spüre* es.«

»Komm mir nicht mit der mystischen Tour, so wie gestern.«

»Gestern haben wir brauchbare Anhaltspunkte verfolgt.«

»In einem Voodoo-Laden, in dem man Ziegenblut und magische Amulette kaufen kann.«

»Na und? Trotzdem war es ein brauchbarer Anhaltspunkt«, sagte er.

Sie musterten schweigend die Leiche.

Dann meinte Rebecca: »Sieht fast so aus, als hätte ihn irgend etwas an die hundertmal gebissen. Er sieht so … *zer-fressen* aus.«

»Ja. Etwas Kleines«, stimmte er zu.

»Ratten?«

»Das hier ist wirklich eine gute Gegend.«

»Ja, sicher, aber sie gehört auch zu der einen, großen, glücklichen Stadt, Jack. Die guten und die schlechten Gegenden teilen sich die gleichen Straßen, die gleichen Abwasserkanäle und die gleichen Ratten. Das ist praktizierte Demokratie.«

»Wenn das Rattenbisse sind, dann sind die verdammten Biester dahergekommen und haben ihn angeknabbert, nachdem er schon tot war; der Blutgeruch muß sie angelockt haben. Ratten sind im Grunde Aasfresser. Sie sind alles andere als mutig. Sie sind nicht aggressiv. Die Leute werden nicht im eigenen Heim von Rattenhorden angefallen. Hast du so was schon mal gehört?«

»Nein«, gab sie zu. »Die Ratten kamen also, nachdem er schon tot war, und sie haben ihn angenagt. Aber es waren nur Ratten. Versuch nicht, etwas Mystisches draus zu machen.«

»Habe ich irgendwas *gesagt*?«

»Du hast mich gestern wirklich beunruhigt.«

»Wir haben doch nur brauchbare Anhaltspunkte verfolgt.«

»Und uns zu diesem Zweck mit einem Hexenmeister unterhalten«, sagte sie verächtlich.

»Der Mann war kein Hexenmeister. Er war…«

»Verrückt. Genau das war er. Verrückt. Und du bist dagestanden und hast ihm mehr als eine halbe Stunde lang zugehört.«

Jack seufzte.

»Das sind Rattenbisse«, sagte sie. »Und sie haben die eigentlichen Verletzungen kaschiert. Wir müssen die Autopsie abwarten, um die wirkliche Todesursache zu erfahren.«

»Ich bin jetzt schon sicher, daß es die gleiche sein wird wie bei den anderen. Eine Menge kleiner Stichwunden unter diesen Bissen.«

»Wahrscheinlich hast du recht«, sagte sie.

Jack verspürte eine leichte Übelkeit und wandte sich von dem Toten ab.

Rebecca sah sich weiter um.

Der Rahmen der Badezimmertür war zersplittert, und das Türschloß war aufgebrochen.

Während Jack den Schaden untersuchte, sprach er einen bulligen, rotgesichtigen Streifenbeamten an, der in der Nähe stand. »Sie haben die Tür so vorgefunden?«

»Nein, nein, Lieutenant. Sie war fest verschlossen, als wir herkamen.«

Rebecca drehte sich um und sah den Streifenbeamten an. »Verschlossen?«

Der Beamte sagte: »Sehen Sie, diese Mieze, die Parker... hm, ich meine, diese Miß Parker... sie hatte einen Schlüssel. Sie hat aufgesperrt, ist ins Haus gegangen und hat nach Vastagliano gerufen, dann dachte sie, er schläft noch und ist heraufgekommen, um ihn zu wecken. Sie fand die Badezimmertür verschlossen, bekam keine Antwort und kriegte Angst, daß er vielleicht einen Herzanfall gehabt haben könnte. Sie schaute unter der Tür durch, sah seine Hand, irgendwie ausgestreckt, und das ganze Blut. Sie hat sofort 911 angerufen und es gemeldet. Ich und Tony – mein Partner – waren als erste hier, und wir haben die Tür aufgebrochen, für den Fall, daß der Bursche noch lebte; aber wir haben auf einen Blick gesehen, daß das nicht der Fall war. Dann fanden wir den anderen in der Küche.«

»Die Badezimmertür war von innen verschlossen?« fragte Jack.

Der Streifenpolizist kratzte sich sein breites, gespaltenes Kinn. »Tja, sicher, sie war von innen verschlossen. Sonst hätten wir sie doch nicht aufzubrechen brauchen, oder? Und sehen Sie sich das mal an. Dieses Schloß *kann* gar nicht von außen zugesperrt werden.«

Rebecca blickte ihn finster an. »Der Mörder kann also unmöglich zugesperrt haben, nachdem er Vastagliano erledigt hatte?«

»Nein«, sagte Jack und untersuchte das zertrümmerte Schloß genauer. »Sieht so aus, als hätte sich das Opfer selbst eingeschlossen, um dem, der hinter ihm her war, zu entkommen.«

»Aber es hat ihn doch erwischt«, sagte Rebecca.

»Ja.«

»In einem verschlossenen Raum?«

»Ja.«

»Wo das größte Fenster nicht mehr ist als ein schmaler Schlitz.«

»Ja.«

»Zu schmal, als daß der Mörder auf diesem Weg hätte flüchten können.«

»Viel zu schmal.«

»Wie ist es dann passiert?«

»Keine verdammte Ahnung«, sagte Jack.

Sie warf ihm einen finsteren Blick zu.

»Es gibt eine Erklärung.«

»Sicher gibt es die.«

»Eine *logische* Erklärung.«

»Natürlich.«

4

Als Penny Dawson an diesem Morgen zur Schule kam, passierte etwas Schlimmes.

Die Wellton-Privatschule befand sich in einem großen dreistöckigen Sandsteingebäude an einer gepflegten, von Bäumen gesäumten Straße in einer recht achtbaren Gegend. Das Erdgeschoß war zu einem Musiksaal mit perfekter Akustik und einer kleinen Turnhalle umgestaltet worden. Der erste Stock beherbergte die Klassenräume für die Klassen eins bis drei, während die vierten bis sechsten Klassen im zweiten Stock unterrichtet wurden. Im dritten Stock befanden sich die Büros und das Archiv.

Penny besuchte als Sechstkläßlerin den Unterricht im zweiten Stock. Hier, im Trubel der etwas überheizten Garderobe, passierte es.

Um diese Zeit, kurz vor Unterrichtsbeginn, war die Garderobe voller schwatzender Kinder, die sich aus dicken Mänteln, Stiefeln und Überschuhen schälten. An diesem Morgen war zwar kein Schnee gefallen, aber der Wetterbericht sagte für den Nachmittag Niederschläge voraus, und alle waren entsprechend angezogen.

Schnee, der erste Schnee in diesem Jahr! Auch wenn die Stadtkinder keine Felder, Hügel und Wälder hatten, wo sie Ski oder Schlitten fahren konnten, war der erste Schnee des Jahres doch ein magisches Ereignis. Und die Aussicht auf einen Schneesturm steigerte die übliche morgendliche Aufregung noch.

Peggy stand mit dem Rücken zu dem aufgeregten Treiben, zog sich gerade die Handschuhe aus und nahm dann den langen Wollschal ab, als sie bemerkte, daß die Tür ihres hohen, schmalen Metallspinds unten eingedellt und an einem Rand leicht nach außen gebogen war, als hätte jemand versucht, sie aufzustemmen. Bei näherem Hinsehen stellte sie fest, daß auch das Kombinationsschloß kaputt war.

Stirnrunzelnd öffnete sie die Tür – und wich überrascht zurück, als ihr eine Papierlawine vor die Füße fiel. Sie hatte ihren Spind sauber und ordentlich zurückgelassen. Jetzt war alles wie Kraut und Rüben durcheinandergeworfen. Schlimmer noch, jedes einzelne ihrer Bücher war auseinandergerissen und die Seiten herausgetrennt worden; einige Seiten waren auch zerfetzt und einige zerknüllt. Ihr gelber, linierter Block war zu einem Haufen Konfetti zerschnipselt. Ihre Bleistifte waren in kleine Stücke zerbrochen.

Ihr Taschenrechner war zertrümmert.

Mehrere Kinder standen nahe genug, um zu sehen, was da aus ihrem Spind gefallen war. Der Anblick dieser Zerstörung erschreckte sie und ließ sie verstummen.

Wie betäubt kauerte Penny sich nieder, griff in den unteren Teil des Spinds und holte einiges Gerümpel heraus, bis sie schließlich auf ihr Klarinettenetui stieß. Sie hatte das Instrument am Abend zuvor nicht mit nach Hause genommen, weil sie einen langen Aufsatz schreiben mußte und keine Zeit zum Üben gehabt hatte. Die Schnappschlösser an dem schwarzen Kasten waren aufgebrochen.

Sie wagte nicht, hineinzuschauen.

Sally Wrather, Pennys beste Freundin, beugte sich zu ihr nieder. »Was ist passiert?«

»Ich weiß es nicht.«

»Du warst es nicht?«

»Natürlich nicht. Ich . . . ich fürchte, meine Klarinette ist kaputt.«

»Wer würde denn so was machen? Das ist doch richtig gemein.«

Zögernd öffnete Penny den beschädigten Klarinettenkasten. Die Silberklappen waren abgerissen. Außerdem war das Instrument in zwei Teile zerbrochen.

Sally legte eine Hand auf Pennys Schulter.

Penny starrte die Klarinette an, sie hätte am liebsten geweint, nicht, weil sie zerbrochen war (obwohl das schlimm genug war), sondern weil sie sich fragte, ob jemand sie kaputtgemacht hatte, um ihr damit zu sagen, daß sie hier nicht erwünscht war.

In der Wellton-Schule waren sie und Davey die einzigen, die sich eines Vaters rühmen konnten, der Polizist war. Die anderen Kinder waren Sprößlinge von Anwälten, Ärzten, Geschäftsleuten, Zahnärzten, Börsenmaklern und Werbemanagern. Einige der Schüler hatten die snobistische Einstellung ihrer Eltern übernommen und fanden, daß die Kinder eines Bullen in einer teuren Privatschule wie Wellton eigentlich nichts zu suchen hatten. Glücklicherweise gab es von dieser Sorte nicht viele. Den meisten Kindern war es egal, womit sich Jack Dawson sein Brot verdiente, und es gab sogar ein paar, die es toll, aufregend und besser fanden, das Kind eines Polizisten zu sein, als einen Bankier oder einen Buchhalter zum Vater zu haben.

Inzwischen hatten alle in der Garderobe mitbekommen, daß da etwas Schlimmes passiert war, und alle waren verstummt.

Penny stand auf, drehte sich um und musterte sie der Reihe nach.

Hatte einer von den Snobs ihren Spind demoliert?

Sie entdeckte zwei der schlimmsten – zwei Mädchen aus der sechsten Klasse, Sissy Johansen und Cara Wallace –, und plötzlich hätte sie sie am liebsten gepackt, sie geschüttelt und ihnen ins Gesicht geschrien, was in ihr vorging, damit sie endlich begriffen.

›Ich habe nicht darum gebeten, in eure verdammte Schule kommen zu dürfen. Mein Dad kann sich das auch nur leisten, weil das Versicherungsgeld meiner Mutter und die Abfindung von dem Krankenhaus da war, wo sie sie getötet haben. Glaubt ihr, ich wollte, daß meine Mutter stirbt, nur damit ich nach Wellton kann? Mein Gott! Heiliger Gott! Glaubt ihr denn, ich würde Wellton nicht sofort aufgeben, wenn ich dafür meine Mutter wiederkriegen könnte? Ihr schleimigen, rotzfressenden Erzreaktionäre! Glaubt ihr denn, um Himmels willen, daß ich froh bin, daß meine Mutter tot ist? Ihr blöden Kriecher! Was ist bloß los mit euch?‹

Aber sie schrie nicht.

Sie weinte auch nicht.

Ein paar Sekunden später war sie froh, daß sie die Mädchen nicht angefaucht hatte, denn sie begriff allmählich, daß nicht einmal Sissy und Cara, so boshaft sie manchmal sein konnten, zu einer solchen Dreistigkeit und Gemeinheit wie der Verwüstung ihres Spinds und der Zerstörung ihrer Klarinette fähig waren. Nein. Das war weder Sissy noch Cara, noch einer von den anderen Snobs gewesen.

Aber wenn nicht sie... wer dann?

Ein Junge hatte sich vor Pennys Spind gehockt und kramte in dem Verhau herum. Jetzt stand er auf und hielt einen Packen übel zugerichteter Seiten aus ihren Schulbüchern in der Hand. »He, seht euch das an. Das Zeug ist nicht nur zerrissen. Sieht ganz so aus, als ob es jemand *angefressen* hätte.«

»Angefressen?« fragte Sally Wrather.

»Seht ihr diese Spuren von kleinen Zähnen?«

Penny sah sie.

»Wer sollte denn wohl Bücher anfressen?« fragte Sally.

Spuren von Zähnen, dachte Penny.

»Ratten«, sagte der Junge.

Wie die Löcher in Daveys Plastikbaseballschläger.

»Ratten?« sagte Sally und schnitt eine Grimasse. »Oh, pfui Teufel.«

Letzte Nacht. Das Ding unter dem Bett.

»Ratten...«

Das Wort flog durch den Raum.

Ein paar Mädchen kreischten hysterisch.

Mehrere Kinder schlüpften aus der Garderobe, um den Lehrern zu erzählen, was geschehen war.

Ratten.

Aber Penny wußte, daß es keine Ratte gewesen war, die ihr den Badeballschläger aus der Hand gerissen hatte. Es war... etwas anderes gewesen.

Ebensowenig hatte eine Ratte ihre Klarinette zerbrochen. Etwas anderes.

Aber was?

Jack und Rebecca fanden Nevetski und Blaine unten in Vincent Vastaglianos Arbeitszimmer. Sie durchsuchten gerade die Schubladen und Fächer eines Sheraton-Schreibtischs und eine Wand voll kunstvoll geschnitzter Eichenvitrinen.

Roy Nevetski sah aus wie ein Englischlehrer an der High School circa 1955. Weißes Hemd. Ansteckfliege. Grauer Pullover mit V-Ausschnitt.

Im Gegensatz dazu wirkte Nevetskis Partner Carl Blaine wie ein Schläger. Nevetski war eher schmal, aber Blaine war untersetzt, mit breitem Brustkorb, mächtigen Schultern und einem Stiernacken. Roy Nevetskis Gesicht schien Intelligenz und Empfindsamkeit auszustrahlen, Blaine hingegen wirkte ungefähr so empfindsam wie ein Gorilla.

»Bleibt uns bloß aus dem Weg«, schnaubte Nevetski gereizt. »Wir werden jeden Spalt und jede Ritze in dieser verdammten Hütte durchwühlen. Wir gehen erst weg, wenn wir gefunden haben, was wir suchen.« Er hatte eine überraschend harte Stimme, ganz tief, mit metallisch kratzenden Tönen, wie eine kaputte Maschine. »Also, haltet euch zurück.«

»Eigentlich«, sagte Rebecca, »seid ihr, nachdem Vastagliano jetzt tot ist, doch wohl ziemlich aus der Sache raus.«

Jack zuckte bei dieser Unverblümtheit und der nur allzu vertrauten Kaltschnäuzigkeit zusammen.

»Langsam, langsam, langsam«, sagte er schnell und beschwichtigend. »Wir haben hier alle Platz. Selbstverständlich.«

Rebecca warf ihm einen giftigen Blick zu.

Er tat, als sähe er ihn nicht. Er konnte sehr gut so tun, als sähe er die Blicke nicht, die sie ihm zuwarf. Er hatte genügend Übung darin.

Zu Nevetski sagte Rebecca: »Es besteht kein Grund, das Haus in einen Schweinestall zu verwandeln.«

»Vastagliano ist so tot, daß ihm das egal ist«, entgegnete Nevetski.

»Ihr macht es Jack und mir nur schwerer, wenn wir das ganze Zeug selbst durchsuchen müssen.«

»Hören Sie«, sagte Nevetski, »ich hab's eilig. Außerdem gibt es, wenn ich so 'ne Suchaktion mache, keinen Scheißgrund, daß jemand noch mal hinter mir hersucht. Ich übersehe nie was.«

»Sie müssen Roy entschuldigen«, sagte Carl Blaine, in Tonfall und Gestik ebenso beschwichtigend wie Jack. »Er meint es nicht so.«

»So wie er sich aufführt«, sagte Rebecca, »könnte man fast meinen, er hätte seine Tage.«

Nevetski funkelte sie wütend an.

›Es gibt nichts Schöneres als den Kameradschaftsgeist bei der Polizei‹, dachte Jack.

Blaine sagte: »Es ist ja nur, weil wir Vastagliano streng überwachten, als er getötet wurde.«

»Wohl doch nicht streng genug«, meinte Rebecca.

»So was kommt in den besten Familien vor«, sagte Jack und wünschte gleichzeitig, er hätte den Mund gehalten.

»Irgendwie«, erklärte Blaine, »ist der Mörder an uns vorbei sowohl rein- wie rausgekommen. Wir haben nichts von ihm gesehen.«

»Gibt verdammt noch mal keinen Sinn«, sagte Nevetski und knallte wütend eine Schreibtischlade zu.

»Die Parker sahen wir gegen zwanzig nach sieben hier reingehen«, sagte Blaine, »'ne Viertelstunde später fuhr der erste Schwarzweiße vor. Da erfuhren wir erst, daß jemand Vastagliano das Licht ausgeblasen hat. Ganz schön peinlich. Der Captain wird uns was erzählen.«

»Verdammt, der Alte schneidet uns die Eier ab und macht Christbaumkugeln draus.«

Blaine nickte zustimmend. »Wäre schon gut, wenn wir

Vastaglianos Geschäftsunterlagen finden und die Namen seiner Partner und Kunden auftreiben könnten, vielleicht sogar genügend Indizien sammeln, um einen von den Drahtziehern zu verhaften.«

»Dann könnten wir sogar noch als Helden aus der Sache rauskommen«, sagte Nevetski, »aber im Moment wäre ich schon zufrieden, wenn ich meinen Kopf aus der Scheiße rauskriegte, ehe ich drin ersticke.«

Rebeccas Gesicht drückte tiefe Mißbilligung über Nevetskis obszöne Redeweise aus.

Jack betete zu Gott, daß sie Nevetski nicht wegen seiner dreckigen Sprache rüffeln würde.

Sie fragte: »Dieser Vincent Vastagliano war also im Drogenhandel?«

»Verkauft MacDonalds Hamburger?« fragte Nevetski zurück.

»Er gehörte zur Carramazza-Familie«, erklärte Blaine.

Von den fünf Mafia-Familien, die das Glücksspiel, die Prostitution und andere illegale Geschäftszweige in New York kontrollierten, waren die Carramazzas die mächtigsten.

»Ja«, sagte Blaine, »Vastagliano war der Neffe von Gennaro Carramazza persönlich. Sein Onkel Gennaro hatte ihm die Gucci-Clique zugeteilt.«

»Die was?« fragte Jack.

»Die feinste Kundschaft im Drogengeschäft«, erklärte Blaine.« »Die Leute, die zwanzig Paar Gucci-Schuhe im Schrank stehen haben.«

Nevetski sagte: »Vastagliano hat keinen Shit an Schulkinder verkauft. Sein Onkel hätte nicht zugelassen, daß er so was Mieses macht. Vince gab sich nur mit dem Showgeschäft und mit Leuten aus der besten Gesellschaft ab. Hochgestochene Snobiety.«

»Nicht etwa, daß Vince Vastagliano dazugehört hätte«, fügte Blaine schnell hinzu. »Er war nichts weiter als ein billiger Ganove, der sich nur deshalb in den richtigen Kreisen bewegte, weil er den Zucker besorgen konnte, hinter dem einige von diesen Limousinentypen her waren.«

»Er war ein Dreckskerl«, sagte Nevetski. »Dieses Haus, die ganzen Antiquitäten, das war nicht *er*. Das war nur so eine Fassade, die er einfach für notwendig hielt, wenn er der Bonbonverkäufer für den Jet-set sein wollte.«

»Wir sind schon lange hinter Vastagliano her«, fuhr er fort. »Wir hatten ihn auf dem Kieker. Er schien ein schwaches Glied zu sein. Der Rest der Carramazza-Familie ist so diszipliniert wie das Scheiß-Marine-Corps. Aber Vince trank zuviel, hurte zuviel rum, rauchte zuviel Pot und nahm gelegentlich sogar Kokain.«

Blaine sagte: »Wir dachten, wenn wir ihm was anhängen, genügend Material sammeln könnten, um ihm 'ne Gefängnisstrafe zu garantieren, würde er klein beigeben und uns helfen, anstatt den harten Burschen zu markieren. Wir glaubten, wir könnten über ihn endlich ein paar von den Klugscheißern vom harten Kern der Carramazza-Organisation in die Finger kriegen.«

»Das Ding ist geplatzt«, sagte Rebecca. »Das ist aus und vorbei. Warum kümmert sich also nicht jeder um seinen Kram, und ihr überlaßt die Sache uns?«

Nevetski warf ihr seinen patentierten Zornesblick zu.

Selbst Blaine sah so aus, als würde jetzt auch er auf sie losgehen.

Jack sagte: »Laßt euch Zeit. Sucht, was ihr braucht. Ihr stört uns nicht. Wir haben hier auch so noch 'ne Menge zu tun. Komm, Rebecca. Mal sehen, was uns die Leute von der Leichenbeschau zu erzählen haben.«

Widerstrebend ging Rebecca in die Halle hinaus.

Ehe Jack ihr folgte, blieb er an der Tür stehen und schaute zu Nevetski und Blaine zurück. »Ist euch an der Sache irgendwas Ungewöhnliches aufgefallen?«

»Zum Beispiel?« fragte Nevetski.

»Irgendwas«, sagte Jack. »Irgendwas, das aus dem

Rahmen fällt, irgendwas Sonderbares, Unheimliches, Unerklärliches.«

»Ich kann nicht erklären, wie zum Teufel der Killer hier reinkam«, sagte Nevetski gereizt. »Das ist verdammt sonderbar.«

»Sonst noch was?« fragte Jack weiter. »Irgendwas, was euch auf die Idee bringt, daß das hier mehr als nur ein gewöhnlicher Mord im Drogenmilieu ist?«

Sie sahen ihn verständnislos an.

Er sagte: »Gut, was ist mit dieser Frau, Vastaglianos Freundin oder was immer sie ist...«

»Shelly Parker«, sagte Blaine. »Sie wartet im Wohnzimmer, wenn Sie mit ihr sprechen wollen.«

»Haben Sie schon mit ihr gesprochen?« fragte Jack.

»Ein wenig«, antwortete Blaine. »Sehr gesprächig ist sie nicht.«

»Eine richtige Schlampe, mehr nicht«, sagte Nevetski.

»Nicht sonderlich gesprächig«, sagte Blaine.

»Eine wenig kooperative Schlampe. Aber ein tolles Weib.«

Jack fragte: »Hat sie mal einen Haitianer erwähnt?«

»Einen was?«

»Meinen Sie... jemanden aus Haiti? Von der Insel?«

»Von der Insel«, bestätigte Jack.

»Nein«, antwortete Blaine. »Von einem Haitianer hat sie nichts gesagt.«

»Ein Bursche namens Lavelle«, erklärte Jack. »Baba Lavelle.«

»Baba?« fragte Blaine.

»Hört sich an wie ein Clown«, sagte Nevetski.

»Hat Shelly Parker ihn erwähnt?«

»Nein.«

»Wie paßt dieser Lavelle da rein?«

Darauf antwortete Jack nicht. Statt dessen erklärte er: »Hört mal, hat Miß Parker euch was erzählt über... na ja, hat sie was erzählt, das euch irgendwie *sonderbar* vorkam?«

Nevetski und Blaine sahen ihn stirnrunzelnd an.

»Wie meinen Sie das?« fragte Blaine.

Gestern hatten sie das zweite Opfer gefunden: einen Schwarzen namens Freeman Coleson, einen Drogenhändler mittlerer Größenordnung, der siebzig oder achtzig Straßendealer in einem Bezirk in Manhattan belieferte, den ihm die Carramazza-Familie übertragen hatte, welche als Arbeitgeber allen die gleichen Chancen bot, um böses Blut und Rassenkämpfe in der New Yorker Unterwelt zu vermeiden. Coleson war tot aufgefunden worden, aus mehr als hundert kleinen Stichwunden blutend, genau wie das erste Opfer am Sonntagabend. Sein Bruder Darl Coleson hatte völlig durchgedreht und war so nervös gewesen, daß ihm der Schweiß in Strömen herunterlief. Er hatte Jack und Rebecca eine Geschichte über einen Haitianer erzählt, der versuchte, den Kokain- und Heroinhandel unter seine Kontrolle zu bringen. Es war die wildeste Geschichte, die Jack je gehört hatte, aber Darl Coleson hatte ganz offensichtlich jedes Wort davon geglaubt.

Wenn Shelly Parker Nevetski und Blaine etwas Ähnliches erzählt hätte, hätten sie das nicht vergessen. Sie hätten nicht zu fragen brauchen, was er mit ›sonderbar‹ eigentlich meinte.

Jack zögerte. Dann schüttelte er den Kopf. »Schon gut. Ist auch gar nicht so wichtig.«

6

Letzte Woche, am Donnerstagabend, bei der zweimal im Monat stattfindenden Pokerpartie, an der Jack seit mehr als acht Jahren teilnahm, war er in die Situation gekommen, Rebecca verteidigen zu müssen. Während einer Spielpause hatten die anderen Spieler – Al Dufresne,

Witt Yardman und Phil Abrahams – sich den Mund über sie zerrissen.

»Ich verstehe nicht, wie du es mit ihr aushältst, Jack«, sagte Witt.

»Sie ist richtig kalt«, sagte Al.

»Direkt eine Eisjungfrau«, sagte Phil.

Während Al geschäftig die Karten schnalzen ließ, ergingen sich die Männer in weiteren Beschimpfungen.

Schließlich sagte Jack: »Ach, so schlimm ist sie gar nicht, wenn man sie genauer kennt.«

»Die entmannt jeden«, meinte Al.

»Hört mal«, sagte Jack. »Wenn sie ein Mann wäre, würdet ihr sagen, sie ist einfach ein abgebrühter Bulle, und ihr würdet sie deshalb irgendwie sogar bewundern. Aber weil sie ein abgebrühter *weiblicher* Bulle ist, sagt ihr, sie ist ein eiskaltes Biest.«

»Die schneidet jedem die Eier ab, das sieht man auf hundert Meter gegen den Wind«, sagte Al.

»Sie hat durchaus ihre guten Seiten«, widersprach Jack.

»Ja?« zweifelte Phil Abrahams. »Welche denn?«

»Sie beobachtet scharf.«

»Das tut ein Geier auch.«

»Sie hat Grips. Sie ist tüchtig«, sagte Jack.

»Das war Mussolini auch. Er hat dafür gesorgt, daß die Züge pünktlich fuhren.«

Jack sagte: »Und sie würde ihren Partner nie im Stich lassen, wenn es draußen auf der Straße mal brenzlig wird.«

»Verdammt, *kein* Bulle würde seinen Partner im Stich lassen«, sagte Al.

»Einige schon«, meinte Jack.

»Verdammt wenige. Und wenn, dann bleiben sie nicht lange Bullen.«

»Sie arbeitet hart«, sagte Jack. »Und sie hat's nicht gerade leicht.«

»Okay, okay«, sagte Witt. »Ihre Arbeit macht sie vielleicht ganz gut. Aber warum kann sie dabei nicht auch ein Mensch sein?«

»Ich glaube, ich habe sie noch nie lachen hören«, meinte Phil.

»Wo ist ihr Herz?« fragte Al. »Hat sie denn kein Herz?«

»Doch, sicher«, sagte Witt. »Ein kleines Steinherz.«

»Na schön«, sagte Jack. »Ich glaube, Rebecca ist mir als Partner lieber als einer von euch geschniegelten Lackaffen.«

»Tatsächlich?«

»Ja. Sie ist empfindsamer, als ihr ihr zutraut.«

»Oho! *Empfindsam!*«

»Jetzt kommt's raus!«

»Er spielt nicht nur den Kavalier!«

»Er ist *vergafft* in sie.«

»Die schneidet dir die Eier ab und trägt sie als Halskette, Kumpel.«

»So, wie er aussieht, hat sie das wohl schon gemacht.«

Jack wehrte sich: »Hört mal, Jungs, zwischen Rebecca und mir ist nichts, außer...«

Er wußte, daß es keinen Sinn hatte zu widersprechen. Seine Beteuerungen würden sie nur amüsieren und erst recht reizen. Er lächelte und ließ die Welle gutmütiger Schmähungen über sich hinwegrollen, bis sie das Spiel schließlich leid waren.

Irgendwann sagte er: »Na schön, ihr habt euren Spaß gehabt. Aber ich will nicht, daß daraus irgendwelche dummen Gerüchte entstehen. Ich möchte klarstellen, daß zwischen Rebecca und mir nichts ist. Ich glaube, daß sie unter ihrer dicken Haut ein wirklich empfindsamer Mensch ist. Hinter dieser Pose der kalten Unnahbarkeit, um die sie sich so bemüht, verstecken sich Wärme und Zärtlichkeit. Das glaube ich, aber ich weiß es nicht aus persönlicher Erfahrung. Verstanden?«

»Vielleicht ist wirklich nichts zwischen euch beiden«, sagte Phil, »aber so, wie dir die Zunge raushängt, wenn du von ihr redest, wünschst du dir ganz offensichtlich, daß es anders wäre.«

»Ja«, sagte Al, »du sabberst ja richtig, wenn du von ihr redest.«

Die Neckerei begann wieder von vorne, aber diesmal kamen sie der Wahrheit viel näher als vorher. Jack wußte nicht aus eigener Erfahrung, daß Rebecca ein empfindsamer, besonderer Mensch war, aber er spürte es, und er wollte ihr näherkommen. Er hätte fast alles darum gegeben, mit ihr zusammenzusein, nicht nur in ihrer Nähe – in ihrer Nähe war er seit fast zehn Monaten fünf oder sechs Tage in der Woche –, sondern wirklich *mit* ihr *zusammen*, und ihre innersten Gedanken zu teilen, die sie immer eifersüchtig hütete.

Hin und wieder, selten, nicht mehr als einmal in der Woche, gab es einen unbewachten Augenblick, ein paar Sekunden, da öffnete sich ihre harte Schale ein wenig und ließ ihn hinter dem bekannten, kalten Äußeren ganz kurz eine zweite, ganz andere Rebecca sehen, jemanden, der verletzlich und einmalig war, den kennenzulernen sich lohnte und den man vielleicht festhalten sollte. *Das* faszinierte Jack Dawson: dieser kurze Augenblick der Wärme und Zärtlichkeit, dieses helle Leuchten, das sie immer sofort abschaltete, wenn sie bemerkte, daß sie es durch ihre strenge Maske hatte schlüpfen lassen.

Jetzt, weniger als eine Woche später, wußte Jack, was unter der Maske lag. Er wußte es aus persönlicher Erfahrung. Aus *sehr* persönlicher Erfahrung. Und was er gefunden hatte, war noch aufregender, anziehender, einzigartiger als das, was er zu finden gehofft hatte. Sie war wundervoll.

Aber an diesem Morgen war nicht die geringste Spur der anderen Rebecca zu sehen, es gab nicht die leiseste Andeutung, daß sie mehr war als die kalte, abweisende Amazone, die sie mit solchem Eifer darstellte.

Es war, als hätte es die vergangene Nacht nie gegeben.

In der Halle vor dem Arbeitszimmer, wo Nevetski und Blaine immer noch nach Beweisen suchten, sagte sie: »Ich habe gehört, was du sie gefragt hast – nach dem Haitianer.«

»Und?«

»Oh, um Himmels willen, Jack!«

»Tja, Baba Lavelle ist doch bisher unser einziger Verdächtiger.«

»Es stört mich nicht, daß du nach ihm gefragt hast«, sagte sie. »Nur die Art, *wie* du gefragt hast.«

»Ich habe englisch gesprochen, oder nicht?«

»Jack...«

»War ich nicht höflich genug?«

»Jack...«

»Ich verstehe eben einfach nicht, was du meinst.«

»Doch, du verstehst.« Sie äffte ihn nach, tat so, als spräche sie mit Nevetski und Blaine: »Ist euch an der Sache etwas *Ungewöhnliches* aufgefallen? Irgendwas, was aus dem Rahmen fällt? Etwas *Sonderbares*? Etwas *Unheimliches*?«

»Ich habe nur einen Anhaltspunkt verfolgt«, verteidigte er sich.

»So wie gestern, als du den halben Nachmittag in der Bücherei vertrödelt und dich über Voodoo informiert hast.«

»Wir waren nicht mal eine Stunde in der Bibliothek.«

»Und dann sind wir nach Harlem rausgefahren, damit du dich mit diesem Hexenmeister unterhalten konntest.«

»Er ist kein Hexenmeister.«

»Dieser *Irre*.«

»Carver Hampton ist kein Irrer«, sagte Jack.

»Ein richtiger Irrer«, beharrte sie.

»In dem Buch stand ein Artikel über ihn.«

»Auch wenn über ihn in einem Buch geschrieben wird, macht ihn das nicht automatisch respektabel.«

»Er ist ein Priester.«

»Das ist er nicht. Er ist ein Betrüger.«

»Er ist ein Voodoo-Priester, der nur weiße Magie, gute Magie praktiziert. Ein *Houngon*. So nennt er sich jedenfalls.«

»Ich kann behaupten, daß ich ein Obstbaum bin, aber deshalb brauchst du nicht zu erwarten, daß mir Äpfel an den Ohren wachsen«, sagte sie. »Hampton ist ein Scharlatan. Nimmt Leichtgläubige aus.«

»Seine Religion mag vielleicht exotisch erscheinen...«

»Sie ist albern. Der Laden, den er da führt! Jesus. Er verkauft Kräuter und Flaschen mit Ziegenblut, Amulette und Zaubersprüche und lauter solchen Unsinn...«

»Für ihn ist es kein Unsinn. Er glaubt daran.«

»Weil er verrückt ist.«

»Du mußt dich entscheiden, Rebecca. Entweder ist Carver Hampton verrückt oder ein Betrüger. Ich glaube nicht, daß du beides haben kannst.«

»Na schön. Vielleicht hat dieser Baba Lavelle tatsächlich alle vier Opfer getötet.«

»Er ist bisher unser einziger Verdächtiger.«

»Aber er hat es nicht mit Voodoo gemacht. So etwas wie schwarze Magie gibt es nicht. Er hat sie erstochen, Jack. Er hat Blut an den Händen, genau wie jeder andere Mörder.

»Der Leichenbeschauer sagt, die Waffe, die bei diesen beiden ersten Morden verwendet wurde, kann nicht größer als ein Taschenmesser gewesen sein.«

»Na schön. Dann war es eben ein Taschenmesser.«

»Rebecca, das ergibt doch keinen Sinn.«

»Mord ergibt nie einen Sinn.«

»Welcher Mörder geht denn, um Himmels willen, mit einem Taschenmesser auf seine Opfer los?«

»Ein Irrer.«

»Geistesgestörte Mörder bevorzugen gewöhnlich dramatische Waffen – Schlachtermesser, Beile, Schrotflinten...«

»Im Kino vielleicht.«

»In der Wirklichkeit auch. Und wie überwältigt er sie? Wenn er nur ein Taschenmesser hat, warum können seine Opfer sich dann nicht gegen ihn wehren oder flüchten?«

»Es gibt eine Erklärung«, sagte sie stur. »Und wir werden sie finden.«

Im Haus war es warm, und es wurde immer wärmer. Jack zog seinen Mantel aus.

Rebecca ließ den ihren an. Die Hitze schien ihr nicht mehr auszumachen als die Kälte.

»Und in allen Fällen«, sagte Jack, »hat das Opfer versucht, sich gegen seinen Angreifer zu wehren. Es gab immer Anzeichen für einen heftigen Kampf. Und doch scheint es keinem der Opfer gelungen zu sein, seinen Angreifer zu verletzen; es war nie Blut zu sehen – außer dem des Opfers. Das ist verdammt sonderbar. Und was ist mit Vastagliano – der in einem verschlossenen Badezimmer ermordet wurde?«

Sie starrte ihn plötzlich an, antwortete aber nicht.

»Paß auf, Rebecca, ich will nicht sagen, daß es Voodoo oder sonst etwas auch nur im mindesten Übernatürliches ist. Ich bin nicht besonders abergläubisch. Ich will nur sagen, daß diese Morde das Werk von jemandem sein könnten, der an Voodoo glaubt, daß sie etwas Ritualistisches an sich haben könnten. Der Zustand der Leichen weist bestimmt in diese Richtung. Ich habe nicht behauptet, daß Voodoo funktioniert, ich will damit nur andeuten, daß der Killer vielleicht *glaubt,* daß es funktioniert, und sein Glaube an Voodoo könnte uns zu ihm führen und uns Material verschaffen, das wir brauchen, um ihn zu überführen.«

Sie schüttelte den Kopf. »Jack, ich weiß, daß du so einen bestimmten Zug an dir hast.«

»Und was für ein Zug soll das sein?«

»Nennen wir es mal – ›übermäßige Aufgeschlossenheit‹.«

»Wie kann man ›übermäßig aufgeschlossen‹ sein? Das ist, als wäre man *zu* aufrichtig.«

»Als Darl Coleson sagte, daß dieser Baba Lavelle den Drogenhandel unter seine Kontrolle bringen wolle, indem er Voodooverwünschungen anwendet, um seine Konkurrenten zu töten, da hast du zugehört... nun... du hast zugehört wie ein Kind, du warst ganz gebannt.«

»Das stimmt nicht.«

»Doch. Und ehe ich mich's versehe, sind wir unterwegs nach Harlem zu einem Voodoo-Laden!«

»Wenn dieser Baba Lavelle sich wirklich für Voodoo interessiert, dann ist es durchaus sinnvoll, davon auszugehen, daß jemand wie Carver Hampton ihn kennen oder in der Lage sein könnte, für uns etwas über ihn herauszufinden.«

»Ein Verrückter wie Hampton kann uns überhaupt nicht helfen. Glaubst du an Geister, Jack?«

»Du meinst, ob ich an ein Leben nach dem Tode glaube?«

»An Geister.«

»Ich weiß es nicht. Vielleicht. Vielleicht auch nicht. Wer kann das sagen?«

»*Ich* kann es sagen. Ich glaube nicht an Geister. Aber deine Ausflüchte beweisen mir, daß ich recht habe.«

»Rebecca, es gibt Millionen von völlig normalen, achtbaren, intelligenten Menschen mit klarem Verstand, die an ein Leben nach dem Tode glauben.«

»Ein Detektiv hat vieles mit einem Wissenschaftler gemeinsam«, sagte sie. »Er muß logisch denken.«

»Aber er braucht doch in Gottes Namen kein *Atheist* zu sein!«

Ohne seinen Einwurf zu beachten sagte sie: »Logik ist das beste Werkzeug, das wir haben.«

»Ich sage doch nur, daß wir etwas Sonderbarem auf der Spur sind. Und da der Bruder eines der Opfer glaubt, daß Voodoo mit hineinspielt –«

»Ein guter Kriminalbeamter muß vernünftig und systematisch vorgehen.«

»... sollten wir die Sache verfolgen, auch wenn es lächerlich scheint.«

»Ein guter Detektiv muß unsentimental und realistisch sein.«

»Ein guter Detektiv muß auch phantasievoll und flexibel sein«, konterte er. Dann fragte er, unvermittelt das Thema wechselnd: »Rebecca, was ist mit gestern nacht?«

Sie bekam einen roten Kopf. Dann wich sie aus: »Wir sollten uns mit der Parker unterhalten«, und wollte sich von ihm abwenden.

Er packte sie am Arm und hielt sie zurück. »Ich dachte, daß letzte Nacht etwas ganz Besonderes geschehen ist.«

Sie antwortete nicht.

»Habe ich es mir nur eingebildet?« fragte er.

»Wir wollen jetzt nicht darüber sprechen.«

»War es wirklich so furchtbar für dich?«

»Später«, sagte sie.

»Warum behandelst du mich so?«

Sie wollte ihm nicht in die Augen schauen; das war ungewöhnlich für sie. »Es ist ein wenig kompliziert, Jack.«

»Ich meine, wir sollten darüber reden.«

»Später«, sagte sie. »Bitte.«

»Wann?«

»Wenn wir Zeit dazu haben.«

»Wann wird das sein?« beharrte er.

»Wenn wir Zeit zum Mittagessen haben, dann könnten wir darüber reden.«

»Wir werden uns die Zeit nehmen.«

»Komm, wir haben zu tun«, sagte sie und entzog sich ihm. Diesmal ließ er sie gehen.

Sie ging eilig auf das Wohnzimmer zu, wo Shelly Parker wartete.

Er folgte ihr und überlegte dabei, worauf er sich da eigentlich eingelassen hatte, als er mit dieser anstrengenden Frau eine intime Beziehung anfing. Vielleicht war sie selbst verrückt. Vielleicht war sie all den Ärger, den sie ihm machte, gar nicht wert. Vielleicht würde sie ihm nur weh tun, und vielleicht würde er irgendwann den Tag verwünschen, an dem er sie kennengelernt hatte.

Aber, wie Nevetski sagen würde: ›Zum Teufel damit.‹

Er würde nicht einen anderen Partner anfordern.

So leicht gab er nicht auf.

Außerdem hatte er das Gefühl, irgendwie verliebt zu sein.

Kapitel zwei

1

Sie verhörten Vince Vastaglianos Freundin seit fünfzehn Minuten. Nevetski hatte recht. Sie war ein wenig kooperatives Biest.

Jack hockte auf dem Rand eines Queen-Anne-Stuhls, beugte sich vor und sprach endlich den Namen aus, den Darl Coleson ihm gestern genannt hatte. »Kennen Sie einen Mann namens Baba Lavelle?«

Shelly Parker blickte ihn an, dann schaute sie schnell auf ihre Hände hinunter, die ein Glas Scotch umklammerten, aber in diesem unbewachten Moment sah er die Antwort in ihren Augen.

»Ich kenne niemanden, der Lavelle heißt«, log sie.

Rebecca saß in einem zweiten Queen-Anne-Stuhl, die Beine übereinandergeschlagen, die Arme auf den Lehnen, sie wirkte entspannt, selbstbewußt und unendlich viel beherrschter als Shelly Parker. Sie sagte: »Vielleicht *kennen* Sie Lavelle nicht, aber gehört haben Sie vielleicht von ihm. Ist das möglich?«

»Nein«, sagte Shelly.

Jack sagte: »Passen Sie auf, Ms. Parker, wir wissen, daß Vince mit Dope handelte, und vielleicht könnten wir Ihnen im Zusammenhang damit etwas anhängen...«

»Damit hatte ich nichts zu tun!«

»...aber wir haben gar nicht vor, Ihnen irgend etwas anzuhängen...«

»Das können Sie auch nicht!«

»...wenn Sie mit uns zusammenarbeiten.«

»Sie haben nichts gegen mich in der Hand«, sagte sie.

»Wir können Ihnen das Leben sehr schwer machen.«

»Das können die Carramazzas auch Über die sage ich kein einziges Wort.«

»Wir verlangen ja auch gar nicht, daß Sie über sie reden«, sagte Rebecca. »Sie sollen uns nur von diesem Lavelle erzählen.«

Shelly schwieg. Sie kaute nachdenklich an ihrer Unterlippe.

»Er ist Haitianer«, sagte Jack, um sie zu ermutigen.

Shelly hörte auf, an ihrer Lippe zu nagen, und lehnte sich auf dem weißen Sofa zurück. Sie versuchte, lässig zu wirken, aber es gelang ihr nicht. »Was für ein -aner ist er?«

Jack blinzelte sie an. »Wie?«

»Was für ein -aner ist dieser Lavelle?« wiederholte sie. »Japaner, Burmaner, Pakistaner . . . Sie sagten doch, er sei Asiat.«

»*Haitianer*. Er ist aus Haiti.«

»Ach so. Dann ist er ja gar kein -aner.«

»Überhaupt kein -aner«, stimmte Rebecca zu.

Shelly hörte offenbar die Verachtung in ihrer Stimme heraus, denn sie rutschte nervös herum, obwohl sie anscheinend nicht ganz begriff, womit sie diese Verachtung herausgefordert hatte. »Ist er ein schwarzer Kerl?«

»Ja«, sagte Jack, »und das wissen Sie ganz genau.«

»Ich treibe mich nicht mit schwarzen Kerlen rum«, sagte Shelly, hob den Kopf, straffte die Schultern und setzte eine gekränkte Miene auf.

Rebecca sagte: »Wir haben gehört, daß Lavelle den Drogenhandel unter seine Kontrolle bringen will.«

»Davon weiß ich nichts.«

Jack fragte: »Glauben Sie an Voodoo, Ms. Parker?« Rebecca seufzte gelangweilt.

Jack sah sie an und bat: »Hab Nachsicht mit mir.«

»Das ist doch sinnlos.«

»Ich verspreche dir, nicht übermäßig aufgeschlossen zu sein«, sagte Jack lächelnd. Zu Shelly Parker gewandt fragte er: »Glauben Sie an die Macht des Voodoo?«

»Natürlich nicht.«

»Ich dachte, daß Sie vielleicht deshalb nicht über Lavelle sprechen wollten – weil Sie Angst haben, er könnte Sie mit dem bösen Blick oder sonst etwas verfolgen.«

»Das ist doch alles bloß Quatsch.«

»Wirklich?«

»Das ganze Voodoo-Zeug – Quatsch.«

»Aber von Baba Lavelle haben Sie schon gehört?« fragte Jack.

»Nein, ich habe doch eben gesagt...«

»Wenn Sie nichts über Lavelle wüßten«, erklärte Jack, »wären Sie überrascht gewesen, als ich etwas so Ausgefallenes wie Voodoo erwähnte. Sie hätten mich gefragt, was zum Teufel Voodoo denn mit der ganzen Sache zu tun hätte. Aber Sie waren nicht überrascht, und das bedeutet, daß Sie etwas über Lavelle wissen.«

Shelly hob eine Hand an den Mund, steckte einen Fingernagel zwischen die Zähne und begann fast, daran zu kauen, dann zögerte sie und entschied, daß die Erleichterung, die ihr das Hineinbeißen bringen würde, es nicht lohnte, die Maniküre für vierzig Dollar zu ruinieren.

Sie sagte: »Na schön. Ich weiß von Lavelle.«

Jack blinzelte Rebecca zu. »Siehst du?«

»Nicht schlecht«, gab sie zu.

»Raffinierte Verhörtechnik«, sagte Jack. »*Fantasie*.«

Shelly fragte: »Kann ich noch 'nen Scotch haben?«

»Warten Sie, bis wir mit dem Verhör fertig sind«, sagte Rebecca.

Shelly stand vom Sofa auf, ging zur Bar, nahm eine Waterford-Karaffe und goß sich noch einen Scotch ein.

Diesmal war eigentlich nicht Rebecca schuld an der Feindseligkeit, die in der Luft lag. Sie war mit Shelly nicht so kalt und scharf umgegangen, wie es in ihrer Macht stand. Sie war sogar fast freundlich gewesen, bis Shelly mit dem Gerede über die ›-aner‹ anfing. Offenbar hatte Shelly sich jedoch mit Rebecca verglichen und war zu der

Ansicht gelangt, daß sie nur als Zweitbeste abschnitt. Und *das* hatte die Feindseligkeit erzeugt.

Jack glaubte zu wissen, warum sie sofort eine Antipathie gegen Rebecca entwickelt hatte. Shelly war die Art Frau, die viele Männer begehrten, von der sie träumten. Rebecca war andererseits die Frau, die die Männer begehrten, von der sie träumten, *und die sie heirateten.*

Er konnte sich vorstellen, mit Shelly Parker eine heiße Woche auf den Bahamas zu verbringen, o ja. Aber nicht mehr als eine Woche. Am Ende dieser Woche würde sie ihn, trotz ihrer sexuellen Energie und ihrer zweifelsohne glänzenden Leistungen auf sexuellem Gebiet höchstwahrscheinlich langweilen. Am Ende dieser Woche wäre ein Gespräch mit Shelly wahrscheinlich weniger lohnend als ein Gespräch mit einer Steinmauer. Rebecca hingegen würde nie langweilig werden; sie war eine Frau mit unendlich vielen Facetten, bei der man endlos neue Entdeckungen machen konnte. Auch nach zwanzig Jahren Ehe würde er Rebecca sicher immer noch faszinierend finden.

Ehe? Zwanzig Jahre?

Mein Gott, hör mich nur an! dachte er erstaunt. Hat's mich erwischt, oder bin ich reingefallen?

Zu Shelly sagte er: »Und was wissen Sie denn nun über Baba Lavelle?«

Sie seufzte. »Aber ich sage nichts über die Carramazzas.«

»Nach denen fragen wir auch nicht. Nur nach Lavelle.«

»Und dann vergessen Sie mich. Ich gehe hier weg. Keine faulen Tricks, kein Festhalten als wichtige Zeugin.«

»Sie waren ja nicht dabei, als die Morde passierten. Sagen Sie uns nur, was Sie über Lavelle wissen, dann können Sie gehen.«

»Na schön. Er ist vor ein paar Monaten aus dem Nichts aufgetaucht und hat angefangen, mit Koks und Schnee zu handeln. Und nicht in kleinen Mengen. Innerhalb eines Monats hatte er ungefähr zwanzig Straßendealer organisiert, belieferte sie und machte deutlich, daß er eine Ausweitung des Geschäfts beabsichtige. Wenigstens hat Vince mir das erzählt. Aus erster Hand weiß ich es nicht, weil ich nie mit Drogen zu tun hatte.«

»Natürlich nicht.«

»Nun, in dieser Stadt dealt niemand, aber auch wirklich niemand, ohne Absprache mit Vinces Onkel. Das habe ich jedenfalls gehört.«

»Ich habe das auch gehört«, sagte Jack trocken.

»Deshalb ließen ein paar von Carramazzas Leuten Lavelle wissen, er solle mit dem Dealen aufhören, bis er sich mit der Familie geeinigt hätte. Ein freundschaftlicher Rat.«

»Wie von der Briefkastentante«, sagte Jack.

»Ja«, sagte Shelly. Sie lächelte nicht einmal. »Aber er hörte nicht auf, als man es ihm sagte. Statt dessen schickte der verrückte Neger Carramazza eine Nachricht und bot ihm an, das New Yorker Geschäft aufzuteilen, jeder sollte die Hälfte bekommen, obwohl Carramazza doch schon *alles* hat.«

»Ziemlich unverfroren von Mr. Lavelle«, sagte Rebecca.

»Es war Klugscheißerei, weiter nichts«, sagte Shelly. »Ich meine, Lavelle ist doch ein Niemand. Wer hatte denn zuvor schon irgendwas von ihm gehört? Nach dem, was Vince sagte, glaubte der alte Carramazza, Lavelle hätte die erste Botschaft einfach nicht verstanden, deshalb schickte er ein paar Burschen rüber, um sie ihm genauer zu erklären.«

»Sie wollten Lavelle die Beine brechen?« fragte Jack.

»Oder schlimmer.«

»Schlimmer wird es immer.«

»Aber mit den Boten ist etwas passiert«, sagte Shelly.

»Tot?«

»Ich bin nicht sicher. Vince glaubte wohl, sie seien einfach nicht mehr wiedergekommen.«

»Das heißt tot«, sagte Jack.

»Wahrscheinlich. Jedenfalls hat Lavelle Carramazza gewarnt, er sei so was wie ein Voodoo-Zauberdoktor, und nicht einmal die Familie könne ihm etwas anhaben. Natürlich lachten alle darüber. Und Carramazza schickte fünf von seinen besten Leuten hin, große, gemeine Schweinehunde, die wissen, wie man beobachtet, abwartet und den richtigen Moment abpaßt.«

»Und auch mit denen ist etwas passiert?« fragte Rebecca.

»Ja. Vier davon kamen nie zurück.«

»Was ist mit dem fünften?« wollte Jack wissen.

»Den hat man auf dem Gehsteig vor Gennaro Carramazzas Haus in Brooklyn Heights abgeladen. Lebend. Schlimm zerschlagen, zerkratzt, zerschnitten – aber lebend. Das Problem war nur, er hätte genausogut tot sein können.«

»Wieso?«

»Er war hinüber.«

»Was?«

»Verrückt. Tobsüchtig, völlig irre«, sagte Shelly und drehte das Scotch-Glas nervös in ihren langfingrigen Händen herum. »Nach dem, was Vince hörte, muß der Bursche mit angesehen haben, was mit den vier anderen passiert ist, und was immer es war, es hat ihn eindeutig um den Verstand gebracht, er war restlos hinüber.«

»Wie hieß er?«

»Das hat Vince nicht gesagt.«

»Wo ist er jetzt?«

»Ich nehme an, Don Carramazza hat ihn irgendwo hingebracht.«

»Und er ist immer noch... verrückt?«

»Das nehme ich an.«

»Hat Carramazza noch ein drittes Killerkommando geschickt?«

»Soviel ich weiß, nicht. Dieser Lavelle hat dem alten Carramazza daraufhin wohl eine Botschaft geschickt:

›Wenn Sie Krieg wollen, dann können Sie ihn haben.‹ Und er hat die Familie davor gewarnt, die Macht des Voodoo zu unterschätzen.«

»Und diesmal hat keiner mehr gelacht«, sagte Jack.

»Keiner«, bestätigte Shelly.

Sie schwiegen einen Augenblick.

Jack sah sich Shelly Parkers Augen an. Sie waren nicht rot. Die Haut ringsherum war nicht verquollen. Es gab keine Anzeichen dafür, daß sie um Vince Vastagliano, ihren Liebhaber, geweint hatte.

Er fragte: »Ms. Parker, glauben Sie, daß das alles tatsächlich durch... Voodoo-Verwünschungen oder so etwas gemacht wurde?«

»Nein. Vielleicht. Verdammt, ich weiß es nicht. Nach allem, was in den letzten Tagen passiert ist, wer kann das sagen? An eines glaube ich sicher: Ich glaube, daß dieser Baba Lavelle ein raffinierter, heimtückischer und ganz übler Typ ist.«

Jetzt schaltete sich Rebecca ein: »Wir haben gestern ein wenig von seiner Geschichte gehört, vom Bruder eines weiteren Opfers. Nicht so ausführlich, wie Sie sie uns erzählt haben. Er schien nicht zu wissen, wo wir Lavelle finden können. Wissen Sie's?«

»Er hatte früher eine Wohnung im Village«, erklärte Shelly. »Aber da ist er nicht mehr. Seit das alles angefangen hat, kann ihn keiner mehr finden. Seine Straßendealer arbeiten noch für ihn und werden auch noch beliefert, das hat jedenfalls Vince gesagt, aber niemand weiß, wo Lavelle sich verkrochen hat.«

»Die Wohnung im Village, wo er mal war«, sagte Jack. »Wissen Sie zufällig die Adresse?«

»Nein. Ich habe Ihnen doch gesagt, ich habe mit diesem Drogengeschäft eigentlich nichts zu tun. Ehrlich. Ich weiß es nicht. Ich weiß nur, was Vince mir erzählt hat.«

Jack warf Rebecca einen Blick zu. »Noch was?«

»Nein.«

Zu Shelly sagte er: »Sie können gehen.«

Sie trank endlich einen Schluck Scotch, stellte das Glas ab, stand auf und zog ihren Pullover zurecht. Dann verließ sie den Raum, und sie hörten ihre Schritte im Korridor.

2

Der Leichenbeschauer, der den Fall übernommen hatte, hieß Ira Goldbloom und sah eher wie ein Schwede als wie ein Jude aus. Er war groß, mit heller Haut und so blondem Haar, daß es fast weiß wirkte; seine Augen waren blau mit vielen grauen Einsprengseln.

Jack und Rebecca fanden ihn oben im großen Schlafzimmer. Er hatte die Untersuchung der Leiche des Leibwächters in der Küche abgeschlossen, einen Blick auf Vince Vastagliano geworfen und holte gerade einige Instrumente aus seinem schwarzen Lederkoffer.

»Für einen Mann mit schwachem Magen«, sagte er, »habe ich mir den falschen Beruf ausgesucht.«

Jack sah, daß Goldbloom noch bleicher wirkte als gewöhnlich.

Rebecca sagte: »Wir glauben, daß diese beiden, der Charlie-Novello-Mord am Sonntag und der Coleson-Mord gestern etwas miteinander zu tun haben. Können Sie da eine Verbindung herstellen?«

»Vielleicht.«

»Nur vielleicht?«

»Ja, nun, es gibt da tatsächlich eine Möglichkeit, eine Beziehung herzustellen«, sagte Goldbloom. »Die Anzahl der Verletzungen . . . die Verstümmelung . . . es sind einige Ähnlichkeiten vorhanden. Aber wir müssen den Obduktionsbericht abwarten.«

Jack war überrascht. »Aber was ist mit den Wunden selbst? Stellen die kein Verbindungsglied dar?«

»Von der Anzahl her ja. Aber nicht vom Typ. Haben Sie sich die Verletzungen angesehen?«

»Auf den ersten Blick«, sagte Jack, »scheinen es irgendwelche Bisse zu sein. Rattenbisse, dachten wir.«

»Aber wir glauben, daß sie die *wirklichen* Verletzungen nur verdecken«, sagte Rebecca.

»Die Ratten kamen offensichtlich erst, nachdem die Männer schon tot waren. Richtig?« fragte Jack.

»Falsch«, widersprach Goldbloom. »Soweit ich nach einer Voruntersuchung feststellen kann, hat keines der beiden Opfer Stichverletzungen. Vielleicht ergeben sich bei Gewebeschnitten derartige Verletzungen unter einigen der Bisse, aber ich bezweifle es. Vastagliano und sein Leibwächter wurden heftig gebissen. Sie verbluteten an diesen Bissen. Dem Leibwächter wurden mindestens drei Arterien zerrissen, große Gefäße: die äußere Halsschlagader, die linke Armschlagader und die Femoralarterie am linken Oberschenkel. Vastagliano sieht noch schlimmer aus.«

Jack sagte: »Aber Ratten sind doch nicht so aggressiv, verdammt. Man wird einfach nicht in seinem eigenen Haus von Ratten überfallen.«

»Ich glaube auch nicht, daß es Ratten waren«, sagte Goldbloom. »Ich meine, ich habe schon Rattenbisse gesehen. Hin und wieder betrinkt sich ein Saufbruder in irgendeinem Durchgang und bekommt einen Herzanfall oder einen Schlaganfall direkt hinter der Mülltonne, wo ihn vielleicht zwei Tage lang niemand findet. Inzwischen gehen die Ratten dran. Daher weiß ich, wie Rattenbisse aussehen, und das hier scheint in mehreren Punkten einfach nicht dazuzupassen.«

»Könnten es... Hunde gewesen sein?« fragte Rebecca.

»Nein. Schon allein, weil die Bisse zu klein sind. Ich glaube, wir können auch Katzen ausschließen.«

»Irgendeine andere Idee?« fragte Jack.

»Nein. Es ist komisch. Vielleicht findet man bei der Obduktion etwas heraus.«

Rebecca sagte: »Wußten Sie, daß die Badezimmertür versperrt war, als die Polizisten eintrafen? Sie mußten sie aufbrechen.«

»Das habe ich gehört. Das Geheimnis des verschlossenen Zimmers«, sagte Goldbloom.

»Vielleicht ist es gar nicht so geheimnisvoll«, meinte Rebecca nachdenklich. »Wenn Vastagliano von irgendeinem Tier getötet wurde, dann war es vielleicht klein genug, um unter der Tür durchzukommen.«

Goldbloom schüttelte den Kopf. »Dazu hätte es *wirklich* klein sein müssen. Nein. Es war größer. Viel größer als der Spalt unter der Tür.«

»Wie groß, würden Sie ungefähr meinen?«

»Wie eine große Ratte.«

Rebecca überlegte einen Augenblick. Dann: »Da drin ist ein Ventil von einem Heizungsrohr. Vielleicht kam das Wesen durch das Rohr.«

»Aber über der Öffnung ist ein Gitter«, wandte Jack ein. »Und die Schlitze im Gitter sind noch schmäler als der Spalt unter der Tür.«

Rebecca machte zwei Schritte zum Bad hin, beugte sich durch die Tür und verdrehte sich den Hals, um hineinschauen zu können. Dann kam sie zurück und sagte: »Du hast recht. Und das Gitter sitzt fest an seinem Platz.«

»Und das kleine Fenster ist geschlossen.«

»Und verriegelt«, fügte Goldbloom hinzu.

Rebecca strich sich eine schimmernde Haarsträhne aus der Stirn. »Was ist mit den Abflußrohren? Könnte eine Ratte durch den Badewannenabfluß heraufkommen?«

»Nein«, sagte Goldbloom. »Nicht bei modernen Installationen.«

»Die Toilette?«

»Unwahrscheinlich.«

»Aber möglich?«

»Vorstellbar, nehme ich an. Aber wissen Sie, ich bin sicher, daß es nicht nur ein Tier war.«

»Wie viele?« wollte Rebecca wissen.

»Ich kann Ihnen unmöglich eine genaue Zahl nennen. Aber... ich würde meinen, was immer es war, es müssen mindestens... ein Dutzend gewesen sein.«

»Gütiger Himmel«, sagte Jack.

»Vielleicht zwei Dutzend. Vielleicht auch noch mehr.«

»Wieso glauben Sie das?«

»Nun ja«, meinte Goldbloom. »Vastagliano war ein großer Mann, ein kräftiger Mann. Mit ein, zwei oder auch drei Tieren von der Größe einer Ratte wäre er fertig geworden, ganz gleich, was für Wesen das waren. Ja, höchstwahrscheinlich hätte er auch ein halbes Dutzend geschafft. Sicher, er wäre ein paarmal gebissen worden, aber er hätte sich wehren können. Vielleicht hätte er nicht alle töten können, aber ein paar hätte er erledigt und die übrigen in Schach gehalten. Deshalb sieht es für mich so aus, als müßten es so viele von den Wesen gewesen sein, eine solche Horde, daß sie ihn einfach überwältigten.«

»Und Ross, der Leibwächter«, fragte Rebecca. »Glauben Sie, daß er auch von vielen angegriffen wurde?«

»Ja«, sagte Goldbloom. »Hier gilt genau das gleiche.«

Rebecca stieß als Ausdruck ihrer Frustration ihren Atem durch die zusammengebissenen Zähne. »Damit ist das verschlossene Badezimmer noch schwieriger zu erklären. Nach allem, was ich gesehen habe, sind Vastagliano und sein Leibwächter offenbar beide in der Küche gewesen, um sich einen Mitternachtsimbiß herzurichten. Anscheinend begann der Angriff dort. Ross wurde schnell überwältigt, Vastagliano rannte davon. Er wurde gejagt, konnte die Eingangstür nicht erreichen, weil sie ihm den Weg abschnitten, und so lief er nach oben und schloß sich im Badezimmer ein. Nun, die Ratten – oder was immer – waren nicht da drin, als er die Tür zusperrte. Wie kamen sie also hinein?«

»Und wieder hinaus?« erinnerte Goldbloom.

»Es müssen die Abflußrohre sein, die Toilette.«

»Diese Möglichkeit habe ich wegen der Anzahl der Beteiligten ausgeschlossen«, sagte Goldbloom. »Selbst wenn es keine Siphons gäbe, die so gebaut sind, daß sie eine Ratte aufhalten können, und selbst wenn sie den Atem angehalten hätte und durch alle vorhandenen Wassersperren geschwommen wäre, kaufe ich Ihnen diese Erklärung einfach nicht ab. Denn wir reden hier von einem ganzen Rudel von Lebewesen, die auf diese Weise hereingerutscht sind, eins hinter dem anderen, wie ein Kommandotrupp meinetwegen. Ratten sind einfach nicht so schlau oder so... entschlossen. *Kein* Tier ist das. Es ergibt keinen Sinn.«

Endlich sagte Jack: »Noch etwas. Selbst wenn Vastagliano und sein Leibwächter von Massen dieser... dieser Dinger überwältigt worden wären, hätten sie doch ein paar getötet, oder nicht? Aber wir haben keine einzige tote Ratte und auch sonst nichts Totes gefunden – außer toten Menschen natürlich.«

»Und auch keinen Kot«, sagte Goldbloom.

»Keinen was?«

»Kot. Ausscheidungen. Wenn Dutzende von Tieren beteiligt gewesen wären, würde man Kot finden, wenigstens ein paar Häufchen, wahrscheinlich ganze Berge von Kot.«

»Wenn Sie Tierhaare finden...«

»Wir werden bestimmt danach suchen«, versicherte Goldbloom. »Wir saugen natürlich den Boden um jede Leiche herum ab und analysieren den Kehricht. Wenn wir ein paar Haare finden könnten, würde uns das sicher weiterhelfen.« Der Leichenbeschauer fuhr sich mit einer Hand über das Gesicht, als könne er damit seine Anspannung und seinen Ekel wegwischen und fortwerfen. Er rieb so fest, daß tatsächlich rote Flecken auf seinen Wangen entstanden, aber der gequälte Ausdruck wich nicht aus seinen Augen. »Da ist noch etwas, was mich beunruhigt. Die Opfer wurden nicht... gefressen. Gebissen, zerfleischt, aufgerissen... all das... aber soweit ich sehen kann, wurde kein Gramm Fleisch verzehrt. Ratten hätten die weichen Teile gefressen: Augen, Nase, Ohrläppchen, Hoden... Sie hätten die Körper aufgerissen, um an die Organe zu kommen. Das hätte auch jedes andere Raubtier und jeder Aasfresser gemacht. Aber in diesem Fall gab es nichts dergleichen. Diese Wesen töteten zielbewußt, rationell, systematisch... und verschwanden dann einfach wieder, ohne einen Fetzen ihrer Beute zu verschlingen. Das ist unnatürlich. Unheimlich. Welches Motiv, welche Kraft trieb sie? Und *warum?*«

3

Mrs. Quillen, Pennys Lehrerin in der Wellton-Schule, konnte nicht begreifen, warum ein Zerstörungswütiger nur einen Spind verwüstet haben sollte.

»Vielleicht wollte er sie alle kaputtmachen, bekam aber dann Bedenken. Oder vielleicht hat er mit deinem Spind angefangen, Penny, dann ein Geräusch gehört, hat gedacht, es käme jemand, hat Angst bekommen und ist davongelaufen. Aber die Schule ist nachts doch bombensicher verschlossen, und dann ist da außerdem noch die Alarmanlage. Wie ist er nur rein- und wieder rausgekommen?«

Penny wußte, daß es kein Zerstörungswütiger gewesen war. Sie wußte, daß es etwas viel Schlimmeres war. Sie wußte, daß die Verwüstung ihres Spinds irgendwie mit dem unheimlichen Erlebnis letzte Nacht in ihrem Zimmer zusammenhing. Aber sie wußte nicht, wie sie dieses Wissen artikulieren sollte, ohne daß sie sich anhörte wie ein Kind, das sich vor Gespenstern fürchtet, deshalb versuchte sie gar nicht erst, Mrs. Quillen die Dinge zu erklären, die sie, wenn sie ehrlich war, nicht einmal sich selbst erklären konnte.

Nach einigen Diskussionen, vielen Bekundungen von Mitgefühl und noch mehr Unverständnis schickte Mrs. Quillen Penny ins Untergeschoß, wo auf wohlgeordneten Lagerregalen die Lehrmittel und die Ersatzbücher aufbewahrt wurden.

»Hol dir alles, was kaputtgemacht wurde, Penny. Alle Bücher, neue Bleistifte, ein Ringbuch und Blätter dazu und einen neuen Block. Und trödle bitte nicht, in ein paar Minuten fängt die Mathematikstunde an, und du weißt, daß du in diesem Fach am meisten arbeiten mußt.«

Penny ging die Vordertreppe hinunter ins Erdgeschoß und blieb am Haupttor stehen, um durch die Facettenglastüren in die wirbelnden Schneeflocken hinauszuschauen, dann eilte sie durch den Gang zur Rückseite des Gebäudes, an der verlassenen Turnhalle und am Musiksaal vorbei, wo gerade eine Stunde anfing.

Die Kellertür befand sich ganz am Ende des Korridors. Sie öffnete sie und schaltete das Licht ein. Eine lange, schmale Treppe führte nach unten.

Sie erreichte den Fuß der Treppe. Ihre Schritte klangen hart und klar auf dem Betonboden und hallten hohl in einer entfernten Ecke wider.

Das Kellergeschoß zog sich unter dem ganzen Gebäude hin und war in zwei Räume unterteilt. Von der Treppe aus gesehen lag am anderen Ende der Heizungsraum, hinter einer schweren Feuertür aus Metall, die immer geschlossen war. Der größere der beiden Räume befand sich diesseits der Tür. In der Mitte stand ein Arbeitstisch, an den Wänden zogen sich freistehende Lagerregale aus Metall entlang, alle randvoll mit Büchern und Schreibmaterial.

Penny nahm sich einen Faltkorb von einem Ständer, klappte ihn auf und suchte sich die Sachen zusammen, die sie brauchte. Sie hatte gerade das letzte Schulbuch gefunden, als sie hinter sich ein seltsames Geräusch hörte. *Jenes* Geräusch. Das Zischen-Scharren-Brummeln, das sie letzte Nacht in ihrem Schlafzimmer gehört hatte.

Sie wirbelte herum.

Soweit sie sehen konnte, war sie allein.

Das Problem war, daß sie nicht überallhin sehen konnte. Unter der Treppe ballten sich dichte Schatten. In einer Ecke des Raumes, drüben bei der Feuertür, war eine Deckenlampe ausgebrannt. In diesem Bereich hatten sich Schatten breitgemacht. Außerdem stand jedes Metallregal auf sechs Zoll hohen Füßen, und der Raum zwischen dem untersten Regalbrett und dem Fußboden wurde vom Licht nicht erfaßt. Es gab eine Menge Stellen, wo etwas Kleines, Flinkes sich verstecken konnte.

Sie wartete wie erstarrt, horchte; zehn lange Sekunden vergingen, dann fünfzehn, zwanzig, das Geräusch kam nicht wieder, und sie fragte sich schon, ob sie es wirklich gehört oder es sich nur eingebildet hatte; wieder verticken ein paar Sekunden so langsam wie Minuten, aber dann hörte sie über sich, oben an der Treppe, einen dumpfen Knall: die Kellertür.

Sie hatte die Tür offengelassen.

Jemand oder etwas hatte sie soeben zugeworfen.

Den Korb mit Büchern und Schreibmaterial in einer Hand, ging Penny auf die Treppe zu, blieb aber unvermittelt stehen, als sie oben auf dem Treppenabsatz erneut Geräusche hörte. Zischen. Knurren. Murmeln. Klickende und kratzende Bewegungen.

Letzte Nacht hatte sie sich einreden wollen, daß das Wesen in ihrem Zimmer nicht wirklich dagewesen war, daß es nur die Nachwirkung eines Traumes gewesen war. Jetzt wußte sie, daß es mehr war als das. Aber was war es denn? Ein Geist? Aber ein Geist folgte einem doch nicht von einem Ort zum anderen. Nein, es war umgekehrt. Nicht *Menschen* wurden vom Spuk heimgesucht. In *Häusern* spukte es, und die Geister, die spukten, waren an einen Ort gebunden, bis ihre Seelen endlich Ruhe fanden; sie konnten diesen besonderen Ort, an dem sie spukten, nicht verlassen, konnten nicht einfach überall in der Stadt umherstreifen und ein bestimmtes junges Mädchen verfolgen.

Und doch war die Kellertür zugezogen worden.

Vielleicht war sie einfach von selbst zugefallen.

Vielleicht. Aber oben auf dem Treppenabsatz, wo sie nicht hinsehen konnte, bewegte sich etwas. Kein Luftzug. Etwas Seltsames.

Einbildung.

Ach ja?

Sie blieb an der Treppe stehen, schaute hinauf, versuchte zu erkennen, was es war, versuchte, sich zu beruhigen, indem sie eindringlich mit sich selbst sprach:

– ›Nun, wenn es kein Geist ist, was ist es dann?‹

– ›Etwas Schlimmes.‹

– ›Nicht unbedingt.‹

– ›Etwas sehr, sehr Schlimmes.‹

– ›Hör auf damit! Hör auf, dir selbst Angst zu machen. Es hat letzte Nacht nicht versucht, dir etwas zu tun, oder?‹

– ›Nein.‹

– ›Na also. Dann bist du doch nicht in Gefahr.‹

– ›Aber jetzt ist es zurückgekommen.‹

Poch!

Die Lichter gingen aus.

Penny keuchte.

Das Pochen hörte auf.

In der plötzlichen Dunkelheit setzten die unheimlichen, so beunruhigend erwartungsvollen Geräusche auf allen Seiten ein, nicht nur auf dem Treppenabsatz über ihr, und sie entdeckte, daß sich in der beängstigenden Schwärze etwas bewegte. Da war nicht nur ein unbekanntes, unsichtbares Wesen mit ihr im Keller; es waren viele.

Aber was waren es für Wesen?

Etwas streifte ihren Fuß und flitzte dann in die unterirdische Dunkelheit davon.

Sie schrie. Es war laut, aber nicht laut genug. Ihre Stimme war nicht über den Keller hinausgedrungen.

Im selben Augenblick begann Mrs. March, die Musiklehrerin, im direkt darüberliegenden Musiksaal auf das Klavier einzuhämmern. Da oben fingen Kinder zu singen an. ›Frosty the Snowman‹. Sie probten für eine Weihnachtsfeier, die die Schule unmittelbar vor den Weihnachtsferien für die Eltern veranstalten wollte.

Nun würde ohnehin niemand Penny hören, auch wenn sie einen lauteren Schrei herausbrachte.

Wegen der Musik und des Singens konnte sie andererseits auch die Wesen nicht mehr hören, die sich im Dunkeln um sie herumbewegten. Aber sie waren noch da. Daran zweifelte sie nicht.

Sie atmete tief ein. Sie nahm sich fest vor, nicht den Kopf zu verlieren. Sie war doch kein *Kind* mehr.

Sie werden mir nichts tun, dachte sie.

Aber sie war nicht so recht überzeugt davon.

Vorsichtig schlich sie an den Fuß der Treppe, in einer Hand den Korb, die andere vor sich ausgestreckt, tastete sie sich voran, als ob sie blind wäre, was sie ebensogut hätte sein können.

Sie erreichte die Treppe und schaute hinauf. Tiefe, tiefe Schwärze.

Mrs. March hämmerte immer noch auf dem Klavier herum, und die Kinder sangen immer noch von dem Schneemann, der lebendig geworden war.

Penny hob einen Fuß, fand die erste Stufe.

Über ihr, oben an der Treppe, erschienen nur wenige Zentimeter über dem Boden des Treppenabsatzes zwei Augen, wie körperlos, als schwebten sie in der Luft, obwohl sie zu einem Tier gehören mußten, das ungefähr so groß war wie eine Katze. Natürlich war es keine Katze. Sie wünschte, es wäre eine. Die Augen waren auch so groß wie die einer Katze, und sehr hell, nicht nur reflektierend, wie bei einer Katze, sondern so unnatürlich hell, daß sie wie zwei winzige Laternen glühten. Auch die Farbe war seltsam: weiß, mondbleich, mit einer ganz schwachen Spur Silberblau. Diese kalten Augen funkelten auf sie herab.

Sie nahm den Fuß von der ersten Stufe.

Das Geschöpf über ihr rutschte vom Treppenabsatz auf die oberste Stufe, näherte sich vorsichtig.

Penny wich zurück.

Das Ding stieg wieder zwei Stufen herab, nur an seinen starren Augen war zu erkennen, daß es sich bewegte. Die Dunkelheit verbarg seine Gestalt.

Schwer atmend, mit so laut klopfendem Herzen, daß es die Musik von oben übertönte, wich sie zurück, bis sie gegen ein Metallregal stieß. Nirgendwo konnte sie sich hinwenden, nirgendwo sich verstecken.

Das Ding war jetzt die Treppe zu einem Drittel heruntergekommen und kam immer näher. Penny spürte, daß sie pinkeln mußte. Sie lehnte sich mit dem Rücken gegen das Regal und preßte die Schenkel zusammen.

Das Ding war auf der Treppenmitte. Und wurde schneller.

Aus den Augenwinkeln bemerkte Penny, daß weiter rechts im Keller noch etwas war: ein weiches Blinken, ein Aufblitzen, ein Leuchten, Bewegung. Sie wagte es, den Blick von dem Geschöpf zu wenden, das vor ihr die Treppe herunterkam und schaute in den lichtlosen Raum – sofort wünschte sie, sie hätte es nicht getan.

Augen.

Silberweiße Augen.

Die Dunkelheit war voll davon. Zwei Augen glühten vom Boden zu ihr auf, kaum mehr als einen Meter entfernt, beobachteten sie mit kalter Gier. Wenig mehr als einen Fuß hinter dem ersten Paar waren noch zwei Augen.

Vier weitere leuchteten eisig von einem Punkt, mindestens drei Fuß über dem Boden mitten im Raum, und einen Augenblick lang dachte sie, sie hätte die Größe der Geschöpfe falsch eingeschätzt, aber dann begriff sie, daß zwei davon auf den Arbeitstisch geklettert waren. Zwei, vier, sechs Augen*paare* spähten bösartig von verschiedenen Regalen an der gegenüberliegenden Wand zu ihr herüber. Drei weitere Paare befanden sich auf Fußbodenhöhe nahe an der Tür, die zum Heizraum führte. Einige waren völlig reglos; andere bewegten sich unruhig hin und her; wieder andere krochen langsam auf sie zu. Keines blinzelte. Aus dem Raum unter der Treppe kamen noch mehr. Ungefähr zwanzig von den Wesen waren da: vierzig hell leuchtende, bösartige, unirdische Augen.

Zitternd und wimmernd riß Penny den Blick von der dämonischen Horde im Keller los und schaute wieder zur Treppe.

Das einzelne Tier hatte vor nicht mehr als einer Minute begonnen, vom Treppenabsatz nach unten zu schleichen, und jetzt war es unten angekommen. Es stand auf der letzten Stufe.

4

Östlich und westlich von Vincent Vastaglianos Haus wohnten die Nachbarn in ebenso großen, behaglichen, elegant möblierten Häusern. In diese stattlichen Gebäude drang die Stadt nicht ein, und keiner der Bewohner hatte in der blutigen Mordnacht etwas Ungewöhnliches gehört.

Nach weniger als einer halben Stunde hatten Jack und Rebecca ihre Ermittlungen beendet und standen wieder auf dem Gehsteig. Sie zogen die Köpfe ein, um dem Wind, der stetig stärker geworden war, möglichst wenig Angriffsfläche zu bieten.

Die Schneeflocken fielen jetzt dichter. Die Straße war noch immer kahler, schwarzer Asphalt, aber bald würde sie mit einer frischen, weißen Haut prunken.

Jack und Rebecca gingen zurück zu Vastaglianos Haus und hatten es fast erreicht, als jemand sie anrief. Jack drehte sich um und sah Harry Ulbeck, den jungen Beamten, der vorher auf Vastaglianos Eingangsstufen Wache gehalten hatte; Harry beugte sich aus einem der drei Schwarzweißen, die am Randstein parkten. Er sagte etwas, aber der Wind zerriß seine Worte zu bedeutungslosen Lauten. Jack ging zum Wagen, beugte sich zum offenen Fenster hinunter und sagte: »Entschuldigen Sie, Harry, ich habe Sie nicht verstanden.« Dabei dampfte ihm der Atem in kalten, weißen Schwaden aus dem Mund.

»Kam gerade über Funk«, sagte Harry. »Sie sollen sofort kommen. Sie und Lieutenant Chandler.«

»Weshalb sollen wir kommen?«

»Sieht so aus, als hätte es mit dem Fall zu tun, an dem Sie arbeiten. Es hat noch mehr Morde gegeben. Ähnlich wie diese hier. Vielleicht noch schlimmer... noch blutiger.«

5

Die Augen waren ganz anders, als Augen sein sollten. Sie sahen eher aus wie Schlitze in einem Ofengitter, die einen kurzen Blick auf das Feuer dahinter freigaben. Ein silberweißes Feuer. Diese Augen hatten keine Iris, keine Pupillen wie menschliche und tierische Augen. Da war nur dieses wilde Leuchten, das weiße Licht aus dem Inneren heraus, pulsierend und flackernd.

Das Geschöpf auf der Treppe kroch von der letzten Stufe herunter auf den Kellerboden. Es schob sich auf Penny zu, blieb dann stehen und starrte zu ihr hinauf.

Sie konnte jetzt keinen einzigen Zoll mehr zurückweichen. Schon jetzt drückte eine der Metallverstrebungen schmerzhaft gegen ihre Schulterblätter.

Plötzlich merkte sie, daß die Musik aufgehört hatte. Im Keller war es still. Es war schon seit einiger Zeit still. Vielleicht eine halbe Minute. Starr vor Entsetzen hatte sie nicht sofort reagiert, als ›Frosty the Snowman‹ zu Ende war.

Verspätet öffnete sie den Mund und wollte um Hilfe schreien, aber da setzte das Klavier wieder ein. Diesmal war es ›Rudolph the Red-Nosed Reindeer‹, und das war noch lauter als das erste Lied.

Das Wesen am Fuß der Treppe fuhr fort, sie anzustarren, und obwohl seine Augen ganz anders waren als die eines Tigers, wurde sie dennoch an das Bild eines Tigers erinnert, das sie in einer Illustrierten gesehen hatte. Die Augen auf diesem Foto und die seltsamen Augen hier sahen sich absolut nicht ähnlich, und doch hatten sie etwas gemeinsam: es waren Raubtieraugen.

Rechts von ihr begannen sich die anderen Geschöpfe im Keller zu regen, fast gleichzeitig, und alle hatten sie dasselbe Ziel.

Sie fuhr zu ihnen herum, ihr Herz raste, der Atem stockte ihr in der Kehle.

Am Leuchten der Silberaugen konnte sie erkennen, daß sie von den Regalen herunterkamen, auf denen sie gehockt hatten.

Jetzt holen sie mich.

Die beiden auf dem Arbeitstisch sprangen auf den Boden.

Penny schrie, so laut sie konnte.

Die Musik hörte nicht auf. Kam nicht einmal aus dem Takt.

Niemand hatte sie gehört.

Bis auf das eine Geschöpf am Fuß der Treppe hatten sich alle zusammengerottet. Ihre lodernden Augen sahen aus wie funkelnde Diamanten auf schwarzem Samt.

Keines kam näher. Sie warteten.

Sie wandte sich wieder der Treppe zu.

Jetzt bewegte sich auch die Bestie am Fuß der Treppe. Aber sie kam nicht auf sie zu. Sie flitzte in den Keller und schloß sich ihren Artgenossen an.

Die Treppe war frei, wenn auch dunkel.

Das ist nur ein Trick.

Soweit sie sehen konnte, würde sie nichts daran hindern, die Treppe hinaufzusteigen, so schnell sie konnte.

Es ist eine Falle.

Die flackernden, eisweißen Augen beobachteten sie.

Mrs. March hämmerte auf das Klavier ein.

Die Kinder sangen.

Penny sprang mit einem Satz von den Regalen weg, stürzte zur Treppe und rannte hinauf.

Auf jeder Stufe rechnete sie damit, daß die Dinger sie in die Fersen beißen, sich an ihr festkrallen und sie hinunterziehen würden. Einmal stolperte sie, wäre beinahe gefallen, erwischte dann aber mit ihrer freien Hand das Geländer und lief weiter. Die oberste Stufe. Der Treppenabsatz. Im Dunkeln nach dem Türknopf tasten. Der Korridor. Licht. Sicherheit. Sie warf die Tür hinter sich zu. Lehnte sich dagegen. Keuchte.

Im Musiksaal sangen sie immer noch ›Rudolph the Red-Nosed Reindeer‹.

Der Korridor war menschenleer.

Schwindlig, mit wackeligen Beinen rutschte Penny auf den Boden und setzte sich, den Rücken gegen die Tür gelehnt. Sie ließ den Korb los. Sie hatte ihn so fest umklammert, daß der Griff einen Abdruck auf ihrer Handfläche hinterlassen hatte. Ihre Hand schmerzte.

Das Lied war zu Ende.

Ein neues Lied. ›Silver Bells‹.

Allmählich kam Penny wieder zu sich, beruhigte sich und konnte klar denken. Was waren das für abscheuliche kleine Wesen? Wo kamen sie her? Was wollten sie von ihr?

Das klare Denken half gar nichts. Ihr fiel keine einzige annehmbare Antwort ein.

Eine Menge wirklich blöder Antworten kam ihr jedoch ständig in den Sinn: Kobolde, Wichte, Unholde... Himmel. Es konnte nichts dergleichen sein. Das war doch das wirkliche Leben und kein Märchen.

Wie konnte sie jemandem von ihrem Erlebnis im Keller erzählen, ohne einen kindischen oder, noch schlimmer, sogar leicht verrückten Eindruck zu machen? Natürlich vermieden die Erwachsenen den Ausdruck ›verrückt‹ Kindern gegenüber. Man konnte so verrückt sein, daß man in die Klapsmühle gehörte, schnattern wie ein Blödmann, in Möbel beißen, Katzen anzünden und mit Ziegelmauern reden; solange man noch ein Kind war, würden sie – zumindest in der Öffentlichkeit – schlimmstenfalls sagen, man sei ›emotionell gestört‹, obwohl sie damit nichts anderes meinten als ›verrückt‹. Wenn sie Mrs. Quillen oder ihrem Vater oder sonst einem Erwachsenen von den Wesen erzählte, die sie im Schulkeller gesehen hatte, würden alle meinen, sie wolle nur Aufmerksamkeit und Mitleid erregen; sie würden glauben, sie habe den Tod ihrer Mutter immer noch nicht verwunden. Ein paar Monate, nachdem ihre Mutter gestorben war, war Penny tatsächlich in schlechter Verfassung gewesen, verwirrt, zornig, verängstigt, ein Problem für ihren Vater und sich selbst. Sie hatte eine Zeitlang Hilfe gebraucht. Wenn sie jetzt von den Wesen im Keller erzählte, würden alle glauben, daß sie wieder Hilfe brauchte. Man würde sie zu einem ›Berater‹ schicken, der in Wirklichkeit ein Psychologe oder irgendeine andere Art von Irrenarzt war, und alle würden für sie tun, was sie konnten, sie würden ihr soviel Aufmerksamkeit und Mitgefühl wie möglich entgegenbringen und alle möglichen Behandlungsmethoden anwenden, aber sie würden ihr einfach nicht *glauben* – bis sie mit eigenen Augen die Wesen sahen, die sie gesehen hatte.

Oder bis es zu spät war.

Ja, *dann* würden sie ihr alle glauben – wenn sie tot war.

Sie hatte nicht den geringsten Zweifel, daß die Wesen mit den feurigen Augen früher oder später versuchen würden, sie zu töten. Sie wußte nicht, *warum* sie sie töten wollten, aber sie spürte ihre böse Absicht, ihren Haß. Bisher hatten sie ihr zwar nichts getan, aber sie wurden immer dreister. Das eine Wesen, letzte Nacht in ihrem Schlafzimmer, hatte außer dem Plastikbaseballschläger, mit dem sie nach ihm gestochert hatte, nichts beschädigt, aber heute morgen waren sie schon so dreist geworden, daß sie den Inhalt ihres Spinds zerstört hatten. Und jetzt hatten sie sich, noch dreister, gezeigt und sie bedroht.

Sie schauderte.

Was soll ich nur tun? überlegte sie verzweifelt. *Was soll ich tun?*

6

Das Hotel, eines der besten in der Stadt, lag am Central Park. Es war dasselbe Hotel, in dem Jack und Linda vor dreizehn Jahren ihre Flitterwochen verbracht hatten. Die Bahamas, Florida oder auch nur die Catskills hatten sie sich nicht leisten können. In den achtzehn Monaten seit Lindas Beerdigung hatte Jack oft an die Bahamas gedacht, die ihm nun für immer vergällt waren, und auch an dieses Hotel.

Die Morde waren im sechzehnten Stock begangen worden; zwei Streifenpolizisten – Yeager und Tufton – waren jetzt dort am Lift postiert. Sie ließen niemanden durch, außer man hatte einen Polizeiausweis oder konnte beweisen, daß man eingeschriebener Gast war und auf dieser Etage sein Zimmer hatte.

»Wer waren die Opfer?« fragte Rebecca Yeager. »Gewöhnliche Bürger?«

»Nein«, antwortete Yeager. Er war schlaksig und hatte riesige gelbe Zähne. Jedesmal, wenn er eine Pause machte, fuhr er mit der Zunge über seine Zähne und leckte daran herum. »Zwei davon waren offensichtlich professionelle Muskelprotze.«

»Sie kennen den Typ«, sagte Tufton, als Yeager verstummte, um wieder in seinen Zähnen zu stochern. »Groß, große Hände, große Arme; man könnte auf ihrem Nacken einen Axtstiel zerbrechen, und die würden es nur für einen plötzlichen Windstoß halten.«

»Der dritte«, sagte Yeager, »war einer von den Carramazzas.« Er unterbrach sich; seine Zunge schnellte heraus und fuhr über die oberen Zähne. »Noch dazu aus der engsten Verwandtschaft.« Er scheuerte mit der Zunge über die unteren Zähne. »Genauer gesagt...« stocher, stocher, »...es ist Dominick Carramazza.«

»Oh, Scheiße!« entfuhr es Jack. »Gennaros *Bruder?*«

»Ja, der kleine Bruder des Paten, sein Lieblingsbruder, seine rechte Hand«, erklärte Tufton schnell, ehe Yeager zu einer Antwort ansetzen konnte. Tufton war mit dem Reden schnell bei der Hand, er hatte ein scharfgeschnittenes Gesicht, einen eckigen Körper und bewegte sich schnell, mit energischen, rationellen Gesten. Yeagers Langsamkeit muß ein ständiges Ärgernis für ihn sein, dachte Jack. »Und sie haben ihn nicht nur getötet. Sie haben ihn ziemlich schlimm zugerichtet. Kein Bestattungsunternehmer auf der Welt kann Dominick so zusammenflicken, daß er aufgebahrt werden kann, und Sie wissen doch, wie wichtig Beerdigungen für diese Sizilianer sind.«

»Jetzt wird auf den Straßen Blut fließen«, sagte Jack müde.

»Ein Bandenkrieg, wie wir ihn seit Jahren nicht erlebt haben«, stimmte Tufton zu.

Rebecca fragte: »Dominick...? Ist das nicht der, der den ganzen Sommer über in den Schlagzeilen war?«

»Ja«, sagte Yeager. »Der Staatsanwalt dachte, er könnte ihn festnageln, wegen...«

Als Yeager sich unterbrach, um seine gelben Zähne mit seiner großen rosa Zunge abzuwischen, sagte Tufton schnell: »Handel mit Rauschgift. Er ist für die gesamte Rauschgiftorganisation der Carramazzas zuständig. Sie versuchen seit zwanzig Jahren, vielleicht auch schon länger, ihn hinter Schloß und Riegel zu bringen, aber er ist ein Fuchs. Er geht immer als freier Mann aus dem Gerichtssaal.«

»Was hatte er wohl hier im Hotel zu suchen?« überlegte Jack.

»Ich glaube, er war untergetaucht«, sagte Tufton.

»Hat sich unter falschem Namen eingetragen«, fügte Yeager hinzu.

Tufton sagte: »Hat sich mit diesen beiden Gorillas als Schutztruppe hier verkrochen. Sie müssen gewußt haben, daß man es auf ihn abgesehen hatte, aber es hat ihn trotzdem getroffen.«

»Getroffen?« fragte Yeager verächtlich. Er hielt inne, um seine Zähne zu bearbeiten und ließ dabei ein unangenehm saugendes Geräusch hören. Dann: »Verdammt, das war mehr als nur ein Treffer. Das war völlige Vernichtung. Es war verrückt, völlig ausgeflippt; genau *das* war es. Gott, wenn ich es nicht besser wüßte, würde ich sagen, die drei hier sind *zerbissen* worden, einfach in Stücke gebissen.«

Der Schauplatz des Verbrechens war eine Zwei-Zimmer-Suite. Die Tür war von den Polizisten eingeschlagen worden, die als erste den Tatort erreicht hatten. Ein Polizeiarzt, ein Polizeifotograf und zwei Labortechniker waren in den beiden Räumen an der Arbeit.

Der Salon, ganz in Beige und Königsblau gehalten, war elegant eingerichtet – eine geschmackvolle Zusammenstellung von Stücken im französischen Landhausstil und schlichten, modernen Möbeln. Der Raum hätte warm und einladend gewirkt, wäre er nicht über und über mit Blut bespritzt gewesen.

Die erste Leiche lag ausgestreckt am Boden des Salons, neben einem umgestürzten, ovalen Kaffeetisch. Ein Mann in den Dreißigern. Groß, stämmig. Seine dunkle Hose war zerrissen. Auch sein weißes Hemd war zerrissen und hatte an vielen Stellen rote Flecken. Der Mann befand sich im gleichen Zustand wie Vastagliano und Ross: zerbissen, zerfleischt.

Jack war schlecht.

»Das ist ein verdammtes Schlachthaus«, sagte Rebecca.

Der Tote hatte eine Pistole getragen. Das Schulterhalfter war leer. Eine .38 mit Schalldämpfer lag neben ihm.

Jack sprach einen der Labortechniker an, der langsam im Salon herumging und von verschiedenen Flecken Blutproben nahm. »Sie haben die Pistole nicht angerührt?«

»Natürlich nicht«, sagte der Techniker. »Wir bringen sie in einer Plastiktüte ins Labor und sehen, ob wir irgendwelche Fingerabdrücke feststellen können.«

»Ich habe nur überlegt, ob sie abgefeuert worden ist«, sagte Jack.

»Tja, das ist fast sicher. Wir haben vier leere Patronenhülsen gefunden.«

»Vom gleichen Kaliber wie die Waffe?«

»Ja.«

»Haben Sie auch Kugeln gefunden?« fragte Rebecca.

»Alle vier«, sagte der Techniker. Er streckte den Finger aus: »Zwei in dieser Wand, eine im Türrahmen da drüben, und eine steckte mitten im Polsterknopf am Rücken dieses Sessels.«

Jack fragte: »Wie konnte er auf so kurze Distanz viermal danebenschießen?«

»Ich will verdammt sein, wenn ich das weiß«, sagte der Techniker. Er zuckte die Achseln und ging wieder an seine Arbeit.

Das Schlafzimmer war noch schlimmer mit Blut besudelt als der Salon. Hier lagen zwei tote Männer.

Auch zwei lebendige Männer waren da. Ein Polizeifotograf knipste die Leichen aus jedem Blickwinkel. Ein Leichenbeschauer namens Brendan Mulgrew, ein großer, hagerer Mann mit vorspringendem Adamsapfel, studierte die Lage der beiden Leichen.

Eines der Opfer lag auf dem großen Bett, mit dem Kopf am Fußende, die bloßen Füße zum Kopfende zeigend, eine Hand an der zerrissenen Kehle, die andere an der Seite, die Handfläche offen und nach oben gerichtet. Der Mann war mit einem Bademantel und mit Blut bekleidet.

»Dominick Carramazza«, sagte Jack.

Mit einem Blick auf das zerstörte Gesicht fragte Rebecca: »Woran erkennst du das?«

»Ich ahne es eher.«

Der zweite Tote lag auf dem Fußboden, flach auf dem Bauch, den Kopf auf eine Seite gewendet, das Gesicht war in Fetzen gerissen. Er war genauso gekleidet wie der im Salon: weißes Hemd mit offenem Kragen, dunkle Hose, Schulterhalfter.

Die Opfer im Schlafzimmer waren beide bewaffnet gewesen. Beiden hatten die Waffen ebensowenig genützt wie dem Mann im Salon.

Jack sagte zu Mulgrew: »Sieht es so aus, als seien beide Waffen abgefeuert worden?«

Der Leichenbeschauer nickte. »Ja, den ausgeworfenen Patronenhülsen nach zu urteilen wurde das Magazin der Pistole völlig geleert. Zehn Schuß. Der Bursche mit der .357 Magnum hat fünf Schüsse rausgekriegt.«

»Und seinen Angreifer nicht getroffen«, stellte Rebecca fest.

Sie mußten beiseite treten, um dem Fotografen Platz zu machen.

Jack bemerkte zwei eindrucksvolle Löcher in der Wand links vom Bett. »Sind die von der .357?«

»Ja«, sagte Mulgrew. Er schluckte krampfhaft; sein Adamsapfel hüpfte auf und ab. »Beide Geschosse gingen durch die Wand ins nächste Zimmer.«

»Himmel. Ist da drüben jemand verletzt?«

»Nein. Aber es war knapp. Der Kerl im Nebenzimmer tobt vor Wut.«

»Das kann ich ihm nicht verdenken«, sagte Jack.

»Hat schon jemand seine Geschichte aufgenommen?« erkundigte sich Rebecca.

»Er hat möglicherweise mit den Uniformierten gesprochen«, sagte Mulgrew. »Aber ich glaube, von einem Kriminalbeamten wurde er noch nicht offiziell befragt.«

Rebecca sah Jack an. »Dann holen wir ihn uns, solange er noch frisch ist.«

»Gut. Augenblick noch.« Jack fragte Mulgrew: »Diese drei Opfer... wurden sie zu Tode gebissen?«

»Sieht so aus.«

»Rattenbisse?«

»Ich würde lieber auf den Laborbericht warten, die Obduktion...«

»Ich möchte nur eine *inoffizielle* Meinung«, sagte Jack.

»Tja... inoffiziell... keine Ratten.«

»Hunde? Katzen?«

»Höchst unwahrscheinlich.«

»Haben Sie Kothäufchen gefunden?«

Mulgrew war überrascht. »Ich habe daran gedacht, aber es ist komisch, daß Sie darauf kommen. Ich habe überall gesucht. Kein einziges Stückchen Kot.«

»Sonst etwas Ungewöhnliches?«

»Sie haben die Tür bemerkt, nicht wahr?«

»Davon abgesehen.«

»Reicht das nicht?« fragte Mulgrew erstaunt. »Hören Sie, die ersten zwei Leute am Tatort mußten die Tür einschlagen, um reinzukommen. Die Suite war fest verschlossen – von innen. Die Fenster sind ebenfalls von innen verschlossen, und zusätzlich sind sie, glaube ich, mit

Farbe verklebt. Also... ganz gleich, ob es nun Menschen oder Tiere waren, wie sind die Mörder rausgekommen? Sie haben es mit dem Geheimnis des verschlossenen Zimmers zu tun. Ich halte das für ziemlich ungewöhnlich. Sie nicht?«

Jack seufzte. »Eigentlich wird es allmählich das Übliche.«

7

Der nächste Raum auf dem Korridor, an dem die Suite des verstorbenen Dominick Carramazza lag, war geräumig und freundlich, mit einem großen Bett, einem Schreibtisch, einem Toilettenschrank, einer Kommode und zwei Stühlen. Er war in Korallenrot mit türkisfarbenen Einsprengseln gehalten.

Burt Wicke, der Bewohner, war Ende Vierzig. Er war etwa sechs Fuß groß und hatte früher einmal einen kompakten, kräftigen Körper besessen, aber jetzt war alles feste Fleisch in Fett eingebettet. Seine Schultern waren breit, aber gerundet, und er hatte einen mächtigen Brustkorb; der Bauch hing ihm über den Gürtel, und als er auf der Bettkante saß, spannten sich die Hosen straff um seine massigen Schenkel.

Seine Stimme überraschte Jack, sie war höher, als er erwartet hatte.

»Ich habe hier im Zimmer gefrühstückt. Ich stand gerade im Bad und kämmte mich, als ich jemanden rufen hörte. Dann schreien. Ich trat aus dem Bad und lauschte, und ich war ziemlich sicher, daß das alles von nebenan kam. Es war mehr als eine Stimme.«

»Was riefen sie?« fragte Rebecca.

»Hörte sich überrascht an, erschrocken. Verängstigt. Ja, richtiggehend verängstigt.«

»Nein, ich meine – können Sie sich an irgendwelche Worte erinnern?«

»Keine Worte.«

»Oder vielleicht Namen?«

»Sie riefen keine Worte und keine Namen; nichts dergleichen.«

»Was riefen sie denn?«

»Tja, vielleicht waren es sogar Worte oder Namen oder beides, aber so deutlich konnte man das durch die Wand nicht hören. Es war – einfach Lärm.«

»Und was dann?« fragte Rebecca.

»Tja, das Rufen dauerte nicht lange. Dann ging fast sofort die Schießerei los.«

»Diese beiden Geschosse kamen durch die Wand?« fragte Jack und deutete auf die Löcher.

»Nicht gleich. Vielleicht eine Minute später. Und woraus ist diese Hütte zum Teufel eigentlich gebaut, wenn die Wände nicht mal 'ne Kugel abhalten können?«

»Es war eine .357 Magnum«, erklärte Jack. »Die hält nichts auf.«

»Wände wie Toilettenpapier«, sagte Wicke, der nichts hören wollte, was vielleicht zur Entlastung des Hotels beitragen konnte. Er ging zum Telefon, das auf einem Nachttisch neben dem Bett stand, und legte die Hand auf den Hörer. »Sobald die Schießerei anfing, rannte ich hierüber, wählte die Nummer der Hotelvermittlung und sagte der Frau, sie solle die Polizei holen. Es dauerte *sehr* lange, bis sie kam. Dauert es in dieser Stadt immer so lange, bis Sie kommen, wenn jemand Hilfe braucht?«

»Wir tun, was wir können«, sagte Jack.

»Ich legte also den Hörer auf und zögerte; ich wußte nicht, was ich tun sollte, und so blieb ich einfach stehen und hörte zu, wie sie da drüben schrien und schossen, und dann fiel mir ein, daß ich vielleicht in der Schußlinie war, deshalb wollte ich ins Bad zurück, ich dachte, ich verkrieche mich dort, bis alles vorbei ist, und dann, ganz

83

plötzlich, Jesus, da stand ich wirklich in der Schußlinie. Der erste Schuß kam durch die Wand und verfehlte mein Gesicht um vielleicht sechs Zoll. Der zweite war noch näher. Ich ließ mich auf den Boden fallen und preßte mich gegen den Teppich, aber das waren die beiden letzten Schüsse, und ein paar Sekunden später waren auch keine Schreie mehr zu hören.«

»Und was dann?« fragte Jack.

»Dann wartete ich auf die Polizei.«

»Sie sind nicht auf den Korridor hinausgegangen?«

»Warum sollte ich?«

»Um nachzusehen, was passiert ist.«

»Sind Sie verrückt? Wie sollte ich wissen, wer da draußen im Korridor war? Vielleicht war einer von denen noch draußen und hatte seine Pistole dabei.«

»Sie haben also niemand gesehen? Oder etwas Wichtiges gehört, einen Namen vielleicht?«

»Das habe ich Ihnen doch schon gesagt – nein.«

Sie standen auf, und Burt Wicke – immer noch nervös – sagte: »Das war von Anfang an eine scheußliche Reise, absolut scheußlich. Erst mußte ich während des ganzen Fluges von Chicago neben einer kleinen alten Dame aus Peoria sitzen, die den Mund nicht halten konnte. Langweilige alte Hexe. Dann geriet das Flugzeug in Turbulenzen, wie Sie es nicht für möglich halten würden. Dann gehen mir gestern zwei Geschäfte durch die Lappen, und ich muß feststellen, daß es in meinem Hotel Ratten gibt, in einem so *teuren* Hotel wie diesem...«

»Ratten?« fragte Jack.

»Hm?«

»Sie sagten, in dem Hotel gibt es Ratten.«

»Tja, das stimmt auch.«

»Haben Sie sie gesehen?« fragte Rebecca.

»Es ist eine Schande«, sagte Wicke. »Ein Haus wie dieses, mit so einem mordsmäßigen Ruf, und dann wimmelt es von Ratten.«

»Haben Sie sie gesehen?« wiederholte Rebecca.

Wicke legte den Kopf schief und runzelte die Stirn.

»Warum interessieren Sie sich so für Ratten? Das hat doch nichts mit den Morden zu tun.«

»Haben Sie sie nun gesehen?« wiederholte Rebecca etwas schärfer.

»Nicht direkt. Aber ich habe sie gehört. In den Wänden.«

»Sie haben Ratten in den Wänden gehört?«

»Tja, eigentlich im Heizungssystem. Es hörte sich an, als seien sie ganz nahe, als wären sie direkt hier in diesen Wänden, aber Sie wissen ja, wie diese hohlen Heizungsrohre aus Metall den Schall übertragen können. Die Ratten könnten auch auf einer anderen Etage gewesen sein, sogar in einem anderen Flügel, aber sie hörten sich wirklich ganz nahe an. Ich stieg auf den Schreibtisch hier und legte das Ohr an das Gebläse, und ich schwöre, die können nicht mehr als ein paar Zoll entfernt gewesen sein. Sie quiekten. Ein komisches Quieken. Schnatternde, zwitschernde Geräusche. Vielleicht ein halbes Dutzend, so wie es sich anhörte. Ich konnte hören, wie ihre Krallen auf Metall kratzten – ein Schaben und Rasseln, bei dem ich eine Gänsehaut bekam. Ich habe mich beschwert, aber die Direktion hier kümmert sich ja nicht um Beschwerden.«

Rebecca fragte: »Wann haben Sie die Ratten gehört?«

»Heute morgen. Gleich nachdem ich mit dem Frühstück fertig war, telefonierte ich mit dem Empfang, um denen zu sagen, wie gräßlich das Essen war, das sie einem aufs Zimmer servieren. Nach einem höchst unbefriedigenden Gespräch mit dem diensthabenden Angestellten legte ich auf – und genau in diesem Augenblick hörte ich die Ratten. Nachdem ich ihnen eine Weile zugehört hatte und völlig sicher war, daß es sich wirklich um Ratten handelte, rief ich den Manager persönlich an, um mich *darüber* zu beschweren, wieder mit unbefriedigendem Ergebnis. Daraufhin faßte ich den Entschluß, mich zu duschen,

mich anzuziehen, meine Koffer zu packen und mir noch
vor meinem ersten Termin heute ein anderes Hotel zu suchen.«

»Wissen Sie noch, wann genau Sie die Ratten gehört haben?«

»Nicht auf die Minute. Aber es muß so gegen acht Uhr
dreißig gewesen sein.«

Jack warf Rebecca einen Blick zu. »Etwa eine Stunde,
ehe nebenan die Morde begangen wurden.«

Sie wirkte verstört. Sie sagte: »Das wird ja immer verrückter.«

8

In der Todessuite lagen die drei verstümmelten Leichen
immer noch so, wie sie hingefallen waren.

Die Laborleute waren mit ihrer Arbeit fertig. Im Salon
saugte einer von ihnen den Teppich um die Leiche herum
ab. Den Staub würde man später analysieren.

Jack und Rebecca gingen zum nächsten Heizungs-
schlitz, einer ein Fuß mal acht Zoll großen, rechteckigen,
ein paar Zoll unterhalb der Decke an die Wand montierten
Platte. Jack stellte einen Stuhl darunter, stieg hinauf und
untersuchte das Gitter.

Er sagte: »Am Ende des Rohrs führt ein nach innen ge-
bogener Flansch ganz herum. Die Schrauben gehen durch
den Rand des Gitters und durch den Flansch.«

»Von hier aus«, sagte Rebecca, »sehe ich zwei Schrau-
benköpfe.«

»Mehr sind auch nicht da. Aber wenn etwas aus dem
Rohr heraus will, müßte es zumindest eine dieser Schrauben entfernen, um das Gitter zu lockern.«

»Und so schlau ist keine Ratte«, sagte sie.

»Selbst wenn es eine schlaue Ratte wäre, so schlau wie

86

keine andere Ratte, die Gott jemals auf diese Erde setzte, ein regelrechter Albert Einstein des Rattenreiches, könnte sie diese Aufgabe trotzdem nicht lösen. Auf der Innenseite des Rohrs hätte sie es mit dem spitzen Ende der Schraube zu tun, die außerdem ein Gewinde hat. Mit den Pfoten allein könnte sie das verdammte Ding nicht fassen und drehen.«

»Und mit den Zähnen auch nicht.«

»Nein. Dazu braucht man Finger.«

Das Rohr war natürlich viel zu eng, als daß ein Mann – oder auch nur ein Kind – hätte durchkriechen können.

Rebecca sagte: »Nehmen wir mal an, daß viele Ratten, ein paar Dutzend, sich hintereinander in das Rohr zwängen und sich alle Mühe geben, durch ein Lüftungsgitter hinauszukommen. Wenn eine ganze Horde von der anderen Seite des Gitters genügend Druck ausübte, könnten sie dann vielleicht die Schrauben durch den Flansch schieben und das Gitter in den Raum stoßen, um sich den Weg freizumachen?«

»Vielleicht«, sagte Jack ziemlich skeptisch. »Sogar das klingt mir für Ratten zu raffiniert. Ich nehme aber an, wenn die Löcher im Flansch viel größer wären als die durchgeschobenen Schrauben, würde sich das Gewinde nicht verhaken, und das Gitter könnte weggestoßen werden.«

Er rüttelte an der Lüftungsplatte, die er gerade untersucht hatte. Sie ließ sich ein wenig hin- und her- und auf- und abschieben, aber nicht viel.

Er sagte: »Die hier ist fest eingepaßt.«

»Vielleicht ist eine von den anderen lockerer.«

Jack stieg vom Stuhl herunter und stellte ihn an seinen Platz zurück.

Sie durchsuchten die Suite, bis sie alle Heizungsschlitze überprüft hatten: zwei im Salon, einen im Schlafzimmer und einen im Bad. An jedem Auslaß saß das Gitter fest in der Öffnung.

»Durch die Heizungsrohre ist nichts in die Suite gelangt«, sagte Jack. »Ich kann mir vielleicht noch einreden, daß Ratten sich gegen die Rückseite des Gitters stemmen und es wegdrücken könnten, aber ich werde auch in einer Million Jahre nicht glauben, daß sie durch denselben Schacht wieder verschwunden sind und es irgendwie geschafft haben, das Gitter hinter sich wieder einzusetzen. Keine Ratte – kein Tier, das du mir nennen kannst – könnte so gut abgerichtet, so geschickt sein.«

»Nein. Natürlich nicht. Das ist lächerlich.«

»Also«, sagte er.

»Also«, sagte sie. Sie seufzte. »Dann hältst du es also für einen merkwürdigen Zufall, daß die Männer hier offenbar zu Tode gebissen wurden, kurz nachdem Wicke Ratten in den Wänden hörte?«

»Ich mag Zufälle nicht«, sagte er.

»Ich auch nicht.«

»Gewöhnlich stellt sich heraus, daß es gar keine Zufälle sind.«

»Genau.«

»Aber trotzdem ist es die einzige Möglichkeit. Zufall, meine ich. Es sei denn...«

»Es sei denn was?«

»Es sei denn, du willst Voodoo, schwarze Magie und so weiter in Betracht ziehen...«

»Nein, danke.«

»...Dämonen, die durch die Wände kriechen...«

»Jack, in Gottes Namen!«

»...herauskommen, um zu morden, wieder mit der Wand verschmelzen und einfach verschwinden.«

»Ich höre mir das nicht länger an.«

Er lächelte. »Ich mache doch nur Spaß, Rebecca.«

»Den Teufel tust du. Du meinst vielleicht, daß du diesem Hokuspokus keinen Glauben schenkst, aber tief im Inneren gibt es einen Teil von dir, der...«

»Übermäßig aufgeschlossen ist«, vollendete er.

»Wenn du unbedingt Witze darüber machen willst...«

»Das will ich. Unbedingt.«

»Aber es ist trotzdem wahr.«

»Ich bin vielleicht übermäßig aufgeschlossen, wenn das überhaupt möglich ist...«

»Das ist es.«

»...aber wenigstens bin ich nicht unflexibel.«

»Ich auch nicht.«

»Oder habe Angst.«

»Was willst du damit sagen?«

»Denk selber darüber nach.«

»Willst du damit etwa sagen, daß ich Angst habe?«

»Hast du denn keine, Rebecca?«

»Wovor?«

»Zum Beispiel vor gestern nacht.«

»Red keinen Unsinn.«

»Dann laß uns darüber sprechen.«

»Nicht jetzt.«

Er sah auf seine Uhr. »Zwanzig nach elf. Um zwölf machen wir Mittagspause. Du hast mir versprochen, beim Mittagessen darüber zu reden.«

»Ich sagte, *wenn* wir Zeit zum Mittagessen haben.«

»Wir werden Zeit haben.«

»Du bist unmöglich, Jack.«

»Fest entschlossen.«

»Verdammt.«

»Und außerdem reizend«, behauptete er.

Sie war offensichtlich nicht seiner Ansicht. Sie entfernte sich. Anscheinend sah sie sich lieber eine von den verstümmelten Leichen an.

Hinter dem Fenster fiel der Schnee jetzt sehr dicht. Der Himmel war grau. Obwohl es noch nicht einmal Mittag war, sah es draußen aus, als dämmere es schon.

9

Lavelle trat aus der Hintertür des Hauses. Er ging zum Ende der Veranda und stieg drei Stufen hinunter. Er blieb am Rand des verdorrten braunen Rasens stehen und blickte hinauf in das wirbelnde Chaos der Schneeflocken.

Er hatte noch nie Schnee gesehen. Auf Bildern natürlich schon. Aber nicht in Wirklichkeit. Bis zum letzten Frühjahr hatte er sein ganzes Leben – dreißig Jahre – auf Haiti, in der Dominikanischen Republik, auf Jamaica und auf mehreren anderen Karibischen Inseln verbracht.

Er hatte erwartet, daß der Winter in New York für jemanden, der nicht daran gewöhnt war, unangenehm, sogar beschwerlich sein würde. Sehr zu seiner Überraschung hatte er ihn jedoch bisher als erregend und positiv empfunden.

Außerdem hatte er in dieser großen Stadt ein gewaltiges Reservoir der Macht entdeckt, auf die er für seine Arbeit angewiesen war: die unendlich nützliche Macht des Bösen. Natürlich blühte das Böse überall, auch auf dem Lande und in den Vororten, nicht nur innerhalb der Stadtgrenzen von New York. Es herrschte auch in der Karibik, wo er seit seinem zweiundzwanzigsten Lebensjahr als *Bocor* – als ein in der Ausübung der schwarzen Magie erfahrener Voodoo-Priester – tätig war, kein Mangel daran. Aber hier, wo so viele Menschen sich auf einem so relativ kleinen Stück Erde zusammendrängten, hier, wo jede Woche zwanzig bis vierzig Morde verübt wurden, hier, wo tätliche Angriffe, Vergewaltigungen, Raubüberfälle und Einbrüche jedes Jahr in die Zehntausende gingen – sogar in die Hunderttausende – hier, wo eine Armee von Straßenmädchen nach Freiern Ausschau hielt, wo Legionen von Betrügern nach Opfern suchten, wo es alle möglichen verdrehten Irren, Perversen, Punks, Vergewaltiger und Schläger ohne Zahl gab – *hier* war die Luft geschwängert mit unvermischten Strömungen des Bösen, die man sehen, riechen und spüren konnte – wenn man, wie Lavelle, dafür empfänglich war. Mit jeder bösen Tat stiegen Ausdünstungen des Bösen aus der verderbten Seele auf und reicherten die knisternden Ströme in der Luft an, machte sie stärker, zerstörerischer.

Die Stadt war auch von anderen, davon völlig verschiedenen Strömen des Guten durchzogen; Effluvien, die von guten, rühmenswerte Taten vollbringenden Seelen aufstiegen. Es gab Ströme der Hoffnung und der Liebe, des Mutes und der Barmherzigkeit, der Unschuld und Güte, der Freundschaft, der Aufrichtigkeit und der Würde. Auch diese Energie war sehr mächtig, aber für sie hatte Lavelle absolut keine Verwendung. Ein *Houngon*, ein in der weißen Magie geschulter Priester, konnte diese Energie des Guten anzapfen, um zu heilen, um mit Beschwörungen zu helfen und Wunder zu wirken. Aber Lavelle war ein *Bocor*, kein *Houngon*. Er hatte sich den schwarzen Künsten verschrieben, den Riten des *Congo* und des *Pétro*, nicht den verschiedenen Riten des *Rada*, der weißen Magie. Und sich dieser dunklen Sphäre der Zauberkunst zu weihen bedeutete auch, darauf beschränkt zu sein.

Sein langjähriger Umgang mit dem Bösen hatte ihn jedoch nicht freudlos, traurig oder auch nur mürrisch gemacht; er war ein fröhlicher Mann. Er lächelte breit, wie er da hinter dem Hause stand, am Rand des toten braunen Grases, und in das Schneegestöber hinaufschaute. Er fühlte sich stark, entspannt, zufrieden, fast überwältigend zufrieden mit sich selbst.

Er war groß, sechs Fuß drei Zoll. In seinen engen schwarzen Hosen und dem langen, knappsitzenden grauen Kaschmirmantel wirkte er noch größer. Er war ungewöhnlich hager, wirkte aber kräftig, obwohl er wenig Fleisch auf den Knochen hatte. Nicht einmal der unaufmerksamste Beobachter konnte ihn für einen Schwächling halten, denn er strahlte richtiggehend Selbstvertrauen aus, und wenn man seine Augen sah, wollte man ihm am liebsten schleunigst aus dem Weg gehen. Seine Hände waren groß, die Gelenke breit und knochig. Er hatte ein edles Gesicht, dem des Filmschauspielers Sidney Poitier nicht unähnlich. Seine Haut war außergewöhnlich dunkel, sehr schwarz, mit einem fast violetten Unterton, ein wenig wie die Schale einer reifen Aubergine. Schneeflokken schmolzen auf seinem Gesicht, blieben in seinen Augenbrauen hängen und überzuckerten sein drahtiges schwarzes Haar.

Das Haus, aus dem er gekommen war, war ein zweistöckiges Ziegelgebäude, pseudo-viktorianisch, mit einem falschen Turm, einem Schieferdach und vielen Zukkerbäckerverzierungen, aber stark mitgenommen, verwittert und schmutzig. Es war in den Anfängen des Jahrhunderts erbaut worden, in einer damals wirklich guten Wohngegend. Die meisten Häuser waren inzwischen zu Apartmentgebäuden umgebaut worden. Dieses hier nicht, aber es befand sich in dem gleichen baufälligen Zustand wie die anderen. Es war nicht das Haus, das Lavelle sich ausgesucht hätte; er *mußte* hier wohnen, bis er seinen kleinen Privatkrieg zu seiner Zufriedenheit beendet hatte; es war sein Versteck.

In einer Ecke von Lavelles Grundstück stand an der Garagenwand ein Schuppen aus Wellblech mit weißem Lackanstrich und zwei grünen Metalltüren. Er hatte ihn bei Sears gekauft; die Arbeiter hatten ihn vor einem Monat aufgestellt. Als er nun lange genug in den fallenden Schnee hinaufgeschaut hatte, ging er zu diesem Schuppen, öffnete eine der Türen und trat ein.

Hitze schlug ihm entgegen. Obwohl der Schuppen keine Heizung hatte und die Wände nicht einmal isoliert waren, herrschte in dem kleinen Gebäude – zwölf mal zehn Fuß – doch eine überaus hohe Temperatur. Lavelle war kaum eingetreten und hatte die Tür hinter sich zugezogen, da mußte er auch schon seinen Neunhundert-Dollar-Mantel ausziehen, um frei atmen zu können.

Ein sonderbarer, leicht schwefelähnlicher Geruch hing in der Luft. Die meisten Menschen hätten ihn als unangenehm empfunden. Aber Lavelle schnupperte, atmete dann tief ein und lächelte. Er mochte den Gestank. Für ihn war es ein süßer Duft, denn es war der Geruch der Rache.

Der Schweiß war ihm ausgebrochen.

Er zog sein Hemd aus.

Er stimmte einen monotonen Singsang in einer fremdartigen Sprache an.

Er zog seine Schuhe aus, dann seine Hose und seine Unterwäsche.

Nackt kniete er auf dem Erdboden nieder.

Er begann, leise zu singen. Die Melodie war rein, bezwingend, und seine Stimme trug gut. Er sang gedämpft, so daß ihn außerhalb seines Grundstücks niemand hätte hören können.

Der Schweiß lief in Strömen an ihm herab. Sein schwarzer Körper glänzte.

Er wiegte sich beim Singen sanft vor und zurück. Nach einer kleinen Weile geriet er fast in Trance.

Der Text, den er sang, setzte sich aus beschwingten, rhythmischen Wortketten in einer ungrammatikalischen, verschlungenen, aber wohltönenden Mischung aus Französisch, Englisch, Kisuaheli und Bantu zusammen. Es war teils haitianisches Patois, teils jamaicanisches Patois, teils ein afrikanischer Juju-Gesang: die so reiche ›Sprache‹ des Voodoo.

Er sang von Rache. Von Tod. Vom Blut seiner Feinde. Er verlangte die Vernichtung der Familie Carramazza, eines Mitglieds nach dem anderen, wie sie auf der Liste standen, die er angefertigt hatte.

Schließlich sang er von dem Gemetzel an den beiden Kindern jenes Polizeibeamten, das jeden Augenblick notwendig werden konnte.

Die Vorstellung, Kinder zu töten, beunruhigte ihn nicht. Im Gegenteil, diese Aussicht war erregend.

Seine Augen leuchteten.

Seine langfingrigen Hände bewegten sich sinnlich strei-chelnd langsam an seinem hageren Körper auf und ab.

Sein Atem ging mühsam, als er die schwere, warme Luft einsog und einen noch schwereren, noch wärmeren Dunst ausstieß.

In den Schweißperlen auf seiner ebenholzschwarzen Haut spiegelte sich schimmernd orangefarbenes Licht.

Obwohl er die Deckenbeleuchtung nicht eingeschaltet hatte, als er den Schuppen betreten hatte, war es im Inne-ren nicht ganz dunkel. Die Wände des kleinen, fensterlo-sen Raumes waren in Schatten gehüllt, aber aus dem Fuß-boden in der Mitte stieg ein schwaches, orangefarbenes Glühen auf. Es kam aus einem etwa fünf Fuß großen Loch. Als Lavelle es ausgehoben hatte, hatte er ein komplizier-tes, sechs Stunden dauerndes Ritual vollzogen und dabei zu vielen Göttern des Bösen gesprochen – Congo Sa-vanna, Congo Maussai, Congo Moudongue – und zu den bösen Engeln wie dem Zandor, dem Ibos ›je rouge‹, dem Petro Maman Pemba und zu Ti Jean Pie Fin.

Die Aushöhlung hatte die Form eines Meteorkraters, die Wände neigten sich nach innen und bildeten eine Art Becken. Das Zentrum des Beckens war nur drei Fuß tief. Wenn man jedoch lange genug hineinstarrte, schien es all-mählich viel, viel tiefer zu werden. Auf geheimnisvolle Weise veränderte sich, wenn man ein paar Minuten lang in das flackernde Licht starrte und sich sehr bemühte, sei-nen Ursprung zu erkennen, unvermittelt und drastisch die Perspektive, und man sah, daß der Boden des Loches Hunderte, wenn nicht Tausende von Fuß tiefer lag. Es war nicht nur ein Loch im Erdboden des Schuppens – nicht mehr; plötzlich wurde es ein magisches Tor ins Herz der Erde. Aber dann, mit einem Lidschlag, schien es wieder nur ein flaches Becken zu sein.

Jetzt beugte sich Lavelle, immer noch singend, nach vorne.

Er blickte in das seltsame, pulsierende, orangefarbene Licht.

Er schaute in das Loch.

Schaute hinunter.

Hinunter...

Hinunter in...

Hinunter in den Abgrund.

In den Höllenschlund.

Kapitel drei

1

Captain Walter Gresham von der Mordkommission hatte ein Gesicht wie eine Schaufel. Nicht, daß er häßlich gewesen wäre; eigentlich sah er auf eine etwas grobschlächtige Weise sogar ganz gut aus. Aber sein ganzes Gesicht neigte sich nach vorne, seine kräftigen Züge liefen nach unten und nach vorne auf die Kinnspitze zu, so daß man unwillkürlich an eine Gartenschaufel denken mußte.

Er kam ein paar Minuten vor Mittag im Hotel an und traf am Ende der Liftnische im sechzehnten Stockwerk neben einem Fenster, das auf die Fifth Avenue hinausging, mit Jack und Rebecca zusammen.

»Was sich hier zusammenbraut, ist ein ausgewachsener Bandenkrieg«, meinte Gresham. »So etwas haben wir zu meinen Lebzeiten noch nicht gehabt. Das ist ja wie in den wilden Zwanzigern, verdammt noch mal! Auch wenn sich da nur ein Haufen Gangster und Dreckskerle gegenseitig umbringen, ich mag das nicht. Werde das in meinem Zuständigkeitsbereich auf keinen Fall dulden. Ich habe mit dem Commissioner gesprochen, ehe ich hierherkam, und er ist da ganz meiner Ansicht: Wir können das nicht weiter so behandeln, als wäre es nur eine gewöhnliche Morduntersuchung; wir müssen Druck dahinterbringen. Wir bilden eine Sonderkommission. Wir richten in zwei Verhörräumen das Hauptquartier der Kommission ein, legen eigene Telefonleitungen und so weiter.«

»Soll das heißen, daß Jack und ich von dem Fall abgezogen werden?«

»Nein, nein«, sagte Gresham. »Ich übertrage euch die Leitung der Sonderkommission. Ich möchte, daß ihr jetzt ins Büro zurückfahrt, einen Angriffsplan, eine Strategie ausarbeitet und euch überlegt, was ihr alles braucht. Wie viele Leute – Uniformierte und Kriminalbeamte? Wieviel Büropersonal? Wie viele Fahrzeuge? Stellt besondere Verbindungen zu den Rauschgiftdezernaten der Stadt, des Staates und des Bundes her, damit wir nicht jedesmal die ganze Bürokratie durchlaufen müssen, wenn wir eine Information brauchen. Dann kommt ihr um fünf in mein Büro.«

»Wir haben hier noch einiges zu tun«, sagte Jack.

»Das kann auch jemand anderer machen«, verfügte Gresham. »Und übrigens haben wir ein paar Reaktionen auf eure Anfragen bezüglich Lavelle bekommen.«

»Die Telefongesellschaft?« fragte Jack.

»Das ist eine davon. Sie haben keine registrierte und keine Geheimnummer für jemanden namens Baba Lavelle.

»Was ist mit dem Elektrizitätswerk?« fragte Jack.

»Das gleiche«, antwortete Gresham. »Kein Baba Lavelle.«

»Vielleicht hat er für die Anschlüsse den Namen eines Freundes benützt.«

Gresham schüttelte den Kopf. »Wir haben auch Antwort von der Einwanderungsbehörde bekommen. Niemand namens Lavelle – Baba oder anders – hat im letzten Jahr eine Aufenthaltsgenehmigung beantragt, weder kurzfristig noch langfristig.«

Jack runzelte die Stirn. »Also hält er sich illegal im Lande auf.«

»Oder er ist überhaupt nicht hier«, sagte Rebecca.

Sie schauten sie verblüfft an.

Sie führte aus: »Ich bin durchaus nicht überzeugt davon, daß es wirklich einen Baba Lavelle gibt.«

»Lavelle existiert«, sagte Jack.

»Sie sind sich da sehr sicher«, stellte Gresham fest. »Warum?«

»Ich weiß es nicht genau.« Jack sah aus dem Fenster zu

den vom Schnee umwirbelten Türmen von Manhattan hinüber. »Ich will nicht so tun, als hätte ich Gründe dafür. Es ist nur ... Instinkt. Ich spüre es in allen Knochen. Lavelle existiert. Er ist irgendwo da draußen ... und ich glaube, er ist der bösartigste, gefährlichste Schweinehund, mit dem unsereiner es jemals zu tun bekommen wird.«

2

Als die Klassen im zweiten Stock der Wellton-Schule Mittagspause hatten, war Penny Dawson nicht hungrig. Sie machte sich nicht einmal die Mühe, zu dem ihr neu zugewiesenen Spind zu gehen und ihre Essensdose zu holen. Sie blieb an ihrem Platz, legte den Kopf auf die Arme und schloß die Augen, als wolle sie ein Nickerchen machen. Ein saurer, eiskalter Klumpen lag ihr bleischwer im Magen. Ihr war übel – aber nicht, weil sie etwa krank war, sondern vor Angst.

Sie hatte niemandem von den Kobolden mit den Silberaugen im Keller erzählt. Niemand würde ihr glauben, daß sie sie wirklich gesehen hatte. Und sicher würde auch niemand glauben, daß die Kobolde irgendwann versuchen würden, sie zu töten.

Aber sie wußte, was kommen würde. Sie wußte nicht, warum es ausgerechnet ihr passieren sollte. Sie wußte nicht genau, wie oder wann es passieren würde. Sie wußte nicht, woher die Kobolde kamen. Sie wußte nicht, ob sie eine Chance hatte, ihnen zu entkommen; vielleicht gab es keinen Ausweg. Aber sie *wußte*, was sie ihr antun wollten. O ja.

Sie machte sich nicht nur wegen ihres eigenen Schicksals Gedanken. Sie hatte auch Angst um Davey. Wenn die Kobolde es auf sie abgesehen hatten, dann vielleicht auch auf ihn.

Sie fühlte sich für Davey verantwortlich, besonders, seit ihre Mutter gestorben war. Sie war schließlich seine große Schwester. Eine große Schwester war verpflichtet, über ihren kleinen Bruder zu wachen und ihn zu beschützen, auch wenn er manchmal wirklich lästig sein konnte.

Im Augenblick befand sich Davey mit seinen Klassenkameraden und seinen Lehrern unten im ersten Stock. Jedenfalls für eine Weile war er in Sicherheit. Die Kobolde würden sich bestimmt nicht zeigen, wenn viele Leute dabei waren; sie schienen sehr darauf bedacht, im verborgenen zu bleiben.

Aber was war später? Was würde geschehen, wenn die Schule aus war und es Zeit wurde, nach Hause zu gehen?

Sie wußte nicht, wie sie sich oder Davey schützen konnte.

3

In der Hotelhalle blieben Jack und Rebecca bei den Telefonzellen stehen. Jack versuchte, seine Zugehfrau anzurufen. Wegen der Berufung in die Sonderkommission würde er die Kinder nicht wie geplant von der Schule abholen können, und er hoffte, sie würde Zeit haben, sie mitzunehmen und sie eine Weile bei sich zu behalten. Sie meldete sich nicht, und er dachte, sie sei vielleicht noch in seiner Wohnung beim Saubermachen, deshalb versuchte er es auch unter seiner eigenen Nummer, aber ohne Erfolg.

Nur ungern rief er Faye Jamison an, seine Schwägerin, Lindas einzige Schwester. Faye hatte Linda fast genausosehr geliebt, wie Jack sie geliebt hatte. Aus diesem Grunde brachte er Faye große Zuneigung entgegen – obwohl es nicht immer einfach war, sie gern zu haben. Sie war überzeugt, daß niemand ohne ihre Ratschläge ein ordentliches

Leben führen konnte. Sie meinte es gut. Aber trotz aller guten Absichten war sie aufreibend, und es gab Zeiten, da fand Jack ihre sanfte Stimme so durchdringend wie eine Polizeisirene.

Zum Beispiel jetzt, am Telefon, nachdem er gefragt hatte, ob sie die Kinder am Nachmittag von der Schule abholen würde, und sie sagte: »Natürlich, Jack, gerne, aber wenn sie dich erwarten und du dann nicht auftauchst, werden sie enttäuscht sein, und wenn so etwas zu oft passiert, werden sie mehr als nur enttäuscht sein; dann werden sie sich verlassen vorkommen.«

»Faye...«

»Die Psychologen sagen, wenn Kinder schon ein Elternteil verloren haben, dann brauchen sie...«

»Faye, entschuldige, aber ich habe im Moment wirklich keine Zeit, um mir anzuhören, was die Psychologen sagen. Ich...«

»Aber gerade für so etwas solltest du dir Zeit nehmen, mein Lieber.«

Er seufzte. »Vielleicht hast du recht.«

»Alle modernen Eltern sollten sich mit Kinderpsychologie auseinandersetzen.«

Jack warf einen Blick auf Rebecca, die ungeduldig neben dem Telefon wartete. Er zog die Augenbrauen hoch und zuckte die Achseln, als Faye weiterschwafelte.

»Du bist ein altmodischer, instinktgeleiteter Vater, mein Lieber. Du glaubst, mit Liebe und Bonbons ist alles getan. Liebe und Bonbons gehören natürlich dazu, aber das ist doch bei weitem nicht alles...«

»Faye, jetzt hör mir mal zu, wenn ich den Kindern zehnmal sage, daß ich komme, dann bin ich neunmal davon auch wirklich da. Aber manchmal geht es eben nicht. In meinem Beruf hat man nicht immer geregelte Arbeitszeiten. Als Kriminalbeamter bei der Mordkommission kann man nicht einfach mittendrin weglaufen, wenn man eine heiße Spur verfolgt, nur weil man Dienstschluß hat. Außerdem haben wir hier eine Krise. Eine große. Also, holst du nun die Kinder ab?«

»Natürlich, mein Lieber«, sagte sie, und es hörte sich leicht gekränkt an.

»Ich bin dir sehr dankbar, Faye.«

»Nicht der Rede wert.«

»Tut mir leid, wenn ich... kurz angebunden war.«

»Das warst du nicht. Mach dir deshalb keine Gedanken. Sollen Davey und Penny zum Dinner bleiben?«

»Wenn es dir nichts ausmacht?«

»Natürlich nicht. Wir haben sie gerne hier, Jack.«

»Also dann, vielen Dank, Faye. Ich weiß nicht, was ich tun würde, wenn Keith und du mir nicht hin und wieder aushelfen würdet; wirklich. Aber ich muß jetzt los. Bis später.«

Ehe Faye ihm noch weitere Ratschläge mit auf den Weg geben konnte, legte Jack auf, er fühlte sich erleichtert und zugleich schuldbewußt.

Im Westen hatte sich ein scharfer, heftiger Wind angestaut. Er fegte in einem erbarmungslosen Schwall durch die kalte graue Stadt und trieb den Schnee vor sich her.

Vor dem Hotel schlugen Rebecca und Jack die Mantelkrägen hoch, zogen das Kinn ein und gingen vorsichtig über das glatte, schneebedeckte Pflaster.

Gerade als sie ihren Wagen erreichten, sprach sie ein Fremder an. Er war groß, dunkelhäutig und gut gekleidet. »Lieutenant Chandler? Lieutenant Dawson? Mein Boß möchte mit Ihnen sprechen.«

»Wer ist Ihr Boß?« fragte Rebecca.

Statt einer Antwort deutete der Mann auf eine schwarze Mercedes-Limousine, die weiter vorne an der Hotelauffahrt parkte. Er ging darauf zu, sichtlich überzeugt, daß sie ihm ohne weitere Fragen folgen würden.

Nach kurzem Zögern taten sie das wirklich, und als sie die Limousine erreichten, glitt das dunkel getönte Rückfenster herunter. Jack erkannte den Insassen sofort, und er sah, daß auch Rebecca wußte, wer der Mann war: Don Gennaro Carramazza, das Oberhaupt der mächtigsten Mafia-Familie in New York.

Der große Mann stieg vorne ein und setzte sich neben den Chauffeur, und Carramazza, der alleine im Fond saß, öffnete seine Tür und winkte Jack und Rebecca, zu ihm zu kommen.

»Was wollen Sie?« fragte Rebecca, machte aber keine Anstalten, in den Wagen zu steigen.

»Mich ein wenig unterhalten«, sagte Carramazza nur mit einem Hauch eines sizilianischen Akzents. Er hatte eine überraschend kultivierte Stimme.

»Dann reden Sie«, sagte sie.

»Nicht so. Dazu ist es zu kalt«, widersprach Carramazza. Schnee wehte an ihm vorbei in den Wagen. »Machen wir es uns doch bequem.«

»Ich habe es bequem«, sagte sie.

»Nun, ich nicht«, entgegnete Carramazza. Er runzelte die Stirn. »Hören Sie, ich habe äußerst wichtige Informationen für Sie. Ich wollte sie Ihnen persönlich aushändigen. Zeigt Ihnen das nicht, wie wichtig es ist? Aber ich werde bei Gott nicht auf der Straße, in aller Öffentlichkeit mit Ihnen sprechen.«

Jack sagte: »Steig ein, Rebecca.«

Sie gehorchte mit einem Ausdruck des Widerwillens auf dem Gesicht.

Jack stieg hinter ihr in den Wagen. Sie setzten sich auf die Plätze zu beiden Seiten der eingebauten Bar und des Fernsehgeräts, dem Heck der Limousine zugewandt, während Carramazza nach vorne schaute.

Im vorderen Teil des Wagens berührte Rudy einen Schalter, und eine dicke Trennwand aus Plexiglas schob sich zwischen diesem Teil des Wagens und dem Fahrgastraum hoch.

Carramazza nahm einen Diplomatenkoffer und legte

ihn auf seinen Schoß, öffnete ihn aber nicht. Er betrachtete Jack und Rebecca mit nachdenklicher Miene.

Der Alte sah aus wie eine Eidechse. Seine Augen waren von schweren, faltigen Lidern verdeckt. Sein Schädel war fast völlig kahl. Sein Gesicht war voller Runzeln und ledrig, mit scharfen Zügen und einem breiten, schmallippigen Mund.

Es hätte Jack nicht überrascht, wenn zwischen Carramazzas trockenen Lippen eine lange, gespaltene Zunge herausgeschnellt wäre.

Carramazza schwenkte seinen Kopf zu Rebecca hin. »Sie haben wirklich keinen Grund, sich vor mir zu fürchten.«

Sie sah ihn überrascht an. »Fürchten? Aber das tue ich nicht.«

»Ich dachte nur, weil Sie zögerten, in den Wagen zu steigen...«

»Oh, das war keine Furcht«, entgegnete sie eisig. »Ich machte mir nur Sorgen, ob es die Reinigung denn schaffen würde, den Gestank wieder aus meinen Kleidern zu kriegen.«

Carramazzas harte, kleine Augen wurden schmal.

Jack stöhnte innerlich auf.

Der alte Mann sagte: »Ich sehe keinen Grund, warum wir nicht höflich miteinander umgehen sollten, besonders wenn es im beiderseitigen Interesse liegt, daß wir zusammenarbeiten.«

Er hörte sich nicht wie ein Ganove an. Er hörte sich an wie ein Bankier.

»Wirklich?« fragte Rebecca. »Sie sehen wirklich keinen Grund? Dann gestatten Sie mir bitte, es Ihnen zu erklären.«

Jack sagte: »Äh, Rebecca...«

Sie war nicht zu bremsen: »Sie sind ein Gangster, ein Dieb und ein Mörder, ein Drogenhändler und ein Zuhälter. Ist das Erklärung genug?«

»Rebecca...«

»Keine Angst, Jack. Ich habe ihn nicht beleidigt. Man kann ein Schwein nicht dadurch beleidigen, daß man es ein Schwein nennt.«

»Vergiß nicht«, mahnte Jack, »daß er heute seinen Neffen und seinen Bruder verloren hat.«

»Die beide Drogenhändler, Gangster und Mörder waren«, gab sie zurück.

Ihre Heftigkeit hatte Carramazza die Sprache verschlagen.

Rebecca warf ihm einen wütenden Blick zu und sagte: »Sie scheinen über den Verlust ihres Bruders nicht gerade untröstlich zu sein. Findest du, daß er untröstlich aussieht, Jack?«

Ohne eine Spur von Zorn oder auch nur Erregung in der Stimme sagte Carramazza: »Sizilianische Männer in der *fratellanza* weinen nicht.«

Aus dem Mund eines verhutzelten Greises klang diese Macho-Erklärung maßlos albern.

Immer noch ohne erkennbare Feindseligkeit und weiterhin mit der beschwichtigenden Stimme eines Bankiers erklärte Carramazza: »Aber wir haben Gefühle. Und wir nehmen Rache.«

Rebecca musterte ihn mit unverhohlenem Abscheu.

Die reptilienartigen Hände des alten Mannes lagen völlig reglos auf dem Diplomatenkoffer. Er richtete seine Kobraaugen auf Jack.

»Lieutenant Dawson, vielleicht sollte ich mich in dieser Sache an Sie wenden. Sie scheinen die... Vorurteile von Lieutenant Chandler nicht zu teilen.«

Jack schüttelte den Kopf. »Da befinden Sie sich im Irrtum. Ich stimme allem zu, was sie gesagt hat. Ich hätte es nur nicht ausgesprochen.«

Er sah Rebecca an.

Sie lächelte ihm zu, zufrieden, weil er sie unterstützte.

Jack sah sie an, wandte sich aber an Carramazza, als er

sagte: »Manchmal sind der Eifer und die Aggressivität meiner Partnerin etwas übertrieben und destruktiv, eine Lektion, die sie anscheinend nicht lernen kann oder will.«

Ihr Lächeln verschwand sehr schnell.

Mit deutlichem Sarkasmus sagte Carramazza: »Was haben wir denn hier – zwei selbstgerechte, scheinheilige Typen? Sie haben wohl noch nie Bestechungsgeld angenommen, nicht einmal früher, als Sie noch Streifenpolizist waren und kaum genug verdienten, um die Miete zu bezahlen?«

Jack sah dem Alten in die harten, wachsamen Augen und sagte: »Ja. Das stimmt. Das habe ich nie getan.«

Carramazza betrachtete sie einen Augenblick lang schweigend, während eine Schneewolke um den Wagen wirbelte und die Stadt verhüllte. Endlich sagte er: »Dann habe ich es also mit zwei Monstren zu tun.« Er stieß das Wort ›Monstren‹ mit solcher Verachtung heraus, daß man deutlich sah, wie sehr ihm allein der Gedanke an einen ehrlichen Beamten zuwider war.

»Nein, Sie irren sich«, sagte Jack. »Wir sind nichts Besonderes. Wir sind keine Monstren. Nicht alle Polizisten sind bestechlich. Nicht einmal die meisten davon.«

»Die meisten werden auf die eine oder andere Weise geschmiert«, behauptete Carramazza.

»Das ist einfach nicht wahr.«

Rebecca sagte: »Es hat keinen Sinn zu diskutieren, Jack. Er *muß* glauben, daß alle anderen korrupt sind. Nur so kann er rechtfertigen, was er tut.«

Der alte Mann seufzte. Er öffnete den Diplomatenkoffer auf seinem Schoß, zog einen Manila-Umschlag heraus und reichte ihn Jack. »Das könnte nützlich für Sie sein.«

Jack nahm ihn mit nicht geringen Befürchtungen. »Was ist das?«

»Keine Aufregung«, sagte Carramazza. »Es ist kein Bestechungsgeld. Es sind Informationen. Alles, was wir über den Mann in Erfahrung bringen konnten, der sich

Baba Lavelle nennt. Seine letzte bekannte Adresse. Die Restaurants, die er besuchte, ehe er diesen Krieg anfing und untertauchte. Die Namen und Adressen aller Pusher, die seine Ware während der letzten drei Monate verteilt haben – obwohl Sie einige von ihnen wahrscheinlich nicht mehr verhören können.«

»Weil Sie sie haben töten lassen?« fragte Rebecca.

»Nun, vielleicht sind sie einfach fortgegangen.«

»Sicher.«

»Jedenfalls steht alles hier drin«, sagte Carramazza. »Vielleicht haben Sie diese Informationen alle schon; vielleicht auch nicht. Ich glaube nicht.«

»Warum geben Sie sie uns?« fragte Jack.

»Ist das nicht offensichtlich?« fragte der alte Mann und öffnete seine verdeckten Augen ein wenig weiter. »Ich möchte, daß Lavelle gefunden wird. Ich möchte, daß er gestoppt wird.«

Jack hielt den großformatigen Umschlag in der Hand, klopfte sich damit aufs Knie und sagte: »Ich hätte geglaubt, Sie haben viel bessere Chancen, ihn zu finden als wir. Schließlich ist er Drogenhändler. Er gehört zu Ihrer Welt. Sie haben alle Quellen, alle Kontakte...«

»Die üblichen Quellen und Kontakte sind in diesem Fall wenig oder gar nichts wert«, sagte der alte Mann. »Dieser Lavelle... er ist ein Einzelgänger. Noch schlimmer. Es ist... als könne er sich... in Luft auflösen.«

»Sind Sie sicher, daß er tatsächlich existiert?« fragte Rebecca. »Vielleicht ist er nur ein Strohmann. Vielleicht haben ihn Ihre *wirklichen* Feinde nur aufgebaut, um sich hinter ihm zu verstecken.«

»Er ist sehr real«, sagte Carramazza mit Nachdruck. »Er ist im letzten Frühjahr illegal ins Land gekommen. Er kam über Puerto Rico von Jamaica hierher. In dem Umschlag hier ist eine Fotografie von ihm.« Jack öffnete hastig den Umschlag, kramte den Inhalt durch und zog ein acht mal zehn Zoll großes Hochglanzfoto heraus.

Carramazza sagte: »Das ist die Vergrößerung eines Schnappschusses; er wurde, kurz nachdem Lavelle anfing, in dem Gebiet zu operieren, das traditionell uns gehört, in einem Restaurant aufgenommen.«

Das Foto war ein wenig unscharf, aber Lavelles Gesicht war deutlich genug, so daß Jack ihn in Zukunft erkennen konnte, sollte er ihm jemals auf der Straße begegnen.

Er gab das Bild Rebecca.

Carramazza sagte: »Lavelle will mir mein Geschäft wegnehmen, meinen Ruf innerhalb der *fratellanza* ruinieren und mich als schwach und hilflos hinstellen. *Mich*. Mich, den Mann, der die Organisation seit achtundzwanzig Jahren mit eiserner Hand führt! *Mich!*«

Endlich schwang eine Andeutung von Gefühl in seiner Stimme mit: kalter, harter Zorn. Als er weitersprach, spuckte er die Worte aus, als hätten sie einen fauligen Geschmack.

»Aber das ist noch nicht das Schlimmste. Nein. Sehen Sie, das Geschäft interessiert ihn eigentlich gar nicht. Sobald er es hat, wird er es wegwerfen, wird zulassen, daß die anderen Familien nachrücken und es unter sich aufteilen. Er will nur nicht, daß ich oder irgend jemand anderer mit dem Namen Carramazza es hat. Das ist nicht nur ein Kampf um ein Gebiet, nicht nur ein Machtkampf. Für Lavelle ist es ganz eindeutig ein Rachefeldzug. Er will mich auf jede nur denkbare Weise leiden sehen. Er hat vor, mich zu isolieren, und hofft, mich zu vernichten, indem er mir mein Imperium raubt und meine Neffen und meine Söhne tötet. Ja, alle – einen nach dem anderen. Er droht, auch meine besten Freunde zu ermorden, jeden, der mir jemals etwas bedeutet hat. Er schwört, er werde meine fünf geliebten Enkelkinder töten. Können Sie sich so etwas vorstellen? Er bedroht kleine Kinder! Keine Rache, ganz gleich, wie gerechtfertigt sie sein mag, sollte jemals unschuldige Kinder treffen.«

»Hat er Ihnen tatsächlich gesagt, daß er all das tun

wird?« fragte Rebecca. »Wann? Wann hat er es Ihnen gesagt?«

»Mehrmals.«

»Sie sind persönlich mit ihm zusammengetroffen?«

»Nein. Ein persönliches Treffen würde er nicht überleben.«

Das Image des Bankiers hatte sich in nichts aufgelöst. Die vornehme Fassade war zerbröckelt. Der Alte wirkte mehr denn je wie ein Reptil. Wie eine Schlange in einem Tausend-Dollar-Anzug. Eine sehr giftige Schlange.

Er fuhr fort: »Dieser Dreckskerl von Lavelle hat mir das alles am Telefon gesagt. Er hat mich unter meiner geheimen Privatnummer angerufen. Ich lasse die Nummer ständig ändern, aber der Schleicher bekommt die neue jedesmal in die Finger, praktisch sofort, wenn sie angeschlossen ist. Er erzählt mir... er sagt... wenn er meine Freunde, meine Neffen, Söhne und Enkel getötet hat, dann... er sagt, er wird... er sagt, er wird...«

Einen Augenblick lang war Carramazza angesichts der Erinnerung an Lavelles arrogante Drohungen unfähig weiterzusprechen. Zorn blockierte seine Kiefer; seine Zähne preßten sich aufeinander, die Muskeln an Hals und Wangen traten hervor. Seine dunklen Augen, die einem Angst einjagten, funkelten jetzt in so intensiver, unmenschlicher Wut, daß sie sich Jack mitteilte und ihm einen Schauder über den Rücken jagte.

Schließlich bekam sich Carramazza wieder unter Kontrolle. Aber als er sprach, war seine Stimme nur mehr ein stoßweises, kaltes Flüstern: »Dieser Abschaum, dieser Niggerbastard, dieses Stück *Scheiße* – er sagt, er will meine Frau abschlachten, meine Nina. *Abschlachten*, das war das Wort, das er verwendete. Und wenn er sie geschlachtet hat, sagt er, dann wird er mir auch meine Tochter wegnehmen.« Die Stimme des alten Mannes wurde weich, als er von seiner Tochter sprach. »Meine Rosie. Meine wunderschöne Rosie, die Freude meines Lebens. Siebenundzwanzig ist sie, aber sie sieht aus wie siebzehn. Und klug ist sie. Studiert Medizin. Wird Ärztin. Fängt dieses Jahr mit ihrem Praktikum an. Eine Haut wie Porzellan. Die schönsten Augen, die Sie je gesehen haben.« Er schwieg einen Augenblick, als er Rosie im Geiste vor sich sah, dann wurde sein Flüstern wieder scharf. »Lavelle sagt, er will meine Tochter vergewaltigen und sie dann in Stücke schneiden, zerteilen... vor meinen Augen. Er hat die Dreistigkeit, solche Sachen zu mir zu sagen.« Der alte Mann schwieg ein paar Sekunden; er atmete in tiefen, zittrigen Stößen. Seine Klauenfinger ballten sich zu Fäusten, öffneten, schlossen, öffneten, schlossen sich. Dann: »Ich will, daß jemand diesen Bastard unschädlich macht.«

»Sie haben alle Ihre Leute auf ihn angesetzt?« fragte Jack. »Alle Quellen angezapft?«

»Ja.«

»Aber Sie können ihn trotzdem nicht finden.«

»Neiiiin«, gestand Carramazza ein, und als er dieses eine Wort so in die Länge zog, ließ das eine Frustration erkennen, die fast ebensogroß war wie sein Zorn. »Er hat seine Wohnung im Village verlassen und ist in den Untergrund gegangen, versteckt sich. Deshalb erzähle ich Ihnen all das.«

Jack fragte: »Sie haben uns erzählt, daß Lavelles Motiv Rache ist. Aber wofür? Was haben Sie ihm angetan, daß er Ihre ganze Familie, sogar Ihre Enkel auslöschen will?«

»Das werde ich Ihnen nicht sagen. Ich *kann* es Ihnen nicht sagen, denn wenn ich es täte, würde mich das möglicherweise kompromittieren.«

»Wohl eher *belasten*«, sagte Rebecca.

Jack schob das Foto von Lavelle in den Umschlag zurück. »Ich habe mir schon wegen Ihres Bruders Dominick Gedanken gemacht.«

Bei der Erwähnung seines toten Bruders schien Gennaro Carramazza zusammenzuschrumpfen und schlagartig zu altern.

Jack fuhr fort: »Ich meine, er wollte sich doch in diesem Hotel hier offenbar verstecken, als Lavelle ihn erwischte. Aber wenn er wußte, daß er auf der Abschußliste stand, warum hat er sich nicht in seinem eigenen Haus verkrochen oder ist zu Ihnen gekommen, um Sie um Schutz zu bitten? Unter solchen Umständen gäbe es doch in der ganzen Stadt keinen sichereren Ort als Ihr Haus. Angesichts dessen, was sich hier abspielt, haben Sie sich doch da draußen in Brooklyn Heights sicher wie in einer Festung verschanzt.«

»Das stimmt«, sagte der Alte. »Mein Haus ist eine Festung.« Seine Augen blinzelten einmal, zweimal, so langsam wie Eidechsenaugen. »Eine Festung – aber doch nicht sicher. Lavelle hat schon zweimal in meinem eigenen Haus zugeschlagen, trotz der strengen Sicherheitsvorkehrungen.«

»Sie meinen, er hat in Ihrem Haus getötet...«

»Ja.«

»Wen?«

»Ginger und Pepper.«

»Wer ist das?«

»Meine Hündchen. Ein Zwergspanielpärchen.«

»Aha.«

»Kleine Hunde, wissen Sie.«

»Und sie wurden in Ihrem Haus getötet?«

Carramazza blickte auf. »Gestern nacht. In Stücke gerissen. Irgendwie – wir wissen immer noch nicht, wie – ist Lavelle oder einer seiner Leute ins Haus gelangt, hat meine süßen kleinen Hündchen getötet und es wieder verlassen, ohne entdeckt zu werden.« Er schlug mit seiner knochigen Hand auf den Diplomatenkoffer. »Verdammt! Dabei ist das ganz unmöglich! Das Haus ist vollkommen dicht! Von einer kleinen Armee bewacht! Ginger und Pepper waren so zutraulich. Sie hätten nie jemand gebissen. Nie. Sie bellten auch fast nie. Sie haben es nicht verdient, so brutal behandelt zu werden. Zwei unschuldige kleine Wesen.«

Jack war einigermaßen erstaunt. Dieser Mörder, dieser greisenhafte Rauschgifthändler, dieser alte Halsabschneider, diese gefährliche, giftige Eidechse von einem Menschen, der um seinen toten Bruder nicht weinen konnte oder wollte, schien jetzt gleich in Tränen ausbrechen zu wollen, weil jemand seine Hündchen umgebracht hatte.

Jack warf einen Blick auf Rebecca. Sie starrte Carramazza an, halb mit großäugigem Erstaunen, halb wie jemand, der beobachtet, wie eine besonders abscheuliche Kreatur unter einem Stein hervorkriecht.

Jack war sich nicht ganz sicher, wie er einen weinerlichen Mafia-Chef behandeln sollte, und er versuchte, Carramazza von seinen Hunden abzulenken, ehe der Alte endgültig in jenen kläglichen und peinlichen Zustand abglitt, dem er jetzt gefährlich nahe war. Er sagte: »Es wird gemunkelt, daß Lavelle behauptet, er ginge mit Voodoo gegen Sie vor.«

Carramazza nickte. »Das sagt er.«

»Und Sie glauben es?«

»Er scheint es ernst zu meinen.«

»Und glauben Sie, daß an dieser Voodoo-Sache etwas dran ist?«

Carramazza antwortete nicht. Er blickte durch das Seitenfenster hinaus in das Schneegestöber, das der Wind an der Limousine vorbeipeitschte.

Obwohl Jack merkte, daß Rebecca ihn mißbilligend ansah, hakte er nach: »Glauben Sie, da ist etwas dran?«

Carramazza wandte sein Gesicht vom Fenster ab. »Sie meinen, ob ich glaube, daß es funktioniert? Vor einem Monat hätte ich noch gelacht, wenn mich das jemand gefragt hätte, aber jetzt...«

Jack sagte: »Jetzt fragen Sie sich, ob nicht vielleicht...«

»Ja. Ob nicht vielleicht...«

Jack sah, daß sich die Augen des alten Mannes verändert hatten. Sie waren immer noch hart, immer noch kalt, immer noch wachsam, aber jetzt lag etwas Neues darin.

Angst. Es war ein Gefühl, dem der gehässige alte Bastard eigentlich schon lange entwöhnt sein mußte.

»Finden Sie ihn«, sagte Carramazza.

»Wir werden es versuchen«, versprach Jack.

»Halten Sie ihn auf«, verlangte Carramazza, und seine Stimme hörte sich an, als wäre er so nahe daran wie nie davor, zu einem Vertreter des Gesetzes ›bitte‹ zu sagen.

Die Mercedes-Limousine fuhr vom Rinnstein weg und die Hotelauffahrt hinunter und hinterließ tiefe Spuren in dem Viertelzoll Schnee, der jetzt das Pflaster bedeckte.

Jack und Rebecca blieben einen Augenblick auf dem Gehsteig stehen und sahen dem Wagen nach.

Rebecca sagte: »Wir müssen ins Hauptquartier zurück.«

Jack nahm das Foto von Lavelle aus dem Umschlag, den Carramazza ihm gegeben hatte, und steckte es in die Innentasche seines Mantels.

»Was hast du vor?« fragte Rebecca.

Er reichte ihr den Umschlag. »Ich bin in einer Stunde im Hauptquartier.«

»Du willst nach Harlem hinaus, stimmt's?«

»Hör zu, Rebecca...«

»Zu diesem verdammten Voodoo-Laden.«

Er sagte nichts.

Sie sagte: »Ich wußte es. Du rennst da hinaus, um noch einmal mit Carver Hampton zu sprechen. Mit diesem Scharlatan. Diesem Betrüger.«

»Er ist kein Betrüger. Er glaubt an das, was er tut. Ich sagte, ich würde heute noch einmal zu ihm kommen.«

»Das ist blödsinnig.«

»Wirklich? Lavelle existiert. Wir haben jetzt ein Foto von ihm.«

»Dann existiert er also? Das bedeutet noch nicht, daß Voodoo funktioniert!«

»Das weiß ich selbst.«

»Wie soll ich ins Büro kommen, wenn du da rausfährst?«

»Du kannst den Wagen nehmen. Ich lasse mich von einem Streifenpolizisten hinbringen.«

»Jack, verdammt noch mal.«

»Ich habe so ein Gefühl, Rebecca.«

»Zum Teufel damit.«

»Ich habe das Gefühl, daß ... irgendwie ... die Voodoo-Subkultur – vielleicht nichts wirklich Übernatürliches – aber wenigstens die Subkultur selbst untrennbar mit dieser Sache zusammenhängt. Ich habe wirklich das Gefühl, daß man den Fall von dieser Seite angehen muß.«

4

Der Neuschnee ließ die Straße heller und freundlicher erscheinen. Die Gegend war immer noch schäbig, schmutzig, von Abfall übersät und völlig heruntergekommen, aber sie sah nicht halb so schlimm aus wie gestern, ohne Schnee.

Carver Hamptons Laden war gleich um die Ecke. Auf dem Schild über der Tür stand nur ein einziges Wort: *Rada*. Gestern hatte Jack Hampton gefragt, was dieser Name bedeute, und er hatte erfahren, daß es drei große Liturgien oder geistliche Richtungen gab, die das Voodoo beherrschten. Zu zweien gehörten die bösen Gottheiten; sie hießen *Congo* und *Pétro*. Das Pantheon der guten Götter hieß Rada. Da Hampton nur mit Substanzen, Gerätschaften und zeremoniellen Gewändern handelte, die zur Ausübung der weißen (guten) Magie benötigt wurden, brauchte er nicht mehr als dieses eine Wort über der Tür, um genau die Kundschaft anzulocken, nach der er suchte – jene Leute aus der Karibik und ihre Nachkommen, die, als sie nach New York City verschlagen worden waren, ihre Religion mitgebracht hatten.

Jack öffnete die Tür; eine Glocke verkündete sein Eintre-

ten, und er ging hinein und ließ den eisigen Dezember-
wind draußen.

Auf das Klingeln hin kam Carver Hampton durch einen
grünen Perlenvorhang aus dem Hinterzimmer an der
Rückseite des Ladens. Er schien überrascht. »Lieutenant
Dawson! Wie nett, Sie wiederzusehen. Aber ich hatte
nicht erwartet, daß Sie noch einmal hierherkommen würden, noch dazu bei diesem abscheulichen Wetter. Ich
dachte, Sie würden nur anrufen und fragen, ob ich etwas
für Sie herausgefunden habe.«

Jack ging durch den Laden, und sie schüttelten sich
über die Verkaufstheke hinweg die Hände.

Carver Hampton war großgewachsen, mit breiten
Schultern und einem riesigen Brustkorb, er hatte etwa
vierzig Pfund Übergewicht, wirkte aber sehr beeindruk-
kend. Auch wenn er nicht besonders gut aussah, wirkte er
doch sehr freundlich, wie ein sanfter Riese, das Urbild eines schwarzen Santa Claus.

Er sagte: »Es tut mir so leid, daß Sie den ganzen Weg
umsonst gemacht haben.«

»Dann haben Sie also seit gestern nichts herausgefunden?« fragte Jack.

»Nicht viel. Ich habe so herumgehorcht. Ich frage immer noch hier und da und stochere herum. Bisher habe ich
nur erfahren, daß es tatsächlich jemanden gibt, der sich
Baba Lavelle nennt und behauptet, er sei ein *Bocor*.«

»*Bocor*? Das ist ein Priester, der Hexerei betreibt – richtig?«

»Richtig. Schwarze Magie. Das ist alles, was ich weiß:
daß es ihn wirklich gibt, worüber Sie sich gestern nicht so
sicher waren; ich nehme also an, daß das wenigstens einen gewissen Wert für Sie hat. Aber wenn Sie angerufen
hätten...«

»Tja, eigentlich bin ich gekommen, um Ihnen etwas zu
zeigen, das nützlich sein könnte. Ein Foto von Baba Lavelle persönlich.«

114

»Wahrhaftig?«

»Ja.«

»Dann wissen Sie also schon, daß es ihn wirklich gibt. Lassen Sie es mich aber doch sehen. Es könnte von Nutzen sein, wenn ich den Mann beschreiben kann, nach dem ich frage.«

Jack zog das Hochglanzfoto aus der Innentasche seines Mantels und reichte es hinüber.

Hamptons Gesicht veränderte sich augenblicklich, als er Lavelle sah. Wenn ein Schwarzer überhaupt blaß werden kann, dann wurde er das. Nicht so sehr der Farbton seiner Haut veränderte sich, aber sie wurde stumpf und verlor alle Lebendigkeit.

Er sagte: »Dieser Mann!«

»Was?« fragte Jack.

Das Foto zitterte, als Hampton es schnell zurückgab. Er stieß es Jack hin, als wolle er es schnellstens loswerden, als könne er sich irgendwie mit einer schlimmen Krankheit infizieren, wenn er das fotografische Abbild von Lavelle auch nur berührte. Seine großen Hände bebten.

Jack fragte: »Was ist? Was ist denn los?«

»Ich kenne ihn«, sagte Hampton. »Ich... ich habe ihn schon gesehen. Ich wußte nur seinen Namen nicht.«

»Wo haben Sie ihn gesehen?«

»Hier.«

»Hier im Laden?«

»Ja.«

»Wann?«

»Letzten September.«

»Seitdem nicht mehr?«

»Nein.«

»Was wollte er hier?«

»Er wollte Kräuter und pulverisierte Blumen kaufen.«

»Aber ich dachte, Sie handeln nur mit guter Magie? *Rada!*«

»Viele Substanzen kann sowohl ein *Bocor* wie auch ein

Houngon zu sehr verschiedenen Zwecken verwenden, für böse oder gute Magie. Es ging um Kräuter und pulverisierte Blumen, die äußerst selten sind und die er nirgendwo sonst in New York hatte auftreiben können.«

»Gibt es noch *mehr* solche Läden wie den Ihren?«

»Einen, der so ähnlich ist, aber nicht so groß. Und dann gibt es zwei praktizierende *Houngons* – die beiden sind keine großen Magier, kaum mehr als Amateure, sie haben beide nicht genug Macht oder Wissen, um sehr erfolgreich zu sein – sie verkaufen die magischen Sachen in ihrer Wohnung. Aber die kennen alle drei keine Skrupel. Sie verkaufen an *Bocors* und an *Houngons*.«

»Lavelle kam also hierher, als er bei denen nicht alles bekommen konnte, was er brauchte.«

»Ja. Er erzählte mir, er hätte das meiste gefunden, aber er sagte, mein Laden sei der einzige, der ein vollständiges Sortiment auch der ganz selten benützten Ingredienzien für Zaubersprüche und Beschwörungen führt. Was natürlich stimmt. Ich bin stolz auf meine Auswahl und auf die Qualität meiner Ware. Aber im Gegensatz zu den anderen verkaufe ich nicht an einen *Bocor* – wenn ich weiß, daß er einer ist. Jedenfalls, dieser Mann, der auf dem Foto...«

»Lavelle«, sagte Jack.

»Damals kannte ich seinen Namen nicht. Als ich die paar Sachen einpackte, die er sich ausgesucht hatte, entdeckte ich, daß er ein *Bocor* war, und ich weigerte mich, das Geschäft abzuschließen. Er dachte, ich sei wie all die anderen Händler, ich würde einfach an jeden verkaufen, und er war wütend, als ich ihm nicht geben wollte, was er verlangte. Ich wies ihm die Tür und dachte, damit sei die Sache erledigt.«

»Das war sie aber nicht?« fragte Jack.

»Nein.«

»Er kam zurück?«

»Nein.«

»Was geschah dann?«

Hampton kam hinter der Verkaufstheke hervor. Er ging zu den Regalen, auf denen Hunderte und Aberhunderte von Flaschen standen; Jack folgte ihm.

Hamptons Stimme war gedämpft und hatte einen ängstlichen Unterton. »Zwei Tage, nachdem Lavelle hier war, war ich alleine im Laden, saß da hinten an der Theke und las – da fielen plötzlich alle Flaschen von den Regalen auf den Boden. Alle im gleichen Augenblick. Das war vielleicht ein Krach! Die Hälfte davon zerbrach, der Inhalt floß ineinander, alles war ruiniert. Ich rannte hin, um zu sehen, was geschehen war, wodurch das Ganze ausgelöst worden war, und als ich näherkam, begannen einige der verschütteten Kräuter, Pulver und zerstoßenen Wurzeln... nun, sich zu *bewegen*... eine Gestalt zu bilden... lebendig zu werden. Aus den Trümmern wand sich zusammengesetzt aus mehreren Substanzen... eine schwarze Schlange, ungefähr achtzehn Zoll lang, empor. Mit gelben Augen. Giftzähnen. Einer hin- und herschnellenden Zunge. So wirklich wie eine aus dem Ei geschlüpfte Schlange.«

Jack starrte den großen Mann an, er wußte nicht, was er von ihm oder von seiner Geschichte halten sollte. Bis zu diesem Augenblick hatte er gedacht, Carver Hampton glaube aufrichtig an seine religiösen Vorstellungen und sei ein völlig vernünftiger Mensch, nicht weniger rational, nur weil seine Religion nicht der Katholizismus oder das Judentum war, sondern Voodoo. Jetzt starrte er ihn mit äußerst gemischten Gefühlen an, skeptisch und vorsichtig akzeptierend zugleich.

Rebecca würde jetzt sagen, er sei wieder einmal übermäßig aufgeschlossen.

Hampton starrte die Flaschen an, die auf den Regalen standen, und sagte: »Die Schlange glitt auf mich zu. Ich wich durch den ganzen Raum zurück. Ich konnte nirgendwohin fliehen. Ich fiel auf die Knie. Sprach Gebete. Es waren die richtigen Gebete für diese Situation, und sie taten ihre Wirkung. Entweder war es das... oder Lavelle wollte gar nicht, daß die Schlange mir Schaden zufügt. Vielleicht wollte er mich damit nur warnen, mich nicht in seine Angelegenheiten einzumischen, wollte mir sozusagen eine Ohrfeige geben, weil ich ihn so kurzerhand rausgeworfen hatte. Jedenfalls löste sich die Schlange schließlich wieder in die Kräuter, Pulver und zerstoßenen Wurzeln auf, aus denen sie entstanden war.«

»Woher wissen Sie, daß Lavelle es war, der das getan hat?« fragte Jack.

»Einen Moment, nachdem die Schlange... sich aufgelöst hatte... klingelte das Telefon. Es war dieser Mann, der, den ich nicht hatte bedienen wollen. Er sagte mir, es sei mein gutes Recht zu entscheiden, ob ich ihn bedienen wolle oder nicht, und er nehme mir das nicht übel. Aber er sagte, er gestatte niemandem, Hand an ihn zu legen, wie ich es getan hätte. Um mir das zu vergelten, habe er meine Sammlung von Kräutern zerstört und die Schlange heraufbeschworen. Das sagte er. Das war *alles*, was er sagte. Dann legte er auf.«

»Sie hatten mir nicht erzählt, daß Sie ihn tatsächlich mit Gewalt aus dem Laden *geworfen* hatten«, sagte Jack.

»Das habe ich auch nicht getan. Ich habe ihm nur die Hand auf den Arm gelegt und ihn... wie soll ich sagen?... hinausge*führt*. Entschieden, ja, aber ohne wirklich Gewalt anzuwenden, ohne ihm weh zu tun. Trotzdem reichte das, um ihn so wütend zu machen, daß er sich rächen wollte.«

»Und das war alles im September?«

»Ja.«

»Und er ist nie mehr wiedergekommen?«

»Nein.«

»Hat auch nicht angerufen?«

»Nein. Und ich brauchte fast drei Monate, bis ich mein Sortiment an seltenen Kräutern und Pulvern wieder beieinander hatte. Viele von diesen Artikeln sind so furchtbar schwer zu bekommen. Sie können sich das nicht vorstellen. Erst vor kurzem wurde ich damit fertig, diese Regale aufzufüllen.«

»Sie haben also durchaus Gründe zu wünschen, daß diesem Lavelle das Handwerk gelegt wird«, meinte Jack.

Hampton schüttelte den Kopf. »Im Gegenteil.«

»Wie?«

»Ich will mit der Sache nichts mehr zu tun haben.«

»Aber...«

»Ich kann Ihnen nicht mehr helfen, Lieutenant.«

»Das verstehe ich nicht.«

»Es müßte doch klar sein. Wenn ich Ihnen helfe, schickt Lavelle mir etwas auf den Hals. Etwas Schlimmeres als die Schlange. Und diesmal wird es nicht nur eine Warnung sein. Nein, diesmal geht es mir mit Sicherheit ans Leben.«

Jack sah, daß Hampton es ernst meinte, daß er wirklich verängstigt war. Der Mann glaubte an die Macht des Voodoo. Er zitterte. Selbst Rebecca würde, wenn sie ihn jetzt sähe, nicht mehr behaupten können, er sei ein Scharlatan. Er *glaubte* wirklich.

Jack sagte: »Aber Sie müßten doch genauso wie ich wünschen, daß er hinter Gitter kommt. Sie müßten doch, nach allem, was er Ihnen angetan hat, wollen, daß ihm sein schmutziges Handwerk gelegt wird.«

»Sie werden ihn nie ins Gefängnis bringen.«

»O doch.«

»Ganz gleich, was er tut, Sie werden ihm nie etwas anhaben können.«

»Wir werden ihn schon kriegen.«

»Er ist ein sehr mächtiger *Bocor*, Lieutenant. Kein Amateur. Kein Durchschnittszauberer. Ihm steht die Macht der Dunkelheit, der letzten Dunkelheit des Todes, der Dunkelheit der Hölle, der Dunkelheit der Anderen Seite zur Verfügung. Es ist eine kosmische Macht, die jegliches menschliche Begriffsvermögen übersteigt. Er ist nicht nur mit Satan im Bunde, mit eurem christlichen und jüdischen

König der Dämonen. Das wäre schlimm genug. Aber, sehen Sie, er dient auch *allen* bösen Göttern der afrikanischen Religionen, die bis in die Antike zurückreichen; er hat dieses große, bösartige Pantheon hinter sich. Einige dieser Gottheiten sind weit mächtiger und unermeßlich viel brutaler, als man Satan jemals dargestellt hat. Eine gewaltige Heerschar böser Wesen steht Lavelle zu Diensten, sie lassen sich bereitwillig von ihm benützen, weil sie ihrerseits ihn als Pforte in diese Welt benützen. Sie sind bestrebt herüberzukommen, um Blut, Schmerz, Entsetzen und Elend über die Lebenden zu bringen, denn zu dieser unserer Welt wird ihnen der Zutritt gewöhnlich durch die Macht der guten Götter verwehrt, die über uns wachen.«

Hampton hielt inne. Es kostete ihn Mühe zu atmen. Auf seiner Stirn glänzten Schweißperlen. Er wischte sich mit seinen großen Händen über das Gesicht und atmete mehrmals langsam und tief durch. Dann sprach er weiter, bemühte sich, seine Stimme ruhig und vernünftig klingen zu lassen, aber das gelang ihm nur halb.

»Lavelle ist ein gefährlicher Mann, Lieutenant, unendlich viel gefährlicher, als Sie es auch nur ahnen können. Ich halte es auch für sehr wahrscheinlich, daß er verrückt ist, wahnsinnig; er hatte eindeutig etwas Irres an sich. Das ist eine äußerst furchterregende Kombination. Das über alle Maßen Böse in Verbindung mit dem Wahnsinn und der Macht eines meisterlich geschulten *Bocor*.«

»Aber Sie sagen, Sie sind ein *Houngon*, ein Priester der weißen Magie. Können Sie mit Ihrer Macht nicht gegen ihn vorgehen?«

»Ich bin ein fähiger *Houngon*, besser als viele andere. Aber das Format dieses Mannes habe ich nicht. Ich könnte zum Beispiel, mit großer Anstrengung, vielleicht seinen eigenen Vorrat an Kräutern und Pulvern mit einem Fluch belegen. Ich könnte vielleicht ausgreifen und bewirken, daß ein paar Flaschen von den Regalen in seinem Arbeitszimmer, oder wo immer er sie aufbewahrt, herunterfallen

– natürlich erst, nachdem ich den Raum gesehen hätte. Ich könnte jedoch nicht soviel zerstören wie er. Und ich könnte keine Schlange heraufbeschwören, wie er es getan hat. Über soviel Macht, soviel Geschicklichkeit verfüge ich nicht.«

»Sie könnten es aber doch versuchen?«

»Nein. Ganz bestimmt nicht. Bei einer Machtprobe würde er mich zerquetschen. Wie ein Insekt.«

Hampton ging zur Tür und öffnete sie.

»Hören Sie«, sagte Jack. »Lavelle braucht nie zu erfahren, daß Sie sich nach ihm erkundigen. Er...«

»Er würde es herausfinden«, fiel ihm Hampton zornig ins Wort, seine Augen waren so weit aufgerissen wie die Tür, die er festhielt. »Er weiß alles – oder kann es herausfinden. Alles.«

»Aber...«

»Bitte, gehen Sie«, sagte Hampton.

»Hören Sie mich doch an. Ich...«

»Gehen Sie.«

»Aber...«

»Los, gehen Sie, verschwinden Sie, sofort, verdammt!« sagte Hampton mit einer Stimme, in der sich Ärger, Entsetzen und Panik zu gleichen Teilen mischten.

Die fast hysterische Angst dieses Hünen vor Lavelle übertrug sich allmählich auf Jack. Ein Frösteln durchlief ihn, und er stellte fest, daß seine Hände plötzlich feucht waren.

Er nickte seufzend. »Schon gut, schon gut, Mr. Hampton. Aber ich wünschte wirklich...«

»Jetzt, verdammt, *sofort!*« schrie Hampton.

Jack verließ den Laden.

5

Die Tür zum *Rada* schlug hinter ihm zu.

In der schneestillen Straße klang es, als würde ein Gewehr abgefeuert.

Jack drehte sich um, blickte zurück und sah, wie Carver Hampton die Jalousie herunterzog, die die Glasscheibe in der Mitte der Tür verdeckte. In dicken weißen Lettern war auf dem dunklen Segeltuch ein Wort gedruckt: GESCHLOSSEN.

Einen Augenblick später gingen in dem Laden die Lichter aus.

Vorsichtig ging Jack über das rutschige Pflaster auf den Streifenwagen zu, der, weiße Auspuffwolken ausstoßend, am Rinnstein auf ihn wartete. Er hatte erst drei Schritte gemacht, als er stehenblieb, weil er ein Geräusch hörte, das nicht hierher, auf die winterliche Straße, zu gehören schien: das Klingeln eines Telefons. Er schaute nach rechts und nach links und sah nahe an der Ecke, zwanzig Fuß hinter dem wartenden Schwarzweißen, ein Münztelefon. In der gar nicht zu einer Großstadt passenden Stille, die der Schnee über die Straßen legte, schrillte das Klingeln so laut, daß es direkt vor ihm aus dem Nichts zu kommen schien.

Er starrte das Telefon an. Es war nicht in einer Zelle. In der heutigen Zeit gab es nicht mehr viele von den Zellen mit einer Falttür, die wie ein kleiner Schrank aussahen, und in denen man ungestört sprechen konnte; zu teuer, sagte Ma Bell. Dieses Telefon war auf einer Stange angebracht und hatte einen Schallschutz in Form einer Schöpfkelle, die an drei Seiten nach innen gebogen war. Im Lauf der Jahre war er ein paarmal an öffentlichen Telefonen vorbeigekommen, die klingelten, obwohl niemand in der Nähe war, der auf einen Anruf wartete. Bei diesen Gelegenheiten hatte er nie einen zweiten Blick darauf verschwendet, hatte nie auch nur den geringsten Drang verspürt, den Hörer abzunehmen und herauszufinden, wer dran war; es war ihn nichts angegangen. Genausowenig, wie es ihn diesmal etwas anging. Und doch... dieses Mal war es irgendwie... anders. Das Klingeln schlängelte sich heraus wie ein Geräuschlasso, fing ihn ein, umschlang ihn, hielt ihn fest.

Die Harlem-Umgebung veränderte sich auf eine sonderbare, verwirrende Weise. Nur drei Dinge blieben fest und real: das Telefon, ein schmaler Streifen schneebedecktes Pflaster, der zu dem Telefon hinführte, und Jack selbst. Der Rest der Welt schien in einen Nebel zurückzuweichen, der aus dem Nichts aufstieg. Die Gebäude schienen zu verblassen, sich aufzulösen, wie in einem Film, wenn eine Szene ausgeblendet wurde, um von einer anderen ersetzt zu werden.

Es klingelte...

Etwas zog ihn an.

Es klingelte...

Zog ihn zum Telefon.

Er versuchte, sich dagegen zu wehren.

Es klingelte...

Plötzlich merkte er, daß er einen Schritt gemacht hatte Auf das Telefon zu.

Und noch einen.

Einen dritten.

Ihm war, als schwebe er.

Es klingelte...

Er bewegte sich wie im Traum oder im Fieber.

Er machte noch einen Schritt.

Er wollte stehenbleiben. Und konnte nicht.

Sein Herz hämmerte.

Ihm war schwindlig, wirr im Kopf.

Trotz der eiskalten Luft war sein Nacken schweißnaß.

Das Klingeln des Telefons war wie die rhythmischen, glitzernden Pendelbewegungen der Taschenuhr eines Hypnotiseurs. Das Geräusch zog ihn unerbittlich vorwärts, so sicher, wie in alten Zeiten die Gesänge der Sirenen unvorsichtige Seeleute auf die Riffs und in den Tod gezogen hatten.

Er wußte, daß der Anruf für ihn war. Wußte es, ohne zu begreifen, *wieso* er das wußte.

Er nahm den Hörer ab: »Hallo?«

»Lieutenant Dawson! Ich bin entzückt, daß ich endlich Gelegenheit habe, mit Ihnen zu sprechen. Mein Bester, wir hätten schon längst einmal miteinander plaudern sollen.«

Es war eine tiefe Stimme, aber kein Baß, und sie klang weich und elegant; auffällig war der gebildete britische Tonfall, der durch die schwungvollen Rhythmen der für tropische Zonen typischen Sprachmuster drang. Eindeutig ein karibischer Akzent.

Jack fragte: »Lavelle?«

»Aber natürlich. Wer sonst?«

»Aber woher wußten Sie...«

»Daß Sie dort sind? Mein lieber Junge, ich behalte Sie doch im Auge, wenn auch mit einer gewissen Lässigkeit.«

»Sie sind hier, nicht wahr? Irgendwo in dieser Straße, in einem der Apartmenthäuser?«

»Weit entfernt. Harlem ist nicht nach meinem Geschmack.«

»Ich möchte mit Ihnen reden«, sagte Jack.

»Das tun wir doch gerade.«

»Ich meine: persönlich.«

»Oh, ich glaube kaum, daß das notwendig ist.«

»Ich würde Sie nicht verhaften.«

»Das könnten Sie auch nicht. Keine Beweise.«

»Nun, dann...«

»Aber Sie würden mich unter irgendeinem Vorwand ein oder zwei Tage lang festhalten.«

»Ich gebe Ihnen mein Wort, daß wir Sie nur ein paar Stunden festhalten würden, nur um Ihnen einige Fragen zu stellen.«

»Tatsächlich?«

»Sie können mir vertrauen, wenn ich Ihnen mein Wort gebe. Ich tue das nicht leichtfertig.«

»Sonderbarerweise bin ich ziemlich sicher, daß das stimmt.«

»Warum kommen Sie also nicht her und beantworten uns einige Fragen, um gewisse Dinge klarzustellen und den Verdacht von sich abzuwälzen?«

»Tja, ich kann den Verdacht natürlich nicht von mir abwälzen, weil ich tatsächlich schuldig bin«, sagte Lavelle. Er lachte.

»Sie wollen sagen, daß Sie hinter den Morden stecken?«

»Sicher. Hat Ihnen das nicht jeder gesagt?«

»Sie haben mich also angerufen, um zu gestehen?«

Lavelle lachte wieder. Dann: »Ich habe Sie angerufen, um Ihnen einen Rat zu geben.«

»Ja?«

»Verfahren Sie so, wie es die Polizei in meinem Heimatland Haiti tun würde.«

»Und wie wäre das?«

»Man würde einem *Bocor*, der soviel Macht besitzt wie ich, nicht in die Quere kommen.«

»Stimmt das?«

»Man würde es nicht wagen.«

»Wir sind hier in New York, nicht auf Haiti. Abergläubische Ängste werden einem auf der Polizeiakademie nicht beigebracht.«

Jack sprach mit ruhiger und gelassener Stimme, aber sein Herz hämmerte wie wild gegen seine Rippen.

Lavelle sagte: »Außerdem würde sich die Polizei auf Haiti gar nicht einmischen *wollen*, wenn die Opfer des *Bocors* so wertloser Dreck wären wie die Familie Carramazza. Sehen Sie mich nicht als Mörder, Lieutenant. Sehen Sie mich als Kammerjäger, der der Gesellschaft einen wertvollen Dienst erweist. So würde man es in Haiti betrachten.«

»Wir haben hier eine andere Philosophie.«

»Tut mir leid, das zu hören.«

»Wir halten Mord für Unrecht, ganz gleich, wer das Opfer ist.«

»Wie albern. Was verliert die Welt, wenn die Carramazzas sterben? Diebe, Mörder und Zuhälter. Andere Diebe, Mörder und Zuhälter werden nachrücken und ihren Platz einnehmen. Nicht ich, verstehen Sie? Sie glauben vielleicht, daß ich genauso bin wie sie, nichts als ein Mörder, aber ich bin nicht von dieser Sorte. Ich bin Priester. Ich will den Drogenhandel in New York nicht beherrschen. Ich will ihn nur Gennaro Carramazza wegnehmen, als Teil seiner Strafe. Ich möchte ihn finanziell ruinieren, ihn so zurücklassen, daß er unter seinesgleichen keinen Respekt mehr genießt, und ich will ihm seine Freunde und seine Familie wegnehmen, sie abschlachten, ihm beibringen, was Leid ist. Wenn das geschehen ist, wenn er isoliert, einsam und voller Angst ist, wenn er eine Weile gelitten hat, wenn er von schwärzester Verzweiflung erfüllt ist, dann werde ich mich endlich auch seiner entledigen, und zwar auf langsame und sehr qualvolle Weise. Dann werde ich fortgehen, zurück auf die Inseln, und Sie werden nie wieder von mir belästigt werden. Ich bin nur ein Werkzeug der Gerechtigkeit, Lieutenant Dawson.«

»Verlangt die Gerechtigkeit wirklich, Carramazzas Enkelkinder zu ermorden?«

»Ja.«

»Unschuldige kleine Kinder?«

»Sie sind nicht unschuldig. Sie haben sein Blut, seine Gene. Das macht sie ebenso schuldig wie ihn.«

Carver Hampton hatte recht: Lavelle war wahnsinnig.

»Nun«, fuhr Lavelle fort, »ich sehe ein, daß Sie Schwierigkeiten mit Ihren Vorgesetzten bekommen, wenn Sie nicht wenigstens für ein paar von diesen Morden jemanden vor Gericht bringen. Die gesamte Mordkommission wird zum Prügelknaben für die Presse werden, wenn nichts geschieht. Das verstehe ich sehr gut. Wenn Sie wollen, werde ich es also so einrichten, daß durch viele verschiedene Anhaltspunkte Mitglieder einer der anderen Mafia-Familien der Stadt belastet werden. Es wäre mir ein Vergnügen, Ihnen auf diese Weise aus der Klemme zu helfen.«

Es waren nicht nur die Umstände, unter denen dieses Gespräch stattfand – die traumartige Beschaffenheit der Straße rings um das Münztelefon, das Gefühl zu schweben, der Fieberschleier –, die alles so unwirklich erscheinen ließen; das Gespräch selbst war so bizarr, daß es niemand hätte glauben können, ganz gleich, unter welchen Umständen es geführt wurde.

Jack sagte: »Glauben Sie wirklich, daß ich so ein Angebot ernst nehmen könnte?«

»Die Beweise, die ich fingiere, werden hieb- und stichfest sein. Sie werden jeder gerichtlichen Überprüfung standhalten. Sie brauchen nicht zu befürchten, den Fall zu verlieren.«

»Das meine ich nicht«, sagte Jack. »Glauben Sie wirklich, daß ich mit Ihnen zusammenarbeiten würde, um unschuldigen Menschen etwas anzuhängen?«

»Sie wären nicht unschuldig. Kaum. Ich rede davon, anderen Mördern, Dieben und Zuhältern etwas anzuhängen.«

»Aber *diese* Verbrechen hätten sie nicht begangen.«

»Reine Formsache.«

»Nicht für mich.«

Lavelle schwieg einen Augenblick. Dann: »Sie sind ein interessanter Mann, Lieutenant. Naiv. Dumm. Aber trotzdem interessant.«

»Gennaro Carramazza erzählte uns, Ihr Motiv sei Rache.«

»Ja.«

»Wofür?«

»Hat er Ihnen das nicht erzählt?«

»Nein. Was ist das für eine Geschichte?«

Schweigen.

Jack wartete, hätte die Frage fast noch einmal gestellt.

Dann sprach Lavelle endlich, und in seiner Stimme war eine neue Schärfe, sie klang jetzt hart und grausam. »Ich hatte einen jüngeren Bruder. Er hieß Gregory. Eigentlich war er mein Halbbruder. Sein Familienname war Pontrain. Er hing nicht den alten Hexen- und Zauberkünsten an. Er mied sie. Er wollte nichts mit den alten Religionen Afrikas zu tun haben. Er hatte eine sehr moderne Einstellung, die Vernünftigkeit des Maschinenzeitalters. Mich hielt er für einen harmlosen Exzentriker. Aber obwohl er mich nicht verstand, liebte ich ihn, und er liebte mich. Wir waren Brüder. *Brüder*. Ich hätte alles für ihn getan.«

»Gregory Pontrain...«, sagte Jack nachdenklich. »Der Name kommt mir irgendwie bekannt vor.«

»Gregory kam vor Jahren als legaler Einwanderer hierher. Er strengte sich sehr an, arbeitete sich durchs College, bekam ein Stipendium. Er hatte immer schriftstellerisches Talent gehabt, schon als Junge, und er glaubte zu wissen, was er damit anfangen sollte. Er machte hier, an der Columbia University, sein journalistisches Diplom. Er war Klassenbester. Arbeitete für die *New York Times*. Ungefähr ein Jahr lang schrieb er nicht einmal selbst, sondern prüfte nur die Recherchen in den Berichten anderer Reporter nach. Allmählich bekam er auch selber ein paar Aufträge. Kleine Sachen. Unbedeutend. Was man ›aus dem Leben gegriffen‹ nennen würde. Und dann...«

»Gregory Pontrain«, sagte Jack. »Natürlich. Der Polizeireporter.«

»Mit der Zeit wurden meinem Bruder ein paar Kriminalberichte übertragen. Raubüberfälle. Rauschgiftrazzien. Seine Reportagen waren gut. Ja, er fing an, Geschichten nachzugehen, mit denen man ihn gar nicht beauftragt hatte, größere Sachen, die er ganz allein ausgegraben hatte. Und schließlich wurde er der Experte der *Times* für den Rauschgifthandel in der Stadt. Niemand wußte mehr über das Thema, wie die Carramazzas darin verwickelt waren, wie die Carramazza-Organisation soundso viele Beamte der Sittenpolizei und städtische Politiker bestochen hatte; niemand wußte mehr als Gregory; niemand. Er veröffentlichte diese Artikel...«

»Ich habe sie gelesen. Gute Arbeit. Vier Stück, glaube ich.«

»Ja, er hatte vor, noch mehr zu machen, mindestens noch ein halbes Dutzend weiterer Artikel. Es war schon von einem Pulitzer-Preis die Rede, nur aufgrund dessen, was er bis dahin geschrieben hatte. Schon hatte er genügend Beweise ausgegraben, um die Polizei zu interessieren und drei Anklageerhebungen vor dem Großen Geschworenengericht zu erreichen. Er hatte so seine Verbindungsleute, wissen Sie: Insider bei der Polizei und in der Carramazza-Familie, Insider, die ihm vertrauten. Er war überzeugt, Dominick Carramazza selbst zur Strecke bringen zu können, ehe alles vorüber war. Er glaubte, er könne etwas ändern, ganz allein. Er verstand nicht, daß es nur eine Möglichkeit gibt, mit den Mächten der Dunkelheit umzugehen, nämlich Frieden mit ihnen zu schließen, sich ihnen anzupassen, wie ich es getan habe. Eines Abends im letzten März waren er und seine Frau Ona auf dem Weg zum Dinner...«

»Die Autobombe«, sagte Jack.

»Sie wurden beide in Stücke gerissen. Ona war schwanger. Es wäre ihr erstes Kind gewesen. Gennaro Carramazza schuldet mir also drei Leben – Gregory, Ona und das Baby.«

»Der Fall wurde nie aufgeklärt«, erinnerte ihn Jack. »Es gab keinen Beweis dafür, daß Carramazza dahintersteckte.«

»Es war aber so.«

»Das können Sie nicht sicher wissen.«

»Doch. Ich habe auch meine Quellen. Sogar noch bessere als Gregory. Ich lasse die Augen und Ohren der Unterwelt für mich arbeiten.« Er lachte. Er hatte ein melodisches, fast sympathisches Lachen, das Jack aus der Fassung brachte. »Die Unterwelt, Lieutenant. Aber damit meine ich nicht die kriminelle Unterwelt, diese elende *cosa nostra* mit ihrem sizilianischen Stolz und ihrem hohlen Ehrenkodex. Die Unterwelt, von der ich spreche, liegt viel tiefer als die, in der die Mafia haust, tiefer ist sie und dunkler. Ich habe die Augen und Ohren der Uralten, die Berichte von Dämonen und dunklen Engeln, das Zeugnis der Wesen, die alles sehen und alles wissen.«

Wahnsinn, dachte Jack. Der Mann gehört in eine geschlossene Anstalt.

Aber außer dem Wahnsinn war da noch etwas in Lavelles Stimme, das den Polizisteninstinkt in Jack reizte und lockte. Wenn Lavelle vom Übernatürlichen sprach, dann tat er das mit echter Ehrfurcht und Überzeugung; wenn er jedoch von seinem Bruder sprach, wurde seine Stimme ganz ölig, weil die Gefühle unecht und die Trauer nicht überzeugend waren. Jack spürte, daß Rache nicht Lavelles Hauptmotivation war, und daß er in Wirklichkeit seinen ehrbaren Bruder sogar gehaßt hatte, daß er über seinen Tod vielleicht sogar froh (oder zumindest erleichtert) war.

»Ihr Bruder wäre mit der Rache, die Sie da nehmen, nicht einverstanden«, sagte Jack.

»Vielleicht doch. Sie haben ihn nicht gekannt.«

»Aber ich weiß genug von ihm, um mit einiger Sicherheit sagen zu können, daß er überhaupt nicht wie Sie war. Er war ein anständiger Mensch. Er würde dieses ganze Gemetzel nicht wollen. Es würde ihn abstoßen.«

Lavelle sagte nichts, aber in seinem Schweigen lag eine Art Schmollen, ein schwelender Zorn.

Jack sagte: »Er wäre bestimmt nicht mit dem Mord an irgend jemandes Enkelkindern einverstanden, mit Rache bis in die dritte Generation. Er war nicht krank wie Sie. Er war nicht verrückt.«

»Es ist ohne Bedeutung, ob er einverstanden wäre«, sagte Lavelle ungeduldig.

»Vermutlich, weil Sie nicht wirklich von Rachsucht getrieben werden. Nicht in Ihrem tiefsten Inneren.«

»Ich rotte dieses Ungeziefer nicht im Namen meines Bruders aus«, sagte Lavelle scharf und wütend. »Ich tue es in meinem eigenen Namen. In meinem und keinem anderen. Davon müssen Sie ausgehen. Ich habe niemals etwas anderes behauptet. Diese Toten gehen auf mein Konto. Nicht auf das meines Bruders.«

»Konto? Seit wann kann man Mord gutschreiben, seit wann ist er eine Empfehlung, etwas, worauf man stolz sein kann? Das ist Wahnsinn.«

»Es ist kein Wahnsinn«, widersprach Lavelle hitzig. Der Irrsinn stieg in ihm auf. »Die Argumentation der Uralten, der Götter des *Pétro* und des *Congo* lautet so. Niemand kann ungestraft dem Bruder eines *Bocor* das Leben nehmen. Der Mord an meinem Bruder ist eine Beleidigung für mich. Das kann ich nicht dulden. Ich will es auch nicht! Meine Macht als *Bocor* wäre für immer geschwächt, wenn ich auf Rache verzichtete.« Jetzt redete er irre, verlor seine Gelassenheit. »Blut muß fließen. Die Schleusen des Todes müssen sich öffnen. Meere von Schmerz müssen sie hinwegfegen, alle, die mich verhöhnten, indem sie Hand an meinen Bruder legten. Selbst wenn ich Gregory verachtet habe, er gehörte zu meiner Familie. Wenn ich nicht angemessen Rache nehme, werden mir die Uralten nie wieder gestatten, sie anzurufen; sie werden meinen Flüchen und Zaubersprüchen keine Kraft mehr verleihen. Ich muß den Mord an meinem Bruder mit mindestens zwanzig Morden vergelten, wenn ich den Respekt und die Unterstützung der Götter des *Pétro* und des *Congo* behalten will.«

Jack war bis an die Wurzeln der wahren Motive des Mannes vorgedrungen, aber das hatte ihm nichts gebracht. Die wahren Beweggründe ergaben für ihn keinen

Sinn. Sie schienen ihm nur ein weiterer Beweis für Lavelles Wahnsinn zu sein.

»Sie glauben wirklich daran, nicht wahr?« fragte Jack.

»Es ist die Wahrheit.«

»Es ist Wahnsinn.«

»Irgendwann werden Sie Ihre Meinung ändern.«

»Wahnsinn«, wiederholte Jack.

»Noch einen guten Rat«, sagte Lavelle.

»Ich habe bisher noch keinen Verdächtigen kennengelernt, der so voller guter Ratschläge steckte wie Sie. Sie sind eine richtige Briefkastentante.«

Ohne darauf einzugehen, sagte Lavelle: »Geben Sie diesen Fall ab.«

»Das kann nicht Ihr Ernst sein.«

»Sie werden es tun, wenn Sie wissen, was gut für Sie ist.«

»Sie sind ein arroganter Bastard.«

»Ich weiß.«

»Ich bin Polizist, in Gottes Namen! Sie können mich nicht mit Drohungen einschüchtern. Drohungen steigern nur mein Interesse, Sie zu finden. Die Polizisten in Haiti sind sicher genauso. So groß kann der Unterschied nicht sein. Außerdem, was hätten Sie davon, wenn ich mich ablösen ließe? Dann würde jemand anderer an meine Stelle treten. Man würde trotzdem weiter nach Ihnen suchen.«

»Ja, aber wer immer Sie ersetzen würde, er wäre nicht so unvoreingenommen, daß er die Möglichkeit der Wirksamkeit von Voodoo in Betracht ziehen würde. Er würde sich an die üblichen Polizeimethoden halten, und vor denen habe ich keine Angst.«

Jack war überrascht. »Sie meinen, meine Aufgeschlossenheit allein ist eine Bedrohung für Sie?«

Lavelle beantwortete diese Frage nicht. Er sagte: »Na schön. Wenn Sie schon nicht von der Bildfläche verschwinden wollen, dann hören Sie wenigstens auf, Untersuchungen über Voodoo anzustellen. Gehen Sie so vor, wie Rebecca Chandler vorgehen will – wie bei einer ganz gewöhnlichen Morduntersuchung.«

»Ihre *Frechheit* ist unglaublich«, sagte Jack.

»Sie sind, wenn auch nur ein ganz klein wenig, für die Möglichkeit einer übernatürlichen Erklärung offen. Verfolgen Sie diese Spur nicht weiter. Mehr verlange ich nicht.«

»Ach, tatsächlich nicht?«

»Geben Sie sich mit Fingerabdrücken, Labortechnikern, Ihren üblichen Experten und den Standardmethoden zufrieden. Befragen Sie so viele Zeugen, wie Sie nur wollen...«

»Vielen Dank für die gütige Erlaubnis.«

»...all das kümmert mich nicht«, fuhr Lavelle fort, als hätte Jack ihn nicht unterbrochen. »Auf diese Weise finden Sie mich nie. Ehe Sie auch nur eine einzige Spur haben, bin ich mit Carramazza fertig und auf dem Weg zurück zu den Inseln. Vergessen Sie nur den Voodoo-Aspekt.«

Erstaunt über die Dreistigkeit des Mannes fragte Jack: »Und wenn ich das nicht tue?«

Die offene Telefonleitung zischte, und Jack fiel die schwarze Schlange ein, von der Carver Hampton gesprochen hatte, und er fragte sich, ob Lavelle wohl irgendwie eine Schlange durch die Leitung schicken konnte.

Lavelle sagte: »Wenn Sie darauf bestehen, mehr über Voodoo zu erfahren, wenn Sie weiterhin Ermittlungen in dieser Richtung anstellen... dann lasse ich Ihren Sohn und Ihre Tochter in Stücke reißen.«

Endlich ging eine von Lavelles Drohungen Jack unter die Haut. Sein Magen krampfte sich zusammen.

Lavelle sagte: »Wissen Sie noch, wie Dominick Carramazza und seine Leibwächter aussahen...«

Und dann redeten sie beide gleichzeitig. Jack schrie, Lavelle behielt seinen kühlen und gemessenen Tonfall bei.

»Hören Sie, Sie schleimiger Hundesohn...«

»...da im Hotel, der alte Dominick, ganz zerfleischt...«

»...lassen Sie die Finger von...«

»...die Augen ausgequetscht, voller Blut?«

»...meinen Kindern, sonst werde ich...«

»Wenn ich mit Davey und Penny fertig bin...«

»...Ihnen den Schädel wegpusten!«

»...sind sie nur noch totes Fleisch...«

»Ich warne Sie...«

»...und vielleicht vergewaltige ich das Mädchen auch noch...«

»...Sie stinkender Abschaum!«

»...weil sie wirklich ein zartes, saftiges, kleines Ding ist. Manchmal mag ich sie zart, ganz jung und zart und unschuldig. Das Aufregende ist, wenn man sie in den Dreck ziehen kann, wissen Sie.«

»Nachdem Sie meine Kinder bedroht haben, Sie Arschloch, haben Sie jetzt jede Chance vertan, die Sie hatten. Was glauben Sie eigentlich, wer Sie sind?«

»Ich lasse Ihnen den Rest dieses Tages Zeit, um darüber nachzudenken. Wenn Sie dann nicht den Schwanz einziehen, hole ich mir Davey und Penny. Und ich werde es sehr schmerzhaft für sie machen.«

Lavelle legte auf.

»Warten Sie!« schrie Jack.

Er rüttelte an der Gabel, versuchte, die Verbindung wiederherzustellen, versuchte, Lavelle zurückzuholen. Natürlich funktionierte es nicht.

Er keuchte wie ein Stier, der lange genug mit einem roten Tuch gereizt worden war. Er spürte, wie das Blut in seinen Schläfen pochte und fühlte die Hitze in seinem geröteten Gesicht. Sein Magen hatte sich zu einem so festen Knoten zusammengezogen, daß es schmerzte.

Einen Augenblick später wandte er sich vom Telefon ab. Er bebte vor Zorn. Er blieb im Schneegestöber stehen und bemühte sich, sich allmählich wieder in den Griff zu bekommen.

Die Welt, die so seltsam zurückgewichen war, als das

Telefon zu klingeln angefangen hatte, kam jetzt wieder auf ihn zugestürzt. Als erstes nahm Jack Geräusche wahr: eine blökende Autohupe, Gelächter weiter unten auf der Straße, das Klappern von Schneeketten auf dem verschneiten Pflaster, das Heulen des Windes. Die Gebäude drängten sich von allen Seiten heran. Ein Fußgänger hastete vorbei, im Wind vorgebeugt; und dann kamen drei schwarze Teenager, die einander im Laufen lachend mit Schneebällen bewarfen. Der Nebel war verschwunden, und er fühlte sich nicht länger schwindlig und wirr im Kopf. Er fragte sich, ob überhaupt Nebel dagewesen war und entschied, der unheimliche Dunst habe nur in seinem Geist existiert, ein Gebilde seiner Fantasie. In Wirklichkeit war wohl... hatte er wohl irgendeinen Anfall gehabt; ja, sicher, das war alles.

Aber was für einen Anfall? Und warum hatte er ihn erlitten? Wodurch war er ausgelöst worden? Er war in seinem ganzen Leben noch nie ohnmächtig geworden; nichts, was dem im entferntesten glich. Er war völlig gesund. *Warum* also?

Und woher hatte er gewußt, daß der Anruf ihm galt?

Er blieb eine Weile stehen und dachte darüber nach, während Tausende von Schneeflocken wie Motten um ihn herum tanzten.

Endlich begriff er, daß er Faye anrufen und ihr die Situation erklären mußte, daß er ihr sagen mußte, sie solle sich davon überzeugen, daß sie nicht verfolgt wurde, wenn sie die Kinder von der Wellton-Schule abholte. Er wandte sich dem Münztelefon zu, zögerte. Nein. Von hier aus wollte er nicht anrufen. Nicht ausgerechnet von dem Apparat, den Lavelle sich ausgesucht hatte. Es schien zwar ein lächerlicher Gedanke, daß der Mann in der Lage sein sollte, ein öffentliches Telefon abzuhören – aber es schien auch töricht, es darauf ankommen zu lassen.

Etwas ruhiger – immer noch wütend, aber weniger

verängstigt als zuvor –, ging er auf den Streifenwagen zu, der auf ihn wartete.

Dreiviertel Zoll tief lag der Schnee auf dem Boden. Der Sturm wuchs sich zu einem richtigen Blizzard aus.

Der Wind hatte eisige Zähne. Er biß.

6

Lavelle kehrte in den Wellblechschuppen im hinteren Teil seines Grundstückes zurück. Draußen tobte der Winter; drinnen schossen in der wilden, trockenen Hitze Schweißtropfen aus Lavelles Ebenholzhaut und liefen ihm über das Gesicht; leuchtend orangefarbenes Licht warf sonderbare, hüpfende Schatten auf die gerippten Wände. Aus der Grube in der Mitte des Fußbodens stiegen Geräusche auf, ein unangenehmes Wispern wie von Tausenden von fernen Stimmen, ein zorniges Flüstern.

Er hatte zwei Fotografien mitgebracht: eine von Davey Dawson, die andere von Penny Dawson. Er hatte beide Aufnahmen selbst gemacht, gestern nachmittag, auf der Straße vor der Wellton-Schule. Er hatte seinen Kombi fast einen Block entfernt geparkt und eine 35-mm-Pentax mit Teleobjektiv verwendet. Den Film hatte er in seiner eigenen, schrankgroßen Dunkelkammer entwickelt.

Wenn ein *Bocor* jemanden mit einem Fluch belegen und absolut sicher sein wollte, daß der auch die erwünschte schädliche Wirkung zeigte, brauchte er ein Abbild des in Aussicht genommenen Opfers. Traditionellerweise stellte der Priester eine Puppe her, er nähte sie aus Baumwollfetzen zusammen, füllte sie mit Sägemehl oder Sand und verlieh dann, so gut er konnte, dem Gesicht dieser Puppe Ähnlichkeit mit dem Gesicht des Opfers; wenn das geschehen war, diente die Puppe bei der Ausführung des Rituals als Ersatz für die wirkliche Person.

Aber das war mühsames Unterfangen, das noch dadurch erschwert wurde, daß es einem durchschnittlichen *Bocor* – da er ja nicht das Talent und die Geschicklichkeit eines Künstlers hatte – praktisch unmöglich war, dem Baumwollgesicht genügend Ähnlichkeit mit irgendeinem wirklichen Antlitz zu verleihen. Deshalb war es notwendig, die Puppe mit einer Haarlocke, einem Nagelschnipsel oder einem Blutstropfen des Opfers auszustatten. Es war nicht leicht, an eines dieser Dinge heranzukommen. Man konnte sich nicht einfach Woche für Woche im Friseur- oder Kosmetiksalon des Opfers herumtreiben und darauf warten, daß er oder sie kam und sich die Haare schneiden ließ. Man konnte das Opfer auch nicht gut bitten, einem ein paar Schnipsel aufzuheben, wenn es sich das nächste Mal die Nägel schnitt. Und so ziemlich die einzige Möglichkeit, eine Probe vom Blut des künftigen Opfers zu bekommen, war, es zu überfallen; dabei riskierte man aber, von der Polizei geschnappt zu werden, und genau das wollte man doch vermeiden, indem man es mit Magie anstatt mit Fäusten, einem Messer oder einer Schußwaffe angriff.

Alle diese Schwierigkeiten konnte man umgehen, wenn man anstelle einer Puppe eine gute Fotografie verwendete.

Lavelle kniete sich jetzt auf den Erdboden des Schuppens neben die Grube und bohrte mit einer Kugelschreibermine Löcher in den oberen Rand der beiden Hochglanzaufnahmen. Dann zog er durch beide Fotos eine dünne Schnur. Auf beiden Seiten der Grube waren, einander gegenüber, nahe am Rand zwei Holzpflöcke in die Erde getrieben. Lavelle band ein Ende der Schnur an einen der Pflöcke, spannte die Schnur über die Grube und befestigte das andere Ende am zweiten Pflock. Die Bilder der Dawson-Kinder hingen über dem Zentrum des Lochs und wurden in das unirdische, orangefarbene

Leuchten getaucht, das aus dem geheimnisvollen, ständig sich verändernden Grund aufstieg.

Bald würde er die Kinder töten müssen. Er ließ Jack Dawson noch ein paar Stunden Zeit, eine letzte Gelegenheit nachzugeben, aber er war ziemlich sicher, daß Dawson festbleiben würde.

Es machte ihm nichts aus, Kinder zu töten. Er freute sich darauf. Der Mord an den ganz Jungen bereitete ihm besonderen Genuß.

Er leckte sich die Lippen.

Das Geräusch, das aus der Grube aufstieg – das ferne Wispern, das aus Zehntausenden von zischenden, flüsternden Stimmen zu bestehen schien –, wurde etwas lauter, als die Fotos da hingen, wo Lavelle sie haben wollte. Und in dem Flüstern war auch ein neuer, beunruhigender Ton zu hören: nicht nur Zorn; nicht nur eine vage Drohung; es war etwas schwer Faßbares, das irgendwie von ungeheuerlichen Gelüsten kündete, von einer gräßlichen Gefräßigkeit, von Blut und Perversion, der Klang eines dunklen, unersättlichen *Hungers*.

Lavelle legte seine Kleider ab.

Er streichelte seine Genitalien und sprach dabei ein kurzes Gebet.

Er war bereit.

Links von der Schuppentür standen fünf große Kupferschalen. Jede enthielt eine andere Substanz: weißes Mehl, Maismehl, rotes Ziegelpulver, pulverisierte Holzkohle und pulverisierte Sumachwurzel. Lavelle nahm eine Handvoll des roten Ziegelpulvers und begann, indem er es in abgemessenem Strom aus seiner hohlen Hand rieseln ließ, auf den Fußboden am nörlichen Rand der Grube ein kompliziertes Muster zu zeichnen.

Dieses Muster hieß *Vèvè*, und es verkörperte die Gestalt und die Macht einer astralen Kraft. Es gab Hunderte von *Vèvès*, die ein *Houngon* oder ein *Bocor* kennen mußte. Durch das Zeichnen mehrerer passender *Vèvès* vor dem

Beginn eines Rituals lenkte der Priester die Aufmerk
samkeit der Götter auf den *Oumphor*, den Tempel, in dem
die Zeremonien abgehalten werden sollten. Das *Vèvè*
mußte freihändig gezeichnet werden, ohne Zuhilfe-
nahme einer Schablone und ohne sich an einer vorher in
die Erde gekratzten Skizze zu orientieren; trotzdem
mußte es, wenn auch aus freier Hand gezeichnet, sym-
metrisch und richtig proportioniert sein, wenn es irgendeine Wirkung haben sollte. Die Schaffung der *Vèvès* erforderte viel Übung, eine feinfühlige und gelenkige Hand
und ein scharfes Auge.

Lavelle nahm eine zweite Handvoll roten Ziegelstaubs
und setzte sein Werk fort. Innerhalb von wenigen Minuten hatte er das *Vèvè* gezeichnet, das Simbi Y-An-Kitha repräsentierte, einen der dunklen Götter des *Pétro:*

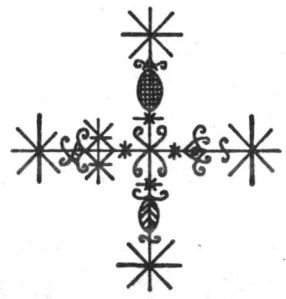

Dann nahm er eine Handvoll Mehl und begann, am südli-
chen Rand der Grube ein zweites *Vèvè* zu zeichnen. Dieses
Muster unterschied sich beträchtlich von dem ersten.

Insgesamt zeichnete er vier komplizierte Muster, auf jeder Seite der Grube eines. Das dritte wurde mit Holzkoh-
lenstaub ausgeführt. Das vierte bestand aus zerstoßener
Sumachwurzel.

Dann kauerte er sich, vorsichtig, um die *Vèvès* nicht zu
zerstören, nackt an den Rand der Grube.

Er starrte hinunter.

Hinunter...

Der Boden der Grube veränderte sich, brodelte, wirbelte, quoll heraus, zog sich zusammen, pulsierte und wich wieder zurück. Lavelle hatte in dem Loch kein Feuer oder Licht angezündet, aber trotzdem glühte und flakkerte es. Zuerst war der Boden der Grube nur drei Fuß entfernt, so, wie er ihn ausgehoben hatte. Aber je länger er hineinstarrte, desto tiefer schien er zu werden.

Als der Boden der Grube unendlich weit zurückgewichen war, stand Lavelle auf. Er stimmte ein Lied mit fünf Tönen an, einen sich ständig wiederholenden Singsang von Vernichtung und Tod, und dann leitete er das Ritual ein, indem er auf die Fotografien urinierte, die er an der Schnur befestigt hatte.

7

Im Streifenwagen.

Das Knistern und Krachen des Polizeifunks.

Auf dem Weg in die Innenstadt. Zum Büro.

Schneeketten singen auf dem Straßenbelag.

Schneeflocken prallen lautlos gegen die Windschutzscheibe. Die Wischer hämmern gleichförmig wie ein Metronom.

Nick Iervolino, der Streifenpolizist hinter dem Steuer, riß Jack aus seiner Beinahe-Trance. »Wegen meiner Fahrweise brauchen Sie keine Angst zu haben, Lieutenant.«

»Hab' ich auch nicht«, versicherte Jack.

»Ich fahre seit zwölf Jahren Streife und hatte noch nie einen Unfall.«

»Tatsächlich?«

»Ich habe noch nie einen Wagen auch nur angekratzt.«

»Gratuliere.«

»Ich habe großes Talent fürs Autofahren. Also keine Bange.«

»Ich habe keine Angst«, wiederholte Jack.

»Es schien aber so.«

»Inwiefern?«

»Sie haben mit den Zähnen geknirscht wie ein Teufel.«

»Das habe ich gar nicht gemerkt. Aber, glauben Sie mir, wegen Ihrer Fahrweise mache ich mir keine Sorgen.«

Sie näherten sich einer Kreuzung, wo ein halbes Dutzend Wagen kreuz und quer dastanden und mit im Schnee durchdrehenden Reifen versuchten, weiterzufahren oder wenigstens den Weg freizumachen. Nick Iervolino bremste langsam und vorsichtig, bis sie nur noch im Schneckentempo dahinrollten, dann fuhr er in Schlangenlinien an den liegengebliebenen Autos vorbei.

Als sie die Kreuzung hinter sich hatten, sagte er: »Wenn Sie sich also keine Sorgen wegen meiner Fahrweise machen, was drückt Sie dann?«

Jack zögerte, dann erzählte er ihm von Lavelles Anruf.

Nick hörte zu, ohne jedoch seine Aufmerksamkeit von der gefährlich glatten Straße zu wenden. Als Jack geendet hatte, sagte Nick: »Allmächtiger Gott im Himmel.«

»Genau das empfinde ich auch«, antwortete Jack.

»Glauben Sie, er kann das? Ihre Kinder mit einem Fluch belegen, der tatsächlich wirkt?«

Jack gab die Frage zurück: »Was meinen Sie denn?«

Nick überlegte einen Augenblick. Dann: »Ich weiß nicht. Wir leben in einer seltsamen Welt, wissen Sie. Fliegende Untertassen, das Bermuda-Dreieck, der Schneemensch – es gibt alle möglichen unheimlichen Dinge. Ich lese gerne über solche Sachen. Sie faszinieren mich. Es gibt Millionen von Menschen, die behaupten, sie hätten 'ne Menge wirklich seltsamer Dinge erlebt. Das kann doch nicht alles Einbildung sein – oder? Manches vielleicht. Vielleicht das meiste. Aber nicht alles. Richtig?«

»Alles wahrscheinlich nicht«, stimmte Jack zu.

»Also könnte Voodoo vielleicht funktionieren.«

Jack nickte.

Nach einer Weile sagte Nick: »Eines stört mich an diesem Lavelle, an dem, was er Ihnen erzählt hat.«

»Und was wäre das?«

»Nun, nehmen wir einfach mal an, Voodoo funktioniert tatsächlich.«

»Okay.«

»Nun, wenn Voodoo funktioniert, und wenn er will, daß Sie aus dem Fall aussteigen, warum will er dann seine magische Kraft dazu verwenden, Ihre Kinder zu töten? Warum setzt er sie nicht einfach dazu ein, Sie zu töten. Das wäre doch viel direkter.«

Jack runzelte die Stirn. »Da haben Sie recht.«

»Wenn er Sie töten würde, würde man den Fall einem anderen Beamten übertragen, und es ist nicht sehr wahrscheinlich, daß der neue Mann in bezug auf Voodoo so aufgeschlossen wäre wie Sie. Das einfachste für Lavelle wäre also, Sie mit einer seiner Verwünschungen auszuschalten, um zu erreichen, was er will. Und warum tut er das nicht – vorausgesetzt, die Magie funktioniert, meine ich?«

»Ich weiß es nicht.«

»Ich auch nicht«, sagte Nick. »Ich komme nicht dahinter. Aber ich glaube, es könnte vielleicht wichtig sein, Lieutenant. Sie nicht?«

»Inwiefern?«

»Sehen Sie, selbst wenn der Bursche ein Irrer ist, selbst wenn sein Voodoo nicht funktioniert und Sie es nur mit einem Verrückten zu tun haben, so hat doch zumindest der Rest seiner Geschichte – all das wilde Zeug, das er Ihnen erzählt hat – irgendwie eine eigene, wahnsinnige Logik. Es gibt keine Widersprüche. Verstehen Sie, was ich meine?«

»Ja.«

»Alles paßt zusammen, auch wenn es Blödsinn ist. Es

ist sonderbar logisch. Bis auf die Drohung gegen Ihre Kinder. Die paßt nicht hinein. Unlogisch.«

»Vielleicht hat er nur begriffen, daß er mich nicht einschüchtern kann, indem er mein eigenes Leben bedroht. Vielleicht weiß er, daß es nur eine Möglichkeit gibt, mich einzuschüchtern, nämlich über meine Kinder.«

»Aber wenn er Sie einfach vernichten würde, wenn er Sie zerfleischen ließe wie all die anderen, dann *bräuchte* er Sie doch gar nicht einzuschüchtern. Einschüchterung ist irgendwie plump. Mord ist sauberer. Verstehen Sie, was ich meine?«

Jack beobachtete, wie der Schnee auf die Windschutzscheibe fiel, und dachte über das nach, was Nick gesagt hatte. Er hatte das Gefühl, daß es tatsächlich wichtig war.

8

Im Lagerschuppen beendete Lavelle das Ritual. Er stand im orangefarbenen Licht, schwer atmend, triefend vor Schweiß. Die Schweißtropfen spiegelten das Licht und sahen aus wie orangerote Farbspritzer. Das Weiße in seinen Augen war von demselben übernatürlichen Licht gefleckt, und auch seine polierten Fingernägel schimmerten orange.

Nur noch eines war zu tun, um den Tod der Dawson-Kinder zu garantieren. Wenn die Zeit kam, wenn das Ultimatum für Jack Dawson abgelaufen war und er nicht nachgab, wie Lavelle es verlangte, dann mußte Lavelle nur zwei besondere Scheren nehmen und die beiden Enden der dünnen Schnur durchschneiden, an der die Fotos hingen. Die Bilder würden in die Grube fallen und in dem Glühen verschwinden, und dann würden die dämonischen Kräfte freigesetzt; der Fluch würde sich erfüllen. Dann hatten Penny und Davey Dawson keine Chance mehr.

Lavelle schloß die Augen und stellte sich vor, er stehe vor ihren leblosen Körpern. Diese Aussicht erregte ihn.

Mord an Kindern war ein gefährliches Unterfangen, das äußerste Mittel, zu dem ein *Bocor* nur dann griff, wenn er keine andere Wahl hatte. Wenn er ein Kind mit einem tödlichen Fluch belegen wollte, war es ratsam, vorher zu wissen, wie man sich vor dem Zorn der *Rada*-Götter, der Götter der weißen Magie abschirmen konnte, denn sie waren erzürnt, wenn Kinder die Opfer waren. Wenn ein *Bocor* ein unschuldiges Kind tötete, ohne die Zaubersprüche und Bannworte zu kennen, die ihn vor der Macht des *Rada* schützen konnten, mußte er viele Tage und Nächte lang entsetzliche Schmerzen erleiden. Und wenn das *Rada* ihn schließlich auslöschte, würde ihm das Sterben nichts mehr ausmachen; ja, er würde dankbar sein, daß seinem Leiden damit ein Ende gesetzt wurde.

Lavelle wußte, wie er sich gegen das *Rada* zu schützen hatte. Er hatte schon früher Kinder getötet und war jedesmal ungeschoren davongekommen. Trotzdem war er jetzt verkrampft und unruhig. Es bestand immer die Möglichkeit eines Fehlers. Trotz seines Wissens und seiner Macht war dieses Unterfangen sehr gefährlich.

Wenn andererseits ein *Bocor* seine Macht über die übernatürliche Maschinerie dazu benützte, ein Kind zu töten, und wenn er damit durchkam, waren die Götter des *Pétro* und des *Congo* so zufrieden mit ihm, daß sie ihm noch größere Macht verliehen. Wenn Lavelle Penny und Davey Dawson töten und den Zorn des *Rada* von sich ablenken konnte, würde seine Meisterschaft in der dunklen Magie ehrfurchtgebietender sein als je zuvor.

Hinter den geschlossenen Lidern sah er Bilder der toten, zerrissenen, verstümmelten Leichen der Dawson-Kinder.

Er lachte leise.

In der Wellton-Schule waren die letzten Unterrichtsstunden um drei Uhr zu Ende. Um drei Uhr zehn strömte eine Flut von lachenden, schwatzenden Kindern durch die Eingangstüren, die Stufen hinunter, auf den Gehsteig und in das Schneetreiben hinaus, das die graue Stadtlandschaft New Yorks in ein strahlendes Fantasieland verwandelte.

Mrs. Shepherd, eine der Lehrerinnen, hatte in dieser Woche die Aufsicht bei Schulschluß. Sie ging auf dem Gehsteig auf und ab, behielt alle im Auge, achtete darauf, daß keines der kleineren Kinder versuchte, alleine nach Hause zu gehen, und sorgte dafür, daß keines von ihnen zu einem Fremden in den Wagen stieg. Heute hatte sie noch die zusätzliche Aufgabe, wilde Schneeballschlachten zu verhindern.

Man hatte Penny und Davey gesagt, daß ihre Tante Faye sie statt ihres Vaters abholen würde, aber sie sahen sie nirgends, als sie die Stufen herunterkamen, also gingen sie zur Seite, um nicht im Weg zu sein. Sie stellten sich an das grüne Holztor vor dem Durchgang zwischen der Wellton-Schule und dem Stadthaus nebenan. Das Tor schloß nicht bündig mit den Vordermauern der beiden Häuser ab, sondern war acht oder zehn Zoll nach hinten versetzt. Um dem scharfen, kalten Wind zu entgehen, der sie grausam in die Wangen biß und sogar durch ihre dikken Mäntel drang, drückten sie sich mit dem Rücken gegen das Tor und kauerten sich in die flache Nische davor.

Davey fragte: »Warum kommt Dad nicht?«

»Er mußte wohl arbeiten.«

»Warum?«

»Wahrscheinlich ein wichtiger Fall.«

»Was für ein Fall?«

»Das weiß ich nicht.«

»Gefährlich ist es aber nicht, oder?«

»Wahrscheinlich nicht.«

»Woher weißt du das so sicher?«

»Ich weiß es eben«, sagte sie, obwohl sie sich absolut nicht sicher war.

»Andauernd werden Polizisten erschossen.«

»So oft auch wieder nicht.«

»Was wird aus uns, wenn Dad erschossen wird?«

Unmittelbar nach dem Tod ihrer Mutter war Davey mit diesem Schicksalsschlag recht gut fertig geworden. Besser, als alle erwartet hatten. Sogar besser als Penny. *Er* hatte keinen Psychiater gebraucht. Sicher, er hatte geweint; er hatte ein paar Tage lang sehr viel geweint, aber dann hatte er sich wieder gefangen. In letzter Zeit jedoch, eineinhalb Jahre nach der Beerdigung, entwickelte er eine unnatürliche Angst davor, auch seinen Vater zu verlieren. Soweit Penny wußte, war sie die einzige, die bemerkte, wie besessen er von dem Gedanken an die – realen oder eingebildeten – Gefahren des Berufs seines Vaters war. Sie hatte den Zustand ihres Bruders übrigens weder ihrem Vater noch sonst jemand gegenüber erwähnt, weil sie glaubte, sie könnte ihn alleine wieder hinkriegen. Schließlich war sie seine große Schwester; sie war verantwortlich für ihn; sie hatte gewisse Verpflichtungen ihm gegenüber. In den Monaten unmittelbar nach dem Tod ihrer Mutter hatte Penny Davey im Stich gelassen; sie empfand es wenigstens so. Damals war sie zusammengebrochen. Sie war nicht dagewesen, als er sie am dringendsten gebraucht hatte. Jetzt wollte sie das wiedergutmachen.

»Was machen wir, wenn Dad erschossen wird?« fragte er wieder.

»Er wird nicht erschossen.«

»Aber wenn er nun doch erschossen wird. Was machen wir dann?«

»Wir kommen schon klar.«

»Müssen wir dann in ein Waisenhaus?«

»Nein, du Dummerchen.«

»Wo gehen wir dann hin? Hm? Penny, wo würden wir hingehen?«

»Wahrscheinlich würden wir zu Tante Faye und Onkel Keith ziehen.«

»Au weia.«

»Die sind ganz in Ordnung.«

»Ich würde lieber in den Kanälen leben.«

»Das ist doch kindisch.«

»Es wäre prima, in den Kanälen zu leben.

»Das wäre es ganz bestimmt nicht.«

»Tante Faye macht mich jedenfalls verrückt.«

»Sie meint es doch gut, Davey.«

»Sie... schnattert.«

»Vögel schnattern, aber Menschen doch nicht.«

»Sie schnattert wie ein Vogel.«

Er hatte ja recht. Aber im reifen Alter von fast zwölf Jahren spürte Penny seit kurzem die ersten Regungen einer gewissen Verbundenheit mit den Erwachsenen. Sie fühlte sich bei weitem nicht mehr so wohl dabei, wenn sie sich über sie lustig machte, wie noch vor ein paar Monaten.

Davey fuhr fort: »Und ständig nörgelt sie an Dad herum, ob wir auch anständig ernährt werden.«

»Sie macht sich eben Sorgen um uns.«

»Glaubt sie, Dad würde uns verhungern lassen?«

»Natürlich nicht.«

»Warum hackt sie dann immer wieder darauf herum?«

»Sie ist einfach... Tante Faye.«

»Junge, *das* kannst du noch mal sagen!«

Eine besonders heftige Bö fegte durch die Straße und fand auch den Weg in die Nische vor dem grünen Tor. Penny und Davey schauderten.

Er fragte: »Dad hat doch eine gute Pistole, oder? Die geben den Polizisten wirklich gute Pistolen, oder nicht? Die würden doch einen Polizisten nicht mit einer mistigen Pistole auf die Straße schicken, was?«

»Du sollst nicht ›mistig‹ sagen.«

»Würden sie das tun?«

»Nein. Die Polizisten kriegen die besten Pistolen, die es gibt.«

»Und Dad ist ein guter Schütze, oder?«

»Ja.«

»Er ist der beste, nicht wahr?«

»Sicher«, sagte Penny. »Niemand kann besser mit einer Waffe umgehen als Daddy.«

»Dann kann es ihn also nur erwischen, wenn sich jemand an ihn ranschleicht und ihn in den Rücken schießt.«

»Das wird nicht passieren«, sagte sie fest.

»Könnte aber doch sein.«

»Du siehst zuviel fern.«

Sie schwiegen einen Augenblick.

Dann sagte er: »Wenn jemand Dad umbringt, möchte ich Krebs kriegen und auch sterben.«

»Hör auf damit, Davey.«

»Krebs oder einen Herzschlag oder so was.«

»Das meinst du doch nicht ernst!«

Er nickte nachdrücklich, energisch: ja, ja, ja; er meinte es ernst; absolut und eindeutig. »Ich habe zum lieben Gott gebetet, daß es so passiert, wenn es wirklich passieren muß.«

»Wie meinst du das?« fragte sie und sah ihn stirnrunzelnd an.

»Jeden Abend. Wenn ich mein Nachtgebet spreche. Ich bitte Gott immer, daß er Dad nichts zustoßen läßt. Und dann sage ich: Na ja, lieber Gott, wenn du aus irgendeinem blöden Grund einfach nicht anders kannst, als zuzulassen, daß er erschossen wird, dann laß mich bitte Krebs kriegen und auch sterben. Oder laß mich von einem Laster überfahren. Irgendwas.«

»Das ist ja krankhaft.«

Er sagte nichts mehr.

Sie faßte ihn am Kinn und drehte sein Gesicht zu sich.

In seinen Augen glänzten Tränen. Er gab sich alle Mühe, sie zurückzuhalten und blinzelte und zwinkerte.

Er war so klein. Gerade erst sieben Jahre alt und nicht sehr groß für sein Alter. Er wirkte zerbrechlich und hilflos, und Penny hätte ihn am liebsten umarmt und an sich gedrückt, aber sie wußte, daß er das nicht mochte, weil einige andere Jungs aus seiner Klasse sie sehen könnten.

Plötzlich fühlte sie sich selbst klein und hilflos. Aber das war nicht gut. Gar nicht gut. Sie mußte stark sein, um Daveys willen.

Sie ließ sein Kinn los und sagte: »Hör zu, Davey, wir müssen uns mal zusammensetzen und miteinander reden. Über Mama. Darüber, daß Leute sterben, und warum das passiert, du weißt schon – was es bedeutet und so, und daß es nicht das Ende für sie ist, sondern vielleicht nur der Anfang da oben im Himmel, und daß wir einfach weitermachen müssen, ganz gleich, was kommt. Denn es ist so. Wir müssen weitermachen. Mama wäre sehr enttäuscht von uns, wenn wir nicht weitermachen. Und wenn Dad etwas passieren sollte – es wird ihm nichts passieren – aber wenn es durch einen verrückten Zufall doch so kommen sollte, dann würde er auch wollen, daß wir weitermachen, genauso wie Mama es wollen würde. Er wäre sehr unglücklich, wenn wir...«

»Penny! Davey! Hierher!«

Ein gelbes Taxi stand am Rinnstein. Das rückwärtige Fenster war heruntergekurbelt, und Tante Faye beugte sich heraus und winkte ihnen zu.

Davey stürmte über den Gehsteig, er hatte es plötzlich so eilig, dieses Gespräch über den Tod abzubrechen, daß er sogar froh war, seine schnatternde alte Tante Faye zu sehen.

Verdammt! Ich hab's verpatzt, dachte Penny. Ich hab' es zu ungeschickt angefangen.

Genau in diesem Augenblick, ehe sie Davey zum Taxi

folgte, ehe sie auch nur einen Schritt machen konnte, schoß ein scharfer Schmerz durch ihren linken Knöchel. Sie zuckte zusammen, japste, schaute hinunter – und erstarrte vor Entsetzen.

Zwischen dem unteren Rand des grünen Tors und dem Pflaster war ein vier Zoll breiter Spalt. Durch diesen Spalt war eine Hand gekommen, aus der Dunkelheit in dem überdachten Durchgang dahinter, und hatte ihren Knöchel gepackt.

Sie konnte nicht schreien. Ihre Stimme war weg.

Es war auch keine menschliche Hand. Sie war vielleicht doppelt so groß wie eine Katzenpfote. Aber es war keine Pfote. Es war eine vollständig, wenn auch sehr plumpe Hand mit Fingern und einem Daumen.

Sie konnte nicht einmal flüstern. Ihre Kehle war wie zugeschnürt.

Die Hand war nicht hautfarben. Sie war häßlich graugrün-gelb gefleckt, wie eiterndes Fleisch. Und sie sah irgendwie klumpig und ein wenig fransig aus.

Das Atmen fiel ebenso schwer wie Schreien.

Die kleinen grau-grün-gelben Finger liefen spitz zu und endeten in scharfen Klauen. Zwei dieser Klauen hatten ihren Gummistiefel durchbohrt.

Sie dachte an den Plastikbaseballschläger.

Letzte Nacht. In ihrem Zimmer. Das Ding unter dem Bett.

Sie dachte an die glühenden Augen im Keller der Schule.

Und jetzt *das*.

Zwei der kleinen Finger hatten sich in ihren Stiefel gebohrt und kratzten, wühlten, rissen und quetschten jetzt an ihrem Bein.

Unvermittelt konnte sie wieder atmen. Sie keuchte, saugte sich die Lungen voll eiskalter Luft und wurde dadurch aus der entsetzlichen Starre gerissen, die sie bis jetzt am Tor festgehalten hatte. Sie riß ihren Fuß von der

Hand weg, machte sich los und stellte überrascht fest, daß sie dazu tatsächlich in der Lage war. Sie drehte sich um und rannte zum Taxi, stürzte hinein und schlug hastig die Tür zu.

Das Taxi entfernte sich von der Wellton-Schule.

Tante Faye und Davey unterhielten sich aufgeregt über den Schneesturm, der, wie Faye sagte, vermutlich noch zehn bis zwölf Zoll Schnee bringen würde, ehe er vorüber war. Keiner die beiden schien zu bemerken, daß Penny vor Angst halb tot war.

Während sie schwatzten, griff Penny hinunter und betastete ihren Stiefel. Am Knöchel war der Gummi aufgerissen. Ein Stück hing lose herab.

Sie öffnete den Reißverschluß, fuhr mit der Hand unter die Socke und betastete die Wunde an ihrem Knöchel.

Sie brannte ein wenig. Als sie die Hand aus dem Stiefel zog, glänzte ein wenig Blut auf ihren Fingerspitzen.

Tante Faye sah es. »Was ist passiert, Liebes?«

»Nur ein Kratzer.«

Tante Faye bestand darauf, mit Davey den Platz zu tauschen, damit sie neben Penny sitzen und sich die Verletzung genauer ansehen konnte. Sie ließ Penny den Stiefel ausziehen, rollte die Socke herunter und legte eine Stichwunde und mehrere Kratzer am Knöchel frei. Es blutete, aber nicht sehr stark; in ein paar Minuten würde es von selbst aufhören.

»Wie ist das passiert?« wollte Tante Faye wissen.

Penny zögerte. Nur zu gerne hätte sie Faye alles über die Geschöpfe mit den glühenden Augen erzählt. Sie wollte Hilfe, Schutz. Aber sie wußte, daß sie kein Wort sagen durfte. Man würde ihr nicht glauben. Schließlich war sie ›Das Mädchen, das einen Psychiater gebraucht hat‹.

»Na komm schon«, drängte Faye. »Raus damit. Was hast du angestellt?«

»Hm?«

»Deshalb zögerst du doch. Was hast du getan, obwohl du wußtest, daß du es nicht tun solltest?«

»Nichts«, sagte Penny.

»Wie bist du dann zu der Verletzung gekommen?«

»Ich... ich bin mit dem Stiefel an einem Nagel hängengeblieben.«

»An einem Nagel? Wo?«

»Vorhin, bei der Schule, an dem Tor, wo wir auf dich gewartet haben. Da stand ein Nagel heraus, und ich bin daran hängengeblieben.«

»War er rostig?« wollte Faye wissen.

»Was?« fragte Penny.

»Der Nagel natürlich. War er rostig?«

»Ich weiß es nicht.«

»Nun, du hast ihn doch gesehen, oder nicht? Wie könntest du sonst wissen, daß es ein Nagel war?«

Penny nickte. »Ja. Ich glaube, er war rostig.«

»Bist du gegen Tetanus geimpft?«

»Ja.«

Tante Faye musterte sie mit unverhohlenem Argwohn. »Weißt du überhaupt, was eine Tetanusimpfung ist?«

»Sicher.«

»Und wann hast du sie bekommen?«

»In der ersten Oktoberwoche.«

»Ich hätte nicht geglaubt, daß euer Vater an so etwas wie eine Tetanusimpfung denkt.«

»Sie haben uns in der Schule geimpft«, sagte Penny.

»Tatsächlich?« fragte Faye immer noch zweifelnd.

Jetzt meldete sich Davey zu Worte: »Die geben uns in der Schule alle möglichen Spritzen. Die haben da eine Schwester, und wir kriegen jede Woche Spritzen. Furchtbar. Man kommt sich schon vor wie ein Nadelkissen. Spritzen gegen Mumps und Masern. Eine Grippespritze. Anderes Zeug. Ich *hasse* das.«

Faye schien zufriedengestellt. »Na schön. Trotzdem,

wenn wir nach Hause kommen, waschen wir die Wunde gründlich aus, baden sie in Alkohol, tun Jod drauf und verbinden sie richtig.«

»Es ist doch nur ein Kratzer«, widersprach Penny.

»Wir wollen kein Risiko eingehen. Und jetzt zieh deinen Stiefel wieder an, Liebes.«

Gerade als Penny ihren Fuß in den Stiefel steckte und den Reißverschluß hochzog, fuhr das Taxi in ein Schlagloch.

»Junger Mann«, sagte Faye zum Fahrer, obwohl er mindestens vierzig war, also in ihrem Alter. »Wo in aller Welt haben Sie Autofahren gelernt?«

Er blickte in den Rückspiegel. »Tut mir leid, Gnädigste.«

»Wissen Sie nicht, daß die Straßen in unserer Stadt eine Katastrophe sind?« fragte Faye. »Sie müssen die Augen offenhalten.«

»Ich werde mir Mühe geben«, versprach er.

Während Faye den Fahrer darüber belehrte, wie er mit seinem Taxi umzugehen hatte, lehnte sich Penny zurück, schloß die Augen und dachte über die häßliche kleine Hand nach, die ihr den Stiefel und den Knöchel aufgerissen hatte. Sie versuchte sich einzureden, daß es die Hand irgendeines ganz gewöhnlichen Tieres gewesen war; nichts Außergewöhnliches; nichts aus dem ›Reich der Schatten‹. Aber die meisten Tiere hatten Pfoten, keine Hände. Es war etwas gewesen, was sie noch nie gesehen und wovon sie noch nie gelesen hatte.

Hatte es sie hinunterziehen und töten wollen? Auf offener Straße?

Nein. Um sie zu töten, hätte das Geschöpf – und diese anderen Kreaturen mit den glühenden Silberaugen – hinter dem Tor hervorkommen müssen, ins Freie, wo Mrs. Shepherd und die anderen sie hätten sehen können. Und Penny war ziemlich sicher, daß die Kobolde von niemandem außer ihr gesehen werden wollten. Sie blieben gern im Verborgenen. Nein, sie hatten bestimmt nicht die Absicht gehabt, sie dort, bei der Schule zu töten; sie hatten ihr nur einen Schrecken einjagen wollen, hatten ihr zeigen wollen, daß sie sich immer noch herumtrieben, auf die richtige Gelegenheit warteten...

Aber *warum*?

Warum wollten sie sie und vermutlich auch Davey – und andere Kinder nicht?

Wodurch wurden Kobolde wütend? Was mußte man tun, damit sie einen auf diese Weise verfolgten?

Ihr fiel nichts ein, was sie getan haben sollte, um jemanden so schrecklich wütend zu machen, und schon gar nicht Kobolde.

Verwirrt, unglücklich und verängstigt öffnete sie die Augen und schaute aus dem Fenster. Überall türmte sich Schnee auf. In ihrem Herzen war es genauso kalt wie auf der eisigen, vom Wind durchfegten Straße vor dem Fenster.

TEIL ZWEI

Mittwoch,
17.30 Uhr bis 23 Uhr

Die Dunkelheit verschlingt den lichten Tag.
Die Dunkelheit fordert, bekommt stets, was sie mag.
Die Dunkelheit lauscht, sie wartet und wacht,
Triumphiert, weil den Tag sie an sich gebracht.
Manchmal, da schleicht sie ganz heimlich heran.
Manchmal auch kündigen Trommeln sie an.

THE BOOK OF COUNTED SORROWS

Wer ist närrischer –
das Kind, das die Dunkelheit fürchtet,
oder der Mann, der das Licht scheut?

MAURICE FREEHILL

Kapitel vier

1

Um fünf Uhr dreißig gingen Jack und Rebecca in das Büro von Captain Walter Gresham, um ihm vorzutragen, was sie an Personal und Ausrüstung für die Sonderkommission benötigten, und um mit ihm zu besprechen, wie die Untersuchung durchgeführt werden sollte.

Im Laufe des Nachmittags waren zwei weitere Mitglieder der Familie Carramazza zusammen mit ihren Leibwächtern ermordet worden. Schon sprach die Presse vom blutigsten Bandenkrieg seit der Prohibition. Was die Presse immer noch nicht wußte, war, daß die Opfer (außer den beiden ersten) weder erstochen noch erschossen, weder erwürgt noch im traditionellen Stil der *cosa nostra* an Fleischerhaken aufgehängt worden waren. Die Polizei wollte vorerst noch nicht preisgeben, daß alle Opfer – bis auf die beiden ersten – durch brutale Bisse ums Leben gekommen waren. Wenn die Reporter diese rätselhafte, groteske Tatsache entdeckten, würden sie begreifen, daß das eine der größten Stories des Jahrzehnts war.

»Und dann geht es erst so richtig los«, sagte Gresham. »Dann fallen sie über uns her wie Flöhe über einen Hund.«

Die Heizung war eingeschaltet, und es wurde immer noch wärmer; Gresham zappelte herum wie eine Kröte in der Bratpfanne. Jack und Rebecca saßen vor dem Schreibtisch des Captains, aber Gresham konnte nicht ruhig sitzen bleiben. Während sie die Angelegenheit besprachen, ging der Captain im Zimmer auf und ab, trat wiederholt ans Fenster, zündete sich eine Zigarette an, rauchte sie zu weniger als einem Drittel, drückte sie aus, merkte, was er gemacht hatte, und zündete sich eine neue an.

Endlich war es soweit, daß Jack Gresham von seinem jüngsten Besuch in Carver Hamptons Laden und von Baba Lavelles Telefonanruf erzählen mußte. Er hatte sich in seinem ganzen Leben noch nicht so unbehaglich gefühlt wie jetzt, als er unter Greshams skeptischem Blick von diesen Ereignissen berichtete.

Nachdem Jack mit seinem Bericht fertig war, wandte sich der Captain an Rebecca und fragte: »Was halten Sie davon?«

Sie sagte: »Ich glaube, wir können jetzt mit Sicherheit davon ausgehen, daß Lavelle ein tobender Irrer ist, nicht nur ein einfacher Ganove, der im Rauschgifthandel eine Stange Geld machen will. Das ist nicht nur ein Kampf um Einflußsphären innerhalb der Unterwelt, und wir würden einen großen Fehler machen, wenn wir genauso vorgehen wollten, wie wir es bei einem ehrlichen Bandenkrieg tun würden.«

»Was dann?« wollte Gresham wissen.

»Tja«, sagte sie, »ich glaube, wir sollten uns mal um das Umfeld dieses Carver Hampton kümmern und sehen, was wir über ihn ausgraben können. Vielleicht steckt er mit Lavelle unter einer Decke.«

»Nein«, sagte Jack. »Hampton hat nicht simuliert, als er sagte, er hätte entsetzliche Angst vor Lavelle.«

»Woher wußte Lavelle so genau, in welchem Augenblick er dieses Münztelefon anrufen mußte?« fragte Rebecca. »Woher wußte er *genau*, wann du daran vorbeikommen würdest? Eine Antwort könnte lauten, daß er sich die ganze Zeit in Hamptons Laden aufhielt, während du auch da warst, im Hinterzimmer, und daß er daher wußte, wann du weggegangen bist.«

»Das kann nicht sein«, widersprach Jack. »Hampton ist kein besonders guter Schauspieler.«

»Er ist ein raffinierter Betrüger«, widersprach sie. »Aber selbst, wenn er nicht mit Lavelle im Bunde steht – ich meine, wir sollten noch heute Leute nach Harlem schikken und den Block mit dem Münztelefon durchkämmen lassen... und den Block auf der anderen Seite der Kreuzung auch. Wenn Lavelle nicht in Hamptons Laden war, muß er ihn von einem der anderen Gebäude an dieser Straße aus beobachtet haben. Eine andere Erklärung gibt es nicht.«

Es sei denn, sein Voodoo funktioniert wirklich, dachte Jack.

Rebecca fuhr fort: »Wir lassen die Wohnungen in diesen beiden Blocks von Beamten durchsuchen, um festzustellen, ob Lavelle sich dort irgendwo eingenistet hat. Wir verteilen Kopien von Lavelles Foto. Vielleicht hat ihn da draußen jemand gesehen.«

»Hört sich gut an«, sagte Gresham. »Das machen wir.«

»Und ich glaube, wir sollten die Drohungg gegen Jacks Kinder ernst nehmen. Sie überwachen lassen, wenn Jack nicht bei ihnen sein kann.«

»Einverstanden«, sagte Gresham. »Wir stellen sofort einen Mann ab.«

»Danke, Captain«, sagte Jack. »Aber ich glaube, das hat Zeit bis morgen. Die Kinder sind jetzt bei meiner Schwägerin, und ich glaube nicht, daß Lavelle sie finden kann. Ich habe ihr gesagt, sie soll sich vergewissern, daß sie nicht verfolgt wird, wenn sie sie von der Schule abholt. Außerdem hat Lavelle erklärt, er würde mir den Rest des Tages Zeit geben, mich zu entscheiden, ob ich die Voodoo-Spur fallenlassen will, und ich nehme an, daß er damit auch noch den Abend gemeint hat.«

Gresham setzte sich auf den Rand seines Schreibtischs. »Wenn Sie wollen, kann ich Sie von dem Fall abziehen. Kein Problem.«

»Kommt nicht in Frage«, sagte Jack.

»Sie nehmen die Drohung ernst?«

»Ja. Aber ich nehme auch meine Arbeit ernst. Ich bleibe bis zum bitteren Ende dabei.«

Gresham zündete sich eine neue Zigarette an und nahm

einen tiefen Zug. »Jack, glauben Sie wirklich, daß an der Voodoo-Geschichte etwas dran sein könnte?«

Jack spürte, wie ihn Rebecca durchdringend anstarrte, als er sagte: »Ziemlich weit hergeholt, wenn man glaubt, daß da was dran sein könnte. Aber ich kann es nicht einfach ausschließen.«

»Ich schon«, sagte Rebecca. »Lavelle glaubt vielleicht daran, aber dadurch wird es noch nicht Wirklichkeit.«

»Was ist mit dem Zustand der Leichen?« fragte Jack.

»Offensichtlich«, sagte sie, »setzt Lavelle dressierte Tiere ein.«

»Das ist fast genauso weit hergeholt wie Voodoo«, gab Gresham zu bedenken.

»Jedenfalls«, sagte Jack, »sind wir das heute alles schon durchgegangen. So ungefähr das einzige kleine, bösartige, dressierbare Tier, das wir uns vorstellen konnten, war ein Frettchen. Und wir haben alle den Bericht von der Pathologie gelesen, den, der um halb fünf reinkam. Die Zahnspuren sind nicht von Frettchen. Dem Bericht zufolge passen sie auch zu keinem anderen Tier, das Noah mit an Bord der Arche nahm.«

Rebecca sagte: »Lavelle stammt aus der Karibik. Ist es nicht wahrscheinlich, daß er mit einem Tier arbeitet, das in diesem Teil der Welt heimisch ist, mit einem Tier, das unsere Gerichtsmediziner nicht einmal in Betracht ziehen würden, irgendeine exotische Eidechse oder so was?«

»Jetzt suchst du nach Strohhalmen«, sagte Jack.

»Zugegeben«, sagte Gresham. »Aber es lohnt sich trotzdem, es nachzuprüfen. Okay. Noch was?«

»Ja«, sagte Jack. »Können Sie mir erklären, woher ich wußte, daß der Anruf von Lavelle für mich war? Warum ich von dem Telefon wie magisch angezogen wurde?«

Wind strich über die Fenster.

Die Wanduhr hinter Greshams Schreibtisch schien plötzlich viel lauter zu ticken als vorher.

Der Captain zuckte die Achseln. »Darauf kann Ihnen wohl keiner von uns eine Antwort geben, Jack.«

»Machen Sie sich nichts draus. Ich weiß auch keine Antwort für mich.«

Gresham stand vom Schreibtisch auf. »Schön, wenn das alles war, sollten Sie, glaube ich, jetzt beide Schluß machen, nach Hause fahren und sich ein wenig ausruhen.«

2

Der einzige Platz, den Penny in der Wohnung der Jamisons mochte, war die Küche, die nach den Maßstäben von New Yorker Stadtwohnungen groß war, fast doppelt so groß wie die Küche, an die Penny gewöhnt war, und richtig gemütlich. Ein grüner Fliesenboden. Weiße Schränke mit bleiverglasten Türen und Messingbeschlägen. Grüngefliese Arbeitsplatten. Über der Doppelspüle befand sich ein schönes nach außen vorstehendes Blumenfenster mit einem vier Fuß langen und zwei Fuß breiten Beet, in dem das ganze Jahr über, sogar im Winter, die verschiedensten Kräuter gezogen wurden. (Tante Faye verwendete beim Kochen frische Kräuter, wann immer es möglich war.) In einer Ecke stand an der Wand ein kleiner Tisch in Form eines Fleischblocks, weniger ein Eßplatz als ein Platz, an dem man Speisepläne aufstellte und Einkaufslisten schrieb; neben dem Tisch war Platz für zwei Stühle. Dies war der einzige Raum in der Wohnung der Jamisons, in dem Penny sich wohl fühlte.

Um zwanzig nach sechs saß sie an diesem Blocktisch und tat so, als lese sie in einer von Fayes Illustrierten; die Worte verschwammen vor ihren ins Leere starrenden Augen. In Wirklichkeit dachte sie an alle möglichen

Sachen, über die sie gar nicht nachdenken wollte: Kobolde, Tod, und ob sie jemals wieder würde schlafen können.

Onkel Keith war vor fast einer Stunde von der Arbeit nach Hause gekommen. Er war Teilhaber einer gutgehenden Börsenmaklerfirma. Onkel Keith war groß und hager, sein Kopf war so haarlos wie ein Ei, er hatte einen graumelierten Schnurrbart und einen Spitzbart und schien immer zerstreut zu sein. Man hatte den Eindruck, daß er einem nie mehr als zwei Drittel seiner Aufmerksamkeit schenkte, wenn er mit einem sprach. Seit er heute nach Hause gekommen war, hatte er im Wohnzimmer gesessen, bedächtig an einem Martini genippt, eine Zigarette nach der anderen gequalmt und gleichzeitig die Fernsehnachrichten angeschaut und das *Wall Street Journal* gelesen.

Tante Faye befand sich, von dem Tisch aus gesehen, an dem Penny saß, am anderen Ende der Küche. Sie bereitete das Dinner, das für halb acht angesetzt war: Zitronenhühnchen, Reis und gedünstetes Gemüse. Die Küche war der einzige Ort, an dem Tante Faye nicht allzusehr Tante Faye war. Sie kochte gerne und sehr gut und schien ein ganz anderer Mensch zu sein, wenn sie in der Küche war; entspannter und freundlicher als gewöhnlich.

Davey half ihr bei der Vorbereitung des Essens. Dabei plauderten sie, über nichts Wichtiges, nur dies und das.

»Mensch, ich bin so hungrig, daß ich ein Pferd aufessen könnte!« sagte Davey.

»Himmel, junger Mann, du hast doch Kekse und Milch bekommen, als wir am Nachmittag nach Hause gekommen sind.«

»Nur zwei Kekse.«

»Und da bist du schon wieder ausgehungert? Du hast keinen Magen; was du hast, ist ein bodenloser Abgrund!«

»Tja, ich hatte kaum etwas zum Lunch«, verteidigte sich Davey. »Mrs. Shepherd – das ist meine Lehrerin – hat mir etwas von ihrem Essen abgegeben, aber das war wirklich ganz scheußliches Zeug. Ich hab' ein bißchen dran geknabbert, damit sie nicht beleidigt ist, und als sie nicht hinsah, hab' ich das meiste weggeworfen.«

»Aber macht euer Vater euch denn kein Lunchpaket zurecht?« fragte Faye, und ihre Stimme klang plötzlich schärfer als zuvor.

»Oh, sicher. Und wenn er keine Zeit hat, macht Penny das. Aber...«

Faye wandte sich an Penny. »Hat er heute etwas in die Schule mitbekommen? Er braucht doch sicherlich nicht um sein Essen zu betteln.«

Penny schaute von ihrer Illustrierten auf. »Ich habe es ihm heute morgen selbst zurechtgemacht. Er hatte einen Apfel, ein Schinkensandwich und zwei große Haferkekse dabei.«

»Ich finde, das ist ein guter Lunch«, sagte Faye. »Warum hast du den nicht gegessen, Davey?«

»Tja, wegen der Ratten natürlich«, sagte er.

Penny zuckte überrascht zusammen, richtete sich in ihrem Stuhl auf und starrte Davey gespannt an.

Faye fragte: »Ratten? Was für Ratten?«

»Heiliger Rauch, das habe ich ja ganz vergessen!« sagte Davey. »Während des Vormittagsunterrichts müssen Ratten an meine Essensdose gekommen sein. Das ganze Essen war versaut, in Stücke gerissen und angeknabbert. Eeeeeklig!« sagte er, wobei er das Wort genüßlich in die Länge zog, er war offensichtlich nicht entsetzt darüber, daß die Ratten an seinem Essen gewesen waren, sondern erregt und fasziniert, wie es nur ein kleiner Junge sein konnte. In seinem Alter war so ein Vorfall ein richtiges Abenteuer.

Pennys Mund war trocken geworden. »Davey? Hm... hast du die Ratten gesehen?«

»Neee«, antwortete er, sichtlich enttäuscht. »Sie waren schon weg, als ich die Essensdose holen wollte.«

»Wo hattest du die Dose denn?« fragte Penny.

»In meinem Spind.«

»Haben die Ratten sonst noch etwas in deinem Spind angeknabbert?«

»Was zum Beispiel?«

»Bücher oder so.«

»Warum sollten sie Bücher anknabbern?«

»Dann war es nur das Essen?«

»Sicher. Was sonst?«

»Hattest du die Spindtür zugemacht?«

»Ich glaube schon.«

»Auch abgesperrt?«

»Ich glaube schon.«

»Und war die Dose fest verschlossen?«

»Müßte sie eigentlich gewesen sein«, sagte er, kratzte sich den Kopf und versuchte, sich zu erinnern.

Faye schaltete sich ein: »Na, offensichtlich war sie das nicht. Ratten können nicht ein Schloß aufmachen, eine Tür öffnen und den Deckel von einer Essensdose abheben. Du mußt sehr schlampig gewesen sein, Davey. Das überrascht mich wirklich. Ich möchte wetten, du hast, gleich als du in die Schule kamst, einen von diesen Keksen gegessen, hast einfach nicht warten können, und dann hast du vergessen, den Deckel wieder auf die Dose zu tun.«

»Aber so war es nicht«, protestierte Davey.

»Euer Vater bringt euch nicht bei, auf eure Sachen zu achten«, erklärte Faye unbeirrt. »Das sind so Dinge, die eine Mutter tut, und euer Vater vernachlässigt das eben.«

Ehe Penny etwas sagen konnte, fuhr Faye mit einem Ton höchster moralischer Entrüstung fort: »Aber was *ich* wissen möchte, ist, in was für eine Schule euer Vater euch da geschickt hat. Was ist das für ein dreckiges Loch, dieses Wellton?«

»Es ist eine gute Schule«, erklärte Penny abwehrend.

»Mit *Ratten?*« fragte Faye. »In einer guten Schule gibt es

keine Ratten. Und was wäre, wenn sie noch in dem Spind gewesen wären, als Davey seinen Lunch holen wollte? Sie hätten ihn beißen können. Ratten sind schmutzig. Sie übertragen alle möglichen Krankheiten. Ich kann mir einfach nicht vorstellen, daß eine Schule für Kinder nicht geschlossen werden muß, wenn es dort Ratten gibt. Die Gesundheitsbehörde muß das gleich morgen erfahren. Euer Vater muß sofort etwas dagegen unternehmen. Gott, eure arme Mutter wäre entsetzt über eine solche Schule, eine Schule, in der es Ratten gibt. Ratten! Mein Gott, Ratten übertragen alles, von der Tollwut bis zur Pest!«

In diesem Ton ging es weiter.

Penny schaltete einfach ab.

Es hatte keinen Sinn, von ihrem eigenen Spind und den silberäugigen Wesen im Keller der Schule zu erzählen. Faye würde sich nicht davon abbringen lassen, daß das ebenfalls Ratten gewesen waren.

Selbst wenn ich ihr von der Hand erzähle, dachte Penny, von der kleinen Hand, die unter dem grünen Tor vorkam, wird sie nicht davon abzubringen sein, daß es Ratten sind. Sie wird sagen, daß ich Angst hatte und mir etwas eingebildet habe. Sie wird alles so hindrehen, daß es zu der Geschichte paßt, die sie glauben will, und es wird ihr nur noch mehr Munition liefern, die sie gegen Daddy verwenden kann. Verdammt, Tante Faye, warum bist du nur so stur?

Penny fragte sich, wann ihr Vater sie wohl abholen würde, und sie betete, es möge nicht zu spät werden. Hoffentlich kam er noch vor dem Schlafengehen. Sie wollte nicht alleine, nur mit Davey, in einem dunklen Zimmer sein, auch wenn es Tante Fayes Gästezimmer und weit von ihrer eigenen Wohnung entfernt war. Sie war ziemlich sicher, daß die Kobolde sie finden würden, auch hier. Sie hatte beschlossen, ihrem Vater alles zu erzählen. Zuerst würde er nicht an Kobolde glauben wollen. Aber jetzt war schließlich das mit Daveys Lunchdose passiert. Und wenn sie mit ihrem Vater in ihre Wohnung zurückging und ihm die Löcher in Daveys Plastikbaseballschläger zeigte, konnte sie ihn vielleicht überzeugen. Daddy war zwar ein Erwachsener, wie Tante Faye, aber er war nicht stur, und er hörte zu, wenn Kinder etwas sagten, wie es nur wenige Erwachsene taten.

Penny biß sich auf die Lippen.

Sie starrte auf die Illustrierte hinunter. Die Bilder und die Worte verschwammen und wurden wieder scharf.

Das schlimmste war, daß sie jetzt hundertprozentig sicher wußte, daß die Kobolde nicht nur hinter ihr her waren. Sie hatten es auch auf Davey abgesehen.

3

Rebecca hatte nicht auf Jack gewartet, obwohl er sie darum gebeten hatte. Während er noch bei Captain Gresham geblieben war, um die Einzelheiten für die Bewachung von Penny und Davey auszuarbeiten, hatte Rebecca offenbar ihren Mantel angezogen und war nach Hause gegangen.

Als Jack merkte, daß sie fort war, seufzte er und sagte leise: »Einfach machst du es einem wirklich nicht, Baby.«

Auf seinem Schreibtisch lagen zwei Bücher über Voodoo, die er sich gestern aus der Bibliothek geholt hatte. Er starrte sie lange an und entschied dann, daß er noch vor morgen früh näheres über *Bocors* und *Houngons* erfahren mußte. Er zog Mantel und Handschuhe an, klemmte sich die Bücher unter den Arm und ging hinunter in die Tiefgarage unter dem Gebäude.

Da er und Rebecca mit der Leitung der Sonderkommission beauftragt worden waren, kamen sie jetzt in den Genuß von Vergünstigungen, die für einen normalen Beamten der Mordkommission unerreichbar waren, und dazu gehörte auch, daß sie beide rund um die Uhr, nicht nur während der Dienststunden, über einen zivilen Polizeiwagen verfügen konnten. Jack wurde ein ein Jahr alter, scheußlich grüner Chevrolet zugeteilt, der einige Beulen und noch mehr Kratzer aufwies. Die Mechaniker der Fahrbereitschaft hatten sogar Schneeketten aufgezogen. Die Kiste war startbereit.

Jack rangierte rückwärts aus der Parkbucht und fuhr die Rampe hinauf zur Straßenausfahrt. Dort blieb er stehen und wartete, während ein mit einem großen Schneepflug, einem Salzstreuer und vielen blitzenden Lichtern ausgestattetes städtisches Räumfahrzeug in der sturmdurchtosten Dunkelheit vorbeifuhr.

Außer dem Räumfahrzeug waren nur noch zwei Autos auf der Straße. Der Sturm hatte die Nacht praktisch für sich allein. Aber als das Fahrzeug vorbei und der Weg frei war, zögerte Jack immer noch.

Er schaltete die Scheibenwischer ein.

Wenn er zu Rebeccas Wohnung wollte, mußte er nach links abbiegen.

Zum Haus der Jamisons ging es nach rechts.

Er sehnte sich nach Penny und Davey, sehnte sich danach, sie zu umarmen, sie warm, lebendig und lächelnd vor sich zu sehen.

Natürlich waren sie im Augenblick nicht wirklich in Gefahr. Selbst wenn Lavelle seine Drohung ernst meinte, würde er nicht so bald losschlagen, und er konnte auch nicht wissen, wo sie zu finden waren, selbst wenn er jetzt schon handeln wollte.

Links, rechts, links.

Sie waren bei Faye und Keith völlig sicher. Außerdem hatte Jack Faye gesagt, daß er wahrscheinlich nicht rechtzeitig zum Abendessen dasein würde.

Endlich nahm er den Fuß von der Bremse, fuhr auf die Straße hinaus und bog nach links ab.

Er mußte mit Rebecca über das sprechen, was letzte

Nacht zwischen ihnen geschehen war. Sie war diesem Thema den ganzen Tag über ausgewichen. Er konnte nicht zulassen, daß sie sich weiterhin davor drückte. Sie mußte sich den Veränderungen stellen, die die letzte Nacht in ihrer beider Leben gebracht hatte, tiefgreifende Veränderungen, die er aus ganzem Herzen begrüßte, über die sie aber bestenfalls zwiespältig zu denken schien.

Das Ding kauerte in den tiefen Schatten neben dem Garagenausgang und beobachtete, wie Jack Dawson in der Zivillimousine wegfuhr.

Seine leuchtenden Silberaugen blinzelten kein einziges Mal.

Dann kroch es, immer in den Schatten bleibend, in die verlassene, stille Garage zurück.

Wo immer es hinwollte, fand es den Schutz von Schatten und Dunkelheit – selbst da, wo noch einen Augenblick zuvor keine Schatten gewesen waren. Es schlich sich von einem Wagen zum anderen, kroch unten durch und außen herum, bis es zu einer Abflußöffnung im Garagenboden kam. Es stieg in die darunterliegenden, mitternächtlichen Regionen hinab.

4

Lavelle war nervös.

Ohne das Licht anzuschalten, wanderte er rastlos durch das Haus, treppauf und treppab, hin und her; er suchte nach nichts Bestimmtem, konnte nur einfach nicht stillhalten, und er bewegte sich ständig in tiefster Dunkelheit, stieß aber nie gegen Möbel oder Türen. Er war wirklich in den Schatten zu Hause. Schließlich war die Dunkelheit ein Teil von ihm.

Seine Nervosität bereitete ihm Unbehagen. Aus dem

Unbehagen erwuchs Furcht. Furcht war etwas Unge-
wohntes für ihn. Er wußte nicht so recht, wie er damit
umgehen sollte. Und so machte die Furcht ihn noch nervöser.

Er machte sich Sorgen wegen Jack Dawson. Vielleicht
war es ein schwerer Fehler gewesen, daß er Dawson Zeit
gelassen hatte, über seine Möglichkeiten nachzudenken.
Ein Mann wie dieser Polizeibeamte würde diese Zeit vielleicht gut zu nützen wissen.

Wenn er spürt, daß ich ihn auch nur ein wenig fürchte,
dachte Lavelle, und wenn er mehr über Voodoo heraus-
findet, dann könnte er vielleicht irgendwann verstehen,
warum ich guten Grund habe, ihn zu fürchten.

Wenn Dawson herausfand, über welch besondere
Macht er verfügte, und wenn er lernte, diese Macht einzusetzen, würde er Lavelle finden und ihn aufhalten.
Dawson war einer jener seltenen Menschen, dieser eine
unter zehntausend, die auch gegen den größten *Bocor*
kämpfen und sich eines Sieges einigermaßen sicher sein
konnten. Wenn der Detektiv das Geheimnis seines Wesens entdeckte, dann würde er zu Lavelle kommen,
wohlgerüstet und gefährlich.

Lavelle streifte durch das dunkle Haus.

Vielleicht sollte er jetzt schon zuschlagen. Sollte die
Dawson-Kinder noch an diesem Abend vernichten. Es
hinter sich bringen. Vielleicht würde ihr Tod Dawson in
völlige Verzweiflung stürzen. Er liebte seine Kinder sehr,
und er war schon Witwer, litt schon unter einem schweren Kummer; vielleicht würde ihn der blutige Mord an
Penny und Davey zerbrechen. Wenn der Verlust seiner
Kinder ihn nicht völlig um den Verstand brachte, dann
würde er ihn höchstwahrscheinlich in eine schreckliche
Depression stürzen, die sein Denken vernebeln und viele
Wochen lang seine Arbeit beeinträchtigen würde. Das al-
lermindeste war, daß Dawson ein paar Tage der Untersuchung fernbleiben mußte, um die Beerdigung zu arran-

gieren, und diese paar Tage würden Lavelle eine kleine Atempause verschaffen.

Aber was war andererseits, wenn Dawson ein Mensch war, der aus dem Leid Kraft schöpfte, anstatt unter dieser Last zusammenzubrechen? Was war, wenn die Ermordung und Verstümmelung seiner Kinder seinen Entschluß, Lavelle zu finden und zu vernichten, nur noch stärkte?

Für Lavelle war diese Möglichkeit enervierend.

Unentschlossen streifte der *Bocor* durch die lichtlosen Räume, wie ein Geist, der das Haus heimsuchte.

Endlich wußte er, daß er die uralten Götter befragen und sie demütig bitten mußte, ihn an ihrer Weisheit teilhaben zu lassen.

Er ging in die Küche und schaltete die Deckenlampe an.

Aus einem Schrank nahm er einen mit Mehl gefüllten Behälter.

Auf der Arbeitsplatte stand ein Radio. Er rückte es in die Mitte des Küchentischs.

Mit dem Mehl zeichnete er auf den Tisch, rund um das Radio, ein kunstvolles *Vèvè*.

Er schaltete den Apparat ein.

Er wechselte durch ein Dutzend Sender, die alle Arten von Musik spielten, von Pop über Rock und Country bis zu Klassik und Jazz. Dann stellte er den Tuner auf eine freie Frequenz ein, die auf keiner Seite von anderen Sendern gestört wurde.

Er nahm noch eine zweite Handvoll Mehl und zeichnete sorgfältig ein kleines, einfaches *Vèvè* oben auf das Radio selbst.

Dann wusch er sich am Spülbecken die Hände, ging zum Kühlschrank und holte eine kleine, mit Blut gefüllte Flasche heraus.

Es war Katzenblut, das bei den verschiedensten Ritualen Verwendung fand. Einmal in der Woche kaufte oder ›adoptierte‹ er, immer in einem anderen Zoogeschäft oder

Tierasyl, eine Katze, nahm sie mit nach Hause, tötete sie und ließ sie ausbluten, um immer einen frischen Vorrat an Blut zu haben.

Jetzt kehrte er an den Tisch zurück und setzte sich vor das Radio. Er tauchte seine Finger in das Katzenblut, zeichnete bestimmte Runen auf den Tisch und, ganz zum Schluß, auf die Plastikscheibe über der Radioskala.

Er sang eine Weile, wartete, lauschte, sang weiter, bis er hörte, daß sich das Geräusch der nicht belegten Frequenz auf unverkennbare, aber nicht zu beschreibende Weise veränderte. Nur einen Augenblick zuvor war es ein toter Laut gewesen. Jetzt lebte er. Etwas machte von der offenen Frequenz Gebrauch, griff aus dem Jenseits herüber.

Lavelle starrte das Radio an, ohne es wirklich zu sehen und fragte: »Ist da jemand?«

Keine Antwort.

»Ist da jemand?«

Die Stimme klang nach Staub und mumifizierten Überresten. »Ich warte«. Es hörte sich an wie trockenes Papier, wie Sand und Splitter, eine unendlich alte Stimme, so bitterkalt wie die Nacht zwischen den Sternen, kratzig, flüsternd und böse.

Es konnte jeder von hunderttausend Dämonen sein, oder auch ein ausgewachsener Gott einer der uralten, afrikanischen Religionen, oder der Geist eines Toten, der vor langer Zeit in die Hölle verbannt worden war. Es war nicht mit Sicherheit festzustellen, wer es war, und Lavelle hatte nicht die Macht, ihn zur Preisgabe seines Namens zu zwingen. Wer immer es sein mochte, er würde ihm seine Fragen beantworten können.

»Ich warte.«

»Du weißt, womit ich mich hier beschäftige?«

»Ich weisss esssss.«

»Die Angelegenheit, die die Carramazza-Familie betrifft.«

»Ich weisss esssss.«

Wenn Gott den Schlangen die Gabe der Sprache verlie hen hätte, dann hätte es so geklungen.

»Du kennst den Kriminalbeamten, diesen Dawson?«

»Ja.«

»Wird er seine Vorgesetzten bitten, ihn von dem Fall abzulösen?«

»Niemalsss!«

»Wird er weiter Nachforschungen über Voodoo anstellen?«

»Dasss wird er.«

»Ich habe ihn gewarnt.«

»Er wird nicht aufhören.«

In der Küche war es bitterkalt geworden, obwohl die Zentralheizung noch lief und heiße Luft aus den Heizkörpern spuckte. Die Luft schien dick und ölig zu sein.

»Was kann ich tun, um Dawson in Schach zu halten?«

»Du weissst esss!«

»Sag es mir.«

»Du weissst esss.«

Lavelle leckte sich die Lippen, räusperte sich.

»Du weissst esss.«

Lavelle sagte: »Soll ich seine Kinder jetzt ermorden lassen, heute abend, ohne weiteren Aufschub?«

5

Rebecca öffnete die Tür. Sie sagte: »Ich dachte mir irgendwie, daß du es bist.«

Er stand fröstelnd auf dem Treppenabsatz. »Da draußen tobt ein richtiger Blizzard.«

Sie trug einen weichen blauen Morgenrock und Hausschuhe.

Ihr Haar war honiggelb. Sie sah großartig aus.

Sie sagte kein Wort. Sie sah ihn nur an.

Schließlich meinte er: »Wirklich, der Sturm des Jahrhunderts. Vielleicht sogar der Anfang einer neuen Eiszeit. Das Ende der Welt. Ich habe mir überlegt, mit wem ich am liebsten zusammensein würde, wenn das wirklich das Ende der Welt wäre...«

Fast hätte sie ihn angelächelt.

Er fragte: »Kann ich reinkommen? Ich habe meine Stiefel schon ausgezogen, siehst du? Ich werde keine Spuren auf deinem Teppich hinterlassen. Und ich habe sehr gute Manieren. Ich rülpse nie in der Öffentlichkeit und kratze mich auch nicht am Hintern – jedenfalls nicht mit Absicht.«

Sie gab den Weg frei.

Er trat ein.

Sie schloß die Tür und sagte: »Ich wollte gerade etwas zu essen machen. Hast du Hunger?«

»Was gibt es denn?«

»Hereingeschneite Gäste dürfen nicht wählerisch sein.«

Sie gingen in die Küche, und er hängte seinen Mantel über eine Stuhllehne.

Sie sagte: »Roastbeef-Sandwiches und Suppe.«

»Gute Idee.«

»Du schneidest das Roastbeef auf.«

»Sicher.«

»Es liegt im Kühlschrank, in Plastikfolie. Im zweiten Fach, glaube ich. Paß auf!«

»Warum? Ist es lebendig?«

»Der Kühlschrank ist ziemlich vollgepackt. Wenn du die Sachen nicht vorsichtig rausnimmst, fällt dir wahrscheinlich alles entgegen.

Er öffnete den Kühlschrank. Da drinnen herrschte tatsächlich ein Chaos, während ihre Wohnung bis in den letzten Winkel sauber, ordentlich und von fast spartanischer Schlichtheit war.

Er fand das Roastbeef hinter einem Glas mit eingelegten Eiern, auf einem Apfelkuchen in der Backform, unter einem Paket Schweizer Käse, eingekeilt zwischen zwei Pfannen mit Resten auf der einen Seite und einem Krug mit Mixed Pickles und einer übriggebliebenen Hühnerbrust auf der anderen, vor drei Gläsern Marmelade.

Eine Zeitlang arbeiteten sie schweigend.

Er hatte geglaubt, wenn er sie einmal zu fassen bekam, würde es nicht schwer sein, über das zu reden, was letzte Nacht zwischen ihnen geschehen war. Aber jetzt war er verlegen. Er wußte nicht, wie er anfangen, was er als erstes sagen wollte. Alles, was ihm einfiel, fand er entweder abgedroschen, oder es war zu abrupt oder einfach blöd.

Das Schweigen dehnte sich.

Sie legte Sets, Geschirr und Besteck auf den Tisch.

Er schnitt erst das Rindfleisch und dann eine große Tomate in Scheiben.

Sie öffnete zwei Dosen Suppe.

Er wandte sich zu Rebecca, um sie zu fragen, wie sie ihr Sandwich haben wollte.

Sie stand mit dem Rücken zu ihm am Herd und rührte die Suppe im Topf um. Ihr Haar schimmerte golden auf dem dunkelblauen Morgenrock.

Jack überlief ein Schauer des Begehrens. Er konstatierte voll Staunen, wieviel anders sie jetzt war, im Vergleich zu vor nur einer Stunde im Büro, als er sie zuletzt gesehen hatte. Nicht mehr die Eisjungfrau. Nicht mehr die Wikingerin.

Ehe er sich selbst bewußt wurde, was er tat, trat er von hinten an sie heran und legte ihr die Hände auf die Schultern.

Sie war nicht überrascht. Sie hatte sein Kommen gespürt. Vielleicht hatte sie ihn sogar mit ihrem Willen herangezogen.

Zuerst waren ihre Schultern unter seinen Händen steif und ihr ganzer Körper angespannt.

Er strich ihr Haar beiseite und küßte sie auf den Nacken.

Sie entspannte sich, wurde weich, lehnte sich an ihn.

Er strich mit den Händen an ihren Seiten hinunter bis zur Wölbung ihrer Hüften.

Sie seufzte, sagte aber nichts.

Er küßte sie aufs Ohr.

Er ließ eine Hand nach oben gleiten, umfaßte ihre Brust.

Sie drehte den Gasbrenner ab, auf dem der Topf mit der Minestrone stand.

Jetzt hatte er die Arme um sie geschlungen, beide Hände lagen auf ihrem flachen Bauch.

Sein Glied wurde so hart, daß es weh tat.

Sie murmelte unartikuliert, ein Laut wie von einer Katze.

Seine Hände hielten nicht still, sondern strichen sanft und träge forschend über sie hin.

Sie wandte sich ihm zu.

Sie küßten sich.

Ihre Zunge war schnell und heiß, aber der Kuß war ausgedehnt und langsam.

Als sie sich voneinander lösten, nur ein paar Zoll auseinanderwichen, um einen dringend benötigten Atemzug zu machen, begegneten sich ihre Blicke, und ihre Augen leuchteten in so wildem, strahlendem Grün, daß sie gar nicht wirklich zu sein schienen. Aber er sah ein sehr wirkliches Verlangen darin.

Noch ein Kuß. Diesmal heftiger als der erste, hungriger.

Dann entzog sie sich ihm. Nahm seine Hand.

Sie gingen aus der Küche. Ins Wohnzimmer.

Ins Schlafzimmer.

Sie schaltete eine kleine Lampe mit einem Schirm aus bernsteinfarbenem Glas ein. Sie gab kein helles Licht. Die Schatten wichen ein wenig zurück, verschwanden aber nicht ganz.

Sie zog ihren Morgenrock aus. Mehr hatte sie nicht an.

Sie entkleidete ihn.

Viel später, auf dem Bett, als er schließlich in sie eindrang, stieß er leise, von Staunen erfüllt, ihren Namen hervor, und sie sprach den seinen aus. Dies waren die ersten Worte, die gefallen waren, seit er ihr draußen in der Küche die Hände auf die Schultern gelegt hatte.

Sie fanden in einen sanften, seidigen, befriedigenden Rhythmus hinein und spendeten sich auf den kühlen, knisternden Laken Freude.

6

Lavelle saß am Küchentisch und starrte das Radio an.

Der Wind rüttelte an dem alten Haus.

Zu dem unsichtbaren Wesen, das durch das Radio mit dieser Welt in Verbindung trat, sagte Lavelle: »Soll ich seine Kinder jetzt gleich ermorden lassen, heute abend noch, ohne weiteren Aufschub?«

»Ja.«

»Aber wenn ich seine Kinder töte, besteht dann nicht die Gefahr, daß Dawson mehr denn je entschlossen ist, mich zu finden?«

»Töte sssie!«

»Meinst du, Dawson könnte zusammenbrechen, wenn ich sie töte?«

»Ja.«

»Es könnte zu seinem emotionalen oder geistigen Verfall beitragen?«

»Ja.«

»Steht das außer Zweifel?«

»Er liebt sssie sssehr!«

»Ich will ganz sicher sein.«

»Töte sssie. Brutal. Esss musss besssondersss brutal sssein.«

»Ich werde alles tun, um ihn aus dem Weg zu räumen, aber ich möchte absolut sicher sein, daß es so funktioniert, wie ich es haben will.«

»Töte sssie. Zerschmettere sssie. Brich ihnen die Knochen und reissse ihnen die Augen herausss. Reissse ihnen
die Zunge herausss. Weide sie ausss wie zwei Schlacht-
schweine.«

7

Rebeccas Schlafzimmer.

Schneekristalle pochten leise ans Fenster.

Sie lagen nebeneinander im bernsteinfarbenen Licht auf
dem Bett und hielten sich an den Händen.

Rebecca sagte: »Ich dachte nicht, daß es noch einmal
passieren würde.«

»Was?«

»Das.«

»Ach so.«

»Ich war sicher, daß wir uns niemals wieder lieben würden.«

»Aber wir haben es getan.«

Sie schwieg.

Er fragte: »Tut es dir leid?«

»Nein.«

»Du glaubst doch nicht, daß *dies* das letzte Mal war,
oder?«

»Nein.«

Pause.

Dann sagte sie: »Was ist mit uns passiert?«

»Ist das nicht klar?«

»Nicht ganz.«

»Wir haben uns verliebt.«

»Aber wie konnte das so schnell gehen?«

»Es war nicht schnell.«

»Die ganze Zeit nur Polizisten, nur Partner...«

»Mehr als Partner.«

»… und dann ganz plötzlich… wumm!«

»Es war nicht plötzlich. Bei mir geht das schon lange so.«

»Wirklich?«

»Mindestens seit zwei Monaten.«

»Warum habe ich das nicht gemerkt?«

»Du hast es gemerkt. Im Unterbewußtsein.«

»Vielleicht.«

»Ich frage mich nur, warum du dich so hartnäckig dagegen gewehrt hast.«

Sie antwortete nicht.

Nach einer Weile sagte er: »Ich liebe dich.«

»Sag das nicht.«

»Ich sage es nicht nur. Ich meine es auch.«

Sie sah ihn nicht an.

Er sagte: »Ich bin sicher, Rebecca. Ich liebe dich.«

»Ich habe dich gebeten, das nicht zu sagen.«

»Ich verlange ja nicht, es von dir zu hören.«

Sie biß sich auf die Unterlippe.

»Sag nur, daß du mich ein wenig magst.«

»Ich mag dich.«

»Schön. Damit kann ich im Moment leben.«

»Gut.«

»Aber mittlerweile liebe ich dich.«

»Verdammt, Jack!«

Sie rückte von ihm weg.

Sie zog das Laken hoch bis ans Kinn.

»Jetzt sei nicht so kalt zu mir, Rebecca.«

»Ich bin nicht kalt.«

Sie kaute am Daumen wie ein kleines Mädchen.

»Rebecca?«

»Ich weiß nicht, wie ich es sagen soll. Ich kann es nicht erklären. Ich mußte es noch nie in Worten ausdrücken.«

»Ich kann gut zuhören.«

»Ich brauche ein bißchen Zeit zum Nachdenken.«

»Dann laß dir Zeit.«

Sie starrte an die Decke und überlegte.

Er schlüpfte zu ihr unter das Laken und zog die Decke über sie beide.

Eine Weile lagen sie da und schwiegen.

Draußen sang der Wind eine Serenade mit zwei Tönen.

Sie sagte: »Mein Vater starb, als ich sechs war.«

»Das tut mir leid. Wie schrecklich. Dann hattest du nie die Chance, ihn richtig kennenzulernen.«

»Das stimmt. Und trotzdem, so sonderbar das auch klingt, manchmal vermisse ich ihn immer noch sehr, auch nach so vielen Jahren noch – einen Vater, den ich nie richtig kannte und an den ich mich kaum erinnere. Ich vermisse ihn trotzdem.«

Jack dachte an seinen eigenen, kleinen Davey, der noch nicht einmal sechs gewesen war, als seine Mutter starb.

Er drückte Rebecca sanft die Hand.

Sie sagte: »Aber daß mein Vater starb, als ich sechs war – das ist irgendwie nicht das Schlimmste. Das Schlimmste ist, daß ich sah, wie er starb. Ich war dabei, als es passierte.«

»Mein Gott. Wie... wie ist es passiert?«

»Tja... er und Mama hatten eine Imbißbude. Nicht groß. Nur vier kleine Tische. Hauptsächlich Straßenverkauf. Sandwiches, Kartoffelsalat, Nudelsalat und ein paar Schleckereien. Es ist schwer, in diesem Geschäft Erfolg zu haben, außer man hat gleich zu Beginn zwei Dinge: genügend Startkapital, um am Anfang ein paar magere Jahre durchstehen zu können, und eine gute Lage mit viel Laufkundschaft oder Büroangestellten, die in der Nähe arbeiten. Aber meine Eltern waren arm. Sie hatten nur sehr wenig Kapital. Sie konnten die hohe Miete in einer guten Gegend nicht bezahlen, deshalb fingen sie in einer schlechten an und zogen immer wieder um, wenn sie es sich leisten konnten, dreimal in drei Jahren, jedesmal in eine etwas bessere Gegend. Sie arbeiteten schwer, so schwer...

Mein Vater hatte noch einen anderen Job, als Hausmeister, am späten Abend, nachdem der Laden zumachte, bis kurz vor Morgengrauen. Dann kam er nach Hause, schlief vier oder fünf Stunden und machte dann zum Lunch auf. Mama kochte den Großteil der Gerichte, die verkauft wurden, selbst, und sie stand auch hinter der Theke, und sie ging außerdem für andere Leute putzen, um ein paar Dollar dazuzuverdienen. Endlich begann der Laden sich zu rentieren. Mein Vater konnte den Hausmeisterjob an den Nagel hängen, und Mama hörte mit dem Putzen auf. Ja, irgendwann ging das Geschäft so gut, daß sie sich nach dem ersten Angestellten umsahen; sie konnten die Arbeit nicht mehr alleine schaffen. Die Zukunft sah rosig aus. Und dann... eines Nachmittags... während der Flaute zwischen dem Mittags- und dem Abendbetrieb, Mama war fortgegangen, um etwas zu besorgen, und ich war mit meinem Vater allein im Laden... da kam der Kerl herein... mit einer Pistole...«

»Oh, Scheiße«, sagte Jack. Den Rest kannte er. Er hatte das alles schon erlebt, schon oft. Tote Ladenbesitzer, die in ihrem eigenen Blut lagen, neben ihren leeren Registrierkassen.

Er sagte: »Du brauchst nicht weiterzusprechen.«

»Doch. Ich muß es dir erzählen. Damit du verstehst, warum... warum ich in bestimmten Dingen so bin.«

»Okay, wenn du das wirklich willst...«

»Ich will.«

»Dann... hat sich dein Vater geweigert, diesem Dreckskerl das Geld zu geben – oder was?«

»Nein. Dad gab ihm das Geld. Alles.«

»Er hat sich überhaupt nicht gesträubt?«

»Nein.«

»Aber seine Bereitwilligkeit hat ihn nicht gerettet.«

»Nein. Der Kerl war ein Fixer und litt unter schlimmen Entzugserscheinungen, er brauchte wirklich dringend was. Die Gier kroch wie ein gräßliches Wesen in seinem Kopf herum, stelle ich mir vor, und er war reizbar, gemein, voll irrem Haß auf die ganze Welt. Du weißt, wie sie werden können. Deshalb glaube ich, daß es ihm vielleicht mehr darum ging, jemanden umzubringen, als das Geld zu bekommen, und deshalb... hat er einfach... abgedrückt.«

Jack legte einen Arm um sie und zog sie an sich.

Sie sagte: »Zwei Schüsse. Dann rannte der Bastard davon. Nur eine von den Kugeln traf meinen Vater. Aber sie... traf ihn... ins Gesicht.«

»Jesus!« sagte Jack leise, er dachte an die sechsjährige Rebecca, wie sie in der Küche des Imbißladens stand, durch den Vorhangspalt lugte und sah, wie das Gesicht ihres Vaters zerplatzte.

»Es war eine .45«, fügte sie hinzu.

Jack zuckte zusammen, als er an die Durchschlagskraft der Waffe dachte.

»Hohlmantelgeschosse«, sagte sie.

»O Gott.«

»Aus dieser geringen Entfernung hatte Dad keine Chance.«

»Quäle dich nicht mit...«

»Sie hat ihm den Kopf abgerissen.«

»Denk nicht mehr daran«, sagte Jack.

»Das Gehirn...«

»Still jetzt. Still.«

»Ich muß dir noch mehr erzählen.«

»Du mußt dir nicht alles auf einmal von der Seele reden.«

»Ich möchte, daß du mich verstehst.«

»Laß dir Zeit. Ich bin da. Ich warte. Laß dir Zeit.«

8

Im Wellblechschuppen beugte sich Lavelle über die Grube und durchschnitt mit zwei Ritualscheren mit Malachitgriffen gleichzeitig beide Enden der Schnur.

Die Fotografien von Penny und Davey Dawson fielen in das Loch und verschwanden im flackernden, orangefarbenen Licht.

Ein schriller, unmenschlicher Schrei drang aus der Tiefe.

»Tötet sie«, sagte Lavelle.

9

Immer noch in Rebeccas Bett.

Immer noch eng umschlungen.

Sie sagte: »Die Polizei konnte nur nach meiner Beschreibung vorgehen.«

»Ein sechsjähriges Kind ist nicht gerade der beste Zeuge.«

»Sie gaben sich alle Mühe, versuchten, diesem Typen auf die Spur zu kommen, der Daddy erschossen hatte. Sie gaben sich wirklich Mühe.«

»Haben sie ihn je erwischt?«

»Ja. Aber zu spät. Viel zu spät.«

»Wie meinst du das?«

»Paß auf, er bekam zweihundert Dollar, als er den Laden ausraubte.«

»Und?«

»Das ist mehr als zweiundzwanzig Jahre her.«

»Ja?«

»Damals waren zweihundert Dollar viel Geld. Kein Vermögen. Aber viel mehr als heute.«

»Ich weiß immer noch nicht, worauf du hinauswillst.«

»Für ihn war es leicht verdientes Geld.«

»So verdammt leicht auch wieder nicht. Er hat einen Mann getötet.«

»Aber das wäre nicht nötig gewesen. Er *wollte* an diesem Abend jemand töten.«

»Okay. Schön. Er glaubte also, verdreht wie er war, daß das ganz einfach ist.«

»Sechs Monate vergingen...«

»Und die Polizei hat ihn nicht erwischt?«

»Nein. Also sieht es für diesen fiesen Kerl immer einfacher aus.«

Jack wurde übel vor Angst. Sein Magen drehte sich um. Er sagte: »Willst du damit sagen...?«

»Ja.«

»Er kam zurück.«

»Mit einer Pistole. Mit derselben Pistole.«

»Aber er muß wahnsinnig gewesen sein!«

»Alle Fixer sind wahnsinnig.«

Jack wartete. Er wollte nichts mehr hören, aber er wußte, daß sie es ihm erzählen würde; erzählen mußte; *gezwungen* war, es ihm zu erzählen.

Sie sagte: »Meine Mutter stand an der Kasse.«

»Nein«, sagte er leise, als könne er die tragische Geschichte ihrer Familie noch irgendwie ändern, indem er protestierte.

»Er pustete sie weg.«

»Rebecca...«

»Jagte fünf Schüsse in sie hinein.«

»Du hast es... diesmal nicht gesehen?«

»Nein. Ich war an diesem Tag nicht im Laden.«

»Gott sei Dank.«

»Diesmal erwischten sie ihn.«

»Zu spät für dich.«

»Viel zu spät. Aber ich wußte jetzt, was ich werden wollte, wenn ich erwachsen war. Ich wollte zur Polizei, damit ich Leuten wie diesem Fixer das Handwerk legen, sie daran hindern konnte, die Mütter und Väter anderer kleiner Jungen und Mädchen zu töten. Damals gab es noch keine weiblichen Polizisten, weißt du, keine richtigen Polizisten, nur Büroangestellte auf dem Polizeirevier, in der Vermittlung und so weiter. Ich hatte keine Rollenvorbilder. Aber ich wußte, daß ich es eines Tages schaffen würde. Ich war fest entschlossen. Ich wollte keinen Augenblick etwas anderes werden als Polizistin. Ich verschwendete keinen Gedanken darauf zu heiraten, Ehefrau zu werden, Kinder zu haben, Mutter zu sein, denn ich wußte, dann würde jemand daherkommen, um meinen Mann zu erschießen oder mir meine Kinder wegzunehmen oder mich meinen Kindern. Was hatte es also für einen Sinn? Ich wollte Polizistin sein. Nichts anderes.«

Endlich begann Jack, Rebecca Chandler zu verstehen – warum sie so war, wie sie war. Das Verständnis steigerte seinen Respekt und die tiefe Zuneigung, die er schon für sie empfand. Sie war eine ganz besondere Frau.

Er ahnte, daß dieser Abend einer der wichtigsten in seinem Leben war. Die lange Einsamkeit nach Lindas Tod ging endlich zu Ende. Nun, mit Rebecca, würde er einen neuen Anfang machen.

Jetzt konnte nichts mehr schiefgehen.

10

»Tötet sie, tötet sie«, sagte Lavelle.

Seine Stimme hallte in die Grube hinunter, wurde wieder und wieder zurückgeworfen wie aus einem tiefen Schacht.

Der undeutlich pulsierende, sich verändernde, amorphe Boden der Grube wurde plötzlich lebendig. Er warf Blasen, wallte auf, wirbelte. Aus der lavaartigen

Schmelzmasse – die eine Armeslänge oder auch Meilen entfernt in der Tiefe hätte sein können – formte sich eine Gestalt.

Eine monströse Gestalt.

11

»Als deine Mutter getötet wurde, warst du erst...«

»Sieben Jahre alt. Ich war einen Monat vor ihrem Tod sieben geworden.«

»Wer zog dich danach auf?«

»Ich kam zu meinen Großeltern, der Familie meiner Mutter.«

»Ging das gut?«

»Sie mochten mich sehr gern. Deshalb ging es eine Weile gut.«

»Nur eine Weile?«

»Dann starb mein Großvater.«

»Noch ein Todesfall?«

»Immer noch einer.«

»Wie?«

»Krebs. Den plötzlichen Tod hatte ich schon erlebt. Jetzt war es Zeit, daß ich das langsame Sterben kennenlernte.«

»Wie langsam?«

»Zwei Jahre vom Zeitpunkt der Krebsdiagnose bis zu dem Tag, an dem er endlich erlöst wurde. Er schwand dahin, verlor sechzig Pfund, ehe er starb, und durch die Radiumbestrahlungen fielen ihm alle Haare aus. In diesen letzten paar Wochen wurde er dem Aussehen und dem Verhalten nach ein völlig anderer Mensch.«

»Wie alt warst du, als du ihn verloren hast?«

»Elfeinhalb.«

»Dann war nur noch deine Großmutter da.«

»Ein paar Jahre lang. Als ich dann fünfzehn war, starb

auch sie. Das Herz. Nicht wirklich plötzlich, aber auch nicht wirklich langsam. Danach wurde ich unter amtliche Vormundschaft gestellt. Die nächsten drei Jahre, bis zum achtzehnten Lebensjahr, verbrachte ich bei einer Reihe von Pflegefamilien. Vier insgesamt. Keinem meiner Pflegeeltern kam ich jemals nahe; ich gestattete mir nie, ihnen nahezukommen. Ich ließ mich immer wieder einer anderen Familie zuteilen, verstehst du. Denn inzwischen hatte ich, so jung ich noch war, begriffen, daß es einfach zu gefährlich ist, Menschen zu lieben, sich auf sie zu verlassen, sie zu *brauchen*. Wir sind alle so kurzlebig. So zerbrechlich. Und das Leben ist so unberechenbar.«

»Aber das ist doch kein Grund, unbedingt alleine bleiben zu wollen«, sagte Jack. »Siehst du nicht, daß eigentlich – daß das der Grund ist, warum wir Menschen finden *müssen*, die wir lieben können, Menschen, mit denen wir unser Leben teilen, denen wir unsere Herzen und Gedanken öffnen, auf die wir uns verlassen, die wir schätzen, die sich auf uns verlassen, wenn *sie* die Gewißheit brauchen, daß sie nicht alleine sind. Seine Freunde und seine Familie gernzuhaben, zu wissen, daß sie einen gernhaben – das lenkt uns von der Leere ab, die auf uns alle wartet. Indem wir lieben und zulassen, daß man uns liebt, geben wir unserem Leben Sinn und Bedeutung. Wenigstens für kurze Zeit können wir durch die Liebe die gottverdammte Dunkelheit vergessen, die am Ende von allem steht.«

Als er geendet hatte, war er ganz außer Atem – und staunte über das, was er gesagt hatte, seine intuitive Einsicht erschreckte ihn.

Sie schob einen Arm über seine Brust. Sie hielt ihn fest.

Sie sagte: »Du hast recht. Ein Teil von mir weiß, daß das wahr ist, was du gesagt hast.«

»Gut.«

»Aber es gibt noch einen anderen Teil, der hat Angst davor, jemals wieder zu lieben oder geliebt zu werden. Dieser Teil kann es nicht ertragen, alles wieder zu verlieren.

Dieser Teil glaubt, Einsamkeit sei besser als solch ein Verlust und ein solcher Schmerz.«

»Aber schau, genau das ist es doch. Liebe, die man geschenkt oder empfangen hat, geht *nie* verloren«, sagte er und hielt sie fest. »Wenn du einmal jemanden geliebt hast, ist die Liebe immer da, auch dann, wenn der andere fort ist. Liebe ist das einzige, das Bestand hat.«

Minutenlang lagen sie schweigend da und berührten sich.

Jack hatte den verzweifelten Wunsch, Rebecca möge für den Rest seines Lebens mit ihm zusammenbleiben. Er fürchtete sich davor, sie zu verlieren.

Aber er sagte nichts mehr. Die Entscheidung lag bei ihr.

Nach einer Weile sagte sie: »Zum erstenmal seit einer Ewigkeit habe ich weniger Angst davor, zu lieben und zu verlieren; ich fürchte mich viel mehr davor, überhaupt nicht zu lieben.«

Jack fiel ein Stein vom Herzen.

Er sagte: »Du darfst mich nie wieder wegstoßen.«

»Ich werde erst lernen müssen, mich zu öffnen, und das wird mir nicht leichtfallen.«

»Du kannst es.«

»Gelegentlich werde ich sicher wieder rückfällig und ziehe mich ab und zu in mein Schneckenhaus zurück. Du wirst Geduld mit mir haben müssen.«

»Ich kann geduldig sein.«

»Gott, als ob ich das nicht wüßte. Du bist der aufreizendst geduldige Mensch, den ich kenne.«

»Aufreizend?«

»Bei der Arbeit gab es Zeiten, da war ich so unglaublich biestig, und ich wußte es, ich wollte nicht so sein, konnte aber anscheinend nicht aus meiner Haut heraus. Manchmal habe ich mir gewünscht, du würdest zurückfauchen, explodieren. Aber wenn du dann endlich reagiert hast, warst du immer so vernünftig, so ruhig, so verdammt geduldig.«

»Du tust, als wäre ich ein Heiliger.«

»Nun, du bist ein guter Mann, Jack Dawson. Ein netter Mann. Ein verdammt netter Mann.«

»Och, ich weiß, daß du mich für vollkommen hältst«, sagte er selbstironisch. »Aber ob du es glaubst oder nicht, selbst ich, das Musterexemplar, selbst ich habe ein paar Fehler.«

»Nein!« sagte sie scheinheilig erstaunt.

»Doch, es ist wahr. Aber ich habe eine große Tugend, die alle diese schrecklichen Schwächen mehr als auf-wiegt«, sagte er.

Sie grinste. »Und die wäre?«

»Ich liebe dich.«

Diesmal verbot sie ihm nicht, so etwas zu sagen.

Sie küßte ihn.

Ihre Hände streichelten ihn.

Sie sagte: »Liebe mich noch einmal.«

12

Normalerweise wurde Penny, ganz gleich, wie lange Da-vey aufbleiben durfte, eine Stunde mehr zugestanden. Als letzte schlafenzugehen, war aufgrund ihres Alters-vorsprungs von vier Jahren ihr gutes Recht. Sie setzte sich jedesmal wacker und hartnäckig zur Wehr, wenn jemand auch nur ansatzweise den Versuch machte, ihr dieses kostbare, unveräußerliche Recht zu verweigern. Als je-doch an diesem Abend um neun Uhr Tante Faye vor-schlug, Davey solle sich die Zähne putzen und sich ins Bett verziehen, tat Penny so, als sei sie müde, und sagte, sie habe auch nichts dagegen schlafenzugehen.

Sie durfte Davey nicht alleine in einem dunklen Schlaf-zimmer lassen, wo die Kobolde sich vielleicht an ihn her-anschleichen konnten. Sie mußte wach bleiben und auf ihn aufpassen, bis ihr Vater kam. Dann würde sie Daddy alles über die Kobolde erzählen, und sie hoffte, daß er sie zumindest zu Ende anhören würde, ehe er nach den Männern mit den Zwangsjacken schickte.

Sie und Davey waren ohne Nachtzeug zu den Jamisons gekommen, aber das war weiter kein Problem. Da sie des öfteren bei Faye und Keith übernachteten, wenn ihr Vater lange arbeiten mußte, hatten sie dort Ersatzzahnbürsten und Schlafanzüge deponiert. Und im Schrank des Gästezimmers lag frische Kleidung zum Wechseln, so daß sie morgen nicht das gleiche anziehen mußten. Innerhalb von zehn Minuten lagen sie in ihren Betten und kuschelten sich behaglich in die Decken.

Tante Faye wünschte ihnen angenehme Träume, schaltete das Licht aus und schloß die Tür.

Die Dunkelheit war dick, erstickend.

Penny kämpfte gegen einen Anfall von Platzangst.

Davey schwieg eine Weile. Dann: »Penny?«

»Hm?«

»Bist du da?«

»Was glaubst du, wer gerade ›hm‹ gesagt hat?«

»Wo ist Dad?«

»Macht Überstunden.«

»Ich meine, wirklich?«

»Er macht wirklich Überstunden.«

»Und wenn ihm etwas passiert ist?«

»Ihm ist nichts passiert.«

»Und wenn er angeschossen worden ist?«

»Ist er nicht. Das hätten sie uns gesagt, wenn er angeschossen worden wäre. Sie würden uns wahrscheinlich sogar ins Krankenhaus fahren, damit wir ihn besuchen können.«

»Nein, das würden sie nicht tun. Die wollen doch Kinder vor so schlechten Nachrichten bewahren.«

»Willst du, in Gottes Namen, aufhören, dir Sorgen zu machen? Mit Dad ist alles in Ordnung. Wenn er angeschossen worden wäre oder so was, würden Tante Faye und Onkel Keith das doch wissen.«

»Vielleicht wissen sie es ja?«

»Wenn sie es wüßten, würden wir es auch wissen.«

»Wieso?«

»Das würde man merken, selbst wenn sie sich Mühe gäben, es zu verbergen.«

»Wie würde man es merken?«

»Dann hätten sie uns anders behandelt. Sie hätten sich komisch benommen.«

»Sie benehmen sich immer komisch.«

»Ich meine, auf andere Weise komisch. Sie wären besonders nett zu uns gewesen. Sie hätten uns verhätschelt, weil wir ihnen leid getan hätten. Und glaubst du, Tante Faye hätte Daddy den ganzen Abend lang so kritisiert, wenn sie gewußt hätte, daß er angeschossen ist und irgendwo in einem Krankenhaus liegt?«

»Tja... nein. Da hast du wohl recht. Das würde nicht einmal Tante Faye tun.«

Sie schwiegen.

Penny stützte den Kopf auf das Kissen und lauschte.

Nichts war zu hören. Nur der Wind draußen. Und weit weg das Brummen eines Schneepflugs.

Sie blickte zum Fenster, ein unbestimmt schneehelles Rechteck.

Würden die Kobolde durch das Fenster kommen?

Durch die Tür?

Vielleicht würden sie aus einem Spalt in der Fußleiste kommen, als Rauch, und sich dann verfestigen, wenn sie ganz in den Raum eingedrungen waren. Vampire machten so etwas. Sie hatte es in einem alten Dracula-Film gesehen.

Vielleicht kamen sie auch aus dem Schrank.

Sie spähte in die dunkelste Ecke des Raums, wo der Schrank stand. Sie konnte ihn nicht sehen; nur Schwärze.

Vielleicht gab es an der Rückseite des Schranks einen

unsichtbaren Zaubergang, einen Tunnel, den nur Kobolde sehen und benützen konnten.

Das war lächerlich. Oder doch nicht? Allein die Vorstellung von Kobolden war schon lächerlich; und doch waren sie da draußen. Sie hatte sie gesehen.

Davey begann, tief, langsam und gleichmäßig zu atmen. Er schlief.

Penny beneidete ihn. Sie wußte, daß sie niemals wieder schlafen würde.

Die Zeit verging. Langsam.

Ihr Blick bewegte sich ständig durch den dunklen Raum. Das Fenster. Die Tür. Der Schrank. Das Fenster.

Sie wußte nicht, wo die Kobolde herkommen würden, aber sie wußte, daß sie kommen würden.

13

Lavelle saß in seinem dunklen Schlafzimmer.

Die Mörder waren aus der Grube aufgestiegen und hatten sich davongeschlichen, in die Nacht, in die sturmgepeitschte Stadt. Bald würden die beiden Dawson-Kinder abgeschlachtet werden und nur noch blutige, tote Fleischklumpen sein.

Der Gedanke gefiel Lavelle und erregte ihn. Er bekam sogar eine Erektion.

Nur noch zu einem Zweck mußte er in dieser Nacht seine magischen Kräfte einsetzen, und er freute sich schon darauf. Er wollte Jack Dawson demütigen. Er würde Dawson endlich begreiflich machen, wie ehrfurchtgebietend die Macht eines Meister-*Bocors* war. Dann, wenn Dawsons Kinder vernichtet waren, würde der Beamte einsehen, wie töricht er gehandelt hatte, als er sie einem solchen Risiko aussetzte, als er einem *Bocor* trotzte. Er würde begreifen, wie leicht er sie hätte retten können – indem er einfach seinen Stolz hinunterschluckte und aus den Ermittlungen ausstieg. Dann würde ihm klarwerden, daß er, der Kriminalbeamte persönlich, das Todesurteil seiner eigenen Kinder unterzeichnet hatte, und *diese* schreckliche Erkenntnis würde ihn zerschmettern.

14

Penny saß aufrecht im Bett und hätte beinahe nach Tante Faye geschrien.

Sie hatte etwas gehört. Einen sonderbaren, spitzen Schrei. Er war nicht menschlich. Schwach. Weit entfernt. Vielleicht aus einer anderen Wohnung, mehrere Etagen tiefer. Der Schrei schien durch die Heizungsrohre zu ihr gedrungen zu sein.

Sie wartete gespannt. Eine Minute. Zwei Minuten. Drei.

Der Schrei wiederholte sich nicht. Auch sonst war nichts Unnatürliches zu hören.

Aber sie wußte, was sie gehört hatte und was es bedeutete. Sie kamen, um sie und Davey zu holen. Sie waren unterwegs. Bald würden sie hier sein.

15

Diesmal war der Liebesakt langsam, fast träge, von schmerzhafter Zärtlichkeit, erfüllt von Liebkosungen, wortlosem Murmeln und sanftem Streicheln. Träumerische Empfindungen: ein Gefühl des Schwebens, ein Gefühl, als bestehe man nur aus Sonnenlicht und anderer Energie, ein berauschend schwereloses Fallen. Diesmal war es weniger ein Geschlechtsakt als ein gefühlsmäßiges Versprechen, ein spirituelles Gelübde, vom Fleisch abgelegt. Und als Jack sich schließlich tief in ihr samtenes Inneres ergoß, war ihm, als verschmelze er mit ihr, gehe in ihr auf, würde eins mit ihr, und er spürte, daß sie ebenso empfand.

»Ich liebe dich«, sagte er.

»Ich bin froh«, sagte sie.

Das war schon ein Fortschritt.

Sie brachte es noch immer nicht über sich zu sagen, daß auch sie ihn liebte. Aber das störte ihn nicht weiter. Er wußte ja, daß sie es tat.

Er saß auf dem Bettrand und kleidete sich an.

Sie stand auf der anderen Seite des Betts und schlüpfte in ihren blauen Morgenrock.

Beide wurden durch eine plötzliche, heftige Bewegung aufgeschreckt. Ein gerahmtes Plakat von einer Jasper-Johns-Kunstausstellung wurde aus seiner Verankerung gerissen und flog von der Wand. Es war ein großes Plakat, dreieinhalb auf zweieinhalb Fuß, gerahmt und hinter Glas. Einen Augenblick lang hing es vibrierend in der Luft, dann schlug es mit einem gewaltigen Krach am Fußende des Betts auf dem Boden auf.

»Was, zum Teufel...?« entfuhr es Jack.

»Wie konnte das passieren?« fragte Rebecca.

Die Schiebetür des Schranks flog krachend auf, schlug zu, flog wieder auf.

Die Kommode mit den sechs Schubladen kippte von der Wand weg auf Jack zu, er sprang aus dem Weg, und das große Möbelstück stürzte mit einem Getöse um, als sei eine Bombe explodiert.

Rebecca wich an die Wand zurück und blieb dort stehen, erstarrt, mit weit aufgerissenen Augen, die Hände zu Fäusten geballt.

Es war kalt. Wind jagte durch den Raum. Nicht nur ein Luftzug, ein richtiger Wind, fast so stark wie der Sturm, der draußen durch die Straßen der Stadt peitschte. Aber es gab keine Stelle, wo ein kalter Wind hätte eindringen können; Türen und Fenster waren fest geschlossen.

Und jetzt schien es, als packten unsichtbare Hände die Gardinen am Fenster und rissen sie von ihrer Stange. Die Vorhänge sanken zu Boden, dann wurde auch die Stange aus der Wand gerissen und beiseite geworfen.

Schubladen glitten aus den Nachttischen, fielen auf den Boden, gossen ihren Inhalt aus. Mehrere Tapetenbahnen begannen sich von den Wänden zu schälen, es fing oben an und ging bis nach unten weiter.

Jack wandte sich hierhin und dorthin, er war entsetzt, verwirrt und wußte nicht, was er tun sollte.

Der Toilettenspiegel barst in spinnwebförmigen Sprüngen.

Das Unsichtbare riß die Decke vom Bett und schleuderte sie auf die umgestürzte Kommode.

»Aufhören!« schrie Rebecca ins Leere. »*Aufhören!*«

Der unsichtbare Eindringling gehorchte nicht.

Das obere Laken wurde vom Bett gezogen. Es wirbelte in der Luft, als habe ihm jemand Leben und die Fähigkeit zu fliegen verliehen; dann schwebte es in eine Ecke des Raumes, wo es wieder leblos in sich zusammenfiel.

Das eingesteckte untere Laken sprang an zwei Ecken heraus.

Jack packte es.

Die beiden anderen Ecken lösten sich ebenfalls.

Jack versuchte, das Laken festzuhalten. Es war ein schwacher, sinnloser Versuch, der Macht, die den Raum verwüstete, Widerstand leisten zu wollen, aber etwas anderes fiel ihm nicht ein, und er mußte einfach irgend etwas tun. Das Laken wurde ihm plötzlich mit solcher Kraft aus der Hand gerissen, daß er das Gleichgewicht verlor. Er stolperte und fiel auf die Knie.

Auf dem fahrbaren Fernsehtisch in der Ecke schaltete sich das tragbare Fernsehgerät von selbst ein und dröhnte mit voller Lautstärke los.

Jack rappelte sich auf.

Der Matratzenüberzug wurde vom Bett geschält, in die Luft gehoben, zu einer Kugel zusammengerollt und nach Rebecca geworfen.

Die Matratze war jetzt kahl. Die wattierte, obere Schicht beulte sich ein. Ein Riß erschien darin. Das Gewebe riß in der Mitte von oben nach unten durch, Füllmaterial quoll heraus, zusammen mit ein paar emporschnellenden Federn, die wie von einer unhörbaren Musik beschworene Kobras herauskamen.

Noch mehr Tapetenbahnen lösten sich.

Die Schranktür knallte so fest zu, daß sie teilweise aus den Angeln sprang und hin- und herklapperte.

Der Bildschirm implodierte. Gleichzeitig mit dem Geräusch brechenden Glases blitzte kurz ein Lichtstrahl im Inneren des Geräts auf, dann kam ein wenig Rauch.

Stille.

Jack blickte Rebecca an. Sie wirkte verwirrt. Entsetzt.

Das Telefon klingelte.

Im selben Augenblick, als Jack es hörte, wußte er, wer anrief. Er riß den Hörer hoch, hielt ihn sich ans Ohr, und sagte nichts.

»Sie hecheln ja wie ein Hund, Lieutenant Dawson«, sagte Lavelle. »Aufgeregt? Meine kleine Demonstration hat Sie offenbar fasziniert.«

Jack zitterte so heftig und unkontrolliert, daß er seiner Stimme nicht traute. Er antwortete nicht, weil er nicht wollte, daß Lavelle hörte, wie verschreckt er war.

Außerdem schien es Lavelle nicht zu interessieren, was Jack vielleicht zu sagen hatte; er wartete nicht lange genug auf eine Antwort, selbst wenn er eine bekommen hätte. Der *Bocor* fuhr fort: »Wenn Sie Ihre Kinder sehen – tot, verstümmelt, die Augen herausgerissen, die Lippen abgefressen, die Finger bis auf die Knochen abgenagt – dann denken Sie daran, daß Sie sie hätten retten können. Vergessen Sie nicht, daß Sie selbst es sind, der ihr Todesurteil unterzeichnet hat. Sie tragen die Verantwortung für ihren Tod, so sicher, als hätten Sie zugesehen, wie sie vor einen Zug liefen, und sich nicht einmal die Mühe gemacht, ihnen eine Warnung zuzurufen. Sie haben ihr Leben weggeworfen, als ob es für Sie nichts als Abfall wäre.«

Ein Sturzbach von Worten sprudelte aus Jack heraus, ehe er überhaupt merkte, daß er sprechen wollte. »Sie beschissener, schäbiger Dreckskerl, wagen Sie es lieber nicht, ihnen auch nur ein Haar zu krümmen! Wagen Sie es nicht...«

Lavelle hatte aufgelegt.

Rebecca fragte: »Wer?«

»Lavelle.«

»Du meinst... das alles?«

»Glaubst du jetzt an schwarze Magie? An Zauberei? An Voodoo?«

»Oh, mein Gott.«

»*Ich* glaube jetzt verdammt sicher daran!«

Sie sah sich in dem verwüsteten Raum um, schüttelte den Kopf und versuchte erfolglos zu leugnen, was sie doch mit eigenen Augen sah.

Jack erinnerte sich an seine eigene Skepsis, als Carver Hampton ihm von den herunterfallenden Flaschen und der schwarzen Schlange erzählt hatte. Jetzt war er nicht mehr skeptisch. Nur noch entsetzt.

Er dachte an die Leichen, die er an diesem Morgen und an diesem Nachmittag gesehen hatte, diese gräßlich zugerichteten Körper.

Sein Herz schlug wie ein Preßlufthammer. Er rang nach Atem. Ihm war, als müsse er sich gleich übergeben.

Er hatte das Telefon noch immer in der Hand. Er tippte eine Nummer ein.

Rebecca fragte: »Wen rufst du an?«

»Faye. Sie muß die Kinder wegbringen. Schnell!«

»Aber Lavelle kann nicht wissen, wo sie sind.«

»Er konnte auch nicht wissen, wo ich bin. Ich habe niemandem erzählt, daß ich zu dir wollte. Niemand hat mich hierher verfolgt, da bin ich ganz sicher. Er kann nicht gewußt haben, wo ich zu finden war – und doch wußte er es. Also weiß er wahrscheinlich auch, wo die Kinder sind. Verdammt, warum klingelt es nicht?«

Er schlug auf die Telefontasten, bekam wieder ein Freizeichen, versuchte es noch einmal mit Fayes Nummer. Diesmal hörte er eine Mitteilung, die ihm sagte, der Anschluß bestehe nicht mehr. Das stimmte natürlich nicht.

»Lavelle hat irgendwie an Fayes Leitung rumgepfuscht«, sagte er und ließ den Hörer fallen. »Wir müssen sofort rüberfahren. Jesus, wir müssen die Kinder rausholen!«

Rebecca hatte ihren Morgenrock abgelegt und ein Paar Jeans und einen Pullover aus dem Schrank gerissen. Sie war schon halb angezogen.

»Keine Angst«, sagte sie. »Alles wird gut. Wir erreichen sie noch vor Lavelle.«

Aber Jack hatte das entsetzliche Gefühl, daß sie schon zu spät kamen.

Kapitel fünf

1

Wieder saß Lavelle alleine in seinem dunklen Schlafzimmer, nur der phosphoreszierende Schein des Schneesturms drang durch die Fenster, und er griff mit seinem Geist aus und zapfte die psychischen Energieströme des Bösen an, die über der Stadt durch die dunkle Nacht flossen.

Seine Zauberkraft war nicht nur verbraucht, sondern völlig erschöpft. Einen Poltergeist herbeizuzitieren und ihn unter Kontrolle zu halten – wie er es vor ein paar Minuten getan hatte, um die Demonstration für Jack Dawson zu veranstalten, – war eines der anstrengendsten Rituale der schwarzen Magie.

Leider war es nicht möglich, seine Feinde durch einen Poltergeist vernichten zu lassen. Poltergeister waren lediglich boshafte – schlimmstenfalls gehässige – Geister; böse waren sie nicht. Wenn ein *Bocor*, nachdem er ein solches Wesen heraufbeschworen hatte, es dazu einsetzen wollte, jemanden zu ermorden, konnte es aus dem Kontrollbann ausbrechen und seine Energien gegen ihn selbst wenden.

Wenn man den Poltergeist jedoch nur als Werkzeug benützte, um die Kräfte eines *Bocors* zu demonstrieren, dann zeigte das eindrucksvolle Ergebnisse. Skeptiker verwandelten sich in Gläubige. Die Mutigen wurden lammfromm.

Lavelles Schaukelstuhl knarrte in dem stillen Raum.

Er saß im Dunkeln und hörte nicht auf zu lächeln.

Aus dem Nachthimmel strömte die Energie des Bösen hernieder.

Bald floß Lavelle, das Gefäß, vor Kraft über.

Er seufzte, denn er fühlte sich erneuert.

Bald würde der Spaß beginnen.

Das große Schlachten.

2

Penny saß auf dem Bettrand und lauschte.

Die Geräusche kamen wieder. Kratzen. Zischen. Ein leises Tappen, ein schwaches Klirren und wieder ein Tappen. Weit entferntes Klappern und Schlurfen.

Weit entfernt – aber es kam näher.

Sie knipste die Nachttischlampe an. Der kleine Lichtkreis war warm und tröstlich.

Davey schlief, ohne sich von den sonderbaren Geräuschen stören zu lassen. Sie beschloß, ihn erst einmal weiterschlafen zu lassen. Wenn es sein mußte, konnte sie ihn schnell wecken, und sie konnte mit einem Schrei Tante Faye und Onkel Keith herbeirufen.

Der heisere Schrei war wiedergekommen, schwach, aber vielleicht nicht ganz so schwach wie zuvor.

Penny stand auf und ging zur Frisierkommode, die im Dunkeln stand, außerhalb des Lichtfächers der Nachttischlampe. In der Wand über der Kommode, etwa einen Fuß unterhalb der Decke, befand sich ein Auslaß für die Heizungs- und Klimaanlage. Sie legte den Kopf schief, versuchte, die fernen, verdächtigen Geräusche zu hören und war dann überzeugt, daß sie durch die Rohre in den Wänden übertragen wurden.

Sie stieg auf die Kommode, streckte sich, stellte sich auf die Zehenspitzen und konnte dann das Ohr gegen die Platte vor das Gebläse des Ventilationssystems legen.

Sie hatte gedacht, die Kobolde seien in anderen Wohnungen oder auf den Fluren weiter unten im Gebäude; sie hatte gedacht, die Rohre übertrügen nur ihre Geräusche.

Jetzt begriff sie schlagartig, daß die Rohre nicht nur das Geräusch der Kobolde übertrugen, sondern daß die Wesen selbst darin waren. Auf diese Weise beabsichtigten sie also, ins Schlafzimmer einzudringen, nicht durch die Tür oder das Fenster, nicht durch einen Fantasietunnel in der Rückwand des Schranks. Sie befanden sich im Ventilationsnetz und bewegten sich durch das Gebäude herauf, sie drehten und wendeten sich, glitten und krochen, eilten die horizontalen Rohre entlang und kletterten mühsam die vertikalen Sektionen des Systems hinauf, aber sie kamen näher und näher, so sicher wie die warme Luft, die aus dem riesigen Ofen von unten heraufstieg.

Zitternd, mit klappernden Zähnen, von einer Angst erfaßt, der sie sich nicht ergeben wollte, legte Penny das Gesicht an die Platte und spähte durch die Schlitze, in das Rohr. Die Dunkelheit war so tief und so schwarz und so undurchdringlich wie die Dunkelheit in einer Gruft.

3

Jack saß geduckt am Lenkrad und blinzelte nach vorne auf die winterliche Straße. Die Windschutzscheibe fror zu. Eine dünne, milchige Eisschicht hatte sich am Rand der Scheibe gebildet und kroch langsam nach innen. Die Wischer waren mit Schnee verkrustet, der sich immer mehr zu Eisklumpen verfestigte.

»Ist diese verdammte Scheibenheizung auf höchster Stufe?« fragte er, obwohl er spürte, wie die Hitzewellen über sein Gesicht strichen.

Rebecca beugte sich vor und sah nach den Heizungsschiebern. »Höchste Stufe«, bestätigte sie.

»Die Temperatur ist wirklich stark abgesunken, seit es dunkel geworden ist.«

»Da draußen müssen minus zehn Grad sein. Noch weniger, wenn du den Windfaktor mit einbeziehst.«

Jack hatte erwartet, schnell zum Apartmenthaus der Jamisons durchfahren zu können. Auf den Straßen war wenig oder gar kein Verkehr, der ihn behindern konnte. Außerdem hatte sein Wagen, obwohl er nicht als Polizeifahrzeug gekennzeichnet war, eine Sirene, und er hatte das abnehmbare, rote Blinklicht auf die Metallnocke am Dachrand aufgesetzt und sich damit die Vorfahrt vor allen anderen etwaigen Verkehrsteilnehmern gesichert. Er hatte erwartet, Penny und Davey innerhalb von zehn Minuten in die Arme schließen zu können. Jetzt war klar, daß die Fahrt doppelt so lange dauern würde.

Jedesmal wenn er ein wenig schneller fahren wollte, kam der Wagen trotz der Schneeketten ins Rutschen.

»Da kämen wir ja zu Fuß schneller voran!« stieß Jack grimmig hervor.

»Wir kommen rechtzeitig hin«, beruhigte ihn Rebecca.

»Und wenn Lavelle schon da ist?«

»Das ist er nicht. Bestimmt nicht.«

Dann erschütterte ihn ein entsetzlicher Gedanke, er wollte ihn nicht in Worte fassen, konnte sich aber nicht beherrschen: »Was ist, wenn er von den Jamisons aus *angerufen* hat?«

»Das hat er nicht«, sagte sie.

Aber Jack war von dieser gräßlichen Möglichkeit plötzlich wie besessen und konnte den morbiden Zwang, sie laut auszusprechen, nicht beherrschen, obwohl die Worte ihm entsetzliche Bilder vor Augen führten.

»Was ist, wenn er sie alle getötet hat...«

(Verstümmelte Körper.)

»...Penny und Davey getötet hat...«

(Die Augen aus den Höhlen gerissen.)

»...wenn er Faye und Keith getötet...«

(Die Kehle aufgebissen.)

»...und dann gleich von dort angerufen hat...«

(Die Fingerspitzen abgenagt.)

»...wenn er mich von dort, von der Wohnung aus angerufen hat, um Gottes willen...«

(Die Lippen zerfetzt, die Ohren herabhängend.)

»...und dabei vor ihren Leichen stand!«

Sie hatte immer wieder versucht, ihn zu unterbrechen. Jetzt schrie sie ihn an: »Hör auf, dich zu quälen, Jack! Wir schaffen es noch rechtzeitig.«

»Verdammt, woher weißt du denn, daß wir es rechtzeitig schaffen?« fragte er wütend, er wußte nicht genau, warum er auf sie wütend war, er ging nur auf sie los, weil sie gerade da war, weil er nicht auf Lavelle oder auf das Wetter einschlagen konnte, das ihn behinderte, und weil er auf jemanden einschlagen *mußte*, auf irgend etwas, sonst würde ihn die Spannung, die sich in ihm aufstaute wie in einer ohnehin schon überladenen Batterie der überschüssige Strom, noch völlig verrückt machen. »Du kannst es nicht *wissen!*«

»Ich weiß es«, beharrte sie ruhig. »Fahr du nur.«

»Verdammt noch mal, hör doch auf, mich zu bemuttern.«

»Jack...«

»Er hat meine Kinder!«

Er trat zu heftig aufs Gas, und sofort begann der Wagen, auf den rechten Rinnstein zuzuschlittern.

Er wollte den Kurs korrigieren, indem er das Steuer herumriß, anstatt mit der Schleuderbewegung mitzugehen und es in diese Richtung zu drehen, und als er seinen Fehler bemerkte, begann der Wagen sich zu drehen, und einen Augenblick lang rutschten sie seitwärts – Jacks Magen verkrampfte sich bei dem Gefühl, daß sie mit hoher Geschwindigkeit gegen den Rinnstein prallen, umkippen und sich überschlagen würden – aber sie drehten sich immer weiter, wie ein Karussell, bis der Wagen endlich, nachdem er fast eine ganze Drehung gemacht hatte, stehenblieb.

Mit einem Schaudern, das noch verstärkt wurde durch die Vorstellung, was ihnen hätte passieren können, aber in dem Bewußtsein, daß er es nicht riskieren konnte, damit Zeit zu verschwenden, über ihr knappes Entkommen noch länger nachzugrübeln, fuhr Jack wieder an. Er führte das Steuer jetzt mit noch größerer Vorsicht und drückte mit dem Fuß langsam und leicht auf das Gaspedal.

Weder er noch Rebecca hatten während der wilden Schleuderpartie etwas gesagt, nicht einmal vor Überraschung oder Angst aufgeschrien, und auch den ganzen nächsten Block entlang sprach keiner von ihnen ein Wort.

Dann sagte er: »Es tut mir leid.«

»Ist ja gut.«

»Ich hätte dich nicht so anfauchen dürfen.«

»Ich verstehe das. Du warst außer dir vor Sorge.«

»Das bin ich immer noch. Keine Entschuldigung. Das war dumm von mir. Ich kann den Kindern nicht helfen, wenn ich uns umbringe, ehe wir Fayes Wohnung überhaupt erreichen.«

»Ich verstehe, was in dir vorgeht«, sagte sie wieder, noch weicher als zuvor. »Es ist schon gut. Und alles andere wird auch gut werden.«

Er wußte, daß sie die komplexen Gedanken und Gefühle, die in ihm brodelten und ihn beinahe zerrissen, tatsächlich verstand. Es tat gut, nicht mehr alleine zu sein.

»Wir sind fast da, oder?« fragte sie.

»Noch zwei oder drei Minuten«, sagte er, beugte sich über das Steuer und spähte nervös nach vorne, auf die glatte, verschneite Straße.

Die dick mit Eis verkrusteten Scheibenwischer kratzten geräuschvoll hin und her und säuberten bei jedem Schwung ein Stückchen Glas weniger.

4

Lavelle stand aus seinem Schaukelstuhl auf.

Es war an der Zeit, in psychische Verbindung mit den kleinen Mördern zu treten, die aus der Grube gekommen waren und sich jetzt an die Dawson-Kinder heranpirschten.

Ohne Licht anzuschalten, ging Lavelle zur Frisierkommode, öffnete eine der oberen Schubladen und zog eine Handvoll seidener Bänder heraus. Er ging zum Bett, legte die Bänder hin und schlüpfte aus seinen Kleidern. Nackt setzte er sich auf den Bettrand und band sich ein violettes Band an den rechten, ein weißes an den linken Knöchel. Obwohl es dunkel war, konnte er ohne Mühe eine Farbe von der anderen unterscheiden. Ein langes scharlachrotes Band wand er sich um die Brust, direkt über dem Herzen. Gelb um die Stirn. Grün um das rechte Handgelenk; schwarz um das linke. Die Bänder waren symbolische Verbindungen, die ihm helfen würden, in engen Kontakt mit den Mördern aus der Grube zu treten, sobald er das jetzt begonnene Ritual abgeschlossen hatte.

Dieses Ritual mit den Bändern sollte es Lavelle lediglich ermöglichen, unmittelbar an dem Nervenkitzel des Abschlachtens teilzuhaben. Psychisch mit den Mördern verbunden, würde er durch ihre Augen sehen, mit ihren Ohren hören und mit ihren Golem-Körpern fühlen. Wenn ihre rasiermesserscharfen Klauen sich in Davey Dawson schlugen, würde Lavelle unter seinen eigenen Händen spüren, wie das Fleisch des Jungen aufplatzte. Wenn ihre Zähne Pennys Halsschlagader aufbissen, würde Lavelle die warme Kehle an seinen eigenen Lippen spüren und die kupfrige Süße ihres Blutes schmecken.

Schon beim Gedanken daran zitterte er vor Erregung.

Und wenn Lavelle den Zeitpunkt richtig gewählt hatte, würde Jack Dawson in der Wohnung der Jamisons sein, wenn seine Kinder in Stücke gerissen wurden. Der Detektiv müßte gerade rechtzeitig eintreffen, um zu sehen, wie die Horde über Penny und Davey herfiel. Er würde zwar versuchen, sie zu retten, aber er würde feststellen, daß man die kleinen Mörder nicht zurücktreiben und töten konnte. Er würde vollkommen machtlos danebenstehen müssen, während das kostbare Blut seiner Kinder über ihn spritzte.

Das war das beste daran.

Lavelle seufzte.

Die kleine Flasche mit Katzenblut stand auf dem Nachttisch. Er benetzte zwei Fingerspitzen damit, machte sich auf jede Wange einen karminroten Fleck, benetzte die Finger wieder und salbte sich die Lippen, dann zeichnete er, immer noch mit Blut, ein einfaches *Vèvè* auf seine nackte Brust.

Er legte sich auf das Bett und streckte sich aus.

Dann starrte er an die Decke und stimmte einen leisen Singsang an.

Bald waren sein Geist und seine Seele entrückt. Die Kinder waren nahe.

Das Mädchen war näher als der Junge.

Wie die kleinen Mörder konnte Lavelle ihre Anwesenheit spüren. Nahe. Sehr nahe. Nur noch eine Biegung im Rohr, dann ein gerades Stück, dann eine letzte Biegung.

Nahe.

Die Zeit war gekommen.

5

Penny stand auf der Kommode und spähte in das Rohr, als sie eine Stimme aus dem Inneren der Wand rufen hörte, aus einem anderen Teil des Ventilationssystems, aber jetzt nicht mehr weit entfernt. Es war eine spröde, tuschelnde, kalte, heisere Stimme, die ihr das Blut in den

Adern zu Eis gefrieren ließ. Die Stimme sagte: »Penny? Penny?«

Sie hatte es so eilig, von der Kommode herunterzukommen, daß sie beinahe gestürzt wäre.

Sie rannte zu Davey und packte und schüttelte ihn: «Wach auf! Davey, wach auf!«

Er hatte noch nicht lange geschlafen, nicht länger als eine Viertelstunde, aber er war trotzdem ganz verwirrt. »Hm? Was?«

»Sie kommen«, sagte sie. »Sie kommen. Wir müssen uns anziehen und hier verschwinden. Schnell. *Sie kommen!*«

Sie schrie nach Tante Faye.

6

Die Wohnung der Jamisons befand sich in einem zwölfstöckigen Gebäude an einer Querstraße, die noch nicht geräumt worden war. Die Straße war sechs Zoll hoch mit Schnee bedeckt. Jack fuhr langsam hinein und hatte ungefähr zwanzig Meter weit keine Schwierigkeiten, aber dann versanken die Räder in einer verborgenen Schneewehe, die eine Senke im Straßenbelag völlig ausgefüllt hatte. Einen Augenblick lang dachte er, sie steckten fest, aber dann legte er den Rückwärtsgang ein, den Vorwärtsgang, noch einmal den Rückwärts- und wieder den Vorwärtsgang und schaukelte, bis der Wagen freikam. Nach zwei Dritteln der Straße trat er auf die Bremse, und der Wagen kam vor dem richtigen Gebäude rutschend zum Stehen.

Er riß die Tür auf und stieg aus. Ein wahrhaft arktischer Wind traf ihn mit der Wucht eines Vorschlaghammers. Er senkte den Kopf und stolperte um die Vorderseite des Wagens herum auf den Gehsteig; er konnte kaum etwas sehen, weil der Wind Schneekristalle vom Boden aufwirbelte und sie ihm ins Gesicht schleuderte.

Als Jack die Stufen hinaufstieg und die Glastüren zur Vorhalle aufstieß, war Rebecca schon da. Sie hielt dem erschrockenen Portier ihr Abzeichen und ihren Ausweis hin und sagte: »Polizei.«

»Was ist?« fragte der Portier. »Was ist passiert?«

Jack drückte auf den Liftknopf und sagte: »Wir wollen zu den Jamisons hinauf. Elfte Etage.«

Die Türen einer Liftkabine öffneten sich.

Jack und Rebecca stiegen ein.

Jack rief dem Portier zu: »Bringen Sie einen Hauptschlüssel rauf. Ich hoffe zu Gott, daß wir ihn nicht brauchen.«

Die Lifttüren schlossen sich. Der Aufzug fuhr an.

Jack griff in seinen Mantel und zog seinen Revolver.

Auch Rebecca zog ihre Waffe.

Die Tafel mit den Leuchtziffern über der Tür zeigte an, daß sie die dritte Etage erreicht hatten.

»Dominick Carramazza haben seine Waffen nichts genützt«, sagte Jack mit unsicherer Stimme und starrte die Smith & Wesson in seiner Hand an.

Vierte Etage.

»Wir werden die Waffen ohnehin nicht brauchen«, sagte Rebecca. »Wir sind Lavelle zuvorgekommen. Ich weiß es.«

Aber ihre Stimme klang nicht mehr so überzeugt.

Jack wußte, warum. Die Fahrt von ihrer Wohnung hierher hatte ewig gedauert. Es schien immer weniger wahrscheinlich, daß sie noch rechtzeitig kamen.

Sechste Etage.

Achte.

Neunte.

»Beweg dich, verdammt!« befahl er dem Liftmotor, als glaubte er, daß der tatsächlich schneller würde, wenn er es ihm befahl.

Elfte Etage.

Endlich glitten die Türen auf, und Jack trat heraus.

Rebecca folgte dich hinter ihm.

Die elfte Etage war so ruhig und wirkte so normal, daß Jack fast wieder Hoffnung schöpfte.

Bitte, lieber Gott, bitte.

Auf der Etage waren sieben Wohnungen. Die Jamisons bewohnten eine der beiden vorderen.

Jack ging zu ihrer Tür und blieb seitlich davon stehen.

Den rechten Arm hatte er angewinkelt und eng an den Körper gepreßt; in der Hand hielt er den Revolver, dicht an seinem Gesicht; der Lauf zeigte im Moment gerade nach oben, an die Decke, aber er konnte innerhalb eines Augenblicks eingesetzt werden.

Rebecca stand an der anderen Seite, direkt ihm gegenüber, in ähnlicher Haltung.

Laß sie noch am Leben sein. Bitte. Bitte.

Sein Blick begegnete dem ihren. Sie nickte. Fertig.

Jack hämmerte gegen die Tür.

7

Faye öffnete die Tür, sah Jacks Revolver, blickte ihn erschrocken an und sagte: »Mein Gott, was soll das denn? Was machst du da? Du weißt doch, wie ich Waffen hasse. Nimm das Ding weg!«

Als Faye zurücktrat, um sie einzulassen, erkannte Jack aus ihrem Verhalten, daß die Kinder wohlbehalten waren, und die Erleichterung löste seine Anspannung ein wenig. Aber er fragte: »Wo ist Penny? Wo ist Davey? Sind sie in Ordnung?«

Faye warf einen Blick auf Rebecca und setzte zu einem Lächeln an, dann erst begriff sie, was Jack sagte, runzelte die Stirn und fragte zurück: »In Ordnung? Nun, natürlich sind sie in Ordnung. Es geht ihnen bestens. Ich habe vielleicht selbst keine Kinder, aber ich weiß durchaus, wie man auf sie aufpaßt. Glaubst du, ich würde zulassen, daß den beiden kleinen Äffchen etwas passiert? Um Himmels willen, Jack...«

Sie waren unterdessen aus dem Vorraum ins Wohnzimmer getreten. Jack blickte sich um, sah die Kinder nicht.

Er fragte: »Faye, wo, zum Teufel, sind sie?«

»Du meine Güte, Jack, sprich nicht in diesem Ton mit mir. Was soll das...«

»Faye, verdammt!«

Sie zuckte zurück. »Sie sind im Gästezimmer. Keith ist bei ihnen«, sagte sie schnell und gereizt. »Ich habe sie etwa um Viertel nach neun ins Bett gebracht, wie es sich gehört, und wir dachten, sie seien gerade fest eingeschlafen, als Penny ganz plötzlich zu schreien anfing...«

»Zu schreien?«

»...und sagte, in ihrem Zimmer seien Ratten. Aber wir haben hier natürlich keine...«

Ratten!

Jack raste durch das Wohnzimmer, eilte den kurzen Gang entlang und stürzte in das Gästezimmer.

Alle Lichter brannten, die Nachttischlampen, die Stehlampe in der Ecke und die Deckenlampe.

Penny und Davey standen, noch im Schlafanzug, am Fuß eines der Betten. Als sie Jack sahen, riefen sie erleichtert: »Daddy! Daddy!«, rannten zu ihm hin und umarmten ihn.

Jack war so überwältigt, weil er sie lebendig und unverletzt vor sich sah, so dankbar, daß er einen Augenblick lang nicht sprechen konnte. Er packte sie nur und drückte sie ganz fest an sich.

Trotz all der Lichter im Raum hatte Keith Jamison eine Taschenlampe in der Hand. Er stand drüben bei der Frisierkommode, hielt die Lampe über den Kopf und lenkte den Strahl in die Dunkelheit hinter der Platte, die den

Auslaß des Heizungsrohrs bedeckte. Er wandte sich stirnrunzelnd an Jack und sagte: »Da drin ist etwas nicht in Ordnung. Ich...«

»Kobolde«, sagte Penny und klammerte sich an Jack. »Sie kommen, Daddy, sie wollen mich und Davey holen, laß sie nicht, laß nicht zu, daß sie uns kriegen, oh, bitte, ich warte schon die ganze Zeit auf sie, ich warte und warte und fürchte mich, und jetzt sind sie fast da!« Die Worte sprudelten aus ihr heraus, sie verhaspelte sich, und dann schluchzte sie.

»Hoppla«, sagte Jack, drückte sie an sich, streichelte sie und glättete ihr Haar. »Ruhig jetzt. Ganz ruhig.«

Faye und Rebecca waren ihm vom Wohnzimmer nachgekommen.

Rebecca wirkte kühl und tüchtig wie immer. Sie stand vor dem Schlafzimmerschrank und nahm die Kleider der Kinder von den Bügeln.

Faye berichtete: »Zuerst schrie Penny, in ihrem Zimmer seien Ratten, und dann fing sie an, von Kobolden zu schwatzen, fast hysterisch. Ich versuchte, ihr zu erklären, daß es nur ein Alptraum war...«

»Es *war* kein Alptraum!« rief Penny.

»Aber natürlich«, widersprach Faye.

»Sie beobachten mich schon den ganzen Tag über«, sagte Penny. »Und gestern nacht war einer von ihnen in unserm Zimmer, Daddy. Und heute im Schulkeller – eine ganze Horde. Sie haben Daveys Lunch zerbissen. Und meine Bücher auch. Ich weiß nicht, was sie wollen, aber sie sind hinter uns her, und es sind Kobolde, richtige Kobolde, das schwöre ich.«

»Okay«, sagte Jack. »Ich will das alles hören, in allen Einzelheiten. Aber später. Jetzt müssen wir hier weg.«

Rebecca reichte ihnen die Kleider.

Jack sagte: »Zieht euch an. Ihr braucht die Schlafanzüge nicht erst auszuziehen. Zieht die Kleider einfach darüber.«

Faye sagte: »Was in aller Welt...«

»Wir müssen die Kinder hier wegbringen«, unterbrach Jack. »Schnell.«

»Du tust ja so, als würdest du an dieses Koboldsgeschwätz tatsächlich glauben«, sagte Faye erstaunt.

Jetzt mischte Keith sich ein: »Ich glaube bestimmt nicht an Kobolde, aber daß hier Ratten sind, davon bin ich überzeugt.«

»Nein, nein, nein«, sagte Faye schockiert. »Das kann nicht sein. Nicht hier bei uns.«

»Im Ventilationssystem«, erklärte Keith. »Ich habe sie selbst gehört. Ich wollte gerade mit der Taschenlampe nachschauen, als du reingestürzt kamst, Jack.«

»Scht!« sagte Rebecca. »Horcht mal.«

Die Kinder zogen sich weiter an, aber niemand sagte etwas.

Zuerst hörte Jack nichts. Dann... ein sonderbares Zischen-Brummeln-Knurren.

Das ist keine verdammte Ratte, dachte er.

Im Inneren der Wand rasselte etwas. Dann ein Kratzen, ein wütendes Scharren. Emsige Geräusche: Klirren, Klopfen, Schaben, Pochen.

Faye stöhnte auf: »Mein Gott.«

Jack nahm Keith die Taschenlampe ab, ging zur Kommode und richtete das Licht auf das Rohr. Der Strahl war hell und stark gebündelt, aber er konnte gegen die Schwärze, die sich hinter den Schlitzen in der Platte zusammenballte, nur wenig ausrichten.

Wieder pochte es in der Wand.

Wieder zischte und knurrte es gedämpft.

Jack spürte ein Prickeln im Nacken.

Dann kam, unglaublich, eine Stimme aus dem Rohr. Es war eine heisere, brüchige, völlig unmenschliche, von Drohung erfüllte Stimme: »Penny? Davey? Penny?«

Faye schrie auf und taumelte zwei Schritte zurück.

Selbst Keith, der ein großer und ziemlich respekteinflößender Mann war, wurde bleich und trat von der Öffnung weg. »Was zum Teufel war *das* denn?«

Zu Faye sagte Jack: »Wo haben die Kinder ihre Mäntel und Stiefel? Und ihre Handschuhe?«

»Äh... in... in der Küche. Z-z-zum T-trocknen.«

»Hol sie.«

Faye nickte, regte sich aber nicht.

Jack legte ihr die Hand auf die Schulter. »Hol die Mäntel, Stiefel und Handschuhe und warte dann an der Eingangstür auf uns.«

Sie konnte den Blick nicht von der Öffnung lösen.

Er schüttelte sie. »Faye! Beeile dich!«

Sie fuhr zusammen, als hätte er sie geohrfeigt, drehte sich um und rannte aus dem Schlafzimmer.

Penny war fast fertig angezogen und hielt sich bemerkenswert gut. Sie war zwar verängstigt, beherrschte sich aber. Davey saß auf dem Bettrand, er bemühte sich, nicht zu weinen, weinte aber trotzdem, wischte sich die Tränen ab, blickte Penny entschuldigend an, biß sich auf die Unterlippe und strengte sich sehr an, ihrem Beispiel zu folgen; seine Beine baumelten herunter, und Rebecca band ihm hastig die Schuhe zu.

Aus der Öffnung ertönte es: »Davey? Penny?«

»Was, um Himmels willen, geht hier vor?« fragte Keith.

Jack gab ihm keine Antwort, da er im Moment weder Zeit noch Geduld für Antworten aufbrachte, sondern richtete die Taschenlampe wieder auf die Öffnung und bemerkte eine Bewegung im Rohr. Etwas Silbriges befand sich da drin; es leuchtete und flackerte wie weißglühendes Feuer – dann blinkte es auf und war verschwunden. Statt dessen erschien etwas Schwarzes, bewegte sich, drückte einen Augenblick lang gegen die Öffnungsplatte, als wolle es sie herausstoßen, und zog sich dann zurück, als die Platte standhielt. Jack konnte das Geschöpf nicht deutlich genug sehen, um eine klare Vorstellung von seinem Aussehen zu bekommen.

Keith sagte: »Jack. Die Schraube.«

Jack hatte es schon gesehen. Die Schraube drehte sich und schob sich langsam aus dem Rand der Platte heraus. Das Geschöpf im Rohr drehte die Schraube, löste sie von der anderen Seite des Flansches her, an dem die Platte befestigt war. Dabei brummelte, zischte und murmelte es leise vor sich hin.

»Gehen wir«, sagte Jack und zwang sich, seine Stimme ruhig klingen zu lassen. »Kommt, kommt. Wir müssen sofort hier weg.«

Die Schraube sprang heraus. Die Platte schwang von der Belüftungsöffnung herab und blieb an der einen Schraube hängen, die noch übrig war.

Rebecca drängte die Kinder zur Tür.

Ein Alptraumwesen kroch aus dem Schacht. Es hing unter völliger Mißachtung jeglicher Schwerkraft an der Wand, als habe es Saugnäpfe an den Füßen, obwohl es mit nichts dergleichen ausgestattet schien.

»Jesus«, sagte Keith ganz benommen.

Jack schauderte bei dem Gedanken, daß diese widerliche, kleine Bestie Davey oder Penny berühren könnte.

Das Geschöpf war so groß wie eine Ratte. Wenigstens der Form nach war auch sein Körper dem einer Ratte ziemlich ähnlich: niedrig, mit langen Flanken und für ein Tier dieser Größe breiten und muskulösen Schultern und Keulen.

Aber damit war die Ähnlichkeit mit einer Ratte zu Ende, und der Alptraum fing an. Das Wesen war unbehaart. Seine glitschige Haut hatte dunkle, grau-grün-gelbe Flekken und ähnelte eher einem schleimigen Pilz als Fleisch. Der Schwanz hatte keinerlei Ähnlichkeit mit dem einer Ratte. Er war acht oder zehn Zoll lang, an der Wurzel einen Zoll breit und in Abschnitte unterteilt wie der Schwanz eines Skorpions; er lief spitz zu und ragte eingerollt nach oben über das Hinterteil des Tiers wie der eines Skorpions, hatte aber keinen Stachel. Die Füße waren ganz anders als die einer Ratte: im Verhältnis zu dem Tier selbst waren sie übergroß; die langen Zehen hatten drei Gelenke und wirkten knorrig; die gebogenen Klauen waren viel zu groß für die Füße, aus denen sie herauswuchsen; ein rasiermesserscharfer, gekrümmter Sporn mit vielen Widerhaken ragte aus jeder Ferse. Der Kopf war dem Bau und dem Aussehen nach noch tödlicher als die Füße; der Schädel war ziemlich flach und hatte unnatürlich scharfe Winkel und unnötige Ausbuchtungen und Eindellungen, als wäre er von einem ungeübten Bildhauer modelliert worden. Die Schnauze war lang und spitz, eine bizarre Kreuzung zwischen einem Wolfs- und einem Krokodilsmaul. Das kleine Ungeheuer öffnete das Maul und zischte, dabei zeigte es ungeheuer viele spitze Zähne, die in verschiedenen Richtungen in seinem Kiefer steckten. Eine überraschend lange, schwarze Zunge glitt aus dem Maul, glänzend wie ein Streifen roher Leber; das Ende war gespalten und zuckte ständig hin und her.

Aber am meisten erschreckten Jack die Augen des Wesens. Es schienen überhaupt keine Augen zu sein; sie hatten keine Pupillen und keine Iris, kein festes Gewebe, soweit er erkennen konnte. Es waren nur leere Höhlen im mißgebildeten Schädel dieser Kreatur, tiefe Höhlen, von denen ein kaltes, blendendes Licht ausging. Das intensive Leuchten schien von einem Feuer im Inneren des Mutantenschädels der Bestie zu kommen. Aber das Wesen war auch nicht blind, wie es eigentlich hätte sein müssen; es gab keinen Zweifel, daß es sehen konnte, denn es richtete diese feuergefüllten ›Augen‹ auf Jack, und er konnte ihren dämonischen Blick genauso spüren, wie er ein Messer gespürt hätte, das ihm in den Bauch gestoßen wurde. Das war das zweite, was ihn erschütterte, das allerschlimmste an diesen wahnsinnigen Augen: das todeskalte, haßheiße, die Seele ausdörrende Gefühl, das sie einem vermittelten, wenn man wagte, ihnen standzuhalten. Als Jack dem Wesen in die Augen sah, fühlte er sich körperlich und seelisch krank.

Die Schwerkraft mißachtend wie ein Insekt kam das Tier langsam, kopfunter, vom Rohr weg die Wand heruntergekrochen.

Ein zweites Wesen erschien an der Öffnung im Ventilationssystem. Dieses hatte keinerlei Ähnlichkeit mit dem ersten. Es hatte die Gestalt eines kleinen Mannes, vielleicht zehn Zoll groß, der da oben in der Schachtöffnung kauerte. Obwohl es ungefähr menschliche Gestalt besaß, war es in keinem anderen Punkt einem Menschen ähnlich. Seine Hände und Füße ähnelten denen der ersten Bestie, sie hatten gefährliche Klauen und mit Widerhaken versehene Sporne. Das Fleisch war pilzähnlich und sah glitschig aus, war aber weniger grün, sondern mehr grau und gelb. Um die Augen lagen schwarze Ringe, und um die Nasenlöcher breiteten sich verfault aussehende, schwarze Flecken aus. Der Kopf war mißgestaltet, mit einem zahnbewehrten Maul, das von einem Ohr zum anderen reichte. Und das Wesen hatte die gleichen höllischen Augen, sie waren jedoch kleiner als die Augen des Rattenwesens.

Jack sah, daß die Bestie mit der menschlichen Gestalt eine Waffe in der Hand hielt. Es sah aus wie ein Miniaturspeer. Die Spitze war scharf geschliffen, sie fing das Licht ein, und ihre Schneide blitzte.

Jack erinnerte sich an die ersten zwei Opfer von Lavelles Kreuzzug gegen die Familie Carramazza. Beide waren Hunderte von Malen mit einer Waffe gestochen worden, die nicht größer war als ein Taschenmesser – die aber doch kein Taschenmesser war. Der Leichenbeschauer hatte nicht gewußt, was er davon halten sollte; die Labortechniker standen vor einem Rätsel. Aber sie wären natürlich auch nicht auf die Idee gekommen, die Möglichkeit in Betracht zu ziehen, daß diese Morde das Werk von zehn Zoll großen Voodoo-Teufeln und daß die Mordwaffen Miniaturspeere waren.

Das Wesen in Menschengestalt kroch nicht hinter der ersten Bestie die Wand herunter. Statt dessen sprang es aus dem Rohr heraus auf die Kommode und landete, schnell und gewandt, auf den Füßen.

Es schaute an Jack und Keith vorbei und zischte: »Penny? Davey?«

Jack schob Keith über die Schwelle in den Gang, dann folgte er ihm und zog die Tür hinter sich zu.

Einen Augenblick später warf sich eines der Geschöpfe, wahrscheinlich die menschliche Bestie, gegen die andere Seite der Tür und begann, hektisch daran zu kratzen.

Die Kinder hatten den Gang schon verlassen und waren im Wohnzimmer.

Jack und Keith eilten hinter ihnen her.

Faye schrie: »Jack! Schnell! Sie kommen auch hier aus dem Ventilator!«

»Wollen uns den Weg abschneiden«, vermutete Jack.

Kurz vor dem Vorraum, im Wohnzimmer, halfen Faye und Rebecca den Kindern, Mäntel und Stiefel anzuziehen.

Von der Platte in der Wand oberhalb des langen Sofas hörte man Fauchen, Zischen und eifriges, unartikuliertes Schnattern. Hinter den Schlitzen in diesem Gitter loderten Silberaugen in der Dunkelheit. Eine der Schrauben wurde von innen gelöst.

Davey hatte erst einen Stiefel an, aber sie hatten keine Zeit mehr.

Jack nahm den Jungen auf den Arm und sagte: »Faye, nimm den zweiten Stiefel mit, wir müssen weg.«

Keith war schon im Vorraum. Er war an den Schrank gegangen und hatte für sich und Faye Mäntel herausgeholt. Ohne sich die Zeit zum Anziehen zu nehmen, packte er Faye am Arm und drängte sie aus der Wohnung.

Penny schrie.

Jack wandte sich zum Wohnzimmer um, er ging unwillkürlich leicht in die Knie und preßte Davey noch fester an sich.

Die Platte vor dem Gebläse über dem Sofa hing lose herunter. Dort schickte sich gerade etwas an, aus der Dunkelheit aufzutauchen. Aber Penny hatte nicht deshalb geschrien. Ein weiterer, abscheulicher Eindringling war aus der Küche gekommen, und auf diesen war sie aufmerksam geworden. Er hatte das Eßzimmer zu zwei Dritteln durchquert und hastete auf den Durchgang zum Wohnzimmer und geradewegs auf sie zu. Seine Färbung war ganz anders als die der anderen Bestien, aber nicht weniger abscheulich: es war ekelhaft gelblich-weiß, übersät mit krebsartigen, grünschwarzen Pockennarben, und es schien genauso glitschig und schleimig zu sein wie die anderen Bestien, die Lavelle geschickt hatte. Es war viel größer als die anderen, fast dreimal so groß wie das Rattenwesen im Schlafzimmer. Ein wenig einem Leguan ähnlich, aber mit einem schlankeren Körper, war diese Alptraumbrut drei bis vier Fuß lang, hatte einen Echsenschwanz, den Kopf und auch das Gesicht einer Eidechse. Anders als ein Leguan hatte das kleine Ungeheuer jedoch Feueraugen, sechs Beine und einen so geschmeidigen Körper, daß man es für fähig halten konnte, ihn zu einem Knoten zu schlingen; genau diese Gelenkigkeit und Biegsamkeit machten es einem Geschöpf seiner Größe überhaupt möglich, durch die Lüftungsrohre zu gleiten. Außerdem hatte es zwei fledermausähnliche Flügel, die verkümmert und sicherlich nutzlos waren, die es aber entfaltete, und mit denen es furchteinflößend schlug und flatterte.

Das Wesen stürmte mit hin- und herpeitschendem Schwanz ins Wohnzimmer. Sein Maul stand weit offen, und es stieß ein kaltes, triumphierendes Kreischen aus, als es auf sie losging.

Rebecca ließ sich auf ein Knie fallen und feuerte ihren Revolver ab. Sie schoß aus nächster Nähe; sie konnte ihr

Ziel nicht verfehlen, und sie verfehlte es auch nicht. Die Kugel raste direkt in die abscheuliche Kreatur hinein. Der Schuß hob die Bestie vom Boden und schleuderte sie nach hinten wie ein Bündel Lumpen. Sie landete hart am Durchgang zum Eßzimmer.

Der Schuß hätte sie in Stücke reißen müssen. Aber es war nicht so.

Fußboden und Wände hätten mit Blut – oder was sonst durch die Adern dieser Geschöpfe gepumpt wurde – bespritzt sein müssen. Aber davon war nichts zu sehen.

Das Ding zappelte und wand sich ein paar Sekunden lang auf dem Rücken, dann wälzte es sich herum, stellte sich auf die Füße und taumelte nach der Seite. Es war verwirrt und bewegte sich schwerfällig, aber verletzt war es nicht. Es krabbelte im Kreis herum und jagte hinter seinem eigenen Schwanz her.

»Mit Waffen kann man den verdammten Dingern überhaupt nichts anhaben«, sagte Jack.

Die Verwirrung des Scheusals in Leguangestalt ließ allmählich nach. Gleich würde es wieder zu sich kommen und sie erneut angreifen.

Ein Kreischen lenkte Jacks Aufmerksamkeit auf das andere Ende des Wohnzimmers, wo der Gang nach hinten zu den Schlafräumen und Bädern abging. Dort stand das menschenförmige Wesen, es quiekte und hatte den Speer hoch über dem Kopf erhoben. Es rannte mit erschreckender Geschwindigkeit über den Teppich auf sie zu.

Hinter ihm kam eine Horde von kleinen, aber tödlichen Geschöpfen, reptil-schlangen-hunde-katzen-insekten-ratten- und spinnenartige, groteske Gestalten. In diesem Augenblick begriff Jack, daß dies in der Tat Ausgeburten der Hölle waren; Dämonenwesen, die Lavelles Zauberkünste aus den Tiefen der Hölle gerufen hatten. Das mußte die Antwort sein, so verrückt sie auch schien, denn es gab sonst keinen Ort, von dem so gräßliche Horrorwesen hätten kommen können. Zischend, schnatternd und fauchend purzelten und rollten sie, voller Gier, Penny und Davey zu erreichen, übereinander. Alle waren sie völlig verschieden voneinander, obwohl sie wenigstens zwei Züge gemeinsam hatten: die silberweißen Feueraugen, wie die Fensterklappen in einem Hochofen, und mörderisch scharfe kleine Zähne. Es war, als seien die Pforten der Hölle aufgerissen worden.

Jack schob Penny in den Vorraum. Mit Davey auf dem Arm folgte er seiner Tochter durch die Eingangstür hinaus in den Korridor der elften Etage und eilte auf Keith und Faye zu, die mit dem weißhaarigen Portier bei einem der Aufzüge standen und die Türen offenhielten.

Hinter Jack feuerte Rebecca drei Schüsse ab.

Jack blieb stehen und drehte sich um. Er wollte zurückgehen und sie holen, war aber nicht sicher, ob er Davey noch schützen konnte, wenn er das tat.

»Daddy! Beeile dich!« rief Penny, die mit einem Fuß schon im Aufzug stand.

»Daddy! Los! Weg hier!« sagte Davey und klammerte sich an ihn.

Sehr zu Jacks Erleichterung kam Rebecca unversehrt aus der Wohnung. Sie gab noch einen Schuß in den Vorraum der Jamisons ab, dann zog sie die Tür zu.

Als Jack die Aufzüge erreichte, war Rebecca dicht hinter ihm. Nach Atem ringend, stellte er Davey nieder, und sie drängten sich, zusammen mit dem Portier, zu siebt in die Kabine. Keith drückte auf den Knopf mit der Aufschrift EINGANGSHALLE.

Endlich glitten die Türen zu.

Aber Jack fühlte sich deshalb nicht sicherer.

Der Aufzug fuhr an.

Penny hatte Faye Daveys Stiefel abgenommen. Sie half ihrem kleinen Bruder, den Fuß hineinzustecken.

Achte Etage.

Mit nervöser Stimme, die mehr als einmal versagte, aber immer noch in dem vertrauten, herrischen Tonfall, sagte Faye: »Was war das, Jack? Was waren das für Wesen in den Lüftungsöffnungen?«

»Voodoo«, sagte Jack, ohne die Leuchtanzeige über den Türen aus den Augen zu lassen.

Siebte Etage.

»Voodoo-Teufel, glaube ich«, erklärte Jack weiter. »Aber verlange bitte nicht, daß ich dir sage, wie sie dahin kamen oder sonst etwas.«

»So etwas wie Voodoo-Teufel gibt es nicht«, erklärte Faye. »Es gibt keine.«

»Halt den Mund«, befahl Keith. »Du hast sie nicht gesehen. Du hast das Gästezimmer verlassen, ehe sie aus der Öffnung kamen.«

Fünfte Etage.

Penny sagte: »Und du warst schon aus der Wohnung draußen, ehe die ersten durch den Auslaß im Wohnzimmer kamen, Tante Faye. Du hast sie einfach nicht gesehen – sonst würdest du es glauben.«

Der Portier fragte: »Mrs. Jamison, wie gut kennen Sie diese Leute? Sind das...«

Ohne ihn zu beachten, fiel ihm Rebecca ins Wort und sagte zu Faye und Keith: »Jack und ich sind da an einem unheimlichen Fall. Psychopathischer Mörder. Behauptet, er bringe seine Opfer mit Voodoo-Verwünschungen zur Strecke.«

Dritte Etage.

Jack bekam einen furchtbaren Schreck, als ihm einfiel, daß es in der Eingangshalle jetzt vielleicht schon von kleinen, bösartigen Geschöpfen wimmelte. Vielleicht kam die alptraumhafte Horde schon kratzend und beißend hereingestürmt, wenn sich die Lifttüren öffneten.

Eingangshalle. *Bitte nicht.*

Die Türen gingen auf. Die Eingangshalle lag verlassen vor ihnen.

Sie rannten aus dem Aufzug, und Faye fragte: »Wohin gehen wir?«

Jack sagte: »Rebecca und ich haben einen Wagen ...«

»Bei diesem Wetter...«

»Schneeketten«, fiel Jack ihr unvermittelt ins Wort. »Wir nehmen den Wagen und bringen die Kinder hier raus. Wir bleiben in Bewegung, bis ich mir im klaren bin, was wir tun sollen.«

»Wir kommen mit euch«, sagte Keith.

»Nein«, wehrte Jack ab und drängte die Kinder auf die Eingangstüren zu. »Bei uns wird es wahrscheinlich gefährlich.«

»Wir können nicht wieder hinauf«, sagte Keith. »Nicht zu diesen... diesen Dämonen oder Teufeln oder was immer sie sein mögen.«

»Ratten«, sagte Faye, die offenbar zu der Ansicht gelangt war, daß sie mit dem Unappetitlichen besser fertig werden konnte als mit dem Unnatürlichen. »Nur ein paar Ratten. Natürlich gehen wir zurück. Früher oder später müssen wir zurück, wir müssen Fallen aufstellen und sie ausrotten. Und je eher, desto besser.«

Ohne auf Faye einzugehen, sagte Jack über ihren Kopf hinweg zu Keith: »Ich glaube nicht, daß die verdammten Dinger dir und Faye etwas antun werden. Nicht, solange ihr nicht zwischen ihnen und den Kindern steht. Trotzdem würde ich heute nacht nicht zurückgehen. Vielleicht lauern da noch ein paar.«

»Du könntest mich heute nacht um nichts in der Welt dahin schleppen«, versicherte ihm Keith.

»Unsinn«, widersprach Faye. »Wegen ein paar Ratten...«

»Verdammt, Weib«, sagte Keith, »was da aus dem Rohr nach Penny und Davey gerufen hat, das war keine Ratte.«

Faye war schon blaß. Als Keith sie an die Stimme im Ventilationssystem erinnerte, wurde sie kreideweiß.

Sie blieben alle an den Türen stehen, und Rebecca sagte: »Keith, gibt es jemanden, bei dem Sie übernachten könnten?«

»Sicher«, sagte Keith. »Einer von meinen Geschäfts-
partnern, Anson Dorset. Er wohnt ganz in der Nähe. Auf
der anderen Seite der Straße. Oben, nahe der Avenue.
Dort können wir unterkommen.«

Jack stieß die Tür auf. Der Wind versuchte, sie wieder
zuzuschlagen; es wäre ihm auch fast gelungen, und eine
Schneewolke wurde in die Eingangshalle geblasen. Gegen den Wind ankämpfend, das Gesicht von den stechenden Kristallen abgewandt, hielt Jack den anderen die Tür
auf und winkte ihnen, sie sollten vorausgehen. Rebecca
machte den Anfang, dann kamen Penny und Davey und
schließlich Faye und Keith.

Der Portier blieb als einziger zurück. Er kratzte sich seinen weißen Kopf und sah Jack stirnrunzelnd an. »He,
warten Sie! Was ist mit mir?«

»Was soll mit Ihnen sein? Sie sind nicht in Gefahr«,
sagte Jack und ging hinter den anderen durch die Tür.

Der Portier blieb in der Eingangshalle stehen, das Gesicht an die Glastür gepreßt und schaute ihnen nach wie
ein dicker, unbeliebter Schuljunge, der bei einem Spiel
nicht mitmachen darf.

8

Der Wind war ein Hammer.

Die Schneekristalle waren Nägel.

Der Sturm war eifrig mit seiner Schreinerarbeit beschäftigt und baute Schneewehen auf der Straße.

Als Jack am Fuß der Treppe vor dem Apartmenthaus
angelangt war, gingen Keith und Faye schon schräg über
die Straße in Richtung auf die Avenue und auf das Gebäude zu, wo ihre Freunde wohnten.

Rebecca und die Kinder standen am Wagen.

Jack erhob seine Stimme, um das Prusten und Heulen

des Windes zu übertönen und schrie: »Los, los. Einsteigen. Wir müssen weg von hier!«

Dann merkte er, daß etwas nicht in Ordnung war.

Rebecca hatte eine Hand am Türgriff, aber sie öffnete die Tür nicht. Sie starrte wie gebannt in den Wagen.

Jack trat neben sie, schaute durch das Fenster und sah, was sie sah. Zwei von den Geschöpfen. Beide auf dem Rücksitz. Sie waren in Schatten gehüllt, und man konnte unmöglich genau erkennen, wie sie aussahen, aber ihre glühenden Silberaugen ließen keinen Zweifel daran, daß sie Verwandte der mörderischen Wesen waren, die aus den Heizungsrohren gekommen waren. Wenn Rebecca die Tür geöffnet hätte, ohne hineinzuschauen, wenn sie nicht bemerkt hätte, daß die Bestien da drinnen warteten, hätten sie sie vielleicht angegriffen und überwältigt. Sie hätten ihr die Kehle zerfetzt, die Augen ausgequetscht und ihr das Leben genommen, ehe sich Jack der Gefahr auch nur bewußt war, ehe er eine Chance hatte, ihr zu Hilfe zu kommen.

»Zurück!« befahl er.

Alle vier entfernten sich von dem Wagen und drängten sich auf dem Gehsteig aneinander, voller Mißtrauen vor der Nacht, die sie umgab.

Es ist sonderbar, dachte Jack, daß man sich im Herzen von Manhattan so isoliert und so allein fühlen kann.

»Was jetzt?« drängte Rebecca, die Augen auf den Wagen geheftet, mit einer Hand hielt sie Davey fest, die andere hatte sie in ihren Mantel gesteckt und hielt damit wahrscheinlich ihren Revolver umklammert.

»Wir müssen in Bewegung bleiben«, sagte Jack; er war nicht zufrieden mit dieser Antwort, aber zu überrascht und zu verängstigt, als daß ihm etwas besseres eingefallen wäre.

Keine Panik.

»Wohin?« fragte Rebecca.

»Zur Avenue«, sagte er.

Ruhig. Langsam. Wenn wir in Panik geraten, sind wir erledigt.

»Die Richtung, in die Keith gegangen ist?« fragte Rebecca.

»Nein. Zur anderen Avenue. Zur Third Avenue. Die ist näher.«

»Hoffentlich sind dort Leute«, sagte sie.

»Vielleicht sogar Streifenwagen.«

Und Penny fügte hinzu: »Ich glaube, unter Menschen und im Freien sind wir sehr viel sicherer.«

»Das glaube ich auch, Schätzchen«, sagte Jack. »Also, gehen wir. Und bleibt dicht beieinander.«

Penny faßte Daveys Hand.

Der Angriff kam plötzlich. Das Ding stürzte unter ihrem Wagen hervor. Quiekend. Zischend. Die Augen verstrahlten silbriges Licht. Es zeichnete sich dunkel vor dem Schnee ab. Flink und geschmeidig. Verdammt flink. Wie eine Eidechse. Soviel sah Jack im sturmverzerrten Schein der Straßenlaterne, und er griff nach seinem Revolver, dann fiel ihm wieder ein, daß Kugeln diese Wesen nicht töten konnten; er erkannte auch, daß sie so dicht beieinanderstanden, daß er gar keinen Schuß riskieren konnte, und auf einmal war das Ding zwischen ihnen, fauchend und spuckend – all das in einer einzigen Sekunde, vielleicht sogar noch weniger. Davey schrie. Und versuchte, dem Ding aus dem Weg zu gehen. Er konnte ihm nicht ausweichen. Die Bestie sprang mit einem Satz auf den Stiefel des Jungen. Davey trat nach ihr. Sie klammerte sich an ihm fest. Jack hob Penny hoch und stieß sie weg. Schubste sie gegen die Wand des Apartmenthauses. Sie blieb geduckt stehen. Keuchend. Inzwischen hatte die Eidechse angefangen, an Daveys Beinen hinaufzuklettern. Der Junge drosch auf sie ein. Stolperte. Taumelte rückwärts. Kreischte um Hilfe. Rutschte aus. Stürzte. All das in nicht mehr als einer weiteren Sekunde, vielleicht zweien – ›tick, tick‹ – und Jack kam sich vor wie in einem

Fiebertraum, in dem die Zeit so verzerrt war, wie sie es nur in einem Traum sein konnte. Er lief hinter dem Jungen her, aber die Luft, durch die er sich bewegte, schien so zäh wie Sirup. Die Eidechse saß jetzt auf Daveys Brust, ihr Schwanz peitschte hin und her, ihre Klauenfüße zerrten an dem dicken Mantel, versuchten, ihn zu zerfetzen, um dann den Bauch des Jungen aufreißen zu können. Ihr Maul war weit geöffnet, die Schnauze fast im Gesicht des Jungen – ›nein!‹ – und Rebecca erreichte ihn vor Jack. ›Tick.‹ Sie riß das widerliche Ding von Daveys Brust. Es jaulte. Es biß sie in die Hand. Sie schrie vor Schmerz auf. Schleuderte die Echse zu Boden. Penny schrie: »Davey! Davey!« ›Tick.‹ Davey war wieder auf den Beinen. Die Eidechse ging von neuem auf ihn los. Diesmal bekam Jack das Ding zu fassen. Mit bloßen Händen. Er schauderte, als er es berührte, riß es von dem Jungen herunter. Hörte, wie der Mantel in den Klauen zerriß. Hielt es auf Armeslänge von sich ab. ›Tick.‹ Es versuchte, sich aus seinem Griff zu befreien, und es war stark, aber er war stärker. ›Tick.‹ Es trat mit seinen gefährlichen Klauenfüßen in die Luft. ›Tick. Tick. Tick, tick, tick…‹

Rebecca fragte: »Warum versucht es nicht, dich zu beißen?«

»Ich weiß nicht«, erwiderte er atemlos.

Aber er erinnerte sich an das Gespräch, das er vor ein paar Stunden mit Nick Iervolino im Streifenwagen geführt hatte, auf dem Weg von Carver Hamptons Laden in Harlem in die Stadt. Und er fragte sich…

Das Eidechsenwesen hatte ein zweites Maul, das sich in seinem Magen befand und mit scharfen, kleinen Zähnen versehen war. Die Öffnung glotzte Jack an, öffnete und schloß sich, aber dieses zweite Maul wollte ihn ebensowenig beißen wie das im Kopf der Echse.

»Davey, bist du in Ordnung?« fragte Jack.

»Mach es tot, Daddy«, bat der Junge. Es klang verschreckt, aber nicht, als ob er verletzt wäre. »Bitte, mach es tot. Bitte.«

»Ich wünschte nur, ich könnte es«, sagte Jack.

Das kleine Ungeheuer wand sich, zappelte, krümmte sich und tat, was es konnte, um Jack aus den Händen zu rutschen. Es widerte ihn an, es zu berühren, aber er packte noch fester zu, noch härter, grub seine Finger in das kalte, schmierige Fleisch.

»Rebecca, was ist mit deiner Hand?«

»Nur ein Kratzer«, antwortete sie.

»Penny?«

»Ich... ich bin okay.«

»Dann fort mit euch. Geht zur Avenue.«

»Und du?« fragte Rebecca.

»Ich halte das Ding fest, damit ihr einen Vorsprung bekommt.« Die Eidechse schlug um sich. »Dann werfe ich es weg, so weit ich kann, und komme euch nach.«

»Wir können dich doch nicht alleine lassen«, widersprach Penny verzweifelt.

»Nur ein oder zwei Minuten«, beruhigte sie Jack. »Ich hole euch schon ein. Ich kann schneller laufen als ihr drei. Jetzt geht. Verschwindet, ehe noch eines von den verdammten Dingern von irgendwoher angreift. Los!«

Sie rannten los, erst die Kinder, dann Rebecca, und wirbelten Schneewolken auf.

Das Eidechsenwesen zischte Jack an.

Er starrte in die Feueraugen.

Jack fragte sich, was wohl passieren würde, wenn er einen Finger in eine dieser leeren Höhlen, in das Feuer dahinter stecken würde. Würde er tatsächlich Feuer finden? Oder war es nur eine Illusion? Wenn in dem Schädel wirklich Feuer war, würde er sich dann verbrennen? Oder würde er entdecken, daß die Flammen wirklich so wenig Hitze hatten, wie es schien?

Weiße Flammen. Sie flackerten.

Kalte Flammen. Sie zischten.

Die beiden Mäuler der Echse schnappten nach der Nachtluft.

Jack wollte tiefer in dieses seltsame Feuer sehen.

Er hielt das Geschöpf dichter an sein Gesicht.

Er konnte spüren, wie das Licht dieser Augen ihn überspülte.

Es war eine bitterkalte Nacht.

Weißglühend.

Faszinierend.

Er spähte angestrengt in das Feuer des Schädels.

Die Flammen teilten sich fast, ließen ihn beinahe sehen, was hinter ihnen lag.

Er blinzelte, strengte seine Augen noch mehr an.

Er wollte das große Geheimnis begreifen.

Das Geheimnis hinter dem feurigen Schleier.

Wollte, *mußte* es begreifen.

Weiße Flammen.

Flammen aus Schnee, aus Eis.

Flammen, die ein grauenhaftes Geheimnis bargen.

Flammen, die winkten...

Winkten...

Er nahm kaum wahr, wie sich hinter ihm die Wagentür öffnete. Die ›Augen‹ des Eidechsenwesens hatten ihn gepackt und halb hypnotisiert. Er nahm die schneedurchwehte Straße ringsum nur noch undeutlich, schemenhaft wahr. Noch ein paar Sekunden, und er wäre verloren gewesen. Aber sie verschätzten sich; sie öffneten die Wagentür einen Augenblick zu früh, und er hörte es. Er drehte sich um und schleuderte das Eidechsenwesen so weit in die stürmische Dunkelheit hinein, wie er nur konnte.

Er wartete nicht ab, wo es hinfiel, schaute nicht, was aus der Limousine herauskam.

Er rannte nur.

Vor ihm hatten Rebecca und die Kinder die Avenue erreicht. Sie bogen links um die Ecke und verschwanden.

Ein wenig rutschend, dann durch eine Schneewehe stapfend, daß ihm der Schnee oben in die Stiefel fiel, bog Jack um die Ecke und in die Avenue ein. Er schaute nicht zurück, weil er fürchtete zu entdecken, daß ihm die Kobolde – wie Penny sie nannte – dicht auf den Fersen waren.

Rebecca und die Kinder waren nur hundert Fuß vor ihm. Er eilte ihnen nach.

Zu seinem Entsetzen stellte er fest, daß sie die einzigen Menschen auf der breiten Avenue waren. Nur ein paar Wagen standen da, alle leer und verlassen, nachdem sie im Schnee steckengeblieben waren. Zu Fuß war niemand unterwegs. Und wer würde auch, wenn er auch nur halbwegs bei Verstand war, in einem orkanartigen Sturm zu Fuß unterwegs sein, mitten in einem Schneetreiben, das einem jede Sicht nahm?

Er holte Rebecca und die Kinder ein. Das war nicht weiter schwierig; sie kamen nicht mehr sehr schnell voran. Penny und Davey wurden schon müde. Im tiefen Schnee zu laufen war genauso, als hätte man Bleigewichte an den Füßen; der ständige Widerstand erschöpfte sie schnell.

Jack blickte den Weg zurück, den sie gekommen waren. Keine Spur von den Kobolden. Aber die Geschöpfe mit den Laternenaugen würden wieder auftauchen, und zwar schon bald. Er konnte nicht glauben, daß sie so leicht aufgaben.

Wenn sie wirklich kamen, würden sie leichte Beute vorfinden. In einer Minute würden sich die Kinder nur noch müde schlurfend im Schrittempo fortbewegen.

Jack fühlte sich auch nicht besonders munter. Sein Herz hämmerte so stark und schnell, als wolle es sich aus seiner Verankerung reißen. Sein Gesicht schmerzte von dem kalten, beißenden Wind, der ihm auch in die Augen stach, bis sie tränten. Seine Hände schmerzten ebenfalls und waren ein wenig taub, weil er keine Zeit gehabt hatte, seine

Handschuhe wieder anzuziehen. Er atmete schwer, und von der arktischen Luft wurde seine Kehle rauh, und seine Brust schmerzte. Er hatte eiskalte Füße, weil ihm soviel Schnee in die Stiefel gefallen war. In seinem jetzigen Zustand konnte er den Kindern nicht viel Schutz bieten, und diese Erkenntnis machte ihn wütend und ängstlich, denn er und Rebecca waren die einzigen Menschen, die zwischen den Kindern und dem Tod standen.

Jack sah sich nach einem Platz um, wo sie sich verstekken konnten. Gleich vor ihnen standen fünf Apartmenthäuser aus Sandstein, jedes vier Stockwerke hoch, zwischen etwas höheren und moderneren (aber nicht gerade einladend wirkenden) Gebäuden eingezwängt.

Er sagte zu Rebecca: »Wir müssen verschwinden«, und drängte sie alle vom Gehsteig herunter, die schneebedeckten Stufen hinauf, durch die Eingangstüren mit den Glaseinsätzen in die Halle des ersten Sandsteinhauses.

Der Vorraum war nicht besonders gut geheizt, aber verglichen mit der Nacht draußen erschien es ihnen regelrecht tropisch. Es war auch sauber und ziemlich elegant, mit Messingbriefkästen und einer gewölbten Holzdecke, aber einen Portier gab es nicht. Der kunstvolle Mosaikfußboden war auf Hochglanz poliert, und kein einziges Steinchen fehlte.

Aber so hübsch es auch war, hier konnten sie nicht bleiben. Der Vorraum war hell erleuchtet. Man konnte sie von der Straße aus leicht entdecken.

Die innere Tür hatte ebenfalls Glasscheiben. Dahinter lagen der Korridor des Erdgeschosses, der Aufzug und die Treppe. Aber die Tür war verschlossen und konnte nur mit einem Schlüssel oder mit einem elektrischen Türöffner in einer der Wohnungen geöffnet werden.

Es gab insgesamt sechzehn Wohnungen, auf jedem Stockwerk vier. Jack trat an die Messingbriefkästen und drückte auf den Klingelknopf von Mr. und Mrs. Evans auf der vierten Etage.

Eine Frauenstimme kam blechern aus dem Lautsprecher am oberen Rand des Briefkastens. »Wer ist da?«

»Ist das die Grofeld-Wohnung?« fragte Jack, obwohl er sehr wohl wußte, daß sie es nicht war.

»Nein«, sagte die unsichtbare Frau. »Sie haben den falschen Knopf gedrückt. Die Klingel der Grofelds ist neben der unseren.«

»Entschuldigung«, sagte er, als Mrs. Evans die Verbindung unterbrach.

Er schaute zur Vordertür auf die dahinterliegende Straße.

Schnee. Nackte, geschwärzte, im Wind zitternde Bäume.

Der geisterhafte Schein sturmgepeitschter Straßenlampen.

Aber nichts Schlimmeres. Nichts mit silbrigen Augen. Nichts mit vielen spitzen, kleinen Zähnen.

Noch nicht.

Er läutete bei den Grofelds und fragte, ob das die Santini-Wohnung sei, und man erklärte ihm kurz angebunden, die Santini-Klingel sei die nebenan.

Er klingelte bei den Santinis und war darauf vorbereitet, zu fragen, ob das die Porterfield-Wohnung sei, aber die Santinis erwarteten offenbar jemanden und waren weniger vorsichtig als ihre Nachbarn, denn sie öffneten ihm die Tür, ohne zu fragen, wer er war.

Rebecca schob die Kinder hinein, und Jack folgte ihnen schnell und schloß die Tür hinter sich.

Rebecca schärfte den Kindern ein, besonders still zu sein, als sie sie in eine dunkle Nische unter den Treppen, rechts vom Haupteingang führte.

Jack drängte sich mit ihnen in den Winkel, um von der Tür wegzukommen. Von der Straße oder von der Treppe aus waren sie nicht zu sehen, nicht einmal, wenn sich jemand über das Geländer beugte und herunterschaute.

Nach weniger als einer Minute öffnete sich ein paar Etagen weiter oben eine Tür. Schritte. Dann sagte jemand, offenbar Mr. Santini: »Alex? Bist du das?«

Sie warteten.

Mr. Santini wartete.

Draußen heulte der Wind.

Mr. Santini kam ein paar Stufen herunter. »Ist da jemand?«

Geh weg, dachte Jack. Du hast ja keine Ahnung, in was du vielleicht hineinläufst. *Geh weg*.

Als wäre der Mann ein Telepath und hätte Jacks Warnung empfangen, kehrte er in seine Wohnung zurück und schloß die Tür.

Jack seufzte.

Endlich fragte Penny mit zittriger Flüsterstimme: »Woher wissen wir, wann wir gefahrlos wieder rausgehen können?«

»Wir lassen jetzt einfach ein wenig Zeit vergehen, und wenn ich dann glaube, daß es geht... dann schlüpfe ich raus und sehe mal nach«, erklärte Jack leise.

Davey zitterte, als wäre es hier drin kälter als draußen. Er wischte sich seine tropfende Nase mit dem Mantelärmel ab und fragte: »Wie lange warten wir?«

»Fünf Minuten«, erklärte ihm Rebecca ebenfalls flüsternd. »Höchstens zehn. Bis dahin sind sie fort.«

»Wirklich?«

»Sicher«, sagte Rebecca. »Es kann gut sein, daß sie uns gar nicht gefolgt sind. Aber selbst wenn sie uns nachgegangen sind, werden sie nicht die ganze Nacht hier rumhängen. Weißt du, sogar Kobolden wird es einmal langweilig.«

»Sind sie das?« fragte Davey. »Kobolde? Wirklich?«

»Tja, man kann nicht so genau sagen, wie man sie nennen soll«, sagte Rebecca.

»Kobolde war das einzige Wort, das mir einfiel, als ich sie sah«, sagte Penny. »Es ist mir einfach so durch den Kopf geschossen.«

»Und es ist wirklich ein verflixt gutes Wort«, versicherte ihr Rebecca. »Soweit ich sehe, hättest du dir kein besseres ausdenken können. Und weißt du, wenn du an all die Märchen zurückdenkst, die du je gehört hast, dann waren Kobolde immer Wesen, die eher gebellt als gebissen haben. Sie haben praktisch nie mehr getan, als Leute zu erschrecken. Wenn wir also geduldig und vorsichtig sind, wirklich vorsichtig, dann wird alles gut.«

Jack bewunderte die Art, wie Rebecca mit den Kindern umging und ihre Angst besänftigte. Ihre Stimme klang beruhigend. Sie berührte sie ständig, während sie mit ihnen sprach, sie drückte und streichelte und tätschelte sie sanft.

Jack zog den Ärmel hoch und schaute auf seine Uhr.

Zehn Uhr vierzehn.

Sie drückten sich in den Schatten unter der Treppe aneinander und warteten. Warteten.

Kapitel sechs

1

Lavelle lag eine Weile betäubt auf dem Fußboden des dunklen Schlafzimmers; er konnte nur mit Mühe atmen und war ganz starr vor Schmerz. Als Rebecca Chandler auf einige jener kleinen Mörder in der Wohnung der Jamisons geschossen hatte, war Lavelle in psychischer Verbindung mit ihnen gewesen und hatte den Aufschlag der Kugeln auf ihren Golem-Körpern gespürt. Er war nicht verletzt worden, ebensowenig wie die dämonischen Wesen selbst. Seine Haut war unversehrt. Er blutete nicht. Am Morgen würde er keine blauen Flecken, keinen einzigen Kratzer haben. Aber der Aufprall dieser Kugeln war schmerzhaft real gewesen, und er hatte kurz das Bewußtsein verloren.

Jetzt war er nicht mehr bewußtlos. Nur verwirrt. Als der Schmerz ein wenig nachließ, kroch er auf dem Bauch im Zimmer herum, er wußte nicht genau, wonach er suchte, wußte nicht einmal genau, wo er sich befand. Allmählich kam er wieder ganz zu sich. Er kroch zum Bett zurück, stemmte sich auf die Matratze hinauf und warf sich stöhnend auf den Rücken.

Die Dunkelheit berührte ihn.

Die Dunkelheit heilte ihn.

Der Schnee pochte an die Fenster.

Irgendwann war der Schmerz verschwunden.

Trotz des unsicheren und schmerzhaften Erlebnisses konnte er es kaum erwarten, die psychische Verbindung mit den Geschöpfen, die die Dawsons verfolgten, wiederherzustellen. Die Bänder waren noch an seinen Knöcheln, seinen Handgelenken, seiner Brust und seinem Kopf befestigt. Die Katzenblutflecken waren noch auf seinen

Wangen. Seine Lippen waren immer noch mit Blut gesalbt. Und das Blut-*Vévé* war noch auf seiner Brust. Er brauchte nur die erforderlichen Gesänge zu wiederholen; das tat er auch und starrte dabei an die finstere Decke.

Langsam verschwand das Schlafzimmer um ihn, und er war wieder bei der silberäugigen Horde und pirschte sich unerbittlich an die Dawson-Kinder heran.

2

Zehn Uhr fünfzehn.

Zehn Uhr sechzehn.

Während sie unter der Treppe kauerten, sah sich Jack die Rißwunde an Rebeccas linker Hand an. Drei punktförmige Male verteilten sich über eine Fläche von der Größe eines Fünfcentstücks, auf dem fleischigsten Teil ihrer Handfläche, und in der Haut war auch ein kleiner Riß, aber das Echsenwesen hatte nicht tief gebissen. Das Fleisch war nur leicht angeschwollen. Die Wunde näßte nicht mehr; es war nur getrocknetes Blut zu sehen.

Zehn Uhr siebzehn.

Jack untersuchte Daveys Mantel, an dem sich die Eidechse in mörderischer Wut festgekrallt hatte. Das Kleidungsstück war dick und gut verarbeitet; das Gewebe war robust. Trotzdem waren die Klauen an mindestens drei Stellen ganz durchgedrungen – auch noch durch das wattierte Futter.

Es war ein Wunder, daß Davey unverletzt war. Obwohl die Klauen den Mantel durchbohrt hatten wie leichte Baumwolle, hatten sie den Pulli des Jungen und sein Hemd nicht zerrissen; und seine Haut hatte nicht einmal die Spur eines Kratzers abbekommen.

Jack dachte daran, wie knapp er davorgestanden hatte, sowohl Penny wie auch Davey zu verlieren, und es kam

233

ihm schmerzlich zu Bewußtsein, daß er sie immer noch verlieren konnte, ehe dieser Fall abgeschlossen war. Er legte eine Hand an das zarte Gesicht seines Sohnes. Er kämpfte gegen die Tränen an. Er durfte jetzt nicht weinen. Die Kinder würden den letzten Halt verlieren, wenn er weinte. Außerdem, wenn er sich jetzt der Verzweiflung überließ, dann kapitulierte er – in einem kleinen, aber bedeutsamen Punkt – vor Lavelle. Lavelle war böse, nicht einfach ein Krimineller wie jeder andere, nicht bloß verkommen, sondern *böse*, im Innersten böse, eine Verkörperung des Bösen, und das wurde durch Verzweiflung erst zur vollen Entfaltung gebracht. Die besten Waffen gegen das Böse waren Hoffnung, Optimismus, Entschlossenheit und Glauben. Ihre Überlebenschancen hingen von ihrer Fähigkeit ab, weiter zu hoffen, zu glauben, daß das Leben (nicht der Tod) ihre Bestimmung war, zu glauben, daß das Gute über das Böse triumphieren konnte – einfach zu *glauben*. Er würde seine Kinder nicht verlieren. Er würde nicht zulassen, daß Lavelle sie bekam.

»Tja«, sagte er zu Davey, »für einen Wintermantel hat er zu viele Luftlöcher, aber ich glaube, dagegen können wir etwas unternehmen.« Er nahm seinen langen Schal ab, wickelte ihn über dem beschädigten Mantel des Jungen zweimal um dessen schmale Brust und knotete ihn über der Taille fest zusammen. »So. Damit müßten die Lücken geschlossen sein. Alles okay, Skipper?«

Davey nickte und gab sich alle Mühe, ein tapferes Gesicht zu machen. Er sagte: »Dad, meinst du nicht, du brauchst vielleicht ein Zauberschwert?«

»Ein Zauberschwert?« fragte Jack.

»Nun, braucht man so was nicht, wenn man eine Horde Kobolde töten will?« fragte der Junge ganz ernsthaft. »In den Geschichten haben sie meistens ein Zauberschwert oder einen Zauberstab, verstehst du, oder vielleicht ein bißchen Zauberpulver, damit wird dann immer dem Kobold, den Hexen, den Menschenfressern, oder was es eben ist, der Garaus gemacht. Ach ja, und was haben sie manchmal noch... einen Zauberstein, glaube ich, oder einen Zauberring. Du und Rebecca, ihr seid ja Kriminalbeamte, da ist es diesmal vielleicht eine Koboldpistole. Weißt du, ob das Polizeidezernat so was hat? Eine Koboldpistole?«

»Ich weiß es nicht genau«, sagte Jack, ohne eine Miene zu verziehen, er hätte den Jungen am liebsten umarmt und fest an sich gedrückt. »Aber das ist ein verflixt guter Vorschlag, mein Sohn. Ich werde das mal nachprüfen. Ich bin wirklich froh, daß du dir Gedanken darüber machst, wie man mit diesen Wesen fertig werden könnte. Es freut mich, daß du nicht aufgibst. Das ist das Wichtigste – nicht aufzugeben.«

»Sicher«, sagte Davey und reckte sein Kinn vor. »Das weiß ich.«

Penny beobachtete ihren Vater über Daveys Schulter hinweg. Sie zwinkerte ihm lächelnd zu. Jack zwinkerte zurück.

Zehn Uhr zwanzig.

Mit jeder Minute, die ereignislos verstrich, fühlte sich Jack sicherer.

Penny gab ihm einen sehr knappen Bericht über ihre Begegnung mit den Kobolden.

Als das Mädchen fertig war, schaute Rebecca Jack an und sagte: »Er hat sie ständig überwacht. Damit er immer genau wußte, wo er sie finden konnte, wenn es soweit war.«

Zu Penny sagte Jack: »Mein Gott, Baby, warum hast du mich letzte Nacht nicht geweckt, als das Ding in deinem Zimmer war?«

»Ich habe es ja nicht wirklich gesehen...«

»Aber du hast es gehört.«

»Das war alles.«

»Und der Baseballschläger –«

»Na ja«, sagte Penny, auf einmal sonderbar verlegen

und ohne ihm in die Augen sehen zu können, »ich hatte Angst, du würdest glauben, daß ich wieder... verrückt... geworden bin.«

»Was? Wieder...?« Jack blinzelte sie an. »Was in aller Welt meinst du mit... ›wieder‹?«

»Tja... du weißt doch... wie damals, als Mama starb, wie ich damals war... als ich meine... Schwierigkeiten hatte.«

»Aber du warst doch nicht verrückt«, sagte Jack. »Du hast nur ein wenig Beratung gebraucht; das ist alles, Schätzchen.«

»So habt ihr ihn genannt«, sagte das Mädchen, kaum hörbar. »Berater.«

»Das war er ja auch. Er sollte dir helfen, dir zeigen, wie du mit deinem Kummer über den Tod deiner Mama umgehen kannst.«

Das Mädchen schüttelte den Kopf. »Nein. Eines Tages war ich in seinem Büro und wartete auf ihn... und er kam nicht gleich rein, um mit der Sitzung anzufangen... da habe ich die College-Diplome an der Wand gelesen.«

»Und?«

Sichtlich verlegen sagte Penny: »Ich habe herausgefunden, daß er Psychiater war. Psychiater behandeln verrückte Leute. Und da wußte ich, daß ich ein wenig... verrückt war.«

Überrascht und bestürzt, daß eine solche falsche Auffassung so lange unkorrigiert geblieben war, sagte Jack: »Nein, nein, nein. Mein Liebes, das hast du ganz falsch verstanden.«

Rebecca griff ein: »Penny, Psychiater behandeln größtenteils ganz gewöhnliche Menschen mit ganz gewöhnlichen Problemen. Mit Problemen, die wir alle irgendwann einmal in unserem Leben haben. Meistens emotionelle Probleme. Und die hattest du auch. *Emotionelle* Probleme.«

Penny schaute sie schüchtern an. Sie runzelte die

Stirn. Es war deutlich zu erkennen, daß sie ihr glauben wollte.

»Natürlich behandeln sie auch Geistesgestörte«, fuhr Rebecca fort. »Aber in der Praxis, bei den gewöhnlichen Patienten, bekommen sie kaum jemals einen zu sehen, der wirklich richtig geisteskrank ist. Wirklich verrückte Leute werden in Krankenhäusern oder in Anstalten untergebracht.«

»Sicher«, sagte Jack. Er griff nach Pennys Händen und hielt sie fest.

Das Mädchen blickte von Jack zu Rebecca und wieder zu Jack. »Meint ihr das wirklich ernst? Meint ihr wirklich, daß viele gewöhnliche, alltägliche Leute zum Psychiater gehen?«

»Unbedingt«, sagte er. »Liebling, das Leben hat dir ziemlich übel mitgespielt, als es deine Mama so früh sterben ließ, und ich war selbst so mitgenommen, daß ich dir nicht sehr gut helfen konnte, damit fertig zu werden. Ich hätte mich wohl... ganz besonders anstrengen müssen. Aber ich fühlte mich selbst so elend, so verloren und hilflos, tat mir selbst so verflixt leid, daß ich einfach nicht fähig war, uns beide zu heilen, dich und mich. Deshalb habe ich dich zu Dr. Hannaby geschickt, als du angefangen hast, Schwierigkeiten zu bekommen. Nicht weil du verrückt warst. Weil du jemanden gebraucht hast, mit dem du reden konntest, ohne daß er jedesmal weinte, wenn du anfingst, wegen deiner Mama zu weinen. Verstehst du das?«

»Ja«, sagte Penny leise, Tränen standen ihr in den Augen, sie glänzten hell, aber sie blieben ungeweint.

»Sicher?«

»Ja, wirklich, Daddy. Jetzt verstehe ich es.«

Jack umarmte seine Tochter ganz fest. Er küßte ihr Gesicht, ihre Haare. Er sagte: »Ich liebe dich, Schäfchen.«

Dann umarmte er auch Davey und sagte ihm, daß er ihn liebe.

Und dann schaute er zögernd auf seine Armbanduhr. Zehn Uhr vierundzwanzig.

Zehn Minuten waren vergangen, seit sie in das Gebäude gekommen waren und in der Nische unter dem großen Treppenhaus Zuflucht gesucht hatten.

»Sieht so aus, als seien sie uns nicht gefolgt«, meinte Rebecca.

»Wir wollen nichts überstürzen«, warnte er. »Geben wir noch zwei Minuten zu.«

Zehn Uhr fünfundzwanzig.

Zehn Uhr sechsundzwanzig.

Es behagte ihm gar nicht, hinausgehen und sich umsehen zu müssen. Er wartete noch eine Minute.

Zehn Uhr siebenundzwanzig.

Schließlich konnte er es nicht mehr länger hinauszögern. Er schob sich unter der Treppe hervor. Er machte zwei Schritte, legte eine Hand auf den Messingknopf der Vorraumtür – und erstarrte.

Sie waren da. Die Kobolde.

Einer von ihnen hing an der Glasscheibe im Zentrum der Tür. Es war ein zwei Fuß langes, wurmähnliches Wesen mit segmentiertem Körper und vielleicht zwei Dutzend Beinen. Die feurigen Augen hefteten sich auf Jack.

Hinter dem Wurmwesen wimmelte es in dem Vorraum von ganz unterschiedlichen Teufeln; alle waren sie klein, aber alle wirkten so unglaublich bösartig und grotesk, daß Jack zu zittern begann und spürte, wie sich seine Gedärme verkrampften. Es waren mindestens dreißig. Sie bewegten sich rutschend und zappelnd über den Mosaikboden und krochen die Wände hinaus, ihre ekelhaften Zungen schossen ständig zuckend heraus, sie knirschten laut mit den Zähnen, ihre Augen glühten.

Erschrocken und angewidert zog Jack die Hand von dem Messingknopf zurück. Er drehte sich zu Rebecca und den Kindern um. »Sie haben uns gefunden. Sie sind hier. Los. Wir müssen weg. Schnell. Sonst ist es zu spät.«

Sie entfernten sich von der Treppe. Sie sahen das Wurmwesen an der Tür und die Horde im Vorraum dahinter. Rebecca und Penny starrten die Höllenbrut sprachlos an. Davey war der einzige, der aufschrie. Er umklammerte Jacks Arm.

»Wie kommen wir raus?« fragte Penny.

Einen Augenblick lang sagte niemand etwas.

Im Vorraum hatten sich weitere Geschöpfe zu dem Wurmwesen am Glas der Innentür gesellt.

»Gibt es einen Hintereingang?« überlegte Rebecca.

»Wahrscheinlich«, sagte Jack. »Aber wenn es einen gibt, dann warten diese Dinger auch dort.«

»Dann sitzen wir in der Falle«, meinte Penny.

»Daddy, laß nicht zu, daß sie mich kriegen, bitte, laß es nicht zu«, jammerte Davey.

Jack warf einen Blick zum Aufzug, der gegenüber der Treppe lag. Er fragte sich, ob die Teufel wohl schon im Aufzugsschacht waren. Würden sich die Lifttüren plötzlich öffnen und eine Welle zischender, fauchender, zuschnappender Todeswesen ausspucken?

Denk nach!

Er packte Daveys Hand und ging auf die Treppe zu.

Rebecca folgte ihm mit Penny und fragte: »Wo willst du hin?«

»Da hinauf.

Sie stiegen zur zweiten Etage hoch.

Penny sagte: »Aber wenn sie in den Wänden sind, dann sind sie im ganzen Haus.«

»Beeilt euch«, war Jacks einzige Antwort. Er führte sie, so schnell es ging, die Treppe hinauf.

3

In Carver Hamptons Wohnung über seinem Laden in Harlem brannten alle Lichter. Deckenlampen, Leseleuchten, Tischlampen und Stehlampen, kein Raum lag im Dunkeln. In den wenigen Ecken, die der Schein der Lampen nicht erreichte, waren Kerzen angezündet; bündelweise standen sie in Schüsseln, Kuchenformen und Gebäckdosen.

Carver saß an dem kleinen Küchentisch neben dem Fenster, seine kräftigen braunen Hände umklammerten ein Glas Chivas Regal. Er starrte hinaus in das Schneegestöber und nippte hin und wieder an dem Scotch.

An der Küchendecke glühten Neonleuchten. Die Herdbeleuchtung war angeschaltet. Und das Licht über dem Spülbecken ebenfalls. Auf dem Tisch lagen, in Reichweite, Streichholzschachteln, drei Kartons mit Kerzen und zwei Taschenlampen – nur für den Fall, daß durch den Sturm der Strom ausfiel.

Dies war keine Nacht für Dunkelheit.

Gräßliche Wesen wüteten in der Stadt.

Sie *nährten* sich von Dunkelheit.

Obwohl die nächtlichen Jäger es nicht auf Carver abgesehen hatten, spürte er sie da draußen auf den stürmischen Straßen, wie sie hungrig herumstrichen; sie verströmten eine greifbare Atmosphäre des Bösen – das absolute, endgültige Böse der Uralten. Er nahm an, daß es Lavelles höllische Abgesandte waren, die sich die brutale Vernichtung der Carramazza-Familie zum Ziel gesetzt hatten, denn soviel er wußte, gab es in New York keinen zweiten *Bocor*, der solche Geschöpfe aus der Unterwelt hätte herbeizitieren können.

Die Pforten waren geöffnet. Die Pforten der Hölle. Nur einen Spalt. Und unter Aufbietung all seiner gewaltigen Kräfte als *Bocor* hielt Lavelle die Pforten gegen den Ansturm der Dämonenwesen, die von der anderen Seite hereindrängen wollten.

Die Pforten zu öffnen war ein tollkühner, gefährlicher Schritt gewesen. Wenige *Bocors* waren dazu überhaupt in der Lage. Und von diesen wenigen hätten noch weniger derlei gewagt. Da Lavelle offenbar einer der mächtigsten *Bocors* war, die je ein *Vévé* gezeichnet hatten, konnte man ihm durchaus zutrauen, daß er in der Lage sein würde, die Pforten unter Kontrolle zu behalten, und daß er, wenn die Carramazzas erledigt waren, fähig sein würde, die Geschöpfe, die er aus der Hölle herausgelassen hatte, rechtzeitig zurückzuschleudern. Aber wenn er auch nur einen Augenblick lang die Kontrolle verlor...

Dann stehe Gott uns bei, dachte Carver.

Ein Windstoß von Hurrikanstärke krachte gegen das Gebäude und pfiff winselnd um die Dachvorsprünge.

Das Fenster vor Carver klapperte, als sei da draußen noch etwas anderes, das hereinwollte, herein zu ihm.

Carver senkte den Blick.

Nach einiger Zeit ließ der Wind ein wenig nach.

Er nippte an seinem Scotch. Der Whisky wärmte ihn nicht. In dieser Nacht konnte ihn nichts wärmen.

Schuldbewußtsein war ein Grund, warum er wünschte, sich betrinken zu können. Die Schuldgefühle nagten an ihm, weil er sich geweigert hatte, Lieutenant Dawson zu helfen. Das war falsch gewesen. Die Situation war zu gräßlich, als daß er nur an sich denken durfte. Schließlich waren die Pforten offen. In einem solchen Augenblick hatte ein *Houngon* eine gewisse Verantwortung.

Deshalb trank er jetzt, weil er hoffte, es würde ihm Mut einflößen. Whisky hatte die besondere Eigenschaft, daß er, in Maßen genossen, manchmal genau die Menschen zu Helden machen konnte, die er bei anderer Gelegenheit zu Narren gemacht hatte.

Er mußte den Mut finden, Lieutenant Dawson anzurufen und zu sagen: ›Ich möchte helfen.‹

Es war durchaus wahrscheinlich, daß Lavelle ihn vernichten würde, wenn er sich einmischte. Und welchen Tod Lavelle ihm auch zudachte, leicht würde er nicht sein.

Er nippte an seinem Scotch.

Er schaute zum Wandtelefon hinüber.

Ruf Dawson an, befahl er sich.

Er bewegte sich nicht.

Er schaute hinaus in die vom Blizzard durchtoste Nacht.

Er schauderte.

4

Jack, Rebecca und die Kinder erreichten atemlos den Treppenabsatz der vierten Etage des Sandsteinhauses.

Jack schaute die Treppe hinunter, die sie soeben heraufgestiegen waren. Bisher kam nichts hinter ihnen her.

Vier Wohnungen lagen auf dieser Etage. Jack ging an allen vieren vorbei, ohne zu klopfen, ohne auf Klingelknöpfe zu drücken.

Hier konnten sie keine Hilfe finden. Diese Menschen konnten nichts für sie tun. Sie waren ganz auf sich gestellt.

Am Ende des Ganges befand sich eine Tür ohne Aufschrift. Jack versuchte, den Knopf zu drehen. Von dieser Seite war die Tür nicht versperrt. Er öffnete sie zögernd, fürchtete, daß auf der anderen Seite die Kobolde warten könnten. Nichts stürzte auf ihn los. Er tastete nach einem Lichtschalter, rechnete halb damit, etwas Gräßliches zu berühren. Aber es geschah nicht. Keine Kobolde. Nur der Schalter. Klick. Ja, es war, wie er sich erhofft hatte: eine letzte Treppe, beträchtlich steiler und schmäler als die acht, die sie schon hinter sich hatten, und sie führte zu einer verriegelten Tür.

»Kommt«, sagte er.

Die Tür am oberen Ende der Treppe war mit zwei Riegelschlössern versehen und mit einer Eisenstange verstrebt. Kein Einbrecher sollte über das Dach in das Haus eindringen können. Jack klappte beide Schlösser auf, hob die Stange aus den Halterungen und stellte sie beiseite.

Der Wind drückte gegen die Tür, Jack stemmte sie mit der Schulter auf. Er trat über die Schwelle, auf das Flachdach hinaus.

Hier oben war der Sturm wie ein lebendes Wesen. Mit der Wildheit eines Löwen sprang er aus der Nacht heraus über die Brüstung, er brüllte, schnüffelte und schnaubte. Er riß an Jacks Mantel. Er stellte ihm die Haare auf, drückte sie ihm flach an den Kopf und stellte sie wieder auf. Er blies ihm seinen eisigen Atem ins Gesicht und fuhr mit kalten Fingern unter seinen Mantelkragen.

Jack ging an den Rand des Dachs, an das sich das nächste Sandsteinhaus anschloß. Die krenelierte Brüstung reichte ihm bis zur Taille. Er beugte sich darüber und blickte hinunter. Wie er erwartet hatte, war die Lücke zwischen den Gebäuden nur etwa vier Fuß breit.

Rebecca und die Kinder traten zu ihm, und Jack sagte: »Wir gehen da hinüber.«

»Wie sollen wir den Abstand überbrücken?« fragte Rebecca.

»Hier liegt sicher etwas herum, das sich dazu eignet.«

Er drehte sich um und suchte das Dach ab, das nicht völlig im Dunkeln lag; ja, es herrschte sogar eine mondähnliche Helligkeit, dank der funkelnden Schneedecke, die darauflag. Soweit er sehen konnte, gab es weder lose Holzstücke noch sonst etwas, womit man eine Brücke zwischen den beiden Häusern bauen konnte. Er rannte zum Liftgehäuse auf der anderen Seite und sah auch beim Ausgangskasten mit der Tür oben an der Treppe nach, aber er fand nichts. Vielleicht lag unter dem Schnee etwas Brauchbares, aber das konnte man nicht feststellen, ohne vorher das ganze Dach freizuschaufeln.

Er kehrte zu Rebecca und den Kindern zurück. Penny

und Davey blieben an der Brüstung hocken, suchten dahinter Schutz vor dem beißenden Wind, aber Rebecca stand auf und ging ihm entgegen.

Er sagte: »Wir müssen springen.«

»Was?«

»Da hinüber. Wir müssen hinüberspringen.«

»Das schaffen wir nicht«, sagte sie.

»Es sind keine vier Fuß.«

»Aber wir können keinen Anlauf nehmen.«

»Das brauchen wir auch nicht. Es ist nur ein schmaler Spalt.«

»Wir müssen uns hier auf die Wand stellen«, sagte sie und zeigte auf die Brüstung, »und von da aus springen.«

»Ja.«

»Bei diesem Wind wird wenigstens einer von uns todsicher das Gleichgewicht verlieren, noch ehe er abspringt – wenn ihn eine starke Bö erwischt, stürzt er einfach von der Mauer.«

»Wir werden es schaffen«, sagte Jack und versuchte, sich selbst in Begeisterung für das Wagnis hineinzusteigern.

Sie schüttelte den Kopf. Das Haar wehte ihr ins Gesicht. Sie strich es sich aus den Augen. Dann sagte sie: »Vielleicht könnten du und ich es schaffen, wenn wir Glück haben, vielleicht. Aber die Kinder nicht.«

»Na schön. Dann springt einer von uns auf das andere Dach, der andere bleibt hier, und wir reichen uns die Kinder zu.«

»Wir sollen sie über den Spalt heben?«

»Ja.«

»In einer Höhe von fünfzig Fuß?«

»Es ist eigentlich gar nicht so gefährlich«, behauptete er und wünschte, er könne das auch glauben. »Wenn jeder die Arme ausstreckt, können wir uns an den Händen fassen.«

»Penny wird allmählich ziemlich schwer.«

»So schwer auch wieder nicht. Wir schaffen es schon.«

»Aber...«

»Rebecca, diese Wesen sind hier im Gebäude, direkt unter unseren Füßen, und sie suchen genau in diesem Augenblick nach uns.«

Sie nickte. »Wer springt zuerst?«

»Du.«

»Oh, vielen Dank.«

Der Wind pfiff wie ein Güterzug über das Dach.

5

Der obere Rand der Brüstung war zehn Zoll breit. Rebecca erschien er nicht breiter als ein Seil.

Wenigstens war er nicht vereist. Der Wind scheuerte den Schnee von der schmalen Fläche und hielt sie sauber und trocken.

Mit Jacks Hilfe balancierte Rebecca halb geduckt auf der Mauer. Der Wind zerrte an ihr, und sie war überzeugt, daß er sie umgerissen hätte, wenn Jack nicht dagewesen wäre.

Sie versuchte, nicht auf den Wind und den stechenden Schnee zu achten, der auf ihr ungeschütztes Gesicht einprasselte, ignorierte den Abgrund vor sich und richtete ihre Augen und ihre Gedanken auf das Dach des nächsten Gebäudes. Sie mußte so weit springen, daß sie dort über die Brüstung kam und auf dem Dach landete; wenn sie ein wenig zu früh aufkam, oben auf dieser taillenhohen Mauer, auf dem schmalen Steinstreifen, würde sie einen Augenblick lang aus dem Gleichgewicht geraten, selbst wenn sie auf beide Füße fiel. In diesem Augenblick höchster Unsicherheit würde der Wind sie erfassen, und sie konnte entweder nach vorne auf das Dach stürzen oder nach hinten ins Leere zwischen den Gebäuden. Sie gestattete sich nicht, an diese Möglichkeit zu denken, und sie schaute nicht in den Abgrund.

Sie spannte die Muskeln an, legte die Arme seitlich an den Körper und sagte: »Jetzt«, und Jack ließ sie los, sie sprang in die Nacht, in den Wind und in das Schneetreiben hinein.

Sobald sie in der Luft war, wußte sie plötzlich, daß sie nicht kräftig genug abgesprungen war, wußte, daß sie das andere Dach nicht erreichen, daß sie in die Brüstung krachen, nach hinten stürzen, sterben würde.

Aber was sie *wußte*, trat nicht ein. Sie übersprang die Brüstung und landete auf dem Dach, die Füße rutschten ihr weg und sie fiel auf ihr Hinterteil, so fest, daß es weh tat, aber nicht fest genug, um sich etwas zu brechen.

Als sie auf die Beine kam, sah sie den verfallenen Taubenschlag. Taubenhaltung war in dieser Stadt weder ein gewöhnliches noch ein ungewöhnliches Hobby; ja, dieser Schlag war kleiner als so manche andere, nur sechs Fuß lang. Mit einem Blick stellte sie fest, daß er seit Jahren nicht mehr benützt wurde. Er war so verwittert und verwahrlost, daß er bald kein Taubenschlag mehr, sondern nur noch ein Schrotthaufen sein würde.

Sie schrie Jack, der vom anderen Gebäude herüberschaute, zu: »Ich glaube, ich habe unsere Brücke gefunden!«

Sie war sich bewußt, wie schnell die Zeit ablief, wischte ein wenig Schnee vom Dach des Taubenschlags und sah, daß es offenbar aus einer einzigen, sechs Fuß langen Platte aus zolldickem Sperrholz bestand. Das war noch besser, als sie gehofft hatte; jetzt brauchten sie sich nicht mit zwei oder drei einzelnen Planken abzuplagen. Das Sperrholz schien stabil genug, um die Kinder und sogar Jack auszuhalten. Es war an einer Seite locker, und das machte es ihr sehr viel leichter. Sobald sie den restlichen Schnee vom Dach gewischt hatte, packte sie es am losen Ende, hob es an und zog es nach hinten. Ein paar Nägel sprangen heraus, und einige brachen ab, weil sie völlig durchgerostet waren. Innerhalb von Sekunden hatte sie die Platte losgerissen.

Sie schleppte sie zur Brüstung. Sie mußte auf einen windstillen Augenblick warten. Der kam ziemlich bald, und sie hievte das Brett schnell hoch, balancierte es auf der Brüstung und schob es hinaus, auf Jacks ausgestreckte Hände. Einen Augenblick später, als der Wind wieder lospeitschte, hatten sie die Brücke an Ort und Stelle. Nun konnten sie das Brett, wenn sie es beide festhielten, nach unten drücken, selbst wenn ein starker Windstoß darunterfuhr.

Penny legte die kurze Strecke als erste zurück, um Davey zu zeigen, wie einfach es war. Sie legte sich bäuchlings hinauf, packte die Ränder des Bretts mit den Händen und zog sich vorwärts. Überzeugt, daß es zu schaffen war, folgte ihr Davey ohne jede Unsicherheit.

Jack kam als letzter. Danach half er Rebecca, die Sperrholzplatte auf das Dach zurückzuziehen.

»Was jetzt?« fragte sie.

»Ein Gebäude ist nicht genug«, sagte er. »Wir müssen den Abstand zwischen ihnen und uns noch vergrößern.«

Mit Hilfe des Bretts überquerten sie den Abgrund zwischen dem zweiten und dritten Wohnhaus, wechselten vom dritten zum vierten und dann vom vierten zum fünften Gebäude. Das nächste war zehn oder zwölf Stockwerke höher. Damit war das Dachspringen zu Ende, und das war ihnen auch ganz recht, denn allmählich taten ihnen vom Schleppen und Heben der schweren Sperrholzplatte die Arme weh.

An der Rückseite des vierten Sandsteinhauses beugte sich Rebecca über die Brüstung und schaute in den Durchgang vier Stockwerke unter ihr. Etwas Licht gab es da unten: eine Straßenlaterne an jedem Ende der Straße, eine weitere in der Mitte, und dazu noch der Lichtschein aus den Fenstern im Erdgeschoß. Vielleicht kauerten irgendwo in den Schatten Kobolde, aber sie glaubte es eigentlich nicht, weil sie keine glühenden Augen sehen konnte.

Eine schwarze Feuertreppe aus Eisen führte im Zickzack an der Rückseite des Gebäudes zum Durchgang hinunter. Jack ging voran, er blieb an jedem Absatz stehen, um auf Penny und Davey zu warten, bereit, sie aufzufangen, wenn sie auf den kalten, schneebedeckten und gelegentlich vereisten Stufen ausrutschen sollten.

Rebecca verließ das Dach als letzte. Auf jedem Absatz der Feuertreppe blieb sie stehen und schaute in den Durchgang hinunter, und jedesmal erwartete sie, fremdartige, bedrohliche Geschöpfe durch den Schnee auf den Fuß der Eisentreppe zuspringen zu sehen. Aber da war nichts.

Als sie alle im Durchgang standen, bogen sie nach rechts ab und rannten, so schnell sie konnten, von den Sandsteinhäusern weg auf die Querstraße zu. Als sie sie erreichten, schon nicht mehr laufend, sondern nur noch schnell gehend, wandten sie sich von der Third Avenue ab und steuerten auf das Stadtzentrum zu.

Niemand folgte ihnen.

Niemand kam aus den dunklen Einfahrten heraus, an denen sie vorbeigingen.

Sie schienen momentan in Sicherheit zu sein. Aber mehr noch ... sie schienen die ganze Metropole für sich allein zu haben, als wären sie die einzigen vier Überlebenden des Jüngsten Gerichts.

Rebecca hatte noch nie so starke Schneefälle erlebt. Es war ein tobender, peitschender, hämmernder Sturm, der eher in die wilden Eisfelder der Polargegenden gepaßt hätte als nach New York. Ihr Gesicht war ganz taub, ihre Augen tränten, und alle Muskeln und Gelenke taten ihr weh von dem ständigen Kampf gegen den erbarmungslosen Wind.

Sie hatten zwei Drittel des Wegs zur Lexington Avenue

zurückgelegt, als Davey stolperte, hinfiel und einfach nicht mehr die Energie aufbrachte, alleine weiterzugehen. Jack nahm ihn auf den Arm.

So wie Penny aussah, würden auch ihre letzten Kraftreserven bald aufgebraucht sein. Dann würde Rebecca Davey übernehmen müssen, damit Jack Penny tragen konnte.

Und wie weit konnten sie es unter solchen Umständen wohl schaffen, und wie schnell? Nicht weit. Und auch nicht schnell. Sie mußten innerhalb der nächsten paar Minuten eine Fahrgelegenheit finden.

Sie erreichten die Avenue, und Jack führte sie zu einem großen Stahlgitter, das in das Pflaster eingelassen war und aus dem Dampfwolken aufstiegen. Es war ein Belüftungsschacht von irgendeinem unterirdischen Tunnel, wahrscheinlich aus dem U-Bahn-System. Jack setzte Davey ab, und der Junge konnte auf seinen eigenen Füßen stehen. Aber es war offensichtlich, daß er wieder getragen werden mußte, wenn sie weitergingen. Er sah schrecklich aus; sein kleines Gesicht war verzerrt, verkniffen und sehr bleich, bis auf die riesigen, dunklen Ringe um die Augen. Rebecca empfand tiefes Mitleid mit ihm, und sie wünschte, sie könnte etwas tun, um ihn aufzuheitern, aber ihr war ja auch nicht gerade großartig zumute.

Die Nacht war zu kalt, die erhitzte Luft, die von der Straße aufstieg, reichte nicht aus, um Rebecca zu erwärmen, als sie am Rand des Gitters stand und sich vom Wind den übelriechenden Dampf ins Gesicht blasen ließ; aber man hatte wenigstens eine Illusion von Wärme, und im Augenblick war schon die bloße Illusion aufmunternd genug, um jegliches Jammern im Ansatz zu unterdrücken.

Rebecca fragte Penny: »Wie geht es dir, Kleines?«

»Ich bin okay«, sagte das Mädchen, obwohl es ganz verloren wirkte. »Ich mache mir nur Sorgen um Davey.«

Rebecca war erstaunt, wieviel Widerstandskraft und Courage in dem Mädchen steckten.

Jack sagte: »Wir brauchen unbedingt einen Wagen. Ich fühle mich erst sicher, wenn wir in einem Wagen sitzen und fahren, uns ständig bewegen; solange wir in Bewegung bleiben, können sie uns nichts anhaben.«

»Und in einem W-w-w-wagen ist es w-w-w-warm«, sagte Davey.

Aber die einzigen Autos auf der Straße parkten am Randstein, unerreichbar hinter der Schneemauer, die die Pflüge aufgeworfen und noch nicht weggeräumt hatten. Wenn irgendwelche Autos mitten auf der Avenue stehengelassen worden waren, hatten die Leute vom Katastrophendienst sie schon abgeschleppt.

Von diesen Arbeitern war jetzt keiner zu sehen. Auch kein Schneepflug.

»Selbst wenn wir einen Wagen fänden, der nicht verschüttet ist«, sagte Rebecca, »ist es unwahrscheinlich, daß die Schlüssel stecken – oder daß er Schneeketten auf den Reifen hat.«

»Ich dachte nicht an diese Wagen«, sagte Jack. »Aber wenn wir ein Münztelefon finden und im Hauptquartier anrufen, könnten die uns einen Dienstwagen schicken.«

»Ist da drüben nicht ein Telefon?« fragte Penny und deutete auf die andere Seite der breiten Avenue.

»Der Schnee ist so dicht, daß ich es nicht sicher sagen kann«, antwortete Jack und blinzelte den Gegenstand an, der Pennys Aufmerksamkeit erregt hatte. »Es *könnte* ein Telefon sein.«

»Dann laß uns nachsehen«, entschied Rebecca.

Noch während sie sprach, kam eine kleine, mit scharfen Klauen bewaffnete Hand zwischen zwei Gitterstäben hervor.

Davey sah sie als erster, er schrie auf und taumelte zurück, weg von dem aufsteigenden Dampf.

Eine Koboldshand.

Und noch eine, die nach Rebeccas Stiefelspitze grapschte. Sie stampfte mit dem Fuß darauf, sah in der

Dunkelheit unter dem Gitter glühende, silberweiße Augen und sprang zurück.

Eine dritte Hand erschien, dann eine vierte. Penny und Jack traten beiseite, und plötzlich wurde an dem ganzen Stahlgitter in seiner kreisförmigen Einbuchtung gerüttelt, es wurde an einer Seite hochgehoben, fiel krachend zurück, wurde aber sofort wieder angehoben, diesmal etwas mehr als einen Zoll, aber wieder fiel es zurück, klappernd und scheppernd. Die Horde darunter versuchte, sich aus dem Tunnel zu winden.

Jack schnappte Davey und rannte davon. Rebecca packte Pennys Hand, und sie folgten Jack, flüchteten die vom Blizzard durchtobte Avenue hinunter, nicht so schnell, wie es nötig gewesen wäre, ja, eigentlich überhaupt nicht schnell. Keiner von ihnen wagte zurückzuschauen.

Vor ihnen, auf der anderen Seite der zweigeteilten Fahrbahn, bog ein Jeepkombi mit sich mühelos durch den Schnee wühlenden Reifen um die Ecke. Er trug das Abzeichen des Städtischen Straßendienstes.

Jack, Rebecca und die Kinder waren auf dem Weg stadteinwärts, aber der Jeep fuhr stadtauswärts. Jack lief schräg über die Avenue, auf den Mittelstreifen und die Fahrspuren dahinter zu, er wollte vor den Jeep kommen und ihn abfangen, ehe er an ihnen vorüber war.

Rebecca und Penny folgten ihm.

Wenn der Fahrer des Jeeps sie sah, so ließ er es sich nicht anmerken. Er wurde nicht langsamer.

Rebecca schwenkte wild die Arme, während sie lief, und Penny schrie, Rebecca fing ebenfalls an zu schreien, und Jack auch, alle schrien sich wie verrückt die Kehle aus dem Leib, denn der Jeep war ihre einzige Hoffnung.

6

Am Tisch in der hell erleuchteten Küche über dem *Rada* spielte Carver Hampton ein paar Partien ›Solitaire‹. Er hoffte, das Spiel würde seine Gedanken von dem Bösen ablenken, das die Winternacht unsicher machte, und er hoffte, es würde ihm helfen, seine Schuldgefühle und seine Beschämung zu überwinden, die ihn quälten, weil er nichts getan hatte, um zu verhindern, daß dieses Böse in der Welt seinen Willen durchsetzte. Aber die Karten lenkten ihn nicht ab. Er sah ständig aus dem Fenster neben dem Tisch und spürte, daß da draußen im Dunkeln etwas Unaussprechliches war. Seine Schuldgefühle wurden stärker anstatt schwächer, sie nagten an seinem Gewissen.

Er war ein *Houngon*.

Er hatte gewisse Verpflichtungen.

So etwas ungeheuerlich Böses durfte er nicht stillschweigend dulden.

Verdammt.

Er versuchte es mit Fernsehen. ›Quincy‹. Jack Klugman schrie seine dummen Vorgesetzten an, führte einen Kreuzzug für die Gerechtigkeit, bewies mehr soziales Mitgefühl als Mutter Teresa und benahm sich ansonsten eher wie Superman als wie ein richtiger Leichenbeschauer. Carver schaltete den Apparat aus.

Er war ein *Houngon*.

Er hatte gewisse Verpflichtungen.

Er holte sich ein Buch aus dem Regal im Wohnzimmer, den neuen Roman von Elmore Leonard, und obwohl er ein begeisterter Anhänger von Leonard war, und obwohl Leonard spannender schrieb als jeder andere, konnte er sich nicht auf die Geschichte konzentrieren. Er las zwei Seiten, wußte nicht mehr, was er gelesen hatte und stellte das Buch wieder ins Regal.

Er war ein *Houngon*.

Er kehrte in die Küche zurück, ging ans Telefon. Er zögerte, die Hand auf dem Hörer.

Er blickte zum Fenster. Er erschauerte, weil die gewaltige Nacht selbst von dämonischem Leben erfüllt schien.

Er nahm den Hörer auf. Er hörte eine Weile dem Freizeichen zu.

Die Büro- und Privatnummer von Lieutenant Dawson standen auf einem Zettel neben dem Telefon. Er starrte die Privatnummer eine Weile an. Endlich wählte er sie.

Es klingelte mehrmals, und er wollte gerade aufgeben, als auf der anderen Seite abgehoben wurde. Aber niemand meldete sich.

Er wartete zwei Sekunden, dann sagte er: »Hallo?«

Keine Antwort.

»Ist da jemand?«

Keine Reaktion.

Zuerst glaubte er, er habe gar keine Verbindung mit Dawsons Anschluß, die Leitung sei tot. Aber gerade als er auflegen wollte, überfiel ihn ein neuer, ungeheuerlicher Gedanke. Er spürte etwas Böses am anderen Ende, ein äußerst feindseliges Wesen, dessen zerstörerische Energie durch die Telefonleitung zu ihm strömte.

Der Schweiß brach ihm aus. Er fühlte sich besudelt. Sein Herz jagte. Sein Magen rebellierte. Ihm wurde übel.

Er warf den Hörer auf die Gabel. Er wischte sich die feuchten Hände an der Hose ab. Sie fühlten sich immer noch beschmutzt an, nur davon, daß sie das Telefon berührt hatten, das ihn kurze Zeit mit der Bestie in der Dawson-Wohnung verbunden hatte. Er ging an die Spüle und wusch sich gründlich die Hände.

Das Wesen in der Wohnung der Dawsons war sicherlich eines von denen, die Lavelle gerufen hatte, damit sie die Dreckarbeit für ihn erledigten. Aber was wollte es dort? Was hatte das zu bedeuten? War Lavelle so verrückt, daß er die Mächte der Dunkelheit nicht nur auf die Carramazzas hetzte, sondern auch auf die Polizisten, die diese Morde untersuchten?

Wenn Dawson etwas zustößt, dachte Hampton, bin ich daran schuld, weil ich mich geweigert habe, ihm zu helfen.

Mit einem Papiertuch tupfte er sich den kalten Schweiß von Gesicht und Hals, dachte über die Möglichkeiten nach, die er hatte und versuchte sich klarzuwerden, was er als nächstes tun sollte.

7

Im Jeep des Straßendienstes saßen nur zwei Männer, und so war genügend Platz für Penny, Davey, Rebecca und Jack.

Der Fahrer war ein vergnügt aussehender Mann mit rotem Gesicht, flachgedrückter Nase und großen Ohren; er sagte, sein Name sei Burt. Er sah sich Jacks Polizeiausweis genau an und war, nachdem er sich von dessen Echtheit überzeugt hatte, gerne bereit, ihnen zu helfen, den Jeep zu wenden und sie zum Hauptquartier zu fahren, wo sie sich einen anderen Wagen besorgen konnten.

Im Inneren des Jeeps war es wundervoll warm und trocken.

Jack war erleichtert, als alle Türen fest geschlossen waren und der Jeep anfuhr.

Aber gerade, als sie mitten auf der verlassenen Avenue umkehren wollten, sah Burts Partner, ein sommersprossiger junger Mann namens Leo von der anderen Straßenseite her etwas durch den Schnee auf sie zulaufen und sagte: »He, Burt, wart mal 'n Moment. Ist das nicht 'ne Katze da draußen?«

»Und wenn schon?« fragte Burt.

»Die sollte bei so 'nem Wetter nicht draußen sein.«

»Katzen gehen, wohin sie wollen«, sagte Burt. »Du bist doch so ein Katzenfreund; du müßtest wissen, wie eigenwillig sie sind.«

»Aber sie wird da draußen erfrieren«, wandte Leo ein.

Als der Jeep seine Kehrtwendung vollendete und Burt etwas langsamer fuhr, um über Leos Worte nachzudenken, warf Jack durch das Seitenfenster einen kurzen Blick auf die dunkle Gestalt, die durch den Schnee sprang; sie bewegte sich mit katzenhafter Anmut. Weiter entfernt, hinter mehreren Schneeschleiern, mochten noch weitere Wesen in diese Richtung unterwegs sein; vielleicht rückte sogar das gesamte Alptraumpack heran, um seine Beute zu erledigen; aber das konnte man nicht mit Sicherheit sagen. Der erste der Kobolde jedoch, das katzenartige Wesen, das Leo aufgefallen war, war unbestreitbar dort draußen, nur dreißig oder vierzig Fuß entfernt, und es kam schnell näher.

»Halt nur 'nen Moment an«, sagte Leo. »Laß mich aussteigen und den armen kleinen Kerl reinholen.«

»Nein!« rief Jack. »Machen Sie zum Teufel, daß Sie hier wegkommen. Das ist keine verdammte Katze da draußen!«

Burt schaute Jack überrascht über die Schulter hinweg an.

Penny begann, immer und immer wieder das gleiche zu rufen, und Davey stimmte ein: »Lassen Sie sie nicht rein, lassen Sie sie nicht hier rein, lassen Sie sie nicht rein!«

Das Gesicht an ein Seitenfenster gepreßt sagte Leo: »Jesus, Sie haben recht. Das ist keine Katze.«

»Fahren Sie!« schrie Jack.

Das Wesen machte einen Satz und prallte vor Leos Gesicht gegen das Fenster. Das Glas bekam einen Sprung, aber es hielt stand.

Leo japste, fuhr hoch, stieß sich quer über den Vordersitz zurück und drängte Burt zur Seite.

Burt stieg auf das Gaspedal, und einen Moment lang drehten die Reifen durch.

Das gräßliche Katzenwesen blieb an der gesprungenen Scheibe hängen.

Penny und Davey schrien. Rebecca versuchte, sie vom Anblick des Kobolds abzuschirmen.

Er blickte sie mit feurigen Augen durchbohrend an.

Jack spürte fast die Hitze dieses unmenschlichen Blicks. Es drängte ihn, mit seinem Revolver auf das Ding zu schießen, bis er leer war, ein halbes Dutzend Kugeln hineinzujagen, aber er wußte, daß er es nicht töten konnte.

Die Räder faßten wieder, und der Jeep fuhr mit einem Ruck an.

Burt hielt mit einer Hand das Steuerrad und versuchte mit der anderen, Leo wegzuschieben, aber Leo wollte nicht einen einzigen Zoll näher an das gesprungene Fenster heran, an das sich das Katzenwesen geheftet hatte.

Der Kobold leckte mit seiner schwarzen Zunge am Glas.

Der Jeep neigte sich zur Seite, in Richtung auf den Mittelstreifen der Avenue, und kam ins Rutschen.

Jack sagte: »Verdammt, verlieren Sie nicht die Kontrolle.«

»Ich kann nicht steuern, wenn er mir auf dem Schoß sitzt«, verteidigte sich Burt.

Er rammte Leo einen Ellbogen so fest in die Seite, daß er erreichte, was ihm mit Schieben und Stoßen und Schreien nicht gelungen war: Leo bewegte sich – wenn auch nicht viel.

Burt brachte den rutschenden Jeep zum Stehen, kurz bevor er gegen den Mittelstreifen prallte. Jetzt hatte er ihn wieder unter Kontrolle und beschleunigte.

Der Motor röhrte auf.

Eine Schneewolke wirbelte auf.

Leo gab seltsame, schnatternde Geräusche von sich,

die Kinder weinten, und Burt begann aus irgendeinem Grund auf die Hupe zu drücken, als ob er glaubte, das Geräusch würde das Wesen so erschrecken, daß es losließ.

Jacks Blick begegnete dem von Rebecca. Er fragte sich, ob seine Augen wohl genauso verzweifelt waren wie die ihren.

Schließlich konnte sich der Kobold nicht mehr halten, er fiel herunter und taumelte auf der verschneiten Straße davon.

Jack drehte sich um und sah aus dem Rückfenster. Andere dunkle Bestien kamen aus dem weißen Sturm heraus. Sie sprangen hinter dem Jeep her, konnten aber nicht Schritt halten. Schnell wurden sie kleiner.

Verschwanden.

Aber sie waren immer noch da draußen. Irgendwo.
Überall.

TEIL DREI

Mittwoch, 23.30 Uhr
bis Donnerstag, 2.30 Uhr

Wissen Sie, Tolstoi fiel,
genausowenig wie ich, auf Aberglauben –
wie Wissenschaft und Medizin – herein.

GEORGE BERNHARD SHAW

In der Angst vor Aberglauben
liegt Aberglaübigkeit.

FRANCIS BACON

Kapitel sieben

1

Die Tiefgarage im Hauptquartier war zwar erleuchtet, aber nicht sehr hell. In den Ecken kauerten Schatten; sie breiteten sich wie dunkler Schimmel über die Wände aus; sie lauerten zwischen den Reihen von Autos und anderen Fahrzeugen; sie hingen an den Betondecken und beobachteten alles, was unter ihnen vorging.

In dieser Nacht fürchtete sich Jack vor der Garage. In dieser Nacht schienen die allgegenwärtigen Schatten selbst lebendig zu sein, und, noch schlimmer, sie schienen sich mit großer Schläue heimlich anzuschleichen.

Rebecca und die Kinder empfanden offenbar genauso. Sie blieben dicht beieinander, und sie blickten sich, Gesichter und Körper angespannt, besorgt um.

Es ist alles in Ordnung, beruhigte sich Jack. Die Kobolde können nicht gewußt haben, wo wir hinwollten. Jetzt haben sie erst einmal unsere Spur verloren. Wenigstens im Augenblick sind wir sicher.

Aber er *fühlte* sich nicht sicher.

Der Mann, der in der Garage Nachtdienst hatte, hieß Ernie Tewkes. Sein dichtes schwarzes Haar war straff aus der Stirn nach hinten gekämmt, und er hatte einen bleistiftdünnen Schnurrbart, der sich auf seiner fleischigen Oberlippe etwas seltsam ausnahm.

»Sie haben doch beide schon einen Wagen bekommen«, sagte Ernie und klopfte auf die Anforderungsliste auf seinem Klemmbrett.

»Wir brauchen aber noch zwei«, sagte Jack.

»Das ist gegen die Vorschriften, und ich...«

»Zum Teufel mit den Vorschriften«, sagte Rebecca. »Geben Sie uns die Autos. Sofort.«

»Wo sind die beiden, die Sie bekommen haben?« fragte Ernie. »Sie haben sie doch nicht etwa zu Schrott gefahren?«

»Natürlich nicht«, sagte Jack. »Sie sind liegengeblieben.«

»Technische Probleme?«

»Nein. Stecken in Schneeverwehungen«, log Jack.

Es kam nicht in Frage, daß sie zurückfuhren, um den Wagen vor Rebeccas Wohnung zu holen, und sie hatten auch entschieden, daß sie es nicht wagen konnten, zu Fayes und Keiths Haus zurückzukehren. Sie waren sicher, daß die Teufelswesen an beiden Stellen auf sie warten würden.

»Verwehungen?« fragte Ernie. »Weiter nichts? Dann schicken wir einen Abschleppwagen hin und ziehen euch raus und stellen euch wieder auf die Straße.«

»Dafür haben wir keine Zeit«, schnaubte Jack ungeduldig und ließ dabei seinen Blick über die dunkleren Bereiche der höhlenähnlichen Garage schweifen. »Wir brauchen sofort zwei Autos.«

»Aber laut Vorschrift...«

»Hören Sie«, sagte Rebecca, »der Carramazza-Sonderkommission wurden doch eine Reihe von Wagen zugewiesen?«

»Sicher«, sagte Ernie. »Aber...«

»Und einige von diesen Wagen stehen doch im Augenblick unbenützt hier in der Garage?«

»Tja, im Augenblick benützt sie niemand«, räumte Ernie ein. »Aber vielleicht...«

»Und wer leitet die Sonderkommission?« wollte Rebecca wissen.

»Tja... Sie. Sie beide.«

»Das ist ein Notfall, der mit der Carramazza-Geschichte zu tun hat, und wir brauchen die Autos.«

»Aber man hat Ihnen schon Fahrzeuge gegeben, und in den Vorschriften steht, daß Sie einen Pannen- oder Verlustbericht ausfüllen müssen, ehe Sie...«

»Vergessen Sie die Scheißbürokratie!« fauchte Rebecca ihn wütend an. »Geben Sie uns jetzt auf der Stelle zwei Wagen, oder, bei Gott, ich reiße Ihnen Ihren komischen kleinen Schnurrbart aus dem Gesicht, nehme die Schlüssel von Ihrem Brett hier und hole mir die Autos selbst.«

Ernie starrte sie mit großen Augen an, offenbar völlig sprachlos angesichts dieser Drohung und angesichts der Heftigkeit, mit der sie ausgestoßen wurde.

In diesem besonderen Fall war Jack sehr erfreut darüber, daß Rebecca sich wieder in die eigensinnige Amazone verwandelt hatte, mit der nicht zu spaßen war.

»Jetzt aber los!« sagte sie und machte einen Schritt auf Ernie zu.

Ernie bewegte sich. Schnell.

Während sie an der Abfertigungskabine darauf warteten, daß der erste Wagen gebracht wurde, schaute Penny ständig von einer dunklen Zone zur anderen. Immer wieder glaubte sie, in der Dunkelheit Wesen zu sehen, die sich bewegten: Dunkelheit, die durch Dunkelheit glitt; ein Kräuseln im Schatten zwischen zwei Streifenwagen; ein Pulsieren in dem schwarzen Teich hinter einem Bereitschaftswagen.

Hör auf damit!

Einbildung, sagte sie sich. Wenn hier Kobolde wären, dann hätten sie uns doch schon längst angegriffen.

Der Mann von der Fahrbereitschaft kehrte mit einem etwas ramponierten blauen Chevrolet zurück, der keine Polizeiabzeichen auf den Türen hatte, aber eine große Antenne für den Polizeifunk. Dann eilte er davon, um den zweiten Wagen zu holen.

Jack und Rebecca sahen unter den Sitzen des ersten nach, um sich zu vergewissern, daß sich da keine Kobolde versteckt hielten.

Penny wollte sich nicht von ihrem Vater trennen, obwohl sie wußte, daß diese Trennung ein Teil des Plans war, obwohl sie all die Gründe gehört hatte, warum es notwendig war, daß sie sich aufteilten, und obwohl jetzt die Zeit zum Abschiednehmen gekommen war. Sie und Davey sollten mit Rebecca während der nächsten paar Stunden langsam die Hauptstraßen auf- und abfahren, dort, wo die meisten Schneepflüge im Einsatz waren und die geringste Gefahr bestand steckenzubleiben. Unterdessen würde ihr Vater nach Harlem fahren und einen Mann namens Carver Hampton aufsuchen, der ihm wahrscheinlich helfen konnte, Lavelle zu finden. Dann würde er den Zauberdoktor verfolgen. Er war sicher, daß es nicht so schrecklich gefährlich sein würde. Er sagte, aus einem Grund, den er wirklich nicht verstünde, wirke Lavelles Magie auf ihn nicht. Er sagte, es sei nicht gefährlicher oder schwieriger, Lavelle Handschellen anzulegen, als bei irgendeinem anderen Verbrecher. Er meinte das auch ernst. Und Penny wollte gerne glauben, daß er absolut recht hatte. Aber tief in ihrem Herzen war sie sicher, daß sie ihn nie wiedersehen würde.

Trotzdem weinte sie nicht allzusehr und klammerte sich auch nicht allzusehr an ihn, sondern stieg mit Davey und Rebecca in den Wagen.

Als die die Rampe aus der Garage fuhren, blickte sie zurück. Daddy winkte ihnen zu.

Dann erreichten sie die Straße, bogen nach rechts ab, und er war nicht mehr zu sehen.

Von diesem Augenblick an hatte Penny das Gefühl, als sei er schon so gut wie tot.

2

Ein paar Minuten nach Mitternacht parkte Jack in Harlem vor dem *Rada*. Er wußte, daß Hampton über dem Laden wohnte, und er dachte sich, daß es einen Privateingang zur Wohnung geben müsse, deshalb ging er um das Gebäude herum und fand an der Seite eine Tür mit einer Hausnummer.

Im oberen Stock brannte Licht. Jedes Fenster war hell erleuchtet.

Den Rücken den heftigen Windstößen zugewandt, drückte Jack auf den Knopf neben der Tür, gab sich aber nicht mit einem kurzen Klingeln zufrieden; er ließ den Daumen drauf und drückte so fest, daß es fast schmerzte. Wenn Hampton durch den Türspion sah, wer da wartete, und beschloß, nicht aufzumachen, dann wäre es ratsam für ihn, ein paar gute Ohrstöpsel parat zu haben. In fünf Minuten würde er von dem Geklingel Kopfschmerzen bekommen.

Zu Jacks Überraschung wurde die Tür nach weniger als einer halben Minute geöffnet, und da stand Carver Hampton und sah noch größer und eindrucksvoller aus, als Jack ihn in Erinnerung hatte; und er machte kein finsteres Gesicht, wie erwartet, sondern lächelte, war nicht wütend, sondern schien hocherfreut.

Ehe Jack den Mund aufmachen konnte, sagte Hampton: »Sie sind in Ordnung! Gott sei Dank. Kommen Sie herein. Sie wissen ja nicht, wie froh ich bin, Sie zu sehen. Kommen Sie, kommen Sie.« Hinter der Tür lag ein kleiner Vorraum, dann eine Treppe, Jack trat ein, und Hampton schloß die Tür, hörte aber nicht auf zu reden. »Mein Gott, Mann, ich habe mich fast zu Tode geängstigt. Sind Sie in Ordnung? Sie sehen so aus. Würden Sie mir, um Gottes willen, bitte sagen, daß Sie in Ordnung sind.?«

»Ich bin okay«, sagte Jack. »Aber es war knapp. Ich habe Sie soviel zu fragen, soviel zu ...«

»Kommen Sie rauf«, sagte Hampton und ging voran. »Sie müssen mir alles erzählen, was geschehen ist, ganz genau, in allen Einzelheiten. Das ist eine ereignisreiche und bedeutungsvolle Nacht; ich weiß es; ich spüre es.«

Jack zog seine schneeverkrusteten Stiefel aus, folgte Hampton die schmale Treppe hinauf und sagte dabei: »Ich muß Sie warnen – ich bin gekommen, um Ihre Hilfe zu verlangen, und, bei Gott, Sie werden sie mir geben, so oder so.«

»Gerne«, sagte Hampton und überraschte ihn damit noch mehr. »Ich werde tun, was immer ich kann; alles.«

Als sie in das behaglich aussehende, gut möblierte und hell erleuchtete Wohnzimmer traten, sagte der große Mann: »Heute nacht gibt es in dieser Stadt zwei Arten von Dunkelheit, Lieutenant. Erstens die Dunkelheit, die nichts anderes ist als die Abwesenheit von Licht. Und dann die Dunkelheit, die die physische Gegenwart – ja, die Manifestation – des äußersten, satanischen Bösen darstellt. Diese zweite, bösartige Form von Dunkelheit nährt sich von der ersten, gewöhnlicheren Art und umgibt sich mit ihr, vermummt sich geschickt damit. *Aber sie ist da draußen!* Deshalb will ich nicht, daß in dieser Nacht Schatten an mich herankommen, wenn ich es vermeiden kann, denn niemand weiß, wann ein unschuldiger Schattenfleck mehr sein könnte, als es den Anschein hat.«

Vor diesen Ermittlungen hätte Jack, so ›übermäßig aufgeschlossen‹ er auch immer gewesen war, Carver Hamptons Warnung nicht ernst genommen. Bestenfalls hätte er den Mann für exzentrisch gehalten, schlimmstenfalls für ein wenig verrückt. Jetzt bezweifelte er die Aufrichtigkeit oder Wahrheit seiner Feststellungen keinen Augenblick lang. Anders als Hampton befürchtete er nicht, daß die Schatten selbst ihn plötzlich anspringen und ihn mit körperlosen, aber doch irgendwie tödlichen Händen der Dunkelheit umklammern würden; aber nach allem, was er in dieser Nacht erlebt hatte, konnte er nicht einmal diese bizarre Möglichkeit ausschließen. Auf jeden Fall war auch ihm, wegen der Dinge, die sich in den Schatten verbergen konnten, helles Licht lieber.

»Sie sehen ganz durchgefroren aus«, sagte Hampton. »Geben Sie mir Ihren Mantel. Ich hänge ihn über die Heizung zum Trocknen. Ihre Handschuhe auch. Dann setzen Sie sich, und ich bringe Ihnen einen Brandy.«

»Für Brandy habe ich keine Zeit«, sagte Jack, ließ seinen Mantel zugeknöpft und seine Handschuhe an. »Ich muß Lavelle finden. Ich...«

»Um Lavelle zu finden und aufzuhalten«, sagte Hampton, »müssen Sie angemessen vorbereitet werden. Das wird einige Zeit dauern. Nur ein Narr würde mit nicht mehr als einer halb ausgegorenen Vorstellung, was zu tun ist und wohin man gehen muß, wieder in dieses Unwetter hinausstürzen. Und Sie sind kein Narr, Lieutenant. Also geben Sie mir Ihren Mantel. Ich kann Ihnen helfen, aber es wird etwas länger dauern als zwei Minuten.«

Jack seufzte, befreite sich aus seinem schweren Mantel und reichte ihn dem ›Houngon‹.

Minuten später hatte es Jack sich in einem der Sessel bequem gemacht und hielt ein Glas Remy Martin in den Händen. Er hatte Schuhe und Socken ausgezogen und auch sie an die Heizung gestellt, denn sie waren gründlich durchnäßt. Zum erstenmal in dieser Nacht wurden seine Füße allmählich warm.

Hampton setzte sich in den zweiten Sessel und sah Jack über einen Kaffeetisch hinweg an. »Wenn ich wissen soll, wie ich vorzugehen habe, müssen Sie mir alles erzählen, was...«

»Zuerst habe ich ein paar Fragen«, sagte Jack.

»In Ordnung.«

»Warum wollten Sie mir nicht helfen, als ich heute bei Ihnen war?«

»Ich habe es Ihnen doch gesagt. Ich hatte Angst.«

»Haben Sie jetzt keine Angst?«

»Mehr denn je.«

»Warum sind Sie dann jetzt bereit, mir zu helfen?«

»Schuldgefühle. Ich schäme mich.«

»Es ist mehr als das.«

»Nun ja. Wissen Sie, als ›Houngon‹ bitte ich regelmäßig die Götter des *Rada*, für mich Wunder zu wirken und Segnungen in Erfüllung gehen zu lassen, die ich über meine Kunden und andere ausspreche, denen ich helfen will. Und natürlich ist es das Werk der Götter, wenn meine Zaubertränke so wirken wie beabsichtigt. Als Gegenleistung obliegt es mir, mich gegen das Böse zu stellen und die Handlanger des *Congo* und *Pétro* zu bekämpfen, wo immer ich ihnen begegne. Statt dessen habe ich eine Zeitlang versucht, mich vor meinen Verpflichtungen zu drükken.«

»Wenn Sie sich jetzt wieder geweigert hätten, mir zu helfen . . . würden dann diese gütigen Götter des *Rada* weiterhin Wunder für Sie wirken und die Segnungen in Erfüllung gehen lassen, die Sie spenden? Oder würden sie Sie im Stich lassen und Ihnen die Macht entziehen?«

»Es ist höchst unwahrscheinlich, daß sie mich im Stich lassen würden.«

»Aber möglich?«

»Vielleicht, ja.«

»So sind Sie, wenigstens in gewissem Maße, durch Eigeninteresse motiviert. Gut. Das gefällt mir. Dabei fühle ich mich wohl.«

Hampton senkte den Blick, starrte einen Augenblick in seinen Brandy, sah dann Jack wieder an und sagte: »Es gibt noch einen Grund, warum ich helfen muß. Der Einsatz ist höher, als ich dachte, als ich Sie heute nachmittag aus dem Laden wies. Um die Carramazzas zu vernichten, hat Lavelle nämlich die Pforten der Hölle geöffnet und eine Horde dämonischer Wesen herausgelassen, damit sie für ihn morden. Es war eine wahnsinnige, törichte, schrecklich hochmütige und dumme Handlung, die er da begangen hat, auch wenn er vielleicht der größte *Bocor* der Welt ist. Er hätte die geistige Substanz eines Dämons heraufbeschwören und *den* auf die Carramazzas loslassen können; dann hätte keine Notwendigkeit bestanden, die Pforten überhaupt zu öffnen, keine Notwendigkeit, diese abscheulichen Geschöpfe in *körperlicher* Gestalt auf diese Existenzebene zu holen. Es ist Wahnsinn! Jetzt sind die Pforten nur einen Spaltbreit geöffnet, und Lavelle hat sie unter Kontrolle. Soviel spüre ich bei einem vorsichtigen Einsatz meiner eigenen Macht. Aber Lavelle ist ein Irrer und könnte sich in einem Anfall von Wahnwitz entschließen, die Pforten, nur so zum Spaß, weit aufzureißen. Oder vielleicht wird er müde und schwach; und wenn er schwach genug wird, sprengen die Kräfte auf der anderen Seite die Pforten gegen seinen Willen. In jedem Fall kommen gewaltige Massen monströser Geschöpfe hervor, um die Unschuldigen, die Sanftmütigen, die Guten und die Gerechten hinzuschlachten. Nur die Bösen werden überleben, aber sie werden feststellen, daß sie sich in einer Hölle auf Erden befinden.«

3

Rebecca fuhr die ›Avenue of the Americas‹ bis fast zum Central Park hinauf, kehrte dann verbotenerweise mitten auf der leeren Kreuzung um und fuhr wieder in Richtung Zentrum, ohne sich wegen anderer Autofahrer Gedanken machen zu müssen.

Daveys Erschöpfung hatte sich schließlich als stärker erwiesen als seine Furcht. Er war auf dem Rücksitz fest eingeschlafen.

Penny war noch wach, aber ihre Augen waren blutunterlaufen. Sie wehrte sich energisch gegen den Schlaf, denn sie schien ein zwanghaftes Bedürfnis zu verspüren zu reden, als könne sie durch ständiges Gespräch die Kobolde irgendwie fernhalten. Sie blieb auch deshalb wach, weil sie, auf Umwegen, auf eine wichtige Frage zuzusteuern schien.

Rebecca war nicht sicher, was das Mädchen auf dem Herzen hatte, und als Penny endlich darauf zu sprechen kam, war sie überrascht über den Scharfblick des Kindes.

»Magst du meinen Vater?«

»Natürlich«, sagte Rebecca. »Wir sind Partner.«

»Ich meine, magst du ihn mehr, nicht nur als Partner?«

»Wir sind auch Freunde. Ich mag ihn sehr.«

»Mehr als nur Freunde?«

Rebecca blickte von der schneebedeckten Straße weg, und das Mädchen begegnete ihrem Blick. »Warum fragst du?«

»Ich dachte nur so«, sagte Penny.

Rebecca wußte nicht recht, was sie sagen sollte, und wandte ihre Aufmerksamkeit wieder der Straße zu.

Penny bohrte weiter: »Nun? Wie ist es? Mehr als nur Freunde?«

»Wärest du entsetzt, wenn es so wäre?«

»Gott, nein!«

»Wirklich nicht?«

»Du meinst, ich könnte vielleicht entsetzt sein, weil ich glaube, du wolltest die Stelle meiner Mutter einnehmen?«

»Tja, das ist manchmal ein Problem.«

»Bei mir nicht, wirklich. Ich habe meine Mama geliebt und werde sie nie vergessen, aber ich weiß, sie würde wollen, daß ich und Davey glücklich sind, und eines würde uns wirklich glücklich machen, wenn wir nämlich... eine neue Mama haben könnten, ehe wir zu alt sind, um es zu genießen.«

Rebecca hätte vor Freude über die unschuldige und doch seltsam gewählte Ausdrucksweise des Mädchens beinahe gelacht. Aber sie biß sich auf die Lippen und verzog keine Miene, weil sie fürchtete, Penny könnte ihr Lachen mißverstehen. Das Mädchen meinte es so *ernst*.

Penny sagte: »Ich finde, das wäre toll – du und Daddy. Er braucht jemanden. Du weißt schon… jemanden… den er lieben kann.«

»Er liebt dich und Davey sehr. Ich habe noch nie einen Vater kennengelernt, der seine Kinder so liebte – der sie so innig liebte – wie Jack euch beide.«

»Oh, das weiß ich. Aber er braucht mehr als uns.« Das Mädchen schwieg einen Augenblick lang, offensichtlich tief in Gedanken versunken. Dann: »Weißt du, im Grunde gibt es drei Typen von Menschen. Da sind erstens die Geber, Menschen, die nur immer geben und nie erwarten, etwas dafür zu bekommen. Von denen gibt es nicht viele. Ich glaube, das sind die Menschen, die man irgendwann, hundert Jahre nach ihrem Tod oder so, manchmal zu Heiligen macht. Dann gibt es die Geber und Nehmer, und das sind die meisten; ich bin wohl auch so. Und ganz unten, am untersten Ende, da sind die Nehmer, die miesen Typen, die immer nur nehmen und überhaupt nie jemandem etwas geben. Ich will damit nicht sagen, daß Daddy ein vollkommener Geber ist. Ich weiß, daß er kein Heiliger ist. Aber ein Geber-und-Nehmer ist er auch nicht direkt. Er steht irgendwo dazwischen. Er gibt sehr viel mehr, als er nimmt. Verstehst du? Er hat mehr Freude am Geben als am Nehmen. Er braucht mehr als nur Davey und mich zum Liebhaben… weil er noch viel mehr Liebe in sich hat.« Sie seufzte und schüttelte offenbar frustriert den Kopf. »Klingt das, was ich sage, überhaupt vernünftig?«

»Sehr vernünftig«, antwortete Rebecca. »Ich weiß genau, was du meinst, aber es erstaunt mich, daß ich es von einem elfjährigen Mädchen höre.«

»Fast zwölf.«

»Du bist sehr erwachsen für dein Alter.«

»Danke«, erwiderte Penny ernst.

»Ich liebe deinen Vater«, gestand Rebecca, und ihr fiel

ein, daß sie das Jack noch nicht gesagt hatte. Eigentlich war es das erstemal seit zwanzig Jahren, seit dem Tod ihres Großvaters, daß sie eingestanden hatte, jemanden zu lieben. Diese Worte auszusprechen war einfacher gewesen, als sie gedacht hatte. »Ich liebe ihn, und er liebt mich.«

»Das ist sagenhaft«, sagte Penny grinsend.

Rebecca lächelte. »Es ist wirklich sagenhaft, was?«

»Werdet ihr heiraten?«

»Ich glaube schon.«

»Doppelt sagenhaft.«

»Dreifach.«

»Nach der Hochzeit werde ich Mama zu dir sagen, nicht mehr Rebecca, wenn dir das recht ist.«

Die Tränen, die ihr plötzlich in die Augen stiegen, überraschten Rebecca, und sie schluckte den Klumpen in ihrer Kehle hinunter und sagte: »Das würde mich sehr freuen.«

Penny sank mit einem Seufzer in ihren Sitz zurück: »Ich habe mir Sorgen um Daddy gemacht. Ich hatte Angst, dieser Zauberdoktor würde ihn töten. Aber jetzt, wo ich das von dir und ihm weiß... na ja, jetzt hat er noch etwas, wofür er leben kann. Ich habe immer noch Angst um ihn, aber nicht mehr soviel wie vorher.«

»Es wird ihm nichts geschehen«, sagte Rebecca. »Du wirst schon sehen. Es wird gut werden. Wir werden alle heil aus dieser Sache herauskommen.«

Als sie einen Augenblick später zu Penny hinüberschaute, sah sie, daß das Mädchen bereits eingeschlafen war.

4

Jack erzählte Carver Hampton alles, angefangen von Lavelles Anruf am Münztelefon vor dem *Rada* bis zu ihrer Rettung durch Burt und Leo in ihrem Jeep, der Fahrt zur Garage, um sich neue Autos zu beschaffen, und der Entscheidung, sich zu trennen und die Kinder in Bewegung und damit in Sicherheit zu halten.

Hampton war sichtlich schockiert und erschüttert. Er saß während der ganzen Geschichte steif und reglos da und bewegte sich nicht einmal, um an seinem Brandy zu nippen. Dann, als Jack fertig war, blinzelte er, schauerte zusammen und stürzte das ganze Glas Remy Martin in einem langen Zug hinunter.

»Sie sehen also«, sagte Jack, »als Sie sagten, diese Wesen kämen aus der Hölle, hätten einige Leute Sie vielleicht ausgelacht, aber ich nicht. Es bereitet mir keinerlei Schwierigkeiten, Ihnen zu glauben, auch wenn ich mir nicht ganz erklären kann, wie sie hierherkamen.«

Nachdem Hampton minutenlang wie erstarrt dagesessen hatte, konnte er nun plötzlich nicht mehr stillhalten. Er erhob sich und ging auf und ab. »Ich verstehe etwas von dem Ritual, das er zelebriert haben muß. Es funktioniert nur bei einem Meister, bei einem *Bocor* ersten Ranges. Auf einen weniger mächtigen Zauberer hätten die uralten Götter nicht reagiert. Um dieses Ritual zu vollziehen, muß der *Bocor* zuerst ein Loch in die Erde graben. Es hat ungefähr die Form eines Meteorkraters und geht bis in eine Tiefe von zwei oder drei Fuß. Der *Bocor* rezitiert bestimmte Gesänge... verwendet bestimmte Kräuter... Und er gießt drei Sorten von Blut in das Loch – Katzen-, Ratten- und Menschenblut. Dann singt er eine letzte, sehr lange Beschwörung, und dabei verändert sich der Boden der Grube auf seltsame Weise. In gewissem Sinn... auf eine Weise, die man unmöglich erklären oder verstehen kann, wird die Grube viel tiefer als zwei bis drei Fuß, sie koppelt sich an die Pforten der Hölle an und wird zu einer Art Straße zwischen dieser Welt und der Unterwelt. Aus der Grube steigt Hitze auf und der Gestank der Hölle, und der Boden sieht so aus, als wäre er geschmolzen. Wenn der *Bocor* schließlich die Wesen herbeiruft, passieren sie die Pforten und steigen dann durch den Boden der Grube herauf. Unterwegs nehmen diese Geistwesen körperliche Gestalt an, einen Golem-Körper, der aus der Erde besteht, durch die sie hindurchgehen, einen Lehmkörper, der trotzdem beweglich, beseelt und lebendig ist. Nach Ihrer Beschreibung der Geschöpfe, die Sie heute nacht gesehen haben, würde ich sagen, es waren Inkarnationen geringerer Dämonen und böser Menschen, früherer Sterblicher, die zur Hölle verdammt wurden und ihre niedrigsten Bewohner sind. Größere Dämonen und die uralten, bösen Götter selbst wären beträchtlich größer, bösartiger, mächtiger, und sie sähen unendlich viel abscheulicher aus.«

»Oh, diese verdammten Dinger waren abscheulich genug«, versicherte ihm Jack.

»Aber es gibt angeblich viele Uralte, deren körperliche Erscheinung so abstoßend ist, daß allein der Anblick für den, der sie sieht, sofort zum Tode führt«, erklärte Hampton und marschierte weiter auf und ab.

Jack nippte an seinem Brandy. Er brauchte ihn.

»Außerdem«, fuhr Hampton fort, »stützt die geringe Größe dieser Bestien wohl auch meine Theorie, daß die Pforten im Augenblick nicht mehr als einen Spaltbreit geöffnet sind. Die Lücke ist zu schmal, als daß die größeren Dämonen und die dunklen Götter hindurchschlüpfen könnten.«

»Gott sei Dank dafür.«

»Ja«, stimmte Carver Hampton zu. »*Allen* gütigen Göttern sei dafür Dank.«

Die gläsernen Lampenschirme verbreiteten einen weichen Schein, die Kerzen flackerten, und die ganz besondere Dunkelheit dieser Nacht drückte gegen die Fenster.

»Warum wollten diese Geschöpfe *mich* nicht beißen?
Warum können mir Lavelles Zauberkräfte nichts anhaben?«

»Es kann nur eine Antwort geben«, sagte Hampton.
»Ein *Bocor* hat keinerlei Macht über einen rechtschaffenen
Menschen. Die Rechtschaffenen sind gut gepanzert.«

»Was soll das heißen?«

»Was ich eben sagte. Sie sind rechtschaffen, tugend-
haft. Sie sind ein Mensch, dessen Seele nur von den läß-
lichsten Sünden befleckt ist.«

»Das soll wohl ein Witz sein.«

»Nein. Durch die Art, wie Sie leben, haben Sie sich Immunität gegenüber den dunklen Mächten erworben, Immunität gegenüber den Flüchen, Verwünschungen und
Zaubersprüchen von Hexenmeistern wie Lavelle. Die
können nicht an Sie heran.«

»Das ist doch einfach lächerlich«, sagte Jack, der sich in
der Rolle des rechtschaffenen Menschen unbehaglich
fühlte.

»Andernfalls hätte Lavelle Sie inzwischen schon ermorden lassen.«

»Ich bin kein Engel.«

»Das habe ich auch nicht gesagt. Auch kein Heiliger.
Nur ein rechtschaffener Mensch. Das reicht aus.«

»Unsinn. Ich bin weder rechtschaffen noch...«

»Wenn Sie sich selbst für rechtschaffen hielten, wäre
das eine Sünde – die Sünde der ›Selbst‹-Gerechtigkeit.
Selbstgefälligkeit, ein unerschütterliches Überzeugtsein
von Ihrer moralischen Überlegenheit, eine selbstzufrie-
dene Blindheit gegenüber Ihren eigenen Fehlern – keine
dieser Eigenschaften paßt auf Sie.«

»Allmählich machen Sie mich verlegen«, sagte Jack.

»Sehen Sie. Sie sind nicht einmal der Sünde übermäßigen Stolzes schuldig.«

Jack hob sein Brandyglas. »Was ist damit? Ich trinke.«

»Im Übermaß?«

»Nein. Aber ich fluche auch. Da erlege ich mir keine Zurückhaltung auf. Ich lästere Gott.«

»Eine sehr kleine Sünde.«

»Ich gehe nicht zur Kirche.«

»Der Kirchenbesuch hat nichts mit Rechtschaffenheit zu tun. Das einzige, was wirklich zählt, ist, wie Sie Ihre Mitmenschen behandeln. Hören Sie, wir müssen das festhalten; wir müssen ganz sichergehen, daß dies der Grund ist, warum Lavelle Ihnen nichts anhaben kann. Haben Sie jemals gestohlen?«

»Nein.«

»Haben Sie jemals bei einer finanziellen Transaktion jemanden betrogen?«

»Ich war immer auf meine eigenen Interessen bedacht, in dieser Hinsicht war ich sogar regelrecht aggressiv, aber ich glaube nicht, daß ich jemals jemanden betrogen habe.«

»Haben Sie in Ihrem Beruf jemals Bestechungsgeld angenommen?«

»Nein. Man kann kein guter Polizist sein, wenn man die Hand aufhält.«

»Klatschen Sie, verleumden Sie andere?«

»Nein. Aber lassen wir die Kleinigkeiten.« Er beugte sich in seinem Sessel vor und bohrte seine Augen in die von Hampton, dann sagte er: »Was ist mit Mord? Ich habe zwei Menschen getötet. Kann ich zwei Menschen töten und trotzdem rechtschaffen sein? Ich glaube nicht. Damit wird Ihre These mehr als überstrapaziert.«

Hampton schien betroffen, aber nur einen Augenblick lang. Dann blinzelte er und sagte: »Ach so. Ich verstehe. Sie wollen sagen, Sie haben sie bei der Ausübung Ihrer Pflicht getötet.«

»Pflicht ist eine billige Entschuldigung, nicht wahr? Mord ist Mord. Richtig?«

»Welcher Verbrechen waren diese Menschen schuldig.«

»Der erste war selbst ein Mörder. Er hat eine Reihe von Spirituosenläden ausgeraubt und die Angestellten erschossen. Der zweite war ein Frauenschänder. Zweiundzwanzig Vergewaltigungen in sechs Monaten.«

»Als Sie diese Männer töteten, war es notwendig? Hätten Sie sie fassen können, ohne gleich zur Waffe zu greifen?«

»In beiden Fällen haben sie als erste geschossen.«

Hampton lächelte, und die harten Linien seines Gesichts wurden weicher. »Notwehr ist keine Sünde, Lieutenant.«

»Nein? Und warum bin ich mir dann so schmutzig vorgekommen, als ich den Abzug durchgezogen hatte? Beide Male. Ich fühlte mich besudelt. Mir war übel. Hin und wieder träume ich noch von diesen Männern, von Körpern, die von Kugeln aus meinem Revolver zerrissen werden...«

»Nur ein rechtschaffener, ein sehr tugendhafter Mensch, würde Reue empfinden, wenn er zwei bösartige Tiere wie die Männer getötet hat, die Sie niedergeschossen haben.«

»Ich bin kein heiligmäßiger Mensch«, widersprach Jack hartnäckig.

»Wie ich Ihnen schon sagte, um Lavelle zu finden und aufzuhalten, brauchen Sie nicht daran zu *glauben* – es genügt, daß Sie es *sind*.«

Rebecca horchte mit wachsender Furcht auf den Wagen. Immer mehr Geräusche kamen vom Fahrgestell her, nicht nur ein gelegentliches Pochen, sondern auch ein Klappern, Rattern und Knirschen. Nicht laut. Aber besorgniserregend.

Wir sind nur solange in Sicherheit, wie wir in Bewegung bleiben.

Sie hielt den Atem an und wartete jeden Augenblick darauf, daß der Motor aussetzte.

Statt dessen hörten die Geräusche auf. Sie fuhr vier Straßen weit, ohne außer dem normalen Fahrgeräusch und dem Stöhnen und Fauchen des Sturmwindes etwas zu hören.

Aber sie entspannte sich nicht. Sie wußte, daß etwas nicht in Ordnung war, und sie war sicher, daß die Geräusche wiederkommen würden. Ja, die Stille, das Warten darauf, das war fast schlimmer als die sonderbaren Laute selbst.

7

Jack trank seinen Kognac aus, stellte das Glas auf den Tisch und sagte: »In Ihrer Erklärung ist eine große Lücke.«

»Und das wäre?« fragte Hampton.

»Wenn Lavelle mir nichts anhaben kann, weil ich ein rechtschaffener Mensch bin, warum kann er dann meinen Kindern schaden? Sie sind doch nicht böse, in Gottes Namen. Es sind keine sündigen kleinen Scheusale. Es sind verdammt brave Kinder.«

»Aus der Sicht der Götter kann man Kinder nicht als rechtschaffen ansehen; sie sind einfach unschuldig. Rechtschaffenheit ist nicht etwas, womit wir geboren werden; es ist ein Zustand der Gnade, den wir nur durch Jahre tugendhaften Lebens erreichen: Wir werden rechtschaffene Menschen, indem wir bewußt in Tausenden von Situationen in unserem Alltagsleben das Gute statt des Bösen wählen.«

»Wollen Sie behaupten, daß Gott – oder alle guten Götter, wenn Sie es lieber so ausdrücken wollen – die Rechtschaffenen beschützt, aber die Unschuldigen nicht?«

»Ja.«

»Dieses Monster Lavelle kann also unschuldige kleine Kinder verletzen, aber mich nicht? Das ist empörend, unfair, schlicht und einfach nicht recht.«

»Sie haben ein übermäßig starkes Gefühl für Ungerechtigkeit, ob sie nun in Wirklichkeit oder nur in Ihrer Vorstellung existiert. Das kommt daher, daß Sie ein rechtschaffener Mensch sind.«

Jetzt war es Jack, der nicht länger stillsitzen konnte. Während sich Hampton zufrieden in einen Sessel zurücklehnte, ging Jack barfuß auf und ab. »Mit Ihnen zu streiten ist verdammt frustrierend!«

»Das ist mein Spezialgebiet, nicht das Ihre. Ich bin Theologe; ich habe zwar kein Diplom von irgendeiner Universität, aber ich bin auch nicht bloß Amateur. Meine Mutter und mein Vater waren fromme Katholiken. Um selbst meinen Glauben zu finden, studierte ich alle Religionen, die großen und die kleineren, bis ich mich irgendwann von der Wahrheit und Wirksamkeit des Voodoo überzeugen ließ. Es ist das einzige Bekenntnis, das sich immer an andere Glaubensrichtungen angepaßt hat; ja, Voodoo absorbiert und verwendet Elemente aus allen Religionen, mit denen es in Kontakt kommt. Es ist eine Synthese aus vielen Lehren, die sich gewöhnlich bekämpfen – vom Christentum und Judentum bis zur Sonnenanbetung und zum Pantheismus. Ich bin ein Mann der Religion, Lieutenant, daher steht zu erwarten, daß ich Sie bei diesem Thema in Grund und Boden rede.«

»Aber was ist mit Rebecca, meiner Partnerin? Sie wurde von einem dieser Geschöpfe gebissen, aber sie ist bei Gott kein böser oder verdorbener Mensch.«

»Es gibt verschiedene Stufen des Gutseins, der Reinheit. Man kann ein guter Mensch sein und doch nicht wirklich rechtschaffen, genau wie man rechtschaffen sein kann und doch kein Heiliger. Ich habe Miß Chandler nur einmal getroffen, gestern. Aber nach dem, wie ich sie kennengelernt habe, vermute ich, daß sie Abstand von anderen Menschen hält, daß sie sich in gewissem Maße vom Leben zurückgezogen hat.«

»Sie hatte eine traumatische Kindheit. Sie hatte lange Zeit Angst, sich von jemandem lieben zu lassen oder irgendwelche Bindungen einzugehen.«

»Da haben Sie es«, sagte Hampton. »Man kann sich nicht die Gunst des *Rada* verdienen und Immunität gegenüber den Mächten der Dunkelheit erlangen, wenn man sich vom Leben zurückzieht und vielen der Situationen ausweicht, die eine Entscheidung zwischen Gut und Böse, Richtig und Falsch erfordern. Erst dadurch, daß man diese Entscheidungen trifft, kann man in den Stand der Gnade gelangen.«

Jack stand am Kamin und wärmte sich am Gasfeuer – bis die zuckenden Flammen ihn plötzlich an die Augenhöhlen der Kobolde erinnerten. Er wandte sich vom Feuer ab. »Nur einmal angenommen, ich wäre wirklich ein rechtschaffener Mensch, wie hilft mir das, Lavelle zu finden?«

»Wir müssen bestimmte Gebete sprechen«, sagte Hampton. »Und es gibt eine Reinigungszeremonie, der Sie sich unterziehen müssen. Wenn Sie das alles getan haben, werden Ihnen die Götter des *Rada* den Weg zu Lavelle zeigen.«

»Dann wollen wir keine Zeit mehr verlieren. Kommen Sie. Fangen wir an.«

Hampton erhob sich aus seinem Sessel, ein Berg von

einem Mann. »Seien Sie nicht zu eifrig oder zu furchtlos. Es ist besser, bedachtsam vorzugehen.«

Jack dachte an Rebecca und die Kinder im Wagen, die nicht anzuhalten wagten, um nicht in eine Falle der Kobolde zu geraten, und er sagte: »Macht es denn etwas aus, ob ich bedachtsam oder tollkühn bin? Ich meine, Lavelle kann mir doch nichts anhaben?«

»Es ist wahr, daß die Götter Ihnen Schutz vor der Magie gewährt haben, vor allen Mächten der Dunkelheit. Lavelles Fähigkeiten als *Bocor* werden ihm nichts nützen. Aber das heißt nicht, daß Sie unsterblich sind. Es heißt nicht, daß Sie gegenüber den Gefahren dieser Welt immun sind. Wenn Lavelle das Risiko eingehen will, für das Verbrechen verhaftet zu werden, wenn er riskieren will, vor Gericht gestellt zu werden, dann kann er immer noch eine Pistole nehmen und Ihnen eine Kugel durch den Kopf schießen.«

8

Rebecca war auf der Fifth Avenue, als das Pochen und Rattern im Fahrgestell wieder anfing. Diesmal war es lauter, laut genug, um die Kinder aufzuwecken. Und es war auch nicht mehr nur unter ihnen; nein, es war auch vorne zu hören, unter der Motorhaube.

Davey richtete sich auf und hielt sich am Vordersitz fest, und Penny blinzelte sich den Schlaf aus den Augen und fragte: »He, was ist das für ein Geräusch?«

»Vermutlich irgend etwas mit dem Motor«, beschwichtigte Rebecca sie, obwohl der Wagen ganz ruhig lief.

»Es sind die Kobolde«, sagte Davey, und seine Stimme war halb von Entsetzen und halb von Verzweiflung erfüllt.

»Sie können es nicht sein«, sagte Rebecca.

»Sie sind unter der Motorhaube«, sagte Penny.

»Nein«, widersprach Rebecca. »Wir sind ständig herumgefahren, seit wir die Garage verlassen haben. Sie hatten keine Möglichkeit, in den Wagen zu kommen, ausgeschlossen.«

»Dann waren sie schon in der Garage drin«, sagte Penny.

»Nein. Dann hätten sie uns doch gleich dort angegriffen.«

»Es sei denn«, meinte Penny, »sie hatten vielleicht Angst vor Daddy.«

Rebecca wußte, daß sie recht hatten. Sie wollte es sich nicht eingestehen, aber sie *wußte* es.

Das Rattern im Fahrgestell und das Pochen und Klappern unter der Haube wurden stärker, fast hektisch.

»Sie reißen etwas auseinander«, sagte Penny.

»Sie werden den Wagen anhalten«, sagte Davey.

»Sie werden reinkommen«, sagte Penny. »Sie kommen rein zu uns, und wir können sie nicht aufhalten.«

»Hört auf damit!« sagte Rebecca. »Wir kommen schon raus, keine Sorge. Sie kriegen uns nicht.«

Am Armaturenbrett leuchtete eine rote Warnlampe auf, in deren Mitte das Wort ›Öl‹ stand.

Der Wagen war keine sichere Zuflucht mehr.

Jetzt war er eine Falle.

Ihre Überlebenschancen waren plötzlich genauso trostlos wie die Winternacht, die sie umgab.

Vor ihnen, im dichten Schneetreiben, weniger als eine Straße weiter, ragte die St.-Patricks-Kathedrale aus dem tobenden Sturm, wie ein großes Schiff auf kalter, nächtlicher See. Es war ein massives Bauwerk, das einen ganzen Block einnahm.

Rebecca überlegte, ob Voodoo-Teufel es wohl wagen würden, in eine Kirche einzudringen. Oder waren sie wie die Vampire in den Romanen und Filmen? Scheuten sie voll Entsetzen und Schmerz vor dem bloßen Anblick eines Kruzifixes zurück?

Eine zweite rote Warnlampe leuchtete auf. Der Motor lief heiß.

Trotz der beiden Warnanzeigen auf dem Armaturenbrett trat sie aufs Gaspedal, und der Wagen schoß vorwärts. Sie fuhr schräg über die Fahrbahn auf die Front von St. Patrick zu.

Der Motor stotterte.

Die Kathedrale war nur eine kleine Hoffnung. Vielleicht eine falsche Hoffnung. Aber es war die einzige Hoffnung, die ihnen noch blieb.

9

Für die Reinigungszeremonie war ein völliges Untertauchen in einem von dem *Houngon* vorbereiteten Wasser erforderlich.

In Hamptons Badezimmer zog Jack sich aus. Er war nicht wenig überrascht von seinem neugefundenen Glauben an diese bizarren Voodoo-Praktiken. Er hatte erwartet, daß er sich lächerlich vorkommen würde, als das Ritual begann, aber er empfand nichts dergleichen, weil er diese Höllengeschöpfe *gesehen* hatte.

Die Badewanne war ungewöhnlich lang und tief. Sie nahm mehr als die Hälfte des Badezimmers ein. Hampton sagte, er habe sie eigens für rituelle Bäder einbauen lassen.

Hampton rezitierte in einem fremdartigen Singsang, mit einer Stimme, die für einen Mann seiner Größe zu zart erschien, Gebete und Anrufungen in einem Patois aus Französisch, Englisch und verschiedenen afrikanischen Stammessprachen und zeichnete mit einem Stück grüner Seife *Vévés* über die ganze Innenfläche der Wanne. Dann füllte er sie mit heißem Wasser, dem er eine Reihe von Substanzen und Gegenständen zufügte, die er aus seinem Laden heraufgeholt hatte.

Als Hampton ihm sagte, daß es soweit war, stieg Jack in das wohlriechende Bad. Das Wasser war fast zu heiß, aber er ertrug es. Dampf wallte auf, als er sich setzte, Münzen, Steine und andere harte Gegenstände beiseite schob und sich dann soweit hineingleiten ließ, daß nur noch sein Kopf über der Wasseroberfläche war.

Hampton sang noch ein paar Sekunden weiter, dann sagte er: »Tauchen Sie ganz unter und zählen Sie bis drei-ßig, ehe Sie heraufkommen, um Atem zu schöpfen.«

Jack schloß die Augen, holte tief Luft und legte sich flach auf den Rücken, so daß sein gesamter Körper unter-getaucht war. Er hatte erst bis zehn gezählt, als er von Kopf bis Fuß ein seltsames Kribbeln spürte. Sekunde für Sekunde fühlte er sich irgendwie… reiner… nicht nur körperlich, sondern auch geistig und seelisch. Böse Ge-danken, Angst, Anspannung, Zorn, Verzweiflung – alles zog dieses Wasser aus ihm heraus.

Er machte sich bereit, Lavelle entgegenzutreten.

10

Der Motor starb ab.

Eine Schneewehe ragte auf.

Rebecca trat mehrmals auf die Bremse. Sie sprach schlecht an, aber sie funktionierte noch. Der Wagen rutschte mit dem Kühler in den aufgehäuften Schnee und kam mit einem knirschenden Ruck zum Stehen, härter, als ihr lieb war, aber nicht so abrupt, daß jemand verletzt wurde.

Stille.

Sie waren vor dem Haupteingang von St. Patrick.

Davey sagte: »Da ist etwas im Sitz! Es kommt durch!«

»Was?« fragte Rebecca verdutzt, drehte sich um und sah ihn an. Er stand hinter Pennys Sitz, drängte sich dicht an die Lehne, wandte ihr aber den Rücken zu und starrte auf die Lehne des Rücksitzes, auf dem er vor kurzem noch gesessen hatte. Rebecca spähte an ihm vorbei und sah, daß sich unter der Polsterung etwas bewegte. Sie hörte auch ein zorniges, gedämpftes Fauchen.

Einer der Kobolde mußte in den Kofferraum eingedrungen sein. Er grub sich mit Zähnen und Klauen durch den Sitz und wühlte sich ins Wageninnere vor.

»Schnell«, drängte Rebecca. »Komm zu uns nach vorne, Davey. Wir steigen durch Pennys Tür aus, einer nach dem anderen, ganz schnell, und gehen dann direkt in die Kirche.«

Davey gab unartikulierte Laute der Verzweiflung von sich, als er zwischen Rebecca und Penny auf den Vordersitz kletterte.

Im gleichen Moment spürte Rebecca, wie unter ihren Füßen etwas gegen das Bodenblech drückte. Ein zweiter Kobold wollte aus dieser Richtung ins Wageninnere vordringen.

Auf ein Zeichen von Rebecca hin riß Penny die Tür auf und stieg aus, ging in den Sturm hinein.

Mit jagendem Herzen, vor Schreck keuchend, als der bitterkalte Wind sie traf, kletterte Penny aus dem Wagen, rutschte auf dem verschneiten Pflaster aus, wäre fast hingefallen, wedelte mit den Armen und hielt irgendwie das Gleichgewicht. Sie erwartete, daß ein Kobold unter dem Wagen hervorstürzen würde, erwartete zu spüren, wie sich Zähne durch einen ihrer Stiefel in ihren Knöchel gruben, aber nichts dergleichen geschah. Die Straßenlaternen, vom Sturm verschleiert und verdüstert, verbreiteten ein schauriges Licht, wie in einem Alptraum. Ihr verzerrter Schatten ging ihr voran, als Penny über den Schneewall kletterte, den die vorbeifahrenden Pflüge aufgeworfen hatten. Die Stufen der Kathedrale waren unter tiefem Schnee verborgen, aber Penny orientierte sich an dem

Messinggeländer, klammerte sich daran, stapfte die Stufen hinauf und fragte sich plötzlich, ob die Türen zu dieser späten Stunde wohl noch offen sein würden. War eine Kathedrale nicht immer offen? Wenn sie jetzt versperrt war, würde das ihren Tod bedeuten. Sie ging zum mittleren Portal, faßte den Griff, zog daran, dachte einen Augenblick, es sei tatsächlich verschlossen, merkte dann aber, daß es nur eine sehr schwere Tür war, packte den Griff mit beiden Händen, zog noch stärker als zuvor, öffnete die Türe weit, drehte sich um und schaute den Weg zurück, den sie gekommen war.

Davey hatte zwei Drittel der Treppe hinter sich gebracht, sein Atem quoll in weißen Wolken aus seinem Mund. Er sah so klein und zerbrechlich aus. Aber er würde es schaffen.

Rebecca kam von dem Schneewall am Straßenrand auf den Gehsteig herunter, stolperte und fiel auf die Knie.

Hinter ihr erreichten zwei Kobolde den oberen Rand des Schneehaufens.

Penny schrie auf: »Sie kommen! Schnell!«

Als Rebecca stürzte, hörte sie Penny schreien, sie stand sofort auf, machte aber nur einen Schritt, ehe die beiden Kobolde an ihr vorbeirannten, schnell wie der Wind, ein Eidechsenwesen und ein Katzenwesen, beide kreischten schrill. Sie griffen sie nicht an, schnappten und zischten nicht nach ihr, blieben nicht einmal stehen. Sie wollten nur die Kinder.

Die Kobolde erreichten die Treppe und stiegen, wie es schien im Bruchteil einer Sekunde, bis zur Mitte hinauf, aber dann wurden sie unvermittelt langsamer, als hätten sie gemerkt, daß sie auf einen heiligen Ort zueilten, aber diese Erkenntnis brachte sie nicht völlig zum Stillstand. Sie krochen langsam und vorsichtig, zur Hälfte im Schnee versinkend, von einer Stufe zur anderen.

Rebecca schrie Penny zu – »Geht in die Kirche und

schließt die Tür!«–, aber Penny zögerte. Die Kobolde, von Sekunde zu Sekunde langsamer geworden, waren jetzt nur noch eine Stufe vom oberen Rand entfernt, nur ein paar Fuß vor Penny und Davey... und dann waren sie oben, Rebecca schrie in panischer Angst, und endlich schob Penny ihren Bruder in die Kathedrale hinein und folgte ihm. Gerade, als die Kobolde die Schwelle erreichten, schloß sie, wenn auch zögernd, die Tür.

Das Eidechsenwesen warf sich dagegen, prallte zurück und rollte sich wieder auf die Füße.

Das Katzenwesen heulte zornig auf.

Beide Geschöpfe kratzten am Portal, aber sie wirkten nicht sehr entschlossen, so als wüßten sie, daß diese Aufgabe zu groß für sie war. Um die Tür einer Kathedrale – irgendeines heiligen Ortes – zu öffnen, war viel mehr Kraft erforderlich, als sie besaßen.

Enttäuscht wandten sie sich von der Tür ab. Starrten Rebecca an. Die feurigen Augen wirkten heller als die Augen der anderen Geschöpfe, die sie bei den Jamisons und im Vorraum jenes Sandsteinhauses gesehen hatte.

Sie wich eine Stufe zurück.

Die Kobolde kamen auf sie zu.

Sie stieg die Treppe ganz hinunter und blieb erst stehen, als sie den Gehsteig erreichte.

Das Eidechsenwesen und das Katzenwesen standen oben und funkelten sie zornig an.

Wind- und Schneeböen rasten die Fifth Avenue entlang, der Schnee fiel so dicht, daß es fast schien, als würde sie darin ertrinken, so sicher wie in einer sich heranwälzenden Flutwelle.

Die Kobolde kamen eine Stufe herunter.

Rebecca wich zurück, bis sie auf den Schneewall am Randstein traf.

Die Kobolde stiegen eine zweite Stufe herunter, eine dritte.

Kapitel acht

1

Das rituelle Bad dauerte nur zwei Minuten. Jack trocknete sich mit drei kleinen, weichen, sehr saugfähigen Handtüchern ab, in deren Ecken fremdartige Runen gestickt waren. Sie waren aus einem Material, wie er es noch nie gesehen hatte.

Als er wieder angezogen war, folgte er Carver Hampton ins Wohnzimmer und stellte sich auf Anweisung des *Houngon* in die Mitte des Raumes, wo das Licht am hellsten war.

Hampton stimmte einen langen Gesang an, hielt ein *Asson* über Jacks Kopf und bewegte es dann langsam vor ihm nach unten, dann nach hinten und an seinem Rückgrat entlang nach oben, bis es wieder über seinem Kopf war.

Hampton hatte ihm erklärt, daß das *Asson* – eine Kürbisrassel aus der Liane eines Kalebassenbaumes – das Amtssymbol eines *Houngon* war.

Jack nahm allmählich eine Vielfalt von angenehmen Gerüchen wahr. Hampton hatte keine Räucherstäbchen angezündet; er hatte auch keine Flaschen mit Parfüm oder Essenzen geöffnet. Die Düfte schienen von selbst zu entstehen, ohne Ursprung, ohne Grund.

Als Hampton seinen Gesang beendet und das *Asson* niedergelegt hatte, sagte Jack: »Diese fantastischen Düfte – woher kommen sie?«

»Das sind die olfaktorischen Äquivalente visueller Erscheinungen«, erklärte Hampton.

Jack blinzelte ihn an, nicht sicher, ob er richtig verstanden hatte. »Erscheinungen? Sie meinen... *Geister*?«

»Ja, Geister. Gute Geister.«

»Aber ich sehe sie nicht.«

»Sie sollen sie ja auch nicht sehen. Wie ich Ihnen schon sagte, materialisieren sie sich nicht visuell. Sie manifestieren sich als Düfte – ein durchaus bekanntes Phänomen.«

»Gute Geister«, wiederholte Hampton lächelnd. »Der ganze Raum ist voll von ihnen, und das ist ein sehr gutes Zeichen. Es sind Boten des *Rada*. Ihr Auftreten hier, zu diesem Zeitpunkt, deutet darauf hin, daß die Götter des Guten Sie in Ihrem Kampf gegen Lavelle unterstützen.«

»Dann werde ich Lavelle finden und aufhalten?« fragte Jack. »Bedeutet es, daß – daß wir am Ende siegen werden? Ist das alles vorherbestimmt?«

»Nein, nein«, sagte Hampton. »Keineswegs. Es bedeutet nur, daß Sie die Unterstützung des *Rada* haben. Aber Lavelle hat die Unterstützung der dunklen Götter. Sie beide sind Werkzeuge höherer Mächte. Einer wird siegen und einer wird verlieren; das ist alles, was vorherbestimmt ist.«

In den Ecken des Raumes schrumpften die Kerzenflammen zusammen, bis sie nur noch winzige Funken an den Dochtspitzen waren. Schatten zuckten auf und wanden sich, als wären sie lebendig.

Die Fenster bebten, und das Gebäude erzitterte im Griff eines plötzlichen, gewaltigen Windes. Etwa zwanzig Bücher fielen von den Regalen und krachten auf den Boden.

»Wir haben auch böse Geister unter uns«, sagte Hampton.

Zusätzlich zu den angenehmen Düften, die den Raum erfüllten, drang ein neuer Geruch auf Jack ein. Es war der Gestank der Verwesung, der Fäulnis, des Verfalls und des Todes.

2

Die Kobolde waren bis auf die vorletzte Stufe heruntergekommen. Sie waren nur noch zwölf Fuß von Rebecca entfernt.

Sie rannte, die Kathedrale zu ihrer Rechten, den Gehsteig entlang, auf die Ecke zu, als wolle sie zum nächsten Block flüchten, aber das war nur eine List. Nach zehn Metern machte sie eine scharfe Wendung nach rechts, auf die Kathedrale zu, und stieg so hastig die Stufen hinauf, daß der Schnee wild aufstob.

Die Kobolde quiekten.

Sie war mitten auf der Treppe, als das Eidechsenwesen ihr linkes Bein erwischte und seine Klauen durch die Jeans in ihre rechte Wade schlug. Der Schmerz war entsetzlich.

Sie stolperte und fiel schreiend auf die Stufen. Aber sie schob sich auf dem Bauch weiter hinauf, mit der Eidechse an ihrem Bein.

Das Katzenwesen sprang ihr auf den Rücken. Kratzte an ihrem dicken Mantel. Bewegte sich schnell auf ihren Hals zu. Schnappte nach ihrer Kehle, erwischte aber nur ein Stück Mantelkragen und Wollschal.

Sie war oben.

Wimmernd packte sie das Katzenwesen und riß es weg.

Es biß sie in die Hand.

Sie schleuderte es fort.

Die Eidechse hing immer noch an ihrem Bein. Sie biß sie ein Stück über dem Knie in den Oberschenkel.

Rebecca griff hinunter, packte sie, und die abscheuliche Kreatur biß sie in die Hand. Aber sie konnte die Eidechse losreißen und warf sie die Stufen hinunter.

Sie erreichte die Tür und lehnte sich mit dem Rücken dagegen. Sie stieß die Tür auf, schlüpfte in die Kathedrale hinein und warf die Tür hinter sich zu.

Die Kobolde hämmerten einmal gegen die andere Seite, dann war es ruhig.

Sie war in Sicherheit. Wunderbarerweise, dankenswerterweise in Sicherheit.

Penny und Davey standen im Hauptschiff, im Mittelgang, und redeten erregt auf einen völlig verwirrten jungen Priester ein. Penny sah Rebecca zuerst, schrie auf und rannte auf sie zu. Davey folgte ihr, bei ihrem Anblick vor Erleichterung und Freude weinend, und der Priester in seiner Soutane kam hinterher.

Sie waren nur zu viert in dem gewaltigen Raum, aber das machte nichts. Sie brauchten keine Armee. Die Kathedrale war eine uneinnehmbare Festung. Hier konnte ihnen nichts geschehen. Nichts. Die Kathedrale war sicher. Sie *mußte* sicher sein, denn sie war ihre letzte Zuflucht.

3

Jack saß im Wagen vor Carver Hamptons Laden, trat das Gaspedal durch und jagte den Motor hoch, damit er warm wurde.

Er warf einen Seitenblick auf Hampton und sagte: »Sind Sie sicher, daß Sie wirklich mitkommen wollen?«

»Es ist das letzte, was ich möchte«, sagte der Hüne. »Ich bin nicht gegen Lavelles Kräfte immun wie Sie. Ich würde viel lieber oben in meiner Wohnung bleiben, wo alle Lichter eingeschaltet sind und die Kerzen brennen.«

»Dann bleiben Sie. Ich glaube nicht, daß Sie mir irgend etwas verschwiegen haben. Ich glaube wirklich, daß Sie getan haben, was Sie können. Mehr sind Sie mir nicht schuldig.«

»*Mir* bin ich es schuldig. Mit Ihnen zu gehen, Ihnen zu helfen, wenn ich kann – das ist die richtige Handlungsweise. Ich bin es mir selbst schuldig, nicht noch eine falsche Entscheidung zu treffen.«

»Na gut.« Jack legte den Gang ein, ließ aber den Fuß

noch auf der Bremse. »Ich weiß immer noch nicht, wie ich Lavelle finden soll.«

»Sie werden einfach wissen, welchen Straßen Sie folgen und wo Sie abbiegen müssen«, sagte Hampton. »Aufgrund des Reinigungsbades und der anderen Rituale, die wir vollzogen haben, werden Sie nun von einer höheren Macht geführt.«

»Hört sich besser an als ein Stadtplan. Nur ... ich spüre überhaupt nicht, daß ich geführt werde.«

»Das kommt schon noch, Lieutenant. Aber zuerst müssen wir bei einer katholischen Kirche halten und diese Gefäße« – er hielt zwei kleine, leere Krüge hoch, von denen jeder etwa acht Unzen faßte – »mit Weihwasser füllen. Gleich geradeaus, ungefähr fünf Straßen weiter, ist eine Kirche.«

»Schön«, sagte Jack. »Aber noch etwas.«

»Nämlich?«

»Würdest du bitte die Formalitäten lassen und aufhören, mich Lieutenant zu nennen? Ich heiße Jack.«

»Du kannst mich Carver nennen, wenn du magst.«

»Ich mag.«

Sie lächelten einander zu, Jack nahm seinen Fuß von der Bremse, stellte die Scheibenwischer an und fuhr auf die Straße hinaus.

Sie betraten die Kirche gemeinsam.

Carver machte eine Kniebeuge und bekreuzigte sich. Obwohl Jack kein praktizierender Katholik war, fühlte er plötzlich einen starken Drang, dem Beispiel des schwarzen Mannes zu folgen, und er begriff, daß es ihm, als Vertreter des *Rada* in dieser besonderen Nacht, oblag, allen Göttern des Guten und des Lichts Ehrerbietung zu bezeugen, ob es nun der jüdische Gott des Alten Testaments war, Christus, Buddha, Mohammed oder sonst eine Gottheit. Vielleicht war dies das erste Zeichen der ›Führung‹, von der Carver gesprochen hatte.

Das Marmorbecken gleich hinter der Vorhalle enthielt nur eine kleine Pfütze Weihwasser, nicht genug für ihr Vorhaben.

»Damit können wir nicht einmal einen Krug füllen«, sagte Jack.

»Sei dir da nicht so sicher«, widersprach Carver und schraubte den Deckel von einem der Behälter ab. Er reichte Jack den offenen Krug. »Versuch es.«

Jack tauchte den Krug in das Becken, fuhr über den Marmor, schöpfte ein wenig Wasser, glaubte, nicht mehr als zwei Löffel voll erwischt zu haben und blinzelte überrascht, als er den Krug hochhielt und sah, daß er voll war. Noch mehr überraschte es ihn, als er feststellte, daß im Becken noch genausoviel Wasser war wie zuvor, ehe er den Krug gefüllt hattte.

Er sah Carver an.

Der Schwarze lächelte und zwinkerte ihm zu, verschloß den Krug und steckte ihn in seine Manteltasche. Dann öffnete er den zweiten Krug und reichte ihn Jack.

Wieder konnte der den Behälter füllen, und wieder schien die kleine Wasserpfütze im Becken unverändert.

4

Lavelle stand am Fenster und starrte in den Sturm hinaus.

Er befand sich nicht mehr in psychischem Kontakt mit den kleinen Mördern. Wenn sie mehr Zeit bekamen, Zeit, um ihre Truppen zusammenzuführen, würden sie es vielleicht noch schaffen, die Dawson-Kinder zu töten, und wenn es dazu kam, würde es ihm leid tun, daß er es versäumt hatte. Aber die Zeit lief ab.

Jack Dawson war auf dem Weg zu ihm, und keine Magie, ganz gleich wie mächtig, konnte ihn aufhalten.

Lavelle wußte nicht, wieso alles so schnell, so vollständig schiefgelaufen war. Vielleicht war es ein Fehler gewesen, die Kinder aufs Korn zu nehmen. Die Götter des *Rada* waren immer erzürnt, wenn ein *Bocor* seine Macht gegen Kinder einsetzte, und sie versuchten immer, ihn zu vernichten, wenn sie konnten. Aber, verdammt, er war doch vorsichtig gewesen. Ihm fiel kein einziger Fehler ein, den er gemacht haben könnte. Er war gut gepanzert; er wurde von der Macht der dunklen Götter geschützt.

Und doch war Dawson unterwegs.

Lavelle wandte sich vom Fenster ab.

Er ging durch den dunklen Raum zur Frisierkommode.

Er nahm eine .32 Automatik aus der obersten Schublade.

Dawson war unterwegs. Schön. Sollte er doch kommen.

5

Rebecca setzte sich in den Mittelgang der Kathedrale und zog das linke Bein ihrer Jeans bis zum Knie hinauf. Die Kratz- und Bißwunden bluteten stark, aber es bestand keine Gefahr, daß sie verblutete. Die Jeans hatten einiges abgehalten. Die Bisse waren tief, aber nicht lebensgefährlich. Sie hatten keine größeren Venen oder Arterien durchtrennt.

Der junge Priester kauerte sich neben sie und betrachtete erschrocken die Verletzungen. »Wie ist das passiert? Wer hat Ihnen das angetan?«

Penny und Davey sagten gleichzeitig: »Die Kobolde«, als wären sie es allmählich leid, zu versuchen, ihm das begreiflich zu machen.

Der Priester fragte: »Was ist das für Blut an Ihrem Hals?« Er berührte ihr Gesicht und schob sanft ihre Hand zur Seite, um die Kratzer unter ihrem Kinn betrachten zu können.

»Das ist nicht so schlimm«, erklärte sie. »Es brennt, aber es ist nichts Ernstes.«

»Ich glaube, wir sollten Sie lieber ärztlich versorgen lassen«, sagte er. »Kommen Sie.«

Sie zog das Hosenbein herunter.

Er half ihr auf die Beine. »Ich glaube, ich bringe Sie am besten ins Pfarrhaus.«

»Nein«, sagte sie.

»Es ist nicht weit.«

»Wir bleiben hier«, beharrte sie.

»Aber das sieht aus wie Tierbisse. Sie müssen sie versorgen lassen. Infektion, Tollwut... Hören Sie, es ist wirklich nicht weit zum Pfarrhaus. Wir brauchen auch nicht in den Sturm hinaus. Es gibt einen unterirdischen Gang zwischen der Kathedrale und...«

»Nein«, sagte Rebecca entschieden. »Wir bleiben hier in der Kathedrale, wo wir geschützt sind.«

Sie winkte Penny und Davey nahe zu sich heran, und sie stellten sich neben sie.

Der Priester sah sie alle an, studierte ihre Gesichter, blickte ihnen in die Augen und seine Miene verdüsterte sich. »Wovor haben Sie denn Angst?«

»Haben Ihnen die Kinder nicht schon einiges erzählt?« fragte Rebecca.

»Sie plapperten etwas von Kobolden, aber...«

»Das war nicht nur Geplapper«, fiel ihm Rebecca ins Wort, und es kam ihr sonderbar vor, daß ausgerechnet sie bekennen und verteidigen sollte, daß sie an das Übernatürliche glaubte, sie, die in dieser Hinsicht immer alles andere als ›übermäßig aufgeschlossen‹ gewesen war. Sie zögerte. Dann erzählte sie ihm so knapp wie möglich von Lavelle, von den Morden an den Carramazzas und von den Voodoo-Teufeln, die jetzt hinter Jack Dawsons Kindern her waren.

Als sie fertig war, schwieg der Priester, und er konnte ihr nicht in die Augen sehen. Er starrte lange zu Boden.

Sie sagte: »Sie glauben mir natürlich nicht.«

Er blickte auf, die Sache schien ihm peinlich zu sein. »Oh, ich glaube nicht, daß Sie mich anlügen – nicht direkt. Ich bin sicher, daß *Sie* alles glauben, was Sie mir erzählt haben. Aber für mich ist Voodoo Lug und Trug, primitive, abergläubische Vorstellungen. Ich bin Priester der heiligen römisch-katholischen Kirche, und ich glaube nur an eine Wahrheit, die Wahrheit, die unser Heiland...«

»Sie glauben an den Himmel, nicht wahr? Und an die Hölle?«

»Natürlich. Das ist Teil des katholischen...«

»Diese Wesen kommen direkt aus der Hölle, Hochwürden. Wenn ich Ihnen erzählt hätte, daß ein Satansjünger diese Dämonen gerufen hätte, wenn ich das Wort Voodoo gar nicht erwähnt hätte, dann hätten Sie mir vielleicht auch nicht geglaubt, aber Sie hätten die Möglichkeit auch nicht so schnell ausgeschlossen, weil Ihre Religion den Satan und seine Anhänger mit einschließt.«

»Ich glaube, Sie sollten...«

Davey schrie auf.

Penny sagte: »Da sind sie!«

Rebecca drehte sich um, der Atem stockte ihr, das Herz blieb ihr mitten im Schlag stehen.

Hinter dem Torbogen, durch den der Mittelgang des Hauptschiffs in den Vorraum führte, waren Schatten, und in diesen Schatten glühten silberweiße Augen.

Feueraugen.

Viele.

6

Jack fuhr durch die schneebedeckten Straßen, und jedesmal wenn er sich einer Kreuzung näherte, spürte er irgendwie, wann er rechts abbiegen mußte, wann er sich lieber links halten sollte und wann er einfach geradeaus durchpreschen konnte. Er wußte nicht, wie er das spürte; jedesmal überkam ihn ein Gefühl, das er nicht in Worte fassen konnte, und er überließ sich ihm, folgte dieser Führung.

Es war sicher ein ungewöhnliches Vorgehen für einen Polizisten, der es gewöhnt war, sich auf der Suche nach einem Verdächtigen weniger exotischer Methoden zu bedienen. Es war auch irgendwie unheimlich, und das gefiel ihm nicht. Aber er beklagte sich auch nicht, denn er hatte den verzweifelten Wunsch, Lavelle zu finden.

Fünfunddreißig Minuten, nachdem sie die beiden kleinen Krüge mit Weihwasser gefüllt hatten, bog Jack nach links in eine Straße mit pseudo-viktorianischen Häusern ein. Vor dem fünften hielt er an. Es war ein zweistöckiges Ziegelgebäude mit vielen Verzierungen im Zuckerbäckerstil. Es wies Schäden auf und brauchte dringend einen neuen Anstrich, wie alle Häuser in dieser Straße, eine Tatsache, die nicht einmal Schnee und Dunkelheit verbergen konnten.

In dem Haus brannte kein Licht, kein einziges. Die Fenster waren völlig schwarz.

»Wir sind da«, erklärte Jack.

Er stellte den Motor ab und schaltete die Scheinwerfer aus.

Vier Kobolde kamen aus dem Vorraum in den Mittelgang geschlichen, in das Licht, bei dem man, auch wenn es nicht hell war, ihre grotesken, widerlichen Gestalten doch genauer erkennen konnte, als Rebecca lieb war.

An der Spitze der Horde war ein fußgroßes Geschöpf von menschlicher Gestalt mit vier feuergefüllten Augen, zwei davon auf der Stirn. Der Kopf war so groß wie ein Apfel, und trotz der vier Augen nahm der von einer Fülle von Zähnen strotzende Mund den größten Teil des mißgebildeten Kopfes ein. Das Wesen hatte auch vier Arme und trug in einer Hand mit dornenförmigen Fingern einen primitiven Speer.

Es hielt den Speer in einer herausfordernd trotzigen Geste über dem Kopf.

Der Kobold in Menschengestalt, die drei noch gräßlicheren Geschöpfe dahinter und die anderen Bestien, die sich durch den dunklen Vorraum bewegten und im Augenblick nur als leuchtende Augenpaare zu erkennen waren, sie alle bewegten sich schwerfällig, als sei allein die Luft in diesem Haus des Gebets für sie eine unermeßlich schwere Last, die jeden Schritt schmerzhaft und mühsam machte.

Der Priester, der beim Anblick der Kobolde für kurze Zeit wie erstarrt war, brach das Schweigen als erster. Er kramte in einer Tasche seiner schwarzen Soutane, zog einen Rosenkranz hervor und begann zu beten.

Der Teufel in Menschengestalt und die drei Wesen unmittelbar hinter ihm kamen durch den Mittelgang unaufhaltsam näher, andere monströse Geschöpfe krochen mit gleitenden Bewegungen aus dem dunklen Vorraum, während dort im Dunkeln neue glühende Augenpaare auftauchten. Sie bewegten sich immer noch zu langsam, um gefährlich werden zu können.

Aber wie lange wird das anhalten? fragte sich Rebecca.

Vielleicht gewöhnen sie sich irgendwie an die Atmosphäre in der Kathedrale. Vielleicht werden sie allmählich kühner und nähern sich schneller. Was dann?

Die Kinder mit sich ziehend, begann Rebecca, durch
den Mittelgang zum Altar zurückzuweichen. Der Priester
kam mit ihnen, die Rosenkranzperlen klapperten in seiner Hand.

8

Sie kämpften sich durch den Schnee bis zu der Treppe,
die zu Lavelles Haustür hinaufführte.

Jack hatte seinen Revolver schon in der Hand. Zu Carver Hampton sagte er: »Ich wünschte, du würdest im
Wagen warten.«

»Nein.«

»Das ist Sache der Polizei.«

»Es ist mehr als das. Du weißt, daß es mehr ist.«

Jack nickte seufzend.

Sie gingen die Treppe hinauf.

Carver probierte den Türknopf, drehte ihn mehrmals
hin und her: »Zugesperrt.«

Jack sah, daß die Tür zugesperrt war, aber etwas riet
ihm, er solle es selbst versuchen. Unter seiner Hand
drehte sich der Knopf, der Riegel knackte leise, und die
Tür öffnete sich einen Spalt.

»Versperrt für mich«, sagte Carver, »aber nicht für
dich.«

Sie traten zur Seite, um aus der Schußlinie zu kommen.

Jack stieß die Tür kraftvoll auf und riß dann die Hand
zurück.

Aber Lavelle schoß nicht.

Das Haus war ungewöhnlich dunkel. Die Dunkelheit

war ein Vorteil für Lavelle, denn er kannte sich hier aus, während es für Jack völlig fremdes Gebiet war.

Er tastete nach dem Lichtschalter und fand ihn.

Er war in einer großen Eingangshalle. Links befand sich eine eingelegte Eichentreppe mit reich verziertem Geländer. Geradeaus, hinter der Treppe, wurde die Halle schmäler; sie führte bis an die Rückseite des Hauses. Ein paar Fuß weiter rechts war ein Torbogen, hinter dem ein dunkler Raum lag, ein Wohnzimmer, wie Jack vermutete.

Carver trat neben Jack und flüsterte: »Bist du sicher, daß wir hier richtig sind?«

Gerade als Jack den Mund aufmachte, um zu antworten, spürte er, wie etwas an seinem Gesicht vorbeisauste, und einen Sekundenbruchteil später hörte er zwei laute, von hinten abgefeuerte Schüsse. Er warf sich zu Boden und rollte sich aus der Halle in den Wohnraum.

Auch Carver warf sich zu Boden und rollte sich weg. Aber er war getroffen worden. Sein Gesicht war schmerzverzerrt. Er umklammerte seinen linken Oberschenkel, auf seiner Hose breitete sich ein Blutfleck aus.

»Er ist auf der Treppe«, stieß Carver hervor. »Ich habe ihn kurz gesehen.«

»Er muß im oberen Stockwerk gewesen sein und ist dann wohl hinter uns heruntergekommen.«

Jack beugte sich um den Torbogen herum und drückte sofort ab, in Richtung auf das Treppenhaus, ohne sich die Mühe zu machen, vorher nachzusehen oder zu zielen.

Lavelle war da. Er kauerte in der Mitte der Treppe hinter dem Geländer.

Jack beugte sich wieder aus dem Torbogen heraus und ließ schnell hintereinander drei Schüsse los; er zielte auf die Stelle, wo Lavelle vorher gewesen war, aber der war schon auf dem Weg nach oben, keiner der drei Schüsse traf ihn, und dann war er außer Sicht.

Jack blieb stehen, um seinen Revolver mit den Patronen nachzuladen, die er in der Manteltasche hatte, warf einen

Blick auf Carver und fragte: »Kannst du allein zum Wagen rausgehen?«

»Nein. Mit diesem Bein kann ich nicht gehen. Aber ich bin hier gut aufgehoben. Er hat mich nur gestreift. Schnapp du ihn dir nur.«

»Wir sollten einen Sanitätswagen für dich rufen.«

»*Schnapp ihn dir!*« sagte Carver.

Jack nickte, trat durch den Torbogen und ging vorsichtig zum Fuß der Treppe.

9

Penny, Rebecca und der Priester suchten Zuflucht im Altarraum hinter der Kommunionbank. Sie stiegen sogar auf die Altarplattform hinauf und stellten sich unter das Kruzifix.

»Sie k-k-kommen n-n-nicht hierher, od-d-d-er?« fragte Penny. »Nicht so n-n-nah ans Kruzifix. Oder?«

Rebecca umarmte das Mädchen und Davey und drückte sie ganz fest an sich. Sie sagte: »Ihr seht doch, daß sie stehengeblieben sind. Es ist schon gut. Jetzt ist alles gut. Sie fürchten sich vor dem Altar. Sie sind stehengeblieben.«

Aber wie lange? fragte sie sich.

10

Jack stieg die Treppe hinauf, mit dem Rücken zur Wand; er ging seitwärts, um völlige Lautlosigkeit bemüht, was ihm fast gelang. Den Revolver in der linken Hand, zielte er auf das obere Ende der Treppe. Er wich keinen Augenblick vom Ziel ab, um sofort abdrücken zu können, wenn Lavelle sich zeigte. Er erreichte den Treppenabsatz, ohne daß auf ihn geschossen wurde, stieg drei Stufen der zweiten Treppe hinauf, und dann beugte sich Lavelle weiter oben um die Ecke, und beide schossen – Lavelle zweimal, Jack einmal.

Die Kugel fuhr Lavelle in dem Augenblick in den Arm, als er den Abzug seiner eigenen Waffe losließ. Er schrie auf, die Pistole flog ihm aus der Hand, und er taumelte in den oberen Korridor zurück, wo er sich versteckt hatte.

Jack eilte, immer zwei Stufen auf einmal nehmend, die Treppe hinauf und sprang über Lavelles Pistole, als sie heruntergepoltert kam. Er erreichte den Gang im zweiten Stock gerade rechtzeitig, um zu sehen, wie Lavelle einen Raum betrat und die Tür hinter sich zuschlug.

Carver lag unten auf dem staubigen Boden, mit geschlossenen Augen. Er war zu müde, um sie offenzuhalten. Und er wurde von Sekunde zu Sekunde müder.

Er nahm an, daß er verblutete. Die Wunde schien gar nicht so schlimm zu sein, aber vielleicht war sie schlimmer, als er dachte. Vielleicht lag es auch am Schock, daß er sich so fühlte. Ja, das mußte es sein. Schock, nichts als Schock, er verblutete doch nicht, er litt nur unter dem Schock, aber natürlich konnte auch der Schock tödlich sein.

Woran es auch lag, er schwamm, war sich seiner Schmerzen gar nicht bewußt, wippte nur auf und ab, schwebte da auf dem harten Boden, der gar nicht hart war, trieb auf einer weit entfernten, tropischen Strömung... bis er von oben Schüsse hörte und einen schrillen Schrei, und da riß er die Augen auf. Vom Fußboden aus sah er verschwommen den leeren Raum vor sich. Er blinzelte angestrengt, bis sein Blick klarer wurde, und dann wünschte er, er wäre nicht klarer geworden, denn er sah jetzt, daß er nicht mehr alleine war.

Eines der Geschöpfe aus der Grube war bei ihm, und seine Augen glühten.

Oben rüttelte Jack an der Tür, die Lavelle zugeschlagen hatte. Sie war versperrt, aber das Schloß taugte vermutlich nicht viel.

»Lavelle?« schrie er.

Keine Antwort.

»Machen Sie auf. Es hat keinen Sinn, sich da drin zu verstecken.«

Aus dem Inneren des Raumes hörte er das Klirren eines splitternden Fensters.

»Scheiße!« sagte Jack.

Er wich zurück und trat gegen die Tür, aber das Schloß hielt mehr aus, als er erwartet hatte, und er mußte viermal mit aller Kraft dagegentreten, bis er die Tür endlich aufgebrochen hatte.

Er knipste das Licht an. Ein ganz gewöhnliches Schlafzimmer. Keine Spur von Lavelle.

Das Fenster in der gegenüberliegenden Wand war zerbrochen. Die Gardinen bauschten sich im Wind.

Jack trat an das Fenster. In dem Licht, das an ihm vorbei nach außen drang, sah er im Schnee auf dem Verandadach Fußspuren. Sie führten an den Rand hinaus. Lavelle war in den Hof hinuntergesprungen.

Jack zwängte sich durch das Fenster, sein Mantel verfing sich kurz an einem Glasscherben, dann trat er auf das Dach.

Als Lavelle vom Verandadach sprang, landete er nicht auf den Füßen. Er rutschte im Schnee aus und stürzte auf seinen verletzten Arm. Der Schmerz raubte ihm fast die Besinnung.

Er begriff nicht, warum alles so danebengegangen war. Er war verwirrt und zornig. Er kam sich nackt und ohnmächtig vor. Das war ein neues Gefühl für ihn, und es behagte ihm nicht.

Er kroch ein Stück durch den Schnee, bis er die Kraft zum Aufstehen fand, und als er auf den Beinen war, hörte er, wie Dawson vom Rand des Verandadaches nach ihm rief. Er blieb nicht stehen, wartete nicht untätig darauf, bis er gefaßt wurde, nicht Baba Lavelle, der große *Bocor*. Er strebte über den hinteren Rasen dem Lagerschuppen zu.

Die Quelle seiner Macht lag jenseits der Grube, bei den dunklen Göttern auf der anderen Seite. Er wollte von ihnen erfahren, warum sie ihn im Stich ließen. Er würde ihre Unterstützung fordern.

Dawson feuerte einen Schuß ab, aber er war wohl mehr als Warnung gedacht gewesen, denn er kam gar nicht in Lavelles Nähe.

Der Wind schüttelte ihn und warf ihm Schnee ins Gesicht; es fiel ihm nicht leicht, dem Sturm standzuhalten, aber er blieb auf den Beinen, erreichte den Schuppen, öffnete die Tür – und schrie erschrocken auf, als er sah, daß die Grube sich vergrößert hatte. Jetzt nahm sie das kleine Gebäude ganz ein, von einer Wellblechwand zur anderen, und das Licht, das aus ihr hervordrang, war nicht länger orangefarben, sondern blutrot und so hell, daß es ihm in den Augen weh tat.

Jetzt wußte er, warum seine bösartigen Wohltäter ihn in eine Niederlage stürzen ließen. Sie hatten sich von ihm benützen lassen, solange sie ihn ihrerseits benützen konnten. Er war ihr Verbindungsglied zu dieser Welt gewesen, etwas, womit sie nach den Lebenden greifen und sich an ihnen festkrallen konnten. Aber jetzt hatten sie etwas Besseres als ein Verbindungsglied; jetzt hatten sie einen Durchgang zu dieser Existenzebene, einen *richtigen* Durchgang, der es ihnen gestattete, die Unterwelt zu verlassen. Und ihm war es zu danken, daß sie den bekommen hatten. Er hatte die Pforten nur einen Spaltbreit geöffnet und war sicher gewesen, diesen schmalen, unbedeutenden Spalt unter seiner Gewalt zu haben, aber er hatte die Kontrolle verloren, ohne es zu merken, und jetzt klafften die Pforten weit auf. Die Uralten kamen. Sie waren auf dem Weg. Sie waren schon fast da. Wenn sie anlangten, würde die Hölle auf die Oberfläche der Erde umgesiedelt sein.

Vor seinen Füßen bröckelte der Rand der Grube weiter nach innen ab, schneller und immer schneller.

Lavelle starrte voll Entsetzen auf das pochende Herz aus haßerfülltem Licht innerhalb der Grube. Auf dem Grund dieser tiefroten Glut sah er etwas. Es bewegte sich. Und es stieg zu ihm herauf.

Jack sprang vom Dach, landete mit beiden Füßen im Schnee und machte sich daran, Lavelle zu verfolgen. Er hatte den Rasen zur Hälfte überquert, als Lavelle die Tür zum Wellblechschuppen öffnete. Das strahlend helle, unheimliche, rote Licht, das herausströmte, ließ Jack unvermittelt stehenbleiben.

Natürlich, das war die Grube, genau wie Carver sie beschrieben hatte. Aber sie war nicht so klein, wie sie sein sollte, und das Licht war nicht weich und orangefarben. Carvers schlimmste Befürchtung bewahrheitete sich; die Pforten der Hölle schwangen auf.

Während Jack dieser wahnwitzige Gedanke durch den Kopf schoß, wurde die Grube plötzlich größer als der Schuppen, der sie umschlossen hatte. Die Wellblechwände stürzten in den Abgrund. Jetzt war nur noch das Loch im Boden da. Wie riesige Suchscheinwerfer stachen die roten Strahlen aus der Grube, hinauf in den dunklen, sturmdurchwirbelten Himmel.

Lavelle taumelte ein paar Schritte zurück, aber das Entsetzen lähmte ihn offenbar zu sehr, als daß er sich hätte umdrehen und weglaufen können.

Die Erde bebte.

In der Grube brüllte etwas. Es war eine Stimme, die die Nacht erzittern ließ.

Die Luft stank nach Schwefel.

Etwas schlängelte sich aus der Tiefe herauf. Es war wie ein Fangarm, aber nicht direkt ein Fangarm, eher ein Insektenbein aus Chitin, mit scharf eingekerbten Gelenken an mehreren Stellen und doch so biegsam wie eine Schlange. Es schnellte bis zu einer Höhe von fünfzehn Fuß empor. Die Spitze des Dinges war mit langen, peitschenartigen Anhängseln versehen, die sich um ein zuckendes, geiferndes, zahnloses Maul wanden, das groß genug war, um einen Menschen verschlingen zu können. Schlimmer, an einigen Dingen war äußerst klar erkennbar, daß dies nur ein kleiner Teil der riesigen Bestie war, die da von den Pforten aufstieg; es war im Verhältnis so klein wie ein menschlicher Finger verglichen mit dem ganzen menschlichen Körper. Vielleicht war dies das einzige Glied, welches das aus der Hölle entkommene Wesen bisher zwischen die sich öffnenden Pforten hindurchstecken konnte – dieser eine Finger.

Das riesige, fangarmförmige Insektenglied bog sich auf Lavelle zu. Die peitschenartigen Anhängsel an der Spitze schlugen aus, fingen ihn ein und hoben ihn hoch, in das blutrote Licht hinein. Er schrie und schlug um sich, aber er konnte nichts tun, um zu verhindern, daß er in dieses widerliche, geifernde Maul gezogen wurde. Und dann war er verschwunden.

Das Wurmwesen erreichte Carver Hampton, der jetzt auf dem Fußboden saß, den Rücken an die Wand gepreßt. Es richtete sich auf, bis es seinen ekelerregenden Körper zur Hälfte vom Fußboden gehoben hatte. Carver starrte in die unergründlichen Feueraugen und wußte, daß er als *Houngon* zu schwach war, um sich schützen zu können.

Da ertönte draußen, hinter dem Haus ein Brüllen; es hörte sich gewaltig und sehr lebendig an.

Die Erde bebte, das Haus erzitterte, und der Wurmdämon schien das Interesse an Carver zu verlieren. Er wandte sich von ihm ab, bewegte seinen Kopf von einer Seite zur anderen und fing an, sich zu einer Musik zu wiegen, die Carver nicht hören konnte.

Mit sinkendem Mut begriff er, was das Wesen vorübergehend in Bann geschlagen hatte: das Geräusch anderer in der Hölle gefangener Seelen, die einer langersehnten Befreiung entgegenkreischten, das Triumphgeheul der Uralten, die endlich ihre Fesseln zerrissen.

Das Ende war gekommen.

Jack trat an den Rand der Grube. Die Kante bröckelte ab, und das Loch wurde jede Sekunde größer. Er achtete darauf, sich nicht an den äußersten Rand zu stellen.

In dem wilden roten Schein sahen die Schneeflocken wie wirbelnde Glutstückchen aus. Aber jetzt mischten sich Streifen strahlendweißen Lichts in das Rot, das gleiche Silberweiß wie in den Augen der Kobolde, und Jack war sicher, daß dies bedeutete, daß sich die Pforten nun gefährlich weit öffneten.

Das monströse Anhängsel, halb insektenhaft, halb wie ein Fangarm, schwankte bedrohlich über ihm, aber er wußte, daß es ihn nicht berühren konnte. Jedenfalls jetzt noch nicht. Nicht, solange die Pforten nicht ganz geöffnet waren. Im Augenblick besaßen die guten Götter des *Rada* noch einige Macht über die Erde, und er wurde von ihnen beschützt.

Er nahm den Krug mit Weihwasser aus seiner Manteltasche. Er wünschte, er hätte auch Carvers Krug, aber der hier mußte reichen. Er schraubte den Deckel ab und warf ihn beiseite.

Eine zweite, drohende Gestalt stieg aus den Tiefen auf.

Er sah sie, ein unbestimmtes, dunkles Etwas, das durch das blendend helle Licht heraufraste und wie tausend Hunde heulte.

Er hatte akzeptiert, daß Lavelles schwarze und Carvers weiße Magie wirklich waren, aber jetzt war er plötzlich zu mehr fähig, als die Magie nur zu akzeptieren; er war fähig, sie konkret zu begreifen, und er wußte, daß er sie jetzt besser verstand, als Lavelle oder Carver es je vermocht hatten oder vermögen würden. Er blickte in die Grube, und er *wußte.* Die Hölle war kein mythischer Ort, und an Dämonen und Göttern war nichts Übernatürliches, nichts Heiliges oder Unheiliges. Die Hölle – und folglich auch der Himmel – waren ebenso real wie die Erde; sie waren lediglich andere Dimensionen, andere Ebenen der physischen Existenz. Normalerweise war es einem lebenden Menschen, Mann oder Frau, unmöglich, von einer Ebene auf eine andere überzuwechseln. Aber die Religion, diese derbe, unbeholfene Wissenschaft, hatte theoretische Wege erschlossen, auf denen man die Ebenen, wenn auch nur vorübergehend, zusammenbringen konnte, und die Magie war das Werkzeug dieser Wissenschaft.

Nachdem er diese Erkenntnis in sich aufgenommen hatte, fand er es ebenso einfach, an Voodoo oder an das Christentum oder jede andere Religion zu glauben wie an die Existenz des Atoms.

Er warf den Krug mit dem Weihwasser in die Grube.

Die Kobolde strömten durch das Gitter der Kommunionsbank hindurch und kamen die Stufen zur Altarplattform hinauf.

Die Kinder schrien, und der Priester streckte seinen Rosenkranz aus, als sei er überzeugt, daß der ihn gegen den Angriff abschirmen würde. Rebecca zog ihren Revolver, obwohl sie wußte, daß es sinnlos war, zielte sorgfältig auf das erste Wesen der Horde...

Und alle hundert Kobolde verwandelten sich in Erdklumpen, die, ohne Schaden anzurichten, die Altarstufen hinunterpurzelten.

Das Wurmwesen schwenkte seinen gräßlichen Kopf wieder zu Carver zurück, zischte ihn an und fuhr auf ihn los.

Er schrie auf.

Und keuchte dann überrascht, als Schmutz auf ihn herabregnete.

Das Weihwasser verschwand in der Grube.

Die Jubelschreie, das Haßgebrüll, das Triumphgejohle, alles hörte so unvermittelt auf, als hätte jemand den Stekker einer Stereoanlage herausgezogen. Die Stille dauerte nur eine Sekunde, dann erfüllten Schreie der Wut, des Zorns, der Frustration und der Qual die Nacht.

Die Erde bebte heftiger als zuvor.

Jack wurde umgerissen, aber er fiel nach hinten, weg von der Grube.

Er sah, daß der Rand nicht mehr abbröckelte. Das Loch wurde nicht größer.

Das riesige Anhängsel, das über ihm aufragte wie eine gewaltige Schlange aus dem Märchen, fuhr nicht auf ihn los, wie er es befürchtet hatte. Statt dessen stürzte es, während sein ekelhaftes Maul unaufhörlich ins Leere schmatzte, in die Grube zurück.

Jack kam wieder auf die Beine. Schnee klebte an seinem Mantel.

Das Licht in der Grube begann zu verblassen, ging an den Rändern von Rot in Orange über.

Auch die höllischen Stimmen wurden schwächer.

Die Pforten schlossen sich.

Von Triumph erfüllt schob sich Jack näher an den Rand heran, blinzelte in das Loch und versuchte, mehr von den monströsen und fantastischen Gestalten zu sehen, die sich in dem grellen Schein zuckend wanden.

Plötzlich pulsierte das Licht, wurde heller, und er erschrak. Das Schreien und Heulen wurde lauter.

Er trat zurück.

Das Licht wurde erneut schwächer, dann wieder heller, schwächte sich ab, strahlte auf. Die unsterblichen Wesen hinter den Pforten stemmten sich dagegen, um sie offenzuhalten, sie aufzustoßen.

Der Rand der Grube begann wieder abzubröckeln. Erde krümelte in kleinen Klumpen weg. Hörte auf. Fing wieder an. Schubweise vergrößerte sich die Grube immer noch.

Vielleicht hatte Carver Hampton sich geirrt. Vielleicht hatten Weihwasser und die guten Absichten eines rechtschaffenen Menschen nicht genügt, um der Sache ein Ende zu machen. Vielleicht war sie schon zu weit fortgeschritten. Vielleicht konnte jetzt nichts mehr das Armageddon verhindern.

Zwei glänzende, schwarze, segmentierte, peitschenartige Anhängsel, jedes einen Zoll dick, fuhren aus der Grube heraus, zuckten vor Jack nieder und schlangen sich um ihn. Das eine wand sich um sein linkes Bein, vom Knöchel bis zur Leiste. Das andere legte sich um seine Brust, wanderte in Spiralen seinen linken Arm entlang, ringelte sich um sein Handgelenk und riß an seinen Fingern. Das Bein wurde ihm unter dem Körper weggezogen. Er stürzte, schlug um sich, wehrte sich verzweifelt gegen den Angreifer, aber ohne Erfolg; er war in einer eisernen Umschlingung gefangen, konnte sich nicht befreien, die Fessel nicht lösen. Die Bestie, die die Fangarme ausschickte, war tief unten in der Grube verborgen, und jetzt zog sie an ihm, zerrte ihn auf den Rand zu wie ein dämonischer Fischer, der seinen Fang einholt. An jedem Fangarm lief ein gezackter Grat entlang, und die Zacken waren scharf; sie schnitten nicht sofort durch seine Kleider, aber wo sie die nackte Haut an seinem Handgelenk und seiner Hand berührten, rissen sie das Fleisch aus und drangen tief ein.

Er hatte noch nie solche Schmerzen empfunden.

Plötzlich überfiel ihn die Angst, daß er Davey, Penny oder Rebecca niemals wiedersehen würde.

Er fing an zu schreien.

In der St.-Patricks-Kathedrale machte Rebecca zwei Schritte auf die jetzt ganz gewöhnlichen Erdhäufchen zu, die noch einen Augenblick zuvor lebendige Geschöpfe gewesen waren, aber sie hielt ruckartig inne, als den verstreuten Schmutz ein zitternder Strom unmöglichen, ab-

309

artigen Lebens durchlief. Das Zeug war also doch nicht tot. Die Erdkörner, -brocken und -klumpen schienen Feuchtigkeit aus der Luft zu ziehen; das Zeug wurde feucht; die einzelnen Stücke in jedem Haufen begannen zu beben, spannten sich und schoben sich mühsam aufeinander zu. Die mit einem bösen Zauber belegte Erde wollte offenbar ihre frühere Gestalt wiedererlangen, sie kämpfte darum, die Kobolde erneut aufzubauen.

Ein kleiner, abseits von den anderen liegender Klumpen machte Anstalten, sich zu einem winzigen, mit Klauen versehenen Fuß zu formen.

»Stirb, verdammt«, sagte Rebecca. »Stirb!«

Jack lag am Rand der Grube, er war sicher, daß er gleich hineingezogen werden würde, seine Aufmerksamkeit konzentrierte sich zum Teil auf den Abgrund vor sich und zum Teil auf den tobenden Schmerz in seiner mißhandelten Hand, und er schrie...

...und in diesem Augenblick riß sich der Fangarm um seinen Arm und seinen Rumpf plötzlich von ihm los. Einen Augenblick später glitt das zweite, dämonische Anhängsel von seinem linken Bein.

Das höllische Licht wurde schwächer.

Jetzt winselte die Bestie da unten ihrerseits in Schmerz und Qualen. Ihre Fangarme peitschten ziellos über der Grube in die Nacht.

In diesem Augenblick des Chaos und der Krise mußten die Götter des *Rada* Jack eine Erleuchtung gesandt haben, denn er wußte – ohne zu begreifen, wie –, daß sein Blut die Bestie gezwungen hatte, von ihm abzulassen. Vielleicht war bei einer Konfrontation mit dem Bösen das Blut eines rechtschaffenen Menschen (ähnlich wie Weihwasser) eine Substanz mit starken magischen Eigenschaften. Und vielleicht konnte er mit seinem Blut erreichen, was das Weihwasser alleine nicht vermocht hatte.

Wieder begann der Rand der Grube abzubröckeln. Das

Loch wurde größer. Die Pforten schoben sich erneut auf. Das Licht, das aus der Erde aufstieg, wechselte noch einmal von Orange zu Rot.

Jack stemmte sich hoch und kniete sich an den Rand. Er konnte spüren, wie die Erde unter seinen Knien langsam – und dann nicht mehr so langsam – nachgab. Aus seiner aufgerissenen Hand strömte das Blut, es tropfte von allen fünf Fingerspitzen. Er beugte sich gefährlich weit über die Grube, schüttelte seine Hand, schleuderte scharlachrote Tröpfchen in das Zentrum des brodelnden Lichts.

Unten schwoll das Kreischen und Heulen zu einer noch ohrenzerreißenderen Lautstärke an als zuvor, als er das Weihwasser in den Spalt geworfen hatte. Das Licht aus dem Ofen des Teufels wurde blasser und flackerte, der Rand der Grube festigte sich.

Jack schleuderte noch mehr von seinem Blut in den Abgrund, und die gequälten Schreie der Verdammten wurden, wenn auch nur ein wenig, schwächer. Er blinzelte heftig in den pulsierenden, sich verändernden, geheimnisvoll unbestimmten Grund des Lochs, beugte sich noch weiter hinaus, um besser sehen zu können...

...und in einem Schwall glühendheißer Luft stieg ein riesiges Gesicht zu ihm herauf, wölbte sich aus dem schimmernden Licht, ein Gesicht, so groß wie ein Lastwagen, das die Grube fast ganz ausfüllte. Es war das höhnisch grinsende Gesicht alles Bösen. Es bestand aus Schleim und Schimmel und verwesenden Kadavern, ein körniges, rissiges, klumpiges, pockennarbiges Gesicht, dunkel und fleckig, von Pusteln übersät, von Maden wimmelnd, gräßlicher brauner Schaum triefte aus seinen zerrissenen, fauligen Nüstern. Würmer ringelten sich in seinen nachtschwarzen Augen, und doch konnte es sehen, denn Jack spürte das schreckliche Gewicht seines haßerfüllten Blicks. Sein Maul klaffte auf – ein grauenhafter, zerklüfteter Schlitz, groß genug, um einen Menschen zu verschlingen – und gallegrüner Geifer rann heraus. Die

Zunge war lang und schwarz, sie strotzte vor nadelspitzen Dornen, die die Lippen durchstachen und zerrissen, wenn sie darüberleckte.

Benommen, entmutigt und geschwächt von dem unerträglichen Todesgestank, der aus dem klaffenden Maul aufstieg, schüttelte Jack seine verletzte Hand über der Erscheinung, ein Blutregen fiel von seinen Wundmalen herab. »Geh weg«, befahl er dem Wesen, in der gräßlichen Grabesluft würgend. »Verschwinde. Geh. Sofort.«

Das Gesicht wich in die Ofenglut zurück, als sein Blut es berührte. Einen Augenblick später verschwand es im Boden der Grube.

Er vernahm ein mitleiderregendes Winseln und begriff, daß er selbst es war, den er da hörte.

Und es war noch nicht vorüber. Die vielen Stimmen unter ihm wurden wieder lauter, das Licht wurde heller, erneut löste sich Erde vom Rand des Loches.

Schwitzend, keuchend, seine Aftermuskeln zusammenpressend, damit sich seine Eingeweide nicht vor Entsetzen entleerten, hatte Jack nur den einen Wunsch, vor der Grube wegzulaufen. Er wollte in die Nacht flüchten, in den Sturm, in die schützende Stadt. Aber er wußte, daß dies keine Lösung war. Wenn er der Grube jetzt nicht Einhalt gebot, würde sie sich immer mehr ausweiten, bis sie so groß wurde, daß sie ihn verschlingen konnte, ganz gleich, wo er sich auch versteckte.

Mit seiner unverletzten Rechten zog, drückte und kratzte er an den Wunden seiner linken Hand, bis sie sich weiter öffneten, bis das Blut schneller floß. Die Angst hatte ihn betäubt, er spürte keinen Schmerz mehr. Wie ein katholischer Priester, der ein heiliges Gefäß schwingt, um bei einer Segenszeremonie Weihwasser oder Weihrauch zu verteilen, so spritzte er sein Blut in den gähnenden Schlund der Hölle.

Das Licht wurde etwas schwächer, aber es pulsierte und kämpfte um sein Bestehen. Jack betete, es möge verlöschen, denn wenn es ihm damit nicht gelang, blieb ihm nur noch ein Weg. Dann mußte er sich ganz und gar opfern; dann mußte er hinunter in die Grube. Und wenn er dort hinunterginge... dann würde er niemals mehr zurückkommen.

Der letzte Rest böser Energie schien aus den Erdklumpen auf den Altarstufen gewichen. Seit einer Minute oder länger hatte sich der Schmutz nicht mehr geregt. Mit jeder Sekunde, die verging, fiel es schwerer zu glauben, daß das Zeug einmal wirklich lebendig gewesen sein sollte.

Endlich hob der Priester einen Klumpen Erde auf und zerbröselte ihn zwischen seinen Fingern.

Penny und Davey sahen ihm fasziniert zu. Dann wandte sich das Mädchen an Rebecca und fragte: »Was ist geschehen?«

»Ich weiß es nicht genau«, sagte sie. »Aber ich glaube, euer Daddy hat erreicht, was er sich vorgenommen hat. Ich glaube, Lavelle ist tot.« Sie blickte durch die gewaltige Kathedrale, als könne Jack jeden Augenblick aus dem Vorraum treten, und sagte leise: »Ich liebe dich, Jack.«

Das Licht verblaßte von Orange zu Gelb und Blau.

Jack sah gespannt zu, wagte noch nicht ganz zu glauben, daß es endlich zu Ende war.

Ein Knirschen und Knarren kam aus der Erde, als schwängen gewaltige Pforten an rostigen Angeln zu. Die leisen Schreie aus der Grube, Ausdruck der Wut, des Hasses und des Triumphs, waren in ein erbärmliches, verzweifeltes Jammern übergegangen.

Dann erlosch das Licht ganz.

Das Knirschen und Knarren verstummte.

Die Luft stank nicht mehr nach Schwefel.

Nicht der geringste Laut kam mehr aus der Grube.

Sie war kein Durchgang mehr. Jetzt war sie nur noch ein Loch im Boden.

Die Nacht war immer noch bitterkalt, aber der Sturm schien abzuflauen.

Jack krümmte seine verletzte Hand und häufte Schnee darauf, um die Blutung zum Stillstand zu bringen, denn jetzt *brauchte* er kein Blut mehr. Sein Adrenalinspiegel war immer noch so hoch, daß er keinen Schmerz empfand.

Der Wind wehte jetzt kaum noch, aber zu seiner Überraschung trug er ihm eine Stimme zu. Rebeccas Stimme. Unverkennbar. Und die vier Worte, die er so sehnlich hören wollte. »Ich liebe dich, Jack.«

Er drehte sich verwirrt um.

Sie war nirgendwo zu sehen, aber er glaubte, ihre Stimme dicht an seinem Ohr gehört zu haben.

Er sagte: »Ich liebe dich auch«, und er wußte, daß sie ihn hörte, wo immer sie auch war, so deutlich, wie er sie gehört hatte.

Der Schneefall hatte nachgelassen. Die Flocken waren nicht mehr klein und hart, sondern groß und flaumig wie zu Beginn des Sturms. Jetzt fielen sie träge, in weiten, schwingenden Spiralen.

Jack wandte sich von der Grube ab und ging ins Haus zurück, um einen Krankenwagen für Carver Hampton zu rufen.

Wir können uns der Liebe öffnen, noch ist es Zeit.
Warum uns statt dessen der Haß entzweit?
Der Glaube hindert uns nicht, zu sehen,
Daß wir selbst die Hölle lassen entstehen.
Wir machen sie wirklich; wir schüren die Flammen,
Die dann uns zur Hoffnungslosigkeit verdammen.
Auch der Himmel kann unsere Schöpfung nur sein.
Ob gerettet wir werden, an uns liegt's allein.
Nur Fantasie ist vonnöten, um uns zu befrein.

THE BOOK OF COUNTED SORROWS

HEYNE BÜCHER

Dean Koontz

»Er bringt die Leser dazu, die ganze Nacht lang weiter- zulesen... das Zimmer hell erleuchtet und sämtliche Türen verriegelt.«

H e y n e - T a s c h e n b ü c h e r

HEYNE BÜCHER

Stephen King

*»Stephen King kulti-
viert den Schrecken…
ein pures, blankes, ein
atemloses Entsetzen.«*

H e y n e - T a s c h e n b ü c h e r

HEYNE BÜCHER

Peter Straub

*Geheimnisvolles
Grauen beherrscht
seine spektakulären
Horror-Romane.
Ein Großmeister des
Unheimlichen!*

01/10305

Heyne-Taschenbücher